L'Éducation
sentimentale

Gustave Flaubert

L'Éducation
sentimentale

Histoire
d'un jeune homme

Éditions Garnier
8, Rue Garancière, Paris

Texte établi, sommaire biographique,
préface, bibliographie, notes, variantes,
dossier de l'œuvre
par
Peter Michael Wetherill
Professeur à l'Université de Manchester

Ouvrage publié avec le concours
du Centre National des Lettres

Édition illustrée
de 21 reproductions

I - DÉPART DE PARIS D'UN BATEAU A VAPEUR VERS 1840

« Des gens arrivaient hors d'haleine ; des barriques, des câbles, des corbeilles de linge gênaient la circulation ; les matelots ne répondaient à
personne ; on se heurtait ; ... » p. 3.

Musée Carnavalet : Cabinet des Estampes.

II - BOULEVARD DES ITALIENS : LA MAISON DORÉE

« Quelquefois, l'espoir d'une distraction l'attirait vers les boulevards. »
p. 65.

Musée Carnavalet : Cabinet des Estampes.

III - LE BAL MASQUÉ

« Ils étaient une soixantaine environ, les femmes pour la plupart en villa-geoises ou en marquises, et les hommes, ..., en costumes de roulier, de débardeur ou de matelot. » p. 116.

Musée Carnavalet : Cabinet des Estampes.

IV - LES ÉTUDIANTS SUR LE PONT DE LA CONCORDE
LE 22 FÉVRIER 1848

« C'était la colonne des étudiants qui arrivait. Ils marchaient au pas, sur
deux files, en bon ordre, l'aspect irrité, les mains nues, et tous criant par
intervalles : – Vive la Réforme ! à bas Guizot ! » p. 278.

Musée Carnavalet : Cabinet des Estampes.

Attaque du poste du château d'Eau sur la place du Palais-Royal.

E. COPPIN

**V - ATTAQUE DU POSTE DU CHATEAU-D'EAU SUR LA PLACE
DU PALAIS-ROYAL LE 24 FÉVRIER 1848**

« ... ; et on attaquait maintenant le poste du Château-d'Eau, pour délivrer
cinquante prisonniers, qui n'y étaient pas. » p. 290.

Musée Carnavalet : Cabinet des Estampes.

**VI - LE TRÔNE DE LOUIS-PHILIPPE BRÛLÉ
PLACE DE LA BASTILLE, LE 24 FÉVRIER 1848**

« ..., (le trône fut) promené ensuite jusqu'à la Bastille, et brûlé. » p. 293.

Musée Carnavalet : Cabinet des Estampes.

VII - PRISE DE L'HÔTEL DE VILLE. 24 FÉVRIER 1848.
LITHOGRAPHIE DE BECQUET FRÈRES

« – J'en arrive ! Tout va bien ! le peuple triomphe ! les ouvriers et les bourgeois s'embrassent ! » p. 295.

Musée Carnavalet : Cabinet des Estampes.

VIII - CLUB FÉMININ. LITHOGRAPHIE DE GOSSELIN

« L'affranchissement du prolétaire, ..., n'était possible que par l'affranchissement de la femme. » p. 302.

Musée Carnavalet : Cabinet des Estampes. Cliché Giraudon.

IX - LES RÉPUBLICAINS DU LENDEMAIN
LITHOGRAPHIE DE NAEGELIN

« Le parti conservateur, d'ici peu, prendrait sa revanche, certainement ;... »
p. 303.

Musée Carnavalet : Cabinet des Estampes.

X - LE BIVOUAC DES TROUPES SUR LA PLACE DU PANTHÉON
EN JUIN 1848

« La place du Panthéon était pleine de soldats couchés sur de la paille. Le
jour se levait. Les feux de bivac s'éteignaient. » p. 336.

Musée Carnavalet : Cabinet des Estampes.

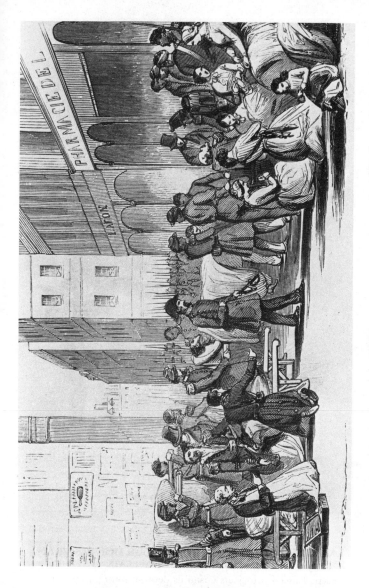

XI - TRANSPORT DES BLESSÉS AUX AMBULANCES
PROVISOIRES, EN JUIN 1848

« ..., et des femmes devant les portes faisaient de la charpie. » p. 338.

Musée Carnavalet : Cabinet des Estampes.

Il y en a de plus laide que moi, pas vrai ?

XII - « IL Y EN A DE PLUS LAIDE QUE MOI, PAS VRAI ? »
LITHOGRAPHIE DE VILLAIN

« Frédéric l'attendait toujours quand ils devaient sortir ;... » p. 356.

Musée Carnavalet : Cabinet des Estampes.

XIII - PROMENADE EN FORÊT

« Puis ils faisaient de grandes promenades ; ... » p. 389.

Musée Carnavalet : Cabinet des Estampes.

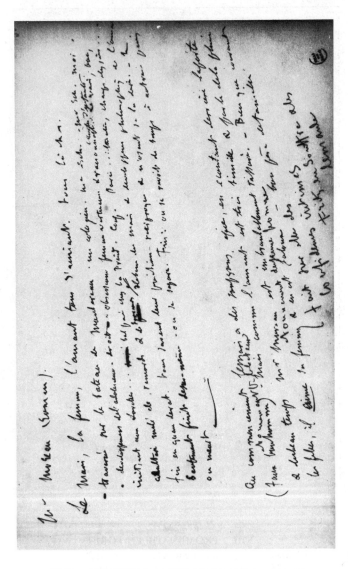

XIV - CARNET N° 19 DES « NOTES DE LECTURES »
DE GUSTAVE FLAUBERT - folio 35 recto

Première idée d'un roman.

Bibliothèque historique de la Ville de Paris.

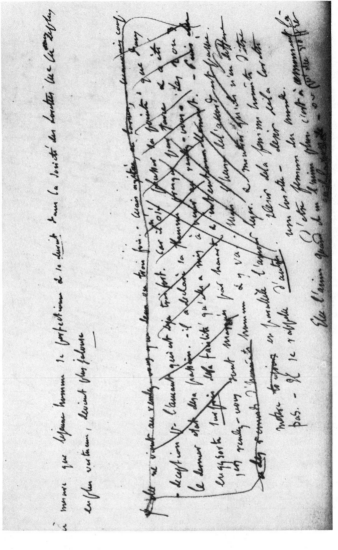

XV - CARNET N° 19 DES « NOTES DE LECTURES »
DE GUSTAVE FLAUBERT - folio 35 verso

Première idée d'un roman.

Bibliothèque historique de la Ville de Paris.

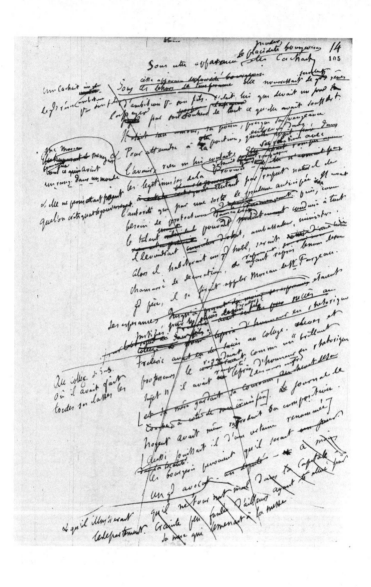

XVI - SCÉNARIO DE « L'ÉDUCATION SENTIMENTALE »
vol. XIII folio 105 (voir pages 11 et 12)

B.N. manuscrits (Nouvelles acquisitions françaises).

XVII - BROUILLON DE « L'ÉDUCATION SENTIMENTALE »
vol. IV folio 3 (voir page 103)

B.N. manuscrits (NAF).

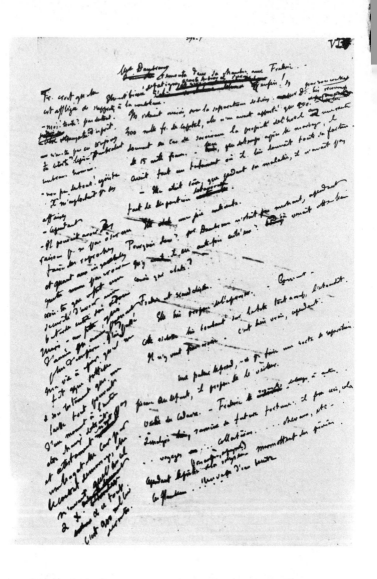

XVIII - BROUILLON DE « L'ÉDUCATION SENTIMENTALE »
vol. XI folio 3 (verso) (voir pages 378 à 379)

B.N. manuscrits (NAF).

XIX - BROUILLON DE « L'ÉDUCATION SENTIMENTALE »
vol. XII folio 53 (voir pages 416 à 417)

B.N. manuscrits (NAF).

AU NOM DU PEUPLE FRANÇAIS.

LE PRÉSIDENT DE LA RÉPUBLIQUE
DÉCRÈTE:

Art. 1.

L'Assemblée nationale est dissoute.

Art. 2.

Le Suffrage universel est rétabli. La loi du 31 mai est abrogée.

Art. 3.

Le Peuple français est convoqué dans ses comices à partir du 14 décembre jusqu'au 21 décembre suivant.

Art. 4.

L'État de siége est décrété dans l'étendue de la Iʳ division militaire.

Art. 5.

Le Conseil d'État est dissous.

Art. 6.

Le Ministre de l'intérieur est chargé de l'exécution du présent décret.

Fait au Palais de l'Élysée, le 2 décembre 1851.

LOUIS-NAPOLÉON BONAPARTE.

Le Ministre de l'Intérieur,
DE MORNY.

IMPRIMERIE NATIONALE — Décembre 1851.

XX - PROCLAMATION DU COUP D'ÉTAT
DU 2 DÉCEMBRE 1851

« L'état de siège était décrété, l'Assemblée dissoute et une partie des représentants du peuple à Mazas. Les affaires publiques le laissèrent indifférent, tant il était préoccupé des siennes. » p. 416.

Musée Carnavalet : Cabinet des Estampes.

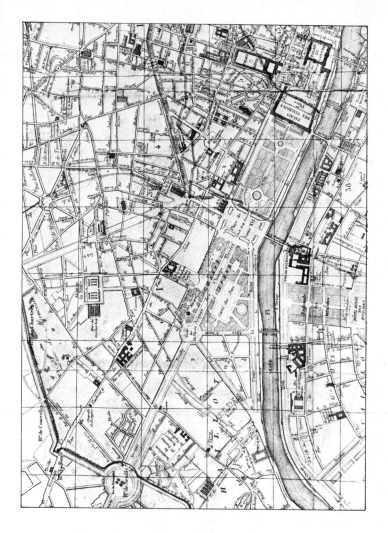

XXI - PLAN DE PARIS (RIVE DROITE) EN 1838

Musée Carnavalet : Cabinet des Estampes.

REMERCIEMENTS

Cette édition n'aurait pas vu le jour sans l'aide et l'encouragement d'un grand nombre de collègues et d'amis.

René Pomeau m'a bien guidé dans tous les moments de la préparation de ce livre. Si j'ai su me rendre lisible c'est avant tout grâce à lui.

Mentionnons surtout mes collègues de l'Institut des Textes et Manuscrits Modernes qui m'ont donné de précieux conseils et fourni d'indispensables renseignements : Raymonde Debray-Genette, Claude Duchet, Claudine Gothot-Mersch, Bernard Masson, Jacques Neefs.

Robert Ricatte, en épluchant mes notes, m'a fait profiter de son immense savoir. Henri Mitterand m'a communiqué le texte d'une lettre de Flaubert qui éclaire un moment important de la rédaction de *l'Éducation*. Tony James m'a fait bénéficier de ses lumières iconographiques.

Je remercie Mme Odile Epitalon pour les recherches qu'elle a bien voulu faire pour moi, Mme Hélène Schaeffner qui s'est occupée avec un goût et un soin exemplaires des illustrations.

L'œil d'aigle de Sarah Capitanio et de M. L. Meynard a fait disparaître bien des maladresses.

Ma femme, qui m'a également aidé à corriger les épreuves, m'a apporté un soutien constant, indispensable.

SOMMAIRE BIOGRAPHIQUE

1821. Naissance à Rouen de Gustave Flaubert. Son père est chirurgien-chef à l'Hôtel-Dieu.

1824. Naissance de sa sœur Caroline.

1832. Études au Collège de Rouen.

1834. Débuts de son amitié avec Louis Bouilhet.

1836. Grande activité littéraire : *la Peste à Florence, Un parfum à sentir, Rage et impuissance...* Vacances à Trouville où il fait la connaissance de la famille Schlesinger.

1837. *Quidquid volueris, Passion et vertu, Une leçon d'histoire naturelle, genre commis.*

1838. Flaubert termine les *Mémoires d'un fou.*

1839. *Smarh.*

1840. Succès au baccalauréat. Voyage aux Pyrénées et en Corse. Brève liaison, à Marseille, avec Eulalie Foucauld.

1842. Études de droit à Paris. Amitié avec Maxime Du Camp. *Novembre.*

1843. Rencontres artistiques : Pradier, Schlesinger, Victor Hugo...

1844. Première crise d'épilepsie (qui met un terme à ses études de droit). Il s'installe définitivement à Croisset.

1845. Flaubert termine la « première » *Éducation sentimentale,* qui a très peu de rapports avec *l'Éducation* de 1869.

1846. Mort de son père. Sa sœur meurt elle aussi peu de temps après en donnant le jour à sa fille Caroline que Flaubert élèvera. Début de sa liaison avec Louise Colet.

1847. Voyage en Bretagne avec Du Camp (voir *Par les champs et par les grèves,* rédigé au retour). Mort de son grand ami Alfred Le Poittevin.

En décembre, Flaubert assiste, avec Du Camp, à un banquet réformiste à Rouen.

1848. Révolution. Flaubert est témoin, avec Du Camp, des Journées de Février.

1849. « Échec » de la première *Tentation de saint Antoine*.

1849-1851. Voyage en Orient avec Du Camp : Égypte, Terre-Sainte, Turquie, Grèce, Italie.

1851. 2 décembre, coup d'état, commencement de la dictature de Louis-Napoléon Bonaparte. Flaubert commence *Madame Bovary* dont la rédaction durera cinq ans.

1854. Rupture définitive avec Louise Colet.

1856. Publication de *Madame Bovary* dans la *Revue de Paris*. Flaubert entreprend une deuxième version de *la Tentation de saint Antoine*.

1857. Procès de *Madame Bovary*. Flaubert est acquitté. Son roman paraît en volume chez Michel Lévy. Flaubert commence *Salammbô*.

1858. Voyage en Algérie et en Tunisie pour *Salammbô*.

1862. Publication de *Salammbô*.

1863. Féerie : *le Château des cœurs*. Premiers scénarios de *l'Éducation sentimentale*. Il creuse en même temps l'idée de *Bouvard et Pécuchet*.

1864. Élaboration des scénarios, puis (à partir de septembre) rédaction de *l'Éducation*. Il fréquente les Goncourt, George Sand, Tourgueniev, la Princesse Mathilde, le Prince Napoléon...

1869. Flaubert termine *l'Éducation* (16 mai). Bouilhet, son « accoucheur » meurt le 18 juillet. *L'Éducation* paraît chez Lévy le 17 novembre.

1870. Guerre franco-allemande. Chute de l'Empire. La France envahie. Flaubert commence à rédiger la troisième version de *la Tentation de saint Antoine*.

1873. Flaubert écrit *le Candidat* qui sera joué sans succès au Vaudeville.

1874. Charpentier publie *la Tentation*. Projet de roman :
Sous Napoléon III. Flaubert commence la rédaction de
Bouvard et Pécuchet, inachevé à sa mort.

1875. Ruine financière qui durera jusqu'à la fin de sa vie.

1876. Mort de George Sand et de Louise Colet.

1876-1877. Flaubert écrit et publie les *Trois contes*.

1879-1880. Il poursuit la rédaction de *Bouvard et Pécuchet*.

1880. Flaubert meurt le 8 mai.

ABRÉVIATIONS

Dans le texte :

1, 2, 3, etc. renvoient aux Notes.
a, b, c, etc. renvoient aux Variantes.
• : alinéa dans l'édition originale (1869).
•• : double interligne dans l'édition originale.

Dans la Préface, les Notes, les Variantes etc. :

[...] : Manuscrit, passage supprimé
⟨...⟩ : Manuscrit, passage ajouté.
⟨[...]⟩ : Manuscrit, passage ajouté puis supprimé.
(italique) : Remarque explicative.
69 : édition originale de *l'Éducation sentimentale*, Lévy, 1869.
79 : deuxième édition de *l'Éducation*, Charpentier, 1879.
BV : dernier manuscrit autographe de *l'Éducation* (Bibliothèque historique de la Ville de Paris.)
599 etc., -611 f⁰-: Brouillons, scénarios etc. de *l'Éducation* (Bibliothèque Nationale, Salle des Manuscrits, Nouvelles Acquisitions Françaises, 17599-17611).

Les différentes éditions scientifiques de *l'Éducation* sont désignées par les initiales de l'éditeur : Belles Lettres (B-L), Club de l'Honnête Homme (C.H.H.), Imprimerie Nationale (I.N.), etc. C.H.H. suivi du numéro du volume renvoie à l'édition des œuvres complètes parue au Club de l'Honnête Homme.

« Conard V », etc. désigne les volumes de l'édition Conard de la *Correspondance* de Flaubert auxquels il est fait allusion.

« Pl. I » et « Pl. II » désignent les volumes de la *Correspondance* publiés dans la Bibliothèque de la Pléiade.

« Cento » renvoie à l'ouvrage d'Alberto Cento, *Il realismo documentario...*

C. G. désigne les Classiques Garnier.

« Durry » renvoie à *Flaubert et ses projets inédits,* de Marie-Jeanne Durry.

La mention d'un critique (Jeanne Bem, Jacques Proust, etc.) renvoie à un article ou à un ouvrage qui figure dans la Bibliographie. Quand il y a risque d'ambiguïté nous indiquons également la date de l'étude en question.

PRÉFACE

En 1862, Flaubert termine Salammbô *et confirme sa gloire. Si le scandale de* Madame Bovary *l'avait conduit, quatre ans plus tôt, en cour d'assises, c'est maintenant la popularité. La polémique avec Froehner et avec Sainte-Beuve ne fait qu'accroître sa réputation. Le livre se vend bien. Dans les bals masqués, on se déguise en Carthaginoise. On écrit même un vaudeville :* Folammbo — *c'est une sorte de flatterie.*

Flaubert, auteur célèbre, rencontre les célébrités littéraires de son temps : George Sand, Feydeau, Gautier, Edmond et Jules de Goncourt, Tourguéniev. Son activité mondaine se développe en même temps. Il fréquente, rue de Courcelles, les réceptions de la Princesse Mathilde, cousine de l'Empereur et chef de file de la vie artistique de son temps. Napoléon III, pour sa part, invite Flaubert au Château de Compiègne. Il assistera aux bals des Tuileries.

Mais tout cela ne détourne pas Flaubert de sa véritable existence : écrire. Avant même d'avoir terminé, corrigé et publié Salammbô, *il annonce aux Goncourt son désir de composer « un immense roman, un grand tableau de la vie, relié par une action qui serait l'anéantissement des uns par les autres, d'une société qui, basée sur l'association des Treize, verrait l'avant-dernier de ses survivants, un homme politique, envoyé à la guillotine par le dernier, qui serait un magistrat, et cela pour une bonne action.*

« Il voudrait aussi faire deux ou trois petits romans, non incidentés, tout simples, qui seraient le mari, la femme, l'amant[1] ». D'une manière plus générale, Flaubert parle, dans sa correspondance, des projets qu'il « rêvasse » des « sujets de bouquins noirs et terribles[2] ». « Je divague », dit-il, « dans mille projets ». « L'idée de peindre des bourgeois me fait d'avance mal au cœur (...). Je ne

---

1. *Journal,* 29 mars 1863.
2. 10 juin 1862 à J. Duplan, in C.H.H. 14 p. 109.

trouve rien[3]. » Ces angoisses, bien flaubertiennes, soit dit
en passant, sont cependant assez imprécises. Rien, même
pas l'allusion en décembre de cette même année à son
« roman moderne parisien », ne permet de supposer qu'il
s'agisse forcément de l'Éducation[4]. C'est seulement pendant
les premières semaines de 1863 que les choses semblent se
préciser. En effet, il parle aux Goncourt, le 11 février,
d'un « roman moderne où il veut faire tout entrer, et le
mouvement de 1830, – à propos des amours d'une Parisienne, – et la physionomie de 1840, et 1848, et l'Empire : "Je veux faire tenir l'Océan dans une carafe". (Flaubert est) pris par l'archéologie, (il) lit Véron et Louis
Blanc. » Enfin, le 7 avril 1863, il écrit à Jules Duplan :
« Je travaille sans relâche au plan de mon Éducation
sentimentale, ça commence à prendre forme[5]. »

Mais Flaubert hésite toujours. Voici la suite de la lettre que nous venons de citer : « Mais le dessin général en
est mauvais ! ça ne fait pas la pyramide ! Je doute que
j'arrive jamais à m'enthousiasmer pour cette idée. Je ne
suis pas gai. » Un peu plus tôt, vraisemblablement à
propos de l'Éducation, il avait écrit : « Je m'acharne à
mon roman parisien qui ne vient pas du tout. Ce sont des
couillades usées, rien d'âpre ni de neuf ! Aucune scène
capitale ne surgit, ça ne m'empoigne pas[6]. »

A ce découragement prématuré s'ajoute le fait que ces
lettres datent d'une époque où la décision d'écrire l'Éducation n'est pas vraiment arrêtée. En effet, il y a un autre
champion en lice – c'est Bouvard et Pécuchet, que Flaubert appelle les deux cloportes. « Je suis attiré », écrit-il,
« par l'histoire de mes cloportes dont j'ai aussi travaillé le
plan. Celui-là, il est bon, j'en suis sûr[7] ! » Flaubert déclare qu'il attend son ami et accoucheur Louis Bouilhet :
«alors je prendrai un parti ». En attendant, dans le car-

---

3. Conard, V, p. 29, début juillet 1869, aux Goncourt et V, p. 32
14 juillet 1869 à Mme Jules Sandeau.
4. R. Ricatte et A. Raitt ne sont pas de cet avis. Voir respectivement
Goncourt, *Journal*, V. p. 84 note, et I.N., I p. 18 et ss.
5. C.H.H., 14 p. 161.
6. C.H.H., 14 p. 156, fin mars 1863 à J. Duplan.
7. Ibid.

net qu'il réserve à ses réflexions (et que Marie-Jeanne Durry transcrira en 1950), les premiers scénarios hésitants de l'Éducation *s'élaborent à côté de notes destinées à* Bouvard et Pécuchet.

Peut-être même Flaubert ne s'en tient-il pas toujours à deux options. On sait qu'il regrette un instant (toujours fin mars 1863) de ne pas avoir repris Saint Antoine. *On sait aussi que depuis fort longtemps déjà l'idée d'*Un cœur simple *et l'intrigue de* Saint Julien *étaient présentes dans son esprit. Mais de ceux-là il ne semble faire aucune mention.*

Vient alors une longue interruption qui mènera Flaubert jusqu'à la fin de 1863. C'est une période d'activités diverses : lectures de Dickens et de Tourguéniev, cure à Vichy en compagnie de sa mère, mondanités de toutes sortes. Surtout, Flaubert collabore avec Bouilhet et d'Osmoy à la confection d'une féerie, le Château des cœurs, *qui sera terminée à la fin du mois d'octobre, et que, longuement et vainement, il essaiera de faire accepter par quelque théâtre parisien. D'autre part, il sera très pris par les répétitions et les premières représentations d'un drame de Bouilhet,* Faustine.

Pendant toute cette période, Flaubert ne fera guère allusion à son roman, si ce n'est pour réitérer ses hésitations. Même pendant les premiers mois de 1864, les distractions semblent se poursuivre – car alors, Flaubert est occupé par les préparatifs du mariage de sa nièce, Caroline (célébré le 6 avril).

Après de longues hésitations et mainte interruption, Flaubert opte enfin pour l'Éducation. *Il remet* Bouvard et Pécuchet *à plus tard, à cause sans doute de la difficulté du sujet (« Je me ferai chasser de France et de l'Europe si j'écris ce bouquin-là* [8] *»). En même temps, Flaubert est sans doute orienté par le traité avec Lévy qui, en achetant* Salammbô, *l'avait encouragé à écrire un roman moderne. Avec* l'Éducation, *d'ailleurs, Flaubert a la possibilité d'offrir une sorte de réponse aux* Misérables *de Hugo qui*

---

8. Ibid.

l'avaient tant déçu[9]. *Il peut aussi donner enfin libre cours
à son mépris de la société et à ses « prurits d'engueulade »
à l'encontre de l'humanité, qui le travaillent depuis si
longtemps.* « *... je me vengerai ! Dans quinze ans d'ici,
j'entreprendrai un grand roman où j'en passerai en revue !
Je crois que* Gil Blas *peut être refait*[10]. » Il peut enfin,
tout en écrivant un roman moderne, faire de l'histoire.
*Toute son œuvre souligne l'importance pour lui de cette
dimension de l'expérience et de la pensée humaines.*

« *Me voilà commençant un livre qui me demandera probablement plusieurs années.* » *Au moment où il écrit ceci*[11]
Flaubert *quitte ses distractions. Il quitte aussi ses carnets
de poche. L'obsession de son sujet s'empare de lui ; il se
met en posture de travail sérieux : à sa table, devant une
grande feuille de papier blanc. Ce ne sont plus des notes
éparses qu'il griffonne, c'est, d'avril à septembre 1864, la
longue rédaction des scénarios dont sortira petit à petit,
par la suite, le texte définitif de* l'Éducation sentimentale.

La substance cohérente de l'Éducation *ne s'élabore donc
qu'à partir des premiers mois de 1864. C'est seulement
alors que commencent à converger de façon systématique les
différents éléments dont ce roman se compose.*

Une nouvelle version de « l'Éducation » de 1845 ?

Ces éléments sont tout neufs. Le roman que Flaubert
*entreprend d'écrire en 1864 est, en effet, une œuvre origi-
nale. Il ne s'agit en aucun cas d'une nouvelle version du
roman qu'il avait écrit, sous le même titre, entre 1843 et
1845. Bien sûr, on relève çà et là de lointains échos : un
rendez-vous manqué, un héros qui ne sait pas danser, de
voluptueux rêves d'adolescent. Ces détails, cependant, sont
purement anecdotiques, trop clairsemés pour constituer la*

---

9. Conard V p. 34, juil. 1862 à Mme Roger des Genettes.
10. Pl. II p. 367, 28 juin 1853 à Louise Colet.
11. Début 1864 à Mme Roger des Genettes, C.H.H. 14 p. 189.

*trame même de l'intrigue. A côté des différences, ils sont
bien peu de chose.*

*En effet, la personnalité de Henri (dans la première
Éducation) est fort différente de celle de Frédéric, comme
celle de Jules ne correspond en rien à celle de Deslauriers.
Mme Renaud n'est pas du tout le même type de femme que
Mme Arnoux, Mme Dambreuse, Rosanette. Les péripéties
des deux romans sont trop divergentes en tout cas pour que
l'exploration psychologique et morale puisse être la même :
Henri séduit Mme Renaud et s'enfuit avec elle ; Jules
s'éprend d'une actrice. Rien de tout cela dans le roman de
1869.*

*La « deuxième » Éducation possède, en outre, des di-
mensions qui n'existent pas dans l'œuvre de jeunesse : l'insertion des personnages dans l'histoire et dans la société,
tout l'espace parisien, donnent au roman de 1869 une
profondeur et une spécificité qu'on chercherait en vain dans
l'Éducation de 1845. Celle-ci, plus intime, est en même
temps plus optimiste, plus didactique. En dépit de son
amertume, de son pessimisme, elle développe dans ses dernières pages toute une théorie de l'art qui serait inconcevable dans le roman de Frédéric Moreau. Inconcevables aussi
les interventions explicites de l'auteur et les lourdes caricatures auxquelles il se laisse aller.*

*La « première » Éducation, on le voit, est très différente
de l'autre. En 1845, Flaubert n'a pas encore développé
cette conscience ironique du monde et de la langue qui
marqueront les œuvres écrites à partir de Mme Bovary.
Les pages qui viennent démontreront que si le titre est le
même, sa portée change profondément entre 1845 et 1869.*

Sources autobiographiques :

*Certains sujets ont jusqu'ici retenu la majeure partie de
la critique traditionnelle : c'est le cas de la dimension
autobiographique de l'Éducation de 1869.*

*Il est vrai qu'on relève dans la vie de Flaubert de
nombreuses « prévisions » de ce qui va être la substance
même de l'Éducation sentimentale. Les rêves de luxe et de*

voyages exotiques, présents dans la Correspondance [12], *on les retrouvera chez Frédéric. La nostalgie qui caractérise les dernières pages du roman se manifeste, elle aussi, dans la psychologie de l'auteur* [13]. *Les frustrations de Frédéric font également penser à celles de son créateur :* « *J'ai beaucoup rêvé et très peu exécuté* », *affirme-t-il en septembre 1864* [14]. *Flaubert va jusqu'à employer l'expression* « *éducation sentimentale* » *pour définir sa propre expérience* [15].

Il est inévitable d'autre part que ce roman comporte des incidents tirés de la vie de Flaubert, témoin ces « *nuits sous la tente* [16]» *dont les* « *froids réveils sous la tente* » (*p. 420*) *véhiculent de lointains échos.*

*Disons tout de suite, cependant, qu'*il s'agit là de détails isolés, fragmentés qui, une fois intégrés dans le roman, se dégagent de toute signification autobiographique. Ces bribes n'ont pas pour fonction de permettre à Flaubert de se raconter — elles garantissent tout simplement l'authenticité « réaliste » de la narration [17].

La création des personnages participe du même phénomène de fusion de fragments épars. Rosanette, c'est à la fois (au moins — et avec toutes sortes de différences d'élégance et de finesse) la Présidente (Madame Sabatier qu'aima Baudelaire) et la très libre Madame Pradier, qui fournit également un certain nombre de traits à... Emma Bovary [18]. *En même temps, pour ce qui est de l'incident où Rosanette perd sa virginité, Flaubert s'inspire des confes-*

---

12. Voir Pl. I p. 354-355, 20 sept. 1846 à Louise Colet et Pl. I p. 424, 11 janvier 1847 à la même.

13. Pl. I p. 231, 13 mai 1845 à E. Chevalier, Conard V p. 137, 19 avr. 1864 au même et V p. 205, 9 mars 1866 à Mme Gve. de Maupassant.

14. Conard V p. 238, à G. Sand — voir Pl. I 637, 2 juin 1850 à L. Bouilhet.

15. Pl. I p. 240, 17 juin 1845 à A. Le Poittevin.

16. Pl. I p. 516, 27 oct. 1849, à sa mère.

17. Il est donc parfaitement justifié de renvoyer, comme nous le faisons dans les Notes à la *Correspondance* pour expliquer tel fait, telle attitude du roman — *mais non de faire croire à une quelconque cohérence autobiographique de l'intrigue.*

18. Durry p. 129, 137, 146.

sions d'une célèbre cocotte (et amie de l'auteur) Suzanne Lagier [19].

Quant aux autres personnages, on peut admettre que l'ombre de Nadar (photographe célèbre) flotte autour de Pellerin et que Deslauriers est en partie inspiré de Du Camp. Ici, comme ailleurs, cependant, il s'agit d'amalgames, car Martinon, personnage assez dissemblable de Deslauriers, tire lui aussi une partie de sa substance du même ami de l'auteur [20]. En même temps, l'arriviste Martinon fait penser à un autre ami de l'auteur, qui finit dans la magistrature : Ernest Chevalier, à propos de qui Flaubert avait écrit : « Allons ! faisons-nous bien voir, poussons-nous, rampons, songeons à nous établir, prenons une femme, marions-nous, parvenons » etc [21]. De même, Madame Dambreuse, c'est certainement en partie Madame Delessert, la maîtresse de Du Camp. Par son comportement d'amoureuse sur le retour, cependant, elle fait penser à l'ancienne maîtresse de Flaubert, Louise Colet.

On le voit : un seul personnage fictif contient, en plus de ses qualités particulières la substance de plusieurs personnages réels — ou vice versa : de même que Martinon et Deslauriers rappellent tous deux Chevalier [22], Deslauriers, Sénécal, Dussardier sont inspirés tous trois du républicain bien vivant que fut Emmanuel Vasse [23].

Fait remarquable, Flaubert n'est pas forcément orienté dans son choix de traits ou de modèles par la sympathie ou le mépris ; pour construire la personnalité de Hussonnet (journaliste et donc haïssable selon Flaubert [24]), il n'hésite pas, en lui faisant baragouiner un curieux langage du XVIe siècle, à s'inspirer en partie de lui-même [25]. De façon tout à fait comparable, les faiblesses de Frédéric doivent

19. Durry, p. 124-125.

20. Pl. II p. 239, 15 janvier 1853 à Louise Colet.

21. Pl. I p. 225, 1er mai 1845 à A. Le Poittevin — voir aussi Ibid. p. 239, 15 juin 1845 à E. Chevalier, p. 721, 15 déc. 1850 à sa mère, p. 155-156, 13 sept. 1852 à Louise Colet, et Durry p. 113.

22. Pl. I p. 721, 15 déc. 1850 à sa mère.

23. Durry p. 111, 114-115.

24. Pl. I p. 313-314, 26 août 1846 à Louise Colet.

25. Pl. II p. 215-217, 26 déc. 1852 à Louis Bouilhet.

sans doute quelque chose aux déboires d'Alfred Le Poittevin (que Flaubert admira et aima plus que tout autre).
Dans une lettre inédite, Le Poittevin écrit : « J'avais une
organisation singulièrement fine et délicate. J'aurais pu
faire quelque chose si j'avais su être un artiste.

« Ce qui m'a toujours manqué c'est la volonté. Je
l'avais pressenti avant de le savoir et c'est pour cela peut-
être que je n'ai jamais cru au libre arbitre [26]. » Le sentiment d'échec et d'impuissance est d'ailleurs fréquent dans
cette correspondance : « Le flot que je croyais diriger m'emporte et la route triomphale que j'avais cru mener (sic ?) se
change en un vulgaire naufrage dont nul ne saura même
la place [27] ». Le Poittevin fournit par ailleurs à Flaubert
une certaine documentation anecdotique. Il raconte qu'il
s'était posté sous la fenêtre d'une jeune fille qu'il croyait à
tort connaître [28] — ce qui n'est pas sans analogie avec
Frédéric qui croit que Madame Arnoux habite au-dessus
de L'Art industriel.

Les origines composites de ces fragments et les transfor-
mations profondes qu'ils subissent au niveau du texte final
suffisent à nous mettre en garde contre toute interprétation
tendant à faire de l'Éducation un roman autobiographique. Il faut surtout se méfier des interprétations tradi-
tionnelles selon lesquelles Flaubert aurait cherché
d'abord à raconter le « grand amour » de sa vie. L'histoire de cet amour est bien connue : Flaubert adolescent
rencontra à Trouville vers 1836 la famille Schlesinger et
la fréquenta ensuite à Paris pendant qu'il préparait sa
licence en droit. Madame Schlesinger lui inspira une passion de jeunesse qu'il raconte dans les Mémoires d'un fou.
De là à prétendre qu'il ressentait encore cet amour vingt
ans plus tard, il y a cependant un monde : Madame
Schlesinger ne fut pas l'idole que Flaubert révéra toute
sa vie. D'autre part, on relève chez Madame Arnoux, qui
est censée en être le portrait, très peu de caractéristiques

---

26. Lettre non datée, Bibliothèque Nationale, Nouvelles Acquisitions
Françaises 23825, f⁰ 193.
27. Ibid., f⁰ 125-126, 8 déc. 1842, également à Flaubert.
28. Ibid., f⁰ 83.

qui puissent être attribuées à cette dame. Il faut oublier
les jeux d'onomastique qui donnent à l'Éducation sentimentale les initiales d'Elisa Schlesinger – et se rappeler
plutôt que Flaubert, dans sa jeunesse fréquenta avec Le
Poittevin un mauvais lieu dont la tenancière s'appelait
Arnoult [29]...

Bien sûr, les visites chez M. et Mme Schlesinger entre
1836 et 1845 apportèrent quelque chose à Flaubert, et
partant à l'Éducation : la personnalité et l'activité
commerciale de Schlesinger font penser à celles d'Arnoux ;
Schlesinger fut mêlé à l'affaire Stabat Mater de Rossini
qui est très brièvement évoquée au début du quatrième
chapitre de la première partie. Comme l'éblouissante rencontre de Trouville et l'amour d'adolescent qu'elle inspira,
il ne s'agit là, cependant, que d'éléments épars à peine
plus importants pour la compréhension de l'œuvre que les
autres détails que nous avons évoqués.

La faiblesse de l'approche biographique est évidente. On
retourne souvent le problème en reconstituant la vie de
Flaubert à partir d'éléments fictifs (ce qui permet par la
suite de renforcer l'interprétation confidentielle !). C'est ce
genre de tautologies qui permet à Gérard-Gailly de « démontrer » que Flaubert renoue avec les Schlesinger dès
l'automne 1840 parce que c'est à ce moment-là que Frédéric rend visite aux Arnoux [30]... La dernière visite de
Mme Schlesinger est démontrée grâce à des procédés semblables. A défaut de tautologie, on fait appel à la sentimentalité : évoquant le retour de Mme Arnoux (II, VI),
Gérard-Gailly s'exclame : « est-ce que nous ne préférons
pas qu'il ait été vécu [31] ? »

Mieux vaut préférer les faits – et ceux-ci révèlent des
contaminations d'origines diverses. Le voyage en bateau du
début, le fameux incident du châle, le harpiste, pourraient
bien s'inspirer d'événements qui n'ont rien à voir avec

29. *Europe*, sept.-nov. 1969, p. 16 et Pl. I p. 832, 26 nov. 1843.
Lettre de Le Poittevin à Flaubert.
30. *Le grand amour de Flaubert*, p. 71.
31. Ibid., p. 158.

Mme Schlesinger[32]. *Le châle, d'ailleurs est un élément non pas donné mais* élaboré : *dans l'un des premiers scénarios (611 f° 1), on lit, et nous soulignons, «* son manteau *manque de tomber par dessus le bastingage ».*

Le texte final se rapproche quand même un peu ici de Mme Schlesinger − ailleurs, en revanche, il subit un mouvement contraire. Dans les carnets[33], *Flaubert avait noté : « Elle finit folle hystérique ». Ce détail, comme le motif de l'asile qui le sous-tend, peut bien lui avoir été inspiré par Maxime Du Camp, qui avait fait part à Flaubert de l'état mental de Mme Schlesinger. Le roman pourtant est fort différent, car Mme Arnoux, malgré ses cheveux blancs, connaît, elle, à la fin, un certain regain de... jeunesse, et ne paraît pas plus instable que les autres personnages de* l'Éducation.

Il n'est pas vraiment besoin d'évoquer tous ces détails pour mettre en doute les thèses autobiographiques. Il suffit de lire des passages de la Correspondance : « *La passion ne fait pas des vers. − Et plus vous serez personnel, plus vous serez faible*[34]. » « *Quant à des allusions à des individus, il n'y en a pas l'ombre*[35]. » *Il suffit également de constater que Flaubert critique vivement Louise Colet et Feydeau de trop parler d'eux-mêmes*[36]. *Comment croire alors que Flaubert ait cherché systématiquement à raconter sa vie et ses amours ?*

On a en somme trop exploité les mots d'affection (« Ma vieille amie, ma vieille tendresse » etc.) que Flaubert adressa à Mme Schlesinger en 1871 et 1872[37]. *Pour employer les méthodes de la critique biographique, on pourrait émettre l'hypothèse que Flaubert, comme Frédéric voyant Mme Arnoux pour la dernière fois, « se grisant par*

---

32. Pl. II p. 423-424, 2 sept. 1853 à Louise Colet. Voir aussi *Europe* sept.-nov. 1969 et C. Douchin (1964).

33. Durry p. 155.

34. Pl. II p. 127, 6 juil. 1852 à Louise Colet.

35. Conard V p. 397, 10 août 1868 à George Sand, à propos de *l'Éducation*.

36. Pl. II p. 467, 25 nov. 1853 et p. 851, 28 déc. 1858.

37. Voir Conard VI p. 277, 382, 427.

ses paroles, arrivait à croire ce qu'il disait ». *Ces mots qui
lui échappent ici, il les contredit à maintes reprises :* « *Je
n'ai eu qu'une passion véritable (...). J'avais à peine
quinze ans. Ça m'a duré jusqu'à dix-huit et quand j'ai
revu cette femme-là après plusieurs années, j'ai eu du mal
à la reconnaître* [38]. » *Cet amour, de toute évidence, n'existait plus en 1864 sous la forme qu'il avait 25 ans plus
tôt. Flaubert ne recherche nullement la compagnie des
Schlesinger — même quand on l'invite. Son attitude autorise Du Camp à lui annoncer de Bade que* « *la mère
Schlesinger (...) avait l'air d'une Guanhumara* » (*c'est-à-
dire d'une vieille sorcière* [39]). *Flaubert ne semble pas s'être
offusqué de ce langage.*

*Et pour cause : loin d'exprimer en Mme Arnoux son
culte pour la madone de Trouville (la formule est de Thibaudet), Flaubert nous donne un portrait de femme qui,
inspiré ou non de Mme Schlesinger, n'est guère flatteur.
Flaubert, d'ailleurs, le confirme lui-même :* « *mon héroïne
est une personne médiocre* [40] ». *Médiocre, et même, par endroits, douteuse : on n'a sans doute pas assez souligné les
relents de manipulation sexuelle qui se dégagent de l'épisode des 15 000 francs, ni le côté déplaisant de la dernière entrevue (Frédéric parle lui-même de* « *dégoût* »). *La
chasteté de Mme Arnoux, en tout état de cause, est le
résultat non pas d'une résolution de sa part mais bien
d'une décision stratégique de l'auteur :* « *Il serait plus fort
de ne pas faire baiser Mme Moreau (c'est le premier nom
de* Mme Arnoux) *qui chaste d'action se rongerait
d'amour* » ; « *Quant à l'empêchement de baiser quand tout
est mûr pour cela, il n'y a pas que sa vertu qui l'empêche
mais une circonstance fortuite — le moment précis est passé
psychologiquement* [41] ». *Que dire d'autre part du réflexe
d'abnégation religieuse que Mme Arnoux manifeste quand
elle apprend que son fils est sauvé ? On est en droit de le*

---

38. Pl. I p. 380, 8 oct. 1846 à Louise Colet. Voir également Pl. I
p. 279 et 349, 6-7 août 1846 et 18 sept. 1846 à la même.

39. Lettre du 10 sept. 1863.

40. Conard Supp. IV p. 278, 19 nov. 1879 à Tourguéniev.

41. Scénarios in Durry p. 151 et 187.

trouver admirable. On verra que dans la logique du roman, cependant, il s'agit d'un réflexe de superstition et de sentimentalité qui fait pendant à toutes les autres superstitions (politiques, littéraires) que Flaubert explore dans l'Éducation. *Le grand amour ne serait à ce moment-là qu'un aspect, parmi d'autres, de la bêtise humaine que Flaubert place au centre de son roman* [42].

On le voit : les divergences, la fragmentation et les procédés de dénigrement sont trop nombreux pour que la mention « – Me Schl. – Mr. Schl. moi [43] *» puisse constituer autre chose qu'une sorte de modèle affectif qui n'éclaire que les toutes premières pages du roman. Comme pour les autres aspects de son texte,* Flaubert fait flèche de tout bois pour composer une œuvre qui est autre chose que la vie réelle, la contingence vécue. *Le sens et l'orientation de l'œuvre sont d'ailleurs établis avant qu'il ne fasse appel à des souvenirs personnels ou à des données techniques (qu'il faut situer dans le même contexte d'élaboration).* Les fragments d'origines diverses ne font pas le sens de « l'Éducation ».

Celui-ci résulte de l'interaction et de la cohésion des motifs, du langage, de l'enchaînement des faits. Cette unité fait subir aux matières premières des modifications profondes. A ce niveau-là, la biographie cesse d'être une préoccupation sérieuse.

Principes d'esthétique :

« L'Éducation sentimentale » est fondée sur des principes d'esthétique et non sur une biographie. *Si on veut comprendre cette œuvre, il faut donc examiner la manière dont elle fut écrite, et en premier lieu, les grandes orientations littéraires que Flaubert élabora à partir de 1846, et notamment au moment où il composait* Madame Bovary, *et qui, restant quasiment inchangées jusqu'à la fin de sa vie, sont parfaitement applicables à toutes les œuvres de sa maturité.*

---

42. Voir Conard V p. 317, 2 juil. 1867 à George Sand.
43. Durry p. 137.

Nous avons bien dit principes, orientations, et non système. Si Flaubert fait, dans sa Préface aux "Dernières Chansons" *de Louis Bouilhet* [44], *un très utile résumé de sa manière de concevoir la création littéraire, il n'en est pas moins vrai que c'est la* Correspondance *qui donne la meilleure idée de ses notions d'esthétique et de leur élaboration fragmentaire. Il y a deux raisons à cela : d'une part, Flaubert afficha toute sa vie un mépris inébranlable pour les écoles et les mouvements littéraires* [45] *; d'autre part, et c'est beaucoup plus important, Flaubert recherchait la cohérence esthétique au niveau de l'œuvre finie et non au niveau de la théorie :* « Chaque œuvre à faire a sa poétique en soi *qu'il* faut trouver » *;* « (...) chaque œuvre à faire a sa poétique spéciale, en vertu de laquelle elle est faite* [46] *». L'œuvre se pose ainsi comme formulation spécifique d'une théorie de l'art.*

En même temps, Flaubert semble confirmer sa dette envers l'idée de l'art pour l'art. Non pas qu'il s'agisse de fabriquer des œuvres purement décoratives : «l'Art ne doit pas *faire joujou* [47] ». *Il s'agit avant tout pour lui d'éviter que ses œuvres soient orientées par des considérations somme toute marginales : les révélations autobiographiques par exemple. Il ne faut pas, en effet, selon Flaubert, confondre le texte et son auteur* [48]. « Je crois que le grand Art est scientifique et impersonnel. Il faut par un effort d'esprit se transporter dans les personnages et non les attirer à soi* [49]. » *C'est tout l'inverse du projet de Hugo* (« Insensé qui crois que je ne suis pas toi »). *Bien plutôt, Flaubert semble s'inspirer de son père nourricier, Montaigne :* « Nous ne conduisons jamais bien la chose de laquelle nous sommes possedez et conduicts* [50] ». *Rien d'étonnant donc à ce que Flaubert se livre à des affirmations telles que :*

---

44. In Conard VI p. 473-487 et Intégrale II p. 759-765.
45. Voir par ex. Pl. II p. 427, 7 sept. 1853 à Louise Colet.
46. Pl. II p. 519, 29 janv. 1854 à Louise Colet ; Intégrale I p. 355.
47. Conard V p. 179, août-sept. 1865 à R. de Maricourt.
48. Voir Conard V p. 253, 5-6 déc. 1866 à George Sand.
49. Ibid.
50. *Essais,* Pléiade, p. 1129 - voir Pl. I p. 720, 15 déc. 1850 à sa mère.

« *Pour entendre l'orchestre, on ne se met pas dedans mais au dessus — au fond de la salle* » ; « *Le don de l'observation ne peut appartenir qu'à un honnête homme, car pour voir les choses en elles-mêmes, il faut n'y apporter aucun intérêt personnel* [51] ». Flaubert réclame l'effacement total de la personnalité de l'auteur : « *L'artiste doit s'arranger de façon à faire croire à la postérité qu'il n'a pas vécu* [52]. »

L'art est donc une fin en soi — il n'a d'autre but que lui-même. *Il est en quelque sorte* inutile *car il ne permet, selon Flaubert, ni confessions, ni, surtout, didactisme, démonstrations : « Du moment que vous prouvez, vous mentez* [53]. » *L'artiste, face au réel doit rester impassible. Flaubert se défend donc de prendre parti dans* l'Éducation : « *Je me suis mal expliqué si je vous ai dit que mon livre* "accusera les patriotes de tout le mal". Je ne crois même pas que l'auteur doive exprimer son opinion sur les choses de ce monde. Il peut la communiquer, mais je n'aime pas à ce qu'il la dise (...) Je ne veux avoir ni amour, ni haine, ni pitié, ni colère. Quant à la sympathie, c'est différent : jamais on n'en a assez* [54]. »

Cependant il ne s'agit pas de reproduire tout simplement dans une œuvre les renseignements qu'on recueille. Même les romans historiques de Flaubert ne sont pas de simples documents. Flaubert se méfie de la précision inepte — il adopte la même attitude envers les photographies et les illustrations. Le document permet avant tout d'accéder à la généralité, à la permanence. De là l'importance des types, non pas de ceux qu'on copie, mais de ceux qu'on crée. Si donc « on ne sort pas du monde organique, *quoi qu'on en dise* [55] » *, si un aspect fondamental de la composition romanesque chez Flaubert, c'est la recherche, la docu-*

---

51. Pl. I p. 445, 7 mars 1847 à Louise Colet et *Notes de Voyage*, Conard II p. 360.

52. Pl. II p. 62, 27 mars 1862 à Louise Colet.

53. *Préface aux « Dernières Chansons »*, Conard VI p. 484.

54. Conard V p. 396-397, 10 août 1868, à George Sand.

55. Carnet 2 f⁰ 6.

*mentation, la visite des lieux, cela ne représente qu'un
premier stade. Quand Flaubert affirme que « l'Art est une
représentation, nous ne devons penser qu'à représenter* [56] *» il
fait allusion à un processus complexe : « Nous sommes
dans un siècle historique. Aussi faut-il raconter tout bonnement, mais raconter jusque dans l'âme* [57] *». Il se propose
de transformer en œuvre d'art les données du réel : « Faire
beau tout en restant vrai* [58]. *» — « Le moyen d'être idéal,
c'est de faire vrai, et on ne peut faire vrai qu'en choisissant et en exagérant (...) harmonieusement* [59]. *»*

*Il faut distinguer chez Flaubert entre la réalité et la
vérité. Le réel est très nettement au service de l'œuvre et
non l'inverse : « Je regarde comme très secondaire le détail
technique, le renseignement local, enfin le côté historique et
exact des choses* [60]. *» ; « l'art est avant l'archéologie* [61] *» ;
« Sans l'imagination, l'Histoire est défectueuse .» (Bouvard et Pécuchet, Folio p. 200) ; « La Réalité selon moi
ne doit être qu'un* tremplin [62]. *» Ce qui importe ce ne sont
pas les détails mais la couleur générale de l'œuvre* [63] *— la
cohésion textuelle en somme, et sa logique interne. « Il faut
que tout sorte du sujet, idées, comparaisons, métaphores,
etc.* [64] *». Par un mouvement inverse, l'écrivain doit « faire
rentrer le détail dans l'ensemble » et ôter les éléments
superflus* [65], *« faire un tout d'une foule de choses disparates* [66] *».*

*La vérité réside donc, non dans la réalité des éléments
pris séparément, mais dans leur cohésion, celle-ci étant forcément le produit de ce que Flaubert appelle « la fausseté*

---

56. Pl. II p. 157, 13 sept. 1852 à Louise Colet.
57. Pl. II p. 556-557, 22 avr. 1854 à Louise Colet.
58. Conard Supp. III p. 130, 3 juin 1874 à George Sand.
59. Conard Supp. II p. 118, 14 juin 1867 à H. Taine.
60. Conard VII p. 281, fin déc. 1875 à George Sand.
61. Pl. II p. 258, 9 mars 1853 à Louise Colet.
62. Conard Supp. IV p. 52, 8 déc. 1877 à Tourguéniev.
63. Pl. II p. 372-373, 2 juil. 1853 à Louise Colet.
64. Pl. II p. 110, 19 juin 1852 à Louise Colet.
65. Pl. II p. 302, 13 avr. 1853 à la même.
66. Pl. II p. 66, 3 avril 1852 à la même.

de la perspective [67] » : la distorsion des faits à des fins
d'unité esthétique.

   Attitude curieuse de la part du romancier de la Révolution de 1848 et du Coup d'État. Surtout si l'on y ajoute
cette haine du réel qui marque toute sa Correspondance :
« La vie est une chose tellement hideuse que le seul moyen
de la supporter, c'est de l'éviter. Et on l'évite en vivant
dans l'Art [68]. »

   Fuite dans l'art. Fuite devant le sujet − à tel point que
les propos de Flaubert tendent continuellement à la négation de celui-ci, ou tout au plus à sa quasi-disparition. On
a parfois l'impression que c'est en désespoir de cause que
Flaubert adopte ce point de vue : « Il y a autre chose
dans l'Art que la rectitude des lignes et le poli des surfaces. La plastique du style n'est pas si large que l'idée
entière, je le sais bien. Mais à qui la faute ? À la langue. Nous avons trop de choses et pas assez de formes [69]. »

   Mais, dans l'ensemble, c'est la notion de cohérence qui
prédomine. Parce qu'il n'y a pas d'autre certitude :
« Avez-vous jamais cru à l'existence des choses ? Est-ce
que tout n'est pas une illusion ? Il n'y a de vrai que les
rapports, c'est-à-dire la manière dont nous percevons les
choses [70] ».

   La forme, le langage, créent une vérité, une réalité à
part, « ... le style étant à lui tout seul une manière absolue de voir les choses [71] ». C'est à cela que la logique du
texte se rapporte. C'est de cette vérité indépendante que
Flaubert parle quand il dit, à propos de l'Éducation :
« j'ai bien du mal à emboîter mes personnages dans les
événements ; les fonds emportent les premiers plans [72] ». Il
s'agit de réaliser une logique qui soit le contraire du hasard des choses. L'art, forcément, est alors un phénomène

_____

   67. Conard VIII p. 224, fév.-mars 1879 à J.K. Huysmans.
   68. Pl. II p. 717, 18 mai 1857 à Mlle Leroyer de Chantepie.
   69. Pl. II p. 298, 6 avr. 1853 à Louise Colet.
   70. Conard VIII p. 135, 15 août 1878 à G. de Maupassant, voir
p. 370.
   71. Pl. II, p. 31, 16 janv. 1852 à Louise Colet.
   72. Conard V p. 359-360, mars 1868 à sa nièce.

de structure, de texture − et nullement de « bouquins trai-
tant de matières graves[73] *».*

La perfection, quel que soit le sujet, c'est partout, tou-
jours, « la précision, la justesse[74] *».*

A la limite, le sujet de toute œuvre, même d'un
roman historique ou « réaliste », c'est donc l'œuvre elle-
même, son écriture, sa forme, sa structure − indissolu-
bles. *C'est le point de vue de la plupart des critiques
modernes.*

*Ne négligeons pas les dangers d'une telle approche criti-
que. On peut en effet se demander s'il est légitime
d'affirmer que* l'Éducation, *comme les autres œuvres de
Flaubert, est vide de sens, « bête », véhiculant le déjà-dit,
et que sa grandeur est surtout formelle. La substance même
de ce roman est trop riche pour que de telles assertions
puissent être absolument vraies. Elles font ressortir, cependant, que* l'Éducation (*comme* Salammbô, Madame Bovary, Bouvard et Pécuchet) *nous impose un nouveau mode
de lecture qui tient compte des idées directrices que lui
inspire la composition de son œuvre : « la proportion esthétique n'est pas la physiologique*[75] *» ; « il n'y a pas en
littérature de beaux sujets d'art*[76] *».*

*Il faut surtout retenir comme orientation de lecture les
affirmations suivantes : « Les œuvres d'art qui me plaisent
par-dessus toutes les autres sont celles où* l'art *excède.
J'aime dans la peinture, la Peinture, dans les vers, le
Vers » ; « Je voudrais faire des livres où il n'y eût qu'à
écrire des phrases (si l'on peut dire cela) comme pour vivre
il n'y a qu'à respirer de l'air » ; « Ce qui me semble beau,
ce que je voudrais faire, c'est un livre sur rien, un livre
sans attache extérieure, qui se tiendrait de lui-même par
la force interne de son style, comme la terre sans être
soutenue se tient en l'air, un livre qui n'aurait presque
pas de sujet ou du moins où le sujet serait presque invisible si cela se peut. Les œuvres les plus belles sont celles où*

---

73. Ibid. p. 349, fin déc. 1867 à Amélie Bosquet.
74. Ibid. p. 397, 10 août 1868 à George Sand.
75. Pl. II p. 330, 21 mai 1853 à Louise Colet.
76. Ibid., p. 362, 25 juin 1853 à la même.

*il y a le moins de matière ; plus l'expression se rapproche
de la pensée, plus le mot colle dessus et disparaît, plus
c'est beau* [77]. »

Ce désir, *d'une étonnante modernité pour l'époque, appelle deux conclusions.* D'une part, toute tentative d'analyse traditionnelle des romans de Flaubert ne peut aboutir qu'à une distorsion. *Le découpage en personnages,
intrigue, style, etc., déforme les préoccupations essentielles
de la création flaubertienne. D'autre part, on constate à
quel point* l'œuvre de Flaubert est un phénomène de
langue. *Les recherches qu'il entreprend sont certes méticu-
leuses. Elles jouent, cependant, comme on verra, un rôle
nettement secondaire, ponctuel même. Les innombrables
brouillons de* l'Éducation *(comme des autres romans) té-
moignent avant tout d'un inlassable travail d'agencement
lexical, syntaxique. C'est à cet agencement que le texte
doit son sens profond.*

*On voit par cette transformation du réel en œuvre d'art
jusqu'où va, chez Flaubert, la notion de spécificité totale
du texte. La longue tradition qu'elle fonda prouve qu'on
aurait bien tort de parler d'impasse. Ceci pour une raison
toute simple : en dépit de ses aspirations, Flaubert ne peut
pas éliminer la matière, le sujet de ses textes. Le réel
transformé en œuvre d'art renvoie toujours au réel :* « Il
faut faire, à travers le Beau, vivant et vrai quand
même* [78]. » *Plutôt que d'élimination du sujet, il faudrait
sans doute parler de va-et-vient entre texte et réel où le
réel joue avant tout un rôle de confirmation* [79], *de
justification. Il ne s'agit pas d'un savoir qui n'a d'autre
but que lui-même. Au delà du « calme bloc » qui s'oppose
à la versatilité du réel, il s'instaure une visée plus mystique : l'œuvre selon Flaubert n'a pas pour fonction de ren-
seigner : — « l'Art est une chose sérieuse ayant pour but de
produire une exaltation vague, et même (...) c'est là toute*

---

77. Conard IV p. 397, 8 sept. 1860 à A. Pommier, Pl. II p. 362,
25 juin 1853 à Louise Colet et p. 31, 16 janv. 1852 à la même.

78. *Notes de Voyage,* Conard II p. 347.

79. Conard IX p. 33, 2 mai 1880 à sa nièce.

sa moralité[80] » ; « *Ce qui me semble à moi le plus haut
dans l'Art (et le plus difficile) ce n'est ni de faire rire, ni
de faire pleurer, ni de vous mettre en rut ou en fureur,
mais d'agir à la façon de la nature, c'est-à-dire de* faire
rêver. *Aussi les très belles œuvres ont ce caractère. Elles
sont sereines d'aspect et incompréhensibles*[81] ». *C'est sans
doute une fois de plus à son ami Le Poittevin que Flaubert est redevable de cette idée : «* ... l'Art, à son plus
haut degré, n'excite ni tristesse ni gaieté. On contemple et
on* casse-intellectualise-jouit[82] ». *Au bout du compte,
« dans la précision des assemblages, la rareté des éléments,
le poli de la surface, l'harmonie de l'ensemble, n'y a-t-il
pas une vertu intrinsèque, une force divine, quelque chose
d'éternel comme un principe ? (je parle en platonicien)*[83] ».
Les grandes œuvres éliminent les barrières qui séparent le
monde réel du monde idéal — elles instaurent en même
temps cette « splendeur du Vrai » qui est pour Flaubert la
définition du Beau[84]. Le grand artiste, pour sa part, est
« l'instrument aveugle de l'appétit du beau[85] ».

Ces dernières définitions indiquent que Flaubert est bien
de son temps — de même que la notion du livre sur rien et
l'importance de l'écriture soulignent son rôle de précurseur.
De cette pensée hétéroclite et parfois contradictoire résulte
forcément une œuvre de transition (sujets réalistes dans une
forme qui nie constamment les assises du réalisme). Avant
tout, c'est une œuvre consciente, si l'on peut dire, de ses
propres procédés. L'étude des brouillons révélera à quel
point l'esthétique empiète sur les thèmes.

Le motif de l'art

Ajoutons rapidement ici que l'art est chez Flaubert un
sujet romanesque. A *l'instar de* Madame Bovary *et de*

---

80. *Préface aux « Dernières Chansons »*, in Conard VI p. 484.
81. Pl. II p. 417, 26 août 1853 à Louise Colet.
82. Lettre à Flaubert, Bibliothèque Nationale, Nouvelles Acquisitions Françaises 23825 f⁰ 199.
83. Conard VII p. 294, 3 avr. 1876, à George Sand.
84. Pl. II p. 691, 18 mars 1857 à Mlle Leroyer de Chantepie.
85. Pl. I p. 283, 8-9 août 1846 à Louise Colet.

Bouvard et Pécuchet, l'Education sentimentale *explore des motivations souvent d'origine artistique. Pellerin est l'exemple le plus frappant : tout au long du roman, il se livre à une activité vacillante qui est à la fois pratique et théorique. A côté de lui, Hussonnet et Delmar, le journaliste et l'acteur, nous offrent, eux aussi, une exploration de l'art dégradé. Et, bien sûr, Arnoux, avec successivement l'Art industriel, la fabrication des faïences et la vente du kitsch néo-catholique, montre que sa déchéance est autant esthétique que morale.*

On pourrait même dire que presque tous les personnages de l'Éducation *sont évalués, de façon ponctuelle ou permanente, en fonction de leur attitude vis-à-vis de l'art. Frédéric est d'autant plus méprisable qu'il a des velléités d'écrivain, de peintre — vite détournées, d'ailleurs, comme le sont toutes ses activités, toutes ses émotions. Le père Roque montre jusqu'où peut aller sa bêtise quand il parle du portrait de Rosanette. Une lettre de celle-ci s'inspire visiblement de ses lectures de bas étage.*

A un autre niveau du texte, la prolifération de ce motif devient plus significative encore. Pour bon nombre de personnages, en effet, l'art, et notamment la littérature, constituent non pas tant une carrière à adopter qu'un modèle de comportement à suivre. On pense au baragouin XVIᵉ *siècle de Hussonnet. Si Rosanette invite Frédéric à l'accompagner (avec son amant en titre) au bord de la mer, c'est qu'elle pourrait le « faire passer pour (son) cousin comme dans les vieilles comédies » (p. 259). Le texte véhicule ici une réflexion sur l'art, à la fois sujet et dimension du texte, qui permet d'évaluer les personnages — défavorablement, puisque ceux-ci utilisent l'art et choisissent des modèles selon des critères qui (si l'on se réfère à la* Correspondance) *n'ont rien à voir avec la véritable fonction de l'art. Ceci est vrai surtout des deux principaux protagonistes, Frédéric et Deslauriers. Les extraits des brouillons que nous citons dans les* Notes *soulignent tout ce que ceux-ci doivent à leurs lectures. Même dans la version définitive, cette influence est tout à fait explicite. Les amours de Frédéric, ses rêves d'évasion et d'enlèvement,*

découlent directement d'un Romantisme incohérent et sentimental qui semble constituer sa principale source d'inspiration. La dernière entrevue avec Madame Arnoux révèle à
quel point de très médiocres idées reçues romantiques et un
langage d'une ahurissante banalité sont substitués à un
comportement plus authentique : « Mon cœur, comme de la
poussière, se soulevait derrière vos pas. Vous me faisiez
l'effet d'un clair de lune par une nuit d'été » etc.
(p. 422). Ses modèles sont plus spécifiques encore, et, vu
l'ambiguïté de ses propos, plus cocasses : « Je comprends les
Werther que ne dégoûtent pas les tartines de Charlotte .»
De façon plus fragmentaire sans doute, Frédéric est bien
dans la lignée d'Emma Bovary.

Quant à Deslauriers, il a d'autres modèles de comportement, d'arrivisme, mais tout aussi clairs et significatifs :
« Rappelle-toi Rastignac dans la Comédie humaine ! Tu
réussiras, j'en suis sûr ! » (p. 18). Balzacienne également
est l'inspiration suivante : « N'ayant jamais vu le monde
qu'à travers la fièvre de ses convoitises, il se l'imaginait
comme une création artificielle, fonctionnant en vertu de
lois mathématiques. Un dîner en ville, la rencontre d'un
jeune homme en place, le sourire d'une jolie femme pouvaient par une série d'actions se déduisant les unes des
autres avoir de gigantesques résultats. Certains salons parisiens étaient comme ces machines qui prennent la matière
à l'état brut et la rendent centuplée de valeur. Il croyait
aux courtisanes conseillant les diplomates, au génie des
galériens, aux docilités du hasard sous la main des
forts. » (p. 78) L'échec de Deslauriers souligne l'ironie de
ces passages. L'Éducation, on le verra, est un roman anti-
balzacien non seulement au niveau de sa conception formelle, mais aussi à cause de la satire des personnages.

La réflexion et l'activité littéraires de Flaubert débouchent ainsi sur un réseau de thèmes qui constituent eux
aussi une méditation sur l'expérience artistique et ses ré-
percussions ironiques. Flaubert, en ceci, s'apparente à
Proust, à Gide, à Henry James. Mais, cela va encore plus
loin. Il ne cherche pas seulement à explorer chez ses personnages le désir déplacé de transformer l'art en réalité, il

se préoccupe aussi de démontrer que leurs tentatives avortées sont comme la contrepartie négative de sa réflexion esthétique. Dans celle-ci on relève la haine des systèmes abstraits et la mise en place d'œuvres cohérentes, stables, spécifiques, uniques, qui se communiquent pleinement, et qui n'ont d'autre but qu'elles-mêmes (mais qui ont en même temps, comme base une vérité matérielle certaine).

Or, que se passe-t-il chez Frédéric et ses compagnons ? Dans une œuvre qui répond pleinement aux exigences de l'esthétique, nous observons des personnages incohérents dans un monde absurde, victimes consentantes des systèmes, des doctrines et des idées reçues. Frustrés dans leur désir de communiquer, de communier, ils falsifient le monde par toutes les préoccupations de leur subjectivité, isolés par les mensonges qu'ils subissent et qu'ils propagent. Frédéric, voyant Madame Arnoux ostensiblement pour la dernière fois, lui ment au sujet du tableau de Rosanette, lui débite des platitudes qui la transforment en fonction de sa subjectivité à lui — conduite identique à celle de Madame Dambreuse, d'Arnoux, de Hussonnet, de la Vatnaz... L'œuvre se constitue en réalité absolue ; la substance narrative, « l'intrigue » du texte nous révèle au contraire un processus de fragmentation et de falsification. Si, selon Flaubert, c'est l'œuvre qui fait rêver et qui donne une exaltation vague, Frédéric, suprême trahison, se contente pour ce genre d'émotions d'une femme sur le retour qu'il est seul à trouver belle. Sa curiosité s'attache à des objets sans cohésion. Déplacement, et distorsion absolue d'une activité à potentiel artistique. Rien d'étonnant donc si les angoisses de Frédéric et de ses amis sont absurdes en fin de compte, alors que celles de Flaubert sont l'ultime justification d'une noble existence.

Flaubert fait ainsi dialoguer sa pensée esthétique et sa création littéraire. *L'analyse des différents motifs de* l'Éducation *montrera la permanence de ce phénomène. Pour que notre compréhension du texte final soit complète, cependant, il nous faut d'abord examiner l'autre grande contrainte qui (avec la pensée littéraire) présida à sa réalisation : la genèse de* l'Éducation sentimentale, *la manière dont Flaubert écrivit son roman.*

Méthode de composition

Dans un sens, les manuscrits de Flaubert sont plus modernes que son texte final : les scénarios schématiques, les verbes au présent, les intentions explicites (« Il faut que le lecteur croie qu'il va épouser la petite Roque »), les obscénités (« Ils vont se baiser »), seraient à leur place dans un roman achevé de Claude Simon, de Joyce, de Günther Grass. L'élaboration de l'Éducation sentimentale fait disparaître tout cela, et instaure à sa place les incertitudes de l'ironie et les euphémismes dont le XIXe siècle n'aurait su se passer.

Ce préambule nous met en garde contre la tentation de faire de Flaubert un auteur plus moderne qu'il ne l'est. Pour comprendre véritablement la manière dont Flaubert écrivit son roman (et le caractère profond de celui-ci), il faut partir non de présupposés tendancieux mais d'un découpage plus objectif, à savoir les différents types de manuscrits dont sont composés les immenses dossiers de l'Éducation sentimentale. Génériquement, on a affaire à trois éléments distincts (relevant grosso modo de trois niveaux de rédaction distincts) : il y a d'abord les scénarios qui indiquent la marche générale de l'intrigue. Flaubert en fait de trois sortes : ceux qui donnent un aperçu très bref de l'œuvre dans son ensemble, ceux qui indiquent l'intrigue générale d'une manière plus détaillée, et ceux enfin qui donnent par le menu les différents éléments d'une scène, d'un épisode.

A côté des scénarios, il y a la grande masse des brouillons, c'est-à-dire les différents stades de l'élaboration du texte à partir des scénarios. Cela va des premiers balbutiements fragmentaires à la mise au net de la version finale. Il y a, enfin, toute la documentation que Flaubert réunit afin d'écrire son roman : notes prises dans les journaux de la période 1840-1850, renseignements sur la Révolution de 1848, correspondance, concernant notamment les Journées de Juin, en réponse à des questions posées à des amis ou à des soldats qui avaient été mêlés de près à ces événements.

Ce classement, bien sûr, ne correspond pas à la manière
dont les dossiers etc. sont répartis parmi les différentes bibliothèques : la plus grande partie (scénarios, brouillons,
correspondance documentaire) est déposée à la Bibliothèque Nationale : Salle des Manuscrits, Nouvelles Acquisitions Françaises, N.A.F. 17599-17611 — 13 volumes en
tout ; cela représente presque 2 500 feuillets écrits recto et
verso. D'un autre côté, les carnets où Flaubert nota ses
premières réflexions sur ce que pourrait être son roman, sont
déposés à la Bibliothèque Historique de la Ville de Paris,
comme l'est d'ailleurs le dernier manuscrit autographe que
Flaubert rédigea avant de donner son roman au copiste [86].
A la Bibliothèque Municipale de Rouen, parmi les dossiers
de Bouvard et Pécuchet (cotes mss G 226[1-8]) est déposée
la majeure partie de la documentation historique (extraits
de journaux et de pamphlets) ainsi qu'un très court résumé
de l'intrigue [87].

Cette dispersion ne facilite pas l'étude de la genèse de
l'Éducation, d'autant plus que si l'on arrive sans trop de
peine à grouper scénarios, brouillons, dossiers, etc., il n'y a
en réalité que les variantes de la seconde édition de 1879
qui soient vraiment distinctes du reste. En effet, on constate
que certains scénarios sont de caractère récapitulatif, car
ils constituent le résumé de ce qui a déjà été composé.
D'autre part, le travail de l'écriture proprement dit, la
recherche stylistique, commencent dès la rédaction des
scénarios : ceux-ci n'indiquent donc pas purement et simplement les données de l'histoire. Certaines formules « de
style » se maintiennent même depuis les premiers scénarios
jusque dans la version définitive. Par ailleurs, la fusion
partielle des différents éléments des dossiers fait que, loin
d'être modifiés par le travail du texte, certains renseignements documentaires subsistent tels quels dans le récit que

---

86. Pour la transcription des Carnets, voir Marie-Jeanne Durry, *Flaubert et ses projets...* Pour le dernier manuscrit autographe (transcription des
corrections et commentaire) voir P.M. Wetherill, 1971-1972.

87. Ces éléments ont été étudiés, avec de très larges citations, par
Alberto Cento, dans *Il realismo documentario...*

Flaubert en tire. L'élaboration du roman résulte donc en partie d'un va-et-vient entre les différents types de manuscrits dont se compose le dossier général[88].

On aurait donc tort de croire que chaque élément *(scénarios, documentation, brouillons, etc.)* correspond à un stade précis de la composition de l'œuvre. *La chronologie générale, bien sûr, est facile à établir (grâce à la correspondance surtout). C'est au début de septembre 1864 que Flaubert entame la* rédaction *de son roman. Le 16 mai 1869 à 5 heures moins 4 minutes[89] Flaubert annonce qu'il l'a terminé. Mais avant de commencer à rédiger, Flaubert avait passé plus d'un an à méditer ses scénarios et à faire un certain nombre de lectures préliminaires (de journaux des années 1840 notamment)[90] – et, une fois son roman « terminé », Flaubert allait consacrer de longs mois à la correction de son manuscrit, de la copie et des épreuves. Le roman ne sortira enfin que le 18 novembre 1869. Il faudrait évoquer aussi la correction, en septembre-octobre 1879, des épreuves de la seconde édition.*

Il s'agit là de divisions plus ou moins nettes. Plus floue est l'interaction des recherches, des scénarios et des brouillons. En effet, si une partie de la documentation et les scénarios généraux sont préparés d'avance (c'est-à-dire avant septembre 1864), Flaubert rédige chaque épisode à partir de scénarios et d'une documentation entreprise au fur et à mesure. *D'immenses lectures historiques et « sociologiques » accompagnent ainsi le travail du texte. Des voyages aussi, puisque Flaubert fait le voyage de Montereau (en passant par Villeneuve-Saint-Georges, Corbeil et Melun) en août 1864, et qu'il va à Creil en avril 1867 – c'est-à-dire à l'époque où ces endroits devaient jouer un rôle dans les pages qu'il était en train d'écrire. De même pour les renseignements qu'il recueille de vive voix ou par écrit auprès de ses amis ou de spécialistes avec lesquels on*

---

88. De même, l'esthétique s'élabore à partir d'un va-et-vient entre l'écriture romanesque et la réflexion théorique – là aussi il y a parallélisme, simultanéité.

89. Conard VI p. 20 à J. Duplan (?).

90. Conard V p. 137, 18 avr. 1864 à sa nièce.

le met en rapport : en mars 1866, il consulte Sainte-Beuve au sujet du mouvement néo-catholique. A la fin de la même année, c'est Feydeau (père) qu'il consulte au sujet des démêlés boursiers de Frédéric. Vers le 15 juin 1867, à l'époque où il écrit l'épisode des courses, il va « successivement au Jockey Club, au Café Anglais et chez un avoué [91] ». Il s'agit d'un processus où lectures et demandes de renseignements, ponctuelles, toutes deux, se déroulent simultanément : « Présentement, je lis un tas de choses sur "48". Je vais à la bibliothèque des députés et je recueille des renseignements de droite et de gauche [92]. » Ces détails pourraient se multiplier à l'infini. On pourrait même les compliquer en faisant remarquer que Flaubert longtemps avant d'avoir terminé l'Éducation, pense déjà à ce qu'il pourrait faire par la suite ! — « Puisque tu es encore plongé dans l'orient moderne (écrit-il à J. Duplan), pense à moi pour mon futur roman Harel Bey » [93].

Étant donné l'importance de cette recherche (historique, sociale, médicale, topographique, céramique, artistique, mortuaire, militaire, ferroviaire, boursière, religieuse) et la problématique de son insertion dans une écriture déjà en plein travail, on devrait moins s'étonner des lenteurs de la rédaction. On pourrait même admirer la rapidité avec laquelle, à quelques mois seulement de la fin de la rédaction proprement dite, Flaubert peut tirer profit de renseignements qu'il vient de récolter : c'est seulement en mars 1869 qu'il s'adresse aux Goncourt au sujet des portraits d'enfant dont Pellerin doit s'inspirer — les dernières précisions concernant le Calves' Head Club constituent, elles aussi, un apport tardif.

On peut également admirer la régularité de ce travail : Flaubert termine la première partie fin 1865, la deuxième partie en février 1868 et la troisième en mai 1869. Si l'on tient compte à la fois de la correction des épreuves et du bouleversement moral et littéraire provoqué par la

---

91. Conard V p. 309 à George Sand.
92. Ibid., p. 289 - 17 mars 1867 à J. Duplan.
93. Conard V p. 365, 14 mars 1868.

mort, en juillet 1869, de son grand ami Bouilhet, on peut
calculer que Flaubert compose selon un rythme d'une cen-
taine de pages par an. Notons en passant que Salammbô,
qui relève d'une méthode de composition très largement
comparable, suivit un rythme similaire.

A côté de ces détails techniques, retenons également la
méthode convergente pratiquée par Flaubert. Quels sont
les autres aspects majeurs de la composition de l'Éducation
sentimentale ?

On relève d'abord qu'en dehors de toute chronologie,
de toute infiltration stylistique, la fonction des scénarios
est assez distincte de celle des brouillons. Les scénarios,
c'est la mise au point de « l'intrigue », c'est aussi la
réflexion stratégique sur le rapport entre les épisodes, les
parties et les chapitres (rapport qui évolue, soit dit en
passant : Flaubert avait prévu d'abord un plus grand
nombre de chapitres avant d'aboutir au parfait équilibre
pour les trois parties de 6 + 6 + 6 + épilogue). Les
scénarios, c'est aussi, dans les tout premiers temps, le stade
des modifications profondes de substance, de portée, de
thème. En effet, les scénarios, ainsi que les carnets, pré-
voient au début toutes sortes de péripéties qui ne seront pas
retenues – la mort dans l'amertume et l'isolement des principaux personnages, par exemple ; l'adultère et la folie de
Madame Arnoux ; Rosanette châtelaine ; Frédéric père de
famille.

La logique de l'histoire, évidemment, élimine bon nombre de ces incidents. Un élément, pourtant, plus que tous
les autres, donne aux premiers scénarios une orientation
nouvelle – c'est l'adjonction de l'Histoire. Le 6 octobre
1864, Flaubert écrit : « Je veux faire l'histoire morale des
hommes de ma génération [94]. » Vers la même époque, sans
doute, il note « Montrer que le Sentimentalisme (son développement depuis 1830) suit la Politique & en reproduit
les phases [95]. » Ces formules permettent une très utile analyse du texte final. Elles ne correspondent pas, cependant,

---

94. Conard V p. 158 à Mlle Leroyer de Chantepie.
95. Carnet 19 f⁰ 38 v⁰ in Durry p. 187.

aux premières intentions de l'auteur. Les carnets révèlent qu'au départ, Flaubert avait projeté d'écrire un roman d'adultère parisien. L'adjonction de l'Histoire bouleverse les dimensions du texte. Elle entraîne notamment l'invention de personnages (Deslauriers, Sénécal, Dambreuse...) dont une fonction majeure est de mettre en relief les mentalités et les mouvements politiques de l'époque. Et, bien sûr, ce changement de cap nécessite l'invention des scènes de rue ou de salon par lesquelles ces personnages se manifestent.

Cette décision de faire une manière de roman historique est sans doute le point le plus important de l'élaboration des scénarios. D'autres éléments permettent de déterminer la conception que Flaubert avait de son texte. Il s'agissait pour lui de toute évidence de réaliser un roman de situation (ou à situations) et non un roman d'événements. Les événements de l'Éducation *servent donc avant tout de support à certains faits, certains gestes. La preuve en est la manière dont ceux-ci traversent, souvent sans modification, scénarios et brouillons alors que la trame générale de l'intrigue est d'une invention plus récente. Deslauriers séduit la première femme venue bien longtemps avant que Flaubert n'élabore l'épisode de l'Alhambra. Le geste par lequel Arnoux « passa la main sous le menton (de* Frédéric) *familièrement » appartient à une couche très ancienne des scénarios (p. 42). De même ce « voilà les riches » par lesquels Deslauriers, en arrivant à Paris, caractérise Frédéric (p. 44). Et, enfin, la rancune que Sénécal garde à Frédéric (p. 58) et le moment où Mlle Marthe annonce que sa maman est en train de s'habiller (p. 45), etc.*

L'élaboration des scénarios semble donc résulter de la mise en place de blocs inamovibles et de strates nouvelles. *Il s'agit à la fois de structures et d'écriture. Un phénomène assez mystérieux illustre ce processus :* l'évolution et le choix définitif des noms. *Si, à l'arrivée, certains de ceux-ci ont une résonance précise (Pellerin, Sénécal, Deslauriers), les scénarios nous informent de la façon dont Flaubert s'y prend pour déterminer son choix.*

Comme les personnages, selon l'idéologie du roman réaliste, ne peuvent pas exister tant qu'ils ne sont pas dotés de noms (au moins provisoires), on peut supposer que le

processus de « nomination » remonte aux premiers temps de
l'élaboration de l'Éducation. *Flaubert a peut-être cherché*
d'abord à se donner de l'inspiration en dressant une liste,
un peu au hasard : « Pellerano, Rumèle, Dutey, Natan-
son, Desrogis, Clemendot, Dubrulle, Palazot, Soudry, Gar-
nault, Hamet, Mesta, Radouan, Vandael, Guilloud, De
Lamarre, Delmas, Damas, Delmar (sic) *»* [96]. *Beaucoup de*
ces noms disparaîtront sans trace, d'autres (Pellerano) sont
déjà très reconnaissables. « Soudry » donne sans doute le
père Oudry. « Desrogis » contient des éléments qui font
penser à la fois à Deslauriers et au père Roque. Les origi-
nes de « Delmar » sont également visibles. Associé à De
Lamarre, cela pourrait faire penser qu'un petit élement de
*l'*Éducation *doit ses lointaines origines aux sources de* Madame Bovary ! *Les amateurs de ce genre de spéculation*
rêveront sans doute sur la présence dans cette liste de
« Hamet ». Homais n'est pas loin.

D'autres choix sont plus compréhensibles : Frédéric, à
l'origine, s'appelle Fritz. En changeant de nom, notre
« héros » abandonne ainsi toutes sortes d'associations ro-
mantiques que véhiculaient (surtout avant 1870) les réso-
nances allemandes. Quant à son nom de famille, son évo-
lution est assez étonnante : au départ Madame Arnoux
devait s'appeler Madame Moreau... [97] *— pourquoi s'ap-*
pelle-t-elle en définitive Arnoux (en cédant son nom à
Frédéric) ? Étant donné la neutralité de ces deux noms
(très différents en somme de « Sénécal » ou de « Regim-
bart »), toutes les hypothèses sont bonnes. Une spéculation
cependant : dans les premiers scénarios le personnage prin-
cipal du roman est très visiblement Madame Moreau-Ar-
noux. Vient un moment où Flaubert, évoquant celle-ci et
Rosanette, écrit ceci : « mais s'il y a parallélisme entre ces
deux femmes l'honnête et l'impure (autre constante des
manuscrits) *l'intérêt serait porté sur le jeune homme — (ce*
*serait alors une espèce d'*Éducation sentimentale *?)* [98]. *» Au*

---

96. 611 f⁰ 123.
97. V. Durry p. 155.
98. Ibid., p. 156.

moment où sa réflexion change radicalement d'optique,
Flaubert place Frédéric résolument au milieu de la scène
et lui donne le nom de celle qui jusqu'alors l'avait occupé
— comme si le nom et la fonction de personnage principal
étaient déjà, dans l'esprit de Flaubert, indissociables. Cela
paraît, pour le moins, vraisemblable, étant donné le rôle
fondamental que joue l'écriture, la substance même des
mots, dans le roman flaubertien.

D'autres noms évoluent selon des contraintes variables.
Meinsius évoque peut-être un peintre réel (Meissonnier), de
même que Théophile Lorris pourrait bien être l'amalgame
de deux noms de poètes réels (Gautier et Guillaume de
Loris). Sénécal par sa sévérité fait penser à Sénèque (à
l'origine, il s'appelait Sénéchal). D'autres changements
sont plus obscurs : Matnas > Vatnas > Vatnaz ; Ar-
naud > Arnoux ; Desroches > Roque ; Onésime >
François > Isidore ; Protin > Robolin > Gamblin.

La constitution et l'évolution des noms n'a donc rien
d'homogène : cela aboutit à des appellations qui sont tan-
tôt opaques, tantôt analytiques. En filigrane (comme au
niveau des thèmes et des motifs) on relève même la présence
d'œuvres écrites ou à faire : à plusieurs reprises Flaubert
appelle la fille de Madame Arnoux Berthe (c'est le nom
de la fille de Madame Bovary) — sur un scénario (611
f° 63) on relève que l'un des professeurs de Frédéric, au
Collège de Sens se nomme Pécuchet.

L'élaboration des noms déborde sur le travail des
brouillons — forcément, car elle concerne non seulement une
manifestation de l'affectivité secrète et souvent insondable
de l'auteur, mais aussi la mise en place de la substance
rythmique, sonore, du texte final. Les brouillons ont cepen-
dant une fonction plus « primitive » et qui consiste à trai-
ter la matière brute des scénarios en dégageant les dimen-
sions variables, les modes de narration et d'accentuation
par lesquels le texte définitif s'exprimerait enfin. Si, de
bonne heure, une chronologie relativement simple se
manifeste (il y a très peu de retours en arrière) en revanche, les rythmes de cette chronologie évoluent de façon
sensible. *Cette évolution se poursuit même au-delà de*
1869. En effet, les alinéas de la deuxième édition (1879)

deviendront progressivement moins nombreux, de même que les doubles interlignes : c'est tout un processus de fusion et d'obscurcissement (subjectifs) qui remplace la relative fragmentation de la première édition. D'autre part, Flaubert oppose à des mouvements extrêmement développés des passages d'une brièveté toute schématique — le retour du premier dîner chez les Arnoux subit ainsi un traitement tout différent de celui que reçoit le voyage à Fontainebleau (le trajet n'est pas décrit du tout).

A côté de ce jeu très fréquent d'allongements et de raccourcissements, Flaubert instaure une alternance continuelle de moments uniques et de moments répétés (ou qui paraissent tels). Il s'agit ici d'une manipulation profonde qui enlève à l'intrigue sa valeur de progression, de progrès (d'éducation en somme). Même en ce qui concerne les moments uniques : par la reprise des mêmes scènes (promenades, réceptions), le retour des mêmes préoccupations, Flaubert estompe les grands instants du roman (les courses, la Révolution de '48) ; leur valeur de changement en est diminuée.

On le voit : ces opérations concernent le sens même du roman (que l'œuvre ne possède pas encore au niveau des scénarios). D'autres procédés, significatifs eux aussi, sont à relever : les gestes et les poses remplacent les notations abstraites des carnets[99] *— l'impassibilité du texte est ainsi renforcée, le narrateur peut montrer ce qui se passe sans avoir à donner son avis. En même temps, à la frontière des brouillons et des scénarios, il arrive à Flaubert de déplacer des éléments d'intrigue : la remarque sur l'égoïsme des hommes, faite dans les scénarios par Madame Arnoux est donnée par la suite à Madame Dambreuse, renforçant sensiblement la réticence de Madame Arnoux (et l'hypocrisie de Madame Dambreuse). Primitivement, la fuite des Arnoux devait avoir lieu avant la mort de Dambreuse. Placé à la fin, ce déménagement groupe les débâcles du roman et établit des interférences éloquentes : la mort pitoyable de l'enfant, une vulgaire escroquerie, une sordide*

---

99. Durry, p. 167.

vente aux enchères deviennent autant de métaphores du
Coup d'État qui se produit en même temps qu'elles.

Il est en effet significatif que ce genre de manipulations
accompagne l'insertion dans son texte de détails historiques, politiques, sociaux (dont on se rappelle qu'ils sont
bien plus nombreux dans les brouillons que dans les scénarios). L'importance secondaire de cette documentation ne
fait pas de doute. Elle est appelée de toute évidence à se
conformer à un réseau de motifs déjà en place. La documentation a pour finalité, dans un premier temps, de déterminer l'espace culturel dans lequel le texte définitif va
se situer. Elle provient souvent de témoignages oraux et
peut même n'être pas de caractère verbal : témoin les estampes qui inspirent à Flaubert certains détails de la
Révolution de 1848. La simplicité du premier « épisode »
(1840-1845) ne ferait donc pas soupçonner l'énorme documentation que Flaubert a dévorée. Cependant, d'un côté, le
climat de la Monarchie de Juillet est indiqué grâce à des
touches rares mais très habiles et très fidèles ; d'un autre
côté, cette documentation lui a permis de poser les bases de
son histoire puisque '48 dérive en ligne directe de ces
années de ferment et de préparation. D'une manière plus
générale, on est frappé par l'emploi que Flaubert fait non
seulement de notes à l'état brut mais aussi de notes coor-
données, fusionnées, aboutissant à ce qu'on a appelé le
réalisme documentaire, c'est-à-dire à la vérité absolue de
tout ce qui concerne l'histoire, la politique, la société de
l'époque [100]. Il faut cependant faire une distinction entre,
d'une part, les événements (chute de la Monarchie, Journées de Juin, etc.) que Flaubert raconte avec une rigou-
reuse exactitude (quoique selon des procédés que nous exa-
minerons plus loin) ; et, d'autre part, les conversations
politiques par lesquelles Flaubert communique ce qui se
pensait et se disait à différents moments de la période
1840-1851. Ici, évidemment il ne s'agit pas de véritables
conversations, mais d'une mosaïque d'idées, de phrases,
d'attitudes, tirées des documents, et notamment des jour-

---

100. Voir Cento p. 118, etc.

naux de l'époque. Cependant, rien de ce qui se dit dans ces conversations en matière de politique, de société, d'art n'est inventé. *Si des étudiants crient «A bas Guizot ! à bas Pritchard ! à bas les vendus ! à bas Louis-Philippe ! »,* chantent la Marseillaise *et se proposent d'aller chez Béranger,* Laffitte *et Chateaubriand (p. 29) c'est que Flaubert avait trouvé des détails exactement semblables dans le journal d'Alphonse Karr,* les Guêpes, *de février 1844, et dans* le National *du 21 septembre 1841. Si le placeur de vins, chez Dussardier, dit « Le wagon royal de la ligne du Nord doit coûter quatre-vingt mille francs ! Qui le payera ? »,* c'est que la même question existe, à peu près textuellement dans *le Charivari du 18 août 1847. Dernier exemple : quand Nonancourt dit des socialistes « On aurait dû tuer en masse tous ces gredins-là ! »* sa remarque est authentique, puisque Victor Romieu, *dans un pamphlet virulent,* le Spectre rouge de 1852, *« conseille de massacrer en masse les socialistes comme les gentilshommes le firent des Jacques* [101]. »

La presque totalité des conversations de ce genre (sans parler de toutes sortes de détails techniques) proviennent de sources semblables. On peut supposer que là où les sources paraissent manquer, il s'agit le plus souvent d'éléments inspirés directement de l'expérience de Flaubert lui-même. C'est le cas de certaines remarques de Pellerin («Laissez-moi tranquille avec votre hideuse réalité » (p. 47)) qui existent également dans la Correspondance. *Dans ce roman, de toute évidence, la Vérité esthétique se fonde sur la vérité des faits (sans que pour autant celle-ci soit une fin en soi). Voilà pourquoi Flaubert se vit obligé de refaire le passage qui relate le retour de Frédéric à Paris en juin 1848, la ligne de chemin de fer n'existant pas encore à cette époque entre Fontainebleau et Paris, comme il l'avait supposé.*

Tous ces éléments subissent, pourtant, les contraintes d'ordre et de langage qu'impose un texte en train de se faire. Cela explique l'élimination de certains termes tech-

---

101. Cento, p. 110, 169, 281, note de Flaubert.

*niques : « Vous (c.-à-d. G. Sand) m'envoyez pour rempla-
cer le mot "libellules" celui d'alcyons. Georges Pouchet m'a
indiqué celui de gerre des lacs (...). Eh bien ! ni l'un ni
l'autre ne me convient, parce qu'ils ne font pas tout de
suite image au lecteur ignorant.*

*« Il faudrait donc décrire ladite bestiole ? Mais ça ra-
lentirait le mouvement. Ça emplirait tout le paysage ! Je
mettrai "des insectes à grandes pattes" ou "de longs insectes", ce sera clair et court* [102]. *» Va-et-vient donc, entre la
pensée esthétique et son support documentaire. L'exemple
que nous venons de citer n'est cependant pas tout à fait
comparable aux précédents : le terme de zoologie cache le
réel (surtout quand celui-ci est subjectif) — les extraits
d'articles, etc., sous forme de conversations, permettent par
contre d'accéder directement à cette réalité (tout en renforçant la Vérité esthétique).*

*La substance documentaire subit donc un traitement va-
riable selon qu'elle peut être investie directement ou non :
« Certains détails relatifs à 1847, représentent de simples
notes que Flaubert désire retenir, d'autres par contre, déjà
placés entre guillemets, sont de véritables phrases prêtes à
être utilisées dans les dialogues de* l'Éducation [103]. *»*

*L'élaboration d'un langage littéraire et d'une cohérence
esthétique a déjà commencé. Avant d'évoquer les procédés
de rédaction, voici un cas limite du réalisme documentaire
(qui aboutit à tout autre chose qu'à la communication, au
renseignement) : le discours de l'Espagnol au Club de l'Intelligence (p. 311). Comme le patriote lui-même, ce discours est authentique. Il fut donné lors d'une séance de la
Société fraternelle centrale, et imprimé dans un compte
rendu de cette séance* [104]. *Imprimé en français, évidemment.
Seulement, Flaubert se donna le mal de le faire retraduire
en espagnol pour la plus grande illumination de ses lecteurs ! Flaubert va jusqu'à opérer de légères retouches. Il
en résulte une plaisanterie cachée : « Una oración fúnebre*

---

102. Conard V p. 375, juin 1868, v. texte p. 250 ; en définitive,
Flaubert écrit ‹ de grands insectes ›.
103. Cento p. 105.
104. Cento p. 253-256 et Stratton Buck (1963) p. 629.

en honor de la libertad española y del mundo entero »...
En même temps, ce discours perd toute valeur de document.
Par son caractère incommunicable, il marque la primauté
des motifs sur les faits, les renseignements.

Un problème subsiste, pourtant : comment Flaubert a-t-il pu admettre ce bloc stylistiquement hétérogène, alors qu'une grande partie de son effort, au niveau des brouillons porte sur la réalisation d'un langage cohérent et spécifique ? L'exemple de ce discours souligne qu'à côté de nos généralisations, il faut toujours s'attendre à rencontrer des exceptions. *La schématisation nous permet cependant de comprendre un certain nombre d'éléments.* Ainsi on peut parler de scénarios généraux et de scénarios ponctuels. *Les scénarios généraux visent l'ensemble de l'œuvre. Les scénarios ponctuels indiquent les éléments d'un épisode relativement court. Les brouillons, par contre, ont pour unité de base des mouvements beaucoup plus brefs, qui tiennent presque toujours dans une seule feuille de papier (de dimensions généreuses, il est vrai). Cette contrainte est tellement universelle chez Flaubert, que les mouvements très courts voisinent rarement sur la même feuille avec l'amorce d'un autre épisode.*

Flaubert part donc d'une fragmentation de son texte [105].
Le tronçon isolé sur lequel Flaubert travaille passe par de nombreuses versions avant de parvenir à son état final. Sur le premier jet, Flaubert opère les corrections qui lui paraissent nécessaires (changements de mots, de syntaxe, parfois même dans l'ordre des faits). Il recopie sur une deuxième feuille cette version corrigée et recommence. Cette deuxième ébauche une fois corrigée est de nouveau recopiée et de nouveau recorrigée. Et ainsi de suite, jusqu'à sept, huit, neuf versions. Puis, satisfait, Flaubert passe au « tronçon » suivant. Tout le roman s'écrit ainsi [106]. *De temps à autre, Flaubert s'arrête pour recopier le chapitre qu'il vient de*

---

105. Rien d'étonnant donc, à ce qu'il éprouve souvent des difficultés à réaliser des transitions qui le satisfassent, car ces fragments évidemment n'ont pas dans le texte final de valeur indépendante.

106. Les mêmes procédés s'observent dans la composition de *Salammbô*, des *Trois contes*, de *Bouvard et Pécuchet*.

*terminer. Ensuite il rédige son scénario ponctuel, plus
nuancé que son scénario de base — et reprend son élaboration fragmentaire.*

*Activité de maniaque ? On serait tenté de le croire, et
cela d'autant plus qu'il arrive à Flaubert de transcrire
des passages qui n'ont subi aucune modification comme de
recopier telles quelles des notes techniques. Il faut, cependant, se garder de toute conclusion hâtive. Si la méthode
de travail de Flaubert a une indéniable valeur thérapeu-
tique, il faut surtout relever qu'elle lui permet de réaliser
une très grande unité d'écriture.* C'est pour cela, sans
doute, que chaque « tronçon » connaît un traitement
exactement semblable. *Soit le brouillon « 2A » : on aurait pu s'attendre à ce qu'il exploite tous les progrès techniques, stylistiques, thématiques, etc. dont témoigne le dernier brouillon («1G») du « tronçon » précédent. Or il n'en
est rien : il part d'un stade de langage bien plus ancien,
qui rappelle surtout celui de « 1A »* [107].

*La mise en place de la signification finale du texte
relève donc d'un processus méthodique, sinon rigoureux.
Flaubert élabore un* système *descriptif, narratif, dont tous
les éléments (distincts au départ seulement) auraient pour
mission d'être une manifestation constitutive du système
global, sans laquelle celui-ci n'aurait pas la même portée.*

*Ce désir de cohérence systématique est à l'origine sans
doute de l'abandon (dans tous les romans de Flaubert) de
maints passages travaillés dont la beauté ne déparerait
pas celle du texte d'où ils furent exclus. Voici un passage
que Flaubert a choisi de supprimer (sans doute parce que
le passage en question rappelle un certain nombre de passages similaires, et qu'il flatte peut-être l'intelligence du
spectateur (Frédéric) :*

« Des voitures s'entrecroisaient rapidement sur [la longueur
du] ⟨le⟩ pavé [et des deux côtés la foule grandissait] ⟨[et*

---

107. Il en est ainsi, comme on le verra plus loin de tous les éléments
explicatifs dont l'absence est une caractéristique du texte final : ces détails
sont nombreux dans tous les brouillons primitifs de tous les chapitres du
roman. L'élaboration de celui-ci consiste à les faire disparaître.

*les vitrines des magasins brillaient au soleil]⟩ ⟨et des
deux côtés la foule augmentait⟩. C'était une succession
continuelle ⟨[sans fin]⟩ [de maisons] de [magasins] ⟨bou-
tiques⟩, de chevaux, de carosses, ⟨[de maisons]⟩ d'enseignes, de visages et tout cela passant avec des miroitements brusques, des éclats de couleurs, des bruits de
paroles semblait se mouvoir dans une atmosphère joyeuse
et presque intellectuelle. »* (600 f° 14 v° – voir p. 21).

De façon moins ambiguë, on relève dans les brouillons
la fonction spécifique des marges : c'est là qu'il place bon
nombre de détails politiques, etc. qu'il veut intégrer progressivement à son texte, ou qui lui indiquent tout simplement le climat moral de la période qu'il évoque. C'est là
aussi que des bribes de phrases sont travaillées et retra-
vaillées avant d'accéder (en la faisant évoluer) à la fusion privilégiée du texte central.

Cette utilisation des marges comme bancs d'essais se manifeste tout au long du travail des brouillons. D'autres
éléments disparaissent de bonne heure – les différents
stades de l'écriture ont précisément pour fonction de les
faire disparaître. C'est le cas de la stratégie ponctuelle
qui se manifeste çà et là :

*« [Mais] ⟨et⟩ cet amour [sans espoir] devient à la lon-
gue intolérable (expliquer comment) Frédéric est très
malheureux (faire croire et apitoyer) »* (601 f° 162 –
voir p. 69).

*« (Contraste de ce qui est raconté – qui est hideux – avec
le paysage ambiant) »* (607 f° 11 v° – voir p. 331).

La disparition de ces notations stratégiques constitue un
cheminement prévisible vers l'impassibilité du texte (tout
en confirmant que rien dans ce roman n'est innocent).

Il s'agit donc d'un phénomène beaucoup plus large (et
bien plus significatif pour qui veut comprendre l'Éducation).

En effet, les procédés de suppression déterminent quasiment tous les aspects de l'évolution des brouillons –
les variantes montrent que cette démarche se manifeste encore dans les derniers manuscrits et la deuxième édition.

Ces suppressions renforcent les thèmes de la version définitive [108]. *D'un autre côté, l'étude des éliminations (infiniment plus nombreuses que les additions) permet de situer Flaubert par rapport à la littérature de son temps. C'est là un thème comme les autres :* l'Éducation *est un roman qui parle de lui-même — une de ses fonctions profondes consiste à remettre en question notre idée de ce que peut être un roman.*

D'une manière schématique, on peut dire que « l'Éducation » est un roman foncièrement anti-balzacien et que la genèse du roman consiste dans la mise en place puis l'élimination systématique des caractéristiques majeures du roman balzacien. *Cette mise en place est bizarre : il ne s'agit pas de la disparition d'un petit nombre de bavures, de détails qui se seraient glissés par hasard dans une écriture par ailleurs hostile à ce genre d'éléments. Pour s'en convaincre il suffit de relire la version primitive du début (citée à la première page des* Notes*) :* « Il n'eût pas été difficile à l'observateur le plus médiocre... » *— sans parler de maint autre passage des brouillons :* « On reconnaissait (immédiatement) l'homme riche » (599 f° 31). « Puis il boutonna sa redingote. — sourit... d'un air qui voulait dire "je les aurai" » (ibid f° 1 v°). *Ce langage, cette notion d'observation triomphante, ce mouvement à la* Rastignac *— il est inconcevable que Flaubert, à 43 ans, ait pu les écrire, les développer, sans savoir de quelles connotations explicites il dotait son texte. En même temps, étant donné le style et les idées de* Madame Bovary *et de* Salammbô *(sans parler de ses théories littéraires) il est impossible qu'il ait voulu maintenir de telles connotations jusque dans la version définitive.* Ces éléments précis lui servent plutôt de repoussoir — c'est ce par rapport à quoi le texte final doit prendre ses distances.

D'autres processus se prêtent à la même interprétation : les procédés d'éclatement *qui caractérisent l'évolution des brouillons. La psychologie, la documentation, les renseigne-*

---

108. Voir notre article « Le style des thèmes... » et la dernière partie de cette préface.

ments techniques, certains mouvements de l'esprit ou de l'action, forment au départ de grands blocs homogènes qui, une fois de plus, (qu'il s'agisse de la présentation de ses personnages, d'une tranche d'histoire, ou d'une opération financière) véhiculent des échos balzaciens. Tout cela, chez Flaubert, est fragmenté au fur et à mesure de l'évolution des brouillons. Du résumé systématique de la personnalité de chacun des personnages que Flaubert rédige à part (611 f° 109-113) il ne reste rien dans le texte final — c'est un exemple parmi beaucoup d'autres.

Ainsi la lecture du texte définitif se fait non pas à partir d'une base fixe (que le roman aurait pour mission d'explorer) mais à partir de situations auxquelles viennent constamment s'ajouter de courts éléments nouveaux. Cette démarche est tout à fait dans la logique d'une expérience régie avant tout par le hasard.

Les phénomènes de suppression qui nous préoccupent ici sont cependant encore plus complexes car si, souvent, tel fait trouve son explication dans la suite du roman, il n'en est pas moins vrai que la genèse de l'«Éducation» se caractérise par l'obscurcissement progressif du texte. Les Notes révèlent que bon nombre de détails sont éclairés par des citations de brouillons. Procédé discutable, car la version définitive signifie quelque chose surtout par opposition aux brouillons. Pour ce qui est de la rédaction, pourtant, on peut dire que l'un des phénomènes que Flaubert introduit délibérément c'est l'obscur, l'incompréhensible, l'explication partielle et ambiguë — délibérément, parce qu'au départ, tout est net et clair. Mobiles, enchaînements, explications historiques, indications de temps et d'espace, de lieux et de distances — tout cela passe par les différents stades d'un texte qui se fait de plus en plus opaque. Ces procédés d'obscurcissement sont multiples. L'élimination de la causalité se signale par la disparition sur une grande échelle de mots tels que « parce que », « puisque », « à cause de ». D'autres termes, qui permettent une articulation plus nette des mobiles (ainsi que du temps et de l'espace) sont impitoyablement éliminés — on pense à « alors », « puis », etc. Les Notes et les Variantes en donnent de très nombreux exemples.

Certaines allusions à la structuration sociale, au centre, elle aussi, de tout roman balzacien, disparaîtront au cours de la rédaction. C'est le cas de Cisy, dont l'adresse au faubourg Saint-Germain ne survit pas aux corrections. Arnoux lui-même évolue dans le sens d'une obscurité accrue : « Puis comme un bon bourgeois qu'il était [montre] ⟨il prit plaisir à lui faire voir⟩ [sa] ⟨la⟩ propriété » (601 f° 200 v° – voir p. 80).

Un grand nombre d'exemples de ces phénomènes est donné dans les Notes, dans les Variantes et dans les transcriptions reproduites en appendice. C'est, très visiblement, de l'anti-balzac, et cela même jusque dans l'élimination de détails grotesques qui n'en complètent pas moins un tableau, une personnalité : « la maréchale qui commence à vieillir (elle s'est fait mettre un râtelier) rêve de mariage » (611 f° 97 – voir p. 393) !

Flaubert modifie donc profondément notre idée de ce qu'est un roman historique. Ce n'est évidemment pas pour lui un texte qui donne un maximum d'explications. Ce n'est pas non plus la mise en place de personnages héroïques aux prises avec les grands mouvements de leur temps (comme dans Goriot, les Illusions perdues et la Rabouilleuse). Une fois de plus, cependant, il s'agit d'une évolution progressive. Dans les brouillons, les personnages, avant de devenir des anti-héros, possèdent, comme les événements qu'ils parcourent, des dimensions autrement grandioses. Arnoux, par exemple : il « [avait été à la fois le Mécène, le Rothschild et le Barnum] des maîtres contemporains. » (600 f° 110 – p. 39) il « [avait une maison à New York et] des correspondants ⟨ [représentants] ⟩ ⟨jusqu'à⟩ Moscou. Les élèves de la villa Médicis rêvaient de voir leurs œuvres suspendues à sa vitrine. » (600 f° 105 – p. 39-40). Frédéric, lui aussi, fait preuve d'une certaine énergie au début : « Ce coup dirigé peut-être contre lui l'exaspéra et dans l'emportement [d'une] ⟨de la⟩ vengeance [personnelle] il se baissait pour ramasser un fusil (partiellement en marge :) Ce coup le jeta dans une fur(eur) héro(ïque). » (607 f° 10 – voir p. 291). Quant à la notation « le ciel lourd – coup de tonnerre » (607 f° 16), elle semble participer d'une dramatisation épique que la

*Révolution de 1848, dans la version définitive, ne possède
en aucune manière.*

*Ces exemples, et les manipulations systématiques aux-
quelles ils se prêtent, sont assez concluants. Plus subtils
mais toujours attribuables à cette recherche d'un texte
« non balzacien » sont les* efforts inlassables que Flaubert
fournit pour donner à son texte une substance et une
structure spécifiques. *Tantôt, il met en place des échos
précis :* « [et] on éprouvait cette sorte de bien-être qui suit
les dénouements rapides (marge) v. Duel » (607 f° 22 –
*cf. p. 231 et 295) ; tantôt Flaubert élimine des parallèles
intempestifs :*
(Delmar gémit) *« une romance* [sentimentale] *intitulée* [la
harpe sur les flots] ⟨le Frère de l'Albanais⟩ *» (601 f° 133
v° – voir p. 72).*
(Frédéric) *« exhala* [comme] ⟨lentement⟩ *un grand soupir
de tristesse. Tout maintenant était fini. » (601 f° 184 –
voir p. 3 et 73)*
Constamment on relève le souci de réaliser telle ou
telle structure de phrase, tel ou ou tel rythme avant
même que la substance de ces phrases ne se précise.
L'exemple le plus célèbre, c'est bien sûr le « il... il... il... »
(sic – 610 f° 65 – *voir p. 420) qui donne, dans le texte
définitif, « Il connut la mélancolie des paquebots » etc.
Mais on note très souvent dans les brouillons la présence
de « X » qui marquent l'emplacement d'éléments documentaires qu'il faudra découvrir et insérer une fois que la
syntaxe et la phonétique de la phrase auront été mises au
point* [109].

*D'autres contraintes président souvent à son travail : on
pense à la dramatisation cocasse (puisque le fait de Frédéric lui-même) de « Ruiné, dépouillé, perdu » (p. 91) qui
trouve son origine dans un noyau rythmique situé primitivement à la fin du paragraphe suivant : « et puisqu'il ne
pouvait y vivre (à Paris), il ne pouvait travailler, il était*

---

109. Il s'agit ici d'un procédé caractéristique. On se rappelle que Flaubert désire qu'*Un cœur simple* (dont les brouillons sont également truffés
de X) se termine « par une phrase très longue ».

perdu, mort, fini. » *(601 f° 177 v°). En revanche, des
nécessités phonétiques semblent parfois contraindre Flaubert
à modifier les données techniques de son roman. C'est nor-
malement le cas des prix et des valeurs :* « *cela coûtait
163 (version définitive : 175) francs.* » *(601 f° 216 — voir
p. 79)* « *moyennant la somme de quatre-vingt [deux]
⟨trois⟩ (version définitive : 80) francs* » *(601 f° 139 —
voir p. 66)*

Ces citations démontrent toutes que la cohérence des
faits, de l'Histoire est continuellement dominée, façon-
née par la cohérence de l'écriture et du récit.

*La chasse aux assonances et aux répétitions participe
du même phénomène. Quand Flaubert s'inquiète de la répétition de mots tels que* vague, vaguement *(599 f° 84 v°),
il est clair qu'il recherche une cohésion textuelle fondée
non sur les faits mais bien sur les nuances de l'opposition
et de la variété sonores. En même temps, Flaubert révèle,
par cette préoccupation, les rapports qui existent pour lui
entre les mots, les phrases, et la réalité qu'ils désignent.* Il
cherche en effet à instaurer un rapport unique entre le
mot et la chose — *désigner des choses différentes par des
mots ou des sonorités semblables aurait forcément miné ce
rapport. En le renforçant au contraire, en éliminant l'association fortuite d'éléments disparates, Flaubert dote son
texte d'une spécificité de langage, d'un rapport au monde
qui n'existe nulle part ailleurs.*

*A cette recherche, il ne serait pas absurde d'associer
celle qui vise à remplacer une vue impartiale des choses,
émanant d'un regard situé en dehors du récit, par la vison
fausse mais unique des personnages. De là des notations
telles que :*
« *Pellerin entre furieux et raconte son histoire.*
— *affaire de ⟨Pellerin et⟩ Arnoux (à l'indirect)* » *(600
f° 104 — voir p. 41).*

*De là, également, le gommage de toute vision objective
de Madame Arnoux. A l'origine aussi, Frédéric dans le
bateau de Montereau est beaucoup moins isolé, et la personnalité de Madame Arnoux paraît bien moins ambiguë.
Cela va plus loin que la simple subjectivation. Flaubert*

développe les dimensions de l'opacité du texte en instaurant un point de vue, une focalisation, une voix narrative qui ne livrent pas tout ou qui ne sont pas vraiment fiables, comme en témoigne le brouillon suivant :
« *Mais saprelotte qu'est-ce que tu as*
    [*Frédéric*] ⟨[*l'autre*]⟩ [*lui*] ⟨[*Il*]⟩ [*répliqua que ce n'était rien*] ⟨*Frédéric ne voulut rien avouer*⟩ *Il souffrait des nerfs.* » (*601 f° 167 v°*)
– *dans la version définitive (p. 69) on lit : « Frédéric souffrait des nerfs. »*

Flaubert cherche même délibérément à nous tromper : « *Il faut qu'on croie que Frédéric va devenir l'amant de la Maréchale.* » (*611 f° 30 – voir p. 202*). « *Faire croire au lecteur qu'il va épouser la petite Roque.* » (*611 f° 39 – voir p. 244*). « *Mouvement d'orgueil, je peux tout maintenant. Faire croire au lecteur que sa vie va changer.* » (*611 f° 53 – voir p. 369*).

A la limite, on pourrait dire (ce serait exagéré) que le texte tend à supprimer toute dénotation extérieure. Comme on ne sait pas ce qu'il faut croire, il ne reste plus que le texte lui-même, n'ayant de vérité que dans ses rapports internes. C'est là, sinon une signification objective de l'Éducation, *du moins une orientation de l'esprit qui résulte de sa lecture.*

Y contribue, au niveau des brouillons, l'élimination de bon nombre d'images (qui constituent, chez Flaubert du moins, une banalisation du réel). La chanson de Madame Arnoux « comme un oiseau qui s'envole » (600 f° 155 v° – voir p. 48), le charme des choses ambiantes qui se retire tout à coup « comme une lumière qui s'éteint » (600 f° 81 v° – voir p. 40) – ces clichés s'effacent au bénéfice d'un langage dont la cohésion renforcée est évidente dans les brouillons, voire même dans les scénarios. C'est le cas, par exemple, de l'élaboration de certaines scènes de rue :
« *qques becs de gaz allumés sur le fond* [*bleu*] *du ciel* ⟨*bleu et froid*⟩ – *murs blancs –* ⟨*peupliers*⟩ *on en allume d'autres –* ⟨*tutti* ⟨ [*l'homme avec un sac de toile qui fait payer les contredanses*] ⟩ ⟩ – *beaucoup de bruit* » . (*601 f° 115 v° – voir p. 70*)

« le ciel pâle
  toute violette (sic)
  le sommet des arbres
  des tuileries — noire (sic)
  par le bas
  le gaz s'allumait comme des étoiles
  éclatant tout à coup
  pétillantes
  — la Seine verdâtre. » (600 f° 40 — *voir p. 24)*
    Il reste encore beaucoup de recherches à faire sur les
brouillons de l'Éducation sentimentale. *Si, déjà, nous pos-*
sédons un certain nombre d'intentions explicites et d'orien-
tations précises, c'est seulement au terme de nombreuses
études spécifiques de passages relativement courts que nous
pourrons tenter une description précise du discours flauber-
tien. Il faudra d'abord établir la chronologie des manus-
crits (qui ne correspond pas toujours à la place qu'occupent
les feuillets dans les dossiers de l'Éducation *déposés à la*
Bibliothèque Nationale). Mais déjà on voit combien il est
faux et absurde d'associer la composition de ce chef-
d'œuvre à de vagues idées de correction ou à des obsessions autobiographiques qui ne se manifestent nulle
part. *Bien plutôt, l'étude des brouillons nous révèle des*
processus de mise en littérature et la création d'un langage
tout spécial. En effet, l'intrigue étant élaborée d'avance, il ne
peut s'agir principalement que d'un immense travail de langage.
    Ce langage à son tour modifie la nature de la substance
narrative qu'il exprime. Même la fameuse élimination des
« qui » et des « que » modifie profondément la hiérarchie
des rapports entre les différentes données d'une phrase. Au-
trement dit, l'étude des dossiers de l'Éducation *débouche*
constamment sur la signification de la version définitive.

Structure et sens de « l'Éducation »

« Je veux qu'il y ait une amertume à tout, un éternel
coup de sifflet au milieu de tous nos triomphes et que la
désolation même soit dans l'enthousiasme [110] *» ; « le rire :*

---

110. Pl. II p. 283, 27 mars 1853 à Louise Colet.

c'est le dédain et la compréhension mêlés, et en somme la plus haute manière de voir la vie [111] *» ; « l'ironie, pourtant, me semble dominer la vie (...) Le comique arrivé à l'extrême, le comique qui ne fait pas rire, le lyrisme dans la blague, est pour moi tout ce qui me fait le plus envie comme écrivain* [112] *».* Devant ces assertions réitérées, seule une lecture ironique de « l'Éducation » risque d'être pertinente. Nous devrons toujours nous méfier de l'attendrissement que nous inspirent certaines scènes : la mort de l'enfant, « Il voyagea » , l'entrevue finale. Flaubert place ses personnages dans une réalité absolument indifférente et pose sur eux un regard moqueur. Parfois, bien sûr, il s'agit d'un comique plus franchement humoristique : la très rancunière Mademoiselle Vatnaz s'appelle Clémence ; Frédéric croit que Sénécal, à Creil, pourrait lui servir d'entremetteur. Mais il s'agit toujours, en fin de compte, de ce comique grinçant dont les dernières pages (en dépit de leur complexité) constituent peut-être l'exemple le plus frappant.

L'incohérence

La dissonance de la fin vise évidemment le lecteur, qui s'attend à quelque chose de plus solennel. C'est toujours, partout, *pour le lecteur comme les personnages,* la persistance de la méprise et de la confusion. *Ainsi, Frédéric confond amour mystique et sexualité : « il enfonçait son âme dans la blancheur de cette chair féminine » (p. 48). La faillite des illusions est inévitable. Et comme il s'agit d'une vision globale de l'Histoire autant que de la fiction : « Je nie la liberté individuelle parce que je ne me sens pas libre ; et quant à l'humanité, on n'a qu'à lire l'histoire pour voir assez clairement qu'elle ne marche pas toujours comme elle le désirerait* [113].*» Une même coloration envahit ainsi tous les éléments du texte. Les beautés for-*

---

111. Pl. II p. 529, 2 mars 1854 à la même.
112. Pl. II p. 84-85, 2 mai 1852 à la même.
113. Pl. I p. 349, 18 sept. 1846 à Louise Colet.

melles sont autant des leurres que les moments de souffrance. C'est l'écart entre la vision et son potentiel esthétique, tragique, qui piège ici lecteur et personnage. La franchise, la simple honnêteté de l'écriture comme des personnages, sont partout absentes. Le texte est plein de plaisanteries explicites ou cachées : certaines théories de Pellerin (qui finit photographe) sont celles de Flaubert lui-même — on pourrait même affirmer que maint passage véhicule des détails qui ne riment à rien, ne mènent nulle part. Toute lecture qui chercherait à réaliser une analyse autre que structurale, ou esthétique serait donc vouée à d'infinies frustrations.

Une telle approche peut paraître excessive. Elle permet en tout cas de souligner l'omniprésence de l'ironie dans l'Éducation. Comprendre les mécanismes de l'ironie, c'est donc comprendre l'un des aspects fondamentaux de ce roman.

L'ironie dans ce texte dépend pour ses effets du passage du temps. Tant dans l'Histoire que dans la fiction, l'échec et la désillusion se manifestent dans la confrontation du passé et de l'avenir, dans la fuite en avant et la nostalgie. Les personnages de Flaubert n'ont que faire du présent. Le bonheur dans l'idylle de Fontainebleau ou d'Auteuil est vite remplacé par le désir d'autre chose — la Révolution de 1848 est avant tout, grâce à ses protagonistes, la parodie de celle de 1789. Dans ce roman, tout semble arriver ou trop tôt, ou trop tard : les révolutionnaires manquent de maturité politique ; Madame Arnoux, quand elle s'offre enfin, est vraiment trop mûre. On repousse le moment présent, seulement l'existence n'est composée que de moments présents, de courts fragments sans passé ni avenir. La continuité est une invention des personnages. Elle est minée, contrecarrée par la discontinuité, la mobilité inerte. A côté des projets et des nostalgies il y a la démarche ironique d'un texte qui continuellement passe à autre chose sans jamais rien développer.

Cette « indifférence » à l'égard du temps explique sans doute certaines erreurs : l'âge de Louise Roque (elle vieillit trop vite), la grossesse de Rosanette (elle dure 25 mois), les

événements de 1847 qui semblent se produire en 1846 !
Dates et faits ne sont pas interdépendants. La durée chro-
nologique s'efface — l'irréel complet menace donc constam-
ment ce texte. Selon l'état d'esprit des personnages (tour à
tour obsédés ou indifférents), les heures et les années sont
d'une précision très variable : 1846 se confond avec 1847,
sans doute ; par contre, chaque minute de l'attente de Fré-
déric, rue Tronchet, est distincte.

Le temps domine donc les personnages et non l'inverse. A
côté des transitions brutales (qui surviennent parfois au
milieu d'une phrase), Flaubert renforce la dispersion et la
confusion de ses personnages en soulignant la simultanéité
de certains faits : Fontainebleau coïncide avec Juin 1848,
Frédéric courtise la petite Roque au moment même où Ma-
dame Arnoux découvre enfin qu'elle l'aime. De façon plus
subtile, on a aussi relevé la présence nombreuse de tournu-
res basées sur tandis que, alors que, et... *Les moments que*
vivent les personnages, on le voit, n'ont rien d'unique —
d'autres moments, souvent plus importants, se déroulent si-
multanément ailleurs. Le temps des protagonistes (qu'ils
voudraient a-temporel, éternel) est donc en porte-à-faux
avec l'autonomie du texte et les réalités du temps — Frédé-
ric ignore ces interférences temporelles des êtres et des faits.

Comme pour marquer la très grande versatilité de la
narration, on relève pourtant, de brusques changements de
temps de verbes (passage de l'imparfait au présent et in-
versement) :

« et tout en bas les maisons du village s'étendaient.

Elles sont à un seul étage » etc. (p. 193)

Le texte, en changeant ainsi de régime, marque le jeu
constant du permanent et du passager. De ce jeu, les per-
sonnages ne semblent pas avoir conscience : « la passion de
Fr. foudroyante d'abord, puis timide et constante, puis re-
poussée (...) a des intermittences. Elle le reprend quand son
cœur est vide d'autres femmes ». (Carnet 19 f° 38)

« L'Éducation sentimentale » est donc pleine de fluctuations et d'incertitudes. *C'est un monde qui prive ses*
habitants de stabilité, car s'il est souvent monotone, en-
nuyeux, il est traversé par une interminable cascade d'évé-

nements divergents, contradictoires : Frédéric est sollicité tout à la fois par l'art et l'amour, le sexe et la politique, Deslauriers par le socialisme et l'arrivisme, Rosanette par la prostitution et la maternité. Ce roman juxtapose une multitude d'objets, d'idéaux, de valeurs, d'événements incompatibles. A tous les niveaux, l'incohérence constitue l'un de ses thèmes majeurs. Dès les premiers paragraphes s'instaure le règne du disparate, qu'il s'agisse de la confusion du départ, ou de Frédéric qui « pensait à la chambre qu'il occuperait là-bas, au plan d'un drame, à des sujets de tableaux, à des passions futures ». La première conversation avec Arnoux, avec ses interruptions et son coq-à-l'âne, renforce cet effet. Les conséquences de ce phénomène sont inévitables : quand ce désordre, grâce à l'apparition de Madame Arnoux, fait place à l'unité des sentiments et des espoirs, on ne peut plus y croire : le monde réel, c'est ce qu'on voit d'abord, tout le reste est erreur. La suite confirme cette interprétation : le dynamisme s'essouffle, les contours s'estompent, les contraires se valent. Au salon Dambreuse, on lit que « bientôt la conversation fut impossible à suivre », ce qui n'a rien d'étonnant, car « la manière de causer, (est) sans but, sans suite et sans animation » (p. 132 et 133). Ce mouvement a valeur de métaphore, car c'est ainsi que le roman lui-même se déroule : « Deux mois plus tard, Frédéric, débarqué un matin rue Coq-Héron, songea à faire sa grande visite. » (p. 19) – il va chez les Arnoux, se dit le lecteur. Pas du tout, il va chez les Dambreuse ! Il oublie son amour et adopte les préoccupations de son ami Deslauriers, par un de ces revirements qui caractérisent les personnages et l'intrigue.

Le revirement n'est en fait qu'un aspect de l'inattendu (autre forme de l'incohérent). Rien n'est préparé, prévisible dans ce roman, qu'il s'agisse de l'amour de Madame Arnoux ou de la déclaration de Frédéric. Les cheminements se cachent toujours. Et pour cause, car ce roman n'a pas de ligne droite. Il se termine dans la nostalgie ; Frédéric reste en contact avec Madame Arnoux malgré ce « Et ce fut tout » fatidique. L'irrévocable n'existe pas. Frédéric et son ami ne sont pas trop vieux, à la fin du roman, pour recommencer...

Ce flottement perpétuel remet en cause, inévitablement... la causalité. *Les choses les plus claires restent ambiguës. Si l'on accuse Sénécal d'avoir froidement assassiné Dussardier, c'est qu'on oublie le désir de celui-ci de se « faire tuer » — son geste sur les marches de Tortoni ressemble étrangement à un suicide — alors qu'il faut supposer que Sénécal était là tout-à-fait par hasard. Les manuscrits montrent que Flaubert cherche délibérément à rendre ses personnages insondables. Si les jugements ne manquent pas dans* l'Éducation, *ils portent rarement sur la continuité des causes. On nous parle certes de la turpitude d'Arnoux, des labeurs de Dambreuse, de la vulgarité de Delmar — ces qualités pourtant ne déterminent pas la manière dont l'intrigue se déroule. Tout au plus peut-on avoir l'explication de certains phénomènes, grâce à une vigilance extrême, en rapprochant des passages très éloignés les uns des autres (ce qui n'est guère à la portée d'une lecture traditionnelle, linéaire) : on pense à l'ombrelle de Madame Arnoux, aux origines « créoles » de celle-ci, à la froideur de Dussardier en rencontrant Mademoiselle Vatnaz à l'Alhambra. Mais on doit constater que la conduite des personnages n'est guère déterminée par le passé. L'immense chagrin de Rosanette, lorsque Frédéric la quitte, ne dure que quelques heures ; Sénécal vire à droite avec une étonnante rapidité. A-causalité et mutabilité vont souvent de pair.* En amour comme en politique, rien, chez Flaubert, n'est fixe et stable. *Les deux idylles (celle d'Auteuil, celle de Fontainebleau) montrent que le bonheur existe bien, mais qu'il est provisoire. De même, toute réussite, tout échec, tout sentiment est partiel comme il est inattendu. Le retour à Paris, après l'héritage, est voué à l'insatisfaction, ne serait-ce que parce qu'un autre moment de bonheur, collectif celui-là (p. 86), avait été suivi de près par la découverte que Frédéric était « ruiné, dépouillé, perdu ». Des motifs s'instaurent ainsi qui déterminent notre attente.*

Le roman met tout en œuvre pour frustrer les personnages et le lecteur : *Madame Arnoux a changé d'adresse ; elle est introuvable ; Deslauriers n'a pas l'argent qu'il lui faut pour réaliser ses projets journalistiques. En même*

temps, on n'attend pas forcément que les frustrations viennent d'ailleurs : on se charge de les fournir soi-même.
Ainsi, c'est sur un coup de tête, que son passé ne justifie
pas, que Frédéric rompt avec Madame Dambreuse (p. 4,
16) ; Deslauriers aurait eu une carrière plus réussie s'il
avait su taire ses opinions politiques devant le jury d'agrégation.

De frustration en insatisfaction, le texte raconte l'errance des personnages, les méandres des faits. Cette incohérence est déterminée en partie par les passages incessants,
chez les protagonistes, du vécu à l'imaginé, du réel au
rêve (et inversement). Ce n'est pas la fusion des deux :
c'est bien plutôt leur incompatibilité. Les êtres fantasques
du bal chez Rosanette se livrent à des actes sordides
qu'explique leur état civil mais qui jurent avec leur costume. Les rêves de séduction de Frédéric ne peuvent être
que des rêves.

« Défaut de ligne droite » en effet — au niveau de l'intrigue comme de tous les personnages. Les conversations,
comme les humeurs, sont pleines de non-sequitur. Les personnalités, commes les affiliations politiques, connaissent
une trajectoire qui, dans un roman, est pour le moins étonnante : Sénécal finit policier de Napoléon III, Deslauriers
préfet du même régime ; Rosanette, à la fin, est une riche
bourgeoise, tandis que, malgré les suppositions de Frédéric,
le comportement de Madame Arnoux, en définitive, est loin
d'être chaste. Thibaudet l'a bien vu : cette image de la
vie à vau-l'eau par laquelle le roman débute caractérise
tous les moments de l'œuvre. L'écriture suit de près toutes
ces fluctuations. Elle est, elle aussi, instable. Bien souvent,
elle refuse, semble-t-il, d'accorder aux faits le statut, la
durée que réclame leur importance ou leur médiocrité. Le
roman est plein de lacunes et de boursouflures. « Il voyagea » marque une étonnante coupure qui réduit seize
années à quelques brèves notations ; les Journées de Juin
1848 sont gommées purement et simplement (Frédéric étant
à Fontainebleau) ; les années 1842-3, 1846 sont introuvables ; on ne décrit pas les fréquentes visites des Arnoux
chez Frédéric (v. p. 188) ; on ne sait si Madame Dambreuse assiste à l'enterrement de son mari ; on ne sait rien

non plus sur le passé réel de Madame Arnoux. La liste
des lacunes est interminable. Cette manière de procéder
paraît plutôt nonchalante de la part d'un roman histori-
que... D'un autre côté, le roman nous fournit des détails
soit inutiles, soit trop nombreux : description de la campa-
gne autour de Nogent ; certaines scènes de rues, la descrip-
tion de l'Alhambra... A ceci on peut ajouter la répétition
trop fréquente de la même action que souligne l'emploi
inusité des imparfaits.

Ce roman prend ainsi ses distances par rapport aux
valeurs, et aux romans traditionnels. Lacunes et trop-
pleins minent la causalité et instaurent une suite disloquée
de moments présents — ce qui est fort ironique, vu le désir
constant des personnages de vivre dans le passé et dans
l'avenir. De toute évidence, ils sont incapables de régir la
réalité qui les entoure — au contraire, c'est elle qui les
domine.

Le monde de l'« Éducation » est un monde à consistance variable, plein de surgissements et de disparitions
incontrôlées. *Le texte est marqué par des notations telles*
que « Il disparut » ; « Ce fut comme une apparition » ;
« Et ce fut tout ». Louise, la première fois qu'on la rencon-
tre, surgit de nulle part. Les manifestations de Madame
Dambreuse et de Rosanette, au début, sont assez furtives.
Et, pendant que Rosanette et Frédéric se promènent dans
la forêt de Fontainebleau, dans une nature censée être on
ne peut plus sauvage, « tout à coup un garçon de café parut » !
(p. 325) De façon moins cocasse, on relève l'arrivée de la
maîtresse de Deslauriers au moment où lui et Frédéric sont
près de se réconcilier et, bien sûr, en parallèle, l'irruption
de Rosanette qui provoque l'ultime rupture entre Frédéric
et Madame Arnoux. Apparitions, disparitions, « tout l'art
de Flaubert est dans la clausule (“puis tout disparut”) :
ces disparitions hors du champ, caractérisent une vision à
la fois coulée et discontinue du monde extérieur [114] *» — et*
intérieur, pourrait-on dire.

---

114. Bernard Masson, in *Europe*, sept.-nov. 1969 p. 94.

Morcellement, fragmentation, liquéfaction, voilà bien les termes qui permettent le mieux de saisir l'ambiance et les procédés de l'Éducation. *Cette pluie fine qui absorbe tout, il est tout à fait normal qu'elle se manifeste aux moments les plus dramatiques : retour à Paris après l'héritage, Révolution de Février, mort de Dussardier. Elle figure un aspect des images aquatiques qui traduisent l'une des constantes de l'œuvre.*

L'isolement

Les conséquences morales *de tous ces motifs sont évidentes :* les hommes sont tout à la fois coupés du monde et coupés d'autrui : « *Entre deux cœurs qui battent l'un sur l'autre, il y a des abîmes (...) l'âme a beau faire, elle ne brise pas sa solitude, elle marche avec* (le néant) [115]. » *C'est l'opacité que Frédéric rencontre dès le début :* « *Il lui envoya* (à Madame Arnoux) *un regard où il avait tâché de mettre toute son âme ; comme s'il n'eût rien fait, elle demeura immobile.* » *(p. 10). Ce phénomène est tellement important que Flaubert l'exprime sous forme de maxime :* « *(...) au milieu des confidences les plus intimes, il y a toujours des restrictions, par fausse honte, délicatesse, pitié (...) on sent, d'ailleurs, qu'on ne serait pas compris* » *(p. 333). Tous les personnages, tous les groupes, sont victimes de cet obstacle. Les méprises, d'ailleurs, ne sont pas simplement verbales : pendant la Révolution, Dambreuse se trompe singulièrement sur l'importance politique de Frédéric, tout comme celui-ci ignore les rapports que sa maîtresse, à la même époque, continue d'entretenir avec Arnoux. Plus tard, Rosanette croira que la détresse de Frédéric, comme la sienne, a pour origine la mort de leur enfant.*

La notation qui accompagne cet isolement, cet incommunicable, *est, logiquement, le silence : silence qui règne à Paris lors du retour de Fontainebleau, silences qui coupent les conversations avec la bien-aimée.* La Concordance

---

115. Pl. II p. 87, 8 mai 1852 à Louise Colet.

de l'Éducation *nous apprend que le motif du silence revient plus de cinquante fois. C'est le point final mis à un
phénomène universel : malgré une curiosité douloureuse et
d'interminables bavardages... on se sent, dans* l'Éducation,
*coupé à tout jamais d'autrui : « Plus il la contemplait,
plus il sentait entre elle et lui se creuser des abîmes. »*
(p. 9)

Ce problème de la communication *appartient à la dimension proprement formelle du texte. Celle-ci est pleine de
ruses et ne se livre pas sans ambiguïtés. Il en est de même
des hommes : leur solitude est parfois le fait d'un vocabulaire inapproprié, comme les mots techniques qui, à Creil
se mettent en travers du discours amoureux. Plus souvent,
c'est la* duplicité *des hommes qui est en cause.* Tout le
monde, dans ce roman trahit et trompe. *Dès la première
rencontre avec Madame Arnoux, Frédéric cache son jeu :
« il fit plusieurs tours de droite et de gauche pour dissimuler sa manœuvre » (p. 6) – sa « dernière » entrevue avec
elle est un tissu de mensonges : il fait passer le portrait de
Rosanette pour « une vieille peinture italienne » ; « pour
cacher sa déception » il se livre à toutes sortes de simagrées
et, enfin « se grisant par ses paroles, (il) arrivait à croire
ce qu'il disait ». Les rapports de Frédéric, Madame Dambreuse, Rosanette, Arnoux, Deslauriers sont régis par la
même duplicité. Comme dans le cabinet de toilette de Rosanette (décrit avec tant de soin), tout est maquillé, transformé. Mme Moreau ressemble en ceci aux autres personnages, car on apprend, dès le premier chapitre, qu'elle cache
sa pauvreté tout en s'efforçant de maintenir les apparences.
Deslauriers ne révèle pas à Frédéric qu'il est intimement
mêlé à la liquidation des effets de Madame Arnoux... et,
inévitablement, on se ment à soi-même : « Et dans un
transport de sa tendresse, (Rosanette) se jura intérieurement de ne plus appartenir à d'autres (...) » (p. 373) – ou
bien, on fuit la vérité, « avec un de ces regards qui implorent le mensonge » (p. 333).*

*Il est donc logique que le déroulement de ce roman soit
marqué par toute une suite de malentendus : on compli-
mente Arnoux, mari infidèle s'il en fut, d'être bon pour sa*

femme ; les mobiles du duel sont très diversement interprétés ; Deslauriers fait la cour à Madame Arnoux, ce qui a pour résultat de la rendre amoureuse de Frédéric ; Frédéric ne comprend pas que Rosanette lui fait du charme pour exciter Delmar ; il rompt finalement avec elle parce qu'il croit à tort que c'est elle qui « fait vendre » Madame Arnoux.

Dans cet univers morcelé, cloisonné, il est normal que la subjectivité prédomine. *Entendons-nous : ce n'est pas de la subjectivité de l'auteur qu'il s'agit. C'est simplement que sa théorie de l'objectivité se traduit non pas par la terne vision d'un monde inanimé mais par une réalité que contamine à tout moment la sensibilité des protagonistes. Chez Flaubert, la « description des choses se mêle, tout de suite et sans confusion, à celle des personnages* [116] ». *Sans confusion ? – cela n'est pas certain* [117].

Tout se voit donc à travers la conscience des personnages, tour à tour obsédés, attentifs, indifférents. De là la précision très variable des détails. Invité chez les Arnoux pour la première fois, Frédéric, fasciné, enregistre tout. Sur le chemin du retour, exalté « il allait toujours devant lui, au hasard, éperdu, entraîné. Un air humide l'enveloppa ; il se reconnut au bord des quais » (p. 49). *Il faut donc parler d'un réalisme subjectif qui « n'est jamais que la succession des apparences qui surgissent* [118] » . *Cette subjectivité explique les problèmes de communication, et en même temps les divergences de point de vue. Si Frédéric ne peut pas détacher ses yeux de Madame Arnoux « ceux qui étaient là pourtant, n'avaient pas l'air de la remarquer »* (p. 8). *De même, au Château d'Eau et aux Tuileries, Frédéric est saisi d'admiration alors que la présence narquoise de Hussonnet nous fait supposer qu'il ne voit pas forcément les choses telles qu'elles sont. Il y a là un conflit*

---

116. Faguet p. 70.

117. Cf. J. Rousset *Forme et Signification* (p. 133). « Il est dans le génie flaubertien de préférer à l'événement son reflet dans la conscience, à la passion le rêve de la passion, de substituer à l'action l'absence d'action et à toute présence un vide ».

118. M. Raimond p. 307.

*de points de vue auquel il faut ajouter celui que nous
fournit la vision ironique du narrateur : Frédéric ne voit
pas toujours ce que le texte sous-entend.*

En effet, la vision n'est pas forcément celle d'un seul
personnage. *Le point de vue, la focalisation, sont insta-
bles. Dans l'épisode de Fontainebleau, on nous donne plusieurs « vérités » différentes sur la nature, selon qu'il s'agit
de la vision de Frédéric, de Rosanette, du narrateur ou
d'une vision éternelle et juste. Ceci sans que l'identité,
l'origine du regard, soient toujours bien indiquées* [119]. *Le
propre de la focalisation chez Flaubert, est d'être glissante.
Le propre de ce qui est vu est donc de changer fréquemment de statut.* L'Éducation *se caractérise par la mobilité
des pronoms : un même être passe sans transitions de « il »
à « je » à « on ». « On » peut désigner une personnalité
difficilement identifiable* [120]. *Le regard, ainsi, dérape continuellement. C'est une subjectivité qui est tantôt conforme à
celle du personnage, tantôt le reflet ironique d'un autre
point de vue. La maison de la rue de Paradis, vue par un
autre, peut devenir tout à coup anonyme : « Et Deslauriers
l'accompagna jusqu'à une porte d'une maison dans le faubourg Poissonnière. » (p. 184)*

*On a donc bien tort de prétendre que le narrateur
adopte toujours l'angle de vision de son personnage principal. En plus du point de vue de protagonistes autres que
Frédéric, celui du narrateur n'est pas absent. Rien, toutefois, ne permet de supposer qu'il s'agisse de celui de Flaubert lui-même. C'est plutôt une voix, plus sûre, sans doute,
plus factuelle, qui s'ajoute à toutes les autres voix narratives. Elle nous informe de ce qui se portait en voyage, de
l'aspect d'un champ de courses. Elle nous parle de la naissance illégitime de Dussardier. Elle multiplie des détails
politiques au-delà de ce que les personnages pouvaient savoir (renforçant ainsi l'ironie du texte).*

*Cette voix se manifeste très rarement, pourtant. Elle ne
constitue nullement la rectification constante des erreurs de*

---

119. Voir Cortland p. 76.
120. Voir Bem p. 46, etc. et Servin p. 80.

Frédéric et de ses amis. Elle contribue surtout à la multiplication des voix narratives, *à la déstabilisation des points de vue — car cette instabilité qu'on avait remarquée chez les personnages se manifeste également ici. A tel point que parfois on ne sait pas au juste qui parle, même dans les passages les plus innocents :* « — "Mais saprelotte ! qu'est-ce que tu as ?" Frédéric souffrait des nerfs. Deslauriers n'en crut rien. » *(p. 69) Trois phrases, trois points de vue différents (alors que Flaubert aurait pu se contenter du style indirect). Mais en plus, on peut se demander quelle voix narrative nous apprend au juste que Frédéric souffre des nerfs. Ce n'est pas du style indirect, mais en même temps, le style omniscient détonne au milieu d'un dialogue.*

On peut supposer qu'il s'agit d'une forme assez curieuse d'une autre « voix » qui conjugue tout à la fois la voix d'un personnage et celle du narrateur, autrement dit le style indirect libre. *Avec le style direct et le style indirect, celui-ci confirme la perpétuelle ambiguïté des choses rapportées. La narration glisse contamment de l'un à l'autre, tantôt opposant le narrateur et ses personnages, tantôt les réunissant. Cette rue Tronchet où Frédéric attend Mme Arnoux est à la fois la rue de Frédéric, celle de Madame Arnoux et celle du couple Frédéric/Rosanette* [121]. *Impossible de savoir laquelle est la vraie. Bien plutôt, ce jeu semble avoir pour fonction de démontrer l'inaccessibilité des choses. L'existence matérielle des choses est problématique pour Flaubert, ne l'oublions pas :* « Est-ce que tout n'est pas illusion ? Il n'y a de vrai que les "rapports" c'est-à-dire la façon dont nous percevons les objets* [122]. » *Ces changements constants de focalisation n'ont pas pour but (quoi qu'en disent certains critiques) de frustrer et d'énerver le lecteur. Ils s'inspirent d'une croyance profonde, à savoir que l'artiste ne peut pas séparer le monde du regard déformant et changeant qui le perçoit. On ne peut jamais être sûr que Frédéric saisisse les choses et les hommes tels qu'ils sont*

---

121. M. Raimond p. 309.
122. Conard VIII p. 135, 15 août 1878 à G. de Maupassant.

*réellement, dans leur totalité. Les explications à retarde-
ment (le vol de la Vatnaz) ou les mystères qui subsistent
(les amants de Madame Dambreuse) participent de ce phénomène.*

L'anti-héros

*On le voit : la fragmentation et l'incohérence se main-
tiennent à tous les niveaux du texte. Bombardés de toutes
parts par des expériences, des idées, des événements qui ne
forment pas un tout homogène, les personnages, la plupart
du temps, sont réduits à l'inaction ou à des activités qui
ne mènent nulle part. On pense à cette « vie bête et
molle » que Frédéric mène avec la Maréchale (dossiers de
Rouen 226⁸ f° 206). Cette inertie est caractéristique d'un
homme qui* [123] *« rêve sans cesse à ce qui aurait pu être au
lieu de tenter vraiment d'échapper à l'envoûtement » . La
passion de Frédéric est « telle qu'elle peut exister maintenant c'est-à-dire inactive* [124] *». Frédéric au coin du feu,
Frédéric accoudé à son balcon, Frédéric traînant dans les
rues : voilà autant d'attitudes typiques.*

*L'*Éducation *foisonne d'images tirées de la pesanteur.
Cela n'a rien de bien étonnant, car « l'accablement plat
de Frédéric y trouve son expression appropriée* [125] *». De
même que, dans le premier chapitre, Frédéric, immobile, se
laisse porter par le bateau, le « héros » de ce roman, jusqu'à la fin est ballotté, véhiculé par les événements : « incapable d'action, maudissant Dieu, il tournait dans son
désir comme un prisonnier dans son cachot » (p. 69). On
voit pourquoi les critiques attribuent à Flaubert l'invention de l'anti-héros. Frédéric, en effet, n'est pas « homme à
chercher au loin les occasions » . (p. 138)*

*Cela débouche, significativement, sur une maxime :
« L'action pour certains hommes, est d'autant plus impraticable que le désir est plus fort. La méfiance d'eux-mêmes*

---

123. J.P. Duquette p. 58.
124. Conard V p. 158, 6 oct. 1864, à Mlle Leroyer de Chantepie.
125. Demorest p. 537.

les embarrasse, la crainte de déplaire les épouvante ; d'ail-leurs les affections profondes ressemblent aux honnêtes femmes ; elles ont peur d'être découvertes, et passent dans la vie les yeux baissés. » (p. 172)

De là, en dépit du tourbillon des événements, l'impres-sion constante d'ennui et de monotonie : « *Il y avait dans le ciel de petits nuages blancs arrêtés, et l'ennui, vaguement répandu, semblait alanguir la marche du ba-teau et rendre l'aspect des voyageurs plus insignifiant en-core.* » (p. 426) ; « *Alors commencèrent trois mois d'ennui* » (p. 64) ; « *les deux femmes débitaient, pendant des heures, d'assommantes niaiseries.* » (p. 389). La faiblesse des émo-tions fluctuantes ne peut qu'engendrer la monotonie et le constant retour des mêmes situations. Même en politique : les socialistes ne savent pas faire de leur révolution autre chose qu'une pâle copie de 1789 et de 1830. Ils ne sont pas plus capables de se lancer dans une activité vraiment rénovatrice que Frédéric, ironiquement, n'est capable de se suicider : « *le parapet était un peu large, et ce fut par lassitude qu'il n'essaya pas de le franchir.* » (p. 76)

Cette absence de vigueur, cette veulerie, affectent tous les personnages. Jusqu'à l'oncle, qui meurt ab intestat (en dépit de ses airs supérieurs). Ils subissent le poids des évé-nements. Comme Regimbart, comme Frédéric lui-même, ils croient aux miracles. Les miracles, évidemment, comme l'héritage, sont stériles. A la fin, tous les personnages sont vidés de leur substance : « *Tous les soirs, régulièrement, depuis la rue de Grammont jusqu'à la rue Montmartre, il se traîne devant les cafés, affaibli, courbé en deux, vidé, un spectre.* » (p. 426) Vidés en effet, à supposer qu'ils aient jamais possédé une personnalité à eux. Les personna-ges de Flaubert se conduisent en fonction non d'une person-nalité bien définie mais d'idées héritées d'autrui. Frédéric ne fait que répéter ses lectures et les attitudes de Pellerin, Hussonnet, Arnoux, Deslauriers, qui à leur tour...

Ainsi, on voit que même quand les personnages de l'Éducation *semblent se livrer à une activité frénétique*, il s'agit d'un éternel ressassement d'attitudes stéréotypées, le plus souvent coupé de longues périodes d'inertie : Sénécal

*est exilé à Creil, les recherches fiévreuses de Pellerin l'em-
pêchent de créer.* La fin de l'Éducation *montre qu'il s'agit
d'un roman qui ne va nulle part, et qui, même, valorise,
ironiquement, des faits* antérieurs *au premier chapitre. Le
texte est donc lui-même, en quelque sorte, inerte. Il évoque
un monde qui pourrait bien être dénué de signification, de
finalité. En tout état de cause, c'est un monde où les objets
ont le même statut que les hommes. Et même la fonction
des choses explique le sens du roman : inertes, sans causalité, fragmentaires, proposant, à la place de complexités
problématiques, l'éternel jeu des surfaces. C'est du moins
ainsi que* l'Éducation *nous apprend à lire enfin le monde.
Les personnages, par contre, n'ont pas cette chance. Les
objets qui les entourent sont constamment pour eux un
piège. Ils croient que c'est par eux que la signification du
monde est confirmée : pour Frédéric, « les choses autour de*
(Pellerin) *renforçaient la puissance de sa parole. » (p. 37).*

*Ces choses (une tête de mort sur un prie-Dieu, etc.) ne
pourraient guère être plus stéréotypées. Elles sont en plus
inactives et pour le moins indépendantes des hommes. Aux
moments les plus solennels du roman, l'homme se voit ainsi
entouré d'objets moqueurs. Au cimetière du Père-Lachaise,
la description minutieuse des objets funéraires renforce leur
radicale inutilité devant la mort (p. 384). L'impossibilité
de les insérer dans un contexte de signification symbolique
ou littérale correspond bien à cette situation ironique par
excellence qu'est la conscience de l'impossibilité de saisir le
réel dans sa totalité. Il est donc bien normal que, rue
Tronchet, « les objets les plus minimes » deviennent pour
Frédéric « des compagnons ou plutôt des spectateurs ironiques ; et les façades régulières lui semblaient impitoyables » (p. 279). Artiste raté, Frédéric est bien loin de cette
pénétration des objets, de cette « acceptation ironique de
l'existence et sa* refonte *plastique complète par l'art* 126 *»
qui est selon Flaubert la seule solution à ce dilemme.
Frédéric se laisse obséder par des phénomènes qui ne lui*

---

126. Pl. II p. 514, 23 janv. 1854 à Louise Colet.

apportent aucun secours puisque sans rapport avec les hommes, comme avec la compréhension esthétique du monde.

Pour compliquer la situation, ces objets sont ambivalents. Telle chaudière d'asphalte qui figure, dans la version définitive, la monotonie de Paris au mois d'août, devait dans une version primitive concrétiser également l'extase de Madame Arnoux. Comme la toge qui appartient à tous les candidats (p. 61), les objets de l'Éducation *ont des rapports infiniment variables au monde.*

Si donc l'Éducation *est moins envahie d'objets que* Madame Bovary, *c'est simplement que la recherche de Frédéric est moins systématique que celle d'Emma. Le désir de capter l'être (le sien − celui des autres) dans l'essence des choses n'en est pas moins présent. Le regard des protagonistes saisit continuellement les tissus, les étoffes, les vêtements − on pense à cette malheureuse écharpe dont la fonction participe pleinement à la logique du texte. Comme les costumes de bal chez Rosanette,* les objets refusent le rôle que les participants voudraient leur assigner. *Le coffret qui fait la navette entre la maison d'Arnoux et l'appartement de sa maîtresse, ne peut donc pas symboliser le grand amour de Frédéric. C'est pourquoi nous ne pouvons guère admirer le geste de Frédéric qui rompt avec Madame Dambreuse quand elle s'entête à l'acheter, car ce coffret figure autant la personnalité de la Maréchale que celle de Madame Arnoux − ou plutôt il ne figure rien du tout. Comme le lustre qui parcourt le même trajet, comme les meubles de Frédéric, dans lesquels Sénécal s'installe un moment,* ce coffret en réalité est inerte, muet, « absurde ».

Les personnages cherchent donc continuellement, mais en vain, à animer les choses. En même temps on assiste au processus contraire et tout aussi sinistre par lequel les êtres ont tendance à devenir des choses. *En plus des vêtements qui cachent les personnes, les personnages sont pour ainsi dire dépecés, réduits à l'état de membres épars, d'appendices (bouche, mains, cris, etc.). Bien avant cette liquidation finale qu'est la vente, la dispersion des effets de Mme Arnoux (« C'était comme des parties de son cœur qui s'en allaient avec ces choses »* (p. 414)), *les êtres sont montrés sans cohésion, démembrés. C'est la négation de toutes les valeurs dont les choses, comme les hommes, pourraient être dotés, surtout dans un roman réaliste. A plus forte raison, la possession de l'objet ne signifie nullement la possession de l'homme ou de la femme – Frédéric emporte le mouchoir de Madame Arnoux, celle-ci lui reste pourtant à jamais inaccessible. Comme tout fragment inanimé (discours, humeur, incident), il est sans rapport avec son voisinage, et ne peut donc pas agir sur lui. Les objets sont indifférents comme cette Nature que nous aurons l'occasion d'explorer plus loin.*

Tout ce que nous avons évoqué jusqu'ici (morcellement, inertie, veulerie) permet de formuler une conclusion indiscutable : dans le monde de l'Éducation sentimentale, *toute vision tragique est impossible. La vie est trop banale pour cela. Les personnages de* l'Éducation *ne sont pas féroces comme l'Hermione d'*Andromaque *ou cyniques comme le Claudius de* Hamlet ; *ils sont bêtes et ignorants comme Pellerin et Hussonnet. Ils ont la vulgarité de Rosanette et le cynisme pécuniaire de Madame Dambreuse. Et, bien sûr, on assiste non à une progression classique vers la grandeur et la lucidité – mais, comme chez Arnoux, au glissement inexorable vers la médiocrité et la sénilité.*

A cet égard, on n'a peut-être pas suffisamment remarqué combien la maladie et la mort jalonnent ce roman : la femme de Roque, l'oncle, Dambreuse, l'enfant de Frédéric, Dussardier, Arnoux, Sénécal peut-être. La mort ne vient pas couronner, grandiose, une vie d'efforts héroïques – elle est au contraire le terme d'une déchéance progressive et inexorable. Deslauriers et Frédéric, au dernier chapitre, vidés de toute substance, sont obligés de s'accrocher à un souvenir futile.

Et pourtant, au départ, quel enthousiasme : « ils travailleraient ensemble, ne se quitteraient pas » (p. 14). *Mais c'est là le premier stade d'un mouvement qui se termine par l'inertie et l'échec – tout comme Arnoux, qui se prend tellement au sérieux dans le premier chapitre, est obligé, tout de suite après, de s'occuper de son enfant qui* pleure. *Dans ce monde qui nie la tragédie, on assiste à l'écroulement répété de toutes les certitudes (même les plus médiocres), de tous les espoirs. Y compris le plus sublime :* « *Madame Arnoux était maintenant près de sa mère à Chartres. Mais il la retrouverait bientôt, et finirait par être son amant.* » *(p. 86) Méprise inévitable chez* « *l'homme de toutes les faiblesses* », *chez un homme et dans un univers enfin dont toutes les passions sont médiocres, intéressées. Voilà pourquoi Frédéric ne peut guère être considéré comme le héros de ce roman. Personnage ambigu plutôt qui est à la fois central et marginal. Si nous suivons de près ses lamentables aventures, c'est pour constater que* l'Éducation *explore, entre autres, les vains efforts de Frédéric pour intégrer ses préoccupations égoïstes à la société qu'il habite, pour communiquer enfin* [127]. *Les fluctuations du texte, inévitablement, réduisent à néant ces efforts. Même ses brefs moments de lucidité (devant la médiocrité du salon Dambreuse, par exemple) ont pour résultat, non pas d'affirmer sa supériorité, mais de renforcer sa solitude. Et cet isolement n'est pas celui du héros, car il ne permet pas à Frédéric d'agir. Quand il reproche à Sénécal son inhumanité, ce n'est pas pour proposer autre chose à la place. Frédéric* « *n'est pas un* "médiocre", *c'est un velléitaire et un faible* [128] ». *On peut donc conclure avec Flaubert lui-même :* « *La* hideur *dans les sujets bourgeois doit remplacer le* tragique *qui leur est incompatible* [129]. » *Ceci à propos de* Madame Bovary — *mais cette remarque éclaire tout aussi bien la fadeur et l'incohérence de* l'Éducation. *Tout au plus peut-on parler du pathétique de Dussardier ou de Madame Arnoux — mais on ne doit pas oublier la trahison de l'un (en juin 1848) et les superstitions de l'autre. Le potentiel tragique est de cette façon continuellement évacué. Si la rupture avec Rosanette est douloureuse à l'extrême, on se rappelle que sa douleur à elle est de très courte durée.*

---

127. Voir Cortland p. 67.
128. Nadeau p. 201.
129. Pl. II p. 469, 29 nov. 1853 à Louise Colet.

Comment d'ailleurs conférer un statut tragique à une œuvre constamment mais confusément régie par des considérations d'argent (placées à leur tour sur le même niveau que des événements plus graves) : « la chute des actions (...) une faillite, ne sont ni plus ni moins lourdes de conséquences que telle rencontre inattendue, la maladie d'un enfant » etc. [130]. Comment maintenir la vision tragique dans une œuvre qui se termine par une anecdote ridicule ? « C'est là ce que nous avons eu de meilleur » : par cette valorisation cocasse, nos deux laissés-pour-compte confirment que l'Éducation relate du début à la fin (c'est là sa principale substance) une suite d'échecs sans grandeur.

Évidemment, il y a ce qu'on pourrait appeler des réussites : « Martinon était maintenant sénateur. Hussonnet occupait une haute place, où il se trouvait avoir sous la main tous les théâtres et toute la presse. » (p. 425) Le tour d'horizon de la fin commence par l'évocation de ces deux personnages. Vu le plat arrivisme de l'un et les bassesses répétées de l'autre, on ne pourrait prétendre qu'il s'agisse là de véritables succès. Bien plutôt, comme Homais ou Lheureux dans Madame Bovary, ces deux personnages nous font douter de la valeur morale de la réussite sociale, politique, financière : les plus méprisables, finalement, occupent les plus hautes places : « les honneurs déshonorent, le titre dégrade, la fonction abrutit » — n'oublions pas cette devise de Flaubert.

Un roman d'apprentissage ?

Il faut insister sur le caractère profondément ironique du titre. Il s'agit en effet d'une bien curieuse éducation ! Loin d'apprendre quelque chose de moralement juste ou d'admirable, les personnages passent tout au plus de l'idéalisme juvénile (« ils auraient des amours de princesses dans des boudoirs de satin » (p. 14)) au cynisme essoufflé. Ce qu'ils n'apprennent pas en revanche, c'est à

---

130. J. Proust p. 78.

s'intéresser à autre chose qu'à eux-mêmes. L'intégration sociale, l'action commune, chez tous ces égoïstes, ne peut être qu'un rêve hypocrite. On cherche dans la Révolution, comme ailleurs, non pas le bien de tous, mais la satisfaction de ses besoins personnels. Au Club de l'Intelligence, si tout le monde ne parle pas à la fois, c'est pour entendre des exposés sans suite et sans cohérence, et qui surtout ne concernent pas le reste de la salle. Arnoux se hâte de regagner son poste sans se soucier de son enfant malade (Frédéric montrera plus tard la même indifférence envers le sien). Les préoccupations socialistes de Deslauriers portent exclusivement sur les problèmes d'héritage...

Le bien-être d'autrui, au bout du compte, on s'en moque : devant la mort de Mme Roque, de l'oncle, de Dambreuse, on reste sans larmes. On ne pense qu'à la normalisation des choses, et surtout à l'héritage. Un amour ridicule émeut Frédéric bien plus que la mort de son enfant. Cette mort ne provoque en lui aucune réaction salutaire. Les dates marquantes ne sont pas celles de la vie publique − celles qu'on retient sont celles, dérisoires (15 décembre 1840, 12 décembre 1845, mars 1867) d'expériences subjectives vouées à l'échec. Et quand la vie devient trop pénible, au lieu de s'initier à la vie politique, on s'éloigne. Partout, toujours, c'est la même persistance des préoccupations égoïstes − et la frustration de celles-ci. En effet, « l'Éducation » explore non pas le processus par lequel on parvient à une meilleure compréhension de soi-même, mais bien la perte du moi, la dispersion et la dislocation de l'être. Les projets multiformes et ridiculement prétentieux de Frédéric (« Il se demanda, sérieusement, s'il serait un grand peintre ou un grand poète. » (p. 49)), l'engagent dans la voie du bovarysme, ce « pouvoir départi à l'homme de se concevoir autre qu'il n'est [131] » C'est bien de cette éducation-là qu'il s'agit. La personnalité propre est un vide qu'on apprend à combler par tous les moyens. Si Flaubert s'abstient, au début de son roman, de nous faire le portrait en pied de chacun de

---

131. J. de Gaultier p. 13.

ses personnages principaux, c'est qu'en somme il n'y a rien à communiquer. Leur comportement ne vient pas du dedans ; il vient du dehors. Leur être se compose progressivement de toute une série de gestes par lesquels ils essaient de se conformer aux modèles littéraires, politiques, sociaux qu'ils se donnent ou que la société leur propose. Ils ressemblent tous à Madame Dambreuse : « Dès qu'on parlait d'un malade, elle fronçait les sourcils douloureusement, et prenait un air joyeux s'il était question de bals ou de soirées. » (p. 131) Ou bien, de façon plus profonde, ils font tous penser à Deslauriers : « Il se mit en route, se substituant à Frédéric, et s'imaginant presque être lui par une singulière évolution intellectuelle où il y avait à la fois de la vengeance et de la sympathie, de l'imagination et de l'audace. » (p. 246)

Ce phénomène ne se limite pas aux individus : les groupes composites rencontrés chez Frédéric, Dussardier et Dambreuse, débitent une substance qui n'est pas, on le sait, le fruit de leurs propres réflexions mais bien une décoction des journaux de l'époque. Ici, comme ailleurs, la personnalité individuelle est occultée. L'authenticité devient de plus en plus problématique. A défaut d'autre chose, on s'imite soi-même. Pour séduire Madame Dambreuse (qui ne demande pas mieux) Frédéric « se servit du vieil amour » (p. 367). Mimétisme en circuit fermé. Activités automatiques, quelles que soient les circonstances environnantes. C'est la signification, entre autres, du bal de l'Alhambra : « Le chef d'orchestre, debout, battait la mesure d'une façon automatique (...) tout cela sautait en cadence ; Deslauriers (...) se démenait au milieu des quadrilles comme une grande marionnette. » (p. 71) Le bal chez Rosanette, avec ses costumes, ses déguisements, développe cette image. A la mécanique s'ajoute le rôle que l'on assume — et que, ironiquement, Rosanette trahit dans son accès de ferveur religieuse (p. 393). Car la complexité de l'œuvre veut qu'on puisse se trahir, déplacer un premier comportement factice en faveur d'une autre conduite, également artificielle. Rosanette a des velléités bourgeoises. Le lecteur, comme les personnages, ne sait pas, en fin de compte à quoi s'en tenir. Devant tant de mutations, on ne peut fonder une conduite en fonction des autres, ou de soi-même. Car chacun tente en vain de remplacer ce qu'il est (si tant est qu'il soit spécifiquement quelque chose) par ce qu'il voudrait être.

Ces comportements à la fois stéréotypés et fluctuants tra-duisent un désir plus large : celui de remplacer ce qui est par ce qu'on voudrait vivre. *Madame Arnoux, aussi-tôt rencontrée, devient l'objet de toutes sortes de manipula-tions exotiques : «* Elle était d'origine andalouse, créole peut-être. *» —* qu'importe, pourvu qu'elle ne soit pas de Chartres ! Pourvu qu'elle ne soit pas d'ici et de mainte-nant et qu'elle soit le prétexte à la fois de souvenirs et de nostalgies. Comme Fontainebleau, comme la Révolution de 1848. Et pourtant, Flaubert, c'est clair, croyait à la mal-faisance de ces rêves : «* Ne pleure plus, ne pense ni au passé ni à l'avenir mais à aujourd'hui. "Qu'est-ce que ton devoir ? L'exigence de chaque minute" a dit Goethe... Subis-la, cette exigence et tu auras le cœur tran-quille* [132]. *» Les personnages de Flaubert, de toute évidence, sont incapables de suivre ces conseils. C'est pourquoi ils sont incapables d'apprendre quoi que ce soit.*

L'Éducation, on le voit, instaure un vaste conflit entre le réel et le rêve, le fait et le supposé. Une éducation véritable aurait permis aux protagonistes de mieux distin-guer entre le vrai et le faux. Il est souvent difficile, au contraire, dans ce roman, de départager ce qui est subjectif et ce qui ne l'est pas. L'erreur se manifeste partout, sans ambiguïté. *L'erreur marque la faillite de la raison et l'emprise universelle de l'imagination. Celle-ci a tant de force que, parfois, on dépasse le stade de la simple nostal-gie pour se mouvoir en pleine hallucination* [133]. *Tantôt c'est l'extrême précision du rêve : «* des images charmantes défilaient dans sa mémoire, devant ses yeux plutôt *» (p. 64). Tantôt, de façon plus significative, c'est la réalité apparemment extérieure qui bascule, qui devient fantasma-gorie : «* Une large couleur pourpre enflammait le ciel à*

---

132. Pl. II p. 13, 23 oct. 1851 à Louise Colet.
133. Voir Duquette p. 73.

l'occident. De grosses meules de blé, qui se levaient au milieu des chaumes, projetaient des ombres géantes. Un chien se mit à aboyer dans une ferme, au loin. Il frissonna, pris d'une inquiétude sans cause. » (p. 11) ; « *Parfois en passant dans les villages, le four d'un boulanger projetait des lueurs d'incendie, et la silhouette monstrueuse des chevaux courait sur l'autre maison en face.* » (p. 103) Les réalités politiques elles-mêmes sont happées par de telles hallucinations : « *(...) des nuages s'amoncelaient ; le ciel orageux chauffant l'électricité de la multitude, elle tourbillonnait sur elle-même avec un large balancement de houle* (etc.) » (p. 322). Vertige des êtres, vertige des choses, c'est à la fois la menace d'un chaos toujours imminent et la fusion incontrôlée (comme dans Madame Bovary) d'entités animées et inanimées qu'on croirait distinctes : « *(...) peu à peu, ses espérances et ses souvenirs, Nogent, la rue de Choiseul, Madame Arnoux, sa mère, tout se confondait.* » (p. 103) Ces images hallucinatoires, fréquentes dans l'Éducation [134] pourraient être considérées non pas comme l'évacuation du réel mais bien comme la possibilité d'un autre réel, insaisissable, comme l'autre, mais plus sauvage. Elles démontrent, en tout cas, que les personnages de ce roman, se trompant toujours, habitent un monde qui ne leur obéit pas, soit qu'ils procèdent par élimination (« *cette contemplation était si profonde que les objets extérieurs avaient disparu* » (p. 103)) — soit qu'ils essaient, comme les politiciens de tous les bords de codifier la société à coups de slogans. L'hallucination semble en effet souligner l'indépendance insaisissable d'un monde qu'on voudrait régir coûte que coûte par les idées reçues, les formules toutes faites. La mouvance des choses voue à l'échec toute tentative en ce sens, qu'il s'agisse de Pellerin ou des gestes d'une religion vide de sens (voir l'enterrement de Dambreuse). La réflexion aboutit toujours chez Flaubert à l'appauvrissement du réel, puisqu'elle s'exprime sous forme de clichés. Et cela sans qu'on puisse donner raison à quelque individu ou groupe que ce soit. Les socialistes sont

---

134. Voir Demorest, p. 525 et seq.

inefficaces devant la bêtise et la lâcheté de Martinon parce qu'ils l'accablent « sous les lieux communs traînant dans les journaux » (p. 58). Une autre bêtise, mais de même type, remplace celle de Martinon. Ici, comme ailleurs, le discours, loin d'être en prise directe sur le réel, n'est qu'un tissu de citations. En face d'un langage, d'un comportement, d'une narration continuellement retournés sur eux-mêmes, le vertige est inévitable. Il résume bien cette société en pleine mutation où les alliances politiques se font et se défont, où les contraires se rejoignent, où la femme honnête et la femme légère changent de rôles à la fin.

L'Éducation *est donc un texte pour ainsi dire* aplati, *où tous les moments, toutes les émotions ont la même absence de relief (en dépit des efforts des protagonistes). Tous les instants sont d'égale, mais problématique valeur. La vide attente, rue Tronchet, repousse à l'arrière-plan les premiè- res manifestations de la Révolution de Février. Le lende- main, Frédéric abandonne sa nouvelle maîtresse pour aller se* promener *dans une révolution. Le roman n'avance pas. Des incidents très variés sont comme collés les uns aux autres sans aucun souci de continuité : ainsi, l'idylle d'Auteuil se compose d'une série de moments d'apparence statique. Les faits, comme le temps, sont fragmentés. Autre manifestation du vertige, sans doute, la description dégé- nère souvent en énumérations interminables : c'est le dé- nombrement des voitures au retour des courses, qui ne rem- plit aucune fonction documentaire (p. 209) ; c'est également la description ennuyeuse de la vaisselle fabri- quée par Arnoux. Les choses, ainsi, sont dévaluées. Elles ressemblent en ceci aux faits qui, enchaînés sans causalité (« le lendemain », « un jour ») les uns aux autres, sont privés de tout relief. Le torrent d'événements a le même statut textuel, et moral, que les livres d'histoire que Fré- déric, pendant quelques jours entasse « pêle-mêle » sur sa table. (p. 186)*

Dans un monde pareil, l'apprentissage, la maturité sont impossibles. La discontinuité aveugle, qui ne mène à rien (on pense aux projets de séduction de Frédéric) ou qui prélude à des faits inattendus (le Coup d'État), montre que les « faits » (préconisés par Regimbart) sont aussi futi-

*les que les systèmes que proclame Sénécal. De même que
l'Art industriel (« établissement hybride ») est une contra-
diction dans les termes, de même souvent, les faits, sans
rapport de causalité, constituent une suite sans séquence
(quoique très pertinente pour la compréhension de l'œuvre).
Les derniers événements du roman (fuite de Mme Arnoux,
rupture avec Rosanette, vente, rupture avec Madame
Dambreuse, mariage de la petite Roque, mort de Dussardier) n'ont aucun lien de nécessité entre eux, auraient pu
se dérouler dans un autre ordre, ou même être passés sous
silence. Leur logique* textuelle *est qu'ils appartiennent à
la série de volte-face par laquelle le roman se termine, et
qu'ils fournissent un groupe de conclusions finales (car ce
roman a plusieurs fins...) qui enrichissent les thèmes de la
déchéance et de la désagrégation. Comment croire donc que
le titre de* l'Éducation *puisse être autre chose qu'ironique ?
La fin du roman n'est pas un aboutissement. Elle renvoie
à des faits qui se situent trois ans avant le début. Les
deux protagonistes rejettent ainsi, implicitement, tout ce
qui leur est arrivé depuis 1840.*

*On aurait bien tort de prétendre, cependant, que la
fonction majeure du texte flaubertien est de frustrer et de
tromper le lecteur. Si les personnages se trompent continuellement (car le monde est pour eux incohérent), le* motif *de
l'erreur et de l'incohérence confère au texte une cohérence
profonde. L'importance de certains motifs récurrents le démontre : motifs de l'écroulement et de la ruine surtout.
Ceux-ci ne peuvent manquer de donner à* l'Éducation *cette
unité* morale *qui est d'ailleurs le propre de tout récit.
L'éclatement et l'incohérence caractérisent l'expérience des
protagonistes et non pas en fin de compte celle du lecteur
averti. Ainsi,* l'Éducation *nous apprend à nous quelque
chose. Nous sommes enrichis par le vide moral des personnages.*

L'espace du roman

Il en est de même de l'espace *où ce roman se déroule.
Espace mental, certes, mais espace physique aussi. On se
rappelle qu'au début de la composition de* l'Éducation,

Flaubert parle d'un roman de mœurs parisiennes. Ostensiblement, c'est au moment où il prend la décision d'écrire un roman historique que la notion exclusive de roman de mœurs s'estompe. Paris, cependant, reste : les recherches sur les opérations boursières, les heures passées par Flaubert au Père Lachaise sont là pour le démontrer. Paris reste un élément important de l'expérience des personnages. C'est d'abord, et constamment, l'un des pôles d'une incessante navette : Paris-Nogent, Paris-Chartres, Paris-Fontainebleau... Il constitue donc le point d'attraction vers lequel on retourne toujours. Ironiquement, la capitale paraît à Frédéric le seul endroit où la vie soit possible : « Paris ! car, dans ses idées l'art, la science et l'amour (...) dépendaient exclusivement de la capitale. » (p. 91) C'est dans l'espace parisien que cette existence est explorée. Forcément, cet espace figure aussi le lieu et l'extension des thèmes que nous avons déjà évoqués.

Paris est donc un lieu d'errances sans fin, le long des Boulevards, aux alentours de la rue de Choiseul, « de la rue de Grammont jusqu'à la rue Montmartre ». Bien souvent, on ne se déplace pas dans Paris, on part à la dérive. Dans une ville perçue tantôt avec précision, tantôt assumant les proportions du rêve, on est trop souvent victime d'éléments incontrôlables. L'espace dans ce roman est associé à des images d'entravement, d'enfermement ; celles-ci alternent avec des images qui évoquent l'expansion et la prolifération vertigineuses[135]. *Dans des mouvements qui sont tantôt linéaires, tantôt circulaires, on est constamment exposé à des frustrations ou à des rencontres fortuites. La liberté (descente des Champs-Élysées, fuite à Fontainebleau) tourne vite au vertige ou à l'ennui. Les panoramas, qu'il s'agisse de Saint-Cloud ou des berges de la Seine vues par Frédéric, sont souvent d'une désespérante immobilité.*

Puisqu'il s'agit de Frédéric et de ses amis, les espaces délimités (comme les ouvertures sur l'infini) débouchent sur la paralysie : voilà en somme une autre manifestation des systèmes restreints de Sénécal et des faits désordonnés de

---

135. Brombert, 1971, p. 284.

Regimbart. Métaphoriquement ou littéralement, l'intrigue
s'exprime souvent par des notions d'inclusion ou d'exclu-
sion : groupes, familles, villes, croyances. L'expérience de
Frédéric ou de Deslauriers est à cet égard symptomatique.
Inévitablement, les motifs de ce roman étant ce qu'ils sont,
la recherche d'une « appartenance » (groupe Arnoux, salon
Dambreuse, Club de l'Intelligence) se déroule dans un
contexte où groupes et mouvements se constituent et se défont continuellement : c'est le cas par exemple du « cénacle » des amis de Frédéric ou de l'entourage d'Arnoux. Les
changements de résidence de Frédéric, de leur côté, donnent
à la ville qu'il habite une disposition qui évolue sans
cesse. Dans un autre ordre d'idées, on relève dans l'Éducation la fréquence des entrées, des dévoilements, des séparations, cloisons, portières, fenêtres [136]. Les lourdes portières
retombent, la pluie fouette contre les carreaux, on s'agite,
invisible, derrière une cloison (comme lors de la maladie
de la fille de Madame Arnoux). Et, bien sûr, ces cloisons
sont le plus souvent un leurre : « Au-dessus de la boutique
d'Arnoux, il y avait au premier étage trois fenêtres, éclairées chaque soir. Des ombres circulaient par derrière, une
surtout, c'était la sienne ; et il se dérangeait de très loin
pour regarder ces fenêtres et contempler cette ombre. »
(p. 23)... Les espaces sont aussi impénétrables, aussi récal-
citrants que les mobiles d'autrui.

On pourrait même avancer que les différents lieux de
l'Éducation sont, comme les êtres, incompatibles. En tout
cas, ils sont très nettement différenciés. Si l'appartement de
Madame Arnoux se caractérise par sa fermeture ombra-
geuse, la maison de Madame Dambreuse est tout le
contraire : il y règne un sentiment trompeur de clarté et
d'espace. Chez Rosanette, par contre (ne cherchons pas trop
les symboles ou les jeux de mots !) c'est toute une disposition en enfilade, un dédale de pièces et de chambres dont
l'articulation, et pour cause, n'est pas clairement définie.
Dans les jeux d'espaces, comme ailleurs, l'incohérence et la
dislocation sont bien visibles.

---

136. Servin p. 158.

Il y a, évidemment, des moments où tout semble se stabiliser : regard par la fenêtre au moment de l'héritage, regard promené sur la forêt de Fontainebleau, contemplation de la mer dans l'exil breton de Madame Arnoux. Toujours, ce regard se caractérise par sa hauteur. *La scène est dominée. L'instabilité du texte ne nous permet pas, cependant, de prendre ces moments pour une victoire : autant que les mutations futures, d'ailleurs, l'inerte futilité d'une cour de ferme, la violence primordiale des arbres, une vieillesse stérile, enlèvent toute grandeur à ces instants.*

Ces lieux, en effet, sont coupés, bouleversés par des mouvements incessants : surgissements et disparitions, arrivées et départs, séparations et réunions — autant de manifestations de ce thème constant qu'est le déplacement, les voyages. Voyages subis, bien sûr : ces êtres inertes se contentent de regarder le paysage qui défile de part et d'autre : « Les fossés pleins de broussailles filaient sous leurs yeux, avec un mouvement doux et continu », « les maisonnettes des stations glissaient comme des décors (...) Frédéric, seul sur sa banquette, regardait cela, par ennui (...) » ; « (...) les deux berges (...) filèrent comme deux larges rubans qu'on déroule » (p. 191 et 1).

Cette inertie caractéristique s'exprime également par les activités stéréotypées, rituelles : la descente répétée des Champs-Élysées en fournit l'exemple le plus évident, sans doute, mais le mouvement par lequel on retourne sans cesse au même endroit (rue de Choiseul, salon Dambreuse) participe d'un phénomène comparable. On est marionnette dans l'espace, comme on l'est au bal de l'Alhambra.

Paris, on le voit, est loin d'être un simple lieu de documentation. Lieu historique certes (bien différent par ses rues et sa société du Paris de 1869), ce n'en est pas moins, avant tout, un espace variable qui figure par les jeux du texte l'errance passive de ceux qui l'habitent, et le flottement des espoirs politiques.

Le hasard

Rien ne le démontre mieux que le motif répété du

hasard [137]. *La vie quotidienne des personnages est dominée par le fortuit, le gratuit même. Que de rencontres inattendues ! Madame Arnoux, Deslauriers, Compain, Dussardier, Hussonnet apparaissent devant Frédéric, dans la rue, tour à tour, sans préavis. Et, chaque fois, c'est une préoccupation, une obsession, politique, amoureuse qui est ranimée. Ces rencontres se produisent le plus souvent au détriment d'autres projets : la vue de Madame Arnoux, aux courses, gâche le plaisir que Frédéric ressent à être avec Rosanette ; Rosanette, plus tard, arrive à point nommé pour empêcher Madame Arnoux de se donner à Frédéric.*

Ces jeux de coïncidences sont très fréquents : Deslauriers arrive le jour même où Frédéric est invité pour la première fois chez les Arnoux ; le 15 mai, c'est Arnoux qui sauve Dambreuse ; aux courses, on rencontre non seulement Mme Arnoux, mais Cisy, Hussonnet, les Dambreuse, Martinon, et, sur le chemin du retour, Deslauriers. Les exemples de coïncidences sont très nombreux, et on n'aurait pas tort de trouver que Flaubert joue un peu trop souvent de ce « coup de sifflet ». Dans un monde absurde, le hasard peut, sans doute, être aussi fréquent que la nécessité. En littérature, cependant, les manifestations du hasard ne sont efficaces que dans la mesure où elles paraissent vraisemblables, logiques.

En règle générale, c'est de façon plus subtile, plus déroutante que l'écriture flaubertienne prend ses distances par rapport au réel. Cette écriture contribue ainsi très largement à souligner l'importance dans ce roman du subi, de l'incontrôlé. *Comme Madame Arnoux, à la fin, on est exposé à « tous les hasards de la fortune ».* Toute apparence de réussite doit donc être contrecarrée. L'oubli comme la réconciliation, doit être impossible. Pour marquer la divergence et la division des êtres, il faut que Rosanette se jure d'être fidèle à Frédéric le soir même où lui vient de séduire Madame Dambreuse. Le procédé est sans doute artificiel par sa fréquence — il n'en confirme pas moins l'irrémédiable servitude des personnages.

---

137. Voir Bruneau, *Europe*, sept.-nov. 1969.

*Cela étant, comment peut-on parler de la responsabilité
morale des personnages de* l'Éducation ? *On peut certes
l'évaluer en fonction de la moralité courante : Sénécal est
plus sinistre que Frédéric, Dussardier excite notre sympathie alors que Deslauriers, comme Hussonnet, nous paraît
trop cyniquement arriviste. La logique du texte, cependant,
nous montre des hommes et des femmes que l'inattendu et
la force des choses détournent constamment des buts (toujours changeants) qu'ils se sont assignés : le dernier avatar
de Sénécal correspond très exactement à ce que peut devenir un certain type de réflexion et d'action de gauche sous
un régime autoritaire de droite ; Deslauriers ne peut se
soustraire à la formation qu'il a reçue, il n'a choisi ni son
père ni l'époque où il est forcé de vivre.*

La sentimentalité

*Comme tous les autres, Deslauriers est victime du cli-
mat intellectuel et moral qui prédomine dans ce texte. Le
titre du roman le définit bien : nous savons déjà à quoi
nous en tenir sur l'idée d'éducation. Il ne faut pas oublier
cependant qu'il s'agit d'une éducation* sentimentale.

*Frédéric donne le ton en estimant par dessus tout la
passion ; pour lui* « *l'amour est la pâture et comme l'atmosphère du génie* » *(p. 17). C'est Flaubert lui-même, cependant, à l'époque où il écrivait* l'Éducation, *qui indique
l'orientation précise de son texte :* « *je crois (...) que si
nous sommes tellement bas moralement c'est qu'au lieu de
suivre la grande route de M. de Voltaire, c'est-à-dire celle
de la Justice et celle du Droit, on a pris les sentiers de
Rousseau qui par le sentiment nous ont ramenés au Catholicisme. Si on avait eu souci de l'Équité et non de la
Fraternité, nous serions haut ! (...) on donne trop d'importance à ce que MM. les médecins nomment dans leur langage élégant "les organes uro-génitaux"* [138] ». *A la place
de la lucidité, l'attendrissement, l'émotion régissent la politique comme l'amour. Pour Flaubert, le passage que je*

---

138. Conard V p. 348-349, fin déc. 1867 à Amélie Bosquet.

viens de citer le prouve, l'exaltation de Dussardier pen-
dant les Journées de Février est pour le moins regrettable
et vaguement ridicule : « – "Ah ! quel bonheur, mes pau-
vres vieux" (s'exclame-t-il) sans pouvoir dire autre chose,
tant il haletait de joie et de fatigue. » (p. 295) De même,
et c'est aussi délicat, Madame Arnoux a des mouvements
tout aussi répréhensibles aux yeux de son créateur : « Tout
à coup l'idée de Frédéric lui apparut de façon nette et
inexorable. C'était un avertissement de la Providence.
Mais le Seigneur, dans sa miséricorde, n'avait pas voulu
la punir tout à fait (...) D'un bond, elle se précipita sur
la petite chaise ; et de toutes ses forces, lançant son âme
dans les hauteurs, elle offrit à Dieu, comme un holocauste,
le sacrifice de sa première passion, de sa seule faiblesse. »
(p. 282) Méfions-nous de l'émotion que nous pourrions
nous-mêmes ressentir en lisant ceci : comme à la fin du
livre, Flaubert a l'art de rendre émouvant ce qui est en
même temps, à ses yeux, superstitieux, sentimental.

De toute évidence, ce que Flaubert ridiculise dans son
roman, ce sont les multiples manifestations du romantisme
irrationnel, émotif. Aux parallélismes du sentimentalisme
et de la politique, il faut nécessairement associer ce qui
attire Flaubert « par dessus tout » comme phénomène so-
cial : la religion. Ceci d'autant plus que sa « conviction
profonde est que le clergé (en 1848) *a* énormément
agi [139] *». L'attitude de Madame Arnoux ne fait donc*
qu'illustrer, au niveau de l'individu, les méfaits d'un cou-
rant qui affecte toutes les couches de la société. Le compor-
tement ridicule de Cisy, l'enterrement vide de sens de
Dambreuse, complètent un tableau où Flaubert n'aurait
pas pu faire entrer la vie publique sans risquer une fois de
plus les foudres de la censure [140]. *En tout cas, dans un*
cadre plus large, l'exploration de Flaubert porte sur les
pièges de l'émotion dans tous les domaines : Rosanette

---

139. Conard V p. 358, février-mars 1868 à Michelet.
140. Rien ne nous empêche, pourtant, de nous demander si la violence
des critiques en 1869, ne provenait pas du fait que certaines personnalités
publiques se sentaient directement visées.

tombe amoureuse ; Roque a une crise de larmes. L'action,
la lucidité sont entravées par ce voile affectif.

En se moquant de la sentimentalité de ses personnages,
Flaubert critique ceux-ci non seulement en tant que représentants d'une certaine époque, d'une certaine société, mais
aussi en tant que personnages de roman. D'une manière
sans doute perverse, Frédéric et ses amis sont en quelque
sorte le reflet moqueur des romans de l'époque. En effet,
Flaubert affirme dans une lettre à Louise Colet que « la
personnalité sentimentale *sera ce qui plus tard fera passer*
pour puérile et un peu niaise, une bonne partie de la
littérature contemporaine. Que de sentiments, que de ten-
dresse, que de larmes [141] *!* » A la lecture morale de ce
roman s'en ajoute donc, continuellement, une autre : c'est
la prise de conscience du texte en tant que texte, c'est
« l'Éducation sentimentale » comme commentaire systématique d'autres romans qu'on peut avoir lus.

La prostitution

En effet, dans son roman, Flaubert manipule avant tout
des clichés — les coïncidences trop fréquentes pourraient à
la rigueur être un exemple de l'utilisation ironique des
clichés littéraires. En même temps, s'engage un processus
par lequel le discours et la vision stéréotypés des personnages (et du texte) sont douloureusement remis en question.
C'est à juste titre qu'on a parlé, dans ce contexte, du
motif de la profanation.

« Il se trouve, en cette idée de la prostitution, un point
d'intersection si complexe, luxure, amertume, néant des
rapports humains, frénésie du muscle et sonnement d'or,
qu'en y regardant au fond le vertige vient, et on apprend
là tant de choses [142] *!* » Évidemment, dans l'Éducation, il
y a la pratique littérale de la prostitution. C'est l'un des
rôles de Rosanette. On relève aussi un certain nombre d'allusions précises : « les lieux déshonnêtes » du début, la
maison Turque de la fin et, sans doute, la maison close où

---

141. Pl. II p. 557, 22 avr. 1854 à Louise Colet.
142. Pl. II p. 340, 1er juin 1853 à Louise Colet.

Frédéric mène Cisy afin que celui-ci puisse se regarder
« définitivement comme un homme » (p. 77). On peut se
demander d'où Frédéric connaît cet endroit-là... La double
vie de Frédéric, entretenu à la fois par Rosanette et Mme
Dambreuse, montre, en tout cas, qu'il peut, à l'occasion, se
trouver de l'autre côté de la barrière.

La plupart du temps, cependant, le thème de la prostitution est traité plus métaphoriquement, plus suggestive-
ment : toutes les femmes à moitié nues du salon Dambreuse
font « songer à l'intérieur d'un harem ; il vint à l'esprit
(de Frédéric) une comparaison plus grossière. En effet,
toutes sortes de beautés se trouvaient là » etc. (p. 161).
Flaubert souligne ainsi l'ambiguïté morale de la haute
bourgeoisie. La prostitution, en effet, est une activité très
variée : le roman est plein de personnages qui, d'une manière ou d'une autre, se vendent : Dambreuse, Hussonnet,
Martinon, Pellerin, Sénécal (homme de paille à la fin)...
D'autres servent d'entremetteurs : la Vatnaz, Arnoux,
Dussardier, Deslauriers. L'ambition (sociale, politique,
financière) explique les innombrables trahisons que relate
ce roman : socialistes désireux d'être reçus chez les capita-
listes, peintres âpres au gain et prêts à toutes sortes de
falsifications. Ou bien c'est Frédéric, corrompu par les mol-
lesses de la vie de province, qui se laisse conduire chez
Monsieur Prouharam (p. 92).

Ce thème est très large, cependant. Il y a lieu d'y
associer le motif plus profond de l'ersatz et de la profanation. Dans un monde instable, une personne prend facilement la place d'une autre : à défaut de Madame Arnoux,
on devient l'amant de Rosanette, ou bien on aspire à épouser Louise. C'est tout un. Car, à la limite, les émotions
sont, elles aussi, non seulement incertaines mais interchan-
geables — toutes les substitutions sont possibles. Et, en fin
de compte, toutes les profanations : Rosanette conduite dans
la chapelle ardente préparée rue Tronchet à l'intention de
Marie Arnoux ; Pellerin photographe. Et de toute évidence,
le langage suit le mouvement, puisque des phénomènes très
variés, contradictoires même, ont droit à un langage similaire. Pour séduire Madame Dambreuse, Frédéric se sert

« *du vieil amour. Il lui conta, comme inspiré par elle, tout ce que Mme Arnoux autrefois lui avait fait ressentir* » *(p. 368). De même, le langage de la religion s'infiltre dans celui de la politique. Tous les gestes, tous les langages deviennent ainsi, constamment la parodie d'autre chose.*

Le rôle de l'Histoire

On ne peut manquer ici de poser une question qui concerne la manière tout à fait légitime dont on lit ce roman depuis fort longtemps : si l'Éducation sentimentale *entreprend explicitement d'évoquer les hommes et les faits des années 1840,* à quel genre de roman historique avons-nous affaire ? *Quelle en est la portée ?*

Évidemment, on peut citer les nombreuses (et précieuses) vignettes qui émaillent les pages de l'Éducation : *voyages en chemin de fer, grands boulevards, courses au Champs de Mars, Pâtisserie Anglaise, etc. On peut même parler de ce bref aperçu de la société industrielle naissante que nous vaut le voyage à Creil. Mais il serait bien superficiel de s'en tenir à une lecture simplement documentaire de ce roman. Nous sommes loin des traités de topographie à la Balzac ou des tableaux ferroviaires à la Zola.* La Guerre et la Paix, *qui date de la même époque, explore l'histoire de façon autrement systématique, objective. Et pourtant, on a pu affirmer que* « l'expression suprême de l'esthétique de Flaubert, la forme idéale et la plus complète de son art, c'est l'évocation historique* [143] ». *Sans parler de l'histoire en général, on ne peut manquer de relever aussi la présence insistante dans bon nombre d'œuvres* (Madame Bovary, Un cœur simple, Bouvard et Pécuchet) *de la France de Louis-Philippe, des événements de 1848. Certains projets abandonnés* (Sous Napoléon III *entre autres) auraient maintenu cette continuité.*

Cette préoccupation n'est pas forcément celle de l'historien. Elle ne débouche pas, dans l'Éducation *ou ailleurs, sur une somme de connaissances irremplaçables. Ce n'est*

---

143. Ferrère p. 230.

pas l'Éducation sentimentale *qu'on a intérêt à consulter si l'on veut tout savoir sur 1848. Il y a, on l'a déjà vu, trop de lacunes et de distorsions.*

C'est donc parce que la documentation a pour lui une fonction multiple que Flaubert amassa tous les renseignements sur lesquels s'appuie son roman : calendriers (1846-7-8-9-1850-1), lectures de Daniel Stern, Garnier-Pagès, mouvements de troupes en juin 1848, mouvements de bourse en 1847, etc. Pour ce qui est des faits reproduits, comme des conversations politiques déjà évoquées, il est fort difficile de taxer Flaubert d'inexactitude (voir même d'imprécision). La documentation objective, les résumés de livres de toutes sortes (histoire militaire, clubs révolutionnaires, pensée socialiste) forment une masse écrasante et s'ajoutent aux renseignements minutieux sur la mode, les champs de courses, les pièces de théâtre.

Seulement, ce que Flaubert visait, dans un premier temps, ce n'était pas le fait brut, c'était, à travers celui-ci une expérience authentique des choses. Voilà pourquoi Flaubert exploite ses amis. Il demande à Du Camp de lui expliquer ce qui se voyait aux courses du Champ de Mars. La blessure de Dussardier est exactement celle que reçut au même moment, au même endroit, Du Camp [144]. A travers ce genre de faits, Flaubert recherche la réalité vécue — ce qui est exactement conforme à la vision subjective (des protagonistes s'entend) qui prédomine à tous les moments du texte. Bien plus que d'un document, il s'agit d'un témoignage ou plutôt d'un faisceau de témoignages. Ce que nous percevons dans ce texte, ce ne sont donc pas les meurtres de Buzançais, les mariages espagnols, l'affaire Pritchard, le problème de la Pologne — bien souvent, de telles allusions restent opaques pour qui n'est pas spécialiste de l'époque (c'est-à-dire 99% des lecteurs). Ce que Flaubert nous présente ici, c'est au contraire, la dimension émotive des faits. Pour cela, bien souvent, on n'a pas besoin d'explications.

---

144. Voir les lettres de Du Camp à Flaubert, p. 136.

*Flaubert nous révèle le climat moral, la mentalité de l'époque. Parfois il adopte un biais qui ne serait guère celui d'un historien classique (et qui annonce déjà la méthode de l'*Histoire des Passions françaises *de Zeldin). Ainsi, Delmar permet de communiquer par ses rôles la façon dont la mentalité populaire concevait les grands problèmes de l'époque. (p. 175)*

Flaubert pratique en ce faisant une distanciation toute particulière. Il marque bien tout ce qui sépare les années 1840 des années 1860 : « Ces élégances qui seraient aujourd'hui des misères pour les pareilles de Rosanette (...) » (p. 118) ; « Comme on avait coutume alors de se vêtir sordidement en voyage (...) » (p. 5) ; « Le public des courses, plus spécial dans ce temps-là (...) » (p. 204). Mais il s'agit fréquemment de détails qui concernent la vie intime, affective. Il s'agit aussi de différences implicites (topographiques, vestimentaires, gastronomiques même) dont le lecteur de 1869 ne pouvait manquer de prendre conscience.

Ces détails révèlent qu'on a affaire à une vision toute spéciale des choses du passé, où la subjectivité sélective des protagonistes peut se déployer tout naturellement. Ils expliquent aussi, sans doute, que les grands événements historiques, leur moment venu, n'occupent pas toujours la place qu'un historien leur aurait sans doute assignée. Sans revenir sur les nombreuses lacunes du texte, on peut, cependant, souligner l'isolement des événements révolutionnaires dans la trame du récit. En effet, Flaubert va jusqu'à confiner les trois principaux incidents de 1848 dans un seul chapitre (III 1) – c'est en limiter significativement la portée.

*D'autres procédés donnent une complexité accrue à ce phénomène. On constate, en effet, que l'*Histoire *s'adapte de façon fragmentaire aux exigences du récit. Si le fragmenté est l'un des grands motifs du livre, on peut dire qu'ici le renforcement de ce motif se double d'une valorisation : l'*Histoire *se plie aux besoins de la fiction et la commente. Les débâcles de la fin (ruptures, morts, fuites) se placent ainsi au centre de la scène, tandis que le* Coup d'État *qui se produit au même moment leur sert métaphoriquement de toile de fond. Ici comme ailleurs, Flaubert parvient ainsi à* *renforcer le ton essentiellement ironique de l'œuvre : il nous révèle un monde où les personnages renversent les véritables valeurs en croyant que ce qui leur arrive est bien plus important que ce qui arrive à la société en général.*

On n'aurait pourtant pas tort d'évoquer un élément qui a sans doute déterminé la manière dont Flaubert analyse les événements de 1848 et leur suite : en effet il ne faut pas oublier que 1848, et ses séquelles sous Napoléon III, ne pouvaient toujours pas se discuter publiquement. Comme pour la religion, Flaubert avait sans doute intérêt à procéder par allusions, à éviter certaines scènes. Peut-être n'est-il pas tout à fait fortuit que Frédéric se trouve à Fontainebleau au moment de la grande trahison de juin 1848, et à Nogent au moment des émeutes qui suivirent le Coup d'État. Cela rentre tout à fait dans la logique du personnage — mais cette coïncidence évite aussi à Flaubert d'avoir à se pencher sur des tableaux par trop compromettants, risquant d'offusquer la censure (ou tout simplement ses grands amis, le Prince Napoléon et la Princesse Mathilde...). La préparation du 2 décembre est également passée sous silence, et l'on constate l'absence quasi totale de Louis-Napoléon, qui pourtant, de plus en plus domine cette période. Il est sans doute subtil (et spirituel) d'affirmer qu'ainsi il devient vraiment « Napoléon le Petit ». Mais les opinions de Flaubert n'étaient pas celles de Victor Hugo. Il serait sans doute plus juste d'observer que Flaubert (qui avait reçu la légion d'honneur en 1866) agit ainsi par précaution tout en soulignant, par cette étonnante absence, l'ignorance, ou l'indifférence, politique de Frédéric (puisqu'on peut dire que si Louis-Napoléon ne figure pas dans l'Éducation sentimentale, c'est que Frédéric ne le voit pas, n'a pas conscience de son existence).

On peut affirmer en tout cas qu'il y a un rapport équivoque au savoir. L'Histoire que ce savoir permet d'explorer n'est pas (comme dans beaucoup de manuels scolaires) un bloc homogène qui fonde sa propre logique. C'est une variété et une multiplicité qui se manifestent dans tous les domaines. Cela correspond bien aux intentions de Flaubert : « Je veux faire l'histoire morale *des hommes de ma génération* [145]. » *La grande Histoire n'est donc pas tout. Même la vérité des faits n'est pas indispensable. De là un certain nombre de situations impossibles mais typiques : le groupe des amis de Frédéric (le « Cénacle ») réunit des gens (Dussardier, Cisy) qui à l'époque n'auraient guère pu se rencontrer socialement. Leur présence à certains moments sous le même toit permet, cependant, des recoupements d'attitudes et d'opinions, qui autrement auraient été difficiles à réaliser. Le salon Dambreuse remplit la même fonction. Dans un texte qui définit les mentalités en fonction des clichés dont elles sont imprégnées, cette manière de procéder est cependant tout à fait logique. Ici, comme ailleurs (on pense au voyage du début), Flaubert met en scène une humanité grotesque, une caricature de la société des années 1840. Contrairement à ce qui se passe dans Balzac, les dialogues ne permettent donc pas tant d'accéder à la psychologie des personnages que de saisir une situation, une mentalité typiques* [145 bis].

Flaubert adopte d'autres biais qui concourent à cette même fin. On pense notamment aux gestes et aux événements symboliques. Quand Frédéric contemple Paris du haut de son balcon (p. 64), c'est, à travers les monuments, l'histoire du passé et de l'avenir qui se déroule devant ses yeux — associée bien sûr à la fiction qu'est Madame Arnoux. D'une manière comparable, il faut souligner la portée symbolique de l'épisode de Fontainebleau. Il s'agit, certes, d'une fugue, d'une fuite devant l'histoire en train de se faire dans les rues de Paris. Mais en même temps, à travers l'expérience subjective, cet intermède provoque une confrontation avec l'histoire du passé et les grands cataclysmes du monde.

L'Histoire, dans l'Éducation n'a de sens que dans ses rapports avec la fiction, l'invention romanesque. Si l'écriture de l'Histoire et ses distorsions devient parfois le sujet

---

145. Conard V p. 158, 6 oct. 1864 à Mlle Leroyer de Chantepie. Nous soulignons.

145 bis. V. Claudine Gothot-Mersch, *Europe*, septembre-novembre 1969.

même du roman (c'est la fonction journalistique de Husson-
net, c'est la signification du livre que Frédéric, un instant,
voudrait composer), il ne s'agit là que d'un aspect du
rapport constant, étroit, complexe que Flaubert développe
entre les grandes phases de l'intrigue et celles de l'histoire.
Les désirs contradictoires, les déplacements d'objectifs, le
goût du beau, les frustrations, caractérisent tout à la fois
la vie privée et la vie publique des hommes. Ces deux
domaines (crise morale, crise politique) sont en fait super-
posables − on peut lire l'une à la lumière de l'autre, l'une
étant comme une métaphore de l'autre, l'une n'ayant guère
de sens sans le reflet de l'autre [146].

Même à ce niveau-là pourtant, on aurait tort de croire
que Flaubert ait pu se contenter de peindre l'homme de
1840 dans son contexte précis. En effet, si Flaubert porte
un énorme intérêt à l'histoire (l'inventaire de sa bibliothè-
que le prouve), de nombreux passages de la Correspondance [147] *révèlent le dégoût radical que lui inspire l'his-*
toire de son temps. Cette haine remonte même au-delà de
1848 : « Ne me parlez pas des temps modernes en fait de
grandiose. Il n'y a pas de quoi satisfaire l'imagination
d'un feuilletoniste de dernier ordre [148]. *» La vision de*
Flaubert, cependant, dépasse son propre temps et recherche
une généralité plus profonde. Dans les éléments ponctuels
d'une courte période, c'est pour Flaubert l'homme éternel
qui se reflète. De là, en plus des méfaits du romantisme
politique, la signification de l'épisode de Fontainebleau.
Après l'évocation des grands moments du passé (figures de
la Renaissance et convulsions géologiques), les événements
de 1848 prennent une toute autre allure : « Les résidences
royales (...) l'éternelle misère de tout ; et cette exhalaison
des siècles, engourdissant et funèbre comme un parfum de
momie, se fait sentir même aux têtes naïves. » (p. 325)
Flaubert évoque ainsi la futilité de toute chose.

---

146. Voir J. Proust, passim.
147. Conard V p. 200, fév. 1866 à la Princesse Mathilde et V p. 282, fin fév.-déb. mars 1867 à George Sand.
148. Pl. I p. 210, 7 juin 1844 à L. de Cormenin.

Les personnages jouent, cependant, par rapport à l'Histoire, un rôle assez particulier qui leur assure une apparente indépendance. Par sa médiocrité, Frédéric est à moitié indifférent, à moitié concerné par le drame qui se déroule autour de lui. Frédéric serait même un raté parce que « placé ironiquement au centre d'un grand roman historique, son existence à lui n'assume pas les proportions de l'histoire [149]». Si, donc, Fontainebleau modifie les dimensions de la vision historique, il marque la rupture (par l'ignorance ou l'indifférence) de l'individuel et de l'historique. C'est une dislocation de plus qui renforce toutes les autres, mais qui, de façon significative, souligne l'impossibilité de l'action héroïque. « Ce mot de héros qui réclame un temps héroïque, un temps d'unité et de progression ascendante, est ridicule dans une société égalitaire, morcelée où l'héroïsme individuel se rabat à la conquête des petits bonheurs [150]. »

Il faut donc, en lisant l'Éducation, tenir compte de la portée tout à la fois individuelle, locale et générale des faits. Si Flaubert écrit « au point de vue d'une blague supérieure, c'est-à-dire comme le bon Dieu les voit, d'en haut », c'est à travers les petits faits ponctuels qu'il s'exprime, ceux-ci étant les plus significatifs. C'est l'ironie du général ramené continuellement au personnel. L'histoire est dans la conscience des gens : de là le gommage des événements insurrectionnels du 15 mai, et l'allusion sans commentaires, à la fin du roman, au fait que Madame Arnoux doit être à Rome avec son fils, soldat. Les recherches préalables permettent à Flaubert non pas tant de faire un document, que de ne pas se tromper dans ses allusions obliques. Le vague permet aussi d'atteindre au général : si l'on nous avait donné dès le début, par le menu, les origines de Sénécal, ou de Pellerin, ou de Cisy, ils n'auraient pas eu la représentativité qu'ils possèdent. Ils évoquent tout un contexte révolutionnaire (Lyon, le socialisme), social (le faubourg Saint-Germain), artistique.

---

149. Danahy 1969, p. 88.
150. Asselineau, *Bulletin du Bibliophile,* 1870.

En même temps, par leur interaction, les personnages miment le jeu de la politique, des idées : Deslauriers trompé par Frédéric (et tout ce qu'il représente) se tourne de nouveau vers Sénécal et son clan ; en mai 1848, c'est Arnoux qui sauve Dambreuse. Interaction des mentalités et des croyances, interaction des hommes qui les concrétisent.

Tous ces phénomènes concourent à une autre signification. Ils soulignent, en effet, la rupture que marque, dans l'histoire de France, la Révolution de 1848 (et surtout son échec). L'opposition des classes s'installe, le désespoir du prolétariat devient pour longtemps fixe et permanent [151]. Flaubert, par son roman, exprime cette rupture. Il la situe très précisément au moment où (p. 417) l'ouvrier, reniant la fraternité de février 1848, refuse de s'opposer au Coup d'État et où, de son côté, un bourgeois souhaite la mort de tous les « socialistes » (ouvrier et socialiste étant, sans doute, à ses yeux, la même chose). Le suicide de Dussardier, aussitôt après, confirme le désespoir né de toutes ces divisions. Une fois de plus, le motif de l'incohérence et de la fragmentation se manifeste.

Une fois de plus aussi, on peut mesurer l'impartialité de l'auteur. Tout au long de son texte, les torts sont partagés – et même, il passe sous silence des atrocités « socialistes » qu'il avait recueillies pour illustrer les Journées de Juin (alors que Roque est là pour fournir un exemple de la férocité de la répression). Et pourtant, Flaubert, dans sa correspondance, expose à de nombreux correspondants son mépris pour « les classes ouvrières » et l'indifférence qu'elles lui inspirent [152]. On aurait donc bien tort de prendre Flaubert pour un défenseur des droits du peuple. Tout au plus peut-on dire que, dans l'ensemble, Flaubert ne défend pas non plus les intérêts de sa propre classe.

En fait, Flaubert méprise tout le monde. Détestant le bourgeois [152 bis], incapable de comprendre la motivation ou-

---

151. Pl. II p. 168, 7 oct. 1852 à Louise Colet.

152. Pl. I p. 314, Conard V p. 158, 197, VI p. 228, 276, 281, 297, etc.

152 bis. Conard V p. 300, mai 1867, à George Sand.

*vrière, il entreprend de révéler la bêtise de tous les partis.
Comment pourrait-il en être autrement de la part d'un
écrivain qui proclame : « ce qu'il y a de considérable dans
l'histoire, c'est un petit troupeau d'hommes (trois ou quatre
par siècle peut-être) (...) ce sont ceux-là qui ont tout fait
et qui sont la* conscience *du monde* [153] ». *Cette vengeance,
si c'est là le mot, est inévitable en raison aussi de la
manie de conclure qu'ont toutes ces « déplorables utopies »
(socialistes, s'entend)* [154] — *et de la vacuité des mots :
« orléanisme, république, empire ne veulent rien dire, puisque les idées les plus contradictoires peuvent entrer dans
chacun de ces casiers* [155] ».

Dans son roman, il est légitime de supposer que
Flaubert expose sa haine de toutes les tyrannies, y
compris celle du Second Empire. *La* Correspondance, *en
tout cas, est explicite, alors que l'œuvre ironise éloquemment sur certaines idées socialistes (p. 303 et 88) et nous
laisse tirer nos propres conclusions sur le régime qui s'établit aux dernières pages du livre. Ainsi, certaines lettres* [156] *affirment que Louis-Napoléon a pu accéder au pouvoir par la faute des socialistes. On peut donc se demander
si ce n'est pas là en partie la signification implicite de
Sénécal et de son évolution politique. Tout en se montrant
très dur pour les classes dirigeantes (Dambreuse, Roque),
Flaubert montre ainsi comment l'échec politique peut sortir
de mouvements qui au départ semblent favoriser la gauche.*

*Tableau tout à fait négatif ? Presque (autrement il y
aurait dissonance avec le reste du roman). On pourrait
avancer, sans doute, que le tableau des Journées de Février
est moins pessimiste que celui des Journées de Juin — parce
que le prolétariat, alors, est solidaire de la classe dont
Flaubert fait partie ou parce que « la foule ne m'a jamais
plu que les jours d'émeute, et encore* [157] ».

153. Conard V p. 197, 23 janv. 1866 à Mlle Leroyer de Chantepie.
154. Pl. I, p. 697, 4 sept. 1850 à Louis Bouilhet.
155. Conard VI p. 32, fin juin-début juil. 1869 à George Sand.
156. Pl. II p. 168, 7 oct. 1852 à Louise Colet.
157. Pl. II p. 293, 31 mai 1853 à Louise Colet.

*Mais ce ne sont là que de brefs éclairs. Ce qui est
montré surtout c'est, de part et d'autre, l'ignorance, la
bêtise, et le manque d'humanité (même chez ceux qui sont
censés lutter pour les ouvriers). A cela s'ajoutent les méfaits d'une religion de pacotille (on pense au dernier
commerce d'Arnoux) dont nous avons déjà parlé. Le rôle
sacerdotal des chefs politiques, l'aspect « ecclésiastique » de
Sénécal (p. 51), rattachent étroitement l'esprit et l'action
religieux à la pensée messianique des utopistes. Une fois de
plus, on peut supposer que cette association n'a rien d'admirable aux yeux de Flaubert : « Ce que je trouve de
christianisme dans les révolutionnaires m'épouvante* [158] *».
L'anticléricalisme de Flaubert est aussi virulent que tout
le reste.*

L'Éducation *raconte donc un immense et grotesque échec
à tous les niveaux :* « Nous payons le long mensonge où
nous avons vécu, car tout était faux : fausse armée, fausse
politique, fausse littérature, faux crédit et même fausses
courtisanes (...)* [159]. »

*Cette dernière citation date de 1870. Flaubert fait al-
lusion à la débâcle qui vient de se produire. Selon un
procédé qu'autorise Flaubert lui-même, on peut, cependant,
utiliser ce passage pour caractériser le roman et la période
qui nous intéressent. Ceci d'autant plus, ne l'oublions pas,
que* le roman de Flaubert raconte des faits des années
1840 vus par une mentalité des années 1860. Il éclaire
donc autant celles-ci que celles-là. *Martinon, sénateur à
la fin, montre seulement à ce moment-là combien étaient
sinistres ses agissements de vingt ans plus tôt. De même, la
confusion et le désarroi de 1848 ne deviennent vraiment,
sinon clairs, du moins schématisables qu'à partir du moment où Flaubert commence à écrire. Et bien sûr, ces sché-
mas sont ceux de la deuxième moitié du règne de Napoléon III.*

---

158. Conard V p. 385, 5 juil. 1867 à George Sand, texte corrigé in
C.H.H. 14, p. 428.
159. Conard VI p. 161, 29 sept. 1870 à M. Du Camp.

*Ce jeu historique est filtré par une troisième « menta-
lité » qui est celle du lecteur et de la société qui la condi-
tionne. Le lecteur des années 1980, par exemple, remarque
et évalue des faits qui à une autre époque n'auraient pas
eu la même signification — la portée et les dimensions des
grandes œuvres changent sans cesse. Ainsi le féminisme de
la Vatnaz, comme les revendications de certains personnages, mériteraient sans doute à nos yeux, un traitement
moins ironique. On pourrait aussi trouver que l'abstention-
nisme, l'isolement dans l'art, que préconise l'Éducation,
sont à la fois difficiles et dangereux au XXᵉ siècle.*

*Toujours est-il que Flaubert met en lumière les dangers
profonds et durables de certaines attitudes. La corrosion de
la nostalgie est présente en politique comme ailleurs. En
essayant de revivre 1789, les révolutionnaires de 1848
nous montrent les dangers de ce genre de passéisme, que
Flaubert souligne d'ailleurs violemment dans sa correspondance : « Le socialisme moderne* pue le pion. *Ce sont tous
des bonhommes enfoncés dans le moyen-âge et l'esprit de
caste (...)* [160] » ; *« le socialisme est une face du passé
comme le jésuitisme une autre* [161] » ; *tous les socialistes
« croient à la révélation biblique* [162] ». *Nous avons déjà
vu que pour Flaubert (comme pour Marx) 1848 est une
parodie de 1789. La réalité actuelle de 1848 est ainsi
évacuée : Deslauriers se voit en Camille Desmoulins, Sénécal prend « une figure à la Fouquier Tinville » (p. 310).
A l'ambiguïté versatile de ces personnages (« Sénécal avec
son éternel paletot bleu doublé de rouge » (p. 194))
s'ajoute l'idée de l'ambiguïté de tous les moments de l'histoire. Celle-ci étant avant tout cyclique, l'identité
spécifique de tout événement (comme de toute personne) est
comme noyée, perdue dans les échos du passé qu'il suscite.*

*Observons, pour terminer, que comme toute grande
œuvre, l'Éducation ne reflète pas seulement son temps : elle
explique et éclaire l'avenir. De toute évidence, Flaubert en*

---

160. Conard V 146-7, juil. 1864 à Amélie Bosquet.
161. Ibid., p. 149, été 1864, à Mme Roger des Genettes.
162. Ibid., p. 148, été 1864 à la même.

écrivant l'Éducation *s'inspire de la lente dégradation du pouvoir et du retour de certains problèmes (la presse, l'opposition, l'autorité) qui marquent les années 1860 autant que les années 1840. C'est un roman dont « les structures (...) renvoient aux structures socio-économiques du Second Empire* [163] ». *Flaubert avait bien conscience de ces parallèles : « Il faut remonter jusqu'en 1849 pour trouver un pareil degré de crétinisme », écrit-il en 1867* [164]. *Mais au-delà de cette prise de conscience, il y a celle que nous seuls pouvons réaliser :* l'Éducation, *en effet, préfigure toutes les dislocations, toutes les incohérences, politiques, sociales, morales, économiques que le monde occidental traverse, surtout depuis le début du XXe siècle. Sous une forme à la fois concrète et métaphorique, ce roman nous permet d'éprouver le désarroi d'une société qui vit une perpétuelle remise en question de son être et de son devenir.*

Modernité de l'Éducation

Quelle que soit l'optique sous laquelle on lise l'Éducation *(historique, sociale, intimiste), on ne tarde pas à constater que la signification du texte est déterminée autant par les procédés de structuration que par la somme des motifs dont il a été question jusqu'ici.* En effet, rien ne détermine le caractère de ce roman autant que les échos et les parallèles *qui le structurent. Instaurant, comme le font toutes les œuvres de la maturité, une conception statique des choses humaines, le texte opère de continuels retours sur lui-même, réalise des effets de miroir et semble conclure à* l'éternelle ressemblance des choses entre elles. *La portée ironique en est claire. Elle montre, entre autres, que la maison Dambreuse et la maison Bron se ressemblent (v. p. 133) ; on voit Rosanette dans une attitude (cousant près du feu) qui fait penser à Madame Arnoux (p. 312) — c'est un exemple de la manière dont se concrétise le projet de «* mettre *(sic) en parallèle l'amour léger (et l'amour*

---

163. Bem, p. 41.
164. Conard V p. 282, fin fév.-début mars 1867, à G. Sand.

élevé) *et de montrer qu'il n'en diffère pas* » (*Carnet 19 f° 35*). *Ces effets de miroir se manifestent à travers les gestes les plus innocents en apparence, et ne se limitent nullement à l'analyse de l'amour. Très souvent, ils se traduisent par le motif* « voleur volé » : *les escroqueries d'Arnoux se doublent de celles dont il est victime ; Arnoux traite Hussonnet de tête de linotte vers le début du roman — à la fin, c'est à lui que s'applique ce même terme.* (*p. 63 et 407*). *Un langage identique opère ainsi des rapprochements surprenants :* « ce fut comme » *amène à la fois* « une apparition » *et* « un heurt en pleine poitrine » (*p. 6 et 422*) ; *si Frédéric nous apparaît pour la première fois* « près du gouvernail, immobile », *cette attitude perd beaucoup de sa vigueur héroïque quand on relève, quelques pages plus loin, que Madame Arnoux, se tient elle aussi* « près du gouvernail, debout » (*p. 10*). *Chez un auteur comme Flaubert, de telles répétitions* (*il y en a des dizaines*) *n'ont rien de fortuit. Elles renforcent le jeu permanent d'équivalences qui sont tantôt positives, tantôt négatives, mais toujours ironiques : Deslauriers critique Frédéric d'être obsédé par Madame Arnoux, sans se rendre compte que Sénécal lui inspire le même type d'aveuglement.*

Ce dernier exemple illustre un motif fréquent : 'X' *est à* 'Y' *ce que* 'Z' *est à* 'A' — *motif linéaire, comme on vient de le voir, ou circulaire, du moment que* 'A' *pourrait bien être* 'X'. *Frédéric est à Louise ce que Madame Arnoux est à Frédéric lui-même ; Dittmer* (*qui baise Madame Arnoux au front*) *est à celle-ci ce qu'elle est à son tour à Frédéric* (« Et elle le baisa au front comme une mère »)[165]. *Une telle situation peut se compliquer encore davantage : Madame Dambreuse recommande à Frédéric de suivre l'exemple de feu son mari...* (*p. 386-7*) ; *Frédéric ressent, un instant, pour Madame Arnoux et pour la Vatnaz la même convoitise brutale* (*p. 256 et 423*). *Chaque mouvement semble ainsi s'accompagner de son doublet ironique. On a même souligné la fréquence des itérations : Madame Arnoux rend visite deux fois à Frédéric ; ils se promènent*

---

165. Voir Bem et Sherrington.

deux fois ensemble ; le roman comporte deux idylles ; il y a deux baisers entre gant et poignet ; les conversations nostalgiques à Auteuil entre Frédéric et Madame Arnoux recommencent à la fin ; une apparition de Madame Arnoux et une conversation avec Deslauriers marquent le début et la fin du roman [166].

Le fait unique, exceptionnel, devient ainsi une impossibilité — *quoi qu'en pensent les protagonistes. Leurs gestes sont minimisés, médiocrisés par d'autres gestes qui ne sont dissemblables qu'en apparence : Sénécal, qui n'aime pas le désordre, empêche le pharmacien de chanter* les Bœufs *du poète ouvrier Dupont — en quoi il ressemble aux réactionnaires qui empêchent de chanter l'hymne à Pie IX en public. (p. 265 et 266)*

En même temps, par cet inlassable retour de faits similaires, Flaubert banalise ce qui pourrait paraître exceptionnel, éliminant ainsi toute possibilité de changement, de renouveau. L'épisode du sac des Tuileries comporte la même scène que la description des ennuis financiers d'Arnoux : un petit déjeuner abandonné. Il prend ainsi les allures d'un fait banal, fréquent. Si la nouvelle du mariage de Frédéric avec Madame Dambreuse met Nogent « en révolution », cela ne peut que trivialiser les événements de 1848 et de 1851.

Les événements fictifs, d'ailleurs, ne sont pas les seuls à se faire écho ironiquement [167]. Les différents niveaux de l'œuvre sont pleins, eux aussi d'interférences de toutes sortes. Il est indispensable de lire la fiction à la lumière de l'Histoire, et inversement.

On le voit, la lecture de ce roman comporte, autant qu'une expérience psychologique, historique, une expérience de la structure par laquelle psychologie et histoire se manifestent. Il en est de même de toutes sortes d'éléments narratifs (binaires ou autres) : les scènes, par exemple, où alternent si fréquemment récit, description et dialogue [168] ;

---

166. Voir Duquette.
167. Rosanette devant le cadavre de son enfant fait penser à Mme Dambreuse devant son coffre-fort vide.
168. Voir Gothot-Mersch, in *Europe,* sept.-nov. 1969.

la fréquence des tableaux comme élément de structuration générale (utilisés souvent pour effectuer un tour d'horizon) ; les enchaînements apparemment aléatoires permettant de passer d'une scène à une autre ; la convergence, dans les trois derniers chapitres, de tous les personnages et de tous les thèmes.

*La lecture de ce roman nécessite bien la recherche de motifs psychologiques ou historiques — mais elle réclame tout autant que l'on note le retour et la fréquence des procédés. Le sens du texte réside, sans doute, dans cette régularité. Bien sûr, à un certain niveau, l'*Éducation *évolue et se développe : « 1ʳᵉ époque : rêve et poésie, 2ᵉ époque, nerveuse angoisseuse, 3ᵉ époque pratique, jouissante, dégoûtée » (611 fᵒ 120). Mais ces différents stades de l'intrigue suscitent continuellement les mêmes procédés. Il ne s'agit que d'une fausse évolution.*

Cette reprise inlassable de situations identiques, nul ne l'a mieux analysée que J.P. Duquette, qui dans son Architecture du vide, *montre comment les différents éléments de l'intrigue sont modulés par le groupement des personnages qui se rencontrent très fréquemment, ainsi que par l'utilisation épisodique d'autres personnages tels que Madame Moreau, la Vatnaz, Delmar. Duquette montre aussi qu'au-delà des divisions élémentaires du roman (6 + 6 + 6 + 1), les mêmes situations ont tendance à se reproduire au même moment de chaque partie. Le motif Frédéric/Deslauriers : ambition, « succès » se manifeste par exemple dans les chapitres I II, II V, III V, le motif de l'insertion dans le collectif se manifeste dans les chapitres I III, II IV, III IV. Duquette établit que l'*Éducation *est parcourue de toute une série de constructions en miroir, tout en étant marquée à un autre niveau par des alternances régulières (2ᵉ partie : Madame Arnoux / Rosanette /, Madame Arnoux / Rosanette ; 3ᵉ partie : Louise / Madame Arnoux /, Rosanette / Madame Arnoux / Louise etc.)*

Si donc il est tout à fait légitime de parler du motif de l'incohérence, l'organisation de ce motif, comme de tous les autres, est caractérisée, elle, par une étonnante régularité. *Il importe peu de savoir si Flaubert en avait*

*conscience. La composition d'un roman étant tellement
différente de son analyse, l'intégration des différentes dimensions du texte ne peut guère se concevoir de la même
manière. Ne nous inquiétons donc pas trop des passages de
la* Correspondance *où Flaubert se lamente de ce que son
œuvre ne «fait pas la pyramide». N'attachons pas trop
d'importance non plus à la lettre où Flaubert s'écrie
«Voilà ce qu'il y a d'atroce dans ce bouquin, il faut que
tout soit fini pour savoir à quoi s'en tenir* [169]. *». Les méthodes d'analyse qui ont été développées au XXe siècle permettent, sans arrogance, de savoir dès le début, ce qui va
se passer, au niveau des motifs du moins : la variété des
faits ne cache pas la permanence des motifs.*

*Cette permanence se traduit à la fois par le retour, sous
des formes et dans des conditions très variées, des mêmes
situations et des mêmes attitudes. Elle se manifeste aussi
grâce aux constantes du vocabulaire. Il faut, d'ailleurs,
souligner* l'importance, chez Flaubert, du mot. *Non pas
du mot « juste » (cela ne veut pas dire grand'chose — juste
par rapport à quoi ?), mais du mot* structurant, *du mot*
thématique : *celui qui confirme par sa présence sémantique
et sonore la cohésion du texte. De là la très grande utilité
de la* Concordance *de C. Carlut, qui groupe tous les mots
dans leur contexte immédiat. Chez un auteur qui avait
horreur des répétitions, la reprise d'un même mot ne peut
signifier que le retour de la même idée ou du même thème :
« hasard », 57 fois, par exemple... « béant », très étroitement associé à l'action et à la mentalité de Dussardier.
Le motif de l'ombre, comme celui de l'errance, se manifeste
pour sa part à travers tout un jeu de synonymes. Plus
mystérieuse est la fréquence avec laquelle Flaubert utilise
le mot deux (377 fois) ou* trois (plus de 200 occurrences) :
*désir de marquer la précision et la fragmentation du réel
ou nécessité de la structuration rythmique ? Par ailleurs,
la relative rareté de « soldat », « gendarme »,
« police», « sergent de ville », n'est sans doute pas sans
rapport avec l'autocensure qui accompagne la composition*

---

169. Conard Supp. II p. 100, 27 janv. 1867 à G. Sand.

*de ce roman. On aurait tort d'éliminer ce genre d'analyses,
ne serait-ce que parce qu'elles ne font que renforcer les
structures objectives du texte.*

*Ainsi petit à petit, notre analyse s'oriente vers une lec-
ture de* l'Éducation *qui serait* l'expérience d'une forme et
une expérience de la forme. *Des obsessions linguistiques
président à la composition de ce roman, notamment en ce
qui concerne l'élimination des propositions subordonnées, des
assonances, des images. Ces obsessions sont trop fortes pour
que nous n'ayons pas affaire, pour emprunter l'expression
de Jean Ricardou, à l'aventure toute moderne d'une écriture autant qu'à l'écriture plus traditionnelle d'une aventure. De plus, par l'écart qui constamment sépare la chose
et le mot qui est censé la désigner, nous sommes entraînés
dans un jeu qui concerne à la fois le personnage et le
lecteur. Dans la scène de Creil, la technicité du langage
jure bizarrement avec la scène d'amour que Frédéric cherche désespérément à mettre en train.* Dans le même ordre
d'idées, les enchaînements linguistiquement cohérents
(reprises du pronom à la ligne) ont une cohérence qui
disloque le message du texte : *les renforcements des
thèmes et leur contrepartie (l'unité de l'œuvre) se réalisent
simultanément. La langue de Flaubert est continuellement
marquée par des phénomènes de ce genre : structures ter-
naires, isolement des paragraphes (avec en même temps
changement de perspective au milieu d'un alinéa), dialogues sans « dit-il » etc., relative rareté du style direct,
jeux fluctuants de temps qui étonnent souvent (notamment
en ce qui concerne les imparfaits) − tout ceci mérite d'être
exploré comme signe, et signification du texte. En effet,
autant il est ridicule de chercher, comme certains critiques,
à priver* l'Éducation *de sens, à lui imposer une
signification de pure forme, autant il est vain de vouloir
faire comme si la substance de ce roman aurait pu garder
les mêmes implications si elle se fût communiquée autrement.* Autrement dit, on ne saisit la signification de ce
texte qu'en analysant de façon précise les modalités for-
melles qui déterminent cette signification, cette
signifiance.

Cette importance de la forme (qui n'élimine cependant

pas le fond) permet de soulever le dernier problème qui nous occupera dans cette préface, à savoir la manière dont l'Éducation sentimentale *se situe par rapport à la tradition romanesque du* XIXe *et du* XXe *siècles. De toute évidence, Frédéric et ses amis (contemporains de beaucoup de personnages balzaciens...) traversent les grandes expériences du roman réaliste, bourgeois : adolescence, héritage, insertion dans la société, orphelinat, famille, adultère — et ce dans un contexte qui relève de cette même mentalité bourgeoise : quotidienneté, scientisme, historicité, causalité, visualité. Des courants traversent* l'Éducation *qui paraissent également dans bon nombre de romans du* XIXe *siècle :* Volupté, les Illusions perdues, le Père Goriot, les Grandes Espérances, l'Œuvre. *Flaubert a dit lui-même les ressemblances de son roman avec* le Lys dans la vallée *et les* Forces perdues *(de Maxime Du Camp).*

Échos réalistes, échos romantiques aussi : il y a dans cette œuvre une émotivité qui n'est compréhensible qu'à la lumière du Romantisme. Les pages de l'Éducation *portent de nombreuses traces d'une mythologie qui irrigue tel poème de Baudelaire (« A une passante »), tels vers de Nerval (« Une allée du Luxembourg »), le sonnet de Félix Arvers (« Mon âme a son secret... »).*

Mais il s'agit d'une utilisation ironique *de ces matériaux.* Flaubert remet en question la tradition dont « l'Éducation » s'inspire. *On ne peut manquer d'être frappé par le caractère anti-réaliste, anti-romantique des grands thèmes : incohérence, passivité, duplicité, stéréotypes, manque de communication, perte de soi.*

De là, sans aucun doute, l'accueil désastreux fait à l'Éducation *au moment de sa parution* [170]. *Certains amis et familiers de Flaubert (Taine, George Sand, Asselineau) firent preuve d'enthousiasme (et de perspicacité). Dans l'ensemble, cependant, les contemporains de l'auteur se montrèrent particulièrement hostiles. Il est significatif qu'ils aient été déroutés par les qualités mêmes qui, de nos jours, fondent la modernité et la permanence de l'œuvre.*

---

170. Voir Émile Lehouck et Bernard Weinberg.

Ainsi, personnages et émotions leur parurent fragmentés, disloqués et très souvent dénués de fonction précise. Les critiques de 1869 ne comprenaient pas que Flaubert cherchait à définir par ce biais de nouvelles structures du temps et de la causalité. Ils n'appréciaient pas non plus qu'on pût montrer sous un jour si peu flatteur des êtres dont le rôle aurait dû être celui de héros, *de personnages exceptionnels. Comme toujours, la critique se montrait en retard par rapport à l'évolution réelle de la société. Le sujet leur parut donc vulgaire, sans élévation. La fin surtout provoqua un tollé général : comment pouvait-on prendre au sérieux, admirer un roman qui se termine par une si lamentable anecdote ?*

La guerre de 1870, qui suivit de si près la publication de ce roman, ne permit sans doute pas à la critique de se ressaisir. Il n'en demeure pas moins que l'Éducation sentimentale *est un assaut contre les valeurs admises (littéraires, sociales, morales). Les contemporains de l'auteur ne pouvaient manquer de se sentir désorientés. Même ceux qui connaissaient déjà* Madame Bovary *et* Salammbô, *que Flaubert avait composés avant* l'Éducation...

Évidemment, il y a avec les œuvres précédentes une grande continuité d'écriture et de morale [171] *qui remonte aux toutes premières œuvres de jeunesse : narration qui s'articule autour de deux personnages principaux ; intrigue qui commence par une rencontre ; permanence du mysticisme et de la sexualité mêlés ;* Emma Bovary *comme préfiguration de Louise, Madame Arnoux, Frédéric même ; telle chanson de* Novembre *qui annonce celle de Mme Arnoux ; le rendez-vous manqué, déjà dans* l'Éducation *de 1845 − et ainsi de suite. Un grand nombre de critiques ont relevé une multitude d'échos. Cette continuité, cependant, ne doit pas nous aveugler :* « L'Éducation », *en effet, est bien l'œuvre la plus pessimiste et la plus révolutionnaire que Flaubert ait écrite à cette date. Il a définitivement abandonné les tentations tragiques de Ma-*

---

171. Voir Bruneau, *Les Débuts littéraires de Flaubert.*

dame Bovary *et les mouvements épiques de* Salammbô. *A la place, s'instaurent la monotonie des faits, l'ineffable fadeur des personnages et la dislocation des perspectives.*

Le refus des traditions ainsi que la nouveauté des procédés soulignent tout ce qui rattache l'Éducation *aux grandes œuvres à venir* (A la recherche du temps perdu, le Château *de Kafka,* Ulysse *de Joyce,* la Promenade au phare *de Virginia Woolf...) Il explique, sans toujours les justifier pleinement, bon nombre de prises de position :* « Avec l'Éducation, *Flaubert touche presque à son but d'annuler toute trace d'histoire, de rejeter la Littérature (...) Refus de l'épaisseur, de la consistance (personnages, situations, événements), rejet de la psychologie romanesque donnée (...)* L'Éducation *est le premier roman non figuratif* [172]. » « *Chez Flaubert, la fonction représentative du langage devient à la fois indispensable et immensément problématique* [173]. » *Les innovations du texte autorisent en même temps des démarches critiques qui sont parfois difficilement applicables à d'autres romans du XIXe siècle : celles notamment, pour citer Raymonde Debray-Genette, qui cherchent à « traiter un récit comme un texte clos, cohérent, produit par des structures plus générales d'une part, et engendrant son propre système d'autre part* [174] ». *Cela répond tout simplement au credo déjà cité de Flaubert lui-même : « il n'y a de vrai que les "rapports", c'est-à-dire la manière dont nous percevons les objets* [175] ».

Ainsi, nous avons affaire à un texte où la réalité n'existe que dans la conscience des personnages (qui, eux, n'existent pleinement que dans le texte). Dans ce roman, le document historique, social, technique s'efface devant la subjectivité. D'autre part, toute causalité supérieure est exclue. Il ne reste plus, pour régir la progression de l'intrigue, que des structures temporelles très flexibles. La seule vraie cohérence est alors celle du texte lui-même. C'est

---

172. Duquette p. 180.
173. L. Bersani, p. 143.
174. *Essais de critique génétique,* p. 25.
175. Conard VIII p. 135, 15 août 1878 à G. de Maupassant.

cette primauté formelle qui fait de l'Éducation sentimentale *un grand roman moderne. Mais tout comme les chefs-
d'œuvre de Proust, de Joyce, de Virginia Woolf, l'œuvre de
Flaubert est en même temps une merveilleuse exploration
des mentalités et des problèmes d'un moment historique.*

Mars 1983.

N.B. : la ponctuation utilisée dans la présente édition
est conforme dans la mesure du possible à celle retenue
par Flaubert dans la deuxième édition de son roman.

BIBLIOGRAPHIE

I. LES ÉDITIONS.

En plus des deux éditions de *l'Éducation sentimentale* parues du vivant de l'auteur (chez Michel Lévy en 1869 et chez Charpentier en 1879), les principales *éditions scientifiques* sont les éditions Conard (1923), Belles-Lettres (2 vols., 1942), Seuil (Intégrale, vol. 2, 1964), Club de l'Honnête Homme (vol. 3 des œuvres complètes, 1971) et Imprimerie Nationale (2 vols., 1979).

Les principales éditions des œuvres complètes de Flaubert sont les éditions du Centenaire (1921), Conard (1910-1933), Rencontre (1964-1965), Seuil (Intégrale) et Club de l'Honnête Homme (1971-1975).

Mentionnons d'autre part les éditions de *Madame Bovary* (Classiques Garnier, 1971) et de *Bouvard et Pécuchet* (Folio, 1979) dues à Claudine Gothot-Mersch et qui nous servent ici de référence.

Pour ce qui est de la *Correspondance* de Flaubert, indispensable accompagnement de son œuvre romanesque, les deux premiers volumes de la très belle édition due à Jean Bruneau (Bibliothèque de la Pléiade, 1979 et 1980) couvrent la période 1830-1858. Les volumes subséquents remplaceront au fur et à mesure de leur parution les 13 volumes de l'édition Conard (9 volumes de l'édition originale plus 4 vols. supplémentaires publiés en 1954). On consultera utilement, par ailleurs, les *Lettres inédites à son éditeur Michel Lévy* (Calmann-Lévy, 1965) ainsi que la *Correspondance Flaubert-Sand* présentée et annotée par Alphonse Jacobs (Flammarion, 1981). Signalons enfin, de Maxime Du Camp, *Les Lettres inédites à Gustave Flaubert* (présentation et notes de G. Bonaccorso et R.M. di Stefano), Messine, Edas, 1978.

II. LES SOURCES HISTORIQUES.

On trouvera dans Cento *(Il realismo documentario...)* de très nombreuses indications des sources exploitées par Flaubert. On peut compléter celles-ci par *Les souvenirs de l'année 1848,* de M. Du Camp (1876) qui ont fait l'objet d'une réimpression chez Slatkine (Genève) en 1979.

III. CONTEXTE CULTUREL ET POLITIQUE.

a – *Témoignages contemporains :*

M. Du Camp, *Les Forces perdues.* Paris, Michel Lévy, 1867.

M. Du Camp, *Souvenirs littéraires.* Paris, Hachette, 2 vols., 1882-1883.

E. & J. de Goncourt, *Journal. Mémoires de la vie littéraire.* Texte établi et annoté par R. Ricatte. Monaco, Imprimerie Nationale, 22 vols., 1956 & Paris, Fasquelle-Flammarion, 5 vols., 1956.

V. Hugo, *Choses vues, 1847-1848 & 1849-1869.* Paris, Gallimard, Folio, 2 vols., 1972.

K. Marx, *Le 18 Brumaire de Louis Napoléon Bonaparte* (1852). Paris, Éditions Sociales, 1963.

K. Marx, *Les luttes de classes en France, 1848-1850.* Paris, Éditions Sociales, 1967.

b – *Études récentes :*

M. Agulhon, *1848 ou l'apprentissage de la république.* Paris, Seuil. 1973.

P. Bénichou, *Le temps des prophètes.* Paris, Gallimard, 1977.

G. Dupeux, *La société française de 1789 à 1970.* Paris, Collection U, 1972.

G. Duveau, *1848.* Paris, N.R.F., Collection Idées, 1965.

R. Price (éd.), *Revolution and reaction: 1848 and the Second French Republic.* Londres, C. Helm. New York, Barnes and Noble, 1975.

A.-J. Tudesq, *Les Grands Notables en France, 1840-1849.* Paris, P.U.F., 1964.

A.-J. Tudesq & A. Jardin, *La France des Notables,* Paris, Seuil, 1973.

T. Zeldin, *Histoire des passions françaises.* Paris, Seuil, 5 vols., 1980-1981.

IV. COMMENTAIRES CRITIQUES DE "L'ÉDUCATION SENTIMENTALE".

M. Agulhon et al., *Histoire et langage dans « l'Éducation sentimentale » de Flaubert.* Société des Études romantiques. Paris, S.E.D.E.S., 1981.

F. Ambrière, « La fabrication de *l'Éducation sentimentale* » . Mercure de France, 15 février 1938, p. 184-190.

L. Andrieu, « Les dernières corrections de *l'Éducation sentimentale* ». *Bulletin de l'Association des Amis de Flaubert,* N° 27 (décembre 1965, p. 11-14).

B.F. Bart, « An unsuspected adviser on Flaubert's *Education sentimentale* ». *The French Review,* 1962, p. 37-43.

Bauchard, « Sur les traces de Flaubert et de Mme Schlesinger ». *Revue d'Histoire littéraire de la France,* 1953, p. 38-43.

J. Bem, *Clefs pour « l'Éducation sentimentale ».* Tübingen, G. Narr & Paris, J.-M. Place, 1981.

W. Börsch, « "Excursion maritime". Über die Thematik der Schiffsreise in der *Education sentimentale* ». *Germanisch-Romanische Monatsschrift,* 1967, p. 285-292.

V. Brombert, « Lieu de l'idylle et lieu du bouleversement dans *l'Éducation sentimentale* ». *Cahiers de l'Association internationale des Études françaises,* 1971, p. 271-284.

S. Buck, « The chronology of the *Éducation sentimentale* ». *Modern Language Notes,* 1952, p. 86-92.

S. Buck, « Deux notes sur *l'Éducation sentimentale* : l'épisode du châle, l'épisode du retour de Saint-Cloud à Paris ». *Revue d'Histoire littéraire de la France,* 1965, p. 287-289.

S. Buck, « Sources historiques et technique romanesque dans *l'Éducation sentimentale* ». *Revue d'Histoire littéraire de la France,* 1963, p. 619-634.

M.A. Campinho Cajueiro, *La représentation de l'histoire dans* « *l'Éducation sentimentale* ». Université de Paris III, Thèse de 3ᵉ cycle, 1979 – à paraître chez Nizet.

C. Carlut, P.H. Dubé, J.R. Dugan, *A concordance to Flaubert's* « *Éducation sentimentale* ». New York & Londres, Garland Publishing Inc., 1978 (2 vols.).

P.-G. Castex, *Flaubert :* « *l'Éducation sentimentale* ». Paris, Centre de documentation universitaire, 1961.

P.-G. Castex, « Flaubert et *l'Éducation sentimentale* ». *Bulletin de l'Association des Amis de Flaubert* Nᵒ 18, p. 3-17, Nᵒ 19, p. 28-43 (1961).

L. Cellier, *Études de structure.* Paris, Minard, 1964.

A. Cento, « Flaubert e la rivoluzione di '48 ». *Rivista di letterature moderne e comparate,* 1962, p. 270-285.

A. Cento, *Il realismo documentario nell'* « *Éducation sentimentale* ». Naples, Liguori, 1967.

R. Chadbourne, « The generation of 1848, four writers ». *Essays in French Literature,* 1968, p. 1-21.

L. Cherronnet, « *L'Éducation sentimentale* et la Révolution de 1848 ». *Les Lettres Françaises,* 19 février 1948.

P. Cogny, « *L'Éducation sentimentale* » *de Flaubert : le monde en creux.* Paris, Larousse, 1975.

P. Cortland, *The sentimental adventure: an examination of Flaubert's* « *Éducation sentimentale* ». Paris, La Haye, Mouton, 1967.

M. Crouzet, « Flaubert a-t-il démarqué Balzac ? » *Revue d'Histoire littéraire de la France,* 1955, p. 499-500.

M.C. Danahy, *A study of time and timing in « l'Éducation sentimentale ».* Thèse de Ph.D., Princeton, 1969 (University Microfilms n° 69-18158).

M.C. Danahy, « The aesthetics of documentation. The case of *l'Éducation sentimentale ». Romance Notes,* Autumn, 1972, p. 61-65.

R.T. Denommé, « The theme of disintegration in Flaubert's *Éducation sentimentale ». Kentucky Romance Quarterly,* 1973, p. 163-171.

J.H. Donnard, « G. Sand et Flaubert face à la révolution de '48 ». *Europe,* n° 587, 1978, p. 41-47.

J. Douchin, « Sur un épisode célèbre de *l'Éducation sentimentale ». Revue d'Histoire littéraire de la France,* 1964, p. 291-293.

J. Douchin, *Le sentiment de l'absurde chez Gustave Flaubert.* Paris, Minard, 1970.

C. Du Bos, *Journal,* Paris, Corrêa, 1976, p. 287-290.

R. Dumesnil, *Flaubert et « l'Éducation sentimentale ».* Paris, Belles-Lettres, 1943.

J.-P. Duquette, « La structure de *l'Éducation sentimentale ». Études Françaises,* 1970, p. 159-180.

J.-P. Duquette, *Flaubert ou l'architecture du vide.* Presses Universitaires de Montréal, 1972.

Europe, septembre-novembre 1969 (actes du colloque de Rouen consacré à *l'Éducation sentimentale*).

A. Fairlie, « Some patterns of suggestion in *l'Éducation sentimentale ». Australian Journal of French Studies,* 1969, p. 266-293.

A. François, « Gustave Flaubert, Maxime Du Camp et la Révolution de 1848 ». *Revue d'Histoire littéraire de la France,* 1953, p. 44-56.

N. Fürst, « The structure of *l'Éducation sentimentale* ». *Publications of the Modern Language Association of America*, 1941, p. 249-260.

D. Gallois, « Le premier chapitre de *l'Éducation sentimentale* ». *Information littéraire*, 1963, p. 84-90.

G. Gerhardi, « Romantic love and the prostitution of politics ». *Studies in the Novel*, 1972, p. 402-415.

E. Gérard-Gailly, *Le grand amour de Flaubert*. Paris, Aubier, 1944.

R. Giraud, *The unheroic hero in the novels of Stendhal, Balzac and Flaubert*. New Brunswick, Rutgers University Press, 1957.

H.A. Grubbs, « Fictional time and chronology in *l'Éducation sentimentale* ». *Kentucky Foreign Language Quarterly*, 1958, p. 183-190.

J.-P. Guillerm, « Le peintre de *l'Éducation sentimentale* ». *Revue des Sciences humaines*, 1975, p. 24-39.

G. Guisan, « Flaubert et la Révolution de 1848 ». *Revue d'Histoire littéraire de la France*, 1958, p. 182-204.

H.R. Jauss, « Die beiden Fassungen von Flauberts *Éducation sentimentale* ». *Heidelberger Jahrbücher*, 1958, p. 96-116.

A. Junker, « Die Darstellung der Februarrevolution im Werke Flauberts », in *Gedächtnisschrift für Adalbert Hämel*. Würzburg, Konrad Triltsch, 1953, p. 93-119.

E. Lehouck, « *L'Éducation sentimentale* et la critique en 1869 ». *Revue belge de philologie et d'histoire*, 1966, n° 3, p. 936-944.

H. Levin, « Flaubert and the spirit of '48 ». *The Yale Review*, September 1948, p. 96-108.

A. Maquet, « Analyse textuelle d'une page de *l'Éducation sentimentale* ». *Rivista di letterature moderne e comparate*, 1965, p. 259-282.

L. Maranini, *La tragedia del '48 nella struttura dell'« Éducation »*. Pise, Nistri Lischi, 1963.

G.M. Mason, « L'exploitation artistique d'une source lyrique chez Flaubert ». *Revue d'Histoire littéraire de la France,* 1957, p. 31-44.

M. Parturier, *Autour de Mérimée : « les Forces perdues » et « l'Éducation sentimentale ».* Paris, Giraud-Badin, 1932.

M. Picard, « Commentaire de texte (la Forêt de Fontainebleau) ». *Information littéraire,* 1968 (20) p. 91-93.

J. Pinatel, « Notes vétilleuses sur la chronologie de *l'Éducation sentimentale ». Revue d'Histoire littéraire de la France,* 1953, p. 57-64.

J. Proust, *Structure et sens de « l'Éducation sentimentale ». Revue des Sciences humaines,* 1967, p. 67-100.

M. Raimond, « Le réalisme subjectif dans *l'Éducation sentimentale ». Cahiers de l'Association internationale des Études françaises,* 1971, p. 299-310.

G. Sagnes, « Tentations balzaciennes dans le manuscrit de *l'Éducation sentimentale ». L'Année balzacienne,* 1981, p. 53-64.

W. Schulze, « Betrachtungen zum Abschiedskapitel von Flauberts *Éducation sentimentale ». Zeitschrift für französische Sprache und Literatur,* 1970, p. 264-267.

B. Seaton, « Mirror imagery and related concepts in *l'Éducation sentimentale ». Romance Notes,* Autumn 1969, p. 46-50.

H. Servin, *L'Esthétique de « l'Éducation sentimentale ».* University of California (L.A.), thèse de Ph.D., 1969 (University Microfilms, n° 69-16926).

R.J. Sherrington, « L'élaboration des plans de *l'Éducation sentimentale ». Revue d'Histoire littéraire de la France,* 1970, p. 628-639.

R.J. Sherrington, « Louise Roque and *l'Éducation sentimentale ». French Studies,* 1971, p. 427-436.

B. Slama, « Une lecture de *l'Éducation sentimentale ». Littérature,* 1971, p. 19-38.

R.J. Thiher, « Dehumanizing through style ». *Romance Notes,* 10, 1968-9, p. 265-267.

A. Vial, « Flaubert, émule et disciple émancipé de Balzac : *l'Éducation sentimentale* ». *Revue d'Histoire littéraire de la France,* 1948, p. 233-263.

A. Vial, « De *Volupté* à *l'Éducation sentimentale.* Vie et avatars de thèmes romantiques ». *Revue d'Histoire littéraire de la France,* 1957, p. 44-65 et 178-195.

P.M. Wetherill, « La pensée littéraire de Flaubert dans *l'Éducation sentimentale* et *Bouvard et Pécuchet* ». *Bulletin des jeunes romanistes,* VIII, 1963, p. 14-22.

P.M. Wetherill, « Le dernier stade de la composition de *l'Éducation sentimentale* ». *Zeitschrift für französische Sprache und Literatur,* 1968, p. 229-252.

P.M. Wetherill, « Le style des thèmes : étude sur le dernier manuscrit autographe de *l'Éducation sentimentale* ». *Zeitschrift für französische Sprache und Literatur,* 1971, p. 308-351, & 1972 p. 1-52.

D.A. Williams, « Sacred and profane in *l'Éducation sentimentale* ». *Modern Language Review,* 1978, p. 786-798.

D.A. Williams, « The Plans for *l'Éducation sentimentale* ». *French Studies Bulletin,* Spring, 1982, p. 8-10.

Études d'une portée plus générale :

S. Agosti, « Techniche della representazione verbale in Flaubert », *Strumenti critici,* febbraio 1979, p. 31-58.

J. Barbey d'Aurevilly, *Le roman contemporain.* Paris, Lemerre, 1902.

B.F. Bart, « Louis Bouilhet, Flaubert's accoucheur ». *Symposium,* May 1967, p. 183-201.

R. Barthes, « Flaubert et la phrase ». *Word,* 1968, p. 48-54.

L. Bersani, *Balzac to Beckett.* New York, Oxford University Press, 1970.

K.D. Bertl, *Gustave Flaubert : die Zeitstruktur in seinen erzählenden Dichtungen.* Bonn, Bouvier, 1974.

P.-M. de Biasi, « Le projet flaubertien ». *Littérature,* n° 22, 1976, p. 47-58.

M. Bonwitt, « Gustave Flaubert et le principe d'impassibilité ». Berkeley, *University of California Publications in Modern Philology,* vol. XXXIII, 4, p. 263-419, 1950.

P. Bourget, *Études et portraits.* Paris, Lemerre, 1886 et Plon, 1906.

E. Bovet, « Le réalisme de Flaubert ». *Revue d'Histoire littéraire de la France,* janvier-mars 1911, p. 1-36.

V. Brombert, *The novels of Flaubert.* Princeton University Press, 1966.

V. Brombert, « Flaubert and the impossible artist hero ». *The Southern Review,* 1969, p. 976-986.

J. Bruneau, *Les débuts littéraires de Gustave Flaubert.* Paris, A. Colin, 1962.

F. Brunetière, *Le roman naturaliste.* Paris, Calmann-Lévy, 1902.

S. Buck, *Gustave Flaubert.* New York, Twayne, 1966.

R. Canat, *Du sentiment de la solitude morale chez les romantiques et les parnassiens.* Paris, Hachette, 1904.

E. Caramaschi, *Études de littérature française.* Paris, Nizet, 1967.

C. Carlut et al., *Essais sur Flaubert.* Paris, Nizet, 1979.

A. Cassagne, *La théorie de l'art pour l'art en France chez les derniers romantiques et les premiers parnassiens.* Paris, Hachette, 1906.

A. Cento, *La dottrina di Flaubert.* Naples, Liguori, 1962.

J. Culler, *Flaubert : the uses of uncertainty.* London, Elek (Novelists and their world series), 1974.

R. Debray-Genette et al., *Flaubert.* Paris, Didier, 1970.

R. Debray-Genette, « Du mode narratif dans les *Trois contes* ». *Littérature*, n° 2, 1971, p. 39-62.

R. Debray-Genette et al., *Essais de critique génétique*. Paris, Flammarion, 1979.

R. Debray-Genette et al., *Flaubert à l'œuvre*. Paris, Flammarion, 1980.

D.-L. Demorest, *L'Expression figurée et symbolique dans l'œuvre de Gustave Flaubert*. Paris, Conard, 1931.

C. Duchet et al., *Modernité de Flaubert. Littérature*, n° 15, 1974.

M.-J. Durry, *Flaubert et ses projets inédits*. Paris, Nizet, 1950.

E. Faguet, *Gustave Flaubert*. Paris, Hachette, 1906.

A. Fairlie, « Flaubert et la conscience du réel ». *Essais in French Literature*, 1967, p. 1-12.

A. Fairlie, *Imagination and Language*. Cambridge University Press, 1981.

E.L. Ferrère, *L'Esthétique de Gustave Flaubert*. Paris, Conard, 1913.

H. Friedrich, *Drei Klassiker des französischen Romans*. Frankfurt/Main, Klostermann, 1966.

J. de Gaultier, *Le bovarysme*. Paris, Mercure de France, 1902.

G. Genette, « Silences de Flaubert », in *Figures,* Paris, Seuil, 1966.

C. Gothot-Mersch, *La genèse de « Madame Bovary »*. Paris, Corti, 1966.

C. Gothot-Mersch et al., *La production du sens chez Flaubert* (Colloque de Cerisy). Paris, 10/18, 1975.

A. Green, *Flaubert and the historical novel. Salammbô reassessed*. Cambridge University Press, 1982.

M. Hardt, *Das Bild in der Dichtung*. Munich, Fink, 1966.

A. Herschberg-Pierrot, *La fonction du cliché chez Flaubert*. Thèse de 3e cycle, University de Paris III, 1981.

L. Hill, «Flaubert and the rhetoric of stupidity». *Critical Inquiry,* 1976, p. 333-344.

R. Huss, «Some anomalous uses of the imperfect in Flaubert». *French Studies,* 1977, p. 139-148.

R. Kempf, «La découverte du corps dans les romans de Flaubert». *Tel Quel,* automne 1966, p. 55-70.

H. Kenner, *Flaubert, Joyce and Beckett.* Boston, Beacon Press, 1962.

J.C. Lapp, «Art and hallucination in Flaubert». *French Studies,* 1956, p. 322-344.

R. Matignon, «Flaubert et la sensibilité moderne», *Tel Quel,* printemps 1960, p. 83-89.

M. Mein, «Flaubert, a precursor of Proust». *French Studies,* 1963, p. 218-237.

P. Moreau, «État présent de notre connaissance de Flaubert». *Information littéraire,* mai-juin 1957, p. 93-105.

M. Nadeau, *Gustave Flaubert, écrivain.* Paris, Denoël, 1969.

Nouvelles recherches sur « Bouvard et Pécuchet ». Paris, SEDES-CDU, 1981.

J. Pommier et C. Digeon, «Du nouveau sur Flaubert et son œuvre». *Mercure de France,* 1er mai 1952, p. 37-55.

C. Prendergast, «Flaubert and the Cretan liar». *French Studies,* July 1981, p. 261-277.

Revue d'Histoire littéraire de la France, juillet-octobre 1981 (numéro consacré à Flaubert).

J.-P. Richard, *Littérature et sensation.* Paris, Seuil, 1954.

J. Rousset, *Forme et signification.* Paris, Corti, 1962.

J.-P. Sartre, *L'idiot de la famille.* Paris, Gallimard, 3 vols., 1971-1972.

R.J. Sherrington, *Three novels of Flaubert.* Oxford University Press, 1970.

H.A. Stein, *Die Gegenstandswelt im Werke Flauberts.* Bleicherode, Karl Nieft, 1938.

J. Suffel, « Les clés de *l'Éducation sentimentale* ». *Nouvelles littéraires,* 16 octobre 1958.

A. Thibaudet, *Gustave Flaubert.* Paris, Plon 1922 et Gallimard 1935.

A. Thibaudet, « Conclusions sur Flaubert ». *Nouvelle Revue Française,* 1ᵉʳ août 1934, p. 263-268.

A. Thorlby, *Gustave Flaubert and the art of realism.* Londres, Bowes and Bowes, 1956.

S. Ullmann, *Style in the French novel.* Cambridge University Press, 1958.

B. Weinberg, *French realism, the critical reaction.* New York, Kraus Reprint 1971 (édition originale : 1937).

P.M. Wetherill, *Flaubert et la création littéraire.* Paris, Nizet, 1964.

P.M. Wetherill, « Flaubert et les distorsions de la critique moderne ». *Symposium,* Fall, 1971, p. 271-279.

P.M. Wetherill et al., *Flaubert : la dimension du texte* (Actes du Colloque de Manchester). Manchester University Press, 1982.

D.A. Williams, *The Monster in the mirror.* Hull, University Publications, 1978.

D.A. Williams, « Flaubert, le premier des non-figuratifs du roman moderne ? ». *Orbis Litterarum,* 1979, p. 66-86.

E. Wilson, *The triple thinkers.* Harmondsworth, Penguin Books, 1962.

L'ÉDUCATION
SENTIMENTALE

PREMIÈRE PARTIE

I[1]

Le 15 septembre 1840[2], vers six heures du matin, la *Ville-de-Montereau*[3], près de partir, fumait à gros tourbillons devant le quai Saint-Bernard.

Des gens arrivaient hors d'haleine ; des barriques, des câbles, des corbeilles de linge gênaient la circulation ; les matelots ne répondaient à personne ; on se heurtait ; les colis montaient entre les deux tambours, et le tapage s'absorbait dans le bruissement de la vapeur, qui, s'échappant par des plaques de tôle, enveloppait tout d'une nuée blanchâtre, tandis que la cloche, à l'avant, tintait sans discontinuer.

Enfin le navire partit ; et les deux berges, peuplées de magasins, de chantiers et d'usines, filèrent comme deux larges rubans que l'on déroule.

Un jeune homme de dix-huit ans, à longs cheveux et qui tenait un album sous son bras, restait auprès du gouvernail, immobile. A travers le brouillard, il contemplait des clochers, des édifices dont il ne savait pas les noms ; puis il embrassa, dans un dernier coup d'œil, l'île Saint-Louis, la Cité, Notre-Dame ; et bientôt, Paris disparaissant[4], il poussa un grand soupir.

M. Frédéric Moreau[a], nouvellement reçu bachelier, s'en retournait à Nogent-sur-Seine, où il devait languir pendant[b] deux mois, avant d'aller *faire son droit*[5]. Sa mère, avec la somme indispensable, l'avait envoyé au Havre voir un oncle, dont elle espérait, pour lui, l'héritage ; il en était revenu la veille seulement ; et il se dédommageait de ne pouvoir séjourner dans la capitale, en regagnant sa province par la route la plus longue.

Le tumulte s'apaisait ; tous avaient pris leur place ; quelques-uns, debout, se chauffaient autour de la machine, et la cheminée crachait avec un râle lent et rythmique son panache de fumée noire ; des gouttelettes de rosée coulaient sur les cuivres ; le pont tremblait sous une petite vibration intérieure, et les deux roues, tournant rapidement, battaient l'eau.

La rivière était bordée par des grèves de sable. On rencontrait des trains de bois qui se mettaient à onduler sous le remous des vagues, ou bien, dans un bateau sans voiles, un homme assis pêchait ; puis les brumes errantes se fondirent, le soleil parut, la colline qui suivait à droite le cours de la Seine peu à peu s'abaissa, et il en surgit une autre, plus proche, sur la rive opposée.

Des arbres la couronnaient parmi des maisons basses couvertes de toits à l'italienne. Elles avaient des jardins en pente que divisaient des murs neufs, des grilles de fer, des gazons, des serres chaudes, et des vases de géraniums, espacés régulièrement sur des terrasses où l'on pouvait s'accouder. Plus d'un[a], en apercevant ces coquettes résidences, si tranquilles, enviait d'en être le propriétaire, pour vivre là jusqu'à la fin de ses jours, avec un bon billard, une chaloupe[b], une femme ou quelque autre rêve. Le plaisir tout nouveau d'une excursion maritime[c] facilitait les épanchements. Déjà les farceurs commençaient leurs plaisanteries. Beaucoup chantaient. On était gai. Il se versait des petits verres[6].

Frédéric pensait à la chambre qu'il occuperait là-bas, au plan d'un drame, à des sujets de tableaux, à des passions futures[7]. Il trouvait[d] que le bonheur mérité par l'excellence de son âme tardait à venir. Il se déclama des vers mélancoliques ; il marchait sur le pont à pas rapides ; il s'avança jusqu'au bout, du côté de la cloche ; — et, dans un cercle de passagers et de matelots, il vit un monsieur qui contait des galanteries à une paysanne, tout en lui maniant la croix d'or qu'elle portait sur la poitrine. C'était un gaillard d'une quarantaine d'années, à cheveux crépus. Sa taille robuste emplissait une jaquette de velours noir, deux émeraudes brillaient à sa chemise de batiste, et son large pantalon blanc tombait sur d'étranges bottes rouges, en cuir de Russie, rehaussées de dessins bleus[8].

La présence de Frédéric ne le dérangea pas. Il se tourna vers lui plusieurs fois, en l'interpellant par des clins d'œil ; ensuite il offrit des cigares à tous ceux qui l'entouraient. Mais, ennuyé de cette compagnie, sans doute, il alla se mettre plus loin. Frédéric le suivit[e].

La conversation roula d'abord sur les différentes espèces de tabacs, puis, tout naturellement, sur les femmes. Le monsieur en bottes rouges donna des conseils au jeune homme ; il exposait des théories, narrait des anecdotes, se

citait lui-même en exemple, débitant tout cela d'un ton
paterne, avec une ingénuité de corruption divertissante.

Il était républicain[9] ; il avait voyagé, il connaissait l'intérieur
des théâtres, des restaurants, des journaux, et tous les artistes
célèbres, qu'il appelait familièrement par leurs prénoms ;
Frédéric lui confia bientôt ses projets ; il les encouragea.

Mais il s'interrompit pour observer le tuyau de la cheminée,
puis il marmotta vite un long calcul, afin de savoir « combien
chaque coup de piston, à tant de fois par minute, devait,
etc. » — Et, la somme trouvée, il admira beaucoup le
paysage. Il se disait heureux d'être échappé aux affaires.

Frédéric éprouvait un certain respect pour lui[a], et ne résista
pas à l'envie de savoir son nom. L'inconnu[10] répondit tout
d'une haleine :

— « Jacques Arnoux, propriétaire de l'*Art industriel*,
boulevard Montmartre[11]. »

Un domestique ayant un galon d'or à la casquette vint lui
dire :

— « Si Monsieur voulait descendre ? Mademoiselle
pleure. »

Il disparut[b].

L'Art industriel était un établissement hybride, comprenant
un journal de peinture et un magasin de tableaux. Frédéric
avait vu ce titre-là, plusieurs fois, à l'étalage du libraire de
son pays natal, sur d'immenses prospectus, où le nom de
Jacques Arnoux se développait magistralement[c].

Le soleil[d] dardait d'aplomb, en faisant reluire les gabillots
de fer autour des mâts, les plaques du bastingage et la
surface de l'eau ; elle se coupait à la proue en deux sillons
qui se déroulaient jusqu'au bord des prairies. A chaque
détour de la rivière, on retrouvait le même rideau de peupliers
pâles. La campagne était toute vide. Il y avait dans le ciel
de petits nuages blancs arrêtés, — et l'ennui, vaguement
répandu[e], semblait alanguir la marche du bateau et rendre
l'aspect des voyageurs plus insignifiant encore.

A part quelques bourgeois, aux Premières, c'étaient[f] des
ouvriers, des gens de boutique avec leurs femmes et leurs
enfants. Comme on avait coutume alors de se vêtir sordidement en voyage, presque tous portaient de vieilles calottes
grecques ou des chapeaux déteints, de maigres habits noirs,
râpés par le frottement du bureau, ou des redingotes ouvrant
la capsule de leurs boutons pour avoir trop servi au magasin ;

çà et là, quelque gilet à châle laissait voir une chemise de calicot, maculée de café ; des épingles de chrysocale piquaient des cravates en lambeaux ; des sous-pieds cousus retenaient des chaussons de lisière ; deux ou trois gredins qui tenaient des bambous à gance de cuir lançaient des regards obliques, et des pères de famille ouvraient de gros yeux, en faisant des questions. Ils causaient debout, ou bien accroupis sur leurs bagages ; d'autres dormaient dans des coins ; plusieurs mangeaient. Le pont était sali par des écales de noix, des bouts de cigares, des pelures de poires, des détritus de charcuterie apportée dans du papier ; trois ébénistes, en blouse, stationnaient devant la cantine ; un joueur de harpe en haillons se reposait, accoudé sur son instrument ; on entendait par intervalles le bruit du charbon de terre dans le fourneau, un éclat de voix, un rire ; — et le capitaine, sur la passerelle, marchait d'un tambour à l'autre, sans s'arrêter[a]. Frédéric, pour rejoindre sa place, poussa la grille des Premières, dérangea deux chasseurs avec leurs chiens.

Ce fut comme une apparition[b] :

Elle était assise, au milieu du banc, toute seule ; ou du moins il ne distingua personne, dans l'éblouissement que lui envoyèrent ses yeux[12]. En même temps qu'il passait, elle leva la tête ; il fléchit involontairement les épaules ; et, quand il se fut mis plus loin, du même côté, il la regarda.

Elle avait un large chapeau de paille, avec des rubans roses, qui palpitaient au vent, derrière elle. Ses bandeaux noirs, contournant la pointe de ses grands sourcils, descendaient très bas et semblaient presser amoureusement l'ovale de sa figure. Sa robe de mousseline claire, tachetée de petits pois[c], se répandait à plis nombreux. Elle était en train de broder quelque chose ; et son nez droit, son menton, toute sa personne se découpait sur le fond de l'air bleu.

Comme elle gardait[d] la même attitude, il fit plusieurs tours de droite et de gauche pour dissimuler sa manœuvre ; puis il se planta tout près de son ombrelle, posée contre le banc, et il affectait d'observer une chaloupe sur la rivière.

Jamais il n'avait vu[e] cette splendeur[13] de sa peau brune, la séduction de sa taille, ni cette finesse des doigts que la lumière traversait. Il considérait son panier à ouvrage avec ébahissement, comme une chose extraordinaire. Quels étaient son nom, sa demeure, sa vie, son passé ? Il souhaitait connaître les meubles de sa chambre, toutes les robes qu'elle avait portées, les gens qu'elle fréquentait ; et le désir de la possession physique même disparaissait sous une envie plus profonde, dans une curiosité douloureuse qui n'avait pas de limites[14]. /

Une négresse, coiffée d'un foulard, se présenta, en tenant par la main une petite fille, déjà grande. L'enfant, dont les yeux roulaient des larmes[a], venait de s'éveiller. Elle la prit sur ses genoux : « Mademoiselle n'était pas sage, quoiqu'elle eût sept ans bientôt ; sa mère ne l'aimerait plus ; on lui pardonnait trop ses caprices[b]. » Et Frédéric se réjouissait d'entendre ces choses, comme s'il eût fait une découverte, une acquisition.

Il la supposait d'origine andalouse, créole peut-être ; elle avait ramené des îles cette négresse avec elle[c] ?

Un long châle à bandes violettes était placé derrière son dos, sur le bordage de cuivre. Elle avait dû, bien des fois, au milieu de la mer, durant les soirs humides, en envelopper sa taille, s'en couvrir les pieds, dormir dedans ! Mais, entraîné par les franges, il glissait peu à peu, il allait tomber dans l'eau, Frédéric[d] fit un bond et le rattrapa. Elle lui dit :

— « Je vous remercie, monsieur. »

Leurs yeux se rencontrèrent[e].

— « Ma femme, es-tu prête ? » cria le sieur Arnoux, apparaissant dans le capot de l'escalier. Mlle Marthe courut vers lui, et, cramponnée à son cou, elle tirait ses moustaches. Les sons d'une harpe retentirent, elle voulut voir la musique ; et bientôt le joueur d'instrument, amené par la négresse, entra dans les Premières. Arnoux le reconnut pour un ancien modèle ; il le tutoya, ce qui surprit les assistants. Enfin le harpiste rejeta ses longs cheveux derrière ses épaules, étendit les bras et se mit à jouer[15].

C'était une romance orientale, où il était question de poignards, de fleurs et d'étoiles. L'homme, en haillons, chantait cela d'une voix mordante ; les battements de la machine coupaient la mélodie à fausse mesure ; il pinçait plus fort : les cordes vibraient ; et leurs sons métalliques semblaient exhaler des sanglots et comme la plainte d'un amour orgueilleux et vaincu. Des deux côtés de la rivière, des bois s'inclinaient jusqu'au bord de l'eau ; un courant d'air frais passait ; Mme Arnoux regardait au loin d'une manière vague. Quand la musique s'arrêta, elle remua les paupières plusieurs fois, comme si elle sortait d'un songe.

Le harpiste s'approcha d'eux, humblement. Pendant qu'Arnoux cherchait de la monnaie, Frédéric allongea vers la casquette sa main fermée, et, l'ouvrant avec pudeur, il y déposa un louis d'or. Ce n'était pas la vanité qui le poussait à faire cette aumône devant elle, mais une pensée de bénédiction où il l'associait, un mouvement de cœur presque religieux.

Arnoux, en lui montrant le chemin, l'engagea cordialement à descendre. Frédéric affirma qu'il venait de déjeuner ; il se mourait de faim, au contraire ; et il ne possédait plus un centime au fond de sa bourse.

Ensuite il songea qu'il avait bien le droit, comme un autre, de se tenir dans la chambre.

Autour des tables rondes, des bourgeois mangeaient, un garçon de café circulait ; M. et Mme Arnoux étaient dans le fond, à droite ; il s'assit sur la longue banquette de velours, ayant ramassé un journal qui se trouvait là.

Ils devaient, à Montereau, prendre la diligence de Châlons. Leur voyage en Suisse durerait un mois. Mme Arnoux blâma son mari de sa faiblesse pour son enfant. Il chuchota dans son oreille, une gracieuseté, sans doute, car elle sourit[16]. Puis il se dérangea pour fermer derrière son cou le rideau de la fenêtre.

Le plafond, bas et tout blanc, rabattait une lumière crue. Frédéric, en face, distinguait l'ombre de ses cils. Elle trempait ses lèvres dans son verre, cassait un peu de croûte entre ses doigts ; le médaillon de lapis-lazuli, attaché par une chaînette d'or à son poignet, de temps à autre sonnait contre son assiette. Ceux qui étaient là, pourtant, n'avaient pas l'air de la remarquer.

Quelquefois, par les hublots, on voyait glisser le flanc d'une barque[a] qui accostait le navire pour prendre ou déposer des voyageurs. Les gens attablés se penchaient aux ouvertures et nommaient les pays riverains.

Arnoux se plaignait de la cuisine : il se récria considérablement devant l'addition, et il la fit réduire[b]. Puis il emmena le jeune homme à l'avant du bateau pour boire des grogs. Mais Frédéric s'en retourna bientôt sous la tente, où Mme Arnoux était revenue. Elle lisait un mince volume à couverture grise. Les deux coins de sa bouche se relevaient par moments, et un éclair de plaisir illuminait son front. Il jalousa[c] celui qui avait inventé ces choses dont elle paraissait occupée. Plus il la contemplait, plus il sentait entre elle et lui se creuser des abîmes. Il songeait qu'il faudrait la quitter tout à l'heure, irrévocablement, sans avoir arraché une parole, sans lui laisser même un souvenir !

Une plaine s'étendait à droite ; à gauche un herbage allait doucement rejoindre une colline, où l'on apercevait des vignobles, des noyers, un moulin dans la verdure, et des petits chemins au delà, formant des zigzags sur la roche blanche qui touchait au bord du ciel. Quel bonheur de monter côte à côte, le bras autour de sa taille, pendant que sa robe balayerait les feuilles jaunies, en écoutant sa voix, sous le rayonnement de ses yeux ! Le bateau pouvait s'arrêter, ils n'avaient qu'à descendre ; et cette chose bien simple n'était pas plus facile, cependant, que de remuer le soleil !

Un peu plus loin, on découvrit un château, à toit pointu, avec des tourelles carrées. Un parterre de fleurs s'étalait devant sa façade ; et des avenues s'enfonçaient, comme des voûtes noires, sous les hauts tilleuls. Il se la figura passant au bord des charmilles. A ce moment, une jeune dame et un jeune homme se montrèrent sur le perron, entre les caisses d'orangers. Puis tout disparut.

La petite fille jouait autour de lui. Frédéric voulut la baiser. Elle se cacha derrière sa bonne ; sa mère la gronda de n'être pas aimable pour le monsieur qui avait sauvé son châle. Était-ce une ouverture indirecte ?

— « Va-t-elle enfin me parler ? » se demandait-il.

Le temps pressait. Comment obtenir une invitation chez Arnoux[a] ? Et il n'imagina rien de mieux que de lui faire remarquer la couleur de l'automne, en ajoutant :

— « Voilà bientôt l'hiver, la saison des bals et des dîners ! »

Mais Arnoux était tout occupé de ses bagages. La côte de Surville apparut, les deux ponts se rapprochaient, on longea une corderie, ensuite une rangée de maisons basses ; il y avait, en dessous, des marmites de goudron, des éclats de bois ; et des gamins couraient sur le sable, en faisant la roue. Frédéric reconnut un homme avec un gilet à manches, il lui cria :

— « Dépêche-toi ».

On arrivait. Il chercha péniblement Arnoux dans la foule des passagers, et l'autre répondit en lui serrant la main :

— « Au plaisir, cher monsieur ! »

1 rudder   7 harness   fild chap
2 make sure
3 old fellow, chap 8 cassieller, nimbla
4. stage coach   9 harvester
5 carry away, off   10 pile, stock   *L'ÉDUCATION SENTIMENTALE*
6 collector
10

Quand il fut sur le quai, Frédéric se retourna. Elle était près du gouvernail, debout. Il lui envoya[a] un regard où il avait tâché de mettre toute son âme ; comme s'il n'eût[b] rien fait, elle demeura immobile. Puis, sans égard aux salutations de son domestique :

— « Pourquoi n'as-tu pas amené la voiture jusqu'ici[17] ? »

Le bonhomme s'excusait[c].

— « Quel maladroit ! Donne-moi de l'argent ! »

Et il alla manger dans une auberge.

Un quart d'heure après, il eut envie d'entrer comme par hasard dans la cour des diligences. Il la verrait encore, peut-être ?

— « A quoi bon ? » se dit-il.

Et l'américaine[18] l'emporta. Les deux chevaux n'appartenaient pas à sa mère. Elle avait emprunté celui de M. Chambrion, le receveur, pour l'atteler auprès du sien. Isidore, parti la veille, s'était reposé à Bray jusqu'au soir et avait couché à Montereau, si bien, que les bêtes rafraîchies trottaient lestement.

Des champs moissonnés se prolongeaient à n'en plus finir. Deux lignes d'arbres bordaient la route, les tas de cailloux se succédaient ; et peu à peu, Villeneuve-Saint-Georges, Ablon, Châtillon, Corbeil et les autres pays, tout son voyage lui revint à la mémoire, d'une façon si nette qu'il distinguait maintenant des détails nouveaux, des particularités plus intimes ; sous le dernier volant de sa robe, son pied passait dans une mince bottine en soie, de couleur marron ; la tente de coutil formait un large dais sur sa tête, et les petits glands rouges de la bordure tremblaient à la brise, perpétuellement.

Elle ressemblait[19] aux femmes des livres romantiques[d]. Il n'aurait voulu rien ajouter, rien retrancher à sa personne. L'univers venait tout à coup de s'élargir. Elle était le point lumineux où l'ensemble des choses convergeait ; — et, bercé par le mouvement de la voiture, les paupières à demi closes, le regard dans les nuages, il s'abandonnait à une joie rêveuse et infinie[20].

A Bray, il n'attendit pas qu'on eût donné l'avoine, il alla devant, sur la route, tout seul. Arnoux l'avait appelée « Marie ». Il cria très haut « Marie ! » Sa voix se perdit dans l'air.

Une large couleur de pourpre enflammait le ciel à l'occident. De grosses meules de blé, qui se levaient au milieu

11 follow, give way
to each other   14 deduct   16 oats
12 Ticking   subtract   17 crimson
13 Tassle   15 dreamy   18 stack

des chaumes, projetaient des ombres géantes. Un chien se mit à aboyer dans une ferme, au loin. Il frissonna, pris d'une inquiétude sans cause[21].

Quand Isidore l'eut rejoint, il se plaça sur le siège pour conduire. Sa défaillance était passée. Il était bien résolu à s'introduire, n'importe comment, chez les Arnoux, et à se lier avec eux. Leur maison devait être amusante, Arnoux lui plaisait d'ailleurs ; puis, qui sait ? Alors un flot de sang lui monta au visage : ses tempes bourdonnaient, il fit claquer son fouet, secoua les rênes, et il menait les chevaux d'un tel train, que le vieux cocher répétait :

— « Doucement ! mais doucement ! vous les rendrez poussifs ! »

Peu à peu Frédéric se calma, et il écouta parler son domestique.

On attendait Monsieur avec grande impatience. Mlle Louise avait pleuré pour partir dans la voiture.

— « Qu'est-ce donc, Mlle Louise ? »

— « La petite à M. Roque, vous savez ? »

— « Ah ! j'oubliais ! » répliqua Frédéric, négligemment.

Cependant, les deux chevaux n'en pouvaient plus. Ils boitaient l'un et l'autre ; et neuf heures sonnaient à Saint-Laurent lorsqu'il arriva sur la place d'Armes, devant la maison de sa mère. Cette maison, spacieuse, avec un jardin donnant sur la campagne, ajoutait à la considération de Mme Moreau, qui était la personne du pays la plus respectée.

Elle sortait d'une vieille famille de gentilshommes, éteinte maintenant. Son mari, un plébéien que ses parents lui avaient fait épouser, était mort d'un coup d'épée, pendant sa grossesse, en lui laissant une fortune compromise. Elle recevait trois fois la semaine et donnait de temps à autre un beau dîner. Mais le nombre des bougies était calculé d'avance, et elle attendait impatiemment ses fermages. Cette gêne, dissimulée comme un vice, la rendait sérieuse. Cependant, sa vertu s'exerçait sans étalage de pruderie, sans aigreur. Ses moindres charités semblaient de grandes aumônes. On la consultait sur le choix des domestiques, l'éducation des jeunes filles, l'art des confitures, et Monseigneur descendait chez elle dans ses tournées épiscopales.

Mme Moreau nourrissait une haute ambition pour son fils. Elle n'aimait pas à entendre blâmer le Gouvernement, par une sorte de prudence anticipée. Il aurait besoin de protections d'abord ; puis, grâce à ses moyens, il deviendrait conseiller d'État, ambassadeur, ministre. Ses triomphes au collège de Sens légitimaient cet orgueil ; il avait remporté le prix d'honneur.

Quand il entra dans le salon, tous[a] se levèrent à grand bruit, on l'embrassa ; et avec les fauteuils et les chaises on fit un large demi-cercle autour de la cheminée. M. Gamblin lui demanda immédiatement son opinion sur Mme Lafarge[22]. Ce procès, la fureur de l'époque, ne manqua pas d'amener une discussion violente ; Mme Moreau l'arrêta, au regret toutefois de M. Gamblin ; il la jugeait utile pour le jeune homme, en sa qualité de futur jurisconsulte, et il sortit du salon, piqué.

Rien ne devait surprendre dans un ami du père Roque ! A propos du père Roque, on parla de M. Dambreuse, qui venait d'acquérir le domaine de la Fortelle. Mais le Percepteur avait entraîné Frédéric à l'écart, pour savoir ce qu'il pensait du dernier ouvrage de M. Guizot[23]. Tous désiraient connaître ses affaires ; et Mme Benoît s'y prit adroitement en s'informant de son oncle. Comment allait ce bon parent ? Il ne donnait plus de ses nouvelles. N'avait-il pas un arrière-cousin en Amérique[24] ?

La cuisinière annonça que le potage de Monsieur était servi. On se retira, par discrétion. Puis, dès qu'ils furent seuls, dans la salle, sa mère lui dit, à voix basse :

— « Eh bien ? »

Le vieillard l'avait reçu très cordialement, mais sans montrer ses intentions.

Mme Moreau soupira.

— « Où est-elle, à présent ? » songeait-il.

La diligence roulait, et, enveloppée dans le châle sans doute, elle appuyait contre le drap du coupé sa belle tête endormie.

Ils montaient dans leurs chambres[b] quand un garçon du *Cygne de la Croix* apporta un billet.

— « Qu'est-ce donc ? »

— « C'est Deslauriers[25] qui a besoin de moi », dit-il.

— « Ah ! ton camarade ! » fit Mme Moreau avec un ricanement de mépris. « L'heure est bien choisie, vraiment ! »

Frédéric hésitait. Mais l'amitié fut plus forte. Il prit son chapeau.

— « Au moins, ne sois pas longtemps ! » lui dit sa mère.

Le père de Charles Deslauriers, ancien capitaine de ligne, démissionnaire en 1818[27], était revenu se marier à Nogent, et, avec l'argent de la dot, avait acheté une charge d'huissier, suffisant à peine pour le faire vivre. Aigri par de longues injustices, souffrant de ses vieilles blessures, et toujours regrettant l'Empereur[a], il dégorgeait sur son entourage les colères qui l'étouffaient. Peu d'enfants furent plus battus que son fils. Le gamin ne cédait pas, malgré les coups. Sa mère, quand elle tâchait de s'interposer, était rudoyée comme lui. Enfin, le Capitaine le plaça dans son étude, et tout le long du jour, il le tenait courbé sur son pupitre[b] à copier des actes, ce qui lui rendit l'épaule droite visiblement plus forte que l'autre.

En 1833, d'après l'invitation de M. le président, le Capitaine vendit son étude[28]. Sa femme mourut d'un cancer[c]. Il alla vivre à Dijon ; ensuite il s'établit marchand d'hommes[29] à Troyes ; et, ayant obtenu pour Charles une demi-bourse, le mit[d] au collège de Sens, où Frédéric le reconnut. Mais l'un avait douze ans, l'autre quinze[30] ; d'ailleurs, mille différences de caractère et d'origine les séparaient.

Frédéric possédait dans sa commode toutes sortes[e] de provisions, des choses recherchées, un nécessaire de toilette, par exemple. Il aimait à dormir tard le matin, à regarder les hirondelles, à lire des pièces de théâtre, et, regrettant les douceurs de la maison, il trouvait rude la vie de collège[f].

Elle semblait bonne au fils de l'huissier. Il travaillait si bien, qu'au bout de la seconde année, il passa dans la classe de Troisième[g]. Cependant, à cause de sa pauvreté, ou de son humeur querelleuse, une sourde malveillance l'entourait. Mais un domestique, une fois, l'ayant appelé enfant de gueux, en pleine cour des Moyens, il lui sauta à la gorge et l'aurait tué, sans trois maîtres d'études qui intervinrent. Frédéric, emporté d'admiration, le serra dans ses bras. A partir de ce jour, l'intimité fut complète. L'affection d'un grand, sans doute, flatta la vanité du petit, et l'autre accepta comme un bonheur ce dévouement qui s'offrait.

Son père, pendant les vacances, le laissait au collège. Une traduction de Platon ouverte par hasard l'enthousiasma. Alors il s'éprit d'études métaphysiques ; et ses progrès furent rapides, car il les abordait avec des forces jeunes et dans l'orgueil d'une intelligence qui s'affranchit ; Jouffroy, Cousin, Laromiguière, Malebranche, les Écossais, tout ce que la bibliothèque contenait, y passa[31]. Il avait eu besoin[a] d'en voler la clef, pour se procurer des livres.

Les distractions de Frédéric étaient moins sérieuses. Il dessina dans la rue des Trois-Rois la généalogie du Christ, sculptée sur un poteau, puis le portail de la cathédrale. Après les drames moyen âge, il entama les mémoires : Froissart[32], Comines, Pierre de l'Estoile, Brantôme[b].

Les images que ces lectures amenaient à son esprit l'obsédaient si fort[33], qu'il éprouvait le besoin de les reproduire. Il ambitionnait d'être un jour le Walter Scott de la France[34]. Deslauriers méditait un vaste système de philosophie, qui aurait les applications les plus lointaines.

Ils causaient de tout cela[35], pendant les récréations, dans la cour, en face de l'inscription morale peinte sous l'horloge ; ils en chuchotaient dans la chapelle, à la barbe de saint Louis ; ils en rêvaient dans le dortoir, d'où l'on domine un cimetière. Les jours de promenade, ils se rangeaient derrière les autres, et ils parlaient interminablement.

Ils parlaient de ce qu'ils feraient plus tard, quand ils seraient sortis du collège. D'abord, ils entreprendraient un grand voyage avec l'argent que Frédéric prélèverait sur sa fortune, à sa majorité. Puis ils reviendraient à Paris, ils travailleraient ensemble, ne se quitteraient pas[c] ; — et, comme délassement à leurs travaux, ils auraient des amours de princesses dans des boudoirs de satin, ou de fulgurantes orgies avec des courtisanes illustres. Des doutes[d] succédaient à leurs emportements d'espoir. Après des crises de gaieté verbeuse, ils tombaient dans des silences profonds[36].

Les soirs d'été, quand ils avaient marché longtemps par les chemins pierreux au bord des vignes, ou sur la grande route en pleine campagne, et que les blés ondulaient au soleil tandis que des senteurs d'angélique passaient dans l'air, une sorte d'étouffement les prenait, et ils s'étendaient sur le dos, étourdis[e], enivrés. Les autres, en manche[f] de chemise, jouaient aux barres ou faisaient partir des cerfs-volants. Le pion les appelait[g]. On s'en revenait, en suivant les jardins[a] que traversaient de petits ruisseaux, puis les boulevards ombragés par les vieux murs ; les rues désertes sonnaient sous leurs pas[b] ; la grille s'ouvrait, on remontait l'escalier ; et ils étaient tristes comme après de grandes débauches.

M. le censeur prétendait qu'ils s'exaltaient mutuellement. Cependant, si Frédéric travailla dans les hautes classes, ce fut par les exhortations de son ami ; et, aux vacances de 1837, il l'emmena chez sa mère.

Le jeune homme[c] déplut à Mme Moreau. Il mangea[d] extraordinairement, il refusa d'assister le dimanche aux offices, il tenait des discours républicains ; enfin, elle crut savoir qu'il avait conduit son fils dans des lieux déshonnêtes[37]. On surveilla leurs relations. Ils ne s'en aimèrent que davantage ; et les adieux furent pénibles, quand Deslauriers, l'année suivante, partit du collège pour étudier le droit à Paris.

Frédéric comptait bien l'y rejoindre. Ils ne s'étaient pas vus depuis deux ans ; et, leurs embrassades étant finies, ils allèrent sur les ponts afin de causer plus à l'aise.

Le Capitaine[e], qui tenait maintenant un billard à Villenauxe, s'était fâché rouge lorsque son fils avait réclamé ses comptes de tutelle[38], et même lui avait coupé les vivres, tout net. Mais comme il voulait concourir plus tard pour une chaire de professeur à l'École[39] et qu'il n'avait pas d'argent, Deslauriers acceptait à Troyes une place de maître clerc chez un avoué. A force de privations, il économiserait quatre mille francs[40] ; et, s'il ne devait rien toucher de la succession maternelle, il aurait toujours de quoi travailler librement pendant trois années, en attendant une position. Il fallait donc abandonner leur vieux projet de vivre ensemble dans la Capitale[f], pour le présent du moins.

Frédéric baissa la tête. C'était le premier de ses rêves qui s'écroulait.

— « Console-toi », dit le fils du Capitaine[g], « la vie est longue ; nous sommes jeunes. Je te rejoindrai ! N'y pense plus ! »

Il le secouait par les mains, et, pour le distraire, lui fit[h] des questions sur son voyage.

Frédéric n'eut pas grand'chose à narrer. Mais, au souvenir de Mme Arnoux, son chagrin s'évanouit. Il ne parla pas d'elle, retenu[i] par une pudeur. Il s'étendit en revanche sur

Arnoux, rapportant ses discours, ses manières, ses relations ; et Deslauriers l'engagea fortement à cultiver cette connaissance.

Frédéric, dans ces derniers temps, n'avait rien[a] écrit ; ses opinions littéraires étaient changées : il estimait par-dessus tout la passion ; Werther, René, Franck, Lara, Lélia[41] et d'autres plus médiocres l'enthousiasmaient presque également. Quelquefois la musique lui semblait seule capable d'exprimer ses troubles intérieurs ; alors, il rêvait des symphonies ; ou bien la surface des choses l'appréhendait, et il voulait peindre. Il avait composé des vers, pourtant ; Deslauriers les trouva fort beaux, mais sans demander une autre pièce.

Quant à lui, il ne donnait plus dans la métaphysique. L'économie sociale[42] et la Révolution française le préoccupaient. C'était, à présent, un grand diable de vingt-deux ans, maigre, avec une large bouche, l'air résolu. Il portait, ce soir-là, un mauvais paletot de lasting et ses souliers étaient blancs de poussière, car il avait fait la route de Villenauxe à pied, exprès pour voir Frédéric.

Isidore les aborda. Madame priait Monsieur de revenir[43], et, craignant qu'il n'eût froid, elle lui envoyait son manteau.

— « Reste donc ! » dit Deslauriers.

Et ils continuèrent de se promener d'un bout à l'autre des deux ponts qui s'appuient sur l'île étroite, formée par le canal et la rivière.

Quand ils allaient du côté de Nogent, ils avaient, en face, un pâté de maisons s'inclinant quelque peu ; à droite, l'église apparaissait derrière les moulins de bois dont les vannes étaient fermées ; et, à gauche, les haies[b] d'arbustes, le long de la rive, terminaient des jardins, que l'on distinguait à peine. Mais, du côté de Paris, la grande route descendait en ligne droite, et des prairies se perdaient au loin, dans les vapeurs de la nuit. Elle était silencieuse et d'une clarté blanchâtre. Des odeurs de feuillage humide montaient jusqu'à eux ; la chute de la prise d'eau, cent pas plus loin, murmurait, avec ce gros bruit doux que font les ondes dans les ténèbres.

Deslauriers s'arrêta, et il dit :

— « Ces bonnes gens qui dorment tranquilles, c'est drôle ! Patience ! un nouveau 89 se prépare[44] ! On est las[c] de constitutions, de chartes, de subtilités, de mensonges ! Ah ! si j'avais un journal ou une tribune, comme je vous secouerais tout cela ! Mais, pour entreprendre n'importe quoi, il faut

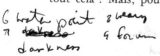

de l'argent ! Quelle malédiction que d'être le fils d'un cabaretier et de perdre sa jeunesse à la quête de son pain ! »

Il baissa la tête, se mordit les lèvres, et il grelottait sous son vêtement mince.

Frédéric lui jeta la moitié de son manteau sur les épaules. Ils s'en enveloppèrent tous deux ; et, se tenant par la taille, ils marchaient dessous, côte à côte.

— « Comment veux-tu que je vive là-bas, sans toi ? » disait Frédéric. L'amertume de son ami avait ramené sa tristesse. « J'aurais fait quelque chose avec une femme qui m'eût aimé... Pourquoi ris-tu ? L'amour est la pâture et comme l'atmosphère du génie. Les émotions extraordinaires produisent les œuvres sublimes. Quant à chercher celle qu'il me faudrait, j'y renonce ! D'ailleurs, si jamais je la trouve, elle me repoussera. Je suis de la race des déshérités, et je m'éteindrai avec un trésor qui était de strass ou de diamant, je n'en sais rien[45]. »

L'ombre de quelqu'un s'allongea sur les pavés, en même temps qu'ils entendirent ces mots :

— « Serviteur, messieurs ! »

Celui qui les prononçait était un petit homme, habillé d'une ample redingote brune, et coiffé d'une casquette laissant paraître sous la visière un nez pointu.

— « M. Roque ? » dit Frédéric[46].

— « Lui-même ! » reprit la voix.

Le Nogentais justifia sa présence en contant qu'il revenait d'inspecter ses pièges à loup, dans son jardin, au bord de l'eau.

— « Et vous voilà de retour dans nos pays ? Très bien ! j'ai appris cela par ma fillette. La santé est toujours bonne, j'espère ? Vous ne partez pas encore ? »

Et il s'en alla[a], rebuté, sans doute, par l'accueil de Frédéric.

Mme Moreau, en effet, ne le fréquentait pas ; le père Roque vivait en concubinage avec sa bonne, et on le considérait fort peu, bien qu'il fût le croupier d'élections[47], le régisseur de M. Dambreuse.

— « Le banquier qui demeure rue d'Anjou[48] ? » reprit Deslauriers. « Sais-tu ce que tu devrais faire, mon brave ? »

Isidore les interrompit encore une fois. Il avait ordre de ramener Frédéric, définitivement. Madame s'inquiétait de son absence.

— « Bien, bien ! on y va », dit Deslauriers ; « il ne découchera pas. »

Et, le domestique étant parti :

— « Tu devrais prier ce vieux de t'introduire chez les Dambreuse : rien n'est utile comme de fréquenter une maison riche ! Puisque tu as un habit noir et des gants blancs, profites-en ! Il faut que tu ailles dans ce monde-là ! Tu m'y mèneras[a] plus tard. Un homme à millions, pense donc ! Arrange-toi pour lui plaire, et à sa femme aussi. Deviens son amant ! »

Frédéric se récriait.

— « Mais je te dis là des choses classiques, il me semble ? Rappelle-toi Rastignac dans *la Comédie humaine*[49] ! Tu réussiras, j'en suis sûr ! »

Frédéric avait tant de confiance en Deslauriers, qu'il se sentit ébranlé, et oubliant Mme Arnoux, ou la comprenant dans la prédiction faite sur l'autre, il ne put s'empêcher de sourire.

Le Clerc ajouta :

— « Dernier conseil : passe tes examens ! Un titre est toujours bon ; et lâche-moi franchement tes poètes catholiques et sataniques, aussi avancés en philosophie qu'on l'était au XIIe siècle[50]. Ton désespoir est bête. De très grands particuliers ont eu des commencements plus difficiles, à commencer par Mirabeau. D'ailleurs, notre séparation ne sera pas longue. Je ferai rendre gorge à mon filou de père. Il est temps que je m'en retourne, adieu ! As-tu cent sous pour que je paye mon dîner ? »

Frédéric lui donna dix francs, le reste de la somme prise le matin à Isidore.

Cependant à vingt toises des ponts, sur la rive gauche, une lumière brillait dans la lucarne d'une maison basse.

Deslauriers l'aperçut. Alors, il dit emphatiquement, tout en retirant son chapeau :

— « Vénus, reine des cieux, serviteur ! Mais la Pénurie est la mère de la Sagesse. Nous a-t-on assez calomniés pour ça, miséricorde ! »

Cette allusion à une aventure commune les mit en joie. Ils riaient très haut, dans les rues.

Puis, ayant soldé sa dépense à l'auberge, Deslauriers reconduisit Frédéric jusqu'au carrefour de l'Hôtel-Dieu ;

— et, après une longue étreinte, les deux amis se séparèrent.

III

Deux mois plus tard, Frédéric, débarqué un matin rue Coq-Héron[51], songea immédiatement à faire sa grande visite[52].

Le hasard l'avait servi. Le père Roque était venu lui apporter un rouleau de papiers, en le priant de les remettre lui-même chez M. Dambreuse ; et il accompagnait l'envoi d'un billet décacheté, où il présentait son jeune compatriote.

Mme Moreau parut surprise de cette démarche. Frédéric dissimula le plaisir qu'elle lui causait.

M. Dambreuse s'appelait de son vrai nom le comte d'Ambreuse ; mais, dès 1825[53], abandonnant peu à peu sa noblesse et son parti, il s'était tourné vers l'industrie ; et, l'oreille dans tous les bureaux, la main dans toutes les entreprises, à l'affût des bonnes occasions, subtil comme un Grec et laborieux comme un Auvergnat, il avait amassé une fortune que l'on disait considérable ; de plus, il était officier de la Légion d'honneur, membre du conseil général de l'Aube, député, pair de France un de ces jours ; complaisant du reste, il fatiguait le ministre par ses demandes continuelles de secours, de croix, de bureaux de tabac[54] ; et, dans ses bouderies contre le pouvoir, il inclinait au centre gauche[55]. Sa femme, la jolie Mme Dambreuse, que citaient les journaux de modes, présidait les assemblées de charité. En cajolant les duchesses, elle apaisait les rancunes du noble faubourg et laissait croire que M. Dambreuse pouvait encore se repentir et rendre des services.

Le jeune homme était troublé en allant chez eux.

— « J'aurais mieux fait de prendre mon habit. On m'invitera sans doute au bal pour la semaine prochaine ? Que va-t-on me dire ? »

L'aplomb lui revint en songeant que M. Dambreuse n'était qu'un bourgeois, et il sauta gaillardement de son cabriolet sur le trottoir de la rue d'Anjou.

Quand il eut poussé une des deux portes cochères, il traversa la cour, gravit le perron et entra dans un vestibule pavé en marbre de couleur.

Un double escalier droit, avec un tapis rouge à baguettes de cuivre, s'appuyait contre les hautes murailles en stuc luisant. Il y avait, au bas des marches, un bananier dont les feuilles larges retombaient sur le velours de la rampe. Deux candélabres de bronze tenaient des globes de porcelaine suspendus à des chaînettes ; les soupiraux des calorifères béants exhalaient un air lourd ; et l'on n'entendait que le tic-tac d'une grande horloge, dressée à l'autre bout du vestibule, sous une panoplie.

Un timbre sonna ; un valet parut, et introduisit Frédéric dans une petite pièce, où l'on distinguait deux coffres-forts, avec des casiers[a] remplis de cartons. M. Dambreuse[56] écrivait au milieu, sur un bureau à cylindre.

Il parcourut la lettre du père Roque, ouvrit avec son canif la toile qui enfermait les papiers, et les examina.

De loin, à cause de sa taille mince, il pouvait sembler[b] jeune encore. Mais ses rares cheveux blancs, ses membres débiles et surtout la pâleur extraordinaire de son visage, accusaient un tempérament délabré. Une énergie[c] impitoyable reposait dans ses yeux glauques, plus froids que des yeux de verre. Il avait les pommettes saillantes, et des mains à articulations noueuses.

Enfin, s'étant levé, il adressa au jeune homme quelques questions sur des personnes de leur connaissance, sur Nogent, sur ses études ; puis il le congédia en s'inclinant. Frédéric sortit par un autre corridor, et se trouva dans le bas de la cour, auprès des remises.

Un coupé bleu, attelé d'un cheval noir, stationnait devant le perron. La portière s'ouvrit, une dame y monta et la voiture[d], avec un bruit sourd, se mit à rouler sur le sable.

Frédéric, en même temps qu'elle, arriva de l'autre côté, sous la porte cochère. L'espace n'étant pas assez large, il fut contraint d'attendre. La jeune femme, penchée en dehors du vasistas, parlait tout bas au concierge. Il n'apercevait que son dos, couvert d'une mante violette. Cependant, il plongeait dans l'intérieur de la voiture, tendue de reps bleu, avec des passementeries et des effilés de soie. Les vêtements de la dame l'emplissaient ; il s'échappait de cette petite boîte capitonnée un parfum d'iris et comme une vague senteur d'élégances féminines. Le cocher lâcha les rênes, le cheval frôla la borne brusquement, et tout disparut.

Frédéric s'en revint à pied, en suivant les boulevards.

Il regrettait de n'avoir pu distinguer Mme Dambreuse.

Un peu plus haut que la rue Montmartre, un embarras de voitures lui fit tourner la tête ; et, de l'autre côté, en face, il lut sur une plaque de marbre :

JACQUES ARNOUX.

Comment n'avait-il pas songé à elle, plus tôt[a] ? La faute venait de Deslauriers, et il s'avança vers la boutique ; il n'entra pas, cependant, il attendit qu'Elle[b] parût.

Les hautes glaces transparentes offraient aux regards, dans une disposition habile, des statuettes, des dessins, des gravures, des catalogues, des numéros de l'*Art industriel* ; et les prix de l'abonnement étaient répétés sur la porte, que décoraient, à son milieu, les initiales de l'éditeur. On apercevait, contre les murs, de grands tableaux dont le vernis brillait, puis, dans le fond, deux bahuts, chargés de porcelaines, de bronzes, de curiosités alléchantes ; un petit escalier les séparait, fermé dans le haut par une portière de moquette ; et un lustre en vieux Saxe, un tapis vert sur le plancher, avec une table en marqueterie, donnaient à cet intérieur plutôt l'apparence d'un salon que d'une boutique.

Frédéric faisait semblant d'examiner les dessins. Après des hésitations infinies, il entra.

Un employé souleva la portière, et répondit que Monsieur ne serait pas « au magasin » avant cinq heures. Mais si la commission pouvait se transmettre...

— « Non ! je reviendrai », répliqua doucement Frédéric.

Les jours suivants furent employés à se chercher un logement ; et il se décida pour une chambre au second étage, dans un hôtel garni, rue Saint-Hyacinthe[57].

En portant sous son bras un buvard tout neuf, il se rendit à l'ouverture des cours. Trois cents jeunes gens, nu-tête, emplissaient un amphithéâtre où un vieillard en robe rouge dissertait d'une voix monotone ; des plumes grinçaient sur le papier. Il retrouvait dans cette salle l'odeur poussiéreuse des classes, une chaire de forme pareille, le même ennui ! Pendant quinze jours, il y retourna. Mais on n'était pas encore à l'article 3, qu'il avait lâché le Code civil, et il abandonna les Institutes à la *Summa divisio personarum*[58].

Les joies qu'il s'était promises n'arrivaient pas ; et[c], quand il eut épuisé un cabinet de lecture, parcouru les collections du Louvre, et plusieurs fois de suite été au spectacle, il tomba dans un désœuvrement sans fond.

Mille choses nouvelles ajoutaient à sa tristesse. Il lui fallait compter son linge et subir le concierge, rustre à tournure d'infirmier, qui venait le matin rétaper son lit, en sentant l'alcool et en grommelant. Son appartement, orné d'une pendule d'albâtre, lui déplaisait. Les cloisons étaient minces ; il entendait les étudiants faire du punch, rire, chanter.

Las de cette solitude, il rechercha un de ses anciens camarades nommé Baptiste Martinon ; et il le découvrit dans une pension bourgeoise de la rue Saint-Jacques, bûchant sa procédure, devant un feu de charbon de terre.

En face de lui, une femme en robe d'indienne reprisait des chaussettes.

Martinon était ce qu'on appelle un fort bel homme : grand, joufflu, la physionomie régulière et des yeux bleuâtres à fleur de tête ; son père, un gros cultivateur, le destinait à la magistrature, — et, voulant déjà paraître sérieux, il portait sa barbe taillée en collier.

Comme les ennuis de Frédéric n'avaient point de cause raisonnable et qu'il ne pouvait arguer d'aucun malheur, Martinon ne comprit rien à ses lamentations sur l'existence. Lui, il allait tous les matins à l'École, se promenait ensuite dans le Luxembourg, prenait le soir sa demi-tasse au café, et avec quinze cents francs par an et l'amour de cette ouvrière, il se trouvait parfaitement heureux.

— « Quel bonheur ! » exclama intérieurement Frédéric.

Il avait fait à l'École une autre connaissance, celle de M. de Cisy, enfant de grande famille et qui semblait une demoiselle, à la gentillesse de ses manières.

M. de Cisy s'occupait de dessin, aimait le gothique[59]. Plusieurs fois ils allèrent ensemble admirer la Sainte-Chapelle et Notre-Dame. Mais la distinction du jeune patricien recouvrait une intelligence des plus pauvres. Tout le surprenait ; il riait beaucoup à la moindre plaisanterie, et montrait une ingénuité si complète, que Frédéric le prit d'abord pour un farceur, et finalement le considéra comme un nigaud.

Les épanchements n'étaient donc possibles avec personne et il attendait toujours l'invitation des Dambreuse.

Au jour de l'an, il leur envoya des cartes de visite, mais il n'en reçut aucune.

Il était retourné à l'*Art industriel*.

Il y retourna une troisième fois, et il vit enfin Arnoux qui se disputait au milieu de cinq à six personnes et répondit à peine à son salut ; Frédéric en fut blessé. Il n'en chercha pas moins comment parvenir jusqu'à Elle.

Il eut d'abord l'idée de se présenter souvent, pour marchander des tableaux. Puis il songea à glisser dans la boîte du journal quelques articles « très forts », ce qui amènerait des relations. Peut-être valait-il mieux courir droit au but, déclarer son amour ? Alors il composa une lettre de douze pages, pleine de mouvements lyriques et d'apostrophes ; mais il la déchira, et ne fit rien, ne tenta rien, — immobilisé par la peur de l'insuccès[60].

Au-dessus de la boutique d'Arnoux, il y avait au premier étage trois fenêtres, éclairées chaque soir. Des ombres circulaient par derrière ; une surtout, c'était la sienne ; — et il se dérangeait de très loin pour regarder ces fenêtres et contempler cette ombre.

Une négresse, qu'il croisa un jour dans les Tuileries, tenant une petite fille par la main, lui rappela la négresse de Mme Arnoux. Elle devait y venir comme les autres ; toutes les fois qu'il traversait les Tuileries, son cœur battait, espérant la rencontrer. Les jours de soleil, il continuait sa promenade jusqu'au bout des Champs-Élysées.

Des femmes, nonchalamment assises dans des calèches, et dont les voiles flottaient au vent, défilaient près de lui, au pas ferme de leurs chevaux, avec un balancement insensible qui faisait craquer les cuirs vernis. Les voitures devenaient plus nombreuses, et, se ralentissant à partir du Rond-Point[61], elles occupaient toute la voie. Les crinières étaient près des crinières, les lanternes près des lanternes ; les étriers d'acier, les gourmettes d'argent, les boucles de cuivre, jetaient çà et là des points lumineux entre les culottes courtes, les gants blancs, et les fourrures qui retombaient sur le blason des portières. Il se sentait comme perdu dans un monde lointain. Ses yeux erraient sur les têtes féminines ; et de vagues ressemblances amenaient à sa mémoire Mme Arnoux. Il se la figurait, au milieu des autres, dans un de ces petits coupés, pareils au coupé de Mme Dambreuse. — Mais le soleil se couchait, et le vent froid soulevait des tourbillons de poussière. Les cochers baissaient le menton dans leurs cravates, les roues se mettaient à tourner plus vite, le macadam grinçait et tous les équipages descendaient au grand trot la longue avenue, en se frôlant, se dépassant, s'écartant les uns des autres, puis, sur la place de la Concorde, se dispersaient[a]. Derrière les Tuileries, le ciel prenait la teinte des ardoises. Les arbres du jardin formaient deux masses énormes, violacées par le sommet. Les becs de gaz s'allumaient ; et la Seine[b], verdâtre dans toute son étendue, se déchirait en moires d'argent contre les piles des ponts.

Il allait dîner, moyennant quarante-trois sols le cachet, dans un restaurant, rue de la Harpe[62].

Il regardait avec dédain le vieux comptoir d'acajou, les serviettes tachées, l'argenterie crasseuse et les chapeaux suspendus contre la muraille. Ceux qui l'entouraient étaient des étudiants comme lui. Ils causaient de leurs professeurs, de leurs maîtresses. Il s'inquiétait bien des professeurs ! Est-ce qu'il avait une maîtresse ! Pour éviter leurs joies, il arrivait le plus tard possible[c]. Des restes de nourriture couvraient toutes les tables. Les deux garçons, fatigués, dormaient dans des coins, et une odeur de cuisine, de quinquet et de tabac emplissait la salle déserte.

Puis il remontait lentement les rues. Les réverbères se balançaient, en faisant trembler sur la boue de longs reflets jaunâtres. Des ombres glissaient au bord des trottoirs, avec des parapluies. Le pavé était gras, la brume tombait, et il lui semblait que les ténèbres humides, l'enveloppant, descendaient indéfiniment dans son cœur.

Un remords le prit. Il retourna aux cours. Mais comme il ne connaissait rien aux matières élucidées, des choses très simples l'embarrassèrent.

Il se mit à écrire un roman intitulé : *Sylvio, le fils du pêcheur*. La chose se passait à Venise. Le héros, c'était lui-même ; l'héroïne, Mme Arnoux. Elle s'appelait Antonia ; — et, pour l'avoir, il assassinait plusieurs gentilshommes, brûlait une partie de la ville et chantait sous son balcon, où palpitaient à la brise les rideaux en damas rouge du boulevard Montmartre. Les réminiscences trop nombreuses dont il s'aperçut le découragèrent ; il n'alla pas plus loin, et son désœuvrement redoubla.

Alors, il supplia Deslauriers de venir partager sa chambre. Ils s'arrangeraient pour vivre avec ses deux mille francs de pension ; tout valait mieux que cette existence intolérable. Deslauriers ne pouvait encore quitter Troyes. Il l'engageait à se distraire, et à fréquenter Sénécal.

Sénécal était un répétiteur de mathématiques, homme de forte tête et de convictions républicaines, un futur Saint-Just[63], disait le clerc. Frédéric avait monté trois fois ses cinq étages sans en recevoir aucune visite. Il n'y retourna plus.

Il voulut s'amuser. Il se rendit aux bals de l'Opéra[64]. Ces gaietés[a] tumultueuses le glaçaient dès la porte. D'ailleurs, il était retenu par la crainte d'un affront pécuniaire, s'imaginant qu'un souper avec un domino entraînait à des frais considérables, était une grosse aventure.

Il lui semblait, cependant, qu'on devait l'aimer ! Quelquefois, il se réveillait le cœur plein d'espérance, s'habillait soigneusement comme pour un rendez-vous, et il faisait dans Paris des courses interminables. A chaque femme qui marchait devant lui, ou qui s'avançait à sa rencontre, il se disait : « La voilà ! » C'était chaque[b] fois une déception nouvelle. L'idée de Mme Arnoux fortifiait ces convoitises. Il la trouverait peut-être sur son chemin ; et il imaginait, pour l'aborder, des complications du hasard, des périls extraordinaires dont il la sauverait.

Ainsi les jours s'écoulaient, dans[c] la répétition des mêmes ennuis et des habitudes contractées. Il feuilletait des brochures sous les arcades de l'Odéon[65], allait lire la *Revue des Deux Mondes* au café, entrait dans une salle[d] du Collège de France, écoutait[e] pendant une heure une leçon de chinois ou d'économie politique. Toutes les semaines, il écrivait longuement à Deslauriers, dînait de temps en temps avec Martinon, voyait quelquefois M. de Cisy.

Il loua un piano, et composa des valses allemandes.

Un soir, au théâtre du Palais-Royal, il aperçut, dans une loge d'avant-scène, Arnoux près d'une femme. Était-ce elle ? L'écran de taffetas vert[66], tiré au bord de la loge, masquait son visage. Enfin la toile se leva ; l'écran s'abattit. C'était une longue personne, de trente ans environ, fanée, et dont les grosses lèvres découvraient, en riant, des dents splendides. Elle causait familièrement avec Arnoux et lui donnait des coups d'éventail sur les doigts. Puis une jeune fille blonde, les paupières un peu rouges comme si elle venait de pleurer[67], s'assit entre eux. Arnoux resta dès lors à demi penché sur son épaule, en lui tenant des discours qu'elle écoutait sans répondre. Frédéric s'ingéniait à découvrir la condition de ces femmes, modestement habillées de robes sombres, à cols plats rabattus.

A la fin du spectacle, il se précipita dans les couloirs. La foule les remplissait. Arnoux, devant lui, descendait l'escalier, marche à marche, donnant le bras aux deux femmes.

Tout à coup, un bec de gaz l'éclaira[68]. Il avait un crêpe à son chapeau. Elle était morte, peut-être ? Cette idée tourmenta Frédéric si fortement, qu'il courut le lendemain à l'*Art industriel*, et, payant vite une des gravures étalées devant la montre, il demanda au garçon de boutique comment se portait M. Arnoux.

Le garçon répondit :

— « Mais très bien ! »

Frédéric ajouta en pâlissant :

— « Et Madame ? »

— « Madame, aussi ! »

Frédéric[a] oublia d'emporter sa gravure**.

L'hiver se termina. Il fut moins triste au printemps, se mit à préparer son examen, et, l'ayant subi d'une façon médiocre[69], partit[b] ensuite pour Nogent.

Il n'alla point à Troyes voir son ami, afin d'éviter les observations de sa mère. Puis, à la rentrée, il abandonna son logement et prit, sur le quai Napoléon[70], deux pièces, qu'il meubla*. L'espoir d'une invitation chez les Dambreuse l'avait quitté ; sa grande passion pour Mme Arnoux commençait à s'éteindre[c].

IV

Un matin du mois de décembre, en se rendant au cours de procédure, il crut remarquer dans la rue Saint-Jacques[71] plus d'animation qu'à l'ordinaire. Les étudiants sortaient précipitamment des cafés, ou, par les fenêtres ouvertes, ils s'appelaient d'une maison à l'autre ; les boutiquiers, au milieu du trottoir, se regardaient d'un air inquiet ; les volets se fermaient ; et, quand il arriva dans la rue Soufflot, il aperçut un grand rassemblement autour du Panthéon.

Des jeunes gens, par bandes inégales de cinq à douze, se promenaient en se donnant le bras et abordaient les groupes plus considérables qui stationnaient çà et là ; au fond de la place, contre les grilles, des hommes en blouse péroraient, tandis que, le tricorne sur l'oreille et les mains derrière le dos, des sergents de ville erraient le long des murs, en faisant sonner les dalles sous leurs fortes bottes. Tous avaient un air mystérieux, ébahi ; on attendait quelque chose évidemment ; chacun retenait au bord des lèvres une interrogation.

Frédéric se trouvait auprès d'un jeune homme blond[72] à figure avenante, et portant moustache et barbiche comme un raffiné du temps de Louis XIII. Il lui demanda la cause du désordre.

— « Je n'en sais rien », reprit l'autre, « ni eux non plus ! C'est leur mode à présent ! Quelle bonne farce ! »

Et il éclata de rire.

Les pétitions[a] pour la Réforme[73], que l'on faisait signer dans la garde nationale, jointes au recensement Humann, d'autres événements encore amenaient depuis six mois, dans Paris, d'inexplicables attroupements ; et même ils se renouvelaient si souvent, que les journaux n'en parlaient plus.

— « Cela manque de galbe et de couleur », continua le voisin de Frédéric. « Ie cuyde, messire, que nous avons dégénéré ! A la bonne époque de Loys onzième, voire de Benjamin Constant, il y avait plus de mutinerie parmi les escholiers[74]. Ie les treuve pacifiques comme moutons, bêtes comme cornichons, et idoines à estre épiciers, Pasque-Dieu ! Et voilà ce qu'on appelle la Jeunesse[b] des écoles » !

Il écarta les bras, largement, comme Frédéric Lemaître dans *Robert Macaire*[75].

— « Jeunesse des écoles, je te bénis ! »

Ensuite, apostrophant un chiffonnier, qui remuait des écailles d'huîtres contre la borne d'un marchand de vin :

— « En fais-tu partie, toi, de la Jeunesse[a] des écoles ? »

Le vieillard releva une face hideuse où l'on distinguait, au milieu d'une barbe grise, un nez rouge, et deux yeux avinés stupides.

— « Non ! tu me parais plutôt *un de ces hommes à figure patibulaire que l'on voit, dans divers groupes, semant l'or à pleines mains...* Oh ! sème, mon patriarche, sème ! Corromps-moi avec les trésors d'Albion ! *Are you English*[76] ? Je ne repousse pas les présents d'Artaxercès ! Causons un peu de l'union douanière. »

Frédéric sentit quelqu'un lui toucher l'épaule[b] ; il se retourna. C'était Martinon, prodigieusement pâle.

— « Eh bien ! » fit-il en poussant un gros soupir, « encore une émeute ! »

Il avait peur d'être compromis, se lamentait. Des hommes[c] en blouse, surtout, l'inquiétaient, comme appartenant à des sociétés secrètes.

— « Est-ce qu'il y a des sociétés secrètes[77] ? » dit le jeune homme à moustaches. « C'est une vieille blague du Gouvernement, pour épouvanter les bourgeois ! »

Martinon l'engagea à parler plus bas, dans la crainte de la police.

— « Vous croyez encore à la police, vous ? Au fait, que savez-vous, monsieur, si je ne suis pas moi-même un mouchard ? »

Et il le regarda d'une telle manière, que Martinon, fort ému, ne comprit point d'abord la plaisanterie. La foule les poussait, et ils avaient été forcés, tous les trois, de se mettre sur le petit escalier conduisant, par un couloir, dans le nouvel amphithéâtre.

Bientôt[d] la multitude se fendit d'elle-même ; plusieurs têtes se découvrirent ; on saluait l'illustre professeur Samuel Rondelot, qui, enveloppé de sa grosse redingote, levant en l'air ses lunettes d'argent et soufflant de son asthme, s'avançait à pas tranquilles, pour faire son cours. Cet homme était une des gloires judiciaires du XIXᵉ siècle, le rival des Zachariæ, des Ruhdorff[78]. Sa dignité nouvelle de pair de

France n'avait modifié en rien ses allures. On le savait pauvre, et un grand respect l'entourait.

Cependant, du fond de la place, quelques-uns crièrent :

— « A bas Guizot[79] ! »

— « A bas Pritchard ! »

— « A bas les vendus ! »

— « A bas Louis-Philippe ! »

La foule oscilla, et, se pressant contre la porte de la cour qui était fermée, elle empêchait le professeur d'aller plus loin. Il s'arrêta devant l'escalier. On l'aperçut bientôt sur la dernière des trois marches. Il parla ; un bourdonnement couvrit sa voix. Bien qu'on l'aimât tout à l'heure, on le haïssait maintenant, car il représentait l'Autorité. Chaque fois qu'il essayait de se faire entendre, les cris recommençaient. Il fit un grand geste pour engager les étudiants à le suivre. Une vociféation universelle lui répondit. Il haussa les épaules dédaigneusement et s'enfonça dans le couloir. Martinon avait profité de sa place pour disparaître en même temps.

— « Quel lâche ! » dit Frédéric.

— « Il est prudent ! » reprit l'autre.

La foule éclata en applaudissements. Cette retraite du professeur devenait une victoire pour elle. A toutes les fenêtres, des curieux regardaient. Quelques-uns entonnaient *la Marseillaise*[80] ; d'autres proposaient d'aller chez Béranger.

— « Chez Laffitte ! »

— « Chez Chateaubriand[81] ! »

— « Chez Voltaire ! » hurla le jeune homme à moustaches blondes.

Les sergents de ville tâchaient de circuler, en disant le plus doucement qu'ils pouvaient :

— « Partez, messieurs, partez, retirez-vous ! »

Quelqu'un cria :

— « A bas les assommeurs ! »

C'était une injure usuelle depuis les troubles du mois de septembre. Tous la répétèrent. On huait, on sifflait les gardiens de l'ordre public ; ils commençaient à pâlir ; un d'eux n'y résista plus, et, avisant un petit jeune homme qui s'approchait de trop près, en lui riant au nez, il le repoussa si rudement qu'il le fit tomber cinq pas plus loin, sur le dos, devant la boutique du marchand de vin. Tous s'écartè-rent ; mais presque aussitôt il roula lui-même, terrassé par une sorte d'Hercule dont la chevelure, telle qu'un paquet d'étoupes, débordait sous une casquette en toile cirée.

Arrêté depuis quelques minutes au coin de la rue Saint-Jacques, il avait lâché bien vite un large carton, qu'il portait, pour bondir vers le sergent de ville et, le tenant renversé sous lui, il labourait sa face à grands coups de poing. Les autres sergents accoururent. Le terrible garçon était si fort, qu'il en fallut quatre, au moins, pour le dompter. Deux le secouaient par le collet, deux autres le tiraient par les bras ; un cinquième lui donnait, avec le genou, des bourrades dans les reins, et tous l'appelaient brigand, assassin, émeutier. La poitrine nue et les vêtements en lambeaux, il protestait de son innocence ; il n'avait pu, de sang-froid, voir battre un enfant.

— « Je m'appelle Dussardier ! chez MM. Valinçart frères, dentelles et nouveautés, rue de Cléry[82]. Où est mon carton ? Je veux mon carton ! » Il répétait : « Dussardier !... rue de Cléry. Mon carton ! »

Il s'apaisa pourtant, et, d'un air stoïque, se laissa conduire vers le poste de la rue Descartes. Un flot de monde le suivit[a]. Frédéric et le jeune homme à moustaches marchaient immédiatement par derrière, pleins d'admiration pour le commis et révoltés contre la violence du Pouvoir.

A mesure que l'on avançait, la foule devenait moins grosse.

Les sergents de ville, de temps à autre, se retournaient d'un air féroce ; et les tapageurs n'ayant plus rien à faire, les curieux rien à voir, tous s'en allaient peu à peu. Des passants, que l'on croisait, considéraient Dussardier et se livraient tout haut à des commentaires outrageants. Une vieille femme, sur sa porte, s'écria même qu'il avait volé un pain ; cette injustice augmenta l'irritation des deux amis. Enfin on arriva devant le corps de garde. Il ne restait qu'une vingtaine de personnes. La vue des soldats suffit pour les disperser.

Frédéric[b] et son camarade réclamèrent, hardiment, celui qu'on venait de mettre en prison. Le factionnaire les menaça, s'ils insistaient, de les y fourrer eux-mêmes. Ils demandèrent le chef du poste, et déclinèrent leur nom avec leur qualité d'élèves en droit, affirmant que le prisonnier était leur condisciple.

On les fit[c] entrer dans une pièce toute nue, où quatre bancs s'allongeaient contre les murs de plâtres, enfumés. Au fond, un guichet s'ouvrit. Alors parut le robuste visage de Dussardier, qui, dans le désordre de sa chevelure, avec ses petits yeux francs et son nez carré du bout, rappelait confusément la physionomie d'un bon chien.

— « Tu ne nous reconnais pas » ? dit Hussonnet.

C'était le nom du jeune homme à moustaches.

— « Mais… », balbutia Dussardier.

— « Ne fais donc plus l'imbécile », reprit l'autre ; « on sait que tu es, comme nous, élève en droit. »

Malgré leurs clignements de paupières, Dussardier ne devinait rien. Il parut se recueillir, puis tout à coup :

— « A-t-on trouvé mon carton ? »

Frédéric leva les yeux, découragé. Hussonnet répliqua :

— « Ah ! ton carton, où tu mets tes notes de cours ? Oui, oui ! rassure-toi ! »

Ils redoublaient leur pantomime. Dussardier comprit enfin qu'ils venaient pour le servir ; et il se tut, craignant de les compromettre. D'ailleurs, il éprouvait[a] une sorte de honte en se voyant haussé au rang social d'étudiant et le pareil de ces jeunes hommes qui avaient des mains si blanches.

— « Veux-tu faire dire quelque chose à quelqu'un ? » demanda Frédéric[b].

— « Non, merci, à personne ! »

— « Mais ta famille ? »

Il baissa la tête sans répondre ; le pauvre garçon était bâtard. Les deux amis restaient étonnés de son silence.

— « As-tu de quoi fumer ? » reprit Frédéric.

Il se palpa, puis retira du fond de sa poche les débris d'une pipe, — une belle pipe en écume de mer, avec un tuyau en bois[c] noir, un couvercle d'argent et un bout d'ambre.

Depuis trois ans, il travaillait à en faire un chef-d'œuvre[83]. Il avait eu soin d'en tenir le fourneau constamment serré dans une gaine de chamois, de la fumer le plus lentement possible, sans jamais la poser sur du marbre, et, chaque soir, de la suspendre au chevet[d] de son lit. A présent, il en secouait[e] les morceaux dans sa main dont les ongles saignaient ; et, le menton sur la poitrine, les prunelles fixes, béant[84], il contemplait ces ruines de sa joie avec un regard d'une ineffable tristesse.

— « Si nous lui donnions des cigares, hein ? » dit tout bas Hussonnet, en faisant le geste d'en atteindre.

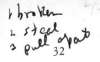

Frédéric avait déjà posé, au bord du guichet, un porte-cigares rempli.

— « Prends donc ! Adieu, bon courage ! »

Dussardier se jeta sur les deux mains qui s'avançaient. Il les serrait frénétiquement, la voix entrecoupée par des sanglots.

— « Comment ?… à moi !… à moi !… »

Les deux amis se dérobèrent à sa reconnaissance°, sortirent, et allèrent[a] déjeuner ensemble au café Tabourey, devant le Luxembourg[b].

Tout en séparant[c] le beefsteak, Hussonnet apprit à son compagnon qu'il travaillait dans des journaux de modes et fabriquait des réclames pour l'*Art industriel*.

— « Chez Jacques Arnoux », dit Frédéric.

— « Vous le connaissez ? »

— « Oui ! non !… C'est-à-dire je l'ai vu, je l'ai rencontré. »

Il demanda[d] négligemment à Hussonnet s'il voyait quelquefois sa femme.

— « De temps à autre », reprit le bohème.

Frédéric n'osa poursuivre ses questions ; cet homme venait de prendre une place démesurée dans sa vie ; il[e] paya la note du déjeuner, sans qu'il y eût de la part de l'autre aucune protestation.

La sympathie était mutuelle ; ils échangèrent leurs adresses, et Hussonnet[f] l'invita cordialement à l'accompagner jusqu'à la rue de Fleurus[85].

Ils étaient au milieu du jardin quand l'employé d'Arnoux, retenant son haleine, contourna son visage dans une grimace abominable, et se mit à faire le coq. Alors tous les coqs qu'il y avait aux environs lui répondirent par des cocoricos prolongés.

— « C'est un signal », dit Hussonnet.

Ils s'arrêtèrent près du théâtre Bobino[86], devant une maison où l'on pénétrait par une allée. Dans la lucarne d'un grenier, entre des capucines et des pois de senteur, une jeune femme se montra, nu-tête, en corset, et appuyant ses deux bras contre le bord de la gouttière.

— « Bonjour, mon ange, bonjour, bibiche »[g], fit Hussonnet en lui envoyant des baisers.

Il ouvrit[h] la barrière d'un coup de pied, et disparut.

Frédéric l'attendit toute la semaine. Il n'osait aller chez lui, pour n'avoir point[i] l'air impatient de se faire rendre à déjeuner ; mais il le chercha par tout le quartier latin. Il le rencontra un soir, et l'emmena dans sa chambre sur le quai Napoléon.

La causerie fut longue ; ils s'épanchèrent. Hussonnet ambitionnait la gloire et les profits du théâtre. Il collaborait à des vaudevilles non reçus, « avait des masses de plans », tournait le couplet ; il en chanta quelques-uns. Puis, remarquant dans l'étagère un volume de Hugo et un autre de Lamartine[87], il se répandit en sarcasmes sur l'école romantique. Ces poètes-là n'avaient ni bon sens ni correction, et n'étaient pas Français, surtout ! Il se vantait de savoir sa langue et épluchait les phrases les plus belles avec cette sévérité hargneuse, ce goût académique qui distinguent les personnes d'humeur folâtre quand elles abordent l'art sérieux.

Frédéric fut blessé dans ses prédilections ; il avait envie de rompre. Pourquoi[b] ne pas hasarder, tout de suite, le mot d'où son bonheur dépendait ? Il demanda[c] au garçon de lettres s'il pouvait le présenter chez Arnoux.

La chose était facile, et ils convinrent du jour suivant.

Hussonnet manqua le rendez-vous ; il en manqua trois autres. Un samedi, vers quatre heures, il apparut. Mais, profitant de la voiture, il s'arrêta d'abord au Théâtre-Français pour avoir un coupon de loge ; il se fit descendre chez un tailleur, chez une couturière ; il écrivait des billets[d] chez les concierges. Enfin ils arrivèrent boulevard Montmartre. Frédéric traversa la boutique, monta l'escalier. Arnoux le reconnut dans la glace placée devant son bureau ; et, tout en continuant à écrire, lui tendit[e] la main par-dessus l'épaule.

Cinq ou six personnes, debout, emplissaient l'appartement étroit, qu'éclairait une seule fenêtre donnant sur la cour ; un canapé en damas de laine brune occupait au fond l'intérieur d'une alcôve, entre deux portières d'étoffe semblable. Sur la cheminée couverte de paperasses, il y avait une Vénus en bronze[f] ; deux candélabres[g], garnis de bougies roses, la flanquaient parallèlement. A droite, près d'un cartonnier, un homme dans un fauteuil lisait le journal, en gardant son chapeau sur sa tête ; les murailles disparaissaient sous des estampes et des tableaux, gravures précieuses ou esquisses de maîtres contemporains, ornées de dédicaces, qui témoignaient[h] pour Jacques Arnoux de l'affection la plus sincère.

— « Cela va toujours bien ? » fit-il en se tournant vers Frédéric.

Et, sans attendre sa réponse, il demanda bas à Hussonnet.

— « Comment l'appelez-vous, votre ami ? »

Puis tout haut :

— « Prenez donc un cigare, sur le cartonnier, dans la boîte. »

L'*Art industriel*, posé au point central de Paris, était un lieu de rendez-vous commode, un terrain neutre où les rivalités se coudoyaient familièrement. On y voyait, ce jour-là, Anténor Braive, le portraitiste des rois ; Jules Burrieu, qui commençait à populariser par ses dessins les guerres d'Algérie ; le caricaturiste Sombaz, le sculpteur Vourdat, d'autres encore[88], et aucun ne répondait aux préjugés de l'étudiant. Leurs manières étaient simples, leurs propos libres. Le mystique Lovarias débita un conte obscène ; et l'inventeur du paysage oriental, le fameux Dittmer, portait une camisole de tricot sous son gilet, et prit l'omnibus pour s'en retourner.

Il fut d'abord question d'une nommée Apollonie[89], un ancien[a] modèle, que Burrieu prétendait avoir reconnue sur le boulevard, dans une daumont[90]. Hussonnet expliqua cette métamorphose par la série de[b] ses entreteneurs.

— « Comment ce gaillard-là connaît les filles de Paris ! » dit Arnoux.

— « Après vous, s'il en reste, sire[c] », répliqua le bohème, avec un salut militaire, pour imiter le grenadier offrant sa gourde à Napoléon.

Puis on discuta quelques toiles, où la tête d'Apollonie avait servi. Les confrères[d] absents furent critiqués. On s'étonnait du prix de leurs œuvres ; et tous se plaignaient de ne point gagner suffisamment, lorsque entra un homme de taille moyenne, l'habit fermé par un seul bouton, les yeux vifs, l'air un peu fou.

— « Quel tas de bourgeois vous êtes ! » dit-il. « Qu'est-ce que cela fait, miséricorde ! Les vieux qui confectionnaient des chefs-d'œuvre ne s'inquiétaient pas du million, Corrège, Murillo... »

— « Ajoutez Pellerin, » dit Sombaz[91].

Mais sans relever l'épigramme, il continua de discourir avec tant de véhémence, qu'Arnoux fut contraint de lui répéter deux fois :

— « Ma femme a besoin de vous, jeudi. N'oubliez pas. »

Cette parole ramena la pensée de Frédéric sur Mme Arnoux. Sans doute, on pénétrait chez elle par le cabinet près du divan ? Arnoux, pour prendre un mouchoir, venait de l'ouvrir ; Frédéric avait aperçu[a], dans le fond, un lavabo. Mais une sorte de grommellement sortit du coin de la cheminée ; c'était le personnage qui lisait son journal, dans le fauteuil. Il avait cinq pieds neuf pouces, les paupières un peu tombantes, la chevelure grise, l'air majestueux — et s'appelait Regimbart.

— « Qu'est-ce donc, Citoyen ? » dit Arnoux.

— « Encore[b] une nouvelle canaillerie du Gouvernement ! »

Il s'agissait de la destitution d'un maître d'école[92] ; Pellerin reprit son parallèle entre Michel-Ange et Shakespeare. Dittmer s'en allait. Arnoux le rattrapa pour lui mettre dans la main deux billets de banque. Alors, Hussonnet, croyant le moment favorable :

— « Vous ne pourriez pas m'avancer, mon cher patron ?... »

Mais Arnoux s'était rassis et gourmandait un vieillard d'aspect sordide, en lunettes bleues.

— « Ah ! vous êtes joli, père Isaac ! Voilà trois œuvres décriées, perdues ! Tout le monde se fiche de moi ! On les connaît maintenant ! Que voulez-vous que j'en fasse ? Il faudra que je les envoie en Californie !... au diable ! Taisez-vous ! »

La spécialité[c] de ce bonhomme consistait à mettre au bas de ces[d] tableaux des signatures de maîtres anciens[93]. Arnoux refusait de le payer ; il le congédia brutalement. Puis, changeant de manières[e], il salua un monsieur décoré, gourmé, avec favoris et cravate blanche.

Le coude sur l'espagnolette de la fenêtre, il lui parla pendant longtemps d'un air mielleux. Enfin il éclata :

— « Eh ! je ne suis pas embarrassé d'avoir des courtiers, monsieur le comte ! »

Le gentilhomme s'étant résigné, Arnoux lui solda vingt-cinq louis, et, dès qu'il fut dehors :

— « Sont-ils assommants, ces grands seigneurs ! »

— « Tous des misérables ! » murmura Regimbart.

A mesure que l'heure avançait, les occupations d'Arnoux redoublaient ; il classait des articles, décachetait des lettres, alignait des comptes ; au bruit[f] du marteau dans le magasin, sortait pour surveiller les emballages, puis reprenait sa besogne ; et, tout en faisant courir sa plume de fer sur le papier, il ripostait aux plaisanteries. Il devait dîner[94] le soir[a] chez son avocat, et partait le lendemain pour la Belgique.

Les autres causaient des choses du jour : le portrait de Chérubini[95], l'hémicycle des Beaux-Arts, l'Exposition prochaine. Pellerin déblatérait contre l'Institut. Les cancans, les discussions s'entre-croisaient. L'appartement[b], bas de plafond, était si rempli, qu'on ne pouvait remuer ; et la lumière des bougies roses passait dans la fumée des cigares comme des rayons de soleil dans la brume.

La porte[c], près du divan, s'ouvrit, et une grande femme mince entra, — avec des gestes brusques qui faisaient sonner[d] sur sa robe en taffetas noir toutes les breloques de sa montre.

C'était la femme entrevue, l'été dernier, au Palais-Royal[•]. Quelques-uns, l'appelant par son nom, échangèrent avec elle des poignées de main. Hussonnet avait enfin arraché une cinquantaine de francs ; la pendule sonna sept heures ; tous se retirèrent.

Arnoux dit à Pellerin de rester, et conduisit Mlle Vatnaz[96] dans le cabinet.

Frédéric n'entendait pas leurs paroles ; ils chuchotaient[•]. Cependant, la voix féminine[e] s'éleva :

— « Depuis six mois que l'affaire est faite, j'attends toujours ! »

Il y eut un long silence, Mlle Vatnaz reparut. Arnoux lui avait encore promis quelque chose.

— « Oh ! oh ! plus tard, nous verrons ! »

— « Adieu, homme heureux ! » dit-elle, en s'en allant.

Arnoux rentra vivement dans le cabinet, écrasa du cosméti-que sur ses moustaches, haussa ses bretelles pour tendre ses sous-pieds, et, tout en se lavant les mains :

— « Il me faudrait deux dessus de porte, à deux cent cinquante la pièce, genre Boucher[f], est-ce convenu ? »

— « Soit », dit l'artiste, devenu rouge.

— « Bon ! et n'oubliez pas ma femme ! »

Frédéric accompagna Pellerin jusqu'au haut du faubourg Poissonnière, et lui demanda la permission de venir le voir quelquefois, faveur qui fut accordée gracieusement.

Pellerin[97] lisait tous les ouvrages d'esthétique pour découvrir la véritable théorie du Beau, convaincu, quand il l'aurait trouvée, de faire des chefs-d'œuvre[98]. Il s'entourait de tous les auxiliaires imaginables, dessins, plâtres, modèles, gravures ; et il cherchait, se rongeait ; il accusait le temps, ses nerfs, son atelier, sortait dans la rue pour rencontrer l'inspiration, tressaillait de l'avoir saisie, puis abandonnait son œuvre et en rêvait une autre qui devait être plus belle. Ainsi tourmenté par des convoitises de gloire et perdant ses jours en discussions, croyant à mille niaiseries, aux systèmes, aux critiques, à l'importance d'un règlement ou d'une réforme en matière d'art, il n'avait, à cinquante ans, encore produit que des ébauches. Son orgueil robuste l'empêchait de subir aucun découragement, mais il était toujours irrité et dans cette exaltation à la fois factice et naturelle qui constitue les comédiens.

On remarquait en entrant chez lui deux grands tableaux, où les premiers tons, posés çà et là, faisaient sur la toile blanche[a] des taches de brun, de rouge et de bleu. Un réseau de lignes à la craie s'étendait par-dessus, comme les mailles vingt fois reprises d'un filet ; il était même impossible d'y rien comprendre[99]. Pellerin expliqua le sujet de ces deux compositions en indiquant avec le pouce les parties qui manquaient. L'une devait représenter *la démence de Nabuchodonosor*, l'autre *l'incendie de Rome par Néron*. Frédéric les admira[100].

Il admira des académies de femmes échevelées, des paysages où les troncs d'arbres tordus par la tempête foisonnaient, et surtout des caprices à la plume, souvenirs de Callot, de Rembrandt ou de Goya, dont il ne connaissait pas les modèles. Pellerin[b] n'estimait plus ces travaux de sa jeunesse ; maintenant, il était pour le grand style ; il dogmatisa sur Phidias et Winckelmann, éloquemment[c]. Les choses[d] autour de lui renforçaient la puissance de sa parole : on voyait une tête de mort sur un prie-Dieu, des yatagans, une robe de moine ; Frédéric l'endossa.

Quand il arrivait de bonne heure, il le surprenait dans son mauvais lit de sangle, que cachait un lambeau de tapisserie ; car Pellerin se couchait tard, fréquentant les théâtres avec assiduité. Il était servi par une vieille femme en haillons, dînait à la gargote et vivait sans maîtresse. Ses connaissances, ramassées pêle-mêle, rendaient ses paradoxes amusants. Sa haine contre le commun et le bourgeois débordait en sarcasmes d'un lyrisme superbe, et il avait pour les maîtres une telle religion, qu'elle le montait presque jusqu'à eux[101].

Mais pourquoi ne parlait-il jamais de Mme Arnoux ? Quant à son mari, tantôt il l'appelait un bon garçon, d'autres fois un charlatan. Frédéric attendait ses confidences.

Un jour, en feuilletant un de ses cartons, il trouva dans le portrait d'une bohémienne quelque chose de Mlle Vatnaz, et, comme cette personne l'intéressait, il voulut savoir sa position.

Elle avait été, croyait Pellerin, d'abord institutrice en province ; maintenant, elle donnait des leçons et tâchait d'écrire dans les petites feuilles.

D'après ses manières avec Arnoux, on pouvait, selon Frédéric, la supposer sa maîtresse.

— « Ah ! bah ! il en a d'autres ! »

Alors, le jeune homme, en détournant son visage qui rougissait de honte sous l'infamie de sa pensée, ajouta d'un air crâne :

— « Sa femme le lui rend, sans doute ? »

— « Pas du tout ! elle est honnête ! »

Frédéric eut un remords, et se montra plus assidu au journal.

Les grandes lettres composant le nom d'Arnoux sur la plaque de marbre, au haut de la boutique, lui semblaient toutes particulières et grosses de signification, comme une écriture sacrée. Le large trottoir, descendant, facilitait sa marche, la porte tournait presque d'elle-même ; et la poignée, lisse au toucher, avait la douceur et comme l'intelligence d'une main dans la sienne. Insensiblement, il devint aussi ponctuel que Regimbart[102].

Tous les jours, Regimbart s'asseyait au coin du feu, dans son fauteuil, s'emparait du *National*[103], ne le quittait plus, et exprimait sa pensée par des exclamations ou de simples haussements d'épaules. De temps à autre, il s'essuyait le front avec son mouchoir de poche roulé en boudin, et qu'il portait sur sa poitrine, entre deux boutons de sa redingote verte. Il avait un pantalon à plis, des souliers-bottes, une cravate longue ; et son chapeau à bords retroussés le faisait reconnaître, de loin, dans les foules.

A huit heures du matin, il descendait des hauteurs de Montmartre, pour prendre le vin blanc dans la rue Notre-Dame-des-Victoires. Son déjeuner, que suivaient plusieurs parties de billard, le conduisait jusqu'à trois heures. Il se dirigeait alors vers le passage des Panoramas[104], pour prendre l'absinthe. Après la séance chez Arnoux, il entrait à l'estaminet Bordelais, pour prendre le vermout ; puis au lieu de rejoindre sa femme, souvent il préférait dîner seul, dans un petit café de la place Gaillon, où il voulait qu'on lui servît « des plats de ménage, des choses naturelles » ! Enfin, il se transportait dans un autre billard, et y restait jusqu'à minuit, jusqu'à une heure du matin, jusqu'au moment où, le gaz éteint et les volets fermés, le maître de l'établissement, exténué, le suppliait de sortir.

Et ce n'était pas l'amour des boissons qui attirait dans ces endroits le citoyen Regimbart, mais l'habitude ancienne d'y causer politique ; avec l'âge, sa verve était tombée, il n'avait plus qu'une morosité silencieuse. On aurait dit, à voir le sérieux de son visage, qu'il roulait le monde dans sa tête. Rien n'en sortait ; et personne, même de ses amis, ne lui connaissait d'occupations, bien qu'il se donnât pour tenir un cabinet d'affaires.

Arnoux paraissait l'estimer infiniment. Il dit un jour à Frédéric :

— « Celui-là en sait long, allez ! C'est un homme fort ! »

Une autre fois, Regimbart étala sur son pupitre des papiers concernant des mines de kaolin en Bretagne[105] ; Arnoux s'en rapportait à son expérience.

Frédéric se montra plus cérémonieux pour Regimbart, — jusqu'à lui offrir l'absinthe de temps à autre ; et quoiqu'il le jugeât stupide[a], souvent il demeurait dans sa compagnie pendant une grande heure, uniquement parce que c'était l'ami de Jacques Arnoux[106].

Après avoir poussé dans leurs débuts des maîtres contemporains, le marchand de tableaux, homme de progrès, avait tâché, tout en conservant des allures artistiques, d'étendre ses profits pécuniaires. Il recherchait l'émancipation des arts, le sublime à bon marché. Toutes les industries du luxe parisien subirent son influence, qui fut bonne pour les petites choses, et funeste pour les grandes. Avec sa rage de flatter l'opinion, il détourna de leur voie les artistes habiles, corrompit les forts, épuisa les faibles et illustra les médiocres ; il en disposait par ses relations et par sa revue. Les rapins ambitionnaient de voir leurs œuvres à sa vitrine et les tapissiers prenaient chez lui des modèles d'ameublement.

Frédéric le considérait à la fois comme millionnaire, comme dilettante, comme homme d'action. Bien des choses pourtant l'étonnaient, car le sieur Arnoux était malicieux dans son commerce.

Il recevait du fond de l'Allemagne ou de l'Italie une toile achetée à Paris quinze cents francs, et, exhibant une facture qui la portait à quatre mille, la revendait trois mille cinq cents, par complaisance. Un de ses tours ordinaires avec les peintres était d'exiger comme pot-de-vin une réduction de leur tableau, sous prétexte[a] d'en publier la gravure ; il vendait toujours la réduction, et jamais la gravure ne paraissait. A ceux qui se plaignaient d'être exploités, il répondait par une tape sur le ventre. Excellent d'ailleurs, il prodiguait les cigares, tutoyait les inconnus, s'enthousiasmait pour une œuvre ou pour un homme, et, s'obstinant alors, ne regardant à rien[b], multipliait les courses, les correspondances, les réclames. Il se croyait fort honnête[107], et, dans son besoin d'expansion, racontait naïvement ses indélicatesses.

Une fois, pour vexer un confrère qui inaugurait un autre journal de peinture par un grand festin, il pria Frédéric d'écrire sous ses yeux, un peu avant l'heure du rendez-vous, des billets où l'on désinvitait les convives.

— « Cela n'attaque pas l'honneur, vous comprenez ? »

Et le jeune homme n'osa lui refuser ce service.

Le lendemain, en entrant avec Hussonnet dans son bureau, Frédéric vit par la porte (celle qui s'ouvrait sur l'escalier) le bas d'une robe disparaître.

— « Mille excuses ! » dit Hussonnet. « Si j'avais cru qu'il y eût des femmes... »

— « Oh ! pour celle-là c'est la mienne », reprit Arnoux. « Elle montait me faire une petite visite en passant. »

— « Comment ? » dit Frédéric.

— « Mais oui ! elle s'en retourne chez elle, à la maison. »

Le charme des choses ambiantes se retira tout à coup. Ce qu'il y sentait confusément épandu venait de s'évanouir, ou plutôt n'y avait jamais été. Il éprouvait une surprise infinie et comme la douleur d'une trahison.

Arnoux, en fouillant dans son tiroir, souriait. Se moquait-il de lui ? Le commis déposa sur la table une liasse de papiers humides.

— « Ah ! les affiches ! » s'écria le marchand[c]. « Je ne suis pas près de dîner ce soir ! »

Regimbart prenait son chapeau.

— « Comment, vous me quittez ? »

— « Sept heures ! » dit Regimbart.

Frédéric le suivit.

Au coin[a] de la rue Montmartre, il se retourna ; il regarda les fenêtres du premier étage ; et il rit intérieurement de pitié sur lui-même, en se rappelant avec quel amour il les avait si souvent contemplées ! Où donc vivait-elle ? Comment la rencontrer maintenant ? La solitude se rouvrait autour de son désir plus immense que jamais !

— « Venez-vous la prendre ? » dit Regimbart.

— « Prendre qui ? »

— « L'absinthe ! »

Et, cédant à ses obsessions, Frédéric se laissa conduire à l'estaminet Bordelais[•]. Tandis que son compagnon, posé sur le coude, considérait la carafe[b], il jetait les yeux de droite et de gauche. Mais il aperçut le profil de Pellerin sur le trottoir ; il cogna vivement contre le carreau, et le peintre n'était pas assis que Regimbart lui demanda pourquoi on ne le voyait plus à l'*Art industriel*.

— « Que je crève si j'y retourne ! C'est une brute, un bourgeois, un misérable, un drôle ! »

Ces injures flattaient la colère de Frédéric. Il en était blessé cependant, car il lui semblait qu'elles atteignaient un peu Mme Arnoux.

— « Qu'est-ce donc qu'il vous a fait ? » dit Regimbart.

Pellerin battit le sol avec son pied, et souffla fortement, au lieu de répondre[108].

Il se livrait[c] à des travaux clandestins, tels que portraits aux deux crayons ou pastiches de grands maîtres pour les amateurs peu éclairés ; et, comme ces travaux l'humiliaient, il préférait se taire, généralement. Mais « la crasse d'Arnoux » l'exaspérait trop[d]. Il se soulagea.

D'après une commande, dont Frédéric avait été le témoin, il lui avait apporté deux tableaux. Le marchand, alors, s'était permis des critiques ! Il avait blâmé la composition, la couleur et le dessin, le dessin surtout, bref, à aucun prix n'en avait voulu. Mais, forcé par l'échéance d'un billet, Pellerin les avait cédés au juif Isaac ; et quinze jours plus tard, Arnoux, lui-même, les vendait[e] à un Espagnol, pour deux mille francs.

— « Pas un sou de moins ! Quelle gredinerie ! et il en fait bien d'autres, parbleu ! Nous le verrons, un de ces matins, en cours d'assises. »

— « Comme vous exagérez ! » dit Frédéric d'une voix timide.

— « Allons ! bon ! j'exagère ! » s'écria l'artiste, en donnant sur la table un grand coup de poing.

Cette violence rendit au jeune homme tout son aplomb. Sans doute, on pouvait se conduire plus gentiment ; cependant, si Arnoux trouvait ces deux toiles...

— « Mauvaises ! lâchez le mot ! Les connaissez-vous ? Est-ce votre métier ? Or, vous savez, mon petit, moi, je n'admets pas cela, les amateurs ! »

— « Eh ! ce ne sont pas mes affaires ! » dit Frédéric.

— « Quel intérêt avez-vous donc à le défendre ? » reprit froidement Pellerin.

Le jeune homme balbutia :

— « Mais... parce que je suis son ami. »

— « Embrassez-le de ma part ! bonsoir ! »

Et le peintre sortit furieux, sans parler, bien entendu, de sa consommation.

Frédéric s'était convaincu lui-même, en défendant Arnoux. Dans l'échauffement de son éloquence, il fut pris de tendresse pour cet homme intelligent et bon, que ses amis calomniaient et qui maintenant travaillait tout seul, abandonné. Il ne résista pas au singulier besoin de le revoir immédiatement. Dix minutes après, il poussait la porte du magasin.

Arnoux élaborait, avec son commis, des affiches monstres[a] pour une exposition de tableaux[b].

— « Tiens ! qui vous ramène ? »

Cette question bien simple embarrassa Frédéric ; et, ne sachant que répondre, il demanda si l'on n'avait point trouvé par hasard son calepin, un petit calepin en cuir bleu.

— « Celui où vous mettez vos lettres de femmes ? » dit Arnoux.

Frédéric, en rougissant comme une vierge, se défendit d'une telle supposition.

— « Vos poésies, alors ? » répliqua le marchand.

Il maniait[c] les spécimens étalés, en discutait la forme, la couleur, la bordure ; et Frédéric[d] se sentait de plus en plus irrité par son air de méditation, et surtout par ses mains qui se promenaient sur les affiches, — de grosses mains, un peu molles, à ongles plats. Enfin Arnoux se leva ; et, en disant : « C'est fait ! » il lui passa la main sous le menton, familièrement. Cette privauté déplut à Frédéric, il se recula ;

puis il franchit le seuil du bureau, pour la dernière fois de son existence, croyait-il. Mme Arnoux, elle-même, se trouvait comme diminuée par la vulgarité de son mari.

Il reçut, dans la même semaine, une lettre où Deslauriers annonçait qu'il arriverait à Paris, jeudi prochain[*]. Alors, il se rejeta violemment sur cette affection plus solide et plus haute. Un pareil homme valait toutes les femmes. Il n'aurait[a] plus besoin de Regimbart, de Pellerin, d'Hussonnet, de personne ! Afin[b] de mieux loger son ami, il acheta une couchette de fer, un second fauteuil, dédoubla sa literie ; et, le jeudi matin, il s'habillait pour aller au-devant de Deslauriers quand un coup de sonnette retentit à sa porte[109]. Arnoux entra.

— « Un mot, seulement ! Hier, on m'a envoyé de Genève une belle truite ; nous comptons sur vous, tantôt, à sept heures juste... C'est rue de Choiseul[110], 24 bis. N'oubliez pas ! »

Frédéric fut obligé de s'asseoir. Ses genoux chancelaient. Il se répétait : « Enfin ! enfin ! » Puis il écrivit à son tailleur, à son chapelier, à son bottier ; et il fit porter ces trois billets par trois commissionnaires différents. La clef[c] tourna dans la serrure et le concierge parut, avec une malle sur l'épaule.

Frédéric, en apercevant Deslauriers[d], se mit à trembler comme une femme adultère sous le regard de son époux.

— « Qu'est-ce donc qui te prend ?[e] » dit Deslauriers, « tu dois cependant avoir reçu de moi une lettre ? »

Frédéric n'eut pas la force de mentir.

Il ouvrit[f] les bras et se jeta sur sa poitrine.

Ensuite, le Clerc conta son histoire. Son père n'avait pas voulu rendre ses comptes de tutelle, s'imaginant que ces comptes-là se prescrivaient par dix ans. Mais, fort en procédure[g], Deslauriers avait enfin arraché tout l'héritage de sa mère, sept mille francs nets, qu'il tenait là, sur lui, dans un vieux portefeuille.

— « C'est une réserve, en cas de malheur, il faut que j'avise à les placer et à me caser moi-même, dès demain matin. Pour aujourd'hui, vacance complète, et tout à toi, mon vieux ! »

— « Oh ! ne te gêne pas ! » dit Frédéric. « Si tu avais ce soir quelque chose d'important... »

— « Allons donc ! je serais un fier misérable... »

Cette épithète[a], lancée au hasard, toucha Frédéric en plein cœur, comme une allusion outrageante.

Le concierge[b] avait disposé sur la table, auprès du feu, des côtelettes, de la galantine, une langouste, un dessert, et deux bouteilles de vin de Bordeaux. Une réception[c] si bonne émut Deslauriers.

— « Tu me traites comme un roi, ma parole ! »

Ils causèrent de leur passé, de l'avenir[d] ; et, de temps à autre, ils se prenaient les mains par-dessus la table, en se regardant une minute avec attendrissement. Mais un commissionnaire apporta un chapeau neuf. Deslauriers remarqua, tout haut, combien la coiffe était brillante.

Puis le tailleur, lui-même, vint remettre l'habit auquel il avait donné un coup de fer.

— « On croirait que tu vas te marier », dit Deslauriers.

Une heure après, un troisième individu survint et retira d'un grand sac noir une paire de bottes vernies, splendides. Pendant que Frédéric les essayait, le bottier observait narquoisement la chaussure du provincial.

— « Monsieur n'a besoin de rien ? »

— « Merci[e], » répliqua le Clerc, en rentrant sous sa chaise ses vieux souliers à cordons.

Cette humiliation gêna Frédéric. Il reculait à faire son aveu. Enfin, il s'écria, comme saisi par une idée :

— « Ah ! saprelotte, j'oubliais ! »

— « Quoi donc ? »

— « Ce soir, je dîne en ville ! »

— « Chez les Dambreuse ? Pourquoi ne m'en parles-tu jamais dans tes lettres ? »

Ce n'était pas chez les Dambreuse, mais chez les Arnoux.

— « Tu aurais dû m'avertir ! » dit Deslauriers. « Je serais venu un jour plus tard. »

— « Impossible ! » répliqua brusquement Frédéric. « On ne m'a invité[f] que ce matin, tout à l'heure. »

Et, pour racheter sa faute et en distraire son ami, il dénoua les cordes emmêlées de sa malle, il arrangea dans la commode toutes ses affaires, il voulait lui donner son propre lit, coucher dans le cabinet au bois. Puis, dès quatre heures, il commença les préparatifs de sa toilette.

— « Tu as bien le temps ! » dit l'autre.

Enfin, il s'habilla, il partit[g].

— « Voilà les riches ! » pensa Deslauriers[111].

Et il alla dîner rue Saint-Jacques, chez un petit restaurateur qu'il connaissait[*][*].

Frédéric s'arrêta plusieurs fois dans l'escalier, tant son cœur battait fort. Un de ses gants trop juste[a] éclata ; et, tandis qu'il enfonçait[b] la déchirure sous la manchette de sa chemise, Arnoux, qui montait par derrière, le saisit au bras et le fit entrer.

L'antichambre, décorée à la chinoise, avait une lanterne peinte, au plafond, et des bambous dans les coins. En traversant le salon, Frédéric trébucha contre une peau de tigre. On n'avait point allumé[c] les flambeaux, mais deux lampes brûlaient dans le boudoir tout au fond.

Mlle Marthe vint dire que sa maman s'habillait. Arnoux l'enleva jusqu'à la hauteur de sa bouche pour la baiser ; puis, voulant choisir lui-même dans la cave certaines bouteilles de vin, il laissa Frédéric avec l'enfant.

Elle avait grandi beaucoup depuis le voyage de Montereau. Ses cheveux bruns descendaient en longs anneaux frisés sur ses bras nus. Sa robe, plus bouffante que le jupon d'une danseuse, laissait voir ses mollets roses, et toute sa gentille personne sentait le frais comme un bouquet. Elle reçut les compliments du monsieur avec des airs de coquette, fixa sur lui ses yeux profonds, puis, se coulant parmi les meubles, disparut comme un chat[d].

Il n'éprouvait plus aucun trouble. Les globes des lampes, recouverts d'une dentelle en papier, envoyaient[e] un jour laiteux et qui attendrissait la couleur des murailles, tendues de satin mauve. A travers les lames du garde-feu, pareil à un gros éventail, on apercevait les charbons dans la cheminée ; il y avait, contre la pendule, un coffret à fermoirs[f] d'argent[112]. Çà et là, des choses intimes traînaient : une poupée au milieu de la causeuse, un fichu contre le dossier d'une chaise, et, sur la table à ouvrage, un tricot de laine d'où pendaient en dehors deux aiguilles d'ivoire, la pointe en bas. C'était un endroit paisible, honnête et familier tout ensemble.

Arnoux[g] rentra ; et, par l'autre portière, Mme Arnoux parut. Comme elle se trouvait enveloppée d'ombre[113], il ne distingua d'abord que sa tête. Elle avait une robe[h] de velours noir et, dans les cheveux, une longue bourse algérienne en filet de soie rouge qui, s'entortillant à son peigne, lui tombait sur l'épaule gauche.

Arnoux présenta Frédéric.

— « Oh ! je reconnais Monsieur parfaitement », répondit-elle.

Puis les convives arrivèrent tous, presque en même temps : Dittmer, Lovarias, Burrieu, le compositeur Rosenwald, le poëte Théophile Lorris[114], deux critiques d'art collègues[a] d'Hussonnet, un fabricant de papier, et enfin l'illustre Pierre-Paul Meinsius, le dernier représentant de la grande peinture, qui portait gaillardement avec sa gloire ses quatre-vingts années et son gros ventre[115].

Lorsqu'on passa dans la salle à manger, Mme Arnoux pris son bras[b]. Une chaise était restée vide pour Pellerin. Arnoux l'aimait, tout en l'exploitant. D'ailleurs, il redoutait sa terrible langue, — si bien que, pour l'attendrir, il avait publié dans l'*Art industriel* son portrait accompagné d'éloges hyperboliques ; et Pellerin, plus sensible à la gloire qu'à l'argent, apparut vers huit heures, tout essoufflé. Frédéric s'imagina qu'ils étaient réconciliés depuis longtemps.

La compagnie[c], les mets, tout lui plaisait. La salle, telle qu'un parloir moyen âge, était tendue de cuir battu ; une étagère hollandaise se dressait[d] devant un râtelier de chibouques ; et, autour de la table, les verres de Bohême, diversement colorés, faisaient au milieu des fleurs et des fruits comme une illumination dans un jardin.

Il eut à choisir entre dix espèces de moutarde. Il mangea du daspachio[116], du carig[e], du gingembre, des merles de Corse, des lasagnes romaines ; il but des vins extraordinaires, du lip-fraoli[117] et du tokay. Arnoux se piquait effectivement de bien recevoir. Il courtisait en vue des comestibles tous les conducteurs de malle-poste, et il était lié avec des cuisiniers de grandes maisons qui lui communiquaient des sauces.

Mais la causerie surtout amusait Frédéric. Son goût pour les voyages fut caressé par Dittmer, qui parla de l'Orient ; il assouvit sa curiosité des choses du théâtre en écoutant Rosenwald causer de l'Opéra ; et l'existence atroce de la bohême lui parut drôle, à travers la gaieté d'Hussonnet, lequel narra, d'une manière pittoresque, comment il avait passé tout un hiver, n'ayant pour nourriture que du fromage de Hollande[118]. Puis, une discussion entre Lovarias et Burrieu, sur l'école florentine, lui révéla des chefs-d'œuvre, lui ouvrit des horizons[e], et il eut mal à contenir son enthousiasme quand Pellerin s'écria :

— « Laissez-moi tranquille avec votre hideuse réalité ! Qu'est-ce que cela veut dire, la réalité ? Les uns voient noir, d'autres bleu, la multitude voit bête. Rien de moins naturel que Michel-Ange, rien de plus fort ! Le souci[a] de la vérité extérieure dénote la bassesse contemporaine ; et l'art deviendra, si l'on continue, je ne sais quelle rocambole au-dessous de la religion comme poésie, et de la politique comme intérêt. Vous n'arriverez pas à son but, — oui, son but ! — qui est de nous causer une exaltation impersonnelle, avec de petites œuvres, malgré toutes vos finasseries d'exécution[119]. Voilà les tableaux de Bassolier, par exemple : c'est joli, coquet, propret, et pas lourd ! Ça peut se mettre dans la poche, se prendre en voyage ! Les notaires achètent ça vingt mille francs, il y a pour trois sous d'idées ; mais, sans l'idée, rien de grand ! sans grandeur, pas de beau ! L'Olympe est une montagne ! Le plus crâne monument, ce sera toujours les Pyramides. Mieux vaut l'exubérance que le goût, le désert qu'un trottoir, et un sauvage qu'un coiffeur ! »[120].

Frédéric, en écoutant ces choses, regardait Mme Arnoux. Elles tombaient dans son esprit comme des métaux dans une fournaise, s'ajoutaient[b] à sa passion et faisaient de l'amour.

Il était assis trois places au-dessous d'elle, sur le même côté. De temps à autre elle se penchait un peu, en tournant la tête pour adresser quelques mots à sa petite fille[c] ; et, comme elle souriait alors, une fossette se creusait dans sa joue, ce qui donnait à son visage un air de bonté plus délicate.

Au moment des liqueurs, elle disparut. La conversation devint très libre ; M. Arnoux y brilla, et Frédéric fut étonné du cynisme de ces hommes. Cependant, leur préoccupation de la femme établissait entre eux et lui comme une égalité[d], qui le haussait dans sa propre estime[121].

Rentré[e] au salon, il prit, par contenance, un des albums traînant sur la table. Les grands artistes de l'époque l'avaient illustré de dessins, y avaient mis de la prose, ou des vers, ou simplement leurs signatures ; parmi[f] les noms fameux, il s'en trouvait beaucoup d'inconnus, et les pensées curieuses n'apparaissaient que sous un débordement de sottises. Toutes contenaient un hommage plus ou moins direct à Mme Arnoux. Frédéric aurait eu peur d'écrire une ligne à côté.

Elle alla chercher dans son boudoir le coffret à fermoirs d'argent qu'il avait remarqué sur la cheminée. C'était un cadeau de son mari, un ouvrage de la Renaissance[a]. Les amis d'Arnoux le complimentèrent, sa femme le remerciait ; il fut pris d'attendrissement, et lui donna devant le monde un baiser[122].

Ensuite, tous[b] causèrent çà et là, par groupes ; le bonhomme Meinsius était avec Mme Arnoux, sur une bergère, près du feu ; elle se penchait vers son oreille, leurs têtes se touchaient ; — et Frédéric aurait accepté d'être sourd, infirme et laid pour un nom illustre et des cheveux blancs, enfin pour avoir quelque chose qui l'intrônisât[c] dans une intimité pareille. Il se rongeait le cœur, furieux contre sa jeunesse.

Mais elle vint dans l'angle du salon où il se tenait, lui demanda[d] s'il connaissait quelques-uns des convives, s'il aimait la peinture, depuis combien de temps il étudiait à Paris. Chaque mot qui sortait[e] de sa bouche semblait à Frédéric être une chose nouvelle, une dépendance exclusive de sa personne. Il regardait attentivement[f] les effilés de sa coiffure, caressant par le bout son[g] épaule nue ; et il n'en détachait pas ses yeux, il enfonçait son âme dans la blancheur de cette chair féminine ; cependant, il n'osait lever ses paupières, pour la voir plus haut, face à face[123].

Rosenwald les interrompit, en priant Mme Arnoux de chanter quelque chose. Il préluda, elle attendait ; ses lèvres s'entr'ouvrirent, et un son pur, long, filé, monta dans l'air.

Frédéric ne comprit rien aux paroles italiennes.

Cela commençait sur un rythme grave, tel qu'un chant d'église, puis, s'animant crescendo, multipliait les[b] éclats sonores, s'apaisait tout à coup ; et la mélodie revenait amoureusement, avec une oscillation large et paresseuse[h].

Elle se tenait[i] debout, près du clavier[124], les bras tombants, le regard perdu. Quelquefois, pour lire la musique, elle clignait ses paupières en avançant le front, un instant. Sa voix de contralto prenait dans les cordes basses une intonation lugubre qui glaçait, et alors sa belle tête, aux grands sourcils, s'inclinait sur son épaule ; sa poitrine[j] se gonflait, ses bras s'écartaient, son cou d'où s'échappaient des roulades se renversait mollement comme sous des baisers aériens ; elle lança trois notes aiguës, redescendit, en jeta une plus haute encore, et, après un silence, termina par un point d'orgue.

Rosenwald n'abandonna pas le piano. Il continua de jouer, pour lui-même. De temps à autre[k], un des convives disparaissait. A onze heures[l], comme les derniers s'en allaient,

Arnoux sortit avec Péllerin, sous prétexte de le reconduire. Il était de ces gens qui se disent malades quand ils n'ont pas fait leur tour après dîner.

Mme Arnoux s'était avancée dans l'antichambre, Dittmer et Hussonnet la saluaient, elle leur tendit la main ; elle la tendit également à Frédéric, et il éprouva comme[a] une pénétration à tous les atomes de sa peau.

Il quitta ses amis ; il avait besoin d'être seul. Son cœur débordait[125]. Pourquoi cette main offerte ? Était-ce un geste irréfléchi, ou un encouragement ? « Allons donc ! je suis fou ! » Qu'importait[b] d'ailleurs, puisqu'il pouvait maintenant la fréquenter tout à son aise, vivre dans son atmosphère.

Les rues étaient désertes. Quelquefois une charrette lourde passait, en ébranlant les pavés. Les maisons se succédaient avec leurs façades grises, leurs fenêtres closes ; et il songeait dédaigneusement à tous les êtres humains couchés derrière ces murs, qui existaient sans la voir, et dont pas un même ne se doutait qu'elle vécût ! Il n'avait plus conscience du milieu, de l'espace, de rien ; et, battant[c] le sol du talon, en frappant avec sa canne les volets des boutiques, il allait toujours devant lui, au hasard[126], éperdu, entraîné. Un air[d] humide l'enveloppa ; il[e] se reconnut au bord des quais.

Les réverbères brillaient[f] en deux lignes droites, indéfiniment, et de longues flammes rouges vacillaient dans la profondeur de l'eau. Elle était de couleur ardoise, tandis que le ciel, plus clair, semblait soutenu par les grandes masses d'ombre qui se levaient de chaque côté du fleuve. Des édifices, que l'on n'apercevait pas, faisaient des redoublements d'obscurité[g]. Un brouillard lumineux flottait au-delà, sur les toits ; tous les bruits se fondaient en un seul bourdonnement ; un vent léger soufflait[h].

Il s'était arrêté au milieu du Pont-Neuf[127], et, tête nue, poitrine ouverte, il aspirait l'air. Cependant[i], il sentait monter du fond de lui-même quelque chose d'intarissable, un afflux de tendresse qui l'énervait, comme le mouvement des ondes sous ses yeux. A l'horloge d'une église, une heure sonna, lentement[128], pareille à une voix qui l'eût appelé.

Alors, il fut saisi par un de ces frissons de l'âme où il vous semble qu'on est transporté dans un monde supérieur. Une faculté extraordinaire, dont il ne savait pas l'objet, lui était venue. Il se demanda, sérieusement, s'il serait un grand peintre ou un grand poète ; — et il se décida pour la

peinture[129], car les exigences de ce métier le rapprocheraient
de Mme Arnoux. Il avait donc trouvé sa vocation ! Le but
de son existence était clair maintenant, et l'avenir infaillible.

   Quand il eut refermé sa porte, il entendit quelqu'un qui
ronflait, dans le cabinet noir, près de la chambre. C'était
l'autre[130]. Il n'y pensait plus.

   Son visage s'offrait[a] à lui dans la glace. Il se trouva beau,
— et resta une minute à se regarder.

V

Le lendemain, avant midi, il s'était acheté une boîte de couleurs, des pinceaux, un chevalet. Pellerin consentit à lui donner des leçons, et Frédéric l'emmena dans son logement pour voir si rien ne manquait parmi ses ustensiles de peinture.

Deslauriers était rentré. Un jeune homme occupait[a] le second fauteuil. Le Clerc dit en le montrant :

— « C'est lui ! le voilà ! Sénécal ! »

Ce garçon déplut à Frédéric. Son front était rehaussé par la coupe de ses cheveux taillés en brosse. Quelque chose de dur et de froid perçait dans ses yeux gris ; et sa longue redingote noire, tout son costume sentait le pédagogue et l'ecclésiastique[131] [b].

D'abord, on causa des choses du jour, entre autres du *Stabat* de Rossini[132] ; Sénécal, interrogé, déclara qu'il n'allait jamais au théâtre. Pellerin ouvrit la boîte de couleurs.

— « Est-ce pour toi, tout cela ? » dit le Clerc.

— « Mais sans doute ! »

— « Tiens ! quelle idée ! »

Et il se pencha sur la table, où le répétiteur de mathématiques feuilletait un volume de Louis Blanc[133]. Il l'avait apporté lui-même, et lisait à voix basse des passages, tandis que Pellerin et Frédéric examinaient ensemble la palette, le couteau, les vessies ; puis ils vinrent à s'entretenir du dîner chez Arnoux.

— « Le marchand de tableaux ? » demanda Sénécal. « Joli monsieur, vraiment ! »

— « Pourquoi donc ? » dit Pellerin.

Sénécal répliqua :

— « Un homme qui bat monnaie avec des turpitudes politiques ! »

Et il se mit[c] à parler d'une lithographie célèbre[134], représentant toute la famille royale livrée à des occupations édifiantes : Louis-Philippe tenait un code, la reine un paroissien, les princesses brodaient, le duc de Nemours ceignait un sabre, M. de Joinville montrait une carte géographique[d] à ses jeunes frères ; on apercevait, dans le fond, un lit à deux compartiments. Cette image, intitulée *Une bonne famille*, avait fait les délices des bourgeois, mais l'affliction des patriotes. Pellerin, d'un ton vexé comme s'il en était l'auteur, répondit que toutes les opinions se valaient ; Sénécal protesta. L'Art devait[a] exclusivement viser à la moralisation des masses ! Il ne fallait reproduire que des sujets poussant aux actions vertueuses ; les autres étaient nuisibles.

— « Mais ça dépend de l'exécution ! » cria Pellerin. « Je peux faire des chefs-d'œuvre ! »

— « Tant pis pour vous, alors ! on n'a pas le droit… »

— « Comment ? »

— « Non ! monsieur, vous n'avez pas le droit de m'intéresser à des choses que je réprouve ! Qu'avons-nous besoin de laborieuses bagatelles, dont il est impossible de tirer aucun profit, de ces Vénus, par exemple, avec tous vos paysages ? Je ne vois pas là d'enseignement pour le peuple ! Montrez-nous ses misères, plutôt ! enthousiasmez-nous pour ses sacrifices ! Eh ! bon Dieu, les sujets ne manquent pas : la ferme, l'atelier[135]… »

Pellerin en balbutiait d'indignation, et, croyant avoir trouvé un argument :

— « Molière, l'acceptez-vous[b] ? »

— « Soit ! » dit Sénécal. « Je l'admire comme précurseur de la Révolution française. »

— « Ah ! la Révolution ! Quel art ! Jamais il n'y a eu d'époque plus pitoyable ! »

— « Pas de plus grande, monsieur ! »

Pellerin se croisa les bras, et, le regardant en face :

— « Vous m'avez l'air d'un fameux garde national[136] ! »

Son antagoniste, habitué aux discussions, répondit :

— « Je n'en suis pas ! et je la déteste autant que vous. Mais, avec des principes pareils, on corrompt les foules ! Ça fait le compte du Gouvernement, du reste ; il ne serait pas si fort sans la complicité d'un tas de farceurs comme celui-là. »

Le peintre prit la défense du marchand, car les opinions de Sénécal l'exaspéraient. Il osa même soutenir que Jacques Arnoux était un véritable cœur d'or, dévoué à ses amis, chérissant sa femme.

— « Oh ! oh ! si on lui offrait une bonne somme, il ne la refuserait pas pour servir de modèle. »

Frédéric devint blême.

— « Il vous a donc fait bien du tort, monsieur ? »

— « A moi ? non ! Je l'ai vu, une fois, au café, avec un ami. Voilà tout[a]. »

Sénécal disait vrai. Mais il se trouvait agacé, quotidiennement, par les réclames de l'*Art industriel.* Arnoux était, pour lui, le représentant d'un monde qu'il jugeait funeste à la démocratie. Républicain austère, il suspectait de corruption toutes les élégances, n'ayant d'ailleurs aucun besoin, et étant d'une probité inflexible.

La conversation eut peine à reprendre. Le peintre se rappela bientôt son rendez-vous, le répétiteur ses élèves ; et, quand ils furent sortis, après un long silence, Deslauriers fit différentes questions[b] sur Arnoux.

— « Tu m'y présenteras plus tard, n'est-ce pas, mon vieux ? »

— « Certainement[137] », dit Frédéric.

Puis ils avisèrent à leur installation. Deslauriers avait obtenu, sans peine, une place de second clerc chez un avoué, pris à l'École de droit son inscription[138], acheté les livres indispensables ; — et la vie qu'ils avaient tant rêvée commença.

Elle fut charmante, grâce à la beauté de leur jeunesse. Deslauriers n'ayant parlé d'aucune convention pécuniaire, Frédéric n'en parla pas. Il subvenait à toutes les dépenses, rangeait l'armoire, s'occupait du ménage[139] ; mais, s'il fallait donner une mercuriale au concierge, le Clerc[c] s'en chargeait, continuant, comme au collège, son rôle de protecteur et d'aîné.

Séparés tout le long du jour, ils se retrouvaient le soir. Chacun prenait sa place au coin du feu et se mettait à la besogne. Ils ne tardaient pas à l'interrompre. C'étaient des épanchements sans fin, des gaietés sans cause, et des disputes quelquefois, à propos de la lampe qui filait ou d'un livre égaré, colères d'une minute, que des rires apaisaient.

La porte du cabinet au bois restant ouverte, ils bavardaient de loin, dans leur lit.

Le matin, ils se promenaient en manches de chemise sur leur terrasse ; le soleil se levait, des brumes légères passaient sur le fleuve, on entendait un glapissement dans le marché aux fleurs à côté ; — et les fumées de leurs pipes tourbillonnaient dans l'air pur, qui rafraîchissait leurs yeux encore bouffis ; ils sentaient, en l'aspirant, un vaste espoir épandu.

Quand il ne pleuvait pas, le dimanche, ils sortaient ensemble ; et, bras dessus bras dessous, ils s'en allaient par les rues. Presque toujours la même réflexion leur survenait à la fois, ou bien ils causaient, sans rien voir autour d'eux. Deslauriers[a] ambitionnait la richesse, comme moyen de puissance sur les hommes. Il aurait voulu remuer beaucoup de monde, faire beaucoup de bruit, avec trois secrétaires[b] sous ses ordres, et un grand dîner politique une fois par semaine[c]. Frédéric se meublait un palais à la moresque, pour vivre couché sur des divans de cachemire, au murmure d'un jet d'eau, servi par des pages nègres ; — et ces choses rêvées devenaient à la fin tellement précises, qu'elles le désolaient comme s'il les avait perdues.

— « A quoi bon causer de tout cela », disait-il, « puisque jamais nous ne l'aurons ! »

— « Qui sait ? » reprenait Deslauriers.

Malgré ses opinions[d] démocratiques, il l'engageait à s'introduire chez les Dambreuse. L'autre objectait ses tentatives.

— « Bah ! retournes-y ! On t'invitera ! »

Ils reçurent, vers le milieu du mois de mars[140] [e], parmi des notes assez lourdes, celle du restaurateur qui leur apportait à dîner. Frédéric, n'ayant point la somme suffisante, emprunta cent écus à Deslauriers ; quinze jours plus tard, il réitéra la même demande, et le Clerc le gronda pour les dépenses auxquelles il se livrait chez Arnoux.

Effectivement, il n'y mettait point de modération. Une vue de Venise, une vue de Naples et une autre de Constantinople occupant le milieu des trois murailles, des sujets équestres d'Alfred de Dreux, çà et là, un groupe de Pradier[141] sur la cheminée, des numéros de l'*Art industriel* sur le piano, et des cartonnages par terre dans les angles, encombraient le logis d'une telle façon, qu'on avait peine à poser un livre, à remuer les coudes. Frédéric prétendait qu'il lui fallait tout cela pour sa peinture.

Il travaillait[f] chez Pellerin. Mais souvent Pellerin était en courses, — ayant coutume d'assister à tous les enterrements et événements dont les journaux devaient rendre compte ; — et Frédéric passait des heures entièrement seul dans l'atelier. Le calme de cette grande pièce, où l'on n'entendait que le trottinement des souris, la lumière qui tombait du plafond, et jusqu'au ronflement du poêle[g], tout le plongeait d'abord dans une sorte de bien-être intellectuel[h]. Puis ses yeux,

abandonnant son ouvrage[142], se portaient sur les écaillures de
la muraille, parmi les bibelots de l'étagère, le long des torses
où la poussière amassée faisait comme des lambeaux de
velours ; et, tel qu'un voyageur perdu au milieu d'un
bois et que tous les chemins ramènent à la même place,
continuellement il retrouvait au fond[a] de chaque idée le
souvenir de Mme Arnoux.

Il se fixait[b] des jours pour aller chez elle ; arrivé[c] au second
étage, devant sa porte, il hésitait à sonner. Des pas se
rapprochaient ; on ouvrait, et, à ces mots : « Madame est
sortie », c'était une délivrance, et comme un fardeau de
moins sur son cœur.

Il la rencontra, pourtant. La première fois, il y avait trois
dames avec elle ; un autre après-midi, le maître d'écriture
de Mlle Marthe survint. D'ailleurs, les hommes que recevait
Mme Arnoux ne lui faisaient point de visites. Il n'y retourna
plus[d], par discrétion.

Mais il ne manquait pas, pour qu'on l'invitât aux dîners
du jeudi[e], de se présenter à l'*Art industriel*, chaque mercredi,
régulièrement ; et il y restait[f] après tous les autres, plus
longtemps que Regimbart, jusqu'à la dernière minute, en
feignant de regarder une gravure, de parcourir un journal.
Enfin Arnoux lui disait : — « Êtes-vous libre, demain soir ? »
Il acceptait avant que la phrase fût achevée. Arnoux semblait
le prendre en affection. Il lui montra l'art de reconnaître[g] les
vins, à brûler le punch, à faire des salmis de bécasses ;
Frédéric suivait docilement ses conseils, — aimant tout ce
qui dépendait de Mme Arnoux, ses meubles, ses domestiques,
sa maison, sa rue.

Il ne parlait guère pendant ces dîners ; il la contemplait[143].
Elle avait à droite, contre la tempe[h], un petit grain de
beauté ; ses bandeaux étaient plus noirs que le reste de sa
chevelure et toujours comme un peu humides sur les bords ;
elle les flattait de temps à autre, avec deux doigts seulement.
Il connaissait la forme de chacun de ses ongles, il se délectait
à écouter le sifflement de sa robe de soie quand elle passait
auprès des portes, il humait en cachette la senteur de son
mouchoir ; son peigne, ses gants, ses bagues étaient pour lui
des choses particulières, importantes comme des œuvres d'art,
presque animées comme des personnes ; toutes lui prenaient
le cœur et augmentaient sa passion.

Il n'avait pas eu la force de la cacher à Deslauriers. Quand il revenait de chez Mme Arnoux, il le réveillait comme par mégarde, afin de pouvoir causer d'elle.

Deslauriers, qui couchait dans le cabinet au bois, près de la fontaine, poussait un long bâillement. Frédéric s'asseyait au pied de son lit. D'abord il parlait du dîner, puis il racontait mille détails insignifiants, où il voyait des marques de mépris ou d'affection[a]. Une fois, par exemple, elle avait refusé son bras, pour prendre celui de Dittmer, et Frédéric se désolait.

— « Ah ! quelle bêtise ! »

Ou bien elle l'avait appelé son « ami ».

— « Vas-y gaiement, alors ! »

— « Mais je n'ose pas », disait Frédéric.

— « Eh bien, n'y pense plus ! Bonsoir. »

Deslauriers se retournait vers la ruelle et s'endormait[*]. Il ne comprenait rien à cet amour, qu'il regardait comme une dernière faiblesse d'adolescence ; et, son intimité ne lui suffisant plus, sans doute, il imagina de réunir leurs amis communs une fois la semaine[**].

Ils arrivaient le samedi[b], vers neuf heures. Les trois rideaux d'algérienne[144] [c] étaient soigneusement tirés ; la lampe et quatre bougies brûlaient ; au milieu de la table, le pot à tabac, tout plein de pipes, s'étalait[d] entre les bouteilles de bière, la théière, un flacon de rhum et des petits fours. On discutait sur l'immortalité de l'âme, on faisait des parallèles entre les professeurs[145].

Hussonnet, un soir, introduisit un grand jeune homme habillé d'une redingote trop courte des poignets, et la contenance embarrassée. C'était le garçon qu'ils avaient réclamé au poste, l'année dernière.

N'ayant pu rendre à son maître le carton de dentelles perdu dans la bagarre, celui-ci l'avait accusé de vol, menacé des tribunaux ; maintenant, il était commis dans une maison de roulage. Hussonnet, le matin, l'avait rencontré au coin d'une rue ; et il l'amenait, car Dussardier, par reconnaissance, voulait voir « l'autre »[e].

Il tendit à Frédéric le porte-cigares encore plein, et qu'il avait gardé religieusement avec l'espoir de le rendre. Les jeunes gens l'invitèrent à revenir. Il n'y manqua pas.

Tous sympathisaient[f]. D'abord, leur haine du Gouvernement avait la hauteur d'un dogme indiscutable. Martinon seul tâchait de défendre Louis-Philippe. On l'accablait sous les lieux communs traînant dans les journaux : l'embastillement de Paris, les lois de septembre, Pritchard, lord Guizot[146], — si bien que Martinon se taisait, craignant d'offenser quelqu'un. En sept ans de collège, il n'avait pas mérité de pensum[a], et, à l'École de droit, il savait plaire aux professeurs. Il portait[b] ordinairement une grosse redingote couleur mastic avec des claques[147] en caoutchouc ; mais il apparut un soir dans une toilette de marié : gilet de velours à châle[148], cravate blanche, chaîne d'or.

L'étonnement[c] redoubla quand on sut qu'il sortait de chez M. Dambreuse. En effet, le banquier Dambreuse venait d'acheter au père Martinon une partie de bois considérable ; le bonhomme lui ayant présenté son fils, il les avait invités à dîner tous les deux[149].

— « Y avait-il beaucoup de truffes », demanda Deslauriers, « et as-tu pris la taille à son épouse, entre deux portes[150], *sicut decet* ? »

Alors, la conversation s'engagea sur les femmes. Pellerin n'admettait pas qu'il y eût de belles femmes (il préférait les tigres) ; d'ailleurs, la femme de l'homme était une créature inférieure dans la hiérarchie esthétique :

— « Ce qui vous séduit est particulièrement ce qui la dégrade comme idée ; je veux dire les seins, les cheveux[d]... »

— « Cependant », objecta Frédéric, « de longs cheveux noirs, avec de grands yeux noirs... »

— « Oh ! connu ! » s'écria Hussonnet. « Assez d'Andalouses sur la pelouse ! des choses antiques ? serviteur ! Car enfin, voyons, pas de blagues ! une lorette est plus amusante que la Vénus de Milo ! Soyons Gaulois, nom d'un petit bonhomme ! et Régence si nous pouvons !

Coulez, bons vins ; femmes, daignez sourire !

Il faut passer de la brune à la blonde ! — Est-ce votre avis, père Dussardier[151] ? »

Dussardier ne répondit pas. Tous le pressèrent pour connaître ses goûts.

— « Eh bien », fit-il, en rougissant, « moi, je voudrais aimer la même, toujours ! »

Cela fut dit d'une telle façon[e], qu'il y eut un moment de silence, les uns étant surpris de cette candeur, et les autres y découvrant, peut-être, la secrète convoitise de leur âme.

Sénécal posa sur le chambranle sa chope de bière, et déclara dogmatiquement que, la prostitution étant une tyrannie et le mariage une immoralité, il valait mieux s'abstenir. Deslauriers prenait les femmes comme une distraction, rien de plus. M. de Cisy[152] avait à leur endroit toute espèce de crainte.

Élevé sous les yeux d'une grand-mère dévote, il trouvait la compagnie de ces jeunes gens alléchante comme un mauvais lieu et instructive comme une Sorbonne. On ne lui ménageait pas les leçons ; et il se montrait plein de zèle, jusqu'à vouloir fumer, en dépit des maux de cœur qui le tourmentaient chaque fois, régulièrement. Frédéric l'entourait de soins. Il admirait la nuance de ses cravates, la fourrure de son paletot et surtout ses bottes, minces comme des gants et qui semblaient insolentes de netteté et de délicatesse ; sa voiture l'attendait en bas dans la rue.

Un soir qu'il venait de partir, et que la neige tombait, Sénécal se mit à plaindre son cocher. Puis il déclama contre les gants jaunes[153], le Jockey-Club. Il faisait plus de cas d'un ouvrier que de ces messieurs.

— « Moi, je travaille, au moins ! je suis pauvre ! »

— « Cela se voit », dit à la fin Frédéric, impatienté.

Le répétiteur lui garda rancune pour cette parole[a].

Mais, Regimbart ayant dit qu'il connaissait un peu Sénécal, Frédéric, voulant faire une politesse à l'ami d'Arnoux, le pria de venir aux réunions du samedi, et la rencontre fut agréable aux deux patriotes.

Ils différaient cependant.

Sénécal — qui avait un crâne en pointe — ne considérait que les systèmes. Regimbart, au contraire, ne voyait dans les faits que les faits. Ce qui l'inquiétait principalement, c'était la frontière du Rhin[154]. Il prétendait se connaître en artillerie, et se faisait habiller par le tailleur de l'École polytechnique.

Le premier jour, quand on lui offrit des gâteaux, il leva les épaules dédaigneusement, en disant que cela convenait aux femmes ; et il ne parut guère plus gracieux les fois suivantes. Du moment que les idées atteignaient une certaine hauteur, il murmurait : « Oh ! pas d'utopies, pas de rêves ! » En fait d'art (bien qu'il fréquentât les ateliers, où quelquefois il donnait, par complaisance, une leçon d'escrime), ses opinions n'étaient point transcendantes. Il comparait le style de M. Marrast[155] à celui de Voltaire et Mlle Vatnaz à Mme de Staël, à cause d'une ode sur la Pologne[156], « où il y avait du cœur ». Enfin, Regimbart assommait tout le monde et particulièrement Deslauriers, car le Citoyen était un familier d'Arnoux[157]. Or le Clerc ambitionnait de fréquenter cette maison, espérant y faire des connaissances profitables. « Quand donc m'y mèneras-tu ? » disait-il. Arnoux[a] se trouvait surchargé de besogne, ou bien il partait en voyage ; puis, ce n'était pas la peine, les dîners allaient finir.

S'il avait fallu risquer sa vie pour son ami, Frédéric l'eût fait[158]. Mais comme il tenait à se montrer le plus avantageusement possible, comme il surveillait son langage, ses manières et son costume jusqu'à venir au bureau de l'*Art industriel* toujours irréprochablement ganté, il avait peur que Deslauriers, avec son vieil habit noir, sa tournure de procureur et ses discours outrecuidants, ne déplût à Mme Arnoux, ce qui pouvait le compromettre, le rabaisser lui-même auprès d'elle. Il admettait bien[b] les autres, mais celui-là, précisément, l'aurait gêné mille fois plus. Le Clerc s'apercevait qu'il ne voulait pas tenir sa promesse, et le silence de Frédéric lui semblait[c] une aggravation d'injure.

Il aurait voulu[d] le conduire absolument, le voir se développer d'après l'idéal de leur jeunesse ; et sa fainéantise[159] le révoltait, comme une désobéissance et comme une trahison[160]. D'ailleurs Frédéric, plein de l'idée de Mme Arnoux, parlait de son mari souvent ; et Deslauriers commença[e] une intolérable *scie*, consistant à répéter son nom cent fois par jour, à la fin de chaque phrase, comme un tic d'idiot[161]. Quand on frappait à sa porte[f], il répondait : « Entrez, Arnoux ! » Au restaurant, il demandait un fromage de Brie « à l'instar d'Arnoux » ; et, la nuit, feignant d'avoir un cauchemar, il réveillait son compagnon en hurlant : « Arnoux ! Arnoux ! » Enfin, un jour, Frédéric, excédé, lui dit d'une voix lamentable :

— « Mais laisse-moi tranquille avec Arnoux ! »

— « Jamais ! » répondit le Clerc.

« *Toujours lui ! lui partout ! ou brûlante ou glacée,*
L'image de l'Arnoux[162]... »

— « Tais-toi donc ! » s'écria Frédéric en levant[g] le poing.

Il reprit doucement :

— « C'est un sujet qui m'est pénible, tu sais bien. »

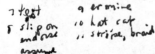

— « Oh ! pardon, mon bonhomme », répliqua Deslauriers en s'inclinant très bas, « on respectera désormais les nerfs de Mademoiselle ! Pardon encore une fois. Mille excuses ! »

Ainsi fut terminée la plaisanterie.

Mais, trois semaines après, un soir, il lui dit :

— « Eh bien, je l'ai vue tantôt, Mme Arnoux ! »

— « Où donc ? »

— « Au Palais, avec Balandard, avoué ; une femme brune, n'est-ce pas, de taille moyenne ? »

Frédéric fit un signe d'assentiment[a]. Il attendait que Deslauriers parlât. Au moindre mot d'admiration, il se serait épanché largement, était[b] tout prêt à le chérir ; l'autre se taisait toujours ; enfin, n'y tenant plus, il lui demanda d'un air indifférent ce qu'il pensait d'elle.

Deslauriers la trouvait « pas mal, sans avoir pourtant rien d'extraordinaire[c] ».

— « Ah ! tu trouves », dit Frédéric[**].

Arriva[d] le mois d'août, époque de son deuxième examen. D'après l'opinion courante, quinze jours devaient suffire pour en préparer les matières. Frédéric, ne doutant pas de ses forces, avala d'emblée les quatre premiers livres du Code de procédure, les trois premiers du Code pénal, plusieurs morceaux d'Instruction criminelle et une partie du Code civil, avec les annotations de M. Poncelet[163]. La veille[e], Deslauriers lui fit faire une récapitulation qui se prolongea jusqu'au matin[f] ; et, pour mettre à profit le dernier quart d'heure, il continua à l'interroger sur le trottoir, tout en marchant.

Comme plusieurs[g] examens se passaient simultanément[h], il y avait beaucoup de monde dans la cour, entre autres Hussonnet et Cisy ; on ne manquait pas de venir à ces épreuves quand il s'agissait des camarades. Frédéric endossa la robe noire traditionnelle ; puis il entra, suivi de la foule, avec trois autres étudiants, dans une grande pièce, éclairée par des fenêtres sans rideaux et garnie de banquettes, le long des murs. Au milieu, des chaises de cuir entouraient une table, décorée d'un tapis vert. Elle séparait les candidats de MM. les examinateurs en robe rouge, tous portant des chausses d'hermine sur l'épaule, avec des toques à galons d'or sur le chef.

Frédéric se trouvait l'avant-dernier dans la série, position mauvaise[164]. A la première question sur[i] la différence entre

une convention et un contrat[165], il définit l'une pour l'autre ;
et le professeur, un brave homme, lui dit : « Ne vous troublez
pas, monsieur, remettez-vous ! » puis, ayant fait deux demandes faciles, suivies de réponses obscures, il passa enfin au
quatrième. Frédéric fut démoralisé par ce piètre commencement. Deslauriers, en face, dans le public, lui faisait signe
que tout n'était pas encore perdu ; et à la deuxième[a]
interrogation sur le droit criminel, il se montra passable.
Mais, après la troisième, relative au testament mystique[166],
l'examinateur étant resté impassible tout le temps, son
angoisse redoubla ; car Hussonnet[b] joignait les mains comme
pour applaudir, tandis que Deslauriers prodiguait les haussements d'épaules. Enfin, le moment arriva où[c] il fallut
répondre sur la Procédure ! Il s'agissait de la tierce opposition[167]. Le professeur, choqué d'avoir entendu des théories
contraires aux siennes, lui demanda d'un ton brutal :

— « Et vous, monsieur, est-ce votre avis[d] ? Comment
conciliez-vous le principe de l'article 1351 du Code civil[168]
avec cette voie d'attaque extraordinaire ? »

Frédéric se sentait un grand mal de tête pour avoir passé
la nuit sans dormir. Un rayon de soleil, entrant par l'intervalle
d'une jalousie, le frappait au visage. Debout derrière la
chaise, il se dandinait et tirait[e] sa moustache.

— « J'attends[f] toujours votre réponse ! » reprit l'homme à
la toque d'or.

Et, comme le geste de Frédéric l'agaçait sans doute :

— « Ce n'est pas dans votre barbe que vous la trouverez ! »

Ce sarcasme causa un rire dans l'auditoire ; le professeur,
flatté, s'amadoua. Il lui fit[g] deux questions encore sur
l'ajournement et sur l'affaire sommaire[169], puis baissa la tête
en signe d'approbation ; l'acte public était fini. Frédéric
rentra dans le vestibule.

Pendant que l'huissier le dépouillait de sa robe, pour la
repasser à un autre immédiatement, ses amis l'entourèrent
en achevant de l'ahurir avec leurs opinions contradictoires
sur le résultat de l'examen. On le proclama bientôt d'une
voix sonore, à l'entrée de la salle : « Le troisième était...
ajourné ! »

— « Emballé ! » dit Hussonnet, « allons-nous-en ! »

Devant la loge du concierge, ils rencontrèrent Martinon,
rouge, ému, avec un sourire dans les yeux et l'auréole du
triomphe sur le front. Il venait de subir sans encombre son

dernier examen. Restait seulement la thèse. Avant quinze jours, il serait licencié. Sa famille connaissait un ministre, « une belle carrière » s'ouvrait devant lui.

— « Celui-là[a] t'enfonce tout de même », dit Deslauriers.

Rien n'est humiliant comme de voir les sots réussir dans les entreprises où l'on échoue. Frédéric, vexé, répondit qu'il s'en moquait. Ses prétentions[b] étaient plus hautes ; et, comme Hussonnet faisait mine de s'en aller, il le prit à l'écart pour lui dire :

— « Pas un mot de tout cela, chez eux, bien entendu ! »

Le secret était facile, puisque Arnoux, le lendemain, partait en voyage pour l'Allemagne.

Le soir, en rentrant, le Clerc trouva son ami singulièrement changé : il pirouettait, sifflait ; et, l'autre s'étonnant de cette humeur, Frédéric déclara qu'il n'irait pas chez sa mère ; il emploierait ses vacances à travailler[c].

À la nouvelle du départ d'Arnoux, une joie l'avait saisi. Il pouvait se présenter[d] là-bas, tout à son aise, sans crainte[e] d'être interrompu dans ses visites. La conviction[f] d'une sécurité absolue lui donnerait du courage. Enfin il ne serait pas éloigné[g], ne serait pas séparé d'Elle[h] ! Quelque chose de plus fort qu'une chaîne de fer l'attachait à Paris, une voix intérieure lui criait de rester.

Des obstacles s'y opposaient. Il les franchit en écrivant à sa mère ; il confessait[i] d'abord son échec, occasionné par des changements faits dans le programme, — un hasard, une injustice ; — d'ailleurs, tous les grands avocats (il citait leurs noms) avaient été refusés à leurs examens. Mais il comptait se présenter de nouveau au mois de novembre. Or, n'ayant pas de temps à perdre, il n'irait point à la maison cette année ; et il demandait, outre l'argent d'un trimestre, deux cent cinquante francs, pour des répétitions de droit, fort utiles ; — le tout enguirlandé de regrets, condoléances, chatteries et protestations d'amour filial.

Mme Moreau, qui l'attendait le lendemain, fut chagrinée doublement. Elle cacha la mésaventure de son fils, et lui répondit « de venir tout de même ». Frédéric ne céda pas. Une brouille s'ensuivit. A la fin de la semaine, néanmoins, il reçut l'argent du trimestre avec la somme destinée aux répétitions, et qui servit à payer un pantalon gris perle, un chapeau de feutre blanc et une badine à pomme d'or[170].

Quand tout cela[j] fut en sa possession :

— « C'est peut-être une idée de coiffeur que j'ai eue ? » songea-t-il.

Et une grande hésitation le prit.

Pour savoir[a] s'il irait chez Mme Arnoux[b], il jeta par trois fois dans l'air, des pièces de monnaie. Toutes les fois, le présage fut heureux. Donc, la fatalité l'ordonnait. Il se fit conduire en fiacre rue de Choiseul.

Il monta vivement l'escalier, tira le cordon de la sonnette ; elle ne sonna pas ; il se sentait près de défaillir.

Puis il ébranla, d'un coup furieux, le lourd gland de soie rouge. Un carillon retentit, s'apaisa par degrés ; et l'on n'entendait plus rien. Frédéric eut peur.

Il colla son oreille contre la porte ; pas un souffle ! Il mit son œil au trou de la serrure, et il n'apercevait dans l'antichambre que deux pointes de roseau, sur la muraille, parmi les fleurs du papier. Enfin, il tournait les talons quand il se ravisa. Cette fois, il donna un petit coup léger. La porte s'ouvrit ; et, sur le seuil, les cheveux ébouriffés, la face cramoisie et l'air maussade[171], Arnoux lui-même parut.

— « Tiens ! Qui diable vous amène ? Entrez ! »

Il l'introduisit, non dans le boudoir ou dans sa chambre, mais dans la salle à manger, où l'on voyait sur la table une bouteille de vin de Champagne avec deux verres ; et, d'un ton brusque :

— « Vous avez quelque chose à me demander, cher ami ? »

— « Non ! rien ! rien ! » balbutia le jeune homme, cherchant un prétexte à sa visite.

Enfin, il dit qu'il était venu savoir de ses nouvelles, car il le croyait en Allemagne, sur le rapport d'Hussonnet.

— « Nullement ! » reprit Arnoux. « Quelle linotte que ce garçon-là, pour entendre tout de travers ! »

Afin de dissimuler son trouble, Frédéric marchait de droite et de gauche, dans la salle. En heurtant le pied d'une chaise[c], il fit tomber une ombrelle[172] posée dessus ; le manche[d] d'ivoire se brisa.

— « Mon Dieu ! » s'écria-t-il, « comme je suis chagrin d'avoir brisé[e] l'ombrelle de Mme Arnoux. »

A ce mot, le marchand releva la tête, et eut[f] un singulier sourire. Frédéric[g], prenant l'occasion qui s'offrait de parler d'elle, ajouta timidement :

— « Est-ce que je ne pourrai pas la voir ? »

Elle était dans son pays, près de sa mère malade.

Il n'osa faire de questions sur la durée de cette absence. Il demanda seulement quel était le pays de Mme Arnoux.

— « Chartres[a] ! Cela vous étonne ?[173] »

— « Moi ? non ! pourquoi ? Pas le moins du monde ! »

Ils ne trouvèrent, ensuite, absolument rien à se dire. Arnoux, qui s'était fait une cigarette, tournait autour de la table, en soufflant. Frédéric, debout contre le poêle, contemplait les murs, l'étagère, le parquet ; et des images charmantes défilaient dans sa mémoire, devant ses yeux plutôt. Enfin il se retira.

Un morceau de journal, roulé en boule, traînait par terre, dans l'antichambre ; Arnoux le prit ; et, se haussant sur la pointe des pieds, il l'enfonça dans la sonnette, pour continuer, dit-il, sa sieste interrompue. Puis, en lui donnant une poignée de main :

— « Avertissez le concierge, s'il vous plaît, que je n'y suis pas ! »

Et il referma la porte sur son dos, violemment.

Frédéric descendit l'escalier marche à marche. L'insuccès de cette première tentative le décourageait sur le hasard des autres[c]. Alors commencèrent[b] trois mois d'ennui. Comme il n'avait aucun travail, son désœuvrement renforçait sa tristesse.

Il passait des heures à regarder, du haut de son balcon, la rivière[c] qui coulait entre les quais grisâtres, noircis de place en place, par la bavure des égouts, avec[d] un ponton de blanchisseuses amarré contre le bord, où des gamins quelquefois s'amusaient, dans la vase, à faire baigner un caniche. Ses yeux[e], délaissant à gauche le pont de pierre de Notre-Dame et trois ponts suspendus, se dirigeaient toujours vers le quai aux Ormes[174], sur un massif de vieux arbres, pareils aux tilleuls du port de Montereau. La tour[f] Saint-Jacques, l'Hôtel-de-Ville, Saint-Gervais, Saint-Louis, Saint-Paul se levaient en face[g], parmi les toits confondus, — et le génie de la colonne de Juillet resplendissait à l'orient comme une large étoile d'or, tandis qu'à l'autre extrémité le dôme des Tuileries arrondissait, sur le ciel, sa lourde masse bleue. C'était par derrière, de ce côté-là, que devait être la maison de Mme Arnoux.

Il rentrait dans sa chambre ; puis, couché[h] sur son divan, s'abandonnait[i] à une méditation désordonnée ; plans d'ouvrages, projets de conduite, élancements vers l'avenir. Enfin, pour se débarrasser de lui-même, il sortait.

L'ÉDUCATION SENTIMENTALE

Il remontait, au hasard, le quartier latin, si tumultueux d'habitude, mais désert à cette époque, car les étudiants étaient partis dans leurs familles. Les grands murs des collèges, comme allongés par le silence, avaient un aspect plus morne encore ; on entendait toutes sortes[a] de bruits paisibles, des battements d'ailes dans les cages, le ronflement d'un tour, le marteau d'un savetier ; et les marchands d'habits, au milieu des rues, interrogeaient de l'œil chaque fenêtre, inutilement. Au fond des cafés solitaires, la dame du comptoir bâillait entre ses carafons remplis ; les journaux demeuraient en ordre sur la table des cabinets de lecture ; dans l'atelier des repasseuses, des linges frissonnaient sous les bouffées du vent tiède. De temps à autre, il s'arrêtait à l'étalage d'un bouquiniste ; un omnibus[b], qui descendait en frôlant le trottoir, le faisait se retourner ; et parvenu[c] devant le Luxembourg, il n'allait pas plus loin.

Quelquefois, l'espoir d'une distraction l'attirait vers les boulevards. Après de sombres ruelles exhalant des fraîcheurs humides, il arrivait sur de grandes places désertes, éblouissantes[d] de lumière, et où les monuments dessinaient au bord du pavé des dentelures d'ombre noire[e]. Mais les charrettes, les boutiques recommençaient, et la foule l'étourdissait, — le dimanche surtout, — quand, depuis la Bastille jusqu'à la Madeleine, c'était un immense flot ondulant sur l'asphalte, au milieu de la poussière, dans une rumeur continue ; il se sentait tout écœuré par la bassesse des figures, la niaiserie des propos, la satisfaction imbécile transpirant sur les fronts en sueur ! Cependant, la conscience de mieux valoir que ces hommes atténuait la fatigue de les regarder[f].

Il allait tous les jours à l'*Art industriel* ; — et pour savoir quand reviendrait Mme Arnoux, il s'informait de sa mère très longuement. La réponse d'Arnoux ne variait pas ; « le mieux se continuait », sa femme, avec la petite, serait de retour la semaine prochaine. Plus elle tardait à revenir, plus Frédéric témoignait d'inquiétude, — si bien qu'Arnoux, attendri par tant d'affection, l'emmena cinq ou six fois dîner au restaurant.

Frédéric, dans ces longs tête-à-tête, reconnut[g] que le marchand de peinture n'était pas fort spirituel. Arnoux pouvait s'apercevoir de ce refroidissement ; et puis c'était l'occasion de lui rendre, un peu, ses politesses.

Voulant donc faire les choses très bien, il vendit à un brocanteur tous ses habits neufs, moyennant la somme de quatre-vingts francs ; et, l'ayant grossie de cent autres qui lui restaient, il vint chez Arnoux le prendre pour dîner. Regimbart s'y trouvait. Ils s'en allèrent aux Trois-Frères-Provençaux[175 a].

Le Citoyen commença par retirer sa redingote, et, sûr de la déférence des deux autres, écrivit la carte. Mais il eut beau se transporter dans la cuisine pour parler lui-même au chef, descendre à la cave dont il connaissait tous les coins, et faire monter le maître de l'établissement, auquel il « donna un savon », il ne fut content ni des mets, ni des vins, ni du service ! A chaque plat nouveau, à chaque bouteille différente, dès la première bouchée, la première gorgée, il laissait tomber sa fourchette, ou repoussait au loin son verre ; puis s'accoudant sur la nappe de toute la longueur de son bras, il s'écriait qu'on ne pouvait plus dîner à Paris ! Enfin, ne sachant qu'imaginer pour sa bouche, Regimbart se commanda des haricots à l'huile, « tout bonnement », lesquels, bien qu'à moitié réussis, l'apaisèrent un peu. Puis il eut, avec le garçon, un dialogue[b], roulant sur les anciens garçons des Provençaux : « Qu'était devenu Antoine ? Et un nommé Eugène ? Et Théodore, le petit, qui servait toujours en bas ? Il y avait dans ce temps-là une chère autrement distinguée, et des têtes de Bourgogne[176] comme on n'en reverra plus ! »

Ensuite, il fut question de la valeur des terrains dans la banlieue, une spéculation d'Arnoux, infaillible. En attendant[c], il perdait ses intérêts[*]. Puisqu'il ne voulait vendre à aucun prix, Regimbart lui découvrirait quelqu'un ; et ces deux messieurs firent, avec un crayon, des calculs jusqu'à la fin du dessert.

On s'en alla prendre le café, passage du Saumon[177], dans un estaminet, à l'entresol. Frédéric assista, sur ses jambes, à d'interminables parties de billard, abreuvées d'innombrables chopes ; — et il resta là[d], jusqu'à minuit, sans savoir pourquoi, par lâcheté, par bêtise, dans l'espérance confuse d'un événement quelconque favorable à son amour.

Quand donc la reverrait-il ? Frédéric se désespérait. Mais, un soir, vers la fin de novembre[178], Arnoux lui dit :

— « Ma femme est revenue hier, vous savez ! »

Le lendemain, à cinq heures, il entrait chez elle.

Il débuta par des félicitations, à propos de sa mère, dont la maladie avait été si grave.

— « Mais non ! Qui vous l'a dit[a] ? »

— « Arnoux ! »

Elle fit un « ah » léger, puis ajouta qu'elle avait eu, d'abord, des craintes[b] sérieuses, maintenant disparues.

Elle se tenait près du feu, dans la bergère de tapisserie. Il était sur le canapé, avec son chapeau entre ses genoux ; et l'entretien fut pénible, elle l'abandonnait à chaque minute ; il ne trouvait pas de joint pour y introduire ses sentiments. Mais, comme il se plaignait d'étudier la chicane, elle répliqua : « Oui..., je conçois..., les affaires... ! » en baissant la figure, absorbée tout à coup par des réflexions.

Il avait soif de les connaître, et même ne songeait pas à autre chose. Le crépuscule amassait de l'ombre autour d'eux.

Elle se leva, ayant une course à faire, puis reparut avec une capote de velours, et une mante noire, bordée de petit-gris. Il osa offrir de l'accompagner.

On n'y voyait plus ; le temps était froid, et un lourd brouillard, estompant la façade des maisons, puait dans l'air. Frédéric le humait avec délices ; car il sentait à travers la ouate du vêtement la forme de son bras ; et sa main, prise dans un gant chamois à deux boutons, sa petite main qu'il aurait voulu couvrir de baisers, s'appuyait sur sa manche. A cause du pavé glissant, ils oscillaient un peu ; il lui semblait qu'ils étaient tous les deux comme bercés par le vent, au milieu d'un nuage.

L'éclat des lumières, sur le boulevard, le remit dans[c] la réalité. L'occasion était bonne, le temps pressait. Il se donna jusqu'à la rue de Richelieu pour déclarer son amour. Mais, presque aussitôt, devant un magasin de porcelaines, elle s'arrêta net, en lui disant :

— « Nous y sommes, je vous remercie ! A jeudi, n'est-ce pas, comme d'habitude ? »

Les dîners[179] recommencèrent[d] ; et plus il fréquentait Mme Arnoux, plus ses langueurs augmentaient.

La contemplation de cette femme l'énervait, comme[e] l'usage d'un parfum trop fort. Cela descendit dans les profondeurs de son tempérament, et devenait presque une manière générale de sentir, un mode nouveau d'exister[180].

Les prostituées qu'il rencontrait aux feux du gaz, les cantatrices poussant leurs roulades, les écuyères sur leurs chevaux au galop, les bourgeoises à pied, les grisettes à leur fenêtre, toutes les femmes lui rappelaient celle-là, par des similitudes[a] ou par des contrastes violents. Il regardait, le long des boutiques, les cachemires, les dentelles et les pendeloques de pierreries, en les imaginant drapés autour de ses reins, cousues à son corsage, faisant des feux dans sa chevelure noire. A l'éventaire des marchandes, les fleurs s'épanouissaient pour qu'elle les choisît en passant ; dans la montre des cordonniers, les petites pantoufles de satin à bordure de cygne semblaient attendre son pied ; toutes les rues conduisaient vers sa maison ; les voitures ne stationnaient sur les places que pour y mener plus vite[b] ; Paris se rapportait à sa personne, et la grande ville, avec toutes ses voix, bruissait, comme un immense orchestre, autour d'elle.

Quand il allait au Jardin des Plantes, la vue d'un palmier l'entraînait vers des pays lointains[c]. Ils voyageaient[181] ensemble, au dos des dromadaires, sous le tendelet[182] des éléphants, dans la cabine d'un yacht parmi des archipels bleus, ou côte à côte sur deux mulets à clochettes, qui trébuchent dans les herbes contre des colonnes brisées. Quelquefois, il s'arrêtait au Louvre devant de vieux tableaux ; et son amour l'embrassait jusque dans les siècles disparus, il la substituait aux personnages des peintures. Coiffée d'un hennin, elle priait à deux genoux derrière un vitrage de plomb. Seigneuresse des Castilles ou des Flandres, elle se tenait assise, avec une fraise empesée et un corps de baleines à gros bouillons. Puis elle descendait quelque grand escalier de porphyre, au milieu des sénateurs, sous un dais de plumes d'autruche, dans une robe de brocart. D'autres fois, il la rêvait en pantalon de soie jaune, sur les coussins d'un harem ; — et tout ce qui était beau, le scintillement des étoiles, certains airs de musique, l'allure d'une phrase, un contour, l'amenaient à sa pensée d'une façon brusque et insensible.

Quant à essayer d'en faire sa maîtresse, il était sûr que toute tentative serait vaine.

Un soir, Dittmer, qui arrivait, la baisa sur le front ; Lovarias fit de même, en disant :

— « Vous permettez, n'est-ce pas, selon le privilège des amis ? »

Frédéric balbutia :

— « Il me semble que nous sommes tous des amis ? »

— « Pas tous des vieux ! » reprit-elle.

C'était le repousser d'avance, indirectement.

Que faire, d'ailleurs ? Lui dire qu'il l'aimait ? Elle l'éconduirait sans doute ; ou bien, s'indignant, le chasserait de sa maison ! Or il préférait toutes les douleurs à l'horrible chance de ne plus la voir.

Il enviait le talent des pianistes, les balafres des soldats. Il souhaitait une maladie dangereuse, espérant de cette façon l'intéresser.

Une chose l'étonnait, c'est qu'il n'était pas jaloux d'Arnoux ; et il ne pouvait se la figurer autrement que vêtue, — tant sa pudeur semblait naturelle, et reculait son sexe dans une ombre mystérieuse[a].

Cependant, il songeait au bonheur de vivre avec elle, de la tutoyer, de lui passer la main sur les bandeaux longuement, ou de se tenir par terre, à genoux, les deux bras autour de sa taille, à boire son âme dans ses yeux[183] ! Il aurait fallu, pour cela, subvertir la destinée ; et, incapable d'action, maudissant Dieu et s'accusant d'être lâche, il tournait dans son désir, comme un prisonnier dans son cachot[184]. Une angoisse permanente l'étouffait. Il restait pendant des heures immobile, ou bien il éclatait en larmes; et, un jour qu'il n'avait pas eu la force de se contenir, Deslauriers lui dit :

— « Mais, saprelotte ! qu'est-ce que tu as[b] ? »

Frédéric souffrait des nerfs[c]. Deslauriers n'en crut rien. Devant une pareille douleur, il avait senti se réveiller sa tendresse, et il le réconforta. Un homme comme lui se laisser abattre, quelle sottise ! Passe encore dans la jeunesse, mais plus tard, c'est perdre son temps.

— « Tu me gâtes mon Frédéric ! Je redemande l'ancien. Garçon, toujours du même ! Il me plaisait! Voyons, fume[d] une pipe, animal ! Secoue-toi un peu, tu me désoles ! »

— « C'est vrai », dit Frédéric, « je suis fou ! »

Le Clerc reprit :

— « Ah ! vieux troubadour, je sais bien ce qui t'afflige ! Le petit cœur ? Avoue-le ! Bah ! une de perdue, quatre de trouvées ! On se console des femmes vertueuses avec les autres. Veux-tu que je t'en fasse connaître, des femmes ? Tu n'as qu'à venir à l'Alhambra[185]. (C'était un bal public[186] ouvert récemment[e] au haut des Champs-Élysées, et qui se ruina dès la seconde saison, par un luxe prématuré dans ce genre d'établissements.) On s'y amuse à ce qu'il paraît.

Allons-y ! Tu prendras tes amis si tu veux ; je te passe même Regimbart ! »

Frédéric n'invita pas le Citoyen. Deslauriers se priva de Sénécal. Ils emmenèrent seulement Hussonnet et Cisy avec Dussardier ; et le même[a] fiacre les descendit tous les cinq à la porte de l'Alhambra.

Deux galeries moresques s'étendaient à droite et à gauche, parallèlement. Le mur d'une maison, en face, occupait tout le fond, et le quatrième côté (celui du restaurant) figurait un cloître gothique[b] à vitraux de couleurs. Une sorte de toiture chinoise abritait l'estrade où jouaient les musiciens ; le sol autour était couvert d'asphalte, et des lanternes vénitiennes accrochées à des poteaux formaient, de loin, sur les quadrilles, une couronne de feux multicolores. Un piédestal, çà et là, supportait une cuvette de pierre, d'où s'élevait un mince filet d'eau[c]. On apercevait dans les feuillages des statues en plâtre ; Hébés ou Cupidons tout gluants de peinture à l'huile[d] ; et les allées nombreuses, garnies d'un sable très jaune, soigneusement ratissé, faisaient paraître le jardin beaucoup plus vaste qu'il ne l'était.

Des étudiants[e] promenaient leurs maîtresses ; des commis en nouveautés se pavanaient, une canne entre les doigts ; des collégiens fumaient des régalias ; de vieux célibataires caressaient avec un peigne leur barbe teinte ; il y avait des Anglais, des Russes, des gens de l'Amérique du Sud, trois Orientaux en tarbouch. Des lorettes, des grisettes et des filles étaient venues là, espérant trouver un protecteur, un amoureux, une pièce d'or, ou simplement pour le plaisir de la danse ; et leurs robes à tunique vert d'eau, bleue, cerise, ou violette, passaient, s'agitaient[f] entre les ébéniers et les lilas. Presque tous les hommes portaient des étoffes à carreaux, quelques-uns des pantalons blancs, malgré la fraîcheur du soir[187]. On allumait les becs de gaz.

Hussonnet, par ses relations avec les journaux de modes et les petits théâtres, connaissait beaucoup de femmes ; il leur envoyait des baisers par le bout[g] des doigts, et, de temps à autre, quittant ses amis, allait causer avec elles.

Deslauriers fut jaloux de ces allures. Il aborda cyniquement une grande blonde, vêtue de nankin. Après l'avoir considéré d'un air maussade, elle dit : — « Non, pas de confiance, mon bonhomme ! » et tourna les talons.

Il recommença près d'une grosse brune, qui était folle sans doute, car elle bondit dès le premier mot, en le menaçant, s'il continuait, d'appeler les sergents de ville. Deslauriers s'efforça de rire ; puis, découvrant une petite femme assise à l'écart sous un réverbère, il lui proposa une contredanse.

Les musiciens, juchés sur l'estrade, dans des[a] postures de singe, râclaient et soufflaient, impétueusement. Le chef d'orchestre, debout, battait la mesure d'une façon automatique. On était tassé, on s'amusait ; les brides dénouées des chapeaux effleuraient les cravates, les bottes s'enfonçaient sous[b] les jupons ; tout cela sautait en cadence ; Deslauriers pressait contre lui la petite femme, et, gagné par le délire du cancan, se démenait au milieu des quadrilles comme une grande marionnette. Cisy[c] et Dussardier continuaient leur promenade ; le jeune aristocrate lorgnait les filles[188], et, malgré les exhortations du commis, n'osait[d] leur parler, s'imaginant qu'il y avait toujours chez ces femmes-là « un homme caché dans l'armoire avec un pistolet, et qui en sort pour vous faire souscrire des lettres de change ».

Ils revinrent près de Frédéric. Deslauriers ne dansait plus ; et tous se demandaient comment finir la soirée, quand Hussonnet s'écria :

— « Tiens! la marquise d'Amaëgui ! »

C'était une femme pâle, à nez retroussé, avec des mitaines jusqu'aux coudes et de grandes boucles noires qui pendaient le long de ses joues, comme deux oreilles de chien[*]. Hussonnet lui dit :

— « Nous devrions organiser une petite[e] fête chez toi, un raout oriental ? Tâche[f] d'herboriser quelques-unes de tes amies pour ces chevaliers français ! Eh bien, qu'est-ce qui te gêne ? Attendrais-tu ton hidalgo ? »

L'Andalouse baissait la tête ; sachant[g] les habitudes peu luxueuses de son ami, elle avait peur d'en être pour ses rafraîchissements. Enfin au mot d'argent lâché[h] par elle, Cisy proposa cinq napoléons[189], toute sa bourse ; la chose fut décidée. Mais Frédéric n'était plus là.

Il avait cru reconnaître la voix d'Arnoux, avait aperçu un chapeau de femme, et il s'était enfoncé bien vite dans le bosquet à côté.

Mlle Vatnaz se trouvait seule avec Arnoux.

— « Excusez-moi ! je vous dérange ? »

— « Pas le moins du monde ! » reprit le marchand.

Frédéric, aux derniers mots de leur conversation, comprit qu'il était accouru à l'Alhambra pour entretenir Mlle Vatnaz d'une affaire urgente ; et sans doute Arnoux n'était pas complètement rassuré, car il lui dit d'un air inquiet :

— « Vous êtes bien sûre ? »

— « Très sûre ! on vous aime ! Ah ! quel homme ! »

Et elle lui faisait la moue, en avançant ses grosses lèvres, presque sanguinolentes à force d'être rouges. Mais elle avait d'admirables yeux, fauves avec des points d'or dans les prunelles, tout pleins d'esprit, d'amour et de sensualité. Ils éclairaient, comme des lampes, le teint un peu jaune de sa figure maigre. Arnoux semblait jouir de ses rebuffades. Il se pencha de son côté en lui disant :

— « Vous êtes gentille, embrassez-moi ! »

Elle le prit par les deux oreilles, et le baisa sur le front.

A ce moment, les danses s'arrêtèrent ; et, à la place du chef d'orchestre, parut un beau jeune homme, trop gras et d'une blancheur de cire. Il avait de longs cheveux noirs disposés à la manière du Christ, un gilet de velours azur à grandes palmes d'or, l'air orgueilleux comme un paon, bête comme un dindon ; et quand[a] il eut salué le public, il entama une chansonnette[190]. C'était[b] un villageois narrant lui-même son voyage dans la Capitale ; l'artiste parlait bas-normand, faisait l'homme soûl ; le refrain :

> *Ah ! j'ai t'y ri, j'ai t'y ri,*
> *Dans ce gueusard de Paris !*

soulevait des trépignements d'enthousiasme. Delmas[191], « chanteur expressif », était trop malin pour le laisser refroidir. On lui passa vivement une guitare, et il gémit une romance intitulée *le Frère de l'Albanaise.*

Les paroles rappelèrent à Frédéric celles que chantait l'homme en haillons, entre les tambours du bateau. Ses yeux s'attachaient involontairement sur le bas de la robe étalée devant lui. Après chaque couplet, il y avait une longue pause, — et le souffle du vent dans les arbres ressemblait au bruit des ondes.

Mlle Vatnaz, en écartant d'une main les branches d'un troène qui lui masquait la vue de l'estrade, contemplait le chanteur, fixement, les narines ouvertes, les cils rapprochés, et comme perdue dans une joie sérieuse.

— « Très bien ! » dit Arnoux. « Je comprends pourquoi vous êtes ce soir à l'Alhambra ! Delmas vous plaît, ma chère. »

Elle ne voulut rien avouer.

— « Ah ! quelle pudeur ! »

Et, montrant Frédéric :

— « Est-ce à cause de lui ? Vous auriez tort. Pas de garçon plus discret ! »

Les autres[a], qui cherchaient leur ami, entrèrent dans la salle de verdure. Hussonnet les présenta. Arnoux fit une distribution de cigares[b] et régala de sorbets la compagnie.

Mlle Vatnaz avait rougi en apercevant Dussardier. Elle se leva bientôt, et, lui tendant la main:

— « Vous ne me remettez pas, monsieur Auguste[192] ? »

— « Comment la connaissez-vous ? » demanda Frédéric.

— « Nous avons été dans la même maison », reprit-il.

Cisy le tirait[c] par la manche, ils sortirent ; et, à peine disparu, Mlle Vatnaz commença l'éloge de son caractère[193]. Elle ajouta même qu'il avait *le génie du cœur*.

Puis on causa de Delmas, qui pourrait, comme mime, avoir des succès au théâtre[d], et il s'ensuivit une discussion, où l'on mêla Shakespeare, la Censure, le Style, le Peuple[e], les recettes[f] de la Porte-Saint-Martin, Alexandre Dumas, Victor Hugo et Dumersan[194]. Arnoux avait connu plusieurs actrices célèbres ; les jeunes gens se penchaient pour l'écouter. Mais ses paroles étaient couvertes par le tapage de la musique ; et, sitôt le quadrille ou la polka terminés, tous s'abattaient sur les tables, appelaient le garçon, riaient ; les bouteilles de bière et de limonade gazeuse détonaient dans les feuillages, des femmes criaient comme des poules ; quelquefois, deux messieurs voulaient se battre ; un voleur fut arrêté.

Au galop[g], les danseurs envahirent les allées. Haletant, souriant, et la face rouge, ils défilaient dans un tourbillon qui soulevait les robes avec les basques des habits ; les trombones rugissaient plus fort ; le rythme s'accélérait ; derrière le cloître moyen âge, on entendit des crépitations, des pétards éclatèrent ; des soleils se mirent à tourner ; la lueur des feux de Bengale, couleur d'émeraude, éclaira pendant une minute tout le jardin ; — et, à la dernière fusée, la multitude exhala un grand soupir[h].

Elle s'écoula[i] lentement. Un nuage de poudre à canon flottait dans l'air. Frédéric et Deslauriers marchaient au milieu de la foule pas à pas, quand un spectacle les arrêta : Martinon[195] se faisait rendre de la monnaie au dépôt des parapluies ; et il accompagnait une femme d'une cinquantaine d'années, laide, magnifiquement vêtue[a], et d'un rang social problématique.

— « Ce gaillard-là », dit[b] Deslauriers, « est moins simple qu'on ne suppose. Mais où est donc Cisy ? »

Dussardier leur montra l'estaminet, où ils aperçurent le fils des preux, devant un bol de punch, en compagnie d'un chapeau rose.

Hussonnet, qui s'était absenté depuis cinq minutes, reparut au même moment[196].

Une jeune fille s'appuyait sur son bras, en l'appelant tout haut « mon petit chat ».

— « Mais non ! » lui disait-il. « Non ! pas en public ! Appelle-moi vicomte, plutôt ! Ça vous donne un genre cavalier, Louis XIII et bottes molles[197], qui me plaît ! Oui, mes bons, une ancienne ! N'est-ce pas qu'elle est gentille ? » Il lui prenait le menton.

— « Salue ces messieurs ! ce sont tous des fils de pairs de France ! je les fréquente pour qu'ils me nomment ambassadeur ! »

— « Comme vous êtes fou ! » soupira Mlle Vatnaz.

Elle pria Dussardier[c] de la reconduire jusqu'à sa porte.

Arnoux les regarda s'éloigner, puis, se tournant[d] vers Frédéric :

— « Vous plairait-elle, la Vatnaz ? Au reste, vous n'êtes pas franc là-dessus ? Je crois que vous cachez vos amours ? »

Frédéric, devenu blême, jura qu'il ne cachait rien.

— « C'est qu'on ne vous connaît pas de maîtresse », reprit Arnoux.

Frédéric eut envie de citer un nom, au hasard. Mais l'histoire pouvait *lui* être racontée[e]. Il répondit qu'effectivement, il n'avait pas de maîtresse.

Le marchand l'en blâma.

— « Ce soir, l'occasion était bonne ! Pourquoi n'avez-vous pas fait comme les autres, qui s'en vont tous avec une femme ? »

— « Eh bien, et vous ? » dit Frédéric, impatienté d'une telle persistance.

— « Ah ! moi ! mon petit ! c'est différent ! Je m'en retourne auprès de la mienne ! »

Il appela un cabriolet, et disparut.

Les deux amis s'en allèrent à pied. Un vent d'est soufflait. Ils ne parlaient ni l'un ni l'autre. Deslauriers regrettait de n'avoir pas *brillé* devant le directeur d'un journal, et Frédéric s'enfonçait dans sa tristesse. Enfin, il dit que le bastringue lui avait paru stupide.

— « A qui la faute ? Si tu ne nous avais pas lâchés pour ton Arnoux ! »

— « Bah ! tout ce que j'aurais pu faire eût été complètement inutile. »

Mais le Clerc avait des théories. Il suffisait pour obtenir les choses, de les désirer fortement[198].

— « Cependant, toi-même, tout à l'heure... »

— « Je m'en moquais bien ! » fit Deslauriers, arrêtant net l'allusion. « Est-ce que je vais m'empêtrer de femmes ! »

Et il déclama contre leurs mièvreries, leurs sottises ; bref, elles lui déplaisaient[199].

— « Ne pose donc pas ! » dit Frédéric.

Deslauriers se tut. Puis, tout à coup :

— « Veux-tu parier cent francs que je *fais* la première qui passe ? »

— « Oui ! accepté ! »

La première qui passa était une mendiante hideuse ; et ils désespéraient du hasard, lorsqu'au milieu de la rue de Rivoli, ils aperçurent une grande fille, portant à la main un petit carton.

Deslauriers l'accosta sous les arcades. Elle inclina brusquement du côté des Tuileries, et elle prit bientôt par la place du Carrousel[a] ; elle jetait des regards de droite et de gauche. Elle courut après un fiacre ; Deslauriers la rattrapa. Il marchait près d'elle, en lui parlant avec des gestes expressifs. Enfin elle accepta son bras, et ils continuèrent le long des quais. Puis, à la hauteur du Châtelet, pendant vingt minutes au moins, ils se promenèrent sur le trottoir, comme deux marins faisant leur quart. Mais, tout à coup, ils traversèrent le pont au Change, le marché aux Fleurs, le quai Napoléon. Frédéric entra derrière eux. Deslauriers lui fit comprendre qu'il les gênerait, et n'avait qu'à suivre son exemple.

— « Combien as-tu encore ? »

— « Deux pièces de cent sous ! »

— « C'est assez ! bonsoir ! »

Frédéric fut saisi par l'étonnement que l'on éprouve à voir une farce réussir : « Il se moque[a] de moi », pensa-t-il, « si je remontais ? » Deslauriers croirait, peut-être, qu'il lui enviait cet amour ? « Comme si je n'en avais pas un, et cent fois plus rare, plus noble, plus fort ! » Une espèce de colère le poussait[b]. Il arriva devant la porte de Mme Arnoux[200].

Aucune des fenêtres extérieures ne dépendait de son logement. Cependant, il restait les yeux collés sur la façade[c], — comme s'il avait cru, par cette contemplation, pouvoir fendre les murs. Maintenant, sans doute, elle reposait, tranquille comme une fleur endormie, avec ses beaux cheveux noirs parmi les dentelles de l'oreiller, les lèvres entre-closes, la tête sur un bras.

Celle d'Arnoux[d] lui apparut. Il s'éloigna, pour fuir cette vision.

Le conseil de Deslauriers vint à sa mémoire ; il en eut horreur. Alors[e], il vagabonda dans les rues.

Quand un piéton s'avançait, il tâchait de distinguer son visage. De temps à autre, un rayon de lumière lui passait entre les jambes, décrivait au ras du pavé un immense quart de cercle ; et un homme surgissait, dans l'ombre, avec sa hotte et sa lanterne. Le vent, en de certains endroits, secouait le tuyau de tôle d'une cheminée ; des sons lointains s'élevaient, se mêlant au bourdonnement de sa tête, et il croyait entendre, dans les airs, la vague ritournelle[f] des contredanses. Le mouvement de sa marche entretenait cette ivresse ; il se trouva sur le pont de la Concorde.

Alors, il se ressouvint de ce soir de l'autre hiver, — où, sortant de chez elle, pour la première fois, il lui avait fallu s'arrêter, tant son cœur battait vite sous l'étreinte de ses espérances. Toutes étaient mortes, maintenant !

Des nuées sombres couraient sur la face de la lune. Il la contempla, en rêvant à la grandeur des espaces, à la misère de la vie, au néant de tout. Le jour[g] parut ; ses dents claquaient ; et, à moitié endormi, mouillé par le brouillard et tout plein de larmes, il se demanda pourquoi n'en pas finir[201] ? Rien qu'un mouvement à faire ! Le poids de son front l'entraînait[h], il voyait son cadavre flottant sur l'eau ; Frédéric se pencha. Le parapet était un peu large[i], et ce fut par lassitude qu'il n'essaya pas de le franchir.

Une épouvante le saisit. Il regagna les boulevards et s'affaissa sur un banc°. Des agents de police le réveillèrent, convaincus qu'il « avait fait la noce ».

Il se remit à marcher[a]°. Mais comme il se sentait grand'faim, et que tous les restaurants étaient fermés, il alla souper dans un cabaret des Halles. Après quoi, jugeant qu'il était encore trop tôt, il flâna aux alentours de l'Hôtel de Ville, jusqu'à huit heures et un quart.

Deslauriers avait depuis longtemps congédié sa donzelle ; et il écrivait sur la table, au milieu de la chambre°. Vers quatre heures, M. de Cisy entra.

Grâce à Dussardier, la veille au soir, il s'était abouché avec une dame ; et même il l'avait reconduite en voiture, avec son mari, jusqu'au seuil de sa maison, où elle lui avait donné rendez-vous. Il en sortait. On ne connaissait pas ce nom-là !

— « Que voulez-vous que j'y fasse ? » dit Frédéric.

Alors le gentilhomme battit la campagne ; il parla de Mlle Vatnaz, de l'Andalouse, et de toutes les autres. Enfin, avec beaucoup de périphrases, il exposa le but de sa visite : se fiant à la discrétion de son ami, il venait pour qu'il l'assistât dans une démarche, après laquelle il se regarderait définitivement comme un homme ; et Frédéric ne le refusa[202] pas. Il conta l'histoire à Deslauriers, sans dire la vérité sur ce qui le concernait personnellement.

Le Clerc trouva qu'« il allait maintenant très bien ». Cette déférence à ses conseils augmenta sa bonne humeur.

C'était par elle qu'il avait séduit, dès le premier jour, Mlle Clémence Daviou, brodeuse en or pour équipements militaires, la plus douce personne qui fût, et svelte comme un roseau, avec de grands yeux bleus, continuellement ébahis. Le Clerc abusait de sa candeur, jusqu'à lui faire croire[b] qu'il était décoré ; il ornait sa redingote d'un ruban rouge, dans leurs tête-à-tête, mais s'en privait en public, pour ne point humilier son patron, disait-il. Du reste, il la tenait à distance, se laissait caresser comme un pacha, et l'appelait « fille du peuple »[203] par manière de rire. Elle lui apportait chaque fois de petits bouquets de violettes. Frédéric n'aurait pas voulu d'un tel amour[204].

Cependant, lorsqu'ils sortaient, bras dessus bras dessous, pour se rendre dans un cabinet[c] chez Pinson ou chez Barillot, il éprouvait une singulière tristesse. Frédéric ne savait pas combien, depuis un an, chaque jeudi, il avait fait souffrir

Deslauriers, quand il se brossait les ongles, avant d'aller dîner rue de Choiseul !

Un soir que, du haut de son balcon, il venait de les regarder partir, il vit de loin Hussonnet sur le pont d'Arcole. Le bohème se mit à l'appeler par des signaux, et, Frédéric ayant descendu ses cinq étages :

— « Voici la chose : C'est samedi prochain, 24, la fête de Mme Arnoux. »

— « Comment, puisqu'elle s'appelle Marie ? »

— « Angèle aussi, n'importe[205] ! On festoiera dans leur maison de campagne à Saint-Cloud ; je suis chargé de vous en prévenir. Vous trouverez un véhicule à trois heures, au journal ! Ainsi convenu ! Pardon de vous avoir dérangé. Mais j'ai tant de courses ! »

Frédéric n'avait pas tourné les talons que son portier lui remit une lettre :

« Monsieur et Madame Dambreuse prient Monsieur F. Moreau de leur faire l'honneur de venir dîner chez eux samedi 24 courant. — R.S.V.P. »

— « Trop tard », pensa-t-il.

Néanmoins, il montra la lettre à Deslauriers, lequel s'écria :

— « Ah ! enfin ! Mais tu n'as pas l'air content. Pourquoi ? »

Frédéric, ayant hésité quelque peu, dit[a] qu'il avait le même jour une autre invitation.

— « Fais-moi le plaisir d'envoyer bouler la rue de Choiseul. Pas de bêtises ! Je vais répondre pour toi, si ça te gêne. »

Et le Clerc écrivit une acceptation, à la troisième personne.

N'ayant jamais vu le monde qu'à travers la fièvre de ses convoitises, il se l'imaginait comme une création artificielle, fonctionnant en vertu de lois mathématiques[206]. Un dîner en ville, la rencontre d'un homme en place, le sourire d'une jolie femme pouvaient, par une série d'actions se déduisant les unes des autres, avoir de gigantesques résultats. Certains salons parisiens étaient comme ces machines qui prennent la matière à l'état brut et la rendent centuplée de valeur. Il croyait aux courtisanes conseillant les diplomates, aux riches mariages obtenus par les intrigues, au génie des galériens, aux docilités[b] du hasard sous la main des forts. Enfin il estimait la fréquentation des Dambreuse tellement utile, et il parla[a] si bien, que Frédéric ne savait plus à quoi se résoudre.

Il n'en devait pas moins, puisque c'était la fête de Mme Arnoux, lui offrir un cadeau ; il songea, naturellement, à une ombrelle, afin de réparer sa maladresse. Or, il découvrit une marquise[207b] en soie gorge-pigeon, à petit manche d'ivoire ciselé, et qui arrivait de Chine. Mais cela coûtait cent soixante-quinze francs et il n'avait pas un sou, vivant même à crédit sur le trimestre prochain. Cependant, il la voulait[c], il y tenait, et, malgré sa répugnance, il eut recours à Deslauriers.

Deslauriers lui répondit qu'il n'avait pas d'argent.

— « J'en ai besoin », dit Frédéric, « grand besoin ! »

Et, l'autre ayant répété la même excuse, il s'emporta.

— « Tu pourrais bien, quelquefois[d]... »

— « Quoi donc ? »

— « Rien ! »

Le Clerc avait compris. Il leva sur sa réserve la somme en question, et, quand il l'eut versée pièce à pièce :

— « Je ne te réclame pas de quittance, puisque je vis à tes crochets ! »

Frédéric lui sauta au cou, avec mille protestations affectueuses. Deslauriers resta froid. Puis, le lendemain, apercevant l'ombrelle sur le piano :

— « Ah ! c'était pour cela[e] ! »

— « Je l'enverrai peut-être », dit lâchement Frédéric.

Le hasard le servit, car il reçut, dans la soirée, un billet bordé de noir, et où Mme Dambreuse, lui annonçant la perte d'un oncle, s'excusait de remettre à plus tard le plaisir de faire sa connaissance.

Il arriva dès deux heures au bureau du Journal. Au lieu[f] de l'attendre pour le mener dans sa voiture, Arnoux était parti la veille, ne résistant plus à son besoin de grand air.

Chaque année, aux premières feuilles, durant plusieurs jours de suite, il décampait le matin, faisait de longues courses à travers champs, buvait du lait dans les fermes, batifolait avec les villageoises, s'informait des récoltes, et rapportait des pieds de salade dans son mouchoir. Enfin, réalisant un vieux rêve, il s'était acheté une maison[g] de campagne.

Pendant que Frédéric parlait au commis, Mlle Vatnaz survint, et fut désappointée de ne pas voir Arnoux. Il resterait là-bas encore deux jours, peut-être. Le commis lui conseilla « d'y aller » ; elle ne pouvait y aller ; « d'écrire une lettre » ; elle avait peur que la lettre ne fût perdue. Frédéric s'offrit à la porter lui-même. Elle en fit une rapidement, et le conjura de la remettre sans témoins.

Quarante minutes[a] après, il débarquait à Saint-Cloud[208] **.

La maison, cent pas plus loin que le pont, se trouvait à mi-hauteur de la colline. Les murs du jardin étaient cachés par deux rangs de tilleuls, et une large pelouse descendait jusqu'au bord de la rivière. La porte de la grille étant ouverte, Frédéric entra.

Arnoux, étendu sur l'herbe, jouait avec une portée de petits chats. Cette distraction paraissait l'absorber infiniment. La lettre[b] de Mlle Vatnaz le tira de sa torpeur.

— « Diable, diable ! c'est ennuyeux ! elle a raison ; il faut que je parte[c] »

Puis, ayant fourré la missive dans sa poche, il prit plaisir à montrer son domaine[209]. Il montra tout, l'écurie, le hangar, la cuisine. Le salon était à droite, et, du côté de Paris, donnait sur une varangue en treillage, chargée d'une clématite. Mais, au-dessus de leur tête, une roulade éclata ; Mme Arnoux, se croyant seule, s'amusait à chanter. Elle faisait des gammes, des trilles, des arpèges. Il y avait de longues notes qui semblaient se tenir suspendues ; d'autres tombaient précipitées, comme les gouttelettes d'une cascade ; et sa voix, passant par la jalousie, coupait le grand silence, et montait vers le ciel bleu.

Elle cessa tout à coup, quand M. et Mme Oudry, deux voisins, se présentèrent.

Puis elle parut elle-même au haut du perron ; et, comme elle descendait les marches, il aperçut son pied. Elle avait de petites chaussures découvertes, en peau mordorée, avec trois pattes transversales, ce qui dessinait sur ses bas un grillage d'or.

Les invités arrivèrent. Sauf Me Lefaucheur, avocat, c'étaient les convives du jeudi. Chacun avait apporté quelque cadeau : Dittmer une écharpe syrienne, Rosenwald un album de romances, Burrieu une aquarelle, Sombaz sa propre caricature, et Pellerin un fusain, représentant une espèce de danse macabre, hideuse fantaisie d'une exécution médiocre. Hussonnet s'était dispensé de tout présent.

Frédéric attendit après les autres, pour offrir le sien.

Elle l'en remercia beaucoup. Alors, il dit :

— « Mais… c'est presque une dette ! J'ai été si fâché… »

— « De quoi donc ? » reprit-elle. « Je ne comprends pas. »

— « A table ! » fit Arnoux, en le saisissant par le bras. Puis, dans l'oreille : « Vous n'êtes guère malin, vous !»

Rien n'était plaisant comme la salle à manger, peinte d'une couleur vert d'eau. A l'un des bouts, une nymphe de pierre trempait son orteil dans un bassin en forme de coquille. Par les fenêtres ouvertes, on apercevait tout le jardin avec la longue pelouse que flanquait un vieux pin d'Écosse, aux trois quarts dépouillé ; des massifs de fleurs la bombaient inégalement ; et, au-delà du fleuve, se développaient, en large demi-cercle, le bois de Boulogne, Neuilly, Sèvres, Meudon. Devant la grille, en face, un canot à la voile prenait des bordées.

On causa d'abord de cette vue que l'on avait, puis du paysage en général[a] ; et les discussions commençaient quand Arnoux donna l'ordre à son domestique d'atteler l'américaine vers les neuf heures et demie. Une lettre de son caissier le rappelait.

— « Veux-tu que je m'en retourne avec toi ? » dit Mme Arnoux.

— « Mais certainement ! » et, en lui faisant un beau salut :

— « Vous savez bien, Madame, qu'on ne peut vivre sans vous ! »

Tous la complimentèrent d'avoir un si bon mari.

— « Ah ! c'est que je ne suis pas seule ! » répliqua-t-elle doucement, en montrant sa petite fille.

Puis, la conversation ayant repris sur la peinture, on parla d'un Ruysdaël, dont Arnoux espérait des sommes considérables, et Pellerin lui demanda s'il est vrai que le fameux Saül Mathias, de Londres, fût venu, le mois passé, lui en offrir vingt-trois mille francs.

— « Rien de plus vrai ! »

Et, se tournant vers Frédéric :

— « C'est même le monsieur que je promenais l'autre jour à l'Alhambra, bien malgré moi, je vous assure, car ces Anglais ne sont pas drôles ! »

Frédéric, soupçonnant dans la lettre de Mlle Vatnaz quelque histoire de femme, avait admiré l'aisance du sieur Arnoux à trouver un moyen honnête de déguerpir ; mais son nouveau mensonge, absolument inutile, lui fit écarquiller les yeux.

Le marchand ajouta, d'un air simple :

— « Comment l'appelez-vous donc, ce grand jeune homme, votre ami ? »

— « Deslauriers », dit vivement Frédéric.

Et, pour réparer les torts qu'il se sentait à son endroit, il le vanta comme une intelligence supérieure.

— « Ah ! vraiment ? Mais il n'a pas l'air si brave garçon que l'autre, le commis de roulage[a] »

Frédéric maudit Dussardier. Elle allait croire qu'il frayait avec les gens du commun.

Ensuite, il fut question des embellissements de la capitale, des quartiers nouveaux[210], et le bonhomme Oudry vint à citer, parmi les grands spéculateurs, M. Dambreuse.

Frédéric, saisissant l'occasion de se faire valoir, dit qu'il le connaissait. Mais Pellerin se lança dans une catilinaire contre les épiciers ; vendeurs de chandelles ou d'argent, il n'y voyait pas de différence. Puis, Rosenwald et Burrieu devisèrent porcelaines ; Arnoux causait jardinage avec Mme Oudry ; Sombaz, loustic de la vieille école, s'amusait à blaguer son époux : il l'appelait Odry[211], comme l'acteur, déclara[b] qu'il devait descendre d'Oudry, le peintre des chiens, car la bosse des animaux était visible sur son front. Il voulut même lui tâter le crâne, l'autre s'en défendait à cause de sa perruque ; et le dessert finit avec des éclats de rire.

Quand on eut pris le café, sous les tilleuls, en fumant, et fait plusieurs tours dans le jardin, on alla se promener[c] le long de la rivière.

La compagnie s'arrêta devant un pêcheur, qui nettoyait des anguilles, dans une boutique à poisson. Mlle Marthe voulut les voir. Il vida sa boîte sur l'herbe ; et la petite fille se jetait à genoux pour les attraper, riait de plaisir, criait d'effroi. Toutes furent perdues. Arnoux les paya[d].

Il eut, ensuite, l'idée de faire une promenade en canot.

Un côté[e] de l'horizon commençait à pâlir, tandis que, de l'autre, une large couleur orange s'étalait dans le ciel et était plus empourprée au faîte des collines, devenues complètement noires. Mme Arnoux se tenait assise sur une grosse pierre, ayant[f] cette lueur d'incendie derrière elle. Les autres personnes flânaient çà et là ; Hussonnet, au bas de la berge, faisait des ricochets sur l'eau.

Arnoux revint, suivi par une vieille chaloupe, où, malgré les représentations les plus sages, il empila ses convives. Elle sombrait ; il fallut débarquer.

Déjà des bougies[a] brûlaient dans le salon, tout tendu de perse, avec des girandoles en cristal contre les murs. La mère Oudry s'endormait[b] doucement dans un fauteuil, et les autres écoutaient M. Lefaucheur, dissertant sur les gloires du barreau. Mme Arnoux était seule près de la[c] croisée, Frédéric l'aborda.

Ils causèrent de ce que l'on disait[d]. Elle admirait les orateurs ; lui, il préférait la gloire des écrivains. Mais on devait sentir, reprit-elle, une plus forte jouissance à remuer les foules directement, soi-même, à voir que l'on fait passer dans leur âme tous les sentiments de la sienne. Ces triomphes ne tentaient guère Frédéric, qui n'avait point d'ambition.

— « Ah ! pourquoi ? » dit-elle. « Il faut en avoir un peu ! »

Ils étaient l'un près de l'autre, debout, dans l'embrasure de la croisée. La nuit, devant eux, s'étendait comme un immense voile sombre, piqué d'argent. C'était la première fois qu'ils ne parlaient pas de choses insignifiantes. Il vint même à savoir ses antipathies et ses goûts : certains parfums lui faisaient mal, les livres d'histoire l'intéressaient, elle croyait aux songes.

Il entama le chapitre des aventures sentimentales. Elle plaignait les désastres de la passion, mais était révoltée par les turpitudes hypocrites ; et cette droiture d'esprit se rapportait si bien à la beauté régulière de son visage, qu'elle semblait en dépendre.

Elle souriait quelquefois, arrêtant sur lui ses yeux, une minute. Alors, il sentait ses regards pénétrer son âme, comme ces grands rayons de soleil qui descendent jusqu'au fond de l'eau. Il l'aimait sans arrière-pensée, sans espoir de retour, absolument ; et, dans ces muets transports, pareils à des élans de reconnaissance, il aurait voulu couvrir son front d'une pluie de baisers. Cependant, un souffle intérieur l'enlevait comme hors de lui ; c'était une envie de se sacrifier, un besoin de dévouement immédiat, et d'autant plus fort qu'il ne pouvait l'assouvir.

Il ne partit pas avec les autres, Hussonnet non plus. Ils devaient s'en retourner dans la voiture ; et l'américaine attendait en bas du perron, quand Arnoux descendit dans le jardin, pour cueillir des roses. Puis, le bouquet étant lié avec un fil, comme les tiges dépassaient inégalement, il fouilla dans sa poche, pleine de papiers, en prit un au hasard, les enveloppa, consolida son œuvre avec une[a] forte épingle et il l'offrit à sa femme, avec une certaine émotion.

— « Tiens, ma chérie, excuse-moi de t'avoir oubliée ! »

Mais elle poussa un petit cri ; l'épingle, sottement mise, l'avait blessée, et elle remonta dans sa chambre[*]. On l'attendit près d'un quart d'heure. Enfin elle reparut, enleva Marthe, se jeta dans la voiture.

— « Et ton bouquet ? » dit Arnoux.

— « Non ! non ! ce n'est pas la peine ! »

Frédéric courait pour l'aller prendre ; elle lui cria :

— « Je n'en veux pas !»

Mais il l'apporta bientôt, disant qu'il venait de le remettre dans l'enveloppe, car il avait trouvé les fleurs à terre. Elle les enfonça dans le tablier de cuir, contre le siège, et l'on partit.

Frédéric, assis près d'elle, remarqua qu'elle tremblait horriblement[212]. Puis, quand on eut passé le pont, comme Arnoux tournait à gauche :

— « Mais non ! tu te trompes ! par là, à droite[b] ! »

Elle semblait irritée ; tout la gênait. Enfin, Marthe ayant fermé les yeux, elle tira le bouquet et le lança par la portière, puis saisit au bras Frédéric, en lui faisant[c] signe, avec l'autre main, de n'en jamais parler.

Ensuite, elle appliqua son mouchoir contre ses lèvres, et ne bougea plus.

Les deux autres, sur le siège, causaient imprimerie, abonnés. Arnoux[d], qui conduisait sans attention, se perdit au milieu du bois de Boulogne. Alors, on s'enfonça dans de petits chemins. Le cheval marchait au pas ; les branches des arbres frôlaient la capote. Frédéric n'apercevait de Mme Arnoux[e] que ses deux yeux, dans l'ombre ; Marthe s'était allongée sur elle, et il lui soutenait la tête.

— « Elle vous fatigue ! » dit sa mère.

Il répondit :

— « Non ! oh non ! »

De lents tourbillons de poussière se levaient ; on traversait Auteuil ; toutes les maisons étaient closes ; un réverbère, çà et là, éclairait l'angle d'un mur, puis on rentrait dans les ténèbres ; une fois, il s'aperçut qu'elle pleurait.

Était-ce un remords ? un désir ? quoi donc ? Ce chagrin, qu'il ne savait pas, l'intéressait comme une chose personnelle ; maintenant[a], il y avait entre eux un lien nouveau, une espèce de complicité ; et il lui dit, de la voix la plus caressante qu'il put :

— « Vous souffrez ? »

— « Oui, un peu », reprit-elle.

La voiture roulait, et les chèvrefeuilles et les seringats débordaient[b] les clôtures des jardins, envoyaient dans la nuit des bouffées d'odeurs amollissantes. Les plis nombreux de sa robe couvraient ses pieds. Il lui semblait communiquer avec toute sa personne par ce corps d'enfant étendu entre eux. Il se pencha vers la petite fille, et, écartant ses jolis cheveux bruns, la baisa au front, doucement.

— « Vous êtes bon ! » dit Mme Arnoux

— « Pourquoi ? »

— « Parce que vous aimez les enfants. »

— « Pas tous ! »

Il n'ajouta rien, mais il étendit la main gauche de son côté[c] et la laissa toute grande ouverte, — s'imaginant qu'elle allait faire comme lui, peut-être, et qu'il rencontrerait la sienne[e]. Puis il eut honte et la retira.

On arriva bientôt sur le pavé. La voiture allait plus vite, les becs de gaz se multiplièrent, c'était Paris. Hussonnet, devant le Garde-Meuble[213], sauta du siège. Frédéric attendit pour descendre que l'on fût arrivé dans la cour ; puis il s'embusqua au coin de la rue de Choiseul, et aperçut Arnoux qui remontait lentement vers les[d] boulevards.

Dès le lendemain, il se mit à travailler de toutes ses forces.

Il se voyait dans une cour d'assises, par un soir d'hiver, à la fin des plaidoiries, quand les jurés sont pâles et que la foule haletante fait craquer les cloisons du prétoire, parlant depuis quatre heures déjà, résumant toutes ses preuves, en découvrant de nouvelles, et sentant à chaque phrase, à chaque mot, à chaque geste, le couperet de la guillotine, suspendu derrière lui, se relever ; puis, à la tribune de la Chambre, orateur qui porte sur ses lèvres le salut de tout un peuple, noyant ses adversaires sous ses prosopopées, les écrasant d'une riposte, avec des foudres et des intonations musicales dans la voix, ironique, pathétique, emporté, sublime : elle serait[e] là, quelque part, au milieu des autres, cachant sous son voile ses pleurs d'enthousiasme ; ils se retrouveraient ensuite ;

— et les découragements, les calomnies et les injures ne l'atteindraient pas, si elle disait : — « Ah ! cela est beau ! » en lui passant sur le front ses mains légères.

Ces images fulguraient, comme des phares, à l'horizon de sa vie. Son esprit, excité, devint plus leste et plus fort. Jusqu'au mois d'août, il s'enferma, et fut reçu à son dernier examen.

Deslauriers, qui avait eu tant de mal à lui seriner encore une fois le deuxième à la fin de décembre et le troisième en février, s'étonnait de son ardeur. Alors, les vieux espoirs revinrent. Dans dix ans, il fallait que Frédéric fût député ; dans quinze, ministre ; pourquoi pas ? Avec son patrimoine qu'il allait toucher bientôt, il pouvait, d'abord, fonder un journal ; ce serait le début ; ensuite on verrait. Quant à lui, il ambitionnait toujours une chaire à l'École de droit ; et il soutint sa thèse[214] pour le doctorat d'une façon si remarquable, qu'elle lui valut les compliments des professeurs.

Frédéric passa la sienne trois jours après. Avant de partir en vacances, il eut l'idée d'un pique-nique, pour clore les réunions du samedi.

Il s'y montra gai. Mme Arnoux était maintenant près de sa mère, à Chartres. Mais il la retrouverait bientôt, et finirait[a] par être son amant.

Deslauriers[b], admis le jour même à la parlotte d'Orsay[215], avait fait un discours fort applaudi. Quoiqu'il fût sobre, il se grisa et dit au dessert à Dussardier :

— « Tu es honnête, toi ! Quand je serai riche, je t'instituerai mon régisseur. »

Tous étaient heureux ; Cisy ne finirait pas son droit ; Martinon allait continuer son stage en province, où il serait nommé substitut ; Pellerin se disposait à un grand tableau figurant *le Génie de la Révolution* ; Hussonnet, la semaine prochaine, devait lire au directeur des *Délassements*[216] le plan d'une pièce, et ne doutait pas du succès :

— « Car la charpente du drame, on me l'accorde ! Les passions, j'ai assez roulé ma bosse pour m'y connaître ; quant aux traits d'esprit, c'est mon métier ! »

Il fit un saut, retomba sur les deux mains, et marcha quelque temps autour de la table, les jambes en l'air.

Cette gaminerie ne dérida pas Sénécal. Il venait d'être chassé de sa pension, pour avoir battu un fils d'aristocrate. Sa misère augmentant, il s'en prenait à l'ordre social, maudissait les riches ; et il s'épancha dans le sein de Regimbart, lequel était de plus en plus désillusionné, attristé, dégoûté. Le Citoyen se tournait, maintenant, vers les questions budgétaires, et accusait la Camarilla[217] de perdre des millions en Algérie.

Comme il ne pouvait dormir sans avoir stationné à l'estaminet Alexandre, il disparut dès onze heures. Les autres se retirèrent plus tard ; et Frédéric, en faisant ses adieux à Hussonnet, apprit que Mme Arnoux avait dû revenir la veille.

Il alla donc aux Messageries changer sa place pour le lendemain, et, vers six heures du soir, se présenta chez elle. Son retour, lui dit le concierge, était différé d'une semaine. Frédéric dîna seul, puis flâna sur les boulevards.

Des nuages roses, en forme d'écharpe, s'allongeaient au-delà des toits ; on commençait à relever les tentes des boutiques ; des tombereaux d'arrosage versaient une pluie sur la poussière, et une fraîcheur inattendue se mêlait aux émanations des cafés, laissant voir par leurs portes ouvertes, entre des argenteries et des dorures, des fleurs en gerbes qui se miraient dans les hautes glaces. La foule marchait lentement. Il y avait des groupes d'hommes causant au milieu du trottoir ; et des femmes passaient, avec une mollesse dans les yeux et ce teint de camélia que donne aux chairs féminines la lassitude des grandes chaleurs. Quelque chose d'énorme s'épanchait, enveloppait les maisons. Jamais Paris ne lui avait semblé si beau. Il n'apercevait, dans l'avenir, qu'une interminable série d'années toutes pleines d'amour.

Il s'arrêta devant le théâtre de la Porte-Saint-Martin à regarder l'affiche ; et, par désœuvrement, prit un billet.

On jouait une vieille féérie. Les spectateurs étaient rares ; et, dans les lucarnes du paradis, le jour se découpait en petits carrés bleus, tandis que les quinquets de la rampe formaient une seule ligne de lumières jaunes. La scène représentait un marché d'esclaves à Pékin, avec clochettes, tamtams, sultanes, bonnets pointus et calembours. Puis, la toile baissée, il erra dans le foyer, solitairement, et admira sur le boulevard, au bas du perron, un grand landau vert, attelé de deux chevaux blancs, tenus par un cocher en culotte courte.

Il regagnait sa place, quand, au balcon, dans la première loge d'avant-scène, entrèrent une dame et un monsieur. Le mari avait un visage pâle, bordé d'un filet de barbe grise, la rosette d'officier, et cet aspect glacial qu'on attribue aux diplomates.

Sa femme, de vingt ans plus jeune pour le moins, ni grande ni petite, ni laide ni jolie, portait ses cheveux blonds tirebouchonnés à l'anglaise, une robe à corsage plat, et un large éventail de dentelle noire. Pour que des gens d'un pareil monde fussent venus au spectacle dans cette saison, il fallait supposer un hasard, ou l'ennui de passer leur soirée en tête-à-tête. La dame mordillait son éventail, et le monsieur bâillait. Frédéric ne pouvait se rappeler où il avait vu cette figure.

A l'entr'acte suivant, comme il traversait un couloir, il les rencontra tous les deux ; sur le vague salut qu'il fit, M. Dambreuse, le reconnaissant, l'aborda et s'excusa, tout de suite, de négligences impardonnables. C'était une allusion aux cartes de visite nombreuses, envoyées d'après les conseils du Clerc. Toutefois il confondait les époques, croyant que Frédéric était à sa seconde année de droit. Puis il l'envia de partir pour la campagne. Il aurait eu besoin de se reposer, mais les affaires le retenaient à Paris.

Mme Dambreuse, appuyée sur son bras, inclinait la tête, légèrement ; et l'aménité spirituelle de son visage contrastait avec son expression chagrine de tout à l'heure.

— « On y trouve pourtant de belles distractions ! » dit-elle, aux derniers mots de son mari. « Comme ce spectacle est bête ! n'est-ce pas, monsieur ? »

Et tous trois restèrent debout, à causer théâtres et pièces nouvelles.

Frédéric, habitué aux grimaces des bourgeoises provinciales, n'avait vu chez aucune femme une pareille aisance de manières[a], cette simplicité, qui est un raffinement, et où les naïfs aperçoivent l'expression d'une sympathie instantanée.

On comptait sur lui, dès son retour ; M. Dambreuse le chargea de ses souvenirs pour le père Roque.

Frédéric ne manqua pas, en rentrant, de conter cet accueil à Deslauriers.

— « Fameux ! » reprit le Clerc, « et ne te laisse pas entortiller par ta maman ! Reviens tout de suite ! »

Le lendemain de son arrivée, après leur déjeuner, Mme Moreau emmena son fils dans le jardin.

Elle se sentait heureuse de lui voir un état, car ils n'étaient pas aussi riches que l'on croyait ; la terre rapportait peu ; les fermiers payaient mal ; elle avait même été contrainte de vendre sa voiture. Enfin, elle lui exposa[a] leur situation.

Dans les premiers embarras de son veuvage, un homme astucieux, M. Roque, lui avait fait des prêts d'argent, renouvelés, prolongés malgré elle. Il était venu[b] les réclamer tout à coup[218] ; et elle avait passé par ses conditions, en lui cédant à un prix dérisoire la ferme de Presles. Dix ans plus tard, son capital disparaissait dans la faillite d'un banquier, à Melun. Par horreur[c] des hypothèques et pour conserver des apparences utiles à l'avenir de son fils, comme le père Roque se présentait de nouveau, elle l'avait écouté, encore une fois. Mais elle était quitte, maintenant. Bref, il leur restait environ dix mille francs de rente, dont deux mille trois cents à lui, tout son patrimoine !

— « Ce n'est pas possible ! » s'écria Frédéric.

Elle eut un mouvement de tête signifiant que cela était très possible.

Mais son oncle lui laisserait quelque chose ?

Rien n'était moins sûr !

Et ils firent un tour de jardin, sans parler. Enfin elle l'attira contre son cœur, et, d'une voix que les larmes étouffaient :

— « Ah ! mon pauvre garçon ! Il m'a fallu abandonner bien des rêves ! »

Il s'assit sur le banc[d], à l'ombre du grand acacia.

Ce qu'elle lui conseillait, c'était de se mettre clerc chez M. Prouharam, avoué, lequel lui céderait son étude ; s'il la faisait bien valoir, il pourrait la revendre, et trouver[e] un bon parti.

Frédéric n'entendait plus. Il regardait machinalement, par-dessus la haie, dans l'autre jardin, en face.

Une petite fille d'environ douze ans, et qui avait les cheveux rouges, se trouvait là, toute seule. Elle s'était fait des boucles d'oreilles avec des baies de sorbier ; son corset de toile grise laissait à découvert ses épaules, un peu dorées par le soleil ; des taches de confitures maculaient son jupon blanc ; — et il y avait comme une grâce de jeune bête sauvage dans toute sa personne, à la fois nerveuse et fluette. La présence d'un inconnu l'étonnait, sans doute, car elle s'était brusquement arrêtée, avec son arrosoir à la main, en dardant sur lui ses prunelles, d'un vert-bleu limpide.

— « C'est la fille de M. Roque », dit Mme Moreau[a]. « Il vient d'épouser sa servante et de légitimer son enfant. »

1. SKINNED, bare
2. SCATTERBRAIN
3. INSULT
4. RENT, PRIVATE INCOME
5. BOASTER, BRAGGART
6. RASCAL DEVIL
7. LITTLE DEVIL
8. SOME

9 GREASY
10 frock coat
11 to 100 times

VI

Ruiné, dépouillé, perdu !

Il était resté sur le banc, comme étourdi par une commotion. Il maudissait[a] le sort, il aurait voulu battre quelqu'un ; et, pour renforcer son désespoir, il sentait peser sur lui une sorte d'outrage, un déshonneur ; — car Frédéric s'était imaginé que sa fortune paternelle monterait un jour à quinze mille livres de rente, et il l'avait fait savoir, d'une façon indirecte, aux Arnoux. Il allait donc passer pour un hâbleur[b], un drôle, un obscur polisson, qui s'était introduit chez eux dans l'espérance d'un profit quelconque ! Et elle, Mme Arnoux, comment la revoir, maintenant ?

Cela, d'ailleurs, était complètement impossible, n'ayant que trois mille francs de rente ! Il ne pouvait loger toujours au quatrième, avoir pour domestique le portier, et se présenter avec de pauvres gants noirs bleuis du bout, un chapeau gras, la même redingote pendant un an ! Non, non ! jamais ! Cependant l'existence était intolérable sans elle. Beaucoup vivaient bien qui n'avaient pas de fortune, Deslauriers entre autres ; — et il se trouva lâche d'attacher une pareille importance à des choses médiocres. La misère, peut-être, centuplerait ses facultés. Il s'exalta, en pensant aux grands hommes qui travaillent dans les mansardes. Une âme comme celle de Mme Arnoux devait s'émouvoir à ce spectacle, et elle s'attendrirait[c]. Ainsi, cette catastrophe était un bonheur, après tout ; comme ces tremblements de terre qui découvrent des trésors, elle lui avait révélé les secrètes opulences de sa nature. Mais il n'existait au monde qu'un seul endroit pour les faire valoir[219] : Paris ![220] car, dans ses idées, l'art, la science et l'amour (ces trois faces de Dieu, comme eût dit Pellerin) dépendaient exclusivement de la capitale[d].

Il déclara le soir, à sa mère, qu'il y retournerait[e]. Mme Moreau fut surprise et indignée. C'était une folie, une absurdité. Il ferait mieux de suivre ses conseils, c'est-à-dire de rester près d'elle, dans une étude. Frédéric haussa les épaules : — « Allons donc ! », se trouvant insulté par cette proposition.

1. taint, spoil, corrupt
2. home
3. TERR, RIP
92
4. WEARY

5. INFORM
WARD
6. LAVOITORY
7. TERSE

8 THINK, DREAM
9 DÉCHOIR
TO LOSE SOCIAL STANDING

Alors la bonne dame employa une autre méthode. D'une voix tendre et avec de petits sanglots, elle se mit à lui parler de sa solitude, de sa vieillesse, des sacrifices qu'elle avait faits. Maintenant qu'elle était plus malheureuse, il l'abandonnait. Puis, faisant allusion à sa fin prochaine :

— « Un peu de patience, mon Dieu ! bientôt tu seras libre ! »

Ces lamentations se répétèrent vingt fois par jour, durant trois mois ; et, en même temps, les délicatesses du foyer le corrompaient ; il jouissait d'avoir un lit plus mou, des serviettes sans déchirures ; si bien que, lassé, énervé, vaincu enfin par la terrible force de la douceur, Frédéric se laissa conduire chez maître Prouharam.

Il n'y montra ni science ni aptitude. On l'avait considéré jusqu'alors comme un jeune homme de grands moyens, qui devait être la gloire du département. Ce fut une déception publique.

D'abord il s'était dit : — « Il faut avertir Mme Arnoux », et, pendant une semaine, il avait médité des lettres dithyrambiques, et de courts billets, en style lapidaire et sublime. La crainte d'avouer sa situation le retenait. Puis il songea qu'il valait mieux écrire au mari. Arnoux connaissait la vie et saurait le comprendre. Enfin, après quinze jours d'hésitation :

— « Bah ! je ne dois plus les revoir ; qu'ils m'oublient ! Au moins, je n'aurai pas déchu dans son souvenir ! Elle me croira mort, et me regrettera… peut-être. »

Comme[a] les résolutions excessives lui coûtaient peu, il s'était juré de ne jamais revenir à Paris, et même de ne point s'informer de Mme Arnoux.

Cependant, il regrettait jusqu'à la senteur du gaz et au tapage des omnibus. Il rêvait à toutes les paroles qu'on lui avait[b] dites, au timbre de sa voix, à la lumière de ses yeux, — et, se considérant comme un homme mort[c], il ne faisait plus rien, absolument.

Il se levait très tard, et regardait par sa fenêtre les attelages de rouliers qui passaient. Les six premiers mois, surtout, furent abominables.

En de certains jours, pourtant, une indignation[d] le prenait contre lui-même. Alors, il sortait. Il s'en allait dans les prairies, à moitié couvertes durant l'hiver par les débordements de la Seine. Des lignes de peupliers les divisent. Çà et là, un petit pont s'élève. Il vagabondait jusqu'au soir,

10 COST
11 SCENT, AROMA
12 DIN, UPROAR
13 haarnessin G
14 CART DRIVER
15 MEADOW

roulant les feuilles jaunes sous ses pas, aspirant la brume, sautant les fossés ; à mesure que ses artères battaient plus fort, des désirs d'action furieuse l'emportait ; il voulait se faire trappeur en Amérique, servir un pacha en Orient, s'embarquer comme matelot ; et il exhalait sa mélancolie dans de longues lettres à Deslauriers.

Celui-là se démenait pour percer. La conduite lâche de son ami et ses éternelles jérémiades lui semblaient[a] stupides. Bientôt, leur correspondance devint presque nulle[221]. Frédéric avait donné[b] tous ses meubles à Deslauriers, qui gardait son logement. Sa mère lui en parlait de temps à autre ; un jour enfin, il déclara son cadeau, et elle le grondait, quand il reçut une lettre.

— « Qu'est-ce donc ? » dit-elle, « tu trembles ? »

— « Je n'ai rien ! » répliqua Frédéric.

Deslauriers lui apprenait qu'il avait recueilli Sénécal ; et, depuis quinze jours, ils vivaient ensemble. Donc, Sénécal s'étalait, maintenant, au milieu des choses qui provenaient de chez Arnoux ! Il pouvait les vendre, faire des remarques dessus, des plaisanteries. Frédéric se sentit blessé, jusqu'au fond de l'âme. Il monta dans sa chambre. Il avait envie de mourir.

Sa mère l'appela. C'était pour le consulter, à propos d'une plantation dans le jardin.

Ce jardin, en manière de parc anglais, était coupé à son milieu par une clôture de bâtons, et la moitié appartenait au père Roque, qui en possédait[c] un autre, pour les légumes, sur le bord de la rivière. Les deux voisins, brouillés, s'abstenaient d'y paraître aux mêmes heures. Mais, depuis que Frédéric était revenu, le bonhomme s'y promenait plus souvent et n'épargnait pas les politesses au fils de Mme Moreau. Il le plaignait d'habiter une petite ville. Un jour, il raconta[d] que M. Dambreuse avait demandé de ses nouvelles. Une autre fois, il s'étendit sur la coutume de Champagne, où le ventre anoblissait[222].

— « Dans ce temps-là, vous auriez été un seigneur, puisque votre mère s'appelait[e] de Fouvens. Et on a beau dire, allez ! c'est quelque chose, un nom ! Après tout », ajouta-t-il, en le regardant d'un air malin, « cela dépend du garde des sceaux. »

Cette prétention d'aristocratie jurait[f] singulièrement avec sa personne. Comme il était petit, sa grande redingote marron exagérait la longueur de son buste. Quand il ôtait sa casquette, on apercevait un visage presque féminin avec un nez extrêmement pointu ; ses cheveux, de couleur jaune, ressemblaient à une perruque ; il saluait le monde très bas, en frisant les murs.

Jusqu'à cinquante ans, il s'était contenté des services de Catherine, une Lorraine du même âge que lui, et fortement marquée de petite vérole. Mais, vers 1834, il ramena de Paris une belle blonde, à figure moutonnière, à « port de reine ». On la vit bientôt se pavaner avec de grandes boucles d'oreilles, et tout fut expliqué par[a] la naissance d'une fille, déclarée sous les noms d'Élisabeth Olympe-Louise Roque.

Catherine, dans sa jalousie, s'attendait à exécrer cette enfant. Au contraire, elle l'aima. Elle l'entoura de soins, d'attentions et de caresses, pour supplanter sa mère et la rendre odieuse, entreprise facile, car Mme Éléonore négligeait complètement la petite, préférant bavarder chez les fournisseurs. Dès le lendemain[b] de son mariage, elle alla faire une visite à la sous-préfecture, ne tutoya plus les servantes, et crut devoir, par bon ton, se montrer sévère pour son enfant. Elle assistait à ses leçons ; le professeur[c], un vieux bureaucrate de la mairie, ne savait pas s'y prendre. L'élève s'insurgeait, recevait des gifles, et allait pleurer sur les genoux de Catherine, qui lui donnait invariablement raison. Alors, les deux femmes se querellaient[d] ; M. Roque les faisait taire. Il s'était marié par tendresse pour sa fille, et ne voulait pas[e] qu'on la tourmentât.

Souvent elle portait une robe blanche en lambeaux[f] avec un pantalon garni de dentelles ; et, aux grandes fêtes, sortait vêtue comme une princesse, afin de mortifier un peu les bourgeois, qui empêchaient leurs marmots de la fréquenter, vu sa naissance illégitime[g].

Elle vivait seule[h], dans son jardin, se balançait à l'escarpolette, courait après les papillons, puis tout à coup s'arrêtait à contempler les cétoines s'abattant sur les rosiers. C'étaient ces habitudes, sans doute, qui donnaient à sa figure une expression à la fois de hardiesse et de rêverie. Elle avait la taille de Marthe, d'ailleurs, si bien que Frédéric lui dit, dès leur seconde entrevue[i] :

— « Voulez-vous me permettre de vous embrasser, mademoiselle ? »

La petite personne leva la tête, et répondit :

— « Je veux bien ! »

Mais la haie de bâtons les séparait l'un de l'autre.

— « Il faut monter dessus », dit Frédéric.

— « Non, enlève-moi »[a] !

Il se pencha par-dessus la haie et la saisit au bout de ses bras, en la baisant sur les deux joues ; puis il la remit chez elle, par le même procédé, qui se renouvela les fois suivantes.

Sans plus de réserve qu'une enfant de quatre ans, sitôt qu'elle entendait venir son ami[b], elle s'élançait à sa rencontre, ou bien, se cachant derrière un arbre, elle poussait un jappement de chien, pour l'effrayer[c].

Un jour que Mme Moreau était sortie, il la fit monter dans sa chambre. Elle ouvrit tous les flacons d'odeur et se pommada les cheveux abondamment ; puis, sans la moindre gêne, elle se coucha sur le lit où elle restait tout de son long, éveillée.

— « Je m'imagine que je suis ta femme », disait-elle.

Le lendemain[d], il l'aperçut tout en larmes. Elle avoua « qu'elle pleurait ses péchés », et, comme il cherchait à les connaître, elle répondit en baissant les yeux :

— « Ne m'interroge pas davantage ! »

La première[e] communion approchait ; on l'avait conduite le matin à confesse.

Le sacrement ne la rendit guère plus sage. Elle entrait parfois dans de véritables colères ; on avait[f] recours à M. Frédéric pour la calmer.

Souvent il l'emmenait avec lui dans ses promenades. Tandis qu'il rêvassait en marchant, elle cueillait des coquelicots au bord des blés, et, quand elle le voyait plus triste qu'à l'ordinaire, elle tâchait de le consoler par de gentilles paroles. Son cœur, privé d'amour, se rejeta sur cette amitié d'enfant ; il lui dessinait des bonshommes, lui contait des histoires, et il se mit à lui faire[g] des lectures.

Il commença par les *Annales romantiques*, un recueil de vers et de prose, alors célèbre. Puis, oubliant son âge, tant son intelligence le charmait, il lut successivement *Atala, Cinq-Mars, les Feuilles d'automne*. Mais, une nuit (le soir même, elle avait entendu *Macbeth*[h], dans la simple traduction de Letourneur), elle se réveilla en criant : « La tache ! la tache ! »[223] ; ses dents claquaient, elle tremblait, et, fixant des yeux épouvantés sur sa main droite, elle la frottait en disant : « Toujours[a] une tache ! » Enfin arriva le médecin, qui prescrit d'éviter les émotions.

Les bourgeois ne virent là dedans qu'un pronostic défavorable pour ses mœurs. On disait que « le fils Moreau » voulait en faire plus tard une actrice.

Bientôt[224b] il fut question d'un autre événement, à savoir l'arrivée de l'oncle Barthélémy[*]. Mme Moreau lui donna sa chambre à coucher, et poussa la condescendance[c] jusqu'à servir du gras les jours maigres.

Le vieillard fut médiocrement aimable. C'étaient de perpétuelles comparaisons entre le Havre et Nogent, dont il trouvait l'air lourd, le pain mauvais, les rues mal pavées, la nourriture médiocre et les habitants des paresseux. « Quel pauvre commerce chez vous ! » Il blâma les extravagances de défunt son frère, tandis que, lui, il avait amassé vingt-sept mille livres de rente ! Enfin, il partit au bout de la semaine, et, sur le marche-pied de la voiture, lâcha ces mots peu rassurants :

— « Je suis toujours bien aise de vous savoir dans une bonne position. »

— « Tu n'auras rien ! » dit Mme Moreau en rentrant dans la salle.

Il n'était venu que sur ses instances ; et, huit jours durant, elle avait sollicité de sa part une ouverture, trop clairement peut-être. Elle se repentait d'avoir agi, et restait dans son fauteuil, la tête basse, les lèvres serrées. Frédéric, en face d'elle, l'observait ; et ils se taisaient tous les deux[225], comme il y avait cinq ans, au retour de Montereau. Cette coïncidence, s'offrant même à sa pensée, lui rappela Mme Arnoux.

A ce moment[d], des coups de fouet retentirent sous la fenêtre, en même temps qu'une voix l'appelait.

C'était le père Roque, seul dans sa tapissière. Il allait passer toute la journée à la Fortelle, chez M. Dambreuse, et proposa cordialement à Frédéric de l'y conduire.

— « Vous n'avez pas besoin d'invitation avec moi ; soyez sans crainte ! »

Frédéric eut envie d'accepter. Mais comment expliquerait-il son séjour définitif à Nogent ? Il[e] n'avait pas un costume d'été convenable ; enfin que dirait sa mère ? Il refusa.

Dès lors, le voisin se montra moins amical[f]. Louise grandissait ; Mme Eléonore tomba malade dangereusement ; et la liaison se dénoua, au grand plaisir de Mme Moreau, qui redoutait[a] pour l'établissement de son fils la fréquentation de pareilles gens.

Elle rêvait de lui acheter le greffe du tribunal ; Frédéric ne repoussait pas trop cette idée. Maintenant, il l'accompagnait à la messe, il faisait le soir sa partie d'impériale, il s'accoutumait à la province, s'y enfonçait ; — et même son amour avait pris comme une douceur funèbre, un charme assoupissant. A force d'avoir versé sa douleur dans ses lettres, de l'avoir mêlée à ses lectures, promenée dans la campagne et partout épandue, il l'avait presque tarie, si bien que Mme Arnoux était pour lui comme une morte dont il s'étonnait de ne pas connaître le tombeau[b], tant cette affection était devenue tranquille et résignée.

Un jour, le 12 décembre 1845, vers neuf heures du matin, la cuisinière monta une lettre dans sa chambre. L'adresse, en gros caractères, était d'une écriture inconnue ; et Frédéric, sommeillant, ne se pressa pas de la décacheter. Enfin il lut :

« Justice de paix du Havre. III[e] arrondissement.

« Monsieur,

« M. Moreau, votre oncle, étant mort *ab intestat...* »[226]

Il héritait[c] !

Comme si un incendie eût éclaté derrière le mur, il sauta hors de son lit, pieds nus, en chemise ; il se passa la main sur le visage, doutant de ses yeux, croyant qu'il rêvait encore, et, pour se raffermir dans la réalité, il ouvrit la fenêtre toute grande.

Il était tombé de la neige ; les toits étaient blancs[d] ; — et même il reconnut dans la cour un baquet à lessive[e], qui l'avait fait trébucher la veille au soir.

Il relut[f] la lettre trois fois de suite ; rien de plus vrai ! toute la fortune de l'oncle ! Vingt-sept mille livres de rente[227] ! — et une joie frénétique le bouleversa, à l'idée de revoir Mme Arnoux. Avec la netteté d'une hallucination, il s'aperçut auprès d'elle, chez elle, lui apportant quelque cadeau dans du papier de soie, tandis qu'à la porte stationnerait son tilbury, non, un coupé plutôt ! un coupé noir, avec un domestique en livrée brune ; il entendait piaffer son cheval et le bruit de la gourmette se confondant avec le murmure de leurs baisers. Cela se renouvellerait tous les jours, indéfiniment. Il les recevrait chez lui, dans sa maison ; la salle à manger serait en cuir rouge, le boudoir en soie jaune[a], des divans partout ! et quelles étagères ! quels vases de Chine ! quels tapis ! Ces images arrivaient si tumultueusement, qu'il sentait la tête lui tourner. Alors, il se rappela sa mère ; et il descendit, tenant toujours la lettre à sa main.

Mme Moreau tâcha de contenir son émotion et eut une défaillance. Frédéric la prit dans ses bras et la baisa au front.

— « Bonne mère, tu peux racheter ta voiture maintenant ; ris donc, ne pleure plus[b], sois heureuse ! »

Dix minutes après, la nouvelle circulait jusqu'aux faubourgs*. Alors, M[e] Benoist, M. Gamblin, M. Chambion[c], tous les amis accoururent. Frédéric s'échappa une minute pour écrire à Deslauriers. D'autres visites survinrent. L'après-midi se passa en félicitations. On en oubliait la femme Roque, qui était cependant « très bas ».

Le soir[d], quand ils furent seuls, tous les deux, Mme Moreau dit à son fils qu'elle lui conseillait de s'établir à Troyes, avocat. Étant plus connu dans son pays que dans un autre, il pourrait plus facilement y trouver des partis avantageux.

— « Ah ! c'est trop fort ! » s'écria Frédéric.

A peine avait-il son bonheur entre les mains qu'on voulait le lui prendre. Il signifia sa résolution formelle d'habiter Paris.

— « Pour quoi y faire ? »

— « Rien ! »

Mme Moreau, surprise de ses façons, lui demanda ce qu'il voulait devenir[e].

— « Ministre ! » répliqua Frédéric.

Et il affirma qu'il ne plaisantait nullement, qu'il prétendait se lancer dans la diplomatie, que ses études et ses instincts l'y poussaient[228]. Il entrerait d'abord au Conseil d'État, avec la protection[f] de M. Dambreuse.

— « Tu le connais donc ? »

— « Mais oui ! par M. Roque ! »

— « Cela est singulier[g] », dit Mme Moreau[229].

Il avait réveillé dans son cœur ses vieux rêves d'ambition. Elle s'y abandonna intérieurement, et ne reparla plus des autres.

1. to bite one's nails   4 knuckles bang
2. stay over   5 darkness
3. hedge

S'il eût écouté son impatience, Frédéric fût parti à l'instant même. Le lendemain, toutes les places dans les diligences étaient retenues ; il se rongea[a] jusqu'au lendemain[230], à sept heures du soir.

Ils s'asseyaient pour dîner, quand tintèrent à l'église trois longs coups[b] de cloche ; et la domestique, entrant, annonça que Mme Eléonore venait de mourir.

Cette mort, après tout, n'était un malheur pour personne, pas même pour son enfant. La jeune fille ne s'en trouverait que mieux, plus tard.

Comme les deux[c] maisons se touchaient, on entendait un grand va-et-vient, un bruit de paroles ; et l'idée de ce cadavre près d'eux jetait quelque chose de funèbre sur leur séparation. Mme Moreau, deux ou trois fois, s'essuya les yeux. Frédéric avait le cœur serré.

Le repas fini, Catherine l'arrêta entre deux portes. Mademoiselle voulait, absolument, le voir. Elle l'attendait dans le jardin. Il sortit, enjamba la haie, et, tout en se cognant aux arbres quelque peu, se dirigea vers la maison de M. Roque. Des lumières brillaient à une fenêtre au second[d] étage ; puis une forme apparut dans les ténèbres[231], et une voix chuchota :

— « C'est moi. »

Elle lui sembla plus grande qu'à l'ordinaire, à cause de sa robe noire, sans doute. Ne sachant par quelle phrase l'aborder, il se contenta de lui prendre les mains, en soupirant :

— « Ah ! ma pauvre Louise ! »

Elle ne répondit pas. Elle le regarda profondément, pendant longtemps. Frédéric avait peur de manquer la voiture ; il croyait entendre un roulement tout au loin, et, pour en finir :

— « Catherine m'a prévenu que tu avais quelque chose... »

— « Oui, c'est vrai ! je voulais vous dire... »

Ce *vous* l'étonna ; et, comme elle se taisait encore :

— « Eh bien, quoi ? »

— « Je ne sais plus. J'ai oublié ! Est-ce vrai que vous partez ? »

— « Oui, tout à l'heure. »

Elle répéta :

6. embark on / approach

— « Ah ! tout à l'heure ?... tout à fait ?... nous ne nous reverrons plus ? »

Des sanglots l'étouffaient.

— « Adieu ! adieu ! embrasse-moi donc ! »

Et elle le serra dans ses bras avec emportement.

DEUXIÈME PARTIE

I

Quand il fut à sa place, dans le coupé, au fond, et que la diligence s'ébranla, emportée par les cinq chevaux détalant à la fois, il sentit une ivresse[a] le submerger. Comme un architecte qui fait le plan d'un palais, il arrangea, d'avance, sa vie. Il l'emplit de délicatesses et de splendeurs ; elle montait jusqu'au ciel ; une prodigalité de choses y apparaissait ; et cette contemplation était si profonde, que les objets extérieurs avaient disparu[232].

Au bas de la côte de Sourdun, il s'aperçut de l'endroit où l'on était. On n'avait fait que cinq kilomètres, tout au plus ! Il fut indigné. Il abattit le vasistas pour voir la route. Il demanda plusieurs fois au conducteur dans combien de temps, au juste, on arriverait. Il se calma cependant, et il restait dans son coin, les yeux ouverts.

La lanterne, suspendue au siège du postillon, éclairait les croupes des limoniers. Il n'apercevait au-delà que les crinières des autres chevaux qui ondulaient comme des vagues blanches ; leurs haleines formaient un brouillard de chaque côté de l'attelage ; les chaînettes de fer sonnaient, les glaces tremblaient dans leur châssis ; et la lourde voiture, d'un train égal, roulait sur le pavé. Çà et là, on distinguait le mur d'une grange, ou bien une auberge, toute seule. Parfois en passant dans les villages, le four d'un boulanger projetait des lueurs[b] d'incendie, et la silhouette monstrueuse des chevaux courait sur l'autre maison en face. Aux relais, quand on avait dételé, il se faisait un grand silence, pendant une minute. Quelqu'un piétinait en haut, sous la bâche, tandis qu'au seuil d'une porte, une femme, debout, abritait sa chandelle avec sa main. Puis, le conducteur sautant sur le marche-pied, la diligence repartait.

A Mormans, on entendit sonner une heure et un quart.

— « C'est donc aujourd'hui », pensa-t-il, « aujourd'hui même, tantôt ! »

Mais, peu à peu, ses espérances et ses souvenirs, Nogent, la rue de Choiseul, Mme Arnoux, sa mère, tout se confondait[233].

Un bruit sourd de planches le réveilla, on traversait le pont de Charenton, c'était Paris. Alors, ses deux compagnons, ôtant l'un sa casquette, l'autre son foulard, se couvrirent de leur chapeau et causèrent. Le premier, un gros homme rouge, en redingote de velours, était un négociant ; le second venait dans la Capitale pour consulter un médecin ; — et, craignant de l'avoir incommodé pendant la nuit, Frédéric lui fit spontanément des excuses, tant il avait l'âme attendrie par le bonheur.

Le quai de la gare[a] se trouvant inondé, sans doute, on continua tout droit, et la campagne recommença. Au loin, de hautes cheminées d'usines fumaient. Puis on tourna dans Ivry. On monta une rue ; tout à coup il aperçut le dôme du Panthéon.

La plaine, bouleversée, semblait de vagues ruines. L'enceinte des fortifications y faisait un renflement horizontal ; et, sur les trottoirs en terre qui bordaient la route, de petits arbres sans branches étaient défendus par des lattes hérissées de clous. Des établissements de produits chimiques alternaient avec des chantiers de marchands de bois. De hautes portes, comme il y en a dans les fermes, laissaient voir, par leurs battants entr'ouverts, l'intérieur d'ignobles cours pleines d'immondices, avec des flaques d'eau sale au milieu. De longs cabarets, couleur sang de bœuf, portaient à leur premier étage, entre les fenêtres, deux queues de billard en sautoir dans une couronne de fleurs peintes ; çà et là, une bicoque de plâtre à moitié construite était abandonnée. Puis, la double ligne de maisons[b] ne discontinua plus ; et, sur la nudité de leurs façades, se détachait, de loin en loin, un gigantesque cigare de fer-blanc[c], pour indiquer un débit de tabac. Des enseignes de sage-femme représentaient une matrone en bonnet, dodelinant un poupon dans une courte-pointe garnie de dentelles. Des affiches couvraient l'angle des murs, et, aux trois quarts déchirées, tremblaient au vent comme des guenilles[234]. Des ouvriers en blouse passaient, et des haquets de brasseurs, des fourgons de blanchisseuses, des carrioles de bouchers ; une pluie fine tombait, il faisait froid, le ciel était pâle, mais deux yeux qui valaient pour lui le soleil resplendissaient[d] derrière la brume.

On s'arrêta longtemps à la barrière[235], car des coquetiers, des rouliers et un troupeau de moutons y faisaient de l'encombrement[e]. Le factionnaire, la capote rabattue, allait et venait devant sa guérite pour se réchauffer. Le commis de l'octroi grimpa sur l'impériale, et une fanfare de cornet à pistons éclata. On descendit le boulevard[236] au grand trot, les palonniers battants, les traits flottants. La mèche du long fouet claquait dans l'air humide. Le conducteur lançait son cri sonore : « Allume ! allume ! ohé ! », et les balayeurs se rangeaient, les piétons sautaient en arrière, la boue[a] jaillissait contre les vasistas, on croisait des tombereaux, des cabriolets, des omnibus. Enfin la grille du Jardin des Plantes se déploya.

La Seine, jaunâtre, touchait presque au tablier des ponts. Une fraîcheur s'en exhalait. Frédéric l'aspira de toutes ses forces, savourant ce bon air de Paris qui semble contenir des effluves amoureux[b] et des émanations intellectuelles ; il eut un attendrissement en apercevant le premier fiacre. Et il aimait jusqu'au seuil des marchands de vin garni de paille, jusqu'aux décrotteurs avec leurs boîtes, jusqu'aux garçons épiciers secouant leur brûloir à café. Des femmes trottinaient[c] sous des parapluies ; il se penchait pour distinguer leur figure ; un hasard pouvait avoir fait sortir Mme Arnoux[d].

Les boutiques défilaient, la foule augmentait, le bruit devenait plus fort. Après le quai Saint-Bernard, le quai de la Tournelle et le quai Montebello, on prit le quai Napoléon ; il voulut voir ses fenêtres, elles étaient loin. Puis on repassa la Seine sur le Pont-Neuf, on descendit jusqu'au Louvre ; et, par les rues Saint-Honoré, Croix-des-Petits-Champs et du Bouloi, on atteignit la rue Coq-Héron, et l'on entra dans la cour de l'hôtel.

Pour faire durer son plaisir, Frédéric s'habilla le plus lentement possible, et même il se rendit à pied au boulevard Montmartre ; il souriait à l'idée de revoir, tout à l'heure, sur la plaque de marbre, le nom chéri ; — il leva les yeux. Plus de vitrines, plus de tableaux, rien !

Il courut à la rue de Choiseul. M. et Mme Arnoux n'y habitaient pas, et une voisine gardait la loge du portier ; Frédéric l'attendit ; enfin, il parut, ce n'était plus le même. Il ne savait point leur adresse.

Frédéric entra dans un café, et, tout en déjeunant, consulta l'Almanach du Commerce. Il y avait trois cents Arnoux, mais pas de Jacques Arnoux ! Où donc logeaient-ils ? Pellerin devait le savoir.

Il se transporta tout en haut du faubourg Poissonnière, à son atelier. La porte n'ayant ni sonnette ni marteau, il donna de grands coups de poing, et il appela, cria. Le vide seul lui répondit[e].

Il songea ensuite à Hussonnet. Mais où découvrir un pareil homme ? Une fois, il l'avait accompagné jusqu'à la maison de sa maîtresse, rue de Fleurus. Parvenu dans la rue de Fleurus, Frédéric s'aperçut qu'il ignorait le nom[a] de la demoiselle.

Il eut recours à la Préfecture de police. Il erra d'escalier en escalier, de bureau en bureau. Celui des renseignements se fermait. On lui dit de repasser le lendemain[b].

Puis il entra chez tous les marchands de tableaux qu'il put découvrir, pour savoir si l'on ne connaissait point Arnoux. M. Arnoux ne faisait plus le commerce.

Enfin, découragé, harassé, malade, il s'en revint à son hôtel et se coucha. Au moment[c] où il s'allongeait entre ses draps, une idée le fit bondir de joie :

« Regimbart ! quel imbécile je suis de n'y avoir pas songé ! »

Le lendemain, dès sept heures, il arriva rue Notre-Dame-des-Victoires, devant la boutique d'un rogomiste[237], où Regimbart avait coutume de prendre le vin blanc. Elle n'était pas encore ouverte ; il fit un tour de promenade aux environs, et, au bout d'une demi-heure, s'y présenta de nouveau. Regimbart en sortait. Frédéric s'élança dans la rue. Il crut[d] même apercevoir au loin son chapeau ; un corbillard[e] et des voitures de deuil s'interposèrent. L'embarras passé, la vision avait disparu.

Heureusement, il se rappela que le Citoyen déjeunait tous les jours à onze heures précises chez un petit restaurateur de la place Gaillon. Il s'agissait de patienter ; et, après une interminable flânerie de la Bourse à la Madeleine, et de la Madeleine au Gymnase[238], Frédéric, à onze heures précises, entra dans le restaurant de la place Gaillon, sûr d'y trouver son Regimbart.

— « Connais pas ![f] » dit le gargotier d'un ton rogue.

Frédéric insistait ; il reprit :

— « Je ne le connais plus, monsieur ! » avec un haussement de sourcils majestueux et des oscillations de la tête, qui décelaient un mystère.

Mais, dans leur dernière entrevue, le Citoyen avait parlé de l'estaminet Alexandre. Frédéric avala une brioche, et, sautant dans un cabriolet, s'enquit près du cocher s'il n'y avait point quelque part, sur les hauteurs de Sainte-Geneviève[239], un certain café Alexandre. Le cocher le conduisit

rue des Francs-Bourgeois-Saint-Michel, dans un établissement[a]
de ce nom-là, et à sa question : — « M. Regimbart, s'il vous
plaît ? » le cafetier lui répondit, avec un sourire extra-
gracieux :

— « Nous ne l'avons pas encore vu, monsieur, » tandis
qu'il jetait à son épouse, assise dans le comptoir, un regard
d'intelligence.

Et aussitôt se tournant vers l'horloge :

— « Mais nous l'aurons, j'espère, d'ici à dix minutes, un
quart d'heure tout au plus. — Célestin, vite les feuilles !
— Qu'est-ce que monsieur désire prendre ? »

Quoique n'ayant besoin de rien prendre, Frédéric[b] avala
un verre de rhum, puis un verre de kirsch, puis un verre de
curaçao, puis différents grogs, tant froids que chauds. Il lut
tout le *Siècle* du jour, et le relut ; il examina, jusque dans
les grains du papier, la caricature du *Charivari*[240] ; à la fin, il
savait par cœur les annonces. De temps à autre, des bottes
résonnaient sur le trottoir, c'était lui ! et la forme de
quelqu'un se profilait sur les carreaux[c] ; mais cela passait
toujours !

Afin de se désennuyer, Frédéric changeait de place ; il alla
se mettre dans le fond, puis à droite, ensuite à gauche ; et il
restait au milieu de la banquette, les deux bras étendus.
Mais un chat, foulant délicatement le velours du dossier, lui
faisait des peurs[d] en bondissant tout à coup, pour lécher les
taches de sirop sur le plateau ; et l'enfant de la maison, un
intolérable mioche de quatre ans, jouait avec une crécelle sur
les marches du comptoir. Sa maman, petite femme pâlotte,
à dents gâtées, souriait d'un air stupide. Que pouvait donc
faire Regimbart ? Frédéric l'attendait, perdu dans une détresse
illimitée.

La pluie sonnait comme grêle sur la capote du cabriolet.
Par l'écartement des rideaux de mousseline, il apercevait
dans la rue le pauvre cheval, plus immobile qu'un cheval de
bois. Le ruisseau, devenu énorme, coulait entre deux rayons
des roues, et le cocher, s'abritant de la couverture, sommeillait ; mais craignant que son bourgeois ne s'esquivât, de
temps à autre il entr'ouvrait la porte, tout ruisselant comme
un fleuve ; — et si les regards pouvaient user les choses,
Frédéric aurait dissous l'horloge à force d'attacher dessus les
yeux. Elle marchait, cependant. Le sieur Alexandre se
promenait de long en large, en répétant : « Il va venir !

allez ! il va venir ! », et, pour le distraire, lui tenait des discours, parlait politique. Il poussa même la complaisance jusqu'à lui proposer une partie de dominos.

Enfin, à quatre heures et demie, Frédéric, qui était là depuis midi, se leva d'un bond, déclarant qu'il n'attendait plus.

— « Je n'y comprends rien moi-même », répondit le cafetier d'un air candide, « c'est la première fois que manque M. Ledoux ! »

— « Comment, M. Ledoux ? »

— « Mais oui, monsieur ! »

— « J'ai dit Regimbart ! » s'écria Frédéric exaspéré.

— « Ah ! mille excuses ! vous faites erreur ! — N'est-ce pas, madame Alexandre, monsieur a dit : M. Ledoux ? »

Et interpellant le garçon :

— « Vous l'avez entendu, vous-même, comme moi ? »

Pour se venger[a] de son maître, sans doute, le garçon se contenta de sourire.

Frédéric se fit ramener vers les boulevards, indigné du temps perdu, furieux contre le Citoyen, implorant sa présence comme celle d'un dieu, et bien résolu à l'extraire du fond des caves les plus lointaines. Sa voiture l'agaçait, il la renvoya ; ses idées se brouillaient ; puis tous les noms des cafés qu'il avait entendu prononcer par cet imbécile jaillirent de sa mémoire, à la fois, comme les mille pièces d'un feu d'artifice : café Gascard, café Grimbert, café Halbout, estaminet Bordelais, Havanais, Havrais, Bœuf-à-la-mode, brasserie Allemande, Mère Morel ; et il se transporta[b] dans tous successivement. Mais, dans l'un, Regimbart venait de sortir ; dans un autre, il viendrait peut-être ; dans un troisième, on ne l'avait pas vu depuis six mois ; ailleurs[c], il avait commandé, hier, un gigot pour samedi. Enfin, chez Vautier, limonadier, Frédéric, ouvrant la porte, se heurta contre le garçon.

— « Connaissez-vous M. Regimbart ? »

— « Comment, monsieur, si je le connais ? C'est moi qui ai l'honneur de le servir. Il est en haut ; il achève de dîner ! »

Et, la serviette[d] sous le bras, le maître de l'établissement, lui-même, l'aborda :

— « Vous demandez M. Regimbart, monsieur ? il était ici à l'instant. »

Frédéric poussa un juron, mais le limonadier affirma qu'il le trouverait chez Bouttevilain, infailliblement.

— « Je vous en donne ma parole d'honneur ! il est parti un peu plus tôt que de coutume, car il a un rendez-vous d'affaires avec des messieurs. Mais vous le trouverez, je vous le répète, chez Bouttevilain, rue Saint-Martin, 92, deuxième perron, à gauche, au fond de la cour[a], entresol, porte à droite ! »

Enfin, il l'aperçut à travers la fumée des pipes, seul, au fond de l'arrière-buvette après le billard, une chope devant lui, le menton baissé et dans une attitude méditative[b].

— « Ah ! il y a longtemps que je vous cherchais, vous ! »

Sans s'émouvoir, Regimbart lui tendit deux doigts seulement, et comme s'il l'avait vu la veille, il débita plusieurs phrases[c] insignifiantes sur l'ouverture de la session.

Frédéric l'interrompit, en lui disant, de l'air le plus naturel qu'il put :

— « Arnoux va bien ? »

La réponse fut longue à venir, Regimbart se gargarisait avec son liquide.

— « Oui, pas mal ! »

— « Où demeure-t-il donc maintenant ? »

— « Mais... rue Paradis-Poissonnière[241] », répondit le Citoyen étonné.

— « Quel numéro ? »

— « Trente-sept, parbleu, vous êtes drôle ! »

Frédéric se leva :

— « Comment, vous partez ? »

— « Oui, oui, j'ai une course, une affaire que j'oubliais ! Adieu ! »

Frédéric alla de l'estaminet chez Arnoux, comme soulevé par un vent tiède et avec l'aisance extraordinaire que l'on éprouve dans les songes[d].

Il se trouva bientôt à un second étage, devant une porte dont la sonnette retentissait ; une servante parut ; une seconde[e] porte s'ouvrit ; Mme Arnoux était assise près du feu. Arnoux fit un bond et l'embrassa. Elle avait sur ses genoux un petit garçon de trois ans[242], à peu près ; sa fille, grande comme elle maintenant, se tenait debout, de l'autre côté de la cheminée.

— « Permettez-moi de vous présenter ce monsieur-là », dit Arnoux, en prenant son fils par les aisselles.

Et il s'amusa quelques minutes à le faire sauter en l'air, très haut, pour le recevoir au bout de ses bras.

— « Tu vas le tuer ! Ah ! mon Dieu ! finis donc ! » s'écriait Mme Arnoux.

Mais Arnoux, jurant qu'il n'y avait pas de danger, continuait, et même zézayait des caresses en patois marseillais, son langage natal. — « Ah ! brave pichoûn, mon poulit rossignolet ! »[a] Puis il demanda à Frédéric pourquoi il avait été si longtemps sans leur écrire, ce qu'il avait pu faire là-bas, ce qui le ramenait.

— « Moi, à présent, cher ami, je suis marchand de faïences[243]. Mais causons de vous ! »

Frédéric allégua un long procès, la santé de sa mère ; il insista beaucoup là-dessus, afin de se rendre intéressant. Bref, il se fixait à Paris, définitivement cette fois ; et il ne dit rien de l'héritage, — dans la peur de nuire à son passé.

Les rideaux, comme les meubles, étaient en damas de laine marron[244] ; deux oreillers se touchaient contre le traversin ; une bouillotte chauffait dans les charbons ; et l'abat-jour[b] de la lampe posée[c] au bord de la commode assombrissait l'appartement. Mme Arnoux avait une robe de chambre en mérinos gros bleu. Le regard tourné vers les cendres et une main sur l'épaule du petit garçon, elle défaisait, de l'autre, le lacet de la brassière[d] ; le mioche en chemise pleurait tout en se grattant la tête, comme M. Alexandre fils.

Frédéric s'était attendu à des spasmes de joie ; — mais les passions s'étiolent quand on les dépayse, et, ne retrouvant plus Mme Arnoux dans le milieu où il l'avait connue, elle lui semblait avoir perdu quelque chose, porter confusément comme une dégradation, enfin n'être pas la même. Le calme de son cœur le stupéfiait. Il s'informa des anciens amis, de Pellerin, entre autres.

— « Je ne le vois pas souvent », dit Arnoux.

Elle ajouta :

— « Nous ne recevons plus, comme autrefois ! »

Était-ce pour l'avertir qu'on ne lui ferait aucune invitation ? Mais Arnoux, poursuivant ses cordialités, lui reprocha de n'être pas venu dîner avec eux, à l'improviste ; et il expliqua pourquoi il avait changé d'industrie.

— « Que voulez-vous faire dans une époque de décadence comme la nôtre ? La grande peinture est passée de mode ! D'ailleurs, on peut mettre de l'art partout. Vous savez, moi, j'aime le Beau ! il faudra, un de ces jours, que je vous mène à ma fabrique. »

Et il voulut lui montrer, immédiatement, quelques-uns de ses produits dans son magasin, à l'entresol.

Les plats, les soupières, les assiettes et les cuvettes encombraient le plancher. Contre les murs étaient dressés de larges carreaux de pavage pour salles de bain et cabinets de toilette, avec sujets mythologiques dans le style de la Renaissance[a], tandis qu'au milieu une double étagère, montant jusqu'au plafond, supportait des vases à contenir la glace, des pots à fleurs, des candélabres, de petites jardinières et de grandes statuettes polychromes figurant un nègre ou une bergère pompadour. Les démonstrations d'Arnoux ennuyaient Frédéric, qui avait froid et faim.

Il courut au café Anglais[245], y soupa splendidement, et, tout en mangeant[b], il se disait :

« J'étais bien bon là-bas avec mes douleurs ! A peine si elle m'a reconnu ! quelle bourgeoise ! »

Et, dans un brusque épanouissement de santé, il se fit des résolutions d'égoïsme. Il se sentait le cœur dur comme la table où ses coudes posaient. Donc, il pouvait, maintenant, se jeter au milieu du monde, sans peur. L'idée des Dambreuse lui vint ; il les utiliserait ; puis il se rappela Deslauriers. « Ah ! ma foi, tant pis ! » Cependant, il lui envoya, par un commissionnaire, un billet lui donnant rendez-vous le lendemain au Palais-Royal[246], afin de déjeuner ensemble.

La fortune n'était pas si douce pour celui-là[247].

Il s'était présenté au concours d'agrégation avec une thèse *sur le droit de tester*[248], où il soutenait qu'on devait le restreindre autant que possible ; — et, son adversaire l'excitant à lui faire dire des sottises, il en avait dit beaucoup, sans que les examinateurs bronchassent. Puis le hasard avait voulu qu'il tirât au sort, pour sujet de leçon, la Prescription. Alors, Deslauriers s'était livré à des théories déplorables ; les vieilles contestations devaient se produire comme les nouvelles ; pourquoi le propriétaire serait-il privé de son bien parce qu'il n'en peut fournir les titres qu'après trente et un ans révolus ? C'était donner la sécurité de l'honnête homme à l'héritier du voleur enrichi. Toutes les injustices étaient consacrées par une extension de ce droit, qui était la tyrannie, l'abus de la force ! Il s'était même écrié :

— « Abolissons-le ; et les Franks ne pèseront plus sur les Gaulois, les Anglais sur les Irlandais, les Yankees sur les Peaux-Rouges, les Turcs sur les Arabes, les blancs sur les nègres, la Pologne… »

Le président l'avait interrompu :

— « Bien ! bien ! monsieur ! nous n'avons que faire de vos opinions politiques, vous vous représenterez plus tard ! »

Deslauriers n'avait pas voulu se représenter. Mais ce malheureux titre[249] XX du IIIe livre du Code civil était devenu pour lui une montagne d'achoppement. Il élaborait un grand ouvrage sur la *prescription*[250], *considérée comme base du droit civil et du droit naturel des peuples* ; et il était perdu dans Dunod[251], Rogérius, Balbus, Merlin, Vazeille, Savigny, Troplong et autres lectures considérables. Afin de s'y livrer plus à l'aise, il s'était démis de sa place de maître clerc. Il vivait en donnant des répétitions, en fabriquant des thèses ; et, aux séances de la Parlotte, il effrayait par sa virulence le parti conservateur, tous les jeunes doctrinaires issus de M. Guizot, — si bien qu'il avait, dans un certain monde, une espèce de célébrité, quelque peu mêlée de défiance pour sa personne.

Il arriva au rendez-vous, portant un gros paletot doublé de flanelle rouge, comme celui de Sénécal autrefois.

Le respect humain, à cause du public qui passait, les empêcha de s'étreindre longuement, et ils allèrent jusque chez Véfour, bras dessus bras dessous, en ricanant de plaisir, avec une larme au fond des yeux[a]. Puis, dès qu'ils furent seuls, Deslauriers s'écria :

— « Ah ! saprelotte, nous allons nous la repasser douce, maintenant ! »

Frédéric n'aima point cette manière de s'associer, tout de suite, à sa fortune. Son ami témoignait trop de joie pour eux deux, et pas assez pour lui seul.

Ensuite, Deslauriers conta son échec, et peu à peu ses travaux, son existence, parlant de lui-même stoïquement et des autres avec aigreur. Tout lui déplaisait. Pas un homme en place qui ne fût un crétin ou une canaille. Pour un verre[b] mal rincé, il s'emporta contre le garçon[252], et, sur le reproche anodin de Frédéric :

— « Comme si j'allais me gêner pour de pareils cocos, qui vous gagnent jusqu'à des six et huit mille francs par an, qui sont électeurs, éligibles peut-être[253] ! Ah non, non ! »

Puis, d'un air enjoué :

— « Mais j'oublie que je parle à un capitaliste, à un Mondor, car tu es un Mondor[254], maintenant ! »

Et, revenant sur l'héritage, il exprima cette idée : que les successions collatérales[255] (chose injuste en soi, bien qu'il se réjouît de celle-là) seraient abolies, un de ces jours, à la prochaine révolution[256].

— « Tu crois ? » dit Frédéric.

— « Compte dessus ! » répondit-il. « Ça ne peut pas durer ! on souffre trop ! Quand je vois dans la misère des gens comme Sénécal... »

« Toujours le Sénécal ! »[257] pensa Frédéric.

— « Quoi de neuf, du reste ? Es-tu encore amoureux[a] de Mme Arnoux ? C'est passé, hein ? »

Frédéric, ne sachant que répondre, ferma les yeux en baissant la tête.

A propos d'Arnoux, Deslauriers lui apprit que son journal appartenait maintenant à Hussonnet, lequel l'avait transformé[258]. Cela s'appelait « L'Art, institut littéraire, société par actions de cent francs chacune ; capital social : quarante mille francs », avec la faculté pour chaque actionnaire de pousser là sa copie ; car « la société a pour but de publier les œuvres des débutants, d'épargner au talent, au génie peut-être, les crises douloureuses qui abreuvent, etc..., tu vois la blague ! » Il y avait cependant quelque chose à faire, c'était de hausser le ton de ladite feuille, puis tout à coup, gardant les mêmes rédacteurs et promettant la suite du feuilleton, de servir aux abonnés un journal politique ; les avances ne seraient pas énormes.

— « Qu'en penses-tu, voyons ! veux-tu t'y mettre ? »

Frédéric ne repoussa pas la proposition. Mais il fallait attendre le règlement de ses affaires.

— « Alors, si tu as besoin de quelque chose... »

— « Merci, mon petit ! » dit Deslauriers.

Ensuite, ils fumèrent des puros, accoudés sur la planche de velours, au bord de la fenêtre. Le soleil brillait, l'air était doux, des troupes d'oiseaux[b] volétant s'abattaient dans le jardin ; les statues de bronze et de marbre, lavées par la pluie, miroitaient ; des bonnes en tablier causaient assises sur des chaises ; et l'on entendait les rires des enfants, avec le murmure continu que faisait la gerbe du jet d'eau.

Frédéric s'était senti troublé par l'amertume de Deslauriers ; mais, sous l'influence du vin qui circulait dans ses veines, à moitié endormi, engourdi, et recevant la lumière en plein visage, il n'éprouvait plus qu'un immense bien-être, voluptueusement stupide, — comme une plante saturée de chaleur et d'humidité. Deslauriers, les paupières entrecloses, regardait au loin, vaguement. Sa poitrine se gonflait, et il se mit à dire :

— « Ah ! c'était plus beau, quand Camille Desmoulins[259], debout là-bas sur une table, poussait le peuple à la Bastille ! On vivait dans ce temps-là, on pouvait s'affirmer, prouver sa force ! De simples avocats commandaient à des généraux, des va-nu-pieds battaient les rois, tandis qu'à présent... »

Il se tut, puis tout à coup :

— « Bah ! l'avenir est gros ! »

Et, tambourinant la charge sur les vitres, il déclama ces vers de Barthélémy[260] :

Elle reparaîtra, la terrible Assemblée
Dont, après quarante ans, votre tête est troublée,
Colosse qui sans peur marche d'un pas puissant.

— « Je ne sais plus le reste[261] ! Mais il est tard, si nous partions ? »

Et il continua, dans la rue, à exposer ses théories.

Frédéric, sans l'écouter, observait à la devanture des marchands les étoffes et les meubles convenables pour son installation ; et ce fut peut-être la pensée de Mme Arnoux qui le fit s'arrêter à l'étalage d'un brocanteur, devant trois assiettes de faïence. Elles étaient décorées d'arabesques jaunes, à reflets métalliques, et valaient cent écus la pièce. Il les fit mettre de côté.

— « Moi, à ta place, » dit Deslauriers[a], « je m'achèterais plutôt de l'argenterie, » décelant, par cet amour du cossu, l'homme de mince origine[262].

Dès qu'il fut seul, Frédéric se rendit chez le célèbre Pomadère, où il se commanda trois pantalons, deux habits, une pelisse de fourrure et cinq gilets ; puis chez un bottier, chez un chemisier, et chez un chapelier, ordonnant partout qu'on se hâtât le plus possible.

Trois jours après, le soir, à son retour du Havre, il trouva chez lui sa garde-robe complète ; et, impatient de s'en servir, il résolut de faire à l'instant même une visite aux Dambreuse. Mais il était trop tôt, huit heures à peine.

— « Si j'allais chez les autres ? » se dit-il.

Arnoux, seul, devant sa glace, était en train de se raser. Il lui proposa de le conduire dans un endroit où il s'amuserait, et, au nom de M. Dambreuse :

— « Ah ! ça se trouve bien ! Vous verrez là de ses amis ; venez donc ! ce sera drôle ! »

Frédéric s'excusait, Mme Arnoux reconnut sa voix et lui souhaita le bonjour à travers la cloison, car sa fille était indisposée, elle-même souffrante ; et l'on entendait le bruit d'une cuiller contre un verre, et tout ce frémissement de choses délicatement remuées qui se fait dans la chambre d'un malade. Puis Arnoux disparut pour dire adieu à sa femme. Il entassait les raisons :

— « Tu sais bien que c'est sérieux ! Il faut que j'y aille, j'y ai besoin, on m'attend. »

— « Va, va, mon ami. Amuse-toi ! »

Arnoux héla[a] un fiacre.

— « Palais-Royal ! galerie Montpensier, 7. »

Et, se laissant tomber sur les coussins :

— « Ah ! comme je suis las, mon cher ! j'en crèverai. Du reste, je peux bien vous le dire, à vous. »

Il se pencha vers son oreille, mystérieusement :

— « Je cherche à retrouver le rouge de cuivre des Chinois. »

Et il expliqua ce qu'étaient la couverte et le petit feu[263].

Arrivé chez Chevet, on lui remit une grande corbeille, qu'il fit porter sur le fiacre. Puis il choisit pour « sa pauvre femme » du raisin, des ananas, différentes curiosités de bouche et recommanda qu'elles fussent envoyées de bonne heure, le lendemain.

Ils allèrent ensuite chez un costumier : c'était d'un bal qu'il s'agissait[264]. Arnoux[b] prit une culotte de velours bleu, une veste pareille, une perruque rouge ; Frédéric un domino ; et ils descendirent rue de Laval[265], devant une maison illuminée au second étage par des lanternes de couleur.

Dès le bas de l'escalier, on entendait le bruit des violons.

— « Où diable me menez-vous ? » dit Frédéric.

— « Chez une bonne fille ! n'ayez pas peur ! »

Un groom leur ouvrit la porte, et ils entrèrent dans l'antichambre, où des paletots, des manteaux et des châles étaient jetés[c] en pile sur des chaises. Une jeune femme, en costume de dragon Louis XV, la traversait en ce moment-là. C'était Mlle Rose-Annette Bron, la maîtresse du lieu.

— « Eh bien ? » dit Arnoux.

— « C'est fait ! » répondit-elle.

— « Ah ! merci, mon ange ! »

Et il voulut l'embrasser.

— « Prends donc garde ! imbécile ! tu vas gâter mon maquillage ! »

Arnoux présenta Frédéric.

— « Tapez là-dedans, monsieur, soyez le bienvenu ! »

Elle écarta une portière derrière elle, et se mit à crier emphatiquement :

— « Le sieur Arnoux, marmiton, et un prince de ses amis ! »

Frédéric fut d'abord ébloui par les lumières, il n'aperçut[a] que de la soie, du velours, des épaules nues, une masse de couleurs qui se balançaient aux sons d'un orchestre caché par des verdures, entre des murailles tendues de soie jaune, avec des portraits au pastel, çà et là, et des torchères de cristal en style Louis XVI. De hautes lampes, dont les globes dépolis ressemblaient à des boules de neige, dominaient des corbeilles de fleurs, posées sur des consoles, dans les coins ; — et, en face, après une seconde pièce plus petite, on distinguait, dans une troisième, un lit à colonnes torses, ayant une glace de Venise à son chevet.

Les danses[b] s'arrêtèrent, et il y eut des applaudissements, un vacarme de joie, à la vue d'Arnoux s'avançant avec son panier sur la tête[c] ; les victuailles faisaient bosse au milieu.

— « Gare au lustre ! » Frédéric leva les yeux : c'était le lustre en vieux saxe qui ornait la boutique de l'*Art industriel* ; le souvenir des anciens jours passa dans sa mémoire ; mais un fantassin de la Ligne en petite tenue, avec cet air nigaud que la tradition donne aux conscrits, se planta devant lui, en écartant les deux bras pour marquer l'étonnement ; et il reconnut, malgré les effroyables moustaches noires extra-pointues qui le défiguraient, son ancien ami Hussonnet. Dans un charabia moitié alsacien, moitié nègre, le bohème l'accablait de félicitations, l'appelant son colonel. Frédéric, décontenancé par toutes ces personnes, ne savait[d] que répondre. Un archet[e] ayant frappé sur un pupitre, danseurs et danseuses se mirent en place[f].

Ils étaient une soixantaine environ, les femmes pour la plupart en villageoises ou en marquises, et les hommes, presque tous d'âge mûr, en costumes de roulier[a], de débardeur ou de matelot[266].

Frédéric, s'étant rangé contre le mur, regarda le quadrille[b] devant lui.

Un vieux beau, vêtu, comme un doge vénitien, d'une longue simarre de soie pourpre, dansait avec Mme Rosanette, qui portait un habit vert, une culotte[c] de tricot et des bottes molles à éperons d'or. Le couple en face se composait d'un Arnaute chargé de yatagans et d'une Suissesse aux yeux bleus, blanche comme du lait, potelée comme une caille, en manches de chemise et corset rouge. Pour faire valoir sa chevelure qui lui descendait jusqu'aux jarrets, une grande blonde, marcheuse à l'Opéra, s'était mise en femme sauvage ; et, par-dessus son maillot de couleur brune, n'avait qu'un pagne de cuir, des bracelets de verroterie, et un diadème de clinquant, d'où s'élevait une haute gerbe en plumes[d] de paon. Devant elle, un Pritchard, affublé d'un habit noir grotesquement large, battait la mesure avec son coude sur sa tabatière. Un petit berger Watteau, azur et argent comme un clair de lune, choquait sa houlette contre le thyrse d'une Bacchante, couronnée de raisins, une peau de léopard sur le flanc gauche et des cothurnes à rubans d'or. De l'autre côté une Polonaise, en spencer de velours nacarat, balançait son jupon de gaze sur ses bas de soie gris-perle, pris dans des bottines roses cerclées de fourrure blanche. Elle souriait à un quadragénaire ventru, déguisé en enfant de chœur, et qui gambadait très haut, levant d'une main son surplis et retenant de l'autre sa calotte rouge. Mais la reine, l'étoile, c'était Mlle Loulou, célèbre danseuse des bals publics. Comme elle se trouvait riche maintenant, elle portait une large collerette de dentelle sur sa veste de velours noir uni ; et son large pantalon de soie ponceau, collant[e] sur la croupe et serré à la taille par une écharpe de cachemire, avait, tout le long de la couture, des petits camélias[f] blancs naturels. Sa mine pâle, un peu bouffie et à nez retroussé, semblait plus insolente encore par l'ébouriffure de sa perruque où tenait un chapeau d'homme, en feutre gris, plié d'un coup de poing sur l'oreille droite ; et, dans les bonds qu'elle faisait, ses escarpins à boucles de diamants atteignaient presque au nez de son voisin, un grand Baron moyen âge tout empêtré dans une armure de fer. Il y avait aussi un Ange, un glaive d'or à la main, deux ailes de cygne dans le dos, et qui, allant, venant, perdant à toute minute son cavalier, un Louis XIV, ne comprenait rien aux figures et embarrassait la contredanse.

Frédéric, en regardant ces personnes, éprouvait un sentiment d'abandon, un malaise. Il songeait encore à Mme Arnoux et il lui semblait participer à quelque chose d'hostile[a] se tramant contre elle.

Quand le quadrille fut achevé, Mme Rosanette l'aborda. Elle haletait un peu, et son hausse-col, poli[b] comme un miroir, se soulevait doucement sous son menton.

— « Et vous, monsieur, » dit-elle, « vous ne dansez pas ? » Frédéric s'excusa, il ne savait[c] pas danser.

— « Vraiment ! mais avec moi ? bien sûr ? »

Et, posée sur une seule hanche, l'autre genou un peu rentré, en caressant de la main gauche le pommeau de nacre de son épée, elle le considéra pendant une minute, d'un air moitié suppliant, moitié gouailleur. Enfin elle dit « Bonsoir ! », fit une pirouette, et disparut.

Frédéric, mécontent de lui-même, et ne sachant que faire, se mit à errer dans le bal.

Il entra dans le boudoir[267], capitonné de soie bleu-pâle avec des bouquets de fleurs des champs, tandis qu'au plafond, dans un cercle de bois doré, des Amours, émergeant d'un ciel d'azur, batifolaient sur des nuages en forme d'édrédon. Ces élégances, qui seraient aujourd'hui des misères pour les pareilles de Rosanette, l'éblouirent ; et il admira tout : les volubilis artificiels ornant le contour de la glace, les rideaux de la cheminée, le divan turc, et, dans un renfoncement de la muraille, une manière de tente tapissée de soie rose, avec de la mousseline blanche par-dessus. Des meubles noirs à marqueterie de cuivre garnissaient la chambre à coucher, où se dressait, sur une estrade couverte d'une peau de cygne, le grand lit à baldaquin et à plumes d'autruche. Des épingles à tête de pierreries fichées dans des pelotes, des bagues traînant sur les plateaux, des médaillons à cercle d'or et des coffrets d'argent se distinguaient dans l'ombre, sous la lueur qu'épanchait une urne de Bohême, suspendue à trois chaînettes. Par une petite porte entrebâillée, on apercevait une serre chaude occupant toute la largeur d'une terrasse, et que terminait une volière à l'autre bout.

C'était bien là un milieu fait pour plaire[d]. Dans une brusque révolte de sa jeunesse, il se jura d'en jouir, s'enhardit[268] ; puis, revenu à l'entrée du salon, où il y avait plus de monde maintenant (tout s'agitait dans une sorte de pulvérulence lumineuse), il resta debout à contempler les quadrilles, clignant les yeux pour mieux voir, — et humant les molles senteurs de femmes, qui circulaient comme un immense baiser épandu.

Mais il y avait près de lui, de l'autre côté de la porte, Pellerin; — Pellerin en grande toilette, le bras gauche dans la poitrine et tenant de la droite, avec son chapeau, un gant[a] blanc, déchiré.

— « Tiens, il y a longtemps qu'on ne vous a vu ! Où diable étiez-vous donc ? parti en voyage, en Italie ? Poncif, hein[b], l'Italie ? pas si raide qu'on dit ? N'importe ! apportez-moi vos esquisses, un de ces jours. »

Et, sans attendre sa réponse, l'artiste se mit à parler de lui-même.

Il avait fait beaucoup de progrès, ayant reconnu[c] définitivement la bêtise de la Ligne. On ne devait pas tant s'enquérir de la Beauté et de l'Unité, dans une œuvre, que du caractère et de la diversité des choses[269].

— « Car tout existe[d] dans la nature, donc tout est légitime, tout est plastique. Il s'agit seulement d'attraper la note, voilà. J'ai découvert le secret ! » Et lui donnant un coup de coude, il répéta plusieurs fois : — « J'ai découvert le secret, vous voyez ! Ainsi regardez-moi cette petite femme à coiffure de sphinx qui danse avec un postillon russe, c'est net, sec, arrêté, tout en méplats et en tons crus : de l'indigo sous les yeux[e], une plaque de cinabre à la joue, du bistre sur les tempes ; pif ! paf ! » Et il jetait, avec le pouce, comme des coups de pinceau dans l'air. — « Tandis que la grosse, là-bas », continua-t-il en montrant une Poissarde, « en robe cerise[f] avec une croix d'or au cou et un fichu de linon noué dans le dos, — rien que des rondeurs ; les narines s'épatent comme les ailes[g] de son bonnet, les coins de la bouche se relèvent, le menton s'abaisse, tout est gras, fondu, copieux, tranquille et soleillant, un vrai Rubens ! Elles sont parfaites cependant ! Où est le type alors ? » Il s'échauffait[h] : — « Qu'est-ce qu'une belle femme ? Qu'est-ce que le beau ! Ah ! le beau ! me direz-vous... » Frédéric l'interrompit pour savoir ce qu'était un pierrot[i] à profil de bouc, en train de bénir tous les danseurs au milieu d'une pastourelle.

— « Rien du tout ! un veuf, père de trois garçons. Il les laisse sans culottes, passe sa vie au club, et couche avec la bonne. »

— « Et celui-là, costumé en bailli, qui parle dans l'embrasure de la fenêtre à une Marquise-Pompadour ? »

— « La Marquise, c'est Mme Vandaël, l'ancienne actrice du Gymnase, la maîtresse du Doge, le comte de Palazot. Voilà vingt ans qu'ils sont ensemble ; on ne sait pourquoi. Avait-elle de beaux yeux, autrefois, cette femme-là ! Quant au citoyen près d'elle, on le nomme le capitaine d'Herbigny, un vieux de la vieille, qui n'a pour toute fortune que sa croix d'honneur et sa pension, sert d'oncle aux grisettes dans les solennités, arrange les duels et dîne en ville. »

— « Une canaille ? » dit Frédéric.

— « Non ! un honnête homme ! »

— « Ah ! »

L'artiste lui en nomma d'autres encore, quand, apercevant un monsieur qui portait, comme les médecins de Molière, une grande robe de serge noire, mais bien ouverte de haut en bas, afin de montrer toutes ses breloques :

— « Ceci vous représente le docteur Des Rogis, enragé de n'être pas célèbre ; a écrit un livre de pornographie médicale, cire volontiers les bottes dans le grand monde, est discret ; ces dames l'adorent. Lui et son épouse (cette maigre châtelaine en robe grise) se trimbalent ensemble dans tous les endroits publics, et autres. Malgré la gêne du ménage, on a *un jour* — thés artistiques où il se dit des vers — Attention ! »

En effet, le docteur les aborda ; et bientôt ils formèrent tous les trois, à l'entrée du salon, un groupe de causeurs, où vint s'adjoindre Hussonnet, puis l'amant de la Femme-Sauvage, un jeune poète, exhibant, sous un court mantel à la François Ier, la plus piètre des anatomies, et enfin un garçon d'esprit, déguisé en Turc de barrière. Mais sa veste à galons jaunes avait si bien voyagé sur le dos des dentistes ambulants, son large pantalon à plis était d'un rouge si déteint, son turban roulé comme une anguille à la tartare d'un aspect si pauvre, tout son costume enfin tellement déplorable et réussi, que les femmes ne dissimulaient pas leur dégoût. Le docteur l'en consola par de grands éloges sur la Débardeuse, sa maîtresse. Ce Turc était fils d'un banquier.

Entre deux quadrilles, Rosanette se dirigea vers la cheminée, où était installé, dans un fauteuil, un petit vieillard replet, en habit marron, à boutons d'or. Malgré ses joues flétries qui tombaient sur sa haute cravate blanche, ses cheveux encore blonds, et frisés naturellement comme les poils d'un caniche, lui donnaient quelque chose de folâtre.

Elle l'écouta, penchée vers son visage. Ensuite, elle lui accommoda un verre de sirop ; et rien n'était mignon comme ses mains sous leurs manches de dentelles qui dépassaient les parements de l'habit vert. Quand le bonhomme eut bu, il les baisa.

— « Mais c'est M. Oudry, le voisin d'Arnoux ! »

— « Il l'a perdu ! [270] » dit en riant Pellerin.

— « Comment ! »

Un postillon de Longjumeau [271] la saisit par la taille, une valse commençait. Alors, toutes les femmes, assises autour du salon sur des banquettes, se levèrent à la file, prestement ; et leurs jupes, leurs écharpes, leurs coiffures se mirent à tourner.

Elles tournaient si près de lui, que Frédéric distinguait les gouttelettes de leur front ; — et ce mouvement giratoire de plus en plus vif et régulier, vertigineux, communiquant à sa pensée une sorte d'ivresse, y faisait surgir d'autres images, tandis que toutes passaient dans le même éblouissement, et chacune avec une excitation particulière selon le genre de sa beauté. La Polonaise, qui s'abandonnait d'une façon langoureuse, lui inspirait l'envie de la tenir contre son cœur, en filant tous les deux dans un traîneau sur une plaine couverte de neige. Des horizons de volupté tranquille, au bord d'un lac, dans un chalet, se déroulaient sous les pas de la Suissesse, qui valsait le torse droit et les paupières baissées. Puis, tout à coup, la Bacchante, penchant en arrière sa tête brune, le faisait rêver à des caresses dévoratrices, dans des bois de lauriers-roses, par un temps d'orage, au bruit confus des tambourins. La Poissarde, que la mesure trop rapide essoufflait, poussait des rires ; et il aurait voulu, buvant avec elle aux Porcherons, chiffonner à pleines mains son fichu, comme au bon vieux temps. Mais la Débardeuse, dont les orteils légers effleuraient à peine le parquet, semblait receler dans la souplesse de ses membres et le sérieux de son visage tous les raffinements de l'amour moderne, qui a la justesse d'une science et la mobilité d'un oiseau. Rosanette tournait, le poing sur la hanche ; sa perruque à marteau, sautillant sur son collet, envoyait de la poudre d'iris autour d'elle ; et, à chaque tour, du bout de ses éperons d'or, elle manquait d'attraper Frédéric.

Au dernier accord de la valse, Mlle Vatnaz parut[272]. Elle avait un mouchoir algérien sur la tête, beaucoup de piastres sur le front, de l'antimoine au bord des yeux, avec une espèce de paletot en cachemire noir tombant sur un jupon clair, lamé d'argent, et elle tenait un tambour de basque à la main.

Derrière son dos marchait un grand garçon, dans le costume classique du Dante, et qui était (elle ne s'en cachait plus, maintenant) l'ancien chanteur de l'Alhambra, — lequel, s'appelant Auguste Delamare, s'était fait appeler primitivement Anténor Dellamarre, puis Delmas, puis Belmar, et enfin Delmar, modifiant ainsi et perfectionnant son nom, d'après sa gloire croissante ; car il avait quitté le bastringue pour le théâtre, et venait même de débuter bruyamment à l'Ambigu, dans *Gaspardo le Pêcheur*[273].

Hussonnet, en l'apercevant, se renfrogna. Depuis qu'on avait refusé sa pièce, il exécrait les comédiens. On n'imaginait pas la vanité de ces messieurs, de celui-là surtout ! « Quel poseur, voyez donc ! »

Après un léger[a] salut à Rosanette, Delmar s'était adossé à la cheminée ; et il restait immobile, une main sur le cœur, le pied gauche en avant, les yeux au ciel, avec sa couronne de lauriers dorés par-dessus son capuchon, tout en s'efforçant de mettre dans son regard beaucoup de poésie, pour fasciner les dames[b]. On faisait, de loin, un grand cercle autour de lui.

Mais la Vatnaz, quand elle eut embrassé longuement Rosanette, s'en vint prier Hussonnet de revoir, sous le point de vue du style, un ouvrage d'éducation qu'elle voulait publier : *La Guirlande des jeunes Personnes*[c], recueil de littérature et de morale. L'homme de lettres promit son concours. Alors, elle lui demanda s'il ne pourrait pas, dans une des feuilles où il avait accès, faire mousser[d] quelque peu son ami, et même lui confier plus tard un rôle. Hussonnet en oublia de prendre un verre de punch.

C'était Arnoux qui l'avait fabriqué ; et, suivi par le groom du Comte portant un plateau vide, il l'offrait aux personnes avec satisfaction.

Quand il vint à passer devant M. Oudry, Rosanette l'arrêta.

— « Eh bien, et cette affaire[e] ? »

Il rougit quelque peu ; enfin, s'adressant au bonhomme :

— « Notre amie m'a dit que vous auriez l'obligeance... »

— « Comment donc, mon voisin ! tout à vous. »

Et le nom de M. Dambreuse fut prononcé ; comme[a] ils s'entretenaient à demi-voix, Frédéric les entendait confusément ; il se porta vers l'autre coin de la cheminée, où Rosanette et Delmar causaient ensemble.

Le cabotin avait une mine vulgaire, faite comme les décors de théâtre pour être contemplée à distance, des mains épaisses, de grands pieds, une mâchoire lourde ; et il dénigrait les acteurs les plus illustres, traitait de haut les poètes, disait : « mon organe, mon physique, mes moyens », en émaillant son discours de mots peu intelligibles pour lui-même, et qu'il affectionnait, tels que « morbidezza, analogue et homogénéité ».

Rosanette l'écoutait[b] avec de petits mouvements de tête approbatifs. On voyait l'admiration s'épanouir sous le fard de ses joues, et quelque chose d'humide[c] passait comme un voile sur ses yeux clairs, d'une indéfinissable couleur. Comment un pareil homme pouvait-il la charmer ? Frédéric s'excitait intérieurement à le mépriser encore plus, pour bannir[d], peut-être, l'espèce d'envie qu'il lui portait.

Mlle Vatnaz était maintenant avec Arnoux ; et, tout en riant très haut, de temps à autre, elle jetait un coup d'œil sur son amie, que M. Oudry ne perdait pas de vue.

Puis Arnoux et la Vatnaz disparurent ; le bonhomme[e] vint parler bas à Rosanette.

— « Eh bien, oui, c'est convenu[f] ! Laissez-moi tranquille. »

Et elle pria Frédéric d'aller voir dans la cuisine si M. Arnoux n'y était pas.

Un bataillon de verres à moitié pleins couvrait le plancher ; et les casseroles, les marmites, la turbotière, la poêle à frire sautaient. Arnoux commandait[g] aux domestiques en les tutoyant, battait la rémolade[274], goûtait les sauces, rigolait avec la bonne.

— « Bien », dit-il, « avertissez-la ! je fais servir ».

On ne dansait plus, les femmes venaient de se rasseoir, les hommes se promenaient. Au milieu du salon, un des rideaux tendus sur une fenêtre se bombait au vent ; et la Sphinx, malgré les observations de tout le monde, exposait au courant d'air ses bras en sueur. Où donc était Rosanette ? Frédéric la chercha plus loin, jusque dans le boudoir et dans la chambre.

Quelques-uns, pour être seuls, ou deux à deux, s'y étaient réfugiés. L'ombre et les chuchotements se mêlaient. Il y avait de petits rires sous des mouchoirs, et l'on entrevoyait au bord des corsages des frémissements d'éventails[a], lents et doux comme des battements d'ailes d'oiseau blessé[275].

En entrant dans la serre, il vit, sous les larges feuilles d'un caladium, près du jet d'eau, Delmar, couché à plat ventre sur le canapé de toile ; Rosanette, assise près de lui, avait la main passée dans ses cheveux ; et elle le regardait. Au même moment, Arnoux entra par l'autre côté, celui de la volière. Delmar se leva d'un bond, puis il sortit à pas tranquilles sans se retourner ; et même, s'arrêta[b] près de la porte, pour cueillir une fleur d'hibiscus dont il garnit sa boutonnière. Rosanette pencha le visage ; Frédéric, qui la voyait de profil, s'aperçut qu'elle pleurait.

— « Tiens ! qu'as-tu donc ? » dit Arnoux.

Elle haussa les épaules sans répondre.

— « Est-ce à cause de lui ? » reprit-il.

Elle étendit les bras[c] autour de son cou, et, le baisant au front, lentement :

— « Tu sais bien que je t'aimerai toujours, mon gros. N'y pensons plus ! Allons souper ! »

Un lustre de cuivre à quarante bougies éclairait la salle, dont les murailles disparaissaient sous de vieilles faïences accrochées ; et cette lumière crue, tombant d'aplomb, rendait plus blanc encore, parmi les hors-d'œuvre et les fruits, un gigantesque turbot occupant le milieu de la nappe, bordée par des assiettes pleines de potage à la bisque[276]. Avec un froufrou[d] d'étoffes, les femmes, tassant leurs jupes, leurs manches et leurs écharpes, s'assirent les unes près des autres ; les hommes, debout, s'établirent dans les angles. Pellerin et M. Oudry furent placés près de Rosanette ; Arnoux était en face[e]. Palazot et son amie venaient de partir.

— « Bon voyage ! » dit-elle. « Attaquons ! »

Et l'Enfant de chœur, homme facétieux, en faisant un grand signe de croix, commença le *Benedicite*.

Les dames furent scandalisées, et principalement la Poissarde, mère d'une fille dont elle voulait faire une femme honnête. Arnoux, non plus, « n'aimait pas ça », trouvant qu'on devait respecter la religion.

Une horloge[f] allemande, munie d'un coq, carillonnant deux heures, provoqua sur le coucou force plaisanteries[277].

Toute sorte de propos s'ensuivirent : calembours, anecdotes, vantardises, gageures, mensonges tenus pour vrais, assertions improbables, un tumulte de paroles qui bientôt s'éparpilla en conversations particulières. Les vins circulaient, les plats se succédaient, le docteur découpait. On se lançait de loin une orange, un bouchon ; on quittait sa place pour causer avec quelqu'un. Souvent Rosanette se tournait vers Delmar, immobile derrière elle ; Pellerin bavardait, M. Oudry souriait. Mlle Vatnaz mangea presque à elle seule le buisson d'écrevisses, et les carapaces sonnaient sous ses longues dents. L'Ange, posée sur le tabouret du piano (seul endroit où ses ailes lui permissent de s'asseoir), mastiquait placidement, sans discontinuer[a].

— « Quelle fourchette ! » répétait l'Enfant de chœur ébahi, « quelle fourchette ! »

Et la Sphinx buvait de l'eau-de-vie, criait à plein gosier, se démenait comme un démon. Tout à coup, ses joues s'enflèrent, et, ne résistant plus au sang qui l'étouffait, elle porta sa serviette contre ses lèvres, puis la jeta sous la table.

Frédéric l'avait vue.

— « Ce n'est rien ! »

Et, à ses instances pour partir et se soigner, elle répondit lentement :

— « Bah ! à quoi bon ? autant ça qu'autre chose ! la vie n'est pas si drôle ! »

Alors il frissonna, pris d'une tristesse glaciale, comme s'il avait aperçu des mondes entiers de misère et de désespoir, un réchaud de charbon près d'un lit de sangle, et les cadavres de la Morgue en tablier de cuir, avec le robinet d'eau froide qui coule sur leurs cheveux.

Cependant, Hussonnet, accroupi aux pieds de la Femme-Sauvage[b], braillait d'une voix enrouée, pour imiter l'acteur Grassot :

— « Ne sois pas cruelle, ô Celuta ![278] cette petite fête de famille est charmante ! Enivrez-moi de voluptés, mes amours ! Folichonnons ! folichonnons ! »

Et il se mit à baiser les femmes sur l'épaule. Elles tressaillaient, piquées par ses moustaches ; puis il imagina de casser contre sa tête une assiette, en la heurtant d'un petit coup. D'autres l'imitèrent ; les morceaux de faïence volaient comme des ardoises par un grand vent, et la Débardeuse s'écria :

— « Ne vous gênez pas ! ça ne coûte rien ! Le bourgeois qui en fabrique nous en cadote ! »

Tous les yeux se portèrent sur Arnoux. Il répliqua :

— « Ah ! sur facture, permettez ! » tenant, sans doute, à passer pour n'être pas, ou n'être plus l'amant de Rosanette.

Mais deux voix furieuses s'élevèrent :

— « Imbécile ! »

— « Polisson ! »

— « A vos ordres ! »

— « Aux vôtres ! »

C'était le Chevalier moyen âge et le Postillon russe qui se disputaient ; celui-ci ayant soutenu que des armures[a] dispensaient d'être brave, l'autre avait pris cela pour une injure. Il voulait se battre, tous s'interposaient, et le Capitaine, au milieu du tumulte, tâchait de se faire entendre.

— « Messieurs, écoutez-moi ! un mot ! J'ai de l'expérience, messieurs ![b] »

Rosanette[c], ayant frappé avec son couteau sur un verre, finit par obtenir du silence ; et, s'adressant au Chevalier qui gardait son casque, puis au Postillon coiffé d'un bonnet à longs poils :

— « Retirez d'abord votre casserole ! ça m'échauffe ! — et vous, là-bas, votre tête de loup. — Voulez-vous bien m'obéir, saprelotte ! Regardez donc mes épaulettes ! Je suis votre maréchale[d] ! »

Ils s'exécutèrent, et tous applaudirent en criant :

— « Vive la Maréchale ! vive la Maréchale ! »

Alors, elle prit sur le poêle[279] une bouteille de vin de Champagne, et elle le versa de haut, dans les coupes qu'on lui tendait. Comme la table était trop large, les convives, les femmes surtout, se portèrent de son côté, en se dressant sur la pointe des pieds, sur les barreaux des chaises, ce qui forma pendant une minute un groupe pyramidal de coiffures, d'épaules nues, de bras tendus, de corps penchés ; et de longs jets de vin rayonnaient dans tout cela, car le Pierrot et Arnoux, aux deux angles de la salle, lâchant chacun une bouteille, éclaboussaient les visages. Les petits oiseaux[e] de la volière, dont on avait laissé la porte ouverte, envahirent la salle, tout effarouchés, voletant autour du lustre, se cognant contre les carreaux, contre les meubles ; et quelques-uns, posés sur les têtes, faisaient au milieu des chevelures comme de larges fleurs.

Les musiciens étaient partis. On tira le piano de l'antichambre dans le salon. La Vatnaz s'y mit, et, accompagnée de l'Enfant de chœur qui battait du tambour de basque, elle entama une contredanse avec furie, tapant les touches comme un cheval qui piaffe, et se dandinant de la taille, pour mieux marquer la mesure. La Maréchale entraîna Frédéric, Hussonnet faisait la roue, la Débardeuse se disloquait comme un clown, le Pierrot avait des façons d'orang-outang, la Sauvagesse, les bras écartés, imitait l'oscillation d'une chaloupe. Enfin tous, n'en pouvant plus, s'arrêtèrent ; et on ouvrit une fenêtre.

Le grand jour entra, avec la fraîcheur du matin. Il y eut une exclamation d'étonnement, puis un silence. Les flammes jaunes vacillaient[a], en faisant de temps à autre éclater leurs bobèches ; des rubans, des fleurs et des perles jonchaient le parquet ; des taches de punch et de sirop poissaient les consoles ; les tentures étaient salies, les costumes fripés, poudreux ; les nattes pendaient sur les épaules ; et le maquillage, coulant avec la sueur, découvrait des faces blêmes, dont les paupières rouges clignotaient.

La Maréchale, fraîche comme au sortir d'un bain, avait les joues roses, les yeux brillants. Elle jeta au loin sa perruque ; et ses cheveux tombèrent autour d'elle comme une toison, ne laissant voir de tout son vêtement que sa culotte, ce qui produisit un effet à la fois comique et gentil.

La Sphinx[b], dont les dents claquaient de fièvre, eut besoin d'un châle.

Rosanette courut dans sa chambre pour le chercher, et, comme l'autre la suivait, elle lui ferma la porte au nez vivement.

Le Turc observa, tout haut, qu'on n'avait pas vu sortir M. Oudry. Aucun ne releva cette malice, tant on était fatigué.

Puis, en attendant les voitures, on s'embobelina dans les capelines et les manteaux. Sept heures sonnèrent. L'Ange était toujours dans la salle, attablée devant une compote de beurre et de sardines ; et la Poissarde, près d'elle, fumait des cigarettes[280], tout en lui donnant des conseils sur l'existence.

Enfin, les fiacres étant survenus, les invités s'en allèrent. Hussonnet, employé dans une correspondance pour la province, devait lire avant son déjeuner cinquante-trois journaux ; la Sauvagesse avait une répétition à son théâtre, Pellerin un modèle, l'Enfant de chœur trois rendez-vous. Mais l'Ange, envahie par les premiers symptômes d'une indigestion, ne put se lever. Le Baron moyen âge la porta jusqu'au fiacre.

— « Prends garde à ses ailes ! » cria par la fenêtre la Débardeuse.

On était sur le palier quand Mlle Vatnaz dit à Rosanette :

— « Adieu, chère ! C'était très bien ta soirée. »

Puis se penchant à son oreille :

— « Garde-le ! »

— « Jusqu'à des temps meilleurs », reprit la Maréchale, en tournant le dos, lentement.

Arnoux et Frédéric s'en revinrent ensemble, comme ils étaient venus. Le marchand[a] de faïences avait un air tellement sombre, que son compagnon le crut indisposé.

— « Moi ? pas du tout ! »

Il se mordait[b] la moustache, fronçait les sourcils, et Frédéric lui demanda si ce n'était pas ses affaires qui le tourmentaient.

— « Nullement ![281] »

Puis tout à coup :

— « Vous le connaissiez, n'est-ce pas, le père Oudry ! »

Et, avec une expression de rancune :

— « Il est riche, le vieux gredin ! »

Ensuite, Arnoux parla d'une cuisson importante que l'on devait finir aujourd'hui, à sa fabrique. Il voulait la voir. Le train partait dans une heure[282].

— « Il faut cependant que j'aille embrasser ma femme. »

— « Ah ! sa femme ! » pensa Frédéric.

Puis il se coucha, avec une douleur intolérable à l'occiput ; et il but une carafe d'eau, pour calmer sa soif.

Une autre soif lui était venue, celle des femmes, du luxe et de tout ce que comporte l'existence parisienne[283]. Il se sentait quelque peu étourdi, comme un homme qui descend d'un vaisseau ; et, dans l'hallucination du premier sommeil, il voyait passer et repasser continuellement les épaules de la Poissarde, les reins de la Débardeuse, les mollets de la Polonaise, la chevelure de la Sauvagesse. Puis[c] deux grands yeux noirs, qui n'étaient pas dans le bal, parurent ; et légers comme des papillons, ardents comme des torches, ils allaient, venaient, vibraient, montaient dans la corniche, descendaient jusqu'à sa bouche. Frédéric s'acharnait à reconnaître ces yeux

sans y parvenir. Mais déjà le rêve l'avait pris ; il lui semblait
qu'il était attelé près d'Arnoux, au timon d'un fiacre, et
que la Maréchale, à califourchon sur lui, l'éventrait avec ses
éperons d'or.

II

1. ~~goutte~~ window box
2. bother, trouble, embarrassment
3. Knock down
4. wall
5. smoking room
6. bargain, haggle
7. supply

8. glimmering
9. bristle, ruffle
10. bush
11. beam, bundle
12. candle ms

Frédéric trouva, au coin de la rue Rumfort[284], un petit hôtel et il s'acheta, tout à la fois, le coupé, le cheval, les meubles et deux jardinières prises chez Arnoux, pour mettre aux deux coins de la porte dans son salon. Derrière cet appartement, étaient une chambre et un cabinet. L'idée lui vint d'y loger Deslauriers. Mais, comment la recevrait-il, *elle*, sa maîtresse future ? La présence d'un ami serait une gêne. Il abattit le refend pour agrandir le salon, et fit du cabinet un fumoir.

Il acheta les poètes[a] qu'il aimait, des Voyages, des Atlas, des Dictionnaires, car il avait des plans de travail sans nombre ; il pressait les ouvriers, courait les magasins, et, dans son impatience de jouir, emportait tout sans marchander.

D'après les notes[b] des fournisseurs, Frédéric s'aperçut qu'il aurait à débourser prochainement une quarantaine de mille francs, non compris les droits de succession, lesquels dépasseraient trente-sept mille ; comme[c] sa fortune était en biens territoriaux, il écrivit au notaire du Havre d'en vendre une partie[d], pour se libérer de ses dettes et avoir quelque argent à sa disposition. Puis, voulant connaître enfin cette chose vague, miroitante et indéfinissable qu'on appelle *le monde*[e], il demanda par un billet aux Dambreuse s'ils pouvaient le recevoir. Madame répondit qu'elle espérait sa visite pour le lendemain[f].

C'était jour de réception. Des voitures stationnaient dans la cour. Deux valets se précipitèrent sous la marquise, et un troisième, au haut de l'escalier, se mit à marcher devant lui.

Il traversa une antichambre, une seconde pièce, puis un grand salon à hautes fenêtres, et dont la cheminée monumentale supportait une pendule en forme de sphère, avec deux vases de porcelaine monstrueux où se hérissaient, comme deux buissons d'or, deux faisceaux de bobèches. Des tableaux dans la manière de l'Espagnolet[285] étaient appendus au mur[g] ; les lourdes portières en tapisserie tombaient majestueusement ; et les fauteuils, les consoles, les tables, tout le mobilier, qui était de style Empire, avait quelque chose d'imposant et de diplomatique. Frédéric souriait[a] de plaisir, malgré lui.

Enfin, il arriva dans un appartement ovale[286], lambrissé de bois de rose, bourré de meubles mignons et qu'éclairait une seule glace donnant sur un jardin. Mme Dambreuse était auprès du feu, une douzaine de personnes formant cercle autour d'elle. Avec un mot aimable, elle lui fit signe de s'asseoir, mais sans paraître surprise de ne l'avoir pas vu depuis longtemps.

On vantait, quand il entra, l'éloquence de l'abbé Cœur[287]. Puis on déplora l'immoralité des domestiques, à propos d'un vol commis par un valet de chambre ; et les cancans se déroulèrent[288]. La vieille dame de Sommery avait un rhume, Mlle de Turvisot[b] se mariait, les Montcharron ne reviendraient pas avant la fin de janvier, les Bretancourt non plus, maintenant on restait tard à la campagne ; et la misère des propos[289] se trouvait comme renforcée par le luxe des choses ambiantes ; mais ce qu'on disait était moins stupide que la manière de causer, sans but, sans suite et sans animation. Il y avait là, cependant, des hommes versés dans la vie, un ancien ministre, le curé d'une grande paroisse, deux ou trois hauts fonctionnaires du gouvernement ; ils s'en tenaient aux lieux communs les plus rebattus. Quelques-uns[c] ressemblaient à des douairières fatiguées, d'autres avaient des tournures de maquignon ; et des vieillards accompagnaient leurs femmes, dont ils auraient pu se faire passer pour les grands-pères.

Mme Dambreuse les recevait tous avec grâce[290]. Dès qu'on parlait d'un malade, elle fronçait les sourcils douloureusement, et prenait un air joyeux s'il était question de bals ou de soirées. Elle serait bientôt contrainte de s'en priver, car elle allait faire sortir de pension une nièce de son mari, une orpheline. On exalta[d] son dévouement ; c'était se conduire en véritable mère de famille.

Frédéric l'observait. La peau mate de son visage paraissait tendue, et d'une fraîcheur sans éclat, comme celle d'un fruit conservé. Mais ses cheveux, tirebouchonnés à l'anglaise, étaient plus fins que de la soie, ses yeux d'un azur brillant, tous[e] ses gestes délicats. Assise au fond, sur la causeuse, elle caressait les floches rouges d'un écran japonais, pour faire valoir ses mains, sans doute, de longues mains étroites, un peu maigres, avec des doigts retroussés par le bout. Elle portait une robe de moire grise, à corsage montant, comme une puritaine.

Frédéric lui demanda si elle ne viendrait pas cette année à la Fortelle. Mme Dambreuse n'en savait rien. Il concevait cela, du reste : Nogent devait l'ennuyer. Les visites[a] augmentaient. C'était un bruissement continu de robes sur les tapis ; les dames, posées au bord des chaises, poussaient de petits ricanements, articulaient deux ou trois mots, et, au bout de cinq minutes, partaient avec leurs jeunes filles. Bientôt, la conversation fut impossible à suivre, et Frédéric se retirait quand Mme Dambreuse lui dit :

— « Tous les mercredis, n'est-ce pas, monsieur Moreau ? » rachetant par cette seule phrase ce qu'elle avait montré d'indifférence.

Il était content. Néanmoins, il huma dans la rue une large bouffée d'air ; et, par besoin d'un milieu[b] moins artificiel, Frédéric se ressouvint qu'il devait une visite à la Maréchale.

La porte de l'antichambre était ouverte. Deux bichons havanais accoururent. Une voix cria :

— « Delphine ! Delphine ! — Est-ce vous, Félix ? »

Il se tenait sans avancer ; les deux petits chiens jappaient toujours. Enfin Rosanette parut[291], enveloppée dans une sorte de peignoir en mousseline blanche garnie de dentelles, pieds nus[c] dans des babouches.

— « Ah ! pardon, monsieur ! Je vous prenais pour le coiffeur. Une minute ! je reviens ! »

Et il resta seul dans la salle à manger.

Les persiennes en étaient closes. Frédéric la parcourait des yeux, en se rappelant[d] le tapage de l'autre nuit, lorsqu'il remarqua au milieu, sur la table, un chapeau d'homme, un vieux feutre bossué, gras, immonde. A qui donc ce chapeau ? Montrant impudemment sa coiffe décousue, il semblait dire : « Je m'en moque après tout ! Je suis le maître ! »

La Maréchale survint. Elle le prit, ouvrit la serre, l'y jeta, referma la porte (d'autres portes en même temps, s'ouvraient et se refermaient), et, ayant fait passer Frédéric par la cuisine, elle l'introduisit dans son cabinet de toilette.

On voyait, tout de suite, que c'était l'endroit de la maison le plus hanté, et comme son vrai centre moral. Une perse à grands feuillages tapissait les murs, les fauteuils et un vaste divan élastique ; sur une table de marbre blanc s'espaçaient deux larges cuvettes en faïence bleue ; des planches de cristal formant étagère au-dessus étaient encombrées par des fioles, des brosses, des peignes[a], des bâtons de cosmétique, des boîtes à poudre ; le feu se mirait dans une haute psyché ; un drap pendait en dehors d'une baignoire, et des senteurs[b] de pâte d'amandes et de benjoin s'exhalaient.

— « Vous excuserez le désordre ! Ce soir, je dîne en ville. »

Et, comme elle tournait sur ses talons, elle faillit écraser un des petits chiens[292]. Frédéric les déclara charmants. Elle les souleva tous les deux, et haussant jusqu'à lui leur museau noir :

— « Voyons, faites une risette, baisez le monsieur. »

Un homme, habillé d'une sale redingote à collet de fourrure, entra brusquement.

— « Félix, mon brave », dit-elle, « vous aurez votre affaire dimanche prochain, sans faute. »

L'homme se mit[c] à la coiffer[*]. Il lui apprenait des nouvelles de ses amies : Mme de Rochegune, Mme de Saint-Florentin, Mme Lombard, toutes[d] étant nobles comme à l'hôtel Dambreuse. Puis il causa théâtres ; on donnait le soir à l'Ambigu une représentation extraordinaire.

— « Irez-vous ? »

— « Ma foi, non ! Je reste chez moi. »

Delphine parut. Elle la gronda[e] pour être sortie sans sa permission. L'autre jura qu'elle « rentrait du marché ».

— « Eh bien, apportez-moi votre livre ! — Vous permettez, n'est-ce pas ? »

Et, lisant à demi-voix le cahier, Rosanette faisait[f] des observations sur chaque article. L'addition était fausse.

— « Rendez-moi quatre sous ! »

Delphine les rendit, et, quand elle l'eut congédiée :

— « Ah ! Sainte Vierge ! est-on assez malheureux avec ces gens-là ! »

Frédéric fut choqué de cette récrimination. Elle lui rappelait trop les autres, et établissait entre les deux maisons une sorte d'égalité fâcheuse.

Delphine[g], étant revenue, s'approcha de la Maréchale pour chuchoter un mot à son oreille.

— « Eh non ! je n'en veux pas ! »

Delphine se présenta de nouveau.

— « Madame, elle insiste. »

— « Ah ! quel embêtement ! Flanque-la dehors ! »

Au même instant, une vieille dame habillée de noir poussa la porte[293]. Frédéric n'entendit rien, ne vit rien ; Rosanette s'était précipité dans la chambre, à sa rencontre.

Quand elle reparut, elle avait les pommettes rouges et elle s'assit dans un des fauteuils, sans parler. Une larme tomba sur sa joue ; puis se tournant vers le jeune homme, doucement :

— « Quel est votre petit nom ? »

— « Frédéric. »

— « Ah ! Federico ! Ça ne vous gêne pas que je vous appelle comme ça ? »

Et elle le regardait d'une façon câline, presque amoureuse. Tout à coup, elle poussa un cri de joie à la vue de Mlle Vatnaz.

La femme artiste n'avait pas de temps à perdre, devant, à six heures juste, présider sa table d'hôte ; et elle haletait, n'en pouvant plus[a]. D'abord, elle retira de son cabas une chaîne de montre avec un papier, puis différents objets, des acquisitions.

— « Tu sauras qu'il y a, rue Joubert, des gants de Suède à trente-six sous, magnifiques ! Ton teinturier demande encore huit jours. Pour la guipure, j'ai dit qu'on repasserait. Bugneaux a reçu l'acompte. Voilà tout, il me semble ? C'est cent quatre-vingt-cinq francs que tu me dois ! »

Rosanette alla prendre dans un tiroir dix napoléons. Aucune des deux n'avait de monnaie, Frédéric en offrit[b].

— « Je vous les rendrai », dit la Vatnaz, en fourrant les quinze francs dans son sac[294]. « Mais vous êtes un vilain. Je ne vous aime plus, vous ne m'avez pas fait danser une seule fois, l'autre jour ! — Ah ! ma chère, j'ai découvert, quai Voltaire, à une boutique, un cadre d'oiseaux-mouches empaillés qui sont des amours. A ta place, je me les donnerais. Tiens ! Comment trouves-tu ? »

Et elle exhiba un vieux coupon de soie rose qu'elle avait acheté au Temple pour faire un pourpoint moyen âge à Delmar.

— « Il est venu aujourd'hui, n'est-ce pas ? »

— « Non ! »

— « C'est singulier ! »

Et, une minute après :

— « Où vas-tu ce soir ? »

— « Chez Alphonsine, » dit Rosanette.

Ce qui était la troisième version sur la manière dont elle devait passer la soirée.

Mlle Vatnaz reprit :

— « Et le vieux de la Montagne[295], quoi de neuf ? »

Mais, d'un brusque clin d'œil, la Maréchale lui commanda de se taire ; et elle reconduisit Frédéric jusque dans l'antichambre, pour savoir s'il verrait bientôt Arnoux.

— « Priez-le donc de venir ; pas devant son épouse, bien entendu ! »

Au haut des marches, un parapluie était posé contre le mur, près d'une paire de socques.

— « Les caoutchoucs de la Vatnaz », dit Rosanette. « Quel pied, hein ? Elle est forte, ma petite amie. »

Et d'un ton mélodramatique, en faisant rouler la dernière lettre du mot :

— « Ne pas s'y fierrr ! »

Frédéric, enhardi par cette espèce de confidence, voulut la baiser sur le col. Elle dit froidement :

— « Oh ! faites ! ça ne coûte rien ! »

Il était léger en sortant de là, ne doutant pas que la Maréchale ne devînt bientôt sa maîtresse. Ce désir en éveilla un autre ; et, malgré l'espèce de rancune qu'il lui gardait, il eut envie de voir Mme Arnoux.

D'ailleurs, il devait y aller pour la commission de Rosanette.

— « Mais, à présent », songea-t-il (six heures sonnaient), « Arnoux est chez lui, sans doute. »

Il ajourna sa visite au lendemain.

Elle se tenait dans la même attitude que le premier jour[296], et cousait[a] une chemise d'enfant. Le petit garçon, à ses pieds, jouait avec une ménagerie de bois ; Marthe[b], un peu plus loin, écrivait.

Il commença par la complimenter de ses enfants. Elle répondit sans aucune exagération de bêtise maternelle.

La chambre avait un aspect tranquille. Un beau soleil passait par les carreaux, les angles des meubles reluisaient, et, comme Mme Arnoux était assise auprès de la fenêtre, un grand rayon, frappant les accroche-cœurs de sa nuque, pénétrait d'un fluide d'or sa peau ambrée. Alors, il dit :

— « Voilà une jeune personne qui est devenue bien grande depuis trois ans ! — Vous rappelez-vous, Mademoiselle[c], quand vous dormiez sur mes genoux, dans la voiture ? »

Marthe ne se rappelait pas. « Un soir, en revenant de Saint-Cloud ? »

Mme Arnoux eut un regard singulièrement triste. Était-ce pour lui défendre toute allusion à leur souvenir commun ?

Ses beaux yeux noirs, dont la sclérotique brillait, se mouvaient doucement sous leurs paupières un peu lourdes, et il y avait dans la profondeur de ses prunelles une bonté[a] infinie. Il fut ressaisi par un amour plus fort que jamais, immense : c'était une contemplation qui l'engourdissait, il la secoua pourtant. Comment se faire[b] valoir ? par quels moyens ? Et, ayant bien cherché, Frédéric ne trouva[c] rien de mieux que l'argent. Il se mit à parler du temps, lequel était moins froid qu'au Havre.

— « Vous y avez été ? »

— « Oui, pour une affaire… de famille… un héritage. »

— « Ah ! j'en suis bien contente », reprit-elle avec un air de plaisir tellement vrai, qu'il en fut touché comme d'un grand service.

Puis elle lui demanda ce qu'il voulait faire, un homme devant s'employer à quelque chose[*]. Il se rappela son mensonge et dit qu'il espérait parvenir au Conseil d'État, grâce à M. Dambreuse, le député.

— « Vous le connaissez peut-être ? »

— « De nom, seulement. »

Puis, d'une voix basse :

— « *Il* vous a mené au bal, l'autre jour, n'est-ce pas ? » Frédéric se taisait[d].

— « C'est ce que je voulais savoir, merci. »

Ensuite, elle lui fit deux ou trois questions discrètes sur sa famille et sa province. C'était bien aimable, d'être resté là-bas si longtemps, sans les oublier.

— « Mais…, le pouvais-je ? » reprit-il. « En doutiez-vous ? »

Mme Arnoux[e] se leva.

— « Je crois que vous nous portez une bonne et solide affection. Adieu,… au revoir ! »

Et elle tendit sa main, d'une manière franche et virile[*]. N'était-ce pas un engagement, une promesse ? Frédéric se sentait tout joyeux de vivre ; il se retenait pour ne pas chanter, il avait besoin de se répandre, de faire des générosités et des aumônes. Il regarda autour de lui s'il n'y avait personne à secourir. Aucun misérable ne passait ; et sa

velléité de dévouement s'évanouit, car il n'était pas homme
à en chercher au loin les occasions.

Puis il se ressouvint de ses amis. Le premier auquel il
songea fut Hussonnet, le second Pellerin. La position infime
de Dussardier commandait naturellement des égards ; quant
à Cisy, il se réjouissait de lui faire voir un peu sa fortune. Il
écrivit donc à tous les quatre[a] de venir pendre la crémaillère
le dimanche suivant, à onze heures juste[297], et il chargea
Deslauriers d'amener Sénécal[**].

Le répétiteur avait été congédié de son troisième pensionnat
pour n'avoir point voulu de distribution de prix, usage qu'il
regardait comme funeste à l'égalité. Il était maintenant
chez un constructeur de machines, et n'habitait plus avec
Deslauriers depuis six mois.

Leur séparation n'avait eu rien de pénible[298]. Sénécal, dans
les derniers temps, recevait des hommes en blouse, tous
patriotes, tous travailleurs, tous braves gens, mais dont la
compagnie semblait fastidieuse à l'avocat. D'ailleurs, certaines
idées de son ami, excellentes comme armes de guerre, lui
déplaisaient. Il s'en taisait par ambition, tenant à le ménager
pour le conduire, car il attendait avec impatience un grand
bouleversement où il comptait bien faire son trou, avoir sa
place.

Les convictions de Sénécal étaient plus désintéressées[*].
Chaque soir, quand sa besogne était finie, il regagnait sa
mansarde, et il cherchait dans les livres de quoi justifier ses
rêves. Il avait annoté le Contrat social. Il se bourrait de la
Revue Indépendante[299]. Il connaissait Mably, Morelly, Fourier,
Saint-Simon, Comte, Cabet, Louis Blanc, la lourde charretée
des écrivains socialistes, ceux qui réclament pour l'humanité
le niveau des casernes, ceux qui voudraient la divertir dans
un lupanar ou la plier sur un comptoir ; et, du mélange de
tout cela, il s'était fait un idéal de démocratie vertueuse,
ayant le double aspect d'une métairie et d'une filature, une
sorte de Lacédémone américaine où l'individu n'existerait
que pour servir la société, plus omnipotente, absolue,
infaillible et divine que les Grands Lamas et les Nabuchodono-
sors[300]. Il n'avait pas un doute sur l'éventualité prochaine de
cette conception ; et tout ce qu'il jugeait lui être hostile,
Sénécal s'acharnait dessus, avec des raisonnements de géomètre et une bonne foi d'inquisiteur. Les titres nobiliaires, les
croix, les panaches, les livrées surtout, et même les réputations

trop sonores le scandalisaient, — ses études comme ses souffrances avivant chaque jour sa haine essentielle de toute distinction ou supériorité quelconque[301].

— « Qu'est-ce que je dois à ce monsieur pour lui faire des politesses[a] ? S'il voulait de moi, il pouvait venir ! »

Deslauriers l'entraîna.

Ils trouvèrent leur ami dans sa chambre à coucher. Stores et doubles rideaux, glace de Venise, rien n'y manquait ; Frédéric, en veste de velours, était renversé dans une bergère, où il fumait des cigarettes de tabac turc.

Sénécal se rembrunit, comme les cagots amenés dans les réunions de plaisir. Deslauriers[b] embrassa tout d'un seul coup d'œil ; puis, le saluant très bas :

— « Monseigneur ! je vous présente mes respects ! »

Dussardier lui sauta au cou.

— « Vous êtes donc riche, maintenant ? Ah ! tant mieux, nom d'un chien, tant mieux ! »

Cisy parut, avec un crêpe à son chapeau. Depuis la mort de sa grand'mère, il jouissait d'une fortune considérable, et tenait moins à s'amuser qu'à se distinguer des autres, à n'être pas comme tout le monde, enfin à « avoir du cachet ». C'était son mot[302].

Il était midi cependant, et tous bâillaient ; Frédéric attendait quelqu'un. Au nom d'Arnoux, Pellerin fit la grimace. Il le considérait comme un renégat depuis qu'il avait abandonné les arts.

— « Si l'on se passait de lui ? qu'en dites-vous ? »

Tous approuvèrent.

Un domestique en longues guêtres ouvrit la porte, et l'on aperçut la salle à manger avec sa haute plinthe en chêne relevée[c] d'or et ses deux dressoirs chargés de vaisselle. Les bouteilles de vin chauffaient sur le poêle ; les lames des couteaux neufs miroitaient près des huîtres ; il y avait dans le ton laiteux des verres-mousseline comme une douceur engageante, et la table disparaissait sous du gibier, des fruits, des choses extraordinaires. Ces attentions furent perdues pour Sénécal.

Il commença par demander du pain de ménage (le plus ferme possible), et, à ce propos, parla des meurtres de Buzançais[303] et de la crise des subsistances.

Rien de tout cela ne serait survenu si on protégeait mieux l'agriculture, si tout n'était pas livré à la concurrence, à l'anarchie, à la déplorable maxime du « laissez faire, laissez passer » ! Voilà comment se constituait la féodalité de l'argent, pire que l'autre ! Mais qu'on y prenne garde ! le peuple, à la fin, se lassera, et pourrait faire payer ses souffrances aux détenteurs du capital, soit par de sanglantes proscriptions, ou par le pillage de leurs hôtels[304].

Frédéric entrevit, dans un éclair, un flot d'hommes aux bras nus envahissant le grand salon de Mme Dambreuse, cassant les glaces à coups de pique.

Sénécal continuait[305] : l'ouvrier, vu l'insuffisance des salaires, était plus malheureux que l'ilote, le nègre et le paria, s'il a des enfants surtout.

— « Doit-il s'en débarasser par l'asphyxie, comme le lui conseille je ne sais plus quel docteur anglais, issu de Malthus ? »

Et se tournant vers Cisy :

— « En serons-nous réduits aux conseils de l'infâme Malthus ? »

Cisy, qui ignorait l'infamie et même l'existence de Malthus, répondit qu'on secourait pourtant beaucoup de misères, et que les classes élevées...

— « Ah ! les classes élevées ! » dit, en ricanant, le socialiste. « D'abord, il n'y a pas de classes élevées ; on n'est élevé que par le cœur ! Nous ne voulons pas d'aumônes, entendez-vous ! mais l'égalité, la juste répartition des produits. »

Ce qu'il demandait, c'est que l'ouvrier pût devenir capitaliste, comme le soldat colonel. Les jurandes, au moins, en limitant le nombre des apprentis, empêchaient l'encombrement des travailleurs, et le sentiment de la fraternité se trouvait entretenu par les fêtes, les bannières.

Hussonnet, comme poète, regrettait les bannières ; Pellerin aussi, prédilection qui lui était venue au café Dagneaux, en écoutant causer des phalanstériens. Il déclara Fourier un grand homme[306].

— « Allons donc ! » dit Deslauriers. « Une vieille bête ! qui voit dans les bouleversements d'empires des effets de la vengeance divine ! C'est comme le sieur Saint-Simon et son église, avec sa haine de la Révolution française : un tas de farceurs qui voudraient nous refaire le catholicisme ! »

M. de Cisy, pour s'éclairer, sans doute, ou donner de lui une bonne opinion, se mit à dire doucement :

— « Ces deux savants ne sont donc pas de l'avis de Voltaire ? »

— « Celui-là, je vous l'abandonne ! » reprit Sénécal.

— « Comment ? moi, je croyais... »

— « Eh non ! il n'aimait pas le peuple ! »[307]

Puis la conversation descendit aux événements contemporains[a] : les mariages espagnols[308], les dilapidations de Rochefort, le nouveau chapitre de Saint-Denis[309], ce qui amènerait un redoublement d'impôts. Selon Sénécal, on en payait assez, cependant !

— « Et pouquoi, mon Dieu ? pour élever des palais[b] aux singes du Muséum[310], faire parader sur nos places de brillants états-majors, ou soutenir, parmi les valets du Château[c], une étiquette gothique ! »

— « J'ai lu dans *la Mode* », dit Cisy, « qu'à la Saint-Ferdinand, au bal des Tuileries, tout le monde était déguisé en chicards »[311].

— « Si ce n'est pas pitoyable ! » fit le socialiste, en haussant de dégoût les épaules.

— « Et le musée de Versailles ! » s'écria Pellerin. « Parlons-en ! Ces imbéciles-là ont raccourci un Delacroix et rallongé un Gros[312] ! Au Louvre, on a si bien restauré, gratté et tripoté toutes les toiles, que, dans dix ans, peut-être, pas une ne restera. Quant aux erreurs du catalogue, un Allemand a écrit dessus tout un livre. Les étrangers, ma parole, se fichent de nous ! »

— « Oui, nous sommes la risée de l'Europe », dit Sénécal.

— « C'est parce que l'Art est inféodé à la Couronne[d] ».

— « Tant que vous n'aurez pas le suffrage universel... »

— « Permettez ! » car l'artiste, refusé depuis vingt ans à tous les Salons, était furieux contre le Pouvoir[e]. « Eh ! qu'on nous laisse tranquilles. Moi, je ne demande rien ! seulement les Chambres devraient statuer sur les intérêts de l'Art. Il faudrait établir une chaire d'esthétique[313], et dont le professeur, un homme à la fois praticien et philosophe, parviendrait, j'espère, à grouper la multitude. — Vous feriez bien, Hussonnet, de toucher un mot de ça dans votre journal ? »

— « Est-ce que les journaux sont libres ?[314] est-ce que nous le sommes ? »[f] dit Deslauriers avec emportement. « Quand on pense qu'il peut y avoir jusqu'à vingt-huit formalités pour établir un batelet sur une rivière, ça me donne envie d'aller vivre chez les anthropophages ! Le Gouvernement nous dévore ! Tout est à lui, la philosophie, le droit, les arts, l'air du ciel ; et la France râle, énervée, sous la botte du gendarme et la soutane du calotin ! »

Le futur Mirabeau épanchait ainsi sa bile, largement. Enfin, il prit son verre, se leva, et, le poing sur la hanche, l'œil allumé :

— « Je bois à la destruction complète de l'ordre actuel[a], c'est-à-dire de tout ce qu'on nomme Privilège, Monopole, Direction, Hiérarchie, Autorité, État ! » et, d'une voix plus haute : « que je voudrais briser comme ceci ! » en lançant sur la table le beau verre à patte, qui se fracassa[b] en mille morceaux.

Tous applaudirent, et Dussardier principalement.

Le spectacle des injustices lui faisait bondir le cœur. Il s'inquiétait de Barbès ; il était de ceux qui se jettent sous les voitures pour porter secours aux chevaux tombés[315]. Son érudition se bornait à deux ouvrages, l'un intitulé *Crimes des rois*, l'autre *Mystères du Vatican*[316]. Il avait écouté l'avocat bouche béante, avec délices. Enfin, n'y tenant plus :

— « Moi, ce que je reproche à Louis-Philippe, c'est d'abandonner les Polonais ! »

— « Un moment ! » dit Hussonnet. « D'abord, la Pologne n'existe pas ; c'est une invention de Lafayette ! Les Polonais, règle générale, sont tous du faubourg Saint-Marceau, les véritables s'étant noyés avec Poniatowski. » Bref, « il ne donnait plus là-dedans », il était « revenu de tout ça ! » C'était comme le serpent de mer, la révocation de l'édit de Nantes et « cette vieille blague de la Saint-Barthélemy ! »[317].

Sénécal, sans défendre les Polonais, releva les derniers mots de l'homme de lettres. On avait calomnié les papes, qui, après tout, défendaient le peuple, et il appelait la Ligue « l'aurore de la Démocratie, un grand mouvement égalitaire contre l'individualisme des protestants ».

Frédéric était un peu surpris par ces idées[318]. Elles ennuyaient Cisy probablement, car il mit la conversation sur les tableaux vivants du Gymnase, qui attiraient alors beaucoup de monde.

Sénécal s'en affligea[319]. De tels spectacles corrompaient les filles du prolétaire[c] ; puis on les voyait étaler un luxe insolent. Aussi approuvait-il les étudiants bavarois qui avaient outragé Lola Montès[320]. A l'instar[d] de Rousseau, il faisait plus de cas de la femme d'un charbonnier que de la maîtresse d'un roi.

— « Vous blaguez les truffes ! » répliqua majestueusement Hussonnet.

Et il prit la défense de ces dames, en faveur de Rosanette. Puis, comme il parlait de son bal et du costume d'Arnoux :

— « On prétend qu'il branle dans le manche ? » dit Pellerin.

Le marchand de tableaux venait d'avoir un procès pour ses terrains de Belleville, et il était actuellement dans une compagnie de kaolin bas-breton avec d'autres farceurs de son espèce.

Dussardier en savait davantage ; car son patron à lui, M. Moussinot, ayant été aux informations sur Arnoux près du banquier Oscar Lefebvre, celui-ci avait répondu qu'il le jugeait peu solide, connaissant quelques-uns de ses renouvellements[321].

Le dessert[a] était fini ; on passa dans le salon[b], tendu, comme celui de la Maréchale, en damas jaune, et de style Louis XVI.

Pellerin blâma Frédéric de n'avoir pas choisi, plutôt, le néo-grec ; Sénécal frotta des allumettes contre les tentures ; Deslauriers ne fit aucune observation[·]. Il en fit dans la bibliothèque, qu'il appela une bibliothèque de petite fille. La plupart des littérateurs contemporains s'y trouvaient. Il fut impossible[c] de parler de leurs ouvrages, car Hussonnet, immédiatement, contait des anecdotes sur leurs personnes, critiquait leurs figures, leurs mœurs, leur costume, exaltant les esprits de quinzième ordre, dénigrant ceux du premier, et déplorant, bien entendu, la décadence moderne[322]. Telle chansonnette de villageois contenait, à elle seule, plus de poésie que tous les lyriques du XIXe siècle ; Balzac était surfait, Byron démoli[d], Hugo n'entendait rien au théâtre, etc.

— « Pourquoi donc », dit Sénécal, « n'avez-vous pas les volumes de nos poètes-ouvriers[323] ? »

Et M. de Cisy, qui s'occupait de littérature, s'étonna de ne pas voir sur la table de Frédéric « quelques-unes de ces physiologies[324] nouvelles, physiologie du fumeur, du pêcheur à la ligne, de l'employé de barrière ».

Ils arrivèrent[e] à l'agacer tellement, qu'il eut envie de les pousser dehors par les épaules : « Mais je deviens bête ! » Et, prenant Dussardier à l'écart, il lui demanda s'il pouvait le servir en quelque chose.

Le brave garçon fut attendri. Avec sa place de caissier, il n'avait besoin de rien.

Ensuite, Frédéric emmena Deslauriers dans sa chambre et, tirant de son secrétaire deux mille francs :

— « Tiens, mon brave, empoche ! C'est le reliquat de mes vieilles dettes. »

— « Mais... et le Journal[a] ? » dit l'avocat. « J'en ai parlé à Hussonnet, tu sais bien. »

Et, Frédéric ayant répondu qu'il se trouvait « un peu gêné, maintenant », l'autre eut un mauvais sourire.

Après les liqueurs, on but de la bière ; après la bière, des grogs ; on refuma des pipes. Enfin, à cinq heures du soir, tous s'en allèrent ; et ils marchaient les uns près des autres, sans parler, quand Dussardier se mit à dire que Frédéric les avait reçus parfaitement*. Tous en convinrent*.

Hussonnet déclara[b] son déjeuner un peu trop lourd*. Sénécal critiqua[c] la futilité de son intérieur*. Cisy pensait de même. Cela manquait de « cachet », absolument.

— « Moi, je trouve », dit Pellerin, « qu'il aurait bien pu me commander un tableau. »

Deslauriers se taisait, en tenant dans la poche de son pantalon ses billets de banque* *.

Frédéric était resté seul. Il pensait à ses amis, et sentait entre eux et lui comme un grand fossé plein d'ombre qui les séparait. Il leur avait tendu la main cependant, et ils n'avaient pas répondu à la franchise de son cœur.

Il se rappela[d] les mots de Pellerin et de Dussardier sur Arnoux. C'était une invention, une calomnie sans doute ? Mais pourquoi ? Et il aperçut Mme Arnoux, ruinée, pleurant, vendant ses meubles. Cette idée le tourmenta toute la nuit ; le lendemain, il se présenta chez elle.

Ne sachant[e] comment s'y prendre pour communiquer ce qu'il savait, il lui demanda en manière de conversation si Arnoux avait toujours ses terrains de Belleville.

— « Oui, toujours. »

— « Il est maintenant dans une compagnie pour du kaolin de Bretagne, je crois ? »

— « C'est vrai. »

— « Sa fabrique marche très bien, n'est-ce pas ? »

— « Mais... je le suppose. »

Et, comme il hésitait :

— « Qu'avez-vous donc ? vous me faites peur ! »

Il lui apprit l'histoire[a] des renouvellements. Elle baissa la tête, et dit :

— « Je m'en doutais ! »

En effet, Arnoux, pour faire une bonne spéculation, s'était refusé à vendre ses terrains, avait emprunté dessus largement, et, ne trouvant[b] point d'acquéreurs, avait cru se rattraper par l'établissement d'une manufacture. Les frais[c] avaient dépassé les devis. Elle n'en savait pas davantage ; il éludait toute question et affirmait continuellement que « ça allait très bien ».

Frédéric tâcha de la rassurer. C'étaient peut-être des embarras momentanés. Du reste, s'il apprenait quelque chose, il lui en ferait part.

— « Oh ! oui, n'est-ce pas ? » dit-elle, en joignant ses deux mains, avec un air de supplication charmant.

Il pouvait donc lui être utile. Le voilà qui entrait dans son existence, dans son cœur !

Arnoux parut.

— « Ah ! comme c'est gentil, de venir me prendre pour dîner. »

Frédéric en resta muet.

Arnoux parla de choses indifférentes, puis avertit sa femme qu'il rentrerait fort tard, ayant un rendez-vous avec M. Oudry.

— « Chez lui ? »

— « Mais certaienement, chez lui. »

Il avoua, tout en descendant l'escalier, que, la Maréchale se trouvant libre, ils allaient faire ensemble une partie fine au Moulin-Rouge ; et, comme il lui fallait toujours quelqu'un pour recevoir ses épanchements, il se fit conduire par Frédéric jusqu'à la porte.

Au lieu d'entrer, il se promena sur le trottoir, en observant les fenêtres du second étage. Tout à coup les rideaux s'écartèrent.

— « Ah ! bravo ! le père Oudry n'y est plus. Bonsoir ! »

C'était donc le père Oudry qui l'entretenait ? Frédéric ne savait que penser maintenant.

A partir de ce jour-là, Arnoux fut encore plus cordial qu'auparavant ; il l'invitait[d] à dîner chez sa maîtresse, et bientôt Frédéric hanta à la fois les deux maisons[325].

Celle de Rosanette l'amusait. On venait là le soir, en sortant du club ou du spectacle ; on prenait une tasse de thé, on faisait une partie de loto ; le dimanche, on jouait des charades ; Rosanette[a], plus turbulente que les autres, se distinguait par des inventions drolatiques, comme de courir à quatre pattes ou de s'affubler d'un bonnet de coton. Pour regarder les passants par la croisée, elle avait un chapeau de cuir bouilli ; elle[b] fumait des chibouques, elle chantait des tyroliennes. L'après-midi, par désœuvrement, elle découpait des fleurs dans un morceau de toile perse, les collait elle-même sur ses carreaux, barbouillait de fard ses deux petits chiens, faisait brûler des pastilles, ou se tirait la bonne aventure. Incapable de résister à une envie, elle s'engouait d'un bibelot qu'elle avait vu, n'en dormait pas, courait l'acheter, le troquait contre un autre, et gâchait les étoffes, perdait ses bijoux, gaspillait l'argent, aurait vendu sa chemise pour une loge d'avant-scène. Souvent, elle demandait à Frédéric l'explication d'un mot qu'elle avait lu, mais n'écoutait pas sa réponse, car elle sautait vite à une autre idée, en multipliant les questions. Après des spasmes de gaieté, c'étaient des colères enfantines ; ou bien elle rêvait, assise par terre, devant le feu, la tête basse et le genou dans ses deux mains, plus inerte qu'une couleuvre engourdie. Sans y prendre garde, elle s'habillait devant lui, tirait avec lenteur ses bas de soie, puis se lavait à grande eau le visage, en se renversant la taille comme une naïade qui frissonne ; et le rire de ses dents blanches, les étincelles de ses yeux, sa beauté, sa gaieté[c] éblouissaient Frédéric, et lui fouettaient les nerfs.

Presque toujours, il trouvait Mme Arnoux montrant à lire à son bambin, ou derrière la chaise de Marthe qui faisait des gammes sur son piano ; quand elle[d] travaillait à un ouvrage de couture, c'était pour lui un grand bonheur que de ramasser, quelquefois, ses ciseaux. Tous ses mouvements étaient d'une majesté tranquille ; ses petites mains semblaient faites pour épandre des aumônes, pour essuyer des pleurs ; et sa voix, un peu sourde naturellement, avait des intonations caressantes et comme des légèretés de brise.

Elle ne s'exaltait point pour la littérature, mais son esprit charmait par des mots simples et pénétrants. Elle aimait les voyages, le bruit du vent dans les bois, et à se promener tête nue sous la pluie. Frédéric écoutait ces choses délicieusement, croyant voir un abandon d'elle-même qui commençait.

La fréquentation[a] de ces deux femmes faisait dans sa vie comme deux musiques : l'une folâtre, emportée, divertissante, l'autre grave et presque religieuse ; et, vibrant à la fois, elles augmentaient toujours, et peu à peu se mêlaient ; — car, si Mme Arnoux venait à l'effleurer du doigt seulement, l'image de l'autre, tout de suite, se présentait à son désir, parce qu'il avait, de ce côté-là, une chance moins lointaine ; — et, dans la compagnie de Rosanette, quand il lui arrivait d'avoir le cœur ému, il se rappelait immédiatement son grand amour.

Cette confusion était provoquée par des similitudes entre les deux logements. Un des bahuts que l'on voyait autrefois boulevard[b] Montmartre ornait à présent la salle à manger de Rosanette, l'autre, le salon de Mme Arnoux. Dans les deux maisons, les services de table étaient pareils, et l'on retrouvait jusqu'à la même calotte de velours traînant sur les bergères ; puis une foule de petits cadeaux, des écrans, des boîtes, des éventails allaient et venaient de chez la maîtresse chez l'épouse, car[c], sans la moindre gêne, Arnoux, souvent, reprenait à l'une ce qu'il lui avait donné, pour l'offrir à l'autre.

La Maréchale riait avec Frédéric de ses mauvaises façons. Un dimanche, après dîner, elle l'emmena derrière la porte, et lui fit voir dans son paletot un sac de gâteaux, qu'il venait d'escamoter sur la table, afin d'en régaler, sans doute, sa petite famille[326]. M. Arnoux se livrait à des[d] espiègleries côtoyant la turpitude. C'était pour lui un devoir que de frauder l'octroi ; il n'allait jamais au spectacle en payant, avec un billet de secondes prétendait toujours se pousser aux premières, et racontait comme une farce excellente qu'il avait coutume, aux bains froids, de mettre dans le tronc du garçon, un bouton de culotte pour une pièce de dix sous ; ce qui n'empêchait point la Maréchale de l'aimer.

Un jour, cependant, elle dit, en parlant de lui :

— « Ah ! il m'embête, à la fin ! J'en ai assez ! Ma foi[e], tant pis, j'en trouverai un autre ! »

Frédéric croyait « l'autre » déjà trouvé et qu'il s'appelait M. Oudry.

— « Eh bien », dit Rosanette[f], « qu'est-ce que cela fait ? »

Puis, avec des larmes dans la voix :

— « Je lui demande bien peu de chose, pourtant, et il ne veut pas, l'animal ! Il ne veut pas ! Quant à ses promesses, oh ! c'est différent. »

Il lui avait même promis un quart de ses bénéfices dans les fameuses mines de kaolin ; aucun[a] bénéfice ne se montrait, pas plus que le cachemire dont il la leurrait depuis six mois.

Frédéric pensa, immédiatement, à lui en faire cadeau, Arnoux pouvait[b] prendre cela pour une leçon et se fâcher.

Il était bon cependant, sa femme elle-même le disait. Mais si fou ! Au lieu d'amener tous les jours du monde à dîner chez lui, à présent il traitait ses connaissances chez le restaurateur. Il achetait[c] des choses complètement inutiles, telles que des chaînes d'or, des pendules, des articles de ménage. Mme Arnoux montra même à Frédéric, dans le couloir[d], une énorme provision de bouillottes, chaufferettes et samovars. Enfin, un jour, elle avoua ses inquiétudes : Arnoux lui avait fait signer un billet, souscrit à l'ordre de M. Dambreuse.

Cependant, Frédéric conservait ses projets littéraires, par une sorte de point d'honneur vis-à-vis de lui-même. Il voulut écrire[e] une histoire de l'esthétique, résultat de ses conversations avec Pellerin, puis mettre en drames différentes époques de la Révolution française et composer une grande comédie, par l'influence indirecte de Deslauriers et d'Hussonnet. Au milieu[f] de son travail, souvent le visage de l'une ou de l'autre passait devant lui ; il luttait contre l'envie de la voir, ne tardait pas à y céder[g] ; et il était plus triste en revenant de chez Mme Arnoux.

Un matin[h] qu'il ruminait sa mélancolie[327] au coin de son feu, Deslauriers entra[•]. Les discours incendiaires de Sénécal avaient inquiété son patron, et, une fois de plus, il se trouvait sans ressources.

— « Que veux-tu que j'y fasse ? » dit Frédéric.

— « Rien[i] ! tu n'as pas d'argent, je le sais. Mais ça ne te gênerait guère de lui découvrir une place, soit par M. Dambreuse ou bien Arnoux ? »

Celui-ci devait avoir besoin d'ingénieurs dans son établissement[•]. Frédéric eut[j] une inspiration : Sénécal pourrait l'avertir des absences du mari, porter des lettres, l'aider dans mille[k] occasions qui se présenteraient[328]. D'homme à homme, on se rend toujours ces services-là. D'ailleurs, il trouverait moyen[l] de l'employer sans qu'il s'en doutât. Le hasard lui offrait un auxiliaire, c'était de bon augure, il fallait le saisir ; et, affectant de l'indifférence, il répondit que la chose peut-être était faisable et qu'il s'en occuperait.

Il s'en occupa tout de suite[*]. Arnoux se donnait beaucoup de peine[a] dans sa fabrique. Il cherchait le rouge de cuivre des Chinois ; mais ses couleurs se volatilisaient par la cuisson. Afin d'éviter les gerçures de ses faïences, il mêlait de la chaux à son argile ; mais les pièces se brisaient pour la plupart, l'émail de ses peintures sur cru bouillonnait, ses grandes plaques gondolaient ; et, attribuant ces mécomptes au mauvais outillage de sa fabrique, il voulait se faire faire d'autres moulins à broyer, d'autres séchoirs. Frédéric se rappela quelques-unes de ces choses ; et il l'aborda en annonçant[b] qu'il avait découvert un homme très fort, capable de trouver son fameux rouge[*]. Arnoux en fit un bond, puis, l'ayant écouté, répondit qu'il n'avait besoin de personne.

Frédéric exalta les connaissances prodigieuses de Sénécal, tout à la fois ingénieur, chimiste et comptable, étant un mathématicien de première force.

Le faïencier[c] consentit à le voir.

Tous deux se chamaillèrent sur les émoluments. Frédéric s'interposa et parvint, au bout de la semaine, à leur faire conclure un arrangement.

Mais, l'usine étant située à Creil, Sénécal ne pouvait en rien l'aider. Cette réflexion, très simple, abattit son courage comme une mésaventure.

Il songea[d] que plus Arnoux serait détaché de sa femme, plus il aurait de chance auprès d'elle. Alors, il se mit à faire l'apologie de Rosanette, continuellement ; il lui représenta tous ses torts à son endroit, conta les vagues menaces de l'autre jour, et même parla du cachemire, sans taire qu'elle l'accusait d'avarice.

Arnoux, piqué du mot (et, d'ailleurs, concevant des inquiétudes), apporta le cachemire à Rosanette, mais la gronda de s'être plainte à Frédéric ; comme[e] elle disait lui avoir cent fois rappelé sa promesse, il prétendit qu'il ne s'en était pas souvenu, ayant trop d'occupations.

Le lendemain, Frédéric se présenta chez elle. Bien qu'il fût deux heures, la Maréchale était encore couchée ; et, à son chevet, Delmar, installé devant un guéridon, finissait une tranche de foie gras. Elle cria de loin : « Je l'ai, je l'ai[f] ! » Puis, le prenant par les oreilles, elle l'embrassa au front, le remercia beaucoup, le tutoya, voulut même[a] le faire asseoir sur son lit. Ses jolis yeux tendres pétillaient, sa bouche humide souriait, ses deux bras ronds sortaient de sa chemise qui n'avait pas de manches ; et, de temps à autre, il sentait, à travers la batiste, les fermes contours de son corps[*]. Delmar, pendant ce temps-là, roulait ses prunelles.

— « Mais, véritablement, mon amie, ma chère amie !... »

Il en fut de même les fois suivantes. Dès que Frédéric entrait, elle montait debout sur un coussin, pour qu'il l'embrassât mieux, l'appelait[b] un mignon, un chéri, mettait une fleur à sa boutonnière, arrangeait sa cravate ; ces gentillesses redoublaient toujours lorsque Delmar se trouvait là.

Étaient-ce des avances ? Frédéric le crut. Quant à tromper un ami, Arnoux, à sa place, ne s'en gênerait guère ! et il avait bien le droit de n'être pas vertueux avec sa maîtresse, l'ayant toujours été avec sa femme ; car il croyait l'avoir été, ou plutôt il aurait voulu se le faire accroire, pour la justification de sa prodigieuse couardise. Il se trouvait stupide cependant, et résolut de s'y prendre avec la Maréchale carrément.

Donc, une après-midi, comme elle se baissait devant sa commode, il s'approcha d'elle et eut un geste d'une éloquence si peu ambiguë, qu'elle se redressa tout empourprée. Il recommença de suite ; alors, elle fondit en larmes, disant qu'elle était bien malheureuse et que ce n'était pas une raison pour qu'on la méprisât.

Il réitéra[c] ses tentatives. Elle prit[d] un autre genre, qui fut de rire toujours. Il crut malin de riposter par le même ton, et en l'exagérant. Mais il se montrait trop gai pour qu'elle le crût sincère[329] ; et leur camaraderie faisait obstacle à l'épanchement de toute émotion sérieuse. Enfin, un jour, elle répondit qu'elle n'acceptait pas les restes d'une autre.

— « Quelle autre ? »

— « Eh oui ! va retrouver Mme Arnoux ! »

Car Frédéric en parlait souvent ; Arnoux[e], de son côté avait la même manie ; elle[f] s'impatientait, à la fin, d'entendre toujours vanter cette femme ; et son[g] imputation était une espèce de vengeance.

Frédéric lui en garda rancune.

Elle commençait, du reste, à l'agacer fortement. Quelque-fois, se posant comme expérimentée, elle disait du mal de l'amour avec un rire sceptique qui donnait des démangeaisons de la gifler. Un quart d'heure après, c'était la seule chose qu'il y eût au monde, et, croisant ses bras sur sa poitrine, comme pour serrer quelqu'un, elle murmurait : « Oh ! oui, c'est bon ! c'est si bon ! » les paupières entre-closes et à demi pâmée d'ivresse. Il était impossible de la connaître, de savoir, par exemple, si elle aimait Arnoux, car elle se moquait de lui et en paraissait jalouse. De même pour la Vatnaz, qu'elle appelait une misérable, d'autres fois sa meilleure amie. Elle avait, enfin, sur toute sa personne et jusque dans le retroussement de son chignon, quelque chose d'inexprimable qui ressemblait à un défi ; — et il la désirait, pour le plaisir surtout de la vaincre et de la dominer.

Comment[a] faire ? car souvent elle le renvoyait sans nulle cérémonie, apparaissant une minute entre deux portes pour chuchoter : « Je suis occupée ; à ce soir ! » ou bien il la trouvait au milieu de douze personnes, et quand ils étaient seuls, on aurait jugé une gageure, tant les empêchements se succédaient. Il l'invitait à dîner, elle refusait toujours ; une fois, elle accepta, mais ne vint pas.

Une idée[b] machiavélique surgit dans sa cervelle.

Connaissant par Dussardier les récriminations de Pellerin sur son compte, il imagina de lui commander le portrait de la Maréchale, un portrait grandeur nature[c], qui exigerait beaucoup de séances[330] ; il n'en manquerait pas une seule ; l'inexactitude habituelle de l'artiste faciliterait les tête-à-tête. Il engagea donc Rosanette à se faire peindre, pour offrir son visage à son cher Arnoux. Elle accepta, car elle se voyait au milieu du Grand Salon[331d], à la place d'honneur, avec une foule devant elle, et les journaux en parleraient, ce qui « la lancerait » tout à coup.

Quant à Pellerin, il saisit la proposition avidement. Ce portrait devait le poser en grand homme, être un chef-d'œuvre.

Il passa en revue dans sa mémoire tous les portraits de maître qu'il connaissait, et se décida finalement pour un Titien, lequel serait rehaussé d'ornements à la Véronèse. Donc il exécuterait son projet[e] sans ombres factices, dans une lumière franche éclairant les chairs d'un seul ton, et faisant étinceler les accessoires[f].

— « Si je lui mettais », pensa-t-il, « une robe de soie rose, avec un burnous oriental[g] ? oh non ! canaille le burnous !

ou plutôt si je l'habillais de velours bleu, sur un fond gris, très coloré ? On pourrait lui donner également une collerette de guipure blanche, avec un éventail noir et un rideau d'écarlate par derrière ? »

Et, cherchant ainsi, il élargissait chaque jour sa conception et s'en émerveillait.

Il eut un battement de cœur quand Rosanette, accompagnée de Frédéric, arriva chez lui[a] pour la première séance[*]. Il la plaça debout[b], sur une manière d'estrade, au milieu de l'appartement ; et, en se plaignant du jour et regrettant son ancien atelier[c], il la fit d'abord s'accouder contre un piédestal, puis asseoir dans un fauteuil, et tour à tour s'éloignant d'elle et s'en rapprochant pour corriger d'une chiquenaude les plis de sa robe, il la regardait les paupières entre-closes, et consultait d'un mot Frédéric.

— « Eh bien, non ! » s'écria-t-il. « J'en reviens à mon idée ! Je vous flanque en Vénitienne[332]. »

Elle aurait une robe de velours ponceau avec une ceinture d'orfèvrerie, et sa large manche doublée d'hermine laisserait voir son bras nu qui toucherait à la balustrade d'un escalier montant derrière elle. A sa gauche, une grande colonne irait jusqu'au haut de la toile rejoindre des architectures, décrivant un arc. On apercevrait en dessous, vaguement, des massifs d'orangers presque noirs, où se découperait un ciel bleu, rayé de nuages blancs. Sur le balustre couvert d'un tapis, il y aurait, dans un plat d'argent, un bouquet de fleurs, un chapelet d'ambre, un poignard et un coffret de vieil ivoire un peu jaune dégorgeant des sequins d'or ; quelques-uns même, tombés par terre çà et là, formeraient une suite d'éclaboussures brillantes, de manière à conduire l'œil vers la pointe de son pied, car elle serait posée sur l'avant-dernière marche, dans un mouvement naturel et en pleine lumière.

Il alla chercher une caisse à tableaux, qu'il mit sur l'estrade pour figurer la marche ; puis il disposa comme accessoires sur un tabouret en guise de balustrade, sa vareuse, un bouclier, une boîte de sardines, un paquet de plumes, un couteau, et, quand il eut jeté devant Rosanette une douzaine de gros sous, il lui fit prendre sa pose.

— « Imaginez-vous que ces choses-là sont des richesses, des présents splendides. La tête un peu à droite ! Parfait ! et ne bougez plus ! Cette attitude majestueuse va bien à votre genre de beauté. »

Elle avait une robe écossaise avec un gros manchon[1] et se retenait pour ne pas rire.

— « Quant à la coiffure, nous la mêlerons à un <u>tortis</u> de perles : cela fait toujours bon effet dans les cheveux rouges. »

La Maréchale se récria[2], disant qu'elle n'avait pas les cheveux rouges.

— « Laissez donc ! Le Rouge[a] des peintres n'est pas celui des bourgeois ! »

Il commença à esquisser la position des masses[3] ; et il était si préoccupé des grands[b] artistes de la Renaissance, qu'il en parlait. Pendant une heure, il rêva tout haut à ces existences magnifiques, pleines de génie, de gloire et de somptuosités, avec des entrées triomphales dans les villes, et des galas à la lueur des flambeaux, entre des femmes à moitié nues, belles comme des déesses.

— « Vous étiez faite pour vivre dans ce temps-là. Une créature de votre calibre aurait mérité un monseigneur ! »

Rosanette trouvait ses compliments fort gentils. On fixa le jour de la séance prochaine ; Frédéric se chargeait d'apporter les accessoires.

Comme la chaleur[c] du poêle[4] l'avait étourdie[5] quelque peu, ils s'en retournèrent à pied par la rue du Bac et arrivèrent sur le pont Royal.

Il faisait un beau temps, âpre[6] et splendide. Le soleil s'abaissait ; quelques vitres de maison, dans la Cité, brillaient au loin comme des plaques d'or, tandis que, par derrière, à droite, les tours de Notre-Dame se profilaient en noir sur le ciel bleu, mollement baigné à l'horizon dans des vapeurs grises. Le vent[d] souffla ; et Rosanette, ayant déclaré qu'elle avait faim, ils entrèrent à la Pâtisserie anglaise[333].

Des jeunes femmes, avec leurs enfants, mangeaient debout contre le buffet de marbre, où se pressaient, sous des cloches[8] de verre, les assiettes de petits gâteaux. Rosanette avala deux tartes à la crème. Le sucre en poudre faisait des moustaches au coin de sa bouche. De temps à autre, pour l'essuyer, elle tirait son mouchoir de son manchon ; et sa figure ressemblait, sous sa capote de soie verte, à une rose épanouie[10] entre ses feuilles.

Ils se remirent[e] en marche ; dans la rue de la Paix, elle s'arrêta, devant la boutique d'un orfèvre[11], à considérer un bracelet ; Frédéric voulut lui en faire cadeau.

— « Non », dit-elle, « garde ton argent. »

Il fut blessé de cette parole.

— « Qu'a donc le mimi ? On est triste ? »

Et, la conversation s'étant renouée, il en vint, comme d'habitude, à des protestations d'amour.

— « Tu sais bien que c'est impossible ! »

— « Pourquoi ? »

— « Ah ! parce que... »

Ils allaient côte à côte, elle appuyée sur son bras, et les volants de sa robe lui battaient contre les jambes. Alors, il se rappela un crépuscule d'hiver, où, sur le même trottoir, Mme Arnoux marchait ainsi à son côté ; et ce souvenir l'absorba[a] tellement, qu'il ne s'apercevait plus de Rosanette et n'y songeait pas.

Elle regardait, au hasard, devant elle, tout en se laissant un peu traîner, comme un enfant paresseux. C'était l'heure où l'on rentrait de la promenade, et des équipages défilaient au grand trot sur le pavé sec. Les flatteries[b] de Pellerin lui revenant sans doute à la mémoire, elle poussa un soupir.

— « Ah ! il y en a qui sont heureuses ! Je suis faite pour un homme riche, décidément. »

Il répliqua d'un ton brutal :

— « Vous en avez un, cependant ! » car M. Oudry passait pour trois fois millionnaire.

Elle ne demandait pas mieux que de s'en débarrasser.

— « Qui vous en empêche ? »

Et il exhala d'amères plaisanteries sur ce vieux bourgeois à perruque, lui montrant qu'une pareille liaison était indigne, et qu'elle devait la rompre !

— « Oui », répondit la Maréchale, comme se parlant à elle-même. « C'est ce que je finirai par faire, sans doute ! »

Frédéric fut charmé de ce désintéressement[c]. Elle se ralentissait, il la crut fatiguée. Elle s'obstina à ne pas vouloir de voiture et elle le congédia devant sa porte, en lui envoyant un baiser du bout des doigts.

— « Ah ! Quel dommage ! et songer que des imbéciles me trouvent riche ! »

Il était sombre[c] en arrivant chez lui[d]

Hussonnet et Deslauriers l'attendaient.

Le bohème, assis devant sa table, dessinait des têtes de Turcs, et l'avocat, en bottes crottées, sommeillait sur le divan.

— « Ah ! enfin », s'écria-t-il. « Mais quel air farouche ! Peux-tu m'écouter ? »

Sa vogue comme répétiteur diminuait, car il bourrait ses élèves de théories défavorables pour leurs examens. Il avait plaidé deux ou trois fois, avait perdu, et chaque déception nouvelle le rejetait plus fortement vers son vieux rêve : un journal où il pourrait s'étaler, se venger, cracher sa bile et ses idées. Fortune et réputation, d'ailleurs, s'ensuivraient. C'était dans cet espoir qu'il avait circonvenu le bohème, Hussonnet possédant une feuille.

A présent, il la tirait sur papier rose ; il inventait des canards, composait des rébus, tâchait d'engager des polémiques, et même (en dépit du local) voulait monter des concerts ! L'abonnement d'un an « donnait droit à une place d'orchestre dans un des principaux théâtres de Paris ; de plus, l'administration se chargeait de fournir à MM. les étrangers tous les renseignements désirables, artistiques et autres ». Mais l'imprimeur faisait des menaces, on devait trois termes au propriétaire, toutes sortes[a] d'embarras surgissaient ; et Hussonnet aurait laissé périr l'*Art*, sans les exhortations de l'avocat, qui lui chauffait le moral quotidiennement. Il l'avait pris, afin de donner plus de poids à sa démarche.

— « Nous venons pour le Journal[b] », dit-il.

— « Tiens, tu y penses encore ! » répondit Frédéric, d'un ton distrait.

— « Certainement j'y pense[c] ! »

Et il exposa de nouveau son plan[334*]. Par des comptes rendus de la Bourse, ils se mettraient en relations avec des financiers, et obtiendraient ainsi les cent mille francs de cautionnement indispensables. Mais[d], pour que la feuille pût être[e] transformée en journal politique, il fallait auparavant avoir une large clientèle, et, pour cela, se résoudre à quelques dépenses, tant pour les frais de papeterie, d'imprimerie, de bureau, bref une somme de quinze mille francs.

— « Je n'ai pas de fonds », dit Frédéric.

— « Et nous donc ! » fit Deslauriers en croisant ses deux bras.

Frédéric, blessé du geste, répliqua :

— « Est-ce ma faute ? ... »

— « Ah ! très bien ! Ils ont du bois dans leur cheminée, des truffes sur leur table, un bon lit, une bibliothèque, une voiture, toutes les douceurs ! Mais qu'un autre grelotte sous les ardoises, dîne à vingt sous, travaille comme un forçat et patauge dans la misère ! est-ce leur faute ? »

Et il répétait : « Est-ce[a] leur faute ? » avec une ironie cicéronienne qui sentait le Palais. Frédéric voulait parler.

— « Du reste, je comprends, on a des besoins... aristocratiques ; car sans doute... quelque femme...[b] »

— « Eh bien, quand cela serait ? Ne suis-je pas libre ? »

— « Oh ! très libre ! »

Et, après une minute de silence :

— « C'est si commode, les promesses ! »

— « Mon Dieu ! je ne les nie pas ! » dit Frédéric.

L'avocat continuait :

— « Au collège, on fait des serments, on constituera une phalange, on imitera *les Treize* de Balzac[335] ! Puis, quand on se retrouve : Bonsoir, mon vieux, va te promener ! Car celui qui pourrait servir l'autre retient précieusement tout, pour lui seul. »

— « Comment ? »

— « Oui, tu ne nous as pas même présentés[c] chez les Dambreuse ! »

Frédéric le regarda ; avec sa pauvre redingote, ses lunettes dépolies et sa figure blême, l'avocat lui parut un tel cuistre, qu'il ne put empêcher sur ses lèvres un sourire dédaigneux. Deslauriers l'aperçut, et rougit.

Il avait déjà son chapeau pour s'en aller. Hussonnet, plein d'inquiétude, tâchait de l'adoucir par des regards suppliants, et, comme Frédéric lui tournait le dos :

— « Voyons, mon petit ! Soyez[d] mon Mécène ! Protégez les arts[b] ! »

Frédéric, dans un brusque mouvement de résignation, prit une feuille de papier, et, ayant griffonné dessus quelques lignes, la lui tendit. Le visage[f] du bohème s'illumina. Puis, repassant la lettre à Deslauriers :

— « Faites des excuses, seigneur ! »

Leur ami[g] conjurait son notaire de lui envoyer, au plus vite, quinze mille francs.

— « Ah ! je te reconnais là ! » dit Deslauriers.

— « Foi de gentilhomme ! » ajouta le bohème, « vous êtes un brave, on[h] vous mettra dans la galerie des hommes utiles ! »

L'avocat reprit :

— « Tu n'y perdras rien, la spéculation[a] est excellente. »

— « Parbleu ! » s'écria Hussonnet, « j'en fourrerais ma tête à l'échafaud. »

Et il débita tant de sottises et promit tant de merveilles (auxquelles il croyait peut-être), que Frédéric ne savait pas si c'était pour se moquer des autres ou de lui-même.

Ce soir-là, il reçut une lettre de sa mère.

Elle s'étonnait de ne pas le voir encore ministre, tout en le plaisantant quelque peu. Puis elle parlait de sa santé, et lui apprenait[b] que M. Roque venait maintenant chez elle. « Depuis qu'il est veuf, j'ai cru sans inconvénient de le recevoir. Louise est très changée à son avantage. » Et en post-scriptum : « Tu ne me dis rien de ta belle connaissance, M. Dambreuse ; à ta place, je l'utiliserais. »

Pourquoi pas[c] ? Ses ambitions intellectuelles l'avaient quitté, et sa fortune (il s'en apercevait) était insuffisante ; car, ses dettes payées et la somme convenue remise aux autres[d], son revenu serait diminué de quatre mille francs, pour le moins ! D'ailleurs, il sentait le besoin de sortir de cette existence, de se raccrocher à quelque chose[e]. Aussi, le lendemain, en dînant chez Mme Arnoux, il dit que sa mère le tourmentait pour qu'il embrassât une profession.

— « Mais je croyais », reprit-elle, « que M. Dambreuse devait vous faire entrer au Conseil d'État ? Cela vous irait très bien. »

Elle le voulait donc. Il obéit.

Le banquier[f], comme la première fois, était assis à son bureau, et d'un geste le pria d'attendre quelques minutes, car un monsieur, tournant le dos à la porte, l'entretenait de matières graves. Il s'agissait de charbons de terre[g] et d'une fusion à opérer entre diverses compagnies.

Les portraits du général Foy et de Louis-Philippe[336] se faisaient pendant de chaque côté de la glace ; des cartonniers montaient[h] contre les lambris jusqu'au plafond, et il y avait six chaises de paille, M. Dambreuse n'ayant pas besoin pour ses affaires d'un appartement plus beau ; c'était[i] comme ces sombres cuisines où s'élaborent de grands festins. Frédéric observa surtout deux coffres monstrueux, dressés dans les encoignures. Il se demandait combien de millions y pouvaient tenir. Le banquier[j] en ouvrit un, et la planche de fer tourna, ne laissant voir à l'intérieur que des cahiers de papier bleu.

Enfin l'individu passa devant Frédéric. C'était le père Oudry. Tous deux se saluèrent en rougissant, ce qui parut étonner M. Dambreuse[*]. Du reste, il se montra fort aimable. Rien n'était plus facile que de recommander son jeune ami au garde des sceaux. On serait trop heureux de l'avoir ; et il termina ses politesses en l'invitant à une soirée qu'il donnait dans quelques jours.

Frédéric montait en coupé pour s'y rendre quand arriva un billet de la Maréchale. À la lueur des lanternes, il lut[**] :

« Cher, j'ai suivi vos conseils. Je viens d'expulser mon Osage[337]. A partir de demain soir, liberté ! Dites que je ne suis pas brave. »

Rien de plus ! Mais c'était le convier à la place vacante. Il poussa une exclamation[a], serra le billet dans sa poche et partit[**].

Deux municipaux à cheval stationnaient dans la rue[338]. Une file de lampions brûlaient sur les deux portes cochères ; et des[b] domestiques, dans la cour, criaient, pour faire avancer les voitures jusqu'au bas du perron sous la marquise. Puis, tout à coup, le bruit cessait dans le vestibule.

De grands arbres emplissaient[c] la cage de l'escalier ; les globes de porcelaine versaient une lumière qui ondulait comme des moires de satin blanc sur les murailles. Frédéric monta les marches allègrement[d]. Un huissier lança son nom[e] ; M. Dambreuse lui tendit la main ; presque aussitôt, Mme Dambreuse parut.

Elle avait une robe mauve garnie de dentelles, les boucles de sa coiffure plus abondantes qu'à l'ordinaire, et pas un seul bijou.

Elle se plaignit de ses rares visites, trouva moyen de dire quelque chose. Les invités arrivaient ; en manière de salut, ils jetaient leur torse de côté, ou se courbaient en deux[f], ou baissaient la figure seulement[339] ; puis un couple conjugal, une famille passait, et tous se dispersaient dans le salon déjà plein.

Sous le lustre[340], au milieu, un pouf énorme supportait une jardinière, dont les fleurs, s'inclinant comme des panaches, surplombaient la tête des femmes assises en rond tout autour, tandis que d'autres occupaient les bergères formant deux lignes droites interrompues symétriquement par les grands rideaux des fenêtres en velours nacarat et les hautes baies des portes à linteau doré.

La foule des hommes qui se tenaient debout sur le parquet, avec leur chapeau à la main, faisait de loin une seule masse noire, où les rubans des boutonnières mettaient[a] des points rouges çà et là, et que rendait plus sombre la monotone blancheur des cravates. Sauf de petits jeunes gens à barbe naissante, tous paraissaient s'ennuyer ; quelques dandies[b], d'un air maussade, se balançaient sur leurs talons. Les têtes grises, les perruques étaient nombreuses ; de place en place, un crâne chauve luisait ; et les visages, ou empourprés ou très blêmes, laissaient voir dans leur flétrissure la trace d'immenses fatigues[c], — les gens qu'il y avait là appartenant à la politique ou aux affaires. M. Dambreuse avait aussi invité plusieurs savants, des magistrats, deux ou trois médecins illustres, et il repoussait avec d'humbles attitudes les éloges qu'on lui faisait sur sa soirée et les allusions à sa richesse.

Partout, une valetaille à larges galons d'or circulait. Les grandes torchères, comme des bouquets de feu, s'épanouissaient sur les tentures ; elles se répétaient dans les glaces[d] ; et, au fond de la salle à manger, que tapissait un treillage de jasmin, le buffet ressemblait à un maître-autel de cathédrale[341] ou à une exposition d'orfèvrerie[e], tant il y avait de plats, de cloches, de couverts et de cuillers en argent et en vermeil, au milieu des cristaux à facettes qui entre-croisaient, par-dessus les viandes, des lueurs irisées. Les trois autres salons regorgeaient d'objets d'art : paysages de maîtres contre les murs, ivoires et porcelaines au bord des tables, chinoiseries sur les consoles ; des paravents de laque se développaient devant les fenêtres, des touffes de camélias montaient dans les cheminées ; et une musique légère vibrait, au loin, comme un bourdonnement d'abeilles[342].

Les quadrilles n'étaient pas[f] nombreux, et les danseurs, à la manière nonchalante dont ils traînaient leurs[f] escarpins, semblaient s'acquitter d'un devoir. Frédéric entendait des phrases comme celles-ci :

— « Avez-vous été à la dernière fête de charité de l'hôtel Lambert, Mademoiselle ? »[343]

— « Non, monsieur ! »

— « Il va faire, tout à l'heure, une chaleur ! »

— « Oh ! c'est vrai, étouffante ! »

— « De qui donc cette polka ? »[344]

— « Mon Dieu, je ne sais pas, Madame ! »

Et, derrière lui, trois roquentins, postés dans une embrasure, chuchotaient des remarques obscènes ; d'autres causaient chemins de fer, libre-échange[345] ; un sportsman[a] contait une histoire de chasse ; un légitimiste et un orléaniste discutaient.

En errant de groupe[b] en groupe, il arriva dans le salon des joueurs, où, dans un cercle de gens graves, il reconnut Martinon, « attaché maintenant au parquet de la capitale ».

Sa grosse face couleur de cire emplissait convenablement son collier, lequel était une merveille, tant les poils noirs se trouvaient bien égalisés ; et, gardant un juste milieu entre l'élégance voulue par son âge et la dignité que réclamait sa profession, il accrochait son pouce dans son aisselle suivant l'usage des beaux[c], puis mettait son bras dans son gilet à la façon des doctrinaires. Bien qu'il eût des bottes extra-vernies, il portait les tempes rasées, pour se faire un front de penseur[346].

Après quelques mots débités froidement, il se retourna vers son conciliabule. Un propriétaire disait :

— « C'est une classe d'hommes qui rêvent le bouleversement de la société ! »

— « Ils demandent l'organisation du travail ! » reprit un autre. « Conçoit-on cela ? »

— « Que voulez-vous ? » fit un troisième, « quand on voit M. de Genoude donner la main au *Siècle* ! »

— « Et des conservateurs, eux-mêmes, s'intituler progressifs ! Pour nous amener, quoi ? la république ? comme si elle était possible en France ! »

Tous déclarèrent que la République était impossible en France.

— « N'importe », remarqua tout haut un monsieur, « on s'occupe trop de la Révolution[347] ; on publie là-dessus un tas d'histoires, de livres !... »

— « Sans compter », dit Martinon, « qu'il y a[d], peut-être, des sujets d'études plus sérieux ! »

Un ministériel s'en prit aux scandales du théâtre :

— « Ainsi, par exemple, ce nouveau drame, *la Reine Margot*, dépasse véritablement les bornes ! Où était le besoin qu'on nous parlât des Valois[348] ? Tout cela montre la royauté sous un jour défavorable ! C'est comme votre Presse ! Les lois de septembre, on a beau dire, sont infiniment trop douces ! Moi, je voudrais des cours martiales pour bâillonner les journalistes ! A la moindre insolence, traînés devant un conseil de guerre ! et allez donc ! »

— « Oh ! prenez garde, monsieur, prenez garde ! » dit un professeur[349], « n'attaquez pas nos précieuses conquêtes de 1830 ! respectons nos libertés. » Il fallait décentraliser[350] plutôt, répartir l'excédent des villes dans les campagnes.

— « Mais elles sont gangrenées ! » s'écria un catholique. « Faites[a] qu'on raffermisse la Religion ! »

Martinon s'empressa de dire :

— « Effectivement, c'est un frein ! »

Tout le mal gisait dans cette envie moderne de s'élever au-dessus de sa classe, d'avoir du luxe.

— « Cependant », objecta un industriel « le luxe favorise le commerce. Aussi j'approuve le duc de Nemours d'exiger la culotte courte à ses soirées. »

— « M. Thiers y est venu en pantalon. Vous connaissez son mot[351] ? »

— « Oui, charmant ! Mais il tourne au démagogue, et son discours dans la question des incompatibilités[352] n'a pas été sans influence sur l'attentat du 12 mai[353]. »

— « Ah ! bah ! »

— « Eh ! eh ! »

Le cercle fut contraint de s'entr'ouvrir pour livrer passage à un domestique portant un plateau, et qui tâchait d'entrer dans le salon des joueurs.

Sous l'abat-jour vert des bougies, des rangées de cartes et de pièces d'or couvraient la table[b]. Frédéric s'arrêta devant une d'elles, perdit les quinze napoléons qu'il avait dans sa poche, fit une pirouette, et se trouva au seuil du boudoir où était alors Mme Dambreuse.

Des femmes le remplissaient, les unes près des autres, sur des sièges sans dossier. Leurs longues jupes, bouffant autour d'elles, semblaient des flots d'où leur taille émergeait, et les seins s'offraient aux regards dans l'échancrure des corsages. Presque toutes portaient un bouquet de violettes à la main. Le ton mat de leurs gants faisait ressortir la blancheur humaine de leurs bras ; des effilés, des herbes, leur pendaient sur les épaules, et on croyait quelquefois, à certains frissonnements, que la robe allait tomber. Mais la décence des figures tempérait les provocations du costume ; plusieurs même avaient une placidité presque bestiale, et ce rassemblement de femmes demi-nues faisait songer à un intérieur de harem ;

il vint à l'esprit du jeune homme une comparaison plus grossière[354]. En effet, toutes sortes[a] de beautés se trouvaient là : des Anglaises à profil de keepsake, une Italienne dont les yeux noirs fulguraient comme un Vésuve, trois sœurs habillées de bleu, trois Normandes, fraîches comme des pommiers d'avril, une grande rousse avec une parure d'améthystes ; — et les blanches scintillations des diamants qui tremblaient en aigrettes dans les chevelures, les taches lumineuses des pierreries étalées sur les poitrines, et l'éclat doux des perles accompagnant les visages se mêlaient au miroitement[b] des anneaux d'or, aux dentelles[c], à la poudre, aux plumes, au vermillon des petites bouches, à la nacre des dents. Le plafond, arrondi en coupole, donnait au boudoir la forme d'une corbeille ; et un courant d'air parfumé circulait sous le battement des éventails.

Frédéric, campé derrière elles avec son lorgnon dans l'œil, ne jugeait pas toutes les épaules irréprochables ; il[d] songeait à la Maréchale, ce qui refoulait ses tentations, ou l'en consolait[e].

Il regardait cependant Mme Dambreuse, et il la trouvait charmante, malgré sa bouche un peu longue et ses narines trop ouvertes. Mais sa grâce était particulière. Les boucles[f] de sa chevelure avaient comme une langueur passionnée, et son front couleur d'agate semblait contenir beaucoup de choses et dénotait un maître.

Elle avait mis près d'elle la nièce de son mari, jeune personne assez laide[g]. De temps à autre, elle se dérangeait pour recevoir celles qui entraient ; et le murmure des voix féminines, augmentant, faisait comme un caquetage d'oiseaux[355].

Il était question[h] des ambassadeurs tunisiens et de leurs costumes. Une dame avait assisté à la dernière réception de l'Académie ; une autre parla du *Don Juan* de Molière[356], représenté nouvellement aux Français. Mais, désignant sa nièce d'un coup d'œil, Mme Dambreuse posa un doigt contre sa bouche, et un sourire qui lui échappa démentait cette austérité[357].

Tout à coup, Martinon apparut, en face, sous l'autre porte. Elle se leva. Il lui offrit son bras. Frédéric, pour le voir continuer ses galanteries, traversa les tables de jeu et les rejoignit dans le grand salon ; Mme Dambreuse quitta aussitôt son cavalier, et l'entretint familièrement.

Elle comprenait qu'il ne jouât pas[358], ne dansât pas.

— « Dans la jeunesse on est triste ! »

Puis enveloppant le bal d'un seul regard :

— « D'ailleurs, tout cela n'est pas drôle ! pour certaines natures du moins ! »

Et elle s'arrêtait devant la rangée des fauteuils, distribuant çà et là des mots aimables, tandis que des vieux, qui avaient des binocles à deux branches, venaient lui faire la cour. Elle présenta Frédéric à quelques-uns. M. Dambreuse le toucha au coude légèrement, et l'emmena dehors sur la terrasse.

Il avait vu le Ministre[a]. La chose n'était pas facile[359]. Avant d'être présenté comme auditeur au Conseil d'État, on devait subir un examen ; Frédéric, pris d'une confiance inexplicable, répondit qu'il en savait les matières.

Le financier n'en était pas surpris, d'après tous les éloges[b] que faisait de lui M. Roque.

A ce nom, Frédéric revit la petite Louise, sa maison, sa chambre ; et il se rappela des nuits pareilles, où il restait à sa fenêtre, écoutant les rouliers qui passaient. Ce souvenir de ses tristesses amena la pensée de Mme Arnoux ; et il se taisait, tout en continuant à marcher sur la terrasse[c]. Les croisées dressaient au milieu des ténèbres de longues plaques rouges ; le bruit du bal[d] s'affaiblissait ; les voitures commençaient à s'en aller.

— « Pourquoi donc », reprit M. Dambreuse, « tenez-vous au Conseil d'État ? »

Et il affirma, d'un ton de libéral, que les fonctions publiques ne menaient à rien, il en savait quelque chose ; les affaires valaient mieux. Frédéric objecta la difficulté de les apprendre.

— « Ah ! bah ! en peu de temps, je vous y mettrais. »

Voulait-il l'associer à ses entreprises ?

Le jeune homme aperçut, comme dans un éclair, une immense fortune qui allait venir.

— « Rentrons », dit le banquier. « Vous soupez avec nous, n'est-ce pas ? »

Il était trois heures, on partait. Dans la salle à manger, une table servie attendait les intimes.

M. Dambreuse aperçut Martinon, et, s'approchant de sa femme, d'une voix basse[e] :

— « C'est vous qui l'avez invité ? »

Elle répliqua sèchement :

— « Mais oui ! »

La nièce n'était pas là[a]. On but très bien, on rit très haut ; et des plaisanteries[b] hasardeuses ne choquèrent point, tous éprouvant cet allégement qui suit les contraintes un peu longues[360]. Seul, Martinon se montra sérieux[c] ; il refusa de boire du vin de Champagne par bon genre, souple d'ailleurs et fort poli, car M. Dambreuse, qui avait la poitrine étroite, se plaignant d'oppression, il s'informa de sa santé à plusieurs reprises ; puis il dirigeait ses yeux bleuâtres du côté de Mme Dambreuse.

Elle interpella[d] Frédéric, pour savoir quelles jeunes personnes lui avaient plu. Il n'en avait remarqué aucune, et préférait, d'ailleurs[e], les femmes de trente ans.

— « Ce n'est peut-être pas bête ! » répondit-elle.

Puis, comme on mettait les pelisses et[f] les paletots, M. Dambreuse lui dit :

— « Venez me voir un de ces matins, nous causerons ! »

Martinon, au bas de l'escalier, alluma un cigare ; et il offrait, en le suçant, un profil tellement lourd, que son compagnon lâcha cette phrase :

— « Tu as une bonne tête, ma parole ! »

— « Elle en a fait tourner quelques-unes ! » reprit le jeune magistrat, d'un air à la fois convaincu et vexé.

Frédéric, en se couchant, résuma la soirée. D'abord, sa toilette (il s'était observé dans les glaces plusieurs fois), depuis la coupe de l'habit jusqu'au nœud des escarpins, ne laissait rien à reprendre ; il avait parlé à des hommes considérables, avait vu de près des femmes riches, M. Dambreuse s'était montré excellent et Mme Dambreuse presque engageante. Il pesa un à un ses moindres mots, ses regards, mille choses inanalysables et cependant expressives[g]. Ce serait crânement beau d'avoir une pareille maîtresse ! Pourquoi non, après tout ? Il en valait bien un autre ! Peut-être qu'elle n'était pas si difficile[h] ? Martinon ensuite revint à sa mémoire ; et, en s'endormant, il souriait de pitié sur ce brave garçon.

L'idée de la Maréchale le réveilla ; ces mots de son billet[i] : « A partir de demain soir », étaient bien un rendez-vous pour le jour même. Il attendit jusqu'à neuf heures, et courut chez elle.

Quelqu'un, devant lui, qui montait l'escalier, ferma la porte. Il tira la sonnette ; Delphine vint ouvrir, et affirma que Madame n'y était pas.

Frédéric insista, pria. Il avait à lui communiquer quelque chose de grave[a], un simple mot[b]. Enfin, l'argument de la pièce de cent sous réussit, et la bonne le laissa seul dans l'antichambre.

Rosanette parut. Elle était en chemise, les cheveux dénoués ; et, tout en hochant la tête, elle fit de loin, avec les deux bras, un grand geste exprimant qu'elle ne pouvait le recevoir.

Frédéric descendit l'escalier, lentement. Ce caprice-là dépassait tous les autres. Il n'y comprenait rien[361].

Devant la loge du portier, Mlle Vatnaz l'arrêta.

— « Elle vous a reçu ? »

— « Non ! »

— « On vous a mis à la porte ? »

— « Comment le savez-vous ? »

— « Ça se voit ! Mais venez ! sortons ! j'étouffe ! »

Elle l'emmena dans la rue. Elle haletait. Il sentait son bras maigre trembler sur le sien. Tout à coup elle éclata.

— « Ah ! le misérable ! »

— « Qui donc ? »

— « Mais c'est lui ! lui ! Delmar ! »

Cette révélation humilia Frédéric ; il reprit[c] :

— « En êtes-vous bien sûre ? »

— « Mais quand je vous dis que je l'ai suivi ! » s'écria la Vatnaz ; « je l'ai vu entrer ! Comprenez-vous maintenant ? Je devais m'y attendre, d'ailleurs ; c'est moi, dans ma bêtise, qui l'ai mené chez elle. Et si vous saviez, mon Dieu ! Je l'ai recueilli, je l'ai nourri, je l'ai habillé ; et toutes mes démarches dans les journaux ! Je l'aimais comme une mère ! » Puis, avec un ricanement : — « Ah ! c'est qu'il faut à Monsieur des robes de velours ! une spéculation de sa part, vous pensez bien ! Et elle ! Dire que je l'ai connue confectionneuse de lingerie ! Sans moi, plus de vingt fois elle serait tombée dans la crotte. Mais je l'y plongerai ! oh oui ! Je veux qu'elle crève à l'hôpital ! On saura tout ! »

Et, comme un torrent d'eau de vaisselle qui charrie des ordures, sa colère fit passer tumultueusement sous Frédéric les hontes de sa rivale.

— « Elle a couché avec Jumillac, avec Flacourt, avec le petit Allard, avec Bertinaux, avec Saint-Valéry, le grêlé. Non ! l'autre[a] ! Ils sont deux frères, n'importe ! Et quand elle avait des embarras, j'arrangeais tout. Qu'est-ce que j'y gagnais ? Elle est[b] si avare ! Et puis, vous en conviendrez, c'était une jolie complaisance que de la voir, car enfin, nous ne sommes pas du même monde ! Est-ce que je suis une fille, moi ! Est-ce[c] que je me vends ! Sans compter qu'elle est bête comme un chou ! Elle écrit catégorie par un *th*. Au reste, ils vont bien ensemble ; ça fait la paire, quoiqu'il s'intitule artiste et se croie du génie ! Mais, mon Dieu ! s'il avait seulement de l'intelligence, il n'aurait pas commis une infamie pareille ! On ne quitte pas une femme supérieure pour une coquine ! Je m'en moque, après tout. Il devient laid ! Je l'exècre ! Si[d] je le rencontrais, tenez, je lui cracherais à la figure. » Elle cracha. — « Oui, voilà le cas que j'en fais maintenant ! Et Arnoux, hein ? N'est-ce[e] pas abominable ? Il lui a tant de fois pardonné ! On n'imagine[f] pas ses sacrifices ! Elle devrait baiser ses pieds ! Il est[g] si généreux, si bon ! »

Frédéric jouissait à entendre dénigrer Delmar. Il avait accepté Arnoux. Cette perfidie de Rosanette lui semblait une chose anormale, injuste : et, gagné par l'émotion de la vieille fille, il arrivait à sentir pour lui comme de l'attendrissement. Tout à coup, il se trouva devant sa porte ; Mlle Vatnaz[h], sans qu'il s'en aperçût, lui avait fait descendre le faubourg Poissonnière.

— « Nous y voilà », dit-elle. « Moi, je ne peux pas monter. Mais vous, rien ne vous en empêche. »

— « Pour quoi faire ? »

— « Pour lui dire tout, parbleu ! »

Frédéric, comme se réveillant en sursaut, comprit l'infamie où on le poussait.

— « Eh bien ? » reprit-elle.

Il leva les yeux vers le second étage. La lampe de Mme Arnoux brûlait. Rien effectivement ne l'empêchait de monter.

— « Je vous attends ici. Allez donc ! »

Ce commandement acheva de le refroidir, et il dit :

— « Je serai là-haut longtemps. Vous feriez[i] mieux de vous en retourner. J'irai demain chez vous »

— « Non, non ! » répliqua la Vatnaz, en tapant du pied. « Prenez-le ! emmenez-le ! faites qu'il les surprenne ! »

— « Mais Delmar n'y sera plus ! »

Elle baissa la tête.

— « Oui, c'est peut-être vrai ? »

Et elle resta sans parler, au milieu de la rue, entre les voitures ; puis[a], fixant sur lui ses yeux de chatte sauvage :

— « Je peux compter sur vous, n'est-ce pas ? Entre nous deux maintenant, c'est sacré ! Faites donc. À demain ! »

Frédéric, en traversant le corridor, entendit deux voix qui se répondaient. Celle de Mme Arnoux disait :

— « Ne mens pas ! ne mens donc pas ! »

Il entra. On se tut[b].

Arnoux marchait de long en large, et Madame était assise sur la petite chaise près du feu, extrêmement pâle, l'œil fixe[c]. Frédéric fit un mouvement pour se retirer. Arnoux lui saisit la main, heureux[c] du secours qui lui arrivait.

— « Mais je crains... », dit Frédéric.

— « Restez donc ! » souffla Arnoux dans son oreille.

Madame reprit :

— « Il faut être indulgent, monsieur Moreau ! Ce sont de ces choses que l'on rencontre parfois dans les ménages. »

— « C'est qu'on les y met », dit gaillardement Arnoux. « Les femmes vous ont des lubies ! Ainsi, celle-là, par exemple, n'est pas mauvaise. Non, au contraire ! Eh bien, elle s'amuse depuis une heure à me taquiner avec un tas d'histoires. »

— « Elles sont vraies ! » répliqua Mme Arnoux impatientée. « Car, enfin, tu l'as acheté. »

— « Moi ? »

— « Oui, toi-même ! au Persan ! »

— « Le cachemire ! » pensa Frédéric[362].

Il se sentait coupable et avait peur.

Elle ajouta, de suite :

— « C'était l'autre mois, un samedi, le 14. »

— « Ah ! ce jour-là [d]! précisément, j'étais à Creil[363] ! Ainsi, tu vois. »

— « Pas du tout ! Car nous avons dîné chez les Bertin, le 14. »

— « Le 14... ? » fit Arnoux, en levant les yeux comme pour[e] chercher une date.

— « Et même, le commis qui t'a vendu était un blond ! »

— « Est-ce que je peux me rappeler le commis ! »

— « Il a cependant écrit, sous ta dictée, l'adresse : 18, rue de Laval. »

— « Comment sais-tu ? » dit Arnoux stupéfait.

Elle leva les épaules.

— « Oh ! c'est bien simple : j'ai été pour[a] faire réparer mon cachemire, et un chef de rayon m'a appris qu'on venait d'en expédier un autre pareil chez Mme Arnoux. »

— « Est-ce ma faute, à moi, s'il y a dans la même rue une dame Arnoux ? »

— « Oui ! mais pas Jacques Arnoux[b] », reprit-elle.

Alors, il se mit à divaguer, protestant de son innocence. C'était une méprise, un hasard, une de ces choses inexplicables comme il en arrive. On ne devait pas condamner les gens sur de simples soupçons, des indices vagues; et il cita l'exemple de l'infortuné Lesurques[364].

— « Enfin, j'affirme que tu te trompes ! Veux-tu que je t'en jure ma parole[c] ? »

— « Ce n'est point la peine[d] ! »

— « Pourquoi ? »

Elle le regarda en face, sans rien dire ; puis allongea la main, prit le coffret d'argent sur la cheminée, et lui tendit une facture grande ouverte.

Arnoux rougit jusqu'aux oreilles et ses traits décomposés s'enflèrent[e].

— « Eh bien ? »

— « Mais... » répondit-il lentement, « qu'est-ce que ça prouve ? »

— « Ah ! » fit-elle, avec une intonation de voix singulière, où il y avait de la douleur et de l'ironie. — « Ah ! »

Arnoux gardait[f] la note entre ses mains, et la retournait, n'en détachant pas les yeux, comme s'il avait dû y découvrir la solution d'un grand problème[g].

— « Oh ! oui, oui, je me rappelle », dit-il enfin. « C'est une commission. — Vous devez savoir cela, vous, Frédéric ? »

Frédéric se taisait. « Une commission dont j'étais chargé... par... par le père Oudry. »

— « Et pour qui ? »

— « Pour sa maîtresse ! »

— « Pour la vôtre ! » s'écria Mme Arnoux, se levant toute droite.

— « Je te jure... »

— « Ne recommencez pas ! Je sais tout ! »

— « Ah ! très bien ! Ainsi, on m'espionne ? »

Elle répliqua froidement :

— « Cela blesse, peut-être, votre délicatesse ? »

— « Du moment[a] qu'on s'emporte », reprit Arnoux, en cherchant son chapeau, « et qu'il n'y a pas moyen de raisonner !... »

Puis, avec un grand soupir :

— « Ne vous mariez pas, mon pauvre ami, non, croyez-moi ! »

Et il décampa, ayant besoin de prendre l'air.

Alors, il se fit un grand silence[365] ; et tout, dans l'appartement, sembla plus immobile. Un cercle lumineux, au-dessus de la carcel, blanchissait le plafond, tandis que, dans les coins, l'ombre s'étendait comme des gazes noires superposées ; on entendait[b] le tic-tac de la pendule avec la crépitation du feu[c].

Mme Arnoux venait de se rasseoir, à l'autre angle de la cheminée, dans le fauteuil ; elle mordait ses lèvres en grelottant ; ses deux mains[d] se levèrent, un sanglot lui échappa, elle pleurait.

Il se mit sur la petite chaise ; et, d'une voix caressante, comme on fait[e] à une personne malade :

— « Vous ne doutez pas que je ne partage... ? »

Elle ne répondit rien. Mais, continuant tout haut ses réflexions :

— « Je le laisse bien libre ! Il n'avait pas besoin de mentir[366] ! »

— « Certainement », dit Frédéric.

C'était[f] la conséquence de ses habitudes sans doute, il n'y avait pas songé, et peut-être que, dans des choses plus graves...

— « Que voyez-vous donc de plus grave ? »

— « Oh ! rien ! »

Frédéric s'inclina[g], avec un sourire d'obéissance. Arnoux, néanmoins, possédait certaines qualités ; il aimait ses enfants.

— « Ah ! et il fait tout pour les ruiner ! »

Cela venait de son humeur trop facile ; car, enfin, c'était un bon garçon.

Elle s'écria :

— « Mais qu'est-ce que cela veut dire un bon garçon ? »

Il le défendait ainsi, de la manière la plus vague qu'il pouvait trouver, et, tout en le plaignant, il se réjouissait, se

délectait au fond de l'âme. Par vengeance ou besoin d'affection, elle se réfugierait vers lui. Son espoir, démesurément
accru, renforçait son amour.

Jamais elle ne lui avait paru si captivante, si profondément
belle. De temps à autre, une aspiration[a] soulevait sa poitrine :
ses deux yeux fixes semblaient dilatés par une vision intérieure,
et sa bouche demeurait entre-close comme pour donner
son âme. Quelquefois, elle appuyait dessus fortement son
mouchoir ; il aurait voulu être ce petit morceau de batiste
tout trempé de larmes. Malgré lui, il regardait la couche, au
fond de l'alcôve, en imaginant sa tête sur l'oreiller ; et il
voyait cela si bien, qu'il se retenait pour ne pas la saisir dans
ses bras. Elle ferma[b] les paupières, apaisée, inerte. Alors, il
s'approcha de plus près, et, penché sur elle, il examinait
avidement sa figure. Un bruit de bottes résonna dans le
couloir, c'était l'autre. Ils l'entendirent fermer la porte de sa
chambre. Frédéric demanda, d'un signe, à Mme Arnoux, s'il
devait y aller.

Elle répliqua « oui » de la même façon ; et ce muet
échange de leurs pensées était comme un consentement, un
début d'adultère.

Arnoux, près de se coucher, défaisait sa redingote.

— « Eh bien, comment va-t-elle ? »

— « Oh ! mieux ! » dit Frédéric, « cela se passera ! »

Mais Arnoux était peiné.

— « Vous ne la connaissez pas ! Elle a maintenant des
nerfs !... Imbécile de commis ! Voilà ce que c'est que d'être
trop bon ! Si je n'avais pas donné ce maudit châle à
Rosanette ! »

— « Ne regrettez rien ! Elle vous est on ne peut plus
reconnaissante ! »

— « Vous croyez ? »

Frédéric n'en doutait pas. La preuve, c'est qu'elle venait
de congédier le père Oudry.

— « Ah ! pauvre biche ! »

Et, dans l'excès de son émotion, Arnoux voulait courir
chez elle.

— « Ce n'est pas la peine ! j'en viens. Elle est malade ! »

— « Raison de plus ! »

Il repassa vivement sa redingote et avait pris son bougeoir[c].
Frédéric se maudit pour sa sottise, et lui représenta qu'il

devait, par décence, rester ce soir auprès de sa femme. Il ne pouvait l'abandonner, ce serait très mal.

— « Franchement, vous auriez tort ! Rien ne presse, là-bas ! Vous irez demain ! Voyons ! faites cela pour moi. »

Arnoux déposa son bougeoir, et lui dit, en l'embrassant :

— « Vous êtes bon, vous[367] ! »

III

Alors commença pour Frédéric une existence misérable •.
Il fut le parasite de la maison.

Si quelqu'un était indisposé, il venait trois fois par jour
savoir de ses nouvelles, allait chez l'accordeur de piano,
inventait mille prévenances ; et il endurait, d'un air content,
les bouderies de Mlle Marthe et les caresses du jeune Eugène,
qui lui passait toujours ses mains sales sur la figure. Il assistait
aux dîners où Monsieur et Madame, en face l'un de l'autre,
n'échangeaient pas un mot ; ou bien Arnoux agaçait[a] sa
femme par des remarques saugrenues. Le repas terminé, il
jouait dans la chambre avec son fils, se cachait derrière les
meubles, ou le portait sur son dos, en marchant à quatre
pattes, comme le Béarnais[368]. Il s'en allait enfin ; et elle
abordait immédiatement l'éternel sujet de plainte : Arnoux.

Ce n'était pas son inconduite qui l'indignait. Mais elle
paraissait souffrir dans son orgueil, et laissait voir sa répugnance pour cet homme sans délicatesse, sans dignité, sans
honneur.

— « Ou plutôt il est fou ! » disait-elle.

Frédéric sollicitait adroitement ses confidences. Bientôt, il
connut toute sa vie.

Ses parents étaient de petits bourgeois de Chartres. Un
jour, Arnoux, dessinant au bord de la rivière (il se croyait
peintre dans ce temps-là), l'avait aperçue comme elle sortait
de l'église et demandée en mariage ; à cause de sa fortune,
on n'avait pas hésité. D'ailleurs, il l'aimait éperdument. Elle
ajouta :

— « Mon Dieu, il m'aime encore ! à sa manière ! »

Ils avaient, les premiers mois, voyagé en Italie.

Arnoux, malgré[b] son enthousiasme devant les paysages et
les chefs-d'œuvre, n'avait fait que gémir sur le vin, et
organisait des pique-niques avec des Anglais, pour se distraire[369]. Quelques tableaux bien revendus l'avaient poussé
au commerce des arts. Puis il s'était engoué d'une manufacture de faïence. D'autres spéculations, à présent, le tentaient ;
et, se vulgarisant de plus en plus, il prenait des habitudes
grossières et dispendieuses. Elle avait moins à lui reprocher

ses vices que toutes ses actions. Aucun changement ne pouvait survenir[a], et son malheur à elle était irréparable.

Frédéric affirmait que son existence, de même, se trouvait manquée[370].

Il était bien jeune cependant. Pourquoi désespérer ? Et elle lui donnait de bons conseils : « Travaillez ! mariez-vous ! » Il répondait par des sourires amers ; car, au lieu d'exprimer le véritable motif de son chagrin, il en feignait un autre, sublime, faisant un peu l'Antony[371], le maudit, — langage, du reste, qui ne dénaturait pas complètement sa pensée[372].

L'action, pour certains hommes, est d'autant plus impraticable que le désir est plus fort. La méfiance d'eux-mêmes les embarrasse, la crainte de déplaire les épouvante ; d'ailleurs[b], les affections profondes ressemblent aux honnêtes femmes[c] ; elles ont peur d'être découvertes, et passent dans la vie les yeux baissés.

Bien qu'il connût Mme Arnoux davantage (à cause de cela, peut-être), il était encore plus lâche qu'autrefois[373]. Chaque matin, il se jurait d'être hardi. Une invincible[d] pudeur l'en empêchait ; et il ne pouvait se guider d'après aucun exemple, puisque celle-là différait des autres. Par la force de ses rêves, il l'avait posée en dehors des conditions humaines. Il se sentait, à côté d'elle, moins important sur la terre que les brindilles de soie s'échappant de ses ciseaux.

Puis il pensait à des choses monstrueuses, absurdes, telles que des surprises, la nuit, avec des narcotiques et des fausses clefs, — tout lui paraissant plus facile que d'affronter son dédain.

D'ailleurs, les enfants, les deux bonnes, la disposition des pièces faisaient d'insurmontables obstacles. Donc, il résolut de la posséder à lui seul, et d'aller vivre ensemble bien loin, au fond d'une solitude ; il cherchait même sur quel lac assez bleu, au bord[e] de quelle plage assez douce, si ce serait l'Espagne, la Suisse ou l'Orient ; et, choisissant exprès les jours où elle semblait plus irritée, il lui disait qu'il faudrait sortir de là, imaginer un moyen, et qu'il n'en voyait pas d'autre qu'une séparation. * Mais, pour l'amour de ses enfants, jamais elle n'en viendrait à une telle extrémité. Tant de vertu augmenta son respect.

Ses après-midi[f] se passaient à se rappeler la visite de la veille, à désirer celle du soir. Quand il ne dînait pas chez eux, vers neuf heures, il se postait au coin de la rue ; et, dès qu'Arnoux avait tiré la grande porte, Frédéric montait vivement les deux étages et demandait à la bonne d'un air ingénu :

— « Monsieur est là ? »

Puis faisait[a] l'homme surpris de ne pas le trouver.

Arnoux, souvent[b], rentrait à l'improviste. Alors, il fallait le suivre dans un petit café de la rue Sainte-Anne, que fréquentait maintenant Regimbart[374].

Le Citoyen commençait par articuler contre la Couronne quelque nouveau grief. Puis ils causaient en se disant amicalement des injures ; car le fabricant tenait Regimbart pour un penseur[c] de haute volée, et, chagriné de voir tant de moyens perdus, il le taquinait sur sa paresse. Le Citoyen[d] jugeait Arnoux plein de cœur et d'imagination, mais décidément trop immoral ; aussi le traitait-il sans la moindre indulgence et refusait même de dîner chez lui, parce que « la cérémonie l'embêtait ».

Quelquefois, au moment des adieux, Arnoux était pris de fringale. Il « avait besoin » de manger une omelette ou des pommes cuites ; et, les comestibles ne se trouvant jamais dans l'établissement, il les envoyait chercher. On attendait. Regimbart ne s'en allait pas, et finissait, en grommelant, par accepter quelque chose.

Il était sobre néanmoins, car il restait pendant des heures, en face du même verre à moitié plein. La Providence[e] ne gouvernant point les choses selon ses idées[f], il tournait à l'hypocondriaque, ne voulait même plus lire les journaux, et poussait des rugissements au seul nom de l'Angleterre[375]. Il s'écria une fois, à propos d'un garçon qui le servait mal :

— « Est-ce que nous n'avons pas assez des affronts de l'Étranger ! »

En dehors de ces crises, il se tenait taciturne, méditant « un coup infaillible pour faire péter toute la boutique ».

Tandis qu'il était perdu dans ses réflexions, Arnoux, d'une voix monotone et avec un regard un peu ivre, contait d'incroyables anecdotes où il avait toujours brillé, grâce à son aplomb ; et Frédéric (cela tenait sans doute à des ressemblances profondes) éprouvait[g] un certain entraînement pour sa personne. Il se reprochait[h] cette faiblesse, trouvant qu'il aurait dû le haïr, au contraire.

Arnoux se lamentait devant lui sur l'humeur de sa femme, son entêtement, ses préventions injustes. Elle n'était pas comme cela autrefois[a].

— « A votre place », disait Frédéric[b], « je lui ferais une pension, et je vivrais seul. »

Arnoux ne répondait rien ; et, un moment après, entamait son éloge. Elle était bonne, dévouée, intelligente, vertueuse ; et, passant à ses qualités corporelles, il prodiguait les révélations, avec l'étourderie de ces gens qui étalent leurs trésors dans les auberges.

Une catastrophe[376] dérangea son équilibre.

Il était entré, comme membre du Conseil de surveillance, dans une compagnie de kaolin. Mais, se fiant à tout ce qu'on lui disait, il avait signé des rapports inexacts et approuvé, sans vérification, les inventaires annuels frauduleusement dressés par le gérant. Or, la compagnie[c] avait croulé, et Arnoux, civilement responsable, venait d'être condamné, avec les autres, à la garantie des dommages-intérêts, ce qui lui faisait une perte d'environ trente mille francs, aggravée par les motifs du jugement.

Frédéric apprit cela dans un journal, et se précipita vers la rue de Paradis.

On le reçut dans la chambre de Madame. C'était l'heure du premier déjeuner. Des bols de café au lait encombraient un guéridon auprès du feu. Des savates traînaient sur le tapis, des vêtements sur les fauteuils[d]. Arnoux, en caleçon et en veste de tricot, avait les yeux rouges et la chevelure ébouriffée ; le petit Eugène, à cause de ses oreillons, pleurait, tout en grignotant sa tartine ; sa sœur mangeait tranquillement ; Mme Arnoux[e], un peu plus pâle que d'habitude, les servait tous les trois.

— « Eh bien », dit Arnoux, en poussant un gros soupir, « vous savez ! » Et Frédéric ayant fait un geste de compassion : « Voilà ! J'ai été victime de ma confiance ! »

Puis il se tut ; et son abattement[f] était si fort, qu'il repoussa le déjeuner. Mme Arnoux leva les yeux, avec un haussement d'épaules. Il se passa les mains sur le front.

— « Après tout, je ne suis pas coupable. Je n'ai rien à me reprocher. C'est un malheur ! On s'en tirera ! Ah ! ma foi, tant pis ! »

Et il entama une brioche, obéissant[g], du reste, aux sollicitations de sa femme.

Le soir, il voulut dîner seul, avec elle, dans un cabinet particulier, à la Maison-d'or[377]. Mme Arnoux ne comprit rien à ce mouvement de cœur, s'offensant même d'être traitée en lorette ; — ce qui, de la part d'Arnoux, au contraire, était une preuve d'affection. Puis, comme il s'ennuyait, il alla se distraire chez la Maréchale.

Jusqu'à présent, on lui avait passé beaucoup de choses, grâce à son caractère bonhomme[a]. Son procès[b] le classa parmi les gens tarés. Une solitude se fit autour de sa maison.

Frédéric, par point d'honneur, crut devoir les fréquenter[c] plus que jamais. Il loua une baignoire aux Italiens et les y conduisit chaque semaine. Cependant[d], ils en étaient à cette période où, dans les unions disparates, une invincible lassitude ressort des concessions que l'on s'est faites et rend l'existence intolérable. Mme Arnoux se retenait pour ne pas éclater, Arnoux s'assombrissait, et le spectacle de ces deux êtres malheureux attristait Frédéric[e].

Elle l'avait chargé, puisqu'il possédait sa confiance, de s'enquérir de ses affaires. Mais il avait honte, il souffrait de prendre ses dîners en ambitionnant sa femme. Il continuait néanmoins, se donnant pour excuse qu'il devait la défendre, et qu'une occasion pouvait se présenter de lui être utile.

Huit jours après le bal, il avait fait une visite à M. Dambreuse. Le financier lui avait[f] offert une vingtaine d'actions dans son entreprise de houilles ; Frédéric n'y était pas retourné. • Deslauriers lui écrivait des lettres ; il les laissait sans réponse. Pellerin l'avait engagé à venir voir le portrait ; il l'éconduisait toujours. Il céda cependant à Cisy, qui l'obsédait pour faire[g] la connaissance de Rosanette.

Elle le reçut fort gentiment, mais sans lui sauter au cou, comme autrefois. Son compagnon fut heureux d'être admis chez une impure, et surtout de causer avec un acteur ; Delmar[h] se trouvait là.

Un drame, où il avait représenté un manant qui fait la leçon à Louis XIV et prophétise 89, l'avait mis en telle évidence, qu'on lui fabriquait sans cesse le même rôle ; et sa fonction, maintenant, consistait à bafouer les monarques de tous les pays. Brasseur anglais, il invectivait Charles Ier ; étudiant de Salamanque, maudissait Philippe II ; ou, père sensible, s'indignait contre la Pompadour, c'était le plus beau ! Les gamins, pour le voir, l'attendaient à la porte des coulisses ; et sa biographie, vendue dans les entractes, le dépeignait comme soignant sa vieille mère, lisant l'Évangile, assistant les pauvres, enfin sous les couleurs d'un saint Vincent de Paul mélangé de Brutus et de Mirabeau[378]. * On disait : « Notre Delmar. » Il avait une mission, il devenait Christ[a].

Tout cela avait fasciné Rosanette[b] ; et elle s'était débarrassée du père Oudry, sans se soucier de rien, n'étant pas cupide.

Arnoux, qui la connaissait, en avait profité pendant longtemps pour l'entretenir à peu de frais ; le bonhomme était venu, et ils avaient eu soin, tous les trois, de ne point s'expliquer franchement. Puis, s'imaginant qu'elle congédiait l'autre pour lui seul, Arnoux avait augmenté sa pension. Mais ses demandes se renouvelaient avec une fréquence inexplicable[c], car elle menait un train moins dispendieux ; elle avait même vendu jusqu'au cachemire, tenant à s'acquitter de ses vieilles dettes, disait-elle ; et il donnait toujours, elle l'ensorcelait, elle abusait de lui, sans pitié. Aussi les factures, les papiers timbrés pleuvaient dans la maison. Frédéric sentait une crise prochaine.

Un jour, il se présenta pour voir Mme Arnoux. Elle était sortie. Monsieur[d] travaillait en bas dans le magasin.

En effet, Arnoux, au milieu de ses potiches, tâchait d'*enfoncer* de jeunes mariés, des bourgeois de la province. Il parlait du tournage et du tournassage, du truité et du glacé ; les autres[e], ne voulant pas avoir l'air de n'y rien comprendre, faisaient des signes d'approbation et achetaient.

Quand les chalands furent dehors, il conta qu'il avait eu, le matin, avec sa femme, une petite altercation. Pour prévenir les observations sur la dépense, il avait affirmé que la Maréchale n'était plus sa maîtresse.

— « Je lui ai même dit que c'était la vôtre. »

Frédéric fut indigné ; mais des reproches pouvaient le trahir, il balbutia[f] :

— « Ah ! vous avez eu tort, grand tort ! »

— « Qu'est-ce que ça fait ? » dit Arnoux. « Où est le déhonneur de passer pour son amant ? Je le suis bien, moi ! Ne seriez-vous pas flatté de l'être ? »

Avait-elle parlé ? Était-ce une allusion ? Frédéric se hâta de répondre :

— « Non pas du tout ! au contraire ! »

— « Eh bien, alors ? »

— « Oui, c'est vrai ! cela n'y fait rien. »

Arnoux reprit :

— « Pourquoi ne venez-vous plus là-bas ? »

Frédéric promit d'y retourner.

— « Ah ! j'oubliais ! vous devriez..., en causant de Rosa-nette..., lâcher à ma femme quelque chose... je ne sais quoi, mais vous trouverez... quelque chose qui la persuade que vous êtes son amant. Je vous demande cela comme un service, hein ? »

Le jeune homme, pour toute réponse, fit une grimace ambiguë*. Cette calomnie[a] le perdait. Il alla le soir même chez elle, et jura que l'allégation d'Arnoux était fausse[b].

— « Bien vrai ? »

Il paraissait sincère ; et, quand elle eut respiré largement, elle lui dit : « Je vous crois », avec un beau sourire ; puis elle baissa la tête, et, sans le regarder :

— « Au reste[c], personne n'a de droit sur vous ! »

Elle ne devinait donc rien, et elle le méprisait, puisqu'elle ne pensait pas qu'il pût assez l'aimer pour lui être fidèle ! Frédéric, oubliant ses tentatives près de l'autre, trouvait la permission outrageante.

Ensuite, elle le pria d'aller quelquefois « chez cette femme », pour voir un peu ce qui en était.

Arnoux survint, et, cinq minutes après, voulut l'entraîner chez Rosanette.

La situation devenait intolérable.

Il en fut distrait par une lettre du notaire qui devait lui envoyer le lendemain quinze mille francs ; et, pour réparer sa négligence envers Deslauriers, il alla lui apprendre[d] tout de suite cette bonne nouvelle.

L'avocat logeait rue des Trois-Maries[379], au cinquième étage[e], sur une cour. Son cabinet, petite pièce carrelée, froide, et tendue d'un papier grisâtre, avait pour principale décoration une médaille en or, son prix de doctorat, insérée dans un cadre d'ébène contre la glace. Une bibliothèque d'acajou enfermait sous vitres cent volumes, à peu près. Le bureau, couvert de basane, tenait le milieu de l'appartement. Quatre vieux fauteuils de velours vert en occupaient les coins ; et des copeaux flambaient dans la cheminée, où il y avait toujours un fagot prêt à allumer au coup de sonnette. C'était l'heure de ses consultations ; l'avocat portait une cravate blanche.

L'annonce des quinze mille francs (il n'y comptait plus, sans doute) lui causa un ricanement de plaisir.

— « C'est bien, mon brave, c'est bien, c'est très bien ! »

Il jeta du bois dans le feu, se rassit, et parla immédiatement du Journal[a•]. La première chose à faire était de se débarrasser d'Hussonnet.

— « Ce crétin-là me fatigue ! Quant à desservir une opinion, le plus équitable, selon moi, et le plus fort, c'est de n'en avoir aucune. »

Frédéric parut étonné.

— « Mais sans doute ! Il serait temps de traiter la Politique[b] scientifiquement. Les vieux du XVIIIe siècle[380] commençaient, quand Rousseau[381], les littérateurs, y ont introduit la philanthropie, la poésie et autres blagues, pour la plus grande joie des catholiques[382] ; alliance naturelle, du reste, puisque les réformateurs modernes (je peux le prouver) croient tous à la Révélation[c]. Mais si vous chantez des messes pour la Pologne, si à la place du Dieu des dominicains, qui était un bourreau, vous prenez le Dieu des romantiques, qui est un tapissier ; si, enfin, vous n'avez pas de l'Absolu une conception plus large que vos aïeux, la monarchie[d] percera sous vos formes républicaines, et votre bonnet rouge ne sera jamais qu'une calotte sacerdotale ! Seulement, le régime cellulaire aura remplacé la torture, l'outrage à la Religion le sacrilège, le concert européen la Sainte-Alliance ; et dans ce bel ordre qu'on admire, fait de débris louis-quatorziens, de ruines voltairiennes, avec du badigeon impérial par-dessus et des fragments de constitution anglaise, on verra les conseils municipaux tâchant de vexer le maire, les conseils généraux leur préfet, les chambres le roi, la presse le pouvoir, l'administration tout le monde ! Mais les bonnes âmes s'extasient sur le Code civil, œuvre fabriquée, quoi qu'on dise, dans un esprit mesquin, tyrannique ; car le législateur, au lieu de faire son état, qui est de régulariser la coutume, a prétendu modeler la société comme un Lycurgue ! Pourquoi la loi gêne-t-elle le père de famille en matière de testament[383] ? Pourquoi entrave-t-elle la vente forcée des immeubles ? Pourquoi punit-elle comme délit de vagabondage, lequel ne devrait pas être même une contravention ? Et il y en a d'autres ! Je les connais ! aussi je vais écrire un petit roman intitulé *Histoire de l'idée de justice*, qui sera drôle ! Mais j'ai une soif abominable ! et toi ? »

Il se pencha par la fenêtre, et cria au portier d'aller chercher des grogs au cabaret.

— « En résumé, je vois trois partis..., non ! trois groupes, — et dont aucun ne m'intéresse : ceux qui ont, ceux qui n'ont plus, et ceux qui tâchent d'avoir[384]. Mais tous s'accordent dans l'idolâtrie imbécile de l'Autorité[a] ! Exemples : Mably recommande qu'on empêche les philosophes de publier leurs doctrines ; M. Wronski, géomètre, appelle en son langage la censure « répression critique de la spontanéité spéculative » ; le père Enfantin bénit les Habsbourg « d'avoir passé par-dessus les Alpes une main pesante pour comprimer l'Italie » ; Pierre Leroux veut qu'on vous force à entendre un orateur, et Louis Blanc incline à une religion d'État, tant ce peuple de vassaux a la rage du gouvernement ! Pas un cependant n'est légitime, malgré leurs sempiternels principes. Mais, *principe* signifiant *origine*, il faut se reporter[b] toujours à une révolution, à un acte de violence, à un fait transitoire. Ainsi, le principe du nôtre est la souveraineté nationale, comprise dans la forme parlementaire, quoique le parlement n'en convienne pas ! Mais en quoi la souveraineté du peuple[c] serait-elle plus sacrée que le droit divin[385] ? L'un et l'autre sont deux fictions[d] ! Assez de métaphysique, plus de fantômes ! Pas n'est besoin de dogmes pour faire balayer les rues ! On dira que je renverse la société ? Eh bien, après ? où serait le mal ? Elle est propre, en effet, la société. »

Frédéric aurait eu beaucoup de choses à lui répondre. Mais, le voyant loin des théories de Sénécal, il était plein d'indulgence. Il se contenta d'objecter qu'un pareil système les ferait haïr généralement.

— « Au contraire, comme[e] nous aurons donné à chaque parti un gage de haine contre son voisin, tous compteront sur nous. Tu vas t'y mettre aussi, toi, et nous faire de la critique transcendante ! »

Il fallait attaquer les idées reçues[386], l'Académie, l'École normale, le Conservatoire, la Comédie-Française, tout ce qui ressemblait à une institution. C'est par là qu'ils donneraient un ensemble de doctrine[f] à leur Revue. Puis, quand elle serait bien posée, le journal tout à coup deviendrait quotidien ; alors, ils s'en prendraient aux personnes.

— « Et on nous respectera, sois-en sûr ! »

Deslauriers touchait à son vieux rêve : une rédaction en chef, c'est-à-dire au bonheur inexprimable de diriger les autres, de tailler en plein dans leurs articles, d'en commander, d'en refuser. Ses yeux pétillaient sous ses lunettes, il s'exaltait et buvait des petits verres, coup sur coup, machinalement.

— « Il faudra que tu donnes un dîner une fois la semaine. C'est indispensable, quand même la moitié de ton revenu y passerait ! On voudra y venir, ce sera un centre pour les autres, un levier pour toi ; et, maniant l'opinion[a] par les deux bouts, littérature et politique, avant six mois, tu verras, nous tiendrons le haut du pavé dans Paris. »

Frédéric, en l'écoutant, éprouvait une sensation de rajeunissement, comme un homme qui, après un long séjour dans une chambre, est transporté au grand air. Cet enthousiasme le gagnait.

— « Oui, j'ai été un paresseux, un imbécile, tu as raison ! »

— « A la bonne heure ! » s'écria Deslauriers ; « je retrouve mon Frédéric ! »

Et, lui mettant le poing sous la mâchoire :

— « Ah ! tu m'as fait souffrir. N'importe ! je t'aime tout de même[b]. »

Ils étaient debout et se regardaient, attendris l'un et l'autre, et près de s'embrasser.

Un bonnet de femme parut au seuil de l'antichambre.

— « Qui t'amène ? » dit Deslauriers.

C'était Mlle Clémence, sa maîtresse.

Elle répondit que, passant devant sa maison par hasard, elle n'avait pu résister au désir de le voir ; et, pour faire une petite collation ensemble[c], elle lui apportait des gâteaux, qu'elle déposa sur la table.

— « Prends garde à mes papiers ! » reprit aigrement l'avocat. « D'ailleurs, c'est la troisième fois que je te défends de venir pendant mes consultations. »

Elle voulut l'embrasser.

— « Bien ! va-t-en ! file ton nœud ! »

Il la repoussait[d], elle eut un grand sanglot.

— « Ah ! tu m'ennuies, à la fin ! »

— « C'est que je t'aime ! »

— « Je ne demande pas qu'on m'aime, mais qu'on m'oblige. »

Ce mot, si dur, arrêta les larmes de Clémence[387]. Elle se planta devant la fenêtre, et y restait[e] immobile, le front posé contre le carreau.

Son attitude et son mutisme agaçaient Deslauriers.

— « Quand tu auras fini, tu commanderas ton carrosse[a], n'est-ce pas ? »

Elle se retourna en sursaut.

— « Tu me renvoies ! »

— « Parfaitement ! »

Elle fixa[b] sur lui ses grands yeux bleus, pour une dernière prière sans doute, puis croisa les deux bouts de son tartan, attendit une minute encore[c] et s'en alla.

— « Tu devrais la rappeler », dit Frédéric.

— « Allons donc ! »

Et, comme il avait besoin de sortir, Deslauriers passa dans sa cuisine, qui était son cabinet de toilette. Il y avait sur la dalle, près d'une paire de bottes, les débris d'un maigre déjeuner, et un matelas avec une couverture était roulé par terre dans un coin.

— « Ceci te démontre », dit-il, « que je reçois peu de marquises ! On s'en passe aisément, va ! et des autres aussi. Celles qui ne coûtent rien prennent votre temps ; c'est de l'argent sous une autre forme ; or, je ne suis pas riche ! Et puis, elles sont toutes si bêtes ! si bêtes ! Est-ce que tu peux causer avec une femme, toi[388] ? »

Ils se séparèrent à l'angle du pont Neuf.

— « Ainsi, c'est convenu ! tu m'apporteras la chose demain, dès que tu l'auras. »

— « Convenu ! » dit Frédéric.

Le lendemain, à son réveil, il reçut par la poste un bon de quinze mille francs sur la Banque.

Ce chiffon de papier lui représenta quinze gros sacs d'argent ; et il se dit qu'avec une somme pareille, il pourrait : d'abord garder sa voiture pendant trois ans, au lieu de la vendre comme il y serait forcé prochainement, ou s'acheter deux belles armures damasquinées qu'il avait vues sur le quai Voltaire, puis quantité de choses encore, des peintures, des livres et combien de bouquets de fleurs, de cadeaux pour Mme Arnoux ! Tout, enfin, aurait mieux valu que de risquer, que de perdre tant d'argent dans ce journal ! Deslauriers lui semblait présomptueux, son insensibilité de la veille le refroidissant à son endroit, et Frédéric s'abandonnait à ces regrets quand il fut tout surpris de voir entrer Arnoux, — lequel s'assit sur le bord de sa couche, pesamment, comme un homme accablé.

— « Qu'y a-t-il donc ? »

— « Je suis perdu ! »

Il avait à verser, le jour même, en l'étude de Mᵉ Beauminet, notaire rue Sainte-Anne, dix-huit mille francs, prêtés par un certain Vanneroy.

— « C'est un désastre inexplicable ! je lui ai donné une hypothèque qui devaitᵃ le tranquilliser, pourtant ! Mais il me menace d'un commandement, s'il n'est pas payé cet après-midi, tantôt ! »

— « Et alors ? »

— « Alors, c'est bien simple ! Il va faire exproprier mon immeuble. La première affiche me ruine, voilà tout ! Ah ! si je trouvais quelqu'un pour m'avancer cette maudite somme-là, il prendrait la place de Vanneroy et je serais sauvé ! Vous ne l'auriez pas, par hasard ? »

Le mandat était resté sur la table de nuit, près d'un livre, Frédéric souleva le volume et le posa par-dessus, en répondant :

— « Mon Dieu, non, cher ami ! »

Mais il lui coûtait de refuser à Arnoux.

— « Comment, vous ne trouvez personne qui veuille… ? »

— « Personne ! et songer que, d'ici à huit jours, j'aurai des rentrées ! On me doit peut-être… cinquante mille francs pour la fin du mois ! »

— « Est-ce que vous ne pourriez pas prier les individus qui vous doivent d'avancer ?… »

— « Ah bien, oui ! »

— « Mais vous avez des valeurs quelconques, des billets ? »

— « Rien ! »

— « Que faire ? » dit Frédéric.

— « C'est ce que je me demande », reprit Arnoux.

Il se tut, et il marchait dans la chambre de long en large.

— « Ce n'est pas pour moi, mon Dieu ! mais pour mes enfants, pour ma pauvre femme ! »

Puis, en détachant chaque mot :

— « Enfin… je serai fort…, j'emballerai tout cela… et j'irai chercher fortune… je ne sais où ! »

— « Impossible ! » s'écria Frédéric.

Arnoux répliqua d'un air calme :

— « Comment voulez-vous que je vive à Paris, maintenant ? »

Il y eut un long silence.

Frédéric se mit à dire :

— « Quand le rendriez-vous, cet argent ? »

Non pas qu'il l'eût ; au contraire ! Mais rien ne l'empêchait de voir des amis, de faire des démarches. Et il sonna son domestique pour s'habiller. Arnoux le remerciait.

— « C'est dix-huit mille francs qu'il vous faut, n'est-ce pas ? »

— « Oh ! je me contenterais bien de seize mille^a ! Car j'en ferai bien deux mille cinq cents, trois mille avec mon argenterie, si Vanneroy, toutefois, m'accorde jusqu'à demain ; et, je vous le répète, vous pouvez affirmer, jurer au prêteur que, dans huit jours, peut-être même dans cinq ou six, l'argent sera remboursé[382]. D'ailleurs, l'hypothèque en répond. Ainsi, pas de danger, vous comprenez ? »

Frédéric assura qu'il comprenait et qu'il allait sortir immédiatement.

Il resta chez lui, maudissant Deslauriers, car il voulait tenir sa parole, et cependant obliger Arnoux[b].

— « Si je m'adressais à M. Dambreuse ? Mais sous quel prétexte demander de l'argent ? C'est à moi, au contraire, d'en porter chez lui pour ses actions de houilles ! Ah ! qu'il aille se promener avec ses actions ! Je ne les dois pas ! »

Et Frédéric s'applaudissait de son indépendance, comme s'il eût refusé un service à M. Dambreuse.

« Eh bien », se dit-il ensuite, « puisque je fais une perte de ce côté-là, car je pourrais, avec quinze mille francs, en gagner cent mille ! A la Bourse, ça se voit quelquefois... Donc, puisque je manque à l'un, ne suis-je libre ?... D'ailleurs, quand Deslauriers attendrait ! — Non, non, c'est mal, allons-y ! »

Il regarda sa pendule.

— « Ah ! rien ne presse ! la Banque ne ferme qu'à cinq heures. »

Et, à quatre heures et demie, quand il eut touché son argent :

— « C'est inutile, maintenant ! Je ne le trouverais pas ; j'irai ce soir ! » se donnant ainsi le moyen de revenir sur sa décision, car il reste toujours dans la conscience quelque chose des sophismes qu'on y a versés ; elle en garde l'arrière-goût, comme d'une liqueur mauvaise.

Il se promena sur les boulevards, et dîna seul au restaurant. Puis il entendit un acte au Vaudeville, pour se distraire. Mais ses billets de banque le gênaient, comme s'il les eût volés. Il n'aurait pas été chagrin de les perdre.

En rentrant chez lui, il trouva une lettre contenant ces mots :

« Quoi de neuf ? »

« Ma femme se joint à moi, cher ami, dans l'espérance, etc.

« A vous, »

Et un parafe.

— « Sa femme ! elle me prie ! »

Au même moment, parut Arnoux, pour savoir s'il avait trouvé la somme urgente.

— « Tenez, la voilà ! » dit Frédéric.

Et, vingt-quatre heures après, il répondit à Deslauriers :

— « Je n'ai rien reçu. »

L'avocat revint[a] trois jours de suite. Il le pressait d'écrire au notaire. Il offrit même de faire le voyage du Havre.

— « Non ! c'est inutile ! je vais y aller ! »[*] [*]

La semaine finie, Frédéric demanda timidement au sieur Arnoux ses quinze mille francs.

Arnoux le remit au lendemain, puis au surlendemain. Frédéric se risquait dehors à la nuit close, craignant d'être surpris par Deslauriers[b].

Un soir[c], quelqu'un le heurta au coin de la Madeleine. C'était lui.

— « Je vais les chercher », dit-il.

Et Deslauriers l'accompagna jusqu'à la porte d'une maison, dans le faubourg Poissonnière[390].

— « Attends-moi ! »

Il attendit[*]. Enfin, après quarante-trois minutes, Frédéric sortit avec Arnoux, et lui fit signe de patienter encore un peu[*]. Le marchand de faïences et son compagnon montèrent, bras dessus bras dessous, la rue Hauteville, prirent ensuite la rue de Chabrol.

La nuit était sombre, avec des rafales[d] de vent tiède. Arnoux marchait doucement, tout en parlant des Galeries du Commerce : une suite de passages couverts qui auraient mené du boulevard Saint-Denis au Châtelet, spéculation merveilleuse, où il avait grande envie d'entrer ; et il s'arrêtait de temps à autre, pour voir aux carreaux des boutiques la figure des grisettes, puis reprenait son discours.

Frédéric entendait les pas de Deslauriers derrière lui, comme des reproches, comme des coups frappant sur sa conscience. Mais il n'osait faire sa réclamation, — par mauvaise honte, et dans la crainte qu'elle ne fût inutile. L'autre se rapprochait. Il se décida.

Arnoux, d'un ton fort dégagé, dit[a] que, ses recouvrements n'ayant pas eu lieu, il ne pouvait rendre actuellement les mille francs.

— « Vous n'en avez pas besoin, j'imagine ? »

A ce moment, Deslauriers accosta Frédéric, et, le tirant à l'écart :

— « Sois franc, les as-tu, oui ou non ? »

— « Eh bien, non ! » dit Frédéric, « je les ai perdus ! »

— « Ah ! et à quoi ? »

— « Au jeu ! »

Deslauriers ne répondit pas un mot, salua très bas, et partit[*]. Arnoux avait profité de l'occasion pour allumer un cigare dans un débit de tabac. Il revint en demandant[b] quel était ce jeune homme.

— « Rien ! un ami ! »

Puis, trois minutes après, devant la porte de Rosanette :

— « Montez donc », dit Arnoux, « elle sera contente de vous voir. Quel sauvage vous êtes maintenant ! »

Un réverbère, en face, l'éclairait ; et avec son cigare entre ses dents blanches et son air heureux, il avait quelque chose d'intolérable.

— « Ah ! à propos, mon notaire a été ce matin chez le vôtre, pour cette inscription[c] d'hypothèque. C'est ma femme qui me l'a rappelé. »

— « Une femme de tête ! » reprit machinalement Frédéric.

— « Je crois bien ! »

Et Arnoux recommença son éloge[d]. Elle n'avait pas sa pareille pour l'esprit, le cœur, l'économie ; il ajouta d'une voix basse, en roulant des yeux :

— « Et comme corps de femme ! »

— « Adieu ! » dit Frédéric.

Arnoux fit un mouvement.

— « Tiens ! pourquoi ? »

Et, la main à demi tendue vers lui, il l'examinait, tout décontenancé par la colère de son visage.

Frédéric répliqua sèchement :

— « Adieu ! »

Il descendit la rue de Bréda[391] comme une pierre qui déroule, furieux contre Arnoux, se faisant le serment de ne jamais plus le revoir[a], ni elle non plus, navré, désolé. Au lieu de la rupture qu'il attendait, voilà que l'autre, au contraire, se mettait à la chérir et complètement, depuis le bout des cheveux jusqu'au fond de l'âme. La vulgarité de cet homme exaspérait Frédéric. Tout lui appartenait donc, à celui-là ! Il le retrouvait sur le seuil de la lorette ; et la mortification d'une rupture s'ajoutait à la rage de son impuissance. D'ailleurs, l'honnêteté d'Arnoux offrant des garanties pour[b] son argent l'humiliait ; il aurait voulu l'étrangler ; et par-dessus son chagrin planait dans sa con-science, comme un brouillard, le sentiment de sa lâcheté envers son ami. Des larmes l'étouffaient.

Deslauriers dévalait la rue des Martyrs, en jurant tout haut d'indignation ; car son projet, tel qu'un obélisque abattu, lui paraissait maintenant d'une hauteur extraordinaire. Il s'estimait volé, comme s'il avait subi un grand dommage. Son amitié[392] pour Frédéric était morte, et il[c] en éprouvait de la joie ; c'était une compensation ! Une haine[d] l'envahit contre les riches. Il pencha vers les opinions de Sénécal et se promettait de les servir[393].

Arnoux, pendant ce temps-là, commodément assis dans une bergère, auprès du feu, humait sa tasse de thé, en tenant la Maréchale sur ses genoux[*][*].

Frédéric ne retourna point chez eux ; et, pour se distraire de sa passion calamiteuse, adoptant le premier sujet qui se présenta, il résolut de composer une *Histoire de la Renais-sance*. Il entassa pêle-mêle sur sa table les humanistes, les philosophes et les poètes ; il allait au cabinet[e] des estampes, voir les gravures de Marc-Antoine ; il tâchait d'entendre Machiavel. Peu à peu, la sérénité du travail l'apaisa[394f] : En plongeant dans la personnalité[g] des autres, il oublia la sienne, ce qui est la seule manière peut-être de n'en pas souffrir.

Un jour qu'il prenait des notes, tranquillement, la porte s'ouvrit et le domestique annonça Mme Arnoux.

C'était bien elle ! seule ? Mais non ! car elle tenait par la main le petit Eugène, suivi de sa bonne en tablier blanc[*]. Elle s'assit ; et, quand elle eut toussé :

— « Il y a longtemps que vous n'êtes venu à la maison. »

Frédéric ne trouvant pas d'excuse, elle ajouta :
— « C'est une délicatesse de votre part ! »
Il reprit :
— « Quelle délicatesse ? »
— « Ce que vous avez fait pour Arnoux ! » dit-elle.
Frédéric eut un geste signifiant : « Je m'en moque bien !
c'était pour vous ! »
Elle envoya[a] son enfant jouer avec la bonne, dans le salon*.
Ils échangèrent deux ou trois mots sur leur santé, puis
l'entretien tomba.
Elle portait une robe de soie brune, de la couleur d'un
vin d'Espagne, avec un paletot de velours noir, bordé de
martre ; cette fourrure donnait envie de passer les mains
dessus, et ses longs bandeaux, bien lissés, attiraient les lèvres.
Mais une émotion la troublait, et, tournant les yeux du côté
de la porte :
— « Il fait un peu chaud ici ! »
Frédéric devina l'intention prudente de son regard.
— « Pardon ! les deux battants ne sont que poussés. »
— « Ah ! c'est vrai ! »
Et elle sourit, comme pour dire : « Je ne crains rien. »
Il lui demanda immédiatement ce qui l'amenait.
— « Mon mari », reprit-elle avec effort, « m'a engagée à
venir chez vous, n'osant faire cette démarche lui-même ».
— « Et pourquoi ? »
— « Vous connaissez M. Dambreuse, n'est-ce pas ? »
— « Oui, un peu ! »
— « Ah ! un peu. »
Elle se taisait.
— « N'importe ! achevez. »
Alors, elle conta que l'avant-veille, Arnoux n'avait pu
payer quatre billets de mille francs souscrits à l'ordre du
banquier, et sur lesquels il lui avait fait mettre sa signature.
Elle se repentait d'avoir compromis la fortune de ses enfants.
Mais tout valait mieux que le déshonneur ; et si M.
Dambreuse arrêtait les poursuites, on le payerait bientôt,
certainement ; car elle allait vendre, à Chartres, une petite
maison qu'elle avait[b].
— « Pauvre femme ! » murmura Frédéric. — « J'irai,
comptez sur moi. »
— « Merci ! »
Et elle se leva pour partir.

— « Oh ! rien ne vous presse encore ! »

Elle resta debout, examinant le trophée de flèches mongoles suspendu au plafond, la bibliothèque, les reliures, tous les ustensiles pour écrire ; elle souleva la cuvette de bronze qui contenait les plumes ; ses talons se posèrent à des places différentes sur le tapis. Elle était venue plusieurs fois chez Frédéric, mais toujours avec Arnoux. Ils se trouvaient seuls, maintenant, — seuls dans sa propre maison — ; c'était un événement extraordinaire, presque une bonne fortune.

Elle voulut voir son jardinet ; il lui offrit le bras pour lui montrer ses domaines, trente pieds de terrain, enclos par des maisons, ornés d'arbustes dans les angles et d'une plate-bande au milieu.

On était aux premiers jours d'avril. Les feuilles des lilas verdoyaient déjà, un souffle pur se roulait dans l'air, et de petits oiseaux pépiaient, alternant leur chanson avec le bruit lointain que faisait la forge d'un carrossier.

Frédéric alla chercher une pelle à feu ; et, tandis qu'ils se promenaient côte à côte, l'enfant élevait des tas de sable dans l'allée.

Mme Arnoux ne croyait pas qu'il eût plus tard une grande imagination, mais il était d'humeur caressante. Sa sœur, au contraire, avait une sécheresse naturelle qui la blessait quelquefois.

— « Cela changera », dit Frédéric. « Il ne faut jamais désespérer. »

Elle répliqua :

— « Il ne faut jamais désespérer ! »

Cette répétition machinale de sa phrase lui parut une sorte d'encouragement ; il cueillit une rose, la seule du jardin[395].

— « Vous rappelez-vous... un certain bouquet de roses, un soir, en voiture ? »

Elle rougit quelque peu ; et, avec un air de compassion railleuse :

— « Ah ! j'étais bien jeune ! »

— « Et celle-là », reprit à voix basse Frédéric, « en sera-t-il de même ? »

Elle répondit, tout en faisant tourner la tige entre ses doigts, comme le fil d'un fuseau :

— « Non ! je la garderai ! »

Elle appela d'un geste la bonne, qui prit l'enfant sur son bras : puis, au seuil de la porte, dans la rue, Mme Arnoux aspira la fleur, en inclinant la tête sur son épaule, et avec un regard aussi doux qu'un baiser.

Quand il fut remonté dans son cabinet, il contempla le fauteuil où elle s'était assise et tous les objets qu'elle avait touchés. Quelque chose d'elle circulait autour de lui. La caresse de sa présence durait encore.

— « Elle est donc venue là ! » se disait-il.

Et les flots d'une tendresse infinie le submergeaient.

Le lendemain, à onze heures, il se présenta chez M. Dambreuse[*]. On le reçut dans la salle à manger. Le banquier déjeunait en face de sa femme. Sa nièce était près d'elle, et de l'autre côté l'institutrice, une Anglaise, fortement marquée de petite vérole.

M. Dambreuse invita son jeune ami à prendre place au milieu d'eux, et, sur son refus :

— « A quoi puis-je vous être bon ? Je vous écoute. »

Frédéric avoua, en affectant de l'indifférence, qu'il venait faire une requête pour un certain Arnoux.

— « Ah ! ah ! l'ancien marchand de tableaux », dit le banquier, avec un rire muet découvrant ses gencives. « Oudry le garantissait, autrefois ; on s'est fâché. »

Et il se mit à parcourir les lettres et les journaux posés près de son couvert.

Deux domestiques servaient, sans faire de bruit sur le parquet ; et la hauteur de la salle, qui avait trois portières en tapisserie et deux fontaines de marbre blanc, le poli des réchauds, la disposition des hors-d'œuvre, et jusqu'aux plis raides des serviettes, tout ce bien-être luxueux établissait dans la pensée de Frédéric un contraste avec un autre déjeuner chez Arnoux. Il n'osait interrompre M. Dambreuse.

Madame remarqua son embarras.

— « Voyez-vous quelquefois notre ami Martinon ? »

— « Il viendra ce soir », dit vivement la jeune fille.

— « Ah ! tu le sais ? » répliqua sa tante, en arrêtant sur elle un regard froid.

Puis, un des valets s'étant penché à son oreille :

— « Ta couturière, mon enfant !... miss Johnson ![a] »

Et l'institutrice, obéissante, disparut avec son élève.

M. Dambreuse, troublé par le dérangement des chaises, demanda ce qu'il y avait.

— « C'est Mme Regimbart. »

— « Tiens ! Regimbart ! Je connais ce nom-là. J'ai rencontré sa signature. »

Frédéric aborda enfin la question ; Arnoux méritait de l'intérêt ; il allait même, dans le seul but de remplir ses engagements, vendre une maison à sa femme.

— « Elle passe pour très jolie », dit Mme Dambreuse.

Le banquier ajouta d'un air bonhomme :

— « Êtes-vous leur ami... intime ? »

Frédéric, sans répondre nettement, dit qu'il lui serait fort obligé de prendre en considération...

— « Eh bien, puisque cela vous fait plaisir, soit ! on attendra ! J'ai du temps encore. Si nous^a descendions dans mon bureau, voulez-vous ? »

Le déjeuner était fini ; Mme Dambreuse s'inclina légèrement, tout en souriant d'un rire singulier, plein à la fois de politesse et d'ironie. Frédéric n'eut pas le temps d'y réfléchir, car M. Dambreuse, dès qu'ils furent seuls :

— « Vous n'êtes pas venu chercher vos actions. »

Et, sans lui permettre de s'excuser :

— « Bien ! bien ! il est juste que vous connaissiez l'affaire un peu mieux. »

Il lui offrit une cigarette et commença.

L'Union générale des Houilles françaises[396] était constituée ; on n'attendait plus que l'ordonnance[b]. Le fait seul de la fusion, diminuant les frais de surveillance et de main-d'œuvre, augmentait les bénéfices. De plus, la Société imaginait une chose nouvelle, qui était d'intéresser les ouvriers à son entreprise. Elle leur bâtirait des maisons, des logements salubres ; enfin elle se constituait le fournisseur de ses employés, leur livrait tout à prix de revient.

— « Et ils gagneront, monsieur ; voilà du véritable progrès ; c'est[c] répondre victorieusement à certaines criailleries républicaines ! Nous avons dans notre conseil », — il exhiba le prospectus, « un savant de l'Institut, un officier supérieur du génie en retraite, des noms connus ! De pareils éléments rassurent les capitaux craintifs et appellent les capitaux intelligents ! » La Compagnie aurait pour elle les commandes de l'État, puis les chemins de fer, la marine à vapeur, les établissements métallurgiques, le gaz, les cuisines bourgeoises. « Ainsi nous chauffons, nous éclairons, nous pénétrons jusqu'au foyer des plus humbles ménages. Mais comment, me direz-vous[d], pourrons-nous assurer la vente ? Grâce à des droits protecteurs, cher monsieur, et nous les obtiendrons[a] ; cela nous regarde ! Moi, du reste, je suis franchement prohibitionniste ! Le Pays[b] avant tout ! » On l'avait nommé directeur ; mais le temps lui manquait pour s'occuper de certains détails, de la rédaction entre autres. « Je suis un peu brouillé avec mes auteurs, j'ai oublié mon grec ! J'aurais besoin de quelqu'un... qui pût traduire mes idées ». Et tout à coup : « Voulez-vous être cet homme-là, avec le titre de secrétaire général ? »

Frédéric ne sut que répondre.

— « Eh bien, qui vous empêche ? »

Ses fonctions se borneraient à écrire, tous les ans, un rapport pour les actionnaires. Il se trouverait en relations quotidiennes avec les hommes les plus considérables de Paris. Représentant la Compagnie près des ouvriers, il s'en ferait adorer naturellement, ce qui lui permettrait, plus tard, de se pousser au conseil[c] général, à la députation.

Les oreilles de Frédéric tintaient. D'où provenait cette bienveillance ? Il se confondit en remerciements.

Mais il ne fallait point, dit le banquier, qu'il fût dépendant de personne. Le meilleur moyen c'était de prendre des actions, « placement superbe d'ailleurs, car votre capital garantit votre position, comme votre position votre capital ».

— « A combien, environ, doit-il se monter ? » dit Frédéric.

— « Mon Dieu ! ce qui vous plaira, de quarante à soixante mille francs, je suppose. »

Cette somme était si minime pour M. Dambreuse et son autorité si grande, que le jeune homme se décida immédiatement à vendre une ferme. Il acceptait.[*] M. Dambreuse fixerait un de ces jours un rendez-vous pour terminer leurs arrangements.

— « Ainsi, je puis dire à Jacques Arnoux... ? »

— « Tout ce que vous voudrez ! le pauvre garçon ! Tout ce que vous voudrez ! »

Frédéric écrivit aux Arnoux de se tranquilliser, et il fit porter la lettre par son domestique auquel on répondit :

— « Très bien ! »

Sa démarche, cependant, méritait mieux. Il s'attendait à une visite, à une lettre tout au moins. Il ne reçut pas de visite. Aucune lettre n'arriva.

Y avait-il[d] oubli de leur part ou intention ? Puisque Mme Arnoux était venue une fois, qui l'empêchait de revenir ?

L'espèce de sous-entendu, d'aveu qu'elle lui avait fait, n'était donc qu'une manœuvre exécutée par intérêt ? « Se sont-ils joués de moi ? est-elle complice ? » Une sorte de pudeur[a], malgré son envie, l'empêchait de retourner chez eux.

Un matin[b] (trois semaines après leur entrevue), M. Dambreuse lui écrivit qu'il l'attendait le jour même, dans une heure.

En route, l'idée des Arnoux l'assaillit de nouveau ; et, ne découvrant point de raison à leur conduite, il fut pris par une angoisse, un pressentiment funèbre. Pour s'en débarrasser, il appela un cabriolet et se fit conduire rue Paradis.

Arnoux était en voyage.

— « Et Madame ? »

— « A la campagne[c], à la fabrique ! »

— « Quand revient Monsieur ? »

— « Demain, sans faute ! »

Il la trouverait seule ; c'était le moment. Quelque chose d'impérieux criait dans sa conscience : « Vas-y donc ! »

Mais M. Dambreuse ? « Eh bien[d], tant pis ! Je dirai que j'étais malade. » Il courut à la gare ; puis, dans le wagon : « J'ai eu tort, peut-être ? Ah bah ! qu'importe !**[•][•]** »

A droite et à gauche, des plaines vertes s'étendaient ; le convoi roulait ; les maisonnettes des stations glissaient comme des décors, et la fumée de la locomotive versait toujours du même côté ses gros flocons qui dansaient sur l'herbe quelque temps, puis se dispersaient[e].

Frédéric, seul sur sa banquette, regardait cela, par ennui, perdu dans cette langueur[f] que donne l'excès même de l'impatience. Des grues[g], des magasins parurent. C'était Creil[h].

La ville, construite au versant de deux collines basses (dont la première est nue et la seconde couronnée par un bois), avec la tour de son église, ses maisons inégales et son pont de pierre, lui semblait avoir quelque chose de gai, de discret et de bon[397]. Un grand bateau plat descendait au fil de l'eau, qui clapotait fouettée par le vent ; des poules, au pied du calvaire, picoraient dans la paille[i] ; une femme passa, portant du linge mouillé sur la tête[j].

Après le pont, il se trouva dans une île, où l'on voit sur la droite les ruines d'une abbaye. Un moulin tournait, barrant dans toute sa largeur le second bras de l'Oise, que surplombe la manufacture. L'importance de cette construction étonna grandement Frédéric. Il en conçut plus de respect pour Arnoux. Trois pas[a] plus loin, il prit une ruelle, terminée au fond par une grille.

Il était entré. La concierge le rappela en lui criant :

— « Avez-vous une permission ? »

— « Pourquoi ? »

— « Pour visiter l'établissement ! »

Frédéric, d'un ton brutal, dit qu'il venait voir M. Arnoux.

— « Qu'est-ce que c'est que M. Arnoux ? »

— « Le chef[b], le maître, le propriétaire, enfin ! »

— « Non, monsieur, c'est ici la fabrique de MM. Lebœuf[398] et Milliet ! »

La bonne femme plaisantait sans doute. Des ouvriers arrivaient ; il en aborda deux ou trois ; leur réponse fut la même.

Frédéric sortit de la cour, en chancelant comme un homme ivre ; il avait l'air tellement ahuri que, sur le pont de la Boucherie, un bourgeois en train de fumer sa pipe lui demanda s'il cherchait quelque chose. Celui-là connaissait la manufacture d'Arnoux. Elle était située à Montataire.

Frédéric s'enquit d'une voiture. On n'en trouvait qu'à la gare. Il y retourna[•]. Une calèche disloquée, attelée d'un vieux cheval dont les harnais décousus pendaient dans les brancards, stationnait devant le bureau des bagages, solitairement.

Un gamin s'offrit à découvrir « le père Pilon ». Il revint au bout de dix minutes ; le père Pilon déjeunait. Frédéric, n'y tenant plus, partit[•]. La barrière[c] du passage était close. Il fallut attendre que deux convois eussent défilé[•]. Enfin il se précipita dans la campagne.

La verdure monotone la faisait ressembler à un immense tapis de billard. Des scories de fer étaient rangées sur[d] les deux bords de la route, comme des mètres de cailloux. Un peu plus loin, des cheminées d'usine fumaient les unes près des autres. En face de lui[e] se dressait, sur une colline ronde, un petit château à tourelles, avec le clocher quadrangulaire d'une église. De longs murs, en dessous, formaient des lignes irrégulières parmi les arbres ; et, tout en bas[f], les maisons du village s'étendaient[399].

Elles sont à un seul étage, avec des escaliers de trois marches, faites de blocs sans ciment. On entendait, par

intervalles, la sonnette d'un épicier. Des pas lourds s'enfonçaient dans la boue noire, et une pluie fine tombait, coupant[a]
de mille hachures le ciel pâle.

Frédéric suivit le milieu du pavé ; puis il rencontra sur sa
gauche, à l'entrée d'un chemin, un grand arc de bois qui
portait écrit en lettres d'or : FAÏENCES.

Ce n'était pas sans but que Jacques Arnoux[b] avait choisi
le voisinage de Creil ; en plaçant sa manufacture le plus
près possible de l'autre (accréditée depuis longtemps), il
provoquait dans le public une confusion favorable à ses
intérêts.

Le principal corps de bâtiment s'appuyait sur le bord
même d'une rivière qui traverse la prairie. La maison de
maître, entourée d'un jardin, se distinguait par son perron,
orné de quatre vases où se hérissaient des cactus. Des amas
de terre blanche séchaient sous des hangars ; il y en avait
d'autres à l'air libre ; et au milieu de la cour se tenait
Sénécal, avec son éternel paletot bleu, doublé de rouge[400].

L'ancien répétiteur tendit sa main froide.

— « Vous venez pour le patron ? Il n'est pas là[c]. »

Frédéric, décontenancé, répondit bêtement :

— « Je le savais. » Mais, se reprenant aussitôt : « C'est
pour une affaire qui concerne Mme Arnoux. Peut-elle me
recevoir ? »

— « Ah ! je ne l'ai pas vue depuis trois jours, » dit
Sénécal.

Et il entama une kyrielle[d] de plaintes[e]. En acceptant les
conditions du fabricant, il avait entendu demeurer à Paris,
et non s'enfouir dans cette campagne, loin de ses amis, privé
de journaux. N'importe ! il avait passé par là-dessus ! Mais
Arnoux ne paraissait faire nulle attention à son mérite. Il
était borné d'ailleurs, et rétrograde, ignorant comme pas un.
Au lieu de chercher des perfectionnements artistiques, mieux
aurait valu introduire des chauffages à la houille et au gaz.
Le bourgeois *s'enfonçait*[e] ; Sénécal appuya sur le mot. Bref,
ses occupations lui déplaisaient ; et il somma presque Frédéric
de parler en sa faveur, afin qu'on augmentât ses émoluments[f].

— « Soyez tranquille ! » dit l'autre.

Il ne rencontra personne dans l'escalier. Au premier étage,
il avança la tête dans une pièce vide ; c'était le salon. Il
appela très haut. On ne répondit pas ; sans doute, la
cuisinière était sortie, la bonne aussi ; enfin, parvenu au

second étage, il poussa une porte*. Mme Arnoux était seule, devant une armoire à glace. La ceinture de sa robe de chambre entr'ouverte pendait le long de ses hanches[a]. Tout un côté de ses cheveux lui faisait un flot[b] noir sur l'épaule droite[401] ; et elle avait les deux bras levés, retenant d'une main son chignon, tandis que l'autre y enfonçait une épingle. Elle jeta un cri[c], et disparut.

Puis elle revint correctement habillée. Sa taille, ses yeux, le bruit de sa robe, tout l'enchanta[d]. Frédéric[e] se retenait pour ne pas la couvrir de baisers.

— « Je vous demande pardon », dit-elle, « mais je ne pouvais... »

Il eut la hardiesse de l'interrompre :

— « Cependant..., vous étiez très bien... tout à l'heure. »

Elle trouva sans doute le compliment un peu grossier, car[f] ses pommettes se colorèrent. Il craignait de l'avoir offensée. Elle reprit :

— « Par quel bon hasard êtes-vous venu ? »

Il ne sut que répondre ; et, après un petit ricanement qui lui donna le temps de réfléchir :

— « Si je vous le disais, me croiriez-vous ? »

— « Pourquoi pas ? »

Frédéric conta[g] qu'il avait eu, l'autre nuit, un songe affreux :

— « J'ai rêvé que vous étiez gravement malade, près de mourir. »

— « Oh ! ni moi, ni mon mari ne sommes jamais malades ! »

— « Je n'ai rêvé que de vous », dit-il.

Elle le regarda d'un air calme[h].

— « Les rêves ne se réalisent pas toujours. »

Frédéric balbutia, chercha ses mots, et se lança dans[i] une longue période sur l'affinité des âmes. Une force existait[j] qui peut, à travers les espaces, mettre en rapport deux personnes, les avertir de ce qu'elles éprouvent et les faire se rejoindre.

Elle l'écoutait la tête basse, tout en souriant de son beau sourire. Il l'observait du coin de l'œil, avec joie, et épanchait son amour plus librement sous la facilité d'un lieu commun. Elle proposa[k] de lui montrer la fabrique ; et, comme elle insistait, il accepta.

Pour le distraire d'abord par quelque chose d'amusant, elle lui fit voir l'espèce de musée qui décorait l'escalier[402].

Les spécimens accrochés contre les murs ou posés sur des planchettes attestaient les efforts et les engouements successifs d'Arnoux. Après avoir cherché le rouge de cuivre des Chinois, il avait voulu faire des majoliques, des faënza, de l'étrusque, de l'oriental, tenté[a] quelques-uns des perfectionnements réalisés plus tard. Aussi remarquait-on, dans la série, de gros vases couverts de mandarins, des écuelles d'un mordoré chatoyant, des pots rehaussés d'écritures arabes, des buires dans le goût de la Renaissance[b], et de larges assiettes avec deux personnages, qui étaient comme dessinés à la sanguine, d'une façon mignarde et vaporeuse. Il fabriquait maintenant des lettres d'enseigne, des étiquettes à vin ; mais son intelligence n'était pas assez haute pour atteindre jusqu'à l'Art[c], ni assez bourgeoise non plus pour viser exclusivement au profit[403], si bien que, sans contenter personne, il se ruinait[•]. Tous deux considéraient[d] ces choses, quand Mlle Marthe passa.

— « Tu ne le reconnais donc pas ? » lui dit sa mère.

— « Si fait ! » reprit-elle en le saluant, tandis que son regard limpide et soupçonneux, son regard de vierge semblait murmurer : « Que viens-tu faire ici, toi ? » et elle montait les marches, la tête un peu tournée sur l'épaule.

Mme Arnoux emmena Frédéric dans la cour, puis elle expliqua d'un ton sérieux comment on broie les terres, on les nettoie, on les tamise.

— « L'important, c'est la préparation des pâtes. »

Et elle l'introduisit dans une salle que remplissaient[e] des cuves, où virait sur lui-même un axe vertical armé de bras horizontaux. Frédéric s'en voulait de n'avoir pas refusé nettement sa proposition, tout à l'heure.

— « Ce sont les patouillards », dit-elle.

Il trouva le mot grotesque, et comme inconvenant dans sa bouche.

De larges courroies filaient d'un bout à l'autre du plafond, pour s'enrouler sur des tambours, et tout s'agitait d'une façon continue, mathématique, agaçante.

Ils sortirent de là, et passèrent près d'une cabane en ruine, qui avait autrefois servi à mettre des instruments de jardinage.

— « Elle n'est plus utile », dit Mme Arnoux.

Il répliqua d'une voix tremblante :

— « Le bonheur peut y tenir ! »

Le tintamarre de la pompe à feu couvrit ses paroles, et ils entrèrent dans l'atelier des ébauchages.

Des hommes, assis à une table étroite, posaient devant eux, sur un disque tournant, une masse de pâte ; leur main gauche en raclait l'intérieur, leur droite en caressait la surface et l'on voyait s'élever des vases, comme des fleurs qui s'épanouissent[404].

Mme Arnoux fit exhiber les moules pour les ouvrages plus difficiles.

Dans une autre pièce, on fabriquait les filets, les gorges, les lignes saillantes. A l'étage supérieur, on enlevait les coutures, et l'on bouchait avec du plâtre les petits trous que les opérations précédentes avaient laissés.

Sur des claires-voies, dans des coins, au milieu des corridors, partout s'alignaient des poteries.

Frédéric commençait à s'ennuyer.

— « Cela vous fatigue peut-être ? » dit-elle.

Craignant[a] qu'il ne fallût borner là sa visite, il affecta, au contraire, beaucoup d'enthousiasme. Il regrettait même de ne s'être pas voué à cette industrie.

Elle parut surprise.

— « Certainement ! j'aurais pu vivre près de vous ! »

Et, comme il cherchait son regard, Mme Arnoux, afin de l'éviter, prit sur une console des boulettes de pâte, provenant des rajustages manqués, les aplatit en une galette, et imprima dessus sa main.

— « Puis-je emporter cela ? » dit Frédéric.

— « Êtes-vous assez enfant[405], mon Dieu ! »

Il allait répondre, Sénécal entra.

M. le sous-directeur, dès le seuil, s'aperçut d'une infraction au règlement. Les ateliers devaient être balayés toutes les semaines ; on était au samedi, et, comme les ouvriers n'en avaient rien fait, Sénécal leur déclara qu'ils auraient à rester une heure de plus. « Tant pis pour vous ! »

Ils se penchèrent sur leurs pièces, sans murmurer ; on devinait[b] leur colère au souffle rauque de leur poitrine. Ils étaient, d'ailleurs, peu faciles à conduire, tous ayant été chassés de la grande fabrique. Le républicain les gouvernait durement. Homme de théories, il ne considérait que les masses et se montrait impitoyable pour les individus.

Frédéric, gêné par sa présence, demanda bas à Mme Arnoux s'il n'y avait pas moyen de voir les fours[*]. Ils

descendirent au rez-de-chaussée ; et elle était en train
d'expliquer l'usage des cassettes, quand Sénécal, qui les avait
suivis, s'interposa entre eux.

Il continua de lui-même la démonstration, s'étendit sur
les différentes sortes de combustibles, l'enfournement, les
pyroscopes, les alandiers, les engobes, les lustres[a] et les
métaux, prodiguant les termes de chimie, chlorure, sulfure,
borax, carbonate. Frédéric n'y comprenait rien, et à chaque
minute se retournait vers Mme Arnoux.

— « Vous n'écoutez pas », dit-elle. « M. Sénécal pourtant
est très clair. Il sait toutes ces choses beaucoup mieux que
moi. »

Le mathématicien, flatté de cet éloge, proposa de faire
voir le posage des couleurs. Frédéric interrogea d'un regard
anxieux Mme Arnoux. Elle demeura impassible, ne voulant
sans doute ni être seule avec lui, ni le quitter cependant[c]. Il
lui offrit[b] son bras.

— « Non ! merci bien ! l'escalier est trop étroit ! »

Et, quand ils furent en haut, Sénécal ouvrit la porte d'un
appartement de femmes.

Elles maniaient des pinceaux, des fioles, des coquilles, des
plaques de verre. Le long de la corniche, contre le mur,
s'alignaient des planches gravées[c] ; des bribes de papier fin
voltigeaient ; et un poêle de fonte exhalait une température
écœurante, où se mêlait l'odeur de la térébenthine.

Les ouvrières, presque toutes, avaient des costumes sordides.
On en remarquait une, cependant, qui portait un madras et
de longues boucles d'oreilles. Tout à la fois mince et potelée,
elle avait de gros yeux noirs et les lèvres charnues d'une
négresse. Sa poitrine abondante saillissait sous sa chemise,
tenue autour de sa taille par le cordon de sa jupe ; et, un
coude sur l'établi, tandis que l'autre bras pendait, elle
regardait vaguement, au loin dans la campagne. A côté d'elle
traînaient une bouteille de vin et de la charcuterie.

Le règlement interdisait de manger dans les ateliers,
mesure de propreté pour la besogne, et d'hygiène[d], pour les
travailleurs.

Sénécal, par sentiment du devoir ou besoin de despotisme[406], s'écria de loin, en indiquant une affiche dans un
cadre[e].

— « Hé ! là-bas, la Bordelaise ! lisez-moi tout haut l'article
9. »

— « Eh bien, après^a ? »

— « Après, mademoiselle ? C'est^b trois francs d'amende que vous payerez ! »

Elle le regarda en face, impudemment.

— « Qu'est-ce que ça me fait ? Le patron, à son retour, la lèvera votre amende ! Je me fiche de vous, mon bonhomme ! »

Sénécal, qui se promenait les mains derrière le dos, comme un pion dans une salle d'études, se contenta de sourire.

— « Article 13, insubordination, dix francs ! »

La Bordelaise se remit à sa besogne. Mme Arnoux, par convenance, ne disait rien, mais ses sourcils se froncèrent. Frédéric^c murmura :

— « Ah ! pour un démocrate, vous êtes bien dur ! »

L'autre répondit magistralement :

— « La Démocratie^d n'est pas le dévergondage de l'individualisme. C'est le niveau commun sous la loi, la répartition du travail, l'ordre ! »

— « Vous oubliez l'humanité ! » dit Frédéric.

Mme Arnoux prit son bras ; Sénécal, offensé peut-être de cette approbation silencieuse, s'en alla.

Frédéric en ressentit un immense soulagement. * Depuis le matin, il cherchait l'occasion de se déclarer ; elle était^e venue. Le mouvement^f spontané de Mme Arnoux lui semblait contenir des promesses ; et il demanda, comme pour se réchauffer les pieds, à monter dans sa chambre. * Quand il fut^g assis près d'elle, son embarras commença ; le point de départ lui manquait. Sénécal, heureusement, vint à sa pensée.

— « Rien de plus sot », dit-il, « que cette punition ! »

Mme Arnoux reprit :

— « Il y a des sévérités indispensables. »

— « Comment, vous qui êtes si bonne ! Oh ! je me trompe ! car vous vous plaisez quelquefois à faire souffrir ! »

— « Je ne comprends pas les énigmes, mon ami. »

Et son regard austère, plus encore que le mot, l'arrêta*. Frédéric était déterminé à poursuivre. Un volume de Musset⁴⁰⁷ se trouvait par hasard sur la commode. Il en tourna quelques pages, puis se mit à parler de l'amour, de ses désespoirs et de ses emportements.

Tout cela, suivant Mme Arnoux, était criminel ou factice.

Le jeune homme se sentit blessé par cette négation ; et, pour la combattre, il cita en preuve les suicides qu'on voit

dans les journaux, exalta les grands types littéraires, Phèdre,
Didon, Roméo, Desgrieux. Il s'enferrait.

Le feu[a] dans la cheminée ne brûlait plus, la pluie fouettait
contre les vitres. Mme Arnoux, sans bouger, restait les deux
mains sur les bras de son fauteuil ; les pattes de son bonnet
tombaient comme les bandelettes d'un sphinx ; son profil
pur se découpait en pâleur au milieu de l'ombre.

Il avait envie de se jeter à ses genoux. Un craquement se
fit dans le couloir, il n'osa.

Il était empêché, d'ailleurs, par une sorte de crainte
religieuse. Cette robe, se confondant avec les ténèbres, lui
paraissait démesurée, infinie, insoulevable ; et précisément à
cause de cela son désir redoublait. Mais, la peur de faire[b]
trop et de ne pas faire assez lui ôtait tout discernement.

— « Si je lui déplais », pensait-il, « qu'elle me chasse ! Si
elle veut de moi, qu'elle m'encourage ! »

Il dit en soupirant :

— « Donc, vous n'admettez pas qu'on puisse aimer... une
femme ? »

Mme Arnoux répliqua :

— « Quand elle est à marier, on l'épouse ; lorsqu'elle
appartient à un autre, on s'éloigne. »

— « Ainsi le bonheur est impossible ? »

— « Non ! mais on ne le trouve jamais dans le mensonge,
les inquiétudes et le remords. »

— « Qu'importe ! s'il est payé par des joies sublimes. »

— « L'expérience est trop coûteuse ! »

Il voulut l'attaquer par l'ironie[c].

— « La vertu ne serait donc que de la lâcheté ? »

— « Dites de la clairvoyance, plutôt. Pour celles mêmes
qui oublieraient le devoir ou la religion, le simple bon sens
peut suffire. L'égoïsme fait une base solide à la sagesse. »

— « Ah ! quelles maximes bourgeoises vous avez ! »

— « Mais je ne me vante pas d'être une grande dame ! »

A ce moment-là, le petit garçon accourut.

— « Maman, viens-tu dîner ? »

— « Oui, tout à l'heure ! »

Frédéric se leva ; en même temps Marthe parut.

Il ne pouvait se résoudre à s'en aller ; et, avec un regard
tout plein de supplications :

— « Ces femmes dont vous parlez sont donc bien insensi-
bles ? »

— « Non ! mais sourdes quand il le faut. »

Et elle se tenait debout, sur le seuil de sa chambre, avec ses deux enfants à ses côtés*. Il s'inclina sans dire un mot. Elle répondit silencieusement à son salut.

Ce qu'il éprouva d'abord, ce fut une stupéfaction infinie. Cette manière de lui faire comprendre l'inanité de son espoir l'écrasait. Il se sentait perdu comme un homme tombé au fond d'un abîme, qui sait qu'on ne le secourra pas et qu'il doit mourir.

Il marchait cependant, mais sans rien voir, au hasard ; il se heurtait contre les pierres ; il se trompa[a] de chemin. Un bruits de sabots[b] retentit près de son oreille, c'étaient les ouvriers qui sortaient de la fonderie. Alors il se reconnut.

A l'horizon les lanternes du chemin de fer traçaient une ligne de feu. Il arriva comme un convoi partait, se laissa pousser dans un wagon[c], et s'endormit.

Une heure après, sur les boulevards, la gaieté de Paris le soir recula tout à coup son voyage dans un passé déjà loin. Il voulut être fort, et allégea son cœur en dénigrant Mme Arnoux par des épithètes injurieuses :

« C'est une imbécile, une dinde, une brute, n'y pensons plus ! »

Rentré chez lui, il trouva dans son cabinet une lettre de huit pages sur papier à glaçure bleue et signée des initiales R. A.

Cela commençait[d] par des reproches amicaux* * :

« Que devenez-vous, mon cher ? je m'ennuie* *. »

L'écriture[e] était si abominable, que Frédéric allait rejeter tout le paquet quand il aperçut en post-scriptum* * :

« Je compte sur vous demain pour me conduire aux courses* *. »

Que signifiait cette invitation ? était-ce encore un tour de la Maréchale ? Mais on ne se moque pas deux fois du même homme à propos de rien ; et pris de curiosité, il relut la lettre attentivement.

Frédéric distingua : « Malentendu... avoir fait fausse route... désillusions... Pauvres enfants que nous sommes !... Pareils à deux fleuves qui se rejoignent ! etc.[408] »

Ce style contrastait avec le langage ordinaire de la lorette*. Quel changement était donc survenu ?

Il garda longtemps les feuilles entre ses doigts. Elles sentaient l'iris ; et il y avait, dans la forme des caractères et l'espacement irrégulier des lignes, comme un désordre de toilette qui le troubla.

— « Pourquoi n'irai-je pas ? » se dit-il enfin. « Mais si Mme Arnoux le savait ? Ah ! qu'elle le sache ! Tant mieux ! et qu'elle en soit jalouse ! ça me vengera ! »

La Maréchale était prête et l'attendait.

— « C'est gentil[a], cela ! » dit-elle, en fixant sur lui ses jolis yeux, à la fois tendres et gais.

Quand elle eut[b] fait le nœud de sa capote, elle s'assit sur le divan et resta silencieuse.

— « Partons-nous ? » dit Frédéric.

Elle regarda la pendule.

— « Oh ! non ! pas avant une heure et demie[c] ! » comme si elle eût posé en elle-même cette limite à son incertitude.

Enfin l'heure ayant sonné :

— « Eh bien, *andiamo, caro mio !* »

Et elle donna un dernier tour à ses bandeaux, fit des recommandations à Delphine.

— « Madame revient dîner ? »

— « Pourquoi donc ? Nous dînerons ensemble quelque part, au café Anglais, où vous voudrez ! »

— « Soit ! »

Ses petits chiens jappaient autour d'elle.

— « On peut les emmener, n'est-ce pas ? »

Frédéric les porta, lui-même, jusqu'à la voiture[*]. C'était une berline de louage avec deux chevaux de poste et un postillon ; il avait mis sur le siège de derrière son domestique. La Maréchale parut satisfaite de ses prévenances ; puis, dès qu'elle fut assise, lui demanda[d] s'il avait été chez Arnoux, dernièrement.

— « Pas depuis un mois », dit Frédéric.

— « Moi, je l'ai rencontré avant-hier, il serait[e] même venu aujourd'hui. Mais il a toute sorte d'embarras, encore un procès, je ne sais quoi. Quel drôle d'homme ! »

— « Oui ! très drôle ! »

Frédéric ajouta d'un air indifférent :

— « A propos, voyez-vous toujours... comment donc l'appelez-vous ?... cet ancien chanteur..., Delmar ? »

Elle répliqua sèchement :

— « Non ! c'est fini ! »

Ainsi, leur rupture était certaine. Frédéric en conçut de l'espoir.

Ils descendirent au pas le quartier Bréda ; les rues, à cause du dimanche, étaient désertes, et des figures de bourgeois apparaissaient derrière des fenêtres. La voiture[a] prit un train plus rapide ; le bruit des roues faisait se retourner les passants, le cuir de la capote rabattue brillait, le domestique se cambrait la taille, et les deux havanais l'un près de l'autre semblaient deux manchons d'hermine, posés sur les coussins. Frédéric se laissait aller au bercement des soupentes. La Maréchale tournait la tête, à droite et à gauche, en souriant.

Son chapeau de paille nacrée avait une garniture de dentelle noire. Le capuchon de son burnous flottait au vent ; et elle s'abritait du soleil, sous une ombrelle de satin lilas, pointue par le haut comme une pagode.

— « Quels amours de petits doigts ! » dit Frédéric, en lui prenant doucement l'autre main, la gauche, ornée d'un bracelet d'or en forme de gourmette. « Tiens, c'est mignon ; d'où cela vient-il ? »

— « Oh ! il y a longtemps que je l'ai », dit la Maréchale.

Le jeune homme n'objecta rien à cette réponse hypocrite. Il aima mieux « profiter de la circonstance ». Et, lui tenant toujours le poignet, il appuya dessus ses lèvres, entre le gant et la manchette[410].

— « Finissez, on va nous voir ! »

— « Bah ! qu'est-ce que cela fait ! »

Après la place de la Concorde, ils prirent par le quai de la Conférence et le quai de Billy[411], où l'on remarque un cèdre dans un jardin. Rosanette croyait le Liban situé en Chine ; elle rit elle-même de son ignorance et pria Frédéric de lui donner des leçons de géographie. Puis, laissant à droite le Trocadéro, ils traversèrent le pont d'Iéna, et s'arrêtèrent enfin, au milieu du Champ de Mars[412], près des autres voitures, déjà rangées dans l'Hippodrome[413].

Les tertres de gazon étaient couverts de menu peuple. On apercevait des curieux sur le balcon de l'École Militaire ; et les deux pavillons en dehors du pesage, les deux tribunes comprises dans son enceinte, et une troisième devant celle du Roi[b], se trouvaient remplies d'une foule en toilette qui témoignait, par son maintien, de la révérence pour ce divertissement encore nouveau. Le public[c] des courses, plus spécial dans ce temps-là, avait un aspect[d] moins vulgaire ; c'était[e] l'époque des sous-pieds, des collets de velours et des gants blancs. Les femmes, vêtues de couleurs brillantes, portaient des robes à taille longue, et, assises sur les gradins des estrades, elles faisaient comme de grands massifs de fleurs, tachetés de noir, çà et là, par les sombres costumes des hommes[414]. Mais tous les regards se tournaient vers le célèbre Algérien Bou-Maza[415], qui se tenait impassible, entre deux officiers d'état-major, dans une des tribunes particulières. Celle du Jockey-Club contenait exclusivement des messieurs graves.

Les plus[a] enthousiastes s'étaient placés, en bas, contre la piste, défendue par deux lignes de bâtons supportant des cordes ; dans l'ovale[b] immense que décrivait cette allée, des marchands de coco agitaient leur crécelle, d'autres vendaient le programme des courses, d'autres criaient des cigares, un vaste bourdonnement s'élevait ; les gardes[c] municipaux passaient et repassaient ; une cloche[d], suspendue à un poteau couvert de chiffres, tinta. Cinq chevaux parurent, et on rentra dans les tribunes.

Cependant, de gros nuages effleuraient de leurs volutes la cime des ormes, en face. Rosanette avait peur de la pluie.

— « J'ai des riflards », dit Frédéric, « et tout ce qu'il faut pour se distraire, » ajouta-t-il en soulevant le coffre, où il y avait des provisions de bouche dans un panier.

— « Bravo ![e] nous nous comprenons ! »

— « Et on se comprendra encore mieux, n'est-ce pas ? »

— « Cela se pourrait ! » fit-elle en rougissant.

Les jockeys, en casaque de soie, tâchaient d'aligner leurs chevaux et les retenaient à deux mains. Quelqu'un abaissa un drapeau rouge. Alors, tous les cinq, se penchant sur les crinières, partirent. Ils restèrent d'abord serrés en une seule masse ; bientôt elle s'allongea, se coupa ; celui qui portait la casaque jaune, au milieu du premier tour, faillit tomber ; longtemps il y eut de l'incertitude entre Filly et Tibi ; puis Tom-Pouce parut en tête ; mais Clubstick en arrière depuis le départ, les rejoignit et arriva[f] premier, battant Sir Charles de deux longueurs ; ce fut une surprise ; on criait ; les baraques de planches vibraient sous les trépignements.

— « Nous nous amusons ! » dit la Maréchale. « Je t'aime, mon chéri ! »

Frédéric ne douta plus de son bonheur ; ce dernier mot de Rosanette le confirmait.

A cent pas[g] de lui, dans un cabriolet milord, une dame parut. Elle se penchait en dehors de la portière, puis se[h] renfonçait vivement ; cela recommença plusieurs fois, Frédéric ne pouvait distinguer sa figure. Un soupçon le saisit, il lui sembla que c'était Mme Arnoux. Impossible, cependant ! Pourquoi serait-elle venue[416] ?

Il descendit[a] de voiture, sous prétexte de flâner au pesage.

— « Vous n'êtes guère galant ! » dit Rosanette.

Il n'écouta rien et s'avança. Le milord, tournant bride, se mit au trot.

Frédéric, au même moment, fut happé par Cisy.

— « Bonjour, cher ! comment allez-vous ? Hussonnet est là-bas ! Écoutez donc ! »

Frédéric tâchait de se dégager pour rejoindre le milord. La Maréchale lui faisait[b] signe de retourner près d'elle. Cisy l'aperçut, et voulait[c] obstinément lui dire[d] bonjour.

Depuis que le deuil de sa grand-mère était fini, il réalisait son idéal, parvenait à *avoir du cachet*. Gilet écossais, habit court, larges bouffettes sur l'escarpin et carte d'entrée dans la ganse du chapeau, rien ne manquait effectivement à ce qu'il appelait lui-même son « chic », un chic anglomane et mousquetaire. Il commença par se plaindre du Champ de Mars, turf exécrable, parla ensuite des courses de Chantilly et des farces qu'on y faisait, jura qu'il pouvait boire douze verres de vin de Champagne pendant les douze coups de minuit[417], proposa à la Maréchale de parier, caressait douce-ment ses deux bichons ; et de l'autre[e] coude s'appuyant sur la portière, il continuait à débiter des sottises, le pommeau de son stick dans la bouche, les jambes écartées, les reins tendus. Frédéric, à côté de lui, fumait, tout en cherchant à découvrir ce que le milord était devenu.

La cloche[f] ayant tinté, Cisy s'en alla, au grand plaisir de Rosanette, qu'il ennuyait beaucoup, disait-elle.

La seconde épreuve n'eut rien de particulier, la troisième non plus, sauf un homme qu'on emporta sur un brancard. La quatrième, où huit chevaux disputèrent le prix de la ville, fut plus intéressante.

Les spectateurs des tribunes avaient grimpé sur les bancs. Les autres, debout dans les voitures, suivaient avec des lorgnettes à la main l'évolution des jockeys ; on les voyait filer comme des taches rouges, jaunes, blanches[g] et bleues sur toute la longueur de la foule, qui bordait le tour de l'Hippodrome. De loin, leur vitesse n'avait pas l'air excessive ; à l'autre bout du Champ de Mars, ils semblaient même se ralentir, et ne plus avancer que par une sorte de glissement, où les ventres des chevaux touchaient la terre sans que leurs jambes étendues pliassent. Mais, revenant bien vite, ils grandissaient ; leur passage[a] coupait le vent, le sol tremblait, les cailloux volaient ; l'air, s'engouffrant dans les casaques des jockeys, les faisait palpiter comme des voiles ; à grands coups de cravache, ils fouaillaient leurs bêtes pour atteindre le poteau, c'était le but. On enlevait les chiffres, un autre était hissé, et, au milieu des applaudissements, le cheval victorieux se traînait jusqu'au pesage, tout couvert de sueur, les genoux raidis, l'encolure basse, tandis que son cavalier, comme agonisant sur sa selle[b], se tenait les côtes.

Une contestation retarda le dernier départ. La foule qui s'ennuyait se répandit. Des groupes d'hommes causaient au bas des tribunes. Les propos étaient libres ; des femmes du monde partirent, scandalisées par le voisinage des lorettes.

Il y avait aussi des illustrations de bals publics, des comédiennes du boulevard ; — et ce n'était pas les plus belles qui recevaient[c] le plus d'hommages[418]. La vieille Georgine Aubert, celle qu'un vaudevilliste appelait le Louis XI de la prostitution, horriblement maquillée et poussant de temps à autre une espèce de rire pareil à un grognement, restait tout étendue dans sa longue calèche, sous une palatine de martre comme en plein hiver. Mme de Remoussot, mise à la mode par son procès, trônait sur le siège d'un break en compagnie d'Américains ; et Thérèse Bachelu, avec son air de vierge gothique, emplissait de ses douze falbalas l'intérieur d'un escargot[419] qui avait, à la place du tablier, une jardinière pleine de roses. La Maréchale fut jalouse de ces gloires ; pour qu'on[d] la remarquât, elle se mit à faire de grands gestes et à parler très haut.

Des gentlemen la reconnurent, lui envoyèrent des saluts. Elle y répondait en disant leurs noms à Frédéric. C'étaient tous comtes, vicomtes, ducs et marquis ; et il se rengorgeait, car tous les yeux exprimaient un certain respect pour sa bonne fortune.

Cisy n'avait pas l'air moins heureux dans le cercle d'hommes mûrs qui l'entourait. Ils souriaient du haut de leurs cravates, comme se moquant de lui ; enfin il tapa dans la main du plus vieux[420] et s'avança vers la Maréchale.

Elle mangeait avec[a] une gloutonnerie affectée une tranche
de fois gras[420] ; Frédéric, par obéissance, l'imitait, en tenant
une bouteille de vin sur ses genoux.

Le milord reparut, c'était Mme Arnoux. Elle pâlit extraordinairement.

— « Donne-moi du champagne ! » dit Rosanette.

Et, levant le plus haut possible son verre rempli, elle
s'écria :

— « Ohé là-bas ! les femmes honnêtes, l'épouse de mon
protecteur, ohé ! »

Des rires éclatèrent autour d'elle, le milord disparut.
Frédéric la tirait par sa robe, il allait s'emporter. Mais Cisy
était là, dans la même attitude que tout à l'heure ; et, avec
un surcroît d'aplomb, il invita Rosanette à dîner pour le soir
même.

— « Impossible ! » répondit-elle. « Nous allons ensemble
au café Anglais. »

Frédéric, comme s'il n'eût rien entendu, demeura muet ;
et Cisy quitta la Maréchale d'un air désappointé[b].

Tandis qu'il lui parlait, debout contre la portière de droite,
Hussonnet était survenu du côté gauche, et, relevant ce mot
de café Anglais :

— « C'est un joli établissement ! si l'on y cassait une
croûte, hein ? »

— « Comme vous voudrez », dit Frédéric, qui, affaissé[c]
dans le coin de la berline, regardait à l'horizon le milord
disparaître, sentant qu'une chose irréparable venait de se
faire et qu'il avait perdu son grand amour. Et l'autre était
là, près de lui, l'amour joyeux et facile ! Mais lassé, plein de
désirs contradictoires et ne sachant même plus ce qu'il
voulait, il éprouvait une tristesse démesurée, une envie de
mourir.

Un grand bruit de pas et de voix lui fit relever la tête ; les
gamins, enjambant les cordes de la piste, venaient regarder
les tribunes ; on s'en allait. Quelques gouttes de pluie
tombèrent. L'embarras des voitures augmenta. Hussonnet
était perdu.

— « Eh bien, tant mieux ! » dit Frédéric.

— « On préfère être seul ? » reprit la Maréchale, en posant
la main sur la sienne.

Alors passa devant eux, avec des miroitements de cuivre
et d'acier, un splendide landau attelé de quatre chevaux,

conduits à la Daumont par deux jockeys en veste de velours, à crépines d'or. Mme Dambreuse était près de son mari, Martinon sur l'autre banquette en face ; tous les trois avaient des figures étonnées[421].

— « Ils m'ont reconnu ! » se dit Frédéric.

Rosanette voulut qu'on arrêtât, pour mieux voir le défilé. Mme Arnoux pouvait reparaître. Il cria au postillon :

— « Va donc ! va donc ! en avant ! »

Et la berline se lança vers les Champs-Élysées au milieu des autres voitures, calèches, briskas, wurts[422], tandems, tilburys, dog-carts, tapissières à rideaux de cuir où chantaient des ouvriers en goguette, demi-fortunes[423] que dirigeaient avec prudence des pères de famille eux-mêmes. Dans des victorias bourrées de monde, quelque garçon, assis sur les pieds des autres, laissait pendre en dehors ses deux jambes. De grands coupés à siège de drap promenaient des douairières qui sommeillaient ; ou bien un stepper magnifique passait, emportant une chaise, simple et coquette comme l'habit noir d'un dandy. L'averse cependant redoublait[a]. On tirait les parapluies, les parasols, les mackintosh ; on se criait de loin : « Bonjour ! — Ça va bien ? — Oui ! — Non ! — A tantôt ! », et les figures se succédaient avec une vitesse d'ombres chinoises. Frédéric et Rosanette ne se parlaient pas, éprouvant une sorte d'hébétude à voir auprès d'eux, continuellement, toutes ces roues à tourner.

Par moments[b], les files de voitures, trop pressées, s'arrêtaient toutes à la fois sur plusieurs lignes. Alors, on restait les uns près des autres, et l'on s'examinait. Du bord des panneaux armoriés, des regards indifférents tombaient sur la foule ; des yeux pleins d'envie brillaient au fond des fiacres ; des sourires de dénigrement répondaient aux ports de tête orgueilleux ; des bouches grandes ouvertes exprimaient des admirations imbéciles[424] ; et, çà et là, quelque flâneur, au milieu de la voie, se rejetait en arrière d'un bond pour éviter un cavalier qui galopait entre les voitures et parvenait à en sortir. Puis tout se remettait en mouvement ; les cochers lâchaient les rênes, abaissaient leurs fouets[c] ; les chevaux, animés, secouant leur gourmette, jetaient de l'écume autour d'eux ; et les croupes et les harnais humides fumaient, dans la vapeur d'eau que le soleil couchant traversait. Passant sous l'Arc de triomphe, il allongeait à hauteur d'homme une lumière roussâtre, qui faisait étinceler les moyeux des roues,

les poignées des portières, le bout des timons, les anneaux
des sellettes, et, sur les deux côtés de la grande avenue,
— pareille à un fleuve où ondulaient des crinières, des
vêtements, des têtes humaines, — les arbres[a] tout reluisants
de pluie se dressaient, comme deux murailles vertes. Le bleu
du ciel, au-dessus, reparaissant à de certaines places, avait
des douceurs de satin.

Alors Frédéric se rappela les jours déjà loin où il enviait
l'inexprimable bonheur de se trouver dans une de ces voitures,
à côté d'une de ces femmes. Il le possédait, ce bonheur-là,
et n'en était pas plus joyeux.

La pluie avait fini de tomber. Les passants, réfugiés entre
les colonnes du Garde-Meuble, s'en allaient. Des promeneurs,
dans la rue Royale, remontaient vers le boulevard. Devant
l'hôtel des Affaires-Étrangères[425], une file de badauds stationnait[b] sur les marches.

A la hauteur des Bains-Chinois[426], comme il y avait des
trous dans le pavé, la berline se ralentit. Un homme en
paletot noisette marchait au bord du trottoir[c]. Une éclaboussure, jaillissant de dessous les ressorts, s'étala dans son dos.
L'homme se retourna furieux. Frédéric devint pâle ; il avait
reconnu Deslauriers.

A la porte du café Anglais, il renvoya la voiture. Rosanette
était montée devant lui, pendant qu'il payait le postillon.

Il la retrouva dans l'escalier, causant avec un monsieur.
Frédéric prit son bras. Mais, au milieu du corridor, un
deuxième seigneur l'arrêta.

— « Va toujours, » dit-elle, « je suis à toi ! »

Et il entra seul dans le cabinet[*]. Par les deux fenêtres
ouvertes, on apercevait du monde aux croisées des autres
maisons, vis-à-vis. De larges moires frissonnaient sur l'asphalte
qui séchait, et un magnolia posé au bord du balcon
embaumait l'appartement. Ce parfum et cette fraîcheur
détendirent ses nerfs ; et il s'affaissa sur le divan rouge, au-
dessous de la glace.

La Maréchale revint ; et, le baisant au front :

— « On a des chagrins, pauvre mimi[427] ? »

— « Peut-être ! » répliqua-t-il.

— « Tu n'es pas le seul, va ! »

Ce qui voulait dire : « Oublions chacun les nôtres dans
une félicité commune ! »

Puis elle posa un pétale de fleur entre ses lèvres, et le lui tendit[a] à becqueter. Ce mouvement, d'une grâce et presque d'une mansuétude lascive, attendrit Frédéric.

— « Pourquoi me fais-tu de la peine ? » dit-il, en songeant à Mme Arnoux.

— « Moi, de la peine ? »

Et, debout devant lui, elle le regardait, les cils rapprochés et les deux mains sur les épaules.

Toute sa vertu[b], toute sa rancune sombra dans une lâcheté sans fond.

Il reprit :

— « Puisque tu ne veux pas m'aimer ! » en l'attirant sur ses genoux.

Elle se laissait faire ; il lui entourait la taille à deux bras ; le pétillement de sa robe de soie l'enflammait.

— « Où sont-ils ? » dit la voix d'Hussonnet dans le corridor.

La Maréchale se leva brusquement, et alla se mettre à l'autre bout du cabinet, tournant le dos à la porte.

Elle demanda des huîtres et ils[c] s'attablèrent.

Hussonnet ne fut pas drôle. A force d'écrire quotidiennement sur toute sorte de sujets, de lire beaucoup de journaux, d'entendre beaucoup de discussions et d'émettre des paradoxes pour éblouir, il avait fini par perdre la notion exacte des choses, s'aveuglant lui-même avec ses faibles pétards[428]. Les embarras d'une vie légère autrefois, mais à présent difficile, l'entretenaient dans une agitation perpétuelle ; et son impuissance, qu'il ne voulait pas s'avouer, le rendait hargneux, sarcastique. A propos d'*Ozaï*[429], un ballet nouveau, il fit une sortie à fond contre la danse, et, à propos de la danse, contre l'Opéra ; puis, à propos de l'Opéra, contre les Italiens, remplacés, maintenant, par une troupe d'acteurs espagnols, « comme si l'on n'était pas rassasié des Castilles ! » Frédéric fut choqué dans son amour romantique de l'Espagne[430] ; et, afin de rompre la conversation, il s'informa du Collège de France, d'où l'on venait d'exclure Edgar Quinet et Mickiewicz. Mais Hussonnet, admirateur de M. de Maistre[d], se déclara pour l'Autorité et le Spiritualisme[e]. Il doutait, cependant, des faits les mieux prouvés, niait l'histoire, et contestait les choses les plus positives[f], jusqu'à s'écrier au mot géométrie : « Quelle blague que la géométrie ! » Le tout

entremêlé d'imitations d'acteurs. Sainville était particulièrement son modèle[431].

Ces calembredaines assommaient Frédéric. Dans un mouvement d'impatience, il attrapa, avec sa botte, un des bichons
sous la table.

Tous deux se mirent à aboyer d'une façon odieuse.

— « Vous devriez les faire reconduire ! » dit-il brusquement.

Rosanette n'avait[a] confiance en personne.

Alors, il se tourna vers le bohème.

— « Voyons, Hussonnet, dévouez-vous ! »

— « Oh ! oui, mon petit ! Ce serait bien aimable ! »
Hussonnet s'en alla[b], sans se faire prier.

De quelle manière payait-on sa complaisance ? Frédéric
n'y pensa pas. Il commençait même à se réjouir du tête-à-
tête, lorsqu'un garçon entra.

— « Madame, quelqu'un vous demande ! »

— « Comment ! encore ? »

— « Il faut pourtant que je voie ! » dit Rosanette.

Il en avait soif[c], besoin. Cette disparition lui semblait une
forfaiture, presque une grossièreté. Que voulait-elle donc ?
n'était-ce pas assez d'avoir outragé Mme Arnoux ? Tant pis
pour celle-là, du reste ! Maintenant il haïssait toutes les
femmes ; et des pleurs l'étouffaient, car son amour était
méconnu et sa concupiscence trompée.

La Maréchale rentra, et, lui présentant Cisy :

— « J'ai invité monsieur. J'ai bien fait, n'est-ce pas ? »

— « Comment donc ! certainement ! »

Frédéric, avec un sourire de supplicié, fit signe au gentilhomme de s'asseoir.

La Maréchale se mit à parcourir la carte, en s'arrêtant aux
noms bizarres.

— « Si nous mangions, je suppose, un turban de lapins à
la Richelieu et un pudding à la d'Orléans ? »

— « Oh ! pas d'Orléans ! » s'écria Cisy, lequel était
légitimiste et crut faire un mot.

— « Aimez-vous mieux un turbot à la Chambord ? »
reprit-elle.

Cette politesse choqua Frédéric.

La Maréchale se décida[d] pour un simple tournedos, des
écrevisses, des truffes, une salade d'ananas, des sorbets à la
vanille.

— « Nous verrons ensuite. Allez toujours. Ah ! j'oubliais !
Apportez-moi un saucisson ! pas à l'ail ! »

Et elle appelait le garçon « jeune homme », frappait son
verre avec son couteau, jetait au plafond la mie de son
pain[432]. Elle voulut boire tout de suite du vin de Bourgogne.

— « On n'en prend pas dès le commencement », dit
Frédéric.

Cela se faisait quelquefois, suivant le Vicomte[a].

— « Eh non ! jamais ! »

— « Si fait, je vous assure ! »

— « Ah ! tu vois ! »

Le regard[b] dont elle accompagna cette phrase signifiait :
« C'est un homme riche, celui-là, écoute-le ! »

Cependant, la porte s'ouvrait à chaque minute, les garçons
glapissaient, et, sur un infernal piano, dans le cabinet d'à
côté, quelqu'un tapait une valse. Puis les courses amenèrent
à parler d'équitation et des deux systèmes rivaux. Cisy
défendait Baucher, Frédéric le comte d'Aure[433], quand Rosanette haussa les épaules.

— « Assez, mon Dieu ! il s'y connaît mieux que toi, va ! »

Elle mordait dans une grenade, le coude posé sur la table ;
les bougies du candélabre devant elle tremblaient au vent ;
cette lumière blanche pénétrait sa peau de tons nacrés,
mettait du rose à ses paupières, faisait briller les globes de
ses yeux ; la rougeur du fruit se confondait avec la pourpre
de ses lèvres, ses narines minces battaient ; et toute sa
personne avait quelque chose d'insolent, d'ivre et de noyé
qui exaspérait Frédéric, et pourtant lui jetait au cœur des
désirs fous.

Puis elle demanda, d'une voix calme, à qui appartenait ce
grand landau avec une livrée marron.

— « A la comtesse Dambreuse », répliqua Cisy.

— « Ils sont très riches, n'est-ce pas ? »

— « Oh ! très riches ! bien que Mme Dambreuse, qui est,
tout simplement, une demoiselle Boutron, la fille d'un
préfet, ait une fortune médiocre[434]. »

Son mari[c], au contraire, devait recueillir plusieurs héritages,
Cisy les énuméra[d] ; fréquentant les Dambreuse, il savait leur
histoire.

Frédéric, pour lui être désagréable, s'entêta à le contredire.
Il soutint que Mme Dambreuse s'appelait de Boutron,
certifiait sa noblesse.

— « N'importe ! je voudrais bien avoir son équipage ! »
dit la Maréchale, en se renversant sur le fauteuil.

Et la manche de sa robe, glissant un peu, découvrit, à son
poignet gauche, un bracelet orné de trois opales[435].

Frédéric l'aperçut.

— « Tiens ! mais... »

Ils se considérèrent tous les trois, et rougirent.

La porte s'entre-bâilla discrètement, le bord d'un chapeau
parut, puis le profil d'Hussonnet.

— « Excusez, si je vous dérange, les amoureux ! »

Mais il s'arrêta, étonné de voir Cisy et de ce que Cisy
avait pris sa place.

On apporta un autre couvert ; et comme il avait grand'faim,
il empoignait au hasard, parmi les restes du dîner, de la
viande dans un plat, un fruit dans une corbeille, buvait
d'une main, se servait de l'autre, tout en racontant sa
mission. Les deux toutous étaient reconduits. Rien de neuf
au domicile. Il avait trouvé la cuisinière avec un soldat,
histoire fausse, uniquement inventée pour produire de l'effet.

La Maréchale décrocha de la patère sa capote. Frédéric se
précipita sur la sonnette en criant de loin au garçon :

— « Une voiture ! »

— « J'ai la mienne », dit le Vicomte.

— « Mais, monsieur ! »

— « Cependant, monsieur ! »

Et ils se regardaient dans les prunelles, pâles tous les deux
et les mains tremblantes.

Enfin, la Maréchale prit le bras de Cisy, et, en montrant
le bohème attablé :

— « Soignez-le donc ! il s'étouffe. Je ne voudrais pas que
son dévouement pour mes roquets le fît mourir ! »

La porte retomba[a].

— « Eh bien ? » dit Hussonnet.

— « Eh bien, quoi ? »

— « Je croyais... »

— « Qu'est-ce que vous croyiez ? »

— « Est-ce que vous ne... ? »

Il compléta sa phrase par un geste.

— « Eh non ! jamais de la vie ! »

Hussonnet n'insista pas davantage.

Il avait eu un but en s'invitant à dîner. Son journal, qui ne
s'appelait plus *l'Art*, mais *le Flambard*, avec cette épigraphe :

« Canonniers, à vos pièces ! » ne prospérant nullement, il avait envie de le transformer en une revue hebdomadaire, seul, sans le secours de Deslauriers. Il reparla de l'ancien projet, et exposa son plan nouveau.

Frédéric, ne comprenant pas[a] sans doute, répondit par des choses vagues. Hussonnet empoigna plusieurs cigares sur la table, dit : « Adieu, mon bon », et disparut.

Frédéric demanda la note. Elle était longue ; et le garçon, la serviette sous le bras, attendait son argent, quand un autre, un individu blafard qui ressemblait à Martinon, vint lui dire :

— « Faites excuse, on a oublié au comptoir de porter le fiacre. »

— « Quel fiacre ? »

— « Celui que ce monsieur a pris tantôt, pour les petits chiens. »

Et la figure[b] du garçon s'allongea, comme s'il eût plaint le pauvre jeune homme[•]. Frédéric eut envie de le gifler[•]. Il donna de pourboire les vingt francs qu'on lui rendait.

— « Merci, Monseigneur ! » dit l'homme à la serviette, avec un grand salut[• •].

Frédéric passa la journée du lendemain à ruminer sa colère et son humiliation. Il se reprochait[c] de n'avoir pas souffleté Cisy. Quant à la Maréchale, il se jura de ne plus la revoir ; d'autres aussi belles ne manquaient pas ; et, puisqu'il fallait de l'argent pour posséder ces femmes-là, il jouerait à la Bourse le prix de sa ferme, il serait riche, il écraserait de son luxe la Maréchale et tout le monde. Le soir venu[d], il s'étonna de n'avoir pas songé à Mme Arnoux.

— « Tant mieux ! à quoi bon ? »

Le surlendemain, dès huit heures, Pellerin vint lui faire visite. Il commença par des admirations sur le mobilier, des cajoleries. Puis, brusquement :

— « Vous étiez aux courses, dimanche ? »

— « Oui, hélas ! »

Alors, le peintre déclama contre l'anatomie des chevaux anglais, vanta les chevaux de Géricault, les chevaux du Parthénon.

— « Rosanette était avec vous ? »

Et il entama[e] son éloge, adroitement.

La froideur de Frédéric le décontenança. Il ne savait comment en venir au portrait.

Sa première intention avait été de faire un Titien. Mais, peu à peu, la coloration variée de son modèle l'avait séduit ; et il avait travaillé franchement, accumulant pâte sur pâte et lumière sur lumière. Rosanette fut enchantée d'abord ; ses rendez-vous[a] avec Delmar avaient interrompu les séances et laissé à Pellerin tout le temps de s'éblouir. Puis, l'admiration s'apaisant, il s'était demandé si sa peinture ne manquait point de grandeur. Il avait été revoir les Titien, avait compris la distance, reconnu sa faute ; et il s'était mis à repasser ses contours, simplement. Ensuite il avait cherché, en les rongeant, à y perdre, à y mêler les tons de la tête et ceux des fonds ; et la figure avait pris de la consistance, les ombres de la vigueur ; tout paraissait plus ferme. Enfin la Maréchale était revenue. Elle s'était même[b] permis des objections ; l'artiste, naturellement, avait persévéré. Après de grandes fureurs contre sa sottise, il s'était dit qu'elle pouvait avoir[c] raison[d]. Alors avait commencé l'ère des doutes, tiraillements de la pensée qui provoquent les crampes d'estomac, les insomnies, la fièvre, le dégoût de soi-même ; il avait eu le courage de faire des retouches, mais sans cœur et sentant que sa besogne était mauvaise.

Il se plaignit seulement d'avoir été refusé au Salon, puis reprocha à Frédéric de ne pas être venu voir le portrait de la Maréchale.

— « Je me moque bien de la Maréchale ! »

Une déclaration pareille l'enhardit[e].

— « Croiriez-vous que cette bête-là n'en veut plus, maintenant ? »

Ce qu'il ne disait point, c'est qu'il avait réclamé d'elle mille écus. Or la Maréchale s'était peu souciée de savoir qui payerait, et, préférant tirer d'Arnoux des choses plus urgentes, ne lui en avait même pas parlé.

— « Eh bien, et Arnoux ? » dit Frédéric.

Elle l'avait relancé vers lui. L'ancien marchand de tableaux n'avait que faire du portrait.

— « Il soutient que ça appartient à Rosanette. »

— « En effet, c'est à elle. »

— « Comment ! c'est elle qui m'envoie vers vous ! » répliqua Pellerin.

S'il eût cru à l'excellence de son œuvre, il n'eût pas songé, peut-être, à l'exploiter. Mais une somme (et une somme

considérable) serait un démenti à la critique, un raffermisse-
ment pour lui-même[*]. Frédéric[a], afin de s'en délivrer, s'enquit
de ses conditions courtoisement.

L'extravagance du chiffre le révolta, il répondit :

— « Non, ah ! non ! »

— « Vous êtes pourtant son amant, c'est vous[b] qui m'avez
fait la commande ! »

— « J'ai été l'intermédiaire, permettez ! »

— « Mais je ne peux pas rester avec ça sur les bras ! »

L'artiste s'emportait.

— « Ah ! je ne vous croyais pas[c] si cupide. »

— « Ni vous si avare ! Serviteur[436] ! »

Il venait de partir que Sénécal se présenta.

Frédéric, troublé, eut un mouvement d'inquiétude.

— « Qu'y a-t-il ? »

Sénécal conta son histoire[d].

— « Samedi, vers neuf heures, Mme Arnoux a reçu une
lettre qui l'appelait à Paris ; comme personne, par hasard,
ne se trouvait là pour aller à Creil chercher une voiture, elle
avait envie de m'y faire aller[e] moi-même. J'ai refusé, car ça
ne rentre pas dans mes fonctions. Elle est partie, et revenue
dimanche soir. Hier matin, Arnoux tombe à la fabrique. La
Bordelaise s'est plainte. Je ne sais pas ce qui se passe entre
eux, mais il a levé son amende devant tout le monde. Nous
avons échangé des paroles[f] vives. Bref, il m'a donné mon
compte, et me voilà[g] ! »

Puis, détachant ses paroles :

— « Au reste, je ne me repens pas, j'ai fait mon devoir.
N'importe, c'est à cause de vous. »

— « Comment ? » s'écria Frédéric, ayant peur que Sénécal
ne l'eût deviné.

Sénécal n'avait rien deviné, car il reprit :

— « C'est-à-dire que, sans vous[h], j'aurais peut-être trouvé
mieux. »

Frédéric fut saisi d'une espèce de remords.

— « En quoi puis-je vous servir, maintenant ? »

Sénécal demandait un emploi quelconque, une place.

— « Cela vous est facile. Vous connaissez tant de monde,
M. Dambreuse entre autres, à ce que m'a dit Deslauriers. »

Ce rappel de Deslauriers fut désagréable à son ami. Il ne
se souciait guère de retourner chez les Dambreuse depuis la
rencontre du Champ de Mars.

— « Je ne suis pas suffisamment intime dans la maison pour recommander quelqu'un. »

Le démocrate essuya ce refus stoïquement, et, après une minute de silence :

— « Tout cela, j'en suis sûr, vient de la Bordelaise et aussi de votre Mme Arnoux. »

Ce *votre* ôta du cœur de Frédéric le peu de bon vouloir qu'il gardait. Par délicatesse, cependant, il atteignit la clef de son secrétaire.

Sénécal le prévint.

— « Merci ! »

Puis, oubliant ses misères, il parla des choses de la patrie, les croix d'honneur prodiguées à la fête du Roi[a], un changement de cabinet, les affaires Drouillard et Bénier[437], scandales de l'époque, déclama contre les bourgeois et prédit une révolution[438].

Un crid japonais suspendu[b] contre le mur arrêta ses yeux. Il le prit, en essaya le manche, puis le rejeta sur le canapé, avec un air de dégoût.

— « Allons, adieu ! Il faut que j'aille à Notre-Dame de Lorette[439]. »

— « Tiens ! pourquoi ? »

— « C'est aujourd'hui le service anniversaire de Godefroy Cavaignac[440]. Il est mort à l'œuvre, celui-là ! Mais tout n'est pas fini !... Qui sait ? »

Et Sénécal tendit sa main, bravement[c].

— « Nous ne nous reverrons peut-être jamais ! adieu[d] ! »

Cet adieu, répété deux fois, son froncement de sourcils en contemplant le poignard, sa résignation et son air solennel, surtout, firent rêver Frédéric, qui bientôt n'y pensa plus[* *].

Dans la même semaine, son notaire du Havre lui envoya le prix de sa ferme, cent soixante-quatorze mille francs. Il en fit deux parts, plaça la première sur l'État, et alla porter la seconde chez un agent de change pour la risquer à la Bourse.

Il mangeait dans les cabarets à la mode, fréquentait les théâtres et tâchait de se distraire, quand Hussonnet lui adressa une lettre, où il narrait gaiement que la Maréchale, dès le lendemain des courses, avait congédié Cisy[441]. Frédéric en fut heureux, sans chercher pourquoi le bohème lui apprenait cette aventure.

Le hasard voulut qu'il rencontrât Cisy, trois jours après. Le gentilhomme fit bonne contenance, et l'invita même à dîner pour le mercredi suivant.

Frédéric, le matin de ce jour-là, reçut une notification d'huissier, où M. Charles-Jean-Baptiste Oudry lui apprenait qu'aux termes d'un jugement du tribunal, il s'était rendu acquéreur d'une propriété sise à Belleville appartenant au sieur Jacques Arnoux, et qu'il était prêt à payer les deux cent vingt-trois mille francs montant du prix de la vente. Mais il résultait du même acte que, la somme des hypothèques dont l'immeuble[a] était grevé dépassant le prix de l'acquisition, la créance de Frédéric se trouvait complètement perdue.

Tout le mal venait de n'avoir pas renouvelé en temps utile une inscription hypothécaire. Arnoux s'était chargé de cette démarche, et l'avait ensuite oubliée[*]. Frédéric s'emporta contre lui, et, quand sa colère fut passée :

— « Eh bien, après…, quoi ? si cela peut le sauver, tant mieux ! je n'en mourrai pas ! n'y pensons plus ! »

Mais, en remuant ses paperasses sur sa table, il rencontra la lettre d'Hussonnet, et aperçut le post-scriptum, qu'il n'avait point remarqué la première fois[*]. Le bohème demandait cinq mille francs, tout juste, pour mettre l'affaire du journal en train.

« Ah ! celui-là m'embête ! »

Et il le refusa brutalement dans un billet laconique. Après quoi, il s'habilla pour se rendre à la Maison-d'or[442].

Cisy présenta ses convives, en commençant par le plus respectable, un gros monsieur à cheveux blancs :

— « Le marquis Gilbert des Aulnays, mon parrain. M. Anselme de Forchambeaux », dit-il ensuite (c'était un jeune homme blond et fluet, déjà chauve) ; puis, désignant un quadragénaire d'allures simples : « Joseph Boffreu, mon cousin ; et voici mon ancien professeur M. Vezou », personnage moitié charretier, moitié séminariste, avec de gros favoris et une longue redingote boutonnée dans le bas par un seul bouton, de manière à faire châle sur la poitrine.

Cisy attendait encore quelqu'un, le baron[b] de Comaing, « qui peut-être viendra, ce n'est pas sûr »[443]. Il sortait à chaque minute, paraissait inquiet ; enfin, à huit heures, on passa dans une salle éclairée magnifiquement et trop spacieuse pour le nombre des convives. Cisy l'avait choisie par pompe, tout exprès.

Un surtout de vermeil, chargé de fleurs et de fruits, occupait le milieu de la table, couverte de plats d'argent, suivant la vieille mode française ; des raviers, pleins de salaisons et d'épices, formaient bordure tout autour ; des cruches de vin rosat frappé de glace se dressaient de distance en distance ; cinq verres de hauteur différente étaient alignés devant chaque assiette avec des choses dont on ne savait pas l'usage, mille ustensiles de bouche ingénieux ; — et il y avait, rien que pour le premier service : une hure d'esturgeon mouillée de champagne, un jambon d'York au tokay, des grives au gratin, des cailles rôties, un vol-au-vent Béchamel, un sauté de perdrix rouges, et, aux deux bouts de tout cela, des effilés de pommes de terre qui étaient mêlés à des truffes. Un lustre et des girandoles illuminaient l'appartement, tendu de damas rouge. Quatre domestiques en habit noir se tenaient derrière les fauteuils de maroquin. A ce spectacle, les convives se récrièrent, le Précepteur[a] surtout.

— « Notre amphitryon, ma parole, a fait de véritables folies ! C'est trop beau ! »

— « Ça ? » dit le vicomte de Cisy, « allons donc ! »

Et, dès la première cuillerée :

— « Eh bien, mon vieux des Aulnays, avez-vous été au Palais-Royal, voir *Père et Portier*[444] ? »

— « Tu sais bien que je n'ai pas le temps ! » répliqua le marquis.

Ses matinées étaient prises par un cours d'arboriculture, ses soirées par le Cercle agricole, et toutes ses après-midi par des études dans les fabriques d'instruments aratoires. Habitant la Saintonge les trois quarts de l'année, il profitait de ses voyages dans la Capitale[b] pour s'instruire ; et son chapeau à larges bords, posé sur une console, était plein de brochures.

Mais Cisy, s'apercevant que M. de Forchambeaux refusait du vin :

— « Buvez donc, saprelotte ! Vous n'êtes pas crâne pour votre dernier repas de garçon ! »

A ce mot, tous s'inclinèrent, on le congratulait.

— « Et la jeune personne », dit le Précepteur[c], « est charmante, j'en suis sûr ? »

— « Parbleu ! » s'écria Cisy. « N'importe, il a tort ; c'est si bête, le mariage ! »

— « Tu parles légèrement, mon ami ! » répliqua M. des Aulnays, tandis qu'une larme roulait dans ses yeux, au souvenir de sa défunte.

Et Forchambeaux répéta plusieurs fois de suite, en ricanant :

— « Vous y viendrez vous-même, vous y viendrez ! »

Cisy protesta. Il aimait mieux se divertir, « être Régence ». Il voulait apprendre la savate, pour visiter les tapis-francs de la Cité, comme le prince Rodolphe des *Mystères de Paris*[445], tira de sa poche un brûle-gueule, rudoyait les domestiques, buvait extrêmement ; et, afin de donner de lui bonne opinion, dénigrait tous les plats. Il renvoya même les truffes, et le Précepteur, qui s'en délectait, dit par bassesse :

— « Cela ne vaut pas les œufs à la neige de madame votre grand'mère ! »

Puis il se remit à causer avec son voisin l'agronome, lequel trouvait[a] au séjour de la campagne beaucoup d'avantages, ne serait-ce que de pouvoir élever ses filles dans des goûts simples. Le Précepteur applaudissait à ses idées et le flagornait, lui supposant de l'influence sur son élève, dont il désirait secrètement être l'homme d'affaires[b].

Frédéric était venu plein d'humeur contre Cisy ; sa sottise l'avait désarmé. Mais ses gestes, sa figure, toute sa personne lui rappelant le dîner du café Anglais, l'agaçait de plus en plus ; et il écoutait les remarques[c] désobligeantes que faisait à demi-voix le cousin Joseph, un brave garçon sans fortune, amateur de chasse, et boursier. Cisy, par manière de rire, l'appela « voleur »[446] plusieurs fois ; puis, tout à coup :

— « Ah ! le Baron[d] ! »

Alors entra un gaillard de trente ans, qui avait quelque chose de rude dans la physionomie, de souple dans les membres, le chapeau sur l'oreille, et une fleur à la boutonnière. C'était l'idéal du Vicomte[447]. Il fut[e] ravi de le posséder ; et, sa présence l'excitant, il tenta même un calembour, car il dit, comme on passait un coq de bruyère :

— « Voilà le meilleur des caractères de la Bruyère ! »

Ensuite, il adressa à M. de Comaing une foule de questions sur des personnes inconnues à la société ; puis, comme saisi d'une idée :

— « Dites donc ! avez-vous pensé à moi ? »

L'autre haussa les épaules.

— « Vous n'avez pas l'âge, mon petiot ! Impossible ! »

Cisy l'avait prié de le faire admettre à son club. Mais le Baron, ayant sans doute pitié de son amour-propre :

— « Ah ! j'oubliais ! Mille félicitations pour votre pari, mon cher ! »

— « Quel pari ? »

— « Celui que vous avez fait, aux courses, d'aller le soir même chez cette dame. »

Frédéric éprouva comme la sensation d'un coup de fouet. Il fut calmé tout de suite, par la figure décontenancée de Cisy.

En effet, la Maréchale, dès le lendemain, en était aux regrets, quand Arnoux, son premier amant, son homme, s'était présenté ce jour-là même. Tous deux avaient fait comprendre au Vicomte qu'il « gênait », et on l'avait flanqué dehors, avec peu de cérémonie.

Il eut l'air de ne pas entendre. Le Baron ajouta :

— « Que devient-elle, cette brave Rose ?... a-t-elle toujours d'aussi jolies jambes ? » prouvant par ce mot qu'il la connaissait intimement[a].

Frédéric fut contrarié de la découverte.

— « Il n'y a pas de quoi rougir », reprit le Baron ; « c'est une bonne affaire ! »

Cisy claqua de la langue[b].

— « Peuh ! pas si bonne ! »

— « Ah ! »

— « Mon Dieu, oui ! D'abord, moi, je ne lui trouve rien d'extraordinaire, et puis on en récolte de pareilles tant qu'on veut[c], car enfin... elle est à vendre ! »

— « Pas pour tout le monde ! » reprit aigrement Frédéric.

— « Il se croit différent des autres ! » répliqua Cisy[d], « quelle farce ! »

Et un rire parcourut la table.

Frédéric sentait les battements de son cœur l'étouffer. Il avala deux verres d'eau, coup sur coup.

Mais le Baron avait gardé bon souvenir de Rosanette.

— « Est-ce qu'elle est toujours avec un certain Arnoux ? »

— « Je n'en sais rien[e] », dit Cisy. « Je ne connais pas ce monsieur ! »

Il avança, néanmoins, que c'était une manière d'escroc.

— « Un moment ! » s'écria Frédéric.

— « Cependant, la chose est certaine ! Il a même eu un procès. »

— « Ce n'est pas vrai ! »

Frédéric se mit[a] à défendre Arnoux. Il garantissait sa probité, finissait par y croire, inventait des chiffres, des preuves. Le Vicomte[b], plein de rancune, et qui était gris d'ailleurs, s'entêta dans ses assertions, si bien que Frédéric lui dit gravement :

— « Est-ce pour m'offenser, monsieur ? »

Et il le regardait, avec des prunelles ardentes comme son cigare.

— « Oh ! pas du tout ! je vous accorde même qu'il a quelque chose de très bien : sa femme. »

— « Vous la connaissez ? »

— « Parbleu ! Sophie Arnoux[448], tout le monde connaît ça ! »

— « Vous dites ? »

Cisy, qui s'était levé, répéta en balbutiant :

— « Tout le monde connaît ça ! »

— « Taisez-vous ! Ce ne sont pas celles-là que vous fréquentez ! »

— « Je m'en flatte ! »

Frédéric lui lança son assiette au visage.

Elle passa comme un éclair par-dessus la table, renversa deux bouteilles[c], démolit un compotier, et, se brisant contre le surtout en trois morceaux, frappa le ventre du Vicomte[449].

Tous se levèrent pour le retenir. Il se débattait, en criant, pris d'une sorte de frénésie. M. des Aulnays répétait :

— « Calmez-vous ! voyons ! cher enfant ! »

— « Mais c'est épouvantable ! » vociférait le Précepteur.

Forchambeaux, livide comme les prunes, tremblait ; Joseph riait aux éclats ; les garçons épongeaient le vin, ramassaient par terre les débris ; et le Baron alla fermer la fenêtre, car le tapage, malgré le bruit des voitures, aurait pu s'entendre du boulevard.

Comme tout le monde, au moment où l'assiette avait été lancée, parlait à la fois, il fut impossible de découvrir la raison de cette offense, si c'était à cause d'Arnoux, de Mme Arnoux, de Rosanette ou d'un autre[450]. Ce qu'il y avait de certain, c'était la brutalité inqualifiable de Frédéric ; il se refusa[d] positivement à en témoigner le moindre regret.

M. des Aulnays tâcha de l'adoucir, le cousin Joseph, le Précepteur, Forchambeaux lui-même. Le Baron, pendant ce temps-là, réconfortait Cisy, qui, cédant à une faiblesse nerveuse, versait des larmes. Frédéric, au contraire, s'irritait de plus en plus ; et l'on serait resté là jusqu'au jour si le Baron n'avait dit pour en finir :

— « Le Vicomte, Monsieur, enverra demain chez vous ses témoins. »

— « Votre heure ? »

— « A midi, s'il vous plaît. »

— « Parfaitement, Monsieur. »

Frédéric, une fois dehors, respira à pleins poumons. Depuis trop longtemps, il contenait son cœur. Il venait de le satisfaire enfin ; il éprouvait[a] comme un orgueil de virilité, une surabondance de forces intimes qui l'enivraient[*]. Il avait besoin de deux témoins. Le premier auquel il songea fut Regimbart ; et il se dirigea tout de suite vers un estaminet de la rue Saint-Denis[*] [b]. La devanture était close. Mais de la lumière brillait à un carreau, au-dessus de la porte. Elle s'ouvrit, et il entra, en se courbant très bas sous l'auvent.

Une chandelle, au bord du comptoir, éclairait la salle déserte. Tous les tabourets, les pieds en l'air, étaient posés sur les tables. Le maître et la maîtresse avec leur garçon[c] soupaient dans l'angle près de la cuisine ; et Regimbart[d], le chapeau sur la tête, partageait leur repas, et même gênait le garçon, qui était contraint à chaque bouchée de se tourner de côté, quelque peu[*]. Frédéric, lui ayant conté la chose brièvement, réclama son assistance[*]. Le Citoyen commença par ne rien répondre ; il roulait des yeux, avait l'air de réfléchir, fit[e] plusieurs tours dans la salle, et dit enfin :

— « Oui, volontiers ! »

Et un sourire homicide le dérida, en apprenant que l'adversaire était noble.

— « Nous le ferons marcher tambour battant, soyez tranquille ! D'abord,... avec l'épée... »

— « Mais peut-être », objecta Frédéric, « que je n'ai pas le droit... »

— « Je vous dis qu'il faut prendre l'épée ! » répliqua brutalement le Citoyen. « Savez-vous tirer ? »

— « Un peu. »

— « Ah ! un peu ! voilà comme ils sont tous ! Et ils ont la rage de faire assaut ! Qu'est-ce que ça prouve, la salle d'armes ? Écoutez-moi : tenez-vous bien à distance en vous enfermant toujours dans des cercles, et rompez ! rompez !

C'est permis. Fatiguez-le ! Puis fendez-vous dessus, franchement ! Et surtout pas de malice, pas de coups à La Fougère[451] !
non ! de simples une-deux, des dégagements. Tenez, voyez-
vous ? en tournant le poignet comme pour ouvrir une serrure.
— Père Vauthier, donnez-moi votre canne ! Ah ! cela suffit. »

Il empoigna la baguette qui servait à allumer le gaz,
arrondit le bras gauche, plia le droit, et se mit à pousser des
bottes contre la cloison. Il frappait du pied, s'animait,
feignait même de rencontrer des difficultés, tout en criant :
« Y es-tu là ? y es-tu ? », et sa silhouette énorme se projetait
sur la muraille avec son chapeau qui semblait toucher au
plafond. Le limonadier disait de temps en temps : « Bravo !
très bien ! » Son épouse également l'admirait, quoique
émue ; et Théodore, un ancien soldat, en restait cloué
d'ébahissement, étant, du reste, fanatique de M. Regimbart.

Le lendemain, de bonne heure, Frédéric courut au magasin
de Dussardier[452•]. Après une suite de pièces, toutes remplies
d'étoffes garnissant des rayons, ou étendues en travers sur
des tables, tandis que, çà et là, des champignons de bois
supportaient des châles, il l'aperçut dans une espèce de cage
grillée, au milieu de registres, et écrivant debout sur un
pupitre•. Le brave garçon lâcha immédiatement sa besogne.

Les témoins arrivèrent à midi•. Frédéric, par bon goût,
crut devoir ne pas assister à la conférence.

Le Baron et M. Joseph déclarèrent qu'ils se contenteraient
des excuses les plus simples. Mais Regimbart, ayant pour
principe de ne céder jamais, et qui tenait à défendre
l'honneur d'Arnoux (Frédéric ne lui avait point parlé d'autre
chose), demanda que le Vicomte fît des excuses. M. de
Comaing fut révolté de l'outrecuidance. Le Citoyen n'en
voulut pas démordre. Toute conciliation devenant impossible,
on se battrait.

D'autres difficultés surgirent ; car le choix des armes,
légalement, appartenait à Cisy, l'offensé. Mais Regimbart
soutint que, par l'envoi du cartel, il se constituait l'offenseur.
Ses témoins se récrièrent qu'un soufflet, cependant, était la
plus cruelle des offenses. Le Citoyen épilogua[a] sur les mots,
un coup n'étant pas un soufflet. Enfin, on décida qu'on
s'en rapporterait à des militaires ; et les quatre témoins
sortirent, pour aller consulter des officiers dans une caserne
quelconque.

Ils s'arrêtèrent à celle du quai d'Orsay[453]. M. de Comaing, ayant abordé deux capitaines, leur exposa la contestation.

Les capitaines n'y comprirent goutte, embrouillée qu'elle fut par les phrases incidentes du Citoyen. Bref, ils conseillèrent à ces messieurs d'écrire un procès-verbal ; après quoi, ils décideraient. Alors, on se transporta dans un café ; et même, pour faire les choses plus discrètement, on désigna Cisy par un H et Frédéric par un K.

Puis on retourna à la caserne*. Les officiers étaient sortis. Ils reparurent, et déclarèrent qu'évidemment le choix des armes appartenait à M. H.* Tous s'en revinrent chez Cisy. Regimbart et Dussardier restèrent sur le trottoir.

Le Vicomte, en apprenant la solution, fut pris d'un si grand trouble, qu'il se la fit répéter plusieurs fois ; et quand M. de Comaing en vint aux prétentions de Regimbart, il murmura « cependant », n'étant pas loin, en lui-même, d'y obtempérer. Puis il se laissa choir dans un fauteuil, et déclara qu'il ne se battrait pas.

— « Hein ? Comment[a] ? » dit le Baron.

Alors, Cisy s'abandonna à un flux labial désordonné. Il voulait se battre au tromblon, à bout portant, avec un seul pistolet.

— « Ou bien on mettra de l'arsenic dans un verre, qui sera tiré au sort. Ça se fait quelquefois ; je l'ai lu ! »

Le Baron, peu endurant naturellement, le rudoya.

— « Ces messieurs attendent votre réponse. C'est indécent, à la fin ! Que prenez-vous ? voyons ! Est-ce l'épée ? »

Le Vicomte répliqua « oui », par un signe de tête ; et le rendez-vous fut fixé pour le lendemain, à la porte Maillot, à sept heures juste[454].

Dussardier étant contraint de s'en retourner à ses affaires, Regimbart alla prévenir Frédéric.

On l'avait laissé toute la journée sans nouvelles ; son impatience était devenue intolérable.

— « Tant mieux ! » s'écria-t-il.

Le Citoyen fut satisfait de sa contenance.

— « On réclamait de nous des excuses, croiriez-vous ? Ce n'était rien, un simple mot ! Mais je les ai envoyés joliment bouler ! Comme je le devais, n'est-ce pas ! »

— « Sans doute », dit Frédéric tout en songeant qu'il eût mieux[b] fait de choisir un autre témoin.

Puis, quand il fut seul, il se répéta tout haut, plusieurs fois :

« Je vais me battre. Tiens, je vais me battre ! C'est drôle ! »

Et comme il marchait dans sa chambre, en passant devant la glace, il s'aperçut qu'il était pâle.

— « Est-ce que j'aurais[a] peur ? »

Une angoisse abominable le saisit à l'idée d'avoir peur sur le terrain.

— « Si j'étais tué, cependant ? Mon père est mort de la même façon. Oui, je serai tué ! »

Et, tout à coup, il aperçut sa mère en robe noire ; des images incohérentes se déroulèrent[b] dans sa tête. Sa propre[c] lâcheté l'exaspéra. Il fut pris d'un paroxysme de bravoure, d'une soif carnassière. Un bataillon ne l'eût pas fait reculer. Cette fièvre[d] calmée, il se sentit, avec joie, inébranlable[e]. Pour se distraire, il se rendit à l'Opéra, où l'on donnait un ballet. Il écouta la musique, lorgna les danseuses, et but un verre de punch, pendant l'entr'acte. Mais, en rentrant chez lui, la vue de son cabinet, de ses meubles, où il se retrouvait peut-être pour la dernière fois, lui causa une faiblesse.

Il descendit[e] dans son jardin. Les étoiles brillaient ; il les contempla. L'idée de se battre pour une femme le grandissait[f] à ses yeux, l'ennoblissait. Puis il alla se coucher tranquillement.

Il n'en fut pas de même de Cisy[*]. Après le départ du Baron, Joseph avait tâché de remonter son moral[g], et, comme le Vicomte demeurait froid :

— « Pourtant, mon brave, si tu préfères en rester là, j'irais le dire. »

Cisy n'osa répondre « certainement », mais il en voulut à son cousin de ne pas lui rendre ce service sans en parler.

Il souhaita que Frédéric, pendant la nuit, mourût d'une attaque d'apoplexie, ou qu'une émeute survenant, il y eût le lendemain assez de barricades pour fermer tous les abords du bois de Boulogne, ou qu'un événement empêchât un des témoins de s'y rendre ; car le duel faute de témoins manquerait. Il avait envie de se sauver par un train express n'importe où. Il regretta de ne pas savoir la médecine pour prendre quelque chose qui, sans exposer ses jours, ferait croire à sa mort. Il arriva jusqu'à[h] désirer être malade, gravement.

Afin d'avoir un conseil, un secours, il envoya chercher M. des Aulnays*. L'excellent homme était retourné en Saintonge, sur une dépêche lui apprenant l'indisposition d'une de ses filles. Cela parut de mauvais augure à Cisy*. Heureusement que M. Vezou, son Précepteur, vint le voir. Alors, il s'épancha.

— « Comment faire, mon Dieu ! comment faire ? »

— « Moi, à votre place, monsieur le Comte, je payerais un fort de la halle pour lui flanquer une raclée. »

— « Il saurait toujours de qui ça vient ! » reprit Cisy.

Et, de temps à autre, il poussait un gémissement ; puis :

— « Mais est-ce qu'on a le droit de se battre en duel ? »

— « C'est un reste de barbarie ! Que voulez-vous ! »

Par complaisance, le pédagogue s'invita lui-même à dîner. Son élève ne mangea rien, et, après le repas, sentit le besoin de faire un tour.

Il dit en passant devant une église :

— « Si nous entrions un peu... pour voir ? »

M. Vezou ne demanda pas mieux, et même lui présenta de l'eau bénite.

C'était le mois de Marie[455], des fleurs couvraient l'autel, des voix chantaient, l'orgue résonnait. Mais il lui fut impossible de prier, les pompes de la religion lui inspirant des idées de funérailles ; il entendait comme des bourdonnements de *De profundis*.

— « Allons-nous-en ! Je ne me sens pas bien ! »

Ils employèrent toute la nuit à jouer aux cartes. Le Vicomte s'efforça de perdre, afin de conjurer la mauvaise chance, ce dont M. Vezou profita. Enfin, au petit jour, Cisy, qui n'en pouvait plus, s'affaissa sur le tapis vert, et eut un sommeil plein de songes désagréables.

Si le courage, pourtant, consiste à vouloir dominer sa faiblesse, le Vicomte fut courageux, car, à la vue de ses témoins qui venaient le chercher, il se roidit de toutes ses forces, la vanité lui faisant comprendre qu'une reculade le perdrait. M. de Comaing le complimenta sur sa bonne mine.

Mais, en route, le bercement du fiacre et la chaleur du soleil matinal l'énervèrent. Son énergie était retombée. Il ne distinguait même plus où l'on était.

Le Baron^a se divertit à augmenter sa frayeur, en parlant du cadavre et de la manière de le rentrer en ville, clandestinement. Joseph donnait la réplique ; tous deux, jugeant l'affaire ridicule, étaient persuadés qu'elle s'arrangerait.

Cisy gardait sa tête sur sa poitrine ; il la releva doucement et fit observer qu'on n'avait pas pris le médecin.

— « C'est inutile », dit le Baron.

— « Il n'y a pas de danger, alors ? »

Joseph répliqua d'un ton grave :

— « Espérons-le ! »

Et personne dans la voiture ne parla plus.

A sept heures dix minutes, on arriva devant la porte Maillot*. Frédéric et ses témoins s'y trouvaient, habillés de noir tous les trois. Regimbart, au lieu de cravate, avait un col de crin comme un troupier ; et il portait une espèce de longue boîte à violon, spéciale pour ce genre d'aventures^{b*}. On échangea froidement un salut. Puis tous s'enfoncèrent dans le bois de Boulogne, par la route de Madrid, afin d'y trouver une place convenable.

Regimbart dit à Frédéric, qui marchait entre lui et Dussardier :

— « Eh bien, et cette venette, qu'en fait-on ? Si vous avez besoin de quelque chose, ne vous gênez pas, je connais ça ! La crainte est naturelle à l'homme[456]. »

Puis, à voix basse :

— « Ne fumez plus, ça amollit ! »

Frédéric jeta son cigare qui le gênait, et continua d'un pied ferme. Le Vicomte avançait par derrière, appuyé sur le bras de ses deux témoins.

De rares passants les croisaient. Le ciel était bleu, et on entendait, par moments, des lapins bondir. Au détour d'un sentier une femme en madras causait avec un homme en blouse, et, dans la grande avenue, sous les marronniers, des domestiques en veste de toile promenaient leurs chevaux. Cisy se rappelait les jours heureux où, monté sur son alezan et le lorgnon dans l'œil, il chevauchait à la portière des calèches ; ces souvenirs renforçaient son angoisse ; une soif intolérable le brûlait ; la susurration des mouches se confondait avec le battement de ses artères ; ses pieds enfonçaient dans le sable ; il lui semblait qu'il était en train de marcher depuis un temps infini.

Les témoins, sans s'arrêter, fouillaient de l'œil les deux bords de la route. On délibéra si l'on irait à la croix Catelan ou sous les murs de Bagatelle. Enfin on prit à droite ; et on s'arrêta dans une espèce de quinconce, entre des pins.

L'endroit fut choisi de manière à répartir[a] également le niveau du terrain. On marqua les deux places où les adversaires devaient se poser. Puis Regimbart ouvrit sa boîte[*]. Elle contenait, sur un capitonnage de basane rouge, quatre épées charmantes, creuses au milieu, avec des poignées garnies de filigrane. Un rayon lumineux, traversant les feuilles, tomba dessus ; et elles parurent à Cisy briller comme des vipères d'argent sur une mare de sang.

Le Citoyen fit voir qu'elles étaient de longueur pareille ; il prit la troisième pour lui-même, afin de séparer les combattants en cas de besoin. M. de Comaing tenait une canne. Il y eut[b] un silence. On se regarda. Toutes les figures avaient quelque chose d'effaré ou de cruel.

Frédéric avait mis bas sa redingote et son gilet. Joseph aida Cisy à faire de même ; sa cravate[c] étant retirée, on aperçut à son cou une médaille bénite. Cela fit sourire de pitié Regimbart.

Alors, M. de Comaing (pour laisser à Frédéric[d] encore un moment de réflexion) tâcha d'élever des chicanes. Il réclama le droit de mettre un gant, celui de saisir l'épée de son adversaire[e] avec la main gauche ; Regimbart, qui était pressé, ne s'y refusa pas. Enfin le Baron, s'adressant à[f] Frédéric :

— « Tout dépend de vous, Monsieur ! Il n'y a jamais de déshonneur à reconnaître ses fautes. »

Dussardier l'approuvait du geste[*]. Le Citoyen s'indigna.

— « Croyez-vous que nous sommes ici pour plumer les canards, fichtre ?... En garde ! »

Les adversaires étaient l'un devant l'autre, leurs témoins de chaque côté. Il cria le signal :

— « Allons ! »

Cisy devint[g] effroyablement pâle. Sa lame tremblait[h] par le bout, comme une cravache. Sa tête se renversait, ses bras s'écartèrent, il tomba sur le dos, évanoui[*]. Joseph le releva, et, tout en lui poussant sous les narines un flacon, il le secouait fortement. Le Vicomte rouvrit les yeux, puis tout à coup, bondit comme un furieux sur son épée. Frédéric avait gardé la sienne ; et il l'attendait, l'œil fixe, la main haute.

— « Arrêtez, arrêtez ! » cria une voix qui venait de la route, en même temps que le bruit d'un cheval au galop ; et[a] la capote d'un cabriolet cassait les branches ! Un homme penché en dehors agitait un mouchoir, et criait toujours : « Arrêtez ! arrêtez ! »

M. de Comaing, croyant à une intervention de la police, leva sa canne.

— « Finissez donc ! le Vicomte saigne ! »

— « Moi ? » dit Cisy.

En effet, il s'était, dans sa chute, écorché le pouce de la main gauche.

— « Mais c'est en tombant », ajouta le Citoyen.

Le Baron feignit de ne pas entendre.

Arnoux avait sauté du cabriolet[b].

— « J'arrive trop tard ! Non ! Dieu soit loué ! »

Il tenait Frédéric[c] à pleins bras, le palpait, lui couvrait le visage de baisers.

— « Je sais le motif ; vous avez voulu défendre votre vieil ami ! C'est bien, cela, c'est bien ! Jamais je ne l'oublierai ! Comme vous êtes bon ! Ah ! cher enfant ! »

Il le contemplait et versait des larmes, tout en ricanant de bonheur*. Le Baron[d] se tourna vers Joseph.

— « Je crois que nous sommes de trop dans cette petite fête de famille. C'est fini, n'est-ce pas, Messieurs ? — Vicomte, mettez votre bras en écharpe ; tenez, voilà mon foulard. » Puis, avec un geste impérieux : « Allons ! pas de rancune ! Cela se doit[e] ! »

Les deux combattants se serrèrent la main, mollement. Le Vicomte, M. de Comaing et Joseph disparurent d'un côté, et Frédéric s'en alla de l'autre avec ses amis.

Comme le restaurant de Madrid n'était pas loin, Arnoux proposa de s'y rendre pour boire un verre de bière.

— « On pourrait même déjeuner », dit Regimbart.

Mais, Dussardier n'en ayant pas le loisir, ils se bornèrent à un rafraîchissement, dans le jardin. Tous éprouvaient cette béatitude qui suit les dénoûments heureux. Le Citoyen, cependant, était fâché qu'on eût interrompu le duel au bon moment.

Arnoux en avait eu connaissance par un nommé Compain, ami de Regimbart ; et dans un élan de cœur, il était accouru pour l'empêcher, croyant, du reste, en être la cause. Il pria Frédéric de lui fournir là-dessus quelques détails. Frédéric[f], ému par les preuves de sa tendresse, se fit scrupule d'augmenter son illusion :

— « De grâce, n'en parlons plus ! »

Arnoux trouva cette réserve fort délicate. Puis avec sa légèreté ordinaire, passant à une autre idée :

— « Quoi de neuf, Citoyen ? »

Et ils se mirent à causer traites, échéances. Afin d'être plus commodément, ils allèrent même chuchoter à l'écart sur une autre table.

Frédéric distingua ces mots : « Vous allez me souscrire. — Oui ! mais, vous, bien entendu... — Je l'ai négocié enfin pour trois cents ! — Jolie commission, ma foi ! » Bref, il était clair qu'Arnoux tripotait avec le Citoyen beaucoup de choses[457].

Frédéric songea à lui rappeler ses quinze mille francs. Mais sa démarche récente interdisait les reproches, même les plus doux. D'ailleurs, il se sentait fatigué. l'endroit[a] n'était pas convenable. Il remit cela à un autre jour.

Arnoux, assis à l'ombre d'un troëne, fumait d'un air hilare. Il leva les yeux vers les portes des cabinets donnant toutes sur le jardin, et dit qu'il était venu là, autrefois, bien souvent.

— « Pas seul, sans doute ? » répliqua le Citoyen.

— « Parbleu ! »

— « Quel polisson vous faites ! un homme marié ! »

— « Eh bien, et vous donc ! » reprit Arnoux. Et, avec un sourire indulgent : « Je suis même sûr que ce gredin-là possède, quelque part, une chambre, où il reçoit des petites filles. »

Le Citoyen confessa que c'était vrai, par un simple haussement de sourcils. Alors, ces deux messieurs exposèrent leurs goûts : Arnoux préférait maintenant la jeunesse, les ouvrières ; Regimbart détestait « les mijaurées » et tenait, avant tout, au positif. La conclusion fournie par le marchand de faïences fut qu'on ne devait pas traiter les femmes sérieusement.

— « Cependant, il aime la sienne ! » songeait Frédéric, en s'en retournant ; et il le trouvait un malhonnête homme. Il lui en voulait de ce duel, comme si c'eût été pour lui qu'il avait, tout à l'heure, risqué sa vie.

Mais il était reconnaissant à Dussardier de son dévouement ; le commis, sur ses instances[a], arriva bientôt à lui faire une visite tous les jours[458].

Frédéric lui prêtait des livres : Thiers, Dulaure, Barante, les *Girondins* de Lamartine[459]. Le brave garçon l'écoutait avec recueillement et acceptait ses opinions comme celles d'un maître[* *].

Il arriva un soir tout effaré.

Le matin, sur le boulevard, un homme qui courait à perdre haleine s'était heurté contre lui ; et, l'ayant reconnu pour un ami de Sénécal, lui avait dit :

— « On vient de le prendre, je me sauve ! »

Rien de plus vrai. Dussardier avait passé la journée[b] aux informations. Sénécal était sous les verrous, comme prévenu d'attentat politique[460].

Fils d'un contremaître, né à Lyon et ayant eu pour professeur un ancien disciple de Chalier, dès son arrivée à Paris, il s'était fait recevoir de la Société des Familles[461] ; ses habitudes étaient connues ; la police le surveillait[c]. Il s'était battu dans l'affaire de mai 1839[462] ; et, depuis lors, se tenait à l'ombre, mais s'exaltant de plus en plus, fanatique d'Alibaud[463], mêlant ses griefs contre la société à ceux du peuple contre la monarchie, et s'éveillant chaque matin avec l'espoir d'une révolution qui, en quinze jours ou un mois, changerait le monde. Enfin, écœuré par la mollesse de ses frères, furieux des retards qu'on opposait à ses rêves et désespérant de la patrie, il était entré comme chimiste dans le complot des bombes incendiaires ; et on l'avait surpris portant de la poudre qu'il allait essayer à Montmartre, tentative suprême pour établir la République[d].

Dussardier ne la chérissait pas moins, car elle signifiait, croyait-il, affranchissement et bonheur universel. Un jour, — à quinze ans —, dans la rue Transnonain[464], devant la boutique d'un épicier, il avait vu des soldats, la baïonnette rouge de sang, avec des cheveux collés à la crosse de leur fusil ; depuis ce temps-là le Gouvernement l'exaspérait comme l'incarnation même de l'Injustice. Il confondait un peu les assassins et les gendarmes ; un mouchard valait, à ses yeux, un parricide. Tout le mal répandu sur la terre, il l'attribuait naïvement au Pouvoir ; et il le haïssait d'une haine essentielle, permanente, qui lui tenait tout le cœur et raffinait sa sensibilité. Les déclamations de Sénécal l'avaient ébloui. Qu'il fût coupable ou non, et sa tentative odieuse, peu importait ! Du moment qu'il était la victime de l'Autorité, on devait le servir.

— « Les Pairs le condamneront, certainement ! Puis il sera emmené dans une voiture cellulaire, comme un galérien et on l'enfermera au Mont Saint-Michel[465], où le Gouvernement les fait mourir ! Austen est devenu fou ! Steuben[466] s'est tué ! Pour transférer Barbès[467] dans un cachot, on l'a tiré par les jambes, par les cheveux ! On lui piétinait le corps, et sa tête rebondissait à chaque marche tout le long de l'escalier. Quelle abomination ! Les misérables ! »

Des sanglots de colère l'étouffaient[468], et il tournait dans la chambre, comme pris d'une grande angoisse[469].

— « Il faudrait faire quelque chose, cependant ! Voyons ! moi, je ne sais pas ! Si nous tâchions de le délivrer, hein ? Pendant qu'on le mènera au Luxembourg, on peut se jeter sur l'escorte dans le couloir ! Une douzaine d'hommes déterminés, ça passe partout. »

Il y avait tant de flamme dans ses yeux, que Frédéric en tressaillit.

Sénécal lui apparut[a] plus grand qu'il ne croyait. Il se rappela ses souffrances, sa vie austère ; sans avoir pour lui l'enthousiasme de Dussardier, il éprouvait néanmoins cette admiration qu'inspire tout homme se sacrifiant à une idée. Il se disait[b] que, s'il l'eût secouru, Sénécal n'en serait pas là ; et les deux amis cherchèrent laborieusement quelque combinaison pour le sauver.

Il leur fut impossible de parvenir jusqu'à lui.

Frédéric s'enquérait de son sort dans les journaux, et pendant trois semaines fréquenta les cabinets de lecture.

Un jour, plusieurs numéros du *Flambard* lui tombèrent sous la main[*]. L'article de fond, invariablement, était consacré à démolir un homme illustre. Venaient ensuite les nouvelles du monde, les cancans. Puis, on blaguait l'Odéon, Carpentras, la pisciculture, et les condamnés à mort quand il y en avait. La disparition d'un paquebot fournit matière à plaisanteries pendant un an. Dans la troisième colonne, un courrier des arts donnait, sous forme d'anecdote ou de conseil, des réclames de tailleurs, avec des comptes rendus de soirées, des annonces de ventes, des analyses d'ouvrages, traitant de la même encre un volume de vers et une paire de bottes. La seule partie sérieuse était la critique des petits

théâtres, où l'on s'acharnait sur deux ou trois directeurs ; et
les intérêts de l'Art étaient invoqués à propos des décors des
Funambules[a] ou d'une amoureuse des Délassements.

Frédéric allait rejeter tout cela quand ses yeux rencontrèrent
un article intitulé : *Une poulette entre trois cocos*[*]. C'était
l'histoire de son duel, narrée en style sémillant, gaulois[470]. Il
se reconnut sans peine, car il était désigné par cette
plaisanterie, laquelle revenait souvent : « Un jeune homme
du collège de Sens et qui *en* manque. » On le représentait
même comme un pauvre diable de provincial, un obscur
nigaud[b] tâchant de frayer avec les grands seigneurs. Quant
au Vicomte, il avait le beau rôle, d'abord dans le souper, où
il s'introduisait de force, ensuite dans le pari, puisqu'il
emmenait la demoiselle, et finalement sur le terrain, où il se
comportait en gentilhomme. La bravoure de Frédéric n'était
pas niée, précisément, mais on faisait comprendre qu'un
intermédiaire, le *protecteur* lui-même, était survenu juste à
temps. Le tout se terminait par cette phrase, grosse, peut-
être, de perfidies :

« D'où vient leur tendresse ? Problème ! et, comme dit
Basile[471], qui diable est-ce qu'on trompe ici ? »

C'était, sans le moindre doute, une vengeance d'Hussonnet
contre Frédéric, pour son refus de cinq mille francs.

Que faire ? S'il lui demandait raison, le bohème protesterait
de son innocence, et il n'y gagnerait rien. Le mieux était
d'avaler la chose silencieusement. Personne, après tout, ne
lisait *le Flambard*.

En sortant du cabinet de lecture, il aperçut du monde
devant la boutique d'un marchand de tableaux[*]. On regardait
un portrait de femme, avec cette ligne écrite au bas en lettres
noires : « Mlle Rose-Annette Bron, appartenant à M. Frédéric
Moreau, de Nogent. »

C'était bien elle, — ou à peu près —, vue de face, les
seins découverts, les cheveux dénoués, et tenant dans ses
mains une bourse de velours rouge, tandis que, par derrière,
un paon avançait son bec sur son épaule, en couvrant la
muraille de ses grandes plumes en éventail.

Pellerin avait fait cette exhibition pour contraindre Frédéric
au paiement, persuadé qu'il était célèbre[c] et que tout Paris,
s'animant en sa faveur, allait s'occuper de cette misère.

Était-ce une conjuration ? Le peintre et le journaliste
avaient-ils monté leur coup ensemble ?

Son duel[a] n'avait rien empêché. Il devenait ridicule, tout le monde se moquait de lui.

Trois jours[b] après, à la fin de juin, les actions du Nord ayant fait quinze francs de hausse[472], comme il en avait acheté deux mille l'autre mois, il se trouva gagner trente mille francs. Cette caresse de la fortune lui redonna confiance. Il se dit qu'il n'avait besoin[c] de personne, que tous ses embarras venaient de sa timidité, de ses hésitations. Il aurait dû commencer avec la Maréchale[d] brutalement, refuser Hussonnet dès le premier jour, ne pas se compromettre avec Pellerin[e] ; et, pour montrer que rien ne le gênerait, il se rendit chez Mme Dambreuse, à une de ses soirées ordinaires.

Au milieu de l'antichambre, Martinon, qui arrivait en même temps que lui, se retourna.

— « Comment, tu viens ici, toi ? » avec l'air surpris et même contrarié de le voir.

— « Pourquoi pas ? »

Et, tout en cherchant la cause d'un tel abord, Frédéric s'avança[f] dans le salon.

La lumière était faible, malgré les lampes posées dans les coins ; car les trois fenêtres, grandes ouvertes, dressaient parallèlement trois larges carrés d'ombre noire. Des jardinières, sous les tableaux, occupaient, jusqu'à hauteur d'homme, les intervalles[g] de la muraille ; et une théière d'argent avec un samovar se mirait au fond, dans une glace. Un murmure de voix discrètes s'élevait. On entendait des escarpins craquer sur le tapis[473].

Il distingua des habits noirs, puis une table ronde éclairée par un grand abat-jour, sept ou huit femmes en toilettes d'été[h], et, un peu plus loin, Mme Dambreuse dans un fauteuil à bascule. Sa robe de taffetas lilas avait des manches à crevés, d'où s'échappaient des bouillons de mousseline, le ton doux de l'étoffe se mariant à la nuance[i] de ses cheveux ; et elle se tenait quelque peu renversée en arrière, avec le bout de son pied sur un coussin, — tranquille[j] comme une œuvre d'art pleine de délicatesse, une fleur de haute culture.

M. Dambreuse[k] et un vieillard à chevelure blanche se promenaient dans toute la longueur du salon. Quelques-uns s'entretenaient au bord des petits divans, çà et là ; les autres[l], debout, formaient un cercle au milieu.

Ils causaient de votes, d'amendements, de sous-amendements, du discours de M. Grandin, de la réplique de M.

Benoist[474]. Le tiers parti décidément allait trop loin ! Le centre gauche aurait dû se souvenir un peu mieux de ses origines ! Le ministère[a] avait reçu de graves atteintes ! Ce qui devait rassurer pourtant, c'est qu'on ne lui voyait point de successeur. Bref, la situation était complètement analogue à celle de 1834[475].

Comme ces choses ennuyaient Frédéric, il se rapprocha des femmes[*]. Martinon était près d'elles, debout, le chapeau sous le bras, la figure de trois quarts, et si convenable, qu'il ressemblait à de la porcelaine de Sèvres. Il prit une *Revue des Deux Mondes* traînant sur la table, entre une *Imitation* et un *Annuaire de Gotha*[476], et jugea de haut un poète illustre, dit qu'il allait aux conférences de Saint-François[477], se plaignit de son larynx, avalait de temps[b] à autre une boule de gomme ; et cependant, parlait musique, faisait le léger. Mlle Cécile, la nièce de M. Dambreuse, qui se brodait une paire de manchettes, le regardait en dessous, avec ses prunelles d'un bleu pâle ; et miss Johnson[c], l'institutrice à nez camus, en avait lâché sa tapisserie ; toutes deux paraissaient s'écrier intérieurement :

— « Qu'il est beau ! »

Mme Dambreuse se tourna vers lui.

— « Donnez-moi donc mon éventail, qui est sur cette console, là-bas. Vous vous trompez ! l'autre ! »

Elle se leva ; et, comme il revenait, ils se rencontrèrent au milieu du salon, face à face ; elle lui adressa quelques mots, vivement, des reproches sans doute, à en juger par l'expression altière de sa figure ; Martinon tâchait de sourire ; puis il alla se mêler au conciliabule des hommes sérieux. Mme Dambreuse reprit sa place, et, se penchant sur le bras de son fauteuil, elle dit[478] à Frédéric[d] :

— « J'ai vu quelqu'un, avant-hier, qui m'a parlé de vous, M. de Cisy ; vous le connaissez, n'est-ce pas ? »

— « Oui... un peu. »

Tout à coup[e], Mme Dambreuse[f] s'écria :

— « Duchesse, ah ! quel bonheur ! »

Et elle s'avança jusqu'à la porte, au-devant d'une vieille petite dame, qui avait une robe de taffetas carmélite et un bonnet de guipure, à longues pattes. Fille d'un compagnon d'exil du comte d'Artois et veuve d'un maréchal de l'Empire créé pair de France en 1830, elle tenait à l'ancienne cour comme à la nouvelle et pouvait obtenir beaucoup de choses.

Ceux qui causaient debout s'écartèrent, puis reprirent[a] leur discussion.

Maintenant, elle roulait sur le paupérisme[479], dont toutes les peintures, d'après ces messieurs, étaient fort exagérées.

— « Cependant », objecta Martinon, « la misère existe, avouons-le ! Mais le remède ne dépend ni de la Science ni du Pouvoir. C'est une question purement individuelle. Quand les basses classes voudront se débarrasser de leurs vices, elles s'affranchiront de leurs besoins[b]. Que le peuple soit plus moral et il sera moins pauvre ! »

Suivant M. Dambreuse, on n'arriverait à rien de bien sans une surabondance du capital. Donc, le seul moyen possible était de confier, « comme le voulaient, du reste, les saint-simoniens (mon Dieu, ils avaient du bon ! soyons justes envers tout le monde), de confier, dis-je, la cause du Progrès[c] à ceux qui peuvent accroître la fortune publique ». Insensiblement[d] on aborda les grandes exploitations industrielles, les chemins de fer, la houille. Et M. Dambreuse, s'adressant à Frédéric, lui dit tout bas :

— « Vous n'êtes pas venu pour notre affaire. »

Frédéric allégua une maladie ; mais sentant que l'excuse était trop bête :

— « D'ailleurs, j'ai eu besoin de mes fonds. »

— « Pour acheter une voiture ? » reprit Mme Dambreuse, qui passait près de lui, une tasse de thé à la main, et elle le considéra pendant une minute, la tête un peu tournée sur son épaule.

Elle le croyait[e] l'amant de Rosanette ; l'allusion était claire. Il sembla[f] même à Frédéric que toutes les dames le regardaient de loin, en chuchotant. Pour mieux[g] voir ce qu'elles pensaient, il se rapprocha d'elles, encore une fois.

De l'autre côté[h] de la table, Martinon, auprès de Mlle Cécile, feuilletait un album. C'étaient des lithographies représentant des costumes espagnols. Il lisait tout haut les légendes : « Femme de Séville, — Jardinier de Valence[i], — Picador andalou[j] » ; et, descendant une fois, jusqu'au bas de la page, il continua d'une haleine :

— « Jacques Arnoux, éditeur... Un de tes amis, hein ? »

— « C'est vrai », dit Frédéric, blessé par son air.

Mme Dambreuse reprit[k] :

— « En effet, vous êtes venu, un matin... pour... une maison, je crois ? oui, une maison appartenant à sa femme. » (Cela signifiait : « C'est votre maîtresse. »)

Il rougit jusqu'aux oreilles ; et M. Dambreuse, qui arrivait au même moment, ajouta :

— « Vous paraissiez même vous intéresser beaucoup à eux. »

Ces derniers mots achevèrent de décontenancer Frédéric. Son trouble, que l'on voyait, pensait-il, allait confirmer les soupçons quand M. Dambreuse lui dit de plus près, d'un ton grave :

— « Vous ne faites pas d'affaires ensemble, je suppose ? »

Il protesta par des secousses de tête multipliées, sans comprendre l'intention du capitaliste, qui voulait lui donner un conseil.

Il avait envie[a] de partir. La peur de sembler lâche le retint. Un domestique enlevait les tasses de thé ; Mme Dambreuse causait avec un diplomate en habit bleu ; deux jeunes filles, rapprochant leurs fronts, se faisaient voir une bague ; les autres, assises en demi-cercle sur des fauteuils, remuaient doucement leurs blancs visages, bordés de chevelures noires ou blondes ; personne enfin ne s'occupait de lui. Frédéric tourna les talons ; et, par une suite de longs zigzags, il avait presque gagné la porte, quand, passant près d'une console, il remarqua dessus, entre un vase de Chine et la boiserie, un journal[b] plié en deux. Il le tira quelque peu, et lut ces mots : *le Flambard*.

Qui l'avait apporté ? Cisy ! Pas un autre évidemment. Qu'importait, du reste ! ils allaient croire, tous déjà croyaient peut-être à l'article. Pourquoi cet acharnement ? Une ironie silencieuse l'enveloppait. Il se sentait comme perdu dans un désert. Mais la voix de Martinon s'éleva :

— « A propos d'Arnoux, j'ai lu parmi les prévenus des bombes incendiaires le nom d'un de ses employés, Sénécal. Est-ce le nôtre ? »

— « Lui-même », dit Frédéric.

Martinon répéta, en criant[c] très haut :

— « Comment ? notre Sénécal ! notre Sénécal ! »

Alors, on le questionna sur le complot ; sa place d'attaché au parquet devait lui fournir des renseignements.

Il confessa n'en pas avoir. Du reste, il connaissait fort peu le personnage, l'ayant vu deux ou trois fois seulement, il le

tenait[a] en définitive pour un assez mauvais drôle[*]. Frédéric,
indigné, s'écria :

— « Pas du tout ! c'est un très honnête garçon ! »

— « Cependant, monsieur », dit un propriétaire, « on
n'est pas honnête quand on conspire ! »

La plupart des hommes qui étaient là avaient servi, au
moins, quatre gouvernements ; et ils auraient vendu la France
ou le genre[b] humain, pour garantir leur fortune, s'épargner
un malaise, un embarras, ou même par simple bassesse,
adoration instinctive de la force. Tous déclarèrent les crimes
politiques inexcusables. Il fallait plutôt pardonner à ceux qui
provenaient du besoin ! Et on ne manqua pas de mettre en
avant l'éternel exemple du père de famille, volant l'éternel
morceau de pain chez l'éternel boulanger.

Un administrateur s'écria même :

— « Moi, monsieur, si j'apprenais que mon frère conspire,
je le dénoncerais ! »

Frédéric invoqua le droit de résistance ; et, se rappelant
quelques phrases que lui avait dites Deslauriers, il cita[c]
Desolmes, Blackstone, le bill des droits en Angleterre[480], et
l'article 2 de la Constitution de 91[481]. C'était même en
vertu de ce droit-là qu'on avait proclamé la déchéance[d] de
Napoléon ; il avait été reconnu en 1830, inscrit en tête de la
Charte.

— « D'ailleurs, quand le souverain manque au contrat, la
justice veut qu'on le renverse. »

— « Mais c'est abominable ! » exclama la femme d'un
préfet.

Toute les autres[e] se taisaient, vaguement épouvantées,
comme si elles eussent entendu le bruit des balles. Mme
Dambreuse se balançait dans son fauteuil, et l'écoutait parler
en souriant.

Un industriel, ancien carbonaro, tâcha de lui démontrer
que les d'Orléans étaient une belle famille ; sans doute, il y
avait des abus...

— « Eh bien, alors ? »

— « Mais on ne doit pas les dire, cher monsieur ! Si vous
saviez comme toutes ces criailleries de l'Opposition nuisent
aux affaires ? »

— « Je me moque des affaires ! » reprit Frédéric.

La pourriture de ces vieux l'exaspérait et, emporté par la
bravoure qui saisit quelquefois les plus timides, il attaqua

les financiers, les députés, le Gouvernement, le Roi, prit la défense des Arabes, débitait beaucoup de sottises[482]. Quelques-uns l'encourageaient ironiquement :

« Allez donc ! continuez ! » tandis que d'autres murmuraient : « Diable ! quelle exaltation ! » ˙ Enfin, il jugea convenable de se retirer ; et, comme il s'en allait, M. Dambreuse lui dit, faisant allusion à la place de secrétaire :

— « Rien n'est terminé encore ! Mais dépêchez-vous ! »

Et Mme Dambreuse :

— « A bientôt, n'est-ce pas ? »

Frédéric jugea leur adieu une dernière moquerie. Il était déterminé à ne jamais revenir dans cette maison, à ne plus fréquenter tous ces gens-là. Il croyait[a] les avoir blessés, ne sachant pas quel large fonds d'indifférence le monde possède ! Ces femmes surtout l'indignaient. Pas une qui l'eût soutenu, même du regard. Il leur en voulait de ne pas les avoir émues. Quant à[b] Mme Dambreuse, il lui trouvait quelque chose à la fois de langoureux et de sec, qui empêchait de la définir par une formule. Avait-elle un amant ? Quel amant ? Était-ce le diplomate ou un autre[c] ? Martinon, peut-être ? Impossible ! Cependant, il éprouvait une espèce de jalousie contre lui, et envers elle une malveillance inexplicable.

Dussardier, venu ce soir-là comme d'habitude, l'attendait˙. Frédéric avait le cœur gonflé[483] ; il le dégorgea et ses griefs, bien que vagues et difficiles à comprendre, attristèrent le brave commis ; il se plaignait[d] même[e] de son isolement. Dussardier[f], en hésitant un peu, proposa de se rendre chez Deslauriers.

Frédéric, au nom de l'avocat, fut pris par un besoin extrême de le revoir. Sa solitude intellectuelle était profonde, et la compagnie de Dussardier insuffisante. Il lui répondit d'arranger les choses comme il voudrait.

Deslauriers, également, sentait depuis leur brouille une privation dans sa vie. Il céda sans peine à des avances cordiales.

Tous deux s'embrassèrent, puis se mirent à causer de choses indifférentes.

La réserve de Deslauriers attendrit Frédéric[484] ; et, pour lui faire une sorte de réparation, il lui conta le lendemain[g] sa perte de quinze mille francs, sans dire que ces quinze mille francs lui étaient primitivement destinés˙. L'avocat n'en douta pas, néanmoins. Cette mésaventure[h], qui lui donnait raison

dans ses préjugés contre Arnoux, désarma tout à fait sa
rancune, et il ne parla point de l'ancienne promesse.

Frédéric, trompé par son silence, crut qu'il l'avait oubliée[*].
Quelques jours après, il lui demanda s'il n'existait pas de
moyens de rentrer dans ses fonds.

On pouvait[a] discuter les hypothèques précédentes, attaquer
Arnoux comme stellionataire, faire des poursuites au domicile
contre la femme.

— « Non ! non ! pas contre elle ! » s'écria Frédéric ; et
cédant aux questions de l'ancien clerc, il avoua la vérité[b].
Deslauriers fut convaincu qu'il ne la disait pas complètement,
par délicatesse sans doute. Ce défaut de confiance le blessa.

Ils étaient, cependant, aussi liés qu'autrefois, et même ils
avaient tant de plaisir à se trouver ensemble, que la présence
de Dussardier les gênait. Sous prétexte de rendez-vous, ils
arrivèrent à s'en débarrasser peu à peu. Il y a des hommes
n'ayant pour mission parmi[c] les autres que de servir d'intermédiaires ; on les franchit comme des ponts, et l'on va plus
loin.

Frédéric ne cachait rien à son ancien ami. Il lui dit l'affaire[d]
des houilles, avec la proposition de M. Dambreuse. L'avocat
devint[e] rêveur.

— « C'est drôle ! il faudrait pour cette place quelqu'un
d'assez fort en droit ! »

— « Mais tu pourras m'aider », reprit Frédéric.

— « Oui..., tiens..., parbleu ! certainement. »

Dans la même semaine, il lui montra une lettre de sa
mère.

Mme Moreau s'accusait d'avoir mal jugé M. Roque, lequel
avait donné[f] de sa conduite des explications satisfaisantes.
Puis elle parlait de sa fortune, et de la possibilité, pour plus
tard, d'un mariage avec Louise.

— « Ce ne serait peut-être pas bête ! » dit Deslauriers.

Frédéric s'en rejeta loin ; le père Roque, d'ailleurs, était
un vieux filou[*]. Cela n'y faisait rien, selon l'avocat.

A la fin de juillet, une baisse inexplicable fit tomber les
actions du Nord. Frédéric n'avait pas vendu les siennes ; il
perdit d'un seul coup soixante mille francs[485*]. Ses revenus se
trouvaient sensiblement diminués. Il devait ou restreindre sa
dépense[g], ou prendre un état, ou faire un beau mariage.

Alors, Deslauriers lui parla[h] de Mlle Roque. Rien ne
l'empêchait d'aller voir un peu les choses par lui-même.

Frédéric était un peu fatigué[a] ; la province et la maison maternelle le délasseraient. Il partit[*] [*].

L'aspect des rues de Nogent, qu'il monta sous le clair de la lune, le reporta dans de vieux souvenirs ; et il éprouvait une sorte d'angoisse, comme ceux qui reviennent après de longs voyages.

Il y avait chez sa mère tous les habitués[b] d'autrefois : MM. Gamblin, Heudras et Chambrion, la famille Lebrun, « ces demoiselles Auger » ; de plus, le père Roque, et, en face de Mme Moreau, devant une table de jeu, Mlle Louise. C'était une femme, à présent. Elle se leva en poussant un cri. Tous s'agitèrent[*]. Elle était restée immobile, debout ; et les quatre flambeaux d'argent posés sur la table augmentaient sa pâleur. Quand elle se remit à jouer, sa main tremblait[*]. Cette émotion flatta démesurément Frédéric, dont l'orgueil était malade ; il se dit : « Tu m'aimeras, toi ! » et, prenant sa revanche des déboires qu'il avait essuyés là-bas, il se mit à faire le Parisien, le lion, donna des nouvelles des théâtres, rapporta des anecdotes du monde, puisées dans les petits journaux, enfin éblouit ses compatriotes.

Le lendemain, Mme Moreau s'étendit sur les qualités de Louise ; puis énuméra[c] les bois, les fermes qu'elle posséderait. La fortune de M. Roque était considérable[486].

Il l'avait acquise en faisant des placements pour M. Dambreuse ; car il prêtait à des personnes pouvant offrir de bonnes garanties hypothécaires, ce qui lui permettait de demander des suppléments ou des commissions[d]. Le capital, grâce à une surveillance active, ne risquait rien. D'ailleurs, le père Roque n'hésitait jamais devant une saisie ; puis il rachetait à bas prix les biens hypothéqués, et M. Dambreuse, voyant ainsi rentrer ses fonds, trouvait ses affaires très bien faites.

Mais cette manipulation extra-légale le compromettait vis-à-vis de son régisseur. Il n'avait rien à lui refuser[487]. C'était sur ses instances qu'il avait si bien accueilli Frédéric.

En effet, le père Roque couvait au fond de son âme une ambition. Il voulait que sa fille fût comtesse ; et, pour y parvenir, sans mettre en jeu le bonheur de son enfant, il ne connaissait pas d'autre jeune homme[e] que celui-là.

Par la protection de M. Dambreuse, on lui ferait avoir le titre de son aïeul, Mme Moreau, étant la fille d'un comte de Fouvens[f], apparentée, d'ailleurs, aux plus vieilles familles champenoises, les Lavernade, les d'Étrigny. Quant aux Moreau, une inscription gothique, près des moulins de Villeneuve-l'Archevêque, parlait d'un Jacob Moreau qui les avait réédifiées en 1596 ; et la tombe de son fils, Pierre Moreau, premier écuyer du roi[a] sous Louis XIV, se voyait dans la chapelle Saint-Nicolas.

Tant d'honorabilité fascinait M. Roque, fils d'un ancien domestique[*]. Si la couronne comtale ne venait pas, il s'en consolerait sur autre chose ; car Frédéric pouvait parvenir à la députation quand M. Dambreuse serait élevé à la pairie, et alors l'aider[b] dans ses affaires, lui obtenir des fournitures, des concessions. Le jeune homme[c] lui plaisait, personnellement. Enfin il le voulait pour gendre, parce que, depuis longtemps, il s'était féru de cette idée, qui ne faisait que s'accroître.

Maintenant, il fréquentait l'église ; — et il avait séduit Mme Moreau par l'espoir du titre, surtout. Elle s'était gardée cependant de faire une réponse[d] décisive.

Donc, huit jours après, sans qu'aucun engagement eût été pris, Frédéric passait pour « le futur » de Mlle Louise[e] ; et le père Roque, peu scrupuleux, les laissait ensemble quelquefois[488].

V

Deslauriers avait emporté de chez Frédéric la copie de l'acte de subrogation, avec une procuration en bonne forme lui conférant de pleins pouvoirs ; mais, quand il eut remonté ses cinq étages, et qu'il fut seul, au milieu de son triste cabinet, dans son fauteuil[a] de basane, la vue du papier timbré l'écœura.

Il était las de ces choses, et des restaurants à trente-deux sous, des voyages en omnibus, de sa misère, de ses efforts[*]. Il prit les paperasses[b] ; d'autres se trouvaient à côté ; c'étaient les prospectus de la compagnie houillère avec la liste des mines et le détail de leur contenance, Frédéric lui ayant laissé tout cela pour avoir dessus son opinion.

Une idée lui vint : celle de se présenter chez M. Dambreuse et de demander la place de secrétaire. Cette place[c], bien sûr, n'allait pas sans l'achat d'un certain nombre d'actions. Il reconnut la folie de son projet et se dit :

— « Oh non ! ce serait mal. »

Alors, il chercha comment s'y prendre pour recouvrer[d] les quinze mille francs. Une pareille somme n'était rien pour Frédéric ! Mais, s'il l'avait eue, lui, quel levier ! Et l'ancien clerc s'indigna que la fortune de l'autre fût grande.

— « Il en fait un usage pitoyable. C'est un égoïste. Eh ! je me moque bien de ses quinze mille francs ! »

Pourquoi les avait-il prêtés ? Pour les beaux yeux de Mme Arnoux. Elle était sa maîtresse ! Deslauriers n'en doutait pas. « Voilà une chose de plus à quoi sert l'argent ! » Des pensées haineuses l'envahirent.

Puis, il songea à la personne même de Frédéric. Elle avait toujours exercé sur lui un charme presque féminin ; et il arriva bientôt à l'admirer pour un succès dont il se reconnaissait incapable[e].

Cependant, est-ce que la volonté n'était pas l'élément capital des entreprises ? et, puisque avec elle on triomphe de tout[489]...

— « Ah ! ce serait drôle ! »

Mais il eut honte de cette perfidie, et, une minute après :

— « Bah ! est-ce que j'ai peur ? »

Mme Arnoux (à force d'en entendre parler) avait fini par se peindre dans son imagination extraordinairement. La persistance de cet amour l'irritait comme un problème. Son austérité un peu théâtrale l'ennuyait maintenant. D'ailleurs, la femme du monde (ou ce qu'il jugeait telle) éblouissait l'avocat comme le symbole et le résumé de mille plaisirs inconnus. Pauvre, il convoitait le luxe[a] sous sa forme la plus claire.

« Après tout, quand il se fâcherait, tant pis ! Il s'est trop mal comporté envers moi[b], pour que je me gêne ! Rien ne m'assure qu'elle est sa maîtresse. Il me l'a nié. Donc[c], je suis libre ! »

Le désir de cette démarche ne le quitta plus. C'était une preuve de ses forces qu'il voulait faire ; — si bien[d] qu'un jour, tout à coup, il vernit lui-même ses bottes, acheta des gants blancs, et se mit en route, se substituant[e] à Frédéric et s'imaginant presque être lui, par une singulière évolution intellectuelle où il y avait à la fois de la vengeance et de la sympathie, de l'imitation et de l'audace.

Il fit annoncer « le docteur Deslauriers ».

Mme Arnoux fut surprise, n'ayant réclamé aucun médecin.

— « Ah ! mille excuses ! c'est docteur en droit. Je viens pour les intérêts de M. Moreau. »

Ce nom parut la troubler.

« Tant mieux ! pensa l'ancien clerc ; puisqu'elle a bien voulu[f] de lui, elle voudra de moi ! » s'encourageant par l'idée reçue qu'il est plus facile de supplanter un amant qu'un mari.

Il avait eu le plaisir de la rencontrer, une fois, au Palais ; il cita même la date[*]. Tant de mémoire étonna Mme Arnoux[*].
Il reprit[g] d'un ton doucereux :

— « Vous aviez déjà... quelques embarras... dans vos affaires ! »

Elle ne répondit rien ; donc, c'était vrai.

Il se mit à causer de choses et d'autres, de son logement, de la fabrique ; puis, apercevant, aux bords de la glace, des médaillons :

— « Ah ! des portraits de famille, sans doute ? »

Il remarqua celui d'une vieille femme, la mère de Mme Arnoux.

— « Elle a l'air d'une excellente personne, un type méridional. »

Et, sur l'objection qu'elle était de Chartres :

— « Chartres ! jolie ville. »

Il en vanta la cathédrale et les pâtés ; puis revenant au portrait, y trouva des ressemblances avec Mme Arnoux, et lui lançait des flatteries indirectement. Elle n'en fut pas choquée. Il prit confiance et dit qu'il connaissait Arnoux depuis longtemps.

— « C'est un brave garçon ! mais qui se compromet ! Pour cette hypothèque, par exemple, on n'imagine pas une étourderie... »

— « Oui ! je sais », dit-elle, en haussant les épaules.

Ce témoignage involontaire[a] de mépris engagea Deslauriers à poursuivre.

— « Son histoire de kaolin, vous l'ignorez peut-être, a failli tourner très mal, et même sa réputation... »

Un froncement de sourcils l'arrêta[b].

Alors se rabattant sur les généralités, il plaignit les pauvres femmes dont les époux gaspillent la fortune...

— « Mais elle est à lui, monsieur : moi, je n'ai rien ! »

N'importe ! On ne savait pas... Une personne d'expérience pouvait servir. Il fit des offres de dévouement, exalta ses propres mérites ; et il la regardait en face, à travers ses lunettes qui miroitaient.

Une torpeur vague[c] la prenait ; mais, tout à coup :

— « Voyons l'affaire, je vous prie ! »

Il exhiba le dossier.

— « Ceci est la procuration de Frédéric. Avec un titre pareil aux mains d'un huissier qui fera un commandement, rien n'est plus simple : dans les vingt-quatre heures... » (Elle restait impassible, il changea de manœuvre.) « Moi, du reste, je ne comprends pas[d] ce qui le pousse à réclamer cette somme ; car enfin il n'en a aucun besoin ! »

— « Comment ! M. Moreau s'est montré assez bon... »

— « Oh ! d'accord ! »

Et Deslauriers entama son éloge, puis vint à le dénigrer, tout doucement, le donnant pour oublieux, personnel, avare.

— « Je le croyais votre ami, monsieur ? »

— « Cela ne m'empêche pas de voir ses défauts. Ainsi, il reconnaît bien peu... comment dirais-je[e] ? la sympathie... »

Mme Arnoux tournait les feuilles du gros cahier. Elle l'interrompit, pour avoir l'explication d'un mot.

Il se pencha sur son épaule, et si près d'elle, qu'il effleura sa joue. Elle rougit ; cette rougeur enflamma Deslauriers ; il lui baisa la main voracement.

— « Que faites-vous, monsieur ? »

Et, debout contre la muraille, elle le maintenait immobile, sous ses grands yeux noirs irrités.

— « Écoutez-moi ! je vous aime ! »

Elle partit d'un éclat de rire, un rire aigu, désespérant, atroce*. Deslauriers sentit une colère à l'étrangler. Il se contint ; et, avec la mine d'un vaincu demandant grâce :

— « Ah ! vous avez tort ! Moi, je n'irais pas comme lui... »

— « De qui donc parlez-vous ? »

— « De Frédéric »

— « Eh ! M. Moreau m'inquiète peu, je vous l'ai dit ! »

— « Oh ! pardon !... pardon !... »

Puis, d'une voix mordante, et faisant traîner ses phrases :

— « Je croyais même que vous vous intéressiez suffisamment à sa personne pour apprendre avec plaisir... »

Elle devint toute pâle. L'ancien clerc ajouta :

— « Il va se marier. »

— « Lui[a] ! »

— « Dans un mois, au plus tard, avec Mlle Roque, la fille du régisseur de M. Dambreuse. Il est même parti à Nogent, rien que pour cela. »

Elle porta la main sur son cœur, comme au choc d'un grand coup ; mais tout de suite elle tira la sonnette. Deslauriers n'attendit pas qu'on le mît dehors. Quand elle se retourna, il avait disparu.

Mme Arnoux suffoquait un peu. Elle s'approcha de la fenêtre pour respirer.

De l'autre côté de la rue, sur le trottoir, un emballeur en manches de chemise clouait une caisse. Des fiacres passaient. Elle ferma la croisée[b] et vint se rasseoir*. Les hautes maisons voisines interceptant le soleil, un jour froid tombait dans l'appartement. Ses enfants étaient sortis, rien ne bougeait autour d'elle. C'était comme une désertion immense.

— « Il va se marier ! est-ce possible ! »

Et un tremblement[c] nerveux la saisit.

— « Pourquoi cela ? Est-ce que je l'aime ? »

Puis tout à coup :

— « Mais oui[d], je l'aime !... je l'aime ! »

Il lui semblait descendre dans quelque chose de profond, qui n'en finissait plus. La pendule sonna trois heures. Elle écouta les vibrations du timbre mourir. Et elle restait[a] au bord de son fauteuil, les prunelles fixes[b], et souriant toujours[**].

La même après-midi, au même moment[c], Frédéric et Mlle Louise se promenaient dans le jardin que M. Roque possédait au bout de l'île. La vieille Catherine[d] les surveillait, de loin ; ils marchaient côte à côte, et Frédéric disait :

— « Vous souvenez-vous quand je vous emmenais dans la campagne ? »

— « Comme vous étiez bon pour moi ! » répondit-elle. « Vous m'aidiez à faire des gâteaux avec du sable, à remplir mon arrosoir, à me balancer sur l'escarpolette ! »

— « Toutes vos poupées, qui avaient des noms de reines ou de marquises, que sont-elles devenues ? »

— « Ma foi, je n'en sais rien ! »

— « Et votre roquet Moricaud ? »

— « Il s'est noyé, le pauvre chéri ! »

— « Et le *Don Quichotte*, dont nous coloriions ensemble les gravures ? »

— « Je l'ai encore ! »

Il lui rappela le jour de sa première communion, et comme elle était gentille aux vêpres, avec son voile blanc et son grand cierge, pendant qu'elles défilaient toutes autour du chœur, et que la cloche tintait.

Ces souvenirs[e], sans doute, avaient peu de charme pour Mlle Roque ; elle ne trouva rien à répondre ; et une minute après :

— « Méchant qui ne m'a pas donné une seule fois de ses nouvelles ! »

Frédéric objecta ses nombreux travaux.

— « Qu'est-ce donc que vous faites ? »

Il fut embarrassé de la question, puis dit qu'il étudiait la politique.

— « Ah ! »

Et, sans en demander davantage :

— « Cela vous occupe, mais moi !... »

Alors, elle lui conta l'aridité de son existence, n'ayant personne à voir, pas le moindre plaisir, la moindre distraction[f] ! Elle désirait monter à cheval.

— « Le Vicaire[a] prétend que c'est inconvenant pour une jeune fille ; est-ce bête, les convenances ! Autrefois, on me laissait faire tout ce que je voulais ; à présent, rien ! »

— « Votre père vous aime pourtant ! »

— « Oui ; mais... »

Elle poussa[b] un soupir, qui signifiait : « Cela ne suffit pas à mon bonheur. »

Puis, il y eut un silence. Ils n'entendaient que le craquement du sable sous leurs pieds avec le murmure de la chute[c] d'eau ; car la Seine, au-dessus de Nogent, est coupée en deux bras[490]. Celui qui fait tourner les moulins dégorge[d] en cet endroit la surabondance de ses ondes, pour rejoindre plus bas le cours naturel du fleuve ; et lorsqu'on vient des ponts, on aperçoit, à droite sur l'autre berge, un talus de gazon que domine une maison blanche. A gauche, dans la prairie, des peupliers s'étendent, et l'horizon, en face, est borné par une courbe de la rivière ; elle était plate comme un miroir ; de grands insectes patinaient[e] sur l'eau tranquille. Des touffes de roseaux et des joncs la bordent inégalement ; toutes sortes[f] de plantes venues là s'épanouissaient en boutons d'or, laissaient pendre des grappes jaunes, dressaient des quenouilles de fleurs amarante, faisaient au hasard des fusées vertes. Dans une anse du rivage, des nymphéas s'étalaient ; et un rang de vieux saules cachant des pièges à loup était, de ce côté de l'île, toute la défense du jardin.

En deçà[g], dans l'intérieur, quatre murs à chaperon d'ardoises enfermaient le potager, où les carrés de terre, labourés nouvellement, formaient des plaques brunes[h]. Les cloches des melons brillaient à la file sur leur couche étroite ; les artichauts[i], les haricots, les épinards, les carottes et les tomates alternaient[j] jusqu'à un plant d'asperges, qui semblait un petit bois de plumes.

Tout ce terrain avait été, sous le Directoire, ce qu'on appelait *une folie*. Les arbres, depuis lors, avaient démesurément grandi. De la clématite embarrassait[k] les charmilles, les allées étaient couvertes[l] de mousse, partout les ronces foisonnaient. Des tronçons de statue émiettaient leur plâtre sous les herbes. On se prenait[m] en marchant dans quelques débris d'ouvrage en fil de fer. Il ne restait plus du pavillon que deux chambres au rez-de-chaussée avec des lambeaux de papier bleu. Devant la façade s'allongeait une treille à l'italienne, ou, sur des piliers en brique, un grillage de bâtons supportait une vigne.

Ils vinrent là-dessous tous les deux, et, comme la lumière tombait par les trous inégaux de la verdure, Frédéric, en parlant à Louise de côté, observait l'ombre des feuilles sur son visage.

Elle avait dans ses cheveux rouges, à son chignon, une aiguille terminée par une boule de verre imitant l'émeraude ; et elle portait, malgré son deuil (tant son mauvais goût était naïf)[491], des pantoufles en paille garnies de satin rose, curiosité vulgaire, achetées[a] sans doute dans quelque foire.

Il s'en aperçut, et l'en complimenta ironiquement.

— « Ne vous moquez pas de moi ! » reprit-elle.

Puis, le considérant tout entier, depuis son chapeau de feutre gris jusqu'à ses chaussettes de soie :

— « Comme[b] vous êtes coquet ! »

Ensuite, elle le pria de lui indiquer des ouvrages à lire. Il en nomma plusieurs ; et elle dit :

— « Oh ! comme vous êtes savant ! »

Toute petite, elle s'était prise d'un de ces amours d'enfant qui ont à la fois la pureté d'une religion et la violence d'un besoin[492]. Il avait été son camarade, son frère, son maître, avait amusé son esprit, fait battre son cœur et versé[c] involontairement jusqu'au fond[d] d'elle-même une ivresse latente et continue. Puis il l'avait quittée en pleine crise tragique, sa mère à peine morte, les deux désespoirs se confondant. L'absence l'avait idéalisé dans son souvenir ; il revenait[e] avec une sorte d'auréole, et elle se livrait ingénument au bonheur de le voir

Pour la première fois de sa vie, Frédéric se sentait aimé ; et ce plaisir nouveau, qui n'excédait pas l'ordre des sentiments agréables, lui causait comme[f] un gonflement intime ; si bien qu'il écarta les deux bras et se renversant la tête.

Un gros nuage passait alors sur le ciel.

— « Il va du côté de Paris », dit Louise ; « vous voudriez le suivre, n'est-ce pas ? »

— « Moi ! pourquoi ? »

— « Qui sait[g] ? »

Et, le fouillant d'un regard aigu :

— « Peut-être que vous avez là-bas... » (elle chercha le mot) « quelque affection. »

— « Eh ! je n'ai pas d'affection ! »

— « Bien sûr ? »

— « Mais oui, mademoiselle, bien sûr !»

En moins d'un an, il s'était fait dans la jeune fille une transformation extraordinaire qui étonnait Frédéric[a]. Après une minute de silence, il ajouta :

— « Nous devrions nous tutoyer, comme autrefois ; voulez-vous ? »

— « Non. »

— « Pourquoi ? »

— « Parce que ! »

Il insistait. Elle répondit, en baissant la tête :

— « Je n'ose pas ! »

Ils étaient arrivés au bout du jardin, sur la grève du Livon. Frédéric, par gaminerie, se mit à faire des ricochets avec un caillou[b]. Elle lui ordonna de s'asseoir. Il obéit ; puis, en regardant la chute d'eau :

— « C'est comme le Niagara ! »

Il vint à parler[c] des contrées lointaines et de grands voyages[*]. L'idée d'en faire la charmait. Elle n'aurait eu peur de rien, ni des tempêtes, ni des lions.

Assis, l'un près de l'autre, ils ramassaient devant eux des poignées de sable, puis les faisaient couler de leurs mains tout en causant ; — et le vent[d] chaud qui arrivait des plaines leur apportait par bouffées des senteurs de lavande, avec le parfum du goudron s'échappant d'une barque, derrière l'écluse. Le soleil frappait la cascade ; les blocs verdâtres du petit mur où l'eau coulait apparaissaient comme sous une gaze d'argent se déroulant toujours. Une longue barre d'écume rejaillissait au pied, en cadence. Cela formait ensuite des bouillonnements, des tourbillons, mille courants opposés, et qui finissaient par se confondre en une seule nappe limpide[e].

Louise murmura qu'elle enviait l'existence des poissons.

— « Ça doit être si doux de se rouler là-dedans, à son aise, de se sentir caressé partout. »

Et elle frémissait, avec des mouvements d'une câlinerie sensuelle.

Mais une voix cria :

— « Où es-tu ? »

— « Votre bonne vous appelle », dit Frédéric.

— « Bien ! bien ! »

Louise[f] ne se dérangeait pas.

— « Elle va se fâcher », reprit-il.

— « Cela m'est égal ! et d'ailleurs... » Mlle Roque faisait comprendre, par un geste, qu'elle la tenait à sa discrétion.

Elle se leva pourtant, puis se plaignit de mal de tête*. Et, comme ils passaient devant un vaste hangar qui contenait des bourrées :

— « Si nous nous mettions dessous, *à l'égaud* [493] ? »

Il feignit de ne pas comprendre ce mot de patois, et même la taquina sur son accent. Peu à peu, les coins de sa bouche se pincèrent, elle mordait ses lèvres ; elle s'écarta pour bouder.

Frédéric la rejoignit, jura qu'il n'avait pas voulu lui faire de mal et qu'il l'aimait beaucoup.

— « Est-ce vrai ? » s'écria-t-elle, en le regardant avec un sourire qui éclairait tout son visage, un peu semé de taches de son.

Il ne résista pas à cette bravoure de sentiment, à la fraîcheur de sa jeunesse, et il reprit :

— « Pourquoi te mentirais-je ?... tu en doutes... hein ? » en lui passant le bras gauche autour de la taille.

Un cri, suave comme un roucoulement, jaillit de sa gorge ; sa tête[a] se renversa, elle défaillit[b], il la soutint. Et les scrupules de sa probité furent inutiles ; devant cette vierge qui s'offrait, une peur l'avait saisi*. Il l'aida ensuite à faire quelques pas, doucement. Ses caresses de langage avaient cessé, et ne voulant plus dire que des choses insignifiantes, il lui parlait des personnes de la société nogentaise.

Tout à coup elle le repoussa, et, d'un ton amer :

— « Tu n'aurais pas le courage de m'emmener ! »

Il resta immobile avec un grand air d'ébahissement. Elle éclata en sanglots, et s'enfonçant sa tête[c] dans sa poitrine :

— « Est-ce que je peux vivre sans toi ! »

Il tâchait de la calmer. Elle lui mit ses deux mains sur les épaules pour le mieux voir en face, et, dardant contre les siennes ses prunelles vertes d'une humidité presque féroce :

— « Veux-tu être mon mari ? »

— « Mais... », répliqua Frédéric, cherchant quelque réponse. « Sans doute... Je ne demande pas mieux. »

A ce moment la casquette de M. Roque apparut derrière un lilas* *.

Il emmena son « jeune ami » pendant deux jours faire un petit voyage aux environs, dans ses propriétés ; et Frédéric, lorsqu'il revint, trouva chez sa mère trois lettres.

La première était un billet de M. Dambreuse l'invitant à dîner pour le mardi précédent. A propos de quoi cette politesse ? On lui avait donc pardonné son incartade ?

La seconde était de Rosanette. Elle le remerciait d'avoir risqué sa vie pour elle ; Frédéric ne comprit pas d'abord ce qu'elle voulait dire ; enfin, après beaucoup d'ambages, elle implorait de lui, en invoquant son amitié, se fiant à sa délicatesse, à deux genoux, disait-elle, vu la nécessité pressante, et comme on demande du pain, un petit secours de cinq cents francs. Il se décida[a] tout de suite à les fournir.

La troisième lettre, venant de Deslauriers, parlait de la subrogation et était longue, obscure. L'avocat n'avait pris encore aucun parti. Il l'engageait à ne pas se déranger : « C'est inutile que tu reviennes ! », appuyant même là-dessus avec une insistance bizarre.

Frédéric se perdit dans toutes sortes[b] de conjectures, et il eut envie de s'en retourner là-bas ; cette prétention au gouvernement de sa conduite le révoltait.

D'ailleurs, la nostalgie du boulevard commençait à le prendre ; et puis sa mère le pressait tellement, M. Roque tournait si bien autour de lui et Mlle Louise l'aimait si fort, qu'il ne pouvait rester plus longtemps sans se déclarer. Il avait besoin de réfléchir, il jugerait mieux les choses dans l'éloignement.

Pour motiver son voyage, Frédéric inventa une histoire ; et il partit, en disant à tout le monde et croyant lui-même qu'il reviendrait bientôt.

VI

Son retour à Paris ne lui causa point de plaisir ; c'était le soir, à la fin du mois d'août, le boulevard semblait vide, les passants se succédaient avec des mines renfrognées, çà et là une chaudière d'asphalte fumait, beaucoup de maisons avaient leurs persiennes entièrement closes. Il arriva[a] chez lui : de la poussière couvrait les tentures ; et, en dînant tout seul, Frédéric fut pris par un étrange sentiment d'abandon[494] ; alors il songea à Mlle Roque.

L'idée de se marier ne lui paraissait plus exorbitante[b]. Ils voyageraient[495], ils iraient en Italie, en Orient ! Et il l'apercevait debout sur un monticule, contemplant un paysage, ou bien appuyée à son bras dans une galerie florentine, s'arrêtant devant les tableaux. Quelle joie ce serait que de voir ce bon petit être s'épanouir aux splendeurs de l'Art et de la Nature[c] ! Sortie de son milieu, en peu de temps, elle ferait une compagne charmante. La fortune de M. Roque le tentait d'ailleurs. Cependant[d], une pareille détermination lui répugnait comme une faiblesse, un avilissement.

Mais il était bien résolu (quoi qu'il dût faire) à changer d'existence, c'est-à-dire à ne plus perdre son cœur dans des passions infructueuses[e], et même il hésitait à remplir la commission dont Louise l'avait chargé[e]. C'était d'acheter pour elle, chez Jacques Arnoux, deux grandes statuettes polychromes représentant des nègres, comme ceux qui étaient à la préfecture de Troyes. Elle connaissait le chiffre du fabricant, n'en voulait pas d'un autre. Frédéric[f] avait peur, s'il retournait *chez eux*, de tomber encore une fois dans son vieil amour.

Ces réflexions l'occupèrent toute la soirée ; et il allait se coucher quand une femme entra[496g].

— « C'est moi », dit en riant Mlle Vatnaz. « Je viens de la part de Rosanette. »

Elles s'étaient donc réconciliées ?

— « Mon Dieu, oui ! Je ne suis pas méchante, vous savez bien. Au surplus, la pauvre fille... Ce serait[h] trop long à vous conter. »

Bref, la Maréchale désirait le voir, elle attendait une réponse, sa lettre s'étant promenée de Paris à Nogent ; Mlle Vatnaz ne savait point ce qu'elle contenait. Alors, Frédéric s'informa de la Maréchale.

Elle était, maintenant, *avec* un homme très riche, un Russe, le prince Tzernoukoff[497], qui l'avait vue aux courses du Champ de Mars, l'été dernier.

— « On a trois voitures, cheval de selle, livrée, groom dans le chic anglais, maison de campagne, loge aux Italiens, un tas de choses encore. Voilà, mon cher. »

Et la Vatnaz, comme si elle eût profité à ce changement[a] de fortune, paraissait plus gaie, tout heureuse[*]. Elle retira[b] ses gants et examina dans la chambre les meubles et les bibelots. Elle les cotait à leur prix juste, comme un brocanteur. Il aurait dû la consulter pour les obtenir à meilleur compte ; et elle le félicitait de son bon goût :

— « Ah ! c'est mignon, extrêmement bien ! Il n'y a que vous pour ces idées. »

Puis, apercevant au chevet de l'alcôve une porte :

— « C'est par là qu'on fait sortir les petites femmes, hein ? »

Et, amicalement, elle lui prit le menton[*]. Il tressaillit au contact de ses longues mains, tout à la fois maigres et douces. Elle avait autour des poignets une bordure de dentelle et, sur le corsage de sa robe verte, des passementeries, comme un hussard. Son chapeau de tulle noir, à bords descendants, lui cachait un peu le front ; ses yeux brillaient là-dessous ; une odeur de patchouli s'échappait de ses bandeaux ; la carcel posée sur un guéridon, en l'éclairant d'en bas comme une rampe de théâtre, faisait saillir sa mâchoire ; — et tout à coup, devant cette femme laide qui avait dans la taille des ondulations de panthère, Frédéric sentit une convoitise énorme, un désir de volupté bestiale.

Elle lui dit d'une voix onctueuse, en tirant de son porte-monnaie trois carrés de papier :

— « Vous allez me prendre ça ! »

C'était trois places pour une représentation au bénéfice de Delmar.

— « Comment ! lui ? »

— « Certainement ! »

Mlle Vatnaz, sans s'expliquer davantage, ajouta qu'elle l'adorait plus que jamais. Le comédien, à l'en croire, se classait définitivement parmi « les sommités de l'époque ». Et ce n'était pas tel ou tel personnage qu'il représentait, mais le génie même de la France, le Peuple ! Il avait « l'âme humanitaire ; il comprenait le sacerdoce de l'Art »[a]* ! Frédéric, pour se délivrer de ces éloges, lui donna l'argent des trois places.

— « Inutile que vous en parliez là-bas ! — Comme il est[b] tard, mon Dieu ! Il faut que je vous quitte. Ah ! j'oubliais l'adresse : c'est rue Grange-Batelière, 14.[498] »

Et sur le seuil :

— « Adieu, homme aimé ! »

« Aimé de qui ? » se demanda Frédéric. « Quelle singulière personne ! »

Et il se ressouvint que Dussardier lui avait dit un jour, à propos d'elle : « Oh ! ce n'est pas grand-chose ! » comme faisant allusion à des histoires peu honorables**.

Le lendemain, il se rendit chez la Maréchale[499]. Elle habitait une maison neuve, dont les stores avançaient sur la rue. Il y avait à chaque palier une glace contre le mur, une jardinière rustique devant les fenêtres, tout le long des marches un tapis de toile ; et, quand on arrivait du dehors, la fraîcheur de l'escalier délassait.

Ce fut un domestique mâle qui vint ouvrir, un valet en gilet rouge. Dans l'antichambre, sur la banquette, une femme et deux hommes, des fournisseurs sans doute, attendaient, comme dans un vestibule de ministre. A gauche, la porte de la salle à manger, entre-bâillée, laissait apercevoir des bouteilles vides sur les buffets, des serviettes au dos des chaises ; et parallèlement s'étendait une galerie, où des bâtons[c] couleur d'or soutenaient un espalier de roses. En bas, dans la cour, deux garçons, les bras nus, frottaient un landau. Leur voix montait jusque-là, avec le bruit intermittent d'une étrille que l'on heurtait contre une pierre.

Le domestique revint. « Madame allait recevoir Monsieur[d] » ; et il lui fit traverser une deuxième antichambre, puis un grand salon, tendu de brocatelle jaune, avec des torsades dans les coins qui se rejoignaient sur le plafond et semblaient continuées par les rinceaux[e] du lustre ayant la forme de câbles. On avait sans doute festoyé la nuit dernière. De la cendre de cigare était restée sur les consoles.

Enfin, il entra dans une espèce de boudoir qu'éclairaient confusément des vitraux de couleur. Des trèfles en bois

découpé ornaient le dessus des portes ; derrière une balustrade, trois matelas de pourpre formaient divan, et le tuyau
d'un narghilé de platine traînait dessus. La cheminée, au
lieu de miroir, avait une étagère pyramidale, offrant sur ses
gradins toute une collection de curiosités : de vieilles montres
d'argent, des cornets de Bohême, des agrafes en pierreries,
des boutons de jade, des émaux, des magots, une petite
vierge byzantine à chape de vermeil ; et tout cela se fondait
dans un crépuscule doré, avec la couleur bleuâtre du tapis,
le reflet de nacre des tabourets, le ton fauve des murs couverts
de cuir marron. Aux angles, sur des piédouches, des vases
de bronze contenaient des touffes de fleurs qui alourdissaient
l'atmosphère.

Rosanette parut[a], habillée d'une veste de satin rose, avec
un pantalon de cachemire blanc, un collier de piastres, et
une calotte rouge entourée d'une branche de jasmin[500].

Frédéric fit un mouvement de surprise ; puis dit qu'il
apportait « la chose en question », en lui présentant le billet
de banque.

Elle le regarda fort ébahie ; et, comme il avait toujours le
billet à la main, sans savoir où le poser[b] :

— « Prenez-le donc ! »

Elle le saisit ; puis, l'ayant jeté sur le divan :

— « Vous êtes bien aimable. »

C'était pour solder un terrain à Bellevue, qu'elle payait
ainsi par annuités[c]. Un tel sans-façon[d] blessa Frédéric. Du
reste, tant mieux, cela le vengeait du passé.

— « Asseyez-vous ! » dit-elle, « là, plus près[e]. » Et, d'un
ton grave : « D'abord, j'ai à vous remercier, mon cher,
d'avoir risqué votre vie. »

— « Oh ! ce n'est rien ! »

— « Comment, mais c'est très beau ! »

Et la Maréchale lui témoigna une gratitude embarrassante ;
car elle devait penser qu'il s'était battu exclusivement pour
Arnoux, celui-ci, qui se l'imaginait, ayant dû céder au besoin
de le dire.

« Elle se moque de moi, peut-être », songeait Frédéric.

Il n'avait[f] plus rien à faire, et, alléguant un rendez-vous,
il se leva.

— « Et non ! Restez ! »

Il se rassit[g] et la complimenta sur son costume.

Elle répondit, avec un air d'accablement :

— « C'est le Prince qui m'aime comme ça ! Et il faut fumer des machines pareilles », ajouta Rosanette, en montrant le narghilé. « Si nous en goûtions ? voulez-vous ? »

On apporta du feu ; le tombac[501a] s'allumant difficilement, elle se mit à trépigner d'impatience. Puis une langueur la saisit ; et elle restait immobile sur le divan, un coussin sous l'aisselle, le corps un peu tordu, un genou plié, l'autre jambe toute droite. Le long serpent de maroquin rouge, qui formait des anneaux par terre, s'enroulait à son bras. Elle en appuyait le bec d'ambre sur ses lèvres et regardait Frédéric, en clignant les yeux, à travers la fumée dont les volutes l'enveloppaient. L'aspiration de sa poitrine faisait gargouiller l'eau, et elle murmurait de temps à autre :

— « Ce pauvre mignon ! ce pauvre chéri ! »

Il tâchait de trouver un sujet de conversation agréable ; l'idée[b] de la Vatnaz lui revint.

Il dit[c] qu'elle lui avait semblé fort élégante.

— « Parbleu ! » reprit la Maréchale. « Elle est[d] bien heureuse de m'avoir, celle-là ! » sans ajouter un mot de plus, tant il y avait de restriction dans leurs propos.

Tous les deux sentaient une contrainte, un obstacle[*]. En effet, le duel dont Rosanette se croyait la cause avait flatté son amour-propre. Puis elle s'était fort étonnée qu'il n'accourût pas se prévaloir de son action ; et, pour le contraindre à revenir, elle avait imaginé ce besoin de cinq cents francs. Comment se faisait-il[e] que Frédéric ne demandait pas en retour un peu de tendresse ! C'était un raffinement qui l'émerveillait, et, dans un élan de cœur, elle lui dit :

— « Voulez-vous venir avec nous aux bains de mer[502] ? »

— « Qui cela, *nous* ? »

— « Moi et mon oiseau ; je vous ferai passer[f] pour mon cousin, comme dans les vieilles comédies[503]. »

— « Mille grâces ! »

— « Eh bien, alors, vous prendrez un logement près du nôtre. »

L'idée de se cacher d'un homme riche l'humiliait.

— « Non ! cela est impossible. »

— « A votre aise ! »

Rosanette se détourna, ayant une larme aux paupières. Frédéric l'aperçut ; et, pour lui marquer de l'intérêt, il se dit heureux de la voir, enfin, dans une excellente position.

Elle fit un haussement d'épaules. Qui donc l'affligeait ?
Était-ce, par hasard, qu'on ne l'aimait pas ?

— « Oh ! moi, on m'aime toujours ! »

Elle ajouta :

— « Reste à savoir de quelle manière. »

Se plaignant[a] « d'étouffer de chaleur », la Maréchale défit
sa veste ; et, sans autre vêtement autour des reins que sa
chemise de soie, elle inclinait la tête sur son épaule, avec un
air d'esclave plein de provocations.

Un homme d'un égoïsme moins réfléchi n'eût pas songé
que le Vicomte, M. de Comaing ou un autre pouvait survenir.
Mais Frédéric avait été trop de fois la dupe de ces mêmes
regards pour se compromettre dans une humiliation nouvelle.

Elle voulut[b] connaître ses relations, ses amusements ; elle
arriva même à s'informer de ses affaires, et à offrir de lui
prêter de l'argent, s'il en avait besoin. Frédéric[c], n'y tenant
plus, prit son chapeau.

— « Allons, ma chère, bien du plaisir là-bas ; au revoir ! »

Elle écarquilla les yeux ; puis, d'un ton sec :

— « Au revoir ! »

Il repassa par le salon jaune et par la seconde antichambre.
Il y avait sur la table, entre un vase plein de cartes de visite
et une écritoire, un coffret d'argent ciselé. C'était celui de
Mme Arnoux ! Alors, il éprouva un attendrissement, et en
même temps comme le scandale d'une profanation. Il avait
envie d'y porter les mains, de l'ouvrir. Il eut peur d'être
aperçu, et s'en alla.

Frédéric fut[d] vertueux. Il ne retourna point chez Arnoux.

Il envoya son domestique acheter les deux nègres, lui ayant
fait toutes les recommandations[e] indispensables ; et la caisse
partit, le soir même, pour Nogent*. Le lendemain[f], comme
il se rendait chez Deslauriers, au détour de la rue Vivienne
et du boulevard, Mme Arnoux se montra devant lui, face à
face.

Leur premier mouvement fut de reculer ; puis, le même
sourire leur vint aux lèvres, et ils s'abordèrent*. Pendant une
minute, aucun des deux ne parla.

Le soleil l'entourait[504] ; et sa figure ovale, ses longs sourcils,
son châle de dentelle noire, moulant la forme de ses épaules,
sa robe de soie gorge-de-pigeon, le bouquet de violettes au

coin de sa capote, tout lui parut d'une splendeur extraordi-
naire. Une suavité infinie s'épanchait de ses beaux yeux ; et,
balbutiant[a], au hasard, les premières paroles venues :
— « Comment se porte Arnoux ? » dit Frédéric.
— « Je vous remercie ! »
— « Et vos enfants ? »
— « Ils vont très bien ! »
— « Ah !... ah !... — Quel beau temps nous avons, n'est-
ce pas ? »
— « Magnifique, c'est vrai ! »
— « Vous faites des courses ? »
— « Oui. »
Et avec une lente inclination de tête :
— « Adieu[b] ! »
Elle ne lui avait pas tendu la main, n'avait pas dit un seul
mot affectueux, ne l'avait même pas invité à venir[c] chez elle,
n'importe ! il n'eût point[d] donné cette rencontre pour la
plus belle des aventures, et il en ruminait la douceur tout
en continuant sa route.
Deslauriers, surpris de le voir, dissimula son dépit, — car
il conservait par obstination quelque espérance encore du
côté de Mme Arnoux ; et il avait écrit à Frédéric de rester
là-bas, pour être plus libre dans ses manœuvres.
Il dit cependant qu'il s'était présenté chez elle, afin de
savoir si leur contrat stipulait la communauté : alors, on
aurait pu recourir contre la femme ; « et elle a fait une drôle
de mine quand je lui ai appris ton mariage. »
— « Tiens ! quelle invention ! »
— « Il le fallait, pour montrer que tu avais besoin de tes
capitaux ! Une personne indifférente n'aurait pas eu l'espèce
de syncope qui l'a prise. »
— « Vraiment ? » s'écria Frédéric.
— « Ah ! mon gaillard, tu te trahis ! Sois franc, voyons ! »
Une lâcheté immense envahit l'amoureux de Mme Arnoux.
— « Mais non !... je t'assure !... ma parole d'honneur ! »
Ces molles dénégations achevèrent de convaincre Deslau-
riers. Il lui fit des compliments. Il lui demanda « des détails ».
Frédéric n'en donna pas, et même résista à l'envie d'en
inventer.
Quant à l'hypothèque, il lui dit de ne rien faire, d'attendre.
Deslauriers trouva qu'il avait tort, et même fut brutal dans
ses remontrances.

Il était d'ailleurs plus sombre, malveillant et irascible que jamais. Dans un an, si la fortune ne changeait pas, il s'embarquerait pour l'Amérique ou se ferait sauter la cervelle. Enfin il paraissait si furieux contre tout et d'un radicalisme tellement absolu, que Frédéric ne put s'empêcher de lui dire :

— « Te voilà comme Sénécal. »

Deslauriers, à ce propos, lui apprit qu'il était sorti de Sainte-Pélagie[505], l'instruction n'ayant point fourni assez de preuves, sans doute, pour le mettre en jugement.

Dans la joie de cette délivrance, Dussardier voulut « offrir un punch », et pria Frédéric « d'en être », en l'avertissant toutefois qu'il se trouverait avec Hussonnet, lequel s'était montré excellent pour Sénécal.

En effet, *le Flambard*[506] venait de s'adjoindre un cabinet d'affaires, portant sur ses prospectus : « Comptoir des vignobles. — Office de publicité. — Bureau de recouvrements et renseignements, etc. » Mais le bohème craignait que son industrie ne fît du tort à sa considération littéraire, et il avait pris le mathématicien pour tenir les comptes. Bien que la place fût médiocre, Sénécal, sans elle, serait mort de faim. Frédéric, ne voulant point affliger le brave commis, accepta son invitation* *.

Dussardier, trois jours d'avance, avait ciré lui-même les pavés rouges de sa mansarde, battu le fauteuil et épousseté la cheminée, où l'on voyait sous un globe une pendule d'albâtre entre une stalactite et un coco. Comme ses deux chandeliers et son bougeoir n'étaient pas suffisants, il avait emprunté au concierge deux flambeaux ; et ces cinq luminaires brillaient sur la commode, que recouvraient trois serviettes, afin de supporter plus décemment des macarons, des biscuits, une brioche et douze bouteilles de bière. En face, contre la muraille tendue d'un papier jaune, une petite bibliothèque en acajou contenait les *Fables de Lachambeaudie*[507], les *Mystères de Paris,* le *Napoléon,* de Norvins, — et, au milieu de l'alcôve, souriait, dans un cadre de palissandre, le visage de Béranger !

Les convives étaient (outre Deslauriers et Sénécal) un pharmacien nouvellement reçu, mais qui n'avait pas les fonds nécessaires pour s'établir ; un jeune homme de *sa* maison, un placeur de vins, un architecte et un monsieur employé dans les assurances[508]. Regimbart n'avait pu venir. On le regretta.

Ils accueillirent Frédéric avec de grandes marques de sympathie, tous connaissant par Dussardier son langage chez M. Dambreuse. Sénécal se contenta de lui offrir la main, d'un air digne[509].

Il se tenait debout contre la cheminée. Les autres, assis et la pipe aux lèvres, l'écoutaient discourir sur le suffrage universel, d'où devait résulter le triomphe de la Démocratie[510a], l'application des principes de l'Évangile. Du reste, le moment approchait ; les banquets réformistes se multipliaient dans les provinces, le Piémont, Naples, la Toscane...

— « C'est vrai », dit Deslauriers, lui coupant net la parole, « ça ne peut pas durer plus longtemps ! »

Et il se mit à faire un tableau de la situation.

Nous avions sacrifié la Hollande pour obtenir de l'Angleterre la reconnaissance de Louis-Philippe[511] ; et cette fameuse alliance anglaise, elle était perdue, grâce aux mariages espagnols ! En Suisse, M. Guizot, à la remorque de l'Autrichien, soutenait les traités de 1815[512]. La Prusse avec son Zollverein nous préparait des embarras. La question d'Orient restait pendante.

— « Ce n'est pas une raison parce que le grand-duc Constantin envoie des présents à M. d'Aumale pour se fier à la Russie. Quant à l'intérieur, jamais on n'a vu tant d'aveuglement, de bêtise ! Leur majorité même ne se tient plus ! Partout, enfin, c'est, selon le mot connu, rien ! rien ! rien ![513] Et, devant tant de hontes », poursuivit l'avocat en mettant ses poings sur ses hanches, « ils se déclarent satisfaits[514]. »

Cette allusion à un vote célèbre provoqua des applaudissements. Dussardier déboucha une bouteille de bière ; la mousse éclaboussa les rideaux, il n'y prit garde ; il chargeait les pipes, coupait la brioche, en offrait, était descendu plusieurs fois pour voir si le punch allait venir ; et on ne tarda pas à s'exalter, tous ayant contre le Pouvoir la même exaspération. Elle était violente, sans autre cause que la haine de l'injustice ; et ils mêlaient[b] aux griefs légitimes les reproches les plus bêtes.

Le pharmacien gémit sur l'état pitoyable de notre flotte. Le courtier d'assurances ne tolérait pas les deux sentinelles du maréchal Soult. Deslauriers dénonça les jésuites, qui venaient de s'installer à Lille, publiquement. Sénécal exécrait bien plus M. Cousin, car l'éclectisme[515], enseignant à tirer la certitude de la raison, développait l'égoïsme, détruisait la solidarité ; le placeur[a] de vins, comprenant peu ces matières, remarqua tout haut qu'il oubliait bien des infamies :

— « Le wagon royal de la ligne du Nord doit coûter quatre-vingt mille francs ! Qui le payera ? »

— « Oui, qui le payera ? » reprit l'employé de commerce, furieux comme si on eût puisé cet argent dans sa poche.

Il s'ensuivit des récriminations contre les loups-cerviers de la Bourse et la corruption des fonctionnaires. On devait remonter plus haut, selon Sénécal, et accuser, tout d'abord, les princes, qui ressuscitaient les mœurs de la Régence.

— « N'avez-vous pas vu, dernièrement, les amis du duc de Montpensier revenir de Vincennes, ivres sans doute, et troubler par leurs chansons les ouvriers du faubourg Saint-Antoine ? »

— « On a même crié : A bas les voleurs ! » dit le pharmacien. « J'y étais, j'ai crié ! »

— « Tant mieux ! le Peuple enfin se réveille depuis le procès Teste-Cubières[516]. »

— « Moi, ce procès-là m'a fait de la peine », dit Dussardier, « parce que ça déshonore un vieux soldat ! »

— « Savez-vous », continua Sénécal, « qu'on a découvert chez la duchesse de Praslin...[517] ? »

Mais un coup de pied ouvrit la porte. Hussonnet entra.

— « Salut, messeigneurs ! » dit-il en s'asseyant sur le lit.

Aucune allusion ne fut faite à son article, qu'il regrettait, du reste, la Maréchale l'en ayant tancé vertement.

Il venait de voir, au théâtre de Dumas, *le Chevalier de Maison-Rouge*, et « trouvait ça embêtant ».

Un jugement pareil étonna les démocrates, — ce drame, par ses tendances, ses décors plutôt, caressant leurs passions[518]. Ils protestèrent. Sénécal, pour en finir, demanda si la pièce servait la Démocratie[b].

— « Oui..., peut-être ; mais c'est d'un style... »

— « Eh bien, elle est bonne, alors ; qu'est-ce[c] que le style ? c'est l'idée ! »

Et, sans permettre à Frédéric de parler :

— « J'avançais donc que, dans l'affaire Praslin... »

Hussonnet l'interrompit.

— « Ah ! voilà encore une rengaine, celle-là ! M'embête-t-elle ! »

— « Et d'autres que vous ! » répliqua Deslauriers. « Elle a fait saisir rien que cinq journaux ! Écoutez-moi cette note. »

Et, ayant tiré son calepin, il lut :

— « Nous avons subi, depuis l'établissement de la meilleure des républiques, douze cent vingt-neuf procès de presse, d'où il est résulté pour les écrivains : trois mille cent quarante et un ans de prison, avec la légère somme de sept millions cent dix mille cinq cents francs d'amende. — C'est coquet, hein ? »

Tous ricanèrent amèrement. Frédéric, animé comme les autres, reprit :

— « *La Démocratie pacifique* a un procès pour son feuilleton, un roman intitulé *la Part des Femmes*[519]. »

— « Allons ! bon ! » dit Hussonnet. « Si on nous défend notre part des femmes ! »

— « Mais qu'est-ce qui n'est pas défendu ? » s'écria Deslauriers. « Il est défendu de fumer dans le Luxembourg, défendu de chanter l'hymne à Pie IX ! »

— « Et on interdit le banquet des typographes ! » articula une voix sourde.

C'était celle de l'architecte, caché par l'ombre de l'alcôve, et silencieux jusqu'à présent. Il ajouta que, la semaine dernière, on avait condamné, pour outrages au Roi[a], un nommé Rouget.

— « Rouget est frit ! » dit Hussonnet.

Cette plaisanterie parut tellement inconvenante à Sénécal, qu'il lui reprocha de défendre « le jongleur de l'hôtel de ville[520], l'ami du traître Dumouriez[521] ».

— « Moi ? au contraire ! »

Il trouvait Louis-Philippe poncif, garde national, tout ce qu'il y avait de plus épicier et bonnet de coton ! Et, mettant la main sur son cœur, le bohème débita les phrases sacramentelles : « C'est toujours avec un nouveau plaisir... — La nationalité polonaise ne périra pas... — Nos grands travaux seront poursuivis... — Donnez-moi de l'argent pour ma petite famille... » Tous riaient beaucoup, le proclamant un gaillard délicieux, plein d'esprit ; la joie redoubla à la vue du bol de punch qu'un limonadier apportait.

Les flammes de l'alcool et celles des bougies échauffèrent vite l'appartement ; et la lumière de la mansarde, traversant la cour, éclairait en face le bord d'un toit, avec le tuyau d'une cheminée qui se dressait en noir sur la nuit. Ils parlaient très haut, tous à la fois ; ils avaient retiré leurs redingotes ; ils heurtaient les meubles, ils choquaient les verres.

Hussonnet s'écria :

— « Faites monter des grandes dames, pour que ce soit plus Tour de Nesle[522], couleur locale, et rembranesque, palsambleu ! »

Et le pharmacien, qui tournait le punch indéfiniment, entonna à pleine poitrine :

> *J'ai deux grands bœufs dans mon étable,*
> *Deux grands bœufs blancs...*[523]

Sénécal lui mit la main sur la bouche, il n'aimait pas le désordre ; et les locataires apparaissaient à leurs carreaux, surpris du tapage insolite qui se faisait dans le logement de Dussardier.

Le brave garçon était heureux, et dit que ça lui rappelait leurs petites séances d'autrefois, au quai Napoléon : plusieurs manquaient cependant, « ainsi Pellerin... ».

— « On peut s'en passer », reprit Frédéric.

Et Deslauriers s'informa de Martinon.

— « Que devient-il, cet intéressant monsieur ? »

Aussitôt Frédéric, épanchant le mauvais vouloir qu'il lui portait, attaqua son esprit, son caractère, sa fausse élégance, l'homme tout entier. C'était bien un spécimen de paysan parvenu ! L'aristocratie nouvelle, la bourgeoisie, ne valait pas l'ancienne, la noblesse. Il soutenait cela ; et les démocrates approuvaient, — comme s'il avait fait partie de l'une et qu'ils eussent fréquenté l'autre. On fut enchanté de lui[524]. Le pharmacien le compara même à M. d'Alton-Shée qui, bien que pair de France, défendait la cause du Peuple.

L'heure[a] de s'en aller était venue. Tous se séparèrent avec de grandes poignées de main ; Dussardier, par tendresse, reconduisit Frédéric et Deslauriers. Dès qu'ils furent dans la rue, l'avocat eut l'air de réfléchir, et, après un moment de silence :

— « Tu lui en veux donc beaucoup, à Pellerin ? »

Frédéric ne cacha pas sa rancune.

Le peintre, cependant, avait retiré de la montre le fameux tableau. On ne devait pas se brouiller pour des vétilles ! A quoi bon se faire un ennemi ?

— « Il a cédé à un mouvement d'humeur, excusable dans un homme qui n'a pas le sou. Tu ne peux pas comprendre ça, toi ! »

Et, Deslauriers remonté chez lui, le commis ne lâcha point Frédéric ; il l'engagea même à acheter[a] le portrait[•]. En effet, Pellerin, désespérant de l'intimider, les avait[b] circonvenus pour que, grâce à eux, il prît la chose.

Deslauriers en reparla, insista. Les prétentions de l'artiste étaient raisonnables.

— « Je suis sûr que, moyennant, peut-être, cinq cents francs... »

— « Ah ! donne-les ! tiens, les voici », dit Frédéric.

Le soir même[c], le tableau fut apporté[•]. Il lui parut plus abominable encore que la première fois. Les demi-teintes et les ombres s'étaient plombées sous les retouches trop nombreuses, et elles semblaient obscurcies par rapport aux lumières, qui, demeurées brillantes çà et là, détonnaient dans l'ensemble.

Frédéric se vengea de l'avoir payé, en le dénigrant amèrement[•]. Deslauriers le crut sur parole et approuva sa conduite, car il ambitionnait toujours de constituer une phalange dont il serait le chef ; certains hommes se réjouissent[d] de faire faire à leurs amis des choses qui leur sont désagréables.

Cependant, Frédéric n'était pas retourné chez les Dambreuse. Les capitaux lui manquaient. Ce seraient des explications à n'en plus finir[•] ; il balançait à se décider[•]. Peut-être avait-il raison ? Rien n'était sûr, maintenant, l'affaire des houilles pas plus qu'une autre ; il fallait abandonner un pareil monde ; enfin, Deslauriers le détourna de l'entreprise. A force de haine, il devenait vertueux ; et puis il aimait mieux Frédéric dans la médiocrité. De cette manière, il restait son égal et en communion[e] plus intime avec lui[• •].

La commission de Mlle Roque avait été fort mal exécutée. Son père l'écrivit, en fournissant les explications les plus précises, et terminait sa lettre par cette badinerie[f] : « Au risque de vous donner un mal de nègre. »

Frédéric ne pouvait faire[g] autrement que de retourner chez Arnoux[h•]. Il monta dans le magasin, et ne vit personne. La maison de commerce croulant, les employés imitaient l'incurie de leur patron.

Il côtoya la longue étagère[a], chargée de faïences, qui occupait d'un bout à l'autre le milieu de l'appartement ; puis, arrivé au fond, devant le comptoir, il marcha plus fort pour se faire entendre.

La portière se relevant, Mme Arnoux parut.

— « Comment, vous ici ! vous ! »

— « Oui », balbutia-t-elle, un peu troublée. « Je cherchais... »

Il aperçut son mouchoir près du pupitre, et devina qu'elle était descendue chez son mari pour se rendre compte, éclaircir[b] sans doute une inquiétude.

— « Mais... vous avez peut-être besoin de quelque chose ? » dit-elle.

— « Un rien, madame. »

— « Ces commis sont intolérables ! ils s'absentent toujours. »

On ne devait pas les blâmer. Au contraire, il se félicitait de la circonstance.

Elle le regarda ironiquement[c].

— « Eh bien, et ce mariage ? »

— « Quel mariage ? »

— « Le vôtre ! »

— « Moi ? Jamais de la vie ! »

Elle fit un geste de dénégation.

— « Quand cela serait, après tout ? On se réfugie dans le médiocre[d], par désespoir du beau qu'on a rêvé ! »

— « Tous vos rêves, pourtant, n'étaient pas si... candides ! »

— « Que voulez-vous dire ? »

— « Quand vous vous promenez aux courses avec... des personnes ! »

Il maudit la Maréchale. Un souvenir lui revint[e].

— « Mais c'est vous-même, autrefois, qui m'avez prié de la voir, dans l'intérêt d'Arnoux ! »

Elle répliqua en hochant[f] la tête :

— « Et vous en profitiez pour vous distraire. »

— « Mon Dieu ! oublions toutes ces sottises ! »

— « C'est juste, puisque vous allez vous marier ! »

Et elle retenait son soupir[g], en mordant ses lèvres.

Alors, il s'écria :

— « Mais je vous répète que non ! Pouvez-vous[h] croire que, moi, avec mes besoins[i] d'intelligence, mes habitudes, j'aille m'enfouir en province pour jouer aux cartes, surveiller[a] des maçons, et me promener en sabots ! Dans quel but, alors ? On vous a conté qu'elle était riche, n'est-ce pas ? Ah ! je me moque bien de l'argent ! Est-ce qu'après avoir désiré tout ce qu'il y a de plus beau, de plus tendre, de plus enchanteur, une sorte de paradis sous forme humaine, et quand je l'ai trouvé enfin, cet idéal, quand cette vision me cache toutes les autres...[525] »

Et, lui prenant la tête à deux mains, il se mit à la baiser sur les paupières[526], en répétant :

— « Non ! non ! non ! jamais je ne me marierai ! jamais ! jamais ! »

Elle acceptait[b] ces caresses, figée par la surprise et par le ravissement.

La porte[c] du magasin sur l'escalier retomba. Elle fit un bond ; et elle restait la main étendue, comme pour lui commander le silence. Des pas se rapprochèrent. Puis quelqu'un dit au dehors :

— « Madame est-elle là ? »

— « Entrez ! »

Mme Arnoux avait le coude sur le comptoir et roulait une plume entre ses doigts, tranquillement, quand le teneur de livres ouvrit la portière.

Frédéric se leva.

— « Madame, j'ai bien l'honneur de vous saluer. Le service, n'est-ce pas, sera prêt ? Je puis compter dessus ? »

Elle ne répondit rien. Mais cette[d] complicité silencieuse enflamma son visage de toutes les rougeurs de l'adultère.

Le lendemain, il retourna chez elle, on le reçut ; et, afin de poursuivre ses avantages, immédiatement, sans préambule, Frédéric commença par se justifier de la rencontre au Champ de Mars. Le hasard seul l'avait fait se trouver avec cette femme. En admettant qu'elle fût jolie (ce qui n'était pas vrai), comment pourrait-elle arrêter sa pensée, même une minute, puisqu'il en aimait une autre !

— « Vous le savez bien, je vous l'ai dit. »

Mme Arnoux baissa la tête[e].

— « Je suis fâchée que vous me l'ayez dit. »

— « Pourquoi ? »

— « Les convenances les plus simples exigent maintenant que je ne vous revoie plus ! »

Il protesta de l'innocence de son amour. Le passé devait lui répondre de l'avenir ; il s'était promis à lui-même de ne pas troubler son existence, de ne pas l'étourdir de ses plaintes.

— « Mais, hier, mon cœur débordait. »

— « Nous ne devons plus songer à ce moment-là, mon ami ! »

Cependant, où serait le mal[a], quand deux pauvres êtres confondraient leur tristesse ?

— « Car vous n'êtes pas heureuse non plus ! Oh ! je vous connais, vous n'avez personne qui réponde à vos besoins d'affection, de dévouement ; je ferai tout ce que vous voudrez ! Je ne vous offenserai pas !... je vous le jure. »

Et il se laissa[b] tomber sur les genoux, malgré lui, s'affaissant sous un poids intérieur trop lourd.

— « Levez-vous ! » dit-elle, « je le veux ! »

Et elle lui déclara impérieusement que, s'il n'obéissait pas, il ne la reverrait jamais.

— « Ah ! je vous en défie bien ! » reprit Frédéric. « Qu'est-ce que j'ai à faire dans le monde ? Les autres s'évertuent pour la richesse, la célébrité, le pouvoir ! Moi[c], je n'ai pas d'état, vous êtes mon occupation exclusive, toute ma fortune, le but, le centre de mon existence, de mes pensées. Je ne peux pas plus vivre sans vous que sans l'air du ciel ! Est-ce que vous ne sentez pas l'aspiration de mon âme monter vers la vôtre, et qu'elles doivent se confondre, et que j'en meurs ? »

Mme Arnoux se mit à trembler de tous ses membres.

— « Oh ! Allez-vous en ! je vous en prie ! »

L'expression bouleversée de sa figure l'arrêta. Puis il fit un pas. Mais elle se reculait, en joignant les deux mains.

— « Laissez-moi ! au nom du ciel ! de grâce ! »

Et Frédéric l'aimait tellement, qu'il sortit[*] [*].

Bientôt, il fut pris[d] de colère contre lui-même, se déclara un imbécile, et, vingt-quatre heures après, il revint.

Madame n'y était pas[e]. Il resta sur le palier, étourdi de fureur et d'indignation[*]. Arnoux parut, et lui apprit que sa femme, le matin même, était partie s'installer dans une petite maison de campagne qu'ils louaient à Auteuil, ne possédant plus celle de Saint-Cloud[527].

— « C'est encore une de ses lubies ! Enfin, puisque ça l'arrange ! et moi aussi, du reste ; tant mieux ! Dînons-nous ensemble ce soir ? »

Frédéric allégua une affaire urgente, puis[a] courut à Auteuil. Mme Arnoux laissa échapper un cri de joie. Alors, toute sa rancune s'évanouit.

Il ne parla point de son amour. Pour lui inspirer plus de confiance, il exagéra même sa réserve ; et, lorsqu'il demanda s'il pouvait revenir, elle répondit : « Mais sans doute », en offrant sa main, qu'elle retira presque aussitôt.

Frédéric, dès lors, multiplia ses visites[•]. Il promettait au cocher de gros pourboires. Mais souvent, la lenteur du cheval l'impatientant, il descendait ; puis, hors d'haleine, grimpait dans un omnibus ; et comme il examinait dédaigneusement[b] les figures des gens assis devant lui, et qui n'allaient pas chez elle !

Il reconnaissait de loin sa maison, à un chèvrefeuille énorme couvrant, d'un seul côté, les planches du toit ; c'était[c] une manière de chalet suisse peint en rouge, avec un balcon extérieur. Il y avait dans le jardin trois vieux marronniers[d], et au milieu, sur un tertre, un parasol en chaume que soutenait un tronc d'arbre. Sous l'ardoise des murs, une grosse vigne mal attachée pendait de place en place, comme un câble[e] pourri. La sonnette de la grille, un peu rude à tirer, prolongeait son carillon, et on était toujours longtemps avant de venir. Chaque fois, il éprouvait une angoisse, une peur indéterminée.

Puis il entendait claquer, sur le sable, les pantoufles de la bonne ; ou bien Mme Arnoux elle-même se présentait. Il arriva, un jour, derrière son dos, comme elle était accroupie, devant le gazon, à chercher de la violette.

L'humeur de sa fille l'avait forcée de la mettre au couvent. Son gamin passait l'après-midi dans une école, Arnoux faisait de longs déjeuners au Palais-Royal, avec Regimbart et l'ami Compain. Aucun fâcheux ne pouvait les surprendre[f].

Il était bien entendu qu'ils ne devaient pas s'appartenir. Cette convention, qui les garantissait du péril, facilitait[g] leurs épanchements.

Elle lui dit son existence d'autrefois, à Chartres, chez sa mère ; sa dévotion vers douze ans ; puis sa fureur de musique, lorsqu'elle chantait jusqu'à la nuit, dans sa petite chambre, d'où l'on découvrait les remparts[528•]. Il lui conta ses mélancolies au collège, et comment dans son ciel[h] poétique resplendissait un visage de femme, si bien qu'en la voyant pour la première fois, il l'avait reconnue.

Ces discours[a] n'embrassaient, d'habitude, que les années de leur fréquentation. Il lui rappelait d'insignifiants détails, la couleur de sa robe à telle époque, quelle personne un jour était survenue, ce qu'elle avait dit une autre fois ; et elle répondait tout émerveillée :

— « Oui, je me rappelle ! »

Leurs goûts, leurs jugements étaient les mêmes. Souvent celui des deux qui écoutait l'autre s'écriait :

— « Moi aussi ! »

Et l'autre à son tour reprenait :

— « Moi aussi ! »

Puis c'étaient d'interminables plaintes sur la Providence :

— « Pourquoi le ciel ne l'a-t-il pas voulu ! Si nous nous étions rencontrés !... »

— « Ah ! si j'avais été plus jeune ! » soupirait-elle.

— « Non ! moi, un peu plus vieux[529]. »

Et ils s'imaginaient une vie exclusivement amoureuse, assez féconde pour remplir les plus vastes solitudes[b], excédant toutes les joies[c], défiant toutes les misères, où les heures auraient disparu dans un continuel épanchement d'eux-mêmes, et qui aurait fait quelque chose de resplendissant[d] et d'élevé comme la palpitation des étoiles.

Presque toujours, ils se tenaient en plein air au haut de l'escalier ; des cimes[e] d'arbres jaunies par l'automne se mamelonnaient devant eux, inégalement[f] jusqu'au bord du ciel pâle[530] ; ou bien ils allaient au bout de l'avenue, dans un pavillon ayant pour tout meuble un canapé de toile grise. Des points noirs tachaient la glace ; les murailles exhalaient une odeur de moisi ; — et ils restaient là, causant d'eux-mêmes, des autres, de n'importe quoi, avec ravissement[g]. Quelquefois les rayons du soleil, traversant la jalousie, tendaient depuis le plafond jusque sur les dalles comme les cordes d'une lyre, des brins de poussière[h] tourbillonnaient dans ces barres lumineuses. Elle s'amusait à les fendre, avec sa main ; — Frédéric la saisissait, doucement ; et il contemplait l'entrelacs de ses veines[i], les grains de sa peau, la forme de ses doigts. Chacun[j] de ses doigts était, pour lui, plus qu'une chose, presque une personne.

Elle lui donna ses gants[k], la semaine d'après son mouchoir. Elle l'appelait « Frédéric », il l'appelait « Marie », adorant ce nom-là, fait exprès, disait-il, pour être soupiré dans l'extase, et qui semblait contenir des nuages d'encens, des jonchées de roses.

Ils arrivèrent[a] à fixer d'avance le jour de ses visites ; et, sortant comme par hasard, elle allait au-devant de lui, sur la route.

Elle ne faisait rien[b] pour exciter[c] son amour, perdue dans cette insouciance qui caractérise les grands bonheurs. Pendant toute la saison, elle porta une robe de chambre en soie brune, bordée de velours pareil, vêtement large, convenant à la mollesse de ses attitudes et de sa physionomie[d] sérieuse. D'ailleurs, elle touchait au mois d'août des femmes, époque tout à la fois de réflexion et de tendresse[e], où la maturité qui commence colore le regard d'une flamme plus profonde, quand la force du cœur se mêle à l'expérience de la vie, et que, sur la fin de ses épanouissements, l'être complet déborde de richesses dans l'harmonie de sa beauté[f]. Jamais elle n'avait eu plus de douceur, d'indulgence. Sûre de ne pas faillir, elle s'abandonnait à un sentiment qui lui semblait un droit conquis par ses chagrins. Cela était si bon du reste, et si nouveau ! Quel abîme entre la grossièreté d'Arnoux et les adorations de Frédéric !

Il tremblait de perdre par un mot tout ce qu'il croyait avoir gagné, se disant qu'on peut ressaisir une occasion et qu'on ne rattrape jamais une sottise. Il voulait qu'elle se donnât, et non la prendre[531]. L'assurance de son amour le délectait comme un avant-goût de la possession, et puis le charme de sa personne lui troublait le cœur plus que les sens. C'était une béatitude indéfinie, un tel enivrement, qu'il en oubliait jusqu'à la possibilité d'un bonheur absolu. Loin[g] d'elle, des convoitises furieuses le dévoraient.

Bientôt il y eut dans leurs dialogues de grands intervalles de silence. Quelquefois, une sorte de pudeur sexuelle les faisait rougir l'un devant l'autre. Toutes les précautions pour cacher leur amour le dévoilaient ; plus il devenait fort, plus leurs manières étaient contenues. Par l'exercice[h] d'un tel mensonge, leur sensibilité s'exaspéra. Ils jouissaient délicieusement de la senteur des feuilles humides, ils souffraient du vent d'est, ils avaient des irritations sans cause, des pressentiments funèbres ; un bruit de pas, le craquement d'une boiserie leur causaient des épouvantes comme s'ils avaient été coupables ; ils se sentaient poussés vers un abîme ;

une atmosphère orageuse les enveloppait ; et, quand des doléances échappaient à Frédéric, elle s'accusait elle-même.

— « Oui ! je fais mal ! j'ai l'air d'une coquette ! Ne venez donc plus ! »

Alors, il répétait les mêmes serments, — qu'elle écoutait chaque fois avec plaisir.

Son retour à Paris et les embarras du jour de l'an[532] suspendirent un peu leurs entrevues[*]. Quand il revint, il avait[a] dans les allures, quelque chose de plus hardi. Elle sortait[b] à chaque minute pour donner des ordres, et recevait, malgré ses prières, tous les bourgeois qui venaient la voir. On se livrait alors à[c] des conversations sur Léotade[533], M. Guizot, le Pape, l'insurrection de Palerme[534] et le banquet du XII[e] arrondissement[535], lequel inspirait des inquiétudes. Frédéric se soulageait en déblatérant contre le Pouvoir[d] ; car il souhaitait, comme Deslauriers, un bouleversement universel, tant il était maintenant aigri. Mme Arnoux, de son côté, devenait sombre.

Son mari, prodiguant les extravagances, entretenait une ouvrière de la manufacture, celle qu'on appelait la Bordelaise. Mme Arnoux l'apprit elle-même à Frédéric. Il voulait tirer de là un argument « puisqu'on la trahissait ».

— « Oh ! je ne m'en trouble guère ! » dit-elle.

Cette déclaration lui parut affermir complètement leur intimité. Arnoux s'en méfiait-il ?

— « Non ! pas maintenant ! »

Elle lui conta[e] qu'un soir, il les avait laissés en tête-à-tête, puis était revenu, avait écouté derrière la porte, et, comme tous deux parlaient de choses indifférentes, il vivait, depuis ce temps-là, dans une entière sécurité :

— « Avec raison, n'est-ce pas ? » dit amèrement Frédéric.

— « Oui, sans doute ! »

Elle aurait fait mieux de ne pas risquer[f] un pareil mot.

Un jour, elle ne se trouva point chez elle, à l'heure où il avait coutume d'y venir. Ce fut, pour lui, comme une trahison.

Il se fâcha ensuite de voir les fleurs qu'il apportait toujours plantées dans un verre d'eau.

— « Où voulez-vous donc qu'elles soient ? »

— « Oh ! pas là ! Du reste, elles y sont moins froidement que sur votre cœur. »

Quelque temps après, il lui reprocha d'avoir été la veille aux Italiens, sans le prévenir. D'autres l'avaient vue, admirée, aimée peut-être ; Frédéric s'attachait à ses soupçons uniquement pour la quereller, la tourmenter ; car il commençait à la haïr, et c'était bien le moins qu'elle eût une part de ses souffrances[a] !

Une après-midi (vers le milieu de février), il la surprit fort émue. Eugène se plaignait de mal à la gorge. Le docteur avait dit pourtant que ce n'était rien, un gros rhume, la grippe[*]. Frédéric fut étonné par l'air ivre de l'enfant. Il rassura sa mère néanmoins, cita en exemple plusieurs bambins de son âge qui venaient d'avoir des affections semblables et s'étaient vite guéris.

— « Vraiment ? »

— « Mais oui, bien sûr ! »

— « Oh ! comme vous êtes bon ! »

Et elle lui prit la main. Il l'étreignit dans la sienne.

— « Oh ! laissez-la ! »

— « Qu'est-ce que cela fait, puisque c'est au consolateur que vous l'offrez !... Vous me croyez bien pour ces choses, et vous doutez de moi... quand je vous parle de mon amour ! »

— « Je n'en doute pas[b], mon pauvre ami ! »

— « Pourquoi cette défiance[c], comme si j'étais un misérable capable d'abuser !... »

— « Oh ! non !... »

— « Si j'avais seulement une preuve !... »

— « Quelle preuve ? »

— « Celle qu'on donnerait au premier venu, celle que vous m'avez accordée à moi-même. »

Et il lui rappela qu'une fois ils étaient sortis ensemble, par un crépuscule d'hiver, un temps de brouillard. Tout cela[d] était bien loin, maintenant ! Qui donc l'empêchait de se montrer à son bras, devant tout le monde[e], sans crainte de sa part, sans arrière-pensée de la sienne, n'ayant personne autour d'eux pour les importuner ?

— « Soit ! » dit-elle, avec une bravoure de décision qui stupéfia d'abord Frédéric.

Mais il reprit vivement :

— « Voulez-vous je vous attende au coin de la rue Tronchet et de la rue de la Ferme[536] ? »

— « Mon Dieu ! mon ami... », balbutiait Mme Arnoux.

Sans lui donner le temps de réfléchir il ajouta :
— « Mardi prochain, je suppose[537] ? »
— « Mardi ? »
— « Oui, entre deux et trois heures ! »
— « J'y serai[538] ! »

Et elle détourna son visage, par un mouvement de honte.
Frédéric lui posa ses lèvres sur la nuque.

— « Oh ! ce n'est pas bien », dit-elle. « Vous me feriez
repentir ».

Il s'écarta, redoutant la mobilité ordinaire des femmes.
Puis, sur le seuil, murmura, doucement, comme une chose
bien convenue :

— « A mardi ! »

Elle baissa ses beaux yeux d'une façon discrète et
résignée* *.

Frédéric avait un plan.

Il espérait que[a], grâce à la pluie ou au soleil, il pourrait la
faire s'arrêter sous une porte, et qu'une fois sous la porte,
elle entrerait dans la maison. Le difficile était d'en découvrir
une convenable.

Il se mit donc en recherche, et, vers le milieu de la rue
Tronchet, il lut de loin[b], sur une enseigne : *Appartements
meublés*.

Le garçon, comprenant son intention, lui montra tout de
suite, à l'entresol, une chambre et un cabinet avec deux
sorties. Frédéric la retint pour un mois et paya d'avance.

Puis il alla dans trois magasins acheter la parfumerie la
plus rare ; il se procura un morceau de fausse guipure pour
remplacer l'affreux couvre-pieds de coton rouge, il choisit[c]
une paire de pantoufles en satin bleu ; la crainte seule de
paraître grossier[539] le modéra dans ses emplettes ; il revint
avec elles ; — et plus dévotement[d] que ceux qui font des
reposoirs[540], il changea les meubles de place, drapa lui-même
les rideaux, mit des bruyères sur la cheminée, des violettes
sur la commode ; il aurait voulu paver la chambre tout en
or*. « C'est demain », se disait-il, « oui, demain[e] ! je ne
rêve pas*. » Et il sentait battre son cœur à grands coups sous
le délire de son espérance ; puis, quand tout fut prêt, il
emporta la clef dans sa poche, comme si le bonheur, qui
dormait là, avait pu s'en envoler.

Une lettre de sa mère l'attendait chez lui.

« Pourquoi une si longue absence ? Ta conduite commence à paraître ridicule. Je comprends que, dans une certaine mesure, tu aies d'abord hésité devant cette union ; cependant, réfléchis ! »

Et elle précisait les choses : quarante-cinq mille livres de rente. Du reste, « on en causait » ; et M. Roque attendait une réponse définitive. Quant à la jeune personne, sa position, véritablement, était embarrassante. « Elle t'aime beaucoup. »

Frédéric rejeta la lettre sans la finir, et en ouvrit une autre, un billet de Deslauriers.

« Mon vieux,

« La *poire*[541] est mûre. Selon ta promesse, nous comptons sur toi. On se réunit demain au petit jour, place du Panthéon. Entre au café Soufflot. Il faut que je te parle[a] avant la manifestation. »

— « Oh ! je les connais, leurs manifestations. Mille grâces ! j'ai un rendez-vous plus agréable. »

Et, le lendemain, dès onze heures, Frédéric était sorti. Il voulait donner un dernier coup d'œil aux préparatifs ; puis, qui sait, elle pouvait, par un hasard quelconque, être en avance[*] ? En débouchant[b] de la rue Tronchet[c], il entendit derrière la Madeleine une grande clameur ; il s'avança ; et il aperçut au fond de la place, à gauche, des gens en blouse et des bourgeois[542].

En effet, un manifeste publié dans les journaux avait convoqué à cet endroit[d] tous les souscripteurs du banquet réformiste. Le Ministère[e], presque immédiatement, avait affiché une proclamation l'interdisant. La veille au soir, l'opposition parlementaire y avait renoncé ; mais les patriotes, qui ignoraient cette résolution des chefs, étaient venus au rendez-vous, suivis par un grand nombre de curieux. Une députation des écoles s'était portée tout à l'heure chez Odilon Barrot[543]. Elle était maintenant aux Affaires-Étrangères ; et on ne savait pas si le banquet aurait lieu, si le Gouvernement exécuterait sa menace, si les gardes nationaux se présenteraient. On en voulait aux Députés comme au Pouvoir[f]. La foule augmentait de plus en plus, quand tout à coup vibra dans les airs[g] le refrain de *la Marseillaise*.

C'était la colonne des étudiants qui arrivait*. Ils marchaient au pas, sur deux files, en bon ordre, l'aspect irrité[a], les mains nues, et tous criant par intervalles :

— « Vive la Réforme ! à bas Guizot[544] ! »

Les amis de Frédéric étaient là, bien sûr. Ils allaient l'apercevoir et l'entraîner. Il se réfugia vivement dans la rue de l'Arcade.

Quand les étudiants[b] eurent fait deux fois le tour de la Madeleine, ils descendirent vers la place de la Concorde*. Elle était remplie de monde ; et la foule tassée semblait, de loin, un champ d'épis noirs qui oscillaient.

Au même moment, des soldats de la ligne se rangèrent en bataille, à gauche de l'église.

Les groupes stationnaient, cependant. Pour en finir, des agents de police en bourgeois saisissaient les plus mutins et les emmenaient au poste, brutalement. Frédéric, malgré son indignation, resta muet ; on aurait pu le prendre avec les autres, et il aurait manqué Mme Arnoux.

Peu de temps après, parurent les casques des municipaux. Ils frappaient autour d'eux, à coups de plat de sabre. Un cheval s'abattit ; on courut lui porter secours ; et, dès que le cavalier fut en selle, tous s'enfuirent[545].

Alors, il y eut un grand silence. La pluie fine[546], qui avait mouillé l'asphalte, ne tombait plus[c]. Des nuages s'en allaient, balayés mollement par le vent d'ouest.

Frédéric se mit à parcourir la rue Tronchet, en regardant devant lui et derrière lui.

Deux heures enfin sonnèrent.

— « Ah ! c'est maintenant ! » se dit-il, « elle sort de sa maison, elle approche » ; et, une minute après : « Elle aurait eu le temps de venir. » Jusqu'à trois heures, il tâcha de se calmer. « Non, elle n'est pas en retard ; un peu de patience ! »

Et, par désœuvrement, il examinait les rares boutiques : un libraire, un sellier, un magasin de deuil. Bientôt il connut tous les noms des ouvrages, tous les harnais, toutes les étoffes. Les marchands, à force de le voir passer et repasser continuellement, furent étonnés d'abord, puis effrayés, et ils fermèrent leur devanture.

Sans doute, elle avait un empêchement, et elle en souffrait aussi. Mais quelle joie tout à l'heure ! — Car elle allait venir, cela était certain ! « Elle me l'a bien promis ! » Cependant, une angoisse intolérable le gagnait.

Par un mouvement absurde, il rentra dans l'hôtel, comme si elle avait pu s'y trouver. A l'instant même, elle arrivait peut-être dans la rue. Il s'y jeta. Personne ! Et il se remit à battre le trottoir.

Il considérait les fentes des pavés, la gueule des gouttières, les candélabres, les numéros au-dessus des portes. Les objets[a] les plus minimes devenaient pour lui des compagnons, ou plutôt des spectateurs ironiques ; et les façades régulières des maisons lui semblaient impitoyables[547]. Il souffrait du froid aux pieds. Il se sentait dissoudre d'accablement. La répercussion[b] de ses pas lui secouait la cervelle.

Quand il vit quatre heures à sa montre, il éprouva comme un vertige, une épouvante[c]. Il tâcha de se répéter des vers, de calculer n'importe quoi[548], d'inventer une histoire ! Impossible ! l'image de Mme Arnoux l'obsédait. Il avait envie de courir à sa rencontre. Mais quelle route prendre pour ne pas se croiser ?

Il aborda un commissionnaire, lui mit dans la main cinq francs, et le chargea d'aller rue Paradis, chez Jacques Arnoux, pour s'enquérir près du portier « si Madame était chez elle ». Puis il se planta au coin de la rue de la Ferme et de la rue Tronchet, de manière à voir simultanément dans toutes les deux[c]. Au fond de la perspective, sur le boulevard, des masses confuses glissaient. Il distinguait parfois l'aigrette d'un dragon, un chapeau de femme ; et il tendait ses prunelles pour la reconnaître. Un enfant déguenillé qui montrait une marmotte, dans une boîte, lui demanda l'aumône, en souriant.

L'homme à la veste de velours reparut. « Le portier ne l'avait pas vue sortir[c]. » Qui la retenait[c] ? Si elle était malade, on l'aurait dit ! Était-ce une visite ? Rien de plus facile que de ne pas recevoir. Il se frappa le front.

— « Ah ! je suis bête[d] ! C'est l'émeute ! » Cette explication naturelle le soulagea. Puis, tout à coup : « Mais son quartier est tranquille[c]. » Et un doute abominable l'assaillit[c]. « Si elle allait[e] ne pas venir ? si sa promesse n'était qu'une parole pour m'évincer ? Non ! non ! » Ce qui l'empêchait sans doute, c'était un hasard extraordinaire, un de ces événements qui déjouent toute prévoyance. Dans ce cas-là, elle aurait écrit. Et il envoya le garçon d'hôtel à son domicile, rue Rumfort, pour savoir s'il n'y avait point de lettre ?

On n'avait apporté aucune lettre. Cette absence de nouvelles le rassura.

Du nombre des pièces de monnaie prises au hasard dans sa main, de la physionomie des passants, de la couleur des chevaux, il tirait des présages ; et, quand l'augure était contraire, il s'efforçait de ne pas y croire[a]. Dans ses accès de fureur contre Mme Arnoux, il l'injuriait à demi-voix. Puis c'étaient des faiblesses à s'évanouir, et tout à coup des rebondissements d'espérance[•]. Elle allait paraître. Elle était là, derrière son dos. Il se retournait : rien ! Une fois, il aperçut, à trente pas environ, une femme de même taille, avec la même robe. Il la rejoignit ; ce n'était pas elle ! Cinq heures[b] arrivèrent ! cinq heures et demie ! six heures ! Le gaz s'allumait. Mme Arnoux n'était pas venue.

Elle avait rêvé, la nuit précédente, qu'elle était sur le trottoir de la rue Tronchet depuis longtemps. Elle y attendait quelque chose d'indéterminé, de considérable néanmoins, et, sans savoir pourquoi, elle avait peur d'être aperçue. Mais un maudit petit chien[549], acharné contre elle, mordillait le bas de sa robe. Il revenait obstinément et aboyait toujours plus fort. Mme Arnoux se réveilla. L'aboiement du chien continuait. Elle tendit l'oreille. Cela partait de la chambre de son fils[•]. Elle s'y précipita pieds nus. C'était l'enfant lui-même qui toussait. Il avait les mains brûlantes, la face rouge et la voix singulièrement rauque. L'embarras de sa respiration augmentait de minute en minute. Elle resta jusqu'au jour, penchée sur sa couverture, à l'observer[c].

A huit heures, le tambour de la garde nationale vint prévenir M. Arnoux que ses camarades l'attendaient. Il s'habilla vivement et s'en alla[d], en promettant de passer tout de suite chez leur médecin, M. Colot[•]. A dix heures, M. Colot n'étant pas venu, Mme Arnoux expédia sa femme de chambre. Le docteur était en voyage, à la campagne, et le jeune homme qui le remplaçait faisait des courses.

Eugène tenait sa tête de côté, sur le traversin, en fronçant toujours ses sourcils, en dilatant ses narines[550] ; sa pauvre petite figure devenait plus blême que ses draps ; et il s'échappait de son larynx un sifflement produit par chaque inspiration, de plus en plus courte, sèche, et comme métallique. Sa toux ressemblait au bruit de ces mécaniques barbares qui font japper les chiens de carton.

Mme Arnoux fut saisie d'épouvante. Elle se jeta sur les sonnettes, en appelant au secours, en criant :
— « Un médecin ! un médecin ! »
Dix minutes, après, arriva un vieux monsieur en cravate blanche et à favoris gris, bien taillés. Il fit beaucoup de questions sur les habitudes, l'âge et le tempérament du jeune malade, puis examina sa gorge, s'appliqua la tête dans son dos et écrivit une ordonnance. L'air tranquille de ce bonhomme était odieux. Il sentait l'embaumement. Elle aurait voulu le battre. Il dit qu'il reviendrait dans la soirée.
Bientôt les horribles quintes recommencèrent. Quelquefois, l'enfant se dressait tout à coup. Des mouvements convulsifs lui secouaient les muscles de la poitrine, et, dans ses aspirations, son ventre[a] se creusait comme s'il eût suffoqué d'avoir couru. Puis il retombait la tête en arrière et la bouche grande ouverte*. Avec des précautions infinies, Mme Arnoux tâchait de lui faire avaler le contenu des fioles, du sirop d'ipécacuanha, une potion kermétisée. Mais il repoussait la cuiller, en gémissant d'une voix faible. On aurait dit qu'il soufflait ses paroles.
De temps à autre, elle relisait l'ordonnance. Les observations du formulaire l'effrayaient ; peut-être que le pharmacien s'était trompé ! Son impuissance la désespérait. L'élève de M. Colot[551] arriva.
C'était un jeune homme d'allures modestes, neuf dans le métier, et qui ne cacha point son impression. Il resta d'abord indécis, par peur de se compromettre, et enfin prescrivit l'application de morceaux de glace*. On fut longtemps à trouver de la glace. La vessie qui contenait les morceaux creva. Il fallut changer la chemise. Tout ce dérangement provoqua un nouvel accès plus terrible.
L'enfant se mit à arracher les linges de son cou, comme s'il avait voulu retirer l'obstacle qui l'étouffait, et il égratignait le mur, saisissait les rideaux de sa couchette, cherchant un point[b] d'appui pour respirer. Son visage était bleuâtre maintenant, et tout son corps, trempé d'une sueur froide, paraissait maigrir. Ses yeux hagards s'attachaient sur sa mère avec terreur. Il lui jetait les bras autour du cou, s'y suspendait d'une façon désespérée ; et, en repoussant ses sanglots, elle balbutiait des paroles tendres.
— « Oui, mon amour, mon ange, mon trésor ! »
Puis, des moments de calme survenaient.

Elle alla chercher des joujoux, un polichinelle, une collection d'images, et les étala sur son lit, pour le distraire. Elle
essaya même de chanter.

Elle commença une chanson qu'elle lui disait autrefois,
quand elle le berçait en l'emmaillotant sur cette même petite
chaise de tapisserie. Mais il frissonna dans la longueur entière
de son corps, comme une onde sous un coup de vent ; les
globes de ses yeux saillissaient : elle crut qu'il allait mourir,
et se détourna pour ne pas le voir.

Un instant après, elle eut la force de le regarder. Il
vivait encore*. Les heures se succédèrent, lourdes, mornes,
interminables, désespérantes ; et elle n'en comptait plus les
minutes qu'à la progression de cette agonie. Les secousses de
sa poitrine le jetaient en avant comme pour le briser ; à la
fin, il vomit quelque chose d'étrange, qui ressemblait à un
tube de parchemin. Qu'était-ce ? Elle s'imagina qu'il avait
rendu un bout de ses entrailles. Mais il respirait largement,
régulièrement. Cette apparence de bien-être l'effraya plus
que[a] tout le reste ; elle se tenait comme pétrifiée, les bras
pendants, les yeux fixes, quand M. Colot survint. L'enfant,
selon lui, était sauvé.

Elle ne comprit pas d'abord, et se fit répéter la phrase.
N'était-ce pas[b] une de ces consolations propres aux médecins[c] ?
Le docteur[d] s'en alla d'un air tranquille. Alors, ce fut pour
elle comme si les cordes qui serraient son cœur se fussent
dénouées.

— « Sauvé ! Est-ce possible ! »

Tout à coup l'idée[e] de Frédéric lui apparut d'une façon
nette et inexorable. C'était un avertissement de la Providence[f].
Mais le Seigneur, dans sa miséricorde, n'avait pas voulu la
punir tout à fait ! Quelle expiation, plus tard, si elle
persévérait dans cet amour ! Sans doute, on insulterait son
fils à cause d'elle ; et Mme Arnoux l'aperçut jeune homme,
blessé dans une rencontre, rapporté sur un brancard, mourant.
D'un bond, elle se précipita sur la petite chaise ; et de toutes
ses forces, lançant son âme dans les hauteurs, elle offrit à
Dieu, comme un holocauste, le sacrifice de sa première
passion, de sa seule faiblesse[552**].

Frédéric était revenu chez lui. Il restait dans son fauteuil,
sans même avoir la force de la maudire. Une espèce[g] de
sommeil le gagna ; et, à travers son cauchemar, il entendait

la pluie tomber, en croyant toujours qu'il était là-bas, sur le trottoir.

Le lendemain, par une dernière lâcheté[a], il envoya encore un commissionnaire chez Mme Arnoux.

Soit que le Savoyard[b] ne fît pas la commission, ou qu'elle eût trop de choses à dire pour s'expliquer d'un mot, la même réponse fut rapportée[*]. L'insolence était trop forte ! Une colère d'orgueil le saisit. Il se jura de n'avoir plus même un désir ; et, comme un feuillage emporté par un ouragan, son amour disparut[*]. Il en ressentit un soulagement[c], une joie stoïque, puis un besoin d'actions violentes ; et il s'en alla au hasard, par les rues.

Des hommes des faubourgs passaient, armés de fusils, de vieux sabres, quelques-uns portant des bonnets rouges, et tous chantant *la Marseillaise* ou *les Girondins*[553]. Çà et là, un garde national se hâtait pour rejoindre sa mairie. Des tambours, au loin, résonnaient. On se battait à la porte Saint-Martin. Il y avait dans l'air quelque chose de gaillard et de belliqueux. Frédéric marchait toujours. L'agitation de la grande ville le rendait gai.

À la hauteur de Frascati[554], il aperçut les fenêtres de la Maréchale ; une idée folle lui vint, une réaction de jeunesse. Il traversa le boulevard.

On fermait la porte cochère ; et Delphine, la femme de chambre, en train d'écrire dessus avec un charbon : « Armes données », lui dit vivement :

— « Ah ! Madame est dans un bel état ! Elle a renvoyé ce matin son groom qui l'insultait. Elle croit qu'on va piller partout ! Elle crève de peur ! d'autant plus que Monsieur est parti ! »

— « Quel Monsieur ? »

— « Le Prince ! »

Frédéric entra dans le boudoir. La Maréchale parut, en jupon, les cheveux sur le dos, bouleversée.

— « Ah ! merci ! tu viens me sauver ! c'est la seconde fois ! tu n'en demandes[d] jamais le prix, toi ! »

— « Mille pardons ! » dit Frédéric, en lui saisissant la taille dans les deux mains.

— « Comment ? que fais-tu ? » balbutia[e] la Maréchale, à la fois surprise et égayée par ces manières.

Il répondit :

— « Je suis la mode, je me réforme[f]. »

Elle se laissa renverser[555] sur le divan, et continuait à rire sous ses baisers.

Ils passèrent l'après-midi à regarder, de leur fenêtre, le peuple dans la rue. Puis il l'emmena dîner aux Trois-Frères-Provençaux. Le repas fut long, délicat. Ils s'en revinrent à pied, faute de voiture.

A la nouvelle[a] d'un changement de ministère, Paris avait changé. Tout le monde était en joie ; des promeneurs circulaient, et des lampions à chaque étage faisaient une clarté comme en plein jour. Les soldats regagnaient lentement leurs casernes, harassés, l'air triste. On les saluait, en criant : « Vive la ligne ! » Ils continuaient[b] sans répondre. Dans la garde nationale, au contraire, les officiers, rouges d'enthousiasme, brandissaient leur sabre en vociférant : « Vive la réforme ! » et ce mot-là, chaque fois, faisait rire les deux amants. Frédéric blaguait, était très gai.

Par la rue Duphot[556], ils atteignirent les boulevards. Des lanternes vénitiennes, suspendues aux maisons, formaient des guirlandes de feux. Un fourmillement confus s'agitait en dessous ; au milieu[c] de cette ombre, par endroits, brillaient des blancheurs de baïonnettes. Un grand brouhaha s'élevait[*]. La foule était trop compacte, le retour direct impossible ; et ils entraient[d] dans la rue Caumartin, quand, tout à coup, éclata derrière eux un bruit, pareil au craquement d'une immense pièce de soie que l'on déchire. C'était la fusillade du boulevard des Capucines[557].

— « Ah ! on casse quelques bourgeois », dit Frédéric tranquillement, car il y a des situations où l'homme le moins cruel est si détaché des autres, qu'il verrait périr le genre humain sans un battement de cœur.

La Maréchale, cramponnée[e] à son bras, claquait des dents. Elle se déclara incapable de faire vingt pas de plus[*]. Alors, par un raffinement de haine, pour mieux outrager en son âme Mme Arnoux, il l'emmena jusqu'à l'hôtel de la rue Tronchet, dans le logement préparé pour l'autre.

Les fleurs n'étaient pas flétries. La guipure s'étalait sur le lit. Il tira de l'armoire les petites pantoufles. Rosanette trouva ces prévenances fort délicates.

Vers une heure, elle fut réveillée par des roulements lointains ; et elle le vit qui sanglotait, la tête enfoncée dans l'oreiller.

— « Qu'as-tu donc, cher amour ? »

— « C'est excès de bonheur », dit Frédéric. « Il y avait trop longtemps que je te désirais ! »

TROISIÈME PARTIE

Le bruit d'une fusillade le tira brusquement de son sommeil[558] ; et, malgré les instances de Rosanette, Frédéric, à toute force, voulut aller voir ce qui se passait[559] [*]. Il descendait vers les Champs-Élysées[b], d'où les coups de feu étaient partis. A l'angle de la rue Saint-Honoré, des hommes en blouse le croisèrent en criant :

— « Non ! pas par là ! au Palais-Royal ! »

Frédéric les suivit[c]. On avait arraché les grilles de l'Assomption. Plus loin, il remarqua trois pavés au milieu de la voie, le commencement d'une barricade, sans doute, puis des tessons de bouteilles, et des paquets de fil de fer pour embarrasser la cavalerie ; quand tout à coup s'élança d'une ruelle un grand jeune homme pâle, dont les cheveux noirs flottaient sur les épaules, prises dans une espèce de maillot à pois de couleur. Il tenait un long fusil de soldat, et courait sur la pointe de ses pantoufles, avec l'air d'un somnambule et leste comme un tigre. On entendait, par intervalles, une détonation.

La veille au soir, le spectacle[c] du chariot contenant cinq cadavres recueillis parmi ceux du boulevard des Capucines avait changé les dispositions[d] du peuple ; et, pendant qu'aux Tuileries les aides de camp se succédaient, et que M. Molé, en train de faire un cabinet nouveau, ne revenait pas, et que M. Thiers tâchait d'en composer un autre, et que le Roi[e] chicanait, hésitait, puis donnait à Bugeaud[560] le commandement général pour l'empêcher de s'en servir, l'insurrection, comme dirigée par un seul bras, s'organisait formidablement. Des hommes d'une éloquence frénétique haranguaient la foule au coin des rues ; d'autres dans les églises sonnaient le tocsin à pleine volée ; on coulait du plomb, on roulait des cartouches ; les arbres des boulevards, les vespasiennes, les bancs, les grilles, les becs de gaz, tout fut arraché, renversé[f] ; Paris, le matin, était couvert de barricades. La résistance[f] ne dura pas ; partout la garde nationale s'interposait ; — si bien qu'à huit heures, le peuple, de bon gré ou de force[g], possédait cinq casernes, presque toutes les mairies, les points stratégiques les plus sûrs. D'elle-même, sans secousses, la monarchie se fondait dans une dissolution rapide ; et on attaquait maintenant le poste du Château-d'Eau[561], pour délivrer cinquante prisonniers, qui n'y étaient pas.

Frédéric s'arrêta forcément à l'entrée de la place. Des groupes en armes l'emplissaient. Des compagnies de la ligne occupaient les rues Saint-Thomas et Fromanteau[562]. Une barricade énorme bouchait la rue de Valois. La fumée qui se balançait à sa crête s'entr'ouvrit, des hommes couraient dessus en faisant de grands gestes, ils disparurent ; puis la fusillade recommença. Le poste y répondait, sans qu'on vît personne à l'intérieur ; ses fenêtres[a], défendues par des volets de chêne, étaient percées de meurtrières ; et le monument avec ses deux étages, ses deux ailes, sa fontaine au premier et sa petite porte au milieu, commençait à se moucheter de taches blanches sous le heurt des balles. Son perron de trois marches restait vide.

A côté de Frédéric, un homme en bonnet grec et portant une giberne par-dessus sa veste de tricot se disputait avec une femme coiffée d'un madras. Elle lui disait :

— « Mais reviens donc ! reviens donc ! »

— « Laisse-moi tranquille ! » répondait le mari.« Tu peux bien surveiller la loge toute seule. Citoyen, je vous le demande, est-ce juste ? J'ai fait mon devoir partout, en 1830, en 32, en 34, en 39 ! Aujourd'hui, on se bat. Il faut que je me batte[563] ! — Va-t'en ! »

Et la portière finit par céder à ses remontrances et à celles d'un garde national près d'eux, quadragénaire dont la figure bonasse était ornée d'un collier de barbe blonde. Il chargeait son arme et tirait, tout en conversant avec Frédéric, aussi tranquille au milieu de l'émeute qu'un horticulteur dans son jardin. Un jeune garçon[b] en serpillière le cajolait pour obtenir des capsules, afin d'utiliser son fusil, une belle carabine de chasse que lui avait donnée « un monsieur ».

— « Empoigne dans mon dos », dit le bourgeois, « et efface-toi ! tu vas te faire tuer ! »

Les tambours battaient la charge. Des cris aigus, des hourras de triomphe s'élevaient. Un remous continuel faisait osciller la multitude. Frédéric, pris entre deux masses profondes, ne bougeait pas, fasciné d'ailleurs et s'amusant extrêmement. Les blessés qui tombaient, les morts étendus n'avaient pas l'air de vrais blessés, de vrais morts. Il lui semblait assister à un spectacle.

Au milieu de la houle, par-dessus des têtes[a], on aperçut un vieillard[564] en habit noir sur un cheval blanc, à selle de velours. D'une main, il tenait un rameau vert, de l'autre un papier, et les secouait avec obstination. Enfin, désespérant de se faire entendre, il se retira.

La troupe de ligne avait disparu et les municipaux restaient seuls à défendre le poste. Un flot d'intrépides se rua sur le perron ; ils s'abattirent, d'autres survinrent ; et la porte, ébranlée sous des coups de barre de fer, retentissait ; les municipaux ne cédaient pas. Mais une calèche bourrée de foin, et qui brûlait comme une torche géante, fut traînée contre les murs. On apporta vite des fagots, de la paille, un baril d'esprit-de-vin. Le feu monta le long des pierres ; l'édifice se mit à fumer partout comme une solfatare ; et de larges flammes, au sommet, entre les balustres de la terrasse, s'échappaient avec un bruit strident. Le premier étage du Palais-Royal s'était peuplé de gardes nationaux. De toutes les fenêtres de la place, on tirait ; les balles sifflaient, l'eau de la fontaine crevée se mêlait avec le sang, faisait des flaques par terre ; on glissait dans la boue sur des vêtements[b], des shakos, des armes ; Frédéric sentit sous son pied quelque chose de mou ; c'était la main d'un sergent en capote grise, couché la face dans le ruisseau. Des bandes[c] nouvelles de peuple arrivaient toujours, poussant les combattants sur le poste. La fusillade devenait plus pressée. Les marchands de vin[d] étaient ouverts ; on allait de temps à autre y fumer une pipe, boire une chope, puis on retournait se battre. Un chien perdu hurlait. Cela faisait rire.

Frédéric fut ébranlé par le choc d'un homme qui, une balle dans les reins, tomba sur son épaule, en râlant. A ce coup, dirigé peut-être contre lui, il se sentit furieux ; et il se jetait en avant quand un garde national l'arrêta.

— « C'est inutile ! le Roi[e] vient de partir. Ah ! si vous ne me croyez pas, allez-y voir ! »

Une pareille assertion calma Frédéric[*]. La place du Carrousel avait un aspect tranquille[f]. L'hôtel de Nantes s'y dressait toujours solitairement ; et les maisons par derrière, le dôme du Louvre en face, la longue galerie de bois à droite et le vague terrain qui ondulait jusqu'aux baraques des étalagistes, étaient comme noyés dans la couleur grise de l'air, où de lointains murmures semblaient se confondre avec la brume, — tandis qu'à l'autre bout de la place, un jour cru, tombant par un écartement des nuages sur la façade des Tuileries[565], découpait en blancheur toutes ses fenêtres. Il y avait près de l'Arc de triomphe un cheval mort, étendu. Derrière les grilles, des groupes de cinq à six personnes causaient. Les portes du château étaient ouvertes, les domestiques sur le seuil laissaient entrer.

En bas, dans une petite salle, des bols de café au lait étaient servis. Quelques-uns des curieux s'attablèrent en plaisantant ; les autres restaient debout, et, parmi ceux-là, un cocher de fiacre. Il saisit à deux mains un bocal plein de sucre en poudre, jeta un regard inquiet de droite et de gauche, puis se mit à manger voracement, son nez plongeant dans le goulot[*]. Au bas du grand escalier, un homme écrivait son nom sur un registre[566]. Frédéric[a] le reconnut par derrière.

— « Tiens, Hussonnet ! »

— « Mais oui », répondit le bohème. «Je m'introduis à la Cour[b]. Voilà une bonne farce, hein[c] ? »

— « Si nous montions ? »

Et ils arrivèrent dans la salle des Maréchaux[*]. Les portraits de ces illustres, sauf celui de Bugeaud percé au ventre, étaient tous intacts. Ils se trouvaient appuyés sur leur sabre, un affût de canon derrière eux, et dans des attitudes formidables jurant avec la circonstance. Une grosse pendule marquait une heure vingt minutes.

Tout à coup[d] *la Marseillaise* retentit. Hussonnet et Frédéric se penchèrent sur la rampe. C'était le peuple[567] [*]. Il se précipita[e] dans l'escalier, en secouant à flots vertigineux des têtes nues, des casques, des bonnets rouges, des baïonnettes et des épaules, si impétueusement, que des gens disparaissaient dans cette masse grouillante qui montait toujours, comme un fleuve refoulé par une marée d'équinoxe, avec un long mugissement, sous une impulsion irrésistible. En haut[f], elle se répandit, et le chant tomba[568].

On n'entendait plus que les piétinements[g] de tous les souliers, avec le clapotement des voix. La foule inoffensive se contentait de regarder[*]. Mais, de temps à autre, un coude trop à l'étroit enfonçait une vitre ; ou bien un vase, une statuette déroulait d'une console, par terre. Les boiseries pressées craquaient. Tous les visages étaient rouges ; la sueur en coulait à larges gouttes ; Hussonnet fit cette remarque :

— « Les héros ne sentent pas bon[h] ! »

— « Ah ! vous êtes agaçant », reprit Frédéric.

Et poussés malgré eux, ils entrèrent dans un appartement[a] où s'étendait, au plafond, un dais de velours rouge. Sur le trône, en dessous, était assis un prolétaire à barbe noire, la chemise entr'ouverte, l'air hilare et stupide comme un magot. D'autres gravissaient l'estrade pour s'asseoir à sa place.

— « Quel mythe ! » dit Hussonnet. « Voilà le peuple souverain ! »

Le fauteuil fut enlevé à bout de bras, et traversa toute la salle en se balançant.

— « Saprelotte ! comme il chaloupe ! Le vaisseau de l'État est ballotté[b] sur une mer orageuse ! Cancane-t-il ! cancane-t-il ! »

On l'avait approché d'une fenêtre, et, au milieu des sifflets, on le lança.

— « Pauvre vieux ! » dit Hussonnet en le voyant tomber dans le jardin, où il fut repris vivement pour être promené ensuite jusqu'à la Bastille, et brûlé.

Alors, une joie frénétique éclata, comme si, à la place du trône, un avenir de bonheur illimité avait paru ; et le peuple, moins par vengeance que pour affirmer sa possession, brisa, lacéra les glaces et les rideaux, les lustres, les flambeaux, les tables, les chaises, les tabourets, tous les meubles, jusqu'à des albums de dessins, jusqu'à des corbeilles de tapisserie. Puisqu'on était victorieux, ne fallait-il pas s'amuser ! La canaille s'affubla ironiquement de dentelles et de cachemires. Des crépines d'or s'enroulèrent aux manches des blouses, des chapeaux à plumes d'autruche ornaient la tête des forgerons, des rubans de la Légion d'honneur firent des ceintures aux prostituées. Chacun satisfaisait son caprice ; les uns dansaient, d'autres buvaient. Dans la chambre de la reine, une femme lustrait ses bandeaux avec de la pommade ; derrière un paravent, deux amateurs jouaient aux cartes ; Hussonnet montra à Frédéric un individu qui fumait son brûle-gueule accoudé sur un balcon ; et le délire redoublait au tintamarre[c] continu des porcelaines brisées et des morceaux de cristal qui sonnaient, en rebondissant, comme des lames d'harmonica[d].

Puis la fureur s'assombrit. Une curiosité obscène fit fouiller tous les cabinets, tous les recoins, ouvrir tous les tiroirs. Des galériens enfoncèrent leurs bras dans la couche des princesses, et se roulaient dessus par consolation de ne pouvoir les violer. D'autres, à figures plus sinistres, erraient silencieusement, cherchant à voler quelque chose ; mais la multitude était trop nombreuse. Par les baies des portes, on n'apercevait dans l'enfilade des appartements[a] que la sombre masse du peuple entre les dorures, sous un nuage de poussière. Toutes les poitrines haletaient ; la chaleur de plus en plus devenait suffocante ; les deux[b] amis, craignant d'être étouffés, sortirent.

Dans l'antichambre, debout sur un tas de vêtements, se tenait une fille publique, en statue de la Liberté, — immobile, les yeux grands ouverts, effrayante.

Ils avaient fait trois pas dehors, quand un peloton de gardes municipaux en capotes s'avança vers eux, et qui, retirant leurs bonnets de police, et découvrant à la fois leurs crânes un peu chauves, saluèrent le peuple très bas[569]. A ce témoignage de respect, les vainqueurs déguenillés se rengorgèrent. Hussonnet et Frédéric ne furent pas non plus sans en éprouver un certain plaisir.

Une ardeur les animait. Ils s'en retournèrent au Palais-Royal. Devant la rue Fromanteau, des cadavres de soldats étaient entassés sur la paille. Ils passèrent auprès impassiblement, étant même fiers de sentir qu'ils faisaient bonne contenance.

Le palais regorgeait de monde. Dans la cour intérieure, sept bûchers flambaient. On lançait par les fenêtres des pianos, des commodes et des pendules[c]. Des pompes à incendie crachaient de l'eau jusqu'aux toits. Des chenapans tâchaient de couper des tuyaux avec leurs sabres. Frédéric engagea un polytechnicien à s'interposer. Le polytechnicien ne comprit pas[d], semblait imbécile, d'ailleurs. Tout autour, dans les deux galeries, la populace, maîtresse des caves, se livrait à une horrible godaille. Le vin coulait en ruisseaux, mouillait les pieds, les voyous buvaient dans des culs de bouteille, et vociféraient en titubant.

— « Sortons de là, » dit Hussonnet, « ce peuple me dégoûte. »

Tout le long de la galerie d'Orléans, des blessés gisaient par terre sur des matelas, ayant pour couvertures des rideaux de pourpre ; et de petites bourgeoises du quartier leur apportaient des bouillons, du linge.

— « N'importe ! » dit Frédéric, « moi, je trouve le peuple sublime. »

Le grand vestibule était rempli par un tourbillon de gens furieux, des hommes voulaient monter aux étages supérieurs pour achever de détruire tout ; des gardes nationaux sur les marches s'efforçaient de les retenir. Le plus intrépide était un chasseur, nu-tête, la chevelure hérissée, les buffleteries en pièces. Sa chemise faisait un bourrelet entre son pantalon et son habit, et il se débattait au milieu des autres avec acharnement. Hussonnet, qui avait la vue perçante, reconnut de loin Arnoux[570].

Puis ils gagnèrent le jardin des Tuileries, pour respirer plus à l'aise*. Ils s'assirent sur un banc ; et ils restèrent pendant quelques minutes les paupières closes, tellement étourdis, qu'ils n'avaient pas la force de parler*. Les passants, autour d'eux, s'abordaient. La duchesse d'Orléans était nommée régente ; tout était fini ; et on éprouvait cette sorte de bien-être qui suit les dénouements rapides, quand, à chacune des mansardes du château, parurent des domestiques déchirant leurs habits de livrée. Ils les jetaient dans le jardin, en signe d'abjuration. Le peuple les hua. Ils se retirèrent.

L'attention de Frédéric[a] et d'Hussonnet fut distraite par un grand gaillard qui marchait vivement entre les arbres, avec un fusil sur l'épaule. Une cartouchière lui serrait à la taille sa vareuse rouge, un mouchoir s'enroulait à son front sous sa casquette[571]. Il tourna la tête. C'était Dussardier ; et, se jetant dans leurs bras :

— « Ah ! quel bonheur, mes pauvres vieux ! » sans pouvoir dire autre chose, tant il haletait de joie et de fatigue.

Depuis quarante-huit heures, il était debout. Il avait travaillé aux barricades du quartier Latin, s'était battu rue Rambuteau, avait sauvé trois dragons, était entré aux Tuileries avec la colonne Dunoyer, s'était porté ensuite à la Chambre, puis à l'hôtel de ville.

— « J'en arrive ! tout va bien ! le peuple triomphe ! les ouvriers et les bourgeois s'embrassent ! Ah ! si vous saviez ce que j'ai vu[b] ! quels braves gens ! comme c'est beau ! »

Et sans s'apercevoir qu'ils n'avaient pas d'armes :

— « J'étais bien sûr de vous trouver là ! Ç'a été rude un moment, n'importe ! »

Une goutte de sang lui coulait sur la joue, et, aux questions des deux autres :

— « Oh ! rien ! l'éraflure d'une baïonnette ! »

— « Il faudrait vous soigner pourtant. »

— « Bah ! je suis solide ! qu'est-ce que ça fait ? La République est proclamée ! on sera heureux maintenant !

Des journalistes qui causaient tout à l'heure devant moi disaient qu'on va affranchir la Pologne et l'Italie ! Plus de rois ! comprenez-vous ! Toute la terre libre ! toute la terre libre ! »

Et, embrassant l'horizon d'un seul regard, il écarta les bras dans une attitude triomphante. Mais une longue file d'hommes couraient sur la terrasse, au bord de l'eau.

— « Ah ! saprelotte ! j'oubliais ! Les forts sont occupés. Il faut que j'y aille ! adieu ! »

Il se retourna pour leur crier, tout en brandissant son fusil :

— « Vive la République ! »

Des cheminées du château, il s'échappait d'énormes tourbillons de fumée noire, qui emportaient des étincelles. La sonnerie des cloches faisait, au loin, comme des bêlements effarés. De droite et de gauche, partout, les vainqueurs déchargeaient leurs armes. Frédéric[a], bien qu'il ne fût pas guerrier, sentit bondir son sang gaulois. Le magnétisme des foules enthousiastes l'avait pris. Il humait voluptueusement l'air orageux, plein des senteurs de la poudre ; et cependant il frissonnait sous les effluves d'un immense amour, d'un attendrissement suprême et universel, comme si le cœur de l'humanité tout entière avait battu dans sa poitrine[572].

Hussonnet dit[b], en bâillant :

— « Il serait temps, peut-être, d'aller instruire les populations ! »

Frédéric le suivit à son bureau de correspondance place de la Bourse ; et il se mit à composer pour le journal de Troyes un compte rendu des événements en style lyrique, un véritable morceau, qu'il signa[*]. Puis ils dînèrent ensemble dans une taverne[c]. Hussonnet était pensif ; les excentricités de la Révolution dépassaient les siennes.

Après le café, quand[d] il se rendirent à l'hôtel de ville, pour savoir du nouveau, son naturel gamin avait repris le dessus. Il escaladait les barricades, comme un chamois, et répondait aux sentinelles des gaudrioles patriotiques.

Ils entendirent, à la lueur des torches, proclamer le Gouvernement provisoire. Enfin, à minuit, Frédéric, brisé de fatigue, regagna sa maison.

— « Eh bien », dit-il à son domestique en train de le déshabiller, « es-tu content ? »

— « Oui, sans doute, monsieur ! Mais ce que je n'aime pas, c'est ce peuple en cadence** ! »

Le lendemain, à son réveil, Frédéric pensa à Deslauriers. Il courut chez lui*. L'avocat venait de partir, étant nommé commissaire en province*. Dans la soirée de la veille, il était parvenu jusqu'à Ledru-Rollin[573], et l'obsédant au nom des Écoles, en avait arraché une place, une mission*. Du reste, disait le portier, il devait écrire la semaine prochaine, pour donner son adresse.

Après quoi, Frédéric s'en alla voir la Maréchale*. Elle le reçut aigrement, car elle lui en voulait de son abandon. Sa rancune[a] s'évanouit sous des assurances de paix réitérées. Tout était tranquille, maintenant, aucune raison d'avoir peur ; il l'embrassait ; et elle se déclara pour la République, — comme avait déjà fait[b] Monseigneur l'Archevêque de Paris, et comme devaient faire avec une prestesse de zèle merveilleuse : la Magistrature, le Conseil d'État, l'Institut, les Maréchaux de France, Changarnier, M. de Falloux, tous les bonapartistes, tous les légitimistes, et un nombre considérable d'orléanistes[574].

La chute de la Monarchie[c] avait été si prompte, que, la première stupéfaction passée, il y eut chez les bourgeois comme un étonnement de vivre encore. L'exécution sommaire de quelques voleurs, fusillés sans jugements[d], parut une chose très juste. On se redit, pendant un mois, la phrase de Lamartine sur le drapeau rouge, « qui n'avait fait que le tour du Champ de Mars, tandis que le drapeau tricolore »[575], etc. ; et tous se rangèrent sous son ombre[e], chaque parti ne voyant des trois couleurs[576] que la sienne — et se promettant bien, dès qu'il serait le plus fort, d'arracher les deux autres.

Comme les affaires étaient suspendues, l'inquiétude et la badauderie poussaient tout le monde hors de chez soi. Le négligé[f] des costumes atténuait la différence des rangs sociaux, la haine se cachait, les espérances s'étalaient, la foule était pleine de douceur. L'orgueil d'un droit conquis éclatait sur les visages. On avait une gaieté de carnaval, des allures de bivac ; rien[g] ne fut amusant comme l'aspect de Paris, les premiers jours.

Frédéric prenait la Maréchale à son bras ; et ils flânaient ensemble dans les rues. Elle se divertissait des rosettes décorant toutes les boutonnières, des étendards suspendus à toutes les fenêtres, des affiches de toute couleur placardées

contre les murailles[a], et jetait çà et là quelque monnaie dans
le tronc pour les blessés[577], établi sur une chaise, au milieu
de la voie. Puis elle s'arrêtait devant des caricatures qui
représentaient Louis-Philippe en pâtissier, en saltimbanque,
en chien, en sangsue[578]. Mais les hommes de Caussidière[579],
avec leur sabre et leur écharpe, l'effrayaient un peu. D'autres
fois, c'était un arbre de la Liberté qu'on plantait. MM. les
ecclésiastiques concouraient à la cérémonie, bénissant la
République, escortés par des serviteurs à galons d'or ; et la
multitude trouvait cela très bien. Le spectacle le plus fréquent
était celui des députations de n'importe quoi, allant réclamer
quelque chose à l'hôtel de ville, — car chaque métier, chaque
industrie attendait du Gouvernement la fin radicale de sa
misère[580]. Quelques-uns, il est vrai, se rendaient près de lui
pour le conseiller, ou le féliciter, ou tout simplement pour
lui faire une petite visite, et voir fonctionner la machine.

Vers le milieu du mois de mars, un jour qu'il traversait le
pont d'Arcole, ayant à faire une commission pour Rosanette
dans le quartier Latin, Frédéric vit s'avancer une colonne
d'individus à chapeaux[b] bizarres, à longues barbes. En tête
et battant du tambour marchait un nègre, un ancien modèle
d'atelier, et l'homme qui portait la bannière sur laquelle
flottait au vent cette inscription : « Artistes peintres », n'était
autre que Pellerin[581].

Il fit signe à Frédéric de l'attendre, puis reparut cinq
minutes après, ayant du temps devant lui, car le Gouvernement recevait à ce moment-là les tailleurs de pierre[*]. Il allait
avec ses collègues réclamer la création d'un Forum de l'Art,
une espèce de Bourse où l'on débattrait les intérêts de
l'Esthétique[c] ; des œuvres sublimes se produiraient puisque
les travailleurs mettraient en commun leur génie[582]. Paris,
bientôt, serait couvert de monuments gigantesques ; il les
décorerait ; il avait même commencé une figure de la
République. Un de ses camarades[d] vint le prendre, car ils
étaient talonnés par la députation du commerce de la volaille.

— « Quelle bêtise ! » grommela une voix dans la foule.
« Toujours des blagues ! Rien de fort ! »

C'était Regimbart. Il ne salua pas Frédéric mais profita de
l'occasion pour épandre son amertume.

Le Citoyen employait ses jours à vagabonder dans les rues,
tirant sa moustache, roulant des yeux, acceptant et propageant
des nouvelles lugubres[e] ; et il n'avait que deux phrases :

« Prenez garde, nous allons être débordés ! » ou bien : « Mais, sacrebleu ! on escamote la République* ! » Il était mécontent de tout, et particulièrement de ce que nous n'avions pas repris nos frontières naturelles. Le nom seul de Lamartine lui faisait hausser les épaules. Il ne trouvait pas Ledru-Rollin « suffisant pour le problème », traita Dupont (de l'Eure) de vieille ganache ; Albert[583], d'idiot ; Louis Blanc, d'utopiste ; Blanqui, d'homme extrêmement dangereux ; et, quand Frédéric lui demanda ce qu'il aurait fallu faire, il répondit en lui serrant le bras à le broyer :

— « Prendre le Rhin, je vous dis, prendre le Rhin ! fichtre ! »

Puis il accusa la réaction.

Elle se démasquait. Le sac des châteaux de Neuilly et de Suresne[584], l'incendie des Batignolles, les troubles de Lyon, tous les excès, tous les griefs, on les exagérait à présent, en y ajoutant la circulaire de Ledru-Rollin[585], le cours forcé des billets de Banque, la rente tombée à soixante francs, enfin, comme iniquité suprême, comme dernier coup, comme surcroît d'horreur, l'impôt des quarante-cinq centimes !

— Et, par-dessus tout cela, il y avait encore le Socialisme[a] ! Bien que ces théories, aussi neuves que le jeu d'oie, eussent été depuis quarante ans suffisamment débattues pour emplir des bibliothèques, elles épouvantèrent les bourgeois, comme une grêle d'aérolithes[b] ; et on fut indigné, en vertu de cette haine que provoque l'avènement de toute idée parce que c'est une idée, exécration dont elle tire plus tard sa gloire, et qui fait que ses ennemis sont toujours au-dessous d'elle, si médiocre qu'elle puisse être.

Alors, la Propriété monta dans les respects au niveau de la Religion[c] et se confondit avec Dieu[586]. Les attaques qu'on lui portait parurent du sacrilège, presque de l'anthropophagie. Malgré la législation la plus humaine[d] qui fut jamais, le spectre de 93 reparut, et le couperet de la guillotine vibra dans toutes les syllabes du mot République ; — ce qui n'empêchait pas qu'on le méprisait pour sa faiblesse. La France, ne sentant plus de maître, se mit à crier d'effarement, comme un aveugle sans bâton, comme un marmot qui a perdu sa bonne.

De tous les Français, celui qui tremblait le plus fort était M. Dambreuse. L'état nouveau des choses menaçait sa fortune, mais surtout dupait son expérience. Un système si

bon, un roi si sage ! était-ce possible ! La terre allait crouler !*
Dès le lendemain, il congédia trois domestiques, vendit ses
chevaux, s'acheta, pour sortir dans les rues, un chapeau mou,
pensa même à laisser croître sa barbe ; et il restait[a] chez lui,
prostré, se repaissant amèrement des journaux les plus hostiles
à ses idées, et devenu tellement sombre, que les plaisanteries
sur la pipe de Flocon n'avaient pas même la force de le faire
sourire.

Comme soutien du dernier règne, il redoutait les ven-
geances du peuple sur ses propriétés de la Champagne,
quand l'élucubration de Frédéric[587] lui tomba dans les mains.
Alors il s'imagina que son jeune ami était un personnage
très influent et qu'il pourrait sinon le servir, du moins le
défendre ; de sorte qu'un matin, M. Dambreuse se présenta
chez lui, accompagné de Martinon.

Cette visite n'avait pour but, dit-il[b], que de le voir un
peu et de causer*. Somme toute, il se réjouissait des
événements, et il adoptait de grand cœur « notre sublime
devise : *Liberté, Égalité, Fraternité*, ayant toujours été républicain, au fond ». S'il votait, sous l'autre régime, avec le
ministère, c'était simplement pour accélérer une chute inévitable. Il s'emporta même contre M. Guizot, « qui nous a mis
dans un joli pétrin, convenons-en ! » En revanche, il admirait
beaucoup Lamartine, lequel s'était montré « magnifique, ma
parole d'honneur, quand, à propos du drapeau rouge... »

— « Oui ! je sais », dit Frédéric.

Après quoi, il déclara sa sympathie pour les ouvriers[c].

— « Car enfin[d], plus ou moins, nous sommes tous
ouvriers[588] ! » Et il poussait l'impartialité jusqu'à reconnaître
que Proudhon avait de la logique. « Oh ! beaucoup de
logique ! diable ! » Puis, avec le détachement d'une intelligence supérieure, il causa de l'exposition de peinture, où il
avait vu le tableau de Pellerin. Il trouvait cela original, bien
touché.

Martinon appuyait tous ses mots par des remarques
approbatives ; lui aussi pensait qu'il fallait « se rallier franchement à la République », et il parla de son père laboureur,
faisant le paysan, l'homme du peuple*. On arriva bientôt
aux élections pour l'Assemblée nationale, et aux candidats
dans l'arrondissement de la Fortelle. Celui de l'opposition
n'avait pas de chances.

— « Vous devriez prendre sa place ! » dit M. Dambreuse.

Frédéric se récria.

— « Eh ! pourquoi donc ? » car il obtiendrait les suffrages des ultras, vu ses opinions personnelles[a], celui des conservateurs, à cause de sa famille. « Et peut-être aussi », ajouta le banquier en souriant, « grâce un peu à mon influence. »

Frédéric objecta qu'il ne saurait comment s'y prendre[•]. Rien de plus facile, en se faisant recommander aux patriotes de l'Aube par un club de la capitale. Il s'agissait de lire, non une profession de foi comme on en voyait quotidiennement[b], mais une exposition de principes sérieuse.

— « Apportez-moi cela[c] ; je sais ce qui convient dans la localité ! Et vous pourriez[d], je vous le répète, rendre de grands services au pays, à nous tous, à moi-même. »

Par des temps pareils, on devait s'entr'aider, et, si Frédéric[e] avait besoin de quelque chose, lui, ou ses amis...

— « Oh ! mille grâces, cher Monsieur ! »

— « A charge de revanche, bien entendu ! »

Le banquier était un brave homme, décidément[• •].

Frédéric ne put s'empêcher de réfléchir à son conseil ; et bientôt, une sorte de vertige l'éblouit[589].

Les grandes figures de la Convention passèrent[f] devant ses yeux. Il lui sembla qu'une aurore magnifique allait se lever. Rome, Vienne, Berlin, étaient en insurrection, les Autrichiens chassés de Venise ; toute l'Europe s'agitait. C'était l'heure de se précipiter dans le mouvement, de l'accélérer peut-être ; et puis il était séduit par le costume que les députés[g], disait-on, porteraient. Déjà, il se voyait en gilet à revers avec une ceinture tricolore ; et ce prurit, cette hallucination devint si forte, qu'il s'en ouvrit à Dussardier.

L'enthousiasme du brave garçon ne faiblissait pas.

— « Certainement, bien sûr ! présentez-vous ! »

Frédéric, néanmoins, consulta Deslauriers[•]. L'opposition idiote qui entravait le commissaire dans sa province avait augmenté son libéralisme. Il lui envoya immédiatement des exhortations violentes.

Cependant Frédéric avait besoin d'être approuvé par un plus grand nombre ; et il confia la chose à Rosanette, un jour que Mlle Vatnaz se trouvait là.

Elle était une de ces célibataires parisiennes qui, chaque soir, quand elles ont donné leurs leçons, ou tâché de vendre[h] de petits dessins, de placer de pauvres manuscrits, rentrent chez elles avec de la crotte à leurs jupons, font leur dîner, le mangent toutes seules, puis, les pieds sur une chaufferette, à la lueur d'une lampe malpropre, rêvent un amour, une famille, un foyer, la fortune, tout ce qui leur manque. Aussi, comme beaucoup d'autres, avait-elle salué dans la Révolution l'avènement de la vengeance ; — et elle se livrait à une propagande socialiste effrénée[a].

L'affranchissement[b] du prolétaire, selon la Vatnaz, n'était possible que par l'affranchissement de la femme[590]. Elle voulait son admissibilité à tous les emplois, la recherche de la paternité, un autre code, l'abolition, ou tout au moins « une réglementation du mariage plus intelligente ». Alors[c], chaque Française serait tenue d'épouser un Français ou d'adopter un vieillard. Il fallait que les nourrices et les accoucheuses fussent des fonctionnaires salariés par l'État ; qu'il y eût un jury pour examiner les œuvres de femmes, des éditeurs spéciaux pour les femmes, une école polytechnique pour les femmes, une garde nationale pour les femmes, tout pour les femmes ! Et, puisque le Gouvernement méconnaissait leurs droits, elles devaient vaincre la force par la force. Dix mille citoyennes, avec de bons fusils, pouvaient faire trembler l'hôtel de ville !

La candidature de Frédéric lui parut favorable à ses idées. Elle l'encouragea, en lui montrant la gloire à l'horizon[*]. Rosanette se réjouit d'avoir un homme qui parlerait à la Chambre.

— « Et puis on te donnera, peut-être, une bonne place. »

Frédéric, homme de toutes les faiblesses, fut gagné[d] par la démence universelle[591]. Il écrivit un discours, et alla le faire voir à M. Dambreuse.

Au bruit de la grande porte qui retombait, un rideau s'entr'ouvrit derrière une croisée ; une femme[e] y parut. Il n'eut pas le temps de la reconnaître ; mais, dans l'antichambre, un tableau l'arrêta, le tableau de Pellerin, posé sur une chaise, provisoirement sans doute.

Cela représentait[f] la République, ou le Progrès, ou la Civilisation, sous la figure de Jésus-Christ conduisant une locomotive, laquelle traversait une forêt vierge[592]. Frédéric, après une minute de contemplation, s'écria :

— « Quelle turpitude ! »

— « N'est-ce pas, hein ? » dit M. Dambreuse[g], survenu sur cette parole et s'imaginant qu'elle concernait non la peinture, mais la doctrine glorifiée par le tableau[*]. Martinon

arriva au même moment. Ils passèrent dans le cabinet ; et
Frédéric tirait un papier de sa poche, quand Mlle Cécile,
entrant tout à coup, articula d'un air ingénu :
— « Ma tante est-elle ici ? »
— « Tu sais bien que non », répliqua le banquier. « N'im-
porte ! faites comme chez vous, mademoiselle. »
— « Oh ! merci ! je m'en vais. »
A peine[a] sortie, Martinon[b] eut l'air de chercher son
mouchoir.
— « Je l'ai oublié dans mon paletot[c], excusez-moi ! »
— « Bien[d] ! » dit M. Dambreuse.
Évidemment, il n'était pas dupe de cette manœuvre, et
même semblait la favoriser. Pourquoi ? Mais bientôt Martinon
reparut, et Frédéric entama son discours[e]. Dès la seconde
page, qui signalait comme une honte la prépondérance des
intérêts pécuniaires, le banquier fit la grimace. Puis, abordant
les réformes, Frédéric demandait[e] la liberté du commerce.
— « Comment… ? mais permettez ! »
L'autre n'entendait pas, et continua. Il réclamait l'impôt
sur la rente, l'impôt progressif, une fédération européenne,
et l'instruction du peuple[f], des encouragements aux beaux-
arts les plus larges.
— « Quand le pays fournirait à des hommes comme
Delacroix ou Hugo cent mille francs de rente, où serait le
mal ? »
Le tout finissait par des conseils aux classes supérieures.
« N'épargnez rien, ô riches ! donnez ! donnez ! »
Il s'arrêta, et resta debout. Les deux auditeurs assis ne
parlaient pas ; Martinon écarquillait les yeux, M. Dambreuse[g]
était tout pâle. Enfin dissimulant son émotion sous un aigre
sourire :
— « C'est parfait, votre discours[e] ! » Et il vanta beaucoup
la forme, pour n'avoir pas à s'exprimer sur le fond.
Cette virulence de la part d'un jeune homme inoffensif
l'effrayait, surtout comme symptôme. Martinon tâcha de le
rassurer. Le parti conservateur, d'ici peu[h], prendrait sa
revanche[i], certainement ; dans plusieurs villes on avait chassé
les commissaires du Gouvernement provisoire : les élections
n'étaient fixées qu'au 23 avril, on avait du temps ; bref, il
fallait que M. Dambreuse, lui-même, se présentât dans
l'Aube ; et, dès lors, Martinon ne le quitta plus, devint son
secrétaire et l'entoura de soins filiaux.

Frédéric arriva fort content de sa personne chez Rosanette*. Delmar y était, et lui apprit que « définitivement » il se portait comme candidat aux élections de la Seine. Dans une affiche adressée « au Peuple »[a] et où il le tutoyait, l'acteur se vantait de le comprendre, « lui », et de s'être fait, pour son salut, « crucifier par l'Art », si bien qu'il était son incarnation[593], son idéal ; — croyant effectivement avoir sur les masses une influence énorme, jusqu'à proposer plus tard dans un bureau de ministère de réduire une émeute à lui seul ; et, quant aux moyens qu'il emploierait, il fit cette réponse :

— « N'ayez pas peur ! Je leur montrerai ma tête ! »

Frédéric, pour le mortifier, lui notifia sa propre candidature*.Le cabotin[b], du moment que son futur collègue visait la province, se déclara son serviteur et offrit de le piloter dans les clubs[594]* *.

Ils les visitèrent tous, ou presque tous, les rouges et les bleus, les furibonds et les tranquilles, les puritains, les débraillés, les mystiques et les pochards, ceux où l'on décrétait la mort des Rois, ceux où l'on dénonçait les fraudes de l'Épicerie[c] ; et, partout, les locataires maudissaient les propriétaires, la blouse s'en prenait à l'habit, et les riches conspiraient contre les pauvres. Plusieurs voulaient des indemnités comme anciens martyrs de la police, d'autres imploraient de l'argent pour mettre en jeu des inventions, ou bien c'étaient des plans de phalanstères, des projets de bazars cantonaux, des systèmes de félicité publique ; — puis, çà et là, un éclair d'esprit dans ces nuages de sottise, des apostrophes, soudaines comme des éclaboussures, le droit formulé par un juron, et des fleurs d'éloquence aux lèvres d'un goujat, portant à cru le baudrier d'un sabre sur sa poitrine sans chemise. Quelquefois aussi, figurait un monsieur, aristocrate humble d'allures, disant des choses plébéiennes, et qui ne s'était pas lavé les mains pour les faire paraître calleuses. Un patriote[d] le reconnaissait, les plus vertueux le houspillaient : et il sortait la rage dans l'âme. On devait, par affectation de bon sens, dénigrer toujours les avocats, et servir le plus souvent possible ces locutions : « apporter sa pierre à l'édifice, — problème social, — atelier ».

Delmar ne ratait pas les occasions d'empoigner la parole ; et, quand il ne trouvait plus rien à dire, sa ressource était de se camper le poing sur la hanche, l'autre bras dans le gilet,

en se tournant de profil, brusquement, de manière à bien
montrer sa tête. Alors des applaudissements éclataient, ceux
de Mlle Vatnaz au fond de la salle.

Frédéric, malgré la faiblesse des orateurs, n'osait se risquer.
Tous ces gens lui semblaient trop incultes ou trop hostiles.

Mais Dussardier se mit en recherche, et lui annonça qu'il
existait, rue Saint-Jacques, un club intitulé *le Club de
l'Intelligence*[595]. Un nom pareil donnait bon espoir. D'ailleurs, il amènerait des amis.

Il amena ceux qu'il avait invités à son punch : le teneur
de livres, le placeur de vins, l'architecte ; Pellerin même était
venu, peut-être qu'Hussonnet allait venir ; et sur le trottoir,
devant la porte, stationnait Regimbart avec deux individus,
dont le premier était[a] son fidèle Compain, homme un peu
courtaud, marqué de petite vérole, les yeux rouges ; et le
second, une espèce de singe-nègre, extrêmement chevelu,
et qu'il connaissait seulement pour être « un patriote de
Barcelone ».

Ils passèrent par une allée, puis furent introduits dans une
grande pièce, à usage de menuisier sans doute, et dont les
murs encore neufs sentaient le plâtre. Quatre quinquets
accrochés parallèlement y faisaient une lumière désagréable.
Sur une estrade, au fond, il y avait un bureau avec une
sonnette, en dessous une table figurant la tribune, et de
chaque côté deux autres plus basses, pour les secrétaires.
L'auditoire qui garnissait les bancs était composé de vieux
rapins, de pions, d'hommes de lettres inédits. Sur ces lignes
de paletots à collets gras, on voyait de place en place le
bonnet d'une femme ou le bourgeron d'un ouvrier. Le fond
de la salle était même plein d'ouvriers, venus là, sans doute,
par désœuvrement, ou qu'avaient introduits des orateurs
pour se faire applaudir.

Frédéric eut soin de se mettre entre Dussardier et Regimbart, qui, à peine assis, posa ses deux mains sur sa canne,
son menton sur ses deux mains et ferma les paupières, tandis
qu'à l'autre extrémité de la salle, Delmar, debout, dominait
l'assemblée.

Au bureau du président, Sénécal parut.

Cette surprise, avait pensé le bon commis, plairait à
Frédéric. Elle le contraria.

La foule témoignait[b] à son président une grande déférence.
Il était de ceux qui, le 25 février, avaient voulu l'organisation

immédiate du travail[596] ; le lendemain, au Prado[597], il s'était prononcé pour qu'on attaquât l'hôtel de ville ; et, comme chaque personnage se réglait alors sur un modèle, l'un copiant Saint-Just, l'autre Danton, l'autre Marat, lui, il tâchait de ressembler à Blanqui[598], lequel imitait Robespierre[599]. Ses gants noirs et ses cheveux en brosse lui donnaient un aspect rigide, extrêmement convenable.

Il ouvrit la séance par la déclaration des Droits de l'homme et du citoyen, acte de foi habituel. Puis une voix vigoureuse entonna les *Souvenirs du peuple*, de Béranger[600].

D'autres voix s'élevèrent :

— « Non ! non ! pas ça ! »

— « *La Casquette*[601] ! » se mirent à hurler, au fond, les patriotes.

Et ils chantèrent en chœur la poésie du jour :

> *Chapeau bas devant ma casquette*[a],
> *À genoux devant l'ouvrier !*

Sur un mot du président, l'auditoire se tut. Un des secrétaires[b] procéda au dépouillement des lettres.

— « Des jeunes gens annoncent qu'ils brûlent chaque soir devant le Panthéon un numéro de l'*Assemblée nationale*[602], et ils engagent tous les patriotes à suivre leur exemple. »

— « Bravo ! adopté ! » répondit la foule.

— « Le citoyen Jean-Jacques Langreneux, typographe, rue Dauphine, voudrait qu'on élevât un monument à la mémoire des martyrs de thermidor. »

— « Michel-Évariste[c]-Népomucène Vincent, ex-professeur, émet le vœu que la démocratie européenne adopte l'unité de langage. On pourrait se servir d'une langue morte, comme, par exemple, du latin perfectionné. »

— « Non ! pas de latin ! » s'écria l'architecte.

— « Pourquoi ? » reprit un maître d'études.

Et ces deux messieurs engagèrent une discussion, où d'autres se mêlèrent, chacun jetant son mot pour éblouir, et qui ne tarda pas à devenir tellement fastidieuse, que beaucoup s'en allaient.

Mais un petit vieillard, portant au bas de son front prodigieusement haut des lunettes vertes, réclama la parole pour une communication urgente.

C'était un mémoire sur la répartition des impôts. Les chiffres découlaient, cela n'en finissait plus ! L'impatience éclata d'abord en murmures, en conversations ; rien ne le

troublait. Puis on se mit à siffler, on appelait « Azor »[603] ;
Sénécal gourmanda le public ; l'orateur continuait comme
une machine. Il fallut, pour l'arrêter, le prendre par le
coude. Le bonhomme[a] eut l'air de sortir d'un songe, et,
levant tranquillement ses lunettes :

— « Pardon ! citoyens ! pardon ! Je me retire ! mille
excuses ! »

L'insuccès de cette lecture déconcerta Frédéric. Il avait son
discours dans sa poche, mais une improvisation eût mieux
valu.

Enfin, le président annonça qu'ils allaient passer à l'affaire
importante, la question électorale. On ne discuterait pas
les grandes listes républicaines. Cependant, le *Club de
l'Intelligence* avait bien le droit, comme un autre, d'en
former une, « n'en déplaise à MM. les pachas de l'hôtel de
ville », et les citoyens qui briguaient le mandat populaire
pouvaient exposer leurs titres.

— « Allez-y donc ! » dit Dussardier.

Un homme[b] en soutane, crépu, et de physionomie pétu-
lante, avait déjà levé la main[c]. Il déclara, en bredouillant,
s'appeler Ducretot, prêtre et agronome, auteur d'un ouvrage
intitulé *Des engrais*[d]. On le renvoya vers un cercle horticole.

Puis un patriote en blouse gravit la tribune. Celui-là était
un plébéien, large d'épaules, une grosse figure très douce et
de longs cheveux noirs. Il parcourut l'assemblée d'un regard
presque voluptueux, se renversa la tête, et enfin, écartant les
bras :

— « Vous avez repoussé Ducretot, ô mes frères ! et vous
avez bien fait, mais ce n'est pas par irréligion, car nous
sommes tous religieux. »

Plusieurs écoutaient la bouche ouverte, avec des airs de
catéchumènes, des poses extatiques.

— « Ce n'est pas, non plus, parce qu'il est prêtre, car,
nous aussi, nous sommes prêtres ! L'ouvrier[c] est prêtre,
comme l'était le fondateur du socialisme, notre Maître à
tous, Jésus-Christ[604] ! »

Le moment était venu d'inaugurer le règne de Dieu !
L'Évangile conduisait tout droit à 89 ! Après l'abolition de
l'esclavage, l'abolition du prolétariat. On avait eu l'âge de
haine, allait commencer l'âge d'amour.

— « Le christianisme est la clef de voûte et le fondement
de l'édifice nouveau... »

— « Vous fichez-vous de nous ? » s'écria le placeur d'alcools.« Qu'est-ce qui m'a donné un calotin pareil ! »

Cette interruption causa un grand scandale. Presque tous montèrent sur les bancs, et, le poing tendu, vociféraient : « Athée ! aristocrate[605] ! canaille ! », pendant que la sonnette du président tintait sans discontinuer et que les cris « A l'ordre ! à l'ordre ! » redoublaient. Mais, intrépide, et soutenu d'ailleurs par « trois cafés » pris avant de venir, il se débattait au milieu des autres.

— « Comment, moi ! un aristocrate ? allons donc ! »

Admis enfin à s'expliquer, il déclara qu'on ne serait jamais tranquille avec les prêtres, et, puisqu'on avait parlé tout à l'heure d'économies, c'en serait une fameuse que de supprimer les églises, les saints ciboires, et finalement tous les cultes.

Quelqu'un lui objecta qu'il allait loin.

— « Oui ! je vais loin ! Mais quand un vaisseau est surpris par la tempête... »

Sans attendre la fin de la comparaison, un autre lui répondit :

— « D'accord ! mais c'est démolir d'un seul coup, comme un maçon sans discernement... »

— « Vous insultez les maçons ! » hurla un citoyen couvert de plâtre ; ˙et, s'obstinant à croire qu'on l'avait provoqué, il vomit des injures, voulait se battre, se cramponnait à son banc. Trois hommes ne furent pas de trop pour le mettre dehors.

Cependant, l'ouvrier se tenait toujours à la tribune. Les deux secrétaires l'avertirent d'en descendre. Il protesta contre le passe-droit qu'on lui faisait.

— « Vous ne m'empêcherez pas de crier : amour éternel à notre chère France ! amour éternel aussi à la République ! »

— « Citoyens ! » dit alors Compain, « citoyens ! »

Et, à force de répéter : « Citoyens », ayant obtenu un peu de silence, il appuya sur la tribune ses deux mains rouges, pareilles à des moignons, se porta le corps en avant, et, clignant des yeux :

— « Je crois qu'il faudrait donner une plus large extension à la tête de veau[606]. »

Tous se taisaient, croyant avoir mal entendu.

— « Oui ! la tête de veau ! »

Trois cents rires éclatèrent d'un seul coup. Le plafond trembla. Devant toutes ces faces bouleversées[a] par la joie, Compain se reculait. Il reprit d'un ton furieux :

— « Comment ! vous ne connaissez pas la tête de veau ? »

Ce fut un paroxysme, un délire. On se pressait les côtes. Quelques-uns même tombaient par terre, sous les bancs. Compain, n'y tenant plus, se réfugia près de Regimbart et il voulait l'entraîner.

— « Non ! je reste jusqu'au bout ! » dit le Citoyen.

Cette réponse détermina Frédéric ; et, comme il cherchait de droite et de gauche ses amis pour le soutenir, il aperçut, devant lui, Pellerin à la tribune. L'artiste le prit de haut avec la foule.

— « Je voudrais savoir un peu où est le candidat de l'Art dans tout cela ? Moi, j'ai fait un tableau... »

— « Nous n'avons que faire des tableaux[b] ! » dit brutalement un homme maigre, ayant des plaques rouges aux pommettes.

Pellerin se récria qu'on l'interrompait.

Mais l'autre, d'un ton tragique :

— « Est-ce que le Gouvernement n'aurait pas dû déjà abolir, par un décret, la prostitution et la misère ? »

Et, cette parole lui ayant livré tout de suite la faveur du peuple, il tonna contre la corruption des grandes villes.

— « Honte et infamie ! On devrait happer les bourgeois au sortir de la Maison-d'or et leur cracher à la figure ! Au moins, si le Gouvernement ne favorisait pas la débauche ! Mais les employés de l'octroi sont envers nos filles et nos sœurs d'une indécence !... »

Une voix proféra de loin :

— « C'est rigolo ! »

— « A la porte ! »

— « On tire de nous des contributions pour solder le libertinage ! Ainsi, les forts appointements d'acteur... »

— « A moi ! » s'écria Delmar.

Il bondit à la tribune, écarta tout le monde, prit sa pose ; et, déclarant qu'il méprisait d'aussi plates accusations, s'étendit sur la mission civilisatrice du comédien. Puisque le théâtre était le foyer de l'instruction nationale, il votait pour la réforme du théâtre ; et, d'abord, plus de directions, plus de privilèges !

— « Oui ! d'aucune sorte ! »

Le jeu de l'acteur échauffait la multitude, et des motions subversives se croisaient.

— « Plus d'académies ! Plus d'Institut ! »
— « Plus de missions ! »
— « Plus de baccalauréat ! »
— « A bas les grades universitaires ! »
— « Conservons-les », dit Sénécal, « mais qu'ils soient conférés par le suffrage universel, par le Peuple, seul vrai juge ! »

Le plus utile, d'ailleurs, n'était pas cela. Il fallait d'abord passer le niveau sur la tête des riches ! Et il les représenta se gorgeant de crimes sous leurs plafonds dorés, tandis que les pauvres, se tordant de faim dans leurs galetas, cultivaient toutes les vertus. Les applaudissements devinrent si forts, qu'ils s'interrompit. Pendant quelques minutes, il resta les paupières closes, la tête renversée et comme se berçant sur cette colère qu'il soulevait.

Puis, il se remit à parler d'une façon dogmatique, en phrases impérieuses comme des lois. L'État devait s'emparer de la Banque et des Assurances[a]. Les héritages seraient abolis[607]. On établirait un fonds social pour les travailleurs. Bien d'autres mesures étaient bonnes dans l'avenir. Celles-là, pour le moment, suffisaient ; et, revenant aux élections :

— « Il nous faut des citoyens purs, des hommes entièrement neufs ! Quelqu'un se présente-t-il ? »

Frédéric se leva. Il y eut un bourdonnement d'approbation causé par ses amis[•]. Mais Sénécal, prenant une figure à la Fouquier-Tinville, se mit à l'interroger sur ses noms, prénoms, antécédents, vie et mœurs.

Frédéric lui répondait sommairement et se mordait les lèvres. Sénécal demanda si quelqu'un voyait un empêchement à cette candidature.

— « Non ! non ! »

Mais lui, il en voyait[•]. Tous se penchèrent[b] et tendirent les oreilles[•]. Le citoyen postulant n'avait pas livré une certaine somme promise pour une fondation démocratique, un journal. De plus, le 22 février, bien que suffisamment averti, il avait manqué au rendez-vous, place du Panthéon.

— « Je jure qu'il était aux Tuileries ! » s'écria Dussardier.

— « Pouvez-vous jurer l'avoir vu au Panthéon ? »

Dussardier baissa la tête. Frédéric se taisait ; ses amis[c] scandalisés le regardaient avec inquiétude.

— « Au moins », reprit Sénécal, « connaissez-vous un patriote qui nous réponde de vos principes ? »

— « Moi ! » dit Dussardier.

— « Oh ! cela ne suffit pas ! un autre ! »

Frédéric se tourna vers Pellerin*. L'artiste[a] lui répondit par une abondance de gestes qui signifiait :

— « Ah ! mon cher, ils m'ont repoussé ! Diable ! que voulez-vous ? »

Alors, Frédéric poussa du coude Regimbart.

— « Oui ! c'est vrai ! il est temps ! j'y vais ! »

Et Regimbart enjamba l'estrade ; puis, montrant l'Espagnol qui l'avait suivi :

— « Permettez-moi, citoyens, de vous présenter un patriote de Barcelone[608] ! »

Le patriote fit un grand salut, roula comme un automate ses yeux d'argent, et, la main sur le cœur ;

— « Ciudadanos[b] ! mucho aprecio el honor que me dispensáis, y si grande es vuestra bondad mayor es vuestra[c] atención. »

— « Je réclame la parole ! » cria Frédéric.

— « Desde que se proclamó la constitución de Cádiz, ese pacto fundamental de las libertades españolas ; hasta la última revolución, nuestra patria cuenta numerosos y heróicos mártires. »

Frédéric, encore une fois, voulut se faire entendre :

— « Mais, citoyens !... »

L'Espagnol continuait :

— « El martes próximo tendrá lugar en la iglesia de la Magdalena un servicio fúnebre. »

— « C'est absurde à la fin ! personne ne comprend ! »

Cette observation exaspéra la foule.

— « A la porte ! à la porte ! »

— « Qui ? moi ? » demanda Frédéric.

— « Vous-même ! » dit majestueusement Sénécal. « Sortez ! »

Il se leva pour sortir ; et la voix de l'Ibérien le poursuivait :

— « Y todos los Españoles desearían ver allí reunidas las deputaciones de los clubs y de la milicia nacional. Una oración fúnebre, en honor de la libertad española y del mundo entero, será pronunciada por un miembro del clero de París en la sala Bonne-Nouvelle. Honor al pueblo francés, que llamaría yo el primero pueblo del mundo, si no fuese ciudadano de otra nación ! »

— « Aristo ! » glapit un voyou, en montrant le poing à Frédéric, qui s'élançait dans la cour, indigné.

Il se reprocha son dévouement[a], sans réfléchir que les accusations portées contre lui étaient justes, après tout. Quelle fatale idée que cette candidature ! Mais quels ânes, quels crétins ! Il se comparait à ces hommes, et soulageait avec leur sottise la blessure de son orgueil.

Puis il éprouva le besoin de voir Rosanette. Après tant de laideurs et d'emphase, sa gentille personne serait un délassement[*]. Elle savait qu'il avait dû, le soir, se présenter dans un club. Cependant, lorsqu'il entra, elle ne lui fit pas même une question.

Elle se tenait près du feu, décousant[b] la doublure d'une robe[*]. Un pareil ouvrage le surprit.

— « Tiens ? qu'est-ce que tu fais ? »

— « Tu le vois », dit-elle sèchement. « Je raccommode mes hardes ! C'est ta République[609]. »

— « Pourquoi ma République ? »

— « C'est la mienne, peut-être ? »

Et elle se mit à lui reprocher tout ce qui se passait en France depuis deux mois, l'accusant d'avoir fait la révolution, d'être cause qu'on était ruiné, que les gens riches abandonnaient Paris[610], et qu'elle mourrait plus tard à l'hôpital[611].

— « Tu en parles à ton aise, toi, avec tes rentes ! Du reste, au train dont ça va, tu ne les auras pas longtemps, tes rentes. »

— « Cela se peut », dit Frédéric, « les plus dévoués sont toujours méconnus ; et, si l'on n'avait pour soi sa conscience, les brutes avec qui l'on se compromet vous dégoûteraient de l'abnégation ! »

Rosanette le regarda, les cils rapprochés.

— « Hein ? Quoi ? Quelle abnégation ? Monsieur n'a pas réussi, à ce qu'il paraît ? Tant mieux ! ça t'apprendra à faire des dons patriotiques. Oh ! ne mens pas ! Je sais que tu leur as donné trois cents francs, car elle se fait entretenir, ta République ! Eh bien, amuse-toi avec elle, mon bonhomme ! »

Sous cette avalanche de sottises, Frédéric passait de son autre désappointement à une déception plus lourde.

Il s'était retiré au fond de la chambre. Elle vint à lui.

— « Voyons ! raisonne un peu ! Dans un pays comme dans une maison, il faut un maître ; autrement chacun fait danser l'anse du panier. D'abord, tout le monde sait que Ledru-Rollin est couvert de dettes[612] ! Quant à Lamartine, comment veux-tu qu'un poète s'entende à la politique ? Ah ! tu as beau hocher la tête et te croire plus d'esprit que les autres, c'est pourtant vrai ! Mais tu ergotes toujours ; on ne peut pas placer un mot avec toi ! Voilà, par exemple, Fournier-Fontaine, des magasins de Saint-Roch : sais-tu de combien il manque ? De huit cent mille francs ! Et Gomer, l'emballeur d'en face, un autre républicain, celui-là, il cassait les pincettes sur la tête de sa femme, et il a bu tant d'absinthe, qu'on va le mettre dans une maison de santé. C'est comme ça qu'ils sont tous, les républicains[a] ! Une république à vingt-cinq pour cent ! Ah oui ! vante-toi ! »

Frédéric s'en alla. L'ineptie de cette fille, se dévoilant[b] tout à coup dans un langage populacier[c], le dégoûtait. Il se sentit même un peu redevenu patriote.

La mauvaise[d] humeur de Rosanette ne fit que s'accroître. Mlle Vatnaz l'irritait par son enthousiasme. Se croyant une mission, elle avait la rage de pérorer, de catéchiser, et, plus forte que son amie dans ces matières, l'accablait d'arguments.

Un jour, elle arriva tout indignée contre Hussonnet, qui venait de se permettre des polissonneries au club des femmes*. Rosanette approuva cette conduite, déclarant même qu'elle prendrait des habits d'homme pour aller « leur dire leur fait, à toutes, et les fouetter ». Frédéric entrait au même moment.

— « Tu m'accompagneras, n'est-ce pas ? »

Et, malgré sa présence, elles se chamaillèrent[e], l'une faisant la bourgeoise, l'autre la philosophe.

Les femmes, selon Rosanette, étaient nées exclusivement pour l'amour ou pour élever des enfants, pour tenir un ménage.

D'après Mlle Vatnaz, la femme devait avoir sa place dans l'État[613]. Autrefois, les Gauloises légiféraient, les Anglo-Saxonnes aussi, les épouses des Hurons faisaient partie du Conseil. L'œuvre civilisatrice était commune. Il fallait toutes y concourir, et substituer enfin à l'égoïsme la fraternité, à l'individualisme l'association, au morcellement la grande culture[614].

— « Allons, bon ! tu te connais en culture, à présent ! »

— « Pourquoi pas ? D'ailleurs, il s'agit de l'humanité, de son avenir ! »

— « Mêle-toi du tien ! »

— « Ça me regarde ! »

Elles se fâchaient. Frédéric s'interposa. La Vatnaz s'échauffait, et arriva même à soutenir le Communisme[a].

— « Quelle bêtise ! » dit Rosanette. « Est-ce que jamais ça pourra se faire ? »

L'autre cita en preuve les Esséniens, les frères Moraves, les Jésuites du Paraguay, la famille des Pingons, près de Thiers en Auvergne ; et, comme elle gesticulait beaucoup, sa chaîne de montre se prit dans son paquet de breloques, à un petit mouton d'or suspendu.

Tout à coup, Rosanette pâlit extraordinairement.

Mlle Vatnaz continuait à dégager son bibelot.

— « Ne te donne pas tant de mal », dit Rosanette, « maintenant, je connais tes opinions politiques. »

— « Quoi ? » reprit la Vatnaz, devenue rouge comme une vierge.

— « Oh ! oh ! tu me comprends ! »

Frédéric ne comprenait pas. Entre elles[b], évidemment, il était survenu quelque chose de plus capital et de plus intime que le socialisme.

— « Et quand cela serait », répliqua la Vatnaz, se redressant intrépidement. « C'est un emprunt, ma chère, dette pour dette ! »

— « Parbleu ! je ne nie pas les miennes ! Pour quelques mille francs, belle histoire ! J'emprunte au moins ; je ne vole personne ! »

Mlle Vatnaz s'efforça de rire.

— « Oh ! j'en mettrais ma main au feu. »

— « Prends garde ! Elle est assez sèche pour brûler. »

La vieille fille lui présenta sa main droite, et, la gardant levée juste en face d'elle :

— « Mais il y a de tes amis qui la trouvent à leur convenance ! »

— « Des Andalous, alors ? comme castagnettes ! »

— « Gueuse ! »

La Maréchale fit un grand salut.

— « On n'est pas plus ravissante ! »

Mlle Vatnaz ne répondit rien. Des gouttes de sueur parurent à ses tempes. Ses yeux se fixaient sur le tapis. Elle haletait. Enfin, elle gagna la porte, et, la faisant claquer vigoureusement :

— « Bonsoir ! Vous aurez de mes nouvelles ! »

— « A l'avantage ! » dit Rosanette.

Sa contrainte l'avait brisée. Elle tomba sur le divan, toute tremblante, balbutiant des injures, versant des larmes*. Était-ce cette menace de la Vatnaz qui la tourmentait* ? Eh non ! elle s'en moquait bien ! A tout compter, l'autre lui devait de l'argent, peut-être ? C'était le mouton d'or, un cadeau ; et, au milieu de ses pleurs, le nom de Delmar lui échappa. Donc, elle aimait le cabotin !

— « Alors, pourquoi m'a-t-elle pris ? » se demanda Frédéric. « D'où vient qu'il est revenu ? Qui la force à me garder ? Quel est le sens de tout cela ? »

Les petits sanglots de Rosanette continuaient. Elle était toujours au bord du divan, étendue de côté, la joue droite sur ses deux mains, — et semblait un être si délicat, inconscient et endolori, qu'il se rapprocha d'elle, et la baisa au front, doucement.

Alors, elle lui fit des assurances de tendresse ; le Prince venait de partir, ils seraient libres. Mais elle se trouvait, pour le moment,... gênée*. « Tu l'as vu toi-même l'autre jour, quand j'utilisais mes vieilles doublures. » Plus d'équipages à présent ! Et ce n'était pas tout ; les tapissiers menaçaient de reprendre les meubles de la chambre et du grand salon. Elle ne savait que faire.

Frédéric eut envie de répondre : « Ne t'inquiète pas ! je payerai ! » Mais la dame pouvait mentir. L'expérience l'avait instruit. Il se borna simplement à des consolations.

Les craintes de Rosanette n'étaient pas vaines ; il fallut rendre les meubles et quitter le bel appartement de la rue Drouot[615]. Elle en prit un autre, sur le boulevard Poissonnière, au quatrième. Les curiosités de son ancien boudoir furent suffisantes pour donner aux trois pièces un air coquet. On eut* des stores chinois, une tente sur la terrasse, dans le salon un tapis de hasard encore tout neuf, avec des poufs de soie rose. Frédéric avait contribué largement à ces acquisitions ; il éprouvait la joie d'un nouveau marié[616] qui possède enfin une maison à lui, une femme à lui ; et, se plaisant là beaucoup, il venait y coucher presque tous les soirs*.

Un matin, comme il sortait de l'antichambre, il aperçut au troisième étage, dans l'escalier, le shako d'un garde

national qui montait. Où allait-il donc ? Frédéric attendit*.
L'homme montait toujours, la tête un peu baissée : il leva[a]
les yeux. C'était le sieur Arnoux*. La situation était claire.
Ils rougirent en même temps, saisis par le même embarras.

Arnoux, le premier, trouva moyen d'en sortir.

— « Elle va mieux, n'est-il pas vrai ? » comme si, Rosanette
étant malade, il se fût présenté pour avoir de ses nouvelles.

Frédéric profita de cette ouverture.

— « Oui, certainement ! Sa bonne me l'a dit, du moins »,
voulant faire entendre qu'on ne l'avait pas reçu.

Puis ils restèrent face à face, irrésolus l'un et l'autre, et
s'observant. C'était à qui des deux ne s'en irait pas*. Arnoux,
encore une fois, trancha la question.

— « Ah ! bah ! je reviendrai plus tard ! Où vouliez-vous
aller ? Je vous accompagne ! »

Et, quand ils furent dans la rue, il causa aussi naturellement
que d'habitude. Sans doute, il n'avait point le caractère
jaloux, ou bien il était trop bonhomme pour se fâcher.

D'ailleurs, la patrie le préoccupait. Maintenant il ne
quittait plus l'uniforme. Le 29 mars, il avait défendu les
bureaux de *la Presse*[617]. Quand on envahit la Chambre, il se
signala par son courage, et il fut du banquet offert à la
garde nationale d'Amiens[618].

Hussonnet, toujours de service avec lui, profitait, plus que
personne, de sa gourde et de ses cigares ; mais, irrévérencieux
par nature, il se plaisait à le contredire, dénigrant le style
peu correct des décrets, les conférences du Luxembourg[619],
les vésuviennes[620], les tyroliens, tout, jusqu'au char de
l'Agriculture, traîné par des chevaux à la place de bœufs et
escorté de jeunes filles laides*. Arnoux, au contraire, défendait
le Pouvoir[b] et rêvait la fusion des partis. Cependant, ses
affaires prenaient une tournure mauvaise. Il s'en inquiétait
médiocrement.

Les relations de Frédéric et de la Maréchale ne l'avaient
point attristé ; car cette découverte l'autorisa (dans sa conscience) à supprimer la pension qu'il lui refaisait depuis le
départ du Prince. Il allégua l'embarras des circonstances,
gémit beaucoup, et Rosanette fut généreuse*. Alors M. Arnoux se considéra comme[c] l'amant de cœur, — ce qui le
rehaussait dans son estime, et le rajeunit. Ne doutant pas
que Frédéric ne payât la Maréchale, il s'imaginait « faire une

bonne farce », arriva même à s'en cacher, et lui laissait le
champ libre quand ils se rencontraient.

Ce partage blessait[a] Frédéric ; et les politesses de son rival
lui semblaient une gouaillerie trop prolongée. Mais, en se
fâchant, il se fût ôté toute chance d'un retour vers l'autre,
et puis c'était le seul moyen d'en entendre parler. Le
marchand de faïences, suivant son usage, ou par malice peut-
être, la rappelait volontiers dans sa conversation, et lui
demandait même pourquoi il ne venait plus la voir.

Frédéric, ayant épuisé tous les prétextes, assura qu'il avait
été chez Mme Arnoux plusieurs fois, inutilement. Arnoux
en demeura convaincu, car souvent il s'extasiait devant elle
sur l'absence de leur ami, et toujours elle répondait avoir
manqué sa visite ; de sorte que ces deux mensonges, au lieu
de se couper, se corroboraient.

La douceur du jeune homme et la joie de l'avoir[b] pour
dupe faisaient qu'Arnoux le chérissait davantage. Il poussait
la familiarité[c] jusqu'aux dernières bornes, non par dédain,
mais par confiance. Un jour, il lui écrivit qu'une affaire
urgente l'attirait pour vingt-quatre heures en province ; il le
priait de monter la garde à sa place. Frédéric n'osa le refuser,
et se rendit au poste du Carrousel[621].

Il eut à subir la société des gardes nationaux ! et, sauf un
épurateur[622], homme facétieux qui buvait d'une manière
exorbitante, tous lui parurent plus bêtes que leur giberne.
L'entretien capital fut sur le remplacement des buffleteries
par le ceinturon. D'autres s'emportaient contre les ateliers
nationaux. On disait : « Où allons-nous ? » Celui qui avait
reçu l'apostrophe répondait en ouvrant les yeux, comme au
bord d'un abîme : « Où allons-nous ? » Alors un plus hardi
s'écriait : « Ça ne peut pas durer ! il faut en finir[623] ! » Et,
les mêmes discours se répétant jusqu'au soir, Frédéric s'ennuya
mortellement.

Sa surprise fut grande, quand, à onze heures, il vit paraître
Arnoux, lequel, tout de suite, dit qu'il accourait pour le
libérer, son affaire étant finie.

Il n'avait pas eu d'affaire. C'était une invention pour
passer vingt-quatre heures, seul, avec Rosanette. Mais le brave
Arnoux avait trop présumé de lui-même[624], si bien que, dans
sa lassitude, un remords l'avait pris. Il venait faire des
remerciements à Frédéric et lui offrir à souper.

— « Mille grâces ! je n'ai pas faim ! je ne demande que mon lit ! »

— « Raison de plus pour déjeuner ensemble, tantôt ! Quel mollasse vous êtes ! On ne rentre pas chez soi maintenant ! Il est trop tard ! Ce serait dangereux ! »

Frédéric, encore une fois, céda*. Arnoux, qu'on ne s'attendait pas à voir, fut choyé de ses frères d'armes, principalement de l'épurateur. Tous l'aimaient ; et il était si bon garçon, qu'il regretta la présence d'Hussonnet*. Mais il avait besoin de fermer l'œil une minute, pas davantage.

— « Mettez-vous près de moi », dit-il à Frédéric, tout en s'allongeant sur le lit de camp, sans ôter ses buffleteries.

Par peur d'une alerte, en dépit du règlement, il garda même son fusil ; puis balbutia quelques mots : « Ma chérie ! mon petit ange ! », et ne tarda pas à s'endormir.

Ceux qui parlaient se turent ; et peu à peu il se fit dans le poste un grand silence*. Frédéric, tourmenté par les puces, regardait autour de lui. La muraille, peinte en jaune, avait à moitié de sa hauteur une longue planche où les sacs formaient une suite de petites bosses, tandis qu'au-dessous, les fusils, couleur de plomb, étaient dressés les uns près des autres ; et il s'élevait des ronflements, produits par les gardes nationaux, dont les ventres se dessinaient d'une manière confuse, dans l'ombre. Une bouteille vide et des assiettes couvraient le poêle. Trois chaises de paille entouraient la table, où s'étalait un jeu de cartes. Un tambour, au milieu du banc, laissait pendre sa bricole. Le vent chaud, arrivant par la porte, faisait fumer le quinquet*. Arnoux dormait les deux bras ouverts ; et comme son fusil était posé la crosse en bas un peu obliquement, la gueule du canon lui arrivait sous l'aisselle. Frédéric le remarqua et fut effrayé.

— « Mais non ! j'ai tort ! il n'y a rien à craindre ! S'il mourait cependant... »

Et, tout de suite, des tableaux à n'en plus finir se déroulèrent*. Il s'aperçut avec Elle[a], la nuit, dans une chaise de poste ; puis au bord d'un fleuve par un soir d'été, et sous le reflet d'une lampe, chez eux, dans leur maison. Il s'arrêtait même à des calculs de ménage, des dispositions domestiques, contemplant, palpant déjà son bonheur ; — et, pour le réaliser, il aurait fallu seulement que le chien du fusil se levât ! On pouvait le pousser du bout de l'orteil ; le coup partirait, ce serait un hasard, rien de plus !

Frédéric s'étendit sur cette idée, comme un dramaturge qui compose. Tout à coup, il lui sembla qu'elle n'était pas loin de se résoudre en action, et qu'il allait y contribuer, qu'il en avait envie ; alors, une grande peur le saisit. Au milieu[a] de cette angoisse, il éprouvait un plaisir, et s'y enfonçait de plus en plus, sentant avec effroi ses scrupules disparaître ; dans la fureur[b] de sa rêverie, le reste du monde s'effaçait ; et il n'avait conscience de lui-même que par un intolérable serrement à la poitrine.

— « Prenons-nous le vin blanc ? » dit l'épurateur qui s'éveillait.

Arnoux sauta par terre ; et le vin blanc étant pris, voulut monter la faction de Frédéric.

Puis il l'emmena déjeuner rue de Chartres[625], chez Parly ; et, comme il avait besoin de se refaire, il se commanda deux plats de viande, un homard, une omelette au rhum, une salade, etc., le tout arrosé d'un sauternes 1819, avec un romanée 42, sans compter le champagne au dessert, et les liqueurs.

Frédéric ne le contraria nullement. Il était gêné, comme si l'autre avait pu découvrir, sur son visage, les traces de sa pensée.

Les deux coudes au bord de la table, et penché très bas, Arnoux, en le fatiguant de son regard, lui confiait ses imaginations.

Il avait envie[c] de prendre à ferme tous les remblais de la ligne du Nord pour y semer des pommes de terre, ou bien d'organiser sur les boulevards une cavalcade monstre, où les « célébrités de l'époque » figureraient. Il louerait toutes les fenêtres, ce qui, à raison de trois francs en moyenne, produirait un joli bénéfice. Bref, il rêvait un grand coup de fortune par un accaparement. Il était moral, cependant, blâmait les excès, l'inconduite, parlait de son « pauvre père », et, tous les soirs, disait-il, faisait son examen de conscience, avant d'offrir son âme à Dieu.

— « Un peu de curaçao, hein ? »
— « Comme vous voudrez. »

Quant à la République, les choses s'arrangeraient ; enfin, il se trouvait l'homme le plus heureux de la terre ; et, s'oubliant, il vanta les qualités de Rosanette, la compara même à sa femme. C'était bien autre chose ! On n'imaginait pas d'aussi belles cuisses.

— « A votre santé !»

Frédéric trinqua*. Il avait, par complaisance, un peu trop
bu ; d'ailleurs, le grand soleil l'éblouissait ; et, quand ils
remontèrent ensemble la rue Vivienne, leurs épaulettes se
touchaient fraternellement[626].

Rentré chez lui, Frédéric dormit jusqu'à sept heures*.
Ensuite, il s'en alla chez la Maréchale*. Elle était sortie avec
quelqu'un. Avec Arnoux, peut-être* ? Ne sachant[a] que faire,
il continua sa promenade sur le boulevard, mais ne put
dépasser la porte Saint-Martin, tant il y avait de monde.

La misère abandonnait[b] à eux-mêmes un nombre considérable d'ouvriers ; et ils venaient là, tous les soirs, se passer en
revue sans doute, et attendre un signal. Malgré la loi contre
les attroupements[627], *ces clubs du désespoir*[628] augmentaient
d'une manière effrayante ; et beaucoup de bourgeois s'y
rendaient quotidiennement, par bravade, par mode.

Tout à coup, Frédéric aperçut, à trois pas de distance,
M. Dambreuse avec Martinon ; il tourna la tête, car M. Dambreuse s'étant fait nommer représentant, il lui gardait
rancune*. Mais le capitaliste l'arrêta.

— « Un mot, cher monsieur ! J'ai des explications à vous
fournir. »

— « Je n'en demande pas. »

— « De grâce ! écoutez-moi. »

Ce n'était nullement sa faute. On l'avait prié, contraint
en quelque sorte*. Martinon, tout de suite, appuya ses
paroles : des Nogentais en députation s'étaient présentés
chez lui.

— « D'ailleurs, j'ai cru être libre, du moment... »

Une poussée[c] de monde sur le trottoir força M. Dambreuse
à s'écarter*. Une minute après, il reparut, en disant à
Martinon :

— « C'est un vrai service, cela ! Vous n'aurez pas à vous
repentir... »

Tous les trois[d] s'adossèrent contre une boutique, afin de
causer plus à l'aise.

On criait de temps en temps: « Vive Napoléon ! vive
Barbès ! à bas Marie[629] ! » La foule innombrable parlait très
haut ; — et toutes ces voix, répercutées par les maisons,
faisaient comme le bruit continuel des vagues dans un port.
A de certains moments, elles se taisaient ; alors, *la Marseillaise*
s'élevait. Sous les portes cochères, des hommes d'allures

mystérieuses proposaient des cannes à dard. Quelquefois, deux individus, passant l'un devant l'autre, clignaient de l'œil, et s'éloignaient prestement[630]. Des groupes de badauds occupaient[a] les trottoirs ; une multitude compacte s'agitait sur le pavé. Des bandes entières d'agents de police, sortant des ruelles, y disparaissaient à peine entrés. De petits drapeaux rouges, çà et là, semblaient des flammes ; les cochers, du haut de leur siège, faisaient de grands gestes, puis s'en retournaient. C'était un mouvement, un spectacle des plus drôles.

— « Comme tout cela », dit Martinon, « aurait amusé Mlle Cécile ! »

— « Ma femme, vous savez bien, n'aime pas que ma nièce[b] vienne avec nous », reprit en souriant M. Dambreuse.

On ne l'aurait pas reconnu. Depuis trois mois il criait : « Vive la République ! » et même il avait voté le bannissement des d'Orléans. Mais les concessions devaient finir. Il se montrait furieux jusqu'à porter un casse-tête dans sa poche.

Martinon, aussi, en avait un. La magistrature n'étant plus inamovible, il s'était retiré du Parquet, si bien qu'il dépassait en violences M. Dambreuse.

Le banquier haïssait particulièrement Lamartine (pour avoir soutenu Ledru-Rollin), et avec lui Pierre Leroux, Proudhon, Considérant, Lamennais, tous les cerveaux brûlés, tous les socialistes[631].

— « Car enfin, que veulent-ils ? On a supprimé l'octroi sur la viande et la contrainte par corps ; maintenant, on étudie le projet d'une banque hypothécaire ; l'autre jour, c'était une banque nationale ! et voilà cinq millions au budget pour les ouvriers ! Mais heureusement c'est fini, grâce à M. de Falloux. Bon voyage ! qu'ils s'en aillent ! »

En effet, ne sachant comment nourrir les cent trente mille hommes des ateliers nationaux, le ministre des travaux publics avait, ce jour-là même, signé un arrêté qui invitait tous les citoyens entre dix-huit et vingt ans à prendre du service comme soldats, ou bien à partir vers les provinces pour y remuer la terre.

Cette alternative les indigna[632], persuadés qu'on voulait détruire la République. L'existence loin de la capitale les affligeait comme un exil ; ils se voyaient mourants par les fièvres, dans des régions farouches. Pour beaucoup, d'ailleurs, accoutumés à des travaux délicats, l'agriculture semblait un

avilissement ; c'était un leurre enfin, une dérision, le déni
formel de toutes les promesses. S'ils résistaient, on emploierait
la force ; ils n'en doutaient pas et se disposaient à la prévenir.

Vers neuf heures, les attroupements formés à la Bastille et
au Châtelet refluèrent sur le boulevard. De la porte Saint-
Denis à la porte Saint-Martin, cela ne faisait plus qu'un
grouillement énorme, une seule masse d'un bleu sombre,
presque noir. Les hommes que l'on entrevoyait avaient tous
les prunelles ardentes, le teint pâle, des figures amaigries par
la faim, exaltées par l'injustice. Cependant, des nuages
s'amoncelaient ; le ciel orageux chauffant l'électricité de la
multitude, elle tourbillonnait sur elle-même, indécise, avec
un large balancement de houle ; et l'on sentait dans ses
profondeurs une force incalculable[a], et comme l'énergie d'un
élément. Puis tous se mirent à chanter : « Des lampions !
des lampions ! » Plusieurs fenêtres ne s'éclairaient pas ; des
cailloux furent lancés dans leurs carreaux. M. Dambreuse
jugea prudent de s'en aller. Les deux jeunes gens le
reconduisirent.

Il prévoyait de grands désastres. Le peuple, encore une
fois, pouvait envahir la Chambre ; et, à ce propos, il raconta
comment il serait mort le 15 mai, sans le dévouement d'un
garde national.

— « Mais c'est votre ami, j'oubliais ! votre ami, le fabricant
de faïences, Jacques Arnoux[*] ! » Les gens de l'émeute l'étouffaient ; ce brave citoyen l'avait pris dans ses bras et déposé à
l'écart. Aussi, depuis lors, une sorte de liaison s'était faite[*].
— « Il faudra un de ces jours dîner ensemble, et, puisque
vous le voyez souvent, assurez-le que je l'aime beaucoup.
C'est un excellent homme, calomnié, selon moi ; et il a de
l'esprit, le mâtin ! Mes compliments encore une fois ! bien
le bonsoir !... »

Frédéric, après avoir quitté M. Dambreuse, retourna chez
la Maréchale ; et, d'un air très sombre, dit qu'elle devait
opter entre lui et Arnoux[*]. Elle répondit avec douceur qu'elle
ne comprenait goutte à des « ragots pareils », n'aimait
pas Arnoux, n'y tenait aucunement[*]. Frédéric avait soif
d'abandonner Paris. Elle ne repoussa pas cette fantaisie, et
ils partirent pour Fontainebleau dès le lendemain[633*][*].

L'hôtel où ils logèrent se distinguait des autres par un jet
d'eau clapotant au milieu de sa cour. Les portes des chambres
s'ouvraient sur un corridor, comme dans les monastères. Celle

qu'on leur donna était grande, fournie de bons meubles, tendue d'indienne, et silencieuse, vu la rareté des voyageurs. Le long des maisons, des bourgeois inoccupés passaient ; puis, sous leurs fenêtres, quand le jour tomba, des enfants dans la rue firent une partie de barres ; — et cette tranquillité, succédant pour eux au tumulte de Paris, leur causait une surprise, un apaisement.

Le matin, de bonne heure, ils allèrent visiter le château[634]. Comme ils entraient par la grille, ils aperçurent sa façade tout entière, avec les cinq pavillons à toits aigus et son escalier en fer à cheval se déployant au fond de la cour, que bordent de droite et de gauche deux corps de bâtiments plus bas. Des lichens sur les pavés se mêlent de loin au ton fauve des briques ; et l'ensemble du palais, couleur de rouille comme une vieille armure, avait quelque chose de royalement impassible, une sorte de grandeur militaire et triste.

Enfin, un domestique, portant un trousseau de clefs, parut[*]. Il leur montra d'abord les appartements des reines, l'oratoire du Pape, la galerie de François 1er, la petite table d'acajou sur laquelle l'Empereur signa son abdication, et, dans une des pièces qui divisaient l'ancienne galerie des Cerfs, l'endroit où Christine[a] fit assassiner Monaldeschi[635]. Rosanette écouta cette histoire attentivement ; puis, se tournant vers Frédéric :

— « C'était par jalousie, sans doute ? Prends garde à toi ! »

Ensuite, ils traversèrent la salle du Conseil, la salle des Gardes, la salle du Trône, le salon de Louis XIII. Les hautes croisées, sans rideaux, épanchaient une lumière blanche ; de la poussière ternissait légèrement les poignées des espagnolettes, le pied de cuivre des consoles ; des nappes de grosses toiles cachaient partout des fauteuils ; on voyait au-dessus des portes des chasses Louis XV, et çà et là des tapisseries représentant les dieux de l'Olympe, Psyché[b] ou les batailles d'Alexandre.

Quand elle passait devant les glaces, Rosanette s'arrêtait une minute pour lisser ses bandeaux.

Après la cour du donjon et la chapelle Saint-Saturnin, ils arrivèrent dans la salle-des-fêtes.

Ils furent éblouis[c] par la splendeur du plafond, divisé en compartiments octogones, rehaussé d'or et d'argent, plus ciselé qu'un bijou, et par l'abondance des peintures qui couvrent les murailles, depuis la gigantesque cheminée où des croissants et des carquois entourent les armes de France, jusqu'à la tribune pour les musiciens, construite à l'autre bout, dans la largeur de la salle. Les dix fenêtres en arcades étaient grandes ouvertes ; le soleil faisait briller les peintures, le ciel bleu continuait indéfiniment l'outremer des cintres ; et, du fond des bois, dont les cimes vaporeuses emplissaient l'horizon, il semblait venir un écho des hallalis poussés dans les trompes d'ivoire, et des ballets mythologiques, assemblant sous le feuillage des princesses et des seigneurs travestis en nymphes[a] et en sylvains, — époque de science ingénue, de passions violentes et d'art somptueux, quand l'idéal était d'emporter le monde dans un rêve des Hespérides, et que les maîtresses des rois se confondaient avec les astres. La plus belle de ces fameuses s'était fait peindre à droite, sous la figure de Diane Chasseresse, et même en Diane Infernale, sans doute pour marquer sa puissance jusque par delà le tombeau. Tous ces symboles[b] confirment sa gloire ; et il reste là quelque chose d'elle, une voix indistincte, un rayonnement qui se prolonge.

Frédéric fut pris par une concupiscence rétrospective[636] et inexprimable. Afin de distraire son désir, il se mit à considérer tendrement Rosanette, en lui demandant si elle n'aurait pas voulu être cette femme.

— « Quelle femme ? »

— « Diane de Poitiers ! »

Il répéta :

— « Diane de Poitiers, la maîtresse d'Henri II. »

Elle fit un petit : « Ah !» Ce fut tout[637].

Son mutisme prouvait clairement qu'elle ne savait rien, ne comprenait pas, si bien que par complaisance il lui dit :

— « Tu t'ennuies peut-être ? »

— « Non, non, au contraire ! »

Et, le menton levé, tout en promenant à l'entour un regard des plus vagues, Rosanette lâcha ce mot :

— « Ça rappelle des souvenirs ! »

Cependant, on apercevait sur sa mine un effort, une intention de respect ; et, comme cet air sérieux la rendait plus jolie, Frédéric l'excusa.

L'étang[c] des carpes la divertit davantage. Pendant un quart d'heure, elle jeta des morceaux de pain dans l'eau, pour voir les poissons bondir.

Frédéric s'était assis près d'elle, sous les tilleuls. Il songeait à tous les personnages qui avaient hanté ces murs, Charles Quint, les Valois, Henri IV, Pierre le Grand, Jean-Jacques Rousseau et « les belles pleureuses des premières loges »[638], Voltaire, Napoléon, Pie VII, Louis-Philippe ; il se sentait environné, coudoyé par ces morts tumultueux ; une telle confusion d'images l'étourdissait, bien qu'il y trouvât du charme pourtant.

Enfin ils descendirent dans le parterre.

C'est un vaste rectangle, laissant voir d'un seul coup d'œil ses larges allées jaunes, ses carrés de gazon, ses rubans de buis, ses ifs en pyramide, ses verdures basses et ses étroites plates-bandes, où des fleurs clairsemées font des taches sur la terre grise. Au bout du jardin, un parc se déploie, traversé dans toute son étendue par un long canal.

Les résidences royales ont[a] en elles une mélancolie particulière, qui tient sans doute à leurs dimensions trop considérables pour le petit nombre de leurs hôtes, au silence qu'on est surpris d'y trouver après tant de fanfares, à leur luxe immobile prouvant par sa vieillesse la fugacité des dynasties, l'éternelle misère de tout[639] ; — et cette exhalaison des siècles, engourdissante et funèbre comme un parfum de momie, se fait sentir même aux têtes naïves[b]. Rosanette bâillait démesurément. Ils s'en retournèrent à l'hôtel.

Après leur déjeuner, on leur amena une voiture découverte[640]. Ils sortirent de Fontainebleau par un large rond-point, puis montèrent au pas une route sablonneuse dans un bois de petits pins[*]. Les arbres devinrent plus grands ; et le cocher, de temps à autre, disait : « Voici les Frères-Siamois, le Pharamond, le Bouquet-du-Roi... », n'oubliant aucun des sites célèbres, parfois même s'arrêtant pour les faire admirer.

Ils entrèrent dans la futaie[c] de Franchard[641]. La voiture glissait comme un traîneau sur le gazon ; des pigeons qu'on ne voyait pas roucoulaient ; tout à coup, un garçon de café parut ; et ils descendirent devant la barrière d'un jardin où il y avait des tables rondes. Puis, laissant à gauche les murailles d'une abbaye en ruine, ils marchèrent sur de grosses roches et atteignirent bientôt le fond de la gorge.

Elle est couverte, d'un côté, par un entremêlement de grès et de genévriers, tandis que, de l'autre, le terrain presque nu s'incline vers[d] le creux du vallon, où, dans la couleur des bruyères, un sentier fait une ligne pâle ; et on aperçoit tout au loin un sommet en cône aplati, avec la tour d'un télégraphe par derrière.

Une demi-heure après, ils mirent pied à terre encore une fois pour gravir les hauteurs d'Aspremont.

Le chemin fait des zigzags entre les pins[a] trapus sous des rochers à profils anguleux ; tout ce coin de la forêt a quelque chose d'étouffé, d'un peu sauvage et de recueilli. On pense aux ermites, compagnons des grands cerfs portant une croix de feu entre leurs cornes, et qui recevaient avec de paternels sourires les bons rois de France, agenouillés devant leur grotte[642]. Une odeur résineuse emplissait l'air chaud, des racines à ras du sol s'entre-croisaient comme des veines. Rosanette trébuchait dessus, était désespérée, avait envie de pleurer.

Mais, tout au haut, la joie lui revint, en trouvant sous un toit de branchages une manière de cabaret, où l'on vend des bois[b] sculptés. Elle but une bouteille de limonade, s'acheta un bâton de houx ; et, sans donner un coup d'œil au paysage que l'on découvre du plateau, elle entra dans la Caverne-des-Brigands, précédée d'un gamin portant une torche.

Leur voiture les attendait dans le Bas-Bréau.

Un peintre en blouse bleue travaillait au pied d'un chêne, avec sa boîte à couleurs sur les genoux. Il leva la tête et les regarda passer.

Au milieu de la côte de Chailly, un nuage, crevant tout à coup, leur fit rabattre la capote. Presque aussitôt la pluie s'arrêta ; et les pavés des rues brillaient sous le soleil quand ils rentrèrent dans la ville.

Des voyageurs, arrivés nouvellement, leur apprirent qu'une bataille épouvantable ensanglantait Paris. Rosanette et son amant n'en furent pas surpris[c]. Puis tout le monde s'en alla, l'hôtel redevint paisible, le gaz s'éteignit, et ils s'endormirent au murmure du jet d'eau dans la cour.

Le lendemain, ils allèrent voir la Gorge-au-Loup, la Mare-aux-Fées, le Long-Rocher, la Marlotte ; le surlendemain, ils recommencèrent au hasard, comme leur cocher voulait, sans demander où ils étaient, et souvent même négligeant les sites fameux[643].

Ils se trouvaient si bien dans leur vieux landau, bas comme un sofa et couvert d'une toile à raies déteintes ! Les fossés pleins de broussailles filaient sous les yeux, avec un mouvement[d] doux et continu. Des rayons blancs traversaient

comme des flèches les hautes[a] fougères ; quelquefois, un
chemin, qui ne servait plus, se présentait devant eux, en
ligne droite ; et des herbes s'y dressaient çà et là, mollement.
Au centre des carrefours, une croix étendait ses quatre bras ;
ailleurs, des poteaux se penchaient comme des arbres morts,
et de petits sentiers courbes[b], en se perdant sous les feuilles,
donnaient envie de les suivre ; au même moment, le cheval
tournait, ils y entraient, on enfonçait dans la boue ; plus
loin, de la mousse avait poussé au bord des ornières profondes.

Ils se croyaient loin des autres, bien seuls. Mais tout à
coup passait un garde-chasse avec son fusil, ou une bande
de femmes en haillons, traînant sur leur dos de longues
bourrées.

Quand la voiture s'arrêtait, il se faisait un silence universel ;
seulement[c] on entendait le souffle du cheval dans les
brancards, avec un cri d'oiseau très faible, répété.

La lumière, à de certaines places éclairant la lisière du
bois, laissait les fonds dans l'ombre ; ou bien, atténuée sur
les premiers plans par une sorte de crépuscule, elle étalait
dans les lointains des vapeurs violettes, une clarté blanche.
Au milieu du jour, le soleil, tombant d'aplomb sur les larges
verdures, les éclaboussait, suspendait des gouttes argentines
à la pointe des branches, rayait le gazon de traînées
d'émeraudes, jetait des taches d'or sur les couches de feuilles
mortes ; en[d] se renversant la tête, on apercevait le ciel, entre
les cimes des arbres. Quelques-uns, d'une altitude démesurée,
avaient des airs de patriarches et d'empereurs, ou, se touchant
par le bout, formaient avec leurs longs fûts comme des arcs
de triomphe ; d'autres, poussés dès le bas obliquement,
semblaient des colonnes près de tomber.

Cette foule[e] de grosses lignes verticales s'entr'ouvrait. Alors,
d'énormes flots verts se déroulaient[f] en bosselages inégaux
jusqu'à la surface des vallées où s'avançait la croupe d'autres
collines dominant des plaines blondes, qui finissaient par se
perdre dans une pâleur indécise.

Debout, l'un près de l'autre, sur quelque éminence du
terrain, ils sentaient, tout en humant le vent, leur entrer
dans l'âme comme l'orgueil d'une vie plus libre, avec une
surabondance de forces, une joie sans cause.

La diversité des arbres faisait un spectacle changeant.
Les hêtres, à l'écorce blanche et lisse, entremêlaient leurs
couronnes ; des frênes courbaient mollement leurs glauques

ramures ; dans les cépées de charmes, des houx pareils à du
bronze se hérissaient ; puis venait une file de minces
bouleaux, inclinés dans des attitudes élégiaques ; et les pins,
symétriques comme des tuyaux d'orgue, en se balançant
continuellement[a], semblaient chanter. Il y avait des chênes
rugueux, énormes, qui se convulsaient, s'étiraient du sol,
s'étreignaient[b] les uns les autres, et, fermes sur leurs troncs,
pareils[c] à des torses, se lançaient avec leurs bras nus des
appels de désespoir, des menaces furibondes, comme un
groupe de Titans[d] immobilisés dans[e] leur colère[644]. Quelque
chose de plus lourd, une langueur fiévreuse planait au-dessus
des mares, découpant la nappe de leurs eaux entre des
buissons d'épines ; les lichens de leur berge, où les loups
viennent boire, sont couleur de soufre, brûlés comme par le
pas des sorcières, et le coassement ininterrompu des grenouil-
les répond au cri des corneilles qui tournoient. Ensuite, ils
traversaient des clairières monotones, plantées d'un baliveau[f]
çà et là. Un bruit[g] de fer, des coups drus et nombreux
sonnaient ; c'était, au flanc d'une colline, une compagnie
de carriers battant les roches. Elles se multipliaient de plus
en plus, et finissaient par emplir tout le paysage, cubiques
comme des maisons, plates comme des dalles, s'étayant, se
surplombant, se confondant, telles que les ruines méconnais-
sables et monstrueuses de quelque cité disparue. Mais la furie
même de leur chaos fait plutôt rêver à des volcans, à des
déluges, aux grands cataclysmes ignorés. Frédéric disait[h] qu'ils
étaient là depuis le commencement du monde et resteraient
ainsi jusqu'à la fin ; Rosanette détournait la tête, en affirmant
que « ça la rendrait folle », et s'en allait cueillir des bruyères.
Leurs petites fleurs violettes, tassées les unes près des autres,
formaient des plaques inégales, et la terre qui s'écroulait de
dessous mettait comme des franges noires au bord des sables
pailletés de mica.

Ils arrivèrent un jour à mi-hauteur d'une colline tout en
sable. Sa surface, vierge de pas, était rayée en ondulations
symétriques ; çà et là, telles[i] que des promontoires sur le lit
desséché d'un océan, se levaient des roches ayant de vagues
formes d'animaux, tortues avançant la tête, phoques qui
rampent, hippopotames et ours. Personne. Aucun bruit[j]. Les
sables, frappés par le soleil, éblouissaient ; — et tout à coup,
dans cette vibration de la lumière, les bêtes parurent remuer.
Ils s'en retournèrent vite, fuyant le vertige, presque effrayés.

Le sérieux de la forêt les gagnait ; et ils avaient des heures de silence où, se laissant aller au bercement des ressorts, ils demeuraient comme engourdis dans une ivresse tranquille. Le bras[a] sous la taille, il l'écoutait parler pendant que les oiseaux gazouillaient, observait presque du même coup d'œil les raisins noirs de sa capote et les baies des genévriers, les draperies de son voile, les volutes des nuages ; et quand il se penchait vers elle, la fraîcheur de sa peau se mêlait au grand parfum des bois. Ils s'amusaient de tout ; ils se montraient, comme une curiosité, des fils de la Vierge suspendus aux buissons, des trous pleins d'eau au milieu des pierres, un écureuil sur les branches, le vol de deux papillons qui les suivaient ; ou bien, à vingt pas d'eux, sous les arbres, une biche marchait, tranquillement, d'un air noble et doux, avec son faon côte à côte. Rosanette aurait voulu courir après, pour l'embrasser.

Elle eut bien peur une fois, quand un homme, se présentant tout à coup, lui montra dans une boîte trois vipères. Elle se jeta vivement contre Frédéric ; — il fut heureux de ce qu'elle était faible[b] et de se sentir assez fort pour la défendre.

Ce soir-là, ils dînèrent dans une auberge, au bord de la Seine. La table était près de la fenêtre, Rosanette en face de lui ; et il contemplait son petit nez fin et blanc, ses lèvres retroussées, ses yeux clairs, ses bandeaux châtains qui bouffaient, sa jolie figure ovale. Sa robe de foulard écru collait à ses épaules un peu tombantes ; et, sortant de leurs manchettes tout unies, ses deux mains découpaient, versaient à boire, s'avançaient sur la nappe. On leur servit un poulet avec les quatre membres étendus, une matelote d'anguilles dans un compotier en terre de pipe, du vin râpeux, du pain trop dur, des couteaux ébréchés. Tout cela augmentait le plaisir, l'illusion. Ils se croyaient presque au milieu d'un voyage, en Italie, dans leur lune de miel.

Avant de repartir, ils allèrent se promener le long de la berge.

Le ciel, d'un bleu tendre, arrondi comme un dôme, s'appuyait à l'horizon sur la dentelure des bois. En face, au bout de la prairie, il y avait un clocher dans un village ; et, plus loin, à gauche, le toit d'une maison faisait une tache rouge sur la rivière, qui semblait immobile dans toute la longueur de sa sinuosité. Des joncs se penchaient pourtant, et l'eau[c] secouait légèrement des perches plantées au bord pour tenir des filets ; une nasse d'osier, deux ou trois vieilles chaloupes étaient là. Près de l'auberge, une fille en chapeau de paille tirait des seaux d'un puits ; — chaque fois[a] qu'ils remontaient, Frédéric écoutait avec une jouissance inexprimable le grincement de la chaîne.

Il ne doutait pas qu'il ne fût heureux pour jusqu'à la fin de ses jours, tant son bonheur lui paraissait naturel, inhérent à sa vie et à la personne de cette femme. Un besoin[b] le poussait à lui dire des tendresses. Elle y répondait par de gentilles paroles, de petites tapes sur l'épaule, des douceurs dont la surprise le charmait. Il lui découvrait enfin une beauté toute nouvelle, qui n'était peut-être que le reflet des choses ambiantes, à moins que leurs virtualités secrètes ne l'eussent fait s'épanouir.

Quand ils se reposaient au milieu de la campagne, il s'étendait la tête sur ses genoux, à l'abri de son ombrelle ; — ou bien, couchés sur le ventre au milieu de l'herbe, ils restaient l'un en face de l'autre, à se regarder, plongeant dans leurs prunelles, altérés d'eux-mêmes, s'en assouvissant toujours, puis, les paupières entre-fermées, ne parlant plus.

Quelquefois, ils entendaient tout au loin des roulements de tambour. C'était la générale que l'on battait dans les villages, pour aller défendre Paris.

— « Ah ! tiens ! l'émeute ! » disait Frédéric avec une pitié dédaigneuse, toute cette agitation lui apparaissant misérable à côté de leur amour et de la nature éternelle.

Et ils causaient de n'importe quoi, de choses qu'ils savaient parfaitement, de personnes qui ne les intéressaient pas, de mille niaiseries. Elle l'entretenait de sa femme de chambre et de son coiffeur. Un jour, elle s'oublia à dire son âge : vingt-neuf ans ; elle devenait vieille.

En plusieurs fois, sans le vouloir, elle lui apprit des détails sur elle-même. Elle avait été « demoiselle dans un magasin », avait fait un voyage en Angleterre, commencé des études pour être actrice ; tout cela[c] sans transitions, et il ne pouvait reconstruire un ensemble. Elle en conta plus long, un jour qu'ils étaient assis sous un platane, au revers d'un pré[*]. En bas, sur le bord de la route, une petite fille, nu-pieds dans la poussière, faisait paître une vache. Dès qu'elle les aperçut, elle vint leur demander l'aumône ; et, tenant d'une main son jupon en lambeaux, elle grattait de l'autre ses cheveux noirs qui entouraient, comme une perruque à la Louis XIV, toute sa tête brune, illuminée par des yeux splendides.

— « Elle sera bien jolie plus tard », dit Frédéric.

— « Quelle chance pour elle si elle n'a pas de mère ! » reprit Rosanette.

— « Hein ? Comment ? »

— « Mais oui ; moi, sans la mienne... »

Elle soupira, et se mit à parler de son enfance*. Ses parents étaient des canuts[645] de la Croix-Rousse. Elle servait son père comme apprentie. Le pauvre[a] bonhomme avait beau s'exténuer, sa femme l'invectivait et vendait tout pour aller boire. Rosanette voyait leur chambre[b], avec les métiers rangés en longeur contre les fenêtres, le pot-bouille[c] sur le poêle, le lit peint en acajou, une armoire en face, et la soupente obscure où elle avait couché jusqu'à quinze ans. Enfin un monsieur était venu, un homme gras, la figure couleur de buis, des façons de dévot, habillé de noir. Sa mère et lui eurent ensemble une conversation[d], si bien que, trois jours après... Rosanette s'arrêta, et, avec un regard plein d'impudeur[e] et d'amertume :

— « C'était fait ! »

Puis, répondant au geste de Frédéric :

— « Comme il était marié (il aurait craint de se compromettre dans sa maison), on m'emmena dans un cabinet de restaurateur, et on m'avait dit que je serais heureuse, que je recevrais un beau cadeau.

« Dès la porte, la première chose qui m'a frappée, c'était un candélabre de vermeil, sur une table où il y avait deux couverts. Une glace au plafond les reflétait, et les tentures des murailles, en soie bleue, faisaient ressembler tout l'appartement à une alcôve. Une surprise[f] m'a saisie. Tu comprends, un pauvre être qui n'a jamais rien vu ! Malgré mon éblouissement j'avais peur[g]. Je désirais m'en aller. Je suis restée pourtant.

« Le seul siège qu'il y eût était un divan contre la table. Il a cédé sous moi avec mollesse, la bouche du calorifère dans le tapis m'envoyait une haleine chaude, et je restai[h] là sans rien prendre. Le garçon qui se tenait debout m'a engagée à manger. Il m'a versé tout de suite un grand verre de vin ; la tête me tournait, j'ai voulu ouvrir la fenêtre, il m'a dit* :

— « Non, mademoiselle, c'est défendu* ». Et il m'a quittée*. La table était couverte d'un tas de choses que je ne connaissais pas. Rien ne m'a semblé bon. Alors je me suis rabattue sur un pot de confitures, et j'attendais toujours. Je ne sais quoi l'empêchait de venir. Il était très tard, minuit au moins, je n'en pouvais plus de fatigue ; en repoussant un des oreillers pour mieux m'étendre, je rencontre sous ma main une sorte d'album, un cahier ; c'étaient des images obscènes... Je dormais dessus, quand il est entré[646] ».

Elle baissa la tête et demeura pensive.

Les feuilles autour d'eux susurraient ; dans un fouillis d'herbes, une grande digitale se balançait, la lumière coulait comme une onde sur le gazon[647] ; et le silence était coupé à intervalles rapides par le broutement de la vache qu'on ne voyait plus.

Rosanette considérait un point par terre, à trois pas d'elle, fixement, les narines battantes, absorbée[a]. Frédéric lui prit la main.

— « Comme tu as souffert, pauvre chérie ! »

— « Oui », dit-elle, « plus que tu ne crois !... Jusqu'à vouloir en finir ; on m'a repêchée. »

— « Comment ? »

— « Ah ! n'y pensons plus !... Je t'aime, je suis heureuse ! embrasse-moi. »

Et elle ôta, une à une, les brindilles[b] de chardons accrochées dans le bas de sa robe.

Frédéric songeait surtout à ce qu'elle n'avait pas dit[648]. Par quels degrés avait-elle pu sortir de la misère[c] ? À quel amant devait-elle son éducation ? Que s'était-il passé[d] dans sa vie jusqu'au jour où il était venu chez elle pour la première fois ? Son dernier[e] aveu interdisait les questions. Il lui demanda, seulement, comment elle avait fait la connaissance d'Arnoux.

— « Par la Vatnaz. »

— « N'était-ce pas toi que j'ai vue, une fois, au Palais-Royal, avec eux deux ? »

Il cita la date précise[*]. Rosanette fit un effort.

— « Oui, c'est vrai !... Je n'étais pas gaie dans ce temps-là ! »

Mais Arnoux s'était montré excellent[*]. Frédéric n'en doutait pas ; cependant, leur ami était un drôle d'homme, plein de défauts ; il eut soin de les rappeler[*]. Elle en convenait.

— « N'importe !... On l'aime tout de même, ce chameau-là ! »

— « Encore maintenant ? » dit Frédéric.

Elle se mit à rougir, moitié riante, moitié fâchée.

— « Eh ! non ! C'est de l'histoire ancienne. Je ne te cache rien. Quand même cela serait, lui, c'est différent ! D'ailleurs, je ne te trouve pas gentil pour ta victime. »

— « Ma victime ? »

Rosanette lui prit le menton.

— « Sans doute ! »

Et, zézayant à la manière des nourrices :

— « Avons pas toujours été bien sage ! Avons fait dodo avec sa femme ! »

— « Moi ! jamais de la vie ! »

Rosanette sourit*. Il fut blessé de son sourire, preuve d'indifférence, crut-il. Mais elle reprit doucement, et avec un de ces regards qui implorent le mensonge :

— « Bien sûr ? »

— « Certainement ! »

Frédéric jura[a] sa parole d'honneur qu'il n'avait jamais pensé à Mme Arnoux, étant trop amoureux d'une autre.

— « De qui donc ? »

— « Mais de vous, ma toute belle ! »

— « Ah ! ne te moque pas de moi ! Tu m'agaces ! »

Il jugea[b] prudent d'inventer une histoire, une passion. Il trouva des détails circonstanciés. Cette personne, du reste, l'avait rendu fort malheureux.

— « Décidément, tu n'as pas de chance ! » dit Rosanette.

— « Oh ! oh ! peut-être ! » voulant faire entendre par là plusieurs bonnes fortunes, afin de donner de lui meilleure opinion, de même que Rosanette n'avouait pas tous ses amants pour qu'il l'estimât davantage ; — car au milieu des confidences les plus intimes, il y a toujours des restrictions, par fausse honte, délicatesse, pitié. On découvre chez l'autre ou dans soi-même des précipices ou des fanges[c] qui empêchent de poursuivre ; on sent, d'ailleurs, que l'on ne serait pas compris ; il est difficile d'exprimer exactement quoi que ce soit ; aussi les unions complètes sont rares[649].

La pauvre Maréchale n'en avait jamais connu de meilleure. Souvent, quand elle considérait Frédéric, des larmes lui arrivaient aux paupières ; puis elle levait les yeux, ou les projetait vers l'horizon, comme si elle avait aperçu quelque grande aurore, des perspectives de félicité sans bornes[650].

Enfin, un jour, elle avoua qu'elle souhaitait faire dire une messe « pour que ça porte bonheur à notre amour ».

D'où venait donc qu'elle lui avait résisté pendant si longtemps ? Elle n'en savait rien elle-même. Il renouvela plusieurs fois sa question ; et elle répondait en le serrant dans ses bras :

— « C'est que j'avais peur de t'aimer trop, mon chéri•• ! »

Le dimanche matin, Frédéric lut dans un journal, sur une liste de blessés, le nom de Dussardier[651]. Il jeta un cri, et, montrant le papier à Rosanette, déclara qu'il allait partir immédiatement.

— « Pour quoi faire ? »

— « Mais le voir, le soigner ! »

— « Tu ne vas pas me laisser seule, j'imagine ? »

— « Viens avec moi. »

— « Ah ! que j'aille me fourrer dans une bagarre pareille ? Merci bien ! »

— « Cependant, je ne peux pas... »

— « Ta ta ta ! comme si on manquait d'infirmiers dans les hôpitaux ! » Et puis, qu'est-ce que ça le regardait encore, celui-là ? Chacun pour soi !

Il fut indigné de cet égoïsme ; et il se reprocha de n'être pas là-bas avec les autres. Tant d'indifférence aux malheurs de la patrie avait quelque chose de mesquin et de bourgeois. Son amour lui pesa tout à coup comme un crime. Ils se boudèrent pendant une heure.

Puis elle le supplia d'attendre, de ne pas s'exposer.

— « Si par hasard on te tue ! »

— « Eh ! je n'aurai fait que mon devoir ! »

Rosanette bondit. D'abord, son devoir était de l'aimer. C'est qu'il ne voulait plus d'elle, sans doute ! Ça n'avait pas le sens commun ! Quelle idée, mon Dieu !

Frédéric sonna pour avoir la note•. Mais il n'était pas facile de s'en retourner à Paris•. La voiture des messageries Leloir venait de partir, les berlines Lecomte ne partiraient pas, la diligence du Bourbonnais ne passerait que tard dans la nuit, et serait peut-être pleine ; on n'en savait rien[652]. Quand il eut perdu beaucoup de temps à ces informations, l'idée lui vint de prendre la poste. Le maître de poste refusa de fournir des chevaux, Frédéric n'ayant point de passeport. Enfin, il loua une calèche (la même qui les avait promenés), et ils arrivèrent devant l'hôtel du Commerce, à Melun, vers cinq heures.

La place du Marché était couverte de faisceaux d'armes. Le préfet avait défendu aux gardes nationaux de se porter sur Paris. Ceux qui n'étaient pas de son département voulaient continuer leur route. On criait. L'auberge était pleine de tumulte.

Rosanette, prise de peur, déclara qu'elle n'irait pas plus loin, et le supplia encore de rester. L'aubergiste et sa femme se joignirent à elle. Un brave[a] homme qui dînait s'en mêla, affirmant que la bataille serait terminée d'ici à peu ; d'ailleurs, il fallait faire son devoir. Alors, la Maréchale redoubla de sanglots. Frédéric était exaspéré. Il lui donna sa bourse, l'embrassa vivement, et disparut.

Arrivé à Corbeil, dans la gare, on lui apprit que les insurgés avaient de distance en distance coupé les rails, et le cocher refusa de le conduire plus loin ; ses chevaux, disait-il, étaient « rendus ».

Par sa protection cependant, Frédéric obtint un mauvais cabriolet qui, pour la somme de soixante francs, sans compter le pourboire, consentit à le mener jusqu'à la barrière d'Italie[653]. Mais, à cent pas de la barrière, son conducteur le fit descendre et s'en retourna[*]. Frédéric marchait sur la route, quand tout à coup une sentinelle croisa la baïonnette. Quatre hommes l'empoignèrent en vociférant[654] :

— « C'en est un ! Prenez garde ! Fouillez-le ! Brigand ! Canaille ! »

Et sa stupéfaction fut si profonde, qu'il se laissa entraîner au poste de la barrière, dans le rond-point même où convergent les boulevards des Gobelins[655] et de l'Hôpital et les rues Godefroy et Mouffetard[656].

Quatre barricades formaient, au bout des quatre voies, d'énormes talus de pavés ; des torches çà et là grésillaient ; malgré[b] la poussière qui s'élevait, il distingua des fantassins de la ligne et des gardes nationaux, tous le visage noir, débraillés, hagards. Ils venaient de prendre la place, avaient fusillé plusieurs hommes ; leur colère durait encore[657]. Frédéric dit qu'il arrivait de Fontainebleau au secours d'un camarade blessé logeant rue Bellefond ; personne d'abord ne voulut le croire ; on examina ses mains, on flaira même son oreille pour s'assurer qu'il ne sentait pas la poudre.

Cependant, à force de répéter la même chose, il finit par convaincre un capitaine, qui ordonna à deux fusiliers de le conduire au poste du Jardin des Plantes.

Ils descendirent le boulevard de l'Hôpital. Une forte bise soufflait. Elle le ranima.

Ils tournèrent ensuite par la rue du Marché-aux-Chevaux[658]. Le Jardin des Plantes, à droite, faisait une grande masse noire ; tandis qu'à gauche, la façade entière de la Pitié[659], éclairée à toutes ses fenêtres, flambait comme un incendie, et des ombres passaient rapidement sur les carreaux.

Les deux hommes de Frédéric s'en allèrent. Un autre l'accompagna jusqu'à l'École polytechnique.

La rue Saint-Victor[660] était toute sombre, sans un bec de gaz ni une lumière aux maisons. De dix minutes en dix minutes, on entendait :

— « Sentinelles ! prenez garde à vous ! » Et ce cri, jeté au milieu du silence, se prolongeait comme la répercussion d'une pierre tombant dans un abîme.

Quelquefois, un battement[a] de pas lourds s'approchait. C'était une patrouille de cent hommes au moins ; des chuchotements, de vagues cliquetis de fer s'échappaient de cette masse confuse ; et, s'éloignant avec un balancement rythmique, elle se fondait dans l'obscurité.

Il y avait au centre des carrefours un dragon à cheval, immobile. De temps en temps, une estafette passait au grand galop, puis le silence recommençait. Des canons en marche faisaient au loin sur le pavé un roulement sourd et formidable ; le cœur[b] se serrait à ces bruits différents de tous les bruits ordinaires. Ils semblaient même élargir le silence, qui était profond, absolu, — un silence noir[c]. Des hommes en blouse blanche abordaient les soldats, leur disaient un mot, et s'évanouissaient comme des fantômes[661].

Le poste de l'École polytechnique regorgeait de monde. Des femmes encombraient le seuil, demandant à voir leur fils ou leur mari. On les renvoyait au Panthéon transformé en dépôt de cadavres, — et on n'écoutait pas Frédéric. Il s'obstina, jurant que son ami[d] Dussardier l'attendait, allait mourir. On lui donna enfin un caporal pour le mener au haut de la rue Saint-Jacques, à la mairie du XIIᵉ arrondissement[662].

La place du Panthéon était pleine de soldats couchés sur de la paille. Le jour se levait. Les feux de bivac s'éteignaient[663].

L'insurrection avait laissé dans ce quartier-là des traces formidables. Le sol des rues se trouvait, d'un bout à l'autre, inégalement bosselé. Sur les barricades en ruine, il restait des omnibus, des tuyaux de gaz, des roues de charrettes ; de petites flaques noires, en de certains endroits, devaient être du sang. Les maisons étaient criblées[a] de projectiles, et leur charpente se montrait sous les écaillures du plâtre. Des jalousies, tenant par un clou, pendaient comme des haillons. Les escaliers ayant croulé, des portes s'ouvraient sur le vide. On apercevait l'intérieur des chambres avec leurs papiers en lambeaux ; des choses délicates s'y étaient conservées, quelquefois. Frédéric observa une pendule, un bâton de perroquet, des gravures[664].

Quand il entra dans la mairie, les gardes nationaux bavardaient intarissablement sur les morts de Bréa et de Négrier, du représentant Charbonnel et de l'archevêque de Paris[665]. On disait que le duc d'Aumale était débarqué à Boulogne, Barbès, enfui de Vincennes, que l'artillerie[b] arrivait de Bourges et que les secours de la province affluaient. Vers trois heures, quelqu'un apporta de bonnes nouvelles ; des parlementaires de l'émeute étaient chez le président de l'Assemblée.

Alors, on se réjouit ; et, comme il avait encore douze francs, Frédéric fit venir douze bouteilles de vin, espérant par là hâter sa délivrance. Tout à coup, on crut entendre une fusillade. Les libations s'arrêtèrent ; on regarda l'inconnu avec des yeux méfiants ; ce pouvait être Henri V.

Pour n'avoir aucune responsabilité, ils le transportèrent à la mairie de XIe arrondissement[666], d'où on ne lui permit pas de sortir avant neuf heures du matin.

Il alla en courant jusqu'au quai Voltaire[*]. A une fenêtre ouverte, un vieillard en manches de chemise pleurait, les yeux levés[*]. La Seine coulait paisiblement. Le ciel était tout bleu ; dans les arbres des Tuileries, des oiseaux chantaient[667].

Frédéric traversait le Carrousel quand une civière vint à passer. Le poste, tout de suite, présenta les armes, et l'officier dit en mettant la main à son shako : « Honneur au courage malheureux ! »[668] Cette parole était devenue presque obligatoire ; celui[c] qui la prononçait paraissait toujours solennellement ému. Un groupe de gens furieux escortait la civière, en criant :

— « Nous vous vengerons ! nous vous vengerons ! »

Les voitures circulaient sur le boulevard, et des femmes devant les portes faisaient de la charpie. Cependant, l'émeute était vaincue ou à peu près ; une proclamation de Cavaignac, affichée tout à l'heure, l'annonçait. Au haut de la rue Vivienne, un peloton de mobiles apparut[a]. Alors, les bourgeois poussèrent des cris d'enthousiasme ; ils levaient leurs chapeaux, applaudissaient, dansaient, voulaient les embrasser, leur offrir à boire, — et des fleurs jetées par des dames tombaient des balcons.

Enfin, à dix heures, au moment où le canon grondait pour prendre le faubourg Saint-Antoine, Frédéric arriva chez Dussardier[*]. Il le trouva dans sa mansarde, étendu sur le dos et dormant. De la pièce[b] voisine une femme sortit à pas muets, Mlle Vatnaz.

Elle emmena Frédéric à l'écart, et lui apprit comment Dussardier avait reçu sa blessure[669].

Le samedi, au haut d'une barricade, dans la rue Lafayette, un gamin enveloppé d'un drapeau tricolore criait aux gardes nationaux : « Allez-vous tirer contre vos frères ! » Comme[c] ils s'avançaient, Dussardier avait jeté bas son fusil, écarté les autres, bondi sur la barricade, et, d'un coup de savate, abattu l'insurgé en lui arrachant le drapeau. On l'avait retrouvé sous les décombres, la cuisse percée d'un lingot de cuivre[670]. Il avait fallu débrider la plaie, extraire le projectile. Mlle Vatnaz était arrivée le soir même, et, depuis ce temps-là, ne le quittait plus.

Elle préparait avec intelligence tout ce qu'il fallait[d] pour les pansements, l'aidait à boire, épiait ses moindres désirs, allait et venait plus légère qu'une mouche, et le contemplait avec des yeux tendres.

Frédéric, pendant deux semaines, ne manqua pas de revenir tous les matins. Un jour[e] qu'il parlait du dévouement de la Vatnaz, Dussardier haussa les épaules.

— « Eh non ! C'est par intérêt ! »

— « Tu crois ? »

Il reprit : « J'en suis sûr ! » sans vouloir s'expliquer davantage.

Elle le comblait de prévenances, jusqu'à[f] lui apporter les journaux où l'on exaltait sa belle action. Ces hommages paraissaient l'importuner. Il avoua même à Frédéric l'embarras de sa conscience.

Peut-être qu'il aurait dû se mettre de l'autre bord, avec les blouses ; car enfin on leur avait promis un tas de choses qu'on n'avait pas tenues. Leurs vainqueurs détestaient la République ; et puis, on s'était montré bien dur pour eux ! Ils avaient tort, sans doute, pas tout à fait, cependant ; et le brave garçon était torturé par cette idée qu'il pouvait avoir combattu la justice[671].

Sénécal, enfermé aux Tuileries sous la terrasse du bord de l'eau, n'avait rien de ces angoisses[672**].

Ils étaient là, neuf cents hommes, entassés dans l'ordure, pêle-mêle, noirs de poudre et de sang caillé, grelottant la fièvre, criant de rage ; et on ne retirait pas ceux qui venaient à mourir parmi les autres. Quelquefois, au bruit soudain d'une détonation, ils croyaient qu'on allait tous les fusiller ; alors, ils se précipitaient contre les murs, puis retombaient à leur place, tellement hébétés par la douleur, qu'il leur semblait vivre dans un cauchemar, une hallucination funèbre. La lampe suspendue à la voûte avait l'air d'une tache de sang ; et de petites flammes vertes et jaunes voltigeaient, produites par les émanations du caveau. Dans la crainte des épidémies, une commission fut nommée. Dès[a] les premières marches, le président se rejeta en arrière, épouvanté par l'odeur des excréments et des cadavres. Quand les prisonniers s'approchaient d'un soupirail, les gardes nationaux qui étaient de faction — pour les empêcher d'ébranler les grilles, fourraient des coups de baïonnette, au hasard, dans le tas.

Ils furent, généralement, impitoyables. Ceux qui ne s'étaient pas battus voulaient se signaler. C'était un débordement de peur. On se vengeait à la fois des journaux, des clubs, des attroupements, des doctrines, de tout ce qui exaspérait depuis trois mois ; et, en dépit de la victoire, l'égalité (comme pour le châtiment de ses défenseurs et la dérision de ses ennemis) se manifestait triomphalement, une égalité de bêtes brutes, un même niveau de turpitudes sanglantes ; car le fanatisme des intérêts équilibra les délires du besoin, l'aristocratie eut les fureurs de la crapule, et le bonnet de coton ne se montra pas moins hideux que le bonnet rouge[673]. La raison publique était troublée comme après les grands bouleversements de la nature. Des gens d'esprit en restèrent idiots pour toute leur vie.

Le père Roque était devenu très brave, presque téméraire. Arrivé le 26 à Paris avec les Nogentais, au lieu de s'en retourner en même temps qu'eux, il avait été s'adjoindre à la garde nationale qui campait aux Tuileries ; et il fut très content d'être placé en sentinelle devant la terrasse du bord de l'eau. Au moins, là, il les avait sous lui, ces brigands ! Il jouissait de leur défaite, de leur abjection, et ne pouvait se retenir de les invectiver.

Un d'eux, un adolescent à longs cheveux blonds, mit sa face aux barreaux en demandant du pain*. M. Roque lui ordonna de se taire*. Mais le jeune homme répétait d'une voix lamentable :

— « Du pain ! »

— « Est-ce que j'en ai, moi ! »

D'autres prisonniers apparurent dans le soupirail, avec leurs barbes hérissées, leurs prunelles flamboyantes, tous se poussant et hurlant :

— « Du pain ! »

Le père Roque fut indigné de voir son autorité méconnue. Pour leur faire peur, il les mit en joue ; et, porté jusqu'à la voûte par le flot qui l'étouffait, le jeune homme, la tête en arrière, cria encore une fois :

— « Du pain ! »

— « Tiens ! en voilà ! » dit le père Roque, en lâchant son coup de fusil[674].

Il y eut un énorme hurlement, puis, rien. Au bord du baquet[675], quelque chose de blanc était resté.

Après quoi, M. Roque s'en retourna chez lui ; car il possédait, rue Saint-Martin, une maison où il s'était réservé un pied-à-terre ; et les dommages causés par l'émeute à la devanture de son immeuble n'avaient pas contribué médiocrement à le rendre furieux. Il lui sembla, en la revoyant, qu'il s'était exagéré le mal. Son action de tout à l'heure l'apaisait, comme une indemnité.

Ce fut sa fille elle-même qui lui ouvrit la porte. Elle lui dit, tout de suite, que son absence trop longue l'avait inquiétée ; elle avait[a] craint un malheur, une blessure.

Cette preuve d'amour filial attendrit le père Roque. Il s'étonna qu'elle se fût mise en route sans Catherine.

— « Je l'ai envoyée faire une commission », répondit Louise.

Et elle s'informa de sa santé, de choses et d'autres ; puis, d'un air indifférent, lui demanda si par hasard il n'avait pas rencontré Frédéric.

— « Non ! pas le moins du monde ! »

C'était pour lui seul qu'elle avait fait le voyage.

Quelqu'un[a] marcha dans le corridor.

— « Ah ! pardon... »

Et elle disparut.

Catherine n'avait point trouvé Frédéric. Il était absent depuis plusieurs jours, et son ami intime, M. Deslauriers, habitait maintenant la province.

Louise reparut toute tremblante, sans pouvoir parler. Elle s'appuyait contre les meubles.

— « Qu'as-tu ? qu'as-tu donc ? » s'écria son père.

Elle fit signe que ce n'était rien, et par un grand effort de volonté se remit.

Le traiteur d'en face apporta la soupe[*]. Mais le père Roque avait subi une trop violente émotion. « Ça ne pouvait pas passer », et il eut au dessert une espèce de défaillance[*]. On envoya chercher vivement un médecin, qui prescrivit une potion[*]. Puis, quand il fut dans son lit, M. Roque exigea le plus de couvertures possible, pour se faire suer. Il soupirait, il geignait[b].

— « Merci, ma bonne Catherine ! — Baise ton pauvre père, ma poulette ! Ah ! ces révolutions ! »

Et, comme sa fille le grondait de s'être rendu malade en se tourmentant pour elle, il répliqua :

— « Oui ! tu as raison ! Mais c'est plus fort que moi ! Je suis trop sensible[676] ! »

Mme Dambreuse, dans son boudoir, entre sa nièce et miss Johnson[a], écoutait parler M. Roque, contant ses fatigues militaires.

Elle se mordait les lèvres, semblait souffrir.

— « Oh ! ce n'est rien ! ça se passera ! »

Et, d'un air gracieux :

— « Nous aurons à dîner une de vos connaissances, M. Moreau ».

Louise tressaillit.

— « Puis seulement quelques intimes, Alfred de Cisy, entre autres. »

Et elle vanta ses manières, sa figure, et principalement ses mœurs.

Mme Dambreuse mentait moins qu'elle ne croyait ; le Vicomte rêvait le mariage. Il l'avait dit à Martinon, ajoutant qu'il était sûr de plaire à Mlle Cécile et que ses parents l'accepteraient.

Pour risquer une telle confidence[b], il devait avoir sur la dot des renseignements avantageux. Or Martinon soupçonnait Cécile d'être la fille naturelle de M. Dambreuse ; et il eût été, probablement, très fort de demander sa main à tout hasard. Cette audace[c] offrait des dangers ; aussi Martinon, jusqu'à présent, s'était conduit de manière à ne pas se compromettre ; d'ailleurs, il ne savait comment se débarrasser de la tante[678]. Le mot de Cisy le détermina ; et il avait fait sa requête au banquier, lequel, n'y voyant pas d'obstacle, venait d'en prévenir Mme Dambreuse[679].

Cisy parut[*]. Elle se leva, dit :

— « Vous nous oubliez… Cécile, shake hands ! »

Au même moment[d], Frédéric entrait.

— « Ah ! enfin ! on vous retrouve ! » s'écria le père Roque. « J'ai été trois fois chez vous, avec Louise, cette semaine ! »

Frédéric les avait soigneusement évités. Il allégua qu'il passait tous ses jours près d'un camarade blessé. Depuis longtemps, du reste, un tas de choses l'avaient pris ; et il cherchait des histoires. Heureusement, les convives arrivèrent :

d'abord M. Paul de Grémonville, le diplomate entrevu au bal ; puis Fumichon, cet industriel dont le dévouement conservateur l'avait un soir scandalisé ; le vieille duchesse de Montreuil-Nantua les suivait.

Mais deux voix s'élevèrent dans l'antichambre.

— « J'en suis certaine », disait l'une.

— « Chère belle dame ! chère belle dame ! » répondait l'autre, « de grâce, calmez-vous ! »

C'était M. de Nonancourt, un vieux beau, l'air momifié dans du cold-cream, et Mme de Larsillois, l'épouse d'un préfet de Louis-Philippe*. Elle tremblait extrêmement, car elle avait entendu, tout à l'heure, sur un orgue, une polka qui était un signal entre les insurgés*. Beaucoup de bourgeois avaient des imaginations pareilles ; on croyait que des hommes, dans les catacombes, allaient faire sauter le faubourg Saint-Germain ; des rumeurs s'échappaient des caves ; il se passait aux fenêtres des choses suspectes.

Tout le monde s'évertua cependant à tranquilliser Mme de Larsillois. L'ordre était rétabli. Plus rien à craindre. « Cavaignac nous a sauvés ! » Comme si[a] les horreurs de l'insurrection n'eussent pas été suffisamment nombreuses, on les exagérait. Il y avait eu vingt-trois mille forçats du côté des socialistes, — pas moins !

On ne doutait[b] nullement des vivres empoisonnés, des mobiles sciés entre deux planches, et des inscriptions des drapeaux qui réclamaient le pillage, l'incendie[680].

— « Et quelque chose de plus ! » ajouta l'ex-préfète.

— « Ah ! chère ! » dit par pudeur Mme Dambreuse, en désignant d'un coup d'œil les trois jeunes filles.

M. Dambreuse sortit de son cabinet avec Martinon*. Elle détourna la tête, et répondit aux saluts de Pellerin qui s'avançait*. L'artiste considérait les murailles d'une façon inquiète*. Le banquier le prit à part, et lui fit comprendre qu'il avait dû, pour le moment, cacher sa toile révolutionnaire.

— « Sans doute ! » dit Pellerin, son échec au *Club de l'Intelligence* ayant modifié ses opinions.

M. Dambreuse[c] glissa fort poliment qu'il lui commanderait d'autres travaux.

— « Mais pardon !... — Ah ! cher ami ! quel bonheur ! » Arnoux et Mme Arnoux étaient devant Frédéric.

Il eut comme un vertige. Rosanette, avec son admiration pour les soldats[681], l'avait agacé toute l'après-midi ; et le vieil amour se réveilla.

Le maître d'hôtel vint annoncer que Madame était servie. D'un regard, elle ordonna au Vicomte[a] de prendre le bras de Cécile, dit tout bas à Martinon : « Misérable ! » et on passa dans la salle à manger.

Sous les feuilles vertes d'un ananas, au milieu de la nappe, une dorade s'allongeait, le museau tendu vers un quartier de chevreuil et touchant de sa queue un buisson[b] d'écrevisses. Des figues, des cerises énormes, des poires et des raisins (primeurs de la culture parisienne) montaient en pyramides dans des corbeilles de vieux saxe ; une touffe de fleurs, par intervalles, se mêlait aux claires argenteries ; les stores de soie blanche, abaissés devant les fenêtres, emplissaient l'appartement d'une lumière douce ; il était rafraîchi par deux fontaines où il y avait des morceaux de glace ; et de grands domestiques en culotte courte servaient. Tout cela semblait meilleur après l'émotion des jours passés. On rentrait dans la jouissance des choses que l'on avait eu peur de perdre ; et Nonancourt exprima le sentiment général en disant :

— « Ah ! espérons que MM. les républicains vont[c] nous permettre de dîner ! »

— « Malgré leur fraternité ! » ajouta spirituellement le père Roque.

Ces deux honorables étaient à la droite et à la gauche de Mme Dambreuse, ayant devant elle son mari, entre Mme de Larsillois, flanquée du diplomate, et la vieille duchesse, que Fumichon coudoyait. Puis venaient le peintre, le marchand de faïences[d], Mlle Louise, et grâce à Martinon, qui lui avait enlevé sa place pour[e] se mettre auprès de Cécile, Frédéric se trouvait à côté de Mme Arnoux.

Elle portait une robe de barège noir, un cercle d'or au poignet, et, comme le premier jour où il avait dîné chez elle, quelque chose de rouge dans les cheveux, une branche de fuchsia entortillée à son chignon. Il ne put s'empêcher de lui dire :

— « Voilà longtemps que nous ne nous sommes vus ! »

— « Ah ! » répliqua-t-elle froidement.

Il reprit[f], avec une douceur dans la voix qui atténuait l'impertinence de sa question :

— « Avez-vous quelquefois pensé à moi ? »
— « Pourquoi y penserais-je ? »
Frédéric fut blessé par ce mot.
— « Vous avez peut-être raison, après tout. »
Mais, se repentant vite, il jura qu'il n'avait pas vécu un
seul jour sans être ravagé par son souvenir.
— « Je n'en crois absolument rien, monsieur. »
— « Cependant, vous savez que je vous aime. »
Mme Arnoux ne répondit pas.
— « Vous savez que je vous aime. »
Elle se taisait toujours.
— « Eh bien, va te promener ! » se dit Frédéric.
Et, levant les yeux, il aperçut, à l'autre bout de la table,
Mlle Roque.
Elle avait cru coquet de s'habiller tout en vert, couleur
qui jurait grossièrement avec le ton de ses cheveux rouges.
Sa boucle de ceinture était trop haute, sa collerette l'engon-
çait ; ce peu[a] d'élégance avait contribué sans doute au froid
abord de Frédéric. Elle l'observait de loin, curieusement ; et
Arnoux, près d'elle, avait beau prodiguer les galanteries, il
n'en pouvait tirer trois paroles, si bien que, renonçant à
plaire, il écouta la conversation[*]. Elle roulait maintenant sur
les purées d'ananas du Luxembourg.
Louis Blanc, d'après Fumichon, possédait un hôtel rue
Saint-Dominique et refusait de louer aux ouvriers.
— « Moi, ce que je trouve drôle », dit Nonancourt, « c'est
Ledru-Rollin chassant dans les domaines de la Couronne ! [b]»
— « Il doit vingt mille francs à un orfèvre ! » ajouta Cisy ;
« et même on prétend... »
Mme Dambreuse l'arrêta.
— « Ah ! que c'est vilain de s'échauffer pour la politique !
Un jeune homme, fi donc ! Occupez-vous plutôt de votre
voisine ! »
Ensuite, les gens sérieux attaquèrent les journaux.
Arnoux prit leur défense ; Frédéric s'en mêla, les appelant
des maisons de commerce pareilles aux autres. Leurs écrivains,
généralement, étaient des imbéciles, ou des blagueurs ; il se
donna pour les connaître, et combattait par des sarcasmes les
sentiments généreux de son ami. Mme Arnoux ne voyait pas
que c'était une vengeance[c] contre elle.
Cependant, le Vicomte se torturait l'intellect afin de
conquérir Mlle Cécile. D'abord, il étala des goûts d'artiste,

en blâmant la forme des carafons et la gravure des couteaux. Puis il parla de son écurie, de son tailleur et de son chemisier ; enfin, il aborda le chapitre de la religion et trouva moyen de faire entendre qu'il accomplissait tous ses devoirs.

Martinon s'y prenait mieux. D'un train monotone, et en la regardant continuellement, il vantait son profil d'oiseau, sa fade chevelure blonde, ses mains trop courtes. La laide jeune fille se délectait sous cette averse de douceurs.

On n'en pouvait rien entendre, tous parlant très haut. M. Roque voulait pour gouverner la France « un bras de fer ». Nonancourt regretta même que l'échafaud politique fût aboli. On aurait dû tuer en masse tous ces gredins-là[682] !

— « Ce sont même des lâches », dit Fumichon. « Je ne vois pas de bravoure à se mettre derrière les barricades[683] ! »

— « A propos, parlez-nous donc de Dussardier ! » dit M. Dambreuse en se tournant vers Frédéric.

Le brave commis était maintenant un héros, comme Sallesse, les frères Jeanson, la femme Péquillet, etc[684].

Frédéric, sans se faire prier, débita l'histoire de son ami ; il lui en revint une espèce d'auréole[685].

On arriva, tout naturellement, à relater différents traits de courage. Suivant le diplomate, il n'était pas difficile d'affronter la mort, témoin ceux qui se battent en duel.

— « On peut s'en rapporter au Vicomte », dit Martinon.

Le Vicomte devint très rouge.

Les convives le regardaient ; et Louise, plus étonnée que les autres, murmura :

— « Qu'est-ce donc ? »[a]

— « Il a *calé* devant Frédéric », reprit tout bas Arnoux.

— « Vous savez quelque chose, mademoiselle ? » demanda[b] aussitôt Nonancourt ; et il dit sa réponse à Mme Dambreuse, qui, se penchant un peu, se mit à regarder Frédéric.

Martinon n'attendit pas les questions de Cécile. Il lui apprit que cette affaire concernait une personne inqualifiable. La jeune fille[c] se recula légèrement sur sa chaise comme pour fuir le contact de ce libertin.

La conversation avait recommencé. Les grands vins de Bordeaux circulaient, on s'animait ; Pellerin en voulait à la révolution à cause du musée espagnol, définitivement perdu[686]. C'était ce qui l'affligeait le plus, comme peintre[*]. A ce mot, M. Roque l'interpella.

— « Ne seriez-vous pas l'auteur d'un tableau très remarquable ? »

— « Peut-être ! Lequel ? »

— « Cela représente une dame dans un costume... ma foi !... un peu... léger, avec une bourse et un paon derrière. »

Frédéric à son tour s'empourpra. Pellerin faisait semblant de ne pas entendre.

— « Cependant c'est bien de vous ! Car il y a votre nom écrit au bas, et une ligne sur le cadre constatant que c'est la propriété de M. Moreau. »

Un jour^a que le père Roque et sa fille l'attendaient chez lui, ils avaient vu le portrait de la Maréchale. Le bonhomme l'avait même pris pour « un tableau gothique ».

— « Non ! » dit Pellerin brutalement ; « c'est un portrait de femme. »

Martinon ajouta :

— « D'une femme très vivante ! N'est-ce pas, Cisy ? »

— « Eh ! je n'en sais rien. »

— « Je croyais^b que vous la connaissiez. Mais du moment que ça vous fait de la peine, mille excuses ! »

Cisy baissa les yeux, prouvant par son embarras qu'il avait dû jouer un rôle pitoyable à l'occasion de ce portrait*. Quant à Frédéric, le modèle ne pouvait être que sa maîtresse. Ce fut une de ces convictions qui se forment tout de suite, et les figures de l'assemblée la manifestaient clairement.

— « Comme il me mentait ! » se dit Mme Arnoux.

— « C'est donc pour cela qu'il m'a quittée ! » pensa Louise* *.

Frédéric s'imaginait^c que ces deux histoires pouvaient le compromettre ; et quand on fut dans le jardin, il en fit des reproches à Martinon.

L'amoureux de Mlle Cécile lui éclata de rire au nez.

— « Eh ! pas du tout ! ça te servira ! Va de l'avant ! »

Que voulait-il dire ? D'ailleurs, pourquoi cette bienveillance si contraire à ses habitudes ? Sans rien expliquer, il s'en alla vers le fond, où les dames étaient assises. * Les hommes se tenaient debout, et Pellerin, au milieu d'eux, émettait des idées. Ce qu'il y avait de plus favorable pour les arts, c'était une monarchie bien entendue. Les temps modernes le dégoûtaient, « quand ce ne serait qu'à cause de la garde nationale », il regrettait^d le moyen âge, Louis XIV ; M. Roque le félicita de ses opinions, avouant même qu'elles renversaient tous ses préjugés sur les artistes. Mais il s'éloigna presque aussitôt, attiré par la voix de Fumichon*. Arnoux tâchait d'établir qu'il y a deux socialismes, un bon et un mauvais. L'industriel n'y voyait pas de différence, la tête lui tournant de colère au mot propriété.

— « C'est un droit écrit dans la nature ! Les enfants tiennent à leurs joujoux ; tous les peuples sont de mon avis, tous les animaux ; le lion même, s'il pouvait parler, se déclarerait propriétaire[687] ! Ainsi, moi, messieurs[a], j'ai commencé avec quinze mille francs de capital ! Pendant trente ans, savez-vous, je me levais régulièrement à quatre heures du matin ? J'ai eu un mal des cinq cents diables à faire ma fortune ! Et on viendra me soutenir que je n'en suis pas le maître, que mon argent n'est pas mon argent, enfin, que la propriété, c'est le vol ! »

— « Mais Proudhon... »

— « Laissez-moi tranquille, avec votre Proudhon ! S'il était là, je crois que je l'étranglerais[688] ! »

Il l'aurait étranglé. Après les liqueurs surtout, Fumichon ne se connaissait plus ; et son visage apoplectique était près d'éclater[b] comme un obus.

— « Bonjour, Arnoux », dit Hussonnet, qui passa lestement sur le gazon.

Il apportait à M. Dambreuse la première feuille d'une brochure intitulée l'Hydre, le bohème défendant les intérêts d'un cercle réactionnaire[689], et le banquier le présenta comme tel à ses hôtes.

Hussonnet les divertit, en soutenant d'abord que les marchands de suif payaient trois cent quatre-vingt-douze gamins pour crier chaque soir : « Des lampions ! », puis en blaguant les principes de 89, l'affranchissement des nègres, les orateurs de la gauche ; il se lança même jusqu'à faire Prudhomme sur une barricade, peut-être par l'effet d'une jalousie naïve contre ces bourgeois qui avaient bien dîné. La charge plut médiocrement. Leurs figures s'allongèrent.

Ce n'était pas le moment de plaisanter, du reste ; Nonancourt le dit, en rappelant la mort de Mgr Affre et celle du général de Bréa. Elles étaient toujours rappelées ; on en faisait des arguments. M. Roque déclara le trépas de l'Archevêque « tout ce qu'il y avait de plus sublime » ; Fumichon donnait la palme au militaire ; et, au lieu de déplorer simplement ces deux meurtres, on discuta pour savoir lequel

devait exciter la plus forte indignation. Un second parallèle
vint après, celui de Lamoricière et de Cavaignac, M. Dambreuse exaltant Cavaignac et Nonancourt Lamoricière[690•].
Personne de la compagnie, sauf Arnoux, n'avait pu les voir
à l'œuvre. Tous n'en formulèrent pas moins sur leurs
opérations un jugement irrévocable. Frédéric s'était récusé,
confessant qu'il n'avait pas pris les armes. Le diplomate et
M. Dambreuse lui firent un signe de tête approbatif. En
effet, avoir combattu l'émeute, c'était avoir défendu la
République. Le résultat, bien que favorable, la consolidait ;
et, maintenant qu'on était débarrassé des vaincus, on souhaitait l'être des vainqueurs.

A peine dans le jardin, Mme Dambreuse, prenant Cisy,
l'avait gourmandé de sa maladresse ; à la vue de Martinon,
elle le congédia, puis voulut savoir de son futur neveu la
cause de ses plaisanteries sur le Vicomte.

— « Il n'y en a pas. »

— « Et tout cela comme pour la gloire de M. Moreau !
Dans quel but ? »

— « Dans aucun[a]. Frédéric est un charmant garçon. Je
l'aime beaucoup. »

— « Et moi aussi ! Qu'il vienne ! Allez le chercher ! »

Après deux ou trois phrases banales, elle commença par
déprécier légèrement ses convives, ce qui était le mettre au-
dessus d'eux. Il ne manqua pas de dénigrer un peu les autres
femmes, manière habile de lui adresser des compliments.
Mais elle le quittait de temps en temps, c'était soir de
réception, des dames arrivaient ; puis elle revenait à sa place,
et la disposition toute fortuite des sièges leur permettait de
n'être pas entendus.

Elle se montra enjouée, sérieuse, mélancolique et raisonnable. Les préoccupations du jour l'intéressaient médiocrement ;
il y avait tout un ordre de sentiments moins transitoires. Elle
se plaignit des poètes qui dénaturent la vérité, puis elle leva
les yeux vers le ciel, en lui demandant le nom d'une étoile.

On avait mis dans les arbres deux ou trois lanternes
chinoises ; le vent les agitait, des rayons colorés tremblaient
sur sa robe blanche. Elle se tenait, comme d'habitude, un
peu en arrière dans son fauteuil, avec un tabouret devant
elle ; on apercevait la pointe d'un soulier de satin noir ; et
Mme Dambreuse, par intervalles, lançait une parole plus
haute, quelquefois même un rire.

Ces coquetteries n'atteignaient pas Martinon, occupé de
Cécile ; mais elles allaient frapper la petite Roque, qui causait
avec[a] Mme Arnoux. C'était la seule, parmi ces femmes, dont
les manières ne lui semblaient pas dédaigneuses. Elle était
venue s'asseoir à côté d'elle ; puis, cédant à un besoin
d'épanchement :

— « N'est-ce pas qu'il parle bien, Frédéric Moreau ? »
— « Vous le connaissez ? »
— « Oh ! beaucoup[b] ! Nous sommes voisins, il m'a fait
jouer toute petite. »

Mme Arnoux lui jeta un long regard qui signifiait :
« Vous ne l'aimez pas, j'imagine ? »

Celui de la jeune fille répliqua sans trouble : « Si ! »
— « Vous le voyez souvent, alors ? »
— « Oh ! non ! seulement quand il vient chez sa mère.
Voilà dix mois qu'il n'est venu ! Il avait promis cependant
d'être plus exact. »

— « Il ne faut pas trop croire aux promesses des hommes,
mon enfant. »

— « Mais il ne m'a pas trompée, moi ! »
— « Comme d'autres ! »

Louise frissonna : « Est-ce que, par hasard, il lui aurait
aussi promis quelque chose, à elle ? » et sa figure était
crispée[c] de défiance et de haine.

Mme Arnoux en eut presque peur ; elle aurait voulu
rattraper son mot. Puis, toutes deux se turent.

Comme Frédéric[d] se trouvait en face, sur un pliant, elles
le considéraient, l'une avec décence, du coin des paupières,
l'autre franchement[e], la bouche ouverte, si bien que Mme
Dambreuse lui dit :

— « Tournez-vous donc, pour qu'elle vous voie ! »
— « Qui cela ? »
— « Mais la fille de M. Roque ! »

Et elle le plaisanta sur l'amour de cette jeune provinciale.
Il s'en défendait, en tâchant de rire.

— « Est-ce croyable ! je vous le demande ! Une laideron
pareille ! »

Cependant, il éprouvait un plaisir de vanité immense. Il
se rappelait l'autre soirée, celle dont il était sorti, le cœur
plein d'humiliations ; et il respirait largement ; il se sentait
dans son vrai milieu, presque dans son domaine, comme si
tout cela, y compris l'hôtel Dambreuse, lui avait appartenu.

Les dames formaient un demi-cercle en l'écoutant, et, afin de briller, il se prononça pour le rétablissement du divorce, qui devait être facile jusqu'à pouvoir se quitter et se reprendre indéfiniment, tant qu'on voudrait. Elles se récrièrent ; d'autres chuchotaient ; il y avait de petits éclats de voix dans l'ombre, au pied du mur couvert d'aristoloches. C'était comme un caquetage de poules en gaieté ; et il développait sa théorie, avec cet aplomb que la conscience du succès procure[*]. Un domestique apporta dans la tonnelle un plateau chargé de glaces. Les messieurs s'en rapprochèrent. Ils causaient des arrestations[691].

Alors, Frédéric se vengea du Vicomte en lui faisant accroire qu'on allait peut-être le poursuivre comme légitimiste. L'autre objectait qu'il n'avait pas bougé de sa chambre ; son adversaire accumula les chances mauvaises ; MM. Dambreuse et de Grémonville eux-mêmes s'amusaient[*]. Puis ils complimentèrent Frédéric, tout en regrettant qu'il n'employât pas ses facultés à la défense de l'ordre[*] ; et leur poignée de main fut cordiale ; il pouvait désormais compter sur eux[*]. Enfin, comme tout le monde s'en allait, le Vicomte s'inclina très bas devant Cécile :

— « Mademoiselle, j'ai bien l'honneur de vous souhaiter le bonsoir. »

Elle répondit d'un ton sec[a] :

— « Bonsoir ! » Mais elle envoya[b] un sourire à Martinon.

Le père Roque, pour continuer sa discussion avec Arnoux, lui proposa de le reconduire « ainsi que madame », leur route étant la même[c]. Louise et Frédéric marchaient devant[*]. Elle avait saisi son bras ; et quand elle fut un peu loin des autres :

— « Ah ! enfin ! enfin ! Ai-je assez souffert toute la soirée ? Comme ces femmes sont méchantes ! Quels airs de hauteur ! »

Il voulut les défendre.

— « D'abord, tu pouvais bien me parler en entrant, depuis un an que tu n'es venu ! »

— « Il n'y a pas un an », dit Frédéric, heureux de la reprendre sur ce détail pour esquiver les autres.

— « Soit ! Le temps m'a paru long, voilà tout ! Mais, pendant cet abominable dîner, c'était à croire que tu avais honte de moi ! Ah ! je comprends, je n'ai pas ce qu'il faut pour plaire, comme elles. »

— « Tu te trompes », dit Frédéric.

— « Vraiment ! Jure-moi que tu n'en aimes aucune ? »
Il jura.

— « Et c'est moi[a] seule que tu aimes ? »

— « Parbleu ! »

Cette assurance la rendit gaie. Elle aurait voulu se perdre
dans les rues, pour se promener ensemble toute la nuit.

— « J'ai été si tourmentée là-bas ! On ne parlait que de
barricades ! Je te voyais tombant sur le dos, couvert de sang !
Ta mère était dans son lit avec ses rhumatismes. Elle ne
savait rien. Il fallait me taire ! Je n'y tenais plus ! Alors, j'ai
pris Catherine. »

Et elle lui conta son départ, toute sa route, et le mensonge
fait à son père.

— « Il me ramène dans deux jours. Viens demain soir,
comme par hasard, et profites-en pour me demander en
mariage. »

Jamais Frédéric n'avait été plus loin du mariage. D'ailleurs,
Mlle Roque lui semblait une petite personne assez ridicule.
Quelle différence avec une femme comme Mme Dambreuse !
Un bien autre avenir lui était réservé ! Il en avait[b] la certitude
aujourd'hui ; aussi n'était-ce pas le moment de s'engager,
par un coup de cœur, dans une détermination de cette
importance. Il fallait maintenant être positif ; — et puis il
avait revu Mme Arnoux[•]. Cependant la franchise de Louise
l'embarrassait. Il répliqua :

— « As-tu bien réfléchi à cette démarche ? »

— « Comment ! » s'écria-t-elle, glacée[c] de surprise et
d'indignation.

Il dit[d] que se marier actuellement serait une folie.

— « Ainsi tu ne veux pas de moi ? »

— « Mais tu ne me comprends pas ! »

Et il se lança dans un verbiage très embrouillé, pour lui
faire entendre qu'il était retenu par des considérations
majeures, qu'il avait des affaires à n'en plus finir, que même
sa fortune était compromise (Louise tranchait tout, d'un mot
net), enfin que les circonstances politiques s'y opposaient.
Donc, le plus raisonnable était de patienter quelque temps.
Les choses s'arrangeraient, sans doute ; du moins, il l'espérait ; et, comme il ne trouvait plus de raisons, il feignit de
se rappeler brusquement qu'il aurait dû être depuis deux
heures chez Dussardier.

Puis, ayant salué les autres, il s'enfonça dans la rue Hauteville, fit le tour du Gymnase, revint sur le boulevard, et monta en courant les quatre étages de Rosanette.

M. et Mme Arnoux quittèrent le père Roque et sa fille, à l'entrée de la rue Saint-Denis[*]. Ils s'en retournèrent[a] sans rien dire ; lui, n'en pouvant plus d'avoir bavardé, et elle, éprouvant une grande lassitude ; elle s'appuyait même sur son épaule[*]. C'était le seul homme qui eût montré pendant la soirée des sentiments honnêtes. Elle se sentit[b] pour lui pleine d'indulgence[*]. Cependant, il gardait un peu de rancune contre Frédéric.

— « As-tu vu sa mine, lorsqu'il a été question du portrait ? Quand je te disais qu'il est son amant ? Tu ne voulais pas me croire ! »

— « Oh ! oui, j'avais tort ! »

Arnoux, content de son triomphe, insista.

— « Je parie même qu'il nous a lâchés, tout à l'heure, pour aller la rejoindre ! Il est maintenant chez elle, va ! Il y passe la nuit[692]. »

Mme Arnoux avait rabattu sa capeline[c] très bas.

— « Mais tu trembles ! »

— « C'est que[d] j'ai froid », reprit-elle[e] [*].

Dès que son père fut endormi, Louise entra dans la chambre de Catherine, et, la secouant par l'épaule :

— « Lève-toi !... vite ! plus vite ! et va me chercher un fiacre. »

Catherine lui répondit qu'il n'y en avait plus à cette heure.

— « Tu vas m'y conduire toi-même, alors ? »

— « Où donc ? »

— « Chez Frédéric ! »

— « Pas possible ! A cause ? »

C'était pour lui parler. Elle ne pouvait attendre. Elle voulait[f] le voir tout de suite.

— « Y pensez-vous ! Se présenter comme ça dans une maison, au milieu de la nuit ! D'ailleurs, à présent, il dort ! »

— « Je le réveillerai ! »

— « Mais ce n'est pas convenable pour une demoiselle. »

— « Je ne suis pas une demoiselle ! Je suis sa femme ! Je l'aime ! Allons, mets ton châle. »

Catherine, debout au bord de son lit, réfléchissait. Elle finit par dire :

— « Non ! je ne veux pas ! »

— « Eh bien, reste ! Moi, j'y vais ! »

Louise glissa comme une couleuvre[693] dans l'escalier. Catherine s'élança par derrière, la rejoignit sur le trottoir. Ses représentations furent inutiles ; et elle la suivait, tout en achevant de nouer sa camisole*. Le chemin lui parut extrêmement long. Elle se plaignait de ses vieilles jambes.

— « Après ça, moi, je n'ai pas ce qui vous pousse, dame ! »

Puis elle s'attendrissait.

— « Pauvre cœur ! Il n'y a encore que ta Catau, vois-tu ! »

Des scrupules[a], de temps en temps, la reprenaient.

— « Ah ! vous me faites faire quelque chose de joli ! Si votre père se réveillait ! Seigneur Dieu ! Pourvu qu'un malheur n'arrive pas ! »

Devant le théâtre des Variétés[694], une patrouille de gardes nationaux les arrêta*. Louise dit tout de suite qu'elle allait avec sa bonne dans la rue Rumfort chercher un médecin. On les laissa passer.

Au coin de la Madeleine, elles rencontrèrent une seconde patrouille, et, Louise ayant donné la même explication, un des citoyens reprit :

— « Est-ce pour une maladie de neuf mois, ma petite chatte ? »

— « Gougibaud ! » s'écria le capitaine, « pas de polissonneries dans les rangs ! — Mesdames, circulez ! »

Malgré l'injonction, les traits d'esprit continuèrent :

— « Bien du plaisir ! »

— « Mes respects au docteur ! »

— « Prenez garde au loup ! »

— « Ils aiment à rire », remarqua tout haut Catherine. « C'est jeune ! »

Enfin, elles arrivèrent chez Frédéric. Louise tira la sonnette avec vigueur, plusieurs fois. La porte s'entre-bâilla et le concierge répondit à sa demande :

— « Non ! »

— « Mais il doit être couché ? »

— « Je vous dis que non ! Voilà près de trois[b] mois qu'il ne couche pas chez lui ! »

Et le petit carreau de la loge retomba nettement, comme une guillotine*. Elles restaient dans l'obscurité, sous la voûte*. Une voix furieuse leur cria :

— « Sortez donc ! »

La porte se rouvrit ; elles sortirent[a].

Louise fut obligée de s'asseoir sur une borne ; et elle pleura, la tête dans ses mains[b], abondamment, de tout son cœur. Le jour se levait, des charrettes passaient.

Catherine la ramena en la soutenant, en la baisant, en lui disant toutes sortes[c] de bonnes choses tirées de son expérience. Il ne fallait pas se faire tant de mal pour les amoureux. Si celui-là manquait, elle en trouverait d'autres.

Quand l'enthousiasme de Rosanette pour les gardes mobiles se fut calmé[696], elle redevint plus charmante que jamais, et Frédéric prit l'habitude insensiblement de vivre chez elle.

Le meilleur de la journée, c'était le matin sur leur terrasse. En caraco de batiste et pieds nus dans ses pantoufles, elle allait et venait[a] autour de lui, nettoyait la cage de ses serins, donnait de l'eau à ses poissons rouges, et jardinait avec une pelle à feu dans la caisse remplie de terre, d'où s'élevait un treillage de capucines garnissant le mur. Puis, accoudés sur leur balcon, ils regardaient ensemble les voitures, les passants ; et on se chauffait au soleil, on faisait des projets pour la soirée. Il s'absentait pendant deux heures tout au plus ; ensuite, ils allaient dans un théâtre quelconque, aux avant-scènes ; et Rosanette, un gros bouquet de fleurs à la main, écoutait les instruments, tandis que Frédéric, penché à son oreille, lui contait des choses joviales ou galantes. D'autres fois, ils prenaient une calèche pour les conduire au bois de Boulogne ; ils se promenaient tard, jusqu'au milieu de la nuit. Enfin, ils s'en revenaient par l'Arc de triomphe et la grande avenue en humant l'air, avec les étoiles sur leur tête, et, jusqu'au fond de la perspective, tous les becs de gaz alignés comme un double cordon de perles lumineuses.

Frédéric l'attendait toujours quand ils devaient sortir ; elle était fort longue à disposer autour de[b] son menton les deux rubans de sa capote ; et elle se souriait à elle-même, devant son armoire à glace. Puis elle passait[c] son bras sur le sien et le forçant à se mirer près d'elle :

— « Nous faisons bien comme cela, tous les deux côte à côte ! Ah ! pauvre amour, je te mangerais ! »

Il était maintenant sa chose, sa propriété. Elle en avait sur le visage un rayonnement continu, en même temps qu'elle paraissait plus langoureuse de manières, plus ronde dans ses formes ; et, sans pouvoir dire de quelle façon, il la trouvait changée, cependant.

Un jour, elle lui apprit[697] comme une nouvelle très importante que le sieur Arnoux venait de monter un magasin de blanc à une ancienne ouvrière de sa fabrique ; il y venait[a] tous les soirs, « dépensait beaucoup, pas plus tard que l'autre semaine, il lui avait même donné[b] un ameublement de palissandre ».

— « Comment le sais-tu ? » dit Frédéric.

— « Oh ! j'en suis sûre ! »

Delphine, exécutant ses ordres, avait pris des informations.[*] Elle aimait donc bien Arnoux, pour s'en occuper si fortement[c] ! Il se contenta de lui répondre :

— « Qu'est-ce que cela te fait ? »

Rosanette eut l'air surprise[d] de cette demande.

— « Mais la canaille me doit de l'argent ! N'est-ce pas abominable de le voir entretenir des gueuses ? »

Puis, avec une expression de haine triomphante :

— « Au reste, elle se moque de lui joliment ! Elle a trois autres particuliers. Tant mieux ! et qu'elle le mange jusqu'au dernier liard, j'en serai contente ! »

Arnoux, en effet, se laissait exploiter par la Bordelaise, avec l'indulgence des amours séniles.

Sa fabrique ne marchait plus ; l'ensemble de ses affaires était pitoyable ; si bien que, pour les remettre à flot, il pensa d'abord à établir un café chantant, où l'on n'aurait chanté rien que des œuvres patriotiques ; le ministre lui accordant une subvention, cet établissement[e] serait devenu tout à la fois un foyer de propagande et une source de bénéfices. La direction[f] du Pouvoir ayant changé, c'était une chose impossible. Maintenant, il rêvait une grande chapellerie militaire. Les fonds[g] lui manquaient pour commencer.

Il n'était pas plus heureux dans son intérieur domestique. Mme Arnoux se montrait moins douce pour lui, parfois même[h] un peu rude. Marthe[i] se rangeait toujours du côté de son père. Cela augmentait le désaccord, et la maison devenait intolérable. Souvent, il en partait dès le matin, passait sa journée à faire de longues courses, pour s'étourdir, puis dînait dans un cabaret de campagne, en s'abandonnant à ses réflexions.

L'absence prolongée de Frédéric troublait ses habitudes[*]. Donc, il parut[j], une après-midi, le supplia[k] de venir le voir comme autrefois, et en obtint la promesse[* *].

Frédéric n'osait[l] retourner chez Mme Arnoux. Il lui semblait l'avoir trahie[*]. Mais cette conduite était bien lâche. Les excuses[m] manquaient. Il faudrait en finir par là ! et, un soir, il se mit en marche.

Comme la pluie tombait, il venait d'entrer dans le passage Jouffroy quand, sous la lumière des devantures, un gros petit homme en casquette l'aborda.

Frédéric n'eut pas de peine à[a] reconnaître Compain, cet orateur dont la motion avait causé tant de rires au club[*]. Il s'appuyait sur le bras d'un individu affublé d'un bonnet rouge de zouave, la lèvre supérieure très longue, le teint jaune comme une orange, la mâchoire couverte d'une barbiche, et qui le contemplait avec de gros yeux, lubréfiés d'admiration.

Compain, sans doute, en était fier, car il dit :

— « Je vous présente ce gaillard-là ! C'est un bottier de mes amis, un patriote ! Prenons-nous quelque chose ? »

Frédéric l'ayant[b] remercié, il tonna immédiatement contre la proposition Rateau[698], une manœuvre des aristocrates. Pour en finir, il fallait recommencer 93 ! Puis, il s'informa de Regimbart et de quelques autres, aussi fameux, tels que Masselin, Sanson, Lecornu, Maréchal, et un certain Deslauriers[699], compromis dans l'affaire des carabines interceptées dernièrement à Troyes.

Tout cela était nouveau pour Frédéric. Compain n'en savait pas davantage. Il le quitta, en disant :

— « A bientôt, n'est-ce pas, car vous en êtes ? »

— « De quoi ? »

— « De la tête de veau[700] ! »

— « Quelle tête de veau ? »

— « Ah ! farceur ! » reprit Compain, en lui donnant une tape sur le ventre.

Et les deux terroristes[701] s'enfoncèrent dans un café.

Dix minutes après, Frédéric ne songeait plus à Deslauriers. Il était sur le trottoir de la rue Paradis, devant une maison ; et il regardait au second étage, derrière des rideaux[c], la lueur d'une lampe.

Enfin, il monta l'escalier.

— « Arnoux y est-il ? »

La femme de chambre répondit :

— « Non ! mais entrez tout de même. »

Et, ouvrant brusquement une porte :

— « Madame, c'est M. Moreau ! »

Elle se leva plus pâle que sa collerette. Elle tremblait.

— « Que me vaut l'honneur... d'une visite... aussi imprévue ? »

— « Rien ! Le plaisir de revoir d'anciens amis ! »
Et, tout en s'asseyant :
— « Comment va ce bon Arnoux ? »
— « Parfaitement ! Il est sorti. »
— « Ah ! je comprends ! toujours ses vieilles[a] habitudes
du soir ; un peu de distraction ! »
— « Pourquoi pas ? Après une journée de calculs, la tête
a besoin de se reposer ! »
Elle vanta même son mari, comme travailleur[*]. Cet éloge
irritait Frédéric ; et, désignant sur ses genoux un morceau de
drap noir, avec des soutaches bleues :
— « Qu'est-ce que vous faites là ? »
— « Une veste que j'arrange pour ma fille[702] ».
— « A propos, je ne l'aperçois pas, où est-elle donc ? »
— « Dans une pension », reprit Mme Arnoux.
Des larmes[b] lui vinrent aux yeux[*] ; elle les retenait[c], en
poussant son aiguille rapidement[*]. Il avait pris par contenance
un numéro de *l'Illustration*, sur la table, près d'elle.
— « Ces caricatures de Cham sont très drôles, n'est-ce
pas ? »
— « Oui. »
Puis ils retombèrent dans leur silence.
Une rafale[d] ébranla tout à coup les carreaux.
— « Quel temps ! » dit Frédéric.
— « En effet, c'est bien aimable d'être venu par cette
horrible pluie ! »
— « Oh ! moi ! je m'en moque ! Je ne suis pas comme
ceux qu'elle empêche, sans doute, d'aller à leurs rendez-
vous ! »
— « Quels rendez-vous ? » demanda-t-elle naïvement.
— « Vous ne vous rappelez pas ? »
Un frisson la saisit, et elle baissa la tête.
Il lui posa[e] doucement la main sur le bras.
— « Je vous assure que vous m'avez fait bien souffrir ! »
Elle reprit, avec une sorte de lamentation dans la voix :
— « Mais j'avais peur pour mon enfant ! »
Elle lui conta[f] la maladie du petit Eugène et toutes les
angoisses de cette journée.
— « Merci ! merci ! Je ne doute plus ! je vous aime comme
toujours ! »
— « Eh non ! ce n'est pas vrai ! »
— « Pourquoi ? »

Elle le regarda froidement.

— « Vous oubliez l'autre ! Celle que vous promenez aux courses ! La femme dont vous avez le portrait, votre maîtresse ! »

— « Eh bien, oui ! » s'écria Frédéric. « Je ne nie rien ! Je suis un misérable ! écoutez-moi ! » S'il l'avait eue[a], c'était par désespoir, comme on se suicide. Du reste, il l'avait rendue fort malheureuse, pour se venger sur elle de sa propre honte. « Quel supplice ! Vous ne comprenez pas ? »

Mme Arnoux tourna son beau visage, en lui tendant la main ; et ils fermèrent[b] les yeux, absorbés dans une ivresse qui était comme un bercement doux et infini. Puis ils restèrent[c] à se contempler, face à face, l'un près de l'autre.

— « Est-ce que vous pouviez croire que je ne vous aimais plus ? »

Elle répondit d'une voix basse, pleine de caresses :

— « Non ! en dépit de tout, je sentais au fond de mon cœur que cela était impossible et qu'un jour l'obstacle entre nous deux s'évanouirait[703] ! »

— « Moi aussi ! et j'avais des besoins de vous revoir, à en mourir ! »

— « Une fois », reprit-elle, « dans le Palais-Royal, j'ai passé à côté de vous ! »

— « Vraiment ? »

Et il lui dit le bonheur qu'il avait eu en la retrouvant chez les Dambreuse.

— « Mais comme je vous détestais, le soir, en sortant de là ! »

— « Pauvre garçon ! »

— « Ma vie est si triste ! »

— « Et la mienne !... S'il n'y avait que les chagrins, les inquiétudes, les humiliations, tout ce que j'endure comme épouse et comme mère, puisqu'on doit mourir, je ne me plaindrais pas ; ce qu'il y a d'affreux, c'est ma solitude[704], sans personne[d]... »

— « Mais je suis là, moi ! »

— « Oh ! oui ! »

Un sanglot de tendresse l'avait soulevée. Ses bras s'écartèrent ; et ils s'étreignirent debout, dans un long baiser.

Un craquement[e] se fit sur le parquet. Une femme était près d'eux, Rosanette[*]. Mme Arnoux l'avait reconnue ; ses yeux, ouverts démesurément, l'examinaient, tout pleins de surprise et d'indignation. Enfin, Rosanette lui dit :

— « Je viens parler à M. Arnoux, pour affaires. »

— « Il n'y est pas, vous le voyez. »

— « Ah ! c'est vrai ! » reprit la Maréchale, « votre bonne avait raison ! Mille excuses ! »

Et, se tournant vers Frédéric :

— « Te voilà ici, toi ? »

Ce tutoiement, donné devant elle, fit rougir Mme Arnoux, comme un soufflet en plein visage.

— « Il n'y est pas, je vous le répète ! »

Alors, la Maréchale, qui regardait çà et là, dit tranquillement :

— « Rentrons-nous ? J'ai un fiacre en bas. »

Il faisait semblant de ne pas entendre.

— « Allons, viens ! »

— « Ah ! oui ! c'est une occasion ! Partez ! partez ! » dit Mme Arnoux.

Ils sortirent. Elle se pencha sur la rampe pour les voir encore ; et un rire aigu, déchirant, tomba sur eux, du haut de l'escalier*. Frédéric poussa Rosanette dans le fiacre, se mit en face d'elle, et, pendant toute la route, ne prononça pas un mot.

L'infamie dont le rejaillissement l'outrageait, c'était lui-même qui en était cause. Il éprouvait tout à la fois la honte d'une humiliation écrasante et le regret de sa félicité ; quand il allait enfin la saisir, elle était devenue irrévocablement impossible ! — et par la faute de celle-là, de cette fille[705], de cette catin. Il aurait voulu l'étrangler[706] ; il étouffait*. Rentrés chez eux, il jeta son chapeau sur un meuble, arracha sa cravate.

— « Ah ! tu viens de faire quelque chose de propre, avoue-le ! »

Elle se campa fièrement devant lui.

— « Eh bien, après ? Où est le mal ? »

— « Comment ! Tu m'espionnes ? »

— « Est-ce ma faute ? Pourquoi vas-tu te divertir chez les femmes honnêtes ? »

— « N'importe ! Je ne veux pas que tu les insultes. »

— « En quoi l'ai-je[a] insultée ? »

Il n'eut rien à répondre ; et, d'un accent plus haineux :

— « Mais, l'autre fois, au Champ de Mars... »

— « Ah ! tu nous ennuies avec tes anciennes ! »

— « Misérable ! »

Il leva le poing.

— « Ne me tue pas ! Je suis enceinte[707] ! »

Frédéric se recula.

— « Tu mens ! »

— « Mais regarde-moi ! »

Elle prit un flambeau, et, montrant son visage :

— « T'y connais-tu ? »

De petites taches jaunes maculaient sa peau, qui était
singulièrement bouffie. Frédéric ne nia pas l'évidence*. Il
alla ouvrir la fenêtre, fit quelques pas de long en large, puis
s'affaissa dans un fauteuil.

Cet événement était une calamité, qui d'abord ajournait
leur rupture, — et puis bouleversait tous ses projets. L'idée
d'être père, d'ailleurs, lui paraissait grotesque, inadmissible.
Mais pourquoi ? Si, au lieu de la Maréchale... ? Et sa
rêverie devint tellement profonde, qu'il eut une sorte
d'hallucination. Il voyait là, sur le tapis, devant la cheminée,
une petite fille. Elle ressemblait à Mme Arnoux et à lui-
même, un peu ; — brune et blanche, avec des yeux noirs,
de très grands sourcils, un ruban rose dans ses cheveux
bouclants ! (Oh ! comme il l'aurait aimée !) Et il lui semblait
entendre sa voix : « Papa ! papa[708] ! »

Rosanette, qui venait de se déshabiller, s'approcha de lui,
aperçut une larme à ses paupières, et le baisa sur le front,
gravement*. Il se leva, en disant :

— « Parbleu ! On ne le tuera pas, ce marmot ! »

Alors, elle bavarda beaucoup. Ce serait un garçon, bien
sûr ! On l'appellerait Frédéric. Il fallait commencer son
trousseau ; — et, en la voyant si heureuse, une pitié le prit.
Comme il ne ressentait, maintenant, aucune colère, il voulut
savoir la raison de sa démarche, tout à l'heure.

C'est que Mlle Vatnaz lui avait envoyé, ce jour-là même,
un billet protesté depuis longtemps ; et elle avait couru chez
Arnoux pour avoir de l'argent.

— « Je t'en aurais donné ! » dit Frédéric.

— « C'était plus simple de prendre là-bas ce qui m'appartient, et de rendre à l'autre ses mille francs. »

— « Est-ce au moins tout ce que tu lui dois ? »

Elle répondit :

— « Certainement ! »

Le lendemain, à neuf heures du soir (heure indiquée par le portier), Frédéric se rendit chez Mlle Vatnaz[*].

Il se cogna dans l'antichambre contre les meubles entassés. Mais un bruit de voix et de musique le guidait. Il ouvrit une porte et tomba au milieu d'un *raout*[709*]. Debout, devant le piano que touchait une demoiselle en lunettes, Delmar, sérieux comme un pontife, déclamait une poésie humanitaire sur la prostitution ; et sa voix caverneuse roulait, soutenue par les accords plaqués. Un rang de femmes occupait la muraille, vêtues généralement de couleurs sombres, sans col de chemises[a] ni manchettes. Cinq ou six hommes, tous des penseurs, étaient çà et là, sur des chaises. Il y avait, dans un fauteuil, un ancien fabuliste, une ruine ; — et l'odeur âcre de deux lampes se mêlait à l'arôme du chocolat, qui emplissait des bols encombrant la table à jeu.

Mlle Vatnaz, une écharpe orientale autour des reins[710], se tenait à un coin de la cheminée. Dussardier était à l'autre bout, en face ; il avait[b] l'air un peu embarrassé de sa position. D'ailleurs, ce milieu artistique l'intimidait.

La Vatnaz en avait-elle fini avec Delmar ? non, peut-être[c]. Cependant, elle semblait jalouse du brave commis ; et, Frédéric ayant réclamé d'elle un mot d'entretien, elle lui fit[d] signe de passer avec eux dans sa chambre[*]. Quand les mille francs furent alignés, elle demanda, en plus, les intérêts.

— « Ça n'en vaut pas la peine ! » dit Dussardier.

— « Tais-toi donc ! »

Cette lâcheté d'un homme[e] si courageux fut agréable à Frédéric comme une justification de la sienne[*]. Il rapporta[f] le billet, et ne reparla jamais de l'esclandre chez Mme Arnoux[*]. Mais, dès lors, toutes les défectuosités de la Maréchale lui apparurent.

Elle avait un mauvais goût irrémédiable, une incompréhensible paresse, une ignorance de sauvage, jusqu'à considérer comme très célèbre le docteur Des Rogis ; et elle était fière de le recevoir, lui et son épouse, parce que c'étaient « des gens mariés ». Elle régentait d'un air pédantesque sur les choses de la vie Mlle Irma, pauvre petite créature douée d'une petite voix, ayant pour protecteur un monsieur « très bien », ex-employé dans les douanes, et fort aux tours de cartes ; Rosanette l'appelait « mon gros loulou ». Frédéric ne pouvait souffrir, non plus, la répétition de ses mots bêtes, tels que : « Du flan ! À Chaillot[711] ! On n'a jamais pu savoir,

etc. » ; et elle s'obstinait à épousseter le matin ses bibelots
avec une paire de vieux gants blancs ! Il était révolté surtout
par ses façons envers sa bonne, — dont les gages étaient
sans cesse arriérés, et qui même lui prêtait de l'argent. Les
jours qu'elles réglaient leurs comptes, elles se chamaillaient
comme deux poissardes, puis on se réconciliait en s'embrassant. Le tête-à-tête devenait triste. Ce fut un soulagement
pour lui, quand les soirées de Mme Dambreuse recommencèrent.

Celle-là, au moins, l'amusait ! Elle savait les intrigues du
monde, les mutations d'ambassadeurs, le personnel des
couturières ; et, s'il lui échappait des lieux communs, c'était
dans une formule tellement convenue, que sa phrase pouvait
passer pour une déférence ou pour une ironie. Il fallait[a] la
voir au milieu de vingt personnes qui causaient, n'en oubliant
aucune, amenant les réponses qu'elle voulait, évitant les
périlleuses ! Des choses[b] très simples, racontées par elle,
semblaient des confidences ; le moindre de ses sourires faisait
rêver ; son charme enfin, comme l'exquise odeur qu'elle
portait ordinairement, était complexe et indéfinissable. Frédéric, dans sa compagnie, éprouvait chaque fois le plaisir d'une
découverte ; et cependant, il la retrouvait toujours avec sa
même sérénité, pareille au miroitement des eaux limpides.
Mais pourquoi ses manières envers sa nièce avaient-elles tant
de froideur ? Elle lui lançait même, par moments, de
singuliers coups d'œil.

Dès qu'il fut question de mariage, elle avait objecté à M.
Dambreuse la santé de « la chère enfant », et l'avait emmenée
tout de suite aux bains de Balaruc. A son retour, des prétextes
nouveaux avaient surgi : le jeune homme manquait de
position, ce grand amour ne paraissait pas sérieux, on
ne risquait rien d'attendre. Martinon avait répondu qu'il
attendrait[*]. Sa conduite fut sublime. Il prôna Frédéric. Il fit
plus : il le renseigna sur les moyens de plaire à Mme
Dambreuse, laissant même entrevoir qu'il connaissait, par la
nièce, les sentiments de la tante.

Quand à M. Dambreuse, loin de montrer de la jalousie, il
entourait d'égards son jeune ami, le consultait sur différentes
choses, s'inquiétait même de son avenir, si bien qu'un jour,
comme on parlait du père Roque, il lui dit à l'oreille, d'un
air finaud[c] :

— « Vous avez bien fait. »

Et Cécile, miss Johnson, les domestiques, le portier, pas un qui ne fût charmant pour lui, dans cette maison. Il y venait tous les soirs, abandonnant Rosanette*. Sa maternité future la rendait plus sérieuse, même un peu triste, comme si des inquiétudes l'eussent tourmentée. A toutes[a] les questions, elle répondait :

— « Tu te trompes ! Je me porte bien ! »

C'étaient cinq billets qu'elle avait souscrits autrefois ; et, n'osant le dire à Frédéric après le payement du premier, elle était retournée chez Arnoux, lequel lui avait promis, par écrit, le tiers de ses bénéfices dans l'éclairage au gaz[712] des villes du Languedoc (une entreprise merveilleuse !), en lui recommandant de ne pas se servir de cette lettre avant l'assemblée des actionnaires ; l'assemblée était remise de semaine en semaine.

Cependant, la Maréchale avait besoin d'argent. Elle serait morte plutôt que d'en demander à Frédéric. Elle n'en voulait pas de lui. Cela aurait gâté leur amour*. Il subvenait bien aux frais du ménage ; mais une petite voiture louée au mois et d'autres sacrifices indispensables depuis qu'il fréquentait les Dambreuse l'empêchaient d'en faire plus pour sa maîtresse*. Deux ou trois fois, en rentrant à des heures inaccoutumées, il crut voir des dos masculins disparaître entre les portes ; et elle sortait souvent sans vouloir dire où elle allait*. Frédéric n'essaya pas de creuser les choses. Un de ces jours, il prendrait un parti définitif. Il rêvait une autre vie, qui serait plus amusante et plus noble. Un pareil idéal le rendait indulgent pour l'hôtel Dambreuse.

C'était une succursale intime de la rue de Poitiers[713]. Il y rencontra le grand M.A., l'illustre B., le profond C., l'éloquent Z., l'immense Y., les vieux ténors du centre gauche, les paladins de la droite, les burgraves du juste-milieu, les éternels bonshommes de la comédie. Il fut[b] stupéfait par[c] leur exécrable langage, leurs petitesses, leurs rancunes, leur mauvaise foi[714], — tous ces gens qui avaient voté la Constitution s'évertuant à la démolir — ; et ils s'agitaient beaucoup, lançaient des manifestes, des pamphlets, des biographies ; celle de Fumichon par Hussonnet fut un chef-d'œuvre. Nonancourt s'occupait de la propagande dans les campagnes, M. de Grémonville travaillait le clergé, Martinon ralliait de jeunes bourgeois. Chacun, selon ses moyens, s'employa, jusqu'à Cisy lui-même. Pensant maintenant aux choses sérieuses, tout le long de la journée, il faisait des courses en cabriolet, pour le parti.

M. Dambreuse, tel qu'un baromètre, en exprimait constamment la dernière variation. On ne parlait pas de Lamartine sans qu'il citât ce mot d'un homme du peuple : « Assez de lyre ! » Cavaignac n'était plus, à ses yeux, qu'un traître. Le Président[715], qu'il avait admiré pendant trois mois, commençait à déchoir dans son estime (ne lui trouvant pas « l'énergie nécessaire ») ; et, comme il lui fallait toujours un sauveur, sa reconnaissance, depuis l'affaire du Conservatoire[716], appartenait à Changarnier[a] : « Dieu merci, Changarnier... Espérons que Changarnier... Oh ! rien à craindre tant que Changarnier... »

On exaltait avant tout M. Thiers[b] pour son volume contre le Socialisme[717], où il s'était montré aussi penseur qu'écrivain. On riait énormément de Pierre Leroux, qui citait à la Chambre des passages des philosophes. On faisait des plaisanteries sur la queue phalanstérienne[718]. On allait applaudir la *Foire aux Idées*[719] ; et on comparait les auteurs à Aristophane. Frédéric y alla, comme les autres[720].

Le verbiage politique et la bonne chère engourdissaient sa moralité. Si médiocres que lui parussent ces personnages, il était fier de les connaître et intérieurement souhaitait la considération bourgeoise. Une maîtresse comme Mme Dambreuse le poserait.

Il se mit à faire tout ce qu'il faut[721* *].

Il se trouvait sur son passage à la promenade, ne manquait pas d'aller la saluer dans sa loge au théâtre ; et, sachant les heures où elle se rendait à l'église, il se campait derrière un pilier dans une pose mélancolique. Pour des indications de curiosités, des renseignements sur un concert, des emprunts de livres ou de revues, c'était un échange continuel de petits billets. Outre sa visite du soir, il lui en faisait quelquefois une autre vers la fin du jour ; et il avait une gradation de joies à passer successivement par la grande porte, par la cour, par l'antichambre, par les deux salons ; enfin, il arrivait dans son boudoir, discret comme un tombeau, tiède comme une alcôve, où l'on se heurtait aux capitons des meubles parmi toute sorte d'objets çà et là : chiffonnières, écrans, coupes et plateaux en laque, en écaille, en ivoire, en malachite, bagatelles dispendieuses, souvent renouvelées. Il y en avait de simples : trois galets d'Étretat pour servir de presse-papier, un bonnet de Frisonne suspendu à un paravent chinois ; toutes ces choses s'harmonisaient[a] cependant ; on était même saisi par la noblesse de l'ensemble, ce qui tenait peut-être à la hauteur du plafond, à l'opulence des portières et aux longues crépines de soie, flottant sur les bâtons dorés des tabourets.

Elle était presque toujours sur une petite causeuse, près de la jardinière garnissant l'embrasure de la fenêtre. Assis au bord d'un gros pouf à roulettes, il lui adressait les compliments les plus justes possible ; et elle le regardait, la tête un peu de côté, la bouche souriante.

Il lui lisait des pages de poésie, en y mettant toute son âme, afin de l'émouvoir, et pour se faire admirer. Elle l'arrêtait par une remarque dénigrante ou une observation pratique ; et leur causerie retombait sans cesse dans l'éternelle question de l'Amour[b] ! Ils se demandaient ce qui l'occasionnait, si les femmes le sentaient mieux que les hommes, quelles étaient là-dessus leurs différences. Frédéric tâchait d'émettre son opinion, en évitant à la fois la grossièreté[c] et la fadeur. Cela devenait une espèce de lutte, agréable par moments, fastidieuse[d] en d'autres.

Il n'éprouvait pas à ses côtés ce ravissement de tout son être qui l'emportait vers Mme Arnoux, ni le désordre gai où l'avait mis d'abord Rosanette. Mais il la convoitait comme une chose anormale et difficile, parce qu'elle était noble, parce qu'elle était riche, parce qu'elle était dévote, — se figurant qu'elle avait des délicatesses de sentiment, rares comme ses dentelles, avec des amulettes sur la peau et des pudeurs dans la dépravation[722].

Il se servit du vieil amour[723]. Il lui conta, comme inspiré par elle, tout ce que Mme Arnoux autrefois lui avait fait ressentir, ses langueurs, ses appréhensions, ses rêves[*]. Elle recevait cela comme une personne accoutumée à ces choses, sans le repousser formellement, ne cédait rien[e] ; et il n'arrivait pas plus à la séduire que Martinon à se marier[*]. Pour en finir avec l'amoureux de sa nièce, elle l'accusa même de viser à l'argent, et pria son mari[f] d'en faire l'épreuve[*]. M. Dambreuse déclara donc au jeune homme que Cécile, étant l'orpheline de parents pauvres, n'avait aucune « espérance » ni dot.

Martinon, ne croyant pas que cela fût vrai, ou trop avancé pour se dédire, ou par un de ces entêtements d'idiot qui sont des actes de génie, répondit que son patrimoine, quinze mille livres de rente[a], leur suffirait. Ce désintéressement imprévu toucha le banquier. Il lui promit un cautionnement de receveur, en s'engageant à obtenir la place ; et, au mois de mai 1850, Martinon épousa Mlle Cécile*. Il n'y eut pas de bal. Les jeunes gens partirent le soir même pour l'Italie*. Frédéric, le lendemain, vint faire une visite à Mme Dambreuse*. Elle lui parut plus pâle que d'habitude. Elle le contredit[b] avec aigreur sur deux ou trois sujets sans importance. Du reste, tous les hommes étaient des égoïstes.

Il y en avait pourtant de dévoués, quand ce ne serait que lui.

— « Ah bah ! comme les autres ! »

Ses paupières[c] étaient rouges ; elle pleurait. Puis, en s'efforçant de sourire :

— « Excusez-moi ! J'ai tort ! C'est une idée triste qui m'est venue ! »

Il n'y comprenait rien.

— « N'importe ! elle est moins forte que je ne croyais », pensa-t-il.

Elle sonna pour avoir un verre d'eau, en but une gorgée, le renvoya, puis[d] se plaignit de ce qu'on la servait horriblement*. Afin de l'amuser, il s'offrit comme domestique, se prétendant capable de donner des assiettes, d'épousseter les meubles, d'annoncer le monde, d'être enfin un valet de chambre ou plutôt un chasseur, bien que la mode en fût passée. Il aurait voulu se tenir derrière sa voiture avec un chapeau de plumes de coq.

— « Et comme je vous suivrais à pied majestueusement, en portant sur le bras un petit chien ! »

— « Vous êtes gai », dit Mme Dambreuse.

N'était-ce pas une folie, reprit-il, de considérer tout sérieusement ? Il y avait bien assez de misères sans s'en forger. Rien ne méritait la peine d'une douleur*. Mme Dambreuse leva les sourcils, d'une manière de vague approbation.

Cette parité de sentiments poussa Frédéric à plus de hardiesse. Ses mécomptes[e] d'autrefois lui faisaient, maintenant, une clairvoyance. Il poursuivit :

   — « Nos grands-pères vivaient mieux[a]. Pourquoi ne pas obéir à l'impulsion qui nous pousse ? » L'amour, après tout, n'était pas en soi une chose si importante.

   — « Mais c'est immoral, ce que vous dites là ! »

Elle s'était remise sur la causeuse. Il s'assit au bord, contre ses pieds.

   — « Ne voyez-vous pas que je mens ! Car, pour plaire aux femmes, il faut étaler une insouciance de bouffon ou des fureurs de tragédie ! Elles se moquent de nous quand on leur dit qu'on les aime, simplement ! Moi, je trouve ces hyperboles où elles s'amusent une profanation de l'amour vrai ; si bien qu'on ne sait plus comment l'exprimer, surtout devant celles... qui ont... beaucoup d'esprit. »

Elle le considérait, les cils entre-clos. Il baissait la voix, en se penchant sur son visage.

   — « Oui ! vous me faites peur ! Je vous offense, peut-être ?... Pardon !... Je ne voulais pas dire tout cela ! Ce n'est pas ma faute ! Vous êtes si belle ! »

Mme Dambreuse ferma les yeux, et il fut surpris par la facilité de sa victoire[724•]. Les grands arbres du jardin qui frissonnaient mollement s'arrêtèrent. Des nuages immobiles rayaient le ciel de longues bandes rouges, et il y eut comme une suspension universelle[b] des choses. Alors, des soirs semblables, avec des silences pareils, revinrent dans son esprit, confusément. Où était-ce[725] ?...

Il se mit à genoux, prit sa main, et lui jura un amour éternel. Puis, comme il partait, elle le rappela d'un signe et lui dit tout bas :

   — « Revenez dîner ! Nous serons seuls ![• •] »

Il semblait à Frédéric, en descendant l'escalier, qu'il était devenu un autre homme, que la température embaumante des serres chaudes l'entourait, qu'il entrait définitivement dans le monde supérieur des adultères patriciens et des hautes intrigues[726]. Pour y tenir la première place, il suffisait d'une femme comme celle-là. Avide, sans doute, de pouvoir et d'action, et mariée à un homme médiocre qu'elle avait prodigieusement servi, elle désirait quelqu'un de fort pour le conduire. Rien d'impossible maintenant ! Il se sentait capable de faire deux cents lieues à cheval, de travailler pendant plusieurs nuits de suite, sans fatigue ; son cœur débordait d'orgueil.

Sur le trottoir, devant lui, un homme couvert d'un vieux
paletot marchait la tête basse, et avec un tel air d'accablement,
que Frédéric se retourna, pour le voir. L'autre releva sa
figure. C'était Deslauriers. Il hésitait. Frédéric lui sauta au
cou.

— « Ah ! mon pauvre vieux ! Comment ! c'est toi ! »

Et il l'entraîna vers sa maison, en lui faisant beaucoup de
questions à la fois.

L'ex-commissaire[a] de Ledru-Rollin conta, d'abord, les tourments qu'il avait eus[b]. Comme il prêchait la fraternité aux
conservateurs et le respect des lois aux socialistes, les uns lui
avaient tiré des coups de fusil, les autres apporté une corde
pour le pendre. Après juin, on l'avait destitué brutalement.
Il s'était jeté dans un complot, celui des armes saisies à
Troyes. On l'avait relâché, faute de preuves. Puis, le comité
d'action l'avait envoyé à Londres, où il s'était flanqué des
gifles avec ses frères, au milieu d'un banquet. De retour à
Paris…

— « Pourquoi n'es-tu pas venu chez moi ? »

— « Tu étais toujours absent. Ton suisse[c] avait des allures
mystérieuses[d], je ne savais que penser ; et puis je ne voulais
pas reparaître en vaincu. »

Il avait frappé aux portes de la Démocratie, s'offrant à la
servir de sa plume, de sa parole, de ses démarches ; partout
on l'avait repoussé ; on se méfiait de lui ; et il avait vendu
sa montre, sa bibliothèque[e], son linge.

— « Mieux vaudrait crever sur les pontons de Belle-Isle[727],
avec Sénécal ! »

Frédéric, qui arrangeait alors sa cravate, n'eut pas l'air très
ému par cette nouvelle.

— « Ah ! il est déporté, ce bon Sénécal ? »

Deslauriers répliqua, en parcourant les murailles d'un air
envieux :

— « Tout le monde n'a pas ta chance ! »

— « Excuse-moi », dit Frédéric, sans remarquer l'allusion,
« mais je dîne en ville. On va te faire à manger ; commande
ce que tu voudras ! Prends même mon lit. »

Devant une cordialité si complète, l'amertume de Deslauriers disparut.

— « Ton lit ? Mais… ça te gênerait ! »

— « Eh non ! J'en ai d'autres ! »

— « Ah ! très bien » reprit l'avocat en riant. « Où dînes-tu donc ? »

— « Chez Mme Dambreuse. »

— « Est-ce que... par hasard... ce serait... ? »

— « Tu es trop curieux », dit Frédéric avec un sourire, qui confirmait cette supposition.

Puis, ayant regardé la pendule, il se rassit.

— « C'est comme ça ! il ne faut pas désespérer, vieux défenseur du peuple ! »

— « Miséricorde[a] ! que d'autres s'en mêlent ! »

L'avocat détestait les ouvriers, pour en avoir souffert dans sa province, un pays de houille. Chaque puits d'extraction avait nommé un gouvernement provisoire lui intimant des ordres.

— « D'ailleurs, leur conduite a été charmante partout : à Lyon, à Lille, au Havre, à Paris ! Car, à l'exemple des fabricants qui voudraient exclure les produits de l'étranger, ces messieurs réclament pour qu'on bannisse les travailleurs anglais, allemands, belges et savoyards ! Quant à leur intelligence, à quoi a servi, sous la Restauration, leur fameux compagnonnage ? En 1830, ils sont entrés dans la garde nationale, sans même avoir le bon sens de la dominer ! Est-ce que, dès le lendemain de 48, les corps de métiers n'ont pas reparu avec des étendards à eux ! Ils demandaient même des représentants du peuple à eux, lesquels n'auraient parlé que pour eux ! Tout comme les députés de la betterave ne s'inquiètent que de la betterave ! — Ah ! j'en ai assez de ces cocos-là, se prosternant tour à tour devant l'échafaud de Robespierre, les bottes de l'Empereur, le parapluie de Louis-Philippe, racaille éternellement dévouée à qui lui jette du pain dans la gueule ! On crie toujours contre la vénalité de Talleyrand et de Mirabeau ; mais le commissionnaire d'en bas vendrait la patrie pour cinquante centimes, si on lui promettait de tarifer sa course à trois francs ! Ah ! quelle faute ! Nous aurions dû mettre le feu aux quatre coins de l'Europe[728] ! »

Frédéric lui répondit :

— « L'étincelle manquait ! Vous étiez simplement de petits bourgeois, et les meilleurs[b] d'entre vous, des cuistres ! Quant aux ouvriers, ils peuvent se plaindre ; car, si l'on excepte un million soustrait à la liste civile, et que vous leur avez octroyé avec la plus basse flagornerie, vous n'avez rien fait pour eux que des phrases ! Le livret[729] demeure aux mains du patron, et le salarié (même devant la justice) reste l'inférieur de son maître puisque sa parole n'est pas crue. Enfin, la République me paraît vieille. Qui sait ? Le Progrès, peut-être, n'est réalisable que par une aristocratie ou par un homme ? L'initiative vient toujours d'en haut ! Le peuple est mineur, quoi qu'on prétende ! »

— « C'est peut-être vrai[730] », dit Deslauriers.

Selon Frédéric, la grande masse des citoyens n'aspirait qu'au repos (il avait profité à l'hôtel Dambreuse), et toutes les chances étaient pour les conservateurs. Ce parti-là, cependant, manquait[a] d'hommes neufs.

— « Si tu te présentais, je suis sûr... »

Il n'acheva pas. Deslauriers comprit, se passa les deux mains sur le front ; puis, tout à coup :

— « Mais toi ? Rien ne t'empêche ? Pourquoi ne serais-tu pas député ? » Par suite d'une double élection, il y avait dans l'Aube une candidature vacante[731]. M. Dambreuse, réélu à la Législative, appartenait à un autre arrondissement. « Veux-tu que je m'en occupe ? » Il connaissait beaucoup de cabaretiers, d'instituteurs, de médecins, de clercs d'étude et leurs patrons. « D'ailleurs, on fait accroire aux paysans tout ce qu'on veut ! »

Frédéric sentait se rallumer son ambition.

Deslauriers ajouta :

— « Tu devrais bien me trouver une place à Paris. »

— « Oh ! ce ne sera pas difficile, par M. Dambreuse. »

— « Puisque nous parlions des houilles », reprit l'avocat, « que devient sa grande société ? C'est une occupation de ce genre qu'il me faudrait ! — et je leur serais utile, tout en gardant mon indépendance. »

Frédéric promit de le conduire chez le banquier avant trois jours[•] [•].

Son repas en tête-à-tête avec Mme Dambreuse fut une chose exquise. Elle souriait en face de lui, de l'autre côté de la table, par-dessus des fleurs dans une corbeille, à la lumière de la lampe suspendue ; et, comme la fenêtre était ouverte, on apercevait des étoiles. Ils causèrent fort peu, se méfiant d'eux-mêmes, sans doute ; mais, dès que les domestiques tournaient le dos, ils s'envoyaient un baiser, du bout des lèvres[•]. Il dit[b] son idée de candidature. Elle l'approuva, s'engageant même à y faire travailler M. Dambreuse.

Le soir, quelques amis se présentèrent pour la féliciter et pour la plaindre : elle devait être si chagrine de n'avoir plus sa nièce ? C'était[a] fort bien, d'ailleurs, aux jeunes mariés de s'être mis en voyage ; plus tard, les embarras, les enfants surviennent ! Mais l'Italie ne répondait pas à l'idée qu'on s'en faisait[732]. Après cela, ils étaient dans l'âge des illusions ! et puis la lune de miel embellissait tout[*] ! Les deux derniers qui restèrent furent M. de Grémonville et Frédéric. Le diplomate ne voulait pas s'en aller. Enfin, à minuit, il se leva. Mme Dambreuse fit signe à Frédéric de partir avec lui[b], et le remercia de cette obéissance par une pression de main, plus suave que tout le reste.

La Maréchale poussa un cri de joie en le revoyant. Elle l'attendait depuis cinq heures[*]. Il donna pour excuse une démarche indispensable dans l'intérêt de Deslauriers. Sa figure avait un air de triomphe, une auréole, dont Rosanette fut éblouie.

— « C'est peut-être à cause de ton habit noir qui te va bien ; mais je ne t'ai jamais trouvé si beau ! Comme tu es beau ! »

Dans un transport[c] de sa tendresse, elle se jura intérieurement de ne plus appartenir à d'autres, quoi qu'il advînt, quand elle devrait crever de misère !

Ses jolis yeux humides pétillaient d'une passion tellement puissante, que Frédéric l'attira sur ses genoux et il se dit : « Quelle canaille je fais ! » en s'applaudissant de sa perversité[733].

IV

M. Dambreuse, quand Deslauriers se présenta chez lui, songeait à raviver sa grande affaire de houilles*. Mais cette fusion de toutes les compagnies en une seule était mal vue ; on criait au monopole, comme s'il ne fallait pas, pour de telles exploitations, d'immenses capitaux !

Deslauriers, qui venait de lire exprès l'ouvrage de Gobet et les articles de M. Chappe dans le *Journal des Mines*, connaissait la question parfaitement[734]. Il démontra que la loi de 1810 établissait au profit du concessionnaire un droit impermutable. D'ailleurs, on pouvait[a] donner à l'entreprise une couleur démocratique : empêcher les réunions houillères était un attentat contre le principe même d'association.

M. Dambreuse lui confia des notes pour rédiger un mémoire. Quant à la manière dont il payerait son travail, il fit des promesses d'autant meilleures qu'elles n'étaient pas précises.

Deslauriers s'en revint chez Frédéric et lui rapporta la conférence. De plus, il avait vu Mme Dambreuse au bas de l'escalier, comme il sortait.

— « Je t'en fais mes compliments, saprelotte ! »

Puis ils causèrent de l'élection. Il y avait quelque chose à inventer.

Trois jours après, Deslauriers reparut avec une feuille d'écriture destinée aux journaux et qui était une lettre familière, où M. Dambreuse approuvait la candidature de leur ami. Soutenue par un conservateur et prônée par un rouge, elle devait réussir*. Comment[b] le capitaliste signait-il une pareille élucubration ? L'avocat, sans le moindre embarras, de lui-même, avait été la montrer, à Mme Dambreuse, qui, la trouvant fort bien, s'était chargée du reste.

Cette démarche surprit Frédéric. Il l'approuva cependant ; puis, comme Deslauriers s'abouchait[c] avec M. Roque, il lui conta sa position vis-à-vis de Louise.

— « Dis-leur tout ce que tu voudras, que mes affaires sont troubles ; je les arrangerai ; elle est assez jeune pour attendre ! »

Deslauriers partit ; et Frédéric se considéra comme un homme très fort*. Il éprouvait, d'ailleurs, un assouvissement, une satisfaction profonde. Sa joie de posséder une femme riche n'était gâtée par aucun contraste ; le sentiment s'harmonisait avec le milieu. Sa vie, maintenant, avait des douceurs partout.

La plus exquise, peut-être, était de contempler Mme Dambreuse, entre plusieurs personnes, dans son salon. La convenance de ses manières le faisait rêver à d'autres attitudes ; pendant qu'elle causait d'un ton froid, il se rappelait ses mots d'amour balbutiés ; tous les respects pour sa vertu le délectaient comme un hommage retournant vers lui ; et il avait parfois des envies de s'écrier : « Mais je la connais mieux que vous ! Elle est à moi ! »

Leur liaison ne tarda pas à être une chose convenue, acceptée. Mme Dambreuse[a], durant tout l'hiver[735], traîna Frédéric dans le monde.

Il arrivait presque toujours avant elle ; et il la voyait entrer, les bras nus, l'éventail à la main, des perles dans les cheveux. Elle s'arrêtait sur le seuil (le linteau de la porte l'entourait comme un cadre) et elle avait un léger mouvement d'indécision, en clignant les paupières, pour découvrir s'il était là. Elle[b] le ramenait dans sa voiture ; la pluie fouettait les vasistas ; les passants, tels que des ombres, s'agitaient dans la boue ; et, serrés l'un contre l'autre, ils apercevaient tout cela confusément, avec un dédain tranquille. Sous des prétextes différents, il restait encore une bonne heure dans sa chambre.

C'était par ennui, surtout, que Mme Dambreuse avait cédé. Mais cette dernière épreuve ne devait pas être perdue. Elle voulait un grand amour, elle se mit[c] à le combler d'adulations et de caresses[736].

Elle lui envoyait des fleurs ; elle lui fit une chaise en tapisserie ; elle lui donna un porte-cigares, une écritoire, mille petites choses d'un usage quotidien, pour qu'il n'eût pas une action indépendante de son souvenir. Ces prévenances le charmèrent d'abord, et bientôt lui parurent toutes simples.

Elle montait dans un fiacre, le renvoyait à l'entrée d'un passage[737], sortait par l'autre bout ; puis, se glissant le long des murs, avec un double voile sur le visage, elle atteignait la rue où Frédéric en sentinelle lui prenait le bras, vivement, pour la conduire dans sa maison. Ses deux domestiques se promenaient, le portier faisait des courses ; elle jetait les yeux tout à l'entour ; rien à craindre ! et elle poussait comme un soupir d'exilé qui revoit sa patrie. La chance les enhardissait. Leurs rendez-vous se multiplièrent. Un soir même, elle se présenta tout à coup en grande toilette de bal. Ces surprises pouvaient être dangereuses ; il la blâma de son imprudence ; elle lui déplut, du reste. Son corsage ouvert découvrait trop sa poitrine maigre.

Il reconnut alors ce qu'il s'était caché, la désillusion de ses sens. Il n'en feignait pas moins de grandes ardeurs ; mais pour les ressentir, il lui fallait évoquer l'image de Rosanette ou de Mme Arnoux.

Cette atrophie sentimentale lui laissait la tête entièrement libre, et plus que jamais il ambitionnait une haute position dans le monde. Puisqu'il avait un marchepied pareil, c'était bien le moins qu'il s'en servît* *.

Vers le milieu de janvier, un matin, Sénécal entra dans son cabinet ; et à son exclamation d'étonnement, répondit qu'il était secrétaire de Deslauriers. Il lui apportait même une lettre. Elle contenait de bonnes nouvelles, et le blâmait cependant de sa négligence ; il fallait venir là-bas.

Le futur député dit qu'il se mettrait en route le surlendemain.

Sénécal n'exprima pas d'opinion sur cette candidature. Il parla de sa personne, et des affaires du pays.

Si lamentables qu'elles fussent, elles le réjouissaient ; car on marchait au communisme. D'abord, l'Administration y menait d'elle-même, puisque, chaque jour, il y avait plus de choses régies par le Gouvernement. Quant à la Propriété, la Constitution de 48, malgré ses faiblesses, ne l'avait pas ménagée ; au nom de l'utilité publique, l'État pouvait prendre désormais ce qu'il jugeait lui convenir. Sénécal se déclara pour l'Autorité[a] ; et Frédéric aperçut dans ses discours l'exagération de ses propres paroles à Deslauriers[738]. Le républicain tonna même contre l'insuffisance des masses.

— « Robespierre, en défendant le droit du petit nombre, amena Louis XVI devant la Convention nationale, et sauva le peuple. La fin des choses les rend légitimes. La dictature est quelquefois indispensable. Vive la tyrannie, pourvu que le tyran fasse le bien[739] ! »

Leur discussion dura longtemps, et, comme il s'en allait, Sénécal avouait (c'était le but de sa visite, peut-être) que Deslauriers s'impatientait beaucoup du silence de M. Dambreuse.

Mais M. Dambreuse était malade*. Frédéric le voyait tous les jours, sa qualité d'intime le faisait[a] admettre près de lui.

La révocation du général Changarnier[740] avait ému extrêmement le capitaliste. Le soir même, il fut pris d'une grande chaleur dans la poitrine, avec une oppression à ne pouvoir se tenir couché*. Des sangsues amenèrent un soulagement immédiat. La toux sèche disparut, la respiration devint plus calme ; et, huit jours après, il dit en avalant un bouillon :

— « Ah ! ça va mieux ! Mais j'ai manqué faire le grand voyage ! »

— « Pas sans moi ! » s'écria Mme Dambreuse notifiant par ce mot qu'elle n'aurait pu lui survivre.

Au lieu de répondre, il étala sur elle et sur son amant un singulier sourire, où il y avait à la fois de la résignation, de l'indulgence, de l'ironie, et même comme une pointe, un sous-entendu presque gai.

Frédéric voulut partir pour Nogent[b], Mme Dambreuse s'y opposa ; et il défaisait et refaisait tour à tour ses paquets, selon les alternatives de la maladie.

Tout à coup, M. Dambreuse cracha le sang abondamment. « Les princes de la science »[741], consultés, n'avisèrent à rien de nouveau. Ses jambes enflaient, et la faiblesse augmentait*. Il avait témoigné plusieurs fois le désir de voir Cécile, qui était à l'autre bout de la France, avec son mari, nommé receveur depuis un mois*. Il ordonna[c] expressément qu'on la fît venir. Mme Dambreuse écrivit trois lettres, et les lui montra.

Sans se fier même à la religieuse, elle ne le quittait pas d'une seconde, ne se couchait plus. Les personnes qui se faisaient inscrire chez le concierge s'informaient d'elle avec admiration ; et les passants étaient saisis de respect devant la quantité de paille qu'il y avait dans la rue, sous les fenêtres.

Le 12 février, à cinq heures, une hémoptysie effrayante se déclara. Le médecin de garde dit le danger. On courut vite chez un prêtre.

Pendant la confession de M. Dambreuse, Madame le regardait de loin, curieusement*. Après quoi, le jeune docteur posa un vésicatoire, et attendit.

La lumière des lampes, masquée par des meubles, éclairait inégalement. Frédéric et Mme Dambreuse, au pied de la couche, observaient le moribond. Dans l'embrasure d'une croisée, le prêtre et le médecin causaient à demi-voix ; la bonne sœur, à genoux, marmottait des prières.

Enfin, un râle s'éleva. Les mains se refroidissaient, la face commençait à pâlir. Quelquefois, il tirait tout à coup une respiration énorme[a] ; elles devinrent de plus en plus rares ; deux ou trois paroles confuses lui échappèrent ; il exhala un petit souffle en même temps qu'il tournait ses yeux, et la tête retomba de côté sur l'oreiller[742].

Tous, pendant une minute, restèrent immobiles.

Mme Dambreuse s'approcha, et, sans effort, avec la simplicité du devoir, elle lui ferma les paupières.

Puis elle écarta les deux bras, en se tordant la taille comme dans le spasme d'un désespoir contenu, et sortit de l'appartement, appuyée sur le médecin et la religieuse[•]. Un quart d'heure après, Frédéric monta dans sa chambre.

On y sentait une odeur indéfinissable, émanation des choses délicates qui l'emplissaient. Au milieu du lit, une robe noire s'étalait, tranchant sur le couvre-pieds rose.

Mme Dambreuse était au coin de la cheminée, debout. Sans lui supposer de violents regrets, il la croyait un peu triste ; et, d'une voix dolente :

— « Tu souffres ? »

— « Moi ? Non, pas du tout. »

Comme elle se retournait, elle aperçut la robe, l'examina ; puis elle lui dit de ne pas se gêner.

— « Fume si tu veux ! Tu es chez moi ! »

Et, avec un grand soupir :

— « Ah ! sainte Vierge ! quel débarras ! »

Frédéric fut étonné de l'exclamation. Il reprit en lui baisant la main :

— « On était libre, pourtant ! »

Cette allusion à l'aisance de leurs amours parut blesser Mme Dambreuse.

— « Eh ! tu ne sais pas les services que je lui rendais, ni dans quelles angoisses j'ai vécu ! »

— « Comment ? »

— « Mais oui ! Était-ce une sécurité que d'avoir toujours près de soi cette bâtarde, une enfant introduite dans la maison au bout de cinq ans de ménage, et qui, sans moi, bien sûr, l'aurait amené à quelque sottise ? »

Alors, elle expliqua ses affaires. Ils s'étaient mariés sous le régime de la séparation. Son patrimoine était de trois cent mille francs. M. Dambreuse, par leur contrat, lui avait assuré, en cas de survivance, quinze mille livres de rente avec la propriété de l'hôtel. Mais, peu de temps après, il avait fait un testament où il lui donnait toute sa fortune ; et elle l'évaluait, autant qu'il était possible de le savoir maintenant, à plus de trois millions.

Frédéric ouvrit de grands yeux.

— « Ça en valait la peine, n'est-ce pas ? J'y ai contribué, du reste ! C'était^a mon bien que je défendais ; Cécile m'aurait dépouillée, injustement. »

— « Pourquoi n'est-elle pas venue voir son père ? » dit Frédéric.

A cette question, Mme Dambreuse le considéra ; puis, d'un ton sec :

— « Je n'en sais rien ! Faute de cœur, sans doute ! Oh ! je la connais ! Aussi elle n'aura pas de moi une obole ! »

Elle n'était guère gênante, du moins depuis son mariage.

— « Ah ! son mariage ! » fit en ricanant Mme Dambreuse.

Et elle s'en voulait d'avoir trop bien traité cette pécore-là, qui était jalouse, intéressée, hypocrite. « Tous les défauts de son père ! » Elle le dénigrait de plus en plus. Personne d'une fausseté aussi profonde, impitoyable d'ailleurs, dur comme un caillou, « un mauvais homme ! un mauvais homme ! ».

Il échappe des fautes, même aux plus sages. Mme Dambreuse venait d'en faire une, par ce débordement de haine. Frédéric, en face d'elle, dans une bergère, réfléchissait, scandalisé[743].

Elle se leva, se mit doucement sur ses genoux.

— « Toi seul es bon ! Il n'y a que toi que j'aime ! »

En le regardant, son cœur s'amollit, une réaction nerveuse lui amena des larmes aux paupières, et elle murmura :

— « Veux-tu m'épouser ? »

Il crut d'abord n'avoir pas compris. Cette richesse l'étourdissait. Elle répéta plus haut :

— « Veux-tu m'épouser ? »

Enfin, il dit en souriant :

— « Tu en doutes ? »

Puis une pudeur le prit et, pour faire au défunt une sorte de réparation, il s'offrit à le veiller lui-même. Mais, comme il avait honte de ce pieux sentiment, il ajouta d'un ton dégagé :

— « Ce serait peut-être plus convenable. »

— « Oui, peut-être bien », dit-elle, « à cause des domestiques** ! »

On avait tiré le lit complètement hors de l'alcôve. La religieuse était au pied ; et au chevet se tenait un prêtre, un autre, un grand homme maigre, l'air espagnol et fanatique. Sur la table de nuit, couverte d'une serviette blanche, trois flambeaux brûlaient.

Frédéric prit une chaise, et regarda le mort.

Son visage était jaune comme de la paille ; un peu d'écume sanguinolente marquait les coins de sa bouche[a]. Il avait un foulard autour du crâne, un gilet de tricot, et un crucifix d'argent sur la poitrine, entre ses bras croisés.

Elle était finie, cette existence pleine d'agitation ! Combien n'avait-il pas fait de courses dans les bureaux, aligné de chiffres, tripoté d'affaires, entendu de rapports ! Que de[b] boniments, de sourires, de courbettes ! Car il avait acclamé Napoléon, les Cosaques, Louis XVIII, 1830, les ouvriers, tous les régimes, chérissant le Pouvoir d'un tel amour, qu'il aurait payé pour se vendre.

Mais il laissait le domaine de la Fortelle, trois manufactures en Picardie, le bois de Crancé dans l'Yonne, une ferme près d'Orléans, des valeurs mobilières considérables.

Frédéric fit ainsi la récapitulation de sa fortune ; et elle allait, pourtant, lui appartenir* ! Il songea d'abord à « ce qu'on dirait », à un cadeau pour sa mère, à ses futurs attelages, à un vieux cocher de sa famille dont il voulait faire le concierge. La livrée ne serait plus la même, naturellement. Il prendrait le grand salon comme cabinet de travail. Rien n'empêchait, en abattant trois murs, d'avoir au second étage une galerie de tableaux. Il y avait moyen, peut-être, d'organiser en bas une salle de bains turcs. Quant au bureau de M. Dambreuse, pièce déplaisante, à quoi pouvait-elle servir ?

Le prêtre qui venait à se moucher, ou la bonne sœur arrangeant le feu, interrompait brutalement ces imaginations. Mais la réalité les confirmait ; le cadavre était toujours là*. Ses paupières s'étaient rouvertes ; et les pupilles, bien que noyées dans des ténèbres visqueuses, avaient une expression énigmatique, intolérable. Frédéric croyait[c] y voir comme un jugement porté sur lui ; et il sentait presque un remords, car il n'avait jamais eu à se plaindre de cet homme qui, au contraire... « Allons donc ! un vieux misérable ! » ; et il le considérait[a] de plus près, pour se raffermir, en lui criant mentalement :

— « Eh bien, quoi ? Est-ce que je t'ai tué ? »

Cependant, le prêtre lisait son bréviaire ; la religieuse, immobile, sommeillait ; les mèches des trois flambeaux s'allongeaient.

On entendit, pendant deux heures, le roulement sourd des charrettes défilant vers les Halles. Les carreaux blanchirent, un fiacre passa, puis une compagnie d'ânesses qui trottinaient sur le pavé, et des coups de marteau, des cris de vendeurs ambulants, des éclats de trompette ; tout déjà se confondait dans la grande voix de Paris qui s'éveille.

Frédéric se mit en courses[744]. Il se transporta premièrement à la mairie pour faire la déclaration ; puis, quand le médecin des morts eut donné un certificat, il revint à la mairie dire quel cimetière choisissait la famille, et pour s'entendre avec le bureau des pompes funèbres.

L'employé exhiba un dessin et un programme, l'un indiquant les diverses classes d'enterrement, l'autre le détail complet du décor. Voulait-on un char avec galerie ou un char avec panaches, des tresses aux chevaux, des aigrettes aux valets, des initiales ou un blason, des lampes funèbres, un homme pour porter les honneurs, et combien de voitures ? Frédéric fut large ; Mme Dambreuse tenait à ne rien ménager.

Puis il se rendit à l'église.

Le vicaire des convois commença par blâmer l'exploitation des pompes funèbres ; ainsi l'officier pour les pièces d'honneur était vraiment inutile ; beaucoup de cierges valait mieux ! On convint d'une messe basse relevée de musique. Frédéric signa ce qui était convenu, avec obligation solidaire de payer tous les frais.

Il alla ensuite à l'hôtel de ville pour l'achat du terrain[*]. Une concession de deux mètres en longueur sur un de largeur coûtait cinq cents francs. Était-ce une concession mi-séculaire ou perpétuelle ?

— « Oh ! perpétuelle [745] ! » dit Frédéric.

Il prenait la chose au sérieux, se donnait du mal. Dans la cour de l'hôtel, un marbrier l'attendait pour lui montrer des devis et plans de tombeaux grecs, égyptiens, moresques ;

mais l'architecte de la maison en avait déjà conféré avec Madame ; et, sur la table, dans le vestibule, il y avait toute sorte de prospectus relatifs au nettoyage des matelas, à la désinfection des chambres, à divers procédés d'embaumement.

Après son dîner, il retourna chez le tailleur pour le deuil des domestiques ; et il dut faire une dernière course, car il avait commandé des gants de castor, et c'étaient des gants de filoselle[a] qui convenaient.

Quand il arriva le lendemain, à dix heures, le grand salon s'emplissait de monde, et presque tous, en s'abordant d'un air mélancolique, disaient :

— « Moi qui l'ai encore vu il y a un mois ! Mon Dieu ! c'est notre sort à tous ! »

— « Oui ; mais tâchons que ce soit le plus tard possible ! »

Alors, on poussait un petit rire de satisfaction, et même on engageait des dialogues parfaitement étrangers à la circonstance. Enfin, le maître des cérémonies, en habit noir à la française et culotte courte, avec manteau, pleureuses, brette au côté et tricorne sous le bras, articula, en saluant, les mots d'usage :

— « Messieurs, quand il vous fera plaisir[b*]. » On partit[c].

C'était jour de marché aux fleurs sur la place de la Madeleine. Il faisait un temps clair et doux ; et la brise, qui secouait un peu les baraques de toile, gonflait, par les bords, l'immense drap noir accroché sur le portail. L'écusson de M. Dambreuse, occupant un carré de velours, s'y répétait trois fois. Il était *de sable au sénestrochère d'or, à poing fermé, ganté d'argent*, avec couronne de comte, et cette devise : *Par toutes voies*[746].

Les porteurs montèrent jusqu'au haut de l'escalier le lourd cercueil, et l'on entra.

Les six chapelles, l'hémicycle et les chaises étaient tendus de noir. Le catafalque au bas du chœur formait, avec ses grands cierges, un seul foyer de lumières jaunes. Aux deux angles, sur des candélabres, des flammes d'esprit-de-vin brûlaient.

Les plus considérables prirent place dans le sanctuaire, les autres dans la nef ; et l'office commença.

A part quelques-uns, l'ignorance religieuse[747] de tous était si profonde, que le maître des cérémonies, de temps à autre, leur faisait signe de se lever, de s'agenouiller, de se rasseoir.

L'orgue et deux contrebasses alternaient avec les voix ; dans les intervalles de silence, on entendait le marmottement du prêtre à l'autel ; puis la musique et les chants reprenaient.

Un jour mat tombait des trois coupoles ; mais la porte ouverte envoyait horizontalement comme un fleuve de clarté blanche qui frappait toutes les têtes nues ; et dans l'air, à mi-hauteur du vaisseau, flottait une ombre, pénétrée par le reflet des ors décorant la nervure des pendentifs et le feuillage des chapiteaux.

Frédéric, pour se distraire, écouta le *Dies iræ* ; il considérait les assistants, tâchait de voir les peintures trop élevées qui représentent la vie de Madeleine. Heureusement, Pellerin vint se mettre près de lui, et commença tout de suite, à propos de fresques, une longue dissertation. La cloche tinta. On sortit de l'église.

Le corbillard, orné de draperies pendantes et de hauts plumets, s'achemina vers le Père-Lachaise, tiré par quatre chevaux noirs ayant des tresses dans la crinière, des panaches sur la tête, et qu'enveloppaient jusqu'aux sabots de larges caparaçons brodés d'argent. Leur cocher, en bottes à l'écuyère, portait un chapeau à trois cornes avec un long crêpe retombant. Les cordons étaient tenus par quatre personnage : un questeur de la Chambre des députés, un membre du conseil général de l'Aube, un délégué des houilles, — et Fumichon, comme ami. La calèche du défunt et douze voitures de deuil suivaient. Les conviés, par derrière, emplissaient le milieu du boulevard.

Pour voir tout cela, les passants s'arrêtaient ; des femmes, leur marmot entre les bras, montaient sur des chaises, et des gens qui prenaient des chopes dans les cafés apparaissaient aux fenêtres, une queue de billard[a] à la main.

La route était longue ; et, — comme dans les repas[b] de cérémonie où l'on est réservé d'abord, puis expansif —, la tenue générale se relâcha bientôt. On ne causait que du refus d'allocation fait par la Chambre au Président[748]. M. Piscatory s'était montré trop acerbe, Montalembert, « magnifique, comme d'habitude », et MM. Chambolle, Pidoux, Creton, enfin toute la commission aurait dû suivre, peut-être, l'avis de MM. Quentin-Bauchard[c] et Dufour.

Ces entretiens[749] continuèrent dans la rue de la Roquette[750], bordée par des boutiques, où l'on ne voit que des chaînes en verre de couleur et des rondelles noires couvertes de dessins et de lettres d'or, — ce qui les fait ressembler à des grottes pleines de stalactites et à des magasins de faïence. Mais, devant la grille du cimetière, tout le monde, instantanément, se tut.

Les tombes se levaient au milieu des arbres, colonnes brisées, pyramides, temples, dolmens, obélisques, caveaux étrusques à porte de bronze. On apercevait dans quelques-uns des espèces de boudoirs funèbres, avec des fauteuils rustiques et des pliants. Des toiles[a] d'araignée pendaient comme des haillons aux chaînettes des urnes ; et de la poussière couvrait les bouquets de rubans[b] de satin et les crucifix. Partout, entre les balustres, sur les tombeaux, des couronnes d'immortelles et des chandeliers, des vases, des fleurs, des disques noirs rehaussés de lettres d'or, des statuettes de plâtre : petits garçons et petites demoiselles ou petits anges tenus en l'air par un fil de laiton ; plusieurs même ont un toit de zinc sur la tête. D'énormes câbles en verre filé, noir, blanc et azur, descendent du haut des stèles jusqu'au pied des dalles, avec de longs replis, comme des boas[c]. Le soleil, frappant dessus, les faisait scintiller entre les croix de bois noir ; — et le corbillard s'avançait dans les grands chemins, qui sont pavés comme les rues d'une ville. De temps à autre, les essieux claquaient. Des femmes à genoux, la robe traînant dans l'herbe, parlaient doucement aux morts. Des fumignons blanchâtres sortaient de la verdure des ifs. C'étaient des offrandes abandonnées, des débris que l'on brûlait[751].

La fosse de M. Dambreuse était dans le voisinage de Manuel et de Benjamin Constant[752]. Le terrain dévale, en cet endroit, par une pente abrupte. On a sous les pieds des sommets d'arbres verts ; plus loin, des cheminées de pompes à feu, puis toute la grande ville.

Frédéric put admirer le paysage pendant qu'on prononçait les discours.

Le premier fut au nom de la Chambre des députés, le deuxième, au nom du conseil général de l'Aube, le troisième au nom de la Société houillère de Saône-et-Loire, le quatrième, au nom de la Société d'agriculture de l'Yonne ; et il y en eut un autre, au nom d'une Société philanthropique[d]. Enfin, on s'en allait, lorsqu'un inconnu se mit à lire un sixième discours, au nom de la Société des antiquaires d'Amiens.

Et tous profitèrent de l'occasion pour tonner contre le
Socialisme[753], dont M. Dambreuse était mort victime. C'était
le spectacle de l'anarchie et son dévouement à l'ordre qui
avaient abrégé ses jours[a]. On exalta ses lumières, sa probité,
sa générosité et même[b] son mutisme comme représentant du
peuple, car, s'il n'était pas orateur, il possédait en revanche
ces qualités solides, mille fois préférables, etc... avec tous les
mots qu'il faut dire : — « Fin[c] prématurée, — regrets éternels, — l'autre patrie, — adieu, ou plutôt non, au revoir ! »
   La terre, mêlée de cailloux, retomba ; et il ne devait plus
en être question dans le monde.
   On en parla encore un peu en descendant le cimetière ; et
on ne se gênait pas pour l'apprécier. Hussonnet, qui devait
rendre compte de l'enterrement dans les journaux, reprit
même, en blague, tous les discours ; — car enfin le
bonhomme Dambreuse avait été un des *potdevinistes* les
plus distingués du dernier règne. Puis les voitures de deuil
reconduisirent les bourgeois à leurs affaires, la cérémonie[754]
n'avait pas duré trop longtemps ; on s'en félicitait.
   Frédéric, fatigué, rentra chez lui[* *].
   Quand il se présenta le lendemain à l'hôtel Dambreuse,
on l'avertit que Madame travaillait en bas, dans le bureau[*].
Les cartons, les tiroirs étaient ouverts pêle-mêle, les livres de
comptes jetés de droite et de gauche ; un rouleau de
paperasses ayant pour titre : « Recouvrements désespérés »,
traînait par terre ; il manqua de tomber dessus et le ramassa.
Mme Dambreuse disparaissait ensevelie dans le grand fauteuil.
   — « Eh bien ? Où êtes-vous donc ? qu'y a-t-il ? »
   Elle se leva d'un bond[d].
   — « Ce qu'il[e] y a ? Je suis ruinée, ruinée[f] ! entends-tu ? »
   M. Adolphe Langlois, le notaire, l'avait fait venir en son
étude, et lui avait communiqué un testament écrit par son
mari, avant leur mariage. Il léguait tout à Cécile ; et l'autre
testament était perdu[*]. Frédéric devint très pâle. Sans doute
elle avait mal cherché ?
   — « Mais regarde donc ! » dit Mme Dambreuse, en lui
montrant l'appartement.
   Les deux coffres-forts bâillaient, défoncés à coups de
merlin, et elle avait retourné le pupitre, fouillé les placards,
secoué les paillassons, quand tout à coup, poussant un cri
aigu, elle se précipita dans un angle où elle venait d'apercevoir
une petite boîte à serrure de cuivre ; elle l'ouvrit, rien !

— « Ah ! le misérable ! Moi qui[a] l'ai soigné avec tant de dévouement ! »

Puis elle éclata en sanglots.

— « Il est peut-être ailleurs ? » dit Frédéric.

— « Eh non ! il était là ! dans ce coffre-fort. Je l'ai vu dernièrement. Il est brûlé ! j'en suis certaine ! »

Un jour, au commencement de sa maladie, M. Dambreuse était descendu pour donner des signatures.

— « C'est alors qu'il aura fait le coup ! »

Et elle retomba sur une chaise, anéantie. Une mère en deuil n'est pas plus lamentable près d'un berceau vide que ne l'était Mme Dambreuse devant les coffres-forts béants[755]. Enfin, sa douleur, — malgré la bassesse du motif —, semblait tellement profonde, qu'il tâcha de la consoler, en lui disant qu'après tout, elle n'était pas réduite à la misère.

— « C'est la misère, puisque je ne peux pas t'offrir une grande fortune ! »

Elle n'avait plus que trente mille livres de rente, sans compter l'hôtel qui en valait de dix-huit à vingt, peut-être.

Bien que ce fût de l'opulence pour Frédéric, il n'en ressentait pas moins une déception. Adieu ses rêves et toute la grande vie qu'il aurait menée[*] ! L'honneur[b] le forçait à épouser Mme Dambreuse. Il réfléchit une minute ; puis, d'un air tendre :

— « J'aurai toujours ta personne ! »

Elle se jeta dans ses bras ; et il la serra contre sa poitrine, avec un attendrissement où il y avait un peu d'admiration pour lui-même[*]. Mme Dambreuse, dont les larmes ne coulaient plus, releva sa figure, toute rayonnante de bonheur, et, lui prenant la main :

— « Ah ! je n'ai jamais douté de toi ! J'y comptais ! »

Cette certitude anticipée de ce qu'il regardait comme une belle action déplut au jeune homme.

Puis elle l'emmena dans sa chambre, et ils firent des projets[*]. Frédéric devait songer maintenant à se pousser. Elle lui donna même sur sa candidature d'admirables conseils.

Le premier point était de savoir deux ou trois phrases d'économie politique. Il fallait prendre une spécialité, comme les haras[756], par exemple, écrire plusieurs mémoires sur une question d'intérêt local, avoir toujours à sa disposition des bureaux de poste ou de tabac, rendre une foule de[c] petits services. M. Dambreuse s'était montré là-dessus un vrai modèle[757]*. Ainsi, une fois, à la campagne, il avait fait arrêter son char à bancs, plein d'amis, devant l'échoppe d'un savetier, avait pris pour ses hôtes douze paires de chaussures, et, pour lui, des bottes épouvantables, — qu'il eut[a] même l'héroïsme de porter durant quinze jours. Cette anecdote les rendit gais. Elle en conta d'autres, et avec un revif de grâce, de jeunesse et d'esprit.

Elle approuva son idée d'un voyage immédiat à Nogent. Leurs adieux furent tendres ; puis, sur le seuil, elle murmura encore une fois :

— « Tu m'aimes, n'est-ce pas ? »

— « Éternellement ! » répondit-il.

Un commissionnaire[b] l'attendait chez lui avec un mot au crayon, le prévenant que Rosanette allait accoucher*. Il avait eu tant d'occupation, depuis quelques jours, qu'il n'y pensait plus. Elle s'était mise dans un établissement spécial, à Chaillot[758].

Frédéric prit[c] un fiacre et partit.

Au coin de la rue de Marbeuf[d], il lut sur une planche en grosses lettres : — « Maison de santé et d'accouchement tenue par Mme Alessandri, sage-femme de première classe, ex-élève de la Maternité, auteur de divers ouvrages, etc. » Puis, au milieu de la rue, sur la porte, une petite porte bâtarde, l'enseigne répétait (sans le mot accouchement) : « Maison de santé de Mme Alessandri », avec tous ses titres.

Frédéric donna un coup de marteau.

Une femme[e] de chambre, à tournure de soubrette, l'introduisit dans le salon, orné d'une table en acajou, de fauteuils en velours[f] grenat, et d'une pendule sous globe.

Presque aussitôt, Madame parut. C'était une grande brune de quarante ans, à la taille[g] mince, de beaux yeux, l'usage du monde*. Elle apprit à Frédéric l'heureuse délivrance de la mère, et le fit monter dans sa chambre.

Rosanette se mit à sourire ineffablement ; et, comme submergée sous les flots d'amour qui l'étouffaient, elle dit d'une voix basse :

— « Un garçon, là, là ! » en désignant près de son lit une barcelonnette[759].

Il écarta les rideaux, et aperçut, au milieu des linges, quelque chose d'un rouge jaunâtre, extrêmement ridé, qui sentait mauvais et vagissait.

— « Embrasse-le ! »

Il répondit, pour cacher sa répugnance :

— « Mais j'ai peur de lui faire mal ? »

— « Non ! non ! »

Alors, il baisa, du bout des lèvres, son enfant.

— « Comme il te ressemble ! »

Et, de ses deux bras faibles, elle se suspendit à son cou, avec une effusion de sentiment qu'il n'avait jamais vue.

Le souvenir de Mme Dambreuse lui revint. Il se reprocha[a] comme une monstruosité de trahir ce pauvre être, qui aimait et souffrait dans toute la franchise de sa nature[*]. Pendant plusieurs jours, il lui tint compagnie jusqu'au soir.

Elle se trouvait heureuse dans cette maison discrète ; les volets de la façade restaient même constamment fermés[760] ; sa chambre, tendue en perse claire, donnait sur un grand jardin ; Mme Alessandri, dont le seul défaut était de citer comme intimes les médecins illustres, l'entourait d'attentions ; ses compagnes, presque toutes des demoiselles de province, s'ennuyaient beaucoup, n'ayant personne qui vînt les voir ; Rosanette s'aperçut qu'on l'enviait, et le dit à Frédéric avec fierté. Il fallait parler bas, cependant ; les cloisons étaient minces et tout le monde se tenait aux écoutes[761] malgré le bruit continuel des pianos.

Il allait enfin partir pour Nogent, quand il reçut une lettre de Deslauriers.

Deux candidats nouveaux se présentaient, l'un conservateur, l'autre rouge ; un troisième[b], quel qu'il fût, n'avait pas de chances. C'était la faute de Frédéric ; il avait laissé passer le bon moment, il aurait dû venir plus tôt, se remuer. « On ne t'a même pas vu aux comices agricoles ! » L'avocat le blâmait de n'avoir aucune attache dans les journaux. « Ah ! si tu avais suivi autrefois mes conseils ! Si nous avions une feuille publique à nous ! » Il insistait là-dessus. Du reste, beaucoup de personnes qui auraient voté en sa faveur, par considération pour M. Dambreuse, l'abandonneraient maintenant[*]. Deslauriers était de ceux-là. N'ayant plus rien à attendre du capitaliste, il lâchait son protégé.

Frédéric porta sa lettre à Mme Dambreuse.

— « Tu n'as donc pas été à Nogent ? » dit-elle.

— « Pourquoi[c] ? »

— « C'est que j'ai vu Deslauriers il y a trois jours. »

Sachant la mort de son mari, l'avocat était venu rapporter des notes sur les houilles et lui offrir ses services comme homme d'affaires*. Cela parut étrange à Frédéric ; et que faisait son ami, là-bas ?

Mme Dambreuse voulut savoir l'emploi de son temps depuis leur séparation.

— « J'ai été malade », répondit-il.

— « Tu aurais dû me prévenir, au moins. »

— « Oh ! cela n'en valait pas la peine » ; d'ailleurs, il avait eu une foule de dérangements[a], des rendez-vous, des visites.

Il mena dès lors une existence double, couchant religieusement chez la Maréchale et passant l'après-midi chez Mme Dambreuse, si bien qu'il lui restait à peine, au milieu de la journée, une heure de liberté[762].

L'enfant était à la campagne, à Andilly. On allait le voir toutes les semaines.

La maison de la nourrice se trouvait sur la hauteur du village, au fond d'une petite cour sombre comme un puits, avec de la paille par terre, des poules çà et là, une charrette à légumes sous le hangar. Rosanette commençait par baiser frénétiquement son poupon ; et, prise d'une sorte[b] de délire, allait et venait, essayait de traire la chèvre, mangeait du gros pain, aspirait l'odeur du fumier, voulait en mettre un peu dans son mouchoir[763].

Puis ils faisaient de grandes promenades ; elle entrait chez les pépiniéristes, arrachait les branches de lilas qui pendaient en dehors des murs, criait : « Hue, bourriquet ! » aux ânes traînant une carriole, s'arrêtait à contempler par la grille l'intérieur des beaux jardins ; ou bien la nourrice prenait l'enfant, on le posait à l'ombre sous un noyer ; et les deux femmes débitaient, pendant des heures, d'assommantes niaiseries.

Frédéric, près d'elles, contemplait les carrés de vignes sur les pentes du terrain, avec la touffe d'un arbre de place en place, les sentiers poudreux pareils à des rubans grisâtres, les maisons étalant dans la verdure des taches blanches et rouges ; et, quelquefois, la fumée d'une locomotive allongeait horizontalement, au pied des collines couvertes de feuillages, comme une gigantesque plume d'autruche dont le bout léger s'envolait.

Puis[c] ses yeux retombaient sur son fils. Il se le figurait jeune homme, il en ferait son compagnon ; mais ce serait peut-être un sot, un malheureux à coup sûr. L'illégalité de

sa naissance l'opprimerait toujours ; mieux aurait valu pour
lui ne pas naître, et Frédéric murmurait : « Pauvre enfant ! »
le cœur gonflé d'une incompréhensible[a] tristesse.

Souvent, ils manquaient le dernier départ. Alors, Mme
Dambreuse le grondait de son inexactitude. Il lui faisait une
histoire.

Il fallait en inventer aussi pour Rosanette. Elle ne comprenait pas à quoi il employait toutes ses soirées ; et, quand on
envoyait chez lui, il n'y était jamais ! Un jour, comme il s'y
trouvait, elles apparurent presque à la fois. Il fit sortir la
Maréchale et cacha Mme Dambreuse, en disant[b] que sa mère
allait arriver.

Bientôt ces mensonges le divertirent ; il répétait à l'une le
serment qu'il venait de faire à l'autre, leur envoyait deux
bouquets semblables, leur écrivait en même temps, puis
établissait entre elles des comparaisons[764] ; il y en avait une
troisième toujours présente à sa pensée. L'impossibilité de
l'avoir le justifiait de ses perfidies, qui avivaient le plaisir,
en y mettant de l'alternance ; et plus il avait trompé
n'importe laquelle des deux, plus elle l'aimait, comme si
leurs amours se fussent échauffés réciproquement et que,
dans une sorte d'émulation, chacune eût voulu[c] lui faire
oublier l'autre.

— « Admire ma confiance ! » lui dit un jour Mme Dambreuse, en dépliant un papier où on la prévenait que M.
Moreau vivait conjugalement avec une certaine Rose Bron.

— « Est-ce la demoiselle des courses, par hasard ? »

— « Quelle absurdité ! » reprit-il. « Laisse-moi voir. »

La lettre, écrite en caractères romains, n'était pas signée[e].
Mme Dambreuse, au début, avait toléré cette maîtresse qui
couvrait leur adultère. Mais, sa passion devenant plus forte,
elle avait exigé une rupture, chose faite depuis longtemps,
selon Frédéric ; et, quand il eut fini ses protestations, elle
répliqua, tout en clignant ses paupières où brillait un regard
pareil à la pointe d'un stylet sous de la mousseline :

— « Eh bien, et l'autre ? »

— « Quelle autre ? »

— « La femme du faïencier. »

Il leva les épaules dédaigneusement. Elle n'insista pas.

Mais, un mois plus tard, comme ils parlaient d'honneur
et de loyauté, et qu'il vantait la sienne (d'une manière
incidente, par précaution), elle lui dit :

— « C'est vrai[a], tu es honnête, tu n'y retournes plus. »
Frédéric, qui pensait à la Maréchale, balbutia :
— « Où donc ? »
— « Chez Mme Arnoux. »
Il la supplia de lui avouer d'où elle tenait ce renseignement.
C'était par sa couturière en second, Mme Regimbart.
Ainsi, elle connaissait sa vie, et lui ne savait rien de la
sienne !

Cependant[b], il avait découvert dans son cabinet de toilette
la miniature d'un monsieur à longues moustaches : était-ce
le même sur lequel[c] on lui avait conté autrefois une vague
histoire de suicide ? Mais, il n'existait aucun moyen d'en
savoir davantage ! A quoi bon, du reste[765] ? Les cœurs des
femmes sont comme ces petits[d] meubles à secret, pleins de
tiroirs emboîtés les uns dans les autres ; on se donne du mal,
on se casse les ongles, et on trouve au fond quelque fleur
desséchée, des brins de poussière — ou le vide[766] ! Et puis il
craignait peut-être d'en trop apprendre.

Elle lui faisait refuser les invitations où elle ne pouvait se
rendre avec lui, le tenait à ses côtés, avait peur de le perdre ;
et, malgré cette union chaque jour plus grande, tout à coup
des abîmes se découvraient entre eux, à propos de choses
insignifiantes, l'appréciation d'une personne, d'une œuvre
d'art[e].

Elle avait une façon de jouer du piano, correcte et dure.
Son spiritualisme (Mme Dambreuse croyait à la transmigration
des âmes dans les étoiles) ne l'empêchait pas de tenir sa
caisse admirablement. Elle était hautaine avec ses[f] gens ; ses
yeux restaient secs devant les haillons des pauvres. Un égoïsme
ingénu éclatait dans ces locutions ordinaires : « Qu'est-ce que
cela me fait ? je serais bien bonne ! est-ce que j'ai besoin ! »
et mille petites actions inanalysables, odieuses. Elle aurait
écouté derrière les portes ; elle devait mentir à son confesseur.
Par esprit de domination, elle voulut que Frédéric l'accompa-
gnât le dimanche à l'église. Il obéit, et porta le livre.

La perte de son héritage l'avait considérablement changée.
Ces marques d'un chagrin qu'on attribuait à la mort de M.
Dambreuse la rendaient intéressante ; et, comme autrefois,
elle recevait beaucoup de monde. Depuis l'insuccès électoral
de Frédéric, elle ambitionnait pour eux deux une légation
en Allemagne[767] ; aussi la première chose à faire était de se
soumettre aux idées[g] régnantes.

Les uns désiraient l'Empire, d'autres les Orléans, d'autres le comte de Chambord ; mais tous s'accordaient sur l'urgence de la décentralisation, et plusieurs moyens étaient proposés, tels que ceux-ci : couper Paris en une foule de grandes rues afin d'y établir des villages, transférer à Versailles le siège du gouvernement, mettre à Bourges les écoles, supprimer les bibliothèques, confier tout aux généraux de division ; — et on exaltait les campagnes, l'homme illettré ayant naturellement plus de sens[a] que les autres ! Les haines foisonnaient : haine contre les instituteurs[b] primaires et contre les marchands de vin, contre les classes de philosophie, contre les cours d'histoire, contre les romans, les gilets rouges, les barbes longues, contre toute indépendance, toute manifestation individuelle ; car il fallait « relever le principe d'autorité », qu'elle[c] s'exerçât au nom de n'importe qui, qu'elle vînt de n'importe où, pourvu que ce fût la Force, l'Autorité ! Les conservateurs parlaient maintenant comme Sénécal. Frédéric ne comprenait plus ; et il retrouvait chez son ancienne maîtresse les mêmes propos, débités par les mêmes hommes[768] !

Les salons des filles (c'est de ce temps-là que date leur importance) étaient un terrain neutre, où les réactionnaires de bords différents se rencontraient. Hussonnet, qui se livrait au dénigrement des gloires contemporaines (bonne chose pour la restauration de l'Ordre)[d], inspira l'envie à Rosanette d'avoir, comme une autre, ses soirées ; il en ferait des comptes rendus ; et il amena d'abord un homme sérieux, Fumichon ; puis parurent Nonancourt, M. de Grémonville, le sieur de Larsillois, ex-préfet, et Cisy, qui était maintenant agronome, bas breton et plus que jamais chrétien[769].

Il venait, en outre, d'anciens amants de la Maréchale, tels que le baron de Comaing, le comte de Jumillac et quelques autres ; la liberté de leurs allures blessait Frédéric.

Afin de se poser comme le maître, il augmenta le train de la maison. Alors, on prit un groom, on changea de logement, et on eut un mobilier nouveau. Ces dépenses[e] étaient utiles pour faire paraître son mariage moins disproportionné à sa fortune. Aussi diminuait-elle effroyablement ; — et Rosanette ne comprenait rien à tout cela !

Bourgeoise déclassée, elle adorait la vie de ménage, un petit intérieur paisible. Cependant, elle était contente d'avoir « un jour » ; disait : « Ces femmes-là ! » en parlant de ses pareilles ; voulait être « une dame[a] du monde », s'en croyait une. Elle le pria de ne plus fumer dans le salon, essaya de lui faire faire maigre, par bon genre.

Elle mentait[b] à son rôle enfin, car elle devenait sérieuse, et même, avant de se coucher, montrait toujours un peu de mélancolie, comme il y a des cyprès à la porte d'un cabaret.

Il en découvrit la cause : elle rêvait mariage[770], — elle aussi ! Frédéric en fut exaspéré. D'ailleurs, il se rappelait son apparition chez Mme Arnoux, et puis il lui tiendrait rancune pour sa longue résistance.

Il n'en cherchait pas moins quels avaient été ses amants. Elle les niait tous. Une sorte[c] de jalousie l'envahit. Il s'irrita des cadeaux qu'elle avait reçus, qu'elle recevait ; — et, à mesure que le fond même de sa personne l'agaçait davantage, un goût des sens âpre et bestial l'entraînait vers elle, illusions d'une minute qui se résolvaient en haine.

Ses paroles[d], sa voix, son sourire, tout vint à lui déplaire, ses regards surtout, cet œil de femme éternellement limpide et inepte. Il s'en trouvait tellement excédé quelquefois, qu'il l'aurait vue mourir sans émotion[771]. Mais comment se fâcher ? Elle était d'une douceur désespérante.

Deslauriers reparut, et expliqua son séjour à Nogent en disant qu'il y marchandait une étude d'avoué. Frédéric fut heureux de le revoir ; c'était quelqu'un ! Il le mit en tiers dans la compagnie[e].

L'avocat dînait chez eux de temps à autre, et, quand il s'élevait de petites contestations, se déclarait toujours pour Rosanette, si bien qu'une fois Frédéric lui dit :

— « Eh ! couche avec elle si ça t'amuse ! » tant il souhaitait un hasard qui l'en débarrassât[**].

Vers le milieu du mois de juin, elle reçut[f] un commandement où maître Athanase Gautherot, huissier, lui enjoignait de solder quatre mille francs dus à la demoiselle Clémence Vatnaz ; sinon, qu'il viendrait le lendemain la saisir[772].

En effet, des quatre billets autrefois souscrits, un seul était payé, — l'argent qu'elle avait pu avoir depuis lors ayant passé à d'autres besoins.

Elle courut chez Arnoux. Il habitait le faubourg Saint-Germain, et le portier ignorait la rue[773]. Elle se transporta chez plusieurs amis, ne trouva personne, et rentra désespérée. Elle ne voulait rien dire à Frédéric, tremblant[g] que cette nouvelle histoire ne fît du tort à son mariage.

Le lendemain matin, Me Athanase Gautherot se présenta, flanqué de deux acolytes, l'un blême à figure chafouine, l'air dévoré d'envie, l'autre portant un faux col et des sous-pieds très tendus[774], avec un délot de taffetas noir à l'index ; — et tous deux, ignoblement sales, avec des cols[a] gras, des manches de redingote trop courtes.

Leur patron, un fort bel homme, au contraire, commença par s'excuser de sa mission pénible, tout en regardant l'appartement, « plein de jolies choses, ma parole d'honneur ! » Il ajouta « outre celles qu'on ne peut saisir ». Sur un geste, les deux recors disparurent.

Alors, ses compliments redoublèrent. Pouvait-on croire qu'une personne aussi... charmante n'eût pas d'ami sérieux ! Une vente par autorité de justice était un véritable malheur ! On ne s'en relève jamais. Il tâcha de l'effrayer ; puis, la voyant émue, prit subitement un ton paterne. Il connaissait le monde, il avait eu affaire à toutes ces dames ; et, en les nommant, il examinait les cadres sur les murs. C'étaient d'anciens tableaux du brave[b] Arnoux, des esquisses de Sombaz, des aquarelles de Burieu, trois paysages de Dittmer. Rosanette n'en savait pas le prix, évidemment. Maître Gautherot se tourna vers elle :

— « Tenez ! Pour vous montrer que je suis un bon garçon, faisons une chose : cédez-moi ces Dittmer-là et je paye tout. Est-ce convenu ? »

A ce moment, Frédéric, que Delphine avait instruit dans l'antichambre et qui venait de voir les deux praticiens, entra le chapeau sur la tête, d'un air brutal. Maître Gautherot reprit sa dignité ; et, comme la porte était restée ouverte :

— « Allons, messieurs, écrivez ! Dans la seconde pièce, nous disons : une table de chêne, avec ses deux rallonges, deux buffets... »

Frédéric l'arrêta, demandant s'il n'y avait pas quelque moyen d'empêcher la saisie.

— « Oh ! parfaitement ! Qui a payé les meubles ? »

— « Moi. »

— « Eh bien, formulez une revendication ; c'est toujours du temps que vous aurez devant vous. »

Maître Gautherot acheva vivement ses écritures, et, dans le procès-verbal[c], assigna en référé Mlle Bron, puis se retira.

Frédéric ne fit pas un reproche. Il contemplait, sur le tapis, les traces de boue laissées par les chaussures des praticiens ; et, se parlant à lui-même :

— « Il va falloir chercher de l'argent ! »

— « Ah ! mon Dieu, que je suis bête ! » dit la Maréchale. Elle fouilla dans un tiroir, prit une lettre, et s'en alla vivement à la Société d'éclairage du Languedoc, afin d'obtenir le transfert de ses actions.

Elle revint une heure après. Les titres étaient vendus à un autre ! Le commis lui avait répondu en examinant son papier, la promesse écrite par Arnoux : « Cet acte ne vous constitue nullement propriétaire. La Compagnie ne connaît pas cela. » Bref, il l'avait congédiée, elle en suffoquait ; et Frédéric devait se rendre à l'instant même chez Arnoux[a], pour éclaircir la chose.

Mais Arnoux croirait, peut-être, qu'il venait pour recouvrer indirectement les quinze mille francs de son hypothèque perdue ! et puis cette réclamation à un homme qui avait été l'amant[b] de sa maîtresse lui semblait une turpitude[775•]. Choisissant[c] un moyen terme, il alla prendre à l'hôtel Dambreuse l'adresse de Mme Regimbart, envoya chez elle un commissionnaire, et connut ainsi le café que hantait maintenant le Citoyen.

C'était un petit café sur la place de la Bastille, où il se tenait toute la journée, dans le coin de droite, au fond, ne bougeant pas plus que s'il avait fait partie de l'immeuble.

Après avoir passé successivement par la demi-tasse, le grog, le bischof, le vin chaud et même l'eau rougie, il était revenu à la bière ; et, de demi-heure en demi-heure, laissait tomber ce mot[d] : « Bock ! » ayant réduit son langage à l'indispensable[•].Frédéric lui demanda s'il voyait quelquefois Arnoux.

— « Non ! »

— « Tiens, pourquoi ? »

— « Un imbécile ! »

La politique, peut-être, les séparait, et Frédéric crut bien faire de s'informer de Compain.

— « Quelle brute ! » dit Regimbart.

— « Comment cela ? »

— « Sa tête de veau ! »

— « Ah ! apprenez-moi ce que c'est que la tête de veau ! » Regimbart eut un sourire de pitié.

— « Des bêtises ! »

Frédéric, après un long silence, reprit :

— « Il a donc changé de logement ? »

— « Qui ? »

— « Arnoux. »

— « Oui : rue de Fleurus ! »

— « Quel numéro ? »

— « Est-ce que je fréquente les jésuites ! »

— « Comment, jésuites ! »

Le Citoyen répondit, furieux :

— « Avec l'argent d'un patriote que je lui ai fait connaître, ce cochon-là s'est établi marchand de chapelets ! »

— « Pas possible ! »

— « Allez-y voir ! »

Rien de plus vrai ; Arnoux, affaibli par une attaque[a], avait tourné à la religion ; d'ailleurs, « il avait toujours eu un fonds de religion »[b], et (avec l'alliage de mercantilisme et d'ingénuité qui lui était naturel), pour faire son salut[c] et sa fortune, il s'était mis dans le commerce des objets religieux[d].

Frédéric n'eut pas de mal à découvrir son établissement, dont l'enseigne portait : « *Aux arts gothiques*. — Restauration du culte. — Encens des rois mages, etc., etc.[776] »

Aux deux coins de la vitrine s'élevaient deux statues en bois, bariolées d'or, de cinabre et d'azur ; un saint Jean-Baptiste avec sa peau de mouton, et une sainte Geneviève, des roses dans son tablier et une quenouille sous son bras ; puis des groupes en plâtre ; une bonne sœur instruisant une petite fille, une mère à genoux près d'une couchette, trois collégiens devant la sainte table. Le plus joli était une manière de chalet figurant l'intérieur de la crèche avec l'âne, le bœuf et l'enfant Jésus étalé sur la paille, de la vraie paille. Du haut en bas des étagères, on voyait des médailles à la douzaine, des chapelets de toute espèce, des bénitiers en forme de coquille et les portraits des gloires ecclésiastiques, parmi lesquelles brillaient Mgr Affre et notre Saint-Père, tous deux souriant.

Arnoux, à son comptoir, sommeillait la tête basse. Il était prodigieusement vieilli, avait même autour des tempes une couronne de boutons roses[777c], et le reflet des croix d'or frappées par le soleil tombait dessus.

Frédéric, devant cette décadence, fut pris de tristesse. Par dévouement pour la Maréchale, il se résigna cependant, et il

s'avançait ; au fond[a] de la boutique, Mme Arnoux parut ;
alors, il tourna les talons.

— « Je ne l'ai pas trouvé », dit-il en rentrant.

Et il eut beau répondre qu'il allait[b] écrire, tout de suite, à
son notaire du Havre pour avoir de l'argent, Rosanette
s'emporta. On n'avait jamais vu un homme si faible, si
mollasse ; pendant qu'elle endurait mille privations, les
autres se gobergeaient.

Frédéric songeait à la pauvre Mme Arnoux, se figurant la
médiocrité navrante de son intérieur. Il s'était mis au
secrétaire ; et, comme la voix aigre de Rosanette continuait :

— « Ah ! au nom du ciel, tais-toi ! »

— « Vas-tu les défendre, par hasard ? »

— « Eh bien oui ! » s'écria-t-il, « car d'où vient cet
acharnement ? »

— « Mais toi, pourquoi ne veux-tu pas qu'ils payent ?
C'est dans la peur d'affliger ton ancienne, avoue-le ! »

Il eut envie de l'assommer avec la pendule ; les paroles
lui manquèrent. Il se tut. Rosanette, tout en marchant dans
la chambre, ajouta :

— « Je vais[c] lui flanquer un procès, à ton Arnoux. Oh ! je
n'ai pas besoin de toi ! » et, pinçant les lèvres : « Je
consulterai[d]. »

Trois jours après, Delphine entra brusquement.

— « Madame, madame, il y a là un homme avec un pot
de colle qui me fait peur. »

Rosanette passa dans la cuisine, et vit un chenapan, la
face criblée de petite vérole, paralytique d'un bras, aux trois
quarts ivre et bredouillant.

C'était l'afficheur de maître Gautherot. L'opposition à la
saisie ayant été repoussée, la vente, naturellement, s'ensuivait.

Pour sa peine d'avoir monté l'escalier, il réclama d'abord
un petit verre ; — puis il implora une autre faveur, à savoir
des billets de spectacle, croyant que Madame était une actrice.
Il fut ensuite plusieurs minutes à faire des clignements
d'yeux incompréhensibles ; enfin, il déclara que, moyennant
quarante sous, il déchirerait les coins de l'affiche déjà posée
en bas, contre la porte. Rosanette s'y trouvait désignée par
son nom, rigueur exceptionnelle qui marquait toute la haine
de la Vatnaz.

Elle avait[e] été sensible autrefois, et même, dans une peine
de cœur, avait écrit à Béranger pour en obtenir un conseil.

Mais elle s'était aigrie sous les bourrasques de l'existence, ayant, tour à tour, donné des leçons de piano, présidé une table d'hôte, collaboré à des journaux de modes, sous-loué des appartements, fait le trafic des dentelles dans le monde des femmes légères, — où ses relations lui permirent d'obliger beaucoup de personnes, Arnoux entre autres. Elle avait travaillé auparavant dans une maison de commerce.

Elle y soldait les ouvrières ; et il y avait pour chacune d'elles deux livres, dont l'un restait toujours entre ses mains. Dussardier, qui tenait par obligeance celui d'une nommée Hortense Baslin, se présenta un jour à la caisse au moment où Mlle Vatnaz apportait le compte de cette fille, 1.682 francs que le caissier lui paya. Or, la veille même, Dussardier n'en avait inscrit que 1.082 sur le livre de la Baslin. Il le demanda sous un prétexte ; puis, voulant ensevelir cette histoire de vol, lui conta qu'il l'avait perdu. L'ouvrière redit naïvement son mensonge à Mlle Vatnaz ; celle-ci, pour en avoir le cœur net, d'un air indifférent, vint en parler au brave commis. Il se contenta de répondre : « Je l'ai brûlé » ; ce fut tout[a]. Elle quitta la maison peu de temps après, sans croire à l'anéantissement du livre et s'imaginant que Dussardier le gardait.

A la nouvelle de sa blessure, elle était accourue chez lui dans l'intention de le reprendre. Puis, n'ayant rien découvert, malgré les perquisitions les plus fines, elle avait été saisie de respect, et bientôt d'amour, pour ce garçon, si loyal, si doux, si héroïque et si fort ! Une pareille bonne fortune à son âge était inespérée. Elle se jeta dessus avec un appétit d'ogresse ; — et elle en avait abandonné la littérature, le socialisme, « les doctrines consolantes et les utopies généreuses », le cours qu'elle professait sur la *Désubalternisation de la femme*[778], tout, Delmar lui-même ; enfin, elle offrit[b] à Dussardier de s'unir par un mariage.

Bien qu'elle fût sa maîtresse, il n'en était nullement amoureux. D'ailleurs, il n'avait pas oublié son vol. Puis elle était trop riche. Il la refusa[c]. Alors elle lui dit, en pleurant, les rêves qu'elle avait faits : c'était d'avoir à eux deux un magasin de confection. Elle possédait les premiers fonds indispensables[c], qui s'augmenteraient de quatre mille francs la semaine prochaine ; et elle narra ses poursuites contre la Maréchale.

Dussardier en fut chagrin, à cause de son ami. Il se rappelait le porte-cigares offert au corps de garde, les soirs du quai Napoléon, tant de bonnes causeries, de livres prêtés, les mille complaisances de Frédéric. Il pria la Vatnaz de se désister.

Elle le railla de sa bonhomie, en manifestant contre Rosanette une exécration incompréhensible[a] ; elle ne souhaitait même la fortune que pour l'écraser plus tard avec son carrosse.

Ces abîmes[b] de noirceur effrayèrent Dussardier ; et, quand il sut positivement le jour de la vente, il sortit. Dès le lendemain matin, il entrait chez Frédéric avec une contenance embarrassée.

— « J'ai des excuses à vous faire. »

— « De quoi donc ? »

— « Vous devez me prendre pour un ingrat, moi dont elle est... » Il balbutiait : « Oh ! je[c] ne la verrai plus, je ne serai pas son complice ! » Et, l'autre le regardant tout surpris : « Est-ce qu'on ne vas pas, dans trois jours, vendre les meubles de votre maîtresse ? »

— « Qui vous a dit cela ? »

— « Elle-même, la Vatnaz ! Mais j'ai peur de vous offenser... »

— « Impossible, cher ami ! »

— « Ah ! c'est vrai, vous êtes si bon ! »

Et il lui tendit, d'une main discrète, un petit portefeuille de basane.

C'était quatre mille francs, toutes ses économies.

— « Comment ! Ah ! non ! — non !... »

— « Je savais bien que je vous blesserais », répliqua Dussardier, avec une larme au bord des yeux.

Frédéric lui serra la main ; et le brave garçon reprit d'une voix violente :

— « Acceptez-les ! Faites-moi ce plaisir-là ! Je suis tellement désespéré ! Est-ce que tout n'est pas fini, d'ailleurs[779] ?

— J'avais cru, quand la révolution est arrivée, qu'on serait heureux. Vous rappelez-vous comme c'était beau ! comme on respirait bien ! Mais nous voilà retombés pire que jamais. »

Et, fixant ses yeux à terre :

— « Maintenant, ils tuent notre République[d], comme ils ont tué l'autre, la romaine ! et la pauvre Venise, la pauvre Pologne, la pauvre Hongrie ! Quelles abominations !

D'abord, on a abattu les arbres de la liberté, puis restreint le droit de suffrage, fermé les clubs, rétabli la censure et livré l'enseignement aux prêtres[780], en attendant l'Inquisition[a]. Pourquoi pas ? Des conservateurs nous souhaitent bien les Cosaques ! On condamne les journaux quand ils parlent contre la peine de mort, Paris regorge de baïonnettes, seize départements sont en état de siège ; — et l'amnistie qui est encore une fois repoussée ! »

Il se prit le front à deux mains ; puis, écartant les bras comme dans une grande détresse :

— « Si on tâchait, cependant ! Si on était de bonne foi, on pourrait s'entendre ! Mais non ! Les ouvriers ne valent pas mieux que les bourgeois, voyez-vous ! A Elbeuf[b], dernière-ment, ils ont refusé leur secours dans un incendie. Des misérables traitent Barbès d'aristocrate ! Pour qu'on se moque du peuple, ils veulent nommer à la présidence Nadaud, un maçon, je vous demande un peu ! Et il n'y a pas de moyen ! pas de remède ! Tout le monde est contre nous ! — Moi, je n'ai jamais fait de mal ; et, pourtant[c], c'est comme un poids qui me pèse sur l'estomac. J'en deviendrai fou, si ça continue. J'ai envie de me faire tuer[781]. Je vous dis que je n'ai pas besoin de mon argent ! Vous me le rendrez, parbleu ! je vous le prête. »

Frédéric, que la nécessité contraignait, finit par prendre ses quatre mille francs. Ainsi, du côté de la Vatnaz, ils n'avaient plus d'inquiétude.

Mais Rosanette perdit bientôt son procès contre Arnoux, et, par entêtement, voulait en appeler.

Deslauriers s'exténuait à lui faire comprendre que la promesse d'Arnoux ne constituait ni une donation ni une cession régulière ; elle n'écoutait même pas, trouvant la loi injuste ; c'est parce qu'elle était une femme, les hommes se soutenaient entre eux ! A la fin, cependant, elle suivit ses conseils.

Il se gênait si peu dans la maison, que, plusieurs fois, il amena Sénécal y dîner. Ce sans-façon déplut à Frédéric, qui lui avançait de l'argent, le faisait même habiller par son tailleur ; et l'avocat donnait ses vieilles redingotes au socia-liste, dont les moyens d'existence étaient inconnus[782].

Il aurait voulu servir Rosanette, cependant. Un jour qu'elle lui montrait douze actions de la Compagnie du kaolin (cette entreprise qui avait fait condamner Arnoux à trente mille francs), il lui dit :

— « Mais c'est véreux ! c'est superbe ! »

Elle avait le droit de l'assigner pour le remboursement de ses créances. Elle prouverait d'abord qu'il était tenu solidairement à payer tout le passif de la Compagnie, puisqu'il[a] avait déclaré comme dettes collectives des dettes personnelles, enfin, qu'il avait diverti plusieurs effets à la Société.

— « Tout cela le rend coupable de la banqueroute frauduleuse, articles 586 et 587 du Code de commerce ; et nous l'emballerons, soyez-en sûre, ma mignonne. »

Rosanette lui sauta au cou[*]. Il la recommanda le lendemain à son ancien patron, ne pouvant s'occuper lui-même du procès, car il avait besoin à Nogent ; Sénécal lui écrirait, en cas d'urgence.

Ses négociations pour l'achat d'une étude étaient un prétexte. Il passait son temps chez M. Roque, où il avait commencé, non seulement par faire l'éloge de leur ami, mais par l'imiter d'allures et de langage autant que possible ; — ce qui lui avait obtenu la confiance de Louise, tandis qu'il gagnait celle de son père en se déchaînant contre Ledru-Rollin.

Si Frédéric ne revenait pas, c'est qu'il fréquentait le grand monde ; et peu à peu Deslauriers leur apprit qu'il aimait quelqu'un, qu'il avait un enfant, qu'il entretenait une créature[783].

Le désespoir de Louise fut immense, l'indignation de Mme Moreau non moins forte. Elle voyait son fils tourbillonnant vers le fond d'un gouffre vague, était blessée dans sa religion des convenances et en éprouvait comme un déshonneur personnel, quand tout à coup sa physionomie changea[b]. Aux questions qu'on lui faisait sur Frédéric, elle répondait d'un air narquois :

— « Il va bien, très bien. »

Elle savait son mariage avec Mme Dambreuse.

L'époque en était fixée ; et même il cherchait comment faire avaler la chose à Rosanette[* *].

Vers le milieu de l'automne, elle gagna son procès relatif aux actions du kaolin[c*], Frédéric l'apprit en rencontrant à sa porte Sénécal qui sortait de l'audience.

On avait reconnu M. Arnoux complice de toutes les fraudes ; et l'ex-répétiteur avait un tel air de s'en réjouir, que Frédéric l'empêcha d'aller plus loin, en assurant qu'il se chargeait de sa commission près de Rosanette*. Il entra chez elle la figure irritée.

— « Eh bien, te voilà contente ! »

Mais, sans remarquer ces paroles :

— « Regarde donc ! »

Et elle lui montra son enfant couché dans un berceau, près du feu*. Elle l'avait trouvé si mal le matin chez sa nourrice, qu'elle l'avait ramené à Paris.

Tous ses membres étaient maigris extraordinairement et ses lèvres couvertes de points blancs, qui faisaient dans l'intérieur de sa bouche comme des caillots de lait.

— « Qu'a dit le médecin ? »

— « Ah ! le médecin ! il prétend que le voyage a augmenté son... je ne sais plus, un nom en *ite*... enfin qu'il a le muguet. Connais-tu[a] cela ? »

Frédéric n'hésita pas à répondre : « Certainement », en ajoutant[b] que ce n'était rien.

Mais dans la soirée, il fut effrayé par l'aspect débile de l'enfant et le progrès de ces taches blanchâtres, pareilles à de la moisissure, comme si la vie, abandonnant déjà ce pauvre petit corps, n'eût laissé qu'une matière où la végétation poussait. Ses mains étaient froides ; il ne pouvait plus boire, maintenant ; et la nourrice, une autre que le portier avait été prendre au hasard dans un bureau, répétait :

— « Il me paraît bien bas, bien bas ! »

Rosanette fut debout[c] toute la nuit.

Le matin, elle alla trouver Frédéric.

— « Viens donc voir. Il ne remue plus. »

En effet, il était mort*. Elle le prit, le secoua, l'étreignait en l'appelant des noms les plus doux, le couvrait de baisers et de sanglots, tournait sur elle-même éperdue, s'arrachait les cheveux, poussait des cris ; — et se laissa[d] tomber au bord du divan, où elle restait la bouche ouverte, avec un flot de larmes tombant de ses yeux[e] fixes*. Puis une torpeur la gagna, et tout devint tranquille[f] dans l'appartement. Les meubles étaient renversés. Deux ou trois serviettes traînaient. Six heures sonnèrent. La veilleuse s'éteignit.

Frédéric, en regardant tout cela, croyait presque rêver. Son cœur se serrait d'angoisse. Il lui semblait que cette mort

n'était qu'un commencement, et qu'il y avait par derrière
un malheur plus considérable près de survenir.

Tout à coup Rosanette dit d'une voix tendre :

— « Nous le conserverons, n'est-ce pas ? »

Elle désirait le faire embaumer*. Bien des raisons[a] s'y
opposaient. La meilleure, selon Frédéric, c'est que la chose
était impraticable sur des enfants si jeunes. Un portrait valait
mieux*. Elle adopta cette idée. Il écrivit un mot à Pellerin,
et Delphine courut le porter.

Pellerin arriva promptement, voulant effacer par ce zèle
tout souvenir de sa conduite*. Il dit d'abord :

— « Pauvre petit ange ! Ah ! mon Dieu, quel malheur ! »

Mais, peu à peu, (l'artiste en lui l'emportant), il déclara
qu'on ne pouvait rien faire avec ses yeux bistrés, cette face
livide ; que c'était une véritable nature morte ; qu'il faudrait
beaucoup de talent ; et il murmurait :

— « Oh ! pas commode ! pas commode ! »

— « Pourvu que ce soit ressemblant », objecta Rosanette.

— « Eh ! je me moque de la ressemblance ! A bas le
Réalisme ! C'est[b] l'esprit qu'on peint[784] ! Laissez-moi ! Je vais
tâcher de me figurer ce que ça devait être[c]. »

Il réfléchit, le front dans la main gauche, le coude dans la
droite ; puis, tout à coup :

— « Ah ! une idée ! un pastel ! Avec des demi-teintes
colorées, passées presque à plat, on peut obtenir un beau
modelé, sur les bords seulement. »

Il envoya la femme de chambre chercher sa boîte ; puis,
ayant une chaise sous les pieds et une autre près de lui, il
commença à jeter de grands traits, aussi calme que s'il eût
travaillé d'après la bosse. Il vantait les petits saint Jean de
Corrège, l'infante Rose de Vélasquez, les chairs lactées de
Reynolds, la distinction de Lawrence, et surtout l'enfant aux
longs cheveux qui est sur les genoux de lady Gower [d].

— « D'ailleurs, peut-on trouver rien de plus charmant que
ces crapauds-là ! Le type du sublime (Raphaël l'a prouvé par
ses madones), c'est peut-être une mère avec son enfant ! »

Rosanette, qui suffoquait, sortit ; et Pellerin dit aussitôt :

— « Eh bien, Arnoux !... vous savez[d] ce qui arrive ? »

— « Non ! Quoi ? »

— « Ça devait finir comme ça, du reste ! »

— « Qu'est-ce donc ? »

— « Il est peut-être maintenant... Pardon !... »

L'artiste se leva pour exhausser la tête du petit cadavre.

— « Vous disiez... », reprit Frédéric.

Et Pellerin, tout en clignant pour mieux prendre ses mesures :

— « Je disais que notre ami Arnoux est peut-être, maintenant, coffré[785] ! »

Puis, d'un ton satisfait :

— « Regardez un peu ! Est-ce ça ? »

— « Oui, très bien ! Mais Arnoux ? »

Pellerin déposa son crayon.

— « D'après ce que j'ai pu comprendre, il se trouve poursuivi par un certain Mignot, un intime de Regimbart, une bonne tête, celui-là, hein ? Quel idiot ! Figurez-vous qu'un jour... »

— « Eh ! il ne s'agit pas de Regimbart ! »

— « C'est vrai. Eh bien, Arnoux, hier au soir, devait trouver douze mille francs, sinon, il était perdu. »

— « Oh ! c'est peut-être exagéré », dit Frédéric.

— « Pas le moins du monde ! Ça m'avait l'air grave, très grave ! »

Rosanette, à ce moment, reparut avec des rougeurs sous les paupières, ardentes comme des plaques de fard. Elle se mit près du carton et regarda. Pellerin fit signe qu'il se taisait à cause d'elle[*]. Mais Frédéric, sans y prendre garde :

— « Cependant, je ne peux pas croire... »

— « Je vous répète que je l'ai rencontré hier, » dit l'artiste, « à sept heures du soir, rue Jacob. Il avait même son passeport, par précaution ; et il parlait de s'embarquer au Havre, lui et toute sa smala. »

— « Comment ! Avec[a] sa femme ? »

— « Sans doute ! Il est trop bon père de famille pour vivre tout seul. »

— « Et vous en êtes sûr[b] ?... »

— « Parbleu ! Où voulez-vous qu'il ait trouvé douze mille francs ? »

Frédéric fit deux ou trois tours dans la chambre. Il haletait, se mordait les lèvres, puis saisit son chapeau.

— « Où vas-tu donc ? » dit Rosanette.

Il ne répondit pas, et disparut.

V

Il fallait douze[a] mille francs, ou bien il ne reverrait plus Mme Arnoux ; et, jusqu'à présent, un espoir invincible lui était resté. Est-ce qu'elle ne faisait pas comme la substance de son cœur, le fond même de sa vie ? Il fut pendant quelques minutes à chanceler sur le trottoir, se rongeant d'angoisses, heureux néanmoins de n'être plus chez l'autre.

Où avoir de l'argent ? Frédéric savait par lui-même combien il est difficile d'en obtenir tout de suite, à n'importe quel prix[b]*. Une seule personne pouvait l'aider, Mme Dambreuse. Elle gardait toujours dans son secrétaire plusieurs billets de banque*. Il alla chez elle ; et, d'un ton hardi :

— « As-tu douze mille francs à me prêter ? »

— « Pourquoi ? »

C'était le secret d'un autre*. Elle voulait[c] le connaître. Il ne céda pas. Tous deux s'obstinaient. Enfin, elle déclara ne rien donner, avant de savoir dans quel but*. Frédéric devint très rouge. Un de ses camarades avait commis un vol. La somme devait être restituée aujourd'hui même.

— « Tu l'appelles ? Son nom ? Voyons, son nom ? »

— « Dussardier ! »

Et il se jeta à ses genoux, en la suppliant de n'en rien dire.

— « Quelle idée as-tu de moi ? » reprit Mme Dambreuse. « On croirait que tu es le coupable. Finis donc tes airs tragiques ! Tiens, les voilà ! et grand bien lui fasse ! »

Il courut chez Arnoux*. Le marchand n'était pas dans sa boutique. Mais il logeait toujours rue Paradis, car il possédait deux domiciles.

Rue Paradis, le portier jura que M. Arnoux était absent depuis la veille ; quant à Madame, il n'osait rien dire ; et Frédéric, ayant monté l'escalier comme une flèche, colla son oreille contre la serrure. Enfin, on ouvrit*. Madame était partie avec Monsieur. La bonne ignorait quand ils reviendraient ; ses gages étaient payés ; elle-même s'en allait.

Tout à coup, un craquement[d] de porte se fit entendre.

— « Mais il y a quelqu'un ? »

— « Oh ! non, monsieur ! C'est le vent. »

Alors, il se retira*. N'importe, une disparition si prompte avait quelque chose d'inexplicable.

Regimbart, étant l'intime de Mignot, pouvait peut-être l'éclairer* ? Et Frédéric se fit conduire chez lui, à Montmartre, rue de l'Empereur[786].

Sa maison était flanquée d'un jardinet, clos par une grille que bouchaient des plaques de fer. Un perron de trois marches relevait la façade blanche ; et en passant sur le trottoir, on apercevait les deux pièces du rez-de-chaussée, dont la première était un salon avec des robes partout sur les meubles, et la seconde l'atelier où se tenaient les ouvrières de Mme Regimbart.

Toutes étaient convaincues que Monsieur avait de grandes occupations, de grandes relations, que c'était un homme complètement hors ligne. Quand il traversait le couloir, avec son chapeau à bords retroussés, sa longue figure sérieuse et sa redingote verte, elles en interrompaient leur besogne. D'ailleurs, il ne manquait pas de leur adresser toujours quelque mot d'encouragement, une politesse sous forme de sentence ; — et, plus tard, dans leur ménage, elles se trouvaient malheureuses, parce qu'elles l'avaient gardé pour idéal.

Aucune cependant ne l'aimait comme Mme Regimbart, petite personne intelligente, qui le faisait vivre avec son métier.

Dès que M. Moreau eut dit son nom, elle vint prestement le recevoir, sachant par les domestiques ce qu'il était à Mme Dambreuse. Son mari « rentrait à l'instant même » ; et Frédéric, tout en la suivant, admira la tenue du logis et la profusion de toile cirée qu'il y avait. Puis il attendit quelques minutes, dans une manière de bureau, où le Citoyen se retirait pour penser.

Son accueil fut moins rébarbatif que d'habitude.

Il conta l'histoire d'Arnoux*. L'ex-fabricant de faïences avait enguirlandé Mignot, un patriote, possesseur de cent actions du *Siècle*, en lui démontrant qu'il fallait, au point de vue démocratique, changer la gérance et la rédaction du journal ; et, sous prétexte de faire triompher son avis dans la prochaine assemblée des actionnaires, il lui avait demandé cinquante actions, en disant qu'il les repasserait à des amis sûrs, lesquels appuieraient son vote ; Mignot n'aurait aucune responsabilité, ne se fâcherait avec personne ; puis, le succès obtenu, il lui ferait avoir dans l'administration une bonne place, de cinq à six mille francs pour le moins. Les actions avaient été livrées. Mais Arnoux, tout de suite, les avait vendues ; et, avec l'argent s'était associé à un marchand d'objets religieux. Là-dessus, réclamations de Mignot, lanternements d'Arnoux ; enfin, le patriote l'avait menacé d'une plainte en escroquerie, s'il ne restituait ses titres ou la somme équivalente : cinquante mille francs.

Frédéric eut l'air désespéré.

— « Ce n'est pas tout », dit le Citoyen. « Mignot, qui est un brave homme, s'est rabattu sur le quart. Nouvelles promesses de l'autre, nouvelles farces naturellement. Bref, avant-hier matin, Mignot l'a sommé d'avoir à lui rendre, dans les vingt-quatre heures, sans préjudice du reste, douze mille francs. »

— « Mais je les ai ! » dit Frédéric.

Le Citoyen se retourna lentement :

— « Blagueur ! »

— « Pardon ! ils sont dans ma poche. Je les apportais. »

— « Comme vous y allez, vous ! Nom d'un petit bonhomme ! Du reste, il n'est plus temps ; la plainte est déposée, et Arnoux parti. »

— « Seul ? »

— « Non ! avec sa femme. On les a rencontrés à la gare du Havre[787]. »

Frédéric pâlit extraordinairement. Mme Regimbart crut qu'il allait s'évanouir*. Il se contint, et même il eut la force d'adresser deux ou trois questions sur l'aventure*. Regimbart s'en attristait, tout cela en somme nuisant à la Démocratie. Arnoux avait toujours été sans conduite et sans ordre.

— « Une vraie tête de linotte[788] ! Il brûlait la chandelle par les deux bouts ! Le cotillon l'a perdu ! Ce n'est pas lui que je plains, mais sa pauvre femme ! » car le Citoyen admirait les femmes vertueuses[789], et faisait grand cas de Mme Arnoux. « Elle a dû joliment souffrir ! »

Frédéric lui sut gré de cette sympathie ; et, comme s'il en avait reçu un service, il serra sa main avec effusion.

— « As-tu fait toutes les courses nécessaires ? » dit Rosanette en le revoyant.

Il n'en avait pas eu le courage, répondit-il, et avait marché au hasard, dans les rues, pour s'étourdir.

A huit heures, ils passèrent dans la salle à manger ; mais ils restèrent silencieux l'un devant l'autre, poussaient par intervalle un long soupir et renvoyaient leur assiette. Frédéric but de l'eau-de-vie. Il se sentait tout délabré, écrasé, anéanti, n'ayant plus conscience de rien que d'une extrême fatigue.

Elle alla chercher le portrait. Le rouge, le jaune, le vert et l'indigo s'y heurtaient par taches violentes[a], en faisaient une chose hideuse, presque dérisoire.

D'ailleurs, le petit mort était méconnaissable maintenant. Le ton violacé de ses lèvres augmentait la blancheur de sa peau ; les narines étaient encore plus minces, les yeux plus caves ; et sa tête reposait sur un oreiller de taffetas bleu, entre des pétales de camélias, de roses d'automne et des violettes ; c'était une idée de la femme de chambre ; elles l'avaient ainsi arrangé toutes les deux, dévotement. La cheminée, couverte d'une housse en guipure, supportait des flambeaux de vermeil espacés par des bouquets de buis bénit ; aux coins, dans les deux vases, des pastilles du sérail brûlaient ; tout cela formait avec[b] le berceau une manière de reposoir ; et Frédéric se rappela sa veillée près de M. Dambreuse.

Tous les quarts d'heure, à peu près, Rosanette ouvrait les rideaux[c] pour contempler son enfant. Elle l'apercevait, dans quelques mois d'ici, commençant à marcher, puis au collège au milieu de la cour, jouant aux barres ; puis à vingt ans, jeune homme ; et toutes ces images, qu'elle[d] se créait, lui faisaient comme autant de fils qu'elle aurait perdus, — l'excès de la douleur multipliant sa maternité.

Frédéric, immobile dans l'autre fauteuil, pensait à Mme Arnoux.

Elle était en chemin de fer, sans doute, le visage au carreau d'un wagon, et regardant la campagne s'enfuir derrière elle du côté de Paris, ou bien sur le pont d'un bateau à vapeur, comme la première fois qu'il l'avait rencontrée ; mais celui-là s'en allait indéfiniment vers des pays d'où elle ne sortirait plus. Puis il la voyait dans une chambre d'auberge, avec des malles par terre, un papier de tenture en lambeaux, la porte qui tremblait au vent. Et après ? que deviendrait-elle ? Institutrice, dame de compagnie, femme de chambre, peut-être ? Elle[e] était livrée à tous les hasards de la misère. Cette ignorance[f] de son sort le torturait. Il aurait dû s'opposer à sa fuite ou partir derrière elle. N'était-il pas son véritable époux ? Et, songeant qu'il ne la retrouverait jamais, que c'était bien fini, qu'elle était irrévocablement perdue, il sentait comme un déchirement de son être ; ses larmes accumulées depuis le matin débordèrent.

Rosanette s'en aperçut.

— « Ah ! tu pleures comme moi ! Tu as du chagrin ? »

— « Oui ! oui ! j'en ai !... »

Il la serra contre son cœur, et tous deux sanglotaient en se tenant embrassés.

Mme Dambreuse aussi pleurait, couchée sur son lit, à plat ventre, la tête[a] dans ses mains.

Olympe Regimbart, étant venue[b] le soir lui essayer sa première robe de couleur[790], avait conté la visite de Frédéric, et même qu'il tenait tout prêts douze[c] mille francs destinés à M. Arnoux.

Ainsi cet argent, son argent à elle, était pour empêcher le départ de l'autre, pour se conserver une maîtresse !

Elle eut d'abord un accès de rage ; et elle avait résolu de le chasser comme un laquais. Des larmes[d] abondantes la calmèrent. Il valait mieux tout renfermer, ne rien dire.

Frédéric, le lendemain, rapporta les douze mille francs.

Elle le pria de les garder, en cas de besoin, pour son ami, et elle l'interrogea beaucoup sur ce monsieur. Qui donc l'avait poussé à un tel abus de confiance ? Une femme, sans doute ! Les femmes vous entraînent à tous les crimes.

Ce ton de persiflage décontenança Frédéric. Il éprouvait un grand remords de sa calomnie. Ce qui le rassurait, c'est que Mme Dambreuse[e] ne pouvait connaître la vérité.

Elle y mit de l'entêtement, cependant ; car, le surlendemain, elle s'informa encore de son petit camarade, puis d'un autre, de Deslauriers.

— « Est-ce un homme sûr et intelligent ? »

Frédéric le vanta.

— « Priez-le[f] de passer à la maison un de ces matins ; je désirerais le consulter pour une affaire. »

Elle avait trouvé un rouleau de paperasses contenant des billets d'Arnoux parfaitement protestés, et sur lesquels Mme Arnoux avait mis sa signature. C'était pour ceux-là que Frédéric était venu une fois chez M. Dambreuse pendant son déjeuner ; et, bien que le capitaliste n'eût pas voulu en poursuivre le recouvrement, il avait[g] fait prononcer par le Tribunal de commerce, non seulement la condamnation

d'Arnoux, mais celle de sa femme, qui l'ignorait, son mari
n'ayant pas jugé convenable de l'en avertir.

C'était une arme, cela ! Mme Dambreuse n'en doutait
pas. Mais son notaire lui conseillerait peut-être l'abstention ;
elle eût préféré quelqu'un d'obscur ; et elle s'était rappelé
ce grand diable, à mine impudente, qui lui avait offert ses
services.

Frédéric fit naïvement sa commission.

L'avocat fut enchanté d'être mis en rapport avec une si
grande dame.

Il accourut.

Elle le prévint que la succession appartenait à sa nièce,
motif de plus pour liquider ces créances qu'elle rembourserait,
tenant à accabler les époux Martinon des meilleurs procédés.

Deslauriers comprit qu'il y avait là-dessous un mystère ; il
y rêvait en considérant les billets. Le nom de Mme Arnoux,
tracé par elle-même, lui remit devant les yeux toute sa
personne et l'outrage qu'il en avait reçu. Puisque la vengeance
s'offrait, pourquoi ne pas la saisir ?

Il conseilla donc à Mme Dambreuse de faire vendre aux
enchères les créances désespérées qui dépendaient de la
succession. Un homme de paille les rachèterait en sous-main
et exercerait les poursuites. Il se chargeait de fournir cet
homme-là[*] [*].

Vers la fin du mois de novembre[791], Frédéric[a], en passant
dans la rue de Mme Arnoux, leva les yeux vers ses fenêtres,
et aperçut contre la porte une affiche, où il y avait en grosses
lettres :

« Vente d'un riche mobilier, consistant en batterie de
cuisine, linge de corps et de table, chemises, dentelles,
jupons, pantalons, cachemires français et de l'Inde, piano
d'Érard, deux bahuts de chêne Renaissance, miroirs de
Venise, poteries de Chine et du Japon. »

— « C'est leur mobilier ! » se dit Frédéric ; et le portier
confirma ses soupçons.

Quant à la personne qui faisait vendre, il l'ignorait. Mais
le commissaire-priseur, Me Berthelmot, donnerait peut-être
des éclaircissements.

L'officier ministériel ne voulut point, tout d'abord, dire
quel créancier poursuivait la vente, Frédéric insista. C'était

un sieur Sénécal, agent d'affaires ; et Mᵉ Berthelmot poussa
même la complaisance jusqu'à prêter son journal des *Petites-
Affiches*.

Frédéric, en arrivant chez Rosanette, le jeta sur la table
tout ouvert.

— « Lis donc ! »

— « Eh bien, quoi ? » dit-elle, avec une figure tellement
placide qu'il en fut révolté.

— « Ah ! garde ton innocence ! »

— « Je ne comprends pas. »

— « C'est toi qui fait vendre Mme Arnoux ? »

Elle relut l'annonce.

— « Où est son nom ? »

— « Eh ! c'est son mobilier ! Tu le sais mieux que moi ! »

— « Qu'est-ce que ça me fait ? » dit Rosanette en haussant
les épaules.

— « Ce que ça te fait ? Mais tu te venges, voilà tout !
C'est la suite de tes persécutions ! Est-ce que tu ne l'as pas
outragée jusqu'à venir chez elle ! Toi, une fille de rien. La
femme la plus sainte, la plus charmante et la meilleure !
Pourquoi t'acharnes-tu à la ruiner ? »

— « Tu te trompes, je t'assure ! »

— « Allons donc ! Comme si tu n'avais pas mis Sénécal
en avant ! »

— « Quelle bêtise ! »

Alors une fureur l'emporta.

— « Tu mens ! tu mens ! misérable ! Tu es jalouse d'elle !
Tu possèdes une condamnation contre son mari ! Sénécal
s'est déjà mêlé de tes affaires ! Il déteste Arnoux, vos deux
haines s'entendent. J'ai vu sa joie quand tu as gagné ton
procès pour le kaolin. Le nieras-tu, celui-là ? »

— « Je te donne ma parole… »

— « Oh ! je la connais, ta parole ! »

Et Frédéric lui rappela ses amants, par leurs noms, avec
des détails circonstanciés. Rosanette, toute pâlissante[a], se
reculait.

— « Cela t'étonne ! Tu me croyais aveugle parce que je
fermais les yeux. J'en ai assez, aujourd'hui ! On ne meurt
pas pour les trahisons d'une femme de ton espèce. Quand
elles deviennent trop monstrueuses, on s'en écarte ; ce serait
se dégrader que de les punir ! »

Elle se tordait les bras.

— « Mon Dieu, qu'est-ce donc qui l'a changé ? »
— « Pas d'autres que toi-même ! »
— « Et tout cela, pour Mme Arnoux !... » s'écria Rosanette
en pleurant.

Il reprit froidement :
— « Je n'ai jamais aimé qu'elle. »

A cette insulte, ses larmes s'arrêtèrent.
— « Ça prouve ton bon goût ! Une personne d'un âge
mûr, le teint couleur de réglisse, la taille épaisse, des yeux
grands comme des soupiraux de cave, et vides comme eux !
Puisque ça te plaît, va la rejoindre ! »
— « C'est ce que j'attendais ! Merci ! »

Rosanette demeura immobile, stupéfiée par ces façons
extraordinaires. Elle laissa même la porte se refermer ; puis,
d'un bond, elle le rattrapa dans l'antichambre, et, l'entourant
de ses bras :
— « Mais tu es fou ! tu es fou ! c'est absurde ! Je t'aime ! »
Elle le suppliait : « Mon Dieu, au nom de notre petit
enfant ! »
— « Avoue que c'est toi qui as fait le coup ! » dit Frédéric.

Elle protesta encore de son innocence.
— « Tu ne veux pas avouer ? »
— « Non ! »
— « Eh bien, adieu ! et pour toujours ! »
— « Écoute-moi. »

Frédéric se retourna.
— « Si tu me connaissais mieux, tu saurais que ma décision
est irrévocable ! »
— « Oh ! oh ! tu me reviendras ! »
— « Jamais de la vie ! »

Et il fit claquer la porte violemment.

Rosanette écrivit à Deslauriers qu'elle avait besoin de lui
tout de suite.

Il arriva cinq jours après, un soir ; et, quand elle eut conté
sa rupture :
— « Ce n'est que ça ! Beau malheur ! »

Elle avait cru d'abord qu'il pourrait lui ramener Frédéric ;
mais, à présent, tout était perdu. Elle avait appris, par son
portier, son prochain mariage avec Mme Dambreuse.

Deslauriers lui fit de la morale, se montra même singulièrement gai, farceur ; et, comme il était fort tard, demanda la
permission de passer la nuit sur un fauteuil[792]. Puis, le

lendemain matin, il repartit pour Nogent, en la prévenant qu'il ne savait pas quand ils se reverraient ; d'ici à peu, il y aurait peut-être un grand changement dans sa vie.

Deux heures après son retour, la ville était en révolution. On disait que M. Frédéric allait épouser Mme Dambreuse. Enfin, les trois demoiselles Auger, n'y tenant plus, se transportèrent chez Mme Moreau, qui confirma cette nouvelle avec orgueil. Le père Roque en fut malade. Louise s'enferma[a]. Le bruit courut même qu'elle était folle.

Cependant, Frédéric ne pouvait cacher sa tristesse. Mme Dambreuse, pour l'en distraire sans doute, redoublait d'attentions. Toutes les après-midi, elle le promenait dans sa voiture ; et, une fois qu'ils passaient sur la place de la Bourse, elle eut l'idée d'entrer dans l'hôtel des commissaires-priseurs[793], par amusement.

C'était le 1er décembre[794], jour même où devait se faire la vente de Mme Arnoux. Il se rappela la date, et manifesta sa répugnance, en déclarant ce lieu intolérable, à cause de la foule et du bruit. Elle désirait y jeter un coup d'œil seulement. Le coupé s'arrêta. Il fallait[b] bien la suivre.

On voyait, dans la cour, des lavabos sans cuvettes, des bois de fauteuils, de vieux paniers, des tessons de porcelaine, des bouteilles vides, des matelas ; et des hommes en blouse ou en sale redingote, tout gris de poussière, la figure ignoble, quelques-uns avec des sacs de toile sur l'épaule, causaient par groupes distincts ou se hélaient tumultueusement.

Frédéric objecta les inconvénients d'aller plus loin.

— « Ah bah ! »

Et ils montèrent l'escalier.

Dans la première salle, à droite, des messieurs, un catalogue à la main, examinaient des tableaux ; dans une autre, on vendait une collection d'armes chinoises ; Mme Dambreuse voulut descendre. Elle regardait les numéros au-dessus des portes, et elle le mena jusqu'à l'extrémité du corridor, vers une pièce encombrée de monde.

Il reconnut immédiatement les deux étagères de l'*Art industriel*, sa table à ouvrage, tous ses meubles ! Entassés au fond, par rang de taille, ils formaient un large talus depuis le plancher jusqu'aux fenêtres ; et, sur les autres côtés de l'appartement, les tapis et les rideaux pendaient droit le long des murs. Il y avait, en dessous, des gradins occupés par de vieux bonshommes qui sommeillaient. A gauche, s'élevait une espèce de comptoir, où le commissaire-priseur, en cravate blanche, brandissait légèrement un petit marteau. Un jeune homme, près de lui, écrivait ; et, plus bas, debout, un robuste gaillard, tenant du commis voyageur et du marchand de contremarques, criait les meubles à vendre. Trois garçons les apportaient sur une table, que bordaient, assis en ligne, des brocanteurs et des revendeuses. La foule circulait derrière eux.

Quand Frédéric entra, les jupons, les fichus, les mouchoirs, et jusqu'aux chemises étaient passés de main en main, retournés ; quelquefois, on les jetait de loin, et des blancheurs traversaient l'air tout à coup. Ensuite, on vendit ses robes, puis un de ses chapeaux dont la plume cassée retombait, puis ses fourrures, puis trois paires de bottines ; — et le partage de ses reliques, où il retrouvait confusément les formes de ses membres, lui semblait une atrocité, comme s'il avait vu des corbeaux déchiquetant son cadavre. L'atmosphère de la salle, toute chargée d'haleines, l'écœurait. Mme Dambreuse lui offrit son flacon ; elle se divertissait beaucoup, disait-elle.

On exhiba les meubles de la chambre à coucher.

Me Berthelmot annonçait un prix. Le crieur, tout de suite, le répétait[a] plus fort ; et les trois commissaires attendaient tranquillement le coup de marteau, puis emportaient l'objet dans une pièce contiguë. Ainsi disparurent, les uns après les autres, le grand tapis bleu semé de camélias que ses petits pieds mignons frôlaient en venant vers lui, la petite bergère de tapisserie où il s'asseyait toujours en face d'elle quand ils étaient seuls ; les deux écrans de la cheminée, dont l'ivoire était rendu plus doux par le contact de ses mains ; une pelote de velours, encore hérissée d'épingles. C'était comme des parties de son cœur qui s'en allaient avec ces choses ; et la monotonie des mêmes voix, des mêmes gestes l'engourdissait de fatigue, lui causait une torpeur funèbre, une dissolution.

Un craquement[b] de soie se fit à son oreille ; Rosanette le touchait.

Elle avait eu connaissance de cette vente par Frédéric luimême. Son chagrin passé, l'idée d'en tirer profit lui était venue. Elle arrivait pour la voir[c], en gilet de satin blanc à boutons de perles, avec une robe à falbalas, étroitement gantée, l'air vainqueur.

Il pâlit de colère. Elle regarda la femme qui l'accompagnait.

Mme Dambreuse l'avait reconnue ; et, pendant une minute, elles se considérèrent de haut en bas, scrupuleusement, afin de découvrir le défaut, la tare, — l'une enviant peut-être la jeunesse de l'autre, et celle-ci dépitée par l'extrême bon ton, la simplicité aristocratique de sa rivale.

Enfin, Mme Dambreuse détourna la tête, avec un sourire d'une insolence inexprimable.

Le crieur avait ouvert un piano, — son piano ! Tout en restant debout, il fit une gamme de la main droite, et annonça l'instrument pour douze cents francs, puis se rabattit à mille, à huit cents, à sept cents.

Mme Dambreuse, d'un ton folâtre, se moquait du sabot.

On posa devant les brocanteurs un petit coffret avec des médaillons, des angles et des fermoirs d'argent, le même qu'il avait vu au premier dîner dans la rue de Choiseul, qui ensuite avait été chez Rosanette, était revenu chez Mme Arnoux ; souvent, pendant leurs conversations, ses yeux le rencontraient ; il était lié à ses souvenirs les plus chers, et son âme se fondait d'attendrissement, quand Mme Dambreuse dit tout à coup :

— « Tiens ! je vais l'acheter. »

— « Mais ce n'est pas curieux », reprit-il.

Elle le trouvait, au contraire, fort joli ; et le crieur en prônait la délicatesse :

— « Un bijou de la Renaissance[a] ! Huit cents francs, messieurs ! En argent presque tout entier ! Avec un peu de blanc d'Espagne, ça brillera ! »

Et, comme elle se poussait dans la foule :

— « Quelle singulière idée ! » dit Frédéric.

— « Cela vous fâche ? »

— « Non ! Mais que peut-on faire de ce bibelot ? »

— « Qui sait ? y mettre des lettres d'amour, peut-être ! » Elle eut un regard qui rendait l'allusion fort claire.

— « Raison de plus pour ne pas dépouiller les morts de leurs secrets. »

— « Je ne la croyais pas si morte. » Elle ajouta distinctement : « Huit cent quatre-vingts francs ! »

— « Ce que vous faites n'est pas bien », murmura Frédéric. Elle riait.

— « Mais, chère amie, c'est la première grâce que je vous demande. »

— « Mais vous ne serez pas un mari aimable, savez-vous ? »

Quelqu'un venait de lancer une surenchère ; elle leva la main :

— « Neuf cents francs ! »

— « Neuf cents francs ! » répéta Me Berthelmot.

— « Neuf cent dix... quinze... vingt... trente ! » glapissait le crieur, tout en parcourant du regard l'assistance, avec des hochements de tête saccadés.

— « Prouvez-moi que ma femme est raisonnable », dit Frédéric.

Il l'entraîna doucement vers la porte.

Le commissaire-priseur continuait.

— « Allons, allons, messieurs, neuf cent trente ! Y a-t-il marchand à neuf cent trente ? »

Mme Dambreuse, qui était arrivée sur le seuil, s'arrêta ; et, d'une voix haute :

— « Mille francs ! »

Il y eut un frisson dans le public, un silence.

— « Mille francs, messieurs, mille francs ! Personne ne dit rien ? bien vu ? mille francs ! — Adjugé ! »

Le marteau d'ivoire s'abattit.

Elle fit passer sa carte, on lui envoya le coffret.

Elle le plongea dans son manchon.

Frédéric sentit un grand froid lui traverser le cœur.

Mme Dambreuse n'avait pas quitté son bras ; et elle n'osa le regarder en face jusque dans la rue, où l'attendait sa voiture.

Elle s'y jeta comme un voleur qui s'échappe, et, quand elle fut assise, se retourna vers Frédéric. Il avait son chapeau à la main.

— « Vous ne montez pas ? »

— « Non, Madame[a] ! »

Et, la saluant froidement[795], il ferma la portière, puis fit signe au cocher de partir.

Il éprouva d'abord un sentiment de joie et d'indépendance reconquise. Il était fier d'avoir vengé Mme Arnoux en lui sacrifiant une fortune ; puis il fut étonné de son action, et une courbature infinie l'accabla.

Le lendemain matin, son domestique lui apprit les nouvelles. L'état de siège était décrété[796], l'Assemblée dissoute, et une partie des représentants du peuple à Mazas. Les affaires[b] publiques le laissèrent indifférent, tant il était préoccupé des siennes.

Il écrivit à des fournisseurs pour décommander plusieurs emplettes relatives à son mariage, qui lui apparaissait maintenant comme une spéculation un peu ignoble ; et il exécrait Mme Dambreuse parce qu'il avait manqué, à cause d'elle, commettre une bassesse. Il en oubliait la Maréchale, ne s'inquiétait même pas de Mme Arnoux, — ne songeant qu'à lui, à lui seul, — perdu dans les décombres de ses rêves, malade, plein de douleur et de découragement ; et, en haine du milieu factice où il avait tant souffert, il souhaita la fraîcheur de l'herbe, le repos de la province, une vie somnolente passée à l'ombre du toit natal avec des cœurs ingénus. Le mercredi soir enfin, il sortit.

Des groupes nombreux stationnaient[a] sur le boulevard. De temps à autre, une patrouille les dissipait ; ils se reformaient derrière elle. On[b] parlait librement, on vociférait contre la troupe des plaisanteries et des injures, sans rien de plus.

— « Comment ! est-ce qu'on ne va pas se battre ? » dit Frédéric à un ouvrier.

L'homme en blouse lui répondit :

— « Pas si bêtes de nous faire tuer pour les bourgeois ! Qu'ils s'arrangent[797] ! »

Et un monsieur grommela, tout en regardant de travers le faubourien :

— « Canailles de socialistes ! Si on pouvait, cette fois, les exterminer ? »

Frédéric ne comprenait rien à tant de rancune et de sottise. Son dégoût de Paris en augmenta ; et, le surlendemain[798], il partit pour Nogent par le premier convoi.

Les maisons bientôt disparurent, la campagne s'élargit. Seul dans son wagon et les pieds sur la banquette, il ruminait les événements des derniers jours, tout son passé. Le souvenir de Louise lui revint.

— « Elle m'aimait, celle-là ! J'ai eu tort de ne pas saisir ce bonheur... Bah[c] ! n'y pensons plus ! »

Puis, cinq minutes après :

— « Qui sait, cependant ?... plus tard, pourquoi pas ? »

Sa rêverie, comme ses yeux, s'enfonçait dans de vagues horizons.

— « Elle était naïve, une paysanne, presque une sauvage, mais si bonne ! »

A mesure qu'il avançait vers Nogent, elle se rapprochait de lui. Quand on traversa les prairies de Sourdun, il l'aperçut sous les peupliers comme autrefois, coupant les joncs au bord des flaques d'eau ; on arrivait[a] ; il descendit.

Puis il[b] s'accouda sur le pont, pour revoir l'île et le jardin où ils s'étaient promenés un jour de soleil ; — et l'étourdissement du voyage et du grand air, la faiblesse qu'il gardait de ses émotions récentes, lui causant une sorte d'exaltation, il se dit :

— « Elle est peut-être sortie ; si j'allais la rencontrer ! »

La cloche de Saint-Laurent tintait ; et il y avait sur la place, devant l'église, un rassemblement de pauvres, avec une calèche, la seule[c] du pays (celle qui servait pour les noces)[d], quand, sous le portail, tout à coup, dans un flot de bourgeois en cravate blanche, deux nouveaux mariés parurent.

Il se crut halluciné. Mais non ! C'était bien elle, Louise ! — couverte d'un voile blanc qui tombait de ses cheveux rouges à ses talons ; et c'était bien lui, Deslauriers ! — portant un habit bleu brodé d'argent, un costume de préfet[799]. Pourquoi donc ?

Frédéric se cacha dans l'angle d'une maison, pour laisser passer le cortège.

Honteux, vaincu, écrasé, il retourna vers le chemin de fer, et s'en revint à Paris.

Son cocher de fiacre assura que les barricades étaient dressées depuis le Château-d'Eau jusqu'au Gymnase, et prit par le faubourg Saint-Martin[800]. Au coin de la rue de Provence, Frédéric mit pied à terre pour gagner les boulevards.

Il était cinq heures, une pluie tombait fine. Des bourgeois occupaient le trottoir du côté de l'Opéra. Les maisons d'en face étaient closes. Personnes aux fenêtres. Dans toute[e] la largeur du boulevard, des dragons galopaient, à fond de train, penchés sur leurs chevaux, le sabre nu ; et les crinières de leurs casques, et leurs grands manteaux blancs soulevés derrière eux passaient sur la lumière des becs de gaz, qui se tordaient au vent dans la brume. La foule les regardait, muette, terrifiée[f].

Entre les charges de cavalerie, des escouades de sergents de ville survenaient, pour faire refluer le monde[g] dans les rues.

Mais, sur les marches de Tortoni[801], un homme, — Dussardier, — remarquable de loin à sa haute taille, restait sans plus bouger qu'une cariatide.

Un des agents qui marchait en tête, le tricorne sur les yeux[802], le menaça de son épée.

L'autre alors, s'avançant d'un pas, se mit à crier :

— « Vive la République ! »

Il tomba sur le dos, les bras en croix[803].

Un hurlement d'horreur s'éleva de la foule. L'agent fit un cercle autour de lui avec son regard ; et Frédéric, béant, reconnut Sénécal.

Il voyagea[805a.]

Il connut la mélancolie des paquebots, les froids réveils sous la tente, l'étourdissement des paysages et des ruines, l'amertume des sympathies interrompues[806b].

Il revint.

Il fréquenta le monde, et il eut d'autres amours encore[807c]. Mais le souvenir[808] continuel du premier les lui rendait insipides ; et puis la véhémence du désir, la fleur même de la sensation était perdue. Ses ambitions d'esprit avaient également diminué. Des années passèrent ; et il supportait le désœuvrement de son intelligence et l'inertie de son cœur.

Vers la fin de mars 1867, à la nuit tombante, comme il était seul dans son cabinet, une femme entra[809].

— « Madame Arnoux ! »

— « Frédéric ! »

Elle le saisit par les mains, l'attira doucement vers la fenêtre, et elle le considérait tout en répétant :

— « C'est lui ! C'est donc lui ! »

Dans la pénombre du crépuscule, il n'apercevait que ses yeux sous la voilette de dentelle[d] noire qui masquait sa figure.

Quand elle eut déposé au bord de la cheminée un petit portefeuille de velours grenat, elle s'assit. Tous deux restèrent sans pouvoir parler, se souriant l'un à l'autre.

Enfin, il lui adressa quantité de questions sur elle et sur son[e] mari.

Ils habitaient le fond de la Bretagne, pour vivre économiquement et payer leurs dettes. Arnoux, presque toujours malade, semblait un vieillard maintenant. Sa fille était mariée à Bordeaux, et son fils en garnison à Mostaganem. Puis elle releva la tête :

— « Mais[f] je vous revois ! Je suis heureuse ! »

Il ne manqua pas de lui dire qu'à la nouvelle de leur catastrophe, il était accouru chez eux.

— « Je le savais ! »

— « Comment ? »

Elle l'avait aperçu dans la cour, et s'était cachée.

— « Pourquoi ? »

Alors, d'une voix tremblante, et avec de longs intervalles entre ses mots :

— « J'avais peur ! Oui... peur de vous... de moi ! »

Cette révélation lui donna comme un saisissement de volupté. Son cœur battait à grands coups. Elle reprit :

— « Excusez-moi de n'être pas venue plus tôt. » Et désignant le petit portefeuille grenat couvert de palmes d'or : « Je l'ai brodé à votre intention, tout exprès. Il contient cette somme, dont les terrains de Belleville devaient répondre. »

Frédéric la remercia du cadeau, tout en la blâmant de s'être dérangée.

— « Non ! Ce n'est pas pour cela que je suis venue ! Je tenais à cette visite, puis[a] je m'en retournerai... là-bas. »

Et elle lui parla de l'endroit qu'elle habitait.

C'était une maison basse, à un seul étage, avec un jardin rempli de buis énormes et une double avenue de châtaigniers montant jusqu'au haut de la colline[b], d'où l'on découvre la mer.

— « Je vais m'asseoir, là, sur un banc, que j'ai appelé le banc Frédéric. »

Puis elle se mit à regarder les meubles, les bibelots, les cadres, avidement, pour les emporter dans sa mémoire. Le portrait de la Maréchale était à demi caché par un rideau. Mais les ors et les blancs, qui se détachaient au milieu des ténèbres, l'attirèrent.

— « Je connais cette femme, il me semble ? »

— « Impossible ! » dit Frédéric. « C'est une vieille peinture italienne. »

Elle avoua qu'elle désirait faire un tour à son bras, dans les rues.

Ils sortirent.

La lueur des boutiques éclairait, par intervalles, son profil pâle ; puis l'ombre l'enveloppait de nouveau ; et, au milieu des voitures, de la foule et du bruit, ils allaient sans se distraire d'eux-mêmes, sans rien entendre, comme ceux qui marchent ensemble dans la campagne, sur un lit de feuilles mortes.

Ils se racontèrent leurs anciens jours, les dîners du temps de *l'Art industriel*, les manies d'Arnoux, sa façon de tirer les pointes de son faux col, d'écraser du cosmétique sur ses moustaches, d'autres[c] choses plus intimes et plus profondes.

Quel ravissement il avait eu la première fois, en l'entendant chanter ! Comme elle était belle, le jour de sa fête, à Saint-Cloud ! Il lui rappela le petit jardin d'Auteuil, des soirs[a] au théâtre, une rencontre sur le boulevard, d'anciens domestiques, sa négresse.

Elle s'étonnait de sa mémoire. Cependant, elle lui dit :

— « Quelquefois, vos paroles me reviennent comme un écho lointain, comme le son d'une cloche apporté par le vent ; et il me semble que vous êtes là, quand je lis des passages d'amour dans les livres. »

— « Tout ce qu'on y blâme d'exagéré, vous me l'avez fait ressentir », dit Frédéric. « Je comprends les Werther[b] que ne dégoûtent pas les tartines[810] de Charlotte. »

— « Pauvre cher ami ! »

Elle soupira ; et, après un long silence :

— « N'importe, nous nous serons bien aimés. »

— « Sans nous appartenir, pourtant ! »

— « Cela vaut peut-être mieux », reprit-elle.

— « Non ! non ! Quel bonheur nous aurions eu ! »

— « Oh ! je le crois, avec un amour comme le vôtre ! »

Et il devait être bien fort pour durer après une séparation si longue !

Frédéric lui demanda comment elle l'avait découvert.

— « C'est un soir que vous m'avez baisé le poignet entre le gant et la manchette[811]. Je me suis dit : « Mais il m'aime... il m'aime. » J'avais peur de m'en assurer, cependant. Votre réserve était si charmante, que j'en jouissais comme d'un hommage involontaire et continu. »

Il ne regretta rien. Ses souffrances d'autrefois étaient payées.

Quand ils rentrèrent, Mme Arnoux ôta son chapeau. La lampe, posée sur une console, éclaira ses cheveux blancs. Ce fut comme un heurt en pleine poitrine.

Pour lui cacher[c] cette déception, il se posa par terre à ses genoux, et, prenant ses mains, se mit à lui dire des tendresses.

— « Votre personne, vos moindres mouvements me semblaient avoir dans le monde une importance extra-humaine. Mon cœur, comme de la poussière, se soulevait derrière vos pas. Vous me faisiez l'effet d'un clair de lune par une nuit d'été, quand tout est parfums, ombres douces, blancheurs, infini ; et les délices de la chair et de l'âme étaient contenues pour moi dans votre nom que je me répétais, en tâchant de le baiser sur mes lèvres. Je n'imaginais rien au-delà. C'était Mme Arnoux telle que vous étiez, avec ses deux enfants, tendre, sérieuse, belle à éblouir, et si bonne ! Cette image-là effaçait toutes les autres. Est-ce que j'y pensais seulement ! puisque j'avais toujours au fond de moi-même la musique de votre voix et la splendeur de vos yeux ! »

Elle acceptait avec ravissement ces adorations pour la femme[a] qu'elle n'était plus. Frédéric, se grisant par ses paroles, arrivait à croire ce qu'il disait. Mme Arnoux, le dos tourné à la lumière, se penchait vers lui. Il sentait sur son front la caresse de son haleine, à travers ses vêtements le contact indécis de tout son corps. Leurs mains se serrèrent ; la pointe de sa bottine s'avançait un peu sous sa robe, et il lui dit, presque défaillant :

— « La vue de votre pied me trouble. »

Un mouvement de pudeur la fit se lever. Puis, immobile, et avec l'intonation[b] singulière des somnambules :

— « A mon âge ! lui ! Frédéric !... Aucune n'a jamais été aimée comme moi ! Non, non ! à quoi sert d'être jeune ? Je m'en moque bien ! je les méprise, toutes celles qui viennent ici ! »

— « Oh ! il n'en vient guère ! » reprit-il complaisamment.

Son visage[c] s'épanouit, et elle voulut savoir s'il se marierait. Il jura que non.

— « Bien sûr ? pourquoi ? »

— « A cause de vous », dit Frédéric en la serrant dans ses bras.

Elle y restait, la taille en arrière, la bouche entr'ouverte, les yeux levés. Tout à coup[d], elle le repoussa avec un air de désespoir ; et, comme il la suppliait de lui répondre, elle dit en baissant la tête :

— « J'aurais voulu vous rendre heureux. »

Frédéric[e] soupçonna Mme Arnoux d'être venue pour s'offrir ; et il était repris par une convoitise plus forte[f] que jamais, furieuse, enragée. Cependant, il sentait quelque chose d'inexprimable, une répulsion, et comme l'effroi d'un inceste. Une autre crainte l'arrêta, celle d'en avoir dégoût plus tard. D'ailleurs, quel embarras ce serait ! — et tout à la fois par prudence et pour ne pas dégrader son idéal, il tourna sur ses talons et se mit à faire[g] une cigarette.

Elle le contemplait, tout émerveillée[812].

— « Comme vous êtes délicat ! Il n'y a que vous ! Il n'y
a que vous ! »

Onze heures sonnèrent.

— « Déjà ! » dit-elle ; « au quart, je m'en irai. »

Elle se rassit ; mais elle observait la pendule, et il continuait
à marcher en fumant. Tous les deux ne trouvaient plus rien
à se dire. Il y a un moment, dans les séparations, où la
personne aimée n'est déjà plus avec nous.

Enfin, l'aiguille ayant dépassé les[a] vingt-cinq minutes, elle
prit son chapeau par les brides, lentement.

— « Adieu, mon ami, mon cher ami ! Je ne vous reverrai
jamais ! C'était ma dernière démarche de femme. Mon âme
ne vous quittera pas. Que toutes les bénédictions du ciel
soient sur vous ! »

Et elle le baisa au front comme une mère.

Mais elle parut chercher quelque chose, et lui demanda
des ciseaux.

Elle défit son peigne ; tous ses cheveux blancs tombèrent.

Elle s'en coupa, brutalement, à la racine, une longue
mèche[813].

— « Gardez-les ! adieu ! »

Quand elle fut sortie, Frédéric ouvrit sa fenêtre, Mme Arnoux, sur le trottoir, fit signe d'avancer à un fiacre qui
passait. Elle monta dedans. La voiture disparut.

Et ce fut tout[814b].

Vers le commencement de cet hiver[815], Frédéric et Deslauriers causaient au coin du feu, réconciliés encore une fois, par la fatalité de leur nature qui les faisait toujours se rejoindre et s'aimer.

L'un expliqua sommairement sa brouille avec Mme Dambreuse, laquelle s'était remariée à un Anglais.

L'autre, sans dire comment il avait épousé Mlle Roque, conta que sa femme, un beau jour, s'était enfuie avec un chanteur. Pour se laver un peu du ridicule, il s'était compromis dans sa préfecture par des excès de zèle gouvernemental. On l'avait destitué. Il avait été, ensuite, chef de colonisation en Algérie, secrétaire d'un pacha, gérant d'un journal, courtier d'annonces, pour être finalement employé aux contentieux dans une compagnie industrielle.

Quant à Frédéric, ayant mangé les deux tiers de sa fortune, il vivait en petit bourgeois.

Puis, ils s'informèrent mutuellement de leurs[a] amis.

Martinon était maintenant sénateur.

Hussonnet occupait une haute place, où il se trouvait avoir sous la main[b] tous les théâtres et toute la presse.

Cisy, enfoncé dans la religion et père de huit enfants, habitait le château de ses aïeux.

Pellerin, après avoir donné dans le fouriérisme, l'homéopathie[c], les tables tournantes, l'art gothique et la peinture humanitaire, était devenu photographe[816] ; et sur toutes les murailles de Paris, on le voyait représenté en habit noir avec un corps minuscule et une grosse tête.

— « Et ton intime[d] Sénécal ? » demanda Frédéric.

— « Disparu ! Je ne sais ! Et toi, ta grande passion, Mme Arnoux ? »

— « Elle doit être à Rome avec son fils, lieutenant de chasseurs. »

— « Et son mari ? »

— « Mort l'année dernière[e]. »

— « Tiens ! » dit l'avocat.

Puis se frappant le front :

— « A propos, l'autre jour, dans une boutique, j'ai rencontré cette bonne Maréchale[a], tenant par la main un petit garçon qu'elle a adopté. Elle est veuve d'un certain M. Oudry, et très grosse maintenant, énorme. Quelle décadence ! Elle qui avait autrefois la taille si mince. »

Deslauriers ne cacha pas qu'il avait profité de son désespoir pour s'en assurer par lui-même.

— « Comme tu me l'avais permis, du reste. »

Cet aveu était une compensation au silence qu'il gardait touchant sa tentative près de Mme Arnoux. Frédéric l'eût pardonnée, puisqu'elle n'avait pas réussi.

Bien que vexé un peu de la découverte, il fit semblant d'en rire ; et l'idée de la Maréchale lui amena celle de la Vatnaz.

Deslauriers ne l'avait jamais vue, non plus que bien d'autres qui venaient chez Arnoux ; mais il se souvenait parfaitement de Regimbart.

— « Vit-il encore ? »

— « A peine ! Tous les soirs, régulièrement[b], depuis la rue de Grammont jusqu'à la rue Montmartre, il se traîne devant les cafés, affaibli, courbé en deux, vidé, un spectre ! »[817]

— « Eh bien, et Compain ? »

Frédéric poussa un cri de joie, et pria l'ex-délégué du Gouvernement provisoire de lui apprendre le mystère[c] de la tête de veau[818].

— « C'est une importation anglaise. Pour parodier la cérémonie que les royalistes célébraient le 30 janvier, des Indépendants[d] fondèrent un banquet annuel où l'on mangeait des têtes de veau, et où l'on buvait[e] du vin rouge dans des crânes de veau en portant des toasts à l'extermination des Stuarts. Après thermidor, des terroristes organisèrent une confrérie, toute pareille, ce qui prouve que la bêtise est féconde. »

— « Tu me parais bien calmé sur la politique ? »

— « Effet de l'âge[f], » dit l'avocat.

Et ils résumèrent leur vie.

Ils l'avaient manquée tous les deux, celui qui avait rêvé l'amour, celui qui avait rêvé le pouvoir[g]. Quelle en était la raison ?

— « C'est peut-être le défaut de la ligne droite[819], » dit Frédéric.

— « Pour toi, cela se peut. Moi, au contraire, j'ai péché par excès de rectitude, sans tenir compte de mille choses secondaires, plus fortes que tout. J'avais trop de logique, et toi de sentiment. »

Puis, ils accusèrent le hasard, les circonstances, l'époque où ils étaient nés.

Frédéric reprit :

— « Ce n'est pas là ce que nous croyions devenir autrefois, à Sens, quand[a] tu voulais faire une histoire critique de la Philosophie, et moi, un grand roman moyen âge sur Nogent, dont j'avais trouvé le sujet dans Froissart : Comment messire Brokars de Fénestranges et l'évêque de Troyes assaillirent messire Eustache d'Ambrecicourt[820]. Te rappelles-tu ? »

Et, exhumant leur jeunesse, à chaque phrase, ils se disaient :

— « Te rappelles-tu ? »

Ils revoyaient la cour du collège, la chapelle[b], le parloir, la salle d'armes au bas de l'escalier, des figures de pions et d'élèves ; un nommé Angelmarre, de Versailles, qui se taillait des sous-pieds dans de vieilles bottes ; M. Mirbal[c] et ses favoris rouges ; les deux professeurs, de dessin linéaire et de grand dessin, Varaud et Suriret[821], toujours en dispute, et le Polonais, le compatriote de Copernic, avec son système planétaire en carton, astronome ambulant dont on avait payé la séance par un repas au réfectoire ; — puis une terrible ribote en promenade, leurs premières pipes fumées, les distributions des prix, la joie des vacances.

C'était pendant celles de 1837 qu'ils avaient été chez la Turque[822d].

On appelait ainsi une femme qui se nommait de son vrai nom Zoraïde Turc ; et beaucoup de personnes la croyaient une musulmane, une Turque, ce qui ajoutait à la poésie de son établissement, situé au bord de l'eau, derrière le rempart ; même en plein été[e], il y avait de l'ombre autour de sa maison, reconnaissable à un bocal de poissons rouges près d'un pot de réséda sur une fenêtre. Des demoiselles, en camisole blanche, avec du fard aux pommettes et de longues boucles d'oreilles, frappaient aux carreaux quand on passait, et, le soir, sur le pas de la porte, chantonnaient doucement d'une voix rauque[f].

Ce lieu de perdition projetait dans tout l'arrondissement un éclat fantastique. On le désignait par des périphrases :

« L'endroit que vous savez, — une certaine rue, — au bas
des Ponts. » Les fermières des alentours en tremblaient pour
leurs maris, les bourgeoises le redoutaient pour leurs bonnes,
parce que la cuisinière de M. le sous-préfet y avait été
surprise ; et c'était, bien entendu, l'obsession secrète de tous
les adolescents.

Or, un dimanche, pendant qu'on était aux vêpres, Frédéric
et Deslauriers, s'étant fait préalablement friser, cueillirent
des fleurs dans le jardin de Mme Moreau, puis sortirent par
la porte des champs, et, après un grand détour dans les
vignes, revinrent par la Pêcherie et se glissèrent chez la
Turque, en tenant toujours leurs gros bouquets.

Frédéric présenta le sien, comme un amoureux à sa fiancée.
Mais la chaleur qu'il faisait, l'appréhension de l'inconnu,
une espèce de remords, et jusqu'au plaisir de voir, d'un seul
coup d'œil, tant de femmes à sa disposition, l'émurent
tellement, qu'il devint très pâle et restait sans avancer, sans
rien dire. Toutes riaient, joyeuses de son embarras ; croyant
qu'on s'en moquait, il s'enfuit ; et, comme Frédéric avait
l'argent, Deslauriers fut bien obligé de le suivre.

On les vit sortir. Cela fit une histoire qui n'était pas
oubliée trois ans après.

Ils se la contèrent prolixement, chacun complétant les
souvenirs de l'autre[a] ; et, quand ils eurent fini :

— « C'est là ce que nous avons eu de meilleur ! » dit
Frédéric.

— « Oui, peut-être bien ? c'est là[b] ce que nous avons eu
de meilleur ! » dit Deslauriers.

FIN[823]

NOTES

Extension naturelle de la préface, accompagnement des variantes, les notes, dans une édition critique, définissent implicitement le type de lecture qui semble le mieux correspondre à l'œuvre qu'elles éclairent. Dans *l'Éducation sentimentale,* le problème de l'éclaircissement se pose de façon particulièrement aiguë. En effet, si ce roman évoque un nombre considérable d'événements, de préoccupations, d'attitudes historiquement vrais, il s'agit la plupart du temps de phénomènes perçus subjectivement *et que Flaubert n'explique pas.* Or, des collègues historiens confirment qu'il y a fort peu de chances pour que le lecteur de 1869 se souvînt avec précision, voire même vaguement, des menus propos et des préoccupations vite oubliées dans l'ensemble qui avaient étoffé les conversations mondaines ou fourni les slogans politiques vingt-cinq ans auparavant. Il s'agit, en effet, non pas de renseignements techniques mais bien de sujets de conversations et de slogans – étant donné la thématique de *l'Éducation,* on soupçonne même que les personnages n'étaient pas du tout en mesure de saisir la complexité objective des faits évoqués – pour eux comme pour le lecteur, ils fournissent, à des degrés différents il est vrai, la substance affective du roman.

Nous croyons donc qu'il importe d'éclairer la stratégie scripturale, narrative de ce roman. Nous accordons une place relativement réduite à des phénomènes par définition opaques tels que l'affaire Pritchard ou les meurtres de Buzançais. Les termes de céramique etc. connaîtront pour les mêmes raisons, le même sort. Pour ce qui concerne des faits plus importants mais dont l'explication suffisante est facilement accessible dans des ouvrages de référence tels notamment que le *Robert II, dictionnaire des noms propres,* nous nous sommes permis de ne pas en alourdir notre texte.

Cela nous permet, grâce à l'exploitation des manuscrits et des Carnets, ainsi qu'à celle des documents publiés par Cento, de souligner le caractère spécifique du roman et les intentions précises de l'auteur.

Rappelons que la liste complète des abréviations est donnée en pages XV et XVI.

1. Voir 611 f° 141 : « les deux dern. chap. doivent faire pendant aux deux premiers. »

2. Voici une version primitive, toute balzacienne, de ce début : « Il n'eût pas été difficile à l'observateur le plus médiocre de reconnaître parmi les passagers qui le 1ᵉʳ septembre 1840 ⟨à 6 h. du matin⟩ encombraient le pont de la Ville de Montereau ⟨amarré au quai Saint Bernard⟩ quel *(sic)* était la condition [*(1 mot illisible)*] les ⟨goûts⟩ aptitudes ⟨[l'esprit]⟩ intellectuelles d'un jeune homme qui » etc. (599 f° 9).

3. Voir 611 f° 1 : « Solennité de la nouvelle invention. » Voir aussi P1. II 423 : « Rien ne prouve mieux le *caractère borné* de notre vie que le *déplacement*. Plus on la secoue plus elle sonne creux. » (2 sept. 1853 à Louise Colet).

4. Dans les versions primitives, ce premier passage à Paris est décrit minutieusement (599 f° 11 v°, 14 v°, 15.)

5. Voir 599 f° 15 : « avant *d'aller faire son droit,* ce qui signifiait dans sa pensée 'être libre et vivre en artiste' ! »

6. Voir 599 f° 20 : « Le jeune bachelier entendait tout cela ⟨et⟩ [ce qu'il en pouvait saisir le renforçait ⟨raffermissait⟩ dans la conscience de sa supériorité [morale] ⟨sociale⟩ et intellectuelle] [car] ces gens-là [étaient] ⟨se trouvaient⟩ plus séparés de lui que s'il y avait eu entre leurs personnes et la sienne l'intervalle d'un océan. »

7. Voir 599 f° 85 : « Ses plans finissaient en queue de poisson mollesse de son esprit ⟨inconscience⟩ » ; 599 f° 5 v° : *(Marge :)* « Souvenirs de Childe Harold et de René auxquels [il se trouvait des ressemblances] ⟨il se comparait⟩ ce qui le rendait, il se trouvait ⟨découvrait⟩ *(sic)* des ressembl. cela le rendait fier. » Voir aussi Durry p. 192.

8. Voir 599 f° 31 : « On reconnaissait [immédiatement] l'homme riche [ou celui du moins dont [l'existence] ⟨la vie⟩est [facile] ⟨heureuse⟩]. » C'est, une fois de plus, par une optique balzacienne (vite effacée) que Flaubert aborde l'élaboration de son personnage.

9. Républicain : ce terme avait en 1840 une résonnance à la fois intellectuelle et bourgeoise. En 1869 comme en 1840 il évoque des notions d'opposition politique. On relève, d'autre part, la contiguïté de la politique et de l'amour, ce qui est conforme au projet flaubertien de « montrer que le Sentimentalisme (son développement depuis 1830) suit la Politique et en reproduit les phases. » (Carnet 19 f° 38 v° – Durry p. 187). Voir aussi P1. II 599 (30 sept. 1855 à Bouilhet) : « le vieux Socialisme de 1833,

National pur, haine de l'art pour l'art, déclamation contre la forme. »

10. Voir 611 f⁰ 69 : « concordance de tempérament entre Arn. et Fr. »

11. Les demeures successives d'Arnoux marqueront une dégradation accélérée par rapport au prestige initial de celles-ci.

12. On dirait une Vierge de Raphaël. Est-il besoin de souligner la présence ici de ce sentiment religieux qui marque tous les aspects (politique, social, artistique) du roman ?

13. Voir 599 f⁰ 56 : « [C'était comme une révélation bien qu'il ne fût pas vierge.] Jamais il n'avait vu » etc.

14. Voir 611 f⁰ 74 : « Ce qu'il sent pour elle ce n'est pas tant le désir de son corps que la curiosité infinie inassouvissable de sa personnalité. C'est pour cela qu'il est si inactif et que la vue ⟨de Mme Ar⟩ le fait tomber en rêverie. » Voir aussi *Par les champs et par les grèves,* à propos d'une rencontre anonyme faite sur le bateau qui reliait à l'époque Tours et Nantes : « J'aurais voulu savoir son nom, son pays, ses habitudes, ses amours, sa vie entière enfin. » (C.H.H., 10, p. 55-56)

15. Voir 599 f⁰ 63 v⁰ : « Il joua − sa pose
− Encore dit la petite fille
paysage
pose de Mme Arnoux »

16. Voir 500 f⁰ 70 : « il avait [la même expression de figure] ⟨le même visage⟩ qu'en parlant [le matin] à la nourrice (= *la paysanne)* ⟨car elle sourit⟩. »

17. Voir 599 f⁰ 90 : « (car il n'eût pas été fâché de faire savoir aux autres qu'il possédait une voiture) ».

18. américaine : « voiture découverte, très légère, à quatre roues et ordinairement attelée à deux chevaux. » (B-L.)

19. Voir Durry p. 109 (Carnet 19 f⁰ 25) et 599 f⁰ 79 v⁰ : « Elle ressemblait aux femmes décrites alors [dans les livres] ⟨par les poètes⟩ [à la Esmeralda de Hugo, à la Bellecolore de Musset, aux héroïnes de Byron] ce type ardent qui [flamboyait] ⟨fulgurait⟩ dans les œuvres romantiques [et qui avait échauffé de rêveries son adolescence] n'était pas un mensonge ⟨*(Marge :)* il en contemplait la réalité *(fin marge)*⟩. »

20. Voir 599 f⁰ 72 v⁰ : « Cet immense désir sans but [précis et flottant, sans égoïsme]. ⟨[*(Marge :)* où l'idée d'un profit personnel n'entrait pas *(fin marge)*]⟩ avait toute la portée d'un dévoue-

ment ⟨*(Marge :)* [⟨ressemblait⟩ l'exaltation vague ⟨et la vague exaltation⟩ que produisent les choses personnelles ⟨la vue⟩ ⟨les grands spectacles de la nature⟩ les œuvres d'art sublimes ⟨les grands spectacles⟩] *(fin marge)*⟩. « Exaltation vague » : c'est l'expression que Flaubert lui-même emploie pour définir le but de la création littéraire. Voir Conard V p. 260.

21. Voir *Madame Bovary*, Classiques Garnier, p. 46-47.

22. Procès retentissant qui vient de se terminer (le 2 septembre 1840). Mme Lafarge, condamnée aux travaux forcés à perpétuité pour le meurtre de son mari, ne cessera pas de protester de son innocence. Pl. II 56-57 (20 mars 1852 à Louise Colet), permet de supposer que Flaubert a lu les mémoires de Mme Lafarge dans les premiers mois de 1852.

23. Il s'agit sans doute de *Washington* (1839).

24. L'allusion à cet arrière-cousin en Amérique n'est pas dénuée de méchanceté, car s'il existe il pourrait priver Frédéric de son héritage.

25. Voir 611 f° 120 : « Fr. a des *affinités nerveuses* avec Arn. et des idées communes avec Deslauriers. » Voir aussi 611 f° 67 : « Fr. est le dernier des romantiques, Desl. le dernier des penseurs. »

26. Début primitif de ce chapitre : « Jean Baptiste Deslauriers était un grand diable de vingt-deux ans, aux longues mains, une large bouche, le visage blême. Ses yeux myopes brillaient sous des lunettes, et de temps à autres il rejetait par un brusque mouvement de tête ses cheveux toujours retombant sur son nez. » (599 f° 118).

27. C'est en 1818 que fut promulguée la loi Gouvion-Saint-Cyr sur le recrutement. Elle institua le tirage au sort et définit de nouvelles modalités de promotion.

28. Voir Sagnes, « Tentations balzaciennes... »

29. Le service militaire, à l'époque, durait 7 ans. Le recrutement se faisait par tirage au sort. Celui qui tirait un mauvais numéro pouvait payer quelqu'un pour qu'il le remplaçât. Les marchands d'hommes servaient d'intermédiaires.

30. C'est Frédéric le cadet.

31. Voir 599 f° 120 v° : « On aurait dit qu'il les continuait *(ses études)* moins pour chercher la vérité que pour [le plaisir de ne pas la voir] ⟨se convaincre qu'elle n'existait pas.⟩ »

32. Froissart sera évoqué de nouveau dans les dernières pages du roman.

33. Voir 599 fᵒ 143 : «⟨Esprit naïf, altéré d'idéal, il avait bu à longs flots tous⟩ les mensonges des poètes.»

34. On sait la vogue immense dont jouissaient Walter Scott et le roman historique tout au long de la période romantique. *L'Éducation* est à la fois roman historique et roman de l'histoire.

35. Voir 599 fᵒ 120 vᵒ : «[Pas de sujet qui leur fût étranger si ce n'est ce qui était sous leurs yeux.]»

36. Nous évoquons dans notre Préface le thème important du silence, de l'incommunicable, de l'isolement. Pour ce qui est de ce passage, voir aussi 611 fᵒ 67 vᵒ : «la jeunesse a l'esprit tragique et n'admet pas les nuances − en fait de femmes deux [classes] ⟨manières d'être⟩ seulement. − ou putains comme Messaline ou immaculées comme la Ste Vierge. (Cela doit dominer la première partie.)»

37. Les tout derniers paragraphes du roman expliqueront cette allusion à peine saisissable. Voir aussi la fin de ce chapitre. Mise en place du motif plus général de la prostitution (littérale et métaphorique) et de la profanation.

38. Il s'agit de l'argent qui lui revenait de droit en héritage de sa mère.

39. Professeur à la Faculté de Droit.

40. A l'époque on pouvait vivre assez confortablement avec 1200 francs par an. Citons, à titre d'exemple, que c'est la somme annuelle que Baudelaire se vit attribuer par son conseil judiciaire.

41. Franck : personnage de *la Coupe et les lèvres* de Musset (1832) − héros romantique qu'obsèdent à la fois les rêves de pureté et la tentation du vice ; *Lara :* poème de Byron (1824) traduit en 1840, qui explore les thèmes de l'exotisme, de la violence, de la solitude et de la mort ; *Lélia,* roman de George Sand (1833 − remanié en 1839) − roman de l'inaction, de la stérilité et de l'amour malheureux. On note que *Werther* et *René* racontent eux aussi les mélancolies solitaires d'amours inassouvies. Pour *Werther,* voir aussi l'avant-dernier chapitre de la présente édition. Il s'agit pour Frédéric d'un modèle durable.

42. L'économie sociale, domaine d'exploration qui deviendra plus tard la sociologie, préoccupation d'écrivains souvent utopistes tels que Wronski, Saint-Simon, Auguste Comte. Voir Bénichou, *le Temps des prophètes,* passim.

43. Voir 611 fᵒ 2 : «Sa mère l'envoie plusieurs fois chercher − Desl. le retient ⟨ça coupe le dialogue⟩.»

44. Idée courante dans les milieux républicains après la grosse
déception de 1830 (récupérée par la droite) et les troubles de
Lyon et de Paris.

45. Voir 599 f⁰ 143 : « les velléités d'action continuaient les rêveries littéraires. » Le langage employé ici par Frédéric est typiquement, exagérément, romantique − voir entre autres les *Nuits* de
Musset. Voir aussi Pl. I 378 : « Je passerai ma vie à regarder
l'océan de l'art où les autres naviguent ou combattent et je
m'amuserai parfois à aller chercher au fond de l'eau des coquilles vertes ou jaunes dont personne ne voudra. » (B-L.)

46. Voir 611 f⁰ 139 : « Le père Desroches *(nom primitif de Roque)*
et la mère de Fr. font pendant. Considérée, pieuse, Sainte-Moni-
que, finit par faire des canailleries par amour pour son fils
(comme le père Desr. pour sa fille), des concessions à ses idées,
des complaisances publiques. »

47. Nous employons de nos jours l'expression plus euphémique
d'*agent électoral*.

48. La rue d'Anjou se trouve rive droite, non loin de la rue de la
Chaussée d'Antin. Haut lieu, donc, de la puissance bourgeoise,
très éloigné, par l'espace comme par l'esprit, du « noble faubourg » Saint-Germain dont il sera question deux pages plus
loin.

49. Rastignac, personnage du *Père Goriot* est le type même de
l'arriviste progressivement désabusé. On note que Deslauriers
s'inspire lui aussi de modèles littéraires − et que, d'autre part, la
carrière de Frédéric ne correspondra en rien à celle du personnage balzacien. Voir aussi Pl. II 440-441, 26 sept. 1853 à
Louise Colet : « Les héros pervers de Balzac ont, je crois, tourné
la tête à bien des gens. La grêle génération qui s'agite maintenant à Paris, autour du pouvoir et de la renommée, a puisé
dans ces lectures l'admiration bête d'une certaine immoralité
bourgeoise, à quoi elle s'efforce d'atteindre. J'ai eu des
confidences à ce sujet. Ce n'est plus Werther ou Saint-Preux que
l'on veut être, mais Rastignac ou Lucien Rubempré (...) épiciers
fourvoyés. »

50. Voir 611 f⁰ 120 : « Desl. lui rabat ses enthousiasmes littéraires, esprit sec et anti-romantique. »

51. C'est rue Coq-Héron, rive droite, près de la Place des Victoires, que se trouvaient le bureau des messageries et le terminus
des diligences.

52. L'expression est, bien sûr, ironique, car le lecteur pourrait supposer que Frédéric se propose de se rendre non pas chez les Dambreuse mais chez les Arnoux.

53. C'est en 1825, un an après l'avènement de Charles X, que l'avenir apparaît sans doute de plus en plus comme appartenant à la bourgeoisie.

54. Les bureaux de tabac étaient sous contrôle gouvernemental. S'en faire accorder était pour les députés un moyen fréquent d'assurer des revenus aux électeurs les plus dévoués.

55. Le centre gauche, parti de Thiers (opposé donc au centre droit de Guizot) était le parti de la monarchie parlementaire, à l'anglaise, privant le roi de tout pouvoir réel.

56. Voir 599 f° 156 v° : « M. Dambreuse – [comment] ⟨son portrait physique, surtout comme manière⟩. » – « ⟨deux fois de face et de profil – salut.⟩ ». 600 f° 11 & 12 nous apprennent qu'il a 60 ans en 1840.

57. La rue Saint-Hyacinthe-Saint-Michel est l'actuelle rue Paillet. Flaubert habita au n° 29 en 1842 (B-L.).

58. La *summa divisio personarum* comporte un élément social qui n'est pas sans rapport avec les problèmes politiques qu'évoque *l'Éducation*. Voir 611 f° 135 : « la summa divisio personarum qui d'après Justinien est en personnes libres et esclaves et le professeur se posait la grande objection : comment un esclave est-il une personne. »

59. Pour Cisy, et sa fonction de personnage, voir 611 f° 109 : « très doux, pâlot, romantique couleur Chateaubriand, admire le gothique ⟨*(Marge :)* 1° Cath. Chateaub. 2° Lacordaire et gentleman. 3° obscurantiste Veuillot *(fin marge)*⟩ » – « ⟨se rattache aux Arts par l'amour des vieilles faïences.⟩ »

60. Voir 600 f° 30 v° : « [l'habitude où il était de trop réfléchir sur ses passions les rendait inactives.] »

61. Il s'agit du Rond-Point des Champs Élysées.

62. La rue de la Harpe, rue importante, à cette époque, du Quartier Latin, fait un contraste évident (par ses associations de pauvreté estudiantine) avec le luxe ostentatoire des Champs-Élysées.

63. Tout le passéisme de la révolution à venir est dans cette formule ironique. On se rappelle la fin brutale de cet homme de 1789...

64. Dans 600 f° 48 Frédéric va également à la Chaumière et au Prado. En définitive, il se limite au grand lieu commun de la débauche balzacienne.

65. Les arcades de l'Odéon contenaient beaucoup de librairies au XIXᵉ siècle.

66. L'écran de taffetas vert, relevé, permet d'assister au spectacle sans être vu.

67. Les larmes de Rosanette sont une constante du roman.

68. Les becs de gaz commençaient seulement à se propager en 1840. Cf. le « gaz récent » du « Tombeau de Charles Baudelaire » de Mallarmé.

69. Médiocre ou non, il est reçu, puisqu'il est question plus loin de « l'époque de son deuxième examen. » (p. 60)

70. Le quai Napoléon est l'actuel quai aux Fleurs. 600 fᵒ 112 vᵒ précise : « au coin de la rue d'Arcole ». Ailleurs Flaubert indique que c'est au 4ᵉ étage. Ce déménagement rapproche Frédéric de la maison Arnoux.

71. La rue Saint-Jacques au Quartier Latin, mène directement, de l'île de la Cité, où habite Frédéric, à la Faculté de Droit.

72. Pour la fonction de Hussonnet, voir 611 fᵒ 134 : « Hussonnet *français* » *(sic)*.

73. Réforme du droit de vote. Ces pétitions, assorties de banquets, sont une préfiguration directe des événements de 1848. Le recensement ordonné par le ministre Humann, et qui aurait eu pour résultat d'accroître le nombre des imposés (et donc des électeurs), allait dans le sens de la démocratie. L'opposition à ce recensement provoqua les troubles de septembre où les policiers reçurent le nom d'assommeurs (voir p. 29)

74. Si Hussonnet rappelle par ses moustaches l'époque Louis XIII, son langage par contre date d'un siècle plus tôt. Incohérence typique de tous les personnages.

75. L'allusion à *Robert Macaire* n'est pas sans ironie pour Hussonnet. Le *Robert 2* le définit comme le « type de forban qui se dissimule au sein des sociétés modernes sous les traits d'un banquier ou d'un journaliste »...

76. Les sujets brûlants de l'époque étaient l'anglophobie (concurrence commerciale, affaire Pritchard), le libre échangisme, la colonisation de l'Algérie, les mariages espagnols. Les personnages, comme la presse de l'époque *(le National, la Revue des Deux Mondes)* y font constamment allusion.

77. Les société secrètes constituent un phénomène important de la période 1830-48, les syndicats étant encore (et pour longtemps) interdits.

78. Il faudrait sans doute lire *Rudorff*.

79. Guizot était accusé d'être trop accomodant avec les Anglais, notamment dans l'affaire Pritchard (qui durait, avec des rebondissements, depuis 1836).

80. *La Marseillaise* était en 1841 une chanson républicaine, antimonarchique.

81. Pour ces slogans, dont la source, pour Flaubert, est dans *les Guêpes* d'Alphonse Karr, voir Cento p. 109-111.

82. La rue de Cléry, rive droite, est au cœur du quartier de la confection et des marchands de tissus.

83. La fabrication de cette pipe, toute modeste soit-elle, associe Dussardier au motif général, souvent dégradé, de l'art.

84. Le mot *béant* accompagne Dussardier d'un bout à l'autre du livre, et n'est sans doute pas sans rapport avec une note de Flaubert (611 f⁰ 109) : « intelligence médiocre cœur de héros. »

85. La mention ici de la rue de Fleurus renforce la circularité profonde du roman, puisque c'est dans cette même rue que, vers la fin de la 3ᵉ partie, Arnoux établira son commerce d'objets religieux.

86. Le théâtre Bobino se trouvait alors rue de Fleurus. C'était un théâtre d'étudiants. L'association Hussonnet-comédie ne manque pas de saveur. Plus loin Hussonnet s'arrête au Théâtre Français. A la fin du roman, il occupe « une haute place » (chef de la censure impériale ?) ayant « sous la main tous les théâtres et toute la presse. » L'une des fonctions de Hussonnet est de servir de trait d'union entre le motif de l'art et celui de la prostitution.

87. On n'oublie pas que l'activité politique de Hugo et de Lamartine pendant cette période (et jusqu'en 1851) fut très importante.

88. Ce défilé permet de passer en revue les grandes tendances de l'art aux environs de 1840.

89. On peut supposer qu'il s'agit d'Apollonie Sabatier, la « Présidente » qui inspira maint poème des *Fleurs du Mal* de Baudelaire. Voir cependant 600 f⁰ 67 : « il était question d'une nommée Apollonie [Viau] » et 600 f⁰ 71 : « la tête [juive] d'Apollonie. »

90. Une daumont sera également la voiture des Dambreuse – association significative de la prostitution et de « l'honnêteté. »

91. Pour la stratégie de cet épisode, voir 600 f⁰ 67 v⁰ : «dialogues courts et bêtes. »

92. Voir 600 f⁰ 73 : «Il s'agissait de l'arrestation d'un écrivain patriote [dans une ville du midi] ⟨à Toulon⟩.» Voir Cento p. 111 et ss.

93. Pour les sources de ces pratiques, voir Cento p. 111 et ss. : Flaubert avait consulté *les Petits Mystères de l'Hôtel des ventes* d'Henri Rochefort.

94. Les échos balzaciens (on pense notamment à la deuxième partie des *Illusions perdues*) sont très nets dans les brouillons (600 f⁰ 76) : «— 'Vous m'éreinterez le Tiepolo de la vente Garrizin, adroitement, n'est-ce pas ? J'aurais besoin d'un Quillet dictionnaire des peintres espagnols — et mon rendez-vous, Samedi ? Ah, Diable !' il dînait le soir chez son avocat [ayant un procès] et partait » etc.

95. Le portrait de Cherubini est d'Ingres, la décoration de l'hémicycle des Beaux-Arts de Delaroche.

96. Pour Mlle Vatnaz, voir Cento p. 114 : Flaubert pense sans doute tout à la fois à Amélie Bosquet et à Jeanne Deroin, féministes notoires.

97. Pour Pellerin, voir Cento, p. 130 et ss. : Flaubert est tantôt très proche tantôt très loin de ses personnages.

98. Voir 600 f⁰ 88 : «[La noblesse de son esprit le portait vers le sublime, mais comme il manquait d'études suffisantes il restait embarrassé devant l'exécution. Cependant] il s'entourait» etc. Voir aussi 611 f⁰ 136 : «faux démocrate», «Courtier v. *Guêpes* 1840 », « un esprit idiot. »

99. Cette description rappelle curieusement (et ironiquement) celle du *Chef-d'œuvre inconnu* de Balzac :
   ...« je ne vois là que des couleurs confusément amassées et contenues par une multitude de lignes qui forment une muraille de peinture. »
   « Nous nous trompons, voyez ? » reprit Porbus.
   En s'approchant, ils aperçurent dans un coin de la toile le bout d'un pied nu qui sortait de ce chaos de couleurs, de tons, de nuances indécises, espèce de brouillard sans forme ; mais pied délicieux, un pied vivant. Ils restèrent pétrifiés d'admiration devant ce fragment échappé à une incroyable, à une lente et progressive destruction. » *Comédie Humaine* (Pléiade vol X, 1979, p. 436). La différence, on le voit, c'est que l'œuvre décrite par Balzac échappe à l'incohérence.

100. Voir 600 f° 53 *(marge :)* « Ébloui par ses discours d'esthétiques, il admire franchement ses croûtes. »

101. Voir la citation de *Novembre* in Pl. I 364 (27 sept. 1846, à Louise Colet) « Il me semblait parfois que l'enthousiasme qu'ils me donnaient *(les grands poètes)* me faisait leur égal et me montait jusqu'à eux. »

102. Regimbart : voir 611 f° 71 : « vie occupée par la régularité des absorptions. »

103. *Le National,* fondé en 1830, était un journal républicain.

104. Notre-Dame-des-Victoires, Passage des Panoramas, etc. : itinéraire tout à fait logique, articulé autour du bureau d'Arnoux situé Boulevard Montmartre. Ces périgrinations se disloqueront pas la suite. Voir le dernier chapitre.

105. Les mines de kaolin appellent deux observations : d'une part, voici posée, dès le départ, l'origine des déboires d'Arnoux ; d'autre part la Bretagne, où elles sont situées, est également son dernier refuge – une fois de plus c'est la circularité du roman qui s'affirme.

106. Voir 600 f° 101 : « Arnoux avait été romantique en 1825 et Saint-Simonien en 1830 (...) suivant le progrès du temps il était devenu pratique ⟨s'était plié aux exigences pratiques de l'époque⟩. Avait changé le titre de son journal [qui s'appelait] primitivement ⟨appelé⟩ *la Palette.* »

107. Voir 600 f° 112 : « A force de mentir, il avait perdu toute [notion] ⟨conscience⟩ du vrai [il se croyait fort honnête]. »

108. Voir 600 f° 104 v° : « Pellerin entre furieux et raconte son histoire.
    – affaire de ⟨Pellerin et⟩ Arnoux (à l'indirect). »

109. Stratégie, causalité : voir 611 f° 8 *(marge :)* « cette invitation doit être le résultat de – ? » et 600 f° 112 v° : « Regimbart avait peut-être [dit la querelle de l'autre jour au café] ⟨conté sa conduite à l'instant⟩ » etc.

110. La rue de Choiseul (où se trouve également la maison de rapport du *Pot-Bouille* de Zola) débouche sur le Boulevard des Italiens. La première demeure d'Arnoux est aussi prestigieuse que sa première adresse commerciale. Flaubert l'avait primitivement située rue Neuve-Saint-Augustin (600 f° 89 v°) ; 600 f° 149 nous informe que, rue de Choiseul, Arnoux loge au second étage.

111. Cette réflexion de Deslauriers existe dès les premiers scénarios.

112. Ce coffret aux multiples réapparitions finit par concrétiser pour Frédéric la personnalité de Mme Arnoux – et ce, bien qu'on le voie souvent chez Rosanette. Il sera, à la fin du roman, le prétexte de la rupture de Frédéric avec Madame Dambreuse. La circularité du texte se renforce de nouveau. Flaubert souligne l'importance de ce coffret en supprimant, dans les brouillons, une jardinière qui primitivement « occupait l'embrasure de la fenêtre. » (600 f⁰ 151).

113. L'ombre accompagne Mme Arnoux comme la béance Dussardier. Voir l'avant-dernier chapitre. La clarté marque, pour sa part, un certain nombre de moments extatiques : l'apparition du début, une rencontre dans la rue, l'idylle d'Auteuil.

114. Ce nom fait penser tout à la fois à Théophile Gautier et à Guillaume de Lorris (qui composa une partie du *Roman de la Rose.)* Il semblerait cependant qu'on ait affaire ici à un groupe représentatif bien plus qu'à un travestissement d'êtres réels (ce qui serait en tout cas contraire à la logique de l'écriture flaubertienne.)

115. Voir 600 f⁰ 147 v⁰ : « il était fâché de voir à leurs manières que c'était une honnête femme – beauté célèbre d'ailleurs ⟨chantée⟩ ⟨peinte (?)⟩ elle contribuait ⟨ d'elle-même⟩ au luxe de la maison et rehaussait la considération d'Arnoux. »

116. C'est *gazpacho* que Flaubert aurait dû écrire. C'est une soupe froide espagnole.

117. Lip-fraoli, transcription assez curieuse de Liebfraumilch, vin blanc du Rhin.

118. Hussonnet, journaliste mythomane, ne s'inspirait-il pas ici d'une fable de La Fontaine : « Le rat qui s'est retiré du monde. » ?

119. Les théories de Pellerin, momentanément, sont celles de son créateur (voir Conard V p. 92-93 (mai 1863, aux Goncourt), VIII p. 224 (fév-mars 1879, à Huysmans) Supplément II p. 118 (14 juin 1867 à Taine), Supplément IV p. 52 (8 déc. 1877, à Tourgueniev)). C'est l'écart grandissant entre les théories du peintre et celles de Flaubert qui permet de mesurer la dégradation progressive de Pellerin. Voir notre article (1963).

120. Certains brouillons permettent de préciser l'attitude de Pellerin : 600 f⁰ 157 *(marge :)* « Prenez garde, l'embêtement du rococo classique se dispose à ⟨va⟩ renaître sous des formes bourgeoises. Les casques sont défoncés mais les bonnets de coton nous étouffent, à la place des oies nous avons des serins. Le bel avantage. » 600 f⁰ 153 v⁰ : « mouvement direct (long) – haine de

Meissonnier et du fini – [amour] *(sic)* de l'école flamande – Chardin, l'idéal et surtout le grandiose. »

121. Voir 600 f⁰ 139 v⁰ : « ⟨et en faisait un grand garçon.⟩ »

122. Voir 600 f⁰ 125 : « Il avait cependant brillé tout à l'heure en racontant des [gravelures] ⟨bonnes fortunes⟩ ⟨[qui lui é t a i e n t arrivées]⟩ en diligence – Frédéric ne pouvait [ne pouvait accorder ces deux choses-là] ne comprenait rien [à cette contradiction] » etc.

123. Voir 600 f⁰ 163 *(marge :)* « abîme entre le subjectif et l'objectif ».

124. Pose caractéristique – voir le début : « Elle était près du gouvernail, debout. »

125. Voir 600 f⁰ 169 v⁰ *(marge :)* « [C'était la joie de ceux à qui survient tout à coup quelque grande fortune.] »

126. La notation « au hasard » n'est pas innocente – elle renvoie à l'un des motifs majeurs du roman. Voir notre Préface.

127. Il s'agit d'un assez grand détour par rapport au logement de Frédéric.

128. Commentaire de Du Camp (Voir notre article (1968)) : « ça c'est farce – comment veux-tu qu'un coup sonne *lentement ?* » Il s'agit en fait d'une heure indéterminée, Frédéric ayant perdu toute notion du temps.

129. Cette décision cocasse n'a évidemment rien à voir, aux yeux de Flaubert, avec les véritables motivations de l'art. Comme tous les grands projets de Frédéric, d'ailleurs, elle ne tardera pas à tourner court. Les brouillons sont encore plus ironiques : « [Déjà il se voyait acclamé ⟨riche⟩ célèbre – et léguant [*1 mot illisible*] à la rêverie des siècles [futurs] dans un chef-d'œuvre.] » (600 f⁰ 172).

130. *L'autre* est un terme clé du roman. Il marque la distance, l'isolement, l'altérité.

131. Pour cette fusion de la politique et de la religion, voir Conard VI p. 10 : « je hais autant que vous la prêtraille jacobine, Robespierre et ses fils que je connais pour les avoir lus et fréquentés. » (2 fév. 1869 à Michelet).

132. L'allusion au *Stabat Mater* (janvier 1842) établit sans doute un rapport anecdotique avec Schlesinger qui eut des déboires à propos d'une édition pirate de cette œuvre de Rossini. L'affaire n'a cependant rien à voir avec Arnoux. 611 f⁰ 130 v⁰ donne le calendrier politique, mondain, artistique des années 1842-1843.

133. 600 f° 151 v° précise qu'il s'agit de l'*Histoire de dix ans* (vol. I, 1841).

134. Voir *Par les champs et par les grèves* (Seuil II p. 478) : « la famille régnante actuelle a la rage de se reproduire en portraits » etc.

135. Sénécal répète des idées de Proudhon (*Du principe de l'art et de sa destination sociale,* œuvre posthume, Paris, Garnier, 1865, p. 326-327), de l'*Atelier* (7 mars 1841) etc. La discussion entre Sénécal et Pellerin oppose les théories courantes de l'art pour l'art et de l'art utilitaire. (Cento, p. 115-116).

136. « Garde national » est un mot bien prophétique. Voir la dernière manifestation de Sénécal.

137. Voir 600 f° 168 v° : « Déplaisir et hypocrisie de Frédéric. »

138. 601 f° 10 : « son inscription [pour suivre des cours de Doctorat] acheté » etc.

139. Voir 600 f° 60 v° : « [C'était lui qui représentait la partie femelle du ménage] » ; 601 f° 12 : « [infériorité conventionnelle de Frédéric]. »

140. Nous sommes en mars 1841.

141. Voir 601 f° 20 : « un groupe de plâtre ». C'est la structure sonore de la phrase qui détermine le choix du nom.

142. Voir 611 f° 9 : « Fr. travaille peu à la peinture, n'étant pas né artiste, il est trop sentimental pour cela et de l'école de l'inspiration. »

143. Voir 611 f° 8 : « c'est plutôt de l'ébahissement que du désir. Il ne pense pas qu'elle ait un sexe. »

144. L'algérienne est un tissu à rayures de couleurs différentes. Son choix, par Flaubert, est délibéré : évoquant la colonisation en cours de l'Afrique du Nord, il renforce le climat politique du roman.

145. Le groupe d'amis, dans les brouillons (601 f° 40 v°, 99 v°), s'appelle « le Cénacle », ce qui rappelle à la fois le groupe des premiers romantiques qui, vers 1825, se réunissait autour de Victor Hugo et de Sainte-Beuve, et plus particulièrement sans doute l'association d'artistes et de savants que Balzac décrit dans *Illusions perdues.* L'admiration de Balzac pour la droiture et le génie de ses personnages n'a pas son équivalent dans l'*Éducation...* On peut supposer, d'autre part, qu'il y a dans ce genre de réunions, chez Flaubert, une satire des *Scènes de la vie de bohême* de Murger. L'évolution des brouillons banalise progressivement

les sujets de discussion. Voir aussi : « chacun le haïssait *(Louis-Philippe)* par un côté différent. Pellerin exécrait la direction ⟨intellectuelle⟩ pitoyable − l'esprit bourgeois ⟨et⟩ épicier du pouvoir.

⟨Hussonnet esprit de charivari⟩

Sénécal [comme socialiste] *(?)*

Desl. comme Jacobin. Frédéric [sans savoir pourquoi] ⟨le suivait en cela −⟩ ⟨Cisy comme légitimiste⟩ Dussardier ⟨avait gardé un ressentiment⟩ haine de la police. » (600 f⁰ 91 v⁰ & 106 v⁰ voir p. 57.)

146. Il s'agit respectivement des travaux de fortification en cours, des lois répressives sur la presse, et des habituels démêlés du gouvernement français avec son homologue anglais. Flaubert présente ces phénomènes sous forme de slogans, d'idées reçues que les protagonistes, visiblement, n'ont pas approfondis. Flaubert met tous ses personnages (sauf Martinon) dans la même catégorie, alors que dans les brouillons leur motivation avait été soigneusement différenciée. (600 f⁰ 91 v⁰ & 106 v⁰)

147. « Nom d'une espèce de sandales que les femmes mettent par-dessus leurs souliers pour les garantir de la crotte. » (B-L.)

148. Un gilet de velours à châle est un gilet à col croisé, à larges revers *(Trésor de la Langue Française)*.

149. Voir 611 f⁰ 8 *(marge :)* « Martinon désire faire son chemin, Cisy s'émanciper, Hussonnet s'amuser, Pellerin briller. »

150. Deslauriers ne croit pas si bien dire : Martinon sera l'amant de Mme Dambreuse. Frédéric aussi − un peu en suivant les conseils de son ami. Dans *l'Éducation,* il arrive qu'on saisisse ou qu'on prédise la vérité, mais c'est toujours à l'aveuglette.

151. Voir 601 f⁰ 54 *(marge :)* « Ils [cachaient] ⟨dissimulaient⟩ la candeur de leurs désirs sous l'assurance de leurs jugements. »

152. Pour Cisy, voir 601 f⁰ 60 : « Élevé en dehors des collèges [enfant du faubourg Saint-Germain] » etc.

153. Pour les gants jaunes, voir Cento p. 116-117 : C'est, comme le Jockey Club, l'attribut des classes « supérieures ». Pour les opinions de Cisy, voir 600 f⁰ 177 v⁰ : « [ce démocrate qui voulait l'égalité des biens, n'aimait pas être dupe *(?)* − parlait des misères, ne faisait jamais l'amour, des droits du peuple, dur pour sa femme de ménage] et avait en pratique le plus profond dédain pour ses inférieurs sociaux. » La même attitude se révélera chez Deslauriers.

154. La frontière du Rhin, autre idée reçue de l'époque. Pour Regimbart, voir 601 fᵒ 67 : « Il appartenait à la nuance [républicaine ⟨[militaire]⟩ indulgente] viveuse, quoique grave », « nuance Carrel. » 601 fᵒ 69 (*marge :*) « Regimbart vivait fort à son aise car il possédait vingt mille francs de rente [au moins] et passait pour en avoir cinq tout au plus. »

155. L'allusion à Marrast, journaliste républicain très en vue, associe scandaleusement (pour Flaubert du moins) le journalisme et la littérature. On se rappelle que Flaubert avait pour Voltaire une très grande admiration.

156. La Pologne, autre idée reçue de l'époque, était le symbole de tous les pays opprimés.

157. Voir 600 fᵒ 99 : « Il se forme à la longue des affinités et des répulsions dans cette compagnie. Hussonnet à Deslauriers (pourquoi) et Frédéric ne pouvait s'accoûtumer à Sénécal ».

158. Voir Pl. I 746 : « Il n'y a rien de plus inutile que ces amitiés héroïques qui demandent des circonstances pour se prouver ».

159. La stérilité de Frédéric est directement attribuable à son amour. Voir 601 fᵒ 89 (*marge :*) « (Frédéric) ne touchait plus à un pinceau n'y pensait même pas à mesure qu'il pensait davantage à Mme Arnoux ».

160. Voir 611 fᵒ 9 (*marge*) : « La sympathie se dénoue. D. devient plus actif, Fr. plus rêveur ».

161. Voir 601 fᵒ 69 vᵒ : « cette plaisanterie, aussi bonne que toutes celles qui font périodiquement se tordre ⟨de rire⟩ pendant quelques jours toute la France devint même comme un tic d'idiot ».

162. C'est un pastiche des deux premiers vers de « Lui », poème des *Orientales* de V. Hugo.
« Toujours lui ! Lui partout ! – Ou brûlant ou glacé
Son image sans cesse ébranle ma pensée. »
Dans le poème de Hugo, « lui » désigne Napoléon. Même ici, donc, la dimension politique accompagne la préoccupation sentimentale.

163. Voir Pl. I p. 180 (9 juillet 1843 à sa sœur Caroline) : « J'ai commencé à étudier mon examen avec trop de détails, de sorte que maintenant j'en suis encombré ». Notons que Poncelet fut étroitement mêlé aux événements de 1848 et qu'il refusa en 1851 de coopérer avec Louis-Napoléon.

164. Cette position est mauvaise parce que (comme l'explique 601 fᵒ 97) c'est Frédéric qui risque d'être victime de la mauvaise

humeur que les candidats précédents auront inspirée au jury, et d'avoir à éclaircir les questions difficiles auxquelles ils n'ont pas su répondre.

165. Un contrat fait la loi des parties. Une convention constitue un accord tacite mais qui ne lie pas légalement.

166. Les héritages, les successions, sont constamment évoqués dans ce roman. Voir plus bas le sujet de la thèse de Deslauriers.

167. La tierce opposition, c'est l'opposition d'un tiers à un contrat, un héritage.

168. L'allusion à l'article 1351 pourrait bien être une évocation discrète du thème de la ligne droite : « L'autorité de la chose jugée n'a lieu qu'à l'égard de celui qui a fait l'objet du jugement. Il faut que la chose jugée soit la même ; que la demande soit fondée sur la même cause, que la demande soit entre les mêmes parties, et formée par elles et contre elles en la même qualité ».

169. Ajournement, affaire sommaire, sont visiblement des termes d'ironie, puisque Frédéric ne sera pas reçu. Voir plus bas : « Le troisième était... ajourné ! »

170. C'est la toilette des dandies de Balzac...

171. 601 fⁿ 47 vⁿ : « Mine d'un homme qui vient de foutre – »

172. L'ombrelle, évidemment, appartient à Rosanette.

173. Les origines de Mme Arnoux sont d'une ironique banalité. On se souvient que Frédéric la croyait « d'origine andalouse, créole, peut-être».

174. C'est l'actuel Quai des Célestins et le Quai de l'Hôtel de Ville réunis.

175. Le restaurant des Trois Frères Provençaux, au Palais Royal, juste à côté de l'actuel Véfour, fut un grand restaurant parisien, ce qui fait ressortir, sans doute, la bêtise du comportement de Regimbart. Les associations politiques, révolutionnaires de l'endroit seront soulignées plus tard, au début de la deuxième partie (p. 114).

176. Les têtes de Bourgogne : formule assez obscure ; c'est sans doute pour cela que Flaubert l'a choisie. Maxime Du Camp ne sait pas ce que c'est (voir notre article, (1968)). Il s'agit en fait d'une qualité de vin. Cf. Tête de cuvée.

177. Le passage du Saumon reliait la rue Montmartre et la rue des Petits-Carreaux.

178. Flaubert hésite longtemps avant d'opter pour cette période de l'année. On dirait qu'il cherche un moment où il fasse logiquement du brouillard.

179. Voir scénario, 601 f⁰ 37 v⁰ : «[Les dîners reprennent (hiver de 1842, 1843)] – activité de Deslauriers, sa thèse de Doctorat ⟨il lui fait passer son 2ᵉ *(examen)* en octobre et 3ᵉ en février⟩ ».

180. On se rend compte de l'ironie de cette expression en constatant que c'est seulement à l'activité artistique qu'elle devrait s'appliquer. Voir Conard IV p. 359 (mi-décembre 1859 à M. Schlesinger) : « Un livre est pour moi une manière spéciale de vivre ».

181. « Ils voyageaient » constitue, évidemment, une anticipation ironique de l'avant-dernier chapitre : Frédéric voyagera seul.

182. Tendelet :« espèce de tente élevée sur l'arrière d'un canot » etc. (Quillet).

183. C'est la pose de leur dernière rencontre...

184. Voir 611 f⁰ 10 : « C'est un amour sans espoir ⟨et qui devient intolérable⟩ [(montrer la gradation)] ». 601 f⁰ 162 : « cet amour [sans espoir] devient à la longue intolérable (expliquer comment) Frédéric est très malheureux (faire croire et apitoyer) ». « Envie de suicide – ⟨[état de santé *(?)* général]⟩ ⟨[malaise général]⟩ moitié vrai, moitié faux. ⟨influence de la littérature⟩ ».

185. Pour la stratégie des pages qui viennent, voir 611 f⁰ 120 : « la partie de canot *(la fête à Saint-Cloud – ou un épisode abandonné ?)* et la chasse aux grisettes en un seul mouvement, une seule scène ».

186. Bal public : lieu de divertissement et de prostitution. La suite souligne l'hétérogénéité sociale et morale du lieu.

187. Voir 601 f⁰ 171 v⁰ : « On est au commencement de l'été, aux premiers jours de mai » *(1842)*.

188. Voir 601 f⁰ 131 v⁰ *(marge :)* « idées fausses qu'il se fait d'après le costume – celles qui sont très bien habillées chanteuses de l'Opéra. Mais Dussardier (plus au fait de la vie parisienne par ses courses dans les maisons) le détrompe – alors Cisy s'imagine que ce sont toutes des filles publiques ».

189. Cinq napoléons, c'est-à-dire cent francs, somme assez forte pour l'époque.

190. Voir 601 f⁰ 178 : « une de ces œuvres où se confondaient l'insignifiance et la turpitude et que les populations dans leurs accès d'imbécillité hystérique dévorent avec frénésie ».

191. 611 f⁰ 109 v⁰ indique les artistes dont Flaubert s'est inspiré pour créer le personnage de Delmas : « Mélange de Guégnard, Melingue, Dacier *(?)* les pieds de Fernand Cabot, ignoble de mœurs d'abord chanteur puis acteur ».

192. Voir 601 f⁰ 137 v⁰ : « Monsieur [Hippolyte] ⟨[Amédée]⟩ ⟨Auguste⟩ ».

193. Voir 601 f⁰ 170 v⁰ : « ce qui contraste avec la froideur de Dussardier à son endroit. Malgré cela semble heureuse qu'il ne soit plus là ».

194. Dumersan : dramaturge populaire d'une grande fécondité très en vogue au moment où se déroule cette scène. Sa présence ici a pour fonction surtout de compléter le caractère profondément hétéroclite de l'énumération.

195. Voir 601 f⁰ 170 v⁰ : « on aperçoit Martinon avec une vieille femme grêlée, plate de visage − [évidemment l'entretient.] »

196. Cette scène, tout en apparitions et disparitions inattendues, reproduit sous une forme accentuée l'un des mouvements caractéristiques de *l'Éducation*.

197. De telles prétentions, pour l'époque, sont absolument dénuées d'originalité.

198. Voir 601 f⁰ 185 v⁰ : « Mais le clerc pensait comme Napoléon ⟨[avait sur la volonté des théories]⟩ [le mot impossible n'était pas français] » etc.

199. Voir 601 f⁰ 86 v⁰ : Deslauriers qualifié en marge d' « enfant de mauvaise maison, cuistre solitaire et paperassier. »

200. Voir 601 f⁰ 75 v⁰ *(scénario) :* « [3] mouvements psychol. ⟨1ᵉ élancement vers elle⟩ [1] ⟨2⟩ de rage en pensant à ses amis qui jouissent maintenant. [2ᵉ] ⟨3ᵉ⟩ de lassitude et de découragement [3ᵉ élancement vers elle] 4ᵉ accablement et fatigue physique. »

201. Le thème du suicide est fréquent chez Flaubert : voir *Madame Bovary, Bouvard et Pécuchet.*

202. Évocation très discrète du motif de la prostitution : Cisy demande à Frédéric de l'accompagner dans une maison close.

203. On note que le très socialiste Deslauriers est en même temps un grand snob.

204. Voir 601 f⁰ 113 : « contraste de son activité et de toutes ses façons de voir les choses avec les langueurs de Frédéric. »

205. Ce passage est assez obscur. La Sainte Angèle est aujourd'hui le 27 janvier. Voir cependant 601 f⁰ 178 v⁰ : « la fête de Mme

Arnoux, Ste-Angèle 24 mai. » Flaubert semble avoir éprouvé quelque difficulté à mettre au point ce passage – dans tel brouillon, il s'agit d'un mardi, dans tel autre d'un dimanche (voir 601 f⁰ 196 & 213). En tout cas, ce flou des noms est tout à fait en accord avec l'instabilité psychologique des personnages. Voir aussi les différents noms de Rosanette, de Delmas, et le malentendu qui est à l'origine du duel.

206. Les échos balzaciens sont ici très clairs. 601 f⁰ 204 v⁰ les précise encore davantage : « *(Deslauriers)* admirait beaucoup dans les romans de Balzac les grandes figures d'ambition Rastignac, Maxime de Trailles, Dutillet – et les tenait secrètement pour ⟨[comme]⟩ des modèles ⟨[exemples]⟩ à [suivre] ⟨imiter n'ayant jamais vu le monde » etc. Voir aussi 601 f⁰ 73 v⁰ : « expliquer l'importance exagérée que D. attache à une invitation par l'idée reçue ⟨Balzac⟩ d'ambition ».

207. Marquise : « ombrelle à manche articulé qu'on peut incliner en tous sens. ». (Quillet).

208. Saint-Cloud : les associations politiques et historiques du lieu devaient être évidentes pour un lecteur du XIXᵉ siècle. De là sans doute la disparition de certains détails : « *(Frédéric)* aperçut au loin le château avec la [grande] route de Versailles – ⟨il y avait dans l'air quelque chose de tranquille et d'auguste⟩ – comme un vague miroitement de somptuosités ⟨splendeurs⟩ royales qui se mêlaient à la splendeur ⟨lumière⟩ du jour. » (601 f⁰ 222 – détails repris f⁰ 198 v⁰ & 200 v⁰.) Flaubert, en supprimant ces détails, évite sans doute en même temps de trop anticiper sur l'épisode de Fontainebleau. Dans la version définitive, cette anticipation ne se maintient qu'en filigrane.

209. 601 f⁰ 200 v⁰ ajoute : « comme un bon bourgeois qu'il était. »

210. La transformation de Paris avait commencé bien avant l'avènement de Napoléon III, notamment grâce à l'influence de Rambuteau. Il est question à maintes reprises, dans *l'Éducation*, de spéculations, d'achats de terrain de constructions neuves. Avec tout ce qui sépare le Paris de 1840 de celui de 1869, c'est l'un des biais par lesquels s'exprime l'instabilité du monde et des personnages qui l'habitent.

211. Odry : comédien célèbre pour sa laideur et sa drôlerie stupide.

212. Arnoux s'est servi, pour envelopper le bouquet qu'il offre à sa femme, de la lettre de la Vatnaz qui révèle les rapports d'Arnoux avec Rosanette. De là le désarroi de son épouse.

213. Le Garde-Meuble (de la couronne) se trouvait à l'angle de la rue Royale et de la Place de la Concorde, sur l'emplacement de l'actuel Ministère de la Marine.

214. 601 f° 216 v° donne des précisions sur cette thèse : « intitulée *des effets de la subrogation et de la comparaison avec la cession des droits de créance.* [et il s'était évertué à prouver que le subrogé n'avait plus que l'action negotiorum gestorum et qu'il n'avait pas l'action du créancier primitif]. » Tout ceci n'est pas sans rapport avec les activités ultérieures de Deslauriers, notamment dans ses rapports avec Rosanette et Mme Dambreuse.

215. Pour la parlotte d'Orsay, voir Cento p. 118, qui reproduit la page de *la Revue des Deux Mondes* de 1846 (tome XVI p. 535-536) recopiée par Flaubert : « L'éloquence politique a choisi pour siège la *conférence d'Orsay,* où de jeunes gens s'exercent à reproduire de leur mieux les séances de nos assemblées législatives. »

216. Le théâtre des *Délassements* existait bien. Son nom indique cependant la médiocrité des activités littéraires de Hussonnet. Dans 601 f° 113, Flaubert avait mis *La Gaîté.*

217. La Camarilla : « Entourage d'un souverain exerçant sur celui-ci une influence occulte et souvent néfaste » *(Trésor de la Langue Française).* La conquête de l'Algérie, dont l'opportunité fut débattue pendant de longues années, est fréquemment évoquée dans *l'Éducation.* C'est un des signes de la présence de la politique dans la vie des personnages. On se souvient que vers la fin du roman, le fils de Mme Arnoux est en garnison à Mostaganem.

218. Ceci fait penser aux manœuvres dont est victime Emma Bovary. Voir 611 f° 4 *(marge :)* « Mitoyenneté — prêt d'argent qu'on laisse aller puis on réclame l'argent tout à coup en menaçant de poursuites instantanées. Mais cette confiance de Mme M. n'est-elle pas contraire à son caractère ? l'expliquer par sa vanité. »

219. Le mouvement incohérent, contradictoire de ces réflexions constitue un motif essentiel de *l'Éducation.* Il reparaît sous d'autres formes dans les pensées et les actions de tous les personnages et de tous les groupes. Il se manifeste également dans le mouvement souvent elliptique de la narration.

220. Voir Carnet 20 : « Ne plus aimer Paris, signe de déchéance. Ne pouvoir s'en passer, marque de bêtise. » (in C.H.H., 8, p. 439). Flaubert dans sa correspondance, ironise fréquemment à propos de la capitale : « C'est là qu'est le *souffle de vie,* me dis-

tu, en parlant de Paris. Je trouve qu'il sent souvent l'odeur des
dents gâtées, ton souffle de vie. Il s'exhale pour moi de ce
Parnasse où tu me convies plus de miasmes que de vertiges. Les
lauriers qu'on s'y arrache sont un peu couverts de merde, convenons-en » (Pl. II, 114, 26 juin 1852, à Maxime Du Camp.)

221. Voir 611 f⁰ 13 : « La correspondance languit, et devient plus
rare, plus courte. L'un se refermant dans le passé, l'autre s'élan-
çant vers l'avenir. »

222. C'est-à-dire qu'une mère noble pouvait transmettre sa noblesse à ses enfants.

223. Il s'agit évidemment d'une allusion à la scène où Macbeth,
épouvanté, essaie de faire disparaître les tâches de sang dont ses
mains sont indélébilement marquées : « Out, out damned spot »
etc.

224. Voir 611 f⁰ 14 v⁰ : « Au mois d'août [1843] ⟨1845⟩ son
oncle ⟨du Havre⟩ vient les voir. »

225. Le silence qui sépare deux individus assis l'un en face de
l'autre est un motif fréquent de *l'Éducation*. Voir p. 408.

226. Étant donné la confusion temporelle qui va suivre dans la
deuxième partie (où il sera fait allusion à des événements de
1847 alors qu'on est toujours en 1846), Alan Raitt, dans son
édition de l'Imprimerie Nationale, avance l'hypothèse qu'il
s'agit en fait ici du 12 décembre *1846*. Les brouillons cependant
sont formels : si Flaubert hésite entre le 12, le 14 et le 22
décembre (602 f⁰ 42), il n'y a aucun flottement en ce qui
concerne l'année, qui est partout 1845. Relevons cependant que
(611 f⁰ 6), « Fr. reste 3 ans à Nogent. » ... *ab intestat* : c'est-à-
dire sans avoir laissé de testament. C'est un pur hasard si Frédéric hérite. Son oncle n'a pas été aussi prévoyant qu'on aurait pu
le supposer.

227. C'est l'aisance, sans pourtant que ce soit l'opulence. La fortune personnelle, relativement modeste, de Mme Dambreuse
s'élèvera à 30.000 livres de rente. *Livre* est synonyme de *franc*.

228. Pour tout ce qui concerne les projets de carrière de Frédéric,
on a intérêt à se rappeler la belle devise de son créateur. « les
honneurs déshonorent, le titre dégrade, la fonction abrutit » – et
à relire certains passages de la *Correspondance* (voir i.a. Pl. I
p. 592, 23 février 1850 à sa mère.) Pour la stratégie de cette
scène, voir 611 f⁰ 14 v⁰ : « *(Frédéric)* montre une grande ambition qu'il n'a pas mais qui lui vient en parlant – de sorte qu'il
ne ment pas tout à fait. »

229. La remarque de Mme Moreau n'est pas très facile à comprendre.

230. C'est-à-dire jusqu'au 14 décembre.

231. La mort de Mme Eléonore, coïncidence typique d'éléments disparates (l'héritage et le décès), constitue, comme la mort de Dambreuse, plus tard, une sorte d'avertissement : les plus grands triomphes ne sont pas durables. « Funèbres » caractérise cet épisode. Voir plus bas « ténèbres ». Il arrive à Flaubert de maintenir certaines assonances. La portée thématique de celle-ci est claire.

232. De toute évidence, il s'agit ironiquement d'une activité pseudo-artistique, comme le confirment d'ailleurs les brouillons (602 f° 41 v° & 48 v°).

233. Hallucination typiquement flaubertienne : voir Charles Bovary se rendant aux Bertaux et Emma, près de Rodolphe, aux Comices agricoles. Pour la portée ironique de ce qui va suivre, voir Carnet 13 (in C.H.H., 8 p. 332) : « Frédéric avait de la joie à Charenton, mais la campagne recommença. »

234. La laideur de cette description, qui véhicule des idées de ruine, d'abandon, de stérilité, fait un contraste évident avec le plaisir que Frédéric éprouve d'être de retour à Paris.

235. Paris, à cette époque, était toujours entouré de barrières. Voitures et voyageurs devaient s'y arrêter et se présenter à l'octroi qui était une sorte de douane. C'est le développement du réseau ferré qui y mit fin.

236. Il s'agit du boulevard de l'Hôpital.

237. Rogomiste : débiteur de boissons fortes.

238. Le Gymnase est un théâtre du boulevard Bonne-Nouvelle.

239. Frédéric se trompe, la rue en question, près du Panthéon, est beaucoup trop éloignée pour que Regimbart pût s'y rendre fréquemment.

240. Il s'agit de deux journaux à tendance contrastée, *le Siècle* étant un journal constitutionnel de nuance libérale, *le Charivari* étant en revanche une publication satirique, anti-gouvernementale (B-L.). Les conflits et les incohérences de la politique sont présents, même ici.

241. C'est l'actuelle rue Paradis, en plein quartier des marchands de faïence et de porcelaine. Le nom de cette rue, étant donné les espoirs amoureux de Frédéric, ne manque pas d'ironie, d'autant plus qu'il s'agit d'un paradis-*poissonnière*.

242. L'âge indiqué ne peut être qu'une erreur, car il semble bien que Frédéric ne reste que deux ans à Nogent, avant d'hériter. Bon nombre de brouillons parlent d'un fils de deux ans (611 f° 17, 602 f° 50 v°). Il est clair, cependant, que Flaubert a beaucoup hésité. En définitive, on aurait tort de chercher à éliminer ce genre de contradictions. Comme pour la grossesse de Rosanette (24 mois au moins...) et l'escamotage des années 1843, 1846, il faut surtout constater que la précision temporelle chez Flaubert est peu importante. En plus, on remarque que l'enfant a trois ans *à peu près*. Il peut donc s'agir non pas d'une vérité objective mais bien plutôt d'une impression : c'est *Frédéric* qui croit que l'enfant a trois ans.

243. Voir 611 f° 18 : « Arn. est maintenant marchand de faïences (genre artistique, [Benvenuto Cellini] ⟨Bernard de Palissy⟩) ».

244. Voir 602 f° 79 : « tout était vilain commun, bourgeois. »

245. Le café Anglais, boulevard des Italiens, à la hauteur de la rue Marivaux était un grand restaurant de l'époque.

246. Le choix du Palais-Royal permet à Flaubert de camper ses personnages dans un lieu historique où les allusions aux révolutions du passé surgiraient tout naturellement. Les événements fictifs véhiculent ainsi de constantes allusions à l'histoire réelle.

247. Pour l'évolution psychologique de Deslauriers, voir le scénario 602 f° 74 v° : « le malheur a rendu Deslauriers féroce sur les principes, n'a plus ses théories sur l'intrigue, est devenu âpre, sec, malveillant, radical ⟨trouve tout mal, insolent et dur avec le garçon⟩ Frédéric ne demande qu'à jouir (contraste). »

248. Le droit de tester, c'est le droit de disposer de ses biens après sa mort. Il est ironique que Deslauriers soit constamment obsédé par ces questions (surtout au moment où Frédéric vient d'hériter).

249. Le titre en question est « De la Prescription ».

250. L'article 712 du Code Napoléon définit la prescription comme « un moyen d'acquérir la propriété des biens. » Le IIIᵉ livre du Code se préoccupe « des différentes manières dont on acquiert la propriété. »

251. Dunod, Rogerius etc. : légistes de la Révolution de 1789, Merlin fut même régicide.

252. Le comportement de Deslauriers est assez semblable à celui de Sénécal, plus tard, à Creil. Flaubert semble s'appliquer à démontrer que le socialisme d'alors, tout théorique, ne comportait ni solidarité ni humanité. Les brouillons, comme toujours

sont plus explicites : « à propos d'un verre mal rincé, il s'emporta contre le garçon, homme à cheveux blancs qui reçut la mercuriale les yeux baissés – et sur le reproche » etc. (602 f° 85 v°).

253. Avant l'instauration en 1848 du suffrage universel, le droit de vote et l'éligibilité électorale étaient basés sur les revenus et la propriété.

254. Mondor : un richard. Éloge ambigu, puisque Mondor, au XVIIe siècle, acquit sa fortune par la charlatanerie.

255. Succession collatérale : « héritage provenant d'un ou de plusieurs parents appartenant à la même famille en raison d'un auteur commun mais ne descendant pas les uns des autres (les frères, sœurs, oncles, tantes, neveux, nièces, cousins) » *(Trésor de la Langue Française)*. C'est d'un tel héritage que vient de bénéficier Frédéric.

256. C'est Enfantin, *la Religion saint-simonienne,* qui fournit les idées que Flaubert attribue à Deslauriers (Cento, p. 119-120)

257. Écho direct des vers que Deslauriers lance à la tête de Frédéric : « Toujours lui ! lui partout ! » etc. Deslauriers est obsédé par Sénécal comme Frédéric par Mme Arnoux.

258. Flaubert n'invente rien. La documentation authentique de ces faits s'inspire d'un journal intitulé *le Babillard* (Cento p. 120 et ss.)

259. Deslauriers oublie-t-il que Camille Desmoulins fut exécuté en 1794 ? Pour les sources de Flaubert (notamment les *Oeuvres de Camille Desmoulins,* Paris, Marpon, 1865), voir Cento p. 122-123.

260. Barthélémy : poète (1796-1867) célèbre pour sa versatilité politique.

261. Pour un révolutionnaire, Deslauriers est bien ignorant. Cf. Frédéric, aux yeux de qui Paris est le centre du monde civilisé, mais qui, au début du roman, contemple « des édifices dont il ne savait pas les noms. »

262. Voir 602 f° 101 : « [Deslauriers deux ou trois fois lui donne des conseils d'un mauvais goût radical attiré tour à tour par des choses d'un luxe criant, ou d'une simplicité imbécile.] »

263. La terminologie technique de certains passages de *l'Éducation* ne semble pas avoir de fonction explicative. Flaubert s'inspira notamment du *Traité des arts céramiques* d'A. Biogniart et des *Études céramiques* de J. Ziegler. (voir Cento p. 123 et ss.)

264. Pour les échos ironiques du bal chez Rosanette, voir 602 f⁰ 135 : « C'est Peau de Chagrin Kermesse » *(sic)*. Flaubert satirise évidemment la célèbre scène d'orgie de *la Peau de Chagrin* de Balzac. Dans les scénarios, il indique la stratégie de cette scène : « 3 ensembles : 1, quand Frédéric entre ; 2, démonstration de Pellerin ; 3, assises à table au souper. » (611 f⁰ 123).

265. La rue de Laval porte maintenant le nom de rue Victor-Massé. C'est la rue qu'habitera « plus tard » la Germinie Lacerteux des frères Goncourt.

266. On note que tous les costumes de ce bal, outre qu'ils falsifient grossièrement la personnalité de ceux qui les portent, évoquent soit les polémiques du moment (Pritchard, Pologne), soit les nostalgies exotiques, érotiques de Frédéric et de ses contemporains, soit un prolétariat dont ceux-ci n'ont que faire mais qui va bientôt, pour un temps, bouleverser leur manière de voir et de vivre. Pour les sources d'inspiration exploitées par Flaubert (il s'agit à la fois d'êtres réels et de caricatures) voir 602 f⁰ 95 v⁰ : « Un [pierrot] ⟨Pritchard⟩ ⟨Mesta⟩ directeur du Petit Théâtre, un turc trop réussi (Éd. Delessert), une débardeuse (Gavarni) », « Seigneur (Gavarni) », « une suissesse (...) nez busqué (Mme Gabrielli) », « un pierrot à profil de bouc (Jubert) ⟨M.⟩ Hervieu. »

267. Voir 601 f⁰ 92 v⁰ : « ⟨meubles (lascifs) causeuse très creusée, capitonnée en forme de coquille – on est dedans comme dans un hamac⟩ boudoir avec divan circulaire » etc.

268. Voir 602 f⁰ 115 : *(Frédéric)* « [Maudit son romantisme passé et honteux de lui-même change de jalon *(?)*]. »

269. Pellerin, par sa haine de l'unité et de la beauté, exprime des idées qui ne sont déjà plus celles de son créateur.

270. C'est-à-dire, sans doute, qu'il ne l'a plus comme voisin.

271. Postillon de Longjumeau, personnage principal d'une opérette d'Adam, créée en 1863 et qui connut une très grande vogue. Encore un détail du texte qui renforce et précise le climat culturel de l'époque.

272. La Vatnaz joue auprès de Rosanette le même rôle que Deslauriers en face de Frédéric, ou le début du roman par rapport à la fin. Voir 602 f⁰ 112 *(marge)* : « *(Rosanette et la Vatnaz)* se font pendant opposition et hommes. »

273. Ce titre d'un mélodrame de Bouchardy rappelle ironiquement celui du roman romantique inachevé que Frédéric avait entrepris au début de ses années parisiennes *(Silvio fils du pêcheur.)*

274. Battre la rémolade, c'est une sorte d'idée reçue : geste de vieux roquentin. Voir *Bouvard et Pécuchet* (p. 55) et Cento p. 126 : « il y a évidemment pour Flaubert un rapport étroit entre ce geste et le type du bon vivant. »

275. Il y a des moments où le style de Flaubert se rapproche nettement de celui de la fin du XIXe siècle français. On comparerait utilement ce passage avec certains poèmes de Verlaine (voir par exemple « A la promenade »).

276. A cette époque, on servait encore tous les plats d'une même série à la fois.

277. Ces plaisanteries visent directement la situation où se trouvent les participants du bal.

278. Il s'agit d'un personnage des *Natchez* de Chateaubriand (1826). Elle se fait violer.

279. Le poële est éteint ! Comme de nos jours, le champagne se buvait frais. Dans 601 f° 109, il est question d'« une bouteille de champagne dans un seau à glace. »

280. Une femme qui fume : geste tout à fait innocent pour le lecteur du XXe siècle, mais d'un extrême dévergondage cent ans plus tôt, surtout en public. Emma Bovary se livre à la même débauche (Classiques Garnier p. 197).

281. Les brouillons expliquent les préoccupations d'Arnoux, et leurs suites : « par l'intermédiaire du père Oudry ⟨Arnoux⟩ [commence ses] ⟨entre en⟩ relations pécuniaires avec M. Dambreuse. Le père Oudry va le cautionner près de lui (c'est [la Maréchale] le paiement de la Maréchale qu'il lui a fait faire. – puis quand la Maréchale plus tard envoie promener le père Oudry, celui-ci par vengeance lâche Arnoux à ses propres forces). » (602 f° 84 v°) – voir aussi 602 f° 71 *(marge :)* « Arn. bien que content de réussir pécuniairement serait/est *(sic)* vexé que ce soit lui qui ait [amené exprès son cocufiage] ⟨donné cet amant à la Maréchale –⟩ mais c'est un homme complexe (...) il en est content, et cependant a des remords. – alors son trouble se porte sur ses affaires d'argent. [ceci plus tard]. »

282. C'est la première allusion au chemin de fer (dans les brouillons, cependant, Frédéric prend le train pour se rendre à Saint-Cloud). L'espace du roman va d'emblée changer de caractère, les allées-et-venues devenir plus fréquentes, plus fébriles.

283. Pour tout cet épisode ainsi que le climat général que Flaubert cherche à rendre au début de cette première partie, voir 602 f° 8 v° : « C'était le moment historique du siècle *(où)* on

s'amusait le plus. Les vieilles mœurs libres des artistes n'étaient
pas encore mortes. Les affaires d'argent, Californie, chemins de
fer, commençaient, et la vague agitation d'une révolution immi-
nente. »

284. C'est Rumford qu'il faudrait écrire. Cette rue se trouvait sur
le tracé du boulevard Malesherbes, vers le boulevard Haussmann. Elle disparaît en 1860 (B-L.). A la fin du roman, Frédéric habite dcnc un lieu vague et anonyme qui correspond tout à
fait à l'état final de son « éducation ». Musset, qui forma quelque
temps avec Louise Colet et Flaubert un « couple » triangulaire,
habitait en 1852, 11 rue Rumford. Ce qui est plus pertinent
c'est sans doute qu'il s'agit d'un quartier « aristocratique » (602
f⁰ 161) étroitement associé au quartier hautement bourgeois de
la Chaussée d'Antin, et que les Dambreuse habitent juste à côté.
Frédéric prend en même temps ses distances (littéralement) par
rapport aux Arnoux.

285. L'Espagnolet, c'est Ribera, peintre maudit de scènes qui se
distinguent pai leur cruauté *(Robert 2)*. On note que ces tableaux, comme Dambreuse leur propriétaire, ne sont pas authentiques.

286. Pour l'appartement ovale, voir 611 f⁰ 29 : « Genre Chaussée
d'Antin ».

287. Nous sommes de toute évidence en 1847 – Flaubert a-t-il
tout simplement escamoté 1846 ? Voir les notes de Flaubert
(C.H.H., 8, p. 333) : « le 30 janvier *(1847)* le sermon de l'abbé
Cœur. » Le discours de Thiers dont il sera bientôt question est
pourtant de mars-avril 1846, alors que l'allusion à *la Reine
Margot* concerne de nouveau 1847 (voir p. 159 et 160) Pour les
sources de l'allusion à l'abbé Cœur (notamment *la Quotidienne,*
du 24 janvier 1847 et *l'Artiste* du 7 février 1847) voir Cento
p. 126-127, qui évoque également les problèmes de chronologie
traités par Stratton Buck.

288. Pour la stratégie de cette conversation, voir 601 f⁰ 114 v⁰ :
« ⟨cancans insignifiants⟩ beaucoup de noms propres de Mme une
telle de M. un tel nouvelles stupides. »

289. La misère de ces propos rappelle celle de tel passage de
Bouvard et Pécuchet (Folio p. 250) – voir Cento p. 126-127. Le
narrateur fait que c'est l'incohérence de cette conversation qui en
assure la stupidité.

290. Voir 603 f⁰ 66 v⁰ : « Mme Dambreuse recherche le fg St-
Germain pour dorer sa roture. »

291. « Enfin Rosanette parut » – le mouvement, et la toilette, font

pendant à la scène où Frédéric surprend Mme Arnoux, à Creil. Voir Carnet 19 (Durry p. 138); « mettre [toujours] en parallèle l'amour léger. » De même, Flaubert met en parallèle le monde des lorettes et la grande bourgeoisie (p. 201)

292. Le motif des petits chiens sera repris lors de l'épisode des courses au Champ-de-Mars.

293. C'est évidemment une entremetteuse.

294. Erreur : c'est à Rosanette que revient cette monnaie. D'ailleurs Rosanette aurait pu donner 9 napoléons à la Vatnaz et emprunter 5 francs à Frédéric...

295. Il s'agit du père Oudry, amant en titre de Rosanette. Le nom est bien choisi car c'est lui qui plus tard « assassinera » Arnoux (voir note 281).

296. Voir 603 f⁰ 41 : « Elle se tenait dans la même attitude que le premier jour ⟨[sur le bateau]⟩. »

297. On déjeunait beaucoup plus tôt à cette époque que de nos jours. De même, on dînait entre 5 h et 6 h.

298. Pour les idées politiques de Deslauriers à ce moment de l'histoire, voir 602 f⁰ 170 v⁰ : « Deslauriers ⟨qui avait commencé par être girondin puis jacobin⟩ qui était essentiellement anarchiste, individualiste ⟨effréné⟩ qui voulait l'anéantissement de toute limite, toute autorité ⟨monopole⟩, la liberté [illimitée de la presse] [son esprit aimait les petits faits de détail] reprochait à Sénécal ⟨méprisait au fond⟩ *(sic)* la manie de réglementation ⟨de Sénécal⟩ sa théorie de l'État. ⟨*(Marge :)* Éviter Regimbart et Sénécal p. 52 *(il s'agit de la page de la présente édition)*⟩ . »

299. *La Revue Indépendante* (1841-1848) : publication socialiste à tendance saint-simonienne.

300. Pour les sources saint-simoniennes, fouriéristes, proudhomiennes de ces idées voir Cento p. 128-133. Voir aussi Conard V. p. 147-148 (été 1864, à Mme Roger des Genettes) : « Je suis indigné de plus en plus contre les réformateurs modernes qui n'ont rien réformé » etc.

301. Il y a évidemment entre les attitudes de Sénécal et la mentalité religieuse des rapports très étroits. Les brouillons le confirment : « il avait dans les veines du sang d'iconolâtre de [Calviniste] ⟨d'anabaptiste⟩ de janséniste et de jacobin. » (603 f⁰ 69 v⁰ *(marge)*).

302. Pour le personnage réel qui semble avoir fourni cet aspect de la personnalité de Cisy (ainsi que certains éléments de la carrière de Deslauriers) voir P1. II 405 et ss., 21 août 1853 à Louise Colet.

303. Bien qu'il soit inconcevable que la pendaison de la crémaillère ait lieu un an après le retour de Frédéric à Paris, les événements auxquels il est fait allusion ici datent surtout du début de 1847... alors que le bal chez Rosanette, qui précède de peu la pendaison de la crémaillère peut être daté avec précision au 20 décembre 1845.

304. Les sources de ceci sont dans Louis Blanc, *L'organisation du travail* (voir Cento, p. 133).

305. Les nombreuses sources de la discussion qui va suivre sont A. Karr, Lamennais, Toussenel, La Farelle etc. (Voir Cento p. 134-148). Ce que Flaubert semble rechercher, entre autres, ici, c'est la mise en place d'un certain langage stéréotypé. Voir à ce sujet 611 f° 131 : « Langage – problème social, problème de la misère – solidarité ouvriers travailleurs – exploitation de l'homme par l'homme – organiser. rage, mettre le mot atelier partout (Voir Profils révolutionnaires : Raisant) », « modèle de tartine socialiste (voir Profils, Greffo (?)) – de profession de foi (voir id. Baudin) ».

306. Voir 611 f° 131 : « Plaisanteries sur *Fourier*. Jérôme Paturot à la recherche *(de la meilleure des républiques)* p. 65. »

307. Ceci est ironique : Sénécal, lui non plus, n'aime pas vraiment le peuple.

308. C'est l'alliance matrimoniale qui se fit le 10 octobre 1846 entre l'Espagne, l'Italie et la France en dépit de l'hostilité britannique.

309. L'affaire retentissante des détournements de fonds de Rochefort, comme celle du chapitre de Saint-Denis, datent de janvier 1847. Flaubert supprime l'explication de celle-ci dans les brouillons (603 f° 15 v°).

310. Flaubert tire ceci de Vinçard *(La Ruche populaire,* février 1841) : « Nous avons froid (...) Et nous voulons, pour vos pères nourriciers, fils ingrats, les palais que vos savants font construire pour loger des singes » etc. (voir Cento p. 141-142).

311. Cf. la moquerie implicite du peuple qu'impliquent les costumes du bal chez Rosanette... La Saint Ferdinand : 30 mai.

312. Voir 603 f° 65 : « Ces imbéciles ont raccourci la bataille de Taillebourg de Delacroix et rallongé les Pyramides de Gros ! »

313. Voir 611 f⁰ 116 : «une chaire d'esthétique à créer (v. l'Artiste 47)». Cento (p. 144) précise qu'il s'agit du numéro du 4 juillet 1847.

314. Voir 602 f⁰ 109 v⁰ : «Desl. liberté de la presse (Charivari 47).»

315. Geste vide de sens aux yeux du narrateur. Voir p. 315 : «Un cheval s'abattit ; on courut lui porter secours ; et dès que le cavalier fut en selle, tous s'enfuirent.»

316. Il s'agit de lectures naïves qui renforcent les préjugés de Dussardier.

317. Hussonnet, comme tous ses interlocuteurs, raisonne à coups de formules toutes faites, d'idées reçues qui l'empêchent comme eux de voir la substance réelle des faits.

318. 603 f⁰ 54 v⁰ explique pourquoi (et cela renforce la confusion de la chronologie, en faisant supposer que son retour à Paris est tout récent) : «Frédéric vu sa longue absence de Paris n'était pas *au courant* ⟨retenir⟩», «La solitude l'avait conservé intact, tandis que ses amis par suite... *(sic)* s'étaient développés, et ne les trouvant plus les mêmes, il se demandait si c'était lui ou ⟨bien⟩ eux qui avaient changé, ou s'il ne s'était pas trompé ⟨leurré⟩ *(sic)* sur leur compte autrefois.»

319. Représentation sur la scène, par des personnages vivants, de tableaux célèbres. Flaubert évoque les tableaux vivants dans une lettre du 16 novembre 1852 à Louise Colet. (Pl. II p. 176), à propos d'un article de *l'Athenaeum* signé Julien Lemer : «déchaînement contre les *Tableaux vivants.* On trouve cela *antichrétien* » – à cause sans doute des déshabillages dont ces tableaux étaient le prétexte.

320. C'est en 1847 que l'aventurière Lola Montès devient la maîtresse du roi de Bavière.

321. Renouvellements de *lettres de change.*

322. Le comportement de Hussonnet devait être tout à fait clair aux yeux des lecteurs avertis du XIXᵉ siècle. Les brouillons mettent les points sur les i : «⟨2ᵉ p.*(artie)*⟩ comme il voit de près les grands hommes du jour et que c'est un très petit esprit, il ⟨[les]⟩ juge leurs œuvres ⟨d'après leur biographie et⟩ les dénigre (école Ste-Beuve). Cela l'amène tout naturellement à n'avoir aucune foi et à prendre le parti qui lui semblera utile.» (611 f⁰ 109). Ceci recoupe très utilement tel passage de la «Préface aux *Dernières Chansons* de Bouilhet» : «n'a-t-on pas abusé du 'renseignement' ? L'histoire absorbera bientôt toute la littérature.

L'étude excessive de ce qui faisait l'atmosphère d'un écrivain nous empêche de considérer l'originalité même de son génie. » (in Conard VI p. 473).

323. Les idées de Sénécal sont ici très loin de celles de Flaubert. Voir Conard V p. 338 (nov. 1867, à Amélie Bosquet) : « En quoi *dans le domaine de l'Art* MM. les ouvriers sont-ils plus intéressants que les autres hommes ? Je vois maintenant chez tous les romanciers, une tendance à représenter la *caste* comme quelque chose d'essentiel en soi, exemple : *Manette Salomon.* »

324. Physiologies : portraits amusants de personnages typiques, à la mode pendant les années 1830 et au début des années 1840. Elles étaient donc loin d'être nouvelles en 1846-1847. La remarque illustre donc l'ignorance de Cisy.

325. La mise en parallèle de Madame Arnoux et de Rosanette, comporte de nombreux sous-entendus : « Arn. actif est dans la même situation morale *(que Frédéric)* il aime ⟨à la fois⟩ sa femme et sa maîtresse » (611 f⁰ 77 *(marge))*. Pour élaborer ces structures, Flaubert semble s'être inspiré, en partie du moins, de modèles littéraires, comme l'atteste 611 f⁰ 119 : « [pour les 2 amours différents − simultanés les deux espèces d'excitations divers. voy. J.J.R. *(Rousseau)* Confessions 1ᵉʳ livre Mme Vulson et Mme Goton.] »

326. Voir 611 f⁰ 28 : « Elle lui confie plusieurs crasses d'Arn. ⟨*(marge)* (parallèle des confidences faites par Mme Arn.)⟩ ».

327. Voir 603 f⁰ 122 *(marge)* : « la rage de s'analyser marque d'égoïsme, produit l'impuissance. »

328. L'idée grotesque de transformer Sénécal en entremetteur montre jusqu'où va l'ineptie de Frédéric. Pour la stratégie de cet épisode et de la suite du chapitre, voir 611 f⁰ 143 : « bien différencier Sénécal relativement à la place − Pellerin relativement au portrait. Les deux idées doivent lui arriver *(à Frédéric)* d'une manière différente. »

329. C'est cette même gaîté qui lui permettra, à la fin de la 2ᵉ partie de posséder la Maréchale...

330. Pour les conséquences de cet épisode, voir 611 f⁰ 121 : « Pellerin fait le portrait de la Maréchale en courtisane vénitienne − fiasco − dès lors n'estime plus que l'art moral ⟨ce qui l'amène au socialisme, à Sénécal⟩ », « ⟨la manie⟩ *(de l')* art enseignant remplace l'esthétique ».

331. C'est la salle principale du Salon annuel organisé par les Beaux Arts.

332. La démarche de Pellerin est, bien sûr, orientée par les idées reçues. Voir 603 f⁰ 136 : «[Il voit son type à travers son modèle et fait une forte italienne... au lieu du minois 18ᵉ siècle de Rosanette] ».

333. La Pâtisserie Anglaise se trouvait rue de Castiglione (603 f⁰ 132 v⁰).

334. Pour les sources de ce journal *(Le Babillard)* voir Cento p. 121-122.

335. En plus des *Treize,* les brouillons mentionnent *Ferragus* (603 f⁰ 164).

336. Le Général Foy et Louis-Philippe : personnalités somme toute libérales – et opportunistes. Le Général Foy, mort en 1825, défendit la liberté de la presse dont il vient d'être question.

337. Osage : Indien d'Amérique du Nord. Ce terme indique sans doute la grossièreté du personnage.

338. Cette soirée Dambreuse a lieu en février 1847, comme le prouve la liste des principaux événements de ce mois qui l'accompagne dans les brouillons (603 f⁰ 164 v⁰), et l'allusion à la *Reine Margot* (20 février 1847). Pour la documentation réunie par Flaubert, et qui fournit la matière des conversations, voir Cento p. 149 et ss.

339. L'automatisme des invités fait penser à celui des danseurs de l'Alhambra, et d'une manière plus générale au comportement stéréotypé, « programmé » de tous les protagonistes.

340. Pour la stratégie globale de cette scène, voir 611 f⁰ 30 : « *Bal chez M. Dambreuse* (salon ovale toutes les femmes d'un côté, les hommes de l'autre. calme bête. ⟨monde féminin.⟩ ton guindé.) »

341. Maître-autel : nous reconnaissons dans cette image l'irrigation par l'esprit religieux de tous les aspects de ce roman.

342. C'est la réduction à néant de l'activité artistique : « la musique est reléguée dans un coin on l'entend à peine – et comme un bourdonnement » (603 f⁰ 167 v⁰).

343. Cette fête de charité eut lieu le 4 février 1847 (voir Carnet 13, C.H.H. 8, p. 333).

344. Voir 603 f⁰ 184 v⁰ : « La Polka mazurka est nouvelle. *Aline* par Louis Beck est à la mode ».

345. Les chemins de fer et le libre échange, depuis le début des années 1840, sont des phénomènes de déstabilisation profonde

dans une société bouleversée par la révolution industrielle. Ces propos font donc pendant à la « conversation sur le socialisme qui commençait à devenir inquiétant » (603 f⁰ 143 v⁰).

346. La mise de Martinon indique sans doute un mélange savant de conservatisme éclairé et de libéralisme.

347. La source de cette observation semble être *la Revue des Deux Mondes* (vol. 18, 31 mars 1847, p. 175) : « Beaucoup de personnes n'ont pas vu sans inquiétude ce nouveau débordement de souvenirs révolutionnaires ».

348. Dans cette pièce d'Alexandre Dumas « on voit Charles IX assassin (...) et empoisonné par sa mère, Henri IV complaisant » (B-L.).

349. Un professeur : voir plus haut « un ministériel », et plus bas « un catholique » — comme le démontrent ses sources journalistiques, Flaubert cherche non pas à reproduire une conversation réelle mais bien à donner une idée des préoccupations de la bourgeoisie. Il met donc en scène des personnages qui ont principalement une fonction de représentativité. Les amis de Frédéric sont utilisés de la même manière.

350. Pour ce qui est de la décentralisation, voir Cento p. 149-150. Cento indique d'autre part que ce thème sera repris au cours de la 3ᵉ partie et qu'un mouvement semblable existe dans *Bouvard et Pécuchet* (Folio p. 249-250).

351. Le mot de Thiers est cité par Cento (p. 351) : « Comme on demandait à M. Thiers si quelques écrivains feraient partie de l'expédition de Sainte-Hélène ? — Non pas, a-t-il répondu, je veux lui laisser toute sa gravité » (*Les Guêpes,* juillet 1840, p. 7). Une fois de plus Flaubert s'en prend implicitement au philistinisme des grands hommes de son temps.

352. Voir 603 f⁰ 164 v⁰ : « son discours de l'année dernière ». Il date de mars 1846.

353. Il semble, d'après Cento (p. 151-153), que Flaubert aurait dû mettre le 16 avril (1846), date de l'attentat de Fontainebleau perpétré par Lecomte. Voir 603 f⁰ 163 v⁰.

354. Ce salon le fait penser à une maison close où un grand choix de « beautés » pouvait être offert aux clients. C'est une fois de plus le thème littéral et métaphorique de la prostitution qui perce, ainsi que la confusion des milieux « honnêtes » et « dépravés ». 603 f⁰ 198 parle explicitement d'une « comparaison plus grossière [de filles publiques] ».

355. Cette expression reviendra plus loin (p. 351), où il est ques-

tion dans ce même salon d'un « caquetage de poules en gaieté ». Flaubert a bien conscience de cette répétition (voir BV f° 180).

356. C'est dans la *Revue des Deux Mondes* de 1847 (vol. 17) que Flaubert avait sans doute lu le compte rendu de Ch. Magnin de cette première représentation de l'œuvre de Molière.

357. Ces allusions libertines ainsi que la conduite générale de Mme Dambreuse montrent jusqu'où peut aller son hypocrisie (et donc celle de la classe dont elle fait partie).

358. Voir plus haut : Frédéric vient de perdre 15 napoléons au jeu...

359. Dambreuse se contredit. Lors de leur dernière rencontre (p. 157) il avait dit à Frédéric que « Rien n'était plus facile que de recommander son jeune ami au garde des sceaux ». Dambreuse de toute évidence est aussi versatile, ou faux, que les autres.

360. Il s'agit d'un leitmotiv qui revient à la fin du duel (p. 231) et vers la fin du premier épisode de la Révolution de février (p. 295). Des moments historiques, cocasses, mondains sont ainsi placés sur le même niveau, ce qui fausse toutes les valeurs.

361. Pour la stratégie de cet épisode, voir 611 f° 27 : « Il faut qu'on croie qu'il va devenir l'amant de la Maréchale », et 611 f° 24 : « *déception comique* pour le lecteur ». La structuration parallèle est présente aussi, puisque, se référant à la fin de ce chapitre, Flaubert écrit (611 f° 24 également) : « [le lecteur doit croire qu'il va baiser Mme Arnoux] ».

362. Ce motif du cachemire existe également dans la première *Éducation sentimentale* (B-L. II p. 324).

363. Flaubert avait d'abord écrit Corbeil (611 f° 30). La version définitive resserre la structure spatiale du roman, tout en sauvegardant l'unité sonore de la phrase.

364. Lesurques : condamné à mort et exécuté malgré son innocence sous la première Révolution (1794). C'est une fois de plus la confusion des grands événements politiques et des petits faits intimes.

365. Ce silence, séparant les êtres, revient, on l'a vu, très fréquemment.

366. Cela signifie-t-il que c'est le mensonge et non l'infidélité de son mari qui blesse Mme Arnoux ?

367. C'est l'écho ironique de ce que Frédéric vient de dire au sujet d'Arnoux.

368. Le Béarnais : Henri IV que l'on montre souvent dans cette posture dans les livres d'Histoire.

369. Voir 602 f⁰ 52 v⁰ : «[son fond bourgeois, marchand, anti-poétique]». Voir aussi 603 f⁰ 212 v⁰ : «Nature essentiellement antipoétique et opposée à la science ⟨qui est intense – laisser-aller en tout⟩».

370. Maynial (C.G. note 383) et Dumesnil (B-L., II p. 324) voient dans cette posture un écho du *Lys dans la vallée* de Balzac.

371. Antony : personnage dramatique de Dumas père, qui tue par jalousie. Cela ne correspond guère à la nature de Frédéric.

372. Voir 603 f⁰ 24 v⁰ : «[était un vrai romantique.]»

373. Voir 611 f⁰ 33 : «⟨expliquer sa timidité, exemple de Rousseau⟩.»

374. Les rapports d'Arnoux avec ses amis établissent d'autres structurations parallèles : «[Il lui fallait deux amis : Regimb. pour les choses de la vie. Fr. pour celles de l'âme.]» (603 f⁰ 153 v⁰).

375. Il s'agit toujours des mêmes rengaines politiques qu'au début.

376. Les détails de cette catastrophe ont été fournis par Du Camp, comme l'atteste une note de sa main (611 f⁰ 162-163).

377. Maison d'or : Restaurant de luxe situé au coin de la rue Laffitte et du boulevard des Italiens, contigu à Tortoni. Frédéric y dînera plus tard avec Cisy.

378. Ces rôles sont tous la préfiguration des événements révolutionnaires à venir. Leur popularité en dit long sur le climat politique. On voit d'autre part que l'association politique-esprit religieux est maintenue.

379. La rue des Trois-Maries, qui disparut en 1866, reliait le Pont-Neuf et la rue des Prêtres-Saint-Germain-l'Auxerrois.

380. D'après les brouillons (604 f⁰ 28 v⁰), ces «vieux» sont principalement Delollme *(sic)* et Montesquieu.

381. Rousseau, dans *l'Éducation,* représente le principe sentimental, associé à l'esprit religieux, et souvent opposé à Voltaire, principe rationnel, scientifique. Les idées de Deslauriers sont ici proches de celles de son créateur.

382. Pour les sources de ce dialogue, voir Cento p. 153 et ss. En plus d'idées qui lui sont propres, Flaubert cite Enfantin, *la Religion saint-simonienne.*

383. On se souvient que Deslauriers avait soutenu le contraire à l'oral de l'agrégation (p. 111).

384. Il s'agit d'une structuration temporelle qui rejoint la psychologie générale des personnages. Voir 604 f° 26 v° *(marge)* : « ceux qui se cramponnent au Présent parce qu'ils [ont] ⟨possèdent⟩ ceux qui regrettent le Passé parce qu'ils [n'ont] ⟨ne possèdent⟩ plus – ceux qui demandent l'Avenir parce qu'ils [n'ont pas] ⟨espèrent [avoir] ⟨posséder⟩⟩ ».

385. Cento signale que ce même problème est évoqué dans *Bouvard et Pécuchet* (Folio p. 242, 252-254). Deslauriers s'éloigne du socialisme. C'est la soif du pouvoir qui le mène désormais. La manière brutale dont il va, tout à l'heure, congédier sa maîtresse montre que, comme Sénécal, les sentiments humanitaires le préoccupent à peine.

386. L'ironie est évidente : Deslauriers passe son temps à répéter lui-même des idées reçues. Il s'en prend ici aux symboles du pouvoir et de la culture bourgeois.

387. Note de la main de Flaubert (BV f° 202) : « v. Ch. V 3ᵉ partie ». En effet, lors de la rupture de Frédéric avec Rosanette, on lit : « A cette insulte, ses larmes séchèrent. » Ce parallélisme indique clairement que Frédéric, en pareille circonstance, est aussi méprisable que son ami.

388. Voir 604 f° 55 : « [Théorie sur l'inutilité des Femmes. La femme a été donnée à l'homme pour l'empêcher de faire de grandes choses.] » C'est l'opinion de Flaubert lui-même, comme l'indiquent à maintes reprises les lettres qu'il adresse à Louise Colet.

389. Nous sommes en 1847. Frédéric sera remboursé (sans intérêts) en 1867...

390. C'est un bon exemple de la focalisation variable dans ce roman. La maison d'Arnoux n'aurait pas été désignée ainsi si le regard avait été celui de Frédéric. Voir 604 f° 51 : « Desl. l'accompagne sans savoir où. Il va jusqu'à la maison d'Arnoux ».

391. La rue Bréda : rue bôhème à l'époque. C'est l'actuelle rue Henri-Monnier.

392. Son amitié : voir 604 f° 5 v° : « son seul bon sentiment ».

393. Pour la stratégie de cette évolution (à laquelle il faut ajouter la rupture qui vient de se consommer), voir 611 f° 143 : « II ch. 3 : montrer les déboires de Deslauriers, leur progression et comment à mesure que l'on avance vers 48 il tourne au Sénécal ». De même 604 f° 38 v° *(marge)* : « espoir anéanti, ça

modifie ses idées politiques ». La motivation de Deslauriers, comme celle des autres, est toute subjective.

394. Pour la sérénité du travail artistique, voir Pl. II p. 71 (18 mai 1857 à Mlle Leroyer de Chantepie) : « il y a dans *l'ardeur de l'étude* des joies idéales faites pour les nobles âmes. Associez-vous par la pensée à vos frères d'il y a trois mille ans (...) Tâchez donc de ne plus *vivre en vous* (...) La vie est une chose tellement hideuse que le seul moyen de la supporter c'est de l'éviter. Et on l'évite en vivant dans l'Art, dans la recherche incessante du Vrai rendu par le Beau ». L'expérience de Frédéric, pourtant, ne durera que quelques jours...

395. Ce geste est d'un romantisme tellement stéréotypé qu'il ne peut guère se prêter qu'à une lecture ironique.

396. Pour *l'Union générale de Houilles françaises,* Flaubert a surtout consulté *la Revue des Deux Mondes,* 1846, t. XIII, p. 847-865 (voir Cento p. 157). C'est sans doute plus dans le *Germinal* de Zola que dans *l'Éducation* qu'on peut voir ce qu'impliquent dans la réalité les projets de Dambreuse.

397. 604 f⁰ 123 v⁰ ajoute « ⟨et⟩ la vague ressemblance qu'il lui trouvait avec Nogent ajoutait à cette douceur ». Notons d'autre part qu'un faubourg de Creil s'appelle Nogent-sur-Oise... Rejoindre Mme Arnoux à Creil, c'est un peu comme s'il retournait chez sa mère à Nogent.

398. On se rappelle que c'est le nom de famille de la femme de Léon, dans Madame Bovary. Si Flaubert élimine Berthe et Pécuchet, ce nom-ci reste.

399. 604 f⁰ 100 donne : « Elles sont basses (...) [comme si elles portaient avec l'ombre du château-fort le souvenir des tyrannies ⟨de l'oppression⟩ [féodales où s'ajouterait] ⟨avec⟩ la fatigue ⟨ présente⟩ du servage industriel] ».

400. La portée politique de ces couleurs est claire. La carrière de Sénécal révélera que ce paletot est réversible à volonté.

401. Cf. l'une des premières apparitions de Rosanette.

402. Voir note 263.

403. C'est toujours l'ironie des activités artistiques hétérogènes que Flaubert explore à travers ses personnages.

404. Commentaire de Flaubert (604 f⁰ 122) : « C'est gentil et intelligent − esthétique. et ça n'a pas le caractère essentiellement laid des choses industrielles ».

405. Ce terme, lui aussi, est bien significatif (qu'on soit freudien

ou non). On se rappelle la fin de l'avant-dernier chapitre : « Et elle le baisa au front comme une mère ». Pour le passage qui nous concerne ici, 604 f° 120 v° parle d'un « air d'indulgence presque maternelle ». Ce motif explique sans doute en partie la paralysie, l'impuissance de Frédéric dans ses rapports avec Mme Arnoux.

406. Pour le comportement de Sénécal, Flaubert s'inspire d'un ouvrage de Louis Reybaud : *Mémoire sur les associations entre ouvriers ou entre patrons et ouvriers, fondées avec subvention de l'État* (1852), où on lit notamment : « On conféra à ces gérants un pouvoir énorme (...) Jamais patron n'aurait osé imposer à ses ouvriers une discipline aussi sévère ». Voir Cento p. 158. Cette scène a en même temps une portée quelque peu futuriste : « L'atelier qui est le modèle de la société de l'avenir doit lui donner l'exemple de la discipline » (604 f° 127 *(marge))*.

407. Flaubert devait savoir par Louise Colet, que Musset, à la fin de sa vie, était impuissant... Voir le *Mémento* de celle-ci in Pl. II p. 888 et 891. Ce détail caché s'ajoute à la portée plus directement sentimentale du choix de Frédéric.

408. Ce sont évidemment (voir 604 f° 115 v°) des phrases de roman. Comme Frédéric auprès de Mme Arnoux, Rosanette, elle aussi, adopte parfois le langage stéréotypé de personnages de fiction.

409. L'épisode des courses a lieu (d'après 611 f° 37) en avril 1847. Flaubert pour se documenter a lu le feuilleton de Théophile Gautier publié dans *la Presse* du 2 mai 1847. Voir Cento p. 159 et ss. Il a aussi consulté ses amis, Du Camp, Bouilhet (604 f° 130 v° : « Bouilhet a assisté fréquemment aux courses »). Comme l'indique B-L. (II p. 328-329), Flaubert a également consulté un plan détaillé du terrain. Les noms de chevaux, jockeys, etc. sont authentiques. Voir aussi C.H.H. 3, p. 444 et 450-451.

410. La portée ironique de ce geste (qui lui aussi confond lorette et femme honnête) deviendra évidente beaucoup plus tard. Voir p. 422.

411. Le quai de la Conférence et le quai de Billy s'appellent de nos jours le Cours la Reine et quai de New-York.

412. Le Champ-de-Mars cessera de servir de champ de courses à partir de 1857.

413. Comme pour les toilettes, dont il sera bientôt question, Flaubert confirme par le choix de ces détails (qui n'existaient plus en 1869) la dimension historique de son œuvre.

414. Les notes de Flaubert relatives à la mode (Carnet 13) sont reproduites in C.H.H. 8 p. 331.

415. C'est entre autres *l'Illustration* du 15 mars 1847 qui fournit la documentation sur ce célèbre captif, chef arabe qui avait combattu l'envahisseur français. Voir Cento p. 159.

416. Les brouillons expliquent longuement les motifs de la présence de Mme Arnoux aux courses : « en effet, Mme Arn. avait reçu la veille au soir (comme Fr. venait de partir) une lettre anonyme écrite par la Vatnas — disant qu'Arn. serait aux courses avec la Maréchale » etc. (604 f° 80 v°). Soulignons cependant que si cette explication paraît assez logique, *elle n'est pas donnée dans la version définitive.* Cette « lacune » renforce donc l'illogisme et l'imprévisibilité des personnages.

417. Cento (p. 160) indique que Flaubert s'inspire, pour cet exemple suprême de la fatuité de Cisy, des *Guêpes* d'A. Karr (n° de novembre 1842). Voir aussi I.N., II p. 280, note 13.

418. Pour évoquer les prostituées, une note marginale de 605 f° 33 semble indiquer que Flaubert s'inspire de personnages réels. A côté de « la Guimont » et de « Loulou » figure Louise Pradier qui fut un temps la maîtresse de Flaubert et dont les célèbres mémoires (« de Ludovica ») inspirèrent certains aspects de la personnalité et du comportement d'Emma Bovary.

419. Escargot : cabriolet bas *(Trésor de la Langue Française).*

420. Il s'agit d'un pari, qui sera expliqué au moment du dîner offert par Cisy. 611 f° 120 explique l'allusion à la gloutonnerie dont il va maintenant être question : « La Maréchale aux courses n'ayant pas faim fait semblant de dévorer. genre mousquetaire succédant au genre poitrinaire ». Flaubert marque ainsi un nouveau développement de la mentalité romantique.

421. Pour la stratégie de cet incident, voir 604 f° 61 v° *(marge) :* « Il faut que Fr. soit seul avec Rosanette quand Mme Dambreuse le rencontre. Cisy une fois le projet de dîner arrangé peut aller dire adieu à ses amis. C'est à ce moment-là que passe Mme Dambreuse — [*2 mots illisibles*] ⟨avec Martinon et son mari⟩ . »

422. Wurt : sorte de char-à-bancs (B.-L.).

423. Demi-fortune : voiture à quatre roues attelée d'un seul cheval (B.-L.).

424. Flaubert indique la signification de ce défilé : « Contacts d'existences diverses — expressions différentes de figure — les riches les pauvres les insolents les envieux » (605 f° 44 *(marge)).*

Le dîner offert par Cisy renforcera ce thème (dont Deslauriers est par ailleurs l'un des plus importants protagonistes). Ce défilé figure évidemment en même temps le motif omniprésent de l'incohérence.

425. Le ministère des Affaires Étrangères se trouvait alors au coin de la rue des Capucines et du boulevard du même nom. C'est devant ce ministère qu'eut lieu la fusillade qui déclencha la Révolution de 1848. La foule ne sera plus alors caractérisée de « badauds ».

426. Les Bains Chinois se trouvaient au n° 29 boulevard des Italiens, à la hauteur de la rue de la Michodière (B.-L.).

427. Pour la stratégie de ce dialogue, voir 605 f° 44 v° : « ⟨employ. la tourn. impersonn. pr. éviter le tutoiement et y faire transition.⟩ »

428. Flaubert, dans sa correspondance (notamment à propos de Du Camp et de Gautier) parle souvent de l'incompatibilité du journalisme et de l'Art.

429. *Ozaï* : ballet créé le 26 avril 1847 (B.-L.).

430. 605 f° 15 v° donne « son amour littéraire de l'Espagne ».

431. Sainville : acteur grimacier (Pléiade p. 1038).

432. 605 f° 59 commente : « [la fille entretenue reparaissait] ».

433. Baucher, le comte d'Aure, auteurs de systèmes d'équitation opposés. C'est (comme par exemple chez Sénécal) la bêtise abstraite des systèmes que Flaubert continue d'explorer ici. Hussonnet, on vient de le voir, représente la bêtise contraire de l'incohérence anecdotique. Flaubert fait allusion dans sa correspondance au système Baucher (Pl. II 638, 2 oct. 1856, à Élisa Schlesinger).

434. Comme on verra après la mort de Dambreuse, cette remarque, innocente en apparence, est lourde de conséquences pour l'avenir, et « l'éducation » de Frédéric.

435. Il s'agit d'un cadeau que Cisy vient de lui faire. Voir 605 f° 55 : « (on en a déjà vu un autre très différent et que Fr. a admiré). »

436. La conduite de Pellerin relève elle aussi d'une structuration parallèle : 605 f° 1 : Pellerin « envie Frédéric ⟨d'être riche⟩ comme Fr. envie M. de Cisy ».

437. Les affaires Drouillard et Bénier (1846-1847) : affaires d'escroquerie et de détournement de fonds d'État.

438. Les sources qu'exploite Flaubert dans ce passage sont *le National, la Quotidienne, la Réforme.* (Voir Cento p. 160.)

439. C'est une fois de plus la confusion de la politique et de l'esprit religieux qui est soulignée ici.

440. Nous sommes donc au 5 mars 1847.

441. Pour la fonction stratégique (et parallèle) de Cisy, voir 611 f° 39 : « il reproduit Frédéric, en grotesque par sa timidité ».

442. Cet épisode, d'après Maynial, s'inspirerait en partie du *Repas ridicule* de Boileau (C.G. note 455).

443. On verra que le baron de Comaing est un (ancien ?) amant de Rosanette.

444. *Père et Portier,* comédie-vaudeville, créée en mai 1847. C'est un feuilleton de *la Réforme* du 10 mai qui fournit ce détail à Flaubert (voir Cento p. 161).

445. Cisy, comme Frédéric, comme Deslauriers, fonde sa conduite sur des stéréotypes littéraires.

446. Voleur, parce qu'il prend l'argent de l'État ?

447. Ce vicomte ressemble étrangement au Rodolphe de *Madame Bovary.*

448. La femme honnête est ainsi confondue avec la célèbre courtisane (du XVIIIe siècle) Sophie Arnould. On se demande si ce n'est pas en vue de cette confusion éloquente que le grand amour de Frédéric s'appelle Arnoux.

449. Frédéric vise le visage de Cisy et l'atteint au ventre...

450. Frédéric se bat ostensiblement pour défendre l'honneur de Mme Arnoux et de son mari. Voir 604 f° 129 *(marge) :* « [cela ferait plus d'effet si Frédéric venait d'apprendre qu'Arnoux l'a floué.] » C'est en effet ce qui vient de se passer. Voir p. 219.

451. Coups à la Fougère : feinte ou attaque à l'épée. (B.-L.)

452. Voir 605 f° 86 *(marge) :* « bien différencier comme langage et conduite Reg. et Duss. » Voir aussi 605 f° 81 v° : « ⟨l'un envenimé l'autre calme.⟩ »

453. La caserne du Quai d'Orsay se trouvait sur l'emplacement de l'actuelle gare d'Orsay. (B.-L.)

454. Pour le choix du lieu, voir la lettre que Flaubert adresse, en 1867 (?) à Duplan, reproduite dans le catalogue de vente de la salle Drouot (4 décembre 1981, salle 7) : « Homme obscène et aimable, (...) J'ai dans mon bouquin un duel qui se passe au

Bois de Boulogne, en l'an 1847. Dans quelle partie du bois ce genre d'affaires avait-il lieu, à cette époque ? J'aurais besoin de la route qui y menait et du paysage ambiant. Je ne puis mettre la chose à la Mare d'Auteuil (...) vu que les De Goncourt ont placé là (dans *Renée Mauperin*) un duel qui est très bien fait. Il faudrait que l'endroit où mes gens se battent fût assez découvert pour qu'ils puissent voir − à qques pas de distance, un cabriolet arrivant sur eux à bride abattue. »

455. En plus de l'omniprésence ironique de l'esprit religieux (dont Flaubert souligne le sentimentalisme), il y a ici l'écho du prénom de Mme Arnoux.

456. C'est-à-dire, sans doute, si Frédéric a besoin de se soulager.

457. Voir 605 f° 148 : « Montrer cependant qu'Arnoux est un peu filou. »

458. L'affaire du duel amène un regroupement des personnages : « Arnoux de plus en plus lié avec Regimbart » (605 f° 162) ; «[cette affaire du duel a lié Frédéric et Dussardier. Ils se voient plus souvent.] » (605 f° 161 v°).

459. On note qu'il s'agit exclusivement d'auteurs ayant écrit sur la Révolution de 1789.

460. C'est *la Réforme* du 8 au 14 octobre 1847 qui a fourni les détails de cet attentat. Voir Cento p. 161.

461. La Société des Familles : société révolutionnaire socialiste qui connut sa plus grande période d'activité pendant les années 1830.

462. L'affaire de mai 1839 : tentative d'insurrection armée.

463. Alibaud, pour venger le massacre de la rue Transnonain (voir note suivante) tenta d'assassiner le roi Louis-Philippe. Il fut exécuté en juillet 1836.

464. La rue Transnonain, qui correspond à la partie septentrionale de la rue Beaubourg, fut la scène en 1835 d'un massacre perpétré par la troupe.

465. Le Mont Saint-Michel servit de prison d'État jusqu'en 1863 (B.-L.).

466. Steuben : condamné comme Barbès pour l'affaire de mai 1839.

467. Pour avoir la confirmation de ces détails qu'il avait trouvés dans *le National* de 1841, Flaubert consulta Barbès lui-même, par l'entremise de George Sand. Voir Conard V 325-327 (sept.-oct. 1867, à G. Sand et à Barbès) et Cento p. 161-162.

468. Voir 604 f° 119 *(marge)* : « indignation de Dussardier la ⟨noble⟩ haine du pouvoir. il aimait la République avec la foi du charbonnier ».

469. Voir aussi 605 f° 135 v° : « [Il avait une exécration de l'oppression, antique à la Plutarque. Le mot républicain par son vague même fascinait son cœur. Car il n'y a de religions violentes que celles qui ne sont pas claires.] »

470. 605 f° 140 v° précise : « à la Janin ».

471. Basile est un personnage du *Barbier de Séville* de Beaumarchais.

472. Flaubert s'était fait expliquer ce processus par Feydeau (Conard V p. 261-262, fin 1866, début 1867 à Feydeau), en précisant qu'il doit être historiquement plausible. Cento trouve cependant (p. 162-164) qu'un tel mouvement de bourse est inconcevable.

473. 605 f° 102 v° ajoute : « on sentait quelque chose du recueillement des églises. »

474. Voir 604 f° 130 : « Fr. les discours politiques v. *R. des Deux Mondes (v. 1847 vol. 17 p. 576)* brochures de Duvergier de Hauranne. » Il pourrait s'agir, entre autres, de *la Réforme parlementaire et la réforme électorale* (1846). MM. Gandin et Benoist étaient des députés conservateurs (B.-L.).

475. 1834 fut une période de crise et d'instabilité.

476. *La Revue des Deux Mondes, l'Imitation de Jésus-Christ* et *l'Almanach de Gotha* : les trois symboles du conservatisme (politique, religieux, social). Ce n'est pas un hasard si les Dambreuse les laissent bien en évidence.

477. Martinon dit qu'il assiste à ces conférences religieuses pour bien faire comprendre qu'il fait ses dévotions. Cela l'associe en même temps à un motif profond de ce roman.

478. Pour la suite, voir 604 f° 119 v° qui clarifie la stratégie de Flaubert : « On croit Frédéric 1° amant de Mme Arn. à cause du duel. 2° amant de la Maréchale à cause du portrait. 3° trop ami et presque complice d'Arnoux car il est venu prier pour lui. 4° trop ami de Sénécal bouzingot dangereux qui vient d'être mis en prison. »

479. Pour cette conversation sur le paupérisme, Flaubert s'est inspiré d'un article de Jules Petitjean, « Du principe de l'association appliquée à l'industrie houillère », paru dans *la Revue des Deux Mondes* (1846, vol. 13, p. 847-865). Voir Cento p. 157. Les

idées reçues débitées ici étaient très répandues au XIXe siècle. La pensée bourgeoise apparaît ici aussi inhumaine que la pensée socialiste de Sénécal.

480. Desolmes, Blackstone : légistes qui préconisent soit, comme Desolmes, le républicanisme, soit comme Blackstone et le Bill des Droits, la limitation parlementaire du pouvoir royal. On note que Blackstone s'est également préoccupé du problème des droits de succession (*Dictionary of National Biography,* Oxford University Press, Concise Edition, I. p. 165).

481. Voici le texte de cet article : « Le but de toute association politique est la conservation des droits naturels et imprescriptibles de l'homme. Ces droits sont la liberté, la propriété, la sûreté et la résistance à l'oppression. »

482. Pour la stratégie, voir 604 f° 119 v° : « ⟨motiver le plus possible sa pique⟩ », « se compromet, se coule ou croit s'être coulé ⟨⟨(*Marge :*) Bien marquer cependant qu'il⟩ [Pourtant] n'est pas fâché ⟨avec M. Dambreuse⟩ il peut encore être secrétaire de la Compagnie. Les choses sont restées en suspens⟩ ».

483. C'est un moment où Frédéric a conscience d'avoir échoué sur tous les fronts. Voir 606 f° 1 : « Donc il a échoué dans ses trois tentatives, cœur près de Mme Arnoux, luxe et vie folâtre près de la Maréchale, ambition près des Dambreuse. Ses amis se sont écartés de lui, il est fatigué de Paris. »

484. Voir 605 f° 110 v° (*marge*) : « Desl. n'est plus blagueur – un peu sombre. éteint. »

485. Comme le démontre Cento (p. 163-164), cette perte, comme les gains que Frédéric avait réalisés auparavant, est tout à fait invraisemblable. Flaubert plie la vérité aux besoins de l'intrigue.

486. Voir 606 f° 1 : « Le rapprochement est complet ente les parents et le mariage sousentendu. ⟨Canailleries de famille ⟨provinciale⟩ faisant pendant à celles du monde parisien.⟩ »

487. C'est ce qui explique l'extraordinaire indulgence des Dambreuse envers Frédéric.

488. Pour la stratégie, voir 605 f° 185 v° : « Faire croire au lecteur que Frédéric va bientôt épouser la petite Roque. »

489. Pour la motivation, et ses sous-entendus, voir 606 f° 1 : Deslauriers « fait une tentative près de Mme Arnoux. Ça le posera à ses propres yeux – ça peut lui être utile (influence de Balzac) puis il est poussé par l'imitation de Frédéric. »

490. Cette description de Nogent est rigoureusement exacte. Sa

fonction n'est cependant pas documentaire. Elle consiste avant tout à marquer un contraste profond avec Paris, et sans doute, un parallèle (ironique également) avec Fontainebleau.

491. 605 f⁰ 192 v⁰ *(marge)* précise : « elle avait un goût de danseuse de cordes. »

492. On note une fois de plus la présence de l'esprit religieux sous sa forme sentimentale. En filigrane, pour Louise comme pour les autres personnages se profile l'influence de la littérature. Voir 611 f⁰ 118 : « il a été pour Mlle Louise Percinet (du conte de Gracieuse et Percinet) ». Il s'agit d'un conte de Mme d'Aulnoy.

493. à l'égaud : à l'abri. Flaubert avait réuni toute une collection d'expressions « nogentaises ». En définitive, il n'a utilisé que celle-ci.

494. Cet abandon fait penser à celui où on vient de voir Mme Arnoux — sans parler de l'aridité de l'existence de Louise.

495. Ce motif romantique du voyage à deux revient fréquemment. A la fin, Frédéric voyagera seul...

496. Une femme entra : c'est par cette même expression que Mme Arnoux est « introduite » pour la dernière fois. Parallélisme dégradant, donc, entre celle-ci et la Vatnaz.

497. Avant de prendre son nom définitif, le prince russe s'est appelé tour à tour Salinikot, Saumailoff, Matioutine (606 f⁰ 46 v⁰ & 47).

498. En même temps que la « protection » du prince russe, cette adresse qui la rapproche des Grands Boulevards, confirme l'ascension de Rosanette. Notons qu'en même temps, par un mouvement inverse, Arnoux s'éloigne des quartiers élégants.

499. Pour la stratégie, voir 606 f⁰ 28 v⁰ : « Il croyait trouver de la gêne. C'est tout le contraire. Petits détails indiquant de l'argent dans la maison » etc.

500. Pour la stratégie générale de cette scène, voir 606 f⁰ 28 v⁰ : « avances visibles pour le lecteur mais que Fr. ne voit pas. » — contraste évident avec le ravissement que Frédéric éprouvera peu de temps après en rencontrant Mme Arnoux (bien que celle-ci ne fasse aucun geste d'encouragement).

501. Le tombac : alliage de cuivre et de zinc (Quillet).

502. 606 f⁰ 63 précise : « de Trouville ».

503. Une fois de plus, la littérature (de bas étage) sert de modèle au comportement des personnages.

504. Comme lors de la première apparition de Mme Arnoux, la
lumière intense marque chez Frédéric un moment d'extase –
alors que l'ombre (voir la dernière entrevue) souligne la distance,
la vanité de toute tentative. Voir 611 f° 40 *(scénario)* : « *rencontre Mme Arn. dans la rue*. le soleil donne sur elle. charmante. »

505. Sainte-Pélagie : prison des détenus politiques.

506. Pour *le Flambart*, voir Cento p. 122 et 611 f° 42 : « Le
Flambart allait très mal. était devenu un bureau de renseignements, voy. le Babillard. Huss. fait des pièces de vers pr. le
concours académique (R. des deux Mondes 46.3 : *1846 tome
3)*. »

507. Lachambeaudie : saint-simonien, ami de Blanqui et du père
Enfantin. Voir 605 f° 195 v° : « goût (...) qu'ont les Hercules
pour les niaiseries ⟨les⟩ petits ouvrages. » On se rappelle la niaiserie des propos du salon Dambreuse.

508. Voir 606 f° 4 v° : « braves garçons, lourdauds ».

509. Pour la fonction stratégique de la scène qui va suivre, voir
605 f° 220 v° : « caractère moral des six derniers mois de 1847.
Agitation ⟨on parle⟩ des banquets réformistes – scandales des
Procès – la bêtise des conservateurs augmentant celle des Patriotes. » Pour les sources utilisées par Flaubert, voir Cento p. 102-
105 et 166-173. Il s'agit avant tout du *Charivari* et de *la
Réforme*. Flaubert s'inspire également du *National*.

510. Démocratie : les citations suivantes permettent de saisir la
résonance que ce terme pouvait avoir au XIXᵉ siècle : « Gouvernement où le peuple exerce la souveraineté. La démocratie est
sujette à de grands inconvénients. » *(Dictionnaire de l'Académie,
6ᵉ édition,* 1860) ; « la démocratie est trop âpre pour ma façon
de sentir » (Stendhal, *Lucien Leuwen,* in *Trésor de la Langue
Française,* t. 6, p. 1086) ; « L'idée populaire du Messie (...)
pouvait s'allier dans la tête du démocrate S. Matthieu avec sa
conception du Messie. » (P. Leroux, *Humanité,* in *Trésor de la
Langue Française,* t. 6, p. 1086.)

511. L'Angleterre, en réalité, n'avait pas hésité à reconnaître Louis-
Philippe.

512. Deslauriers fait allusion à l'intervention diplomatique de la
France et de l'Autriche pour garantir la liberté des cantons catholiques (B.-L.).

513. Rien, rien, rien : ce slogan renvoit au discours de Demousseaux de Givre à la Chambre des Députés (29 avril 1847) :
« Qu'avons-nous fait depuis 1840 ? Rien ! rien ! rien ! » Deslau-

riers, comme Frédéric, aurait cependant bien tort de critiquer les autres à ce sujet. Voir Cento p. 166 et ss, pour les sources (*La Mode, Le Corsaire, La Presse*).

514. Deslauriers évoque ici le vote de la Chambre (1er mars 1844) concluant le débat sur l'affaire Pritchard (B.-L.)

515. Sénécal exècre Victor Cousin parce que l'éclectisme est le contraire des théories et des systèmes. Flaubert s'inspire ici de l'attaque de Pierre Leroux (qu'il qualifie de *charabia*) publiée dans la *Revue indépendante*, et plus encore selon Cento (p. 168-169) de *l'Atelier* de Corbon.

516. Comme le luxe excessif du wagon royal, la corruption et l'immoralité en haut lieu justifient la méfiance des socialistes.

517. L'affaire Praslin, autre scandale du temps. La duchesse de Praslin fut assassinée par son mari, qui ensuite se fit justice. Flaubert consulta sans doute *la Revue des Deux Mondes* (1847, vol. 19 p. 958-959, chronique de V. de Mars). Voir aussi Pl. I 469 : « j'y ai vu que l'homme (...) restait toujours avec ses instincts de bassesse et de sang. » et ibid. p. 473 : « je n'ai pas lu *(les papiers Praslin)* car M. et Mme Praslin m'assomment également. » (29 août et 3 sept. 1847 à Louise Colet.) N'oublions pas qu'il s'agit d'un drame de la jalousie et de l'adultère, comme c'est le cas sous une forme moins violente de *l'Éducation*.

518. Ces allusions, en même temps qu'elles ressassent un grand nombre d'idées reçues, contiennent beaucoup de détails cachés : voir 605 f⁰ 10 v⁰ : « le chevalier de la maison rouge (auth. histor. *(sic)* – août) – un décor représente la salle d'un club. » C'est donc l'anticipation implicite des événements de 1848 et de la candidature de Frédéric.

519. *La Part des femmes :* feuilleton d'Antony Meray (voir Cento p. 171). Dans le contexte de *l'Éducation,* ce titre est loin d'avoir été choisi sans malice (d'autant plus que c'est Frédéric qui le choisit).

520. Le jongleur de l'hôtel de ville : Louis-Philippe. Il s'agit d'une caricature célèbre.

521. Dumouriez : chef militaire du jeune Louis-Philippe en 1793, il s'était mis au service des Autrichiens. Il n'est pas indifférent que ce soit Sénécal qui cite cet exemple, vu la trahison abjecte qu'il commet lui-même à la fin du roman.

522. La formule, de la part de Hussonnet dans une réunion socialiste, est mal choisie : la Tour de Nesle fut un lieu de débauches *royales.*

523. Cette chanson est du poète ouvrier Pierre Dupont, que Baudelaire admira un instant (voir les *Oeuvres complètes* de celui-ci, Pléiade, II, p. 26-36 et 119-175). On remarque que Sénécal empêche le pharmacien de chanter tout comme on interdit de chanter l'hymne à Pie IX...

524. Pour la stratégie de cet « enchantement » voir 606 f° 3 v° *(marge)* : « il faut qu'il *(Frédéric)* passe maintenant pour très Républicain afin que sa reculade soit plus tard mieux remarquée. » Alton-Shée passa dans l'opposition en 1847 (voir I.N., II p. 289).

525. C'est la confusion classique chez les personnages flaubertiens entre la recherche artistique et l'aspiration amoureuse.

526. Les brouillons parlent de ce mouvement sur un ton pour le moins plaisant : « Il saute dessus en la bécotant ‘non, non, je ne me marierai pas.’ *(sic)* »(611 f° 43 v°).

527. L'idylle d'Auteuil ne figure pas dans les premiers scénarios (611 f° 65 etc.).

528. Voir 606 f° 112 v° : « elle manque d'imagination mais exaltation de cœur et de nerfs de sensibilité et de sentiment. » Une fois de plus il y a dans les brouillons, comme dans la version définitive, des relents d'artiste manqué.

529. Voir Pl. II p. 233 (6 janvier 1853, à Louise Colet) : « Ah ! si je t'avais connue dix ans plus tôt et que j'eusse eu, moi, dix ans de plus ! ». On voit que Flaubert est capable d'exploiter les lieux communs qu'il a lui-même débités.

530. Cette scène rappelle par bien des points Fontainebleau et Nogent. L'idylle d'Auteuil n'est pas un moment unique. D'autre part, comme on le voit plus bas, c'est une fois de plus l'esprit religieux, sous sa forme sentimentale, déliquescente, qui contamine un autre domaine de l'expérience.

531. Délibérément ou non, Flaubert instaure ici un écho troublant des *Liaisons dangereuses* de Laclos, où Valmont écrit, à propos de la Présidente de Tourvel : « Pour que je sois vraiment heureux, il faut qu'elle se donne. » (Classiques Garnier, p. 30).

532. Nous sommes au début de 1848, la Révolution est toute proche.

533. L'affaire Léotade : procès où un curé était accusé d'homicide et d'attentat à la pudeur.

534. L'insurrection de Palerme : autre signe d'instabilité grandissante qui s'ajoute à ceux évoqués plus haut par Sénécal et Deslauriers.

535. Ce banquet réformiste fut en définitive interdit.

536. La rue de la Ferme est l'actuelle rue Vignon.

537. Voir 606 f⁰ 87 v⁰ : « C'est ⟨pr.⟩ le mardi 22 février ⟨qu'elle a donné le rendez-vous⟩ jour que devait avoir lieu le banquet Lamartine. »

538. Voir Carnet 19 f⁰ 37 v⁰ (in Durry p. 168) : « elle accepte un rendez-vous – ⟨que le lecteur croie qu'on va se foutre⟩ – n'est pas baisée. » etc.

539. Voir 606 f⁰ 138 v⁰ : « [La peur seule de la traiter en fille]. »

540. Reposoirs : voir note 530.

541. La poire : surnom de Louis-Philippe.

542. Pour décrire les événements révolutionnaires qui vont suivre, Flaubert s'était très abondamment documenté. *Voir les articles de François et de Guisan, Cento p. 117 et ss* ainsi que les notes de Flaubert reproduites dans C.H.H., 3 p. 433 et ss. Flaubert a largement exploité les *Souvenirs de l'année 1848* de Du Camp et *l'Histoire de la révolution de 1848* de Daniel Stern. Il a sans doute également consulté *l'Histoire des trois journées de février* d'Eugène Pelletan, à laquelle une note de 611 f⁰ 132 fait allusion. On se souvient que Flaubert fut lui-même à Paris à partir du 24 février, et que pour les événements subséquents il eut donc moins besoin des expériences d'autrui. Il n'en a pas moins consulté, en plus des textes que nous venons d'évoquer, les journaux de l'époque *(Le Constitutionnel* et *Le National)* ainsi que des ouvrages tels que *l'Histoire de l'armée* de Jules Lecomte, et les *Fastes des gardes nationales de France* de A. & C. Elie. Retenons cependant que Flaubert cherche à faire l'histoire *morale* des hommes de sa génération et non l'histoire documentaire – la disparition, au stade des brouillons, d'un très grand nombre de précisions en témoigne amplement. Notons d'autre part que le VIᵉ chapitre de *Bouvard et Pécuchet* ainsi que tel court passage d'*Un cœur simple* permettent de recueillir une autre vue flaubertienne de ces événements.

543. Odilon Barrot habitait rue de la Ferme. C'est pour cela que Frédéric est obligé de se réfugier dans la rue de l'Arcade (qui se trouve de l'autre côté de la rue Tronchet).

544. « Vive la Réforme » etc. est le slogan (ou si l'on préfère le lieu commun, l'idée reçue) du moment. La Réforme désigne à la fois le journal libéral et la réforme électorale dont il était l'organe principal.

545. Comme tous les menus incidents qui sont relatés, ce détail

est véridique (voir Du Camp op. cit. et *le National* du 23 février 1848).

546. Cette même pluie fine reparaîtra au moment du Coup d'État, marquant sans doute la ressemblance d'événements apparemment antithétiques. La pluie en tout cas, dans *l'Éducation,* a valeur de signe d'intimité (avec Mme Arnoux ou Mme Dambreuse) ou signe de désespoir, comme lorsque Frédéric rentre chez lui après le rendez-vous manqué (voir 606 f⁰ 174 : « Nuit atroce. La pluie tombe. »)

547. Soulignons la modernité de ce passage tant par les rapports que Frédéric entretient avec les objets qui l'entourent que par cette activité imbécile et désespérée qui fait penser à maint détail d'*En attendant Godot* de Beckett.

548. Ces calculs nous rappellent ironiquement ceux d'Arnoux dans les premières pages du roman.

549. Ce « maudit petit chien » s'était également manifesté dans la première *Éducation* (Seuil I p. 351-354).

550. Pour les symptômes du croup, Flaubert a utilisé à la fois des observations recueillies par lui-même *in situ* et des détails fournis par les médecins de l'époque. Voir B.-L., II p. 347-349 et 611 f⁰ 157-158 r⁰ et v⁰, détails tirés du *Traité des maladies des enfants* par Barthez et Rilliat (1843 et 1854) et de la *Clinique* de Trousseau. On se rappelle que la trop grande sensibilité de Flaubert l'empêcha d'assister à l'intervention chirurgicale par laquelle cet épisode devait primitivement se terminer.

551. Le Dr. Colot s'appelait primitivement Dherbois (606 f⁰ 174).

552. Étant donné l'influence néfaste de l'esprit religieux tout au long de ce roman, on aurait tort de supposer que le geste, certes émouvant, de Mme Arnoux soit dénué d'ironie (de la part du narrateur, s'entend). Ce geste est surtout sentimental. Voir 606 f⁰ 174 : « Elle n'était pas dévote cependant. Mais elle s'agenouilla » etc.

553. *Les Girondins,* chanson intercalée dans *le Chevalier de la Maison rouge,* de Dumas, évoquée plus haut. Les Girondins furent décimés en 1793...

554. Frascati ; maison de jeu (à l'angle de la rue de Richelieu et du boulevard des Italiens) démolie en 1837.

555. Renverser : euphémisme très courant au XIXᵉ siècle. On note que c'est chez elle (et non rue Tronchet) que Frédéric possède la Maréchale pour la première fois. Voir 611 f⁰ 40 : « *réaction de Fr.* il court chez la Maréchale, est si éloquent qu'il la baise –

par perversité, il l'emmène dans le logis préparé pour l'autre»
etc. L'incident paraît ainsi plus trivial que ne le ferait supposer
la critique traditionnelle.

556. Ce grand détour a pour fonction principale (au niveau de la
narration) d'empêcher les amoureux de retourner chez la Maréchale et de rendre plus vraisemblable le sacrilège qui va se
consommer. Si Frédéric emmène Rosanette dans le logis préparé
pour l'autre, c'est que toutes sortes de circonstances (y compris
l'état de Rosanette elle-même) s'y prêtent. La «vengeance» de
Frédéric est donc en fin de compte conforme à la faiblesse essentielle de son caractère.

557. La fusillade du Bd. des Capucines : incident où la troupe se
croyant menacée (ou agressée) tira sur les manifestants. Le début
du chapitre suivant en explique les conséquences.

558. On est au 24 février, moment décisif de la Révolution de
1848. Pour les sources (in Cento p. 185-208 etc.) voir note
542, supra. Pour l'élaboration du début de cette 3e partie, voir
en appendice la transcription des brouillons. Notons par ailleurs
que les premiers brouillons ne relatent ni l'attaque du Château
d'Eau ni la prise des Tuileries (611 f° 91).

559. En plus de l'approfondissement de la passivité de Frédéric, le
long chapitre qui va suivre, explore la manière dont cette Révolution se transforme rapidement en idée reçue, se calquant systématiquement sur la Révolution de 1789 au lieu de rechercher
méthodiquement son identité propre. De là la fréquence des
allusions à 1789 et, dans les brouillons, de notes telles que «la
création d'un maire de Paris, imitation de la première république» (606 f° 166 v°).

560. Bugeaud : militaire détesté depuis le massacre de la rue
Transnonain. Voir note 464.

561. Le Château d'Eau : «place du Palais Royal, à peu près au
lieu où se trouve aujourd'hui l'entrée du Ministère des Finances,
s'élevait une fontaine dite 'Château d'Eau', dont les bâtiments
renfermaient un corps de garde. Elle fut démolie après l'incendie
du 24 février» (B.-L. II p. 351).

562. Les rues Saint-Thomas et Fromanteau, démolies en 1852,
occupaient l'espace qui sépare la Cour Carrée du Louvre de la
place du Carrousel.

563. Il s'agit donc pour lui d'une vieille habitude. Le passé détermine la nature du présent. Il y eut des insurrections en 1832,
1834 et 1839.

564. Un vieillard : c'est le maréchal Gérard. Sources : Du Camp
et Garnier-Pagès (voir Cento p. 186).

565. Les Tuileries, palais qui séparait le jardin des Tuileries et la place du Carrousel, n'existent plus depuis la Commune (1871).

566. Ce geste se caractérise avant tout par sa banalité. Voir la note de Flaubert tirée de l'*Histoire de l'armée* par Jules Lecomte (p. 214) : « Prise des Tuileries, sur le registre des visiteurs Et. Arago s'inscrivit. beaucoup d'autres imitèrent cette plaisanterie. » (Cento p. 200)

567. Pour l'opinion de Flaubert concernant le peuple, voir notre Préface. Voir aussi Carnet 2 : « Le peuple est une expression de l'Humanité plus étroite que l'individu... et la foule est tout ce qu'il y a de plus contraire à l'homme. » (in C.H.H., 8 p. 267.)

568. Pour l'ambiguïté des faits qui vont suivre, voir 607 f° 16 : « actes ignobles et charitables. exercés quelquefois par les mêmes individus. »

569. Voir 607 f° 21 : « bassesse devant l'autorité nouvelle. » Flaubert, qui tire cet incident de Du Camp (voir Cento p. 187-190) le transforme afin sans doute de lui donner la portée indiquée dans les brouillons.

570. L'activité révolutionnaire d'Arnoux, très développée dans les brouillons (voir 611 f° 48), est à peine entrevue dans la version définitive.

571. Pour décrire la pose, et la mise, de Dussardier, Flaubert semble s'inspirer d'une statue. En effet, 607 f° 16 porte la note marginale : « *Spartacus* de Foyatier ». Il s'agit d'une statue du Jardin des Tuileries (où Dussardier lui-même se trouve...). Cette œuvre, qui date de 1827, fut beaucoup critiquée, en particulier par Gautier *(Salon de 1833),* pour son caractère théâtral. Dussardier serait donc un révolutionnaire à la fois emphatique et stéréotypé qui imiterait les statues de la même manière que Pécuchet imite les illustrations des manuels de jardinage (Folio p. 97). On pense aussi à la prostituée qui imite la statue de la liberté (p. 294).

572. Autre manifestation, par son vocabulaire même (« effluves d'un immense amour », « attendrissement ») du sentimentalisme. Voir aussi 607 f° 20 v° : « Poésie du Désordre qui est celle de la nature ».

573. Ledru-Rollin était ministre de l'intérieur. C'était donc lui qui nommait les commissaires et les préfets.

574. Voir 607 f° 25 : « Ainsi réunis sous la fatalité de la République les convaincus et les poltrons, les ⟨ardents et les timides⟩ les hypocrites et les niais faisaient [un] ⟨dans⟩*(sic)* accord ⟨[harmonie (?)]⟩ d'autant plus virulente ⟨bruyante⟩ qu'elle était factice − d'autant plus mouvementée *(?)* ⟨artificiel *(sic)*⟩ qu'elle était nouvelle. »

575. « ... a fait le tour du monde avec le nom, la gloire et la

liberté de la patrie !» Phrase prononcée le 25 février 1848 pour repousser le drapeau rouge que certains insurgés voulaient imposer au gouvernement provisoire. (B.-L.). Le « etc. » montre dans quel esprit Flaubert reproduit ce cliché.

576. C'est-à-dire que le bleu symbolise le parti orléaniste, le blanc les légitimistes, le rouge les socialistes.

577. Voir la gravure, ed. C.H.H. p. 444.

578. Pour ces caricatures, voir Cento p. 206.

579. Caussidière : révolutionnaire de longue date qui pendant les Journées de Février, réunit autour de lui des hommes armés ayant pour fonction de maintenir l'ordre et de défendre leur chef.

580. Pour les délégations, voir Guisan et Cento (p. 207). La date de celle des artistes peintres est indiquée par Daniel Stern (II p. 420) comme étant le 14 mars 1848.

581. Voir 611 f⁰ 118 : «[Pellerin est conduit par le panthéisme en peinture à la démocratie – tortures esthétiques que lui donne le portrait de la Maréchale.]»

582. Vu l'isolationnisme de Flaubert, un tel projet ne pouvait qu'exciter son hostilité.

583. Albert fut le seul ouvrier à entrer au gouvernement provisoire. Déporté après les incidents du 15 mai 1848 (invasion de la Chambre des Députés.)

584. Les châteaux de Neuilly et de Suresne, mis à sac le 25 février, appartenaient respectivement à Louis-Philippe et à Rothschild.

585. Il y en eut en réalité trois : elles proclamaient le caractère révolutionnaire du nouveau régime, même au niveau local. Les impôts directs avaient été augmentés de 45 % (*Éducation sentimentale*, Folio p. 492).

586. C'est toujours la même confusion qui se manifeste aux différents niveaux du texte. Voir notes 131 & 150.

587. L'élucubration, c'est-à-dire la description de la première journée de la Révolution, que Frédéric avait envoyée à un journal de Troyes.

588. Pour la source de cette attitude voir, en plus de l'exemple d'Albert, cité plus haut, tel passage des *Journées illustrées de la Révolution de 1848* (in Cento p. 207) : « la qualité d'ouvrier était à cette époque *(avril 1848)* une excellente condition de succès ; aussi tout le monde était plus ou moins ouvrier. »

589. Voir 611 f⁰ 47 : « Frédéric est gagné par la contagion parlante. » autre forme dégradée de l'art.

590. Pour le féminisme et la documentation très détaillée réunie par Flaubert, voir Cento p. 209-238. Flaubert a notamment étudié *les Vésuviennes ou la constitution politique des femmes,* par une société de Françaises. Paris, Imprimerie d'E. Bautruche, 1848.

591. On voit qu'il y a des moments dans ce texte où l'opinion du narrateur éclate au grand jour, sans pour autant que la condamnation vise les ouvriers plutôt que les bourgeois.

592. A propos des doctrines esthétiques de Proudhon dont ce tableau s'inspire, cf. « pignouferie socialiste (...) chaque phrase est une ordure. Le tout à la gloire du Combat et pour la démolition du romantisme ! O saint Polycarpe ! » (Conard V p. 176-177, 12 août 1867 aux Goncourt). Dumesnil (B.-L., II p. 360-361) reproduit un poème de Maxime Du Camp (« La locomotive ») qui ressemble étrangement au tableau de Pellerin.

593. « crucifier »... « incarnation » : ces termes sont loin d'être le résultat d'un choix arbitraire de la part de Flaubert. Dussardier mourra « les bras en croix ». Voir note 803.

594. Les clubs sont évidemment une imitation d'un phénomène de 1789. La source principale utilisée par Flaubert (il s'agit d'un ouvrage satirique) semble avoir été *les Clubs et les clubistes* (Paris, Dentu, 1851) par A. Lucas (voir Cento, p. 239-256).

595. *Le Club de l'intelligence* (nom ironique s'il en fut) est avant tout un amalgame du *Club des hommes lettrés* et du *Club des Instituteurs, institutrices et professeurs socialistes* (voir Cento p. 245). Les incidents relatés par Flaubert sont tous authentiques.

596. Le droit au travail, préoccupation fondamentale des ouvriers qui avaient participé à la Révolution de 1848, fut reconnu dès le 25 février de cette même année.

597. C'est à cette réunion du Prado que les extrémistes durent, dès les premiers jours, accepter l'instauration d'un régime plus modéré.

598. Sénécal, comme les autres, se transforme en idée reçue. Voir 611 f° 47 : « ricochets d'imitation ». Le phénomène est exactement semblable à celui des modèles littéraires dont s'inspirent Frédéric, Deslauriers, Rosanette.

599. Pour l'opinion de Flaubert, voir Conard, VI p. 9, 2 fév. 1869 à G. Sand : « Les gens *avancés* croient qu'il n'y a rien de mieux à faire que de réhabiliter Robespierre ! Voir le livre de Hamel ! » *(M. Michelet historien, Paris, Dentu, 1869).* « Si la République revenait, ils rebéniraient les arbres de la liberté par

politique, croyant cette mesure-là forte » (Conard VI p. 10-11,
2 fév. 1869 à Michelet). On voit que 1848 et le déclin de
l'Empire inspirent à Flaubert le même genre de réflexions.

600. *Les Souvenirs du peuple* : à la gloire de... Napoléon. Prémoni-
tion détournée donc du 2 décembre.

601. *La Casquette* : le début de séance est ritualisé au point de
perdre tout contact avec la réalité.

602. *L'Assemblée Nationale* fut un journal réactionnaire fondé en
février 1848.

603. Appeler « Azor », c'est-à-dire faire mine de l'appeler comme
s'il était un chien.

604. Une fois de plus, il s'agit du mélange, néfaste aux yeux de
Flaubert, de l'esprit politique et de l'esprit religieux. Voir Bénichou p. 190. Le tableau de Flaubert vient de confirmer que l'art
est « contaminé » de la même manière. Voir aussi Conard V
p. 412 : « la doctrine de la Grâce nous a si bien pénétrés que le
sens de la Justice a disparu. Ce qui m'avait effrayé dans l'histoire de 1848 a *(sic)* ses origines toutes naturelles dans la Révolution *(de 1789)* qui ne s'est pas dégagée du moyen-âge quoi
qu'on en dise. J'ai retrouvé dans Marat des fragments entiers de
Proudhon et je parie qu'on les retrouverait dans les prédicateurs
de la Ligue. » (lettre du 17 octobre 1868).

605. Cf. « le mot de Robespierre, "l'athéisme est aristocratique" »,
note que Flaubert trouve chez P. Leroux (voir Cento p. 249).

606. La tête de veau sera expliquée dans les toutes dernières pages
du roman. Il s'agit une fois de plus d'une imitation qui n'a que
très peu de choses à voir avec les réalités de 1848.

607. Cette allusion aux héritages rappelle la thèse de Deslauriers,
la question d'oral de Frédéric et, bien sûr, l'héritage de celui-ci.

608. Pour l'épisode du patriote de Barcelone, voir la note de Flaubert (Carnet 14) tirée de *la Voix des clubs* (in C.H.H. vol. 8,
p. 346) : « Le citoyen Cabet a présenté à ses 6 000 frères un
patriote de Barcelone représentant la démocratie espagnole ».
Voir aussi Danahy, « The aesthetics of documentation ». Si nous
nous sommes permis de corriger le texte de ce discours (publié
en français et que Flaubert *avait fait traduire en espagnol*) nous
ne croyons pas nécessaire d'en fournir la traduction, le propre de
ce « speech » étant d'être incompréhensible.

609. Voir 611 f° 48 : « Elle l'accuse d'avoir fait la Révolution "ta
république" manière des femmes de raisonner politique ⟨absur-
des agaçantes⟩ ».

610. Voir Pl. II p. 95 (29 mai 1852 à Louise Colet) : « Cela me rappelle les filles entretenues après 1848 qui étaient désolées. Les gens comme il faut s'en allaient de Paris. Tout était perdu. » Le texte du roman est plus ambigu, mais pourrait faire supposer que Rosanette continuait encore à se faire entretenir par d'autres que Frédéric.

611. Voir *Dictionnaire des Idées reçues* : « ACTRICES : mangent des millions et finissent à l'hôpital ».

612. Les idées que Rosanette débite ici sont visiblement la monnaie courante de la réaction qui commence.

613. Pour les théories de Mlle Vatnaz, voir note 590. 607 f° 63 v° donne d'autre part *(en marge)* : « les socialistes, les vésuviennes Paturot 65 ». En clair, Flaubert renvoie à l'ouvrage de Louis Reybaud, *Jérôme Paturot à la recherche de la meilleure des républiques*. Ceci s'ajoute à ce que Flaubert avait trouvé entre autres dans *la Voix des femmes* (notamment du 16 mars 1848) et les *Pages d'histoire* de Louis Blanc.

614. Cento (p. 234) fait remarquer que *grosso modo* les mêmes exemples figurent dans *Bouvard et Pécuchet* (Folio p. 252).

615. Il ne s'agit pas d'une erreur. L'appartement de Rosanette se trouvait à l'angle de la rue Drouot et de la rue Grange-Batelière. Voilà pourquoi, à la fin de la deuxième partie, Frédéric peut l'apercevoir depuis le boulevard.

616. On connaît la très sévère opinion de Flaubert sur le mariage. Arnoux se situe pour sa part, très nettement du côté des partisans de la réaction anti-révolutionnaire. Il rejoint donc, en le protégeant, le groupe Dambreuse et se montre aussi versatile que les autres : au début du roman, il s'était dit « républicain ».

617. Envahis par des émeutiers républicains.

618. Banquet organisé pour remercier la garde nationale d'Amiens pour son soutien. Source : Élie, *Fastes des gardes nationales de France* (II, p. 130-131). Voir Cento p. 258.

619. Commission pour l'organisation du travail présidée par Louis Blanc. Elle se révéla peu efficace. Pour ce détail et les suivants voir Cento p. 258-259.

620. Pour les vésuviennes, voir la note de Flaubert (in B.-L., II, p. 367) : « *Les Vésuviennes,* légion de jeunes ouvrières, proprement vêtues, paraissent le 27 mars ».

621. Pour la documentation de cet épisode, Flaubert s'était adressé à Du Camp. Voir la lettre de celui-ci (dans le recueil édité par

Bonaccorso, p. 306) qui donne des renseignements sur la durée des gardes et l'aspect des lieux que Flaubert reproduit fidèlement.

622. Un épurateur : homme chargé de la purification des eaux. Il est alcoolique.

623. Il s'agit, comme c'est toujours le cas, de slogans, d'idées reçues. Voir Cento p. 259 qui cite la note de Flaubert (tirée de Daniel Stern, tome III, p. 131, etc.) : « "Il faut en finir" mot que tout le monde disait ».

624. En clair, cela signifie qu'Arnoux, qui a près de cinquante ans, n'a plus sa virilité d'autrefois. Voilà pourquoi, plus bas, il a « besoin de se refaire » et mange avec tant de voracité.

625. La rue de Chartres se trouvait, par rapport à la place du Carrousel, de l'autre côté de la rue de Rivoli, sur l'emplacement de l'actuel marché aux antiquités du Louvre.

626. Étant donné l'évolution politique d'Arnoux, on peut supposer que cette fraternité éclaire la direction que prennent les idées de Frédéric.

627. La loi contre les attroupements (moment important de la réaction conservatrice) fut proclamée le 4 juin.

628. C'est Caussidière qui les nomme ainsi dans ses *Mémoires* (voir Cento p. 259).

629. Marie : Pierre Thomas Marie de Saint-Georges, instigateur des ateliers nationaux, qui avait soutenu la loi sur les attroupements. Ce revirement de popularité ressemble à celui que connaît, au début du quatrième chapitre de la première partie, Samuel Rondelot : « Bien qu'on l'aimât tout à l'heure, on le haïssait maintenant », etc. (p. 29).

630. Pour cette description des agents provocateurs, Flaubert semble avoir surtout exploité les détails fournis par Caussidière dans ses *Mémoires* (voir Cento p. 260).

631. Socialisme : pour comprendre la résonance que pouvait avoir ce mot au XIXe siècle, voici la définition qu'en donne le dictionnaire de Littré (1863-1872) : « système qui subordonnant les réformes politiques, offre un plan de réformes sociales. Le mutuellisme, le saint-simonisme, le fouriérisme, sont des socialismes. »

632. Voici la note à partir de laquelle Flaubert élabore ce passage : « le 21 juin arrêté du ministre des travaux publics invitant les ouvriers de 18 à 20 ans à s'enrôler ou à partir dans les

départements. indignation. Pujol. – (Stern *(p.)* 23-65) » (611 f° 132). Voir aussi Cento p. 261.

633. Pour la durée de cet épisode (qui ne correspond pas du tout à la manière dont il est relaté) voir 611 f° 44 : « (21 juin) Fontainebleau *(en fait ils s'y rendent le 22)* Frédéric repart le 3ᵉ jour ». Pour les recherches concernant la manière dont on se rendait, en 1848, de Paris à Fontainebleau voir Conard V p. 409-410 (sept.-oct. 1868 à J. Duplan) et B.-L. I xcviii et ss. Ces détails préoccupèrent fortement Flaubert. Pour le voyage du retour il dut supprimer, dans les brouillons, un chemin de fer anachronique et le remplacer par des moyens de locomotion plus anciens.

634. Voir 607 f° 22 v° : « rêveries historiques, impression de la Renaissance ».

635. Cet assassinat crapuleux de l'amant de Christine de Suède rappelle l'affaire Praslin évoquée plus haut et (plus ironiquement) certains mouvements de colère de Frédéric vis-à-vis de Rosanette.

636. Cette concupiscence rétrospective existe également, comme l'a signalé Cento (p. 262-263), dans *Par les champs et par les grèves* (Seuil, Intégrale, II p. 480).

637. Anticipation ironique de la dernière phrase du sixième chapitre de la troisième partie.

638. Les belles pleureuses : voir Rousseau, *Confessions* (éd. Voisine) Classiques Garnier, p. 445-449. Flaubert emploie cette même expression dans Pl. II p. 645 (7 nov. 1856 à A. Baudry). Rousseau représente dans *l'Éducation* le sentimentalisme, Voltaire (mentionné tout de suite après) la clarté raisonnable.

639. « L'éternelle misère de tout », expression qui permet d'évaluer avec précision les aspirations des personnages et le sens des mouvements révolutionnaires.

640. B.-L. I p. lxxxix-xcvi, reproduit les notes de Flaubert concernant la forêt de Fontainebleau.

641. N'oublions pas, pour mieux situer cette expérience de la nature (comme celle d'Auteuil et de la rivière à Nogent), le mot de Flaubert : « Moi qui *déteste la nature* » (Conard V p. 136, 18 avril 1864 à Caroline).

642. C'est toute l'atmosphère de la *Légende de saint-Julien l'Hospitalier (Trois contes)* que Flaubert ébaucha dès 1856 mais qu'il ne composa en définitive qu'en 1875. (Voir Pl. II p. 613-614, 1ᵉʳ juin 1856 à L. Bouilhet.)

643. Pour une analyse de cet épisode, voir Brombert, *The Novels of Flaubert,* p. 177-178.

644. On ne peut s'empêcher de voir dans ces descriptions une métaphore des convulsions révolutionnaires. Mais c'est en même temps, comme tout l'épisode de Fontainebleau, la soudaine irruption d'une dimension temporelle beaucoup plus vaste, réduisant à leurs justes proportions les affaires contemporaines, les plaçant brutalement en face de « l'éternelle misère de tout ».

645. Pour se documenter sur les canuts, Flaubert s'adresse à J. Duplan (Conard V p. 403, fin août-sept. 1868) et consulte le mémoire de Blanqui aîné, *Des classes ouvrières pendant l'année 1848* (voir Cento p. 263-265). Pour l'enfance de Rosanette, Flaubert se souvient sans doute d'une personne de sa connaissance : « La Maréchale, enfance et antécédents de Mlle Theric » (611 f⁰ 109 v⁰ & 111 v⁰). Il note également à propos de la Maréchale, « pour la 3ᵉ partie voy. *Masques et Visages* Goncourt *(p.)* 451 » (611 f⁰ 111 v⁰).

646. Pour la défloration de Rosanette, Flaubert semble avoir utilisé les confidences de son amie Suzanne Lagier. Voir Durry p. 124-125 et Cento p. 263, note 2. On relève que son « séducteur » a des « façons de dévot ». Ici, comme ailleurs, le motif de l'esprit religieux se manifeste. On ne peut que s'étonner, d'autre part, de la qualité littéraire de ce passage dans la bouche d'un personnage dont auteur et protagonistes s'attachent à démontrer la vulgarité.

647. Voir 607 f⁰ 11 v⁰ : « contraste de ce qui est raconté – qui est hideux – avec le paysage ambiant ». 611 f⁰ 48 *(marge)* : « et peu à peu Rosanette donne des détails sur sa vie passée. un jour. – (poser le paysage). »

648. Les silences de Rosanette font penser à ceux, plus tard, de Mme Dambreuse. Voir p. 391. Voir également 607 f⁰ 127 : « ni l'un ni l'autre ne disent absolument la vérité. En [peu de *(?)*] ⟨huit⟩ jours Fr. épuise la lune de miel. impossibilité de se faire comprendre. Pas moyen de connaître le passé. ⟨Pour la Maréchale le contraire. Elle entrevoit un horizon sérieux.⟩ » Cf. également le passage de la première *Éducation sentimentale* que Flaubert cite lui-même dans Pl. II p. 12 (21 oct. 1851 à M. Du Camp) : « il y a toujours dans les confidences les plus intimes quelque chose que l'on ne dit pas ». Flaubert reprend ce thème un peu plus bas (p. 333).

649. Voir la note précédente.

650. Les espoirs de Rosanette reprennent le ton et les termes des

espérances politiques de Dussardier. Cette « grande aurore » est la
fidèle anticipation des « lendemains qui chantent ».

651. Le dimanche matin : le 25 juin 1848. Pour les hésitations de
Flaubert, voir 611 f⁰ 132 : « Frédéric revient à Paris dans la nuit
du 24 au 25 » et 607 f⁰ 106 v⁰ : « nuit du 25 au 26 ». Pour
d'autres hésitations voir 607 f⁰ 117 : « Pendant ce temps-là la
bataille de Paris – ⟨juin⟩ – [mort de Dussardier] ⟨blessure de
D.⟩ ⟨la Maréchale veut le retenir. Frédéric à la fois content et
vexé⟩ Frédéric part le 3ᵉ jour. »

652. Flaubert exploite ici les détails fournis par le Bottin de 1848,
recopiés par Duplan (voir B.-L. I p. xcviii).

653. La barrière d'Italie, c'est-à-dire l'actuelle place d'Italie.

654. Pour décrire Paris au moment de l'insurrection de juin 1848,
Flaubert consulte les journaux de l'époque *(Constitutionnel, Charivari, National)* et *les Journées illustrées de la Révolution de
1848*. Il s'adresse également à ses amis : à Feydeau (Conard V
417, 27 oct. 1868), pour les postes de garde et les régiments
concernés ; à Du Camp, dont des lettres (611 f⁰ 171 r⁰ - 176
v⁰) donnent d'amples renseignements à propos de la topographie
des événements et des mouvements de troupes tirés en partie
d'un ouvrage intitulé *Sanglante insurrection des 22, 24, 25 et
26 juin 1848* (1848), et de *l'Histoire de la Garde Mobile* d'Alphonse Balleydier (1848). (Voir Cento p. 266-269.)

655. Le boulevard des Gobelins : l'actuel boulevard Auguste
Blanqui.

656. La rue Mouffetard, avant les travaux d'Haussmann, se prolongeait jusqu'à la barrière d'Italie.

657. Il est intéressant de confronter ce passage avec une version
antérieure : « [⟨un bataillon⟩ de la 1ʳᵉ légion de la garde nationale ⟨et des détachements de mobiles)] sous les ordres du lieutenant colonel Thomas – [avaient fusillé neuf hommes et un
cabaretier] [les vainqueurs indignés de l'assassinat de Bréa] ⟨en-
ragés par le meurtre⟩ tout récent ⟨du général Bréa⟩ avaient
fusillé ⟨sur place⟩ neuf insurgés et un cabaretier. [Il devait y
avoir une flaque] ⟨torches – une large flaque⟩ de sang par terre
⟨*(Marge :)* on crie ⁀en voilà encore un – [c'est un émeutier] *(?)*
⟨ne le lâchez pas⟩⟩ » (608 f⁰ 99 v⁰).

658. La rue du Marché aux Chevaux était le prolongement de
l'actuelle rue G. Saint-Hilaire. Elle allait de la rue Fer-à-Moulin
jusqu'au boulevard de l'Hôpital (B.-L.).

659. L'hôpital de la Pitié se trouvait rue Daubenton sur l'emplacement de l'actuelle Mosquée.

660. La rue Saint-Victor comprenait, à l'époque, tout ensemble les rues Saint-Victor, Jussieu et Linné.

661. Pour cette description, Flaubert semble s'être servi avant tout des renseignements fournis par Du Camp (611 f⁰ 172 r⁰ & v⁰ – f⁰ 173 – de la main de Du Camp) : « quant à mes souvenirs de Paris la nuit = aspect *sinistre :* rues vides parcourues par des patrouilles de garde nationale de 100 à 150 hommes au moins ; les tambours escortés par deux trois compagnies, allaient de rues en rues *battant la générale* pour appeler tout le monde aux armes ; les maisons absolument *éteintes* et *obscures.* Dans toute lumière on voyait un signe d'insurrection et l'on tirait sur les fenêtres éclairées. Aimée a été visée et tirée sur notre balcon, par une vedette. Les sentinelles criaient de dix minutes en dix minutes : Sentinelles prenez garde à vous ! Les dragons de Goyon étaient de service, passant en vedette ; personne ne circulait sauf quelques hommes EN BLOUSE BLANCHE qui disaient un mot obscur *(?)* et passaient. C'étaient des agents de police déguisés. L'artillerie était arrivée le Dimanche venant de Bourges, elle était entrée à Paris, par les Batignoles ; le Lundi matin elle avait pris position dans le Faubourg St-Antoine ; ton héros peut donc l'avoir rencontrée dans la nuit du Dimanche au Lundi. Insiste sur ce double effet d'un silence anormal troublé de temps en temps par un bruit absolument particulier qui n'avait rien de commun avec les bruits ordinaires de Paris ; c'était là le caractère spécial du Paris nocturne, et qui en dehors des événements causait une sorte de stupeur à tout le monde. Le changement brusque et radical des apparences du milieu suffisait à épouvanter les Bourgeois = Donc obscurité des façades de maison ; silence profond, *noir ;* tout à coup des cris se répétant : Sentinelles prenez garde à vous ! Silence. Bruissement de 150 hommes marchant en cadence. Silence ; fracas de la générale ! Silence – roulement de canons ; toute poitrine était oppressée. Cette *oppression,* cet étouffement est resté très net dans mon souvenir (...) Dans la nuit du Lundi au Mardi, comme les troupes arrivaient, que les gardes nationales affluaient, il devait y avoir bien des feux de Bivouacs aux places, carrefours et Boulevards – voilà. »

662. Il s'agit de l'actuel Vᵉ arrondissement.

663. Pour la description du poste de l'École Polytechnique, Flaubert s'est inspiré notamment des renseignements fournis par Balleydier (voir note 654) ; ce sont par contre le *Journal des Débats* et les *Journées illustrées de la Révolution de 1848* qui ont été utilisés pour la description de la place du Panthéon (voir Guisan, et Cento p. 268).

664. « Pour les horreurs de juin, *Le Peuple,* 12 février 1849. *(Arti-*

cle de) Ménard. » (611 fᵒ 131).

665. Le Général Bréa fut fait prisonnier par les insurgés et assassiné. L'archevêque de Paris (Monseigneur Affre) fut tué accidentellement devant la barricade de Saint-Antoine (B.-L.).

666. C'est l'actuel VIᵉ arrondissement. La mairie se trouve rue Garancière.

667. *La Correspondance* parle souvent de l'indifférence de la Nature devant la souffrance humaine (dont le récit de Rosanette vient de nous fournir un autre exemple). Voir i.a. Pl. I p. 658 (26 juil. 1850 à sa mère) et 683 (4 sept. 1850 à Bouilhet). Ce sont en même temps les horreurs de la guerre que Flaubert vise ici. Voir 608 fᵒ 118 vᵒ : « [Alors Frédéric fut envahi par une immense tristesse. D'après tout ce qu'il venait de voir et d'entendre, il ne découvrait dans cette guerre [*1 mot illisible*] aucun but supérieur et impersonnel. L'enthousiasme lui semblait impossible]. » Si le sens moral de Frédéric disparaît logiquement de la version définitive, la portée générale de cette scène, elle, reste.

668. Encore un slogan qui devient très vite vide de sens. C'est Du Camp (*Souvenirs de l'année 1848,* p. 283) qui relate cet incident.

669. « Pour les blessés de juin voy Gazette des Hôpitaux et Union Médicale encyclop. moderne volume 7 article *Juin.* Bastide. » (611 fᵒ 131).

670. La blessure de Dussardier ressemble beaucoup à celle que reçut, en pareille circonstance, Du Camp. Voir, de celui-ci *les Souvenirs de l'année 1848,* p. 270 et ss.

671. Cette angoisse d'avoir lutté contre ses propres frères était très répandu après juin 1848. Voir Cento p. 269.

672. Pour l'épisode des Tuileries, voir la lettre de Flaubert (fin septembre 1869 à G. Sand) : « J'écris maintenant trois pages sur les abominations de la garde nationale en juin 1848, qui me feront bien voir des bourgeois ! Je leur écrase leur nez dans leur turpitude, tant que je peux. » (Conard V p. 407-408). Voir Cento p. 269, Guisan. et C.H.H. 8 p. 349 et ss.
Notons cependant que les brouillons fournissent un grand nombre de détails : 607 fᵒ 179 parle de Saint-Lazare, de l'École Militaire, de l'Hôtel de Ville. La version définitive se limite, par contre, au seul exemple des Tuileries, les atrocités étant incarnées par un seul homme, le père Roque. Celles commises par les insurgés ne sont pas évoquées du tout dans le texte final.

673. Bonnet de coton : les bourgeois – bonnet rouge : les révolu-

tionnaires. Comme toujours Flaubert recherche un jeu de parallèles : « la bêtise des républicains » (en février) fait pendant à « la férocité des bourgeois » du mois de juin (611 f⁰ 105).

674. Pour le sens de ce geste, voir 607 f⁰ 108 v⁰ : « [Expliquer comment le bourgeois le plus paisible devient anthropophage.] »

675. C'est bien de *baquet* qu'il s'agit. Il figure dèjà chez D. Stern et dans les notes de Flaubert (voir C.H.H., 8, p. 349).

676. En dépit des interférences sentimentales qu'il véhicule, c'est peut-être, par son ironie simpliste, le moment le plus faible de ce roman.

677. Pour la documentation de cet épisode, voir Cento 273 et ss. Voir aussi 607 f⁰ 168 v⁰ : « Dîner chez Mme Dambreuse (le 12 juillet jour de la Revue de Cavaignac). » Voir aussi 611 f⁰ 144 *(scénario)* : « III ch. 2 le dîner chez les D. où Fr. réussit doit faire pendant à la soirée dans la même maison où tout l'a choqué – aujourd'hui cependant on est encore plus bête et immoral. » Voici d'autres notations stratégiques (607 f⁰ 117) : « Bien marquer ⟨en dessous⟩ la préoccupation politique. C'est là ce dont on parle et en dessous du côté des femmes la préoccupation sentimentale. » – 611 f⁰ 92 : « Dîner chez M. Dambr. un des centres de la réaction. » Flaubert s'inspire notamment du *Constitutionnel* et des *Journées illustrées de la Révolution de 1848.*

678. On pense à la réflexion de Frédéric lors de sa dernière entrevue avec Mme Arnoux : « quel embarras ce serait ! » On pense également au mot de Rodolphe, dans *Madame Bovary :* « mais comment s'en débarrasser ensuite ? » (C. G. p. 134).

679. Flaubert écrit, comme pour lui-même, « Martinon commence à m'effrayer » (611 f⁰ 118).

680. C'est dans *le Constitutionnel, le Lampion, les Journées illustrées de la Révolution de 1848* et les *Révélations historiques* de Louis Blanc que Flaubert puise ces détails (voir Cento p. 275-278), ainsi que ceux des pages suivantes.

681. Cet engouement fut très répandu après les Journées de Juin 1848. Flaubert s'inspire de l'*Histoire de la seconde république française* d'H. Castille (voir Cento p. 278-279) et note : « Les filles de théâtre voulurent coucher avec *(les mobiles)* comme s'ils eussent été des grands seigneurs cosaques. » (in Cento p. 279).

682. Tout ce qui se dit dans ce salon, comme ailleurs, a valeur de cliché et résume l'esprit figé, stéréotypé des protagonistes. Ce bras de fer, comme le souligne Cento (p. 279-280) se retrouve non seulement dans *Bouvard et Pécuchet* (Folio p. 251) mais

également dans *le Dictionnaire des Idées reçues de Flaubert* (article *Bras*) !

683. Si le désir de massacrer les socialistes s'inspire du *Spectre rouge de 1852* de Louis Romieu, la « lâcheté » des insurgés est invoquée dans un passage du *Constitutionnel :* « On saura qu'il ne suffit pas de remuer des pavés, de hérisser les rues de barricades, de s'embusquer derrière les murailles et de tirer, à l'abri sur des braves qui marchent la poitrine découverte, pour faire une révolution. Le véritable courage et le succès sont du côté de l'ordre et des lois. » (28 juin 1848).

684. Sallesse et les frères Jeanson : « gardes mobiles héroïques » ; la femme Péquillet : « vivandière héroïque » (*Le Constitutionnel* du 30 juin 1848 et les *Fastes des gardes nationales de France* II p. 186-188 – voir Cento p. 281-282).

685. Voir 611 f⁰ 49 : « Privé de toute passion politique il domine l'assemblée et brille en contant l'histoire de Dussardier. »

686. Le musée espagnol : collection de maîtres espagnols appartenant à Louis-Philippe, accessible au public de 1838 à 1848, rendue à l'ex-roi sous la 2ᵉ République et finalement dispersée à la mort de celui-ci en 1853.

687. L'expression est de Thiers : « Lui aussi *(le lion)* s'il savait penser, se proclamerait propriétaire ». (*De la propriété.* Paris, Paulin, Lheureux et Cie, 1848, p. 29 – in Cento p. 282). Flaubert exprime sa violente hostilité à l'égard de Thiers dans une lettre à G. Sand (Conard V 346-347, 18-19 déc.1867).

688. La source de cette explosion est une brochure réactionnaire (comme Hussonnet en fabrique maintenant, sans doute), *Lettre de Pierre Favel, ouvrier bijoutier, à son ami Barigault, ouvrier tailleur,* dont voici un extrait : « quand je me rappelle ce que j'entendais naguère de sang-froid et à savoir : que la propriété c'est le vol *(le mot est de Proudhon)* ! et que les lois qui la protègent sont infâmes !... Oh ! alors, vois-tu, le sang me monte à la tête et si je tenais *Proudhon,* je crois que je l'étranglerais... ! (in Cento p. 284).

689. Voir 611 f⁰ 124 : « Huss. (3ᵉ partie) fait des biographies dénigrantes à la Mirecourt qui favorisent la réaction, toutes les gloires de la France y passent – il reprochait aux gens leur Province. »

690. Pour l'évolution politique de Dambreuse, voir 608 f⁰ 23 : « Son admiration pour Cavaignac remplaçait l'admiration qu'il avait eue pour Lamartine », « et devait disparaître devant l'amour qu'il aurait plus tard pour Changarnier ».

691. Il s'agit des nombreuses arrestations (et déportations) qui suivirent les Journées de Juin 1848 et qui facilitèrent, plus tard, le Coup d'État du 2 décembre 1851.

692. Pour une version primitive de cet épisode, voir 607 f⁰ 117 : « Arn. en s'en retournant avec sa femme lui répète que Fr. est l'amant de la Maréchale – et ⟨le⟩ lui prouve en passant sous ses fenêtres – ils sont ensemble sur la terrasse au clair de lune enlacés – "comme il mentait," se dit Mme Arn. ».

693. Comme une couleuvre : tout est mis en œuvre pour démontrer la sensualité de Louise – ce qui la rapproche de Rosanette.

694. Le théâtre des Variétés, boulevard Montmartre, presque en face de l'immeuble où Frédéric se trouve avec Rosanette.

695. Pour la stratégie de ce chapitre, voir 611 f⁰ 155 (marge) : « comme personnage secondaire Martinon doit dominer dans ce chapitre ». Voir aussi 611 f⁰ 54 (marge) : « C'est au milieu de ce chapitre que doivent revenir Dussardier, Sénécal et Deslauriers – qu'il y soit au moins question de Deslauriers ».

696. Voir note 681.

697. Voir 608 f⁰ 89 : « Ils vécurent ainsi pendant tout l'automne quand un jour vers le milieu de décembre Rosanette lui apprit », etc.

698. La proposition Rateau (8 janvier 1849), tendant à la dissolution de l'Assemblée Constituante, fut votée le 6 mars de cette même année. (B.-L.). Elle marque un moment important dans le lent effritement de la Deuxième République.

699. Ces noms, bien sûr, sont tout à fait inconnus du public.

700. Pour la tête de veau, voir les toutes dernières pages du roman et la scène du Club de l'Intelligence.

701. Terroristes : pour la résonance de ce terme au XIXᵉ siècle, voir le dictionnaire Petit Robert, p. 1770 : « s'est dit après la chute de Robespierre de ceux qui avaient soutenu ou appliqué la politique de terreur des années 1793-1794 ».

702. Ce raccommodage, comme (plus bas) les larmes, rapprochent Mme Arnoux de Rosanette (voir p. 312).

703. Mme Arnoux ne pense donc plus à son vœu d'autrefois. Voir 608 f⁰ 128 (marge) : « Mme Arnoux s'est acquittée de son vœu par probité mais perd peu à peu toute religion à mesure qu'elle devient plus amoureuse ».

704. Ceci rapproche Mme Arnoux de Louise : voir p. 249 : « Elle lui conta l'aridité de son existence ».

705. Fille : au sens strict de *prostituée*.

706. Cette envie d'étrangler Rosanette fait penser à Fumichon qui, on vient de le voir, voudrait réserver le même sort à Proudhon (p. 348).

707. Voir 608 f⁰ 98 *(marge)* : « la femme enceinte sacrée — réhabilitation ».

708. Pour le mépris et l'horreur qu'inspirait à Flaubert l'idée d'être père, voir Pl. II p. 67 (3 avril 1852 à Louise Colet) : « Moi, un fils ! oh non, non, plutôt crever dans un ruisseau écrasé par un omnibus ». Voir aussi Pl. I p. 311, 318, 331, 337, 342, etc. Toutes ces lettres sont adressées à Louise Colet.

709. Pour les clubs féministes et la documentation réunie par Flaubert, voir Cento p. 208-238 et C.H.H. 8 p. 347.

710. La pose de la Vatnaz semble être d'inspiration à la fois picturale et littéraire. En effet, voir 608 f⁰ 108 : « La Vatnaz ⟨avec une écharpe — comme Corinne au cap Misène⟩ ». Elle chercherait donc à ressembler au personnage de Mme de Staël tel que l'a peint Gérard dans le tableau qui se trouve au musée de Lyon. Pose cliché qui rappelle celle de Dussardier (voir note 571).

711. C'est-à-dire *hors de Paris*. Mot tiré d'une scène du *Pré aux clercs* de Hérold (B.-L.). Notons ici que l'écriture flaubertienne prend une dimension toute particulière en ce sens que les slogans et clichés qui l'émaillent sont en même temps des citations.

712. L'éclairage au gaz était, à cette époque, en pleine expansion, comme les chemins de fer.

713. La rue de Poitiers, c'est-à-dire la minorité royaliste, la partie de l'ordre (dirigé par Thiers, Falloux, Hauranne).

714. Tous les milieux que Frédéric fréquente se ressemblent. Voir p. 138 et ss. et « Assez de lyre » : mot lancé contre Lamartine lors de l'invasion de la Chambre, le 15 mai 1848. Source : J. Lecomte, *Histoire de l'armée...* IV, p. 331 (voir Cento p. 286).

715. Le Président : il s'agit de Louis-Napoléon qui n'est jamais spécifiquement nommé dans *l'Éducation*. Ce n'est pas le cas dans les brouillons. Voir par exemple 611 f⁰ 54 *(marge)* : « 21 7bre Raspail et le Prince Louis nommés à Paris ». L'autocensure est donc évidente.

716. L'affaire du Conservatoire (13 juin 1849) : manifestation au cours de laquelle le Conservatoire des Arts et Métiers fut envahi (notamment par Ledru-Rollin et Considérant). Le général Chan-

garnier écrasa cette manifestation et fit évacuer les lieux, ce qui lui valut l'admiration de la droite. Voir note 740.

717. *De la propriété* (1848) ou *Du Communisme* (1849).

718. Il s'agit d'une caricature de Cham parue le 15 novembre 1849 dans le *Charivari :* « Cela représentait un citoyen dont les deux basques de la redingote laissaient voir une queue se terminant par un œil » (*Bouvard et Pécuchet,* Folio, p. 250). Cet appendice « devait, selon Fourier, pousser aux Phalanstériens après plusieurs siècles *d'Harmonie* ». (Voir Nicole Villa : *La Révolution de 1848 et la Deuxième République.* Paris, Bibliothèque Nationale, 1955, p. 228 ; in Cento p. 289-290.)

719. *La Foire aux idées,* journal vaudeville, en quatre numéros représentée les 16 janvier, 22 mars, 23 juin et 13 octobre 1849 (B.-L. II p. 377).

720. Pour l'évolution morale de Frédéric, voir 608 f⁰ 128 : « Le milieu hypocrite où il se trouve l'a pris. L'énervement causé par le demi-monde l'a préparé aux bassesses du vrai monde. Ses idées changent il devient froid et bassement sceptique – et dans l'état de fausseté qui le révoltait autrefois. Alors l'ambition politique sous sa forme la plus vulgaire le prend (...) il prêche Deslauriers et l'enregimente dans la réaction où Desl. le dépassera. »

721. Faire tout ce qu'il faut : c'est-à-dire que la démarche de Frédéric correspond aux idées reçues de son temps, que la suite de ce passage énumère. On note que le verbe est au présent.

722. Ces relents de sadisme érotico-religieux sont plus explicites dans les brouillons (608 f⁰ 26 v⁰) : « elle l'excite d'une façon dépravée. Elle est du tiers ordre de St Dominique et il pense au plaisir raffiné de souiller ses amulettes ».

723. Tout, dans ce roman, est à la fois imitation et déformation.

724. Voir 611 f⁰ 101 : « il arrive à la baiser facilement ⟨et sans presque s'en apercevoir⟩ (parce qu'il l'a peu profondément désirée) par un crépuscule chez elle sur un canapé. »

725. Voir 611 f⁰ 53 : « ce crépuscule en rappelle ⟨vaguement⟩ à Frédéric un autre pareil où il est sorti au bras de Mme Arnoux. [Mais] cette idée [file] ⟨disparaît⟩comme un nuage. ».

726. Voir 608 f⁰ 128 *(marge)* : « faire croire au lecteur que ce coup va changer sa destinée ». Ce qui déjoue sans doute les calculs de Flaubert, c'est d'une part que l'échec est trop profondément ancré dans la personnalité de Frédéric pour que le changement soit possible.

727. Les pontons de Belle-Ile : lieu de détention des insurgés faits prisonniers pendant les Journées de Juin 1848. Pour les nombreuses sources que Flaubert a exploitées en rédigeant le passage qui suit, voir Cento p. 292-297. Il s'agit notamment des *Journées illustrées de la Révolution de 1848*, de l'*Histoire de la Révolution de 1848* de Garnier-Pagès, de *Des classes ouvrières en France depuis 1789 jusqu'à nos jours* de Florent Du Cellier (Paris, Imprimerie de Dubuisson, 1857).

728. Flaubert cherche avant tout à établir la « bêtise identique des ouvriers et des bourgeois » (note de Flaubert citée par Cento p. 293).

729. C'est le livret de travail sans lequel l'ouvrier ne peut pas changer d'emploi.

730. Voir note 738. C'est Frédéric qui convertit Deslauriers au conservatisme réactionnaire.

731. Comme le font remarquer I.N. (II p. 313) et Pinatel, la chronologie est quelque beu bancale ici, car elle fait supposer que le siège de M. Dambreuse est resté vacant toute une année (de mai 1849, date des législatives, à mai 1850).

732. Les grands bourgeois comme les artistes (Pellerin en l'occurrence) émettent les mêmes idées reçues sur l'Italie. Voir p. 119. Comme partout ailleurs, les contraires se ressemblent.

733. Stratégie : 611 f⁰ 55 : « montrer que le plus honnête homme en matière de femmes est un misérable ».

734. Gobet : *Les Minéralogistes anciens* (1779) et *Observations sur la formation des montagnes* (1782) (B.-L. II p. 378). Chappe mourut en 1805. Étant donné l'ancienneté des ouvrages consultés, on peut supposer que le narrateur ironise en affirmant que Deslauriers « connaissait la question parfaitement ».

735. Voir 609 f⁰ 3 & 6 : « pendant tout l'hiver de 1850 », etc.

736. Voir 611 f⁰ 57 : « amour exquis de la femme de quarante ans ».

737. Voir 609 f⁰ 3 : « Pr venir chez lui, elle monte en fiacre utilise le passage des Panoramas ». Détail supprimé sans doute parce que c'est chez lui et non chez Rosanette que Frédéric reçoit Mme Dambreuse.

738. Voir 611 f⁰ 46 v⁰ : « Sénécal est converti à l'ordre par Deslauriers lequel l'a été par Frédéric ». Pour les idées exprimées ici voir Cento p. 297-299 : Sénécal « cite » avant tout *l'Annuaire Lesur* (1850, p. 240-241) et *le Moniteur républicain* (n⁰ 1, p. 2).

739. C'est de nouveau « le bras de fer » du père Roque. Voir note 682. Les idées de Sénécal rejoignent celles du salon Dambreuse. Sa dernière manifestation est donc tout à fait dans la logique de cette évolution. Voir par ailleurs *l'Annuaire Lesur,* 1849, p. 305 : « "En présence d'un ordre social qui se dissout, il faut qu'une main vigoureuse, un homme convaincu, déterminé et capable précipite la société dans les voies véritables (...)" Extrait du Programme électoral des communistes réactionnaires (...) » (note de Flaubert in Cento p. 299).

740. Cette révocation intervient en janvier 1851. Il faut supposer que Dambreuse tombe malade parce qu'il ne sait plus de quel côté retourner sa veste. 609 f⁰ 146 qualifie cette cause de « grotesque ».

741. Cette expression qui se relève dès les premiers scénarios est bien sûr un cliché que le narrateur utilise ironiquement. La mort de Dambreuse en fournit la preuve.

742. Notons que la mort de Dambreuse devait primitivement avoir lieu après la rupture de Frédéric avec Rosanette (voir 609 f⁰ 146). Ce sont sans doute des soucis de parallélisme qui nous valent la version définitive.

743. 609 f⁰ 13 v⁰ ajoute : « [de sa sécheresse de cœur et de son ingratitude.] »

744. Pour les notes techniques prises par Flaubert en vue de l'épisode de l'enterrement de Dambreuse, voir B.-L. II p. 379-380 et C.H.H. 8 p. 320-326. Flaubert s'est inspiré surtout du *Manuel des cérémonies selon le rite de l'église de Paris* (611 f⁰ 159-160).

745. On s'étonne que Dambreuse, vu ses antécédents, ne possède pas de caveau familial.

746. Comme la devise, le blason lui-même en dit long sur le personnage qui l'arbore. Yves Lévy, cité dans l'édition Folio (p. 497), affirme que « c'est le blason d'un exploiteur ».

747. L'ignorance religieuse, avec l'omniprésence de la sentimentalité religieuse, revient à plusieurs reprises dans l'œuvre de Flaubert. Voir par exemple l'enterrement d'Emma Bovary (C. G. p. 343-344).

748. Ce refus date du 3 février 1851.

749. En filigrane ici les divisions et les ralliements qui mèneront au Coup d'État du 2 décembre 1851.

750. La rue de la Roquette conduit à l'entrée principale du Père-Lachaise.

751. Les notes du Carnet 12 prises par Flaubert en vue de la description du Père-Lachaise sont reproduites dans C.H.H. 8, p. 324-326. Flaubert s'applique à décrire des objets stéréotypés dont la triste inutilité fait penser à la casquette de Charles Bovary. Voir aussi Conard VI p. 9 (2 fév. 1869 à G. Sand) : « J'ai été pris au Père-Lachaise d'un dégoût de l'humanité profond et douloureux. Vous n'imaginez pas le fétichisme des tombeaux. Le vrai Parisien est plus idolâtre qu'un nègre ! ».

752. Ces deux tombes sont en effet proches l'une de l'autre. Il s'agit de Jacques Antoine Manuel, homme politique modéré. Le narrateur nous invite peut-être, ironiquement, à le confondre avec Pierre Louis Manuel, révolutionnaire guillotiné en 1793.

753. Le terme est employé ici pour dénigrer et condamner toute initiative contraire aux intérêts des conservateurs. Voir Marx, *le 18 Brumaire de Louis-Napoléon Bonaparte*. Pour la stratégie (partielle) de cet épisode voir 609 f° 31 v : « importance politique d'un très petit événement contemporain ? ». Notons d'autre part la fréquence dans le *Dictionnaire des Idées reçues* de l'expression « tonner contre ».

754. Voir 609 f° 47 : « Il n'était que deux heures, la cérémonie » etc.

755. Parallélisme grinçant avec Rosanette. Voir aussi 609 f° 37 : « Elle éprouve cette fois un véritable chagrin ».

756. Les haras. Voir le *Dictionnaire des Idées reçues : « HARAS : La question des haras, beau sujet de discussion parlementaire ».* (B.-L. I p. ciii).

757. Mme Dambreuse invite Frédéric à imiter feu son mari qu'elle a bien détesté et bien trompé...

758. Voir I.N. II, p. 316-317. Pour décrire la maison d'accouchement, Flaubert se renseigne auprès de Duplan et fait une enquête sur place, à Chaillot. Les notes qu'il prit sont reproduites dans C.H.H. 8, p. 325.

759. Barcelonnette : « Petit berceau qui pour faciliter le balancement est suspendu sur deux pieds en forme de croissants » *(Trésor de la Langue Française)*.

760. 609 f° 57 ajoute : « comme dans les bordels ».

761. Commentaire de 609 f° 57 : « On se croirait dans une maison de Conjurés ».

762. Voir Carnet 2 (in C.H.H. 8, p. 269) : « A mesure que la prostitution des femmes diminue (se modifie ou se cache), celle

des hommes s'étend ». Voir aussi : « Je crois que le succès auprès des femmes est généralement une marque de médiocrité » (Pl. II 71, 15 avril 1852 à Louise Colet).

763. Flaubert rapporte, défavorablement, un incident semblable dans Pl. II p. 207 (16 déc. 1852 à Louise Colet). Voir Conard V, p. 207 : « Rien n'est charmant comme la Famille à la Campagne. La famille et la Campagne : "Horrid, horrid, most horrid" (Shakespeare) » (16 mai 1866 à sa nièce).

764. Voir 611 f⁰ 57 : « Il avait le charme des putains par le seul développement de sa vie analogue à la leur ». Voir aussi 611 f⁰ 96 : « *(Frédéric)* est devenu peu à peu parfaitement hypocrite, comme le milieu qui l'entoure. Cette dégradation opérée par le Monde doit faire pendant à celle du Demi-monde qui l'a amenée peu à peu. »

765. Pour la stratégie, voir 611 f⁰ 134 : « il passe outre par lâcheté ⟨le faire un peu vil⟩ tout revient au coffret ».

766. Mme Dambreuse en ceci fait pendant à Rosanette. Voir p. 332-3. Voir aussi Pl. II p. 281 : « Les femmes gardent tout dans leur sac, elles » etc. (27 mars 1853 à Louise Colet).

767. 609 f⁰ 74 ajoute : « pays à poésie ».

768. Les principales sources de ce paragraphe sont *l'Annuaire Lesur* de 1850 et le très réactionnaire *Spectre rouge de 1852* de Romieu (voir Cento p. 300-304).

769. Voir 611 f⁰ 133 : « Le développement soudain du demi-Monde est parallèle à la Renaissance Catholique ».

770. Voir 608 f⁰ 98 : « C'est une bourgeoise déclassée comme Mme D. est une lorette manquée ».

771. Pour les origines anecdotiques de cet état d'esprit, voir 611 f⁰ 59 : « C'est un goût de sens *(sic)* âcre, violent. Il souhaite sa mort (J.J. *(Jules Janin)* Mme de la Carte.) »

772. Cette menace de saisie établit un nouveau parallèle avec Mme Arnoux.

773. Le portier la trompe : on apprendra plus tard qu'Arnoux a gardé son appartement de la rue Paradis-Poissonnière.

774. 609 f⁰ 93 ajoute : « [indiquant des] ⟨indice de⟩ prétentions littéraires. ».

775. Le même terme est employé pour décrire les activités d'Arnoux lui-même (voir p. 146).

776. C'est le *Tintamarre* de mai 1849 qui fournit les détails de ce

commerce : « Restauration religieuse. Il s'agit de la restauration et de la régénération des arts religieux en France. (...) On fabriquera soutanes, reliques, petites vierges en pain d'épice et en ivoire – cette société qui a pour chef M. Savouillon a été fondée par M. de Calonne (...) » (Carnet 8 f⁰ 3 r⁰ & v⁰). Flaubert s'inspire également d'une réclame parue dans *l'Ami de la religion* (29 février 1840).

777. Voir 609 f⁰ 105 : « *Corona veneris* aux tempes » – Pécuchet connaîtra le même sort (*Bouvard et Pécuchet,* Folio p. 298).

778. Flaubert fusionne ici deux éléments : le *Cours de droit social pour les femmes* (Paris, Plon, 1848) de Jeanne Deroin, et un article de Charles Louandre, paru dans la *Revue des Deux Mondes* (1846, p. 535-536) qui fait allusion à « un cours de droit social du sexe, pour la "désubalternisation de la femme" » (Cento, p. 235). Ce cours remonte à 1836.

779. Pour les sources de ce qui va suivre (notamment *l'Annuaire Lesur* (1851), Romieu *(le Spectre rouge de 1852)* et la *Revue des Deux Mondes* (1847)) voir Cento p. 306-309.

780. Pour le thème de l'enseignement dans *l'Éducation,* voir Anne Green in P.M. Wetherill (éd) *Flaubert : La dimension du texte.*

781. Ce désir rend plus discutable la culpabilité de Sénécal.

782. Sénécal serait-il déjà à la solde de la répression réactionnaire ?

783. Voir 609 f⁰ 120 : « (Les succès de Desl. à Nogent ⟨[chez près de]⟩ sont une revanche de son échec près de Mme Arnoux). »

784. Pellerin, versatile, revient ainsi à sa position de départ. Voir le premier dîner chez Arnoux (p. 47). L'attitude de Pellerin est grotesque, car il s'agit avant tout de faire un portrait ressemblant.

785. Pour la stratégie, voir 611 f⁰ 59 : « La faillite d'Arnoux est la conséquence de faits dont Fr. n'a pas suivi la filière (marquer cela pour le lecteur). » .

786. La rue de l'Empereur s'appelle de nos jour la rue Lepic. C'est l'un des rares anachronismes de ce roman, car cette rue s'appela Chemin Neuf jusqu'en 1852, date à laquelle elle prit le nom que lui donne Flaubert.

787. 610 f⁰ 13 donne « gare de Rouen ». C'est l'actuelle Gare Saint-Lazare.

788. Linotte : c'est le terme qu'Arnoux avait autrefois employé à propos de Hussonnet (p. 63).

789. Voir 610 fᵒ 9 : « Regimbart (qui a pourtant quelques pecca-
dilles à se reprocher) estime les femmes vertueuses. »

790. Cette première robe de couleur marque la fin du deuil de
Mme Dambreuse. 610 fᵒ 9 ajoute : « Cependant elle désire une
vengeance. »

791. Nous sommes en novembre 1851.

792. Voir 611 fᵒ 3 vᵒ : « Ainsi Desl. qui, un moment, a voulu
baiser Mme Ar et qui finit par baiser la Maréchale, imite Frédéric. Il l'imite encore par la petite Roque qu'il finit par épouser. »
(sic)

793. L'hôtel des ventes se trouvait à l'époque au coin de la rue
Notre-Dame-des-Victoires et de la Place de la Bourse. L'hôtel
Drouot ne fut construit qu'en 1851 (B.-L.). Pour les notes techniques prises par Flaubert en vue de cette scène, voir C.H.H. 8
p. 321-322.

794. Nous sommes donc à la veille du Coup d'État qui balaya la
Deuxième République et qui permit à Louis-Napoléon de fonder le Second Empire. Le Coup d'État ayant lieu le 2 décembre,
anniversaire du sacre de Napoléon 1ᵉʳ et d'Austerlitz, Louis-
Napoléon se montre aussi « clichéiforme » que ses adversaires.

795. Pour la stratégie voir 611 fᵒ 61 : « *rupture froide.*
⟨(différencier les deux ruptures)⟩. »

796. L'état de siège fut décrété au moment du Coup d'État. La
stratégie est évidente : les aspirations de Frédéric s'écroulent au
moment où sont liquidés les derniers espoirs de la République.

797. Ceci souligne les divisions d'une bourgeoisie et d'un prolétariat dont la cohésion avait assuré, en 1848, le succès, fragile et
provisoire, de la Révolution.

798. Le surlendemain, par rapport au *mardi 2 décembre* (B.-L. II
p. 386).

799. Deslauriers, lui aussi, se rallie au nouveau régime. Voir 611
fᵒ 120 : « Desl. convertit Martinon (au Prince Napoléon) qui le
fait nommer préfet. »

800. Itinéraire impossible selon Dumesnil (B.-L. II p. 387). Flaubert a sans doute confondu le faubourg Saint-Martin et le faubourg Saint-*Denis.*

801. Tortoni, café contigu à la Maison d'or qui se trouvait au coin
de la rue Taitbout et du boulevard des Italiens. On a l'impression que Dussardier meurt pour défendre l'un des hauts lieux de
l'élégance parisienne. Ironie délibérée, puisqu'il aurait pu mourir

sur une barricade prolétaire du faubourg Saint-Martin. On se demande d'autre part s'il n'y a pas ici un écho des *Châtiments* de Victor Hugo :

« Vos pères, ces géants, avaient pris Saragosse,
Vous prenez Tortoni... »
(« A l'obéissance passive » II)

802. Sénécal et Mme Arnoux se ressemblent ! Voir page suivante : « il n'apercevait que ses yeux sous la voilette de dentelle noire qui masquait sa figure »...

803. En croix : c'est toujours la fusion du christianisme et du socialisme. Voir Conard V. p. 383 (5 juil. 1868 à G. Sand) : « Ce que je trouve de christianisme dans le socialisme est énorme. »

804. Voir 611 f⁰ 30 v⁰ : « en résumé − Dans le 1ᵉʳ cha. *(sic pour « partie »)* tout lui réussit.
2⁰ tout croule par suite de son amour pour Mme Arnoux.
Dans [3⁰] ⟨III⁰⟩ il est devenu canaille.
Se relève à la fin par un Bon Mouvement qui trompe le lecteur. »

805. Ce début véhicule des ironies multiples. Voyage solitaire d'abord qui réduit à néant ses projets d'évasion avec Louise ou Mme Arnoux, ou Mme Dambreuse. Voyage romantique qui en outre « remplace » l'activité artistique − voir en effet, Conard V p. 30 (début juil. 1862 aux Goncourt) : « Un livre à écrire pour moi est un long voyage. »

806. Voir Pl. I p. 712 (24 nov. 1850 à sa mère) : « Le lendemain on se sépare, et l'on ne verra plus son ami de la veille au soir ; il y a même à cela souvent des mélancolies singulières. » (voir aussi Pl. I p. 235 (26 mai 1845 à A. Le Poittevin) et p. 637 (2 juin 1850 à L. Bouilhet).)

807. Voir 610 f⁰ 63 v⁰ : « Il fréquenta le monde [Rosanette lui avait donné l'expérience des filles. Madame Dambreuse celle des bourgeoises]. » 610 f⁰ 64 : « *(Rosanette)* [l'avait initié à la corruption ⟨franche⟩ Mme D. à la corruption discrète]. »

808. Voir Pl. II p. 413, 24 août 1853, à L. Bouilhet : « à quoi bon s'encombrer de tant de souvenirs ? Le passé nous mange trop. Nous ne sommes jamais au présent qui seul est important dans la vie. » On pense ici à Rosanette : « cela rappelle des souvenirs. »

809. Voir 611 f⁰ 156 : « Un jour, douze ans après. tout à coup *réapparition de Mme Arnoux.* » Dans la version définitive, Mme Arnoux revient seize ans plus tard. On relève d'autre part qu'ici comme au début il s'agit d'une *apparition.*

810. Il s'agit de tartines de beurre et non de langage ampoulé. L'expression n'en est pas moins mal choisie (par Frédéric).

811. Comme nous l'avons vu, c'est Rosanette qui, dans le roman du moins, reçoit cette caresse (p. 204).

812. Voir Carnet 19, f° 35 v° : « Il serait plus fort de ne pas faire baiser Mme Moreau *(nom primitif de Mme Arnoux)* qui chaste d'action se rongerait d'amour. » On pense même à Flaubert au « quartier des garces » d'Esneh : « je n'ai pas baisé (...) exprès, par parti pris, afin de garder la mélancolie de ce tableau sur moi et faire qu'il restât plus profondément en moi. » (Pl. I 605 13 mars 1850 à L. Bouilhet). Frédéric, évidemment, ne partage pas les mobiles artistiques de son créateur.

813. Voir Pl. I p. 643 (24 juin 1850 à sa mère) : « je n'aime guère les sentimentalités de cheveux, de fleurs et de médaillons. »

814. Formule ironique qui rappelle celle qu'emploie le narrateur à propos de Rosanette (p. 324). D'autre part, on peut supposer que ne ce fut pas tout, que Frédéric reste en rapports avec Mme Arnoux, puisqu'il annonce deux pages plus loin que Mme Arnoux est à Rome avec son fils...

815. Cet hiver est selon toute vraisemblance l'hiver 1868-1869. Le récit et le moment de sa narration se rejoignent. Pour l'opinion de Flaubert concernant l'art commercial et le journalisme, voir Pl. I 770 (8 avril 1851 à sa mère) : « Faire de l'art pour gagner de l'argent, flatter le public, débiter des bouffonneries joviales ou lugubres en vue du bruit ou des monacos, c'est la plus ignoble des prostitutions. »

816. Pour l'évolution esthétique de Pellerin, voir Alison Fairlie in *Europe* septembre-novembre 1969. L'un des modèles de Pellerin, semble avoir été un ami des années 1840 : « devient d'une médiocrité déplorable dans sa peur du peuple (Pradier). » (611 f° 71).

817. Pour Regimbart, voir 611 f° 111 : « L'amour du café est comme l'amour du monde quelque chose de complexe. Ce n'est ni le billard ni les boissons qu'on aime. Mais le café pour lui-même (...) à mesure que son amour du café augmente ses boissons deviennent meilleur marché et plus abondantes. »

818. C'est dans *Notes and Queries* (1st series vols III, IX & XI) que Flaubert sollicite et recueille les détails relatifs à la tête de veau, dont la fonction ici, on l'a vu, est d'être une idée reçue grotesquement plaquée sur un contexte radicalement différent.

819. Cette idée, étroitement associée à la création littéraire, revient fréquemment dans la correspondance de Flaubert. Voir Pl. II p. 594 (16 sept. 1855 à L. Bouilhet) : « Il faut entasser œuvres sur œuvres, travailler comme des machines et ne pas sortir de la ligne droite. » Pl. II 399 (17 août 1853 à Louise Colet) : « Tout cède à la ligne droite, sois-en sûre, et nous la suivons. » Voir aussi Pl. II p. 91, 110, 251, 362 (toutes adressées à Louise Colet).

820. 610 f⁰ 91 donne la référence exacte (dans l'édition Buchon de 1834, vol. I p. 410-411 ; vol. II p. 97-102) : « livre 1⁰ partie 2⁰ ch. XCI-CI, livre 2 ch. LXVI. » Froissart écrit *Aubrecicourt*.

821. Suriret, dans certains brouillons, s'appelait Pécuchet.

822. Pour la transcription et l'analyse des brouillons de l'épisode de la Turque, voir notre étude, publiée dans Raymonde Debray-Genette (éd.) *Flaubert à l'œuvre*.

823. Ainsi se termine ce roman dont 611 f⁰ 120 indique la stratégie générale :
« 1⁰ époque — rêve et poésie
2⁰ = nerveuse — angoisseuse
3⁰ pratique, jouissante, dégoûtée. »
Évidemment, les deux derniers chapitres donnent à ce schéma une complexité accrue.

VARIANTES

Deux éditions distinctes de *l'Éducation sentimentale* parurent du vivant de Flaubert : celle en deux volumes que Michel Lévy publia en 1869 (la date qui figure sur la couverture est 1870) et celle que publia Charpentier en 1879 (sur la couverture : 1880). C'est l'édition Charpentier qui sert de base à notre texte. Nous y avons cependant ajouté les quelques modifications autographes (qui concernent surtout l'épisode de Creil) relevées par Lucien Andrieu sur un exemplaire de 1879, et qui montrent que Flaubert, la veille de sa mort, et en pleine composition de *Bouvard et Pécuchet,* pensait encore à son grand roman parisien. Nous indiquons ces modifications par l'abréviation *69/79.*

Les variantes que nous donnons sont donc principalement celles de la première édition (abréviation : *69).* Nous ne tenons compte, évidemment, ni de l'édition pirate qui parut chez Paetz, à Naumburg-sur-Saale, en 1871, ni de la réimpression réalisée par Lévy en 1873.

Notre relevé des variantes présente une originalité par rapport aux éditions scientifiques précédentes. En effet, avant de la livrer à son éditeur, en 1869, Flaubert corrigea en de très nombreux endroits sa dernière version manuscrite (déposée à la Bibliothèque Historique de la Ville de Paris). Nous reproduisons ces corrections (abréviation : *BV*) dans la mesure de leur lisibilité, car elles permettent de rétablir, à peu de choses près, le parcours que décrivit le texte de *l'Éducation* depuis sa rédaction finale jusqu'à la mort de l'auteur. Pour l'analyse des variantes BV, voir nos articles (1968 et 1971-1972).

En plus, là où ils paraissent éclairer le travail de Flaubert, nous reproduisons des passages des brouillons. Rappelons que *les Notes contiennent de nombreux extraits de ces mêmes brouillons. Notes et variantes se chevauchent donc.*

Pour faciliter la comparaison des variantes avec la version définitive, nous mettons certains passages divergents en italique.

D'autre part, les alinéas présents dans le texte sont signalés dans les variantes par des astérisques.

Pour l'ensemble des abréviations, voir p. XV et XVI.

Page 3
a. 69 : *En effet,* M. Frédéric Moreau. **b.** 69 : languir *encore* pendant.

Page 4
a. 599 f⁰ 44 v⁰ : s'accouder. *Ainsi passèrent Villeneuve Saint-Georges, Ablon, Chatillon-sous-Ornes, Champrosay. — et* plus d'un. **b.** 599 f⁰ 18 : un bon [piano] ⟨billard⟩, une chaloupe. **c.** 599 f⁰ 10 : *nautique.* **d.** 69 : *Cependant,* il trouvait. **e.** 599 f⁰ 25 : Frédéric [*l'avait suivi*] ⟨le suivit⟩ [*l'intimité ne fut pas longue à s'établir.*]

Page 5
a. 69 : pour lui. *Il* ne résista (...) son nom, *et* l'inconnu. **b.** 69 : *Alors,* il disparut. **c.** BV f⁰ 4 : magistralement. *[Il était content de l'avoir rencontré (?). Puis, en songeant qu'il ne le reverrait peut-être jamais, une tristesse inexplicable l'envahit.]* *Le soleil. **d.** 69 : l'eau, *immobile ;* elle. **e.** 69 : vaguement *épandu.* **f.** BV f⁰ 4 : aux Premières, [*sous la toile,*] c'étaient.

Page 6
a. 599 f⁰ 18 : magasin. Cette foule, un peu tassée sur l'avant du navire, formait ⟨au loin⟩ comme une seule masse d'une couleur poudreuse, malgré quelques bonnets blancs de paysannes et les pantalons rouges de trois soldats. Aux Premières, deux chasseurs tenaient leurs fusils entre leurs jambes, trois bourgeois discutaient, un Monsieur, une Dame et leur fils en collégien occupaient des pliants. La Dame avait peur, son époux la rassurait et adressait des questions nautiques au Capitaine, qui se promenait sur la passerelle, d'un tambour à l'autre, sans s'arrêter. **b.** 599 f⁰ 55 : dérangea ⟨deux chasseurs avec leurs chiens⟩ *une bonne femme sur son pliant, et il*

frôlait le cabot/la panne (sic) de l'escalier quand il vit... (sic) ⟨*comment ne l'avait-il pas vue plus tôt*⟩ *où donc [auparavant] se trouvait-elle ?* ce fut comme une apparition. **c.** 69 : petits *points.* **d.** BV f° 5 : Comme elle [*restait dans*] ⟨gardait⟩. **e.** BV f° 5 : rivière*. *Mais en se trouvant à ses côtés, son cœur battit d'une émotion inconnue*. Il n'avait jamais* vu.

Page 7

a. 69 : roulaient *encore* des larmes. **b.** 69 : trop *de* caprices. **c.** 69/79 : *Cependant, un.* **d.** 69 : dans l'eau. Frédéric. **e.** 599 f° 62 : Monsieur.» [*et son regard était si [tranqui (sic)] ⟨limpide si franc et doux⟩ qu'il le charma jusqu'au fond de l'âme*] ⟨Leurs yeux se rencontrèrent⟩.

Page 8

a. BV f° 7 : le flanc d'une [*barque*] ⟨*chaloupe*⟩. **b.** 599 f° 71 : *Quand on lui présenta la note, il l'examina soigneusement et ne la paya pas avant qu'elle ne fût* ⟨[*considérablement*]⟩ *réduite. Frédéric ne pouvait accorder cette lésine avec son valet en livrée, sa négresse et la beauté de sa femme.* **c.** 69 : *Alors,* il jalousa.

Page 9

a. 599 f° 79 : ⟨Comment *faire ? se disait-il*⟩ *Si au moins, se disait-il, quelqu'un tombait dans la Seine, je m'y jetterais* ⟨[*alors*]⟩ *elle me remarquerait* [alors] ⟨alors⟩ *et viendrait peut-être à m'aimer.*

Page 10

a. 69 : *Alors,* il lui envoya. **b.** 69 : *Mais,* comme s'il n'eût. **c.** 599 f° 90 : jusqu'ici » — ([*car*] *il n'eût pas été fâché de faire savoir [aux autres] qu'il possédait une voiture) — et comme le serviteur/l'autre (sic) s'excusait.* **d.** BV f° 9 : perpétuellement. *[*Elle ressemblait aux femmes des livres romantiques. Il lui trouvait quelque chose d' (? — illisible) et d'idéal. Toute habillée de brocard d'or et suivie d'un page portant sa queue, elle aurait eu bonne grâce à descendre au milieu des flambeaux les marches d'un palais pour entrer dans une gondole — où plutôt à se tenir sur le divan d'un harem des piastres au front et un narguileh entre les doigts. Cependant, il n'aurait voulu rien changer, rien ajouter à sa personne. Il l'ai-*

mait parce que c'était celle-là (ceci est suivi d'une ligne et demie de ratures illisibles)] Elle ressemblait.

Page 12

a. 599 f° 101 : Quand il entra dans *la salle de sa mère [longue pièce au rez-de-chaussée entre le jardin et la rue]*, tous. **b.** 69 : leu*r* chambr*e*.

Page 13

a. 69 : l'*e*mpereur. **b.** 69 : *un* pupitre. **c.** 69 : mourut *bientôt* d'un cancer. **d.** 69 : *il* le mit. **e.** 69 : tout*e* sort*e*. **f.** 69 : trouvait la vie de collège *un peu dure*. **g.** 69 : classe de *t*roisième.

Page 14

a. 69 : avait eu *soin*. **b.** 69 : Brantôme. Les images *(sans alinéa)*. **c.** 69 : ensemble, *ils* ne se quitteraient pas. **d.** 69 : Mais des doutes. **e.** 69 : sur le dos, *tout* étourdis. **f.** 69 : manche*s*. **g.** 69 : les *r*appelait.

Page 15

a. 69 : *des* jardins. **b.** 69 : *les* pas. **c.** 69 : *Mais* le jeune homme. **d.** 69 : Il mang*eait*. **e.** 69 : *c*apitaine. **f.** 69 : *c*apitale. **g.** 69 : *c*apitaine. **h.** 69 : *il* lui fit. **i.** BV f° 16 : il ne parla pas d'elle [*,cependant*], retenu.

Page 16

a. BV f° 16 : n'avait [*presque*] rien. **b.** 69 : *des* haies. **c.** 599 f° 133 v° : Deslauriers s'*arrêta* ⟨*s'assit sur le parapet*⟩ *et* ⟨*il*⟩ *dit en montrant les maisons* ⟨*toits*⟩ *(sic)* ⟨*ironiquement*⟩ *– « Pas un seul parmi ceux qui sont là* ⟨*cependant*⟩ *ne s'occupe de ces choses* ⟨*[idées]*⟩ *[pourtant].* [*Mais*] *le moment* [*est*] ⟨*ap*⟩*proche où ils dormiront moins à l'aise/tranquilles –* un nouveau 89 se prépare, *tout va bientôt craquer épouvantablement. La France ne peut pas se laisser toujours gouverner par trois* ⟨*quatre*⟩ *cents bourgeois* ⟨*un bonhomme à perruque*⟩ *(sic)* [*La féodalité financière*] ⟨*Le despotisme financier*⟩ *n'aura pas la vie si longue* [*que l'autre*] *Ce qui lui succédera* ⟨*[doit lui succéder]*⟩ ⟨*doit faire place à*⟩ *la domination des intelligences ou la démocratie la plus radicale j'en suis sûr.* On est las.

Page 17
a. 69 : *Mais* il s'en alla,

Page 18
a. 69 : *t*u m'y mèneras.

Page 19
a. 600 f⁰ 1 : l'industrie. [La Révolution de 1830 l'avait posé en homme fort.] et l'oreille. **b.** 599 f⁰ 147 : ses bouderies contre la couronne. **c.** 599 f⁰ 135 v⁰ : Mais la réflexion soudaine que Monsieur Dambreuse [sans doute n'était pas fort en littérature ⟨sans doute⟩] ⟨ne le valait ⟨certainement⟩ pas comme littérateur⟩ le rassura. [Le député était un vendu] ⟨n'était qu'[après tout] un bourgeois⟩ ⟨après tout⟩ ⟨n'était cependant qu'un bourgeois, un vendu, un épicier enrichi⟩ [et s'il parlait politique, le jeune homme était bien décidé ⟨résolu⟩ à lui tenir tête].

Page 20
a. BV 21 : [*un*] ⟨deux⟩ coffre-forts*(sic)* [*et*] ⟨ avec⟩ des cahiers. **b.** BV f⁰ 21 : *semblait.* **c.** 69 : délabré ; une énergie. **d.** 69 : y monta, et la voiture.

Page 21
a. 600 f⁰ 21 : Arnoux. *C'était là ! c'était donc là qu'elle vivait. Son cœur bondit ⟨de joie⟩ et il eut un attendrissement comme éprouvent les personnes qui s'aiment [quand elles se retrouvent] ⟨en se retrouvant⟩ soudainement après de longues absences −* ⟨[*Mais*]⟩ ⟨*puis un remords le reprit*⟩. *Comment* ⟨[*donc*]⟩ *avait-il fait pour n'y pas songer plus tôt ?* **b.** 69 : elle. **c.** BV f⁰ 23 : arrivaient pas [*cependant*] ; et.

Page 22
a. BV f⁰ 23 : sans fond. [*Il restait pendant des heures les deux pieds sur les livres (suivi de plusieurs mots illisibles)*]. Mille choses. **b.** BV f⁰ 23 : grommelant. [*Il avait en dégoût l'escalier peint d'une couleur chocolat (4 mots illisibles) à chaque étage et où le bois des marches apparaissait dans les trous de la toile usée*]. Son appartement. **c.** BV f⁰ 24 : pauvres. [*Jusqu'à dix-huit ans, il avait couché dans la chambre de sa mère.*] Tout

Page 23

a. BV f⁰ 24 : industriel [et il avait pris un abonnement]. *Il y retourna. **b.** 69 : *elle.* **c.** 69 : derrière, une surtout.

Page 24

a. BV f⁰ 26 : s'allumaient [comme des petites étoiles], et la Seine. **b.** 69 : s'allumaient, et la Seine. **c.** BV f⁰ 26 : arrivait [quand ils avaient fini] ⟨le plus tard possible⟩.

Page 25

a. 69 : *Mais* ces gaietés. **b.** 69 : *Mais* c'était cha-que. **c.** 69 : s'écoulaient dans. **d.** BV f⁰ 29 : [*dans une des salles*] ⟨dans une salle⟩ **e.** 69 : France, *et* écoutait.

Page 26

a. 600 f⁰ 52 : Le garçon [*qui ne le connaissait nullement*] répondit [*d'un air étonné*] – Mais très bien. *[*Alors*] Frédéric ajouta en pâlissant – et madame. *Le commis de plus en plus stupéfait* [*et croyant presque à un mystificateur*] *répliqua* – « Madame aussi » *et* Frédéric. **b.** 69 : *il* partit. **c.** 600 f⁰ 54 : et sa passion pour Mme Arnoux [*n'était plus qu'un souvenir*] ⟨*s'éteignait d'elle-même/* commençait à s'éteindre⟩ quand [*cette passion se ranimait plus forte par suite d'un événement nouveau*] ⟨*une circonstance fortuite*⟩.

Page 27

a. 69 : *En effet,* les pétitions. **b.** 69 : la *j*eunesse.

Page 28

a. 69 : la *j*eunesse. **b.** 69 : *le* toucher *à* l'épaule. **c.** 69 : *Les* hommes. **d.** 69 : *Mais* bientôt.

Page 29

a. 69 : *Enfin* il fit.

Page 30

a. 69 : monde *énorme* le suivit. **b.** 69 : *Mais* Frédé-ric. **c.** 69 : *Enfin,* on les fit.

Page 31

a. BV f⁰ 35 : ⟨D'ailleurs,⟩ il éprouvait [, d'ailleurs,].

b. 69 : *dit* Frédéric. **c.** 69 : *de* bois. **d.** 69 : suspendre, *toute droite,* au chevet. **e.** 69 : il secouait.

Page 32
a. 69 : reconnaissance. **Puis* ils allèrent. **b.** 600 f⁰ 39 v⁰ : *après quoi les deux amis allèrent déjeuner ensemble au café de l'École de droit sur la Place du Panthéon.* **c.** 69 : Luxembourg ; — *et, là,* tout en séparant. **d.** BV f⁰ 36 : rencontré* [*son amour (7 mots illisibles) se plaignit mais craignant de s'être trahit, il détourna la conversation puis il la ramena sur Arnoux et*] ⟨il⟩ demanda. **e.** 69 : vie ; — *et il.* **f.** 69 : adresses. *Puis* Hussonnet. **g.** 69 : bibiche ! » **h.** 69 : *Puis* il ouvrit. **i.** BV f⁰ 37 : Il n'osait [*se rendre*] ⟨aller⟩ chez lui pour n'avoir [*pas*] ⟨point⟩.

Page 33
a. BV f⁰ 37 : Il se [*piquait*] ⟨vantait⟩. **b.** BV f⁰ 37 : rompre [*immédiatement*]. Mais pourquoi. 69 : *Mais* pourquoi. **c.** 69 : *Alors,* il demanda. **d.** 69 : *ses* billets. **e.** 69 : *il* lui tendit. **f.** 600 f⁰ 66 : une [*réduction de la Vénus de Milo chose alors nouvelle*] ⟨petite Venus en bronze⟩. BV f⁰ 38 : [*petite*] Vénus en bronze. **g.** 69 : *et* deux candélabres. **h.** 69 : dédicaces qui témoignaient.

Page 34
a. BV f⁰ 39 : Apollonie, ⟨un⟩ ancien. **b.** BV f⁰ 39 : la série [*détaillée*] de. **c.** 69 : sire *!* ». **d.** 600 f⁰ 69 : servi [, *une conversation s'engagea, pleine de termes incompréhensibles pour Frédéric.*] Les confrères.

Page 35
a. 69 : avait *même* aperçu. **b.** BV f⁰ 39 : dit Arnoux* [*L'autre répliqua d'une voix profonde* :] — « Encore. **c.** 600 f⁰ 76 : [*Hussonnet expliqua à Frédéric que*] la spécialité. **d.** 69 : au bas *des.* **e.** BV f⁰ 40 : Puis, ⟨changeant de manières⟩. **f.** 69 : comptes au bruit.

Page 36
a. BV f⁰ 40 : Il [*dînait*] ⟨devait dîner⟩ le soir. **b.** BV f⁰ 40 : s'entrecroisaient [*et bien que le feu de la cheminée ne brûlât plus, la chaleur devenait intense.*] L'appartement.

c. 69 : *Mais* la porte. **d.** BV f⁰ 41 : faisaient [*bruire*] ⟨sonner⟩. **e.** BV f⁰ 41 : [*Malgré la porte entrebaillée,*] Frédéric n'entendait pas leurs paroles ; ⟨ils chuchotaient. Cependant,⟩ la voix féminine − cf. 600 f⁰ 80 : Frédéric [*l'entendit demander* − « *Comment va-t-elle ?* » − « *Très bien elle vous embrasse* »] ⟨*n'entendait pas leurs chuchotements*⟩. **f.** 600 f⁰ 83 : genre [*Watteau*] ⟨Boucher⟩.

Page 37

a. BV f⁰ 42 : la toile *encore* blanche. **b.** 69 : *Mais* Pellerin. **c.** BV f⁰ 43 : [*Il était*] maintenant ⟨*il était*⟩ pour le grand style. Il dogmatisa sur [*Homère et*] Phidias ⟨*et Winckelmann*⟩ éloquemment. **d.** 69 : *D'ailleurs,* les choses.

Page 38

a. 69 : jusqu'à eux. Mais pourquoi *(sans alinéa).* **b.** BV f⁰ 44 : qu'il portait *dans l'ouverture* de sa redingote verte [*entre les/ deux (sic) boutons*] **c.** 600 f⁰ 102 : une cravate longue [*cachant l'absence de gilet*] et.

Page 39

a. BV f⁰ 45 : [*et bien qu'il l'ennuyât, bien qu'il n'en pût rien tirer,*] quoiqu'il le jugeât stupide.

Page 40

a. 69 : sous *le* prétexte. **b.** 69 : ne regard*ait* à rien. **c.** BV f⁰ 46 : s'écria [*Monsieur Arnoux*]⟨le marchand [*de peintures*]⟩.

Page 41

a. 600 f⁰ 116 : Frédéric le suivit. − *Puis en traversant le magasin* [*qui attenait au bureau*] *il fut frappé* ⟨[*saisi*]⟩ *par la température glaciale de cette grande pièce* [*délabrée*] ⟨[*appartement*]⟩ − *l'arrangement si coquet de la boutique lui parut l'effet d'un charlatanisme vulgaire.* *Au coin. **b.** BV f⁰ 46 : considérait [*silencieusement*] la carafe. **c.** BV f⁰ 47 : [*Afin de gagner sa vie (?)*] il se livrait. **d.** BV f⁰ 47 : [*l'indignait*] ⟨l'exaspérait⟩ trop. **e.** BV f⁰ 47 : Isaac − ⟨et⟩ [*ce qui l'exaspérait c'est que*] quinze jours plus tard, Arnoux luimême les [*avait vendus*] ⟨vendait⟩.

Page 42

a. 600 f⁰ 105 v⁰ : ⟨*Mais*⟩ *Arnoux le reçut froidement* ⟨*ne parut même pas l'apercevoir*⟩ Il travaillait avec son commis ⟨*principal*⟩ à des affiches monstr[es] ⟨*ueuses*⟩. BV f⁰ 48 : [*travaillait*] ⟨élaborait⟩ avec son commis [à] des affiches monstres. **b.** 69 : tableaux... **c.** BV f⁰ 48 : le marchand, [« *ou bien vos pensées philosophiques* ».] * Il maniait. **d.** BV f⁰ 48 : bordure, [*changeant la place des mots*] ; et Frédéric.

Page 43

a. BV f⁰ 49 : Il [*n'avait*] ⟨n'aurait⟩. **b.** 69 : personne ! *a*fin. **c.** 69 : *Mais* la clef. **d.** BV f⁰ 49 : en apercevant ⟨[*voyant*]⟩ Deslauriers. **e.** BV f⁰ 49 : « [*Tu as l'air tout drôle*] ⟨Qu'est-ce qui te prend ?⟩ » dit Deslauriers, « tu dois [*pourtant*] ⟨cependant⟩ avoir reçu [*ma*] ⟨ de moi une⟩ lettre. Frédéric n'eut pas la force de mentir : [*et il répondit*] « *Oui je l'ai reçue.*] Il ouvrit les bras. **f.** 69 : mentir. *« Oui, je l'ai reçue.* » *Il ouvrit. **g.** BV f⁰ 49 : Mais [plus] fort [que lui] en procédure.

Page 44

a. 69 : *Et* cette épithète. **b.** 69 : *Cependant,* le concierge. **c.** BV f⁰ 50 : galantine [*des radis*] ⟨[*crabes*]⟩ ⟨une langouste⟩, un dessert, et deux bouteilles de Bordeaux [*à cachet rouge*]. Une réception. **d.** 600 f⁰ 121 : ⟨[*Un grand feu flambait dans (la cheminée)*]⟩ *la matinée était froide et il y avait du givre aux carreaux. Ils causaient* de leur passé, de l'avenir, *de la joie de se revoir.* **e.** BV f⁰ 50 : « [*Non*] merci, ». **f.** BV f⁰ 51 : [*Je n'ai été invité*] ⟨on ne m'a invité⟩ **g.** BV f⁰ 51 : ⟨il s'habilla⟩, il partit.

Page 45

a. 69 : trop juste*s*. **b.** BV f⁰ 51 : gants trop [*serrés*] ⟨justes⟩ éclata et tandis qu'il [*tâchait de cacher*] ⟨enfonçait⟩. **c.** BV f⁰ 51 : le salon, Frédéric [*aperçut les fauteuils de soie jaune (?), un piano de palissandre, il*] trébucha (...) tigre. On n'avait point [*encore*] allumé. **d.** 69 : un *jeune* chat. **e.** 69 : en papier, *tamisaient* un jour. **f.** BV f⁰ 52 : coffret [*d'ébène*] à fermoirs. **g.** BV f⁰ 52 : ensemble. [*Frédéric attendait dans une espèce de recueillement plein de tendresse et de respect.*] *Arnoux. **h.** BV f⁰ 52 : sa tête [*et sa*] ⟨. Elle avait une⟩ robe.

Page 46

a. 69 : critiques d'art, collègues.   **b.** BV f⁰ 52 : [*elle*] ⟨Madame Arnoux⟩ prit [*le*] ⟨son⟩ bras [*du vieux monsieur*].   **c.** 600 f⁰ 157 : depuis longtemps [− *Arnoux, sans doute ayant restitué le surplus de bénéfices.*] *La compagnie.   **d.** BV f⁰ 52 : une [*grande*] étagère *moyen âge* se dressait.   **e.** 69 : du *garrick.*   **f.** BV f⁰ 53 : lui révéla [*des grands hommes*] des chefs d'œuvre [*inconnus*] ⟨lui ouvrit des horizons⟩.

Page 47

a.   BV f⁰ 53 : [*signifie*] ⟨veut dire⟩ la *R*éalité (...) d'autres bleu [d'autres gris] *et* la multitude *voit* bête (...) rien de plus fort [, pourtant]. Le souci.   **b.** BV f⁰ 54 : fournaise [*en se fondant ensemble*] s'ajoutaient.   **c.** 600 f⁰ 127 v⁰ : quelques mots [*en anglais*] à sa petite fille.   **d.** BV f⁰ 54 : entre eux et lui [*une sorte*] ⟨comme une⟩ [*d'*]égalité.   **e.** 69 : *Puis,* rentré − cf. 600 f⁰ 159 v⁰ : Puis [*il*] *rentra* au salon. *Il* prit.   **f.** 69 : signatur*e ; mais,* parmi.

Page 48

a. 69 : *r*enaissance.   **b.** BV f⁰ 54-5 : le remerciait [*et avec attendrissement le baisait et il répliqua : « Rien (1 mot illisible) ne me coûte pour toi et il lui (?) donna devant le monde un baiser ⟨Rien n'est trop bon pour toi⟩*] il fut pris (...) un baiser. [*Ensuite il fit voir à ses hôtes un merveilleux Tiepolo dont il ornait provisoirement son salon. La toile, plus haute que large, représentait un gentilhomme ⟨seigneur⟩ et une princesse autour d'une table ronde que chargeaient des vases avec un nègre par derrière, et au fond un grand ciel bleu, découpé dans des architectures. Arnoux en démontra les mérites en se servant d'expressions qui marquaient des connaissances positives. Tout le monde se mit à causer çà et là par groupes. Le bonhomme*] Ensuite, tous.   **c.** 69 : blancs pour avoir quelque chose, *enfin,* qui l'intronisât.   **d.** 69 : se tenait. *Elle* lui demanda.   **e.** BV f⁰ 55 : à Paris. [*Ce qu'elle disait n'avait en soi rien d'extraordinaire*]. Chaque mot [*pourtant*] qui sortait.   **f.** BV f⁰ 55 : [*Tandis qu'elle parlait,*] il regardait attentivement.   **g.** 69 : caressant, par le bout, son.   **h.** BV f⁰ 56 : sur un rythme [*lent*] ⟨grave⟩(...) avec une oscillation [*douce*] ⟨large⟩ et paresseuse.   **i.** BV f⁰ 56 : paresseuse. *[La

(sic) carcel posée au coin du piano allongeait (3 mots illisibles)
et palissandre, un large rayon des vitres qui sortaient (3 mots
illisibles) et semblaient ruisseler dans (3 mots illisibles) paillet-
tes d'or] * Elle se tenait. **j.** 69 : épaule ; *elle la relevait,*
soudain, avec des flammes dans les yeux ; sa poitrine. **k.** BV
f⁰ 56 : pour lui-même [*avec cette persistance des compositeurs*
que rien n'arrête] ⟨De temps à autre un des convives dispa-
raissait⟩ *(lecture supposée après consultation des brouillons).*
l. 69 : disparaissait. *Puis,* à onze heures.

Page 49
a. 69 : éprouva, *bien qu'elle fût souple et fondante,* comme –
cf. éprouva [*bien qu'elle restât peu dans la sienne*] ⟨bien
qu'elle fût souple et fondante⟩ comme. **b.** 69 : *Et* qu'importait. **c.** 69 : et, *en* battant. **d.** BV f⁰ 57 : entraîné
[*(1 mot illisible) et comme fou devant la perspective qui s'ou-*
vrait]. Un air. **e.** 69 : l'enveloppa. *Il.* **f.** BV f⁰ 57 : Les
réverbères [*sur les deux rives de la Seine*] brillaient. **g.** BV
f⁰ 57 : Des édifices, que l'on [*ne voyait*] ⟨n'apercevait⟩ pas
faisaient [*dans la nuit*] des redoublements d'obscurité.
h. BV f⁰ 57 : en un ⟨seul⟩ bourdonnement [*presque imper-*
ceptible] un vent léger [*passait*] ⟨soufflait⟩. **i.** BV f⁰ 58 : il
aspirait l'air [*largement*]. Cependant

Page 50
a. 69 : son visage s'offr*it.*

Page 51
a. 600 f⁰ 124 v⁰ : Un jeune homme [*de vingt-six ans à peu*
près] occupait. **b.** BV f⁰ 59 : Quelque chose de dur ⟨et de
froid⟩ (...) sentait le [*prêtre*] ⟨pédagogue⟩ [*ou l'instituteur*] ⟨et
l'ecclésiastique⟩. **c.** BV f⁰ 60 : Il se mit à parler. **d.** 69 :
une carte *de géographie.*

Page 52
a. BV f⁰ 60 : se valaient [*la Forme seule importait, alors*]
Sénécal. *L'art [d'après lui*] devait. **b.** 69 : l'accepterez-
vous ?

Page 53
a. 600 f⁰ 119 v⁰ : avec un ami qui a des faiblesses. Voilà

tout. **b.** 601 f° 6 : La conversation eut peine à reprendre
[. *Frédéric se sentait blessé dans son amour, Pellerin dans son
art. Il se rappela bientôt son rendez-vous ; Frédéric l'engagea à
rester* [*encore*] *quelques minutes. Sénécal, que les leçons attendaient, se leva pour sortir ; Deslauriers le fit se rasseoir. Chacun aurait voulu garder son ami afin de dîner ensemble tous les
trois. Aucun n'osa par respect de l'autre.* **Quand ils furent
seuls, il y eut* [*d'abord*] *un long silence. Enfin, Deslauriers observa tout haut que Sénécal* « *n'avait pas été comme d'habitude.* » **Frédéric avoua son peu de sympathie pour lui. Mais
Deslauriers vanta immédiatement son caractère ; ensuite il*]
⟨*Enfin* [*Deslauriers*] après un long silence⟩ ⟨*Deslauriers*⟩
[*adressa*] ⟨*fit*⟩ différentes questions. **c.** 69 : le clerc (ici et
passim dans 69).

Page 54

a. BV f° 62 : sans rien voir autour d'eux. – *Puis le jour
tombait, la foule plus grosse s'agitait dans un mouvement plus
rapide, en se confondant avec la boue que battaient ses
mille pieds. De l'entresol des restaurants s'échappaient des
éclats de voix ; des ombres se balançaient au premier étage des
maisons, – et par la porte des grands hôtels où s'engouffraient
les équipages, on apercevait, au bas des péristyles, des valets, en
culottes courtes, avec des galons d'or.* Deslauriers. **b.** BV f°
63 : beaucoup de monde, ⟨faire beaucoup de bruit⟩ *avoir
trois secrétaires.* **c.** 69 : une fois *la* semaine. **d.** 69 : *Et*,
malgré. **d.** BV f° 63 : [*Pour arriver à la fortune, il suffisait
d'un hasard et le clerc*] malgré ses opinions. **e.** 601 f° 20 :
Frédéric reçut vers la fin du mois de mars. 69 : *Cependant,
il travaillait.* **f.** BV f° 63 : Cependant, [*dès la première semaine, il avait trouvé le jour de son appartement mauvais et*] il
ne travaillait [*plus*] *que* chez Pellerin. **g.** BV f° 63 : la lumière [*froide*] qui tombait (...) ronflement [*monotone*] du
poêle. **h.** BV f° 63 : dans un bien-être intellectuel.

Page 55

a. BV f° 64 : place, *il rencontrait* au fond. **b.** BV f° 64 :
D'ailleurs, il se fixait. **c.** 69 : *Mais* arrivé. **d.** 601 f° 11
v° : point de visites. *Il apprit cela par Pellerin.* Il n'y retourna plus. **e.** BV f° 64 : dîners du [mardi]
⟨jeudi⟩. **f.** 69 : régulièrement – et il y restait. **g.** BV f°

64 : il lui montra *comment* reconnaître.   **h.** BV f⁰ 64 : à
droite [*au-dessus de l'oreille*] contre la tempe.

Page 56
a. BV f⁰ 65 : marques de *froideur* ou d'affection.   **b.** BV f⁰
65 : [*C'était*] ⟨Ils arrivaient⟩ le samedi.   **c.** BV f⁰ 65 : rideaux ⟨d'algérienne⟩.   **d.** BV f⁰ 65 : le pot à tabac ⟨tout
plein de pipes⟩ s'étalait.   **e.** BV f⁰ 65 : car Dussardier
⟨[voulait]⟩ par reconnaissance [voulait *à toute force*] ⟨[tenait
à]⟩ ⟨voulait⟩ voir « l'autre ».   **f.** BV f⁰ 66 : Il n'y manqua
pas [*Mais une fois, comme Sénécal prônait la moralité des ouvriers, il se permit de le contredire. Le répétiteur le rabroua
d'une telle manière que le pauvre diable humilié lui fit presque
des excuses.*] *Tous sympathisaient. − cf. 601 f⁰ 35 v⁰ : Tous
s'entendaient.

Page 57
a. 69 : mérité *un seul* pensum,   **b.** BV f⁰ 66 : à l'École de
droit [*qu'il fut loin d'abandonner*] il savait plaire aux professeurs. [*D'après le style traditionnel,*] il portait.   **c.** BV f⁰
66 : chaîne d'or [*« ô qu'il est beau ! » (3 mots illisibles :
« s'écria en chœur » ?)* toute la compagnie.] *L'étonnement
redoubla.   **d.** BV f⁰ 66 : comme *Idée,* [*et la rapproche des
animaux c'est-à-dire*] ⟨je veux dire⟩ les seins, les cheveux...   **e.** BV f⁰ 67 : Cela fut dit [*ou plutôt soupiré*] d'une
telle façon.

Page 58
a. 601 f⁰ 54 v⁰ : *Cette réponse juste blessa Sénécal, et il en*
garda rancune *à Frédéric.*

Page 59
a. BV f⁰ 68 : Mais Arnoux.   **b.** 601 f⁰ 65 v⁰ : [*Comme les
dévots qui s'enfermaient pour prier, il ne voulait personne avec
lui dans sa dévotion.*] Il admettait ⟨[*subissait*]⟩ bien.   **c.** 69 :
précisément *parce qu'il en était mieux connu,* l'aurait mille
fois plus *embarrassé.* Le clerc (...) promesse, et, *Frédéric
n'osant s'expliquer là-dessus, ce* silence lui semblait.   **d.** 69 :
D'ailleurs, il aurait voulu.   **e.** 69 : le révoltait, *tout à la*

fois, comme une trahison ; *et puis* Frédéric (...) *trop* souvent ; *si bien que Deslauriers ne tarda pas à exécrer cet homme. Alors,* il commença. **f.** 69 : *la* porte. **g.** 69 : en levant *de colère les deux poings.*

Page 60

a. BV f⁰ 69 : Frédéric [*pour toute réponse*] fit un signe [*de la tête*] ⟨d'assentiment⟩. **b.** 69 : largement, *il* était. **c.** BV f⁰ 69 : [Depuis le commencement de l'année, il avait mis les pieds à l'École de Droit] *(2 mots illisibles)* ⟨Cependant,⟩ arriva. **d.** 69 : *Cependant,* arriva. **e.** 69 : *Puis,* la veille, **f.** BV f⁰ 70 : jusqu'au matin. *[Mais ⟨toutes ces choses⟩ tous ces articles fourrés à la fois dans sa mémoire s'y étaient confondus]* *(le reste de ce passage est illisible).* **g.** BV f⁰ 70 : [*dans la cour*] ⟨sur le trottoir⟩ tout en marchant. *[Expliquez-moi monsieur une donation (?) constitutionnelle. *– Une donation constitutionnelle, c'est une donation d'argent à (1 mot illisible) qui n'a d'effet... *– Bien, à une autre ! Qu'est-ce que l'équité ? *– L'équité est... est (1 mot illisible). Je ne sais pas, je n'ai pas eu le temps. *– Il fallait t'y prendre plus tôt, imbécile.*] Comme plusieurs. **h.** BV f⁰ 70 : se passaient *alors* simultanément. **i.** BV f⁰ 70 : position mauvaise [*car il devait éclaircir les questions adressées aux précédents*] *(lecture complétée par 601 fᵒ 92)* ⟨A⟩ *la première* [*portait*] ⟨question⟩ sur.

Page 61

a. 69 : perdu. *En effet,* à la deuxième. **b.** BV f⁰ 70-1 : redoubla. [*Il ne savait pas s'il avait dit ce qu'il fallait répondre,*] car Hussonnet. **c.** 69 : Enfin, *arriva le moment terrible,* où. **d.** BV f⁰ 71 : [*Et est-ce également*] ⟨Et vous, monsieur, est-ce⟩ votre avis ? **e.** 69 : se dandinait *un peu* et tirait. **f.** BV f⁰ 71 : sa moustache [*sans prononcer un seul mot*]. – « J'attends » **g.** BV f⁰ 71 :s'amadoua [*tout à coup*]. Il lui fit.

Page 62

a. BV f⁰ 71 : devant lui. [*Frédéric (illisible : « plein de jalousie » ?) le quitta brusquement. Deslauriers le suivit (?).* – « Quel lourdaud (?) que ce Martinon !*] Celui-là. **b.** BV f⁰ 72 : il s'en moquait [*après tout*]. Ses prétentions. **c.** 601 f⁰

111 : à travailler [*projet vertueux dont Deslauriers fut* [*surpris*] ⟨*surpris*⟩]. **d.** 69 : Il pouvait *maintenant* se présenter. **e.** BV f⁰ 72 : à son aise *et* sans crainte. **f.** 69 : ses visites. *C'était, croyait-il, ce qui retenait ses paroles ou les rendait insignifiantes ; mais* la conviction – cf. BV f⁰ 72 : C'était [pensait-il] ⟨croyait-il⟩ **g.** 69 : éloigné, *il* ne serait pas. **h.** 69 : *elle*! **i.** 69 : sa mère. *Il confessait. **j.** 69 : *Mais,* quand tout cela.

Page 63

a. 601 f⁰ 155 : songea ⟨[*pensa*]⟩-t-il. [*Deux heures sonnèrent*] *un beau soleil brillait, des femmes en robes d'été passaient et il tombait du* [*grand (?)*] *bleu quelque chose* ⟨[*de sain et*]⟩ d'inexprimable qui faisait aimer la vie et gonfla son cœur d'espérances. Enfin, pour savoir. **b.** 69 : *Enfin,* pour savoir. **c.** BV f⁰ 73 : chez [Madame] ⟨Mme Arnoux⟩. **d.** 69 : heurtant le *coin* d'une chaise. **e.** BV f⁰ 74 : posée dessus [*et*] le manche. **f.** 69 : d'avoir *cassé.* **g.** BV f⁰ 74 : le marchand [*en train d'examiner les deux morceaux*] releva la tête [*le regarda quelque peu*] et eut. **h.** 69 : sourire. *Mais* Frédéric.

Page 64

a. 601 f⁰ 34v⁰ : Chartres répliqua le marchand. ⟨*Alors*⟩ *Frédéric qui la croyait italienne ou espagnole ou havanaise de quelque région à fleurs, et à larges étoiles, avec palmiers, hamacs et parfums, fut désagréablement surpris.* **b.** BV f⁰ 75 : première tentative [*lui enlevait (?) toute confiance*] ⟨*le décourageait*⟩ *sur le hasard des autres* [*Il se sentait plus inerte que la voile d'une barque abandonnée par le vent et qui partait à la dérive tout à coup*]. Alors commencèrent. **c.** BV f⁰ 75 : passait [*ses*] ⟨des⟩ heures à regarder la [*Seine*] ⟨rivière⟩. **d.** 69 : égouts, – avec. **e.** 69 : *Mais* ses yeux. **f.** 69 : Cependant, la tour **g.** BV f⁰ 75 : Cependant, [au-delà du fleuve] la tour (...) Saint-Paul [*Saint (illisible)*] Saint-Antoine [*s'étendait ou*] se [*dressaient*] ⟨levaient en face⟩. **h.** BV f⁰ 75 : puis, [*étendu tout à plat*] ⟨couché⟩. **i.** 69 : divan, il s'abandonnait.

Page 65

a. 69 : toute sorte. **b.** 69 : bouquiniste ; le ronflement

d'un omnibus. **c.** BV f° 76 : frissonnaient [*au souffle*] ⟨sous
les bouffées⟩ (...) [*mais*] le roulement (...) se retourner [*tout à
coup*] et parvenu. **d.** BV f° 76 : ⟨désertes⟩ [*toutes*] éblouissantes. **e.** BV f° 76 : des *escalopures* d'ombre
noire. **f.** BV f° 76 : la niaiserie ⟨[*vulgarité*]⟩ des propos
(...) atténuait [*la fatigue*] ⟨[*l'ennui*]⟩ ⟨la fatigue⟩ de les regarder. **g.** BV f° 76-77 : si bien qu'Arnoux [*lui dit, une fois :**
« Comme vous êtes gentil de vous intéresser à ce qui nous regarde ! »* *Cette parole le troubla et il espaça dès lors ses visites. (une ligne illisible) demander s'il n'y avait « rien de
neuf ? »* *Arnoux dînait quotidiennement avec Regimbart ; à son
défaut, il invita Frédéric deux ou trois fois, et le jeune homme
pensait dans ces longs tête-à-tête*] ⟨attendri par tant d'affection
(...) Frédéric dans ces longs tête-à-tête reconnut⟩.

Page 66

a. BV f° 77 : s'en allèrent [*dans un cabinet*] ⟨aux⟩ Provençaux. **b.** BV f° 77 : à Paris. [*Frédéric s'étant permis de trouver
les truffes bonnes, il répliqua « pas pour moi du moins ! » avec
un regard tellement sublime/superbe que le jeune homme, vu la
présence d'Arnoux, en fut mortifié*]. Enfin, ne sachant [*plus*]
qu'imaginer (...) un peu [*ensuite*]. ⟨Puis⟩ il eut avec le garçon
un [*long*] dialogue. **c.** BV f° 77 : [*Mais,*] en attendant. **d.** BV f° 78 : Et il resta[*it*] là.

Page 67

a. BV f° 78 : Qui vous l'a dit, Arnoux ? ». **b.** 69 :
d'abord, *il est vrai,* des craintes. **c.** BV f° 79 : le remit
[*brusquement*] dans. **d.** 69 : recommencèrent ; − et
plus. **e.** 69 : l'énervait comme.

Page 68

a. 69 : de *vagues* similitudes. **b.** BV f° 79 : [*Les cabriolets
de régie*] ⟨Les voitures⟩ ne stationnaient [*devant les portes*]
⟨sur les places⟩ que pour y[*conduire*] ⟨mener⟩. **c.** 69 :
Alors, ils voyageaient. − cf. 601 f° 158 : il s'imaginait qu'ils
voyageaient/étaient *(sic)* ensemble sur un paquebot à vapeur
le soir *(?)* ⟨dans leur cabine ⟨la chambre⟩⟩ d'un yatch *(sic)* à
eux ⟨la lune à ras des flots⟩ − ⟨il la serra dans ses bras ⟨sous
la tente⟩⟩.

Page 69

a. 601 fᵒ 166 : [*et malgré son expérience des modèles nues (sic)*] il ne pouvait se la figurer autrement que [*couverte de sa robe*] ⟨vêtue⟩. **b.** 601 fᵒ 167 : qu'est-ce que tu as. *[*Frédéric* ⟨[*l'autre*]⟩ ⟨*Il*⟩ [*lui*] répliqua que ce n'était rien] ⟨Frédéric ne voulait rien avouer⟩ Il souffrait des nerfs. **c.** BV fᵒ 81 : des nerfs [*voilà tout*] Deslauriers. **d.** BV fᵒ 81 : toujours du même ⟨il me plaisait⟩ [allons fais une risette.] ⟨Voyons⟩ fume. **e.** BV fᵒ 81 : public [*nouvellement*] ouvert ⟨récemment⟩.

Page 70

a. BV fᵒ 81 : Dussardier [*qui n'aurait éconduit (?) personne*], et le même. **b.** BV fᵒ 81 : un cloître [*Moyen Age*] ⟨gothique⟩. **c.** BV fᵒ 82 : un ⟨mince⟩ filet d'eau. **d.** BV fᵒ 82 : peinture ⟨à l'huile⟩. **e.** 69 : Des étudiants *y* promenaient. **f.** BV fᵒ 82 : [*apparaissaient*] ⟨passaient, s'agitaient⟩. **g.** 69 : *du* bout.

Page 71

a. 69 : l'estrade dans des. **b.** BV fᵒ 82 : les [*pantalons entraient dans*] ⟨les bottes s'enfonçaient sous⟩. **c.** BV fᵒ 83 : *Cependant,* Cisy. **d.** 69 : n'osait *pas.* **e.** BV fᵒ 83 : Nous devrions organiser ⟨[*Si nous organisions*]⟩ ⟨*ce soir*⟩ une petite. **f.** 69 : oriental ? *t*ache. **g.** BV fᵒ 83 : [*Il était facile de voir que*] sachant. **h.** BV fᵒ 83 : ⟨Enfin⟩ *le* mot d'argent ⟨[*enfin prononcé*]⟩ ⟨lâché⟩ ⟨*articulé*⟩⟩.

Page 72

a. 69 : dindon ; et, quand. **b.** BV fᵒ 84 : à ⟨grandes⟩ palmes (...) une chansonnette [*ornée de prose*]. C'était.

Page 73

a. 69 : plus discret ! « *J'en réponds !* » *Mais,* les autres. **b.** 601 fᵒ 24 vᵒ : Hussonnet *présente ses amis.* *— « Mon ami Deslauriers », reprend Frédéric. — *« Il y a longtemps que je voulais vous connaître, » dit Deslauriers. *Arnoux ne lui dit rien — Ça le blesse car il tient à être distingué des autres ; *Tout de suite Arnoux ⟨selon son habitude⟩ leur avait offert des cigares. **c.** 69 : *Mais* Cisy le tirait. **d.** BV fᵒ 85 : au théâtre. *[« Permettez, » dit Hussonnet,« le théâtre, c'est* *mon affaire* »] ; et il s'ensuivit. **e.** 69 : la *c*ensure, le *s*tyle, le *p*euple. **f.** BV f° 85 : le *p*euple, [*la morale,*] les recettes. **g.** 69 : *Puis,* au galop. **h.** 601 f° 184 : exhala [*comme*] ⟨[*lentement*]⟩ un grand soupir *de tristesse.* *[*Tout maintenant était fini*]. **i.** 69 : *Puis* elle s'écoula.

Page 74
a. BV f° 85 ⟨laide⟩ [*trop*] magnifiquement vêtue. **b.** BV f° 85 : dit *enfin* Deslauriers. **c.** 69 : *Puis* elle pria Dussardier. **d.** 69 : s'éloigner, *et,* se tournant. **e.** BV f° 86 : pouvait *lui* être contée [*à Mme Arnoux*].

Page 75
a. BV f° 87 : place [*de la Concorde*] ⟨du Carrousel⟩.

Page 76
a. 69 : réussir. *Puis, cherchant en lui-même où coucher :* « Il se moque. **b.** BV f° 88 : [*l'entraînait*] ⟨le poussait⟩. **c.** BV f° 88 : sur *toute* la façade. **d.** 69 : un bras. Celle d'Arnoux *(sans alinéa).* **e.** BV f° 88 : mémoire. [*Mais*] il en eut horreur [*comme d'une dégradation (1 mot illisible)*] Alors. **f.** BV f° 88 : il croyait [*quelquefois*] entendre dans les airs [*le bourdonnement (?)*] ⟨la vague ritournelle⟩. **g.** 69 : de tout. *Puis* le jour. **h.** BV f° 89 : endormi [, *engourdi*], mouillé (...) le poids de son [*corps*] ⟨front⟩. **i.** 69 : un peu *trop* large.

Page 77
a. 69 : Il se remit *en marche.* **b.** 69 : lui faire *ac-croire.* **c.** BV f° 90 : pour [*aller dîner*] ⟨se rendre dans un cabinet⟩.

Page 78
a. BV f° 90 : Frédéric ⟨ayant hésité quelque peu⟩ dit. **b.** 69 : *et* aux docilités.

Page 79
a. BV f° 91 : tellement [*profitable*] ⟨bonne⟩ et il parla. **b.** BV f° 91 : découvrit [*sur le boulevard*] une marquise. **c.** BV f° 91 : Cependant ⟨[*Mais*]⟩, il la voulait. **d.** BV f° 91 : pourrais bien [*cependant*] quelquefois... **e.** BV f° 91 : l'ombrelle [*posée*] sur le piano : *—

« Ah ! c'était pour cela ! [très bien !]. **f.** 69 : journal. *Mais* au lieu. **g.** 69 : s'était acheté, *nouvellement,* une maison.

Page 80
a. 69 : *Vingt* minutes après. **b.** 69 : *Mais* la lettre. **c.** BV f⁰ 92 : ⟨elle a raison⟩, il faut que je parte ! ».

Page 81
a. BV f⁰ 93 : puis du [*genre*] ⟨paysage⟩ en général.

Page 82
a. 69 : commis *du* roulage ». **b.** 69 : comme l'acteur ; *il* déclara. **c.** 69 : on *s'*alla promener. **d.** BV f⁰ 95 : Arnoux les [*rattrapa*] ⟨paya⟩. **e.** 69 : *Cependant,* un côté. **f.** BV f⁰ 95 : une ⟨large⟩ couleur (...) pierre [avec] ⟨ayant⟩.

Page 83
a. 69 : *les* bougies. **b.** 69 : s'endor*mit.* **c.** BV f⁰ 95 : ⟨seule⟩ près de la. **d.** 69 : ce *qu'on* disait.

Page 84
a. 69 : son œuvre *par* une. **b.** BV f⁰ 97 : « Mais non [*par là, tu te trompes*] ⟨tu te trompes, par là, à droite !⟩. **c.** BV f⁰ 97 : elle tira ⟨[*prit*]⟩ le bouquet *doucement* (...) en ⟨lui⟩ faisant. **d.** 69 : abonnés. *Mais* Arnoux. cf. BV f⁰ 97 : [*Il entendait*] les deux autres sur le siège [*causer* imprimerie] ⟨aient imprimerie⟩ *abonnements.* **e.** BV f⁰ 97 : [*Il ne voyait*] ⟨Il n'apercevait⟩ de Mme Arnoux.

Page 85
a. 69 : personnelle ; *car,* maintenant. **b.** 69 : débord*ant.* **c.** BV f⁰ 98 : la main ⟨gauche⟩ de son côté. **d.** 69 : remontait *lestement* vers les boulevards (« *lentement* » *pourrait bien être une coquille*). **e.** 69 : sublime ; *elle* serait.

Page 86
a. BV f⁰ 99 : Mais [*bientôt*] il la [*reverrait. Il resterait dans sa confiance (?)*] ⟨retrouverait bientôt⟩ et finirait. **b.** 69 : son amant. Deslauriers *(sans alinéa).*

Page 88
a. BV f⁰ 102 : aisance [*de langage et*] de manières.

Page 89
a. BV f⁰ 102 : sa voiture [*leur état (?) lui paraissant empirer*] ⟨enfin⟩. **b.** 69 : *Puis* il était venu. **c.** 69 : *Alors,* par horreur. **d.** 69 : Il s'assit *alors* sur le banc. **e.** BV f⁰ 103 : la revendre [*s'établir à Troyes*] et trouver.

Page 90
a. BV f⁰ 103 : ⟨dit Mme Moreau⟩.

Page 91
a. 602 f⁰ 1 : commotion. [il lui semblait qu'on venait de le descendre au fond d'un puits dans un endroit plein de ténèbres glaciales.] Une colère [sans but] ⟨[vague]⟩ ⟨sans but⟩ ⟨vague⟩ *(sic)* le dévorait, il maudissait. **b.** BV f⁰ 104 : pour un charlatan/hâbleur *(sic)*. **c.** 69 : s'attendrirait *!* **d.** 601 f⁰ 177 v⁰ : (*fin primitive de ce paragraphe :*) et puisqu'il ne pouvait y vivre, il ne pouvait travailler, il était perdu, mort, fini. (*cf. le début de ce chapitre*).

Page 92
a. 69 : *Et,* comme. **b.** 69 : *qu'elle* lui avait. **c.** BV f⁰ 105 : un homme mort ⟨[*fini*]⟩. **d.** BV f⁰ 106 : [*Enfin, pourtant*] ⟨En de certains jours, pourtant⟩.

Page 93
a. BV f⁰ 106 : lui [*paraissaient*] ⟨semblaient⟩. **b.** BV f⁰ 106 : [*abandonné*] ⟨donné⟩. **c.** BV f⁰ 106 : en [*avait*] ⟨possédait⟩ . **d.** 69 : Un jour, il *conta.* **e.** BV f⁰ 107 : [se nommait] ⟨ [*était une*]⟩ ⟨s'appelait⟩. **f.** 69 : cette *préoccupation* d'aristocratie. **g.** BV f⁰ 107 : [*Frédéric fut étonné par*] cette préoccupation d'aristocratie [*qui*] jurait.

Page 94
a. 69 : tout fut expliqué, *enfin,* par. **b.** 69 : *Puis,* dès le lendemain. **c.** 69 : leçons ; *mais* le professeur. **d.** BV f⁰ 108 : se [*disputaient*] ⟨[querellaient]⟩. **e.** 69 : *n'entendait* pas. **f.** 69 : une robe en lambeaux. **g.** BV f⁰ 108 : sa naissance illégitime [*et son caractère violent*]. **h.** 69 : Elle

vivait *donc* seule,   **i.** BV f⁰ 108 : Elle avait [*, d'ailleurs,*] la taille de Marthe ⟨*, d'ailleurs,*⟩ si bien que Frédéric lui dit [*à*] ⟨dès⟩ leur seconde entrevue :

Page 95
a. BV f⁰ 108 : enlève moi, » [*reprit-elle*].   **b.** BV f⁰ 108 : sitôt qu'elle [*apercevait*] ⟨entendait venir⟩ son ami.   **c.** BV f⁰ 108 : ou ⟨bien⟩ (...) elle [aboyait] ⟨poussait un jappement⟩ ⟨[comme un chien]⟩, pour l'effrayer.   **d.** 69 : *Mais,* le lendemain.   **e.** 69 : *Sa* première.   **f.** 69 : colères ; *et* on avait.   **g.** BV f⁰ 109 : se mit ⟨bientôt⟩ à lui faire.   **h.** BV f⁰ 109 : une nuit [qu'elle] (⟨le soir même elle⟩ avait entendu ⟨[venait d'entendre]⟩ *Macbeth* (...)).

Page 96
a. 69 : en *répétant* : « Toujours.   **b.** 69 : *Mais* bientôt.   **c.** BV f⁰ 109 : lui donna sa chambre [*fit venir de Troyes tous les matins un pain de seigle (?)*], poussa la condescendance.   **d.** 69 : *Mais* à ce moment.   **e.** 69 : à Nogent ? *puis* il.   **f.** 69 : se montra, *dès lors,* moins amical. *D'ailleurs,* Louise.

Page 97
a. 69 : Mme Moreau, – qui redoutait.   **b.** BV f⁰ 111 : connaître ⟨[*apercevoir*]⟩ le tombeau.   **c.** BV f⁰ 111 : Il héritait.   **d.** 69 : étaient *tout* blancs.   **e.** BV f⁰ 111 : un baquet [*de blanchisserie*] ⟨[*de linge sale (?)*]⟩ ⟨à lessive⟩, **f.** 69 : *Alors,* il relut.

Page 98
a. BV f⁰ 111 : le boudoir [en] ⟨[*tendu de*]⟩ ⟨en⟩ soie jaune.   **b.** BV f⁰ 112 : Ris donc ⟨[*tous nos malheurs sont finis*]⟩ ne pleure plus.   **c.** 69 : M. Cham*b*rion.   **d.** 69 : Puis, le soir,   **e.** 69 : ce qu'il *comptait sérieusement* devenir.   **f.** BV f⁰ 112 : [*par*] ⟨avec⟩ la protection.   **g.** 69 : « Tiens ! cela est singulier ».

Page 99
a. 69 : retenues ; *et* il se rongea.   **b.** BV f⁰ 113 : trois [*grands*] ⟨longs⟩ coups.   **c.** 69 : *Cependant,* comme les deux.   **d.** BV f⁰ 113 : brillaient ⟨à une fenêtre⟩ au second.

Page 100
a. BV f⁰ 114 : nous ne nous reverrons plus (...) Adieu *(séquence sans alinéa)*.

Page 103
a. 69 : sentit *un débordement d'*ivresse. **b.** 69 : *une* lueur.

Page 104
a. 69 : *Mais* le quai de la *g*are. **b.** 69 : ligne *des* maisons. **c.** BV f⁰ 117 : [*de place en place*] ⟨de loin en loin⟩ un gigantesque cigare [*en*] ⟨de⟩ fer-blanc. **d.** BV f⁰ 117 : [*brillaient (1 mot illisible)*] ⟨ resplendissaient⟩. **e.** BV f⁰ 117 : de l'encombrement. [*Toutes sortes de voitures (plusieurs mots illisibles : « attendaient leur tour »* ?)*] .

Page 105
a. BV f⁰ 117 : la boue [*éclaboussait*] ⟨jaillissait⟩ contre les vasistas. On croisait des tombereaux [*de jardiniers (?)*] des cabriolets *(suit un passage illisible se terminant par « d'un air familier »)*. **b.** 69 : amoureu*ses*. **c.** 69 : trottaient. **d.** 602 f⁰ 62 v⁰ : des femmes trottinaient sous des parapluies [*et de leur main retroussant leurs jupes montraient leurs jambes en bas blancs*] ⟨Il se penchait pour voir leurs [*figures*] ⟨visages⟩⟩. Un hasard pouvait avoir fait sortir Mme Arnoux [*il s'attendait à la voir*]. **e.** 69 : Le vide seul répondit.

Page 106
a. BV f⁰ 119 : il l'avait accompagné ⟨jusqu'à la maison de sa maîtresse⟩ *(barré puis rétabli)* rue de Fleurus. [*Arrivé*] ⟨parvenu⟩ (...) qu'il [*ne savait pas*] ⟨ignorait⟩ le nom. **b.** BV f⁰ 119 : [*revenir*] ⟨[*retourner (?)*]⟩ ⟨repasser⟩ le lendemain. **c.** BV f⁰ 119 : [*Mais*] au moment. **d.** BV f⁰ 119 : dans la rue [*pour le rattraper*]. Il crut. **e.** 69 : *mais* un corbillard. **f.** BV f⁰ 119 : d'un ton rogue [*et comme*] Frédéric insistait.

Page 107
a. BV f⁰ 120 : rue [*Saint-Thomas*] ⟨des Francs Bourgeois-Saint-Michel⟩ dans un établissement. **b.** 69 : *Frédéric, quoique n'ayant besoin de rien prendre, avala.* BV f⁰ 120 :

de rien ⟨prendre⟩, Frédéric [*prit d'abord*] ⟨avala⟩ (...) chauds
[*afin de s'occuper de tuer le temps.*] Il lut (...) les annonces [*et
personne n'entrait dans le café*]. De temps à autre, **c.** BV f°
120 : se profilait [*vaguement*] sur les carreaux. **d.** BV f°
120 : [*frôlant*] ⟨foulant⟩ (...) lui faisait ⟨[*causait*]⟩ des peurs.

Page 108
a. 69 : *Mais le garçon,* pour se venger. **b.** BV f° 121 : et
[*suivi de sa voiture, car il avait couru pour aller plus vite*] il
se transporta. **c.** BV f° 122 : depuis six mois [*ou bien, on le
connaissait de nom seulement*] ; ailleurs. **d.** 69 : *sa* serviette.

Page 109
a. 69 : à gauche, fond de la cour. **b.** BV f° 122 : *En effet,*
il l'aperçut à travers la fumée des pipes [*et (?) des lampes*]
seul (...) le menton baissé [*l'œil fermé*] et dans une attitude
[*pensive*] ⟨méditative⟩. **c.** 69 : *quelques* phrases. **d.** 69 :
dans les songes. Il se trouva (sans alinéa). **e.** BV f° 123 :
parut [*et le fit passer par un couloir*] une seconde porte.

Page 110
a. 69 : rossignolet... ». **b.** BV f° 124 : le traversin [*il y
avait près de la cheminée (?) une bouillotte*] ⟨une bouillotte
chauffait dans les charbons⟩ et l'abat-jour. **c.** 69 : de la
lampe, po*sé.* **d.** 69 : *sa* brassière.

Page 111
a. 69 : *r*enaissance. **b.** 602 f° 80 v° : ⟨A peine sorti⟩ [*il se
rendit*] ⟨il courut⟩ au café Anglais [et] y soupa
magnifiquement [*d'une crème (?) de turbot*] ⟨avec une⟩ *bisque
à l'écrevisse,* ⟨un⟩ *filet de chevreuil,* ⟨une⟩ *crème de turbot,* ⟨et
des⟩ *truffes en torchon, le tout arrosé de Château Lafite Première, et terminé par une glace au marasquin et des compotes
d'ananas.* *Tout en mangeant,

Page 112
a. 69 : au *bord* des yeux. **b.** BV f° 126 : une canaille. [*Il
était changé d'ailleurs, avait des plaques rouges maintenant
aux pommettes, et il toussait (?) fréquemment.*] Pour un verre.

Page 113

a. BV f⁰ 127 : [*toujours*] ⟨encore⟩ amoureux.   **b.** BV f⁰ 127 : doux [*et, au loin (1 mot illisible) entre les façades grises des maisons, les cimes des arbres (?) s'étendaient pareilles à de larges vitres (??) de couleur violette (?)*] Des troupes d'oiseaux.

Page 114

a. BV f⁰ 128 : mettre de côté. [*Deslauriers blâma cette extravagance.*] *– « Moi, à ta place, » ⟨dit Deslauriers⟩.

Page 115

a. 69 : dans la voiture, trop petite pour ses projets ; il héla.   **b.** 69 : costumier ; – c'était d'un bal qu'il s'agissait. – Arnoux.   **c.** BV f⁰ 130 : où des paletots, [*des mantes, des pelisses et des châles*] ⟨des manteaux et des châles⟩ étaient jetés.

Page 116

a. BV f⁰ 130 : [*d'abord*] il n'aperçut.   **b.** 69 : *Mais* les danses.   **c.** BV f⁰ 130 : un [*tumulte*] ⟨vacarme⟩ de joie (...) avec son panier sur la tête.   **d.** BV f⁰ 131 : toutes ces personnes [*autour ⟨de lui⟩*], ne savait.   **e.** 69 : *Mais,* un archet.   **f.** BV f⁰ 131 : danseurs et danseuses [*recommencèrent*] ⟨se remirent en place.⟩.

Page 117

a. BV f⁰ 131 : une [cinquantaine] ⟨soixantaine⟩ (...) les [*autres*] ⟨hommes⟩ presque tous d'âge mûr en ⟨costume de⟩ roulier.   **b.** 69 : le mur, *observa* le quadrille.   **c.** BV f⁰ 131 : habit vert [*très découpé sur les manches*] une culotte.   **d.** BV f⁰ 131 : gerbe [*de*] ⟨en⟩ plumes.   **e.** BV f⁰ 132 : son ⟨large⟩ pantalon de soie ponceau [*large aux jambes*] collant.   **f.** BV f⁰ 132 : couture, [*des centaines de*] ⟨des petits⟩ camélias.

Page 118

a. BV f⁰ 132 : [*Tous ces gens-là s'amusaient.*] Frédéric en [*les*] regardant ⟨ces personnes⟩ éprouvait [comme] un sentiment d'abandon, un malaise. [*D'ailleurs,*] Il songeait (...) participer [*vaguement*] à quelque chose d'hostile.   **b.** BV f⁰ 132 :

Quand [*la danse (?)*] ⟨le quadrille⟩ fut achevé[*e*], Mlle Rosanette [*vint à lui*] ⟨l'aborda⟩ (...) et son hausse col [*de (1 mot
illisible)*] poli. **c.** BV f° 132 : s'excuser, [*car*] il ne savait. **d.** 69 : fait pour *lui* plaire.

Page 119
a. BV f° 134 : tenant de la droite [*et battant son chapeau sur
la cuisse*] ⟨avec son chapeau⟩, un gant. **b.** 69 : Italie ? –
Poncif, hein. **c.** BV f° 134 : un de ces jours [*Frédéric aurait eu tort (« tant » ?) (1 ligne illisible). *L'artiste était
rompu de travail. Il s'ennuyait ici et il allait partir tout à
l'heure. Du reste, il avait fait de grands progrès esthétiques (?)*]
⟨et, sans attendre sa réponse (...) progrès⟩ ayant reconnu. **d.** BV f° 134 : tout [*existant*] ⟨existe⟩ **e.** BV
f° 134 : sous les [*paupières*] ⟨yeux⟩, **f.** 69 : en robe *de soie*
cerise. **g.** 69 : les *deux* ailes. **h.** BV f° 134 : le type
alors ? – ⟨il s'échauffait⟩ *(sans alinéa).* **i.** 69 : un Pierrot.

Page 120
a. BV f° 135 : un [*petit*] groupe. **b.** 69 : sous *son* court
mantel.

Page 121
a. 69 : sirop ; – et rien. **b.** 69 : les banquettes. **c.** BV
f° 137 : lui inspirait ⟨[*donnait*]⟩ l'envie.

Page 122
a. 69 : *En effet,* après un léger. **b.** 69 : fasciner mieux les
dames. **c.** 69 : La Guirlande des *Jeunes* Person-
nes. **d.** BV f° 138 : dans [*les journaux*] ⟨une des feuilles
(...) accès⟩ faire mousser. **e.** BV f° 138 : et cette affaire ?
[*On n'y pense plus ?*] ».

Page 123
a. BV f° 138 : fut prononcé, [*il s'agissait de terrains, d'hypothèques*] ; *mais* comme. 69 : *mais,* comme. **b.** 69 : *Elle*
l'écoutait. **c.** BV f° 138-9 : le fard de ses joues et [*en même
temps qu'elle souriait*] quelque chose d'humide. **d.** BV
f° 139 : pour [*refouler*] ⟨bannir⟩, **e.** BV f° 139 : disparurent, [*il*] ⟨le bonhomme⟩ **f.** 69 : oui, *oui !* c'est
convenu. **g.** BV f° 139 : [*Il y était.*] Un bataillon (...) [*Il*]
⟨Arnoux⟩ commandait.

Page 124

a. 69 : des *frissonnements* d'éventails. **b.** 69 : et même s'arrêta. **c.** 69 : *son* bras. **d.** 69 : *Alors, toutes à la fois,* avec un froufrou. **e.** BV f⁰ 140 : près de Rosanette, Arnoux ⟨était⟩ en face. **f.** 69 : *Mais* une horloge.

Page 125

a. BV f⁰ 141 : placidement/pacifiquement *(sic)* sans discontinuer. **b.** 69 : femme *s*auvage.

Page 126

a. 69 : *les* armures. **b.** 69 : de l'expérience, *Mes*sieurs. **c.** 69 : *Mais* Rosanette, **d.** 69 : votre *Maré*chale. **e.** 69 : *Mais* les petits oiseaux.

Page 127

a. 69 : Les flammes jaunes *des bougies* vacillaient, **b.** 69 : *Cependant,* la Sphinx.

Page 128

a. 69 : *Mais* le marchand. **b.** 69 : *Cependant,* il se mordait. **c.** 69 : Sauvagesse *; p*uis.

Page 130

a. 69 : Il *s*'acheta *ensuite* les poètes. **b.** 69 : *Mais,* d'après les notes. **c.** 69 : trente sept mille ; *or,* comme. **d.** 69 : d'en vendre *ou d'en hypothéquer* une partie. **e.** 69 : le monde *(sans italique).* **f.** 69 : sa visite le lendemain. **g.** 69 : appendus *contre les murs.*

Page 131

a. 69 : diplomatique. *On se sentit là très-loin de la foule, et plus séparé d'elle que dans une forteresse.* Frédéric. **b.** 69 : *Tour*visot. **c.** 603 f⁰ 9 : sans animation [*comme si pour ces personnes tout dans le monde avait eu la même valeur ou la même signification*]. Il y avait là (...) les plus rebattus [*soit observation des convenances soit décrépitude intellectuelle*]. ⟨*Frédéric s'étonna*[*it*] *de leur laideur.*⟩ Quelques uns. **d.** 69 : une orpheline, *trop jeune pour la mener dans le monde.* On exalta. **e.** 69 : brillant, *et* tous.

Page 132
a. 69 : l'ennuyer. Mais les visites. **b.** 69 : par besoin, *sans doute,* d'un milieu. **c.** 69 : dentelles, *et* pieds nus. **d.** BV f⁰ 149 : parcourait des yeux [*lentement*], en se rappelant.

Page 133
a. BV f⁰ 149 : des [*boîtes*] ⟨brosses⟩, des peignes. **b.** BV f⁰ 149 : baignoire [*à moitié pleine*], et des senteurs. **c.** 69 : *Et* l'homme se mit. **d.** 69 : Mme de Saint-Florentin, *Mme de Liébard,* toutes. **e.** 69 : *Tout de suite,* elle le gronda. **f.** BV f⁰ 150 : votre livre ! « [*dit Rosanette d'un ton colère*] – Vous permettez n'est-ce pas ? » [*et le cahier à la main, elle*] ⟨et lisant à demi voix le cahier Rosanette⟩ faisait. **g.** 69 : *Mais* Delphine.

Page 134
a. 69 : n'en pouv*ait* plus. **b.** BV f⁰ 151 : dans [*son*] ⟨un⟩ tiroir *vingt* napoléons. (...) de monnaie, Frédéric [*s'empressa d'en offrir*] ⟨en offrit⟩.

Page 135
a. 603 f⁰ 38 : le premier jour – [*sur le bateau*] *car elle* cousait. 69 : jour, *car elle* cousait. **b.** 69 : Berthe *(ici et passim en 1869).*

Page 136
a. 69 : prunelles *comme* une bonté. **b.** 69 : *Mais* comment se faire. **c.** BV f⁰ 153 : cherché, [*il*] ⟨Frédéric⟩. **d.** BV f⁰ 153 : Frédéric [*rougissait*] ⟨se taisait⟩. **e.** 69 : *Alors,* Mme Arnoux.

Page 137
a. BV f⁰ 154 : Il [*leur*] écrivit donc à tous les quatre.

Page 138
a. BV f⁰ 155 : [*Quand Deslauriers lui communiqua le billet de Frédéric, il répondit*] – « qu'est-ce (...) politesse [!] ⟨?⟩ **b.** 69 : *Quand Deslauriers lui communiqua le billet de Frédéric, il répondit :* *– « Qu'est-ce que *(passage raturé donc sur le ms. (BV f⁰ 155) mais non dans la première édition).* **c.** 69 : plaisir ; Deslauriers. **d.** 69 : relevé *de filets* d'or.

Page 139
a. 69 : Voilà *comme.* **b.** 69 : continuait ; l'ouvrier,
c. 69 : son *Église,* **d.** 69 : *Alors,* M. de Cisy.

Page 140
a. 603 f° 60 : Puis *des hauteurs* [*des systèmes*] ⟨*socialistes* [*la théorie*], la conversation descendit aux [*applications*] ⟨événements du jour⟩. **b.** BV f° 157 : selon Sénécal, [*et pourquoi*] on en payait assez, cependant : « et pourquoi, mon Dieu ! pour [*bâtir*] ⟨élever⟩ des palais. **c.** 69 : du château, **d.** 69 : la *c*ouronne. **e.** 69 : le *p*ouvoir. **f.** BV f° 158 : libres ? ⟨Est-ce que nous le sommes⟩ répondit avec emportement [*et il évoqua (?) la loi de Septembre (plusieurs mots illisibles) Je vous défie d'écrire une ligne, de faire un pas sans être poursuivi (??).*] Quand on pense.

Page 141
a. 603 f° 43 : Je bois à la destruction *immédiate, complète et radicale* [*de la monarchie de juillet*] ⟨[*du régime*]⟩ ⟨de l'ordre actuel⟩. **b.** BV f° 158 : qui se [*brisa*] ⟨fracassa⟩. **c.** BV f° 159 : corrompaient [*le*] ⟨les filles du⟩ prolétaire ;

Page 142
a. 69 : *Mais* le dessert. **b.** BV f° 160 : on passa [*prendre le café*] dans le salon, **c.** 69 : *Mais,* il fut impossible. **d.** 69/79 : Byron démoli – (peut-être faudrait-il lire « démodé » (voir Cento, *Realismo...,* p. 148)). **e.** 69 : *Enfin* ils arrivèrent.

Page 143
a. 69 : le *j*ournal. **b.** 69 : *Cependant,* Hussonnet déclara. **c.** 69 : *Alors,* Sénécal critiqua. **d.** 69 : *Puis* il se rappela. **e.** BV f° 161 : [*Mais,*] ne sachant.

Page 144
a. 69 : *Alors,* il lui apprit. **b.** 69 : largement ; *puis,* ne trouvant. **c.** BV f° 162 : [*Mais*] les frais. **d.** BV f° 163 : auparavant [. *Quand il le trouvait chez sa femme, il l'emmenait de là (?) et*] ⟨il⟩ l'invitait.

Page 145
a. 69 : des charades ; *et* Rosanette. **b.** 69 : bouilli, elle. **c.** 603 f⁰ 96 : qui frissonne. Elle tirait ⟨*lentement*⟩ ses bas de soie, *passant brusquement sa jarretière* ⟨*rose*⟩, [*laissait*] ⟨*et faisait*⟩ *retomber comme un flot toutes ses jupes* [*ses indécences naïves* ⟨*ses caprices*⟩], sa gaieté. **d.** 69 : son piano ; *et,* quand.

Page 146
a. 69 : *Ainsi,* la fréquentation. **b.** BV f⁰ 164 : autrefois [*dans le bâtiment du*] boulevard. **c.** 69 : l'épouse ; car, **d.** 69 : se livrait *même* à des. **e.** BV f⁰ 165 : J'en ai assez [*je ne peux plus continuer (?)*] Ma foi, **f.** BV f⁰ 165 : « Eh bien, [*oui,*] » dit Rosanette.

Page 147
a. 69 : kaolin ; *mais* aucun. **b.** BV f⁰ 165 : cadeau. [*Mais*] Arnoux. **c.** BV f⁰ 165 : restaurateur. [*Recherchant* (– « *repérant* » ?) *des bonnes occasions*] il achetait. **d.** BV f⁰ 165 : pendules [*et*] des articles de ménage – [*et*] Mme Arnoux (...) Frédéric [*sur trois planches (?)*] dans le couloir. **e.** BV f⁰ 165 : de lui-même. [*Et puis son cabinet avait de beaux livres dans leur armoire d'ébène (1 ligne illisible) était un nid pour causer* (« *créer* » ?) *des chefs d'œuvre*]. Il voulut écrire. **f.** 69 : d'Hussonnet. *Mais,* au milieu. **g.** BV f⁰ 165 : de la voir [*y cédait bientôt*] ⟨ne tardait pas à y céder⟩ ; **h.** BV f⁰ 165-6 : de chez Mme Arnoux. * [*L'intimité qui avait paru s'établir dès son retour n'augmentait pas ; leur sous-entente en restait là ; et cette réserve, cette froideur l'attristaient. Mais quelquefois elle étreignait ses enfants avec un emportement d'amour singulier – et sa délicatesse nerveuse, tout à coup, se révoltait par un cri, soit à la chute d'un meuble ou à l'entrée soudaine de quelqu'un. Si elle mentait ?* [*Alors,*] *des doutes l'envahirent. Elle avait le calme irritant du Sphinx. Il aurait voulu la surveiller jusque dans ses rêves.*] *Un matin. **i.** BV f⁰ 166 : [*Deslauriers le regarda sous ses lunettes*]* – « Rien ! **j.** BV f⁰ 166 : [*Alors*] Frédéric eut. **k.** 69 : l'aider *enfin* dans mille. **l.** BV f⁰ 166 : il [*s*] trouverai[*en*]t.

Page 148
a. BV f⁰ 166 : beaucoup de [*mal*] ⟨peine⟩. **b.** BV f⁰ 166 :

en [*lui*] annonçant.   **c.** BV f⁰ 167 : de première force. *[« *Il
vaudrait mieux qu'il fût un peu artiste !* » * « *Ah !* il est peut-
être artiste.* » *Et*] le faïencier.   **d.** 69 : *Puis* il songea.   **e.** 69 : Frédéric, *et,* comme.   **f.** BV f⁰ 167 : de loin [*à
Frédéric*] « je l'ai.

Page 149

a. 69 : le tutoya, *et même voulut.*   **b.** BV f⁰ 167 : mieux,
[*elle*] l'appelait.   **c.** BV f⁰ 168 : [*Cependant,*] *comme il n'en
voulait pas démordre,* il réitéra.   **d.** 69 : *Alors,* elle
prit.   **e.** BV f⁰ 168 : [*et*] Arnoux,   **f.** 69 : manie.
Elle.   **g.** 69 : femme *!* et son.

Page 150

a. 69 : *Mais* comment.   **b.** 69 : *Enfin,* une idée.   **c.** BV
f⁰ 169 : un [*grand*] portrait ⟨grandeur nature⟩,   **d.** 69 : du
grand *salon,*   **e.** 69 : son *projet.*   **f.** BV f⁰ 169 : Véronèse. ⟨Donc il exécuterait (...) accessoires.⟩   **g.** BV f⁰ 169 :
burnous [*à broche d'argent ?*] ⟨*oriental ?*⟩.

Page 151

a. BV f⁰ 169 : *entra*/arriva/*(sic)* chez lui.   **b.** 69 : Il la
posa debout,   **c.** 69 : son *autre* atelier,

Page 152

a. 69 : le *rouge* des peintres.   **b.** BV f⁰ 170 : Et il
commença (...) des masses [*et*] il était si préoccupé [*par les*]
⟨des⟩ grands.   **c.** 69 : *Mais,* comme la chaleur.   **d.** 69 :
Puis le vent.   **e.** 69 : *Puis* ils se remirent.

Page 153

a. 69 : souvenir, *bientôt,* l'absorba.   **b.** 69 : *Mais,* les flatteries.   **c.** BV f⁰ 172 : me trouvent riche ! » [*Il avait envie de
faire des spéculations à la Bourse ou d'aller dans une ville
d'Allemagne jouer d'un seul coup cent mille francs. Car il lui
fallait de l'argent, beaucoup d'argent, moins pour épater (?) les
autres en leur faisant croire qu'il était l'amant (?) de cette fille
que pour s'installer (?) avec elle dans un landau à hauts ressorts, avec des (2 mots illisibles) coussins (3 mots illisibles) mener
une grande vie, se ruer dans tous les plaisirs/joies (sic) du temps,*

jouir (?) constamment.] *Il était sombre.   **d.** 603 f⁰ 142 : et
il rentra chez lui de [*fort*] mauvaise humeur.

Page 154
a. 69 : toute sort*e*.   **b.** 69 : le *j*ournal.   **c.** 69 : j'y
pense !... »   **d.** 69 : indispensables. « *On ne te les demande
pas ! note bien.* » Mais,   **e.** BV f⁰ 173 : pour que la feuille
[*littéraire*] pût être.

Page 155
a. 69 : répétait « Est-ce.   **b.** 69 : pas libre ?... »   **c.** 69 :
présent*é*.   **d.** 69 : *petit père !* soyez.   **e.** 69 : les
arts !... ».   **f.** 69 : *Alors,* le visage.   **g.** BV f⁰ 174 : à Deslauriers [*avec une pose de tragédie*] « Faites des excuses seigneur ! » *[En effet,]* leur ami.   **h.** 69 : un brave *!* on.

Page 156
a. BV f⁰ 174 : Tu n'y perdras rien, [d'ailleurs,] la spéculation.   **b.** BV f⁰ 175 : de sa santé [*de ses affaires*], et lui
apprenait.   **c.** 69 : *En effet,* pourquoi pas.   **d.** 69 : aux
deux autres.   **e.** 603 f⁰ 140 v⁰ : pour le moins. *Donc il
faudrait se défaire du cheval, du domestique, du logement peut-
être, enfin se résigner à un train plus modeste et cependant de
nouveaux appétits le sollicitaient.* D'ailleurs, il sentait le besoin de sortir de cette existence *irrésolue [qui l'agaçait]* de se
raccrocher à quelque chose *de positif.*   **f.** BV f⁰ 175 : [*M.
Dambreuse*] ⟨Le banquier⟩.   **g.** BV f⁰ 175 : il s'agissait de
charbons de terre ⟨[*de houilles*]⟩.   **h.** BV f⁰ 175 : les cartonniers [*sur les rayons s'appliquaient*] ⟨montaient⟩.   **i.** 69 :
beau. *C*'était.   **j.** 69 : *Mais* le banquier.

Page 157
a. BV f⁰ 176 : la place vacante ! il [*resta d'abord immobile*]
poussa une exclamation.   **b.** 69 : *les* domestiques.   **c.** 69 :
De grands arbustes remplissaient.   **d.** 603 f⁰ 171 (*marge :*)
*Monte l'escalier avec alacrité comme si Rosanette était au
bout.*   **e.** BV f⁰ 176 : allègrement [*et il entendit une large
(?) fanfare de trompettes (4 mots illisibles).*] Un huissier [à
galons (?) et en tenue d'argent dit] ⟨lança⟩ son nom.   **f.** BV
f⁰ 176 : ou se courbaient [très bas] ⟨en deux⟩,

Page 158

a. BV f⁰ 177 : [*jetaient*] ⟨mettaient⟩.   **b.** 69 : s'ennuyer ; *et* quelques dan*dys*.   **c.** BV f⁰ 177 : flétrissure [*les fatigues d'une existence laborieuse*] ⟨la trace d'immenses fatigues⟩,   **d.** BV f⁰ 177 : elles se [*remiraient*] ⟨répétaient⟩ dans les glaces.   **e.** 69 : orfèvrerie, tant il y avait.   **f.** 69 : Les quadrilles *cependant* n'étaient pas.

Page 159

a. 69 : un spor*tm*an.   **b.** BV f⁰ 178 : En errant [*ainsi*] de groupe.   **c.** BV f⁰ 178 : sa profession, [*de temps à autre*] il accrochait (...) l'usage des [Beaux] ⟨beaux⟩,   **d.** BV f⁰ 178 : dit Martinon [gravement, (?)] « qu'il y a,

Page 160

a. BV f⁰ 179 : un Catholique. « [C'est une absurdité d'instituer *(2 mots illisibles)*.] Faites.   **b.** 69 : *les* table*s*.

Page 161

a. 69 : tou*te* sort*e*.   **b.** 69 : au*x* miroitement*s*.   **c.** BV f⁰ 180 : anneaux d'or [à la couleur des satins (?)] aux dentelles,   **d.** 69 : irréprochables ; puis il.   **e.** BV f⁰ 180 : ou [*le*] ⟨l'en⟩ consolait.   **f.** BV f⁰ 180 : les [*spirales*] ⟨boucles⟩.   **g.** BV f⁰ 180 : personne [insignifiante] ⟨assez laide⟩.   **h.** 603 f⁰ 200 v⁰ : [Frédéric discerna qu'il] ⟨Il⟩ était question.

Page 162

a. 69 : le *m*inistre.   **b.** BV f⁰ 181 : les matières [*et voulant (lecture difficile ; en gros : « se faire passer pour un homme sérieux »), il entama une conversation sur les (4 mots illisibles) par hasard, rencontrer (3 mots illisibles) à la tête d'un journal. M. Dambreuse le complimenta, mais*] ⟨Le financier (...) d'après ⟨tous⟩ les éloges   **c.** BV f⁰ 181 : marcher [*près de M. Dambreuse*] ⟨sur la terrasse⟩.   **d.** BV f⁰ 181 : le bruit du [*monde*] ⟨ bal⟩ .   **e.** BV f⁰ 182 : s'approchant de [Mme Dam. (sic)] ⟨Madame⟩, d'une voix basse :

Page 163

a. 69 : n'était *plus* là.   **b.** BV f⁰ 182 : n'était plus là [*la compagnie fut fort gaie*]. On but (...) très haut, [*, on dit des*

absents beaucoup de mal] et des plaisanteries.   **c.** BV f⁰ 182 :
⟨Seul⟩ Martinon se montra [*grave*] ⟨sérieux⟩   **d.** BV f⁰
182 : reprises [*avec une mine inquiète*], puis il dirigeait (...)
Mme Dambreuse. [*Elle était assise de l'autre côté, plus bas
que lui (lecture supposée)*]. **Mais* elle interpella.   **e.** BV f⁰
182 : aucune [*spécialement*] et préférait ⟨, d'ailleurs,⟩   **f.** BV
f⁰ 182 : les pelisses [*d'hermine*] et.   **g.** BV f⁰ 182 : inanalysables [*, importantes (?)*] ⟨et cependant⟩ expressives.   **h.** BV
f⁰ 183 : pas [*plus*] ⟨si⟩ difficile [*qu'une autre*].   **i.** BV f⁰
183 : le réveilla. [*Il relut son billet*] ces mots ⟨de son billet⟩.

Page 164
a. 69 : de *très* grave.   **b.** BV f⁰ 183 : très grave [*et qu'il
voulait lui dire (?)*] un simple mot.   **c.** BV f⁰ 183 : humilia
Frédéric. [*Il n'y voulait pas croire ⟨et il répondit⟩ (?)*] ⟨Il
reprit⟩.

Page 165
a. 69 : le grêlé, non ! l'autre.   **b.** BV f⁰ 184 : j'y gagnais ?
[*Rien !*] Elle est.   **c.** 69 : moi ! *e*st-ce.   **d.** 69 : laid ! *je*
l'exècre ! *si*.   **e.** 69 : hein ? *n*'est-ce.   **f.** 69 : pardonné ! *on*
n'imagine.   **g.** 69 : pieds ! *il* est.   **h.** BV f⁰ 184 : sa porte,
[*car*] Mlle Vatna*s*,   **i.** BV f⁰ 185 : longtemps, [*sans doute.*]
Vous feriez.

Page 166
a. BV f⁰ 185 : des voitures [*qui passaient*] ; puis.   **b.** BV f⁰
185 : Il entra. [*Ils se turent*] ⟨On se tut⟩.   **c.** BV f⁰ 185 :
Frédéric [*, sentant qu'il tombait mal,*] fit un mouvement (...) lui [*prit*] ⟨saisit⟩, la main [*clairement (? – « visiblement » ?)*] heureux.   **d.** BV f⁰ 186 : « [*Ah !*] le cachemire (...)
[*Eh !*] ⟨Ah !⟩ ce jour là !   **e.** BV f⁰ 186 : les yeux [*au ciel*]
comme pour.

Page 167
a. BV f⁰ 186 : j'ai été [*dans ce magasin*] pour.   **b.** BV f⁰
186 : « Oui ⟨! mais⟩ pas [*de*] Jacques Arnoux,   **c.** BV f⁰
187 : ma parole [*d'honneur*] ?   **d.** 69 : « Non. Ce n'est point
la peine ».   **e.** BV f⁰ 187 : [*A ce spectacle*] Arnoux rougit
(...) s'enflèrent [*comme si sa mauvaise conscience lui eût fait
une bouffissure*].   **f.** BV f⁰ 187 : Arnoux [*, cependant,*] gar-

dait.   **g.** BV f⁰ 187 : la solution [*du*] ⟨d'un⟩ grand problème.

Page 168
a. 69 : *Ah !* du moment.   **b.** BV f⁰ 187 : superposées [*et*] ⟨;⟩ on entendait. 69 : on *n'*entendait *que*.   **c.** 603 f⁰ 235 v⁰ : la crépitation du feu − [*et quelquechose d'attentif restait comme suspendu dans l'air*].   **d.** 69 : grelottait ; *puis* ses deux.   **e.** BV f⁰ 188 : ⟨et⟩ d'une voix caressante ⟨[*doucement*]⟩ comme on fait.   **f.** BV f⁰ 188 : bien libre [*pourtant*]. Il n'avait (...) dit Frédéric. [*Mais*] c'était.   **g.** 69 : *Et* Frédéric s'inclina.

Page 169
a. BV f⁰ 189 : une [*brusque (?)*] aspiration.   **b.** 69 : *Mais* elle ferma.

Page 171
a. BV f⁰ 191 : Arnoux [*importunait*] ⟨agaçait⟩.   **b.** 69 : *Mais* Arnoux, malgré.

Page 172
a. 69 : ne pouvait *donc* survenir,   **b.** 69 : épouvante. *D'*ailleurs.   **c.** BV f⁰ 192 : ressemblent ⟨[*sont pareilles*]⟩ aux honnêtes femmes ;   **d.** BV f⁰ 192 : [*Mais*] une invincible.   **e.** BV f⁰ 192 : lac assez bleu [*dans quelle île assez (1 mot illisible : « verte » ?)*].   **f.** BV f⁰ 193 : à une [*pareille*] ⟨telle⟩ extrémité. [*Cette* ⟨Car sa (?)⟩] ⟨Tant de⟩ vertu (...) [*Cependant,*] ses après-midi.

Page 173
a. 69 : Puis *il* faisait.   **b.** 69 : *Mais* Arnoux, souvent,   **c.** BV f⁰ 193 : Puis ils causaient [*de leurs (?) affaires*] en se disant ⟨amicalement⟩ des injures [*amicalement*], car [*aux yeux d'Arnoux, Regimbart était*] ⟨le fabricant [*de porcelaine*]⟩⟨tenait Regimbart pour⟩ un penseur.   **d.** BV f⁰ 193 : sa paresse. * [− *« Vous êtes toujours avec votre chape »* − *« J'aime mieux ma chape que vos petites filles ! »* ripostait le citoyen. Il*] ⟨Le citoyen.   **e.** 69 : *Mais* la Providence.   **f.** BV f⁰ 194 : en face [*de son verre*] ⟨du même verre⟩ à moitié plein (...) ne gouvernant [*pas*] ⟨point⟩ les

choses/le monde *(sic)* [*d'après*] ⟨selon⟩ ses idées. **g.** BV f⁰
194 : ⟨et⟩ Frédéric (cela tenait (...) profondes [*dans leur na-*
ture]) éprouvait. **h.** 69 : *Mais* il se reprochait.

Page 174
a. BV f⁰ 194 : Arnoux *le respectait tellement (lecture hypothé-*
tique qu'il] se lamentait (...) ses préventions ⟨injustes⟩. [*Elle*
avait beaucoup changé (?)] ⟨Elle n'était (...) autrefois.⟩. **b.** BV f⁰ 194 : – «[*Si j'étais de vous*] ⟨A votre
place⟩,» disait Frédéric. **c.** BV f⁰ 194 : Il [*avait compté*]
⟨était entré,⟩ comme membre (...) lui disait [*il avait signé les*
statuts (?) et les (?) comptes avant d'avoir eu (?) le temps de
les connaître (plusieurs mots illisibles) des autres filous] ⟨il
avait signé (...) gérant. Or,⟩ la compagnie. **d.** BV f⁰ 195 :
sur les [*meubles*] ⟨fauteuils⟩. **e.** 69 : tranquillement ; *et*
Madame Arnoux, **f.** 69 : il se tut ; *il songeait ;* et son abattement. **g.** BV f⁰ 195 : [*cédant*] ⟨obéissant⟩.

Page 175
a. BV f⁰ 195 : son caractère [*fidèle et à son comportement*
général] ⟨bonhomme⟩. **b.** 69 : *Mais* son procès. **c.** BV
f⁰195 : fréquenter [*encore plus*] ⟨plus⟩ que jamais. **d.** BV f⁰
195 : chaque semaine [*ne les quittait plus*]. Cependant, **e.** BV f⁰ 196 : ces deux êtres [*lamentables*] ⟨malheu-
reux⟩ attristait Frédéric [*malgré lui*]. **f.** BV f⁰ 196 : M.
Dambreuse. [*L'homme d'affaires, bonheur qui lui semblait (?)*
inexplicable] ⟨Le financier⟩ lui avait. **g.** BV f⁰ 196 : toujours. [*Cisy l'obsédait pour (?)*] ⟨Il céda cependant à Cisy qui
l'obsédait pour⟩ *lui faire* faire. **h.** 69 : acteur. – Delmar.

Page 176
a. BV f⁰ 196 : Il [*était devenu*] ⟨devenait⟩ Christ. **b.** BV
f⁰ 196 : fasciné [*la Maréchale*] ⟨Rosanette⟩. **c.** BV f⁰ 197 :
[*il*] ⟨Arnoux⟩avait augmenté (...) avec une fréquence [*extra-*
ordinaire] ⟨inexplicable⟩. **d.** 69 : sortie. *Mais* Monsieur. **e.** 69 : glacé ; *et* les autres. **f.** BV f⁰ 197 : il [*se*
contint et] balbutia.

Page 177
a. BV f⁰ 198 : ambiguë. *[Il étouffait d'angoisse.]* Cette calomnie. **b.** BV f⁰ 198 : était [*complètement*] fausse. **c.** BV

f⁰ 198 : sans le regarder [*lentement*] : *– « Au reste, **d.** BV
f⁰ 198 : quinze mille francs. [*Il se réjouit en pensant à Deslauriers*] et pour réparer sa négligence [*alla*] ⟨envers Deslauriers, alla⟩ lui apprendre. **e.** 69 : au *quatrième* étage.

Page 178
a. 69 : du *j*ournal. **b.** 69 : la *p*olitique. **c.** 69 : la *r*évé-
lation. **d.** 69 : la *M*onarchie.

Page 179
a. 69 : l'*a*utorité. **b.** BV f⁰ 201 : signifiant [*commencement,*]
origine, il [*se*] faut ⟨se⟩ reporter. **c.** BV f⁰ 201 : souveraineté [*populaire*] ⟨*nationale*⟩. **d.** BV f⁰ 201 : son t [*d e u x
mots,*] deux fictions. **e.** BV f⁰ 201 : [*et*] ⟨il⟩ se contenta
(...) généralement. ⟨– « ⟩ au contraire [, *dit l'avocat*],
comme. **f.** BV f⁰ 201 : un ensemble [, *une*] ⟨de⟩ doctrine.

Page 180
a. BV f⁰ 202 : maniant [*ainsi*] l'opinion. **b.** BV f⁰ 202 :
souffrir – [*Mais je te pardonne car je t'aime*] ⟨n'importe, je
t'aime tout de même⟩. **c.** BV f⁰ 202 : passant [*par hasard*]
devant [⟨*sous*⟩ *sa fenêtre*] ⟨sa maison par hasard⟩ elle *n'a (sic)*
pu (...) faire [*ensemble*] une petite collation ⟨ensem-
ble⟩. **d.** BV f⁰ 202 : Elle voulut [l'embrasser] ⟨[*le baiser*]⟩
⟨l'embrasser⟩ (...) ton nœud » – [*et rudement (?)*] il la repoussait. **e.** BV f⁰ 202 : net ⟨[*tout à coup*]⟩ ses larmes (...) et
[*elle*] y restait.

Page 181
a. 69 : Cependant [*l'*] ⟨son⟩ attitude et [*le*] ⟨son⟩ mutisme
[*de sa maîtresse*] agaçaient (...) [*ton fiacre (?)*] ⟨ton car-
rosse⟩. **b.** 69 : *Alors,* elle fixa. **c.** BV f⁰ 203 : attendit
[encore] une minute ⟨encore⟩.

Page 182
a. 69 : qui *devrait*.

Page 183
a. 69 : je me contenterais de seize mille ! **b.** BV f⁰ 205 :
tenir *à* sa parole [*et il ne pourrait donc pas (?)*] ⟨cependant⟩
obliger Arnoux.

Page 184
a. 69 : *Mais* l'avocat revint. **b.** BV f⁰ 207 : par [*son ami*]
⟨Deslauriers⟩. **c.** 69 : *Mais,* un soir. **d.** BV f⁰ 207 :
sombre [*et très humide*] avec des rafales.

Page 185
a. BV f⁰ 208 : dans la crainte [*pourtant*] (...) dégagé [*répondit*] ⟨dit⟩. **b.** BV f⁰ 208 : Il revint [*près de Frédéric*] en
demandant. **c.** BV f⁰ 209 : – «[*Ah, à propos ! J'ai fait ce
matin une inscription*] ⟨Ah, à propos (...) cette inscrip-
tion⟩. **d.** BV f⁰ 209 : recommença [*l'éloge de son épouse*]
⟨son éloge⟩.

Page 186
a. 69 : ne jamais le revoir, **b.** 69 : des *sécurités*
pour. **c.** 69 : morte, *enfin ;* et il. **d.** 69 : *Puis* une
haine. **e.** 69 : au Cabinet. **f.** BV f⁰ 210 : se présenta
⟨[*s'offrait*]⟩ (...) entassa ⟨[*accumula*]⟩ (...) table ⟨les humanis-
tes⟩ (...) Machiavel, et peu à peu ⟨[*petit à petit*]⟩. **g.** 604
f⁰ 59 (*très proche de BV f⁰ 210, d'une lecture difficile*) :
l'apaisa. **Il connut le charme des après-midi solitairement
passés au murmure des feuillets qu'on retourne – et l'exaltation
des heures nocturnes quand les forces* [*entières*] *du monde semblent refluer vers vous – et que les idées comme des phalènes
voltigent/tourbillonnent (sic) dans l'obscurité de l'appartement.
Il s'émotionna* [*pour des existences*] ⟨*pour*⟩ *des hommes disparus
et plongeant ainsi* (...) *n'en pas souffrir.* [*Son existence était
donc égoïste*].

Page 187
a. 69 : *Alors,* elle envoya. **b.** BV f⁰ 212 : à Chartres [*la*]
⟨une petite⟩ maison [*maternelle*] ⟨qu'elle avait⟩.

Page 189
a. 69 : *John (ici et passim dans 69).*

Page 190
a. BV f⁰ 215 : j'ai du temps encore [*devant moi*]. Si
nous. **b.** 69 : (on n'attendait plus que l'ordonnance.). **c.** 69 : progrès ; *et* c'est. **d.** BV f⁰ 215 : ména-

ges. [*Frédéric faisait de petits mouvements de tête et approuvait parfois (?).*] Mais comment, me direz-vous,

Page 191

a. 69 : obtiendrons *!* cela. **b.** 69 : le *p*ays. **c.** 69 : au Conseil. **d.** BV f⁰ 217 : [*Que signifiait un/ce procédé pareil (sic) ?*] Y avait-il.

Page 192

a. BV f⁰ 217 : «[*Arnoux s'est-il fichu de moi ?*] ⟨Se sont-ils joués de moi,⟩ est-elle complice ? » [*se disait-il*]. *Une sorte de [*point d'honneur*] ⟨pudeur⟩. **b.** BV f⁰ 217 : chez eux. *[*Il avait donné des ordres au Hâvre pour qu'on vendît une autre ferme. Un acheteur (1 mot illisible), se présentait ⟨(plusieurs mots illisibles)⟩. Mais Frédéric pensait aux Arnoux sans cesse et profondément.*] *Un matin. **c.** BV f⁰ 217 : – «[*Elle est*] à la campagne. **d.** BV f⁰ 217 : « [*Parbleu*] ⟨Eh bien⟩, **e.** 69 : se dissipaient. Frédéric *(sans alinéa).* **f.** BV f⁰ 218 : par ennui, [*avait*] ⟨perdu dans⟩ cette langueur *(sic ? – lapsus ?).* **g.** 69/79 : *Mais,* des grues. **h.** BV f⁰ 218 : C'était Creil. [En sortant *(?)* hors du train, il se dirigea en direction de la ville *(?)* dont on distinguait les cheminées]. **i.** 69 : dans *de la* paille ; **j.** 69 : sur *sa* tête.

Page 193

a. BV f⁰ 218 : pour Arnoux [*et les battements de son cœur augmentaient*]. Trois pas. **b.** 69/79 : *Mais* le chef. **c.** 69/79 : *Mais* la barrière. **d.** 69 : rangées, *parallèlement,* sur. **e.** BV f⁰ 219 : [*Cependant,*] en face [de lui] ⟨de lui⟩ *(sic).* **f.** BV f⁰ 219 : les arbres [*cernant les portes (?), les terrains*] – *et,* tout en bas,

Page 194

a. BV f⁰ 220 : tombait [*continuellement*], coupant. **b.** BV f⁰ 220 : [*le sieur*] ⟨Jacques⟩ Arnoux. **c.** BV f⁰ 220 : Sénécal [*portant*] ⟨avec⟩ (...) sa main froide [*et lui dit*] *– « Vous venez pour le patron ⟨?⟩ [*Sans doute ?*]] Il n'est pas là. ». **d.** BV f⁰ 220 : une [*série*] ⟨kirielle⟩. **e.** BV f⁰ 220 : au gaz ! [*Le bonhomme*] ⟨Le bourgeois⟩ s'enfonçait *(sans italique).* **f.** BV f⁰ 220 : ses [*appointements*] ⟨émoluments⟩.

Page 195
a. 604 f⁰ 107 v⁰ : entr'ouverte [*par devant*] pendait [sur] ⟨le long⟩ de ses hanches. [*Elle avait la poitrine à demie nue.*]. **b.** 69 : *comme* un flot. **c.** BV f⁰ 221 : Elle [*lâcha*] ⟨jeta⟩ un cri. **d.** BV f⁰ 221 : ⟨Puis⟩ elle revint [*après dix (?) minutes*] correctement habillée. Sa taille, ses yeux, [le mouvement *(?)*] ⟨le bruit⟩ de sa robe, tout l'enchanta. **e.** 69 : l'enchanta. *Le jour du dehors, tamisé par les rideaux, blanchissait son visage, et un parfum exquis s'échappait de ses lèvres.* Frédéric. **f.** 69 : un peu grossier, *sans doute*, car. **g.** 69 : *Alors,* Frédéric conta. **h.** BV f⁰ 221 : d'un air [*froid*] ⟨calme⟩. **i.** 69/79 : se lança *enfin* dans. **j.** BV f⁰ 221 : Une force [*mystérieuse*] existait. **k.** 69 : *Mais* elle proposa.

Page 196
a. 69/79 : tenté *enfin.* **b.** 69 : la *r*enaissance, **c.** 69 : jusqu'à l'*a*rt. **d.** BV f⁰ 222 : [*Ils*] ⟨Tous deux⟩ considéraient. **e.** BV f⁰ 222 : une salle [*basse*] que remplissaient.

Page 197
a. 69 : *Mais,* craignant. **b.** 69/79 : murmurer ; *mais* on.

Page 198
a. 69 : les en*glob*es, les lustres. **b.** BV f⁰ 225 : [*Alors*] le mathématicien (...) ⟨Alors⟩ il lui offrit. **c.** BV f⁰ 225 : des [plaques de cuivre] ⟨planches gravées⟩. **d.** 69/79 : la besogne et d'hygiène. **e.** BV f⁰ 225 : une [*pancarte*] ⟨affiche⟩ dans un [cadre] ⟨cadre⟩ :

Page 199
a. BV f⁰ 225 : l'article 9. *La jeune fille se redressa [tranquillement]* *–* «Eh bien, après ? ». **b.** 69 : mademoiselle ? *c*'est. **c.** 69 : *Alors,* Frédéric. **d.** 69 : La *d*émocratie. **e.** 69 : se déclarer. Elle était. **f.** 69/79 : *D'ailleurs,* le mouvement. **g.** 69/79 : *Mais,* quand il fut.

Page 200
a. BV f⁰ 227 : Il s'enferrait. [*Il se tut.*] *Le feu. **b.** BV f⁰ 227 : la peur [*contradictoire*] de faire. **c.** BV f⁰ 227 : des

joies sublimes. » *[Elle répliqua :]* * − « L'expérience (...) Il
voulut [*employer (?)*] ⟨l'attaquer par⟩ l'ironie.

Page 201
a. BV f⁰ 228 : au hasard ⟨, il se heurtait contre les pierres.⟩
Il se trompa. **b.** BV f⁰ 228 : Un [*grand*] bruit de
sabots. **c.** 604 f⁰ 134 : se laissa [*tomber*] ⟨pousser⟩ dans un
wagon, **d.** 69/79 : initiales R.A. *Cela commençait.
e. 69/79 : *Mais* l'écriture.

Page 203
a. 69 : − « *Ah !* c'est gentil, **b.** 69 : *Mais,* quand elle
eut. **c.** 69 : demie, » comme. **d.** 69 : assise, *elle*
lui. **e.** 69 : avant hier, » *reprit-elle.* « Il serait.

Page 204
a. 69 : *Mais* la voiture. **b.** 69 : celle du *r*oi. **c.** 69 :
D'ailleurs, le public. **d.** BV f⁰ 232 : ce temps-là [était
d'un] ⟨avait⟩ un aspect. **e.** 69 : vulgaire. *C*'était.

Page 205
a. 69 : graves. *Les horsemen* les plus enthousiastes (*sans alinéa*). **b.** 69 : cordes ; *puis, au-delà,* dans l'ovale. **c.** 69 :
s'élevait ; *et* les gardes. **d.** 69 : reparaissaient *dans la foule
qui faisait beaucoup de poussière.* Une. **e.** 69 : − « Ah !
bravo ! **f.** 69 : les rejoignit *tous, précipita ses foulées* et arriva. **g.** 69 : *Tout à coup,* à cent pas. **h.** 69 : portière,
comme si elle eût cherché quelqu'un ; puis *elle* se.

Page 206
a. 69 : *Enfin* il descendit. **b.** 69 : milord. *Mais* la Maréchale, *s'impatientant d'être seule,* lui faisait. **c.** 69 : et vou-
lut. **d.** BV f⁰ 233 : signe [*de revenir*] ⟨de retourner⟩ (...)
obstinément [*aller*] lui dire. **e.** 69 : parier. *et comme ses
deux bichons étaient une excentricité qui tirait l'œil, il les
caressait doucement, tandis que,* de l'autre. **f.** 69 : *Mais,* la
cloche. **g.** BV f⁰ 234 : l'évolution des [*chevaux*] ⟨jockeys⟩ −
et on (...) jaunes, ⟨ [*vertes,*]⟩ blanches.

Page 207
a. 69 : grandissaient *et* leur passage. **b.** 69 : sur *la*

selle, **c.** 69 : belles, *encore moins les plus jeunes,* qui recevaient. **d.** 69 : gloires ; *et* pour qu'on.

Page 208
a. 69 : Elle mangeait *alors* avec. **b.** BV f⁰ 235 : et [*après
un court (?) moment d'hésitation,*] Cisy quitta la Maréchale
*l'*air désappointé. **c.** 69 : – «Comme vous voudrez,» dit
Frédéric, *sans même le regarder.* *Le bohème, selon sa coûtume,
accabla Rosanette de louanges hyperboliques, galanteries sans
conséquence qu'elle écoutait cependant avec plaisir. S'il n'avait
pas été obligé, dit-il, d'écrire le compte rendu des courses, il n'y
serait pas venu ; car il trouvait ce genre d'amusement idiot ; et
il se moqua des sportmen (sic) en imitant leur tenue, ce qui fit
rire la Maréchale tout le temps que dura la course de haies.*
Frédéric, affaissé.

Page 209
a. BV f⁰ 237 : [*Cependant,*] l'averse ⟨, cependant,⟩ redoublait. **b.** 69 : *Mais,* par moments. **c.** 69 : Leurs *longs*
fouets.

Page 210
a. 69 : avenue, pareille (...) humaines, les arbres *(sans
tirets).* **b.** 69 : station*naient.* **c.** 69 : Tout à coup, une
éclaboussure.

Page 211
a. 69 : et *la* lui tendit. **b.** 69 : *Alors,* toute sa
vertu, **c.** BV f⁰ 239 : des huîtres [*avec («avant» ?) le potage*] et ils. **d.** 69 : M. *De* Maistre. **e.** 69 : l'*a*utorité et
le *s*piritualisme. **f.** BV f⁰ 239 : les choses les plus *certaines*/positives *(sic).*

Page 212
a. 69 : *Mais* Rosanette n'avait. **b.** 69 : *Et* Hussonnet s'en
alla. **c.** 69 : *Mais,* il en avait soif, **d.** 69 : *Enfin,* la Maréchale se décida.

Page 213
a. 69 : le vicomte de Cisy. **b.** 69 : *Et* le regard. **c.** 69 :

fortune médiocre.» Son mari *(sans alinéa).* **d.** 69 : héritages, *et* Cisy les énuméra.

Page 214

a. BV f⁰ 242 : [*Puis*] la porte retomba.

Page 215

a. BV f⁰ 243-4-5 *(sic)* : [*Mais*] Frédéric, ne comprenant
pas. **b.** BV f⁰ 243-4-5 : [*Alors*] ⟨Et⟩ la figure. **c.** BV f⁰
246 : sa colère ⟨et son humiliation⟩. Il se reprochait. **d.** BV f⁰ 246 : [Puis,] le soir venu, **e.** 69 : Parthénon «Rosanette (...) vous ?» Et il entama *(sans alinéa).*

Page 216

a. 69 : Sa première intuition (...) ses [*premiers*] rendez-
vous. **b.** 69 : revenue. *Mais cette peinture malpropre l'avait
presque terrifiée.* Elle s'était même. **c.** BV f⁰ 247 : contre sa
sottise ⟨[*simplicité*]⟩ (...) pouvait [*bien*] ⟨, *cependant,*⟩ avoir.
d. 69 : pouvait *cependant* avoir raison. **e.** BV f⁰ 247 : Une
[*pareille*] déclaration ⟨pareille⟩ l'enhardit.

Page 217

a. 69 : pour lui-même, *auquel il tenait.* Frédéric. **b.** BV f⁰
247 : il répondit, «non − ⟨ah⟩ non ⟨!⟩ ⟨encore !⟩ (...) son
amant [*disait Pellerin*]» C'est vous. **c.** BV f⁰ 248 : − «J'ai
été [*seulement*] l'intermédiaire (...) sur les bras,» [*reprit*]
l'artiste. [*Il*] s'emporta. [*Enfin Frédéric s'écria*] ⟨Ah !⟩ je ne
vous croyais pas. **d.** BV f⁰ 248 : Frédéric [encore] troublé
(...)*− «Qu'y a-t-il ?»* [− « *On m'a mis à la porte,* » et] Sénécal conta son histoire. **e.** BV f⁰ 248 : envie *que j'y aille*
moi-même. **f.** BV f⁰ 248 : nous *nous sommes* échangé*s (sic)*
des paroles. **g.** 69 : mon compte, *et voilà !* ». **h.** BV f⁰
248 : sans vous [*je n'aurais pas dû (?) devenir contremaître
(?),*] sans vous,

Page 218

a. 69 : fête du *r*oi, **b.** BV f⁰ 249 : un crid [*malais*] ⟨japo-
nais⟩ suspendu. **c.** 69 : sa main, *gravement.* (79 : coquille *?*). **d.** BV f⁰ 249 : peut-être jamais ! [*qui sait !*]
⟨adieu !⟩ ».

Page 219

a. BV f⁰ 249 : hypothèques [*inscrites*] dont l'immeuble.   **b.** BV f⁰ 251 : encore *un convive,* le baron.

Page 220

a. 69 : le *p*récepteur *(minuscule ici et passim).*   **b.** 69 : la *c*apitale.   **c.** BV f⁰ 252 : la jeune personne, »[*reprit*] ⟨dit⟩ le précepteur,

Page 221

a. BV f⁰ 252 : l'agronome. *[*M. des Aulnays*] ⟨lequel⟩ trouvait *(sic – Flaubert supprime un changement de paragraphe.)*   **b.** BV f⁰ 253 : désirait secrètement [*devenir*] ⟨être⟩ l'homme d'affaires. – 605 f⁰ 106 v⁰ : (ambitionne secrètement d'être l'homme d'affaires *de Cisy, pour le voler*).   **c.** BV f⁰ 253 : était venu [*avec l'intention d'être désagréable à*] ⟨plein de mauvaise humeur contre⟩ Cisy [dont la (?)] ⟨Sa⟩ sottise (...) et il écoutait [complaisamment] les remarques.   **d.** 69 : le *b*aron *(minuscule ici et passim).*   **e.** BV f⁰ 253 : l'idéal du vicomte [*lequel l'obsédait d'amabilités*]. Il fut.

Page 222

a. BV f⁰ 254 : belles jambes ? », ⟨prouvant par ce mot (...) intimement.⟩   **b.** BV f⁰ 254 : la langue [*dédaigneusement*].   **c.** BV f⁰ 254 : récolte [*autant*] ⟨tant⟩ qu'on veut.   **d.** BV f⁰ 254 : [*reprit*] ⟨répliqua⟩ Cisy.   **e.** 69 : – « Ah ! je n'en sais rien, ».

Page 223

a. 69 : *Et* Frédéric se mit.   **b.** 69 : *Mais* le Vicomte.   **c.** BV f⁰ 256 : [*cassa*] ⟨renversa⟩ deux bouteilles.   **d.** 69 : *et* il se refusa.

Page 224

a. 69 : *et* il *en* éprouvait.   **b.** BV f⁰ 257 : deux témoins [, *cependant*]. (...) il se dirigea [*incontinent (?)*] ⟨tout de suite⟩ vers (...) la rue [*Saint-Martin*] ⟨Saint-Denys⟩.   **c.** BV f⁰ 257 : la maîtresse [*de l'établissement*] avec leur garçon.   **d.** 69 : la cuisine ; – et Regimbart.   **e.** BV f⁰ 257 : de [*penser*] ⟨réfléchir⟩, fit.

Page 225

a. 69 : *Alors,* le Citoyen épilogua.

Page 226

a. 69 : Hein ? comment ? **b.** 69 : qu'il eût, *peut-être,* mieux fait.

Page 227

a. BV fᵒ 260 : pâle. «*[Alors]* ⟨Est-ce que⟩ j'aurais *(sans alinéa).* **b.** BV fᵒ 260 : *[passèrent]* ⟨se déroulèrent⟩. **c.** 69 : *Mais* sa propre. **d.** BV fᵒ 260 : *[Mais]* cette fièvre. **e.** 69 : *Alors,* il descendit. **f.** BV fᵒ 260 : son jardin – *[et en contemplant les étoiles, il arriva bientôt à s'exalter]* ⟨Les étoiles (...) contempla.⟩ L'idée (...) une femme *[pareille]* le grandissait. **g.** BV fᵒ 260 : tâché *[de lui]* de remonter son moral *(sic).* **h.** BV fᵒ 261 : Il arriva *[même]* jusqu'à.

Page 229

a. 69 : *Alors,* le baron. **b.** BV fᵒ 263 : ce genre *[d'affaires]* ⟨d'aventures⟩.

Page 230

a. 69 : de *façon* à répartir. **b.** BV fᵒ 264 : une canne. *[Puis]* il y eut. **c.** 69 : même ; *et,* sa cravate. **d.** BV fᵒ 264 : laisser *[au vicomte]* ⟨à Frédéric⟩. **e.** 69 : de *l'*adversaire. **f.** BV fᵒ 264 : le Baron *[se tournant vers]* ⟨s'adressant à⟩. **g.** 69 : *Mais* Cisy devint. **h.** BV fᵒ 265 : Mais Cisy *[, ne bougeant pas,]* devint (...) Sa lame *[qu'il ne pouvait pas tenir (1 mot illisible)]* tremblait.

Page 231

a. 69 : au galop, et. **b.** 69 : sauté *hors* du cabriolet. **c.** BV fᵒ 265 : il tenait ⟨*[serrait]*⟩ Frédéric. **d.** 69 : bonheur. **Alors,* le baron. **e.** BV fᵒ 265 : cette petite *[fête]* ⟨*[scène]*⟩ ⟨fête⟩ (...) rancune ! ⟨cela se doit !⟩ ». **f.** 69 : détails. *Mais* Frédéric.

Page 232

a. BV fᵒ 266 : *[Puis]* l'endroit.

Page 233
a. 69 : sur ses in*s*istances. **b.** BV f⁰ 267 : passé [*l'après-midi*] ⟨la journée⟩. **c.** BV f⁰ 268 : Familles. ⟨Ses habitudes (...) le surveillait.⟩. **d.** 69 : la *ré*publique.

Page 234
a. BV f⁰ 269 : [*Alors,*] Sénécal lui apparut. **b.** 69 : *D'ailleurs,* il se disait.

Page 235
a. 69 : à propos *d'un décor* des Funambules. **b.** BV f⁰ 270 : provincial ⟨un obscur nigaud⟩. **c.** BV f⁰ 270 : qu'il était [*un homme fort illustre*] ⟨célèbre⟩.

Page 236
a. BV f⁰ 271 : [*Puis Frédéric se livra à une longue méditation.*] Son duel. **b.** 69 : *Mais,* trois jours. **c.** BV f⁰ 271 : lui redonna [*de l'aplomb*] ⟨confiance⟩. Il se dit qu'il n'avait [*plus*] besoin. **d.** BV f⁰ 271 : commencer avec ⟨[*attaquer la*]⟩ la Maréchale. **e.** 69 : se compromettre *envers* Pellerin. **f.** BV f⁰ 271 : – « Pourquoi pas ?, » [*répondit Frédéric*] et tout en (...) [*il*] ⟨Frédéric⟩ s'avança. **g.** 69 : Mais des jardinières *toutes pleines* occupaient jusqu'à hauteur d'homme, *sous les tableaux,* les intervalles. **h.** 69 : en toilet*te* d'été, **i.** BV f⁰ 272 : robe de [*soierie*] ⟨taffetas⟩ lilas (...) bouillons [*de mousseline* ⟨*blanche*⟩] ⟨[*de dentelle blanche*]⟩ ⟨de mousseline⟩ (...) se [*mariait*] ⟨mariant⟩. **j.** 69 : un coussin, tranquille. **k.** BV f⁰ 272 : de haute culture. [*Frédéric s'inclina devant elle, et il sentit un indéfinissable parfum, une odeur plus caressante qu'un baiser*] *M. Dambreuse. **l.** BV f⁰ 272 : au bord des [*petits*] divans, çà et là – [*et*] les autres,

Page 237
a. BV f⁰ 272 : M. Benoist [*, et on dissertait sur les nuances d'opinion qui se trouvaient à la Chambre dans le parti conservateur (?).*] Le tiers (...) origines [; *sans doute le*] ⟨.Le⟩ ministère. **b.** BV f⁰ 272 : avalait [*même*] de temps. **c.** BV f⁰ 273 : d'un bleu [*déteint*] ⟨pâle⟩ et Miss John. **d.** BV f⁰ 273 : à Frédéric [*avec un sourire charmant (?)*] : *– « J'ai vu. **e.** BV f⁰ 273 : un peu, » [*répliqua Frédéric* ⟨*surpris de la question*⟩. *Il était anxieux de savoir ce que l'autre avait*

conté.] *Mais tout à coup, **f.** 69 : *Mais* tout à coup, Madame Dambreuse.

Page 238

a. BV f° 273 : beaucoup de choses [*si bien que les industriels (?) la courtisaient.*] Ceux qui (...) s'écartèrent ⟨[*pour la laisser passer*]⟩, puis reprirent. **b.** BV f° 274 : s'affranchiront [*en même temps*] de leurs besoins. **c.** 69 : du *p*rogrès. **d.** 69 : *Et* insensiblement. **e.** 69 : *Ainsi* elle le croyait. **f.** BV f° 274 : [Ainsi] elle le croyait (...) [l'allusion était claire] (*sic*). **g.** 69 : chuchotant ; *et* pour mieux. **h.** BV f° 274 : [*En face de lui,*] de l'autre côté. **i.** BV f° 274 : jardinier [*de deux rois (?)*] de Valence. **j.** 69 : andalou*x*. **k.** 69 : *Aussitôt,* Madame Dambreuse reprit.

Page 239

a. BV f° 275 : un conseil, et se figurant que Frédéric était (?) le complice d'Arnoux. Il avait envie. **b.** 69 : la boiserie, *le bord* d'un journal. **c.** 69 : en *riant (tous les brouillons donnent « riant » – « criant » pourrait bien être une coquille.)*

Page 240

a. 69 : seulement, *et* le tenait. **b.** 69 : la France *et* le genre. **c.** 605 f° 193 v° : autant pour briller que pour soutenir son opinion, il cita. **d.** BV f° 277 : avait [*déclaré*] ⟨proclamé⟩. **e.** 69 : *Et* toutes les autres.

Page 241

a. 69 : *D'ailleurs,* il croyait. **b.** 69 : les avoir *émotionnées.* Quant à. **c.** BV f° 278 : [*Qui était son amant ? en avait-elle un ?*] ⟨Avait-elle un amant ? Quel amant ?⟩ (...) le diplomate [*à habit bleu*], ou un autre. **d.** BV f° 278 : le cœur gonflé [*et son abattement (?) attrista le brave commis qui était d'autant plus apitoyé (?) que*] ⟨il le dégorgea et⟩ ses griefs [*étaient*] ⟨bien que⟩ vagues et difficiles à comprendre ⟨attristèrent le brave commis⟩ ; il se plaig*nit* même. **e.** 69 : se plaig*nit* même. **f.** 69 : *Alors,* Dussardier, **g.** BV f° 278 : il lui [*illisible*] ⟨[*confia*]⟩ ⟨conta⟩. **h.** 69 : *Mais* cette mésaventure,

Page 242
a. BV f⁰ 279 : ses fonds*. [*Deslauriers en indiqua plusieurs.*]
On pouvait. **b.** BV f⁰ 279 : – «[*Ah non !*] non ! non ! pas
contre elle,» ⟨s'écria Frédéric⟩ et cédant (...) clerc, [*Frédéric*]
⟨il⟩avoua la vérité. **c.** BV f⁰ 279 : [*fonction*] ⟨mission⟩
parmi. **d.** BV f⁰ 279 : lui [*conta*] ⟨dit⟩ l'affaire. **e.** 69 :
Alors l'avocat devint. **f.** BV f⁰ 279 : [*car il*] ⟨lequel⟩ avait
donné. **g.** BV f⁰ 280 : ou [*diminuer*] ⟨restreindre⟩ sa dépense. **h.** 69 : lui *re*parla.

Page 243
a. 69 : Frédéric *était fatigué.* **b.** BV f⁰ 280 : ⟨tous⟩ les
habitués. **c.** 69 : puis *elle* énuméra. **d.** 69 : suppléments
d'intérêts ou des commissions. **e.** BV f⁰ 281 : il ne [*trouvait*] ⟨*voyait*/connaissait *(sic)*⟩ pas d'autre jeune
homme. **f.** BV f⁰ 281 : Mme Moreau [*étant une*] ⟨étant la
fille d'un comte⟩ de Fouvens,

Page 244
a. 69 : Pierre Moreau, écuyer du roi. **b.** BV f⁰ 282 : la
Pairie et ⟨alors⟩ l'aider. **c.** BV f⁰ 282 : [*D'ailleurs,*] le
jeune homme. **d.** BV f⁰ 282 : de [faire] ⟨*donner*⟩ une réponse. **e.** BV f⁰ 282 : de Mlle [Roque] ⟨Louise⟩ ;

Page 244
a. 69 : son *vieux* fauteuil. **b.** 69 : Il *re*prit les paperasses. **c.** 69 : *Mais* cette place, **d.** BV f⁰ 283 : chercha [*par
quelle procédure*] ⟨comment s'y prendre pour⟩ recou-
vrer. **e.** BV f⁰ 284 : dont il se [*jugeait*] ⟨reconnaissait⟩
incapable.

Page 246
a. BV f⁰ 284 : mille plaisirs ⟨[*jouissances*]⟩ inconnus. Pauvre,
il [*aspirait au*] ⟨convoitait le⟩ luxe. **b.** BV f⁰ 284 :
comporté envers ⟨[*conduit avec*]⟩ moi. **c.** BV f⁰ 284 : maîtresse. ⟨Il me l'a nié⟩ *d*onc. **d.** 69 : faire. *Si*
bien. **e.** 69 : route, – se substituant. **f.** BV f⁰ 285 : puisqu'elle [*avait*] ⟨a bien⟩ voulu. **g.** 69 : *Alors,* il reprit.

Page 247
a. BV f⁰ 286 : Cette preuve/Ce témoignage *(sic)* involon-

taire. **b.** 69 : froncement de sourcils *orgueilleux* l'arrêta. **c.** BV f° 285 : Une [*sorte de*] torpeur ⟨vague⟩. **d.** BV f° 286 : ⟨Moi⟩ du reste [*moi*], je ne comprends pas. **e.** 69 : comment dir*ai*-je ?

Page 248

a. 69 : – « Lui *?* ». **b.** BV f° 288 : Des [*voitures*] ⟨fiacres⟩ passaient. [*Une chaudière d'asphalte fumait.*] Elle ferma la croisée. **c.** BV f° 288 : se marier, [*ah non ! impossible !*] ⟨est-ce possible !⟩ » [*Cependant,*] ⟨et⟩ un tremblement. **d.** BV f° 288 : Puis tout à coup [avec l'envahissement d'une révélation *(?)*] « Mais oui.

Page 249

a. 69 : mourir. – Et elle restait. **b.** BV f° 288 : restait [*dans*] ⟨au bord de⟩ son fauteuil [*les mains (?) pendantes,*] les prunelles fixes, **c.** BV f° 288 : [*A la même heure*] ⟨Le même après-midi, au même moment,⟩. **d.** BV f° 288 : ⟨La vieille⟩ Catherine [*la vieille bonne*]. **e.** 69 : *Mais* ces souvenirs, **f.** BV f° 289 : Frédéric [allégua] ⟨objecta⟩ ses nombreux (...) mais moi ! [Je me suis *si ennuyée depuis votre départ. Puis*] ⟨Alors⟩ elle lui conta (...) existence [*sans une*] ⟨n'ayant⟩ personne à voir [*sans*] ⟨pas le moindre plaisir,⟩ la moindre distraction !

Page 250

a. 69 : le *v*icaire. **b.** 69 : *Et* elle poussa. **c.** BV f° 289 : avec le [*gros*] murmure [*perpétuel*] de la chute. **d.** BV f° 289 : la Seine [*un peu plus amont*] ⟨au-dessus de Nogent⟩, est [*divisée (?)*] ⟨coupée⟩ en deux bras (...) tourner des moulins [*au-dessus de Nogent*] dégorge. **e.** BV f° 290 : de [*grandes libellules*] ⟨grands insectes⟩ patinaient. **f.** 69 : toute sorte. **g.** 69 : *Mais,* en deçà, **h.** BV f° 290 : des plaques ⟨[noires]⟩ brunes. **i.** 69 : étroite ; *et* les artichauts. **j.** 69 : *s'*alternaient. **k.** BV f° 290 : Les arbres [abandonnés depuis ce temps-là] ⟨depuis lors⟩ avaient démesurément grandi. De la clématite [*sauvage*] embarrassait. **l.** 69 : *s'*étaient couvertes. **m.** BV f° 290 : statue [*de plâtre, gisaient sur les feuilles mortes*], ⟨émiettaient leur plâtre sous les herbes.⟩ On se prenait.

Page 251

a. 69 : vulgaire, achetée. **b.** BV f⁰ 291 : − «[*Ah !*]
ne vous moquez (...) chaussettes de soie [*rayées*] :
− «Comme. **c.** BV f⁰ 291 : la violence d'un [*appétit*]
⟨besoin⟩. Il avait été son [*frère*] camarade et versé. **d.** BV
f⁰ 291 : jusqu'au [*plus profond*] ⟨fond⟩. **e.** BV f⁰ 291 : les
deux [*chagrins*] ⟨désespoirs⟩ se confondaient. *Ensuite*, l'absence (...) souvenir − [*maintenant*] il revenait. **f.** 69 : causait
cependant comme. **g.** BV f⁰ 292 : − «[*Dame,*] qui sait ? ».

Page 252

a. BV f⁰ 292 : extraordinaire ⟨qui étonnait Frédé-
ric⟩. **b.** BV f⁰ 292 : du jardin [*devant*] ⟨sur⟩ la grève (...)
des ricochets avec [*des pierres*] ⟨un caillou⟩. **c.** BV f⁰ 292 :
le Niagara !» [*Ce qui l'amena de suite*] ⟨[*d'où*] il vint⟩ à parler. **d.** BV f⁰ 292 : Assis [*par terre*] l'un près de l'autre, ils
[*prenaient*] ⟨ramassaient⟩ devant eux (...) [et] ⟨puis⟩ les faisaient couler (...) ⟨et⟩ le vent. **e.** BV f⁰ 293 : une gaze
[*d'azur*] ⟨d'argent⟩ (...) en cadence. [*Puis*] cela formait (...) en
une seule [*masse*] ⟨nappe⟩ limpide. **f.** BV f⁰ 293 : [*Pourtant,*] Louise.

Page 253

a. 69 : sa gorge ; − sa tête. **b.** 69 : elle défail-
lait. **c.** 69 : s'enfonçant *la* tête.

Page 254

a. 69 : francs. − Il se décida. **b.** 69 : tout*e* sort*e*.

Page 255

a. 69 : closes ; il arriva. **b.** BV f⁰ 296 : plus [*si*] exorbitante. **c.** 69 : de l'*a*rt et de la *n*ature ! **d.** BV f⁰ 296 :
d'ailleurs, [*et*] cependant, **e.** BV f⁰ 296 : passions [*arides*]
⟨infructueuses⟩. **f.** 69 : *Mais* Frédéric. **g.** BV f⁰ 297 :
quand [*la porte s'ouvrit*] une femme entra. **h.** BV f⁰ 297 :
fille... [*mais*] ce serait.

Page 256

a. BV f⁰ 297 : profité [*elle-même*] à ce changement. **b.** 69 :
Ensuite, elle retira.

Page 257
a. 69 : le *p*euple (...) sacerdoce de l'*a*rt.   **b.** BV f⁰ 298 :
là-bas [, » *dit la ⟨reprit la⟩ Vatnas*] ⟨.⟩ — Comme il
est.   **c.** BV f⁰ 299 : [*baguettes*] ⟨bâtons⟩.   **d.** 69 : recevoir
*m*onsieur.   **e.** BV f⁰ 299 : [branches] ⟨rinceaux⟩

Page 258
a. 69 : *Tout à coup* Rosanette parut. cf. BV f⁰ 299 : [*se
montra*] ⟨parut⟩.   **b.** 69 : sans *voir* où le poser.   **c.** BV f⁰
299 : terrain [*dont elle était propriétaire*] à Bellevue [*et*]
qu'elle payait.   **d.** BV f⁰ 300 : sans [*gêne*] ⟨façon⟩.   **e.** BV
f⁰ 300 : dit [*Rosanette*] ⟨elle⟩. « Là [près de moi. » Elle se mit
(2 mots illisibles)] ⟨plus près⟩.   **f.** BV f⁰ 300 : [*D'ailleurs,*]
Il n'avait.   **g.** 69 : – « Eh non ! *vous nous ennuyez !* » **Alors,*
il se rassit.

Page 259
a. 69 : *mais,* le tombac.   **b.** BV f⁰ 300 : trouver [*des sujets*]
⟨un sujet⟩ de conversation ⟨agréable⟩ – [*quand*] l'idée.
c. 69 : *Alors,* il dit.   **d.** BV f⁰ 301 : reprit la Maréchale.
[*Puis d'un ton (1 mot illisible)*] – « Elle est.   **e.** 69 : *Mais*
comment se faisait-il.   **f.** 69 : ferai*s* passer.

Page 260
a. 69 : *Puis,* se plaignant.   **b.** 69 : *Puis* elle voulut.   **c.** 69 : besoin. *C'était une dérision !* Frédéric.   **d.** 69 :
Cependant, Frédéric fut.   **e.** BV f⁰ 302 : nègres [*avec*] ⟨lui
ayant fait⟩ toutes les recommandations.   **f.** 69 : *Mais,* le
lendemain.

Page 261
a. BV f⁰ 302 : [*Cependant,*] une suavité (...) beaux yeux
[*Alors il l'aima éperdument*] et balbutiant.   **b.** 69 :
– « Adieu. ».   **c.** 69 : à *r*evenir.   **d.** 69 : *Frédéric* n'eût
point.

Page 263
a. 69 : la *d*émocratie.   **b.** BV f⁰ 306 : et [*dans leur colère*]
ils mêlaient.

Page 264
a. 69 : solidarité ; *mais* le placeur. **b.** 69 : la *d*émocratie. **c.** 69 : alors ; *car* qu'est-ce.

Page 265
a. 69 : outrage au *r*oi.

Page 266
a. 69 : *Mais* l'heure.

Page 267
a. BV f⁰ 309 : Frédéric [.] ⟨;⟩ [*et même*] ⟨ il⟩ l'engagea [⟨*1 mot illisible : « doucement » ?*⟩] à acheter. **b.** 69 : l'intimider, *avait rencontré comme par hasard ses deux amis,* et les avait. **c.** BV f⁰ 310 : [*Et*] le soir même. **d.** 69 : certains hommes, *d'ailleurs,* se réjouissent. **e.** BV f 310 : et [*dans une*] en communion. **f.** BV f⁰ 311 : cette [*plaisanterie*] ⟨badinerie⟩. **g.** 69 : ne pouvait *donc* faire. **h.** BV f⁰ 311 : que de [*se présenter*] ⟨retourner⟩ chez.

Page 268
a. BV f⁰ 311 : Il [*longea*] ⟨cotoya⟩ la [*grande*] ⟨longue⟩ étagère. **b.** BV f⁰ 311 : compte [*pour elle-même*] éclaircir. **c.** BV f⁰ 311 : Elle le [*considéra*] ⟨regarda⟩ ironiquement. **d.** BV f⁰ 312 : se réfugie [*enfin*] dans le médiocre. **e.** 69 : Un souvenir, *heureusement,* lui revint. **f.** BV f⁰ 312 : répliqua [*lentement*] en hochant. **g.** 69 : retenant *un* soupir. **h.** 69 : que non ! *C'est une calomnie imbécile !* Pouvez-vous. **i.** 69 : moi avec *mes goûts d'artiste,* mes besoins.

Page 269
a. BV f⁰ 312 : jouer aux cartes [*avec les bourgeois*], surveiller. **b.** BV f⁰ 312 : [*Alors*] ⟨Et⟩ lui prenant (...) jamais !» [*et*] elle acceptait. **c.** BV f⁰ 313 : [*Mais*] la porte. **d.** 69 : rien. – Mais cette. **e.** BV f⁰ 313 : baissa la tête [*en regardant le sol (?)*].

Page 270
a. BV f⁰ 314 : A *cause donc*, où serait le mal. **b.** BV f⁰

314 : Et [*Frédéric*] ⟨il⟩ se laissa. **c.** 69 : pouvoir ! *Mais,* moi. **d.** BV f⁰ 314 : [*Mais*] bientôt, il fut pris.

Page 271

a. 69 : urgente, – puis. **b.** BV f⁰ 315 : comme il [*contemplait*] ⟨examinait⟩ dédaigneusement. **c.** 69 : du tort ; *car* c'était. **d.** BV f⁰ 315 : Il y avait [*au fond du*] ⟨dans le⟩ jardin [*quatre*] ⟨trois⟩ vieux *tilleuls.* **e.** BV f⁰ 315 : pendait de [*distance en distance*] ⟨place en place⟩ comme un câble. **f.** BV f⁰ 316 : [*Aucune surprise*] ⟨*Rien de* fâcheux⟩ ne pouvait *donc* les [*déranger*] ⟨surprendre⟩. Cf. 69 : ne pouvait *donc* les surprendre. **g.** 69 : *Mais* cette convention (...) du péril, *en leur donnant sur tout le reste plus de liberté,* facilitait. **h.** 69 : comment *alors* dans son ciel.

Page 272

a. 69 : *Mais* ces discours. **b.** BV f⁰ 316 : pour remplir ⟨[*combler*]⟩ les plus [*larges*] ⟨vastes⟩ solitudes, **c.** 69 : toutes *les* joies. **d.** 69 : quelque chose *de suave,* de resplendissant. **e.** 69 : l'escalier ; *et* des cimes. **f.** BV f⁰ 317 : en plein air [sur le haut du balcon] ⟨au haut de l'escalier⟩ – et des cimes (...) l'automne [*s'élevaient (?)*] ⟨se mamelonnaient⟩ devant eux [*en mamelons inégaux*] ⟨inégalement⟩. **g.** 69 : avec *un* ravissement *pareil.* **h.** BV f⁰ 317 : la jalousie [*tissaient*] ⟨ tendaient⟩ (...) des [grains] ⟨brins⟩ de poussière. **i.** BV f⁰ 317 : [*l'entrecroisement*] ⟨l'entrelacs⟩ de ses veines, **j.** 69 : ses *ongles.* Chacun. **k.** BV f⁰ 317 : [*aban*] donna ses gants.

Page 273

a. 69 : *Puis* ils arrivèrent. **b.** 69 : *Cependant,* elle ne faisait rien. **c.** BV f⁰ 317 : pour [*encourager*] ⟨exciter⟩. **d.** 69 : et *à* sa physionomie. **e.** 606 f⁰ 121 : époque tout à la fois de fleurs et de fruits. **f.** 69 : l'harmonie *naturelle* de sa beauté. **g.** 69 : *Mais,* loin. **h.** 69 : *Mais,* par l'excercice.

Page 274

a. 69 : se *présenta,* il avait, **b.** 69 : *Mais* elle sortait. **c.** 69 : *Alors* on se *livrait à.* **d.** 69 : le *pouvoir.* **e.** 69 : *Et* elle lui conta. **f.** BV f⁰ 319 : ne [*point*] ⟨pas⟩ risquer.

Page 275

a. BV f⁰ 320 : Frédéric *s'accrochait* à ses soupçons [*obéissant naïvement à l'idée reçue qu'il faut toujours être jaloux ou plutôt*] uniquement (...) de ses [*soupçons*] ⟨souffrances⟩(*sic — lapsus ?*). **b.** 69 : Mais je n'en doute pas. **c.** 69 : Pourquoi, *alors*, cette défiance. **d.** 69 : *Mais* tout cela. **e.** BV f⁰ 321 : à son bras − [*dans la rue*] ⟨devant tout le monde⟩.

Page 276

a. BV f⁰ 321 : sur le seuil *de la porte* (...) Il espérait [*bien*] que. **b.** grâce (...) il [*aperçut*] ⟨lut⟩ de loin. **c.** 69 : coton rouge, *et* il choisit. **d.** 69 : elles ; − et *alors* plus dévotement. **e.** BV f⁰ 322 : se disait-il, « [*C'est*] ⟨Oui⟩ demain !

Page 277

a. BV f⁰ 322 : Il faut [*absolument*] que je te parle. **b.** 69 : *Mais,* en débouchant. **c.** 606 f⁰ 99 v⁰ : *Mais,* en débouchant *de la rue de Castellane* dans la rue Tronchet. **d.** BV f⁰ 323 : convoqué [*pour ce jour-là*] à cet endroit. **e.** 69 : Le *m*inistère. **f.** 69 : aux dé*p*utés comme au *p*ouvoir. **g.** BV f⁰ 323 : tout à coup [*on entendit*] ⟨vibra⟩ dans les airs.

Page 278

a. BV f⁰ 323 : [*l'air*] ⟨l'aspect⟩ irrité. **b.** BV f⁰ 323 : Quand [*ils*] ⟨les étudiants⟩. **c.** BV f⁰ 324 : qui [*mouillait*] ⟨avait mouillé⟩ l'asphalte [*et les toits*] ne tombait plus.

Page 279

a. BV f⁰ 325 : portes, [*tout. Car les*] ⟨.Les⟩. **b.** BV f⁰ 325 : Il [*avait*] ⟨souffrait du⟩ froid (...) d'accablement [*et de tristesse*]. La répercussion. **c.** 69 : *Alors,* qui la retenait ? **d.** 69 : *suis-je* bête ! **e.** 69 : − « Si elle allait.

Page 280

a. 69 : de *n'y pas* croire. **b.** 69 : *Puis* cinq heures. **c.** 69 : sur sa cou*ch*ette à l'observer. **d.** 69 : vivement et [*partit*] ⟨s'en alla⟩.

Page 281

a. BV f⁰ 327 : la [*gorge*] ⟨poitrine⟩ et dans [*les*] ⟨ses⟩ aspirations [*de sa poitrine*] son ventre.   **b.** 69 : cherchant *partout* un point.

Page 282

a. BV f⁰ 328 : vomit [*enfin*] quelque chose (...) apparence de bien-être [*l'épouvanta*] ⟨l'effraya⟩ plus que.   **b.** 69 : *Mais* n'était-ce pas.   **c.** BV f⁰ 328 : consolations [(*1 mot illisible :* « *propres* » *?* ⟨(*particulières*)⟩)] ⟨propres⟩ aux médecins ?   **d.** 69 : médecins ? – Le docteur.   **e.** BV f⁰ 328 : [*Tout à coup*] ⟨[*Puis*]⟩⟨Tout à coup⟩ l'idée.   **f.** BV f⁰ 328 : avertissement [*du ciel*] ⟨de la Providence⟩.   **g.** 69 : *Cependant,* une espèce.

Page 283

a. BV f⁰ 329 : dans son fauteuil [*anéanti (?)*] sans même (...) à travers son [*sommeil*] ⟨cauchemar⟩ (...) dernière [*faiblesse*] ⟨lâcheté⟩.   **b.** 69 : *Mais,* soit que le Savoyard.   **c.** 69 : en ressentit *d'abord* un soulagement.   **d.** 69 : fois ! et tu n'en demandes.   **e.** 69 : balbuti*ait.*   **f.** BV f⁰ 330 : Je ⟨suis à la mode : je⟩ me réforme.

Page 284

a. 69 : voiture. A la nouvelle *(sans alinéa).*   **b.** 69 : « Vive la ligne ! *vive la ligne !* » ils continuaient.   **c.** 69 : en dessous ; *et* au milieu.   **d.** BV f⁰ 330 : compacte [*pour qu'on pût retourner directement (?)*] ⟨, le retour direct impossible⟩ et ils entraient.   **e.** 69 : *Mais* la Maréchale, cramponnée.

Page 289

a. *(La transcription des brouillons de ce début de chapitre est donnée en appendice.).*   **b.** 69/79 : descendit *les* Champs-Élysées *(Il s'agit d'une erreur de copie, topographiquement impossible.).*   **c.** 69 : La veille au soir, *en effet,* le spectacle.   **d.** BV f⁰ 332 : changé [*tout à coup*] les dispositions.   **e.** 69 : le *r*oi.   **f.** 69 : *D'ailleurs,* la résistance.   **g.** 69 : *de gré* ou de force.

Page 290

a. 69 : *car* ses fenêtres,   **b.** 69 : *Cependant,* un jeune garçon.

Page 291
a. 69 : par dessus *les* têtes, **b.** 69 : boue sur *des débris,* des vêtements. **c.** 69 : *Mais* des bandes. **d.** 69 : vin*s.* **e.** 69 : le *r*oi. **f.** BV f° 335 : Carrousel [*était*] ⟨avait un aspect⟩ tranquille.

Page 292
a. BV f° 336 : sur [*le*] ⟨un⟩ registre [*des visiteurs*]. Frédéric. **b.** 69 : la *c*our. **c.** BV f° 336 : une ⟨bonne⟩ farce, hein [*!*] ⟨?⟩. **d.** 69 : *Mais* tout à coup. **e.** BV f° 336 : Mais tout à coup [*en bas*] la *Marseillaise* [*éclata*] ⟨retentit⟩ (...) C'était le peuple [*qui s'animait*]. Il se précipita. **f.** 69 : irrésistible. *Puis,* en haut. **g.** 69 : plus que *le* piétinemen*t.* **h.** 69 : ne *fleurent* pas bon ! − cf. BV f° 337 : ne [sentent] ⟨*fleurent*⟩ pas bon !

Page 293
a. BV f° 337 : reprit Frédéric. *[L'appartement (2 mots illisibles : « était ouvert » ?) et ils entrèrent*] ⟨Et poussés (...) entrèrent⟩ dans [*une salle*] ⟨un appartement⟩. **b.** BV f° 337 : de l'état [*cette fois*] est ballotté. **c.** 79 : *son* tintamarre (69 & 80 : *au* tintamarre). **d.** BV f° 338 : des notes ⟨lames⟩ d'harmonica *(sic).*

Page 294
a. BV f° 338 : Par [*le linteau*] ⟨les baies⟩ des portes (...) dans la succession ⟨l'enfilade⟩ *(sic)* des appartements. **b.** 69 : suffocante ; *et* les deux. **c.** BV f° 339 : flambaient [*on voyait rouler*] ⟨on lançait⟩ par les fenêtres (...) des commodes [*des glaces* ⟨*(1 mot illisible)*⟩] ⟨[*canapés*]⟩ et des pendules. **d.** BV f° 339 : [*Mais le*] ⟨Le⟩ polytechnicien [*jeune homme imperturbable (?)*] ne comprit pas.

Page 295
a. 69 : *Mais* l'attention de Frédéric. **b.** BV f° 341 : saviez [*tout*] ce que j'ai vu.

Page 296
a. BV f° 341 : leurs armes [*, et on se retournait en sursaut à ces crépitations qui partaient comme des pétards.*] Frédéric, **b.** 69 : *Puis* Hussonnet dit − cf. BV f° 341 : [*Alors*]

⟨*Mais*⟩ Hussonnet dit. **c.** 607 f⁰ 1 v° : ⟨Puis⟩ [*Ils allèrent porter* ⟨[*expédier*]⟩ *leur travail à la Poste*] dînèrent ensemble dans [*un cabaret*] ⟨une taverne⟩ [*rue Richelieu (sic)*]. **d.** 69 : Après le café, *cependant*, quand.

Page 297

a. 69 : *Mais* sa rancune. **b.** 69 : comme *avait fait déjà*. **c.** 69 : la *m*onarchie. **d.** 69 : sans jugemen*t*, **e.** BV f⁰ 343 : se [*tassèrent*] ⟨rangèrent⟩ sous [son ombre, **f.** BV f⁰ 343 : [*hors de soi*] ⟨hors de chez soi⟩. Le négligé. **g.** 69 : bivac ; *et* rien. cf. BV f⁰ 343 : des allures de *soldat*/bivo*u*ac – et rien.

Page 298

a. BV f⁰ 343 : placardées [*sur*] ⟨contre⟩ les murail-les. **b.** BV f⁰ 344 : d'individus [*en paletot de velours et*] à chapeaux. **c.** 69 : de l'*e*sthétique. **d.** 69 : *Mais* un de ses camarades. **e.** BV f⁰ 344 : [*répandant*] ⟨propageant⟩ [*les* nouvelles *les plus* lugubres] ⟨des nouvelles lugubres⟩.

Page 299

a. 69 : le *s*ocialisme ! **b.** BV f⁰ 345 : une [*pluie*] ⟨grêle⟩ d'aérolithes. **c.** 69 : *d'une r*eligion. **d.** BV f⁰ 345 : de l'anthropophagie ! [*La mansuétude même du Pouvoir excita (??) comme un sophisme*]. Malgré la législation (...) si sage ! [*C'était à n'y rien comprendre*] ⟨Était-ce possible !⟩.

Page 300

a. 69 : barbe – ; et il restait. **b.** BV f⁰ 346 : Cette visite [, *dit-il,*] n'avait pour but ⟨, dit-il,⟩. **c.** BV f⁰ 346 : ⟨Après quoi,⟩ il [*avoua*] ⟨déclara⟩ sa sympathie profonde (?) pour les ouvriers. **d.** 69 : Les ouvriers. « Car enfin, *(sans alinéa).*

Page 301

a. BV f⁰ 346 : il obtiendrait [*naturellement*] les suffrages des ultras vu ses opinions personnelles. **b.** BV f⁰ 347 : lire non [*pas*] une profession (...) voyait ⟨[*publiait*]⟩ [*tous les jours*] ⟨quotidiennement⟩, **c.** 69 : Apportez-moi *ç*a. **d.** 69 : lo-calité ! *et* vous pourriez. **e.** BV f⁰ 347 : ⟨et⟩ vous pourriez, je vous le répète, [*être fort utile,*] rendre (...) s'entr'aider [*au-*

tant que possible], et, si Frédéric. **f.** BV f° 347 : figures de [*Vergnaud (?) et de Danton*] ⟨la Convention⟩ passèrent. **g.** BV f° 347 : qu'une aurore magnifique ⟨[*qu'un soleil nouveau*]⟩ allait se lever (...) étaient en [*révolution*] ⟨insurrection⟩, les [*Vénitiens*] ⟨Autrichiens⟩ chassés de *la Vénétie* (...) le costume que les [*représentants*] ⟨députés⟩, **h.** BV f° 348 : donné leurs leçons [, *brocanté des objets (2 mots illisibles)*], tâché de vendre.

Page 302

a. BV f° 348 : propagande socialiste [*enthousiaste*] ⟨effrénée⟩. **b.** 69 : *Mais* l'affranchissement. **c.** BV f° 348 : ⟨«⟩ une réglementation du mariage [»] plus [*équitable*] ⟨intelligente⟩. Alors, **d.** BV f° 348 : à la chambre, [*et d'y entrer avec des billets réservés (?)*] (...) Frédéric ⟨homme de toutes les faiblesses⟩ fut *donc* gagné. cf. 69 : fut *donc* gagné. **e.** BV· f° 348 : une [*fenêtre*] ⟨croisée⟩ [*du second étage*] une femme. **f.** BV f° 349 : sans doute [*à moins qu'on ne l'eût mis en cet endroit pour le faire tout de suite (?) remarquer*]. *Cela représentait. **g.** BV f° 349 : après une minute de [*stupéfaction*] ⟨contemplation⟩ (...) dit [*allègrement*] M. Dambreuse.

Page 303

a. 69 : *Et,* à peine. **b.** BV f° 349 : Et, à peine [*disparue*] ⟨sortie⟩, Martinon. **c.** BV f° 349 : – «Je l'ai oublié [, *sans doute,*] dans mon paletot, ». **d.** 69 – *« Bien,* bien ! ». **e.** BV f° 349 : Dès la seconde ⟨[*première*]⟩ page (...) Puis [*Frédéric*] abordant les réformes ⟨Frédéric⟩ demandait. **f.** BV f° 349 : une fédération européenne [*des travailleurs (?)*] et l'instruction [*gratuite*] du peuple, **g.** 69 : yeux *et* M. Dambreuse. **h.** 69 : d'ici *à* peu. **i.** BV f° 350 : le[*s*] parti[*s*] conservateur[*s*] d'ici [*à*] peu, prendrai[*en*]t [*leur*] ⟨sa⟩ revanche.

Page 304

a. 69 : «au *p*euple ». **b.** 69 : *Mais* le cabotin, **c.** 69 : des *r*ois (...) l'*é*picerie ; **d.** 69 : *Mais* un patriote.

Page 305

a. BV f° 351 : dont [*l'un*] ⟨le premier⟩ était. **b.** BV f° 352 : [*Cependant,*] la foule témoignait.

Page 306

a. 69 : devant *la* casquette.   **b.** 69 : *Alors,* l'un des secrétaires.   **c.** 69 : thermidor. » *Des applaudissements éclatèrent ;
quelques uns, cependant, se penchaient vers leurs voisins pour
savoir ce qu'étaient les martyrs de thermidor.* *« Michel-Eva-
riste —.

Page 307

a. 69 : *Alors,* le bonhomme.   **b.** BV f⁰ 353 : [*Mais*] un
homme.   **c.** 69 : prêtres ! *l'*ouvrier.

Page 309

a. BV f⁰ 328 : ces [*figures*] ⟨faces⟩ bouleversées.   **b.** 69 : *de*
tableaux ! ».

Page 310

a. 69 : des *a*ssurances.   **b.** BV f⁰ 357 : [*Puis*] Sénécal (...)
[*Alors,*] tous se penchèrent.   **c.** 69 : se taisait ; *et* ses amis.

Page 311

a. 69 : *Mais* l'artiste.   **b.** Ciudadanos... : nous donnons une
version grammaticalement correcte de ce discours.   **c.** 69 :
nuestra atención.

Page 312

a. 69 : se reprocha *d'abord* son dévouement,   **b.** BV f⁰
358 : près du feu [*ses yeux clairs marquant son sérieux*] décousant.

Page 313

a. 69 : tous, *tes* républicains.   **b.** BV f⁰ 359 : L'ineptie de
cette fille [*se montrant*] ⟨se dévoilant⟩.   **c.** 69 : un langage
presque populacier,   **d.** BV f⁰ 359 : [*Mais*] la mauvaise.   **e.** BV f⁰ 359 : elles se [*disputèrent*] ⟨[*querellèrent*]⟩
⟨chamaillèrent⟩.

Page 314

a. 69 : le communisme.   **b.** BV f⁰ 360 : ne comprenait
pas. [*Ses regards se portaient de l'une à l'autre.*] Entre elles.

Page 315
a. 69 : pour le moment gênée.   **b.** 69 : coquet ; on eut.

Page 316
a. BV f° 362 : un peu baissée [*en soufflant*]. Il
leva.   **b.** 69 : le *p*ouvoir.   **c.** BV f° 363 : généreuse.
⟨Alors⟩ [*il*] ⟨M. Arnoux⟩ se considéra [*dès lors*].

Page 317
a. 69 : Ce partage, *néanmoins*, blessait.   **b.** 69 : le *plaisir*
de l'avoir.   **c.** 69 : poussait *même* la familiarité.   **d.** 69 :
avec *e*lle.

Page 318
a. 69 : avec *e*lle.

Page 319
a. 69 : *Cependant*, au milieu.   **b.** 69 : disparaître, *comme*
des murailles sous une inondation. Dans la fureur.   **c.** 69 :
imaginations. Il avait envie *(sans alinéa)*.

Page 320
a. 69 : *Alors*, ne sachant.   **b.** 69 : La manière, *en effet*,
abandonnait.   **c.** 69 : *Mais* une poussée.   **d.** 69 : *Puis* tous
les trois.

Page 321
a. 69 : badauds *tranquilles* occupaient.   **b.** 69 : *sa* nièce.

Page 322
a. une force *brute* incalculable.

Page 323
a. BV f° 370 : où [*la reine*] Christine.   **b.** 69 : les dieux,
Psyché.   **c.** 69 : *Alors*, ils furent éblouis.

Page 324
a. BV f° 371 : seigneurs travestis en [*faunes*] ⟨nym-
phes⟩.   **b.** 69 : *En effet*, tous ces symboles.   **c.** 69 : *Mais*
l'étang.

Page 325

a. 69 : royales, *du reste*, ont. **b.** 69 : têtes *les plus* naïves. **c.** BV fᵒ 373 : [*Puis*] ils entrèrent dans la [*haute*] futaie. **d.** BV fᵒ 373 : [*descend*] ⟨s'incline⟩ vers.

Page 326

a. 69 : entre *des* pins. **b.** 69 : vend *aussi* des bois. cf. BV fᵒ 373 : où l'on vend [*des objets en*] ⟨*aussi* des⟩ bois. **c.** 69 : pas très-*émus*. **d.** BV fᵒ 374 : filaient ⟨sous leurs yeux⟩ avec un mouvement.

Page 327

a BV fᵒ 374 : [*passaient*] ⟨traversaient⟩ comme des flèches [*parmi*] les hautes. **b.** BV fᵒ 374 : ses ⟨quatre⟩ bras (...) et de petits [*chemins*] ⟨sentiers⟩ courbes. **c.** BV fᵒ 374 : se faisait [*de suite*] un silence universel [*partout à la ronde (?)*]. Seulement. **d.** 69 : mortes ; *et* en. **e.** 69 : *Mais* cette foule. **f.** BV fᵒ 375 : flots verts [*s'abaissaient*] ⟨se déroulaient⟩.

Page 328

a. BV fᵒ 375 : en se balançant [*toujours*] ⟨continuellement⟩. **b.** BV fᵒ 375 : du sol [*avec effort*], s'étreignaient. **c.** BV fᵒ 375 : troncs [*courbes*] pareils. **d.** BV fᵒ 375 : comme [*des*] ⟨un groupe de⟩ Titans. **e.** 69 : immobilisés *tout à coup* dans. **f.** BV fᵒ 375 : plantées [*seulement*] d'un baliveau. **g.** 69 : *Mais* un bruit. **h.** 69 : Frédéric *lui* disait. **i.** 69/79 : *tels (corrigé par Raitt.* (I.N.)). **j.** 69 : Personne ! aucun bruit !

Page 329

a. 69 : tranquille. *Puis,* le bras. **b.** 69 : *si* faible. **c.** 69 : et *même* l'eau.

Page 330

a. 69 : puits ; – *et,* chaque fois. **b.** 69 : cette femme ! Un besoin. **c.** 69 : actrice ; *mais* tout cela.

Page 331

a. 69 : *Mais* le pauvre. **b.** 69 : voyait *encore* leur chambre. **c.** 69 : *la* pot-bouille. **d.** BV fᵒ 378 : une [*longue*]

conversation. **e.** BV f⁰ 378 : plein [*à la fois*] d'impudeur. **f.** 69 : *Alors* une surprise. **g.** BV f⁰ 379 : mon
éblouissement [*j'éprouvais une espèce de*] ⟨j'avais⟩ peur.
h. 69 : je rest*ais*.

Page 332
a. 69 : absorbée *dans une vision.* *Frédéric. **b.** BV f⁰ 380 :
une à une [*vivement*], les brindilles. **c.** 69 : de *sa* misère.
d. 69 : Que s'était-il *enfin* passé. **e.** 69 : *Mais* son dernier.

Page 333
a. 69 : *Et même* Frédéric jura. **b.** 69 : *Alors,* il jugea prudent. **c.** 69 : ou *bien* des fanges.

Page 335
a. 69 : *Mais* un brave. **b.** 69 : grésillaient ; *et,* malgré.

Page 336
a. 69 : abîme. Quelquefois, un battement (*sans alinéa*). **b.** 69 : *et* le cœur. **c.** BV f⁰ 384 : Ils semblaient
même [*renforcer*] ⟨élargir⟩ le silence qui était profond [*énorme
(?)*] ⟨absolu⟩, un silence noir. **d.** BV f⁰ 384 : il [*insista
(?)*] ⟨s'obstina⟩, jurant [*même*] que son ami.

Page 337
a. BV f⁰ 384 : être du sang ; [*les maisons (plusieurs mots
illisibles). Aux angles surtout elles*] ⟨les maisons⟩ étaient criblées. **b.** 69 : Vincennes, *cependant* que l'artillerie. **c.** 69 :
et celui.

Page 338
a. 69 : parût. **b.** 69 : *Mais* de la pièce. **c.** 69 : frères !»
et, comme. **d.** BV f⁰ 386 : Elle préparait [*les pansements*]
avec intelligence ⟨tout ce qu'il fallait⟩. **e.** 69 : matins ; *et*
un jour. **f.** 69 : prévenances, *cependant,* jusqu'à.

Page 339
a. 69 : nommée. *Mais,* dès.

Page 340
a. BV f⁰ 388 : son absence l'avait inquiétée ⟨[*emplie d'inquiétude*]⟩ ; elle avait.

Page 341
a. 69 : *Mais* quelqu'un.   **b.** 69 : il soupirait, geignait.

Page 342
a. 69 : miss John *(ici et passim)*.   **b.** BV f⁰ 389 : une
[*pareille*] ⟨telle⟩ confidence,   **c.** BV f⁰ 389 : *Mais* cette audace.   **d.** 69 : shake hands !»* *Et, comme il allait s'asseoir :*
« *Non, là !* » *en lui montrant un fauteuil près de sa nièce.* *Au
même moment.

Page 343
a. 69 : sauvés !» *Mais,* comme si.   **b.** 69 : pas moins ! On
ne doutait *(sans alinéa).*   **c.** 69 : *Alors,* M. Dambreuse.

Page 344
a. BV f⁰ 391 : servie. ⟨D'un regard⟩ elle ordonna [*d'un
regard*] au Vicomte.   **b.** 69 : sa queue *à* un buisson.   **c.** 608
f⁰ 23 : MM. les [*insurgés*] ⟨*rouges*⟩ vont.   **d.** BV f⁰ 391 : le
marchand ⟨*fabricant*⟩ *(sic)* de faïences,   **e.** 69 : enlevé sa
chaise pour.   **f.** BV f⁰ 391 : [*Puis*] il reprit.

Page 345
a. BV f⁰ 392 : l'engonçait[, *et*] ⟨;⟩ ce peu d'élégance.
b. 69 : la *c*ouronne.   **c.** 69 : une *sorte de* vengeance.

Page 346
a. BV f⁰ 393 : [*On*] ⟨Les convives⟩ le regardai⟨en⟩t et
Louise (...) – «[Mais] qu'est-ce [que c'est] ⟨donc⟩ ? ».   **b.** BV
f⁰ 393 : Mademoiselle, » [*lui*] demanda.   **c.** 69 : *Alors,* la
jeune fille.

Page 347
a. BV f⁰ 394 : [*En ffet,*] un jour.   **b.** BV f⁰ 394 : – «[*Ah !*]
je croyais.   **c.** BV f⁰ 394 : – «[Ah,] comme (...) [*Mais*] Frédéric s'imaginait.   **d.** 69 : nationale », *et* il regrettait.

Page 348
a. 69 : moi, *monsieur,*   **b.** 69 : apoplectique *semblait* près
d'éclater.

Page 349
a. BV f⁰ 396 : – «[*Mais*] dans aucun [*!*] ».

Page 350
a. BV f⁰ 397 : la petite Roque qui [*s'était assise près de*] ⟨causait avec⟩. **b.** 69 : – « Oh ! *beaucoup,* beaucoup ! **c.** BV f⁰ 397 : était [*toute*] crispée. **d.** 69 : *Mais,* comme Frédéric. **e.** BV f⁰ 397 : l'autre [*toute (?)*] franchement.

Page 351
a. BV f⁰ 397 : d'un son sec [*en pinçant les lèvres*]. **b.** 69 : – «Bonsoir !»* Mais elle envoya. **c.** 69 : leur route, *d'ailleurs,* étant la même.

Page 352
a. BV f⁰ 399 : – « Et [*donc*] c'est moi. **b.** 69 : réservé ! *il* en avait. **c.** BV f⁰ 399 : s'écria-t-elle, [*toute*] glacée. **d.** 69 : *Alors,* il dit. cf. BV f⁰ 399 : *Alors,* il [*lui*] dit

Page 353
a. BV f⁰ 400 : Saint-Den*ys* [*puis*] il s'en retournèrent. **b.** 69 : elle se sent*ait.* **c.** BV f⁰ 400 : [*son capuchon*] ⟨sa capeline⟩. **d.** 69 : – « *Oh !* c'est que. **e.** BV f⁰ 400 : [*reprit-elle (?)*] ⟨[*répondit-elle*]⟩ ⟨reprit-elle⟩. **f.** BV f⁰ 401 : ne pouvait attendre [*davantage*]. Elle voulait.

Page 354
a. BV f⁰ 401 : il n'y *en* a encore que ta [*vieille*] Catau, vois-tu, » [*et*] des scrupules. **b.** 69 : voilà *plus* de trois.

Page 355
a. BV f⁰ 402 : se rouvrit ⟨;⟩ [*et*] elles sortirent. **b.** 69 : ses *deux* mains. **c.** 69 : tout*e* sort*e.*

Page 356
a. BV f⁰ 403 : elle circulait ⟨allait et venait⟩ *(sic).* **b.** 69 : disposer *au bord* de. **c.** 69 : glace *;* *p*uis passait.

Page 357
a. 69 : *et* il y venait. **b.** 69 : semaine lui avait même

donné. **c.** 69 : s'en *pré*occuper si fortement. **d.** 69 : l'air surpr*is*. **e.** BV f° 404 : patriotiques [*et*] le ministre (...) [*un*] ⟨cet⟩ établissement. **f.** BV f° 404 : bénéfices [*mais*] la direction. **g.** 69 : *Mais* les fonds. **h.** BV f° 404 : Mme Arnoux [*contrairement à ses habitudes (?)*] se montrait moins douce pour lui [*quelquefois*] ⟨parfois⟩ même. **i.** 69 : *Berthe.* **j.** 69 : habitudes. *Il lui demanda un rendez-vous.* *Donc, il parut. **k.** BV f° 405 : un après-midi [*pendant qu'il déjeunait (?)*] le supplia. **l.** 69 : *Cependant,* Frédéric n'osait. **m.** BV f° 405 : lâche. [*D'ailleurs,*] les excuses.

Page 358
a. 69 : pas de *mal* à. **b.** BV f° 405 : *Et* Frédéric l'ayant. **c.** 69 : derrière *les* rideaux.

Page 359
a. 69 : *ces* vieilles. **b.** 69 : *Et* des larmes. **c.** 69 : aux yeux. *Elle les retenait. **d.** 69 : *Mais* une rafale. **e.** 69 : *Alors,* il lui posa. **f.** 69 : *Et* elle lui conta.

Page 360
a. BV f° 407 : Écoutez-moi !» [*Cette créature,*] s'il l'avait eue, **b.** 69 : la main, et ils fermèrent. **c.** BV f° 407 : bercement doux et infini. *Puis ils restèrent. **d.** BV f° 408 : sans [*avoir*] personne. **e.** BV f° 408 : [*Mais*] un craquement.

Page 361
a. BV f° 409 : en quoi [*donc*] l'ai-je insultée.

Page 363
a. 69 : chemi*se*. **b.** BV f° 410 : en face ; [*et*] il avait. **c.** 69 : peut-être non. **d.** 69 : d'entretien, *pour le soustraire aux embûches des dames,* elle lui fit. **e.** BV f° 410 : lâcheté [*dans un*] ⟨d'un⟩ homme. **f.** BV f° 410 : [*Puis*] il rapporta.

Page 364
a. 608 f° 106 v° : pour une ironie. [*Son esprit sautait légèrement d'un sujet à l'autre, et si disparates qu'ils fussent, elle*]

établissait entre eux des rapports étonnants de justesse.] Il fallait. **b.** 69 : périlleuses ; *des* choses. **c.** 69 : d'un air fin*ot*.

Page 365
a. 69 : *Mais,* à toutes. **b.** 69 : *Mais* il fut. **c.** BV f⁰ 412 : *Mais* il fut [*surpris*] ⟨stupéfait⟩ par.

Page 366
a. BV f⁰ 413 : appartenait [*pour l'instant (?)*] à Changarnier. **b.** BV f⁰ 413 : On exaltait [*aussi*] ⟨avant tout⟩ M. Thiers.

Page 367
a. 69 : s'harmon*iaient*. **b.** 69 : l'*a*mour. **c.** BV f⁰ 414 : en évitant [*à la fois*] ⟨également⟩ la grossièreté. **d.** 69 : moments, *pénible*, fastidieuse. **e.** BV f⁰ 414 : ces choses. [*Il était même surpris d'ailleurs (2 mots illisibles) que ses paroles (un mot illisible)*]. Sans le repousser formellement [*Mme Dambreuse*] ne cédait rien ; **f.** 69 : pria *même* son mari.

Page 368
a. BV f⁰ 414 : quinze mille [*francs*] ⟨livres⟩ de rente. **b.** BV f⁰ 415 : Elle [*était*] ⟨lui parut⟩ plus pâle que d'habitude [*et paraissait trembler légèrement*]. Elle le contredit. **c.** BV f⁰ 415 : [*pas plus que*] ⟨comme⟩ les autres !» *[Mais]* ses paupières. **d.** BV f⁰ 415 : sonna [*brutalement*] pour avoir (...) une gorgée, renvoya *le reste*, puis. **e.** BV f⁰ 415 : à plus de hardiesse. [*Cela lui était facile car il n'était pas ému.*] Ses mécomptes.

Page 369
a. BV f⁰ 415 : [*étaient plus sages*] ⟨vivaient mieux⟩. **b.** BV f⁰ 416 : une suspension [*énorme*] ⟨universelle⟩.

Page 370
a. BV f⁰ 417 : L'ex-commissaire [*du Provisoire*] ⟨de Ledru-Rollin⟩ (...). **b.** BV f⁰ 417 : tourments [*administratifs*] qu'il avait eus. **c.** 69 : absent ! et ton suisse. **d.** BV f⁰ 417 : ton *concierge* [*me répondait d'un air si mystérieux*] ⟨avait des

allures si mystérieuses⟩. **e.** BV f⁰ 417 : sa montre, [*ses habits*] sa bibliothèque,

Page 371
a. BV f⁰ 418 : – «[*Ah !*] Miséricorde ! **b.** 69 : bourgeois – et les meilleurs.

Page 372
a. BV f⁰ 418 : chances [*maintenant*] étaient pour les conservateurs. [*Mais*] ce parti-là ⟨, cependant,⟩ manquait. **b.** 69 : Il *lui* dit.

Page 373
a. 69 : sa nièce *!* C'était. **b.** BV f⁰ 419 : partir [*en même temps*] ⟨avec lui⟩. **c.** BV f⁰ 420 : [*Et*] dans un transport.

Page 374
a. 69 : un droit *incomm*utable. *Du reste,* on pouvait. **b.** 69 : *Mais* comment. **c.** 69 : s'abouch*erait.*

Page 375
a. BV f⁰ 422 : *Cependant,* leur liaison (...) acceptée, *on les invitait* ensemble. Mme Dambreuse. **b.** 69 : *Puis* elle le ramenait. **c.** 69 : amour, *et* elle se mit.

Page 376
a. 69 : l'*a*utorité.

Page 377
a. 69 : fais*ant.* **b.** 69 : partir *alors* pour Nogent. **c.** BV f⁰ 424 : nommé ⟨receveur⟩ depuis un mois [*receveur général (?)*]. Il ordonna.

Page 378
a. 69 : une *asp*iration énorme.

Page 379
a. 69 : du reste *!* *c*'était.

Page 380
a. 69 : de *la* bouche. **b.** 69 : rapports *!* *q*ue de. **c.** BV f⁰ 427 : intolérable. [*Il*] ⟨Frédéric⟩ croyait.

Page 381
a. BV f⁰ 427 : [*et Frédéric*] ⟨et il⟩ le considérait.

Page 382
a. 69 : gants filoselle. **b.** BV f⁰ 429 : quand il vous fera plaisir ⟨*plaira*⟩ *(sic)*. **c.** 69 : *Et* l'on partit.

Page 383
a. BV f⁰ 431 : [*avec leur queue*] ⟨une queue⟩ de billard. **b.** 69 : dans *le* repas. **c.** 69 : Bauchar*t*.

Page 384
a. 69 : *Mais* des toiles. **b.** 69 : bouquets *à* rubans. **c.** BV f⁰ 431 : comme des [*grands*] boas. **d.** 69 : au nom *de la* Société philanthropique *universelle*.

Page 385
a. BV f⁰ 432 : avait *accéléré* ⟨abrégé⟩ *(sic)* ses jours. **b.** 69 : sa générosité, *ses vertus* et même. **c.** 69 : dire : — « fin. **d.** BV f⁰ 433 : d'un bond [*et s'écriait*]. **e.** 69 : « *Ah !* ce qu'il. **f.** 607 f⁰ 59 v⁰ : je suis ruinée, *perdue !* » *(v. I VI, début)*.

Page 386
a. 69 : misérable ! *et* moi. **b.** 69 : *Mais* l'honneur. **c.** BV f⁰ 434 : [*quantité*] ⟨une foule⟩ de.

Page 387
a. 69 : épouvantables qu'il eut. **b.** 69 : *mais* un commissionnaire. **c.** 69 : Chaillot. Frédéric prit *(sans alinéa)*. **d.** 69 : Mar*bœuf,* **e.** 69 : marteau. Une femme *(sans alinéa)*. **f.** BV f⁰ 435 : [*avec des*] ⟨de⟩ fauteuils [*de*] ⟨en⟩ velours. **g.** 69 : ans, *avec* la taille.

Page 388
a. BV f⁰ 435 : lui revint [*avec l'idée (?) de son mariage et*] il se reprocha. **b.** 69 : rouge ; *et* un troisième. **c.** 609 f⁰ 62 : à Nogent, » *lui* dit-elle. *Il allait se trahir mais il reprit :* *— « Pourquoi ? ».

Page 389
a. BV f° 436 : [*il ajouta qu'il avait eu une foule*] ⟨d'ailleurs, il avait eu une foule⟩ de *petits* dérangements, **b.** 69 : prise *bientôt* d'une sorte. **c.** 69 : s'envolait. Puis *(sans alinéa)*.

Page 390
a. BV f° 437 : Frédéric ⟨[*sentait son cœur s'emplir*]⟩ ⟨murmurait « pauvre enfant » le cœur gonflé⟩ d'une incompréhensible. **b.** 69 : en *leur* disant. **c.** 69 : *ait* voulu.

Page 391
a. BV f° 438 : ⟨[*En effet*]⟩ C'est vrai, **b.** 69 : la sienne ! Cependant, *(sans alinéa)*. **c.** BV f° 438 : rien de la sienne – [*Où avait-elle acquis, cependant, cette habileté pour les (1 mot illisible) et les rendez-vous (1 mot illisible) la plupart (1 mot illisible) monde, son expérience de l'amour.*] ⟨Cependant,⟩ Il avait (...) moustaches [*le même, sans doute, sur*] ⟨était-ce le même sur lequel⟩ . **d.** BV f° 438 : Les cœurs des femmes sont comme ⟨ressemblent à⟩ *(sic)* ces petits. **e.** BV f° 439 : à propos de choses insignifiantes ⟨de rien⟩ *(sic)*, l'appréciation d'une personne [, *d'un livre*], d'une œuvre d'art. **f.** 69 : hautaine *envers* ses. **f.** BV f° 439 : était [*d'obéir servilement (?)*] ⟨de se soumettre⟩ aux idées.

Page 392
a. 69 : de *bon* sens. **b.** BV f° 439 : Les haines [*pullulaient*] ⟨foisonnaient⟩ : haine [*des*] ⟨contre les⟩ instituteurs. **c.** 79 : d'autorité » ; qu'elle. **d.** 69 : l'*o*rdre. **e.** BV f° 440 : nouveau. [*D'ailleurs,*] ces dépenses.

Page 393
a. BV f° 440 : voulait [devenir] ⟨être⟩ « une dame. **b.** 69 : bon genre. Elle mentait *(sans alinéa)*. **c.** 69 : *Alors,* une sorte. **d.** 69 : haine. Ses paroles *(sans alinéa)*. **e.** 69 : dans *leur* compagnie. **f.** BV f° 441 : [*Peu de jours après*] ⟨Vers le milieu du mois de juin⟩, elle reçut. **g.** BV f° 441 : désespérée. [*Car*] elle ne voulait rien dire ⟨à Frédéric⟩ tremblant.

Page 394
a. 69 : sales, *avaient* des *collets.*   **b.** 69 : d'anciens *cadeaux*
du brave.   **c.** 69 : le *même* procès verbal.

Page 395
a. BV f⁰ 442 : à l'instant ⟨même⟩ chez Arnoux,   **b.** BV f⁰
442 : réclamation [*faite à l'ancien*] ⟨à l'homme (...) été
l'⟩amant.   **c.** 69 : *être* une turpitude. **Enfin,* choisissant.   **d.** 69 : *ces* mot*s.*

Page 396
a. BV f⁰ 443 : par [*deux*] ⟨une⟩ attaque[*s*],   **b.** 69 : il avait
(...) religion *(sans guillemets).*   **c.** BV f⁰ 443 : l'alliage de
[*charlatanisme et de bonne foi*] ⟨mercantilisme et de bonne
foi⟩ (...) faire [*tout ensemble*] son salut.   **d.** BV f⁰ 443 :
objets [*de piété*] ⟨religieux⟩.   **e.** BV f⁰ 444 : boutons
⟨roses⟩.

Page 397
a. BV f⁰ 444 : pour la Maréchale [, *cependant,*] il se rési-
gna⟨, cependant,⟩ et il s'avançait, [*quand*] ⟨mais⟩ au
fond.   **b.** 69/79 : *reprendre* qu'il allait.   **c.** 69 : – «*Mais*
je vais.   **d.** BV f⁰ 444 : ⟨et *en* pinçant les lèvres⟩ : «Je
consulterai.»   **e.** 69 : *Cependant,* elle avait.

Page 398
a. BV f⁰ 445 : vint ⟨d'un air indifférent parler⟩ au brave
commis [*d'un air indifférent.*] Il se contenta de répondre : «Je
l'ai brûlé [, *Mademoiselle*]» ; [*et*] ce fut tout.   **b.** BV f⁰ 445 :
elle [*proposa*] ⟨offrit⟩.   **c.** BV f⁰ 445 : fonds ⟨[*capitaux*]⟩ indispensables,

Page 399
a. BV f⁰ 446 : contre Rosanette [*une haine*] ⟨une exécration⟩
incompréhensible ;   **b.** 69 : son carrosse. Ces abîmes *(sans
alinéa).*   **c.** 69 : Il balbutiait. «*Mais* je.   **d.** 69 : notre république.

Page 400
a. 69 : l'*in*quisition.   **b.** 69 : voyez-vous ! *à* El-

beuf.   **c.** BV f° 447 : contre nous ! [mais] ⟨moi⟩ je n'ai jamais fait de mal [, *je vous assure,*] et, pourtant,

Page 401

a. 69 : puis, qu'il.   **b.** BV f° 448 : tout à coup sa [*voix*] ⟨physionomie⟩ changea ;   **c.** BV f° 449 : Vers le milieu [*d'automne*] ⟨de l'automne⟩ (...) relatif aux [*mines*] ⟨actions⟩ de Kaolin.

Page 402

a. 69 : le muguet. – Connais-tu.   **b.** 69 : « Certainement », ajoutant.   **c.** BV f° 450 : Rosanette [*resta*] ⟨fut⟩ debout.   **d.** 69 : et *elle* se laissa.   **e.** 69 : larmes coulant de ses yeux.   **f.** 69 : tout *re*devint tranquille.

Page 403

a. 69 : *Mais* bien des raisons.   **b.** 69 : le réalisme *!* c'est.   **c.** BV f° 451 : ce [*qu'il*] ⟨que ça⟩ devait être.   **d.** 69/79 : G*l*ower.   **e.** 69 : Arnoux ? – Vous savez.

Page 404

a. 69 : – « Comment ! *a*vec.   **b.** 69 : vous êtes sûr ?... ».

Page 405

a. 69 : il fallait *trouver* douze.   **b.** 69 : n'importe *quelles conditions.*   **c.** 69 : Elle vou*lut.*   **d.** 69 : c*l*aquement.

Page 408

a. BV f° 456 : [*Ensuite*] elle alla chercher (...) s'y heurtaient [*en*] ⟨par⟩ taches violentes.   **b.** 69 : cela for*mant* avec.   **c.** BV f° 456 : Rosanette [*entr'*]ouvrait les rideaux.   **d.** BV f° 456 : toutes ces [*figures*] ⟨images⟩ qu'elle.   **e.** 69 : peut-être *!* Elle.   **f.** BV f° 457 : peut-être. ⟨Elle était livrée à tous les hasards de la misère [*et*]⟩ cette ignorance.

Page 409

a. BV f° 457 : embrassés. *[En ce même moment,]* Mme Dambreuse ⟨aussi⟩ pleurait [*comme eux*] couchée [*à plat ventre*] sur son lit ⟨à plat ventre⟩ [*et*] la tête. 69 : ventre, *et* la tête.   **b.** BV f° 457 : [*était*] ⟨étant⟩ venue.   **c.** BV f° 457 :

et même qu'il [*avait*] ⟨tenait [*dans sa poche*]⟩ tout prêts douze. **d.** 69 : *Mais* des larmes. **e.** BV f⁰ 458 : [*Mais*] ce qui le rassurait, c'est [*qu'elle*] ⟨que Mme Dambreuse⟩. **f.** 69 : − « *Prie*-le ». **g.** 69 : recouvrement (*afin d'éviter les échéances résultant des délais accordés aux porteurs d'un billet pour exercer des recours contre les endosseurs*), il avait.

Page 410
a. BV f⁰ 459 : Vers la fin du mois de novembre ⟨Peu de jours après⟩ *(sic)*, Frédéric,

Page 411
a. BV f⁰ 460 : ses amants ⟨par leurs noms⟩ (...) Rosanette [toute] pâlissante.

Page 413
a. 69 : malade. *Quant à* Louise, *elle* s'enferma. **b.** 69 : Il fall*ut*.

Page 414
a. BV f⁰ 463 : Le crieur [*très vite*] ⟨*ensuite*⟩ le répétait. **b.** 69 : *Mais* un craquement. **c.** BV f⁰ 464 : elle *y avait formé opposition et* [*se présentait*] ⟨arrivait⟩ pour la voir,

Page 415
a. 69 : la *r*enaissance !

Page 416
a. 69 : − « Non, *m*adame ! ». **b.** 69 : *Mais* les affaires.

Page 417
a. BV f⁰ 466 : Des groupes nombreux ⟨considérables⟩ *(sic)* stationnaient. **b.** 69 : derrière elle ; *et* on. **c.** BV f⁰ 467 : ce bonheur ⟨!⟩ [*qui s'offrait !*] *b*ah.

Page 418
a. BV f⁰ 467 : flaques d'eau ; [*le train*] ⟨on⟩ arrivait. **b.** 69 : descendit. Puis il *(sans alinéa)*. **c.** BV f⁰ 467 : une [*voiture*] ⟨calèche⟩, la seule. **d.** 69 : les noces,

(*sans parenthèses*). **e.** BV f⁰ 468 : Personne aux fenêtres
[, *pas une voiture*]. Dans toute. **f.** BV f⁰ 468 : [*immobile*]
⟨muette⟩, terrifiée. **g.** BV f⁰ 468 : faire [*rentrer*] ⟨refluer⟩
le monde.

Page 420

a. 610 f⁰ 65 : [*Le lendemain il partit en voyage*] ⟨*Puis* il
voyagea⟩ * Il connut la mélancolie des paquebots... *l'angoisse
des départs, le vide qu'on a dans les hôtels* – l'amertume des
sympathies ⟨*nouvelles*⟩ vite [*laissées (?)*] ⟨*brusquement dénouées*⟩ [*il... il... il...*] (*sic*). **b.** BV f⁰ 469 : Puis il voyagea
(...) des ruines, *le goût amer des séparations.* **c.** 69 : d'autres amours, encore. **d.** BV f⁰ 469 : sous la ⟨voilette de⟩
dentelle. **e.** 69 : sur elle et *son* mari. **f.** BV f⁰ 469 : elle
releva la tête [, *d'un air gai*] : *« Mais.

Page 421

a. BV f⁰ 470 : Je tenais [*à vous revoir encore une fois*] ⟨à
cette visite⟩, puis. **b.** 69 : haut *d'une* colline, **c.** 69 :
moustaches, *et* d'autres.

Page 422

a. BV f⁰ 471 : ⟨il lui rappela⟩ le petit jardin d'Auteuil. [*Il
lui rappela*]. **b.** 69 : comprends Werther des soirs.
c. 69 : *Alors*, pour lui cacher.

Page 423

a. BV f⁰ 472 : ces adorations [*adressées à*] ⟨pour⟩ la
femme. **b.** BV f⁰ 440 : [*Elle se leva par un mouvement de
pudeur, puis dit en le regardant*] ⟨Un mouvement de pudeur
(...) immobile⟩ et avec l'intonation. **c.** 69 : *Alors*, son visage. **d.** 69 : *Mais*, tout à coup. **e.** 69 : *Alors*, Frédéric. **f.** BV f⁰ 473 : une [*soif d'être (?)*] ⟨convoitise⟩ plus
forte. **g.** BV f⁰ 473 : sur ses talons [*pour se (?)*] ⟨et se mit
à⟩ faire.

Page 424

a. 69 : dépassé vingt-cinq minutes. **b.** 69 : disparut. Et
puis ce fut tout (*sans alinéa*).

Page 425
a. BV f⁰ 475 : s'informèrent ⟨mutuellement⟩ de leurs.
b. 69 : sous *sa* main. **c.** 69 : l'homœopathie. **d.** BV f⁰
475 : ton [*ami*] intime. **e.** BV f⁰ 476 : – «[*Il est*] mort
l'année dernière. ».

Page 426
a. BV f⁰ 476 : j'ai rencontré [(*1 mot illisible) la*] ⟨cette
bonne⟩ Maréchale. **b.** BV f⁰ 476 : – «A peine [, » *dit Frédéric,* «] tous les soirs, régulièrement. **c.** BV f⁰ 476 : l'ex-
délégué du ⟨Gouvernement⟩ provisoire de lui [révéler] ⟨ap-
prendre⟩ le mystère. **d.** 69 : des *in*dépendants. **e.** 69 :
veau, et on buvait. **f.** BV f⁰ 476 : – «effet de [*l'expérience*]
⟨l'âge⟩, » **g.** 69 : avait *ambitionné* le pouvoir.

Page 427
a. BV f⁰ 477 : ce que [*tu croyais*] ⟨nous croyions⟩ devenir
autrefois [*au Collège*], quand. **b.** BV f⁰ 477 : la cour ⟨du
collège⟩, la chapelle. **c.** 69 : M. Girbal. **d.** *(La Turque :
rappelons que nous avons reproduit et analysé tous les brouillons
de ce dernier épisode dans Raymonde Debray-Genette et al.
« Flaubert à l'œuvre », Flammarion, 1980, pp. 35-68).* **e.** BV
f⁰ 477 : même en [*été*] ⟨plein été⟩, **f.** BV f⁰ 477 : et ⟨le
soir⟩ sur le pas de la porte, chantonnaient ⟨doucement⟩
d'une voix rauque.

Page 428
a. BV f⁰ 478 : les [*détails*] ⟨souvenirs⟩ de l'autre. **b.** 69 :
peut-être bien *!* c'est là.

APPENDICE I

1848 DANS LES BROUILLONS

Nous transcrivons ici, dans l'ordre supposé de leur composition, des scénarios et des brouillons relatifs à un moment important de *l'Éducation* : le tout début de la troisième partie.

Cette transcription éclaire utilement le travail de l'écriture flaubertienne ainsi que l'insertion de l'Histoire dans son texte.

Par l'élaboration des scénarios, Flaubert situe d'abord, dans un contexte plus large, le passage qu'il va élaborer. On voit que ce processus commence très tôt, à une époque où la deuxième partie de son roman devait comporter neuf chapitres et où la troisième partie devait débuter par l'épisode de Fontainebleau.

Flaubert assigne un rôle spécial à chacun des éléments du manuscrit : les marges des premiers brouillons servent de bancs d'essai où il élabore certaines phrases avant de les insérer dans son texte (ou de les abandonner). Les marges constituent surtout une sorte de réserve où Flaubert emmagasine les données historiques qu'il compte utiliser. On voit à quel point, au départ, Histoire et fiction sont distinctes — et combien l'Histoire, marginalisée, est manipulée par la fiction déjà en place. 606 f⁰ 170 offre un excellent exemple de cette manière de procéder : l'expérience de Frédéric est au milieu de la page ; ce qui se passe aux Tuileries et dans l'armée, ainsi que les différents stades de l'insurrection, sont consignés en marge. Ils ont surtout pour fonction d'éclairer (et d'évaluer ironiquement) la façon dont Frédéric « se rafraîchit au grand air des révolutions [1] ».

L'élaboration du texte final est fort complexe, sa chronologie parfois incertaine. Il est possible toutefois de schématiser la méthode flaubertienne en examinant tour à tour les *détails supprimés,* ceux qui *se maintiennent* jusque dans la version définitive et *le travail de l'écriture.* Est-il besoin de dire que dans la réalité chacune de ces trois procédures est très largement tributaire des deux autres ?

Dès qu'il passe des scénarios aux brouillons, Flaubert élimine les traits de style par lesquels les plans se distinguent d'un texte à proprement parler « écrit » : grossièretés, verbes au présent, style télégraphique... Il supprime aussi, et c'est plus significatif, toutes sortes de détails historiques : le nom des hommes politiques pressentis pour figurer au prochain gouvernement, le fait que c'est sur « la dissolution de la chambre » que le roi « chicanait » (606 f° 164 v°). Le long passage décrivant le défilé, chariot « mortuaire » en tête, des insurgés, disparaîtra lui aussi (ibid.). Il n'en subsistera en définitive qu'une courte phrase. Le cheval blanc qui accompagne ce chariot disparaît lui aussi, car il fait double emploi avec celui du « vieillard en habit noir » qu'on voit deux pages plus loin dans la version définitive. Pour des raisons similaires les insurgés ne demanderont plus dans le texte final des armes aux portes des maisons – on vient de lire « armes données » devant chez Rosanette.

Bon nombre de précisions disparaissent ainsi. Les aides de camp ne se succéderont plus ni « auprès du roi » ni « dans les antichambres ». La débâcle de la Monarchie de Juillet s'en trouve ainsi renforcée. La confusion fait sentir, sans qu'il soit nécessaire de le dire, que les ordres donnés sont « impossibles », la situation « absurde » (606 f° 170 v°).

Des considérations semblables président sans doute à la suppression de détails d'ordre temporel ou topographique. En même temps, on peut supposer que la vision subjective (des

---

1 C'est ainsi que Flaubert réussit à « emboîter (ses) personnages dans les événements politiques de '48 » et à éviter que « les fonds ne dévorent les premiers plans » (Conard, V, p. 363, 14 mars 1868, à J. Duplan).

personnages) s'en trouve renforcée. Dans le texte final, on ne nous informe plus que « c'est le 24 février 48 » (611 f° 45) ni que c'est de la rue des Frondeurs que débouche le « grand jeune homme pâle » (606 f° 158 v°) – ce qui aurait été, en tout cas, d'un symbolisme par trop facile.

Flaubert ajuste d'autre part la topographie des choses inventées : au lieu de descendre vers la Place de la Concorde, Frédéric, dans le texte final s'achemine du côté des Champs Élysées. Son itinéraire devient ainsi plus vague, plus conforme à la logique d'une vision qui passe d'un « groupe » à une « vingtaine » d'hommes pour aboutir enfin à « des hommes ». La précision documentaire, ici comme ailleurs, est remplacée par celle de l'événement *vécu.* C'est pourquoi, sans doute, la perception de Frédéric n'étant pas des plus fines, ce groupe d'hommes, au lieu de crier « d'une façon tout à la fois cordiale et impérieuse » (606 f° 173 v°), se contente en fin de compte de *crier.*

Certaines suppressions modifient le caractère thématique de ce passage. C'est notamment le cas du silence, très largement rendu dans les brouillons par la description des magasins fermés et par la notation « puis le silence recommençait » (606 f° 164 v° et 607 f° 2). D'explicite, ce thème devient implicite, grâce à la phrase « On entendait, par intervalles, une détonation ». La permanence de la notion de silence, partout dans *l'Éducation,* assure qu'elle reste ici en filigrane. D'autre part, cette mise en sourdine permettra à Flaubert, au moment des Journées de Juin, de faire une utilisation large et dramatique de ce thème du silence.

A côté de ces éliminations typiques, il n'est pas difficile de relever dès les premiers brouillons de nombreux éléments qui se maintiendront jusque dans la version finale. C'est le cas de la promenade effectuée par Frédéric. C'est le cas aussi de sa passivité, qu'indique la formule « *assiste* au Ch d'Eau » (611 f° 47). Le soulignement de Flaubert est significatif. Il marque très tôt la mise en place d'une vision ironique globale que rend également l'allusion au « grand air des révolutions ».

Cette même vision semble présider à la survivance de détails historiques particulièrement révélateurs : les cinquante prisonniers du Château d'Eau (écho sans ambiguïté de la prise de la Bastille), l'absence prolongée de M. de Môlé (écho du rendez-vous manqué ?), le « grand jeune homme pâle » (allusion ironique à *La liberté guidant le peuple* de Delacroix ?). Ces détails authentiques (tirés de Daniel Stern, d'Eugène Pelletan) sont insérés dans le roman de Flaubert pour s'y fixer définitivement − on aura remarqué toutefois que leur *fonction* est profondément modifiée par cette insertion...

Les livres d'histoire consultés par Flaubert lui fournissent non seulement des détails authentiques − ils lui suggèrent également des *structures de phrases* qui, elles aussi, parcourent les brouillons de part en part. L'énumération du troisième paragraphe, comme mouvement, est sans doute tiré de Daniel Stern ; il en est de même de la syntaxe par laquelle s'exprime la simultanéité fondamentale, et fatale, des événements : « et pendant qu'aux Tuileries » (dès 606 f⁰ 170).

Ces emprunts montrent clairement que pour Flaubert l'élaboration de son texte était avant tout une mise en place de *phrases,* de structures préconstruites qui déterminent le sens des éléments documentaires. La valeur prioritaire de ces tournures régit sans doute en même temps le maintien ou l'abandon d'éléments qui les renforcent ou les embrouillent. Pour souligner la simultanéité des événements, Flaubert remplace donc un plus-que-parfait (s'était organisé) par un imparfait (s'organisait) ; l'expression « la monarchie de 1830 » (607 f⁰ 3) évolue sans doute parce qu'il s'agit surtout de dégager la formule qui l'accompagne : « se fondait dans une dissolution rapide ».

Flaubert élabore ainsi les grandes orientations stylistiques de ce passage. D'autres modifications résultent de préoccupations locales : « tambour » devient « fusillade » pour éviter une allitération intempestive (avec « tira ») ; la soudaineté de l'apparition du jeune homme détermine la suppression de « près de lui » (607 f⁰ 1) ; l'ordre final de « Plus loin, il remarqua... » est imposé par la nécessité de réaliser une succession purement spatiale.

Il ne s'agit pas, cependant, on le voit, de formules vides de sens. Dans le choix individuel des mots, comme dans celui des structures syntaxiques, les grands motifs du roman jouent un rôle déterminant. Ainsi Frédéric est tour à tour

« curieux » et « impatient » de voir ce qui se passe – en fin de compte, on lit « Frédéric voulut aller voir ce qui se passait ». Cette expression rend mieux par sa banalité la vague passivité de notre « héros ». C'est pourquoi, plus loin, il *suit* les insurgés, au lieu de se mettre à « marcher derrière eux ».

Frédéric, d'ailleurs, n'est pas seul en cause : les « supplications » de Rosanette deviennent des « instances » ; « choisir un cabinet » devient « faire un cabinet » ; « s'était emparé » devient « possédait » ; « une seule volonté » devient « un seul bras ». Chaque correction a ici pour fonction d'atténuer le dynamisme des personnages : ils sont portés par les événements et ne les dirigent guère.

De telles corrections n'ont rien d'exceptionnel. Tout aussi caractéristique est la mise en place, puis en filigrane, du motif de l'art. Celui-ci thématise tout l'épisode de la promenade du chariot. On relève en effet, dans les brouillons, des expressions telles que « dramatiquement », « artistiquement », « génie dramatique ». Après l'abandon de ce mouvement (parce qu'il brouille le thème de la simultanéité), ce sont les mots de « spectacle » et d'« éloquence » qui porteront tout le poids de ce grand motif. On peut dire que si le roman, sous sa forme définitive, nous conduit à attacher une importance particulière aux termes qui subsistent ici, l'étude des manuscrits permet de confirmer la validité de notre analyse.

De même, on peut relever la manière dont Flaubert allège la causalité de son texte par la suppression de mots tels que « d'ailleurs », « car », « pour faire des barricades ». Il ne s'agit, en somme, que d'un procédé parmi d'autres, destinés à limiter sensiblement l'omniscience du narrateur. La suppression de certaines images participe du même phénomène : Paris « comme un gentilhomme en cotte de mailles » ou même Paris qui « se réveilla » au milieu des barricades. Maintenues, ces images auraient donné l'impression d'un événement trop facilement dominé, expliqué. Comme l'élimination de certaines bribes de style indirect (« on envoya *quérir* Monsieur Thiers »), ces modifications indiquent la manière dont Flaubert dans son texte final, cherche à rendre des faits qui échappent tout à la fois aux hommes et aux mots.

Ajoutée aux remarques de notre Préface, cette brève analyse

permettra de dégager, parmi l'enchevêtrement des ratures et des ajouts, les grands principes de composition du roman de Flaubert.

Pour l'ensemble des abréviations, voir p. XV et XVI.

Comme dans les Variantes, les astérisques désignent un changement de paragraphe.

611 f° 106 : II VIII [1] : rendez-vous manqué – baise la maréchale

IX : le père Dambreuse ; Haine et amitié d'Arn

I : Lune de miel à Fontainebleau. la petite Desr*(oches)* et son père à Paris.

611 f° 105 : III

I : 48 M. Dambreuse demande sa protection – les amis ⟨et les partis (bêtise des républicains)⟩ – jaloux d'Arn. a envie de le tuer emmène la M^{le} à Fontainebleau – émeute de Juin ⟨(férocité des bourgeois)⟩ Mlle D*(esroches)* fait venir son père à Paris.

611 f° 108 : III

[I] : 48 – ⟨espoir politique mais⟩ sottises universelles.

⟨Arn. à la porte de la M^{le} – *une fois en maniant un fusil.⟩

[I] : Fontainebleau – juin – le père Roque anthropophage.

611 f° 91 : III

I : Un bruit de tambour les réveille. 48 éclate.

Fr. partage d'abord l'animation générale ⟨il se rafraîchit au grand air se retrempe dans l'humanité générale⟩

Le père Dambreuse veut se mettre sous la protection de Frédéric. peur pour les propriétés. ⟨[a fait d'abord des politesses comme gentilhomme puis l'a méprisé comme bousingot – puis le respecte comme républicain.]⟩

611 f° 46 : III

I : Un bruit de tambour. *48 éclate.* *Fr. Partage l'animation générale, se [retrempe] rafraîchit au grand air des Révolutions – ⟨se compromet ⟨comme républicain⟩ vis-à-vis

---

1 Ces chiffres en marge des manuscrits indiquent la partie et le chapitre des brouillons.

de Nogent – article lyrique sur le sac des Tuileries⟩.
M. Dambreuse veut se mettre sous sa protection. ⟨par⟩
peur des propriétés *?*/expropriations ⟨et un peu sous l'inspiration de sa femme⟩.

611 f⁰ 45 : III

I : Un bruit de tambour le réveille [c'est le 24 février 48]
⟨il ⟨se lève⟩ court les rues. [Le lendemain] assiste à la
prise des Tuileries etc.⟩ [D'abord Frédéric] ⟨D'abord il⟩
partage l'enthousiasme général [il se rafraîchit au grand air]
⟨L'atmosphère⟩ de la Révolution ⟨le pénètre⟩ [veut *(deux
mots illisibles : « se mettre » ?)* achever de se compromettre
à Nogent par] il envoie au journal de Troyes un article
lyrique sur le sac des Tuileries [publié dans le journal de
Troyes] ⟨qui le compromettra plus tard⟩ [M. Dambreuse
veut se mettre sous sa protection par peur]

611 f⁰ 47 :

I : Un bruit de tambour le réveille. il se lève et s'en va.
[*assiste* à l'affaire du Château d'Eau, aux Tuileries, au
Palais Royal ⟨promenade du Trône, rencontre⟩ Hussonnet
lequel est blagueur et sceptique. Mais Fr. est pris par l'animation [populaire] ⟨générale⟩, *hume l'air de la Révolution
avec délices* – et le soir rentre éreinté chez lui et se couche.
son domestique « tout ce peuple ».

611 f⁰ 44 :

I : Un bruit de tambour le réveille. il se lève et s'en va.
assiste au Château d'Eau. prise des Tuileries. homme qui
fume sa pipe ⟨etc⟩ [rue] ⟨[petit magasin *(?)* papiers *(?)*]⟩
⟨De dedans le jardin on voit⟩ Laquais déchirant leurs livrées ⟨⟨sac du⟩ Palais Royal⟩ promenade du trône. Coup
de tonnerre. – Pendant ce temps là 4 gouv. ⟨provisoires⟩
simultanés. – Frédéric ⟨rencontre Hussonnet sceptique ⟨et
blagueur⟩ au milieu de l'armée et tandis que Frédéric y
est il *(?)*⟩ hume l'air de la Révolution [le soir *(?)*.] [est]
⟨étant le soir⟩ éreinté [le soir et va se coucher chez lui.
son domestique « tout ce peuple ».

606 f⁰ 170 v⁰ :

I : [Un] ⟨Le⟩ bruit de fusillade *(sic)* le [réveille] ⟨tira de
son sommeil⟩ – il se leva et s'en va *(sic)* ⟨*(Marge :)*
Bugeaud acculé à un ministère de Conciliation. *Concilia-

tion. *4 ordres impossibles à transmettre. *[Ce qui est] [Ce qui se passe à la Réforme et au National] *et pendant qu'aux Tuileries [promenade du chariot] M. [Thiers] ⟨Molé⟩ tachait de faire un ministère. Puis M. Thiers et Barrot. ⟨Bugeaud commandant.⟩ absurde ⟨l'insurrection s'était organisée⟩ – national. – réforme. réforme. sociétés secrètes. tocsin... barricades. *(ajouté en interligne depuis « absurde ». – fin marge)⟩* . grille de l'Assomption arrachée. – ⟨une⟩ barricades *(sic)* ⟨commencée et abandonnée deux ou trois pavés, sable.⟩ sur le sol des tessons de bouteille et des cercles de fil de fer. Vue d'un émeutier en tricot qui court ⟨un fusil à la main⟩.

en effet ⟨ce qui s'était passé pendant la nuit⟩ impression produite par la Fusillade des Capucines ⟨Promenade du chariot⟩... *[résumé de ce qui s'était ⟨s'est⟩ passé depuis dans le Peuple, (et aux Tuileries)]

⟨(*Marge :)* 10 Les chefs de corps faisaient mettre aux soldats la crosse en l'air fraternisation 11 *(les chiffres semblent indiquer l'ordre de composition prévu).*

8 à 9 h du matin coup de fusils *(sic)* rue de l'Échelle sur les appartements des enfants *(?)* d'Orléans.

6 à 8 h du matin le peuple de gré ou de force s'était emparé de presque toutes les mairies et de cinq casernes. Occupait tous les points stratégiques de l'intérieur. porte *(?)* St Denis. place des Victoires points *(?)* St Eustache

2 Dès le matin furie des barricades des femmes encouragent 3

12 ça dépassait les prévisions

O. Barrot hué à la barricade Bonne-Nouvelle *(fin de l'ajout marginal.)*⟩

[Il] Frédéric arrive au bout de la rue St Honoré et s'arrête.

Château d'eau. on voulait délivrer 50 prisonniers que l'on croyait y être et qui avaient été relâchés.

607 f° 1 :

1 : Le bruit d'une fusillade le tira brusquement de son sommeil – et ⟨[Fr.]⟩ malgré les instances de Rosanette [Frédéric] [à toute force] ⟨[il sortit ⟨s'en alla⟩ pour voir]⟩ ⟨[voulut à toute force]⟩ ⟨sortit⟩ voulut ⟨pour⟩ ⟨s'en aller⟩ voir *(sic)* voir ⟨[un peu]⟩ ce qui se passait.

⟨*(Marge :)* [Les coups de feu étaient *(sic)*]⟩ Il descendit
vers [la Place de la Concorde] ⟨les champs Élysées⟩ [d'où
les coups de feu étaient partis] ⟨*(Marge :)* d'où les coups de
feu étaient partis mais [à l'angle de la Madeleine]⟩ mais
⟨[au coin] ⟨à l'angle⟩ de la rue St Honoré⟩ des hommes
en blouse [le croisèrent] ⟨[passèrent passaient *(sic)*]⟩ ⟨croisè-
rent⟩ en criant, « non ! pas par là ⟨[De ce côté *(?)*]⟩ ⟩ au
Palais Royal ⟨!⟩ [et il se mit à marcher derrière eux] ⟨[il]⟩
Fr. les suivit.

⟨On avait arraché⟩ Les grilles de l'Assomption [étaient
arrachées et les pierres du parapet disjointes] Il remarqua
plus⟨↑⟩ loin au milieu⟨?⟩ de la voie [sur un tas de dalles] le
commencement d'une barricade sans doute. – Puis des tessons de bouteille ⟨;⟩ [et au milieu de la place *(?)*] ⟨[plus
loin]⟩, ⟨et⟩ des cercles de fil de fer pour embarrasser la
cavalerie quand tout à coup ⟨,⟩ [(près de lui)] s'élança
d'une ruelle un grand jeune homme [et] ⟨,⟩ dont les cheveux flottaient [au vent] sur [ses] ⟨les⟩ épaules, prises dans
une espèce de maillot à pois de couleur. Il tenait un [long]
⟨long⟩ fusil [de soldat] ⟨de soldat⟩, et courait sur la
pointe de ses [pantoufles] ⟨[chaussons]⟩ ⟨pantoufles⟩ ⟨,⟩
avec l'air d'un somnambule et leste ⟨[léger]⟩ comme un
tigre. Toutes les ⟨[fenêtres et les]⟩ ⟨[devantures]⟩ [des]
⟨les⟩⟨[et les fenêtres]⟩ [étaient] [entièrement] [closes] donnaient à la rue un aspect extraordinaire et terrible⟩]⟩
⟨étaient closes⟩. On entendait par intervalles ⟨,⟩ une [cré-
pitation prolongée] ⟨[détonation prolongée]⟩ ⟨[crépitation
prolongée]⟩ ⟨détonation⟩ puis le silence recommençait.

La veille au soir, un chariot contenant cinq cadavres ⟨,⟩
recueillis parmi ceux du boulevard des Capucines ⟨,⟩
s'était promené dans Paris. [Un cheval ⟨blanc⟩ les traînait
conduit par la bride ⟨à la main⟩ à l'avant] – ⟨[à l'avant
et] debout⟩ sur les brancards un homme les [bras] ⟨man-
ches de chemise⟩ [retroussées jusqu'aux aisselles tenait]
⟨[secouait]⟩ ⟨secouait agitait *(sic)*⟩ une torche [et] un autre
par derrière, faisait voir ⟨[montrait]⟩ [au peuple] les morts
[dramatiquement] ⟨artistiquement⟩ disposés ⟨,⟩ [de façon
à ⟨bien⟩ montrer leur] ⟨pour qu'on aperçût [bien] ⟨bien⟩
leur⟩ visage [et leurs blessures]. De temps [à au *(sic)*] ⟨en
temps⟩, il relevait le corps ⟨[mutilé]⟩ d'une femme [et la
tenait ⟨l'étreignait⟩ sur sa poitrine] ⟨la [soutenait] serrait⟩,

dans ses ⟨[deux]⟩ bras rouges, criait d'une voix furieuse « on ⟨nous⟩ égorge ⟨ : »⟩ [nos frères]. [nous] voilà ! regardez ! » [et] ⟨[tandis que]⟩les flammèches de la torche ⟨[s'éparpil-laient *(?)* au dessus de lui]⟩ [éparpillées par le vent sem-blaient] ⟨s'éparpillaient comme⟩ des gouttes de sang [dans l'air]. Un groupe de plus en plus nombreux ⟨qui⟩ [criait] ⟨hurlait⟩ « vengeance » [et] suivait la charrette *(sic)*. Elle s'était présentée ⟨d'abord⟩ au National ⟨[ensuite]⟩ [avait pris ensuite] ⟨puis suivit ⟨dans⟩⟩ [la] ⟨les⟩ rue *(sic)* Pois-sonnière, [la rue] Montmartre, [s'était arrêtée un moment à la Réforme] puis [avait traversé les *(1 mot illisible : « bou-levards » ?)* les rues] J.-J. Rousseau, Ticquetone, Pavée Saint-Sauveur, Française, Mauconseil.

607 fº 3 : [le Marais] ⟨ [les boulevards]⟩ ⟨⟨et⟩ Saint Denys⟩ ⟨St-Martin [pour se diriger] pour atteindre⟩ la Bastille ⟨⟨le claquement des⟩ [les] roues [claquaient] sur le pavé⟩ ⟨⟨en⟩ [et] sonnait sanglots *(sic)*⟩ – les têtes, les membres s'entrechoquaient cela dura *longtemps* [et à cha-que station l'exhibition recommençait ⟨se répéta⟩] ⟨jus-qu'au milieu de la nuit⟩ ⟨*(Marge :)* [les vociférations, les sanglots recommençaient.]⟩

Et pendant qu'aux Tuileries les aides de camp se succé-daient ⟨[dans les antichambres]⟩ – et que M. Molé en [mission pour composer] ⟨train de [choisir] faire⟩ un cabi-net [nouveau] ⟨nouveau⟩ et [qu'on envoyait quérir M. Thiers] ⟨que M. Thiers après lui tâchait⟩ [pour en composer ⟨combiner⟩ ⟨et s'en allait *(?)* pour lui en composer⟩ *(?)* un autre] ⟨*(Marge :)* qui [devait] tâchait d'en [former] ⟨combiner⟩⟩ un autre ⟨[et qu'on parlait]⟩ où entreraient [peut-être] ⟨peut-être⟩ MM. [Lau *(sic)*] Du-faure et Passy, à moins que ce ne fussent MM. [Laumières] ⟨Le *(2 mots illisibles)*⟩ et Cousin, et que le roi chicanait, hésitait, puis donnait à Bugeaud le commandement géné-ral pour [l'empêcher] ⟨lui défendre⟩ [un peu plus tard] *(« de s'en servir » – omis)* et que les [soutiens] et qu'enfin tous *(« les »-omis)* conseillers du[trône] ⟨[de la monar-chie]⟩ ⟨pouvoir⟩ [les gens d'expérience] [les fortes têtes] ⟨[les hommes positifs]⟩ ⟨[les principaux (« premiers » *?)* hommes]⟩ perdaient le temps en verbiage [en causerie *(?)* et visites courtoises *(?)*] L'insurrection [comme conduite par une seule volonté] ⟨comme [émanant d'une seule volonté]⟩ ⟨dirigée par un seul bras⟩ s'organisait formidablement. Des hommes [avaient surgi] d'une éloquence frénétique (« *haranguaient* » – *omis*) [le peuple] ⟨la foule⟩ au coin des rues. D'autres dans les églises sonnaient le tocsin à pleine volée. On [frappait aux] ⟨[enfonçait les]⟩ ⟨frappait aux⟩ portes des maisons pour avoir des armes, on fondait des balles, on faisait des cartouches, on aiguisait des morceaux de fer. Les arbres des boulevards, les vespasiennes, les bancs, les grilles, [les *(1 mot illisible)*] les becs de gaz ⟨tout⟩ fut arraché, renversé. Paris, le matin était couvert de barricades [et à huit heures, le peuple de gré ou de force *(sic)*] ⟨(*Marge :*) [Du reste] ⟨D'ailleurs⟩,⟩ ⟨La résistance ne dura pas longtemps⟩ Partout la garde nationale s'interposait [entre les combattants] les [chefs de corps démoralisés] ⟨fatigués *(?)*⟩ ⟨ahuris⟩ ⟨faisaient mettre⟩ ⟨ordonnaient ⟨commandaient⟩⟩ à leurs soldats ⟨mettre *(sic)*⟩la crosse en l'air et les détachements nouveaux ⟨troupes nouvelles⟩ *(sic)* [qu'on envoyait] ⟨[qui arrivaient *(?)*]⟩ ⟨qu'on envoyait⟩ ⟨(« *furent* » – *omis*) gagnés par cet exemple⟩ si bien que [avant huit heures ⟨environ⟩ ⟨neuf heures ⟨environ⟩⟩] ⟨[à huit heures environ]⟩[de gré ou de force] ⟨le peuple⟩ [s'était emparé de] ⟨possédait⟩ de gré ou de force cinq casernes, presque toutes les mairies [la porte St-Martin, la Place des Victoires, la pointe *(?)* St-Eustache] ⟨la place des Victoires, St-Eustache⟩, les points stratégiques [de l'intérieur ⟨des quartiers *(?)*⟩] ⟨[les plus forts]⟩ ⟨les plus sûrs⟩ : [Des bandes armées arrivaient de partout] [Puis *(?)*] Devant le bazar Bonne-Nouvelle, on avait hué tout à l'heure ⟨M⟩ Odilon Barrot [On ne croyait plus rien, ni] ⟨[ce n'était plus le temps ni]⟩⟨[des]⟩ [promesses ni] ⟨les⟩ concessions ⟨et les promesses ⟨ne servaient plus⟩⟩. [La monarchie ⟨de 1830⟩ se dissolvait *(?)*] ⟨se fondait *(non barré)*⟩ ⟨(*Marge :*) ⟨et⟩sans secousse, d'elle-même ⟨[fatalement]⟩⟩ ⟨La monarchie de 1830 se fondait⟩ dans une dissolution rapide. [L'ordre de suspendre le feu acheva de décontenancer les soldats. Les abords des Tuileries n'étaient plus défendus ⟨maintenant⟩ que par le poste du château d'Eau.] ⟨Les bandes nouvelles⟩ ⟨armées⟩ [arrivaient ⟨se poussaient⟩] ⟨se poussaient vers les Tuileries.⟩ – et on attaquait ⟨maintenant⟩ ⟨le poste du château d'Eau⟩

pour délivrer cinquante prisonniers − qui n'y étaient [pas]
⟨[plus]⟩ ⟨pas⟩.

607 f⁰ 4 *(passage élaboré à part − ou dont la première partie
manque ?)*. St-Denys et St-Martin [pour atteindre les Bou-
levards] − Le claquement des roues sur le pavé
⟨[ré]⟩sonnait comme un sanglot. Les membres s'entrechoquaient [Ce spectacle se prolongea] ⟨[se répéta]⟩ ⟨[dura
longtemps]⟩ ⟨[se prolongea]⟩ ⟨l'exhibition se prolongea
⟨[longtemps]⟩⟩ jusqu'au milieu de la nuit.

Et [pendant qu'aux Tuileries] ⟨[tandis qu'aux Tuileries
(?)]⟩ ⟨pendant qu'aux Tuileries⟩ les aides de camp se succédaient [dans les antichambres] ⟨dans les ant. *(sic)* ⟩ et
que M. Molé en train de ⟨[travaillait à]⟩ faire un cabinet
nouveau ⟨[libéral]⟩ ne revenait pas − et que M. Thiers
[après lui] tâchait d'en [composer] ⟨[former]⟩ ⟨composer⟩ un
autre [où entreraient ⟨[avec]⟩ peut-être MM. Dufaure et
Passy, à moins que ce ne fussent MM. le comte de Mille-
val *(?)* et Victor *(?)* Cousin] et que le roi chicanait, hésitait
puis donnait à Bugeaud le commandement général, pour
l'empêcher de s'en servir [et qu'en fin de compte les
conseillers du Pouvoir perdaient le temps en verbiage,]
l'insurrection⟨,⟩ comme dirigée ⟨[passant (?)]⟩ par un
seul [bras] ⟨volonté⟩ s'organisait formidablement. Des
hommes d'une éloquence frénétique, haranguaient la foule
⟨[le peuple]⟩ au coin des rues. D'autres dans les églises
sonnaient le tocsin à pleine volée. [On frappait aux portes
des maisons pour avoir des armes] on [fondait des balles]
⟨coulait du plomb⟩ on [faisait] ⟨roulait⟩ des cartouches,
[on aiguisait des morceaux de fer.] Les arbres des boulevards, les vespasiennes, les bancs, des grilles, les becs de
gaz, tout fut arraché, renversé ; Paris, le matin, était couvert de barricades. La résistance, d'ailleurs, ne dura pas
longtemps. Partout la garde nationale s'interposait. Les
[officiers ahuris] ⟨chefs démoralisés⟩ [commandaient à
leurs] ⟨faisaient mettre à leurs⟩ soldats [de mettre] la crosse
en l'air et les détachements nouveaux ⟨[troupes nouvelles]⟩
[qu'on envoyait], gagnés par [cet] ⟨l'⟩ exemple, s'en retournaient − si bien qu'à huit heures environ, le peuple, de gré
ou de force, [occupait] ⟨possédait⟩ cinq casernes, presque
toutes les mairies, la Place des Victoires, [St-Eustache], les

points stratégiques les plus sûrs. [Devant le bazar Bonne-Nouvelle on avait ⟨[tout à l'heure]⟩ hué tout à l'heure M. Odilon Barrot.] Les concessions et les promesses ne servaient plus. [La monarchie] [et] d'elle-même, sans secousse, la monarchie [de 1830] se fondait dans une dissolution rapide. Des bandes [nouvelles] ⟨énormes⟩ se poussaient vers les Tuileries et on attaquait ⟨[maintenant]⟩ le poste du Château d'Eau pour délivrer cinquante prisonniers qui n'y étaient pas.

607 f⁰ 2 : («(...)» *indique un passage conforme à la version définitive.)* Le bruit d'une fusillade (...) ce qui se passait.

Il descendit vers les Champs-Elysées (...) partis, [quand] ⟨mais⟩ à l'angle de la rue St-Honoré, [les] ⟨des⟩ hommes (...) en criant – «non, (...) Palais-Royal.» Frédéric les suivit.

On avait (...) cavalerie, – quand, tout à coup, (...) maillot à pois [rouges *(?)*] (...) leste comme un tigre. Toutes les boutiques étaient closes – on entendait par intervalles une détonation. [Puis le silence recommençait.]

La veille au soir ⟨en effet, le spectacle du⟩ [un] chariot (...) Capucines ⟨et qui⟩ s'était promené dans Paris ⟨*(Marge :)* avait changé, tout à coup les dispositions du Peuple et pendant⟩ [Debout, sur [un] ⟨les⟩ brancard *(sic)* un homme en manches de chemise secouait une torche ; un autre par derrière faisait voir les morts artistement disposés pour qu'on aperçût leur visages *(sic)*. De temps en temps, il relevait le corps d'une femme ⟨*(2 mots illisibles)*⟩ et la serrant dans ses bras rouges criait d'une voix furieuse – «on nous égorge ! voilà ! regardez !» et les flammèches de la torche, au-dessus de lui, s'éparpillaient comme des gouttes de sang dans l'air. Un groupe de plus en plus nombreux qui hurlait vengeance suivait la charrette. Elle s'était présentée d'abord au National, puis dans les rues Montmartre, J.-Jacques Rousseau, Ticquetone, Pavée St-Sauveur, Française, Mauconseil, St-Denys, St-Martin *(suite : 607 f⁰ 5 :)* Le claquement des roues sur le pavé résonnait comme un sanglot, les membres et les têtes s'entrechoquaient. L'exhibition se prolongea jusqu'au milieu de la nuit.] *(Tout ce passage est barré depuis « Debout ».)*

[Et] pendant qu'aux Tuileries les aides de camp se succédaient − et que M. Molé en train de faire un cabinet nouveau ne revenait pas, et que M. Thiers [après lui] tâchait d'en composer un autre et que le Roi chicanait, hésitait, puis ⟨[Il]⟩ donnait à Bugeaud le commandement ⟨général⟩ pour l'empêcher de s'en servir (...) par un seul [esprit] ⟨[seule volonté]⟩ ⟨bras⟩ s'organisait (...) barricades. D'ailleurs, la résistance (...) presque toutes les mairies, la Place des Victoires, les points stratégiques les plus sûrs. Les concessions et les promesses ne servaient plus. D'elle-même (...) rapide ⟨et⟩ on attaquait maintenant le Poste du Château d'eau (...) qui n'y étaient pas.

606 f⁰ 158 v⁰ *(antérieur au brouillon précédent ?)* : Le bruit d'une fusillade le tira ⟨brusquement⟩ de son sommeil. − et malgré les instances de Rosanette [qui ne voulâit pas rester seule et trouvait *(?)* des choses charmantes pour la matinée *(?)*] Frédéric [s'en alla] ⟨descendit dans la rue pour⟩ voir ce qui se passait [disant ⟨à Rosanette⟩ qu'il reviendrait] ⟨[promettant ⟨en jurant⟩ de revenir]⟩ [bientôt].

Les coups [de fusil] ⟨de feu [étaient]⟩ ⟨étant⟩ partis des Champs-Elysées, il se dirigeait [vers la Place de la Concorde] ⟨de ce côté-là⟩ mais ... ⟨un groupe⟩ des hommes *(sic)* ⟨farouches ⟨en blouse⟩⟩ lui [dirent] ⟨répondirent⟩ − «[non ⟨ de ce côté-là⟩ c'est fini] ⟨[rue St. *(? − sic)*]⟩ au Palais royal.» et il [s'engagea dans] ⟨suivit par⟩ la rue St-Honoré.

Les grilles de l'Assomption avaient été arrachées − plus loin deux pavés ⟨avec du sable⟩ au milieu de la rue, indiquaient un commencement de barricade − ⟨plus loin⟩ Des tessons de bouteille − des cercles de [fil de fer] ⟨fil de fer pour les cavaliers⟩.

⟨*(Marge :)* ⟨De la rue des Frondeurs débouche un⟩ jeune homme, gd mince pâle⟩ ⟨*(Marge − plus haut :)* [Emeutier]⟩ − en maillot de matelot. gde chevelure ⟨pantalon⟩ savates ⟨il tenait un⟩ fusil ⟨manière dont il court comme un coureur (« *athlète* » ?) antique⟩.

[Le mardi *(?)* l'insurrection avait grandi et s'était organisé ⟨pendant la nuit⟩. La foule populaire excitée par la promenade du chariot où il y avait des cadavres ⟨au National ⟨venant⟩ harangué par g − *(?)* Paqui − à la Réforme⟩] ⟨Ça avait l'air sérieux. − ⟨auvents⟩ boutiques fer-

mées ⟨-- aspect sombre. silencieux ⟨détonations.⟩⟩⟩ en
effet ⟨*(Marge :)* chariot ⟨qui avait ramassé ⟨parmi les ca-
valiers⟩⟩ - conduit par la main cinq cadavres *(sic)*. - bien
rangés deux prolétaires - debout l'un brandit une torche -
l'autre saisit de temps à autre un cadavre de façon à le
montrer ⟨dans ses bras rougis⟩ à la foule en [criant] ⟨on
crie⟩ «vengeance, vengeance». bᵈ déserts - National - rai-
sonné par G Paqui Réforme. Puis repart Bastille cela avait
enragé le peuple *(fin marge)*⟩.

et pendant qu'aux Tuileries ⟨les aides de camp se succédaient près du roi⟩ M. Molé tâchait de faire un ministère
- puis ⟨et ne revenant pas on envoyait chercher M.⟩
Thiers ⟨*(Marge :)* qu'on nommait le Mᵃˡ Bugeaud⟩.

[Ministère Thiers et Barrot ⟨chargés de former un cabi-
net⟩ Bugeaud, absurdité car il était impopulaire et détrui-
rait tout l'effort du ministère de conciliation - temps
perdu *- des cadavres - torches].

⟨*(Marge :)* MM. Passy et Dufour entreraient-ils au ministère - *en pourparlers avec Lamoricière, cousin de Mal-
leville ⟨ordres contradictoires⟩ et que le ministère qui devait être définitif était en train de s'organiser se prononçait
contre la reprise des hostilités - L'insurrection s'était orga-
nisée - [Le chariot *(relié par un trait à «[des cadavres -
torches]» supra) (fin marge)*⟩ [⟨s'arrête au⟩ National ⟨et G
Paqui⟩ le Réforme... Sociétés secrètes] ⟨*(Marge :)* ⟨impul-
sion miraculeuse de rue en rue de barricade en barricade⟩
des hommes vont de barricade en barricade. haranguent la
foule éloge fébrile *(fin marge)*⟩ tocsin - [barricades] ⟨phar-
macien⟩ ⟨d'autres frappent aux portes des maisons demandent des armes⟩ ⟨magasins d'armes de la rue St-Honoré
enlevé *(sic)* d'assaut [Tuileries] [barricades]⟩ - et dès le
matin furie de barricades ⟨Paris en est couvert. et une
furie de barricades⟩ les femmes y aidaient. encourageaient.

606 fᵒ 168 vᵒ : Les chefs de corps démoralisés crosses en
l'air.

[à 8 heures du matin le] ⟨Le⟩ peuple de gré ou de force
[s']était *(sic)* emparé de presque toutes les mairies, ⟨et⟩ de
cinq casernes. occupait tous les points stratégiques de l'intérieur. Porte St-Denys, - Place des Victoires pointe *(?)* St-
Eustache - [Des coups de fusil, à 9 h du matin dans la

rue de l'Échelle contre les appartements des enfants d'Or-
léans] ⟨à 9 h on avait tiré contre les enfants d'Orléans⟩.

[La fraternisation augmentait] – ça dépassait les prévisions.

Odillon Barrot (sic) hué à la Barricade Bonne Nouvelle.
⟨[turpitude – plus de concessions.]⟩ ⟨(Marge :) Pas de résistance sérieuse la Garde Nationale s'interposant entre les
combattants. Les engagements partiels avaient fini par le
désarmement et la fraternisation. L'ordre de suspendre le
feu acheva de décontenancer les soldats et il n'y eut qu'un
seul point qui défendît encore les Tuileries, le château
d'eau sur la Place du P. Royal – on croyait que [les émeu-
tiers]. 50 prisonniers – quand Frédéric y arriva. (sic – fin
marge)⟩

606 f⁰ 165 v⁰ : Les chefs de corps ⟨démoralisés⟩ faisaient
mettre ⟨à leurs hommes⟩ la crosse en l'air ⟨l'exemple gagnait les autres.⟩

Il était trop tard. [On ne voulait plus] ⟨[satisfait par]⟩
⟨L'ère⟩ des concessions ⟨(Marge :) On avait tiré sur les
enfants d'Orléans. L'ère des concessions ⟨était passée.⟩⟩
On n'écoutait plus rien – Odillon Barrot ⟨annonçant son
propre ministère⟩ ⟨venait d'être⟩ hué à la Barricade
Bonne-Nouvelle. La fraternisation augmentait. L'ordre de
suspendre le feu acheva de décontenancer les officiers et les
soldats – [et il n'y eut ensuite qu'un] ⟨un⟩ seul point
⟨restait⟩ qui défendît les abords des Tuileries. le poste du
château d'eau, [sur ⟨[dans]⟩ la Place du Palais-Royal] – [où
l'on croyait qu'il y avait détenus (?)] ⟨et l'on l'attaquait
pour délivrer⟩ cinquante prisonniers. Mais ils avaient été
relâchés – ⟨qui n'y étaient pas depuis le matin⟩ (sic – sans
ratures).

606 f⁰ 164 v⁰ : Le bruit d'une fusillade le tira ⟨brusque-
ment⟩ de son sommeil... et malgré les instances de Rosanette, Frédéric descendit dans la rue, curieux de voir ce
[qui se passait] ⟨qu'il y avait⟩.

Les coups de feu étant partis des Champs Elysées, il se
dirigeait de ce côté-là, quand ⟨[surgir (sic)]⟩ un [groupe]
⟨vingtaine⟩ d'hommes en blouse ⟨pass[aient] ⟨èrent⟩ devant
lui⟩ [l'air furieux] ⟨[lui]⟩ crient⟩ ⟨(Marge :) ⟨[d'un air] ⟨à

la fois⟩ d'autorité et de sympathie] ⟨d'une façon tout à la fois cordiale et impérieuse *(fin marge)*⟩⟩ [« au Palais] royal » *(sic)* ⟨« aux armes ! aux armes ! »⟩ et il les suivit.

[Les grilles de l'Assomption avaient été arrachées.] ⟨⟨on avait arraché les grilles ⟨[la cour]⟩ de l'⟩ Assomptio n ⟨ . ⟩ [n'avait plus de grilles]⟩ ⟨il remarqua⟩ plus loin [trois pavés [avec] un petit tas de sable], ⟨les pierres çà et là⟩ au milieu de la rue [indiquaient un] ⟨trois pavés et un petit tas de sable⟩ ⟨*(Marge :)* ⟨sans doute le⟩ commencement *(d'une) (fin marge)*⟩ barricade⟨.⟩ [Commencée et abandonnée.] [Il fut obligé de remonter sur le trottoir, à cause] ⟨[⟨puis⟩ on avait réuni *(?)*de place en place]⟩ ⟨des⟩ tessons de bouteilles ⟨[étaient répandus]⟩. *(sic)* – [plus loin] ⟨en une autre place⟩ des cercles de fil de fer pour embarrasser la cavalerie.

[De la rue des Frondeurs sortit] ⟨Tout à coup [d'une petite rue] ⟨[ruelle]⟩ près de lui sur le trottoir⟩ ⟨s'élança d'une ruelle⟩ un ⟨gd⟩ jeune homme ⟨pâle⟩ [gd] [mine ⟨et⟩ pâle.] [en] ⟨[et la poitrine serrée dans]⟩ ⟨en gilet de⟩ maillot *(sic)* [de matelot] ⟨grossier à pois de couleur nutête⟩ [gde chevelure bouclée ⟨noire⟩ ⟨flottant⟩ [savates de lisière] – fusil ⟨de munitions⟩ court ⟨savates⟩ *(sic)* en faisant de grandes enjambées. [Son air] ⟨[Nez crochu]⟩ Narines palpitantes ⟨les lèvres entrouv *(sic)*⟩, l'œil [ouvert] ⟨feu *(?)*⟩⟩ ⟨et attentif.⟩ [sinistre] ⟨mystérieux⟩ comme un fantôme alerte comme un tigre ⟨*(Marge :)* ⟨[nez crochu]⟩ à profil d'extatique [et dont] ⟨[dont les vêtements palpitaient]⟩ ⟨l'énorme⟩ la chevelure noire bouclée flottait ⟨[au vent]⟩ sur ses épaules. [vêtu pantalon ⟨de toile⟩ gris⟨e⟩] Il tenait un fusil de munitions ⟨à sa main⟩ [profil extatique] ⟨Une ceinture à la taille pour tenir⟩ [Il portait] un pantalon de toile grise et [un pied] ⟨pieds⟩ *(sic)* dans des savates de lisière il courait *(fin marge)*⟩ Tous les auvents de boutiques fermées – ⟨donnaient à la rue un⟩ aspect [sombre] ⟨insolite⟩ ⟨et⟩ ⟨désolé⟩ [vu que c'est en plein jour] – ⟨⟨Elle est⟩ complètement vide et dans le⟩ silence – détonations – [ça a l'air de devenir sérieux.]

⟨La veille⟩ En effet, [la veille au soir parmi les gens tombés sur le *(Boulevard des Capucines)* ⟨morts du Bd des Capucines⟩] ⟨[quelque temps après que Fr. et Ro étaient passés]⟩ ⟨[Une chose]⟩ ⟨un spectacle⟩ atroce [monté *(?)* par un] ⟨dû à quelque⟩ génie dramatique ⟨inconnu⟩ – ou hasard ⟨avait enragé le peuple⟩ [on avait relevé cinq cadavres,] – on les avait mis dans un chariot [conduit à la main] ⟨[que traînait un cheval blanc]⟩ ⟨contenant cinq cadavres relevés parmi ceux du Bd des Capucines s'était promené ⟨mis en marche⟩ *(sic)* jusqu'au milieu de la nuit ⟨dans les rues⟩⟩. [Deux prolétaires debout entre les brancards l'un brandissait une torche l'autre montrait] ⟨Ils étaient bien disposés un homme saisissait⟩ de temps à autres, dans ses bras rouges [un cadavre de] ⟨le corps d'une⟩ femme ⟨morte⟩, et le montrait au peuple ⟨à la lumière d'une torche⟩ il était éclairé par un autre qui portait une torche. *(sic)*.

606 f⁰ 160 v⁰ : un groupe grossissant de plus en plus, entourait le chariot en criant « vengeance » ⟨*(Marge :)* charrette traînée par un cheval blanc *(fin marge)*⟩ s'était présenté au National [à la Réforme avait parcouru]... ⟨*(Marge :)* Poissonnière – Cléry – Montmartre – Réforme les Halles J-J Rouss *(sic)* Tiquetone, Pavé St-Sauveur ⟨Bastille⟩ à 1 h 1/2 *(fin marge)*⟩ jusqu'à la Place de la Bastille. – [ce spectacle avait enragé le peuple] ⟨*(Marge :)* toujours recommençait⟩ ⟨et flammèches ⟨semblaient des gouttes de sang. dans l'air *(fin marge)*⟩⟩.

Et pendant [qu'aux Tuileries] ⟨qu'aux Tuileries⟩ les aides de camp se succédaient [près du Roi] ⟨[aux Tuileries]⟩ – ⟨[et]⟩ que M. Molé [tâchait ⟨[ayant mission]⟩ de faire un ministère] ⟨[qui avait à]⟩ ⟨qui devait⟩ ⟨composer un cabinet⟩ [et] ne revenait pas – et qu'on envoyait [chercher] ⟨quérir⟩ M. Thiers pour en [composer] ⟨faire⟩ un autre – [qu'on nommait le Mᵃˡ Bugeaud et qu'on [lui] l'empêchait d'agir] ⟨où [devaient entrer d'ailleurs] ⟨entreraient peut-être⟩⟩ MM. Passy et Dufour [y entreraient peut-être] ⟨[et qu'on était en] ⟨puis⟩⟩ pourparlers avec Lamoricière Cousin et ⟨Maleville⟩ [Louis de Malleville] ⟨et qu'on [nommait] ⟨donnait au⟩ le Mᵃˡ Bugeaud [le commandement]⟩ ⟨*(Marge :)* et que le roi chicanait [sur la dissolution de la chambre] ⟨hésitait⟩ choisissait Odill. Barrot. Remussat Duverg. ⟨de⟩ Hauran et donnait ⟨au Mᵃˡ Bugeaud⟩ le commandement pour l'empêcher bientôt ⟨d'agir⟩ [et] que tous les soutiens et conseillers de la monarchie perdaient le ⟨*fin marge*⟩⟩ temps [perdu] ⟨en⟩ hésitations ordres contradictions.

L'insurrection [s'était organisée] ⟨s'organisait⟩ ⟨formidablement – impulsion unique⟩. de rue en rue, [de barricade en barricade]. Des hommes ⟨surgis. d'une éloquence fébrile⟩ haranguaient ⟨le peuple⟩ [avec une éloquence fébrile]. d'autres sonnaient le tocsin ⟨à pleine volée⟩ le magasin d'armes de la rue St-Honoré ⟨était⟩ enlevé d'assaut. ⟨Les armuriers en donnaient⟩ On frappait *(aux)* portes des maisons pour en avoir d'autres ⟨on forçait les pharmaciens à faire de la poudre⟩. On fondait des balles, on faisait des cartouches ⟨on aiguisait le fer⟩ [on forçait les pharmaciens à faire de la poudre]. Les arbres des boulevards [tombaient sous les coups de hâche.] les vespasiennes, les bancs, les grilles, les balustrades, ⟨les becs de gaz⟩ tout (*« fut »* – *omis*) renversé, arraché. – et Paris se réveilla au milieu des ⟨tout couvert ⟨[d'un réseau de]⟩⟩ *(sic)* barricades – impossible de [donner] ⟨transmettre⟩ des ordres. ⟨*(Marge :)* géant ⟨dans une⟩ cotte de mailles *(fin marge)*⟩.

à huit heures le peuple, de gré ou de force, s'était emparé ⟨de cinq casernes⟩ de presque toutes les mairies [et de cinq casernes] et occupait [les points stratégiques de l'intérieur] porte St[Martin] ⟨[Denis]⟩ ⟨Martin⟩, Place des Victoires [Place] pointe *(?)* St-Eustache ⟨tous les points stratégiques de l'intérieur⟩. ⟨*(Marge :)* [l'ère des concessions était passée]⟩ *(fin marge)*. Pas de résistance du reste, car partout, la garde nationale s'interposait entre les combattants.

606 f⁰ 173 v⁰ : Le bruit d'une fusillade le tira ⟨[brusquement] ⟨brusquement⟩⟩ de son sommeil – et ⟨[Fr]⟩ malgré les instances ⟨[supplications]⟩ de Rosanette. *(sic)* Frédéric [descendit dans la rue, curieux ⟨impatient⟩ de voir ce qu'il y avait ⟨ce qui s'y passait⟩] ⟨[voulut la quitter ⟨s'en aller⟩ pour voir *(?)*]⟩ ⟨[voulut allez pour voir *(?)*]⟩ *(sic)*.

[Les coups de feu étant partis des Champs-Elysées, il se dirigeait de ce côté-là ⟨il s'y rendait⟩] ⟨*(Marge :)* Il descendit vers [les Champs Elysées *(?)*] ⟨la Place de la Concorde⟩ d'où les coups de feu étaient partis *(fin marge)*⟩ ⟨mais⟩ ⟨au coin de la rue St-Honoré⟩ [une vingtaine d'] ⟨des⟩ hommes [en blouse passèrent devant lui] ⟨[le croisa]⟩ ⟨en blouse [le croisèrent] ⟨passèrent⟩⟩ en ⟨[lui]⟩ criant d'une façon [tout] à la fois cordiale et impérieuse «[aux armes, aux armes] ⟨non pas par là [c'est fini]⟩» [il les suivit, entraîné] ⟨(*Marge :*) [et comme subjugué par la contagion] (*fin marge*)⟩ ⟨il se mit à marcher derrière eux⟩.

[On avait arraché] les grilles de l'Assomption ⟨étaient arrachées⟩ [et les pierres étaient disjointes] ⟨et les pierres du parapet ⟨[mur d'appui]⟩ étaient disjointes⟩ [Il remarqua] ⟨Il remarqua⟩ plus loin, au milieu de la rue ⟨voie⟩ (*sic*) ⟨[il y avait]⟩ [et] ⟨sur⟩ un [petit] tas de sable [sans doute] le commencement d'une barricade ⟨sans doute⟩ − puis ⟨[ailleurs]⟩ des tessons de bouteilles − [en] ⟨[et]⟩ à autre place (*sic*) des cercles de fil de fer, pour embarrasser la cavalerie.

... (*sic*)

⟨Quand près de lui⟩ tout à coup [près de lui,] ⟨[près de lui]⟩ s'élança d'une ruelle, un gd jeune homme pâle [et] dont [l'abondante ⟨[la longue]⟩ chevelure] ⟨les cheveux ⟨[noirs]⟩ ⟨noirs⟩⟩ [chevelure ⟨(*1 mot illisible*)⟩] flottaient [au vent] ⟨au vent⟩ sur [les] ⟨ses⟩ épaules, prises dans un [gilet de tricot (?)] ⟨espèce de maillot⟩ à pois de couleur. Il tenait ⟨[balançait]⟩ un ⟨long⟩ fusil de munition ⟨soldat⟩, et ⟨(*Marge :*) les narines palpitantes, les lèvres entr'ouvertes ⟨la bouche entr'ouverte ⟨[les bras ballants (?)]⟩⟩ les narines frémissantes, l'œil fixe (*fin marge*)⟩ [ses] pieds ⟨nus⟩ dans des savates [les narines palpitantes la bouche entr'ouverte] [l'œil fixe] [il avançait ⟨[d'un pas léger]⟩ ou plutôt mystérieux] [conduisant (*2 mots illisibles*)] ⟨[l'air endormi («illuminé»?)]⟩ ⟨courant sur la pointe de ses [savates] ⟨pantoufles⟩ avec l'air d'un somnambule et⟩ [léger] ⟨leste⟩ comme un tigre.

[Tous les auvents] ⟨Toutes les devantures⟩ des boutiques [fermés] ⟨entièrement closes⟩ donnaient à la rue un aspect [inhabituel] ⟨extraordinaire⟩ et désolé ⟨funèbre⟩ (*sic*)... − [elle était complètement vide et dans le silence − on entendait des] ⟨on n'entendait [dans la rue de temps à autres] par intervalles⟩ ⟨une⟩ détonation [prolongée] (*sic*) ⟨crépitation prolongée puis le silence recommençait.⟩

(Le passage qui suit est encore plus embrouillé que celui qui précède.)

La veille [en effet] ⟨au soir⟩ un⟨atroce ⟨horrible⟩⟩ (sic)
spectacle [atroce] [dû à quelque génie dramatique] avait
enragé le peuple. Un chariot contenant cinq cadavres [relevés] ⟨recueillis⟩ parmi ceux du⟨[sur *(?)*]⟩ boulevard des
Capucines et disposés artistement ⟨dramat *(sic)*⟩ ⟨de manière à laisser voir leurs blessures⟩ ⟨visages⟩ *(sic)* [s'était
présenté *(?)*]... s'était promené [jusqu'au milieu de la nuit]
⟨*(Marge :)* [cheval] ⟨la bride⟩ conduit [traîné] *(par)* ⟨la
bride⟩ *(sic)* par [un prolétaire] ⟨un cheval blanc les traînait⟩ [et se tenant debout à l'avant] sur les brancards un
homme debout les bras retournés *(sic)* jusqu'aux coudes
ten*(ant)* une torche *(fin marge)*⟩ [Un prolétaire saisissait de
temps à autre] ⟨[Deux hommes — un armé d'une torche]
⟨[à l'avant debout] sur les brancards armé d'une torche⟩⟩
⟨et un autre par derrière [montrant au peuple] ⟨faisait à la
foule *(sic)*⟩ les morts égorgés⟩ le corps d'une femme
morte. ⟨De temps à autres⟩ il la saisissait dans ses bras
rouges et criait [vengeance] ⟨[et la montrait au peuple]⟩.

606 f⁰ 174 v⁰ : [Celui qui avait la torche l'éclairait] : et les
flammèches ⟨de la torche ⟨*(1 mot illisible)*⟩⟩ emportées par
le vent⟩ semblaient des gouttes de sang ⟨,⟩ [dans l'air]
⟨dans l'air⟩ ⟨*(Marge :)* s'épandaient *(?)* dans l'air *(fin
marge)*⟩ — un [groupe] ⟨[foule]⟩ ⟨groupe *(?)*⟩ de plus en
plus [gros] ⟨nombreux⟩ [entourait la charrette en criant]
⟨hurlait⟩ « vengeance » ⟨*(Marge :)* on égorge voilà. regardez. aux armes. [aux armes] *(fin marge)*.⟩ ⟨ *(Marge :)* [suivait] ⟨et excitaient⟩ la charrette qui [continuait] ⟨reprenait⟩ sa route, ⟨en laissant ⟨*(« derrière » — omis)*⟩ une traînée rouge. *(fin marge)*.⟩ [Il] ⟨le cortège⟩ s'était présenté
d'abord au National — [puis] ⟨[il] avait traversé *(?)*⟩ rue
Poissonnière, rue Montmartre — ⟨s'était arrêté⟩ Réforme
(sic) ⟨un moment *(?)* traversé⟩ les Halles, rue J.J. Rousseau ; Ticquetone ⟨*(Marge :)* tout le marais *(fin marge)*⟩ [la
Bastille] ⟨la Bastille⟩ ⟨*(Marge :)* elle s'arrêtait... *(fin
marge)*⟩ toujours [il recommençait]... ⟨l'exhibition... —⟩
(sic).

Et pendant qu'aux Tuileries, les aides de camp se succédaient — et que M. Molé [qui devait] ⟨en mission pr.⟩
composer un cabinet [nouveau] ⟨[nouveau]⟩ — et qu'on
envoyait [quérir] ⟨[chercher *(?)*]⟩ M. Thiers [pr.] ⟨[afin

d'en]⟩ ⟨[qui tâcherait]⟩ d'en avoir un autre, où entreraient
⟨peut-être⟩ MM. Dufaure et Passy à moins [qu'on se déci-
dât pr.] ⟨que ce ne fussent MM.⟩ Lamoricière et Cousin et
que le roi chicanait ⟨[puis]⟩ ⟨puis⟩ hésitait [puis décidant
enfin pr. Odillon Barrot et Remusat] et [nommant] ⟨[en
donnant enfin au général Bugeaud]⟩ *(sic)* le commandement [général *(?)*] ⟨suprême⟩ ⟨général⟩ *(sic)* pr. l'empêcher [bientôt] ⟨un peu plus tard⟩ d'agir et que les [sou-
tiens de la monarchie] ⟨[conseillers *(?)*]⟩ ⟨[ministres et
officiers]⟩les gens d'expérience, les bonnes têtes ⟨tous⟩ perdaient le temps [en hésitations] ⟨[en conseils]⟩ ⟨en verbia-
ges⟩ ⟨*(Marge :)* [combinaisons inutiles] *(fin marge)*⟩, en
contr'ordres, L'insurrection ⟨[comme sortant d'une unique]
⟨produite par une seule⟩ volonté⟩ s'organisait formidablement. − [Comme par *(1 mot illisible)*, une impulsion unique, elle se propageait.] Des hommes [inconnus] ⟨avaient⟩
surgis *(sic)* [tout à coup] d'une éloquence fébrile haranguaient le peuple ⟨au coin des rues⟩. D'autres [introduits]
dans [l'] ⟨les⟩ église, sonnaient le tocsin à pleine volée. Le
magasin d'armes [de la rue St-Honoré était emporté] ⟨on
avait emporté ⟨pris d'assaut⟩⟩ un magasin d'armes. [Les
armuriers en donnaient]. On frappait aux portes [des mai-
sons] ⟨[magasins]⟩ ⟨de maisons⟩ pr. en avoir. ⟨des armes⟩.
On forçait les pharmaciens à faire de la poudre. On fondait des balles. On roulait ⟨faisait⟩ les cartouches. On
aiguisait [tout ce qui était en fer] ⟨des morceaux de fer⟩.
[à coups de hâche] ⟨les arbres du boulevard⟩ ⟨[tout était
abattu à coups de hâche]⟩ − les vespasiennes, les bancs,
[les grilles] ⟨les grilles⟩ les balustrades, les becs de gaz.

606 f⁰ 169 : tout fut [renversé] ⟨abattu [tout]⟩ arraché
⟨[tordu]⟩ ⟨renversé⟩ pour [faire] ⟨constr *(sic)*⟩ des barrica-
des⟩ − [et comme un gentilhomme *(?)* en cotte de mailles,
Paris se réveilla tout couvert de barricades] ⟨*(Marge :)*
Paris ⟨le matin⟩ en était couvert [la force des armes] de
barricades [on en fit d'autres encore]⟩ ⟨Des cohortes
⟨bandes⟩ armées arrivaient ⟨[march. *sic*)]⟩ de partout vers
les Tuileries *(fin marge)*⟩⟩.

[Silence] à huit heures ⟨[du matin]⟩ le peuple, de gré ou
de force, s'était emparé de cinq casernes, de presque toutes
les mairies, et occupait ⟨il arrivait⟩ la Porte St-Martin, la

Place des Victoires, la pointe St-Eustache, les points stratégiques de [la Capitale] ⟨l'intérieur⟩... – [Peu de résistance
– fraternisation *(?)*] et partout la garde nationale s'interposait entre les combattants. Les chefs de corps ⟨[enfin]...
[officiers *(?)*]⟩ démoralisés faisaient mettre à leurs hommes
la crosse en l'air – [et l'] ⟨cet⟩ exemple [se prop *(sic)*]
⟨[gagna les autres]⟩ ⟨gagna *(des)* détachements nouveaux⟩
⟨rebondit *(?)* ailleurs *(?)*⟩ ⟨[partout]⟩ [la fraternisation
augmentait.] On n'écoutait plus rien. Il était trop tard. Le
moment des concessions était passé. On avait tiré sur les
fenêtres des enfants d'Orléans ⟨au bazar bonne nouvelle
[on avait hué tout à l'heure] on avait hué⟩ Odillon Barrot
annonçant son propre ministère [venait d'être hué à la barricade ⟨bazar⟩ *(sic)* Bonne Nouvelle. La fraternisation aug-
mentait] ⟨Mais – trop tard – plus de concession⟩ l'ordre
de suspendre le feu acheva [la démoralisation] ⟨déconenanc
(sic)⟩ [de] la troupe. ⟨*(Marge :)* [de tous les points]... des
cohortes armées se dirigaient vers ⟨marchaient sur⟩ les
Tuileries *(fin marge)*⟩ [Un seul point restait ⟨Il ne restait
plus comme *(sic)*⟩ qui défendît les abords des] ⟨les abords
(des) Tuileries ⟨n'étaient⟩ [plus] défendus que *(par)* le
poste du Château d'eau [que l'on] [et on *(sic)*] l'attaquait
pour délivrer ⟨afin de délivrer⟩ cinquante prisonniers –
qui n'y [étaient plus depuis le matin] ⟨étaient pas⟩

*(Voici, pour terminer, deux passages (607 f° 3 & f° 5) qui
semblent avoir bénéficié d'une élaboration à part.)*

607 f° 3 : [les mairies *(1 mot illisible)* ⟨les boulevards⟩] ⟨St-
Denys, St-Martin [pour se diriger sur] ⟨pour atteindre⟩⟩ la
Bastille – [et à chaque station l'exhibition recommençait.
les vociférations les sanglots recommençaient.] ⟨⟨le claquement des⟩ les roues [claquaient] sur le pavé ⟨[ré] ⟨et⟩
sonnait comme un sanglot⟩ les têtes, les membres s'entrechoquaient, cela dura longtemps jusqu'au milieu de la
nuit.⟩

Et pendant qu'aux Tuileries les aides de camp se succédaient ⟨[dans les antichambres]⟩. – et que M. Molé [en
mission pr. composer] ⟨en train de faire *(« réunir » ?)* un
cabinet nouveau ne revenait pas et [qu'on envoyait quérir
Mr Thiers pour en combiner un autre *(?)*] ⟨que M. Thiers

après lui tâchait *(marge :)* d'en former ⟨combiner⟩ un autre qui devait composer [et qu'on parlait] *(fin marge)*⟩ où entreraient peut-être MM. [les] Dufaure et Passy, à moins que ce ne fussent MM. [Lamoricière] ⟨Favre de *(1 mot illisible « Églantine » ?)*⟩ et Cousin, et que le roi chicanait, hésitait puis donnait à Bugeaud le commandement général [pour l'empêcher un peu plus tard] ⟨et lui défendait⟩ de s'en servir, et [les courtiers du trône, les gens d'expérience, les fortes *(« hautes » ?)* têtes ⟨les hommes positifs⟩ ⟨les *(1 mot illisible)*⟩] ⟨et qu'enfin tous les conseillers du Pouvoir⟩ perdaient le temps en verbiage [en *(1 mot illisible)* et en entretiens *(?)*] L'insurrection [comme produite par une seule volonté] ⟨comme [émanant d'une seule volonté] ⟨dirigée par un seul bras⟩⟩ s'organisait formidablement. Des hommes [avaient surgi] d'une éloquence frénétique, haranguaient [le peuple] ⟨la foule⟩ au coin des rues. D'autres dans les églises, sonnaient le tocsin à pleine volée on [frappait aux] ⟨[enfonçait les]⟩ ⟨frappait aux⟩ portes des maisons pr. avoir des armes, on fondait des balles, on faisait des cartouches on aiguisait des morceaux de fer. Les arbres des boulevards, les vespasiennes, les bancs, les grilles, [les balustrades,] les becs de gaz ⟨tout⟩ fut arraché, renversé. Paris le matin était couvert de barricades [et à huit heures,] ⟨⟨[Du reste]⟨⟨et⟩ D'ailleurs⟩⟩ La résistance ne dura [guère] ⟨pas longtemps⟩⟩ ⟨[Car *(?)*]⟩ Partout la garde nationale s'interposait [entre les combattants] les [chefs des troupes *(?)* démoralisés] ⟨officiers ahuris⟩ [faisaient mettre] ⟨ordonnaient⟩ à leurs soldats ⟨*(de)* mettre⟩ la crosse en l'air et les détachements nouveaux ⟨troupes nouvelles⟩ *(sic)* qu'on envoyait ⟨gagnés par cet exemple⟩ s'en retournaient si bien [qu'avant huit heures ⟨qu'à huit heures⟩ de gré ou de force ⟨le peuple⟩ s'était emparé de] ⟨le peuple possédait de gré ou de force⟩ cinq casernes, presque ⟨environ⟩ *(sic)* toutes les mairies *(Flaubert écrit « maisons »)* [la porte St-Martin, la Place des Victoires, la pointe *(Flaubert écrit « les points »)* St-Eustache] ⟨la place des Victoires, St-Eustache⟩ les points stratégiques [de l'extérieur] ⟨[de l'intérieur *(?)*]⟩ ⟨les plus sûrs⟩ [Des bandes armées arrivaient de partout] ⟨*(Marge :)* ⟨pr. renverser le pouvoir⟩ ⟨pr. en finir⟩⟩ Devant le bazar Bonne-Nouvelle on avait [hué] ⟨raillé *(?)*⟩ Tout à l'heure

⟨Mons.⟩ Odillon Barrot. [On ne demandait] ⟨[on ne fai-
sait]⟩ ⟨[(*2 mots illisibles*)]⟩ [plus rien ou pas assez de]
⟨les⟩ concessions ⟨et les personnes ne servaient plus⟩ [la
monarchie ⟨de 1830⟩ s'en allait *(?)*] ⟨se fondait⟩ *(sic)*
⟨(*Marge :*) ⟨et⟩ sans secousse, d'elle-même ⟨[fatalement]⟩
(*fin marge*)⟩ ⟨la monarchie de 1830 se fondait⟩ dans une
dissolution rapide. [L'ordre de suspendre le feu acheva de
décontenancer les soldats] [Les abords des Tuileries
n'étaient plus défendus ⟨maintenant⟩ que par le poste du
château d'Eau] ⟨Les bandes ⟨armées⟩ nouvelles [arrivaient]
⟨se pressaient vers les Tuileries⟩⟩ – et on [s'] attaquait
⟨⟨maintenant⟩ *le poste du château d'eau*⟩ *(lapsus)* pour
délivrer cinquante prisonniers – qui n'y étaient [pas]
⟨[plus]⟩ ⟨pas⟩ –

607 f° 5 : [Le claquement des roues sur le pavé résonnait
comme un sanglot, les membres et les têtes s'entrechoquaient. l'exhibition se prolongea jusqu'au milieu de la
nuit.]

[Et pendant] *(sic)* qu'aux Tuileries les aides de camp se
succédaient – et que M. Molé (...) M. Thiers, [pr. lui]
tâchait (...) puis ⟨[Il]⟩ donnait ⟨[enfin]⟩ à Bugeaud le
commandement ⟨général⟩ pour l'empêcher (...) par un
seul [effort *(?)*] ⟨[seule volonté]⟩ ⟨bras⟩ s'organisait (...) le
peuple de gré ou de force possédait cinq casernes, presque
toutes les mairies, la Place des Victoires, les points stratégiques les plus sûrs. Les concessions, les personnes ne servaient plus. D'elle-même, sans secousses, la monarchie (...)
rapide. ⟨et⟩ On attaquait maintenant le Poste du château
d'eau pr. délivrer cinquante prisonniers qui n'y étaient pas.

APPENDICE II

LES SCÉNARIOS
DE « L'ÉDUCATION SENTIMENTALE »

Premier stade de l'élaboration du roman, les scénarios de *l'Éducation* présentent un intérêt tout particulier. C'est pourquoi j'ai jugé utile d'en reproduire un certain nombre ici, et de les commenter.

Ces scénarios sont groupés en partie dans le dernier volume des manuscrits (N.A.F. 17611). Comme Flaubert utilisait le recto et le verso de ses feuillets à des fins très diverses, d'autres scénarios se trouvent dispersés en maints endroits des autres volumes. D'autre part, le simple relevé des scénarios montre que nous sommes loin d'en posséder un jeu complet. D'où l'impossibilité d'en donner ici un échantillonnage *représentatif*.

D'où, en outre l'impossibilité de définir avec précision la *notion* de scénario. Je laisse aux théoriciens le soin de nous éclairer là-dessus ! Cela d'autant plus que ces plans schématiques détaillés, qui ont pour caractéristique générale d'être, la plupart du temps, écrits au présent, ont un statut et une fonction très divers. En effet, comme on verra, ils vont du simple résumé au plan détaillé d'un court épisode. Ils représentent des couches diverses et des degrés d'ancienneté variable. Ils se chevauchent, se répètent et possèdent rarement la même densité de substance ou la même portée temporelle.

Il n'est pas question de reprendre ici les remarques sur la genèse de l'œuvre élaborées au cours de la Préface (voir p.

XXXIX à XL). Tout au plus peut-on chercher à les compléter par l'analyse des scénarios les plus significatifs. J'ai été
orienté dans mon choix tout à la fois par le désir de présenter
des textes variés et par la nécessité d'en reproduire qui soient
lisibles. En même temps, j'ai voulu approfondir surtout notre
connaissance des temps forts de l'œuvre : le début, les courses au Champs de Mars, la dernière entrevue... Certains scénarios, reproduits ici, permettront d'autre part de contextuali-
ser des citations reproduites dans les Notes.

Pas plus que les autres brouillons, les scénarios ne permettent d'éclairer la « face cachée » du roman. Comme ailleurs, il
s'agit, même en ce qui concerne les plus anciens, les plus
« autobiographiques » (ceux par exemple reproduits dans le
livre de Marie-Jeanne Durry), d'un *simple stade* dans l'élaboration de la pensée romanesque de Flaubert. Même les éléments retenus sont, dans la version définitive, valorisés autrement, car il est souvent difficile de savoir si tel ou tel fait est
noté ici à cause de son importance ou tout simplement parce
que Flaubert a peur de l'oublier (les plus importants étant
déjà solidement ancrés dans sa mémoire...).

En premier lieu, les scénarios permettent de cerner la
réflexion stratégique que l'élaboration du roman a occasion-
née. Flaubert y cherche avant tout à préciser et à renforcer
l'articulation et l'enchaînement des faits. De là (Scénario VII
p. 634) [1] le renvoi aux « cancans de Cisy » pour expliquer les
déboires de Frédéric. De là également les passages soulignés
pour indiquer les moments forts auxquels se rapportent ce
qui précède et ce qui suit. Flaubert semble préoccupé pour
des raisons similaires par l'équilibre de son texte : « à l'avant
(...) à l'arrière » (Scénario I) ; « Mme Arnoux lui fait part (...)
la Maréchale lui confie » (Scénario IV). Dans ce tavail, l'importance des parallèles et des contrastes est indéniable. Le
caractère spécifique de Frédéric et de Deslauriers résulte largement de la manière dont ils sont opposés l'un à l'autre (Scénarios I p. 615 et II p. 620)

---

1. Ces chiffres renvoient aux Scénarios que nous reproduisons à la suite
de la présente introduction.

D'autres stratégies sont bien plus explicites : « le petit coffret d'argent *déjà connu. Le décrire minutieusement.* » (Scénario XV p. 644). Flaubert se donne de fréquentes indications narratives : « Montrer cependant que M. Dambreuse ne lui en veut pas » ; « lui donner tort, expliquer pourquoi » (Scénario VII p. 634 et ibid). Par ailleurs, il se demande « comment » expliquer tel fait, ou bien note la nécessité de « rattacher » tel élément à tel autre (Scénario IV p. 625). C'est, qu'il s'agisse de mises en parallèle ou d'explications juridiques (voir Scénario XV p. 644), la constante nécessité de fonder son texte sur une inébranlable logique. Afin de montrer jusqu'où peut aller ce souci d'exactitude, je me suis permis de reproduire un scénario qui, au sens strict du terme, n'en est pas un : c'est le Scénario VI où Flaubert emmagasine toutes sortes de renseignements se rapportant à l'année 1847 et qui, investis ponctuellement dans son manuscrit, étofferont la « réalité » physique de ses personnages et les petits faits politiques où ils évoluent.

Les scénarios sont le lieu d'autres préoccupations. Ainsi, le résumé général que contitue le Scénario I indique, pour les deuxième et troisième parties du roman, la portée des épisodes qui y figurent. De même, dans le Scénario V p. 628, Flaubert indique clairement la manière dont s'articulent les thèmes de *l'Éducation* : « l'ambition de l'argent succède à celle du sentiment. » Dans le Scénario II p. 620, Flaubert souligne clairement le thème de l'échec.

A côté de ces brèves notations, on trouve parfois des analyses plus détaillées : le Scénario IV, par exemple, montre Frédéric tiraillé entre Madame Arnoux et Rosanette. Il s'agit d'un développement dont la longueur correspond bien à celle de la version définitive.

En même temps, nous assistons à la mise en place des grands thèmes du roman : histoire, religion, sentimentalité, etc. Les habitués du Club de l'Intelligence ont, de ce fait, des « figures extatiques de catéchumènes » (Scénario VIII p. 635). Dimension religieuse de l'Histoire que complète par ailleurs l'obsession de sa dimension temporelle (Scénarios III, IV, XI, XVI).

Ce sont là des constantes des scénarios. Les mouvements

divers de ceux-ci connaissent des qualifications semblables. Témoin la grande colère de Frédéric, chez les Dambreuse : Frédéric est « devenu tout à coup républicain » (Scénario VII p. 634).

Sentimentalité, « retours prolixes sur le passé » : vue sous cet angle, l'Histoire prend facilement une coloration pseudo-littéraire. La pensée historique de Flaubert, dans les scénarios, est toute proche de sa pensée psychologique : « Madame Moreau (*sic*) rentre dans le type de la littérature de l'époque », « influence de Byron », etc (Scénario II p. 619 et p. 620). De telles observations sont bien plus fréquentes et bien plus significatives que la manière ironique dont Pellerin est caractérisé au moment de l'épisode du portrait : « désintéressement des artistes » (Scénario V p. 630).

Flaubert, on le voit, cherche continuellement à *classer* ses personnages et les événements auxquels ils sont mêlés. Il a en même temps le souci de réaliser des effets de groupes – on pense notamment à la pyramide de femmes au bal de Rosanette (Scénario III p. 623). De façon plus constante, Flaubert se préoccupe de placer ses personnages dans un décor lumineux tout spécifique : la séduction de Madame Dambreuse, la vente Arnoux, les promenades en forêt ont chacune leur tonalité particulière (Scénarios I, XI, XV).

Les scénarios nous permettent ainsi d'assister à la lente élaboration des thèmes et des motifs. Tout n'est pas progression constante, cependant. Flaubert, en même temps, tâtonne. Le Scénario I, entre autres, montre que le découpage en chapitres évolue sensiblement. Les jeux de chiffres et de lettres à l'intérieur de bon nombre de scénarios attestent éloquemment les changements d'ordre et les ajouts. Ainsi, les activités professionnelles d'Arnoux sont évoquées bien plus tôt dans la version définitive que dans le Scénario II. De même, la faillite et le départ des Arnoux se placent, dans le Scénario I, *avant* la mort de Dambreuse (ce qui atténue sensiblement la débâcle à laquelle le texte définitif nous fait assister).

Il en est de même des noms : noms de rues, de lieux, de personnes, connaissent parfois une évolution sensible, et ceci dès les scénarios. Ce qui est plus frappant encore, c'est la manière dont le statut de certains personnages change : Martinon est brièvement responsable de l'acquittement d'Arnoux (Scénario V p. 630) ; Dambreuse et Rosanette semblent également, un instant, responsables de sa faillite (Scénario XIV p. 642). Plus frappante encore est l'évolution de certains rôles : Arnoux commanditaire du portrait de Rosanette (Scénario IV p. 626) ; une atrocité anonyme sera commise dans le texte définitif par le père Roque (Scénario X p. 638).

D'autres modifications portent sur la précision variable des détails : tel objet deviendra plus tard un... coffret[1], tel équipage à quatre chevaux un landau (Scénario V) – de même, le duel, à peine évoqué dans le Scénario V, connaîtra un large développement dans le texte définitif. C'est tout l'inverse du mariage de Mademoiselle Arnoux (ou de Frédéric !) dont le texte final (et pour cause) ne porte aucune trace. Comme pour les allusions à la Révolution industrielle (« solennité de la nouvelle invention » – Scénario II p. 619), il s'agit de la part de Flaubert de *spéculations* qui auraient bien troublé la cohérence de la version définitive.

Une introduction, si schématique fût-elle, serait incomplète si elle n'évoquait pas cette dimension essentielle de toute œuvre flaubertienne : l'écriture. Or, de façon générale, les scénarios produisent sur le matériau qu'ils véhiculent un effet d'aplatissement, d'enchaînement un peu simpliste. Le point de vue, la focalisation, comme tout le reste, est stable, constant. En somme, les scénarios montrent combien, au départ, Flaubert est près du Réalisme – et combien l'écriture subséquente l'en éloigne.

Cela étant dit, même en ce qui concerne l'écriture, les scénarios tantôt se rapprochent de l'élaboration scripturale, tantôt s'en éloignent. Les marges, par exemple, comme je l'ai dit dans ma Préface, constituent un point de jonction particulièrement fertile. C'est ici (quoique non point exclusivement) que Flaubert élabore les bribes de dialogue qui constituent l'un des éléments essentiels du texte final. A ce stade d'élaboration, Flaubert est à l'affût de phrases toutes faites, de formules et, bien sûr, d'idées reçues.

---

1. Dans un scénario que je ne reproduis pas ici.

De toute évidence donc, les scénarios constituent le premier maillon d'un processus *continu* qui aboutira au texte définitif. Ces bribes de phrases, que je viens d'évoquer, s'inséreront plus tard dans une substance scripturale plus étendue, dans un réseau sémantique et sonore, fusion spécifique du signe et de l'idée. Celle-ci est déjà en germe dans les scénarios, témoin la manière dont Flaubert tourne autour de mots tels que « vision » (Scénario I p. 615), « éblouissement et stupéfaction » (Scénario II p. 619) – il en sortira le « Ce fut comme une apparition » qui marquera l'un des pivots essentiels de l'œuvre.

Plus significatif encore est le processus qui consiste à marquer le rythme des phrases avant même que la substance n'en soit pleinement élaborée. Ainsi, Frédéric rêvant devant le cadavre de Dambreuse : « il fera ceci, cela... voyages.. collections... réceptions, chevaux, etc. ». De même, lors de l'enterrement du banquier : « Discours sur la tombe au nom de X, de X, de X... » (Scénarios XII et XIII). Mais, bien sûr, l'exemple le plus émouvant, c'est le « il... il... il... » qui indique l'articulation future de l'avant-dernier chapitre (Scénario XVI p. 645). Les scénarios nous font assister ici à l'élaboration d'une des plus belles pages de toute la littérature française.

N.B. Pour les abréviations utilisées dans la transcription des scénarios, voir p.XV et XVI.

APPENDICE II : LES SCÉNARIOS

SCÉNARIO I

511 f° 105 r° : Résumé primitif.
  I

I *Sur le bateau de Montereau* – M. et Mme. – vision.

II Deslauriers et Fr. [parallèle. le père Desr [1]. la mère de Fr.] ⟨procédés (?) communs en quoi ils diffèrent et en quoi ils se ressemblent. le père Desr. la mère de Fr.⟩.

III va à Paris. ⟨visite chez M. D.⟩ isolement la cherche vaguement. [M.] Cisy. Dussardier. – émeute à l'école. – Martinon – Hussonnet.
Soirée chez Mme Arn – le bureau des arts réunis Deslauriers arrive

IV Vie à deux. – réunions hebdomadaires. les amis. leurs (?) dissentiments. gd. amour. elle est l'idéal Contraste de l'existence de Desl. – ⟨retour un soir d'été⟩ un [dissentiment] ⟨chagrin⟩ [dans le ménage] m'aimerait-elle ? elle s'absente – tous casés. – rencontre de [M.] ⟨Mme⟩ Dambreuse. ⟨regret de tout⟩ – il faut parler – fixé (?) à Nogent

V trois ans de mélancolie – adieu aux rêves – la petite Desr. – hérite – s'en va. mouvement de la petite Desr.

---

1. Desr. : Desroches, nom primitif du père Roque. Plus bas « la M^le » : abréviation de la Maréchale. « Mlle Math. » désigne celle qui sera dans le texte final la Vatnaz.

II

⟨la lutte
[historien] – gandin (sic)
ouvrages sérieux
expérience du monde.⟩

I Retour – cherche les Arnoux, ⟨intérieur modeste⟩ désillusion. [il s'en console] ⟨Bal chez la M^le⟩

II [Déjeuner les amis]. Visite à la M^le. Visite à Mme Arn.
⟨les fréquente simultanément⟩ – déjeuner chez lui
[il les fréquente simultanément – et] n'avance auprès d'aucune. – ça l'arrête le portrait de Pellerin pr. la M^le. –
Sénécal pr. Mme Arn. – qque espoir ⟨des deux côtés⟩ Bal
chez Dambr. – ⟨Mme ne lui fait⟩ pas d'effet

⟨[III pr. plaire à la M^le]⟩ travaille au Cachemire ⟨conseille
Arnoud (sic)⟩ [et espère être l'amant de la M^le] – est dupe.
– gde querelle conjugale ⟨renseign. sur Arnoux⟩

[IV] [une grande querelle lui donne espoir] ⟨Fr.⟩

⟨III⟩ est assidu [près de Mme] ⟨dans la maison⟩ – prête de
l'argent, lâche ses amis. tentative vaine près de Mme Arn.
visite à la fabrique

[IV] *Course à la Marche*. Mme Arn. [insultée] Mme D. –
Cisy – humilié près de la M^le. ⟨et par elle. [veut être
riche]⟩

[V] [Les Dambreuse. se compromet pr. Arn. ⟨esclandre dans
un dîner⟩] *duel* avec M. de Cisy. [est mis à la porte]
s'aperçoit qu'Arn. l'a floué. ⟨tous ses amis se sont écartés
par sa faute⟩ retourne à Nogent ⟨[il est puni de ses passions non satisfaites et de ses idées généreuses]⟩

⟨IV⟩ Projets de mariage avec la petite Desr –

[VI] promenade au bord de l'eau – tentative de Desl.

⟨V⟩ Revient à Paris revoit Mme Arn. aveu – adultère am-
[VII]   biant ⟨petit jardinet d'Auteuil⟩ – rendez-vous manqué baise la M^le

III ⟨l'Expérience⟩

I 48. M. Dambreuse vient demander sa protection – les amis

⟨et les partis (bêtises des républicains)⟩ – jaloux d'Arn. a envie de le tuer emmène la M^le à Fontainebleau
lune de miel. – émeute de juin. ⟨(férocité des bourgeois)⟩ Mlle D. fait venir son père à Paris.

[II Dîner chez les Dambreuse. M. d'Amb. Mme Arn. Mlle Desr. – ennui (?) M. D. – Mme Arn. convaincue qu'il est l'am. de la M^le

III s'en retourne chez M. Arn. le ramène – M. Arn. dénigre – il n'y revient plus
se détache de la M^le et fréquente Mme D. la vulgarité (?) de la M^le augmente il baise Mme D. – devient politique et envoie Deslauriers à Nogent.]

611 f° 107 r°

[IV Anniversaire chez Mme d'Arn (sic) – irruption de la M^le

V grossesse accouchement embêtement de la lorette et de la femme du Monde

VI faillite d'Arn. – [offre] donne de l'argent. – Mme Arn. s'en va

VII Mort de M. D. projets de mariage. – mariage de la M^le – sa vente – on se fâche – pense à Mlle D. mais elle est mariée avec Deslauriers – coup d'État

VII (sic) réapparition de Mme Arn

IX résumé de tous les personnages dans un dialogue avec Deslauriers
apaisement final et regret de la jeunesse]

Voici le scénario qui remplace ceux, ci-dessus, que Flaubert a barrés :

II *dîner chez les Dambreuse.* ⟨Mlle Desr. etc.⟩ – Mme Arn froide – qq mots amers en aparté. les politesses de Mme Dambreuse lui semblent des avances.
il se fait une résolution d'être actif ⟨et positif⟩ – évince la petite Desr. et n'en va pas moins coucher avec la M^le – dont il commence à être un peu las et honteux

III il lui semble qu'il a trahi Mme Arn. – ⟨s'amuse moins

avec la M^le – turpit. du concubinage Mme Arn désagréable dans son intérieur⟩
Arnoux ⟨qui s'ennuie⟩ le ramène
irruption de la M^le – ⟨conseillée par Sénécal⟩
elle est enceinte

IV ⟨Fr lui en veut de son esclandre et de tout – son monde lui devient intolérable aussi il⟩ courtise Mme Dambr. et la baise ⟨(la M^le et Mme Dambr. croient qu'il est l'amant de Mme Arnoux)⟩
Mouvement lyrique sur lui-même. l'avenir est à moi – *rencontre Deslaur* et l'engage dans la réaction car Desl est une conquête pr. le parti... il l'envoie à Nogent préparer son élection ⟨triste intérieur des Arnoux – décadence financière⟩
Mort de M. Dambr
projet de mariage entre Fr. et Mme Dambr. la M^le accouche
Mme Dambr. lui reproche de l'abandonner (il va voir son moutard). reproches analogues de la M^le *toutes deux l'embêtent*

V *Faillite d'Arn* dont sont causes la M^le et Mme Dambr – mort de son enfant. – donne de l'argent – Mme Arn disparaît
rompt avec la M^le
vente d'Arn. Mme Damb l'y entraîne. la M^le l'y nargue. rupture. – Fr. se reporte à l'idée de Mlle Desr. – Desl. nommé préfet. mariage de Mlle Desr. et de Desl.

VI réapp de Mme Arn

VII résumé

SCÉNARIO II

611 f° 1 r° et f° 4 r° : scénario détaillé des deux premiers chapitres du roman.

I

I Un matin du mois de 7bre 1840, bateau à vapeur de

Montereau sur le quai St Bernard ⟨passagers⟩ − bourgeois
harpiste − solennité de la nouvelle invention.

Frédéric Moreau 18 ans, reçu bachelier, vient de voir au
Hâvre un oncle dont il doit hériter et s'en retourne à
Nogent chez sa mère. − Soupirs, rêves romantiques − longs
cheveux album, brouillard. − à l'avant [le Sieur] un Monsieur trapu, à cheveux frisés, bottes en cuir de Russie sou-
tachées. air un peu dentiste et cabotin, fume une pipe à
bout d'ambre. blague avec les matelots, est poli pour deux
ou trois femmes du commun ⟨(coiffures de tricot)⟩ ⟨en
cause⟩. Fr. se sent pr. lui de la sympathie le soleil se lève.
le bateau avance. Campagne des environs de Paris. Chacun
a pris sa place. une espèce de silence s'établit. de temps à
autres qqu'un descend pr. les villages riverains.

à l'arrière sous la tente une jeune dame est assise. noire
de cheveux, gds yeux, l'air noble et bon − en robe claire.
éblouissement et stupéfaction. F n'ose la regarder s'écarte
revient. Elle est occupée à coudre qq chose de fin, vue de
profil. − une femme de couleur qui tient une petite fille
dans ses bras vient lui parler, c'est sa femme de chambre.
Fr. *l'é*coute. − le son de sa voix. − un peu traînante.
Le Monsieur l'aborde, l'entoure de soins, joue avec la petite fille. c'est son mari, le Sieur Arnoud marchand de
bronze et de tableaux boul. Montmartre. propriétaire et
directeur des Arts Réunis, journal d'art. − M. et Mme ont
beaucoup de paquets, ils vont en Suisse.

Fr. revient près de Madame − qques mots. − son manteau manque de tomber par dessus le bastingage il le [ret]
rattrape. − Déjeuner dans la chambre. − soleil à travers les
stores bleus. − absorption infinie, ⟨au⟩ bruit des roues et
des harpes. − le bateau s'arrête il faut s'en aller !
De Montereau à Nogent il rumine ce qu'il vient de voir.
Mme Moreau *(sic)* rentre dans le type de la littérature de
l'époque. Il se déclare amoureux et se reconnaît une grande
passion. − [L'ennui du retour est compensé par le plaisir
de revoir son ami Deslauriers] ⟨entre chez lui [Deslauriers
le fait demander]⟩

II La mère de Fr. − de sang noble veuve d'un plébéien très
beau, joueur, chasseur, mort jeune. Malgré ses apparences

aristocratiques gênée. – Ste Monique. ⟨peur de Paris. –
idées toutes faites sur le monde qu'elle ignore⟩
On a accumulé sur la tête [de son *(fils)*] de Fr. mille
espérances. il y donne lieu et peut les justifier. (montrer
cela dans des [bouts de] conversations de bourgeois, [sur la
promenade St Laurent], dans les maisons et chez sa mère.)
⟨pendant le dialogue entre Fr. et Desl sur la promenade. –
Deslauriers⟩ ⟨Deslauriers le fait demander⟩ ⟨*(marge :)*
Mme Moreau ne peut pas souffrir Deslauriers comme républicain et conseillant mal son fils. – lâcheté de Fr. à cet
endroit – la ville entière regarde Desl. comme dangereux.⟩
   Son ami Deslauriers élevé avec lui au collège de Sens est
venu lui faire une visite. – venu à pied de Marsilly-le
Halier pr. le voir, – fils d'un ancien officier de l'Empire,
aigre, dur, mauvais. Il est maigre, gds pieds, gdes mains,
lunettes, tempérament bilieux plus âgé que Fr. de 3 ans –
[est] clerc d'avoué à Troyes – Études assez fortes de juris-
prudence et de philosophie. La nécessité l'a forcé de ne pas
finir ses études ⟨à Paris⟩. Frédéric l'admire beaucoup c'est
son [père] ⟨initiateur intellectuel.⟩
   Deslauriers parle d'abord de son père qui ne veut pas
lui rendre ses comptes de tutelle ⟨Fr. de son voyage. –
peu de choses sur Mme Arn. – davantage sur Monsieur.⟩
puis idées générales. – Desl est républicain, admire Robespierre et Arm. Carrel – [exem] ambitieux – exemple de M.
Thiers et de Mirabeau. – beaucoup d'aplomb, ironie sèche.
préoccupé de métaphysique. Leroux, Cousin, etc. – Fr. l'est
de poésie, ou plutôt de passions poétiques, influence de
Byron. L'un est le dernier des penseurs l'autre le dernier
des romantiques... exécration commune de Louis Philippe.

611 f° 4 r° : suite du scénario :

(La mère de Fr. pendant qu'ils causent ⟨pr faire contraste
avec le père de Deslauriers⟩ lui envoie son paletot) Fr. doit
aller [l'année prochaine] ⟨au mois de 9bre prochain⟩ étudier son droit à Paris. [Deslauriers l'y rejoindra plus tard]
⟨*(marge :)* grandeur de leurs rêves. – par la nuit douce –
au bruit de la cascade⟩ Le père [Desroches] ⟨Laroque⟩
l'aborde « ma fille [t'] ⟨vous⟩ a vu tantôt arriver » (c'est
l'homme d'affaires de M. Dambreuse riche propriétaire du
pays. capitaliste à Paris) – Bien qu'il soit riche on le fré-

quente peu. il vit avec sa servante dont il a un enfant, une petite fille qu'il adore. [Causes d'in]. Deslauriers instruit de tout cela par Fr. lui conseille d'être poli pr lui et par son moyen d'entrer chez les Dambreuse pr. pénétrer ainsi dans le gd monde ⟨parisien⟩. – et comme il ne doute de rien ⟨(influence de Balzac)⟩ « tu la baiseras » dit-il en parlant de Mme Dambr.

Les deux amis se séparent. pleins de confiance sur ce mot « l'avenir est à nous » ⟨vue du broc ⟨dont il sera question à la fin du livre⟩ – ⟨Desl repart à pied en lui empruntant 10 fr.⟩

SCÉNARIO III

602 f° 135 v° et f° 146 v° : ce scénario couvre la deuxième partie du bal chez Rosanette (p. 125 à 129 de la présente édition) :

Silence du premier appétit ⟨le temps des poitrinaires étant passé – et ⟨d'ailleurs⟩ l'année 1847 on s'amuse plus que d'autres prquoi⟩ [L'Ange mange démesurément. on la blague sans qu'elle s'en aperçoive] – ⟨2⟩ Manière féroce et sensuelle dont la Vatnas suce les écrevisses ⟨les écailles craquent, sonnent sous ses longues dents⟩ – L'horloge – ⟨3⟩ coucou – sonne longuement ⟨cela provoque des⟩ plaisanteries sur le coucou ⟨cocuage et donne le ton⟩. – [Dire que les autres plaisanteries seraient insignifiantes perdraient leur sel à être rapportées, mots du moment, allusions à des événements éphémères] ⟨(*marge :*) puis conversations à deux interpellations – théories sur [l'amour] ⟨l'amour⟩ anecdote Le Directeur de théâtre et Hussonnet – ⟨X avec X⟩ ⟨interpellations allusions crescendo calembourg⟩ ⟨plaisanteries éphémères qui perd. leur saveur à être rapportées⟩ histoire de castration ⟨brouhaha⟩ par le Turc crescendo [chacun vante ses bonnes fortunes théories sur l'amour]⟩

[Il n'y a] ⟨Comme il n'y avait⟩ pas assez de verres on boit à plusieurs dans le même. Les hommes servent !es

femmes et leur baisent l'épaule. Les moustaches d'Hussonnet piquent comme du fil de fer ⟨*(marge :)* on se levait on
changeait de place on [mangeait] ⟨prenait des morceaux⟩
dans la même assiette [Huss avait retiré sa veste et mange
par terre c'est champêtre. jambes croisées] Au milieu de la
plus grande animation l'ange ne dit rien et mange –
« bouffe-t-elle ! bouffe-t-elle plaisanteries qu'on lui fait et
qu'elle ne comprend pas.⟩ ⟨⟨8⟩ H. avait retiré sa veste et
mange par terre les jambes croisées c'est champêtre⟩
Comme facétie, [on se] ⟨il [se]⟩ casse les ⟨une⟩ assiettes en
se donnant un coup sur la tête ⟨imité par le Turc et
d'autres [car]⟩ « ça ne coûte rien puisque ça vient de chez
Arnoux– » Arnoux rougit. Car il nie par devers M. Oudry
qu'il soit l'amant de la M^le. « il ne l'est plus » ⟨admirat.
d'Arn pr. un plat canaille –⟩
[Eh bien Talgot ? – parti avec Mme Hanot. tant mieux
ils nous embêtaient.]
6 Delmas envoie promener la Vatn*as*. parce qu'il embrasse
une dame [Arnoux enthousiasmé d'un plat canaille veut
faire asseoir la cuisinière à table.]
⟨10⟩ conversation du chevalier et du Hussard sur les
armes défensives – « il ne faut pas de courage » – pique –
défi. Dumesnil se croit insulté. La M^le – « retirez donc
votre marmite. – ça m'échauffe ⟨à voir⟩ et vous votre
⟨(1)⟩ bonnet – allons donc voulez-vous bien changer de
tête ? qui m'a donné deux ours pareils. Vous n'avez donc
pas vu l'Ours et le Pacha !!1 ⟨*(marge :)* ils m'embêtent ces
deux-là ? – bravo !⟩ [Rosanette] ⟨rétablit la paix⟩ est sur-
nommée la M^le –
⟨4⟩ La sphinx – poitrinaire fait des excès. crache le sang –
« qu'est-ce que ça fait ? autant crever tout de suite » étonnement et impression funèbre de Fr. près d'elle ⟨5⟩
Plus [assez] de champagne frappé – Arnoux descend à la
cave et remonte avec des bouteilles entre les doigts –
⟨*(marge – encadré :)* C'est Peau de Chagrin Kermesse⟩

---

1. Il arrive à Flaubert, ici comme ailleurs, d'ouvrir les guillemets sans
les fermer.

602 f° 146 v° : suite du scénario :

Le champagne. Groupe pyramidal de femmes tendant leurs verres. On a lâché les [cages] ⟨oiseaux⟩ de leur volière qui perchent çà et là sur la tête des femmes.

— L'Ange mange toujours. Victorine reste à fumer et lui donne des conseils sur l'art et sur la vie.

⟨« Nous sommes tour de Nesle »⟩

Reprise des danses. cancan violent — délire Hussonnet fait la roue ⟨etc.⟩ Fr. est entraîné ⟨par la M^le ⟨(marge :) La Vatnas défendant à D. de danser ⟨bas et impérieusement⟩ c'en est assez n'est-ce pas ?⟩ ⟨(marge :) les musiciens sont partis on repousse le piano dans le salon — tambour de basque — Huss. retire sa veste — en chemises⟩ fin des bougies, les bobèches éclatent — humidité des carreaux. la M^le ouvre les rideaux

irruption du jour — désordre universel — ravage des toilettes et des visages ⟨boules noires [au] ⟨le⟩ long du nez — déplâtrage⟩. La M^le [étendue] rejette sa perruque — agite ses cheveux seule fraîche et vigoureuse. Sa chambre est fermée. on n'y entre pas. M. Oudry a disparu. ⟨(marge :) on envoie chercher des fiacres.

sortie des différents personnages ⟨l'Ange est saoûl⟩ Ce qu'ils vont faire dans la journée. H. va rejoindre ses 72 journaux ⟨corresp. pr. les départements⟩ l'enfant de chœur ses loisirs (?) la Polonaise qui a maculé son costume. etc.⟩

Arnoux sort avec Fr. froid du matin. les yeux piquent. — il est irrité. — qque ses affaires prennent une bonne tourn. il est sombre vexé d'avoir donné Oudry pr. amant à la M^le. Son trouble d'esprit se reporte sur la fabrique de Corbeil il va y aller ses plaques gondolent.

Fr. rentre chez lui ⟨— horreur de [son] ⟨sa chambre d'⟩hôtel. — mais pense qu'il est riche. boit une carafe d'eau. mais une autre soif celle du⟩ [fasciné par le] chic parisien voulant jouir de la vie la tête pleine de femmes — et particulièrement de la M^le ⟨il voyait passer devant lui la poitrine de la fermière, le cul de la débardeuse, les mollets de la polonaise ⟨— les yeux de Mme Arn — comment ?⟩ — Mais surtout la M^le⟩ effet des éperons d'or qui l'aiguillonnent.

SCÉNARIO IV

603 f° 19 r° et f° 83 r° : ce scénario couvre une suite d'épisodes fort importants : une visite chez la Maréchale, le déjeuner pour pendre la crémaillère, les premiers ennuis financiers d'Arnoux, une soirée de gala chez les Dambreuse. Il correspond aux pages 132 à 163 de la présente édition.

II *Visite chez la M^le* – chapeau gras sur une table dans l'antichambre. Elle renvoie une maquerelle qui vient lui faire des propositions et querelle sa [bonne] ⟨femme de chambre⟩ pr 4 sols dans les comptes de cuisine (à ce moment-là, elle voudrait se débarrasser du raffineur et qu'Arn seul l'entretînt. Elle est amoureuse du christ dramatique) très bon enfant, gracieuse et familière. Elle donne à Fr. une lettre à remettre à Arn. – ⟨et⟩ trop heureux de lui rendre service Fr la porte ce qui amène une visite chez Mme Arn. car il n'avait guère envie d'y retourner croyant sa vieille passion morte.

Mais l'impression de l'autre jour s'efface ⟨celle du passé revient. tout l'intervalle s'efface⟩. Elle lui semble très digne, très belle elle le reçoit dans sa chambre à coucher, lits d'enfants. C'est une mère de famille chaste et haute. Ce jour-là elle est visiblement préoccupée – c'est par les affaires d'argent d'Arn. [Pendant la visite on lui apporte un coffret de Saxe, de la part de son mari – plus tard il est repris et donné par lui à la M^le]

Arn le prend en amitié. il en fait son disciple en l'art de bien vivre. il l'invite sans cesse et l'entraîne chez la M^le. *Frédéric les fréquente simultanément.* Parallèle : Mme Arn le charme par ⟨sa vertu et⟩ sa bonté (tous ses gestes avaient l'air d'aumônes) la M^le par des qualités contraires ; (le fard, la prostitution le gaspillage, les désirs des hommes tout cela l'embellit étend son sexe en fait une femme plus femme que les autres.) Il s'excite ainsi le cœur chez l'une, les sens chez l'autre. et qqfois une confusion se faisant dans son âme, un seul désir fait de ces deux désirs. Près de l'une il rêve à l'autre elles l'échauffent réciproquement. –

[Cependant prédominance de Mme Arn.] C'est un état très doux.

rencontre M. de Cisy par hasard ⟨c'est maintenant *un* dandy – il a profité des leçons – a eu peu de succès à la Parlotte⟩ *déjeuner pour pendre la crémaillère* Deslauriers a échoué pr. une place d'agrégation à l'École de droit, devenu plus sombre et âpre – enragé de politique, amer, ultra radical [vient d'] ⟨veut⟩ entrer dans la fondation d'un journal borgne ⟨il en fait part [à l'écart] à Fr. à l'écart de Sénéc qui voudrait s'y mettre⟩ – Sénécal s'est fâché où il était, taciturne il frotte des allumettes contre les tentures. Pellerin a été bafoué commence à être ridicule. – fait des critiques justes et désobligeantes sur le mobilier, les autres l'admirent peu. Fred est trop heureux, a trop d'aplomb avec la joie intime que leur *(sic)* cause la connaissance de ses deux dames. il refuse ⟨en aparté⟩ ⟨ou hésite⟩ [d'acheter] ⟨de prendre⟩ des actions de journal à Desl. (il en a besoin pr. son petit luxe) (mais lui prête mille fr.) Sénécal ne demande rien. Pellerin humilié qu'il ne lui achète pas de tableaux « un bourgeois ». ⟨une fois⟩ Dans la rue tous ⟨Sénécal [et] Pellerin et Hussonn⟩ disent qq mal de l'amphytrion ⟨*(marge :)* rattacher par qq point le déjeuner à l'offre d'argent des Arn commencée *(sic ?)*⟩ ⟨*(marge :)* pendant le déjeuner on parle de la M^{le} M. de Cisy demande à lui être présenté ⟨ce que Fr accepte⟩ Desl se rappelle le refus de Fr. et connaît les affaires d'Arn. il en parle d'un ton léger. – Arn. a une mauvaise réputation et commence à branler dans le manche⟩ [Fr. ne se sent plus la flamme lyrique il veut se mettre à de gds travaux sérieux (histoire, économie politique, langues orientales) va aux biblioth. puis les lâche pr. aller voir Mme Arn ou la M^{le}. il s'étonne de la conduite d'Arnoux *(trois mots illisibles)* Comment il n'est pas heureux de l'avoir, » se disait-il]

603 f° 83 r° : suite du scénario :

Fr. fait part timidement de ses inquiétudes à Mme Arn. elle les repousse. C'est une calomnie, elle defend son mari. « quelle bonne femme » cela néanmoins amène un peu plus d'intimité. il la fréquente davantage et s'étonne de la conduite d'Arn. « comment il n'est pas heureux de l'avoir ». A

D S'il n'essaie pas de baiser Mme Arn c'est que la chose lui semble impossible. il n'a pas l'idée qu'elle puisse faillir. D'ailleurs elle est toujours occupée de son ménage, de ses enfants. puis sa timidité présente se renforce de l'inaction d'autrefois. « Puisque ça n'a pas été ce ne sera pas. »

En sortant de chez Mme Arn il va chez la M^le (et après chacune de ces visites éprouve moins de joie qu'il ne se l'était promis d'avance) ils se sont mis dès le début sur un pied de familiarité trop gde. elle a certains côtés agaçants, faussement enfantins et jeune fille ou bien elle fait la gde dame. – chose incompréhensible elle ne veut pas qu'Arn la trompe et elle est jalouse de sa femme. il en est horripilé par moments. « cela sera quand je voudrai » se dit-il – et d'ailleurs comment la prendre, elle est toujours occupée, en affaires, elle le reçoit entre deux [personnes, ou devant] ⟨portes, en présence de⟩ six personnes ou devant l'éternelle femme de chambre. Elle lui fait de l'œil [et l'embrasse] quand Mlle Math est là qu'est-ce que cela veut dire ? [Fr. ne se sent plus la flamme lyrique. il veut une fois son installation terminée] ⟨il n'a pas oublié ses gdes résolutions il veut⟩ se mettre à de gds travaux (économie politique, histoire, langues orientales, etc.), va aux bibliothèques puis les quitte pr aller voir Mme Ar ou la M^le. « quand j'aurai l'une ou l'autre ma vie sera réglée, je travaillerai. » la paresse l'envahit il est agacé par cet état trouble et double. ⟨(marge :) ⟨B⟩ Mme Arn lui fait part de ses inquiétudes pécuniaires. son mari dépense trop. la M^le lui confie les crasses d'Arn. cadeaux remportés pr. sa famille fruits du dessert. pr ses enfants (Fr. avait senti un paquet dans la poche de son paletot en [mettant] ⟨déposant⟩ le sien)⟩

Dussardier par bonté pr. Pellerin vient lui dire que P se plaint de ce qu'il ne lui a pas acheté de tableaux. Alors Fr donne à Arn. l'idée de faire faire le portrait de la M^le. ce sera un moyen de la voir, de la tenir à l'aise dans l'atelier. il doit surveiller le portrait se charger de tout.

Mme Arn.⟨est agitée qqfois cependant elle⟩ paraît insensible aux fredaines de son époux. est-ce insensibilité ? cependant elle embrasse ses enfants d'une manière emportée. Elle est pr. lui comme un sphinx. il voudrait la connaître à fond posséder surtout son âme.

Sénécal est sans emploi. il le place dans l'usine d'Arn. il aura qqu'un à lui près d'elle. C'est une façon de la posséder d'une façon indirecte, ⟨et⟩ de s'ancrer dans le ménage.

Le soir de ce jour-là il va *au bal avec Cisy chez les Dambr* – salon ovale toute les femmes assises calme bête. la M^le [le même soir] ⟨dans la journée⟩ a été très aimable [il n'est pas ébloui] ⟨*(marge :)* l'a rencontrée à la pâtisserie Anglaise. – soleil manchon. sucre aux lèvres. Donc il n'est pas⟩ ébloui et [il est] ⟨comme il se trouve⟩ dans un jour d'espoir Mme Dambr lui fait peu d'impression [vu] ⟨il a vu⟩ qque chose de tout cela chez la M^le son cœur et ses sens sont pris ailleurs. M. Damb lui fait de gdes politesses ⟨l'engage à faire qq chose. c'est dommage que tant de facultés soient perdues⟩ Il lui demande des renseignements sur Arn « excellents » répond Fr.

[III] Le lendemain la M^le est charmante pr lui lui fait des caresses et l'embrasse (c'est pr rendre jaloux le cabot qui est là) [elle lui montre des crasses d'Arnoux cadeaux remportés pr sa famille – fruits confits du dessert pr ses enfants (Fr les a sentis dans la poche de son paletot en déposant le sien)] ⟨puis quand ils sont seuls, elle ⟨devient sérieuse⟩ s'épanche⟩ Elle voudrait n'avoir qu'Arnoux pr. entreteneur ⟨dit qu'elle l'aime⟩ elle pleure. Fr. la croit sincère – cachemire [(pr. l'avoir elle embête *(?)* Arn.)]

SCÉNARIO V

611 f° 89 r° : ce scénario, qui couvre les p. 203 à 243 de la présente édition, raconte l'épisode des courses au Champ de Mars et ses suites – déjeuner au café Anglais, duel, etc.

V *Une course à la Marche*. Fr. se met en frais et y conduit la
M^le dans une calèche de louage. découverte. En burnous
⟨de cachemire⟩ elle lève son verre de champagne en en-
gueulant de loin Mme Arn « ohé l'épouse de mon protecteur ! les⟨femmes⟩ honnêtes [femmes] ⟨!⟩ C'est un après-
midi du mois d'avril sec, par un vent âpre beaucoup de
poussière. soleil les chevaux sont animés. Un équipage à
4 chevaux passe Mme Dambreuse est au fond seule. Desl
et Sénécal à pied éclaboussés. Desl. content de connaître
des gens en voiture les salue de la main. Sénécal ne ⟨le⟩
lui pardonne jamais – M. de Cisy vient la prendre dans sa
voiture.

Dîner au Café anglais M. de Cisy etc, Hussonnet qui
fait des [Co] articles de sport et carotte des actions s'y
trouve comme rendant compte des courses. Fr. n'a pas
assez d'argent. humiliation de fréquenter les gens riches. la
M^le lui dit un mot amer et dur. Fr. se sent enragé contre
elle. Elle va coucher avec M. de Cisy. lequel n'eut pas
beaucoup d'agrément. elle pensait au bel équipage de
Mme D. et jalousait ces femmes-là !

Le lendemain Fr. dévoré de désirs de luxe veut entrer
dans les affaires ⟨se met à fréquenter la Bourse⟩ ⟨*(marge :)*
L'ambition de l'argent succède à celle du sentiment⟩ Hussonnet lui apprend que M. de Cisy a floué la M^le elle se
trouve sans ressource. tant mieux se dit Fr. je suis vengé
⟨[conseils de Desl.]⟩ et il va trouver Arn. pr. [entrer] faire
des affaires avec lui. ce que l'autre accepte. ⟨alors⟩

« Êtes-vous content de moi » dit Arn. il a pris la résolution d'entretenir à lui seul la M^le. Fr. l'y avait engagé pr.
le détacher de sa femme mais à présent qu'il désire ardem-
ment la M^le il en est fâché, blessé. Le bonheur d'Arn.
l'indigne ce bougre-là a tout ! il veut rompre avec lui mais
Arn. l'adore et ne peut plus se passer de sa compagnie.
Bien que dépensant beaucoup pr. la M^le il aime sa femme
« ma pauvre femme » il fait à Fr. sur le seuil de sa porte
des confidences conjugales intimes. Fr est décidé à n'y plus
remettre les pieds Séparation muette et enragée sous un
réverbère.

Mais il est forcé d'y revenir pour ses affaires et une

dispute violente entre M. et Mme lui donne espoir ⟨ça l'étonne beaucoup. car jusque-là les apparences étaient gardées il croyait qu'ils faisaient bon ménage⟩ ⟨*(marge :)* une dispute éclate⟩ c'est à propos d'un cachemire dont on apporte par mégarde la facture au domicile conjugal. Fr a travaillé à cette acquisition la M^le lui a dit tâchez donc qu'il me le donne. Arn. sort Fr. reste seul avec Mme. Elle se lâche et pleure. Bien qu'il soit tendre et qu'il l'aime son premier mouvement est de la joie. il fait semblant de la plaindre mais au fond il se réjouit la discorde est établie. Ça avancera ses affaires et comme maintenant il a de l'espoir il l'aime davantage désir violent.

611 f° 87 r° : suite et développement du scénario :

Le lendemain Fr. dévoré de luxe et de gde [envie] ⟨vie⟩ veut entrer dans les affaires être riche. l'ambition de l'argent succède à celle du cœur. il joue à la Bourse se remue ⟨perd de l'argent⟩ et entre en relations avec le banquier Dambreuse.

[VII] ⟨VI⟩ M. D l'accueille bien. Fr. est connu dans son département ⟨un fils de famille⟩ il peut lui être utile. Mme D ⟨la première fois qu'il l'a vue elle ne lui a fait aucun effet.⟩ qui l'av. vu avec la M^le le croit son amant (et l'en estime davantage au fond) Mme Arn. l'a vu aussi ⟨avec elle puisqu'elle a été insultée⟩ et c'est également son opinion. Fr. apprend que M. et Mme Arn se sont réconciliés « gd bien leur fasse » ⟨dogme *(?)* égoïste⟩ Martinon est l'ami de cette maison, l'amant ? ⟨M. de Cisy y vient aussi (avoir posé cela plus tôt)⟩ ⟨*(marge :)* Sénécal mis à la porte d'Arn. ⟨résultat de la visite de Fr. à la fabrique⟩ déblatère contre [Fr.] Arn et en veut à Fr. l'envie comme celui-ci *(a)* envie de *(devenir)* plus riche entre dans une société secrète.⟩

M. Dambreuse l'initie aux finances, il va lui faire une bonne affaire (sic)

Mais cette maison de banquiers et de députés lui donne des idées d'ambition politique. conseil d'état, ambassade. il est temps d'être un homme sérieux. pratique. C'est ce que Deslauriers, sa mère, Mme Arn elle-même lui ont souvent prêché. M. Damb est tout disposé à se remuer pr. lui.

Mais Arn. [(une lettre de Mme A)] est sous le coup d'un procès en escroquerie. lettre de Mme Arn à Fréd pr qu'il les aide. Fr va prier Martinon – rogue, impassible, odieux. Arn est acquitté mais reste taré.

Ses affaires vont mal et ⟨il⟩ vient prier Fr. de s'interposer près de M. D pr. le renouvellement de son hypothèque « ah bien oui ! un homme pareil non non, » répond M. D.

⟨*(marge :)* Pellerin ⟨indigné⟩ cherche à se faire payer du portrait... n'importe par qui ; désintéressement des artistes – et c'est Fr. qui le paie. cela se sait ⟨il est exposé⟩ « cabinet de M. F »⟩

M. de Cisy ⟨qui⟩ a été évincé de chez la M^le par Arn. [et lui] en garde rancune Martinon est fort étonné des instances *(sic)* de Fr. et ne doute pas que Fr. ne soit l'amant de Mme Arn. il confie cette idée à Mme Dambr. Cisy pose la vertu, Martinon l'ordre. tous deux plaisantent Fr sur son amitié pr Arn ⟨et pr sa femme⟩. Cela devient une scie. – Fr. prend la défense d'Arn ne pouvant prendre celle de sa femme – défense intempestive de Sénécal [pris] ⟨compromis⟩ dans une émeute – querelle avec Cisy. il met les pieds dans le plat l'hypocrisie de tous ces gens l'indigne.

Le duel s'arrange. Arn. attendri vient l'embrasser. Fr. s'aperç. qu'Ar l'a floué. ⟨Il s'est coulé chez les D. comme bouzingot et libertin.⟩

La M^le croit que c'est pr lui qu'il a été sur le terrain et l'en remercie ingratitude de Sénécal

Lassitude générale de Fr tous ses amis se sont écartés de lui – un peu par sa faute ? Sa mère lui écrit pr lui parler mariage. avec la petite D. il montre la lettre à D [qui] (devenu réd. en chef d'un journ. littér. où il fait de la politique. il est enfin arrivé à qque chose !) D. lui conseille d'aller à Nogent. Fr. est fatigué. il a besoin de la province. il part.

« Prquoi M. Fr. ne revient-il pas ? » dit Mme Dambr à son mari. « invitez-le »

SCÉNARIO VI

604 f° 130 v° : ce scénario-calendrier regroupe des anecdotes politiques et de mode que Flaubert se propose d'exploiter pour l'épisode de la crémaillère et celui des courses.

- Été de 1847

le 25 avril bruit au collège de Fr contre Damas Hinard qui avait remplacé Quinet. Le professeur soutenu d'abord par les gendarmes finit par donner sa démission. le 25 mars on avait suspendu Michelet.

1° mai fête du roi. M. de Salvandy donne 700 croix dans son département.

⟨fin de mars : mort de Mlle Mars⟩ ⟨*(marge :)* 16 mars ouverture du Salon⟩

En mars modes d'hommes des colets de velours aux habits noirs. cravate de satin noir longue – pantalons larges du bas.

[fin du mois de mars mort de Mlle Mars] *de femmes.* – décolletage horizontal large bande en guipure appliquée sur le corsage droit comme des têtes de fauteuil gants longs garnis de dentelles plus petites

Au printemps – robe foulard jaspé à gdes fleurs

Mantelet à la Charlotte Corday

[M. Amiel peintre des chevaux] agrafe Page – Gir de Lain

⟨Pr la promenade en voiture : robe amazone, à tout petit [corsage] ⟨col rabattu⟩. Manches Amadis.

Deux écoles comme modes de femme : 1° l'école tapageuse a pr gde artiste Mme Bareme 2° l'école mystérieuse Mme Baudrant. elle a inventé *pr les courses* de petites capotes de grosse paille ornées et doublées de dentelles noires ⟨*(marge :)* Bou-Maza assiste fréquemm. aux courses.⟩

– M. Amiel peintre de chevaux. – les journaux angl. se plaignent de ce qu'on fait courir le dimanche ⟨« tous chevaux anglais »⟩

[Code du duel – de Grévier par Fran de Dumas – avec une notice sur Grévier par Roger de Beauvoir. illustré 1847]

Mai. [méthode gaenou *(sic)* pr connaître le rendement des vaches]

12 juillet fête du duc de Montpensier à Vincennes
  boîtes fulminantes sur les boulevards.

Em de Girardin propose d'abolir le timbre des journaux. –
La chambre repousse les billets de banque de cent francs
  Pr les conv. politiques v. R des deux mondes
  brochure de Duvergier de Hauranne.

7 avril banquet pr l'anniversaire de la naissance de Fourier
  Confrérie de St François Xavier [v D pa] ⟨v. D pacifique⟩ [les ouvriers y trouvent le cours de physique]

Mai 5 [service commémoratif à Notre D. de Lorette de Geoffr. de Cavaignac ⟨mort il y a deux ans⟩
  Cour d'assises de la Creuse. – corrup électorale affaire Boutmy.
  au Palais Royal : Père et Portier
  – affaire du Colonel Gudin à Chantilly

14 Mort de Lisfranc et de M. Daligre]

⟨[audiorama Bonne Nouvelle vue de Chine par Bouton]⟩
⟨boire douze verres de champagne pendant que minuit sonne facétie à la mode –
  Kings Charles *(sic)* dans les voitures des lorettes.⟩

SCÉNARIO VII

605 f° 186 r° et 199 r° : grande soirée chez les Dambreuse – ce scénario correspond aux pages 236 à 241 de la présente édition.

⟨[Entre] ⟨Entre⟩ salue...⟩ A

Soirée thé table avec des journaux et des albums. gds abat-jour sur les lampes – [B] ⟨N⟩ ton discret de l'ensemble. – tenue grave [de leurs figures] : un ancien ministre, un pré-sident de cour royale, deux ou trois députés, etc. – deux ou trois femmes du monde, charmantes (Mme de Grétry

et sa fille) une douairière qu'on respecte ⟨*(marge :)* dissé-
miner ces détails⟩

B ⟨Puis⟩ à peine entré, [Frédéric] il est pris par Martinon qui lui dit « comment tu viens ici, ⟨[Comment] :
après toutes tes équipées – ton duel⟩ tu as tort etc. » il
voudrait évidemment que Fr. se retirât – Fr. reste ⟨et
considère la compagnie M⟩

Mais quel intérêt Martinon a-t-il à cela ? Fr. ne le
[trouve] ⟨découvre⟩ pas, et ce doute le trouble ⟨*(marge :)*
(on lui fait d'abord très bonne mine)⟩

(2) Il observe Martinon (contemplé par la nièce et l'institutrice) Martinon a l'air d'éviter le regard de Mme D, qui
est très froide à son endroit et même lui dit deux ou trois
choses assez dures.

(1) La conversation générale des messieurs roule sur des
nuances d'opinion dans le même parti. tout ce qu'il y a de
plus subtil mais donné comme grave. (voy Rev des
2 Mondes)

⟨*(marge :)* Mme D « un M. qui s'est vanté de vous connaître

– lequel ?
– Cisy

Fr. répond en rougissant « c'est vrai celui même prquoi a-
t-il parlé de moi ? »⟩ [Elle] ⟨la conversation⟩ arrive à l'industrie des houilles.

Fr. n'a pas apporté ses actions. M. D. le plaisante là-
dessus

Fr. répond par des excuses banales. il a eu besoin de ses
fonds... [pr. autre chose]

« pr. acheter une voiture peut-être, » dit Mme D. c'est une
allusion à la rencontre. Ainsi on le croit l'amant de la M^le.
« ils vont me parler du portait, se dit-il. on n'en parle pas.
Mais de dessin (à propos des jeunes personnes, de la nièce
qui est là ⟨*(marge :)* et des albums sur la table.⟩) et
Mme D [deman] dit à Fr qu'il a dû connaître beaucoup
d'artistes « chez Arnoux »

On le croit très ami d'Arnoux. car Frédéric est venu
prier pr. lui.

[Frédéric s'imagine même qu'on le suppose participant
aux tripotages d'Arnoux – comme un coup de massue, on

lui fait entendre par des allusions qu'on le croit] ⟨*(marge :)* (Fr) « il aime la famille » (d'Arn) ça veut dire clairement qu'on le croit⟩ l'amant de Mme Arnoux ⟨il se trouble « va-t-on suppose⟨r⟩[-t-on] que je participe à ses tripotages ?⟩

[Tout cela provient des cancans antérieurs de Cisy qui en veut toujours à Arnoux et à Frédéric et à la M^le] Le numéro *du Flambard* ⟨art. Hussonn⟩ est même sur la table [a été apporté par lui. Frédéric le devine à un mot] ⟨qui l'a apporté ? se demande Fr. ce ne peut être que Cisy⟩

Martinon à propos d'Arnoux – amène le nom de Sénécal qui a été employé chez lui – et qui vient d'être arrêté. – c'est un bouzingot dangereux.

Frédéric irrité, prend la défense de ses idées ⟨– Eh non ! et puis quand même toutes les opinions sont libres⟩ il se sent devenu tout à coup républicain.

Récriminations des gens officiels et bien pensants ⟨*(marge :)* mots des gens du monde – « Allez donc continuez – vous êtes très drôle. »⟩

605 f° 199 – suite du scénario :

[Montrer] ⟨Montrer⟩ cependant que M. Damb ne lui en veut pas – il pourrait encore être secrétaire de la Compagnie. Les choses sont restées où elles en étaient.

Il sort de là en haïssant le monde, ⟨– lui donner tort – expliquer pourquoi⟩ se disant que M. D. est un exploiteur Mme Dambreuse une coquine car il la soupçonne de baiser avec Martinon.

SCÉNARIO VIII

607 f° 54 r° : court scénario portant sur les clubs révolutionnaires (p. 304 à 306 de la présente édition) :

Le club est dans un atelier de menuisier rue de la Harpe. Bancs, bureau, tribune ⟨et sonnette⟩ comme à la chambre. – quinquets...

Dans la foule, qques femmes avec leurs enfants. – çà et là figures extatiques de catéchumènes. Parmi les assistants actifs, beaucoup de filous, de rapins, d'hommes de lettres sans imprimeur. Ambitions qui veulent se déchaîner (1) ⟨(2) [on] le Président invite les orateurs qui veulent parler à se faire inscrire au Bureau. [Tous] ⟨un très gd nombre⟩ s'y précipite⟩
Caractère général des clubs. ils ne représentent ⟨générale-ment⟩ que les intérêts d'un certain nombre d'individus sans se soucier de ceux des autres. Ainsi le club du 3° arrondissement (Montmartre) voulait que tous les [officiers] ⟨garçons⟩ de magasin fussent officiers de la garde nationale. – le club de Bercy qu'on n'envoyât à l'Assem-blée que des ouvriers tonneliers. Club du droit divin rue Pigalle. ⟨(*marge :*) Dans tous les clubs haine des avocats, des parleurs⟩ ⟨(*marge :*) exploitation de l'homme par l'homme – circulation du carnet.⟩

SCÉNARIO IX

607 f° 85 v° et f° 99 v° : ce scénario couvre la dernière partie de l'épisode de Fontainebleau : impressions forestières (p. 326 à 329 de la présente édition) :

En rentrant ils apprennent (par un journal ou par quelqu'un) la formidable émeute qui a éclaté dans Paris – mais que leur importait ?
Et ils repartent le lendemain ⟨3° jour⟩
D'abord ils s'étaient informés des noms de ce qu'ils voyaient puis ça leur fut égal. et ils se laissaient conduire au hasard par le cocher. – et s'arrêtent où ça leur plaît ⟨mettent pied à terre et s'y promènent Fr. lui tenait la taille⟩
⟨(*marge :*) la nature (comme ensemble) est à la fois mélancolique et aimable grave et amoureuse⟩ Aspects différents de la Forêt ⟨et impressions diverses qu'ils éprou-vent⟩ ⟨(*bas de page :*) – Dans les futaies, les longs troncs des arbres ont des positions différentes qques uns obliques

dès le bas, dans la foule des autres qui sont tout droits. –
Entre les pieds des gds arbres, espacés [la lumière] les
hautes fougères font comme des danseuses avec leur jupe.

⟨Futaies de hêtres très hauts on dirait des colonnes dont
les feuillages sont des chapiteaux évasés ⟨– au loin sous les
futaies une biche marchant avec son faon⟩⟩⟩ – hautes futaies

　　　　– paysages de rochers

　　　　– gds mouvements de terrains avec des houles de
verdure et perspectives de plaines

　　　　⟨– sables. – sables d'Arbonne – vertige⟩
espèces d'arbres différents – Pins ⟨charmes⟩ – chênes –
bouleaux – genévriers.

[*(une ligne illisible)*]

⟨Lumière a des mouvements⟩ ⟨des⟩ variations [de lumière]
qquefois le premier plan dans l'ombre le fond éclairé. La
lumière sur les cimes, – le ciel bleu – couleurs. – feuilles
de chêne desséchées, par terre. le soleil y fait comme des
taches d'or dans un tapis marron. A

　　B En travers *de la route,* qquefois l'ombre d'un tronc
dessine, sur la poussière, une barre en plein soleil. – on
[mar] passe dessus.

⟨*(marge :)* vues qu'on a à droite et à gauche de la voiture⟩
qqfois dans les anciennes *routes,* qui ne servent plus,
l'herbe repousse.

à de certaines places, l'herbe est très rare – comme du
drap vert rapé. Dans les tranchées de sable, le sable coupé
(sic) est si fin et si doux qu'il ressemble presque à du pain
⟨*(marge :)* Nombreux carrefours – Croix – Poteaux⟩

607 f⁰ 99 v⁰ : suite du scénario :

Silences – on dirait que c'est une suspension – un arrêt général – seulement un petit cri d'oiseau très faible – et le
cheval souffle – le mouvement de sa respiration fait remuer
la voiture.

rencontres. garde chasses en Rheps *(sic ?)* – [carriers au
flanc d'une colline]...

　　femmes qui traînent du bois

détails : écureuil mangeant un champignon – une araignée
enveloppée dans sa toile guettant un moucheron. fils de la

vierge suspendus. – gargouillements susurrements, oiseaux, insectes, fleurs parfums. – roucoulements des pigeons ramiers – flaques d'eau dans les trous des roches.

SCÉNARIO X

607 *f° 177 r°* : *fin de l'épisode de Fontainebleau – retour à Paris (p. 334 à 341 de la présente édition)* :

⟨Pendant ce temps-là on s'égorge dans Paris.

Fr. apprend la blessure très grave de Dussardier. Il veut partir. La M^{le} le retient. Enfin il part le soir du 4° jour le lundi ⟨le 25 juin était jour de la Fête-Dieu⟩ (26) ça finit [le soir (?)] ⟨le matin vers midi.⟩⟩

Aspect de Paris ⟨la nuit silence patrouilles, sentinelle prenez garde à vous – coups de feu bivouacs dans l'ombre ambulances – femmes enceintes qui viennent réclamer⟩ ⟨*(marge :)* [au jour levant [les] aspect désolé des rues ⟨angles des rues⟩ maisons criblées [*(un mot illisible)*] platras]⟩

Fr. va chez Dussardier ⟨*(bas de page :)* un insurgé ⟨sur le ht d'une barricade⟩ s'enveloppant d'un drapeau tricolore Dussardier a retenu ses compagnons s'est élancé, l'a bousculé (sans armes) – coup de fusil au genou ; ⟨et⟩ la barricade ⟨fut⟩ prise.⟩

La Vatnas est établie au chevet de Dussardier ⟨prquoi y est elle venue ? naïvement ou par intérêt l'un et l'autre⟩ [quels intérêts] ⟨*(marge :)* Mais elle l'embête. Dussardier autrefois a été témoin d'un vol de la Vatnas et lui a gardé le secret⟩

Bien que cité comme modèle de patriotisme ⟨son action d'éclat a fait gd bruit. La Réaction le cite comme un de ses héros⟩ Dussardier n'a pas la conscience tranquille. Il ne sait pas s'il a réellement défendu la justice de quel côté est le droit ⟨*(marge :)* [quelle est l'action d'éclat de Dussardier ? = qq chose d'analogue à *(un mot illisible)*]⟩

Sénécal prisonnier dans le caveau de la terrasse du bord de l'eau aux Tuileries n'a pas les mêmes doutes. Ferme dans sa haine.

Aux grilles de ce caveau, il y a un garde national féroce – qui de temps en temps fourre des coups de baïonnette dans le tas. un prisonnier mettant sa face aux barreaux demande du pain, « tiens en voilà » et il tire son coup de fusil ⟨c'est M. Roque⟩

expliquer comment le bourgeois le plus pacifique devient anthropophage ⟨aussi les gardes nationaux furent-ils atroces – exemples⟩ ⟨*(marge :)* étant exaltés par les calomnies [qui] ⟨[faites]⟩ répandues sur les insurgés à l'impasse Ménilmontant des g. nat. ayant fusillé un prisonnier le grillent comme un porc... d'autres furent pendus par les pieds et servaient de cibles. – d'autres traînés la corde au cou comme un bœuf – les plus féroces étaient les gardes nationaux qui ne s'étaient pas battus – un petit vieillard suivait les convois et tuait à coups de parapluie les blessés – Marast qualifie d'exagéré *(sic ?)* le zèle de la nation.⟩

Néanmoins le père Roque s'attendrit beaucoup le soir même de ce jour-là en voyant arriver inopinément sa fille.

Louise est venue à Paris avec Catherine soi-disant pr. voir son père. Mais c'est pr. voir Frédéric dont elle est inquiète.

⟨*(bas de page :)* 900 entassés ⟨ils y étaient depuis le vendredi⟩ (300 avaient été amenés le vendredi à midi). ordures. lampes qui a *(sic)* l'air d'une tache de sang – temps à autres. de petites flammes, bleues, vertes ou jaunes voltigent produit des émanations gazeuses air méphytique – fausses alertes on tirait au hasard avec bons mots « je vais écrire à ma femme que j'ai tué un pierrot. – qu'est-ce qui veut se faire servir. » *(sic)* croyaient qu'on allait tous les fusiller et se serraient les uns contre les autres. L'infection était telle qu'on dut nommer une commission dans la crainte qu'une épidémie ne se déclarât – mais les excrém et les cadavres putréfiés exhalaient une telle odeur que le Président s'arrêta aux premières marches et ne put descendre.⟩

SCÉNARIO XI

608 f° 128 r° : la liaison avec Mme Dambreuse et ses suites politiques (p. 366 et ss. de la présente édition) :

(...) Mme Dambr. dans son désœuvrement voudrait se raccrocher à qque chose. [lui] ⟨et Frédéric⟩ aussi. elle va tous les jours à l'Église, espérant qu'elle arrivera à croire ? Fr. s'adosse à un pilier et soupire. tous deux posent et se mentent, bref il arrive à la baiser, facilement, sans effort, par un crépuscule, chez elle, sur un canapé ⟨*(marge :)* Pour la séduire il lui conte ce qu'il a autrefois senti près de Mme Arn. – qu'il donne comme l'éprouvant actuellement⟩ ⟨*(marge :)* faire croire au lecteur que ce coup va changer sa destinée⟩ ⟨*(marge :)* B en sortant ⟨mouvement lyrique sur lui même⟩ rencontre Desl – le prêche plaisante et change ses idées. veut l'introduire chez M. Dambreuse car c'est une conquête qu'il fait pr la cause de l'ordre. – Prquoi ne serais-tu pas député à Nogent ? pose-moi à Paris je te poserai là-bas⟩ – ce jour-là même la Mlle de plus en plus amoureuse a renoncé à toute espèce d'entreteneur et est décidée à une vie modeste. – « suis-je canaille » se dit Fr. en riant, tout en se couchant le soir à côté d'elle. Mais le cœur n'est pas content.

Ni le corps non plus. Mme D. est un mauvais coup – ils se sont baisés sans savoir trop prquoi... cependant il éprouve une certaine jouissance d'orgueil quand il la voit, chez elle dans son salon, ou dans le monde, froide, convenable, honorée. il s'en estime davantage et se regarde comme très malin. Il devient gourmand tient à la table.

Le milieu hypocrite où il se trouve l'a pris. L'énervement causé par le demi-monde l'a préparé aux bassesses du vrai monde. Ses idées changent – il devient froid et bêtement sceptique – et l'état de fausseté qui le révoltait autrefois. Alors l'ambition politique sous sa forme la plus vulgaire le prend. Il veut se pousser et se met à la remorque de M. D. pr. s'en servir et l'exploiter. il prêche Desl et l'enregimente dans la réaction où Desl le dépassera.

[Arn] – on marie Mlle Arn. Fr. par négligence et indifférence n'y vient pas. Arn affaibli par deux attaques d'apoplexie ne peut plus se passer de sa femme. Elle lui soigne ses vieilles véroles. il tourne aux idées religieuses « a toujours eu un fond de religion » il est devenu marchand d'objets catholiques il se repent. ⟨*(marge :)* Mme Arn. s'est acquittée de son vœu par probité. Mais perd peu à peu toute religion à mesure qu'elle devient plus malheureuse.⟩

Fr. envoie Desl dans le département de l'Aube préparer son élection.

SCÉNARIO XII

609 f° 102 v° : veillée du cadavre de M. Dambreuse (p. 379 à 381 de la présente édition) :

[Tout à coup, elle lui propose [de se marier] ⟨de l'épouser⟩

Cette richesse lui tombant sur la tête l'étourdit... Il n'y veut pas croire... c'est bien vrai prtant.

Une pâleur le prend – et pr. faire mentalement une sorte de réparation pieuse au défunt, il se propose pr. le veiller]

Veillée du cadavre.

Frédéric de temps à autres, le regarde ⟨(1)⟩... ⟨*(bas de page :)* ⟨(2)⟩ couché sur le dos, teint vieil ivoire, jaune paille. un peu d'écume [sanglan] ⟨sanguinolante⟩ au coin de la bouche la lèvre supérieure collée sur les dents ⟨pommettes saillantes – joues creuses⟩ les [yeux] ⟨paupières⟩ (qu'on avait cherché une seule fois à fermer) se sont r'ouverts à demi – prunelle ⟨iris⟩ noire encore expressive ⟨[(un mot illisible)] au milieu d'une⟩ gelatine concrétée – [(*trois mots illisibles)* taches jaunes au nez]

– aspect [vénérable de sphinx] ⟨énigmatique. – un secret à dire⟩ marmotte autour de la tête. – crucifix sur la poitrine. cependant majesté de la mort. (C)⟩ ⟨D⟩ ⟨Fr. pense à ce qu'il a été. ses infamies politiques. résumé⟩ [puis reprend le cours de ses réflexions. malgré lui il rumine sa fortune] ⟨Fr. se la détaille ⟨sa fortune⟩ Elle va prtant être à lui⟩ Il fera ceci, cela ...voyages ...collections ...réceptions, chevaux, etc. ⟨Puis ses yeux reviennent au cadavre⟩

Cependant le prêtre et la religieuse (⟨le prêtre ⟨pas celui qui a donné l'extrême onction⟩⟩ très austère espagnol)

⟨n'arrête pas de lire son bréviaire. la Relig. aussi ⟨les mains dans ses manches⟩⟩ marmottent des prières – un vase d'eau bénite ⟨*(marge :)* ⟨le matin⟩ Paris qui se réveille [bruit] ⟨[rum] roulement⟩ des charrettes se rendant à la Halle.⟩

⟨*(marge – encadré :)* Le valet de chambre pleure Monsieur la femme de chambre est pr. Madame⟩

SCÉNARIO XIII

609 f° 37 r° : enterrement de M. Dambreuse ; « ruine » de son épouse (p. 382 à 387 de la présente édition) :

Enterrement réunion de gens du monde dans le gd salon, dont les volets sont fermés – absence complète d'émotion de la part des assistants

⟨*(marge :)* ignorance religieuse des assistants. le maître des cérémonies obligé de ⟨leur⟩ [dire] faire signe de s'agenouiller de se relever etc –⟩

Discours sur la tombe au nom de X de X de X... Plusieurs hommes politiques ou visant à l'être, profitent de l'occasion pr. faire des professions de foi. on rappelle le mot de Raspail fils contre les banquiers qui ne devraient pas être députés (idée contraire à celle de St Simon) M. D. aurait pu l'être (ministre) adieu mon ami ou plutôt au revoir.

⟨Quarante-huit heures après quand il vient chez Mme D. elle lui dit – « tout est perdu⟩ [Peu de temps après] ⟨car⟩ *découverte d'un testament* fait avant le mariage et donnant tout à sa fille naturelle.

Le contrat de mariage sous la séparation des biens ne donnait pas à la femme une partie de la fortune de son mari mais ⟨l'hôtel d'habitation⟩ et lui garantissait en outre une rente viagère pr le cas où elle survivrait.

Un deuxième testament fait qq temps après le mariage donnait tout à celle-ci [(et ne parlait pas du 1° testament)] [on découvre le testament] c'était le seul [que M. D. eût montré à sa femme] ⟨qu'elle connût⟩ M. D. n'avait jamais parlé du 1° ⟨*(marge :)* ceci dit par Mme D. dans l'expansion de sa joie après la mort de son mari quand elle fait ses comptes⟩ A ⟨*(marge :)* B [Mais un jour] ⟨elle se rappelle qu'un jour⟩ il s'était relevé pour aller travailler dans son bureau – c'est alors qu'il l'aura déchiré⟩ ⟨*(marge :)* Elle est dans le bureau – coffres forts défoncés. M. D a déchiré *(sic)*⟩

S'il n'avait pas reconnu Cécile pr sa fille, c'est qu'il espérait sans doute avoir des enfants de sa femme – [(aussi celle-là tenait-elle beaucoup à en avoir un – « un enfant » – un seul enfant qui te ressemble)]. Puis en mourant n'ayant plus d'héritier légitime, ⟨par vengeance ou par...⟩ [il] ⟨M. Dambreuse⟩ n'avait rien changé au 1ᵉ testament, mais avait détruit le second ⟨si bien⟩ que le premier seul est effectif.

Mme Dambreuse est atterrée. Elle éprouve cette fois un véritable chagrin [Elle est] ⟨Comme elle est⟩ beaucoup moins riche maintenant, Frédéric se regarde [comme] contraint par l'honneur de l'épouser. Il donne sa parole. ⟨*(marge :)* elle perd la tête. elle est faible⟩

⟨*(bas de page :)* Il va partir pr. Nogent ⟨prquoi⟩ et la Mˡᵉ accouche⟩

SCÉNARIO XIV

611 f° 103 r° : faillite d'Arnoux – séquence très différente de celle de la version définitive :

[IX] ⟨[VIII]⟩ ⟨VI⟩ Faillite d'Arnaud ⟨conséquence de faits dont Fr. n'a pas vu la filière⟩ il est poursuivi ⟨entre autres⟩ par le banquier ⟨Dambreuse⟩ qui a une créance d'Arn passée à la Mˡᵉ. Mme Dambr. par jalousie contre la Mˡᵉ la poursuit et [Arn] la Maréchale poursuit. ⟨*(marge :)* [La Maréchale et le père Desr. [poussent Arn] poussent Desl à persécuter Arn. il en sera récompensé en baisant la Mˡᵉ et en épousant la fille du second.]⟩

Fr. n'a pas la somme suffisante. il interpose *(sic)* entre tous sans réussir. enfin il emprunte [à] le surplus [à Mme Dambr]

Sur ces entrefaits [maladie et] mort de son petit enfant qui l'afflige médiocrement, tout occupé qu'il est de la détresse de Mme Arnaud *(sic),* insensibilité d'une part, tendresse de l'autre.

il lui offre les 30 mille francs indispensables – elle hésite – intervention d'Arn en pleurs. – enfin ils acceptent. Fr. malgré son bon mouvement pense ⟨vaguement⟩ qu'il sera payé en nature.

[le soir même il rompt brutalement avec la M^le] ⟨– c'est un coup de la M^le il rompt avec elle – violent dur – impitoyable⟩

[IX] [X] ⟨Il attend 8 jours par délicatesse – pas de nouvelles y retourne⟩ Mais le lendemain [Fr.] Mme Arn ⟨a⟩ emmen[e] ⟨é⟩ son mari dans une province éloignée pr. faire des économies et se soustraire à Frédéric. – [Dans sa colère d'être dupe il rompt brutalement avec la M^le]

[XI] ⟨VII⟩ [Alors Fr. se trouve seul. Deslauriers est assidu près de la M^le ⟨la console – ou raisonne Mlle Desroches⟩ et fait des voyages chez M. Desroches.]

M. Dambreuse devient malade ⟨*(marge :)* une cause grotesque – trouble politique.⟩ – agonie. la femme et l'amant le regardent mourir. ⟨Fr. distrait pense à Mme Arn. disparue⟩ Mme D. éclate et révèle le vrai fond de sa nature le mariage est projeté. entr'eux ⟨annoncé⟩ et presque fixé pr la fin du deuil ⟨on se promène ensemble⟩ Desl [s'en va] ⟨fait de fréquents voyages⟩ ⟨*(marge :)* Desl. qui a un plan démolit Fr. près du père Desroches⟩. La M^le ⟨pleure le vendredi sur la tombe de son moutard⟩ ⟨*(marge :)* ramener les personnages. Dussardier seul vertueux⟩ (...)

SCÉNARIO XV

610 f° 39 r° : scénario qui raconte la vente Arnoux (p. 413 à 416 de la présente édition) :

[Le 1° Décembre, Mme Dambreuse entraîne Fr.] ⟨Mme Dambreuse... ⟨redoublant de gentillesse⟩ et un jour qu'ils se promenaient ensemble en voiture, elle lui propose [de s'arrêter] d'entrer [pr] par distraction⟩ à l'hôtel des Commissaires priseurs, rue Rossini.

[Il sait que c'est] ⟨C'était le 1ᵉ Décembre⟩ le jour même où on [fait] ⟨devait faire⟩ la vente de Mme Arnoux. ⟨Fr. se rappelle la date sur le seuil⟩ [mais n'ose manifester sa répugnance et par lâcheté s'y laisse conduire] ⟨*(marge :)* ... ce ne doit pas être amusant.

— non un tour seulement. j'ai qq chose à voir» et par lâcheté n'ose manifester sa répugnance en dire plus⟩

⟨*(marge :)* Dans la cour couverte voiture. vestibule — foule — escalier⟩ — Elle cherche ⟨le nᵒ de⟩ la salle — ils y arrivent

Aspect de la [vente] ⟨salle et du public⟩ :

⟨*(marge :)* fenêtres d'atelier au fond, le jour venant d'en face. gradins de collège contre les murs [— table] une longue table où sont déjà assis, des femmes et des hommes sordides. qques uns avec des sacs, bonnets grecs⟩ énumération et description de tous les meubles vêtements et objets ayant appartenu à Mme Arnoux — chaque chose rappelle des souvenirs à Frédéric. plaisanteries des amateurs. Les brocanteurs manient et retournent tout cela. Bruit de pas, tapage des portes — air étouffé de la salle

Tout à coup, Rosanette paraît. — l'initiative de la vente [n'est] ⟨n'était⟩ pas d'elle. mais ⟨après la rupture de Frédéric⟩ l'idée d'en profiter lui [est] ⟨était⟩ venue [après la rupture de Frédéric. Par quels moyens de procédure cela peut-il se faire ?] ⟨*(marge :)* elle avait formé opposition entre les mains de l'officier ministériel chargé de la vente — ce qui devait l'appeler plus tard au partage du produit de la vente⟩ ⟨*(marge :)* sa toilette et son air.⟩

En la revoyant, Fr éprouve un mouvement de haine. Ses soupçons se trouvent confirmés.

Les deux femmes se reconnaissent ⟨se touchent presque⟩. Mme Dambreuse sourit et passe outre, dédaigneusement.

Elle est légère, folâtre enjouée — ⟨fait des remarques⟩ on met sur la table le petit coffret d'argent. *Le décrire minu-*

tieusement. Fr. en le revoyant se sent le cœur remué, attendri.

Mme Dambreuse désire l'acheter.

Frédéric tâche [d'abord] de l'en dissuader.

– quelle idée ! ce n'est pas curieux ! » ⟨il⟩ dénigre l'objet
⟨[Elle] ⟨Mme Dambreuse au contraire⟩ le trouve joli⟩

et pendant ce temps-là, le commissaire [le] vante le
coffret, fait le boniment

[Elle]

610 f° – suite fragmentaire du scénario :

⟨*(marge :)* « adjugé⟩ ⟨elle fit un petit cri de joie [jette] fait
passer sa carte on lui fait passer le coffre – elle le plonge
dans son manchon Fr. sentit un gd froid lui passer sur le
cœur. Mme D. n'avait pas quitté son bras elle eût pu le
sentir.⟩

SCÉNARIO XVI

*610 f° 65 r° : début de l'avant-dernier chapitre : voyage, et
retour de Mme Arnoux (p. 420 à 421 de la présente édition) :*

VI

[Le lendemain il partit en voyage] ⟨Puis il voyagea⟩

⟨*(marge :)* [insister sur la fatalité de leur nature qui les fait
s'aimer malgré tout et malgré eux]⟩

Il connut la mélancolie des paquebots... l'angoisse des
départs le vide qu'on a dans les hôtels – l'amertume des
sympathies ⟨nouvelles⟩ vite [dénouées] ⟨brusquement dé-
nouées⟩

[il... il... il...]

[Amours] ⟨Il revint il fréquenta le monde⟩ [Il eut d'autres *(un mot illisible)* d'autres amours ⟨d'autres maitresses⟩
⟨dans le monde⟩, mais tous] ⟨*(marge :)* Rosanette [lui
avait] ⟨lui⟩ servi⟨t⟩ à X ⟨[ses désirs]⟩ Madame Dambreuse

[lui servit] à X et il eut d'autres amours⟩ ⟨mais pas⟩ comme le premier [qui lui servait toujours de point de comparaison] ⟨[existait pour lui *(un mot illisible)*]⟩ ⟨auquel involontairement il comparait tous les autres⟩ la fleur ⟨du désir⟩ de la sensation [est] ⟨était⟩ enlevée ⟨[d'ailleurs]⟩ et finit même par ne plus s'ennuyer.

Douze ans après, un soir ⟨[au] ⟨du⟩ mois de mars⟩ à la nuit tombante ⟨on voit fort peu dans son appartement⟩ tout à coup une femme [soulève] ⟨entrouvrit⟩ la portière – et entra... C'était Mme Arnoux [II]

Il ne la reconnaît pas d'abord – puis un cri

⟨[Comment. vous êtes ici]⟩ ⟨*(marge :)* Comment ? c'est vous !⟩

Elle le prit par les mains, l'attira vers la fenêtre et ⟨elle⟩ le considérait en répétant. – « C'est donc lui c'est bien lui. » ⟨*(marge :)* le crépuscule emplissait l'apparte-ment. Il ne [voit d'abord] ⟨vit⟩ que ses yeux – toujours beaux : – [d'autant plus qu'elle avait voilé son visage ⟨couvert ses yeux⟩ ⟨porte un voile⟩] ⟨sans rien voir *(?)* de plus de son visage sous une voilette de dentelles noires⟩

Elle [avait déposé] ⟨déposa⟩ sur la cheminée un petit portefeuille brodé...

Ils [restent] ⟨restèrent⟩ d'abord sans pouvoir se parler. tremblant un peu les larmes aux [yeux] ⟨paupières⟩ et ⟨se⟩ souriant [tentant même de rire légèrement]

Elle lui [dit comment elle a vécu] ⟨conta sa vie⟩ ⟨[son existence]⟩ depuis leur séparation. [Ils se sont] ⟨Elle et son mari s'étaient⟩ réfugiés en Bretagne pour faire des écono-mies – Arnoux est ⟨était⟩ [tombé] ⟨[presque imbécile]⟩ ⟨tombé⟩ [en enfance] ⟨en enfance⟩ [elle en parle avec indulgence] ⟨[dit détails sur ses enfants]⟩ ⟨– sa fille mariée, – son fils au régiment⟩ ⟨*(marge :)* Fr. [lui parle de] ⟨la questionna sur⟩ son départ et lui dit qu'il [a] ⟨avait⟩ été chez elle à la nouvelle de ⟨leur⟩ catastrophe⟩ [Elle expli-que que le jour ⟨la dernière fois⟩ où Frédéric est venu ⟨chez elle⟩ apporter les quinze mille francs elle] ⟨*(marge :)* Mme Arnoux lui avoue qu'elle⟩ s'est cachée de lui exprès.

⟨– Pourquoi ⟨donc⟩ ?

– vous ne le devinez pas ?⟩

⟨*(marge :)* ce qui [veut] ⟨voulait⟩ dire j'avais peur de baiser avec vous⟩

⟨Frédéric [multiplie les questions tout] ⟨se sentit troublé ⟨tout à coup⟩ et multiplia ses questions⟩⟩

⟨[Enfin]⟩ Elle est venue à Paris pour payer sa dette – (⟨les⟩ 15 mille francs [que] ⟨prêtés⟩ [dans la 2ᵉ p a r t i e] ⟨pour l'hypothèque de *(sic)*⟩)

– ⟨[Frédéric les avait oubliés] ⟨il n'y pensait plus⟩⟩ – puis elle s'en retournera ⟨là-bas⟩ « j'ai voulu vous voir encore une fois » – [Vous revoir] [c'] ⟨C'⟩était l'unique but de ma vie ! Maintenant je serai calme !

TABLE DES MATIÈRES

ACHEVÉ D'IMPRIMER
PAR L'IMPRIMERIE TARDY QUERCY S.A.
A BOURGES
LE 2 NOVEMBRE 1984

Numéro d'édition : 3368
Numéro d'impression : 11920
Dépôt légal : Novembre 1984

Printed in France